KB143642

조선후기 명청문학
관련 자료집 I

이 저서는 2008년도 정부재원(교육과학기술부 학술연구조성사업비)으로 한국연구재단의 지원을 받아 연구되었음 (KRF-2008-322-A00085)

조선후기 명청문학 관련 자료집 I

안대회·이철희·이현일 외 편

성균관대학교
대동문화연구원

서 문

　최근 학계에는 조선후기 문학과 중국 명청대 문학의 관계양상에 대한 연구
가 크게 증가하고 있다. 조선후기 문학사의 변동요인으로 중국 문학과의 상관
성을 비중있게 다루기 시작한 것이다.

　한국 한문학은 지정학적으로 중국 문학과 긴밀한 연관 관계를 맺어왔다. 역
사적 상황에 따라 양국의 교류가 소원해지거나 時差가 발생하기도 하였지만,
동아시아라는 생존환경 속에서 상대국에 대한 지적 요구는 끊임없는 소통을 유
지시켰다. 조선후기의 경우도 병자호란과 명청 교체의 격변으로 양국의 소통
에 한 동안 장애가 있기도 하였다. 그러나 이러한 제약 속에서 조선의 문인들
은 중원의 변화에 촉각을 세우며 중국서적을 지속적으로 입수하였고, 중국고
전의 교양 위에 다시 명청대 문학을 새롭게 참조함으로써 새로운 변화를 추동
하였다. 또한 18세기 중반이후에는 양국 문인간의 교류가 활발해지며 조선의
적지 않은 저작과 작품이 중국으로 건너가는 등 소위 '상호 소통'이라 칭할 수
있는 교류의 시대가 전개되었다. 따라서 한국 한문학은 중국이라는 타자를 생
존환경의 일부로 파악해야 비로소 입체적이고 온전한 해석이 가능하며, 일국
적 시야에서 벗어나 동아시학으로 확장시킴으로써 보다 균형있는 관점에 도달
할 수 있다는 인식이 공감을 얻고 있는 것이다.

그러나 조선후기 문학과 중국 명청대 문학의 상관성에 대한 연구는 연구자의 개별적인 접근으로는 많은 어려움을 지니고 있다. 일단 양국의 문학에 대한 전반적 이해가 있어야겠지만, 무엇보다도 조선후기 문인들의 저작으로부터 명청 문학과 관련된 자료를 일일이 찾아 섭렵한다는 것이 한 개인의 노력으로는 한계가 있기 때문이다.

이에 본 대동문화연구원에서는 2008년부터 2년간 한국연구재단의 지원을 받아 명청대 문학에 대한 조선후기 문인들의 비평자료를 수집·정리하는 과제를 수행하여 본 자료집을 간행하게된 것이다. 연구기간 동안 조선후기 문인의 문집과 필기 자료 300여 종으로부터 약 2000여명에 이르는 명청대 인물에 대한 자료를 추출하였다. 이중 5건 이상의 자료가 추출된 인물은 250여명이었는데, 여기서 문학을 중심으로 사상 및 서화 분야에서 비중있게 나타나는 인물 134명을 선별하였다. 文·史·哲을 통합적으로 인식하고, 서화와 문학이 긴밀하게 상호작용하던 당대 현실을 고려하여 사상가나 서화인도 포함시켰다. 또한 비평자료 외에도『명사』,『청사』등 사료와 개인의 저작으로부터 각 인물의 생애와 후대의 평가를 파악할 수 있는 전기 자료를 수집하고, 중국 도서관을 검색하여 그들이 남긴 저술의 서지사항 등을 조사하였다. 이렇게 수집·조사한 자료는 각 인물별로 '인물해설', '인물자료', '저술소개', '비평자료' 등 4개 부분으로 구성하여 정리하였다.

따라서 이 자료집은 조선후기 문학과 관련된 명청대 인물 134명에 대한 전기 자료와 저술 사항 및 조선 문인들의 비평자료를 종합적으로 살펴볼 수 있으며, 특히 비평자료는 간략한 개요를 추출하여 제시함으로써 전체적 내용을 효율적으로 조감할 수 있도록 하였다. 또한 비평자료뿐만 아니라 양국 문인의 교류 자료도 수록하여 한중 교류사 연구에도 참조할 수 있도록 하였다.

2년이라는 단기간에 과제를 수행하다 보니 방대한 조선후기 문헌자료에 대한 조사가 제한적일 수밖에 없고, 또한 작업이 정밀하지 못한 부분도 있어 주요 인물이나 자료가 누락된 경우도 있을 것이다. 따라서 책의 말미에 조사대상 문집과 필기 자료의 목록을 제시하여 놓았다. 향후 보다 풍부하고 정밀한 자료집을 위하여 보완할 부분을 파악할 수 있도록 한 것이다.

그러나 이 자료집은 미흡하나마 조선후기 한중 양국의 지적 소통과 지식층 교류의 원전자료를 정리하였다는 점에서 기존의 개론적 차원의 접근 방식이나 편파적 연구 시각을 극복할 수 있는 토대가 될 것이다. 또한 한국 한문학뿐만 아니라 중국문학, 역사학 등 타 분야 연구자에게도 새로운 참고자료가 될 것으로 기대된다.

끝으로 학계에 대한 책임있는 자세를 강조하시며 본 자료집이 출간되기까지 후원해주신 대동문화연구원 신승운 원장님과 다루기 어려운 원고를 성심을 다해 편집해준 성균관대학교 출판부에 감사드린다.

2012년 6월
편자 일동

차 례 │ 조선후기 명청문학 관련 자료집 I

◆ 일러두기

1. 이 자료집의 편차는 명청대 인물을 성명의 가나다 순으로 배열하였다. 그리고 각 인물별로 인물에 대한 간략한 설명을 담은 〈인물해설〉, 그 생애와 문학에 관련된 기록을 주로 중국 문헌을 중심으로 채록한 〈인물자료〉, 저술의 간략한 서지사항을 설명한 〈저술소개〉, 조선 문인들의 문헌자료에서 추출한 〈비평자료〉 등 네 부분으로 구성하였다.

2. 〈비평자료〉는 이 책의 가장 핵심적인 부분으로, 16세기부터 20세기 초반까지 활동한 인물들의 문집, 필기 등을 조사하여, 해당 명청대 인물과 작품 등에 대해 기술한 자료를 채록하였다.

3. 〈비평자료〉는 〈저자명〉, 〈출전〉, 〈주요논지〉, 〈원문〉의 순으로 배열되어 있으며, 〈저자명〉의 가나다 순으로 정리하였다. 〈주요논지〉는 인용 자료의 논지를 추출하여 제시한 것이며, 〈원문〉은 全文을 수록한 경우도 있으나, 때에 따라 節錄하였고, 동일한 자료가 반복될 때는 '上同'으로 표시하였다. 2명 이상의 인물을 동시에 언급하는 자료는 각 인물에 모두 수록하였다. 이 책을 이용하는 독자가 책 전체를 통독하기보다는 필요한 인물을 찾아 볼 경우를 대비했기 때문이다.

4. 이 자료집은 문학가 위주로 구성하였으나, 薛瑄, 陳惠章, 羅欽順, 李贄, 黃宗羲, 顧炎武, 閻若璩, 陸隴其, 李光地, 戴震, 錢大昕, 王念孫 등 학자나, 沈周, 文徵明, 董其昌, 羅聘 등과 같은 書畫家도 포함하였다.

5. 羅貫中, 金聖嘆, 孔尙任 등과 같은 인물은 인용빈도가 많지 않지만, 문학사적 위상을 감안하여 수록하였고, 柳如是, 岳筠(岳綠春), 張綯英 등과 같은 여성 작가들 역시 인용빈도가 높지 않지만, 여성문학 연구을 고려하여 수록하였다.

1

姜曰廣 (1584~1649)

●●●

인물 해설	字는 居之, 號는 燕及, 晚號는 浠湖老人으로 江西 南昌 新建(지금의 豊城 市 同田鄕 浠湖村) 사람이다. 史可法・高弘圖와 함께 '南中三賢相'으로 불린 다. 萬曆 47년 진사에 합격하였으며, 天啓 6년(1626) 조선에 사신으로 파견 되었다. 당시 그의 청렴함에 탄복한 조선에서는 懷潔碑를 세워 그를 기념하 였다. 崇禎年間 그는 詹事가 되어 南京翰林院을 관장하였으며, 南明王朝 福 王 때에 禮部尙書 兼 東閣大學士가 되었으나 후에 馬士英의 시기를 당해 사 임하고 고향으로 돌아갔다. 金聲桓을 따라 反淸운동에 가담하였다가 패하여 강물에 투신자살하였다. 저서로는 『石井山房文集』・『皇華集』・『輶軒紀事』 ・『石井山房語錄』・『過江七事』 등이 있다.
인물 자료	○『明史』, 列傳 162 　姜曰廣, 字居之, 新建人. 萬曆末, 擧進士, 授庶吉士, 進編修. 天啓六年奉使 朝鮮, 不攜中國一物往, 不取朝鮮一錢歸, 朝鮮人爲立懷潔之碑. 明年夏, 魏忠 賢黨以曰廣東林, 削其藉. 崇禎初, 起右中充. 九年, 積官至吏部右侍郎. 坐事左 遷南京太常卿, 遂引疾去. 十五年, 起詹事, 掌南京翰林院. 莊烈帝嘗言: "曰廣 在講筵, 言詞激切, 朕知其人." 每優容之. 　北都變聞, 諸大臣議所立. 曰廣・呂大器用周鑣・雷縯祚言, 主立潞王, 而諸 帥奉福藩至江上. 於是文武官並集內官宅, 韓贊周令各署名籍. 曰廣曰: "無恩遽, 請祭告奉先殿而後行." 明日至奉先殿, 諸勳臣語侵史可法, 曰廣呵之, 於是群小 咸目攝曰廣. 廷推閣臣, 以曰廣異議不用, 用史可法・高弘圖・馬士英. 及再推 詞臣, 以王鐸・陳子壯・黃道周名上, 而首曰廣. 乃改曰廣禮部尙書兼東閣大學 士, 與鐸並命. 鐸未至, 可法督師揚州, 曰廣與弘圖協心輔政. 而士英挾擁戴功, 內結勳臣朱國弼・劉孔昭・趙之龍, 外連諸鎭劉澤淸・劉良佐等, 謀擅朝權, 深 忌曰廣. 　未幾, 士英特薦起阮大鋮. 曰廣力爭不得, 遂乞休, 言: "前見文武交競, 旣慚 無術調和. 近睹逆案忽翻, 又愧不能寢弭. 遂棄先帝十七年之定力, 反陛下數日

前之明詔. 臣請以前事言之. 臣觀先帝之善政雖多, 而以堅持逆案爲尤美, 先帝
之害政間有, 而以頻出口宣爲亂階. 用閣臣內傳矣, 用部臣勳臣內傳矣, 用大將
用言官內傳矣. 而所得閣臣, 則淫貪巧猾之周延儒也, 逢君賊民奸險刻毒之溫體
仁·楊嗣昌也, 偸生從賊之魏藻德也. 所得部臣, 則陰邪貪狡之王永光·陳新
甲. 所得勛臣, 則力阻南遷盡撤守禦狂稚之李國禎. 所得大將, 則紈綺支離之王
樸·倪寵. 所得言官, 則貪橫無賴之史䔾·陳啓新也. 凡此皆力排衆議, 簡目中
旨, 後效可睹. 今又不然. 不必僉同, 但求面對, 立談取官. 陰奪會推之柄, 陽避
中旨之名, 決廉恥之大防, 長便佞之惡習. 此豈可訓哉! 臣待罪綸扉, 苟好盡言,
終蹈不測之禍. 聊取充位, 又來鮮恥之譏. 願乞骸骨還鄉里."

得旨慰留, 士英·大鋮等滋不悅. 國弼·孔昭遂以誹謗先帝, 誣蔑忠臣李國禎
爲言, 交章攻之.

劉澤淸故附東林, 擁立議起, 亦主潞王. 至是入朝, 則力詆東林以自解免. 且
曰:"中興所恃在政府. 今用輔臣, 宜令大帥僉議." 曰廣愕然. 越數日, 澤淸疏劾
呂大器·雷縯祚, 而薦張捷·鄒之麟·張孫振·劉光斗等. 已, 又請免故輔周
延儒贓. 曰廣曰:"是欲漸幹朝政也." 乃下部議, 竟不許.

曰廣嘗與士英交詆王前. 宗室朱統鑘者, 素無行, 士英啗以官, 使擊曰廣. 澤
淸又假諸鎮疏攻劉宗周及曰廣, 以三案舊事及迎立異議爲言, 請執下法司, 正謀
危君父之罪. 頃之, 統鑘復劾曰廣五大罪, 請並劉士楨·王重·楊廷麟·劉宗
周·陳必謙·周鑣·雷縯祚置之理, 必謙·鑣以是逮. 曰廣既連遭誣蠛, 屢疏
乞休, 其年九月始得請. 入辭, 諸大臣在列. 曰廣曰:"微臣觸忤權奸, 自分萬死,
上恩寬大, 猶許歸田. 臣歸後, 願陛下以國事爲重." 士英熟視曰廣, 詈曰:"我權
奸, 汝且老而賊也." 既出, 復於朝堂相詬詈而罷.

曰廣骨鯁, 扼於憸邪, 不竟其用, 遂歸. 其後左良玉部將金聲桓者, 已降於我
大淸, 既而反江西, 迎曰廣以資號召. 聲桓敗, 曰廣投偰家池死.

○ 王夫之, 『永曆實錄』 卷6, 「姜曰廣列傳」

姜曰廣, 字居之, 一字燕及, 江西南昌人. 中萬曆己未進士, 文望豐采, 爲東南
冠. 選庶吉士, 改編修. 天啓六年, 充冊封正使, 偕給事中王夢尹, 封朝鮮國王.
奉別旨, 便閱海上情形, 按毛文龍功次虛實. 曰廣詢鮮人, 覈海師, 備得要領. 使
還, 上言:"文龍以二百人入鎮江, 據鐵山招降夷, 撫歸義之民至十餘萬, 不可不
謂之豪傑, 不可不謂之偏鋒. 若堂堂正正, 與虜決勝負於郊原, 不獨臣不敢信,

文龍亦不敢自信. 若養成一隊精銳之兵, 設伏用間, 乘敵出奇, 文龍自信其能, 臣亦信文龍之能也. 朝廷知文龍以用文龍, 則不致失文龍而莫盡其能, 亦不致孤倚文龍, 以困而覆之矣." 疏入, 報聞. 然朝廷終不能以此待文龍, 後卒如日廣言, 以致於敗. 未幾, 日廣以忤魏忠賢, 閒住.

崇禎初, 起擢左春坊左諭德. 崇禎三年, 典南京鄉試, 甄別典雅, 得士尤盛, 如楊廷樞・張溥・陳子龍・楊廷麟各以文章氣節著聞. 顧以清貞不附時局, 爲溫・周所抑, 不登大用. 家居, 與萬元吉・楊廷麟・李可輔慮北都逼虜寇, 恐不可保, 思固江左爲後圖. 史可法爲南司馬, 呂大器爲皖督, 皆深相倚望, 左良玉亦托重焉.

崇禎十七年, 以詹事掌南京翰林院事, 與迎聖安皇帝, 拜東閣大學士・禮部尙書, 與史可法・高弘圖爲南中三賢相, 天下翕然望之. 然馬士英・王鐸以奸孼同秉國, 日廣不能孤伸其志. 當迎立時, 呂大器以福邸故以謀嫡累賢士大夫, 激成奇禍, 後必授時局口實, 掀翻黨錮, 而嗣王抑無令德, 聲不如潞王之賢, 弘圖・日廣胥以爲疑. 士英陰訂阮大鍼, 決意福邸, 以快意于東林, 遂與武臣劉孔昭・湯國祚・趙之龍決策. 日廣雖亦與翼戴, 士英微以其事聞宮中, 上下之猜疑啓矣. 已而劉孔昭以起用吳甡・鄭三俊故, 廷辱吏部尙書張愼言, 日廣知黨禍將起, 遂乞休, 不允. 及馬士英奏薦阮大鍼以知兵, 賜對. 弘圖請下九卿會議. 士英因攻弘圖・日廣護持局面, 愛而登之天, 忌而錮之淵, 欺罔莫甚. 日廣奏言: "臣前見文武紛競, 既慚無術調和, 近見欽案掀翻, 又愧無能預寢, 遂使先帝十七年之定力, 頓付逝波, 陛下數日前明詔, 竟同覆雨. 梓宮未冷, 增龍馭之淒涼, 制墨未幹, 駭四方之視聽. 臣所爭者朝廷之典章, 所畏者千秋之淸議而已." 不聽.

時大鍼初入, 士英寵威尙淺, 日廣雖見沮忌, 猶得稍有建明, 引薦黃道周・陳子壯・華允誠・楊廷麟・黃文煥, 咸得召命. 左良玉駐武昌, 繕兵輯民, 思有以自效. 皖撫袁繼咸聯江・楚, 系上遊重望, 皆倚重日廣協心戮力. 馬士英益深忌之. 會巡按湖廣禦史黃澍自楚入見, 請召對, 面糾馬士英奸貪誤國. 士英益疑日廣與良玉・澍排己, 凡用舍進退, 皆以內降行己志, 盡削閣權. 日廣上言: "祖宗會推之法, 萬世無弊, 斜封墨敕, 覆轍具在. 先帝善政雖多, 害政亦間出, 而唯以頻出中旨爲亂階. 鄙夫熱心仕進, 一見擯於公論, 遂乞哀於內廷, 但見其可憐之狀, 聽其一面之詞, 遽爲聳動. 先帝即誤, 陛下豈堪再誤? 天威在上, 密勿深嚴, 臣安得事事而爭之? 但願陛下深宮有暇, 取『大學衍義』・『資治通鑒』視之, 反復

思惟, 必能發明聖性, 點破邪謀. 陛下用臣之身, 不若行臣之言, 不行其言而但用其身, 是猶獸畜之以供人刀俎也." 疏入, 不省. 頃之, 大鋮入秉戎政, 與士英謀結劉澤淸・劉良佐, 以捍良玉而厄曰廣, 遂購換授宗室朱統鑕, 疏參曰廣顯有逆謀. 袁彭年・熊汝霖抗疏言: "曰廣勁骨戇性, 守正不阿, 居鄕立廷, 皆有公論. 統鑕揚波歃血, 飛章越奏, 不從通政司封進, 是何徑竇, 直達禦前? 奸險之尤, 豈可容於聖世! 請逮治統鑕." 不報. 高弘圖揭請付統鑕於理, 擬嚴旨, 上三發改票. 弘圖言: "臣死不敢奉詔." 上召弘圖, 厲聲責之. 弘圖遂乞休去. 尋以推翼恩加曰廣太子太傅, 抗辭, 未允. 會饟史祁彪佳疏論詔獄・廷杖・緝事三大弊政, 曰廣擬旨許禁革. 內批發改票. 曰廣揭言: "臣所守者, 朝廷之法度, 一官之職掌, 而欲以嚴旨加直諍之臣, 留敗亡之政, 臣死不敢奉聖意." 不從. 于是士英知上惡憚曰廣, 益募黨攻訐無忌矣. 吏部例轉御史黃耳鼎爲副使, 內批留用, 尙書徐石麒爭之. 士英因爲耳鼎言: "不去姜南昌, 君必無留理." 耳鼎遂疏攻曰廣結劉宗周爲死黨, 欺君把持, 無人臣禮, 曰廣乞休, 遂予告去. 先是, 曰廣憤馬・阮之奸, 必將旦夕亡國, 猶以己爲密勿大臣, 無遽去理, 故攻者頻仍, 徘徊不忍去. 而大鋮欲盡援欽案逆黨致要津, 攻擊異己, 報十七年廢錮之怨, 忌曰廣之牴牾, 必欲重陷之. 曰廣歸, 士英乃與王鐸盡翻欽案, 引匪人, 逐正士, 鬻官爵, 壞邊防, 天下聞之, 無不知其不能旦夕延矣. 給事中吳适疏言: "曰廣忠誠正直, 海內共欽, 乃么麼小臣, 爲誰驅除? 聽誰主使? 上章不由通政, 結納當在何塗? 內外交通, 神叢互借, 飛章告密, 端自此始. 搢紳慘禍, 所不必言, 小民雞犬, 亦無寧日矣." 疏入, 內批切責之. 于是蔡弈琛・陳盟・楊維垣・張孫振相繼大用, 士林無賴者靡然翕附. 原任推官黃端伯, 妖妄人也. 無故解官, 自髡入廬山, 挾左道惑衆, 爲南州人士所鄙. 至是, 挾怨赴闕, 呈身於士英, 訐奏曰廣謀危社稷, 援引鬼神以征之. 士英授統鑕行人, 擢端伯禮部主事, 以招致攻曰廣者, 中外駭懼. 史可法孤立淮上, 左良玉師老鄂城, 南北交警, 勢岌岌, 而士英殺曰廣之心益急. 會思宗皇太子事起, 內旨傳諭法司: "王之明往閩往楚, 欲成何事? 主使附逆, 實繁有徒. 著所司窮治." 敕出士英手, 欲傾曰廣・弘圖以族誅之辟也. 會左良玉兵東下, 淸兵南渡, 南都陷, 不果.

未幾, 淸兵逼南昌, 巡撫曠昭走. 曰廣避居山中, 淸將吏累招請, 不應. 已而金聲桓・王得仁屯南昌, 素知曰廣德望, 陽招而陰縱之, 曰廣以是得全, 陰結撫・贛義勇, 思間道入閩・粵, 未及行. 俄而聲桓反正, 不知朝廷所在, 無所稟重, 乃迎曰廣居南昌, 鎭撫士民. 事聞, 敕加曰廣少師兼太子太師・建極殿大學士, 賜

	尙方劍, 便宜行事, 督師恢復京·湖·閩·淅. 曰廣以淸望舊爲聲桓推重, 然聲桓擁重兵, 以反正功自大, 爵上公, 亦賜便宜, 遂專制生殺, 不聽命於曰廣. 時撫州王蓋八起義, 兵滿數萬. 贛州閻·王·宋諸賊歸義效命, 衆亦數萬. 吉安劉季礦所號召, 西連鄗·耒·郴·桂, 所在響應, 咸聽命於曰廣. 曰廣欲輯合之爲聲桓援, 聲桓不從. 僉都禦史吳宗周勸聲桓尊奬曰廣, 收士民心. 聲桓強應之, 弗能聽也. 曰廣稱疾, 不視事.
	永曆二年秋, 敕召曰廣陛見, 聲桓遜辭留之. 曰廣旣久引疾, 不能一旦去, 逗留間, 淸兵大集, 圍南昌. 曰廣起, 與聲桓分埄而守. 顧曰廣所聯絡義兵, 皆已解散, 又素無權藉, 雖旦夕乘城, 不能有所指麾. 冬十月, 刺血拜表乞援, 朝廷無以應. 又馳檄何騰蛟求救, 騰蛟以衡·長未下, 次且不進. 南昌糧盡, 曰廣傾資鬻僕妾以充餉, 不給. 城將陷, 撫州門啟, 淸兵故開一面, 聽城中潰散. 或勸曰廣出奔, 曰廣曰: "吾今日不死, 尙何待!" 閉門引吭而薨. 事聞, 贈進賢伯, 諡文忠.

저술 소개	★『三異詞錄』 (淸)沈香山編 (淸)康熙 19年 枕經樓 抄本 11種 11卷 內 姜曰廣撰『輶軒記事』1卷

비 평 자 료		

金邁淳	臺山集 卷20 闕餘散筆	우리나라는 예의와 문장으로 중국에서 일컬어졌기 때문에 중국에서 우리나라에 보내는 사신은 매우 가려 뽑아서 보냈으니 倪謙·祁順·董越·唐皐·許國·熊化·姜曰廣 등이 그들이다.	國以禮義文學見稱於中華. 故前後詔使之來. 必極其遴擇. 如倪文僖謙·祁戶部順·董圭峰越·唐新庵皐·許海嶽國·熊極峰化·姜閣老曰廣. 皆一時之望.
申欽	象村集 「申相國象村稿敍」	姜曰廣이 申欽의 『象村稿』에 서문을 쓰며, 신흠의 樂府詩를 陶潛·白居易·杜甫·蘇軾 등에 견주다.	其樂府諸體賦興. 各各臻妙. 曠達似陶彭澤. 沖夷似白香山. 端莊似杜拾遺. 瀟洒又似眉山長公. 而高韻逸響. 叩之則有餘音. 安之則有餘旨. 誠空中儸梵. 舌底靑蓮.

李植	澤堂集 卷3 「次姜天使 (日廣)平壤弔 古, 效李長吉 體」	평양전투에서 전사한 장사들을 애도한 姜日廣의 시에 次韻하여 李賀의 體를 본떠 시를 짓다.	夸娥力敝愚公憂。海底三山抛不收。析木東躔照樂浪。支祈掣鎖高城浮。蒼麟夜去蹉扶桑。側耳醯瓮蚊吟啾。錦繡爲山綻不縫。能令洱水西南流。南湖女兒歌玉樹。松柏作薪芙蓉秋。麻姑兩鬢蘆花色。翁仲笑答銅仙唱。丹靑繡出李擦戎。虎睛炯炯射坌埃。蠻兒二窟塡瓦礫。龍泉斫江江未斷。精靈黯黯叫不醒。白日鼯鼠嚙香案。黃昏簷鐸弔啼鬼。雨濕坑壕燐墮亂。城中春酒數百斛。明月人家絃管語。不須擧杯澆荒壟。英雄陳迹泥鴻去。北山斲椰椰已毁。漢水沈碑碑亦泐。八條歌誦變荒唉。東方之月開昏黑。鐵犁耕破井字訛。往往血鏃田中得。
李植	澤堂集 卷7 「留兩天使帖」	王夢尹과 姜日廣의 체류를 요청하는 揭帖을 보내다.	伏聞輶軒戒候。上下缺望。賤价屢反。台意彌堅。自念誠力單薄。徒煩聽覽。循省羞惕。不容于中。以下邦之僻陋。辱天子之膚使。雖物不稱儀。禮則有序。是先君之世守。前後皇華所容而許之者也。今者。未展賓主一日之敬。遽促回斾。非直小邦有違情禮。其於兩大人宣布寵靈。光耀遠人之義。抑似未遑也。況水潦不時。道路多艱。兩大人貴體久勞。陰沴易乘。而纔稅行李。復冒原隰。其無乃重乖頤攝。更貽不穀之辜戾乎。伏惟雅量厚眷。少答微悃。暫停牌文之宣。以慰衰衣之瞻。不勝汗冒之誠。
李植	澤堂集 卷7 「代上姜天使帖」	임금을 대신하여 姜日廣에게 첩문을 보내 『皇華集』을 부친다는 등의 내용을 전하다.	仙槎遄返。弧矢分矣。裨海遼隔。鵠蟲別矣。去德逾遠。思德逾深。斯固擧國同情。至於不敏。荷恩大矣。旣以荒陬末迹。猥廁紹搢。承顏於懸設之

			間。效勞於原隰之後。追思愆戾。若抱氷炭。幸賴雅量含弘。許以周旋。申以繾綣。乃如擊甕拊瓵。纔脫侏離。而且猶附響於韶英之末。以備觀採。夫豈不敏是爲。實惟寵綏我寡君。光飾我陋邦。而一介陪隸。得以遭際。眞千載之一時矣。仰惟神明共扶。時候無爽。但願益懋茵鼎。早秉樞軸。俾海隅臣民。均被惠澤。此實區區祝望也。皇華集一帙。謹依故事編次鋟印。附塵台覽。形穢之誚。想在寬借。引領霄漢。不勝惓惓。統惟台照。不宣。
李植	澤堂別集 卷6 「觀察使谷口鄭公(百昌)墓誌銘(幷序)」	鄭百昌이 1626년에 姜日廣과 王夢尹을 영접했던 일을 언급하다.	丙寅。以遠接使從事官。儐延姜·王兩使。華人見其容儀。嘖嘖曰。中朝翰林樣子也。
李植	澤堂別集 卷6 「月沙李相國墓誌銘(幷序)」	李廷龜가 1626년에 姜日廣과 王夢尹을 영접했던 일을 언급하다.	乙丑。兼左賓客。世子行冠禮。公爲之贊。陞拜左贊成兼世子貳師。王·胡兩璫。以策命至。公又爲館伴。事訖。兼號牌廳堂上。仁獻之喪。復兼禮判。每於隆殺之節。斤斤致謹。數被責旨。惶恐辭免。上不許。姜·王兩詔使來。又爲館伴。兩使稔公名。歡然相接。
李植	澤堂別集 卷7 「姜王兩天使去思碑銘(幷序)」	姜日廣과 王夢尹이 떠난 뒤에 그 덕을 사모하여 碑를 세우다.	日者天子頒大慶于東國。翰林編修姜公日廣·工科給事中王公夢尹。寔膺使副。擎勅諭來宣。兩先生禮容之盛。辭令之雅。與夫歌詠篇什之美。雖已光于前志哉。要亦是全德之一體焉已矣。顧于斯時也。東土病于軍興。矧惟迎儐事鉅。舉國憔憔。自昔然矣。而兩先生。氷蘗自秉。脂膏不潤。又矜民勞軫財敝。若痌瘝于身。於是却贄幣減騶

			御。行庖務儉。公讜從省。其檢下如束濕。人罔或下其正。饔人不煩於廬。館人不憚於道。農安於畎畝。虞安於山澤。商賈安於市里。如不知有帝使之過國役之興。其迎之如覩鳳鸞。送之如訣親愛。其發漢城而西也。耆老軍民廝臺胞翟之賤。無論大小。擁路攀車。齎咨涕洟者。迨數萬人。至松京亦然。至海西關西咸然。噫。何其異耶。古未嘗有也。千里之路不爲邇。旬時之征不爲久。尺一之頒。如禮卽已。非有賦政行令。如甘棠黍苗之所詠也。卽薦紳賓僚。欽風飽德。則有之矣。彼委巷庶民。何能興慕結情至此哉。易曰。觀我生觀民也。非夫仁以爲質。義以爲則。本之以誠。行之以恕。德流之速於傳置。化行之疾於枹鼓。其曷能臻斯懿乎。乃今海西之民。鳩材伐石。揭于道周。遂因按道聞于朝。願假辭紀美。以寓沒世之思。噫。何其異耶。古未嘗有也。余職叨掌誥。兼知外史事。不容無紀述以塞邦人之請。乃敍而銘之。詞曰。皇皇四牡。赤芾蔥珩。我客言邁。有聞無聲。氷雪其操。珪瑁其章。我客爰至。王國之光。惟明天子。愼厥膚使。我公之來。邦人咸喜。公今歸矣。民胥漣洏。有屹茲刻。邦人之思。石可泐也。思無窮期。
李植	澤堂別集 卷10 「戶曹判書贈右議政李公諡狀」	李景稷이 1626년에 姜曰廣과 王夢尹을 영접했던 일을 언급하다.	丙寅夏。姜·王兩詔使來。以公解華語。當殿上供奉召還。拜掌隸院判決事。兼副摠管。上宴兩使。使辭禮贈甚固。公面諷曰。其交也以禮。夫子斯受之。兩使笑而受。回次碧蹄。因譯官寄聲。以彩段爲禮。前所未有也。

李廷龜	月沙集 卷13 儐接錄下 「次正使至王京卽事韻」	李廷龜는 1626년에 황태자의 탄신을 알리러 온 姜曰廣과 王夢尹의 館伴이 되었는데, 正使 姜曰廣이 王京에 이르러 지은 시에 차운하여 시를 짓다.	天啓丙寅。皇子誕生。詔使翰林院編修姜曰廣・工科給事中王夢尹。從海路出來。余承命爲館伴。 兩隊鄕儺競聒嘈。千官夾路引仙袍。天開鸞誥祥雲合。曙闢鼇山彩日高。萬國謳歌同拜慶。一心夷險敢言勞。叨陪門館元非分。更荷詞宗片語褒。(伏蒙賜問。有飽聞聲華之敎。敢於末句鳴謝。)
李廷龜	月沙集 卷13 儐接錄下 「次正使頒詔禮成韻二首」	正使 姜曰廣이 조칙을 반포하는 예를 마치고 지은 시에 차운하여 시 2수를 짓다.	華渚流虹耀瑞曦。閽休亦許遠人窺。千重鯨浪平如砥。萬里星槎疾若馳。甘霈隨軒宣帝澤。祥雲擁路引朝儀。關雎麟趾逢今日。海潤河淸又一時。 恩覃朔漠曁龍荒。詔下丹墀彩鳳翔。芝檢恰霑金掌露。錦袍猶帶御爐香。蓬山仙侶爭迎節。渤海波臣穩送航。咫尺威顏常對越。莫言東土是殊方。
李廷龜	月沙集 卷13 儐接錄下 「次正使山雨樓韻」	姜曰廣・王夢尹과 함께 山雨樓에서 수창하다.	飛閣岧嶢近十洲。滿城佳景望中收。天連極北歸心遠。簾對終南霽色浮。仙樂恍聞緱氏嶺。胡床如坐庾公樓。陪歡且待淸宵月。莫遣重簾早下鉤。(今夕。擬陪兩大人。歡賞於此樓。故末句敢申下情。)
李廷龜	月沙集 卷13 儐接錄下 「次正使恭謁聖廟韻」	正使 姜曰廣이 孔子廟를 배알하고 지은 시에 차운하여 시를 짓다.	杏壇濃綠匝庭梧。聖廟元同大國模。一域絃歌當盛際。百年涵養幾眞儒。斯文未墜天將鐸。吾道其衰海欲桴。何幸兩仙留綺語。壁間輝映摠嘉謨。
李廷龜	月沙集 卷13 儐接錄下 「次正使登漢江亭韻」	正使 姜曰廣이 漢江亭에 올라 지은 시에 차운하여 시를 짓다.	小國惟山水。玆亭擅我東。遺墟苔遍綠。餘燼土留紅。一語名仍勝。千秋地更雄。登臨不盡興。便欲御冷風。(華侍讀題扁曰。東國第一江山。故五六句及之。)

李廷龜	月沙集 卷13 儐接錄下 「次正使遊漢 江韻二首」	正使 姜曰廣이 漢江을 유람하며 지은 시에 차운하여 시 2수를 짓다.	漢水流終古。天仙幾此遊。百年留物色。今日最風流。筆下洪濤起。尊前暮景收。却愁雲雨散。星斗望悠悠。出郭纔迎爽。漁梁且夕喧。江雲含雨意。汀草帶潮痕。可耐淸遊散。空餘勝跡存。仙舟知已杳。布鼓又雷門。
李廷龜	月沙集 卷13 儐接錄下 「次副使遊漢 江韻二首」	副使 王夢尹이 漢江을 유람하며 지은 시에 차운하여 시 2수를 짓다.	縹緲高臺瞰碧淙。百年佳境屬詞宗。鷗邊晚色明孤浦。雲外晴光露數峯。彩筆揮時看吐鳳。綺筵開處杳登龍。休嫌入夜微涼透。和氣薰人似酒濃。肩輿容與出南宮。詞客輕裝只竹筒。故晚江行遲月上。更催船棹趁潮通。當筵揮塵談霏玉。倚醉擒毫氣吐虹。勝賞鼇頭有明日。今宵歸興莫悤悤。(是日。兩大人乘晚出漢。仍欲舟下鼇頭。潮退未果。帶月而歸。亦勝事。故記實。)
李廷龜	月沙集 卷13 儐接錄下 「次正使登漢 江亭韻」	正使 姜曰廣이 漢江亭에 올라 지은 시에 차운하여 시를 짓다.	漢江佳氣晚葱葱。縹緲仙舟在水中。詔下丹霄翔彩鳳。詩成滄海泣驪龍。尊前直待三更月。腋下如憑萬里風。此去銀河應咫尺。不煩身跨赤鱗公。
李廷龜	月沙集 卷13 儐接錄下 「次正使山雨 樓紀懷韻」	正使 姜曰廣이 山雨樓에서 감회를 기록한 것에 차운하여 시를 짓다.	縹緲飛甍霄漢連。倚欄人在五雲邊。路經蓬海三千里。夢繞爐煙咫尺天。睡罷淸香圍燕寢。詩成美玉出藍田。知公不淺南樓興。良覿何由數近前。
李廷龜	月沙集 卷13 儐接錄下 「次正使遊楊 花渡韻」	正使 姜曰廣이 楊花渡를 유람하며 지은 시에 차운하여 시를 짓다.	撥忙郊路小輿輕。鷗鷺驚飛眼忽明。日射海門帆有影。沙平江岸水無聲。詩當得意頻拈筆。興到忘形不數觥。佳句猥承知己許。百年肝膽片言傾。

李廷龜	月沙集 卷13 償接錄下 「次正使月夜 開春亭韻」	正使 姜曰廣이 달밤에 開春亭에서 지은 시에 차운하여 시를 짓다.	獨夜危樓坐。長天片月行。百年爲客恨。千里望辰情。簾幕初生影。衣巾漸覺明。微微風緒薄。滴滴露華輕。司馬凌雲氣。輿公擲地聲。啁啾應一掃。雙鳥未休鳴。
李廷龜	月沙集 卷13 償接錄下 「次正使登鼇 頭峯有感, 倂 似同遊諸君子 韻」	正使 姜曰廣이 鼇頭峯을 읊은 시에 차운하여 시를 짓고, 배편으로 仙遊峯을 지나다가 암벽에 새겨진 朱之蕃의 글씨를 본 사실을 언급하다. * 선유봉은 주지번이 암벽에 '砥柱'라는 글자를 새겨 砥柱峯이라고도 불렀다.	雲幕高褰入碧虛。長風岸幘曠懷舒。清遊宛對屏間畫。勝迹猶看石上書。(是日。舟過仙遊峯。訪石崖朱學士書迹。)老去才情隨退鷁。醉來歌嘯聳潛魚。遼天極目妖氛豁。歸趁仙班賀玉除。
李廷龜	月沙集 卷13 償接錄下 「奉別正使大 人台臺下」	正使 姜曰廣과 이별하며 시 3수를 짓다.	不佞忝候館下。未一旬矣。高文佳什。厚借奬詡。榮光下逮。銜感平生。薰德誦義。實倍他人。祖筵將開。飆御莫挽。明朝弘濟橋邊。卽是天上人間永分之岐路也。不勝區區兒女子之情。敢以三律。仰申下懷。 其一：河淸千載聖人作。天啓五年太子生。爲遣詞臣頒大誥。仍敎海若護雙旌。威加遼薊屯邊將。恩浹淄青戍海兵。何幸偏邦逢盛際。忝陪賓館似登瀛。 其二：南昌雄府大江西。袞袞才賢似聚奎。俊采驚人瞻玉樹。高科拔萃貯金闈。九天雨露琅函降。萬里風煙綵筆携。一識荆州誠宿願。可堪明日隔雲泥。 其三：門館陪從未浹旬。忽驚霄漢返飆輪。聞聲已久今先睹。竝世猶難況後

			塵。清範自令人起敬。別懷偏使我傷神。慇懃寄語清江老。白髮相思又一春。
李廷龜	月沙集 卷13 僧接錄下 「次正使燕及老先生臨行留別詩韻」	正使 姜曰廣이 이별하며 지어 준 시에 차운하여 시를 짓고, 原韻을 덧붙이다.	其莫樂新相知。莫悲生別離。人生會有別。此別無前期。飆輪不可駐。凤駕將西馳。願得一言贈。爲我暫遲遲。詩如醮水成。文不用意爲。讀罷不能釋。永懷瓊樹枝。詩留在我袖。人去來何時。古人重知己。意氣出天彝。此身雖或分。此心寧有虧。清範服人心。雅操令人思。思之難可見。雲樹遠依依。應留一片石。芳名長在兹。 原韻(姜曰廣) 爲樂幾何日。匆匆忍別離。長當從此別。會面未可期。驚風飄白日。冉冉忽西馳。豈不懷去路。爲君暫棲遲。去轍難可留。棲遲空復爲。歸潮奔舊壑。暮鳥投故枝。物各懷其土。客心無定時。去去不足道。念子懷秉彝。人生重道義。意氣永不虧。何當此良友。長餘耿耿思。執手離筵前。情意兩依依。願言俱努力。良時正在兹。
李廷龜	月沙集 卷13 僧接錄下 「次正使大人臨行留別口號韻三首」	姜曰廣이 이별하며 지어 준 시에 차운하여 짓고, 강왈광의 原韻을 덧붙이다.	其一：亭午朱曦熾碧空。密雲藏雨靜無風。怪來爽氣生衣袖。爲是氷壺映座中。(是日熱甚) 其二：仙馭飄然信宿歸。眼中幢旆盡依依。傷離不獨尊前老。看取傾都詠袞衣。(是日。都中父老二萬餘人。攀轅讚頌於道左。故云。) 其三：弘濟橋邊水。蓬萊海上山。一杯從此別。何日入秦關。 原韻(姜曰廣)：雨過高城洗碧空。龍旌冉冉動秋風。此行不爲臨淵羨。自愛垂

			綸大海中。 其二：萬里乾坤一客歸。垂楊是處故依依。交情唯有尊前淚。許得西風送滿衣。 其三：去去重回首。不堪別好山。望山方淚別。友復到陽關。
李廷龜	月沙集 卷13 儐接錄下「次副使老先生大平館韻，兼呈正使老先生，以寓別懷，六十韻」	副使 王夢尹이 大平館에서 지은 시에 차운하여 시를 지어 正使 姜曰廣에게도 주고, 이별의 회포를 담다.	煌煌日月揭高穹。一氣昭蘇萬域通。軌度璣衡齊舜政。本支盤石盛周宗。天人叶應三階泰。山海梯航九譯重。濟濟簪紳羅象緯。桓桓仗衛列羆熊。豈惟盛代規模遠。自是神謨駕馭雄。卉服氈裘歸版籍。炎風朔雪入提封。丹山旭日儀祥鳳。大澤雲雷起伏龍。一夜瑤光纔貫月。三宮瑞氣已騰虹。謳歌允屬歸依地。調護何煩羽翼功。禮重郊祿昭簡冊。頌騰星海播歌鍾。事光五典三墳上。化本關雎麟趾中。率土歡呼均遠邇。盈庭蹈舞籲臣工。天縱英姿自幼沖。燕翼百年基有永。綿區一視慶無窮。偏邦亦與頒宣烈。聖渥還蒙錫賚隆。遼左威加安反側。山東詔下泣羸瘵。文星映塞旄頭落。壯士迎郊劍氣衝。可但藩維覃布慶。佇看巢窟迅除凶。霜臺玉署芳猷重。霽月冰壺雅操同。江右精英鍾灝水。寧南淑氣挺恒峯。當筵逸發瞻風裁。賜帶橫腰藍玉潤。宮袍繢眼越羅紅。馳驅原隰身猶健。閱歷艱危道益豐。僻壤不期逢盛典。老身何幸躡仙踪。聲名山斗聞高義。道學河汾聽下風。德氣薰人心似醉。華言憑譯耳猶聾。清談罪處瓊瑤屑。彩筆揮來紫翠茸。應有宿緣相感

| | | | 結。却驚佳會似萍蓬。樓高山雨(樓名)頻聯席。亭豁皆春(亭名)幾策筇。舊迹時尋大平館。靈襟遙寄廣寒宮。登臨氣槩三韓隘。陶寫風煙萬象從。王晉初疑降緱嶺。廣成還似住崆峒。笙歌縹緲瑤池宴。冠蓋聯翩玉樹叢。白羽乍搖魂已爽。烏紗欲整醉還慵。香凝燕寢森雕戟。風颭旗亭簇綵絨。雨後微涼生殿閣。晚來空翠入囱櫳。登門自詫榮光溢。下榻全忘位望崇。一字過褒知契合。片言相許覺神融。晴天快若初披霧。就日眞如可愛冬。每誦篇章應口沫。自憐衰朽已頭童。陽春遺響誰傳郢。流水知音幸遇鍾。方識使華誠俊乂。故將恩德及耕傭。精衷益激尊中夏。車甲寧稽賦小戎。指日燕然將勒石。從今渤海可漂銅。天開紫塞妖氛淨。日轉青丘喜氣充。諸將傾河洗兵甲。齊民擊壤樂桑農。高標莫挽沖霄鶴。勝迹空留踏雪鴻。衰草長亭秋漠漠。亂山孤驛雨濛濛。歸帆碣石重溟外。仙路扶桑萬國東。鼇背青山雲靉靆。鯨邊白浪雪崔嵬。冥庥自仗神明力。外物何曾芥蔕胸。達去如斯程叔子。恬然自在呂端公。前賢偉量應追武。斷港涓流敢較洪。峴首遺芬碑突兀。屋樑殘夢月朧朧。來時碧葉迷汀樹。去日金風落井桐。六月鵬程窮汗漫。五雲龍闕上穹窿。訏謨更掌絲綸密。獻納重承雨露濃。聚散有期分手易。歡娛難再轉頭空。牢愁可耐尊前苦。衰鬢空添鏡裏鬆。無限別懷重寄語。遠人加額望時雍。 |

李廷龜	月沙集 卷13 儐接錄下 「次正使寄別韻」	姜曰廣이 이별하며 지은 시에 차운하여 시를 짓고, 姜曰廣의 原韻을 덧붙이다.	傾蓋無何已別筵。忽看雙鳳遠聯翩。自憐窮海同羈羽。何路瑤臺問列仙。父老徒勤袞衣詠。訏謨方佇侍臣賢。交期不隔滄溟闊。夜夜精神夢裏傳。 原韻(姜曰廣)：海鶴高姿映綺筵。更看文采雋翩翩。雄名一代齊華岳。大業千秋起謫仙。自昔南州人作客。到今東國道存賢。別君不盡倦懷意。歸把新詩仔細傳。
李廷龜	月沙集 卷13 儐接錄下 「又用前韻,兼奉極峯老先生」	1626년에 姜曰光에게 차운한 詩韻으로 시를 지어 1608년에 조사로 왔던 熊化에게 주다.	極峯熊老先生。十八年前奉詔來臨也。不佞忝爲儐伴。最蒙知遇。厥後朝京。屢荷款接。間者闊焉。亦十餘年矣。清芬雅操。非但不佞欽服。東土之人。至今稱誦不能忘。聞清江與新建近鄉。故敢寓寸情於詩中。卽見老先生歸把新詩仔細傳之句。千里肝膽。怳如共對一堂。惶恐不敢附書於行軒。敢以一律。兼寄下懷。 慣向河橋辦餞筵。九霄歸馭又翩翩。極峯雅望烏臺石。(中朝人贊極峯公有烏臺介石丹堅清氷之語。故云。)太史清芬玉署仙。海外十年重儐接。江西一代盛才賢。新離舊別無窮意。千里郵筒可盡傳。
李廷龜	月沙集 「月沙集序(姜曰廣)」	姜曰廣이 『月沙集』의 서문을 쓰다.	予以今皇帝之年。銜命朝鮮。未旬日。復以他命行。獨館伴李君周旋差久。一日。月沙手詩一帙。屬予序之。余旣卒業。作而嘆曰。美哉彬彬乎。我國家之文治。於斯爲盛矣。昔人有言。聲詩汙隆。關乎世運。豈不然哉。詩三百篇。非聖臣名佐之筆。卽田畯紅女之詞。大以昭其功德。微以寫夫性情。初未嘗抽繪章句。臨摹繩墨。思欲爭千

| | | | 秋於藝苑也。然而質契神明。休符造化。後之才人詞客。鏤心刻腎。曾不得窺其堂奧焉。揆厥所由。時則大和元氣盎溢。在三代宇宙間故也。惟我國家號稱極治。文德之矢於今二百餘年。汪濊曼羨。郁郁乎煥哉。直與唐虞三代比烈矣。風美所扇。人文鬱流。雲蒸霞變。說者謂詩道極衰於宋元而大備於昭代。非虛語也。東國沐浴文化。比于時夏元氣之所鼓盪。故其學士大夫率能振和平之響。以鳴一代之休。而李君以家學淵源。素稱此中名宿。其大業彬彬。見推中朝宗匠。不亦宜乎。隨遇臻變。獨造眞境。汪先生斯爲不佞矣。且夫詩道。豈易言哉。胸情直擧。多任流移。則氣格不振。法律嚴持。好作矜莊。則風趣頓傷。是以兩家各以所長。交相爲譏。卒亦不相爲用。何人鮮備善。亦元氣既漓。天實生才。有至有不至也。宗自然之說者。哆口關關睢鳩出於何典。得毋受人之形。復求人道於空桑乎。然衣冠土木而卽具然命以爲人。亦誠有所不可。何則。以其君形者不存焉耳。此則倣古之過也。原其所指宗。以究其所踵。受兩家疵累。斯可得而論也。夫惟有溫柔敦厚之旨。而無卑靡纖促之習。難矣哉。詩三百篇。往往可歌可詠。所以爲盛世之元音也。若李君者。庶幾近之矣。詩曰。鳳凰鳴矣。于彼高岡。言瑞應也。鳳凰鏘鏘之鳴。中律中呂。誰爲爲之。感于其氣然耳。元氣所召。有物來相。聲歌之發。不求工而自工。所謂作者不自知其所至而工焉者。顧失之乎。李君 |

			于是乎能鳳鳴矣。夫陳詩達俗。正使臣之職也。予持是編。歸將藉手以獻明庭。登諸紀載。用昭我國家之文治。騰衍海外者如此。嗚呼。豈不盛哉。皇明賜進士第欽差正使翰林院編修起註經筵展書官南州姜曰廣。拜撰。
李廷龜	月沙集 卷34 「簡寄漢江舡遊圖姜(曰廣)·王(夢尹) 兩天使(丙寅儐接時)」	姜曰廣과 王夢尹에게「漢江舡遊圖」를 보낸다는 편지를 쓰고, 姜曰廣과 王夢尹의 편지를 덧붙이다.	人生聚散。固當付之常數。而此別最難爲懷。回思弘濟橋邊。便是千古河梁。悒悒之情。至今結在心曲。豈衰人易感而然歟。傾都父老。擁路攀呼。可見情芬之入人也深。豈但陪從門館之人獨紆軫而長思也。別後溽暑敲煩。不審途間體履珍順否。仍念漢江陪遊。眞一勝迹。敢倩龍眠。模寫一幅。仰備淸玩。倘於燕閑。時時一覽。一尊談笑。萬里不隔。此身長在春風座上也。幸留惠一語。以賁湖山。則益爲傳家榮輝之寶。更感更感。肅楮不宣。 (附)姜天使書：孝恭有言。陸賈皇華。定知交於南越。豈不以氣誼所結天涯比隣哉。足下東國望門。詞壇名宿。不佞雖迹曠風雲。然情延芝蕙。比來獲奉披覿。喜慰平生。加以盛德多情。惓款備篤。至於臨別贈章。愛重尋常。言深悲切。金石可銷。此誼難泯矣。所竊附者。傾蓋之知。所長恨者。交臂之失。所謂伊人在水一方。惟詠秦風。終焉永嘆。前者卒卒有作。不盡離懷。政擬效隰桑之賦。少罄緇衣之誠。而穆如佳詠。颯颯遠來。知情深難別。故自同之耳。病中戀念。不覺霍然。陳琳之檄。可愈頭風。杜甫之詩。能驅瘧鬼。豈不信哉。展漢江遊

| | | | 圖。又覺蘭亭一會。儼然未散。凡此皆風流之豪擧。千秋之美談也。風雅場中。自得足下。眞不寂寞矣。伏枕邃歌。總成囈語。和咸池以下里。酬明月以砧砆。要益彰來敎之美耳。昔張騫持節大宛。得蒲萄而歸。至今中原盛傳其事。不佞今得珠璣滿囊。豈不爲勝之耶。輶軒所過。歡呼塞道。此自貴國尊重朝廷。乃辱推引穪深。祇增慙恧。實無遠德。歌舞謂何。不虞之譽。有度不處。足下知我當不以斯言爲外飾也。令郎道丈。獲把淸光。意度宏深。當復大受。是父是子。信爲不虛。不佞蒲柳衰質。不耐劇病。餘息奄奄。僅自支護。惠問遠尋。益訒篤愛。嗚呼。月沙足下。弘濟一別。相見何期。良時在玆勖之。而已外小律。寄議政諸丈見意。希轉致之。
(附)王天使書：相晤未幾。別緒忽驚。心非木石。能忘惆悵。惟是王事關情。驪駒鳳駕。河橋一分。遂成千古。雖然。聚散。緣也。久暫。數也。緣不能限。數不能局者。情也。向來日少而情多。亦願此後跡遠而情親耳。語曰。德不孤。必有隣。安在同堂哉。惟門下勉之。江遊圖見寄。知門下乃世之有心人。勉作小記。幸次諸名作于其上。勿不多及。 |
| 李廷龜 | 月沙集
卷34
「答姜天使」 | 姜曰廣에게 답장을 쓰다. | 河橋別後。悵然如失。搖搖此心。長逐行旌。便回。眷辱長牋曁瓊什。披讀爽然。若苦海中甘露灑也。敬服敬服。卽想仙槎將泛。星漢咫尺。垂天之翼。九萬下風。從此斥鷃枋楡。無路仰攀。惟思手額萬里之外。仔聞中國 |

			相司馬耳。紀行小稿。只是沿途信筆。傖父俚語。適足獻笑。從者誤徹淸覽。乃蒙高文。獎借逾分。讚劣何可當也。藏之巾笥。以爲鎭家之寶耳。江遊作圖。只記勝迹。父老口碑。要贊盛德。皆出於攀慕咏嘆之至情。亦兩大人過存之餘澤也。暑令方嚴。恭祝對時珍護。恩宂不盡懷。臨楮悒悒。
李廷龜	月沙集 卷34 「簡寄皇華集 姜王兩天使」	姜曰廣과 王夢尹에게 편지를 쓰다.	憶弘濟橋頭之別。至今心折魂銷。旋車在途。而屢辱寄存。區區之意。猶以芳徽不絶。稍慰瞻佇。繼聞仙槎解纜。此心又折矣。又聞已登萊岸矣。卽想已返天庭矣。從此風流日遠。無可攀及。其人如玉。托之夢寐。徒見金臺落日。片雲西飛。悠悠望眼。長在斗牛間矣。向來文酒陪從。眞是此生難再之榮。江舟泛月之遊。夜亭秉燭之歡。恍然如隔一塵。興言疇昔。結想爲勞。唯是篇章在篋。筆札在案。一憶一展讀。紙爲毛而手亦胝矣。抑不佞之於閣下。特傾蓋一朝之合。且有仙凡截然之分。而不佞之傾情倒意。薰德醉義至於此。是必多生宿緣之感。夫豈强而爲哉。書中所謂氣誼所結。天涯比隣者。誠達論也。皇華集。編作三冊。奉呈十件。此特兩先生觸物寓興。觀風採俗之作。其咳唾之珠璣散落於東韓者。不過滄海之一滴。而片言隻字。皆是大雅之遺音。不佞等猥蒙提誨。濫有攀和。扣而後鳴。實不成聲。而聊遵故事。輒皆編入。此何異棲蟬伏蚓之鳴。竝奏於淸廟朱絃也。榮耀雖多。愧惡何顔。急於趁行。粧印考校。未免粗率。尤用悚歎。序文。承寡君命。未敢以荒

			拙辭。誠不足以揄揚盛美。得無爲具眼者雌黃耶。長律六十韻。非故有意酬唱。只逑攀慕之情。以續不盡之離情。倘賜留覽。覆瓴亦榮。秋候乍褰。伏想台體對時淸穩。仍祝爲世道崇深。益膺隆眷。黼黻洪猷。陶鑄大和。天外故人。佇承華問。臨書神往。曷勝瞻注。不宣。
			(附)姜天使書：不佞客秋浮海而歸。每見孤鶴橫空。淸風振籟。未嘗不憶足下也。一入春明。朝紳相晤。便問東方有人乎。則不佞對曰。有李月沙者。是所謂理物之至德。淸選之高望矣。而夙欽風聞者。亦自不乏。佳詩在案。取而示之。相與一番傳誦。聊當一番對晤耳。良書遠來。故人情厚。雖在萬里。怳若面談。懷光儀而夢想何極。移歲序而感歎滋深矣。皇華集。冠以鴻筆。琅琅乎華國也哉。第稱許溢情。刻畫無鹽矣。母亦取諸覽浮圖之義耶。抑所謂犀玉無位。出自驕貴者也。不佞祭太妃文。似當補入。夫奉使之事。遭吉則賀凶則弔。禮也。過而存之。庶后之使東國者。得以覽觀焉。不佞蒲柳衰質。乞身念切。自茲以往。卽恐音問亦復渺然矣。言之於悒。臨書東望。不盡依依。
李廷龜	月沙集 卷40 「皇華集序」	『皇華集』의 서문을 쓰면서 황태자 탄생을 알리는 조서를 반포하기 위해 姜曰廣과 王夢尹이 조선에 온 사실을 말하다.	今皇帝卽位五年天啓乙丑冬。賀節陪臣。在北京馳啓言。今年十月。皇長子生。帝命頒詔天下。其使本國者。曰翰林編修姜公・工科給事中王公。將以十二月辭朝。明春過海云。我殿下會諸臣若曰。聖天子儲宮久虛。天下延頸而待矣。今天錫以元嗣。此大慶也。

不穀外臣也。而詔諭錫賚。視于內服。
此異數也。翰林邇列。給事諍官也。
而涉萬里危險。布德音於重溟之外。此
大榮也。不穀限於疆守。不能以身奔走
於執玉之列。不穀之所可自盡者。惟在
於欽皇命敬使華。揚大慶侈異數而已。
爾諸臣其簡乃僚。率事惟謹。曰金塗。
爾方主文柄。爾其遠接于境上。曰廷
龜。爾屢經館職。儐事惟爾欽哉。群
臣承命。罔不精白以待。至今年六月。
兩先生來頒詔勑綵幣。我殿下方在私
憂。而以皇命也。具法服迓于郊。既
加恩宥罪。增秩開科。日詣館。禮享
惟謹。兩先生禮容之盛。我殿下誠敬之
篤。誠千載一遇也。兩先生禮成未浹
旬。翩然而返。我殿下感皇恩而罔以
報。欽使華而不能忘。音容日遠。無
以自慰。則謂仙軺雖不可留。所留者文
章也。遂命裒集詩文爲一帙。付書局鋟
之梓。因命臣序之。臣竊惟文章。經
國之大業。不朽之盛事。古之作者。
其人與骨。皆已朽矣。而遺風餘響。
尚足以曠世興感。何況親逢文治之盛
際。得遇大雅之君子乎。大明中天。
文運勃興。宏儒碩士。迭主齊盟。或
雄鳴館閣。或高視騷壇。彬彬之盛。
直與三代而比隆。兩先生以光岳之精
英。當氣化之融昌。或左右論思。或
朝夕補拾。地分清切。風猷顯重。今
乃輟講筵虛諫席而來頒慶詔。斯豈非海
外偏邦之幸歟。臣既忝承館任。幸獲周
旋於門館之下。且以老退之筆。間嘗竊
吹於樽俎之間。

李廷龜	月沙集 卷40 「皇華集序」	姜曰廣과 王夢尹의 시문을 陶潛·謝靈運·杜甫·西漢·楚辭 등에 비견하다.	伏覩兩先生之詩。淸麗雅緊。各有其態。而大都絶摹擬洗蹊逕。初不似經意。而覽之淵然色。誦之鏗然聲。往往初日芙蓉。令人奪目。況長篇冲澹。得陶謝之趣。大律森嚴。有少陵之致。記敍之文。核而暢。其西京之遺乎。辭賦之作。奇而蔚。其楚國之餘乎。斯可謂左右俱宜。愈出愈奇也。
張維	谿谷集 卷1 「弔箕子賦, 次姜編修韻 (幷序)」	姜曰廣의 운을 따라서 箕子를 애도하는 賦를 짓다.	屈·宋之後世無騷。班·張之後世無賦。明興李·何諸子。迺始彬彬振古。而閎衍巨麗之體。猶未大備。至盧次楩·王元美出而後。騷賦頓復舊觀。不佞嘗讀而艷之。竊意中華之大。必有繼而作者。顧海外僻遠。未之聞也。玆者伏蒙正使大人出示弔箕子賦一篇。無論詞旨醇篤。足以闡仁聖之微意。其奇文奧語。錯落臚列。雖王·盧復作。殆欲瞠乎下風。吁亦壯矣。不佞款啓寡聞。才具凡近。不足以追攀步驟。顧唱酬之禮。不敢闕焉。謹依韻和呈。以請斤敎。撫掌之笑。有不敢避。其辭曰…
張維	谿谷集 卷1 「弔箕子賦, 次姜編修韻 (幷序)」	姜曰廣의 賦는 王世貞과 盧楩 같은 이들도 놀랄 만한 작품이다.	上同
張維	谿谷集 卷16 「左議政月沙 李公行狀(以 下續稿)」	明의 詔使 姜曰廣과 王夢允이 왔을 때 李廷龜가 館伴이 된 사실을 언급하다.	姜·王二詔使之來。公又爲館伴。詔使送帖。有飽聞聲華之語。又拜左贊成。兼禮判如故。

洪大容	湛軒書 外集 卷1 「杭傳尺牘 · 與秋庫書」	『明記輯略』의 "丙寅, 姜日廣册封"條에서 仁祖가 魏忠賢에게 책봉을 부탁 했다는 기록의 잘못을 변증하다.	丙寅姜日廣册封條。朝鮮王諱弑君自立。邊臣請討。因魏忠賢請封云云。以倡義反正之擧。蒙簒弑首惡之名。其寃切矣。其痛極矣。惜乎。中國之無良史而天下之無公議也。至若魏忠賢請封云。則是謂東國冒竊非據。知不可以得之于朝廷之公議。則乃夤緣曲逕。交結權宦。以圖誥命。卽此一轉語之間。當日反正之義晦焉。千古首惡之累成焉。數百年禮義廉恥之風。隨而掃地盡焉。嗚呼。此而不辨。則東方終不免九夷之陋而無以自立於天地之間矣。爲此言者。可謂東方世讎也。

高 啓 (1336-1374)

인물 해설	元末明初의 문인으로 자는 季迪, 호는 靑邱子이며 蘇州 사람이다. 전원생활을 사랑하는 자유인이었으며 元宋 이후의 중국에 대두한 시민층의 한 전형이었다. 그의 시는 다양하지만 대체로 경쾌하며 평이하다고 평가된다. 明初의 楊基, 張羽, 徐賁과 함께 '吳中四傑'로 칭해졌다. 近體詩에서는 주로 강남의 水鄕의 풍물을 담백하게 노래했고, 古體에서는 역사나 전설에서 취재한 낭만을 노래하였다. 대표작인 「靑邱子歌」는 분방한 환상을 엮어 나가면서 시인의 사명을 노래한, 중국문학사상 주목할 만한 작품이다. 「姑蘇雜詠」 132수는 유서 깊은 蘇州의 명승고적에 붙여서 쓴 시를 모은 것으로, 史實과 전설과 자연미와 환상을 섞어 짠 작품이다. 저서로는 『高靑邱詩集』(19권)과 詞集인 『扣舷集』(1권), 문집인 『鳧藻集』 등이 있다.
인물 자료	○ 『明史』, 列傳173 　高啓, 字季迪, 長洲人. 博學工詩. 張士誠據吳, 啓依外家, 居吳淞江之靑丘. 洪武初, 被薦, 偕同縣謝徽召修『元史』, 授翰林院國史編修官, 復命敎授諸王. 三年秋, 帝御闕樓, 啓·徽俱入對, 擢啓戶部右侍郎, 徽吏部郎中. 啓自陳年少不敢當重任, 徽亦固辭, 乃見許. 已, 並賜白金放還. 啓嘗賦詩, 有所諷刺, 帝嗛之未發也. 及歸, 居靑丘, 授書自給. 知府魏觀爲移其家郡中, 且夕延見, 甚歡. 觀以改修府治, 獲譴. 帝見啓所作上梁文, 因發怒, 腰斬於市, 年三十有九. 明初, 吳下多詩人, 啓與楊基·張羽·徐賁稱四傑, 以配唐王·楊·盧·駱云. ○ 錢謙益, 『列朝詩集小傳』 甲集卷4, 「高太史啓」 　啓, 字季迪, 長洲人. 至正丁酉, 張氏開藩平江, 承制以淮南行省參政饒介爲諮議, 參軍事. 季迪年二十餘, 介覽其詩, 驚異以爲上客. 季迪謝去, 隱吳淞江之靑丘, 自號靑丘子. 洪武初, 召入纂修元史, 尋入內府, 敎功臣子弟, 授翰林院國史編修官. 三年七月廿八日, 與史官謝徽俱對. 上御闕樓, 時已薄暮, 擢戶部侍郎, 徽吏部郎中. 自陳年少不習國計, 且孤遠不敢驟膺重任. 徽亦固辭. 並賜

<table>
<tr>
<td></td>
<td>內帑白金放還. 退居青丘. 先是, 季迪以史事爲祭酒魏觀屬官, 雅相知契. 觀奉命守蘇, 爲季迪徙居城中夏侯里, 接見甚密. 觀改修府治, 季迪作上梁文, 連坐腰斬. 洪武七年也, 年三十有九. 季迪身長七尺, 有文武才, 無書不讀, 而尤邃於群史. 其詩有鳳臺·吹臺·江館·靑丘·南樓·槎軒·姑蘇雜詠諸集, 文曰鳧藻, 詞曰扣舷. 鳳臺集則洪武初爲史官時作也, 詩凡二千餘篇. 自選得缶鳴集十二卷, 九百餘首. 季迪歿, 無後, 其妻周氏藏弄其遺藁, 授其姪立. 永樂元年, 鏤版行世. 景泰中, 徐庸用理會梓爲大全集. 王子充曰:"季迪之詩, 雋逸而淸麗, 如秋空飛隼, 盤旋百折, 招之不肯下; 又如碧水芙蕖, 不假雕飾, 翛然塵外." 謝徽曰:"季迪之詩, 緣情隨事, 因物賦形, 橫從百出, 開合變化. 其體製雅醇, 則冠裳委蛇, 佩玉而長裾也. 其思致淸遠, 則秋空素鶴, 迴翔欲下, 而輕雲霽月之連娟也. 其文采縟麗, 如春花翹英, 蜀錦新濯. 其才氣俊逸, 如泰華秋隼之孤騫, 崑崙八駿追風躡電而馳也." 李東陽曰:"國初稱高·楊·張·徐. 高才力聲調, 過三人遠甚. 百餘年來, 亦未見卓然有過之者."</td>
</tr>
<tr>
<td>저술
소개</td>
<td>

* 『高太史大全集』
  (明)刻本 18卷 / (明)景泰 元年 劉宗文等刻本 18卷

* 『缶鳴集』
  (明)刻本 12卷

* 『姑蘇雜詠』
  (明)濤蔭堂 刻本 / (明)衛拱宸輯 (明)洪武 31年 刻本 2卷 / (明)成化 22年 張習刻本 1卷

* 『高太史鳧藻集』
  (明)正統 9年 鄭顒·邵昕刻本 5卷

* 『姑蘇雜詠合刻』
  (明)周希夔編 (明)萬曆 46年 周氏刻本 4卷 內 高啓撰 『姑蘇雜詠』 2卷

* 『盛明百家詩』
  (明)俞憲編 (明)嘉靖−隆慶年間 刻本 324권 內 高啓撰 『高季迪集』

* 『宋金元明十六詞』 十七卷
  (淸)抄本 17卷 (淸)勞權校跋 內 高啓撰 『扣舷詞』 1卷

* 『藝苑叢鈔』

</td>
</tr>
</table>

			(清)王穡編 稿本 163種 326卷 內 高啓撰 『扣舷集』 1卷

★『明初四家詩』

　(明)陳邦瞻輯 (明)萬曆 37年 汪汝淳刻本 41卷 內 高啓撰 『重刻高太史大全集』 18卷

★『文瑞樓彙刻書』

　(清)金檀輯 (清)康熙－雍正年間 桐鄕 金氏 文瑞樓 燕翼堂刻本 內 高啓撰 『青邱高季迪先生詩集』 18卷 『遺詩』 1卷

비 평 자 료

南龍翼	壺谷漫筆 卷3 「明詩」	李夢陽 이전의 대가로 高啓를 들다.	李空同(夢陽)有大闢草萊之功。後來詩人皆以此爲宗。而其前高太史(啓)‧楊按察‧林員外(鴻)‧袁海潛(凱)‧汪右丞(廣洋)‧浦長海(源)‧莊定山(昶)。亦多警句矣。
南龍翼	壺谷漫筆 卷3 「明詩」	명나라 시는 송나라를 넘어 당나라 시를 섭렵했지만 명나라만의 격조가 있다고 논평하며, 高啓의 시를 실례의 하나로 들다.	明詩如…高太史詠梅雪滿山中高士臥。月明林下美人來…等句。足以跨宋涉唐。而然亦自有明調。
徐淇修	篠齋集 卷1 「次韻竹石老人梅花雜詠」	高啓가 매화를 읊은 佳作을 여러 수 남긴 것을 말하며, 錢謙益의 「梅花百咏題後」를 인용하다.	秪堪怡悅怕人知。匝樹高吟又把枝。暖閣紗幬欣共宿。野橋山店遞相思。金鬘臱憶蜂嬉次。粉質翩如蝶倒時。多謝吳興高太史。爲花持世數篇詩。(錢牧齋題梅花百咏後曰。林和靖‧高季迪。自衆香國來。爲此花持世。各三百年。)
徐淇修	篠齋集 卷1 「仮好僑居, 同仲裴‧徽仲‧李啓宇, 拈高啓迪韻夜賦」	徐彝淳의 거처에서 李啓宇 등과 함께 高啓의 시에 차운하여 시를 짓다.	皎潔憐君玉樹姿。文章爾雅見修辭。書窓剪燭欣相覦。溪閣題詩謾寄思。箋疏虫魚書帶草。棲遲烏鵲月明枝。不愁騎馬前橋遠。爲惜流光逼歲時。

正祖	弘齋全書 卷180 群書標記 「詩觀」	高啓의 시는 全唐의 시를 본받아 風骨이 秀麗하고 빼어나며, 재주가 넉넉하다.	高啓矩矱全唐。風骨秀穎。才具贍足。
正祖	弘齋全書 卷9 「詩觀序」	『詩觀』에 明나라 劉基·高啓·宋濂·陳獻章·李東陽·王守仁·李夢陽·何景明·楊愼·李攀龍·王世貞·吳國倫·張居正의 詩를 수록하였음을 언급하다.	上自風雅。下逮宋明諸家。黜噍殺之響。取鏗鏘之音。未數旬。裒然成一副巨觀。…嘗試披卷而觀之。風雅古逸尙矣。兩漢以質勝。六朝以文勝。魏稍文而遜於兩漢。唐稍質而過於六朝。宋之談理。明之尙氣。…明取十三人。劉基一千四百二十九首。爲十二卷。高啓一千七百五十六首。爲十一卷。宋濂一百三十三首。爲二卷。陳獻章一千六百七十九首。爲十卷。李東陽一千九百四十四首。爲十四卷。王守仁五百八十四首。爲四卷。李夢陽二千四十首。爲十七卷。何景明一千六百六首。爲十三卷。楊愼一千一百七十五首。李攀龍一千四百十七首。各爲十卷。王世貞七千一百二十三首。爲五十卷。吳國倫四千八百八十八首。爲三十一卷。張居正三百十七首。爲二卷。共爲明詩一百八十六卷。錄詩二萬五千七百十七首。凡詩觀之錄詩。七萬七千二百十八首。而爲五百六十卷。

3
高 棅 (1350-1423)

인물 해설	명나라의 詩人으로 廷禮라고도 한다. 자는 彦恢, 호는 漫士로 福建 長樂 출신이다. 관직은 翰林院 侍詔, 典籍 등을 지냈다. 詩는 물론 書畵에도 능하여 三絶이라 일컬어졌고 林鴻, 王侔, 陳亮, 王恭, 唐泰, 鄭定, 王褒, 周玄, 黃玄과 함께 '閩中十才子'로 칭해졌다. 唐詩를 初·盛·中·晚의 4기로 분류하였는데 특히 盛唐의 시를 높이 평가하였다. 그가 편집한『唐詩品彙』100권은 명나라 시단에 큰 영향을 끼쳤고, 조선에서도 중요한 당시 독본이 되었다. 저서로『嘯臺集』,『水天淸氣集』등이 있으며,『唐詩品彙』,『唐詩正聲』을 편찬하였다.
인물 자료	○ 『明史』, 列傳 174 　高棅, 字彦恢, 更名廷禮, 別號漫士. 永樂初, 以布衣召入翰林, 爲待詔, 遷典籍. 性善飮, 工書畵, 尤專於詩. 其所選唐詩品彙·唐詩正聲, 終明之世, 館閣宗之. ○ 錢謙益,『列朝詩集小傳』乙集 卷3,「高典籍棅」 　棅, 字彦恢, 仕名廷禮, 別號漫士, 長樂人. 永樂初, 自布衣召入翰林, 爲待詔. 九年, 始陞典籍. 永樂癸卯, 卒於官, 年七十有四. 流傳篇詠, 毋慮千餘篇. 選唐詩品彙九十卷, 拾遺十卷, 議者服其精博. 書得漢隸筆法, 畵出米南宮父子, 時稱三絶. 門人林誌志其墓曰: "詩至唐爲極盛, 宋失之理趣, 元滯於學識, 而不知由悟以入, 自襄城楊士弘始編唐音正始遺響, 然知之者尙鮮. 閩三山林膳部鴻, 獨倡鳴唐詩, 其徒黃玄·周玄繼之, 先生與皆山王恭起長樂, 頡頏齊名, 至今閩中詩人推五人, 而殘膏賸馥, 沾漑者多." 林之論閩詩派, 可謂悉矣. 推閩之詩派, 禰三唐而祧宋元, 若西江之宗杜陵也, 然與否耶? 膳部之學唐詩, 摹其色象, 按其音節, 庶幾似之矣. 其所以不及唐人者, 正以其摹倣形似, 而不知由悟以入也. 神秀呈偈黃梅, 謂依此修行, 免墮惡道. 昔人亦謂, 日橅蘭亭一紙, 終不成書. 自閩詩一派盛行永·天之際, 六十餘載, 柔音曼節, 卑靡成風.

	風雅道衰, 誰執其咎? 自時厥後, 弘·正之衣冠老杜, 嘉·隆之嚬笑盛唐, 傳變滋多, 受病則一. 反本表微, 不能不深望於後之君子矣. 漫士詩所謂嘯臺集者, 其山居擬唐之作, 音節可觀, 神理未足, 時出俊語, 錚錚自賞. 木天集凡六百六十餘首, 應酬冗長, 塵坌堆積, 不中與宋元人作奴, 何況三唐. 漫士既以詩遇, 出山之後, 遂無片什可傳, 所謂"不復能歌渭城"者乎! 余於漫士詩, 僅錄嘯臺集者以此.

저술
소개
	★『唐詩品彙』
	  (明)弘治 6年 張瑓刻本 90卷 拾遺10卷 / (明)弘治 6年 張瑓刻本 嘉靖 17年 康河重修本 / (明)金陵 富春堂刻本 / (明)嘉靖 16年 姚芹泉刻本 90卷 拾遺 10卷『詩人爵里詳節』1卷 / (明)嘉靖 16年 姚芹泉刻本(卷71-75 淸代 抄本) (淸)董文煥批校 / (明)嘉靖 18年 牛斗刻本 / (明)屠隆刻本 / (明)萬曆 33年 陸允中刻本 / (明)刻本 汪宗尼校訂 / (明)明末 張恂刻本 張恂重訂
	
	★『唐詩正聲』
	  (明)正統 7年 彭曜刻本 22卷 / (明)嘉靖 24年 何城刻本 (淸)丁丙跋 / (明)刻本 佚名錄 (淸)宋犖批校 / (明)延陵 吳氏 西爽堂刻本 / (明)書林 熊冲字種德堂刻本 / (明)刻本 崇古堂印本『唐詩正聲』22卷『古詩正聲』7卷 / (明)正統 7年 彭曜刻本 藍印本(存 卷1-6) / (明)嘉靖 33年 韓詩刻本 / (明)萬曆 7年 計謙亨刻本 / (明)刻本 玉堂印本 前人錄 (淸)宋犖批校 陳重跋 / (明)萬世德刻本『批點唐詩正聲』22卷 桂天祥批點 / (明)天啓 6年 郭濬刻本『增定評注唐詩正聲』12卷 郭濬評點 / (明)刻本 石渠閣印本『唐詩正聲』22卷(卷16-18 淸代 抄本)『古詩正聲』7卷 (淸)吳時忠批注
	
	★『閩高待詔詩集』
	  (明)萬曆年間 刻本 5卷
	
	★『高漫士詩集』
	  (明)姚宗甲抄本(存卷1-2,권5-11)
	
	★『高漫士木天淸氣集』
	  (淸)金氏 文瑞樓抄本 14卷
	
	★『三山翰林院典籍高漫士木天淸氣詩集』
	  (明)怡顔堂抄本 不分卷

	★『唐詩合選』 (元)楊士弘・(明)高棅・(明)趙完璧輯 (明)萬曆 11年 趙愼修刻本 15卷 ★『盛明百家詩』 (明)俞憲編 (明)嘉靖－隆慶年間 刻本 324卷 內 高棅撰『高漫士集』1卷		

비 평 자 료			
金邁淳	臺山集 卷19 闕餘散筆	高棅의 『唐詩品彙』의 詩體 분류에 대한 楊愼의 비판을 반박하다.	又詆高棅唐詩品彙曰。陳子昂故人江北去。江北見衍本作洞庭　楊柳春風生。李白去國登玆樓。懷人傷暮秋。劉昚虛滄溟千萬里。日夜一孤舟。崔曙空色不暎水。秋聲多在山。皆律也。而誤選爲古詩。至有盲妁孱婿之斥。… 唐詩古律。未知據何辨別。而陳李二詩。篇皆八句。用字平仄。又同律法。以爲近體者。似或無怪。而劉詩何處歸おㅗ是遠。送君東悠悠。滄溟千萬里。日夜一孤舟。曠望絶國所。微茫天際愁。有時近仙境。不定若夢遊。或見青色古。孤山百里秋。前心方杳渺。後路勞夷猶。崔詩靈谿氛霧歇。皎鏡淸心顏。空色不暎水。秋聲多在山。世人久疎曠。萬物皆自閒。白鷗寒更浴。孤雲晴未還。昔時讓王者。此地閉玄關。無以躡高步。凄涼岑壑間。句法字法。皆未見其爲律。而斷以爲非古者何也。
金錫胄	息庵遺稿 卷8 「唐百家詩刪序」	唐選詩集은 高棅의 『唐詩品彙』에 이르러서 비로소 완비되었고, 『唐詩正聲』에 이르러서 비로소 정밀해졌다.	自唐以後。選詩者多矣。英靈・國秀。間氣極玄。但輯一時之篇什。而荊公百家。缺略初盛。章泉唐紀。僅取中晚。周弼三體。有牽合之譏。好問鼓吹。多錯雜之失。數百年來。未有得其要領者。獨楊伯謙唐音。頗具隻眼。然遺杜李。詳晚唐。尙未

			盡善。至明高廷禮品彙而始備。正聲而始精。斯言不其然歟。以余觀於近世。玄超之類苑。務極廣大而旣傷於繁蕪。于鱗之詩選。一主高簡而反失於阨僻。譚藝之家。蓋又不能無病之者。
金錫冑	息庵遺稿 卷8 「唐百家詩刪序」	金錫冑가 편집한 『唐百家詩刪』은 『唐詩品彙』의 완비한 점을 본받았으면서도 簡要하고, 『唐詩正聲』의 정밀함을 본받았으면서도 博洽하여, 그 體格과 聲調가 高棅의 법도와 흡사하다고 말하다.	去歲之春。余以肺火。杜門養痾。無所事事。偶聚唐人詩集數十家以資閱玩。仍逐不揆寡陋。輒有甄錄。且復裁酌乎諸家之選。以成一家之書。得詩滿千。爲編者九。名之曰唐百家詩刪。是刪也。師其備於品彙而刊削以歸約。法其精於正聲而蒐羅以就博。其於體格聲調。尤不敢不致其謹且嚴焉。則庶幾於高氏之權度。不大相盩。而使胡生有知。抑或有以當其意也否乎。凡其去取編撰之由。俱詳諸凡例。玆不暇悉。
李學逵	洛下生集 冊10 因樹屋集 「答」	高棅의 『唐詩品彙』에 正始·正宗·餘響·旁流 등의 標目을 두었음을 언급하다.	高廷禮選唐詩。有正始·正宗·餘響·旁流等標目。而今人遂取晚唐李昌谷·溫飛卿·盧玉川諸家七言古詩。彙爲一冊。直謂之遺響。正如邨塾小兒讀曾先之『十九史略』初卷。或問所讀何書。則直答曰初卷也。
張混	而已广集 卷14 「詩宗義例」	張混이 『詩宗』을 편찬하며, 그 義例와 수록 작품에서 高棅의 『唐詩品彙』의 영향을 받은 점을 밝히다.	高棅纂唐詩云。樂府不另分爲類者。以唐人述作者多。達樂者少。不過因古人題目。而命意寔不同。雖有新立題目。名爲樂府。其聲律未必盡被於弦歌。今亦隨五七言古今體分編。而原題下標郊祀·鼓吹·瑟調·鐃歌·相和等曲。以存其名矣。字句參差不齊。非賦體·詩體。名曰褉言者。

			漢魏詩乘及唐詩品彙。略已見之。故別編爲初集。編次倣品彙分類。而古近體及絶句。必先五言而後七言者。欒分其源委之遠近。古詩主於文選·詩乘。雜言三言主於詩紀。近體絶句主於品彙。而上下世代。稍加增損。如皇澤·白雲·皇娥白帝等所謂僞撰者。亦姑存而存疑焉。律詩於古詩較多。以循時人好尙之偏也。在君子財察。選主於詩。他宜從略。竊附古人讀書論世之意。一部所譔錄合一千一百三十家有奇。編以世次。歷叙名氏官爵行事大要。無攷者闕。
張混	而已广集卷11「唐律集英序」	唐詩 選集으로 高棅의 『唐詩品彙』, 唐汝詢의 『唐詩解』, 鍾惺·譚元春의 『唐詩歸』가 대표적인데, 盡美하나 盡善하지는 않다고 평가하다.	七言律。推李唐爲尤。而莫之埒何也。於唐倡而盛也。選者衆。而鼓吹元遺山也。品彙高棅也。律髓方回也。三體周伯敬也。詩解唐汝詢也。詩歸鍾惺譚元春也。此特著行者也。然而或屢以諸體。或偏於盛晚。或不擧李杜。偏則枯。雜則不專。惜乎。盡美未盡善也。然則如何而可。曰膾炙吾所好也。大羹玄酒。亦吾所好也。取舍在乎心乎。故學之有準。選之不可以拘。…
洪翰周	智水拈筆卷1	명나라 때 나온 唐詩 선집으로 高棅의 『唐詩品彙』가 있다.	唐詩則高棅有品彙。有正聲。元遺山有鼓吹。其他十集·百一鈔·別栽。又有方回之瀛奎律髓。又有胡孝轅統籤。至淸而始有全唐詩而極矣。
洪翰周	智水拈筆卷1	唐詩 선집으로 高棅의 『唐詩品彙』와 『唐詩正聲』을 거론하다.	唐詩則高棅有品彙。有正聲。元遺山有鼓吹。其他十集·百一鈔·別栽。又有方回之瀛奎律髓。又有胡孝轅統籤。至淸而始有全唐詩而極矣。

4

顧炎武 (1613~1682)

인물 해설	중국 明末淸初의 사상가이자 학자이다. 본명은 絳이고 자는 忠淸이며 江蘇省 昆山 출신이다. 명나라 멸망 이후 이름을 炎武, 자를 寧人으로 고쳤다. 署名은 蔣山傭, 호는 亭林인데 세상에는 정림 선생으로도 알려져 있다. 청대 考證學의 開祖로 평가되고 있으며, 王夫之 및 黃宗羲와 함께 삼대 遺老로 알려져 있다. 그의 저작은 경학·사학·문학을 위시하여 많은 분야에 걸쳐 있는데, 『日知錄』, 『天下國君利病書』, 『音學五書』 등이 대표작으로 꼽힌다.
인물 자료	**○ 『淸史稿』, 列傳 268** 字寧人, 原名絳, 昆山人. 明諸生. 生而雙瞳, 中白邊黑. 讀書目十行下. 見明季多故, 講求經世之學. … 炎武之學, 大抵主於斂華就實. 凡國家典制·郡邑掌故·天文儀象·河漕兵農之屬, 莫不窮原究委, 考正得失, 撰天下郡國利病書百二十卷;別有肇域志一編, 則索之餘, 合圖經而成者. 精韻學, 撰音論三卷. 言古韻者, 自明陳第, 雖創辟榛蕪, 猶未邃密. 炎武乃推尋經傳, 探討本原. 又詩本音十卷, 其書主陳第詩無協韻之說, 不與吳棫本音爭, 亦不用棫之例, 但即本經之韻互考, 且證以他書, 明古音原作是讀, 非由遷就, 故曰本音. 又易音三卷, 即周易以求古音, 考證精確. 又唐韻正二十卷, 古音表二卷, 韻補正一卷, 皆能追復三代以來之音, 分部正帙而知其變. 又撰金石文字記·求古錄, 與經史相證. 而日知錄三十卷, 尤爲精詣之書, 蓋積三十餘年而後成. 其論治綜覈名實, 於禮教尤兢兢. 謂風俗衰, 廉恥之防潰, 由無禮以權之, 常欲以古制率天下. 炎武又以杜預左傳集解時有闕失, 作杜解補正三卷. 其他著作, 有二十一史年表·歷代帝王宅京記·營平二州地名記·昌平山水記·山東考古錄·京東考古錄·譎觚·菰中隨筆·亭林文集·詩集等書, 並有補於學術世道. 淸初稱學有根柢者, 以炎武爲最, 學者稱爲亭林先生. 又廣交賢豪長者, 虛懷商榷, 不自滿假. 作廣師篇云:"學究天人, 確乎不拔, 吾不如王寅旭;讀書爲己, 探賾洞微, 吾不如楊雪臣;獨精三禮, 卓然經師, 吾不如張稷若;蕭然物外, 自得天機, 吾不如傅青主;堅苦力學, 無師而成, 吾不

如李中孚；險阻備嘗, 與時屈伸, 吾不如路安卿；博聞強記, 群書之府, 吾不如吳志伊；文章爾雅, 宅心和厚, 吾不如硃錫鬯；好學不倦, 篤於朋友, 吾不如王山史；精心六書, 信而好古, 吾不如張力臣. 至於達而在位, 其可稱述者, 亦多有之, 然非布衣之所得議也." 康熙十七年, 詔舉博學鴻儒科, 又修明史, 大臣爭薦之, 以死自誓. 二十一年, 卒, 年七十. 無子, 吳江潘耒敍其遺書行世. 宣統元年, 從祀文廟.

○ 李光地, 『榕村集』 卷33, 「顧寧人小傳」

顧炎武, 字寧人, 吳之長洲人. 自幼博涉彊識, 好爲蒐討辯論之學. 十三經諸史旁及子集稗野列代名人著述, 微文碎義, 無不攷究. 騎驢走天下, 所至荒山頹址, 有古碑版遺跡, 必披榛菅抉斑蘚讀之, 手錄其要, 以歸. 十餘歲至七十而老, 勤如一日. 於六書音義, 尤獨得. 余始官庶吉士, 曾相從爲半日話. 時余於音學無曉也. 寧人舉大指示之, 曰:"古者, 同文聲與形應, 凡字, 旁從某, 音必從某, 後世不悟, 音譌反謂古書爲叶, 皆非也. 唐韻承江左末流, 部居悉舛, 分合之間, 紛不可治. 今當以詩·易·周秦之文爲正, 質驗字旁, 分者幷之, 合者離之, 使古書無二音, 然後得復其舊." 余聞言, 猶未省了. 家居數載, 追尋言緒, 未達者, 自以意爲之說. 又七年, 復來京師, 則寧人沒矣. 聞其書已成, 亟求觀之, 所意者幸不謬. 然寧人之學, 於是始窺其備. 蓋平上去三聲, 雖有差互, 猶得類, 從入聲, 則雜亂尤甚, 如人經荒流者, 不第鄕貫, 不可復追姓氏族系, 皆不自別矣. 有顧氏之書, 然後三代之文可復, 雅頌之音, 各得其所, 語聲形者, 自漢晉以來未之有也. 書既刻, 厚自寶秘, 曰:"五十年後, 乃有知我者耳." 尙有日知錄數十卷, 識大小, 覆同異, 辨是非, 亦有補於學者. 其徒潘耒刻之閩中, 衛先生爾錫言其地理書用心尤多, 然未見也. 孤僻負氣, 譏訶古今人, 必刺切徑情傷物, 以是吳人訾之. 然近代博雅淹洽, 未見其比.

○ 金邁淳, 『臺山集』 卷9, 「顧亭林先生傳」

顧亭林先生名炎武, 字寧人, 吳之長洲人. 陳黃門侍郎野王之後. 父同應. 祖紹芳左春坊左贊善, 曾祖章志南京兵部左侍郎, 卒, 賜葬崐山之尙書浦, 章志次子紹芾, 紹芾生同吉, 聘王氏未娶而同吉卒, 王氏守寡養姑, 以貞孝聞. 崇禎九年, 奉旨旌表. 炎武以從父昆弟子, 出而爲嗣. 炎武生於萬曆四十一年癸丑, 博學好奇節, 由貢生薦職方主事, 未仕而遭甲申國變, 應楊某辟, 從軍于蘇, 未旬

日, 北兵渡江, 軍潰, 炎武得脫歸, 奉母王氏, 避兵于常熟縣之語濂涇. 聞南京失守, 王氏謂炎武曰:"我雖婦人, 受國厚恩, 義不可辱."絶粒而卒. 遺命炎武讀書隱居, 不仕二姓. 時金陵新破, 南土大亂, 炎武扶母櫬, 藁葬于婁縣, 越三年, 歸葬崑山. 往來江淮間, 僑居孝陵神烈山下. 僕陸恩服事炎武家三世, 見炎武貧悴, 叛投里豪, 欲構炎武重案, 炎武擒之, 數其罪而沉諸水, 其婿復投豪訟之郡, 行千金求殺炎武, 會兵備使者移獄松江府, 以殺奴論, 事得已. 然自是炎武不樂居南中, 去客山東, 轉遊燕薊, 東北至山海關, 謁天壽山十三陵, 旣而出居庸關, 歷汾晉河潼, 觀秦漢故都, 炎武時年五十餘矣. 戊申有萊州之獄, 初萊人姜元衡訐告其主黃培詩, 獄株連至二三十人, 至是, 又以吳郡陳濟生忠節錄二帙, 首官指爲炎武所輯, 書中有名者三百餘人(按董含蓴鄉贅筆, 濟生, 仁錫之子也. 崇禎末, 刊『啓禎詩選』, 吳甡作序中有二祖列宗語, 奸人沈天甫·呂中·夏麟奇以爲奇貨, 索金不遂, 令僕瑛大出首以爲詆誣本朝詩冊, 列名七百餘人, 遣官提訊, 以濟生久經物故, 事無憑據, 告者俱斬東市.), 炎武在燕京聞之曰:"偉節不西, 大禍不解."亟策騾赴之, 頌繫半年, 竟得開釋. 復適燕趙, 周流河南, 北至華陰, 尋陳希夷遺跡, 樂其風土, 結屋以居. 當是時, 炎武名行聞天下, 當事者欲薦用之, 以書探其意. 炎武答曰:"先妣未嫁過門, 爲三吳第一奇節, 國亡, 以女子而蹈首陽之烈, 臨沒有戒, 載在誌狀. 人人可出, 炎武不可出, 必若相逼, 有刀繩耳."當事者不敢復言. 甥徐乾學魁科鼎貴, 閔炎武年老旅遊, 勸還吳, 欲虛其郡中園墅以處之, 炎武謝不應, 竟卒於關華間, 年七十. 炎武記性絕人, 十三經二十一史, 如誦己言, 歲以三朔溫理, 旁及子集稗野列代名人著述, 微文瑣事, 無不考究. 行天下四十年, 所至荒山斷壚, 有古碑版, 必披榛拂蘚讀之, 手錄其要以歸. 所著有日知錄三十餘卷, 上篇經術, 中篇治道, 下篇博聞, 語其友曰:"有王者作, 將以見諸行事, 未敢爲今人道也."有音學五書, 推本三代六書旨義, 考詩·易本音, 以正沈約·陸法言以下諸人之失, 門人潘耒刻行于世. 又有詩文雜著十一卷. 炎武同郡人歸莊, 震川先生有光曾孫, 明亡, 改名祚明, 與炎武志行畧同, 天下稱歸奇顧怪云. 炎武無子, 以姪衍生爲嗣. 論曰: 亭林當啓禎之際, 目擊邦猷潰訌, 邊籌疎舛, 言之輒咄咄. 而至論烈皇帝英明恭儉, 身殉社稷事, 未嘗不咨嗟頌歎, 稱其仁聖. 大行哀詩及祭欑宮文四篇, 嗚咽縈歔, 使百世下讀者涕汪汪不能收, 可謂忠矣. 有魯連之心而宛見秦帝, 有子房之志而未遇漢興, 何其悲也! 或曰: 亭林信忠矣, 其學則博而不醇. 近世中州金石考證之學, 汗漫穿鑿, 甚至詆斥程朱者, 推其原, 未必不自亭林啓之也. 余曰: 不然.

亭林一鑪遍海內, 窮極幽深, 其意未可與人道. 金石考證, 盖有託而逃焉者也.
其在華下, 羈旅瑣尾, 饘粥不遑給, 而捐橐資四十金, 助建朱子祠, 非篤慕, 不能
如是, 其學之醇可知也. 烏可與西河‧東原詭文破義毀冠裂冕之徒, 同類而共
譏之也. 今天下雖左袵, 苟民彝之不盡泯也, 儒林之間, 尊尙宜無異辭. 而嘗見
李光地榕村集, 有寧人小傳, 於其平生志節, 畧不槩及, 獨擧音學一撰, 稱爲博
雅, 豈有所忌諱而不敢盡歟? 又謂其孤僻負氣, 譏訶傷物, 吳人訾之. 夫亭林四
海一人, 安得不孤僻, 擧世無當意者, 安得無譏訶! 以是而訛亭林, 是訛伯夷以
不與鄕人立也, 其可乎哉! 光地貴而文, 吾恐是說之行, 而天下民彝之卒胥而泯
也. 故撫其行事著見者, 爲顧亭林先生傳.

○ 成海應, 『研經齋全集』 卷39, 『皇明遺民傳(三)』, 「顧炎武」

　顧炎武, 字寧人, 吳之長洲人. 貌極恇醜, 兩眼俱白中外黑. 早年入復社, 與
同邑歸莊齊名, 兩人皆耿介不混俗, 鄕人有歸奇顧恠之目. 兵後盡鬻其產, 脫身
北走, 所至買膝婢置庄舍, 不一二年卽棄去, 終己不顧. 清康熙中, 徵天下遺逸,
應博學科, 炎武獨不至. 炎武初名絳, 國亡改炎武, 炎武者取漢光武中興之義
也. 在南時號蔣山傭, 中歲以後絶跡故鄕, 好遊燕齊秦晉間. 嘗在都下, 其甥徐
乾學延之, 三釂卽起, 乾學乞少留暢飲, 至夜闌之餽, 怒曰: "豈有正人君子而夜
行哉! 夜行惟淫奔納賄二者." 嘗寄居章丘, 久而爲土人攘奪, 乃又遷于山西, 營
書院一區, 盡取家藏十三經二十一史及明累朝實錄, 終老其間. 嘗以三月十九
日走昌平州, 謁烈皇帝欑宮, 爲文以祭曰: "臣草野微生, 干戈餘息, 行年五十,
慨駒隙之難留, 涉路三千, 望龍髯而愈遠. 茲當忌日, 祇拜山陵, 履雨露之方濡,
實深哀痛, 睠松楸之勿翦, 猶藉神靈, 敢陳于沼之毛, 庶格在天之馭." 其翌年秋,
又哭欑宮曰: "自違陵下, 卽度太行, 遠歷關河, 再更寒暑, 茲以孟秋之望, 重修
拜奠之儀, 身先旅鴈, 過絶塞而南飛, 跡似流萍, 隨百川而東下, 感河山之如故,
悲灌莽之方深, 庶表忱思, 伏祈昭鑒." 又與富平李因篤謁欑宮曰: "臣炎武‧臣
因篤, 江左堅儒‧關中下士, 相逢燕市, 悲一釰之猶存, 旅拜橋山, 痛遺弓之不
見. 時當春暮, 敬撮村蔬, 聊攄草莽之心, 式薦園陵之事, 告四方之水旱. 及此
彌年, 乘千載之風雲, 未知何日, 伏惟昭格, 俯鑒丹誠." 炎武好遠遊間關, 將以
有爲. 及衰暮寥落, 志無所成, 乃復哭欑宮, 曰: "自違陵下, 今又八年. 濩落關
河, 差池烽火. 想遺弓而在望, 懷短策以靡前. 每屆春秋, 獨泣蒼梧之野, 多更
甲子, 仍憐絳縣之人. 朔氣初收, 光風漸轉, 敬羞蘊藻, 重展松楸. 雖鼎俎之久

	虗, 幸罘罬之未壤, 黃圖如故, 乍驚失鹿之辰, 白首無歸, 終冀攀龍之日. 仰憑明命, 得遂深祈." 其悲苦悽感如此. 關中李顒亦遺民也, 嘗移居盩厔. 炎武以書止之, 曰: "先生已知盩厔之爲危地, 而必爲是行. 脫一朝有意外之警, 居則不安, 避則無地, 有焚巢喪牛之凶, 而無需沙出穴之利. 先生將若之何? 至云置死生於度外, 鄙意未以爲然. 天下之事, 有殺身成仁者, 有可以死. 可以無死而死之, 不足以成仁者. 子曰: '吾未見蹈仁而死者也.' 聖人何以能不蹈仁而死! 時止則止, 時行則行, 而不膠於一. 孟子曰: '大人者, 言不必信, 行不必果.' 於是有受免死之周, 食嗟來之謝, 而古人不以爲非也. 使必斤斤焉避其小嫌, 全其小節, 他日事變之來, 不能盡如吾料. 苟執一不移, 則爲荀息之忠·尾生之信. 不然或至幷其斤斤者而失之, 非所望於通人矣." 炎武固貞潔自守, 亦嘗審於安身而處世, 此書蓋自道也. 自幼博涉強識, 好爲蒐討辨論之學, 遂於經史, 旁及子集稗野, 列代名人著述微文碎義, 無不考究. 足跡半天下, 流覽山川風俗, 考核利病得失. 所至荒山頹址, 有古碑版遺跡, 必披榛菅拭苔蘚讀之, 手錄其要以歸. 十餘歲至七十而老, 勤如一日. 於六書音義尤精. 有亭林集·日知錄·營平二州地名記·歷代帝王宅京記·天下郡國利病書·音學五書. 炎武歿後, 其徒潘耒刊遺書行于世, 獨肇域志散佚不收.
저술 소개	**＊『日知錄』** 　　(淸)康熙 9年 自刻本 8卷 附『謫觚十事』1卷 / (淸)康熙 14年 潘耒 遂初堂刻本 32卷 / (淸)乾隆年間『文淵閣四庫全書』本 刪餘稿 不分卷 / (淸)經義齋刻本 32卷 / (淸)抄本『日知錄之餘』四卷 **＊『亭林文集』** 　　(淸)抄本 6卷 / (淸)刻本『文集』6卷『詩集』5卷 王國維校注并跋 **＊『亭林詩集』** 　　(淸)康熙年間 刻本 5卷 / (淸)蓬瀛閣刻『顧亭林遺書』本 5卷 / (淸)田玉泉等抄本 5卷 (淸)翁同龢校注 **＊『亭林遺書』** 　　(淸)康熙年間 潘氏 遂初堂刻本 10種 27卷 **＊『亭林先生遺書匯輯』** 　　(淸)席威·朱記榮編 光緒 11-32年 朱氏 槐廬家塾刻本 23種 62卷 附錄 3種 4卷

<table>
<tr><td colspan="3">

* 『天下郡國利病書』
  (淸)抄本 120卷

* 『歷代帝王宅京記』
  (淸)抄本 20卷

* 『音學五書』
  (淸)康熙 6年 張弨 符山堂刻本 38卷 / (淸)林春祺 福田書海 銅活字印本『顧氏音學五書』13卷

* 『詩本音』
  (淸)乾隆 32年 張承綸抄本 10卷

* 『求古錄』
  (淸)彭氏 知聖道齋抄本 1卷　(淸)彭元瑞校并跋

</td></tr>
</table>

		비 평 자 료	
金邁淳	臺山集 卷9 「顧亭林先生傳」	顧炎武의 傳을 지어 일생과 저작을 소개하다.	〈인물 자료〉 참조.
金邁淳	臺山集 卷9 「顧亭林先生傳」	顧炎武는 陳濟生의 『忠節錄』을 엮었다고 지목되어 獄事를 겪을 뻔하였다.	戊申有萊州之獄。初萊人姜元衡訐告其主黃培詩。獄株連至二三十人。至是又以吳郡陳濟生忠節錄二帙。首官指爲炎武所輯。書中有名者三百餘人。…炎武在燕京聞之曰。偉節不西。大禍不解。亟策騾赴之。頌繫半年。竟得開釋。
金邁淳	臺山集 卷9 「顧亭林先生傳」	顧炎武는 만년에 조카 徐乾學이 고향에 거처를 마련해 주겠다는 호의를 거절하였다.	甥徐乾學魁科鼎貴。閔炎武年老旅遊。勸還吳。欲虛其郡中園墅以處之。炎武謝不應。
金邁淳	臺山集 卷9 「顧亭林先生傳」	歸有光의 曾孫인 歸莊은 顧炎武와 志行이 비슷한데, 세상에서 "歸奇顧怪"라 일컬었다.	炎武同郡人歸莊。震川先生有光曾孫。明亡。改名祚明。與炎武志行畧同。天下稱歸奇顧怪云。

金邁淳	臺山集 卷9 「顧亭林先生傳」	세상에는 顧炎武를 고증학의 폐단의 원류로 지목하는 사람도 있다.	或曰。亭林信忠矣。其學則博而不醇。近世中州金石考證之學。汗漫穿鑿。甚至詆斥程朱者。推其原。未必不自亭林啓之也。
金邁淳	臺山集 卷9 「顧亭林先生傳」	顧炎武는 朱子를 篤信한 醇儒이며, 義理를 모르는 毛奇齡, 戴震과는 다르다.	其在華下。羇旅瑣尾。饘粥不遑給。而捐棄資四十金。助建朱子祠。非篤慕。不能如是。其學之醇可知也。烏可與西河·東原詭文破義毁冠裂冕之徒。同類而共譏之也。
金邁淳	臺山集 卷9 「顧亭林先生傳」	李光地의『榕村集』에는 顧炎武의 小傳이 실려 있으나, 그에 대해 오해할 만한 언급을 하였기에 「顧亭林先生傳」을 짓게 되었다고 밝히다.	而嘗見李光地榕村集。有寧人小傳。於其平生志節。畧不槩及。獨擧音學一撰。稱爲博雅。豈有所忌諱而不敢盡歟。又謂其孤僻負氣。譏訶傷物。吳人訾之。夫亭林四海一人。安得不孤僻。擧世無當意者。安得無譏訶。以是而訛亭林。是訛伯夷以不與鄉人立也。其可乎哉。光地貴而文。吾恐是說之行。而天下民彝之卒胥而泯也。故撫其行事著見者。爲顧亭林先生傳。
金邁淳	臺山集 卷17 闕餘散筆	顧炎武의『日知錄』에는『說文解字』를 비평한 내용이 수십조 실려 있다.	鄭康成嘗駁許愼五經異義。顏氏家訓云。說文中有援引經傳。與今乖者。未之敢從。顧亭林亦論其支離穿鑿數十條。今見日知錄。
金邁淳	臺山集 卷17 闕餘散筆	明末淸初에 身名을 모두 보전한 사람은 顧炎武 뿐이다.	不坑不徵。身名俱全者。惟顧亭林一人而已。
金邁淳	臺山集 卷17 闕餘散筆	顧炎武의 문집에는 청나라 사람들을 마음껏 비평한 것이 많음에도 禁毁되지 않은 것은 기이한 일이다.	甲申以後。中州文字。搢紳專尙諂諛。草野亦嚴忌諱。雖尋常說話。纔涉戎夷。擧皆咋舌。以爲非所宜言。而亭林則開口放膽。畧無回避。

				其論時事。以爲二帝三王。大去其天下。而乾坤或幾乎息。筆勢之勁。凜不可犯。…使此集陳之圓明‧暢春之間。其不爲嬴秦之侯盧也者幾希。而乃能梓行。至今得免雜燒者。亦可異也。豈其淸風貞節。爲上下所信服。置之度外而不問耶。
金邁淳	臺山集卷17闕餘散筆		顧炎武의 「山海關」 시는 만주인들을 배척하는 말이 있다.	山海關詩。緜思開刱初。設險制東索。中葉狃康娛。小有干王畧。駸駸河以西。千里屯氈幕。啓關元帥降。歃血名王諾。其曰東索氈幕者。直斥滿洲也。
金邁淳	臺山集卷17闕餘散筆		顧炎武의 「天壽山陵」 詩는 淸나라 사람들이 明나라 황제의 능을 정비하여 小仁을 보인 것을 비평한 것이다.	天壽山陵詩。仁言人所欣。甘言人所惑。小修此陵園。大屑我社稷。言淸人殄滅華夏。不遺餘力。而薄修陵墓。以示小仁也。
金邁淳	臺山集卷17闕餘散筆		顧炎武의 「詠史詩」는 청나라 사람들 밑에서 舌禍를 겪는 중국인들을 안타까워한 것이다.	詠史詩。名弧(胡)石勒誅。觸眇苟生戮。哀哉周漢人。離此干戈毒。言異俗猜忌。中華遺黎。多以口語嬰禍也。
金邁淳	臺山集卷17闕餘散筆		顧炎武의 「贈李仲父」 詩는 풍자하는 바가 있다.	贈李中孚詩。以巨游擬中孚。則莽述有所指矣。
金邁淳	臺山集卷17闕餘散筆		顧炎武의 「漢三君」, 「子房」, 「孔明」, 「申包胥」, 「高漸離」 등의 시는 옛 일을 빌려 회포를 기탁한 작품이다.	其他漢三君‧子房‧孔明‧申包胥‧高漸離諸詩。無非借事寓懷。咄咄逼人。
金邁淳	臺山集卷17闕餘散筆		顧炎武의 「五十初度」 詩는 흉중의 뜻을 직설적으로 말한 작품이다.	五十初度詩。遠路不須愁日暮。老年終自望河淸。擧目陵京猶舊國。可能鍾鼎一揚名。則明明寫出心中事。又

			非暎帶託寄。求諸言外之比。
金邁淳	臺山集 卷17 闕餘散筆	顧炎武는 자신의 조카 徐乾學에게 편지를 보내 대신의 도리에 대해 충고한 적이 있다.	徐乾學。以狀元閣臣。柄用於時。亭林與書曰。所謂大臣者。以道事君。不可則止。吾甥宜三復斯言。不貽譏於後世。則衰朽與有榮施。其戒之也深矣。
金邁淳	臺山集 卷17 闕餘散筆	顧炎武는 徐乾學이 『明史』를 찬수하러 오라는 부탁을 거절하였고, 고향에 집을 마련해 주겠다는 제안도 거절하였다.	欲來燕佐修史則拒之。欲還吳處園舍則辭之。盖防其擠援而絶其濡潤也。
金邁淳	臺山集 卷17 闕餘散筆	徐乾學은 博學하고 글을 잘 지었으며 특히 顧炎武의 조카인 것으로 더욱 중시되었다.	乾學博學能文章。爲康熙四學士之一。以亭林之甥。尤爲當世所重。
金邁淳	臺山集 卷17 闕餘散筆	董潮의 『東皐雜抄』에는 徐乾學이 죽을 때까지 벼슬에 집착한 일화가 실려 있으니, 顧炎武가 許與하지 않은 것이 당연하다.	董潮東皐雜抄云徐健庵司寇。歸田後重謀起。故官事已效。俟詔命至卽行。計重陽前數日必到。偶以他故稽遲。司寇日挾門客數人。登洞庭東山。飮酒俟召。遂以勞頓停滯得疾。比詔至。沒已數日。可見其銳於進取。至死不已。宜乎不爲亭林所許也。
金邁淳	臺山集 卷17 闕餘散筆	顧炎武는 『日知錄』에서 五經에 '眞'자가 없고 '眞'자는 老莊의 神仙과 관련된 말이라고 적확하게 고증하였다.	顧亭林日知錄曰。五經無眞字。見於老莊之書。說文曰。眞仙人變形登天也。於是有眞人眞君眞宰之名。後世相傳。乃遂與假爲對。李斯書眞秦之聲也。韓信傳。卽爲眞王耳。竇融上光武書。豈可背眞舊之主。與老莊之言眞。亦微異其指矣。（今謂眞。古曰實。今謂假。古曰僞。） …五經

			之無眞字。亭林考之誠是矣。而後世相傳。與假爲對。秦漢時人言眞。與老莊異指。則亭林亦已言之矣。無極之眞。何妨以此意看耶。
金邁淳	臺山集 卷17 闕餘散筆	顧炎武가 眞자의 쓰임을 고증한 것은 王畿·錢德洪을 비판하기 위한 것이었으나, 나중에는 도리어 周子도 공격받게 되는 빌미가 되었다.	亭林本意。深疾明末龍谿(王畿)·緒山(錢德洪)輩以禪竄聖之弊而爲此論。初非欲侵詆濂洛。而其學偏於攷證。其說傷於拘滯。株連之累。上及周子。
金邁淳	臺山集 卷17 闕餘散筆	근세 중국 학자들이 『說文解字』를 받들고 朱子의 集註를 헐뜯게 된 데에는 顧炎武도 일말의 책임이 있다.	以啓近日中州學者宗說文毀集註之謬風。則賢知之過。亭林與有責焉。
金邁淳	臺山集 卷17 闕餘散筆	顧炎武가 眞字가 유가의 경전에 보이지 않고 老莊書에만 보이기 때문에 혐오한 사실을 소개하고, 字樣보다 指意가 중요하기 때문에 그럴 필요가 없다고 비판하다.	文字從言語而生。言語以時代而異。虞夏所無之字。商周有之。商周所無之字。秦漢有之者。時代然也。時代之所通用。則斯用之矣。古今何論焉。異端吾儒何擇焉。所可辨者。其指意所在耳。…或曰。亭林之惡眞字。以其始見於老莊之書。吾儒不當襲用也。今子以經文聖訓之古無今有者。引而相難。何其言之疎而辨之强耶。曰吾將畢其說。夫所謂異端之書。吾儒不當襲用者。字樣云乎。指意云乎。如曰字樣云乎。則不惟見於彼書者。吾不當襲用。雖見於吾書者。一經彼用。皆當諱而避之耶。道德二字。老氏建爲宗旨。而贊堯授禹。其文則同。易言寂。孟子言覺。曰寂曰覺。皆禪書中語也。子將何以

			處之。如曰吾之所謂寂覺。與彼之所謂寂覺。字同而指不同也云爾。則吾亦曰周子之眞。與老莊之眞。字同而指不同也。覺者佛之翻義也。孟子言之。則不疑其涉禪。眞者實之代訓也。周子言之。則疑其襲莊。豈亦以時世之遠近而上下其手耶。
金邁淳	臺山集 卷17 闕餘散筆	顧炎武는『日知錄』에서 五經에 '眞'자가 없다는 것을 힘써 고증하였으나, 자신도『日知錄』에서 '僞'와 상대되는 의미로 사용한 바 있다는 점을 지적하다.	亭林雖力斥眞字之不經。而自家亦不免承用。日知錄卷之十九云世固有朝賦采薇之篇。而夕有捧檄之喜者。苟以其言取之。則車載魯連。斗量王蠋矣。有知言者出。則其人之眞僞。卽以其言辨之而莫能逃也。黍離之大夫。搖搖噎醉。無可奈何。而付之蒼天者眞也。汨羅之宗臣。言重辭複。心煩意亂。而其詞不能以次者眞也。栗里之徵士。淡然若忘於世。而感憤之懷。不能自止。而微見其情者眞也。其汲汲於自表。暴而以爲言者僞也。亭林所謂眞僞之眞。豈變形登天之眞歟。所謂黍離大夫，宗臣徵士之眞。豈皆眞人眞君之眞歟。特以其與僞相對而從俗言之耳。於是乎眞字之禁可解。而周子之謗可息矣。
金允植	雲養集 卷10 「瓛齋先生文集序」	顧炎武의 '經術과 政理에 관련되지 않는 문장은 할 것이 못 된다'는 말을 인용하다.	昔顧亭林先生有言。文不關於經術政理之大。不足爲也。
金正喜	阮堂全集 卷5 「代權彛齋(敦仁)與汪孟慈(喜孫)序」	顧炎武와 江永 이래로 音韻學은 전대에 유례가 없이 발전하였다. * 이 글은 본래『阮堂全集』에는 들어 있지 않은데, 『국	顧·江以來。音韻之學夐越千古。前世無比。

4. 顧炎武 | 43

		역 완당전집』을 간행하면서 卷5에 보입하였다.(『국역 완당전집』 2, 51면)	
金正喜	阮堂全集 卷5 「代權彝齋(敦仁)與汪孟慈(喜孫)序」	王念孫의 저작 중에 顧炎武의 『音學五書』와 江永의 『古韻標準』과 같은 저서가 있는지, 江永의 저작 전집이 간행되었는지 물어보다. * (『국역 완당전집』2, 51면)	且如王先生書。祇見其學例一篇。但於入聲。攷正段說而已。無另有著爲一部全書。如顧之「五書」·江之「標準」歟。段書不存去聲。而王先生又存去聲。不止於入聲攷正而已。如有全書。可以卒業歟。江氏全書。亦皆刊行歟。
南公轍	金陵集 卷10 「答金國器(載璉)」	顧炎武가 "邶·鄘·衛는 본래 三監의 땅으로 衛에 통합되어 있었는데 셋으로 나누어 편찬한 것은 부당하다."고 한 것에 대하여, 金載璉에게 의견을 묻다.	曩與足下居泮宮三冬。講讀詩傳。至今資益甚多。顧寧人言邶鄘衛本三監之地。統於衛摠名也。不當分編爲三。是漢儒之誤。今以左傳季札觀樂。統言邶鄘衛曰美哉淵乎考之。其云摠名似然。又論黎許二國曰。許無風而載馳錄於鄘。黎無風而式微旄丘錄於邶。此亦聖人闡幽興滅之旨耶。顧說何如。幸示之。
朴珪壽	瓛齋集 卷3 「辛酉暮春二十有八日, 與沈仲復(秉成), 董硏秋(文煥) 兩翰林, 王定甫(拯)農部, 黃翔雲(雲鵠), 王霞擧(軒) 兩庫部, 同謁亭林先生祠, 會飲慈仁寺, 時馮魯川(志沂)將赴盧	燕京에서 沈秉成 등과 노닐며 시를 지었는데, 顧炎武의 학설에 근거하여, 몇 글자를 중복하여 脚韻으로 썼음을 밝히다.	穹天覆大地。岱淵限青邱。聲敎本無外。封疆自殊區。擊磬思襄師。乘桴望魯叟。父師稅白馬。鴻濛事悠悠。而余生其間。足跡阻溝婁。半世方册裏。夢想帝王州。及此奉使年。遲暮已白頭。攬轡登周道。歷覽寅諮諏。浩蕩心目開。曾無行邁愁。春日正遲遲。春雲方油油。野潤鶯花滿。天遠烟樹浮。深村裏管寧。荒城吊田疇。徘徊貞女石。風雨集羣鷗。再拜孤竹祠。大老儼晜旒。俯仰增感慨。隨處暫夷猶。幽州其山鎭。醫巫橫海陬。萬馬奮騰驤

州知府之行，自熱河未還，後數日追至，又飲仲復書樓，聊以一詩呈諸君求和，篇中有數三字疊韻，敢據亭林先生語，不以爲拘云」		踏。雲屯西南投。秀氣所鍾毓。珣琪雜瓊瑤。庶幾欣相遇。無術恣冥搜。君命不可宿。行行逡未休。軫勞荷帝眷。館餼且淹留。孤抱鬱未宣。駕言試出游。懷哉先哲人。日下多朋儔。契托苔同岑。聲應皷響桴。尚論顧子學。軌道示我由。坐言起便行。實事是惟求。經學卽理學。一言足千秋。先生古逸民。當時少等侔。緒論在家庭。我生襲箕裘。曩得張氏書。本末勤纂修。始知組豆地。羣賢劃良籌。遺像肅淸高。峨冠衣帶褒。欲下瓣香拜。愍勩誰與謀。邂逅數君子。私淑學而優。天緣巧湊合。期我禪房幽。相揖謁先生。升堂衣便摳。邃實薦時品。爵酒獻東篘。須臾微雨過。古屋風颼颼。纖塵泡不起。輕雲澹未流。高槐滋新綠。老松洗蒼虬。福酒置中堂。引滿更獻酬。求友鳥嚶嚶。食萍鹿呦呦。此日得淸讌。靈眂若潛周。嗟哉二三子。爲我拭靑眸。廣師篇中人。不如吾堪羞。名行相砥礪。德業共綢繆。壯遊窮海岳。美俗觀魯鄒。總是金閨彥。淸文煥皇猷。總是巖廊姿。巨川理楫舟。經濟根經術。二者豈盾矛。禮樂配兵刑。曾非懸贅疣。高談忽名數。陋儒徒讙咻。訓詁與義理。交須如匹述。一掃門戶見。致遠深可鉤。總是顧氏徒。端緒細尋抽。總是礦卿友。判非薰與蕕。幸甚魯川子。灤陽晚回輈。傾倒淸晝談。酒酣仲復樓。傷心伯言公。宿草崦松楸。喪亂餘殘藁。朋友爲校讎。文

			章千古事。寂寞如此不。從玆詞垣盟。獨許君執牛。銅章紆新榮。江湖道路脩。行當辭金闕。五馬出蘆溝。潢池方多警。中野宿貔貅。容色無幾微。中情在分憂。充養自深厚。臨事得優游。我車載脂膏。我馬策驊騮。取次別諸君。東馳扶桑洲。餘情耿未已。那得不悵惆。睠玆畿甸內。夷氛尙未收。莫謂技止此。三輔異閩甌。百里見積雪。杜老歎呻嚘。況復挾邪說。浸淫劇幻譸。努力崇明德。衛道去蜮蜢。燃犀觀水姦。怪詭焉能廋。斯文若有人。餘事不足憂。遼海不足遠。少別不足愁。由來百鍊鋼。終不繞指柔。兩地看明月。肝膽可相求。
朴珪壽	瓛齋集 卷4「孝定皇太后畫像重繕恭記」	崇禎 연간에 聖慈天慶宮을 건립한 사실을 기록하고 논평한 顧炎武의 글을 언급하다.	按泰山之麓。有宋時天書觀。後廢爲碧霞元君之宮。萬曆中。別搆一殿。以奉九蓮菩薩。崇禎中。又建一殿。奉生母孝純劉太后。號爲智上菩薩。名其宮曰聖慈天慶宮。宮成於十七年之三月。神京淪喪。卽此月也。亭林顧氏爲文以記之。且曰竊惟經傳之言曰爲之宗廟。以鬼享之。又曰爲天子父。尊之至也。孔子論政。必也正名。昔自太祖皇帝之有天下也。命獄瀆神祇。竝革前代之封。正其稱號。而及其末世。至以天子之母‧太后之尊。若不足重。而必假西域胡神之號以爲崇。豈非所謂國將亡而聽於神者耶。然自國破以廟山陵之所在。樵夫牧竪且或過而慢焉。而此二殿獨以托於泰山之麓元君之宮。焚香上謁者。無敢不合掌跪拜。使正名之曰皇

			太后。固未必其能使天下之人虔恭敬畏之若此。是固大聖人之神道設敎。使民由之而不知者乎。嗚呼。亭林之言。正大如彼。至其末段。豈曲爲之說哉。蓋亦遺民沈痛悲苦之情。則惟幸母后之像。儼然依舊爾。珪壽自顧亦左海後民。而得瞻遺容於黍離滄桑之墟。彷徨躑躅而不能去。奚暇以儒生之見。敢爲規規之論哉。…
朴珪壽	瓛齋集 卷4 「錄顧亭林先生 日知錄論畵跋」	顧炎武가 『日知錄』에서 그림에 대해 논한 것을 옮겨 적고, 이를 논평하여, 화가 鄭來鳳을 권면하는 발문을 짓다. * 옮겨 적은 내용은 『日知錄』卷21에 실린 「畵」로 추정된다.	右四頁。亭林先生日知錄中語也。夫畵圖亦藝術中一事也。實有大關於學者。而今人甚忽之何也。良由寫意之法興。而指事象物之畵廢故耳。後人之精細功夫。不及古人。又不肯耐煩。只以一水一石之幅。折枝沒骨之筆。草草渲染。自托於簡古不經意而已。此在於高人逸士翰墨餘事。則未嘗不可喜而可寶也。若夫人人如此。以至於畵院待詔之倫所務而所能者。止於是焉。則畵學殆亦亡矣。… 無論山水人物樓臺城市草木蟲魚。唯是眞境實事。究竟歸於實用。然後始可謂之畵學矣。凡所謂學者。皆實事也。天下安有無實而謂之學也者乎。鄭生石樵癖於畵。其子名來鳳。亦繼其業。方倣寫古名蹟。蓋作水墨點染。以爲能事者也。余故廣其意。爲錄此以贈。期其有所成就。卓然名家。毋徒爲近日鹵莽滅裂草草藏拙者之下風可也。… 漢陽景物。當以燈市爲最繁華。東國放燈。不以上元。而在四月八日。市舖閭閻。皆樹燈竿。森立如帆檣。風旗五色。悠揚

			蔽空。都人士女。雜沓通衢。東自興仁門外關帝廟。西南至蓉山廝湖。悉開燈市。往往陳列雜戲。絲竹嘲轟。若値春物未早之歲。則緋桃練李。時方盛開。兼有花柳之盛。又是孟夏上旬。往往値太廟親祼。法駕鹵簿。平明啓發。從官羽衛。班行肅然。時又春漕方集。南江舟楫之盛。最於一歲。蓋此位置排鋪。可堪作一大長卷。苟能精細爲之。當有勝於淸明汴河圖者多矣。恨未得良畫史謀之。今聞來鳳學畫。第俟其功夫精熟。與之商量可乎。
朴珪壽	瓛齋集 卷4 「圭齋集序」	南秉哲의 『圭齋集』의 서문을 쓰면서 자신과 南秉哲이 "글이 經術과 政理와 같은 큰 문제와 관련이 없으면 굳이 지을 필요가 없다"는 顧炎武의 말을 평소에 가슴 깊이 새겨두었음을 말하다.	圭齋太史詩文雜著共若干卷。公弟元裳尙書蒐集巾衍遺草而得之。付諸剞劂。公之爲文。僅止此已乎。嗚呼何其少也。亭林先生曰文不關於經術政理之大。不足爲也。公與余蓋嘗深服斯言。顧余魯鈍汗漫。其於文字之業。無所成就。若公則以絶異之姿通明之識。經緯經史。貫穿百家。其發爲文章。必有至足而不能自閟者。今存稿副本。乃不過尋常應酬之作。草草如此。豈非公之立志不欲詞翰自命。而有所不屑者乎。
朴珪壽	瓛齋集 卷9 「與尹士淵」	『明夷待訪錄』이 顧炎武의 극찬을 받았으며, 葉名琛이 편찬한 『海山僊舘叢書』에 수록되어 있음을 말하다.	梨洲碑記所著書目中。有明夷待訪錄。然則此書卷首。胡爲稱黃宗炎也。炎是梨洲之弟也。又胡爲稱黃宗炎梨洲著也。待訪錄是皇王世界之書也。爲顧亭林所欽服者。而今刻在海山僊舘叢書中。此叢書爲葉名琛廣督時。其大人東卿所序而刻者也。奈何謬錯到此。誠不可解耳。待訪錄方在

			栲谿丈。來當呈覽耳。
朴珪壽	瓛齋集 卷10 「與沈仲復秉成」	沈秉成에게 보낸 편지에서 顧炎武의 『下學指南』, 黃 汝成의 『日知錄集釋』, 凌 鳴喈의 『論語解義』, 王懋 竑의 『白田雜著』에 관해 질문하다.	亭林先生下學指南。不在於十種書等 刊行之中耶。此係先生爲學正軌。而 未曾讀過。殊以爲恨。想非卷帙浩汗 之書。如有副本蒙寄示。何感如之。 人之好我。示我周行。爲一方學者之 幸也。日知錄集釋。向亦携歸細閱。 黃汝成氏誠顧門功臣。然其註釋處。 往往有蔓及太多之意。未知論者以爲 何如。有人示一函書。籤題傳經堂叢 書。匣中四册。乃凌鳴喈論語解義 也。未知傳經堂叢書。爲何人所輯。 又未知凡爲幾種。其所輯錄。皆凌氏 書之類耶。凌是嘉慶間人。官至幾 品。畢竟成就有何名節耶。閱其書。 盖非闡明經術而作也。立心專爲詬罵 程朱而曲解聖訓。以就己說。猖狂恣 肆。無忌憚甚矣。漢宋學門戶之爭。 固非一朝。而呵叱醜詈未有如此之甚 者。未審諸君曾見彼書以爲如何。其 門戶似是蕭山流派。彼所傳襲。必有 所自來。而其所推重。乃以亭林，西 河並擧而稱之。此又大可駭異。亭林 之於宋賢。補闕拾遺。匡其不逮則有 之。探原竟委。實事求是。以救講 學家末流之弊則有之。何嘗訑背攻斥 如彼所稱西河先生。而乃爲彼所推重 乎。此在私淑顧師者所不可不辨。未 審諸君子以爲如何。王懋竑白田雜著 几爲幾卷。市肆中當有之。而向亦求 而未得。前後托人求之而終未見焉。 此公之篤實精博。並無門戶之見。最 所欽服。而恨未見全書耳。

朴齊家	貞蕤閣詩集 卷4 「燕京雜絶, 別任恩叟妹兄, 憶信筆, 凡得一百四十首」	戴震의 학문이 顧炎武도 압도할 만하며, 張照의 서법이 王義之를 이을 만함을 말하다.	辯能詘亭林。戴氏東原出。近頗祧右軍。得天司冠筆。
朴齊家	貞蕤閣文集 卷1 「雅亭集序」	李德懋가 옛것을 고증하고 지금을 증험함에 있어서는 顧炎武·朱彛尊과 동일한 수준이라고 평하다.	其考古證今。則亭林·秀水之一流人也。
朴趾源	燕巖集 卷13 熱河日記 「亡羊錄」	王民皡가 鄭麟趾가 편찬한『高麗史』는 顧炎武가 史家體를 갖추었다 칭찬하였는데, 자신이 아직 읽어 보지 못한 것을 한스럽게 생각한다고 말한 것을 기록하다.	鵠汀曰。弘簡錄群書目。列鄭麟趾所撰高麗史。先輩顧寧人。稱其得史家體。而恨吾未之得見。無錫王晏所抄高麗紀略。斥外國。不識大一統之義。其建國之始。紀年係事。首揭賊梁僞號。
朴趾源	燕巖集 卷14 熱河日記 「鵠汀筆談」	淸나라의 禁書를 묻자, 王民皡가 顧炎武, 毛奇齡, 錢謙益의 문집 등 수십 종을 쓰고는 즉시 찢어버린 일을 기록하다.	余問禁書題目。鵠汀書亭林, 西河, 牧齋等集數十種。隨卽裂之。余曰。永樂時蒐訪天下群書。爲永樂大全等書。賺人頭白。無暇閒筆。今集成等書。並是此意否。鵠汀忙手塗抹曰。本朝右文。度越百王。不入四庫。顧爲無用。
徐淇修	篠齋集 卷3 「送冬至上行人吾宗恩卯翁赴燕序」	근래 중국의 시문이 '纖嗇輕俏'한 폐단을 보이게 된 것은 俗儒들이 고증학을 잘못했기 때문이라고 말하며, 고증학의 대가인 顧炎武와 朱彛尊은 이러한 폐단이 없었음을 지적하다.	近見詩文之並世者。皆纖嗇輕俏。不中乎繩墨。無乃風氣之升降。使之然歟。吾則曰其弊也。俗儒考證之學爲之兆耳。竊稽考證之家。莫尙乎顧寧人·朱竹垞數子。而此皆根據經義。淵博精粹。天人性命之分頭。草木鳥獸之名目。以至山川郡國沿革異同。元元本本毫釐不錯。

徐瀅修	明皐全集 卷14 「紀曉嵐傳」	청대의 3대가로 博治에는 顧炎武, 문장에는 魏禧, 經學에는 陸隴其를 들고, 紀昀은 세 가지를 겸하였다고 극찬하다.	余曰顧寧人之博治。魏叔子之文章。陸稼書之經學。爲本朝三大家。而閣下以一人兼有之。甚盛甚盛。曉嵐曰萬萬不敢當此昀。但謹守先民法律。不敢妄作耳。
徐瀅修	明皐全集 卷14 「劉松嵐(大觀)傳」	경학자로 陸隴其 이후에 顧炎武와 李光地가 뛰어나다고 평하다.	余友金國寶。後余使燕。亦與松嵐相遇。歸傳松嵐之言曰。徐明皐之經學。陸稼書先生後一人云。此殆松嵐踈於經學故云然也。稼書以後。有顧亭林。李榕村。余嘗讀其書。行間字裡。深知其不可及。屈指計度。至於什至於百至於千萬而猶未盡其級也。敢謂余一人乎哉。
成大中	青城集 卷10 「李懋官哀辭」	李德懋가 考据와 辯證의 학문방법을 사용한 것은 顧炎武와 朱彝尊의 경우와 비슷하다고 평하다.	考据辯證。又若顧炎武，朱彝尊之爲也。其意盖欲集千古之典章。任一世之文獻也。不亦偉且壯哉。
成海應	研經齋全集 卷8 「讀皇明遺民傳」	『皇明遺民傳』을 읽고 시를 지어 顧炎武의 충절을 기리다.	棲棲短策欲何云。秦晉遺民少似君。三月昌平嗚咽涕。誰人忍讀欑宮文。(顧亭林)
成海應	研經齋全集 卷9 「答洪淵泉斥考證書」	顧炎武의 학문은 학자의 急務는 아니지만, 간간이 군자가 채록할 만한 점이 있다고 평가하다.	顧氏之學。雖是不急之務。間爲君子之所採。
成海應	研經齋全集 卷33 風泉錄(三) 「題顧寧人祭欑宮文後」	顧炎武·魏禧는 지조있는 사람으로 遺民의 반열에 부끄러움이 없다고 평가하다.	顧寧人有志者也。四詣昌平州。謁烈皇欑宮。爲文而祭之。悲酸凄苦。讀者不能竟。第一第二。叙其哀也。第三欲有爲而告之也。第四知不可爲而悲之也。寧人常擧義於蘇州而不死。乃經歷艱難。遊於燕齊秦晉之間。嘗有詩曰萬里風煙通日本。一軍旗鼓向天涯。一軍旗鼓。指永曆皇帝

			也。是時鄭成功據臺灣奉永曆號。數與倭通貨相往來。林寅觀之泊濟州也。齎蔡政所抵林六使書曰。請與顧魏二翁來。共圖恢復。蔡政未知爲誰。想鄭氏守土之人也。林六使疑林確齋。與三魏。隱居翠微峯。所稱林茶工也。魏疑魏叔子。顧疑顧寧人。叔子好遊東南。寧人好遊西北。所至求賢豪長者。其志未可測也。如三人者。不愧於遺民之列。
成海應	研經齋全集 卷39 「皇明遺民傳(三)」	명나라 遺民 顧炎武의 傳을 짓다.	위의 〈인물자료〉 참조.
成海應	研經齋全集 卷42 「皇明遺民傳(六)」	顧炎武가 程敏政의 『宋遺民錄』을 증보한 朱明德의 저서에 서문을 써 준 사실을 언급하다.	朱明德。吳人。嘗得程敏政宋遺民錄而廣之。得四百餘人。顧炎武序之曰莊生有言。越之流人。去國期年。見似人者而喜。余嘗遊覽山之東西河之南北二十餘年。其人益以不似。及問之大江以南。昔時所稱魁梧丈夫者。亦且改形換骨。學爲不似之人。而朱君乃爲此書。以存人類於天下。若朱君者。將不得爲遺民矣乎。
成海應	研經齋全集續集 冊12 「題奎章全韻後」	顧炎武가 『廣韻』을 重刻하면서 원래 면목을 회복할 수 있었다고 평가하다.	宋祥符間。陳彭年邱雍脩廣韻。其分韻尚存二百六部之舊例。皇朝初重刻也。遵洪武正韻分合例。而部分頗乖。長洲顧炎武重刻之。以復舊觀。
成海應	研經齋全集續集 冊16 「神禹碑跋」	神禹碑 탑본의 진위여부에 대해서 顧炎武의 말을 인용하여 고증하다.	顧亭林云。自韓以前。未見此碑。何子一始得之祝融峯下。手摹以傳後。及衡山令搜訪。已迷其處。今所稱禹碑。字奇而不合法。語奇而不中倫。韻奇而不合古。可斷其僞。觀此兩說。今所傳禹碑。乃子一刻本

			也。朗善君甞之燕而得之。其辭曰。承帝曰嗟。翼輔佐卿等句。卽亭林所稱不中倫者也。唐虞時。何甞有稱卿者耶。他皆類推也。
成海應	研經齋全集續集 冊17 「石經說」	顧炎武의『金石文字記』를 살펴보면 맹자의 글자수에 대해서는 말하지 않았으니, 아마도 고염무는 王堯惠 등이 세운 小石碑의 刻本을 보지 못한 듯하다고 말하다.	獨開成石經。無所遺失。故至今爲學者之所準。然孟子七篇。在皇朝嘉靖乙卯地震。石碑倒損。西安府學生員王堯惠等。集缺字。別刻小石碑。以便摹補。王士禛又以爲淸時賈漢復所刻。未詳孰是。然考之顧炎武金石文字記。則不言孟子字數。竊疑炎武未甞見小碑刻本也。
申緯	警修堂全藁 冊4 蘇齋續筆 「毛延壽(幷序)」	顧炎武의『日知錄』에서 毛延壽의 故事를 변증한 것을 보고 감명 받아 시를 짓다.	顧寧人日知錄。書毛延壽事。引西京雜記以證之曰。據此則畫工之圖後宮。乃平日而非匈奴求美人時。且毛延壽特衆中之一人。又其得罪以受賂。而不獨以昭君也。後來詩人謂匈奴求美人。乃使畫工圖形。而又但指毛延壽一人。且沒其受賂事。失之矣。其說精密可喜。以詩記之。 漢家六宮盛粉黛。一夕難遍更衣對。君王案圖召幸之。畫家日積黃金幣。名畫記蹊張彥遠。有毛(延壽)劉(白)龔(寬)陳(敞)樊(育)陽(望)。兼工衆勢善布色。人形好醜分毫芒。天生佳麗難自售。造命反在工之手。王嬙不虞閼氏求。子羽遂失東家取。臨行色掩蛾眉班。際會一眄何闌珊。縣官重信留不得。馬上琵琶無日還。赫然皇威窮按事。東市狼藉丹靑棄。三章盖以贓賄論。一着誤不昭君啻。顧氏幽剔西京編。逸史可補竟寧年。能畫不止毛延壽。圖形已在匈奴前。

申緯	石泉遺稿 卷3 「上伯氏」	李田秀의 저술을 보고 그 가 오래 살았더라면 업적 이 馬端臨이나 顧炎武에 게 뒤지지 않았을 것이라 높이 평가하다.	成台送示君稷所述。要有籤付以送。 觀其苦心。可貴亦可惜也。使假之 年。當不在馬端臨・顧炎武之下。而 其爲言未及卒業。凡例之未及齊整 者。剩語之可以刊落者。其諸子未能 留意。而成台乃欲收拾成書。其意甚 可感也。
柳得恭	灤陽錄 「古北口」	顧炎武의「昌平山水記」를 인용하여 古北口의 위치 를 비정하다.	按顧寧人昌平山水記。自石匣東北行 十里爲腰亭舖。又十里爲新開嶺。又 十里爲老王店。又十二里至古北口。 古北口城在山上。周四里三百一十 步。又三里爲潮河川守禦千戶所。川 之兩旁築垣立臺。臺之東西因山爲 城。參差曲折千里不絶。其衝處建空 心敵臺。或四五十步一臺。或二百步 一臺。每臺百總一人。五臺一把摠。 十臺一千總。每一二里鈴鐸相聞爲一 墩。每墩軍五人主瞭望。每路傳烽官 一人。有警擧烽。左右分傳。數百 里皆見。大抵皆戚少保繼光之遺畫。 以此觀之。自此入第一重關。即舊潮 河川守禦千戶所。統稱古北口爾。關 左右荒臺廢墩。至今尚多。
柳得恭	燕臺再遊錄	陳鱣의『說文解字正義』藁 本을 보며, 顧炎武가 실수 한 부분에 대해서 대화한 내용을 기록하다.	仲魚曰。似或有如是者。仲魚著有說 文解字正義三十卷。以藁本示之。卷 首小像。卽其室某氏筆也。余曰。 可謂凡父之陸卿子。仲魚曰。說文長 箋。謬說居多。亭林言之詳矣。余 曰。顧先生亦有錯處。仲魚曰。所 論說文及石經最謬。余曰。亭林不見 秦中石本。只取書坊漏本爲說。仲魚 曰。其所見說文。乃五音韻譜。非 眞本也。其論廣韻。亦非全本。東

			原言之頗詳。東原先生是大通人。余曰。然。亭林偶一見差耳。如此公者。古今幾人。仲魚曰。佩服之至。
柳得恭	燕臺再遊錄	陳鱣과 顧炎武·屈大均·魏禧의 저서가 禁書인지 아닌지 문답한 내용을 기록하다.	余曰。其書頗不見毀否。答不見毀。余曰。恐有禁。答不禁。余曰。如翁山·叔子輩。皆見禁否。仲魚曰。翁山最禁。叔子次之。余曰。亭林書中。如崇禎過十七年以後。亦曰幾年。此豈非可禁之字乎。仲魚曰。此等處不過奉旨改。
俞晚柱	欽英 卷6 1787년 4월 21일조	顧炎武의 『亭林遺書』를 읽다.	二十一日。戊午。夕還見凜書。 送示顧寧人亭林遺書三册。
李尙迪	恩誦堂續集 卷1 「日本畫生南畊, 倩人索書扁聯, 因掇拾伊國舊事佚聞之雜出於記載者, 戲作七絶廿首, 以備竹枝一體」	『尙書』 百篇의 존재 여부에 대해 잘못된 학설을 변증할 때, 朱彝尊, 閻若璩, 顧炎武의 『日知錄』에 의거할 수 있다고 말하다.	果有尙書百編否。歐陽七字惹人疑。證訛我證諸家說。竹垞潛邱又日知。
李尙迪	恩誦堂續集 卷1 「燕館與人論華語」	燕館에서 사람들과 함께 중국어에 대해 논하다가 顧炎武를 언급하다.	一方自有一方音。謾把諧聲辨古今。心折傳翁曉人語。汀芒喚起顧亭林。
李尙迪	恩誦堂續集 卷9 「題張石洲月齋集後」	張穆의 遺眞을 顧炎武의 사당에 追配한 사실을 말하다.	問奇曾訪子雲居。風雪崢嶸獨閉廬。黜試只緣偏嗜酒。(嘗携酒入闈。被搜擯斥。不復應試。) 忤人何至欲焚書。(君歿後有揚言欲焚遺文者。)

			平生郱谷題襟處。(苗仙露・何子貞。皆君之至好。)有郱谷論心圖。千古亭林配食餘。(追配遺眞于顧祠。)絶學如今誰後起。侯芭無命亦邱墟。(謂及門吳履敬輩。)
李書九	惕齋集 卷8 「送李懋官隨蕉齋沈丈念祖入燕」	顧炎武와 魏禧는 明末 遺民 중에서도 걸출한 자라고 평하다.	欲醒天醉那由得。不見遺民顧魏輩。(顧炎武・魏禧。明末遺民之傑然者)
李書九	惕齋集 卷8 「與徐公美書(四)」	『亭林遺書』를 읽어보면 顧炎武가 명나라의 遺民임을 더욱 확실히 알 수 있다.	續拜仰慰。日知錄稍欠渾厚云者。台見得之。然試思其所遭之時。嬰兒失乳。哭有常聲耶。冠屨倒置。至痛弸塞。而猶能著書立言。爲天下後世之慮。視謝皐羽・鄭所南輩熱心血性。抑可謂雍容不廹矣。亭林遺書一凾八冊。幷此付呈。讀此可知其爲皇明之遺民也。
李書九	惕齋集 卷11 尚書講義(二) 「禹貢」	『尚書』의 三江의 이름에 대해서 顧炎武는 郭璞의 주장을 따랐음을 말하다.	臣書九對曰。三江之名。雜出經傳。古今注疏家人殊其說。謂自彭蠡江分爲三江而入震澤者。孔安國也。謂吳縣南一水爲南江。蕪湖西一水爲中江。毗陵北一水爲北江者。班固也。謂左合漢而爲北江。右合彭蠡爲南江。岷江居其中爲中江者。鄭玄也。謂吳松江錢塘江浦陽江者。韋昭也。謂岷江浙江松江者。郭璞也。謂松江婁江東江者。顧夷庾仲初張守節也。而蔡氏集傳。亦從是說。然王安石主班固。蘇軾主鄭玄。至於近世。歸有光顧炎武從郭璞。紛紜聚訟。不能歸一。

李書九	惕齋集 卷15 尙書講義(六) 「多方」	顧炎武의 『左傳杜解補正』 에서 奄國의 위치를 증명 한 것을 인용하다.	臣書九對曰。左傳昭九年。周詹桓伯 曰。蒲姑商奄。吾東土也。定四 年。衛子魚曰。因商奄之民。命以 伯禽。杜預但知其爲東方之國。而未 詳所在。故註只云國名。狀說文。 邾國在魯。括地志。兗州曲阜縣奄 里。卽奄國之地。顧炎武作左傳杜解 補正。採二書以證之。狀則奄國境 土。又未甞失傳也。多士卽成王自述 之言。此篇乃史官記事之辭。蔡傳之 略彼釋此。抑或有意而狀與。不狀似 失昭檢。
李書九	惕齋集 卷15 尙書講義(六) 「顧命」	經文에 殯禮에 대해 언급 하지 않은 것에 대해 顧炎 武는 脫簡을 의심하였다 소개하고, 이 학설을 지지 하다.	臣書九對曰。稱殯爲廟。自孔傳無有 異義。狀成王在殯。遽稱爲廟。恐 非孝子不忍死其親之義。天子七日而 殯。癸酉卽殯後二日。而經文不言殯 禮。故顧炎武嘗疑其有脫簡。遂謂狄 設黼扆以下。記明年正月。上曰康王 卽位朝諸侯之事。當屬之康王之誥。 禮未沒喪不稱君。而今書曰王麻冕黼 裳。是踰年之君也。周卒哭而祔。 而今曰諸侯出廟門俟。是已祔之後 也。天子七月葬。同軌畢至。而今 太保率西方諸侯。畢公率東方諸侯。 是七月之餘也。所論確鑿有據。而史 記亦云二公以太子釗見於先王廟。則 顧說較諸家似是。
李書九	惕齋集 卷8 「與徐公美書 (四)」	徐美修에게 편지를 보내 顧炎武의 『日知錄』의 가 치를 옹호하다.	續拜仰慰。日知錄稍欠渾厚云者。台 見得之。然試思其所遭之時。嬰兒失 乳。哭有常聲耶。冠屨倒置。至痛 彌塞。而猶能著書立言。爲天下後世 之慮。

李定稷	燕石山房文藁 卷8 「附歷代先儒正 朔時月異同說」	顧炎武는 杜預의 註에서 누락되고 잘못된 점을 찾아내어 『左傳杜解補正』3권을 찬술하였다.	清顧炎武。撰左傳杜解補正三卷。抉摘闕誤。根據精核。
李定稷	燕石山房詩藁 卷5 「顧炎武作詩自 註云, 見北史, 毛 奇齡笑之曰, 獨寧 人讀北史乎, 盖陋 之也, 作詩自註, 本屬可笑, 而此爲 堂中諸生資業計, 故不拘且, 作詩押 强韻, 非徵典不能 足其意, 不得已則 又借其意, 其全無 所據者, 不敢妄作 此法, 不可不知」	顧炎武가 시를 짓고 『北史』를 보라는 自註를 달았는데, 毛奇齡이 이를 비웃은 일화를 인용하다.	一顆無煩(晋陽秋曰。王歡耽學。蒸餅一顆。以充一日。)。半麲糠(史紀註。麲麥糠中不破者。)。只堪悅眼不宜腸。模形合把殘牙吃(徐演詩云。莫欺老缺殘牙齒。曾吃紅綾餅餤來。)。索味徒思五內香(外國圖云。大秦國以麵爲集餅。五內香芳。)。寒士未容空侈食。道人元自早休糧。也應豪貴還醒胃。消却平時飫肉粱。
李學逵	洛下生集 冊10 因樹屋集 「答」	董越의 『朝鮮賦』와 顧炎武의 『日知錄』등을 검토한 뒤에라야 질문에 대한 만족할 만한 해답을 찾을 수 있으리라 대답하다.	此鄉苦無書籍。以瞿存齋剪燈新話。爲丌上尊閣。羅貫仲三國演義。爲枕中秘藏。…昨承問及三十餘條。若其事出三禮三傳及二十一史者。縱有記念一字一句。猶不敢著之紙墨。其有無關於事務。無害於義理者。隨所記憶。悉陳無隱。此亦不可定其必是。望於說文玉篇及董越朝鮮賦, 顧炎武日知錄等諸書。詳考一番。然後決意聽用也。
李學逵	洛下生集 冊12 海榴庵集 「三韓疆域辨」	遼人이 스스로 三韓이라 일컫는 것을 비판한 顧炎武의 견해를 언급하다.	清人顧炎武。譏遼人之自稱三韓以自外也。地理志所載。不過承譌襲謬。不當置辨也。其源始誤於文昌。再誤於陽邨。至今數千年間。論說蝟興。

			而迄無斷案也。
李學逵	洛下生集 冊13 文漪堂集 「潮汐說」	顧炎武의 潮汐에 대한 고증을 인용하다.	顧炎武曰。白樂天詩。早潮纔落晚潮來。一月周流六十回。白是北人。未諳潮候。今杭州之潮。每月朔日。以子午二時到。每日遲三刻有餘。至望日則子潮降而爲午。午潮降而爲夜。子以後半月復然。西江江岸。有候潮碑。大月之潮。一月五十八回。小月則五十六回。無六十回也。水月皆陰之屬。月之麗天。出東入西。大月二十九回。小月二十八回。亦無三十回也。所以然者。陽有餘而陰不足。自然之理也。
田愚	艮齋集前編 卷4 「答李友明」	顧炎武·魏禧가 변발한 것을 본보기로 삼아서는 안 된다고 말하다.	今天下無道之甚。聖人所謂隱之一字以外。更無可道。若其以削髮胡服見逼。則只有一死而已。如顧亭林·魏叔子之變形。不可法也。
丁若鏞	與猶堂全書 詩文集 卷2 「古詩二十四首」	顧炎武의 학식과 인품에 대해 높이 평가하다.	矯矯顧亭林。(名炎武)獨作明遺民。貫串譚前史。雍容不眩人。精深郡縣論。遠猷特超倫。此法苟見施。千載有遺仁。(郡縣論。蓋與封建論相反者。)
丁若鏞	與猶堂全書 詩文集 卷6 松坡酬酢 「朝與數子讀禮箋，又用前韻」	徐乾學이 顧炎武로부터 禮學을 전수받았음을 언급하다.	健菴授旨自亭林。淹貫千年賴有此。…內無繩尺外多眩。鈍翁蕙田徒捃拾。
丁若鏞	與猶堂全書 詩文集 卷9 「辨謗辭同副承旨疏」	錢謙益, 譚元春, 顧炎武, 張廷玉 등이 천주교의 학설이 허위임을 밝힌 것을 몰랐다고 고백하다.	臣於所謂西洋邪說。嘗觀其書矣。然觀書豈遽罪哉。辭不迫切。謂之觀書。苟唯觀書而止。則豈遽罪哉。蓋嘗心欣然悅慕

			矣。蓋嘗擧而夸諸人矣。其於本源心術之地。蓋嘗如膏漬水染。根據枝縈而不自覺矣。… 其所謂死生之說。佛氏之設怖令也。其所謂克伐之誠。道家之伏慾火也。其離奇辯博之文。卽不過稗家小品之支流餘裔也。外此則逆天慢神。罪不容誅。… 故中國文人如錢謙益·譚元春·顧炎武·張廷玉之徒。早已燭其虛僞。劈其頭腦。而蒙然不知。枉受迷惑。莫非幼年孤陋寡聞之致。
丁若鏞	與猶堂全書 詩文集 卷14 「跋顧亭林生員論」	顧炎武의 「生員論」에 跋文을 쓰며 朝鮮 兩班의 폐단을 언급하다.	中國之有生員。猶我邦之有兩班。亭林憂盡天下而爲生員。若余憂通一國而爲兩班。然兩班之弊。尤有甚焉。生員實赴科擧而得玆號。兩班竝非文武而冒虛名。生員猶有定額。兩班都無限制。生員世有遷變。兩班一獲而百世不捨。況生員之弊。兩班悉兼而有之哉。雖然若余所望則有之。使通一國而爲兩班。卽通一國而無兩班矣。有少斯顯長。有賤斯顯貴。苟其皆尊。卽無所爲尊也。管子曰一國之人。不可以皆貴。皆貴則不成而國不利也。
丁若鏞	與猶堂全書 詩文集 卷14 「跋紀年兒覽」	顧炎武가 『史記』를 잘 이해하기 위해 『表』를 熟讀했음을 언급하다.	右紀年兒覽一卷。故李都正萬運之所撰。而靑莊舘李懋官益爲之修潤以成之者也。年表之法。昉於司馬遷。誠紀年之妙法也。昔顧亭林看史記。唯表所載諸卷。手澤黯然。爲其善讀史也。讀史須考其年代先後。然後其制作之沿革。謨畫之得失著焉。苟唯

			文藻之貪。而不察其事蹟。則讀史亦何爲哉。若斯編雖翁叟皆當常目。何謂兒覽。蓋欲及其早而喩之。非斯編之爲小也。李都正博識多聞。尤習東國故事。余旣生竝一世而未之一見。可恨耳。
丁若鏞	與猶堂全書 詩文集 卷21 「寄二兒」	顧炎武의 『日知錄』에 실려 있는 학술과 의논이 십분 마음에 꼭 맞는 것은 아니라 말하다.	日知錄其學術議論。却未能十分愜意。蓋其本領。務要作高談正論。非眞箇正論。人謂之正論者。以全其名。未見有惻怛眞切之心。其所爲憂時憫世者。都有鬆雜不淸淨意思。著在言談之外。如吾直性男子。有時乎爲之注目耳。又其鈔取史傳中語。與己所立論者。相雜成書。大是冗雜。吾嘗謂星湖僿說。未足爲傳後之正本者。以其古人成文。與自家議論。相雜成書。不成義例也。今日知錄正亦如此。且其禮論。殊多謬戾耳。
正祖	弘齋全書 卷163 日得錄 「文學」	『漢書』『地理志』의 小字는 모두 班固의 本文이라고 한 顧炎武의 주장에 동의하다.	班史地理志最精。顧炎武以爲地理志小字。皆孟堅本文。良是。
曺兢燮	巖棲集 卷4 「大田値雨, 用亭林集中韻」	顧炎武의 『亭林集』에 실린 詩에 次韻하다.	我行不知勞。凌風到原隰。休車覓人烟。飛雨滿路濕。野店慣相迎。空廊爲少立。平蕪十里長。逈然脫拘縶。宿酒晚猶醺。寒流夜更急。家鄕忽天南。矯首渺何及。
韓章錫	眉山集 卷4 「答徐汝心書」	顧炎武의 의론과 인물됨은 인정할 만하지만 고증학에 경도된 점은 안타깝다고 말하다.	若顧亭林特考證家之醇者耳。博而不雜。且有節義可稱道。故尙論者許之。其立志制行。雖謂之學問中人可也。雖然彼之所推許。在於考證。吾之所惋惜。亦惟在於考證。就店舍

			載書一事。終未免破綻陋習。
洪吉周	沆瀣丙函 卷9 睡餘瀾筆續(下)	顧炎武의 『日知錄』에서 杜甫의 시를 논하며 用事의 오류에 대해 지적한 점을 인용하다.	顧寧人日知錄。論杜子美詩諸生老伏虔。濟南伏生名勝非虔。後漢服虔非伏。是誤用也。古人作詩時。不必檢書。用事之誤。自所不免。
洪吉周	縹礱乙懺 卷9 「瞻彼薊之北行」	顧炎武와 朱彛尊은 考證에 해박하였고, 陸隴其와 李光地는 箋註에 정밀하였다고 평하다.	顧朱博證辨。陸李精箋註。
洪吉周	縹礱乙懺 卷12 睡餘放筆(上)	洪吉周는 청나라 시인 중에 顧炎武를 가장 좋아하여 王士禛보다 뛰어나다고 여겼다.	淸人詩。余最愛顧亭林(古詩排律尤長)。恒以爲過於王漁洋。文則當以魏叔子汪苕文爲巨擘。而近世袁隨園。才思超伏。前無古人。雖或未醇於法。要是詞場之勍敵。使東國之朴燕巖生於中州。當旗鼓幷立。未知鹿死誰手。
洪吉周	沆瀣丙函 卷1 「擬發策一道」	고증학의 대가인 顧炎武는 송나라 賢者들을 비방하는 데에는 이르지 않았다고 평하다.	其有博古褆躬之士。宜思所以矯其偏而反之于中庸。以求程朱氏立敎之本源。而不惟不能然也。乃自明季·淸初以來。忽有一種抑宋崇漢之學。駸駸然日盛而月滋。蓋所謂考訂之術。莫專於顧寧人。而其爲說務主和平。猶不至乎侵詆宋賢。及毛奇齡·胡渭·惠棟輩出。而邪說益熾。
洪吉周	沆瀣丙函 卷4 「醇溪昆弟燕行,余旣序以識別,衍其未究之指,又得長律八百字以寄, 以序若	朱彛尊은 學業이 정밀하였고, 顧炎武는 저작이 많다고 평하다.	業精朱錫鬯。言藹顧寧人。

	詩, 以屬之昆季, 可也, 以文則合序與詩, 以人則合昆與季, 無彼無此, 總而屬之, 亦可也云」		
洪奭周	鶴岡散筆 卷1	근세의 고증학은 顧炎武로부터 시작되었는데, 고증학을 하려면 顧炎武처럼 사람됨이 반듯해야 폐단이 없다고 논하다.	近世考證之學。自顧寧人始。如寧人者。大節偉然。可竢百世。當時讀書之士。固未有能先之者也。其人旣正。其學亦醇。其言皆和平溫雅。其於宋儒雖有異同。亦未嘗肆口詆訶也。使考證之家。皆若是者。吾亦何病夫考證哉。
洪奭周	鶴岡散筆 卷1	明末淸初에 절의를 지킨 문장가 중에서 顧炎武와 魏禧가 으뜸이라 평가하다.	近世博學之士。人皆以顧寧人爲稱首。然但以其考證耳。余謂寧人之於考證。自是其一病。其節義文章之卓然。未必不反爲其所揜也。詞章之士。罕有能兼節義者。陶元亮尙矣。司空表聖・謝皐羽之詩文。未必能高出古人也。尙論之士。猶喜稱之。豈不以其節哉。皇朝鼎革之際。文章之士。全節而可稱者。猶顧寧人與魏氷淑爲最。氷淑之文。世所推也。寧人之文。不免爲考證所揜而不見列於作家。余嘗玩其所作。雖不矜繁富而深醇雅潔實有非詞章之家。所能及者。其信筆短牘。寂寞數語。亦皆有凜凜忠義之氣。使人竦然而起敬。至其詩托意深遠。命辭精煉。直可求之於晉宋以上。不論齊梁也。顧其學不專於詞章。不甚多作耳。然視陶元亮司空表聖。則亦不啻夥矣。余故嘗謂品近世之詩文者。當以寧人置諸王

			士禛。朱彝尊之上。今人未必不駭余言也。百世之後。必將有同余言者。
洪奭周	鶴岡散筆 卷4	魏禧와 顧炎武가 절개를 지켜서 청조의 부름에 응하지 않은 점을 칭찬하다.	當康熙中。詔公卿擧博學宏詞之士一百八十餘人。唯魏禧叔子。稱疾不至。若顧炎武寧人。則矢死自潔。薦擧亦不敢及也。嗟乎。如二子。洵所謂卓爾不群者歟。
洪奭周	鶴岡散筆 卷4	顧炎武와 魏禧 두 사람은 절개를 지켜 歲寒의 松柏이 되기에 부끄럽지 않다고 평가하다.	明季儒者。鮮不濡跡于北方。雖如湯斌·陸隴其之碩學。亦不免也。唯顧亭林魏叔子二人。嶄然不汙。殆不媿爲歲寒之松栢。後世有續紫陽之綱目者。必照晉徵士陶潛之例。系之於大明也。無疑。
洪奭周	鶴岡散筆 卷4	潘耒가 『日知錄』의 서문을 쓰면서 실수한 점을 지적하고, 아울러 정조가 『春秋左氏傳』을 간행할 때, 卷首의 「諸儒名氏」에서 顧炎武를 명나라 사람이라 特書한 일화를 소개하다.	潘耒序亭林所著日知錄。引鄭漁仲·王伯厚·魏鶴山·馬貴與。四人爲比。而通稱之曰宋元名儒。豈將以王·馬爲元人歟。王固爲宋代名卿。馬亦未嘗仕元。二子之不可爲元人。猶亭林之不可爲淸人也。序亭林之書而立言如此。亦未可謂知亭林之志矣。正廟朝命修春秋左氏傳。其首卷列諸儒名氏。特書曰明顧炎武。亭林之志。於是乎始大白于萬世矣。其後有北使至。命以是書爲贈。有司者。就卷中摘去其列諸儒名氏者二板。盖諱之也。然表忠勸義。不間異代。淸人撰四庫書目。謝翺·鄭思肖之書。固未嘗不系於宋。以是爲諱。亦過慮也。
洪奭周	鶴岡散筆 卷4	顧炎武가 『日知錄』을 짓고 나서 자신의 학설 중에 고인들이 이미 언급한 것	亭林作日知錄。既著于編。見古人有先爲是說者。則輒削之。盖不欲疊牀也。

		과 겹친 것을 발견하면 모 두 산삭한 점을 말하다.	
洪奭周	鶴岡散筆 卷4	顧炎武의『日知錄』에도 소 루한 점이 있음을 지적하 다.	日知錄歷學韓墨呂覽諸書。時世牴牾 者。至于莊列寓言。亦皆條辨。則 殆不免辭費矣。其中一條。言士會不 與晉文公咎犯同時。則又失之踈。文 公城濮之戰。咎犯佐上軍。而其還 也。以士會攝車。右左氏之文甚明。 豈亭林未之攷歟。自古考證之精且 博。未有與亭林京者。而猶尙有此 誤。又況於它人乎。
洪奭周	鶴岡散筆 卷4	근대의 博學한 선비 중에 顧炎武를 으뜸으로 추대 하는데, 이는 단순히 박 학만을 귀하게 여기는 것 이 아니라 뜻과 절개가 우뚝하기 때문이라고 말 하다.	近代博學之士。推顧亭林爲稱首。盖 非其博之可貴。而其醇而不雜之可貴 也。非但其醇而不雜之可貴。而其志 節之卓然。尤不可及也。
洪奭周	鶴岡散筆 卷4	顧炎武의 문집에 있는 詩 文은 대부분 遺民의 감회 를 읊은 것이며,『日知錄』 은 고증 위주임에도 忠憤 과 悲嘆의 기운이 곳곳에 담겨 있다고 평하다.	亭林集中詩文。無一篇不發於采薇麥 秀之感者。所著日知錄。雖主攷證。 而忠憤悲咤之氣在在。激露勃鬱而不 可掩。如論文山指南錄中北字。皆當 爲虜字。胡三省通鑑注中闕文一行。 當定爲蒙古滅金。而繼之曰春秋所貶 損大人。當世君臣有威權勢力者。其 事皆見於書。故定哀之間多微辭。況 於易姓改物制有華夏者乎。此盖以自 況也。
洪奭周	鶴岡散筆 卷4	顧炎武는 節義를 세웠기 에 그의 학술이 후세의 전 범이 될 수 있었다는 점을 강조하다.	名教者。國家之本務。節義者。立 身之大綱也。立論而本諸名教。雖有 不合者。亦寡矣。觀人而先其節義。 雖有不中者。亦寡矣。亭林以節義。

			自律其身。而其論常以名教爲重。故 其所論學術政事。皆深中肯要。可爲 後世楷範。世但以攷證之博稱之。其 知亭林也。亦淺矣。
洪奭周	鶴岡散筆 卷4	顧炎武가『日知錄』에서 "천하에 기질이 유약한 사 람은 항상 백성에게 근심 을 남기고 하늘의 화를 불 러일으키기에 충분하다." 고 한 말을 인용하고, 時俗 을 경계한 지극한 말이라 고 평하다.	日知錄言。天下惟體柔之人。常足以 遺民憂而召天禍。 … 余謂詩經夸毗 之義。未必專屬於柔者。而亭林之 論。則實砭俗之至言也。
洪奭周	鶴岡散筆 卷4	貼黃의 유래를 설명하면 서 顧炎武의 『日知錄』을 인용하다.	唐制。降勅有所更改。以紙貼之。 謂之貼黃。今所謂付標。是也。宋 代奏疏篇中。未盡之語。別書一紙。 貼之疏尾。又或以疏中。所陳之語。 敷演注釋。而貼於本句之下。以其書 諸黃紙。故曰貼黃。日知錄以爲起於 崇禎初年。亭林。非不讀唐宋史者。 蓋崇禎之貼黃。撮其疏中大要。以便 省覽。如今世謂大槩者。與宋制不 同。故謂之始起歟。崇禎之貼黃。 有至百字者。今之大槩。約或止一 句。多無過三十字者。然見百餘年前 邸報。亦有綾述疏意。至逾百餘字 者。今則無是。久矣。盖今之大 槩。只頒諸朝紙。而不以徹於乙覽。 固不必求詳也.
洪奭周	鶴岡散筆 卷4	고증학자들은 心學을 악 평하는 경향이 있는데, 顧 炎武도 이것을 면하지 못 한 점을 지적하다.	考證之家。惡言心學。余已嘗論之 矣。以顧寧人之賢。而猶不免此。 則博而不能約之過也。

洪奭周	鶴岡散筆 卷4	顧炎武가 『日知錄』에서 唐伯元의 말을 인용하여 '心學'에 대해 고증한 것을 비판하다.	日知錄引唐伯元之言。以爲心學二字。六經孔孟所不道。然則傅說之前。未有言學者。亦可曰。學之一字。堯舜禹湯。所不道耶。且理學之名。亦六經語孟之所未有也。其爲說。亦太局矣。如顧寧人者。以博聞强記爲學者也。博聞强記。亦未有不資乎治心者也。朱子言。陳烈先生。苦無記性。一日讀孟子求放心章。忽悟曰。吾心放未收。如何能讀書。遂閉戶獨坐。百餘日而後出。自是讀書。一覽無遺。使寧人而不强於記性者。亦必不背訾心學矣。
洪奭周	鶴岡散筆 卷4	顧炎武가 韻學에 정통하였으나 그의 '無韻不害'說은 唐代 이후로는 적용되기 어렵다고 평하다.	自詩之有律。而言志之功。隱矣。幸而有古詩。猶可以不拘於後世之聲律。自近世王士禛趙執信之說出。而古詩又將拘平仄。古人之高風遠韻。日益以不可問矣。顧寧人言。詩主性情。不主奇巧。又曰。詩以義爲主。苟其義之至當。而不可以他易。則雖無韻不害也。一韻無字。則房通他韻。又不得於他韻。則寧無韻。以韻從我者。古人之詩也。以我從韻者。今人之詩也。寧人之精於韻學。近古所未有也。而其言若此。視王士禛輩。拘拘於五言七言。轉韻之法者。亦可謂卓爾不群矣。然寧人所謂無韻不害者。在古人。則固多有之。自唐以後。恐不然。卽其所引杜甫石壕吏。人與看字。自可通押。李白天馬歌丘陵遠崔嵬。恐當移遠字於崔嵬之下。以叶上句之倒行逆施畏日晩也。

洪奭周	鶴岡散筆 卷4	顧炎武가 『日知錄』에서 『春秋』의 微言大義를 후대 역사를 기술하는 데까지 적용한 것을 변론하다.	日知錄言。春秋於吳楚斤斤焉。不欲以其名與之也。其書君書大夫。春秋之不得已也。以後世之事言之。如劉石十六國之輩畧之而已。至魏·齊·周。則不得不成之爲國。而列之於史。遼·金亦然。此夫子所以錄楚吳也。然於修書之中。而寓抑之之意。聖人之心。蓋可見矣。亭林此語。蓋發於順治·康熙之際。其微意。亦可知也。然使春秋。而書遼金之事。其筆法。固不同於中國矣。使遼金。一天下朝率土。而歷數百年。又將何以書之哉。嗚呼。亦難言之矣。
洪奭周	鶴岡散筆 卷4	顧炎武의 말을 인용하여 그의 고결한 행적을 칭탄하다.	顧寧人謂君臣之分所關者。在一身。華夷之防所繫者。在天下。故夫子之於管仲。畧其不死子糾之罪。而取其一匡九合之功。夫以君臣之分。猶不敵華夷之防。而春秋之志可知矣。夫所賤乎夷狄者。爲其無君臣父子之倫也。若蔑君臣之分。則華夏亦夷狄耳。又安用華夷之防爲哉。雖然寧人之意。則亦可亮也已矣。此固寧人所以潔身於橫流之中。而皎然爲昏衢之一星也。
洪奭周	鶴岡散筆 卷4	顧炎武가 『日知錄』에서 『資治通鑑』에 屈原과 杜甫가 문인이라 기록되지 않았다고 말한 것에 대해 변론하다.	日知錄論溫公通鑑。不載屈原·杜甫。曰。此書本以資治。何暇錄及文人。以此而論杜甫。猶之可也。若屈原者。豈可以文人目之哉。溫公此書專以資人君之鑑戒。人君之所鑑戒。孰有大於忠佞進退之際者哉。此書於擧措得失之際。有一謀猷之善。必錄而存之。讒諂醜正之徒。有一言之邪。亦必謹而志之。所以昭百世之

| | | | 勸誡也。張儀之逋誅。武關之誘會。屈原皆有所諫而略之不書。并與上官靳尙讒愬之情。而一切無槪見焉。烏在其爲勸誡也。又烏在其著治亂之原也。且通鑑之不錄文人。爲其浮華之無益於世也。若其言之有資於治道者。亦未嘗不取焉。如柳宗元之梓人種樹者傳是也。屈子之視柳宗元。其賢否高下。又何如也。董生有言爲人君父。而不知春秋者。前有讒而不見。後有賊而不知。朱夫子於離騷九章亦云。嗚呼。是又可以文人無實之言。壹槪而同斥之哉。通鑑之不載屈原。固溫公之一失也。無容曲爲之諱。而明季文士卒尙浮華。亭林之言。蓋亦有激而不得其平耳。 |
| 洪奭周 | 鶴岡散筆 卷4 | 『周易』의 「雜卦傳」을 설명하면서 顧炎武의 학설을 인용하다. | 易雜卦曰。晉畫也。明夷。誅也。顧寧人謂一言畫。一言誅。取其音協爾。余謂古人文簡。往往有相形而自見者。知晉之爲畫。則明夷之爲夜也。形矣。明夷之爲誅。則晉之爲賞也。亦形矣。故明夷之上曰。不明晦。初登于天。後入于地。夜之象也。晉之象曰。庚侯。用錫馬蕃庶。賞之象也。雜卦之省文以互見者。不獨晉明夷而已也。知井之通。則困之爲塞。可知也。知履之不處。則小畜之爲不行。可知也。然大有衆也。而同人亦不可以謂寡。同人。親也而大有亦不可以謂疏。此易所以不可爲典要也。或謂余曰。雜卦之所擧者。率卦之反也。而對卦之辭。亦有相關涉者。噬嗑食也。而井之九五曰。井冽寒泉食。屯之九五言。 |

			屯其膏。而鼎之九三。亦言雉膏。蓋噬嗑之對。在井。屯之對。在鼎也。余曰。易道廣大。無所不該。此亦未必非一義也。然余拙儒也。牽合以求巧。穿鑿以求深。亦不敢也。鄭少梅言。中孚有離體。小過伏中孚。亦有離體。故有飛鳥之象。程可久言。頤有離體。益亦有離體。故頤與損益。皆言龜離爲龜也。朱子皆稱其說爲有理。至作本義。則一言不及之。朱子解易。以占筮爲主。夫豈不欲言象數哉?心之所不能曉然者。亦不欲强言之也。此所以爲百世之宗師歟。
洪奭周	鶴岡散筆 卷4	顧炎武가 '巧言'에 대해 변론한 말을 탁견이라고 평하다.	顧寧人言。孔子曰。巧言令色。鮮矣仁。又曰。巧言難德。巧言不但言語。凡今人所作詩賦碑狀。足以悅人之文。皆巧言之類也。誠哉。是言也。凡文之尙辭務華。而不本於義理。不徵於事實者。皆仁人之所不爲也。屈子之騷。依於忠義。固不可以巧言視也。若宋玉之高唐神女・登徒好色。又巧言之甚者矣。太史公以招魂爲屈子作。而朱子屬之宋玉。蓋以爲忠憤之意微。悅人之態勝。不免於巧言之類也。嗚呼。巧言之過。而之於誨淫。傷風溺人。又豈獨鮮仁而已哉。
洪奭周	鶴岡散筆 卷5	"泰伯이 천하를 세 번 사양했다"고 한 구절을 변증하기 위해서 顧炎武의 학설을 인용하다.	孔子稱泰伯三以天下讓。說者謂太王見商德日衰。因有翦商之志。泰伯之讓。乃讓商。非讓周也。自宋明大儒恭慈溪・陳定宇・薛敬軒・蔡虛齋。以及近世陸稼書諸人。咸主是

			說。獨王魯齋・金仁山有異論。而顧 寧人又申明之曰。將稱泰伯之德。而 先以蔡換之志。加諸太王。豈夫子立 言之旨哉。余按仁山之言。曰太王遷 岐。在小乙之世。小乙之後。高宗 繼立。殷道中興者。六十年。文王 之生。在祖甲二十八。祀祖甲殷之賢 王。太王安得有翦商之志哉。張子論 文武之事。曰此事間不容髮。天命一 日未絕。則爲君臣。當日命絕。則 爲獨夫。夫以紂之無道。如彼其甚。 而文王腹事之心。猶不敢以小解也。 況於九十餘歲之前。殷道方興之日 乎。呂留良謂太王遷岐之時。商已四 衰。戊丁雖賢。厪足以文六十年。 周家積功累仁。其興勃焉。其翦商又 何疑乎。如呂氏之言。則以世世北面 之臣。事天下之共主。而當國家無事 之時。陰舊其不臣之心也。其悖也。 不亦甚乎。或曰諸儒之說。皆本諸朱 子集註。又可疑與。曰論語集註・詩 集傳。皆朱子說也。詩集傳。閟宮 之釋。曰太王徙居岐陽。四方之民。 咸歸往之。於是而王迹始著。蓋有翦 商之漸。是蓋不以太王爲有翦商之志 矣。蔡氏書傳。親手朱子魄年之傳者 也。其釋武成。曰太王雖未始有翦商 之志。而始得民心。王業之成。實 基於此。朱子每見人論武王之事。輒 曰食肉。不食馬肝。未爲不知味也。 又論文王至德。曰文王之事。唯知以 臣事君而已。都不見其他。祈以爲至 德。若謂三分天下。紂尚有其一。 商之先王德澤。未忘。曆敷未終。

			紂惡未甚。若之何而取之。則是文王之事紂。非其本心。安得謂之至德哉。朱子之定論。若此。此後學之所宜擇也。
洪奭周	鶴岡散筆卷6	呂留良은 부끄러움을 아는 사람이고, 魏禧와 顧炎武는 절개를 온전히 한 선비라고 평하다.	然如魏禧・顧炎武者。其亦庶乎知恥者歟。曰呂留良旣一應淸初之擧矣。下第而歸。遂不復出。平生著述。皆感慨憤咤之語。若是者。亦可謂之恥歟。曰先病後瘳。君子與之。如留良者。亦可謂知恥矣。若叔子・亭林。則雖謂之全節之士。可也。
洪翰周	鶴岡散筆卷6	顧炎武의 현명함으로도 晚年에 고증학에 潛心한 것을 후회한 것을 면하지 못하였다.	末俗之情悅於新聞。博辯之士矜其矜長。考證之學。亦無怪。其競尙於一時也。疲精勞神。役於無益之辨。及其習氣漸進。浮華漸剝。反求心身。而兀然不知其所得。試之事爲。而范然無一長之可見。則亦鮮有不憮然而自齎者也。以顧寧人之賢。亦不免晚年之悔。
洪翰周	海翁文藁卷1「與沈方山書」	顧炎武의 연보를 빌려달라고 부탁하다.	思辨錄移寫竣役。原本完璧。亭林譜如已覓還。投借是回也。老眼玄花。官燭呼倩。願兄迎新味道增重。
洪翰周	智水拈筆卷1	顧炎武는 총명 박식하며, 그의 저술인 『日知錄』, 『肇域志』, 『天下郡國利病書』, 『音學五書』 등은 없어서는 안 될 책이라 평가하다.	惟淸初顧寧人。聰明精博。殆若前無古人。其所著日知錄・肇域志・天下郡國利病書・音學五書。皆不可無者也。
洪翰周	智水拈筆卷1	潘耒가 『日知錄』의 서문에서 顧炎武는 한 시대의 사람이 아니요, 『日知錄』은 한 시대의 책이 아니라고 하였다는 말을 인용하다.	故其文人潘稼堂耒序日知錄曰。先生。非一代之人也。是書。非一代之書也。

洪翰周	智水拈筆 卷1	李光地는 顧炎武가 대단히 박식하여 九經・三史를 모두 背誦할 수 있다고 하였다.	又李榕村光地曰。長洲顧寧人。極博者也。九經三史。悉能背誦。盖其精力。古今罕有也。
洪翰周	智水拈筆 卷1	顧炎武는 康熙帝가 그를 초치하려 했으나 大明遺民으로서 끝내 응하지 않았으니, 博學으로만 그 인물을 논해서는 안 된다고 말하다.	淸聖祖。設博學鴻詞科。必欲羅致寧人。其時宰執。多督勸赴擧。寧人自以大明遺民。終不應。至以爲必欲强我。炎武踏東海而已。聖祖亦高其義而勿問。此過於魯連。遠矣。奚但以博學論其人。
洪翰周	智水拈筆 卷2	毛奇齡의 재주와 박학은 顧炎武와 비견될 만하다고 평가하다.	然才雄學博。足可與顧寧人。不相上下。
洪翰周	智水拈筆 卷4	다른 사람들의 문집을 읽을 때 유의할 점에 대한 顧炎武의 견해를 인용하다.	顧亭林有言曰。凡看人文集。詩多於文。詩亦七言多於五言。律絕多於古詩。則不足觀。其言誠然矣。然往往不盡然。
洪翰周	智水拈筆 卷4	顧炎武와 魏禧를 추켜세우고, 錢謙益과 吳偉業을 비판하다.	惟顧寧人・魏永叔。卓然自立。不啻若鸞鳳之運於寥廓者。二人而已。錢受之・吳駿公輩。能不泚顙乎。
洪翰周	智水拈筆 卷5	顧炎武는 기억력이 뛰어나 유교 경전과 주요 사서를 모두 외울 수 있었다고 평가하다. * 원문의 耘卿은 耗卿의 잘못이다. 顧炎武와 耗卿의 기억력에 대해서는 李光地, 『榕村語錄』 卷24에 관련된 기술이 있다.	淸顧寧人。九經三史。悉能背誦。李榕村弟耗卿。亦如是。

洪翰周	智水拈筆 卷8	金正喜의 號를 설명하기 위해 閻若璩가 黃宗羲를 애도하여 쓴 祭文에서 망 자와 顧炎武·錢謙益을 비견한 말을 인용하다.	秋史平生。自號亦多。少時。嘗扁 其居室曰。上下三千年縱橫十萬里之 室。余常奇其語。後見一書。元趙 文敏公。已有此語。又淸閣潛丘若璩 祭黃南雷宗羲文。有曰。上下五百 年。縱橫一萬里。博而精者得三人。 一則顧亭林處士也。一則錢虞山宗伯 也。一則先生也。盖秋史所扁。取 則於此也。
黃玹	梅泉集 卷4 「題屛畵十絶」	병풍에 그려진 顧炎武의 행적에 대해서 읊다.	亭林載書(顧炎武): 千軸圖書一輛車。 橫行萬里卽安居。遺民到老無憂患。 心折淸人禁網踈。

5
孔憲彝 (1808-1863)

인물 해설	桐城派의 門人으로 字는 繍仲, 號는 繍山・繍珊 또는 韓齋이다. 孔子의 72대손이며, 山東 曲阜 사람이다. 道光 17年 擧人이 되었고 內閣侍讀을 역임했다. 어릴 때 부친의 임지인 長蘆에 따라가 거주하며 梅花詩社에 들어가 명사들과 시를 주고 받았다. 鹽城으로 이주한 후 교유관계가 더욱 넓어졌으며 陳文述 등에게 높은 평가를 받았다. 李宗傳으로부터 古文法을 배웠고, 梅曾亮・曾國藩・魏源・何紹基・蘇廷魁・彭蘊章 등과 관계가 돈독했으며 姚鼐의 문장을 좋아했다. 시와 그림, 전각에 능했으며, 특히 그의 그림은 국내외 인사들에게 매우 인기가 있었다. 그의 시는 체재가 정연하고 기탁한 뜻이 심오하며 청초하고 운치가 있다고 평가 받으며, 저서로는 『對嶽樓詩錄』・『韓齋文集』・『還鄕吟』 등이 있다.
인물 자료	○ 徐世昌, 『晚晴簃詩匯』 卷131, 「孔憲彝」 　字繍仲, 號繍山, 一號韓齋, 曲阜人. 道光乙酉擧人, 官內閣中書, 有對嶽樓詩錄. ○ 符漢森, 『國朝正雅集』 　(孔憲彝詩)多得眞性情, …… 七絶尤衷感頑艶, 令人讀之凄然欲絶.
저술 소개	*『對岳樓詩錄』 　(淸)刻本 2卷 *『對岳樓詩續錄』 　(淸)咸豊 6年 刻本 4卷 *『韓齋文稿』 　(淸)咸豊年間 刻本 4卷 *『曲阜詩鈔』 　(淸)孔憲彝輯 (淸)道光 23年 曲阜 孔氏刻本 8卷

	★ 『闕裏孔氏詩鈔』 (淸)孔憲彝輯 (淸)道光 23年 曲阜 孔氏刻本 14卷 ★ 『桂氏遺書』 (淸)桂馥撰 孔憲彝編 (淸)道光 21年 闕裏 孔氏刻本		
비 평 자 료			
金奭準	紅藥樓懷人詩錄 卷下 「孔繡山觀察 (憲彝)」	孔憲彝를 그리며 회인시를 지으며, 그의 문집으로 『對嶽樓集』이 있음을 말하다.	家學杏壇追往聖。文章玉局降游仙。嶽樓遺墨垂金薤。墓草荒凉謾五年。(先生著有對嶽樓集)
金奭準	紅藥樓懷人詩錄 卷下 「王蓉洲侍御 (憲成)」	金奭準과 李尙迪을 송별하는 자리에 孔憲彝·孔憲彀·王憲成 등이 함께 모임을 가졌음을 말하다.	韓齋聯飲愴前遊。水擊雲摶格最優(君題春明雅集圖。有才氣雲摶兼水擊之句)。欲採芙蓉秋已晚。傷心鸚鵡也空洲。
朴珪壽	瓛齋集 卷10 「與黃緗芸雲鵠」	黃雲鵠에게 보낸 편지에서 楊繼盛의 『椒山諫艸』,『椒山墨蹟』과 孔憲彝에 대해 말하다.	翔雲尊兄觀察閣下。相去萬里。魚鴈沈沈五六年矣。辛酉歲會飲松筠菴。兄讀椒山諫艸。有千秋俯仰心如醉。我亦人間駕部郞之語。余別詩有云且看諫艸堂前竹。再度來時綠滿園。夫豈竹之云乎。今來縱不與吾兄相見。此竹已森森作歲寒姿。徘徊咏言。懷可知也。昨見椒山墨蹟。飲酒讀書四十年。烏紗頭上是靑天。男兒欲到凌烟閣。第一功名不愛錢。此固兄所慣記。而今復爲之一誦。想領會此意也。弟奉使入都。今將東還。雖不無新知作讌會爲樂。舊雨落落。惟有孔君玉雙話繡山宿緣。稍慰悢悢。欲寄書不知何當得傳去。仍念作此大幅。送掛壁上。可時時如面不相

			忘。援筆荒雜。亦不計耳。望文翁之化。益副遠望。壬申。
李尙迪	恩誦堂集卷1「恩誦堂集畫像」	孔憲彝가 李尙迪의 畫像에 글을 쓰다.	其氣春溫。其神秋淸。詩成千首酒百舫。高山大澤深以閎。使車十度來上京。賢豪長者倒屣爭相迎。伊川巾東坡笠。吾以想先生。淸河吳昆田贊。闕里孔憲彝書。
李尙迪	恩誦堂集續集詩卷1「孔繡山舍人仙蝶圖」	孔憲彝의 질녀 儀吉이 그린「仙蝶圖」에 題詩를 지으며, 공헌이의 저서로『餞春唱和詩』가 있음을 언급하다.	其一: 不知幻夢是莊周。錯遣風姿比魏收。羽化翩翩尋舊侶。十洲烟月鳳池頭。 其二: 與爾殷勤締夙緣。餞春幾度落花天。(繡山有餞春唱和詩一卷) 蘭閨解寫滕王筆。(君令女侄儀吉繪之) 遊戱人間摠是仙。
李尙迪	恩誦堂集續集詩卷2「韓齋雅集圖, 題寄繡山舍人」	「韓齋雅集圖」에 대한 題詩를 지어 孔憲彝에게 부쳐주다.	其一: 西園無此集。東海有新知。遠述通家誼。高吟對嶽詩。(君有對嶽樓集) 幾年結蘭佩。(余久藏君所寄墨蘭) 萬里挹芝眉。後會憑誰卜。殷勤與揲蓍。(見贈蓍草) 其二: 雙碑曾我讀。積古愴前塵。(阮文達嘗寓此衍聖公府。有泰華雙碑之館扁。至今猶存。)闕里傳遺訓。(君輯闕里孔氏詩抄) 昌黎得替人。乍聞涼雨作。相屬酒盃頻。衰暮休傷別。天涯若比鄰。
李尙迪	恩誦堂集續集詩卷2「韓齋雅集圖, 題寄繡山舍人」	자신이 孔憲彝가 보내준 墨蘭을 수장하고 있음을 말하다.	其一: 西園無此集。東海有新知。遠述通家誼。高吟對嶽詩。(君有對嶽樓集) 幾年結蘭佩。(余久藏君所寄墨蘭) 萬里挹芝眉。後會憑誰卜。殷勤與揲蓍。(見贈蓍草)

李尙迪	恩誦堂集 續集詩 卷2 「韓齋雅集圖, 題寄 繡山舍人」	孔憲彝가 『闕里孔氏詩抄』 를 편찬한 사실을 언급하 다.	其二：雙碑曾我讀。積古愴前塵。 (阮文達嘗寓此衍聖公府。有泰華 雙碑之館扁。至今猶存。)闕里傳 遺訓。(君輯闕里孔氏詩抄) 昌黎 得替人。乍聞涼雨作。相屬酒盃 頻。衰暮休傷別。天涯若比鄰。
李尙迪	恩誦堂集 續集詩 卷2 「子梅自靑州寄詩, 索題春明六客圖」	「春明六客圖」에 붙인 제 시에서 王鴻·張曜孫·黃 秩林·孔憲彝·梁叔 등을 언급하며 그리워하다.	藐余三韓客。生性慕中華。中華 人文藪。自笑井底蛙。俯仰三十 載。屢泛柝津槎。交游多老宿。 菁莪際乾嘉。後起數君子。賢豪 盡名家。新知樂何如。如背癢得 爬。翩翩子梅子。華胄出瑯琊。 胷中吞雲夢。筆下吐天葩。中遠 古循吏。修潔玉無瑕。書爲文名 掩。分草騰龍蛇。子榦有鳳毛。 大雅述乃爺。繡山聖人裔。致經 思無邪。(致經。繡山堂名。) 餘藝 工寫蘭。醉墨橫復斜。振奇梁叔 氏。眉宇欝靑霞。鯫生百不似。 交口謬見誇。喎于松竹徑。促酒 間香茶。同志有巖洋。同文無邇 遐。卽景付畫師。彷彿煩毛加。 亭亭玉樹前。憨媿倚蒹葭。圖成 一回首。聚散劇搏沙。只尺春明 外。消息各天涯。或有請長纓。 (梁叔) 或有佩靑綃。(子榦) 或殉 楚江氛。(仲遠) 或詠薇省花。(繡 山) 芳訊何處至。九點齊烟賖。 中年夢炊臼。頻歲困公車。詩境 窮愈進。徽音洗箏琶。試弄班門 斧。永好賦木瓜。聽蟬亦幾時。 (謂玉河聽蟬圖) 吟髭雪鬖鬖。存 歿更可念。升沉非所嗟。善保此 圖卷。世事亂如麻。(子梅屬吳君

			冠英作此圖已十年。徵題幾遍海內。去秋子梅自靑州勤索一言。且報中遠殉節於楚。故余有或殉楚江氛之句矣。近又得其入都寄書。中遠在楚北。勞苦戎事云。盖子梅先聞异辭。今乃傳信耳。余宜亟刪其句。而仍舊不改者。留與他日重晤圖中諸君於春明之下。讀此詩而一笑焉。則豈非一時惡耗。便作千秋韻語也哉。）
李尙迪	恩誦堂集 續集詩 卷2 「子梅自靑州寄詩, 索題春明六客圖」	孔憲彝의 堂號가 ‘致經’임을 언급하다.	繡山聖人裔。致經思無邪。（致經繡山堂名）
李尙迪	恩誦堂集 續集詩 卷3 「孔繡山中翰, 寄尼山杏葉蔘」	孔憲彝가 尼山의 杏葉蔘을 보내준 것에 대해 시를 짓다.	其一： 但知文楷君家物。又見尼山杏葉蔘。一種靈苗區以別。例將椵樹謾相尋。 其二： 仙山無此延年藥。勝似金丹餉老饕。五葉也霑時雨化。紫團峯外杏壇高。
李尙迪	恩誦堂集 續集詩 卷3 「答婿起哉」	李尙迪의 글씨를 孔憲彝는 "火色全退, 益臻老境"이라고 평하고, 王鴻은 趙孟頫와 董其昌의 풍골이 있다고 평하였다.	繡山及子梅。阿好弍過實。火色慚未老。趙董豈有匹。孔繡山索拙書。有火色全退益臻老境之語。王子梅謂筆有趙·董之骨。
李尙迪	恩誦堂集 續集詩 卷4 「紅巖碑縮本歌, 孔繡山舍人, 兼懷呂堯仙中丞」	「紅巖碑縮本歌」를 지어 孔憲彝에게 사례하고 아울러 呂佺孫을 추억하다.	素王孫寄古碑文。雲譎波詭人莫識。尾有堯仙題跋語。云是黔中紅巖之遺蹟碑。廣數丈字一尺。雨蘚烟蘿爭駁蝕。摹成縮本便觀覽。手搨蠻紙千百幅。堯仙自少嗜金石。萬卷收藏無此作。疑蒼

5. 孔憲彝 | 79

			疑籀靡商證。非鳥非蟲難考釋。彝器落落列鐘鼎。星斗隱隱聯珠璧。縱使子雲今復起。也應斂手眼脈脈。或言地屬諸葛營。武矦當日留筆墨。蜀漢時書那有此。暗中吾亦能摸索。或言殷高伐鬼方。刻畫巉巖紀功績。邇陑傳說多穿鑿。要之三代而還不易得。岣嶁片石相頡頏。下視茫茫斯與邈。千秋若不遇堯仙。奈爾荒山等棄擲。遂啓諆鼎子白盤。舊物維新莫今若。(余嘗得葉封翁東卿所贈遂啓諆鼎銘及堯仙所贈虢季子白銅盤銘拓本。二器皆周時物。而近日出土者也。) 幾時重見諸君子。如此奇文欣共柝。
李尙迪	恩誦堂集續集詩卷6「午睡初起, 有雙蝶大如掌, 五采奪目, 飛入軒窻, 低佪硯席, 已而就眠於庭花深處, 移時乃去, 卽賦此, 擬索同人和之」	孔憲彝와 潘曾瑋가 각각 太常仙蝶을 그려 畫帖으로 만들고 자신에게 題詩를 부탁한 사실을 언급하다.	遽遽一夢日如年。翡翠床前玳瑁筵。五色雲迎仙侶下。百花香護麗人眠。滕王畫筆休煩搨。謝逸詩名亦浪傳。(謝逸胡蝶詩。多詠白蝶。)孔邸潘園遙入望。彩箋何日續芳緣。(太常仙蝶嘗飛下於孔繡山·潘季玉兩君之家。兩君各成畫冊。徵余題詠。)
李尙迪	恩誦堂集續集詩卷6「西笑編」"孔繡山閣讀"	孔憲彝에 대한 회인시를 짓다.	判襼東華閱幾春。萍蹤自笑一波臣。聖門疏水遺風在。人日梅花話雨新。詩得正聲酬盛世。(國朝正雅集。多采入尊作。)蘭將喜氣獻重宸。(君工畫蘭。嘗仰邀宸賞。)紫團靈藥千金眖。多謝支持老病身。(臨別見惠黨蔘)

李尙迪	恩誦堂集 續集詩 卷6 「西笑編」 "孔繡山閣讀"	『國朝正雅集』에 孔憲彝의 시가 많이 수록되어 있다고 언급하다.	上同
李尙迪	恩誦堂集 續集詩 卷6 「西笑編」 "孔繡山閣讀"	孔憲彝는 난을 잘 그렸는데, 일찍이 집으로 초대하여 감상하게 한 일을 추억하다.	上同
李尙迪	恩誦堂集 續集詩 卷6 「西笑編」 "孔繡山閣讀"	孔憲彝가 이별할 때 黨蔘을 준 일을 말하다.	上同
李尙迪	恩誦堂集 續集詩 卷6 「除夕前一日, 繡山閣讀書至, 言葉潤臣觀察浙江, 旋以疾去世, 其家人尙羇吳門, 披覽未竟, 聲淚迸下, 卽拈話雨帖中潤臣所贈日字韻, 以代哀詞」	孔憲彝가 편지를 보내 葉名澧의 부음을 알려와서 葉名澧의 시에 차운하여 挽詩를 짓다.	與君敦世好。卅年如一日。今春話雨詩。甯知是絶筆。湛湛浙江水。旅魂誰存恤。孤兒及老親。飄泊無家室。蒼天信悠悠。人理不可詰。猶記樽前語。憂愁嬰肺疾。爲我破酒戒。飮輒巨觥溢。行將宦游去。後會諒難必。殷勤其留約。歲歲寄手畢。繡翁報凶音。驚呼讀未卒。秋來逢驛使。遠託一函札。計我作書時。惜哉君已歿。君面宛如玉。君髮尙如漆。復有才如海。千篇富著述。云胡不永年。傳聞恐失實。吾生亦幾何。來世更交密。
李尙迪	恩誦堂集 續集詩 卷7	『韓齋贈別詩册』에 題詩를 지으면서 孔憲彝의 書와 馮志沂의 시를 언급하다.	其一：去年今日日遲遲。苦憶春明話雨時。久要幾人勞遠訊。繡山書與魯川詩。

	「題朴清珊韓齋贈別詩冊」		
李尚迪	恩誦堂集 續集詩 卷7 「題朴清珊韓齋贈別詩冊」	廣東 사람 馮譽驥가 林淸珊에게 준 시에 "近者謫仙人, 錦袍映華髮"이란 구절이 있으며, 그 自注에 과거 張曜孫의 「海客琴尊圖」에 제시를 지으면서 李尚迪의 화상을 보았고, 근래 孔憲彝에게 『恩誦堂集』을 빌려서 읽고 더욱 존모하게 되었음을 밝히고 있다.	其三：多慚呼我謫仙人。賀監風流出世塵。何日金龜同換酒。長安市上話前因。(馮展雲學士譽驥廣東人。贈淸珊詩。有近者謫仙人。錦袍映華髮之句。自注云曩爲張仲遠題海客琴尊圖。見李藕船樞府小像。近又從繡山借讀恩誦堂集。益深傾慕。)
李尚迪	恩誦堂集 續集詩 卷8 「繡山閣讀餉雲茯苓」	孔憲彝가 雲茯苓을 보내줌에 이에 관해 시를 짓다.	茯苓出滇國。松柏結根深。如得三年艾。云酬五葉蔘。(客冬奉寄紫團) 金丹非上藥。雪白見中心。賴爾支衰病。停雲思不禁。
李尚迪	恩誦堂集 續集詩 卷9 「繡山閣讀, 與同人邀餞小棠, 屬其從弟玉雙太史作雅集圖, 玉雙題一絶云韓齋坐有三韓客, 索繪春明雅集圖, 比似西園應不惡, 可無新詠待髯蘇, 自注謂李藕船小棠屬題其後, 賦此以謝玉雙, 兼懷繡山」	孔憲彝가 同人들과 함께 金奭準을 초대하여 전별연을 베풀면서 從弟인 孔憲穀에게 雅集圖를 그리게 하였는데, 孔憲穀이 "韓齋坐有三韓客, 索繪春明雅集圖。比似西園應不惡, 可無新詠待髯蘇."란 題詩를 짓고 "李藕船小棠屬題其後"라고 自注함에 시를 지어 孔憲穀에게 사례하고 아울러 孔憲彝를 추억하다.	媿我非蘇子。如君是伯時。舊交多入畫。海外遠求詩。傾葢知何日。乘槎未有期。繡翁金石誼。更與慰衰遲。(繡山惠東坡石刻壽星象拓本。爲余六十壽。)

李尙迪	上同	孔憲彝가 李尙迪의 60세 생일을 축하하기 위해서 東坡石刻壽星象拓本을 준 일을 언급하다.	上同
李尙迪	恩誦堂集 續集詩 卷9 「六旬初度, 述懷, 示天行」	六旬 初度에 자신의 일생 을 술회하는 시를 지으며 張曜孫・孔憲彝와 교분을 맺은 사실을 언급하다.	忽復入樞垣。窮巷生光輝。抱孫 雖非男。朝朝得含飴。朋舊記賤 齒。書畫遠介眉。(謂張仲遠・孔 繡山。)
李尙迪	恩誦堂集 續集詩 卷1 「恩誦堂集續集詩 序」	許宗衡이 孔憲彝의 주선 으로『恩誦堂集續集詩』의 서문을 쓰다.	咸豐九年歲次己未正月七日。孔 繡山閣讀。集同人於衍聖公邸之 韓齋。時朝鮮知中樞府事李君藕 船。以賀正旦來京師。遂同止而 觴焉。君凡十至京師。與孔君爲 舊交。而葉君潤臣・馮君魯川・ 潘君伯寅。亦先後各以文讌相酬 接。余與李君竹朋・吳君稼軒・ 王君少鶴・張君良哉。則與君初 相見也。坐間君以詩索序。孔君 屬余爲之。余旣戄弗文。且初識 君。又未盡觀君之詩。安敢序。 然國家聲敎之訖。友朋應求之 故。文字之感。旣契於同心。切 劘之義。無間於異域。海天滷 洞。恍惚如舊相識。序亦何敢 辭。且君之言曰。余老矣憚遠 行。東歸不復再來。雖意若甚 決。而詞若甚樸乎。顧決者情之 眞。樸者文之至也。詩之爲敎。 其冥契於神明而顯徵於事物。其 託詞於諷諭而歸義於忠孝。深之 於學問。積之於閱歷。本天理之 感召。達人心之微茫。其所散

			布。爲境且萬。而窮原竟委。靡不本乎情之眞。因其情之眞。可以知其文之至。然則余雖未盡觀君之詩。而君詩之善則無不可見也。余與諸君。旣各以職業。不能與君時過從。而君且將行。關門楊柳。依依送人。欲別何言。惟有惆悵。諸君旣分韻爲詩以贈。余詩未成。姑書數語。卽以序君之詩。且期君之再來也。君其有意乎。上元許宗衡海秋甫序。
李尙迪	恩誦堂集 續集詩 卷4 「續懷人詩(有序)」 "繡山孔侍讀(憲彝)"	孔憲彝에 대한 회인시를 짓다.	萬古一楷木。欝欝蔭孫枝。中秋山左館。倡義祀先師。尊祖而收族。刪正闕里詩。

郭執桓 (1750-1775)

인물 해설	자가 封圭 또는 觀廷, 호는 東山·繪聲園·澹園이고 自號는 半迂이다. 山西省 平河(지금의 臨汾) 사람이다. 그의 詩作은 乾隆 34年(1769)에 간행된 『繪聲園詩稿』(放春閣藏板)에 수록되어 있다. 시에 재능이 있는 청년이었으나 일찍 요절하였다. 청과 조선의 문화교류가 번성했던 乾隆中期에 조선의 문인들에게 才學과 人品으로 인정을 받았다. 그래서 조선의 문인들과 왕래한 서신이 많다. 특히 湛軒 洪大容이 燕京에서 그를 만나 시를 차운하곤 하였다. 홍대용의 『湛軒集』에는 그의 이름이 郭桓으로 되어 있다.
인물 자료	○ 楊維棟, 『繪聲園詩稿』, 「序言」 … (郭執桓)半迂年弱冠遂有詩成冊, 不輕以示人, 蓋其詩散誕閑遠, 如著意如不著意, 觸境自怡神機. … ○ 師東山, 「繪聲園詩稿序」 … (郭執桓)灑脫而來, 奔放而去. 有聲有色, 亦淡亦趣. 其名貴則拔劍起舞, 臨風舒嘯. 其輕嫩則落花一瓣, 新月一鉤. …
저술 소개	★ 『繪聲園詩鈔』 (淸)乾隆 34年 刻本

비 평 자 료

| 朴珪壽 | 瓛齋集 卷10 「與董硏秋文煥」 | 董文煥에게 편지를 보내 郭泰峯과 그의 아들이자 『繪聲園集』의 저자인 郭執桓에 관해 묻다. | 貴省前輩有郭泰峯字靑嶺號木菴。其子執桓字叔圭。又字觀廷。有繪聲園集。此係何縣人氏。兄可知得否。其詩淸虛淡遠。少烟火氣。兄曾見否。先王父曾爲靑嶺作澹園八咏。故所以相叩耳。 |

朴趾源	燕巖集 卷3 「繪聲園集跋」	郭執桓의 장편 시는 韶護의 풍악이 일어 나듯 하고 짧은 시는 옥이 부딪치듯 맑게 울린다고 극찬하며, 그를 직접 만나지 못 한 것을 아쉬워하다.	嗟乎。吾讀繪聲園集。不覺心骨沸 熱。涕泗橫流曰。吾與圭氏。生旣幷 斯世矣。所謂年相若也。道相似也。 獨不可以相友乎。固將友矣。獨不可 以相見乎。地之相距也萬里。則爲其 地之遠歟。曰非然也。嗟乎嗟乎。旣 不可得以相見乎。則顧可謂之友乎哉。 吾不知圭氏之身長幾尺鬚眉何如。不可 知則吾其於幷世之人何哉。然則吾將奈 何。吾將以尙友之法友之乎。圭之詩 盛矣哉。其大篇發韶護。短章鳴珩。 其窈窕溫雅也。如見洛水之驚鴻。泓 渟蕭瑟也。如聞洞庭之落木。吾又不 知其作之者子雲歟。讀之者子雲歟。 嗟乎。言語雖殊。書軌攸同。惟其歡 笑悲啼。不譯而通。何則。情不外 假。聲出由衷。吾將與圭氏。一以笑 後世之子雲。一以吊千古之尙友。
李德懋	靑莊館全書 卷35 淸脾錄(四) 「郭封圭」	『繪聲園詩集』의 시 가 '淸虛洒脫'하여 李 白을 배운 시인이라 평가하고, '韻淸調高' 한 작품들을 摘錄하 다.	余嘗評批。盖淸虛洒脫。學李供奉者 也。其古意曰。千樹萬樹桃花紅。高 樓一望春水平。鄰家女兒琵琶好。隔 墙如聞私語聲。其春日北上曰。石溪 日暾已成綠。兩三人家未有桑。郊外 斜陽人獨坐。靑山缺處見牛羊。其懷 津門西亭月夜曰。香散花殘小院秋。 西亭簷角月如鉤。北來一鴈橫空碧。 影下東南入海流。其題袁耀山水小幅 曰。蟹舍漁灣水色明。烟條露葉半陰 晴。雲間天際孤帆遠。寂寞斜陽一鴈 聲。其有感曰。濠梁月色照淸秋。夢 繞淮南蘆荻洲。雨暗楚原連浦靜。風 催古木雜江流。孤舟無倚乾坤濶。隻 影空持雲水浮。最是蕭條極目處。迢 遙萬里使人愁。如影寒月欲瘦。香靜

			菊將闌。春花爛熳同爭艷。好鳥參差各自飛。淡淡寒烟山外鴈。深深落葉雨中燈。雲薄日亭午。風微花片輕。鳥入靑空濶。雲孤一片閒。高閣層雲上。遙山細雨中。黃鶴樓空今古夢。落梅調入水雲間。靑山積深翠。紅樹出微黃。皆韻淸調高。
李德懋	靑莊館全書 卷35 淸脾錄(四) 「冷齋」	洪大容이 郭執桓의 시집을 얻은 일을 제재로 쓴 柳得恭의 전별시를 소개하다.	有箇詩人郭執桓。澹園聯唱遍東韓。至今三載無消息。汾水悠悠入夢寒。(此用洪湛軒得繪聲園詩集事也)
李德懋	靑莊館全書 卷35 淸脾錄(四) 「郭封圭」	郭執桓의 인적사항을 소개하다.	郭執桓字封圭。又字覲廷。自號半迂。又號東山。亦曰繪聲園。山西平河人。乾隆丙寅生。
李德懋	靑莊館全書 卷35 淸脾錄(四) 「郭封圭」	郭執桓은 詩畫에 능하였는데 虎山 경치 좋은 곳에 探秋樓와 放春閣을 세우고 沈德潛・賈洛澤 등의 명사들과 唱和하였다.	家素封。能詩工畫。宅枕虎山之趾。門當蘆泉之流。娬嫵雲樹。紆回巖谷。起探秋樓放春閣。姑射汾水。無不隱約簷下。與沈德潛賈洛澤諸名流。日唱和其中。
李德懋	靑莊館全書 卷35 淸脾錄(四) 「郭封圭」	郭執桓은 어린 나이에 아버지를 이어 시인들을 초청하고 文酒의 회합을 주관하여 아버지의 벗이었던 楊維棟, 盧秉純 등이 그의 문집에 서문을 써주었다.	封圭早歲。席靑嶺之餘業。招延詩人。爲文酒之會。父執楊維棟盧秉純之徒。推轂。序其集夸耀之。

李德懋	青莊館全書 卷35 清脾錄(四) 「郭封圭」	郭執桓의 같은 고을 친구 鄧師閔이 燕京에 머물고 있던 洪大容에게 『繪聲園詩集』을 보내온 사실을 기록하다.	其同邑汝軒鄧師閔。乃洪湛軒遊燕時所交也。嘗寄封圭繪聲園詩集。
洪大容	湛軒書內集 卷3 「繪聲園詩跋」	鄧師閔이 그의 친구 郭執桓의 詩稿를 洪大容에게 부치고 비평을 부탁한 사실을 기록하다.	鄧汝軒寄其友郭澹園詩稿。使余批之。余素不學詩。不敢妄論。
洪大容	湛軒書內集 卷3 「繪聲園詩跋」	李德懋가 郭執桓의 시를 평한 내용을 소개하다.	炯菴李懋官爲之評閱而題其下曰。澹園承先大夫富有之業。吟放於池臺水竹之間。
洪大容	湛軒書內集 卷3 「繪聲園詩跋」	郭執桓의 詩才를 칭찬하며, 화려함을 거두고 실질에 나아가며, 文藻를 버리고 道術을 밝히라고 권하다.	以澹園之才。早耽詞律。用心良苦。非不美且盛矣。吾恐其沾沾於小道而終泥於致遠也。夫辭章吾所不能。諛說吾所不忍。愛之勉以身心。重之進以孔周。惟曰斂華而就實。舍文藻以明道術。吾所願於澹園者庶在於此矣。朝鮮湛軒居士洪大容跋。
洪大容	湛軒書內集 卷3 「次郭澹園桓贈師魯詩韻, 遙寄鄧汝軒師閔, 以資替書, 亦望轉示澹園」	郭執桓이 師魯에게 주었던 시에 차운하여 鄧師閔에게 부치고, 郭執桓에게도 보여주기를 바라다.	蘆泉灌腴壤。虎嶽聳纖峰。靈根毓英秀。艷藻播正宗。棲息巖峀間。幽思妙何窮。觀物賛飛鵬。研易玩潛龍。鳴珮響洞陰。道心靜而工。形影托豪素。灑泣嚮西風。
洪大容	湛軒書內集 卷3 「余因鄧文軒語次, 聞山右郭靑嶺先生曠識淸才, 享有園池之勝, 每爲之神往,	郭執桓의 시집을 보고, 신선 같은 사람이라 극찬하고, 「望仙詞」를 지어 보내다.	蓬萊消息水雲遙。何處仙人弄玉簫。空遣樓船橫極浦。凌波誰起步虛橋。麻姑書信近來稀。春晚蟠桃花亂飛。塵網半生雙鬢白。上淸歸夢轉依依。天台萬丈入雲霄。香秖飄風渡石橋。珠宮尙閉靑銅鎖。瑤海那聞黃竹謠。

及得其嗣君澹園所爲詩數弓,並觀諸名勝題語,然後盒徵中華人文之盛,而澹園之雅意蕭踈,眞是神仙中人也,顧身在下土, 望汾晉如天上,憤懣之極, 輒成望仙詞三首以寄之」		

7
瞿 佑 (1341-1427)

인물 해설	명나라의 문인으로 자는 宗吉, 호는 存齋이며, 浙江省 錢唐 출신이다. 楊維楨에게 詩才를 인정받았으나 관리로서는 불우하였다. 지방 縣의 訓導라는 學官을 역임하다가 뒤에 周王府 右長史가 되었다. 그러나 永樂年間(1403~1424)에 筆禍를 당해 陝西省 保安에 유배되었다가 1425년에 복귀하였다. 그가 지은 文言小說『剪燈新話』는 국내외에 많은 모방작을 낳을 정도로 유행하였다. 이밖에 『歸田詩話』가 전한다.
인물 자료	○ 錢謙益,『列朝詩集小傳』乙集 卷5,「瞿長史佑」 　　佑, 字宗吉, 錢塘人. 楊廉夫遊杭, 訪其叔祖士衡于傳桂堂, 宗吉年十四, 見廉夫香奩八題, 即席倚和, 俊語疊出, 其花塵春跡云:"燕尾點波微有韻, 鳳頭塌月悄無聲." 黛眉顰色云:"恨從張敞毫邊起, 春向梁鴻案上生." 金錢卜歡云:"織錦軒窗聞笑語, 採蘋洲渚聽愁吁." 香頰啼痕云:"斑斑湘竹非因雨, 點點楊花不是春." 廉夫嘆賞, 謂士衡曰:"此君家千里駒也." 因以鞋盃命題, 宗吉製沁園春一闋, 廉夫大喜, 命侍妓歌以行酒, 歡飲而罷. 洪武中, 以薦歷仁和·臨安·宜陽訓導, 陞周府右長史. 永樂間, 下詔獄, 謫戍保安十年. 洪熙乙巳, 英國公奏請赦還, 令主家塾, 三載放歸. 卒年八十七. 宗吉風情麗逸, 著『剪燈新話』及樂府歌詞, 多偎紅倚翠之語, 爲時傳誦. 其在保安, 當興河失守, 邊境蕭條, 永樂己亥, 降佛曲于塞下, 選子弟唱之, 時値元宵, 作望江南五首, 聞者凄然泣下. 又有漫興詩, 及書生嘆諸篇, 至今貧士失職者, 皆諷詠焉. ○ 郎瑛,『七修類稿』 卷33, 詩文類 　　吾杭元末瞿存齋先生, 名佑, 字宗吉, 生值兵火, 流於四明·姑蘇. 明春秋, 淹貫經史百家, 入國朝爲仁和山水, 歷宜陽·臨安二學. 尋取相藩, 藩屏有過, 先生以輔導失職, 坐系錦衣獄, 罪竄保安爲民. 太師英國張公輔起以教讀家塾, 晚回錢塘, 以疾卒. 所著有『通鑑集覽鑴誤』·『香台集』·『剪燈新話』·『樂府遺音』·『歸田詩話』·『興觀詩』·『順承稿』·『存齋遺稿』·『詠物詩』·『屏

	山佳趣』・『樂全稿』・『餘淸曲譜』, 皆見存者, 聞尙有『天機雲錦』・『遊藝錄』・『大藏搜奇』・『學海遺稿』, 不可復得也. 予家又有『香台續詠』・『香台新詠』, 各一百首, 皆親筆有序, 觀此, 則所失尤多也. 昨因當道, 欲得先生事實書集, 詢之子孫, 所答十止二三, 志銘亦亡之矣, 因述其梗槪. 又嘗聞其「旅事」一律云: "過卻春光獨掩門, 澆愁漫有酒盈樽. 孤燈聽雨心多感, 一劍橫空氣尙存. 射虎何年隨李廣, 聞雞中夜舞劉琨. 平生家國縈懷抱, 濕盡靑衫總淚痕." 讀此亦知先生也. 噫!
저술 소개	*『歸田詩話』 　(淸)淸初 抄本 3卷 (淸)吳允嘉跋 / (明)成化年間 刻本 3卷 / (明)弘治年間 刻本 3卷 (明)貢大化批并跋 (淸)丁丙跋 / (淸)曹炎抄本 3卷 周叔弢跋 周一良抄補 *『剪燈新話』 　(明)刻本 4卷 附錄 1卷 兼 (明)李昌祺撰『剪燈餘話』4卷 附錄 1卷 元白遺音 1卷 / (朝鮮)刻本 (明)瞿佑撰 (朝鮮)垂胡子集釋『剪燈新話句解』2卷 *『居家必備』 　(明)明末 刻本 10卷 內 瞿佑撰『四時宜忌』 *『學海類編』四百三十種八百十四卷 　(淸)曹溶編 陶越增訂 (淸)道光 11年 晁氏活字印本 430種 814卷 內 瞿佑撰『四時宜忌』 *『說郛續』 　(明)陶珽編 (淸)順治 3年 李際期 宛委山堂刻本 46卷 內 瞿佑撰『歸田詩話』1卷 *『知不足齋叢書』 　(淸)乾隆 40年 長塘鮑氏 刻本 30集 240冊 內 瞿佑撰『歸田詩話』1卷

		비 평 자 료	
申欽	象村稿 晴窓軟談	瞿佑의 「淸明」詩는 참으로 才子의 작품이다.	瞿佑淸明詩曰。風落梨花雪滿庭。今年又是一淸明。遊絲倒地終無意。芳草連天若有情。半院曉煙聞燕語。小窓晴日瞰蠶生。秋千架在名園裏。人

			隔垂楊聽笑聲。眞才子之作也。
申欽	象村稿 晴窓軟談	劉泰의 「漫興」詩는 瞿佑 와 같은 유파이다.	劉泰漫興詩曰。單羅初試怯春風。金 鴨香銷翠被空。江燕低翻三寸黑。海 棠微褪一分紅。酒因睡淺醒難解。詩 爲愁多句未工。晴日漸長兒女懶。秋 千閑在曲欄東。此亦佑之流也。
兪晩柱	欽英 卷4 1782년 8월 24일조	瞿佑의 『剪燈新話』를 읽 다.	二十四日。戊子。涼嚴。夜閱瞿佑新 書。
李學逵	洛下生集 冊10 因樹屋集 「答」	서적을 구하기 어려운 김 해지역은 瞿祐의 『剪燈新 話』와 羅貫仲의 『三國志 演義』 등과 같은 책도 귀 중하게 여긴다.	此鄕苦無書籍。以瞿存齋剪燈新話。 爲几上尊閣。羅貫仲三國演義。爲枕 中秘藏。 … 望於說文玉篇及董越朝 鮮賦・顧炎武日知錄等諸書。詳考一 番。然後決意聽用也。
洪翰周	智水拈筆 卷1	曾先之는 瞿佑와 친하였 고, 『十八史略』은 『剪燈新 話』와 비슷한 시기에 나온 책이다.	先之。生於元末。卒於明初。是亦治 學業之鄱陽一儒生也。稍勝於江贄。 而亦嘗與山陽瞿佑友善。故佑之剪燈 新話。皆並世而出者也。

8

丘 濬 (1420-1495)

인물 해설	명나라의 문학가이자 史學家 겸 理學家이다. 瓊州 瓊山 출신으로 字는 仲深, 號는 深菴, 瓊山先生, 瓊臺, 시호는 文莊이다. 翰林院 編修 侍講 등을 거쳐 禮部尙書를 지냈으며 나중에 文淵閣 大學士가 되었다. 주자학에 정통하였으며 국가 典故에도 밝았다. 저서로 『大學衍義補』, 『家禮儀節』, 『朱子學的』, 『平定交南錄』 등을 비롯하여 문집 『瓊臺集』이 전한다. 또한 『伍倫全備記』를 지어 伍倫全과 伍倫備 일가를 통해 忠孝를 고취시켰는데, 이 책은 조선시대에 우리 말로 번역되어 『伍倫全備諺解』가 간행되기도 하였다. 황제의 명으로 『寰宇通志』, 『大明一統志』, 『明英宗實錄』, 『宋元綱目』 등을 편찬하였다.
인물 자료	**○ 『明史』, 列傳 69** 　邱濬, 字仲深, 瓊山人. 幼孤, 母李氏教之讀書, 過目成誦. 家貧無書, 嘗走數百里借書, 必得乃已. 擧鄉試第一, 景泰五年成進士. 改庶吉士, 授編修. 濬既官翰林, 見聞益廣, 尤熟國家典故, 以經濟自負. 成化元年, 兩廣用兵, 濬奏記大學士李賢, 指陳形勢, 纚纚數千言. 賢善其計, 聞之帝, 命錄示總兵官趙輔・巡撫都禦史韓雍. 雍等破賊, 雖不盡用其策, 而浚以此名重公卿間. 秩滿, 進侍講. 與修英宗實錄, 進侍講學士. 續通鑑綱目成, 擢學士, 遷國子祭酒. 時經生文尚險怪, 濬主南畿鄉試, 分考會試皆痛抑之. 及是, 課國學生尤諄切告誡, 返文體於正. 尋進禮部右侍郎, 掌祭酒事. … **○ 錢謙益, 『列朝詩集小傳』 丙集 卷3, 「丘少保濬」** 　濬, 字仲深, 瓊山人. 少孤, 七八歲能詩, 敏捷驚人. 景泰五年進士, 改庶吉士, 歷官掌詹尚書. 弘治四年, 年七十餘, 兼文淵閣大學士, 直內閣. 八年卒於官. 贈太傅, 謚文莊. 公博極群書, 尤熟國家典故, 平生作詩幾萬首, 口占信筆, 不經持擇, 亦多緣手散去. 今所存瓊臺集, 尚千餘首.

저술 소개		* 『大學衍義補』 　(明)萬曆年間 刻本 160卷 卷首 1卷 (明)陳仁錫評 / (明)長洲 陳氏刻本 160 卷 卷首 1卷 (明)陳仁錫評閱 * 『瓊臺會稿』 　(明)嘉靖 32年 鄭廷鵠 刻本 12卷 * 『瓊臺類稿』 　(明)弘治 5年 閔珪刻本 70卷 * 『瓊臺吟稿』 　(明)弘治 5年 蔣雲漢刻本 10卷 * 『瓊台會稿詩文集』 　(明)丘濬撰 (明)丘敦·丘爾穀等編 (淸)光緖 6年 刻本 24卷 卷首 1卷 * 『文公家禮儀節』 　(明)刻本 8卷 / (明)萬曆 36年 錢時刻本 8卷 / (明)萬曆 46年 何士晉刻本 8권 * 『學的』 　(明)丘浚輯 (明)刻本 2卷 / (淸)新安 汪鼎 高興郡署刻本 『朱子學的』 2卷 * 『說郛續』 　(明)陶珽編 (淸)順治 3年 李際期 宛委山堂刻本 46卷 內 丘濬撰 『平定交南 錄』 1卷 * 『國朝典故』 　(明)朱當㴼編 (明)抄本 60種 112卷 (淸)李文田校 內 丘濬撰 『平定交南錄』 1卷	

비 평 자 료				
金邁淳	臺山集 卷7 「秀㟂精舍記」	丘濬은 어려운 형편 에서 과거에 급제하 여 弘治 시기의 名臣 이 되었다.	宋都汴。明都燕。川蜀瓊厓。去京師各萬 里。蘇氏以文章擅天下。丘文莊公起孤 童。取上策。爲弘治名臣。皇皇乎其猶四 門一家之風歟。

丁若鏞	與猶堂全書 詩文集 卷19 「答李節度(辛巳秋)」	輪船에 대한 丘濬과 仇俊卿의 설을 인용하다.	丘文莊云舟之大者。非風不行。而行風必以帆。帆之製。非蒻葉與竹篾則布爲之。以火箭射之。無不焚。然則如之何而可。曰楊公之舟。以輪激水。雖無風亦可行也。巧思者倣而製之。則雖無風不用帆而亦可行矣。仇俊卿論船制。有曰又有車船製。令軍士前後踏輪。舟自進退。所謂中流上下回轉如飛。虜衆相顧駭愕。
正祖	弘齋全書 卷56 「題大學類義」	朱子의 『大學章句』와 眞德秀의 『大學衍義』, 丘濬의 『大學衍義補』를 편집하여 『大學類義』를 엮고, 題辭를 쓰다.	朱夫子章句大學。而與中庸語孟。竝列爲四書。自玆以降。家誦而戶習。宋明諸子。著作相望。宋有十六家。明有三十有二家。若熊禾大學口義廣義。陳普大學指要。謝升賢‧陳膚仲大學解。黃必昌大學講稿。熊慶胄大學緒言。蔡模大學衍論。熊以寧大學釋義。方禾吳季子大學講義。葉味道大學儒行編。吳中立大學大旨。蘇烈大學格物致知傳。趙建郁大學說林。希元大學經傳正本。鄭守道大學講章。曾景修大學講說等書。號稱專門。溢宇充棟。而頭出頭沒。汗漫冗長。茫然無津筏焉已矣。此豈非朱子所謂人將十數日。飯一齊喫者歟。及見眞文忠之衍義。丘文莊之衍義補。全體大用之具備。經史子集之咸萃。垂柯範於千古。替龜鑑於百王。而誠正之中。補以審幾微三字。治平之末。補以成功化一段。此文莊之青藍冰水。足以有光於斯文。而不待尼父之家奴。爲聖人所詔。予亦可以知矣。然而乾坤立而後衣裳制。圖書出而後卦範作。文忠之創意。尤卓然如此。予於此二書者。積費神精。膏晷則屢換而不輟。朱墨則旣塗而又抹。百回看讀。愈久愈佳。如得良朋焉。如逢故人然。于今三十年如一日耳。遂就大學原編。各於傳下。系之二書。而章句則以

			朱子曰爲例者。蓋嘗竊取乎易文言繫辭。特書子曰之義。大學之別一行。所以尊經傳也。衍補之低一字。所以寓書法也。
正祖	弘齋全書 卷165 日得錄 「文學」	眞德秀의 『大學衍義』와 丘濬의 『大學衍義補』는 古人의 經經緯史의 뜻을 얻은 것이라 평가하다.	惟眞德秀之大學衍義。丘濬之衍義補。主之以爲學之目。繫之以制治之方。援引經訓。旁徵史事。允得古人經經緯史之義。予素耽看是書。每遇契意。輒加點批。繕寫成帙。當爲十餘卷。治學之宏規大目。庶亦卽此而無遺漏矣。
正祖	弘齋全書 卷54 「瓊屑糕緣起」	邱濬의 『大學衍義補』를 주제별로 초록하여 『瓊屑糕緣』을 엮고, 서문을 지어 그 경위를 밝히다.	瓊者。瓊山之謂也。屑者。精英之謂也。糕者。茶飯之謂也。卽又瓊山說便考之意也。予酷好瓊山大學衍義補。蓋嘗歲課一覽。而其有得於爲學措治之間者多矣。及夫臨御以後。旣無以汗漫肆力。則不廢歲課之方。惟有鈔覽一事。於是依其門類。撮其精英。常置座右。用作茶飯。此是書之所以得名也。凡數晝數夜而書成。內閣待敎徐龍輔。對校其目。曰審幾微。曰正朝廷。曰正百官。曰固邦本。曰制國用。曰明禮樂。曰秩祭祀。曰崇敎化。曰備規制。曰愼刑憲。曰嚴武備。曰馭戎狄。曰成功化。末附以進表與原序。歲戊午取眞丘二家書。編成一書。名之曰大學類義。蓋所以卷之而約。放之而博。與此書相爲表裏。
洪奭周	鶴岡散筆 卷2	丘濬은 『大學衍義補』에서 高麗를 高氏가 세운 나라로 잘못 기재하였으며, 또한 고구려와 고려를 하나의 나라로 합쳐 기록하였다고 비판하다.	中國人記我東事。往往全失其實。丘仲深大學衍義補言。高麗王氏代高氏而立。又以高句麗與高麗合爲一國。皇明至於我東。密近無異內服。而其譌尙如此。

洪翰周	智水拈筆 卷2	王恕는 매우 강직하였고, 丘濬과 다투어 탄핵 당했으며, 丘濬은「王三原傳」을 지어 그를 비방하기도 하였다.	恕剛甚。故止於吏部尙書。終不入閣。竟與丘文莊。爭朝班座次。至於被劾。丘公又作「王三原傳」。誣詆之。文莊。學雖博。人固怏矣。
洪翰周	智水拈筆 卷6	명나라에서는 오로지 문학과 才具로만 사람을 선발하여 丘濬과 같은 출신이 한미한 사람들도 현달할 수 있었다.	又至有明一代取人。專以文學才具。故仕宦而顯達者。皆東西南北之人也。是以前明三百年。人物多可觀。姓氏稀僻。如鐵絃·練安·海瑞·譚元春諸人。皆前史所未見之姓也。且崆峒不識高祖，丘文莊是珠崖人。仕中州至太學士。多不盡錄。然推可知也。
黃德吉	下廬集 卷4 「答鄭希仁」	明나라 丘濬의 출처와『文公家禮儀節』·『大學衍義補』·『世史正綱』에 대하여 논평하다.	姚·許·齊·黃之喩。頗有未契者。…胡元之世。惟金仁山·許白雲學術正大。出處光明。當爲朱門之嫡傳。如平仲輩何足道也。丘瓊山乃皇朝巨儒。而雖有一二頗僻之論。大學衍義補·家禮儀節·世史全編等書。義理經綸。果有不可廢者。則夫豈以一失而不取其可考可信者耶。許之出處。前人論之。非特一瓊山而已。齊黃乃以先朝宰臣。受遺詔補少主。于時燕藩強大。高煦·姚廣孝輩左右協謀。耽耽南闕。固非一朝一夕之故也。齊黃不幸而任其責。削奪諸王兵權。竄貶遠地。則其經畫獻謀。雖未必弘遠中窾。而爲國一心。將以剪燕也。
黃德吉	下廬集 卷4 「答鄭希仁(庚辰)」	명나라 학자 丘濬의『文公家禮儀節』·『大學衍義補』·『世史正綱』 등이 박학하고 상세하지만 집약됨이 부족하다고 비판하다.	瓊山奮起南垂。專尙朱子之學。觀其著述。則朱子學的下學基焉。家禮儀節儀文詳焉。大學衍義補經綸具焉。世史正綱治亂襃貶之迹備焉。皇朝諸儒尠有能及之者。蓋歷選古人已成之說。演繹一家會通之書。則亦述而不敢作也。孟子曰博學而

| | | | 詳說之。將以反說約也。但瓊山於博與詳也優。而反約一層似欠了。若以是而斥之以駁雜則恐不幾於之其所惡而辟歟。至語以篤實醇正之儒。則皇朝三百年。惟敬軒一人。在聖門當推諸德行之科。文學言語則丘氏其庶幾焉。自非大賢以上。或豈無立言矯枉之過者耶。然斥許仕元則窃以爲非過也。若毛奇齡始乃托跡於馬士英幕下。爲士流所棄。順熙間乃自處以學問者流。六經四書。自爲疏解。一反於朱註。肆然自居以濂閩以上。充塞義理。惑亂世道。其害甚於陸氏王氏。爲吾道者聲罪而闢之也固宜。倘以瓊山之斥許而比諸一窠。則後之人安知不反以爲乖僻之論耶。 |

9

歸有光 (1506-1571)

● ● ●

인물 해설	자는 熙甫, 호는 震川이며, 江蘇省 崑山縣 출신이다. 60세 때 進士에 급제하기까지 고향에서 私塾을 열어 수백 명의 제자들을 길러내었다. 명나라 초기의 문단은 秦漢의 문장을 모방하는 復古派가 주류를 이루고 있었는데 그 후에 唐宋의 시문을 규범으로 삼는 일파가 일어났다. 그 때 그는 茅坤과 더불어 이 당송파의 핵심 인물로 활동하였다. 「先妣事略」, 「思子亭記」 등의 명작을 지었다. 그의 산문은 특히 정감이 풍부하여 독자의 심금을 울리며, 명대를 대표하는 산문 작가의 한 사람으로 꼽힌다.
인물 자료	○ 『明史』, 列傳 175 　歸有光, 字熙甫, 崑山人. 九歲能屬文, 弱冠盡通五經·三史諸書, 師事同邑魏校. 嘉靖十九年擧鄕試, 八上春官不第. 徙居嘉定安亭江上, 讀書談道. 學徒常數百人, 稱爲震川先生. 四十四年始成進士, 授長興知縣. 用古敎化爲治. 每聽訟, 引婦女兒童案前, 刺刺作吳語, 斷訖遣去, 不具獄. 大吏令不便, 輒寢閣不行. 有所擊斷, 直行己意. 大吏多惡之, 調順德通判, 專轄馬政. 明世, 進士爲令無遷倅者, 名爲遷, 實重抑之也. 隆慶四年, 大學士高拱·趙貞吉雅知有光, 引爲南京太僕丞, 留掌內閣制敕房, 修『世宗實錄』, 卒官. 　有光爲古文, 原本經術, 好太史公書, 得其神理. 時王世貞主盟文壇, 有光力相觸排, 目爲妄庸巨子. 世貞大憾, 其後亦心折有光, 爲之贊曰: "千載有公, 繼韓歐陽. 余豈異趨, 久而自傷." 其推重如此. 有光少子子慕, 字季思. 擧萬曆十九年鄕試, 再被放, 卽屏居江村, 與無錫高攀龍最善. 其歿也, 巡按禦史祁彪佳請於朝, 贈翰林待詔. 有光制擧義, 湛深經術, 卓然成大家. 後德淸胡友信與齊名, 世並稱歸·胡. ○ 錢謙益, 『列朝詩集小傳』 丁集 卷12, 「震川先生歸有光」 　有光, 字熙甫, 崑山人. 九歲能屬文, 弱冠盡通六經·三史·六大家之書, 浸漬演迤, 蔚爲大儒. 嘉靖庚子, 擧南京第二人, 爲茶陵張文隱公所知. 其後八上

	春官不第, 讀書談道, 居嘉定之安亭江上. 四方來學者常數十百人, 海內稱震川先生, 不以名氏. 乙丑擧進士, 除長興知縣, 用古敎化法治其民. 每聽訟, 引兒童婦女案前, 刺刺吳語, 事解立縱去, 不具獄. 有所擊斷寢息, 直行其意. 大吏多惡之. 有蜚語聞, 量移通判順德. 隆慶庚午入賀, 新鄭·內江雅知熙甫, 引爲南京太僕寺丞, 留掌制敕, 修世廟實錄. 熙甫宿學大儒, 久困郡邑, 得爲文學官, 給事館閣, 欲以其間觀中秘未見書, 益肆力於著作, 而遽以病卒, 年六十有六. 熙甫爲文, 原本六經, 而好太史公書, 能得其風神脈理. 其於六大家, 自謂可肩隨歐·曾, 臨川則不難抗行. 其於詩, 似無意求工, 滔滔自運, 要非流俗可及也. 當是時, 王弇州踵二李之後, 主盟文壇, 聲華烜赫, 奔走四海. 熙甫一老擧子, 獨抱遺經于荒江虛市之間, 樹牙頰相搘拄不少下. 嘗爲人文序, 詆排俗學, 以爲苟得一二妄庸人爲之巨子. 弇州聞之曰: "妄誠有之, 庸則未敢聞命." 熙甫曰: "唯妄故庸, 未有妄而不庸者也." 弇州晚歲贊熙甫畫像曰: "千載有公, 繼韓歐陽, 余豈異趣, 久而自傷." 識者謂先生之文, 至是始論定, 而弇州之遲暮自悔, 爲不可及也. 熙甫歿, 其子子寧輯其遺文, 妄加改竄. 賈人童氏夢熙甫趣之曰: "亟成之, 少稽緩塗乙盡矣!" 刻旣成, 賈人爲文祭熙甫, 具言所夢, 今載集後. 季子子慕, 字季思, 以鄕擧追贈待詔. 冢孫昌世, 字文休, 與余共定熙甫全集者也. 嘉靖末, 山陰諸狀元大綬官翰學, 置酒招鄕人徐渭文長, 入夜良久乃至. 學士問曰: "何遲也?" 文長曰: "頃避雨士人家, 見壁間懸歸有光文, 今之歐陽子也. 迴翔雒誦, 不能舍去, 是以遲耳." 學士命隸卷其軸以來, 張燈快讀, 相對歎賞, 至於達旦. 四明余翰編分試禮闈, 學士爲具言熙甫之文, 意度波瀾, 所以然者. 熙甫果得雋. 熙甫重生平知己, 每敍張文隱事, 輒爲流涕. 豈未有以文長此事聞於熙甫者乎? 爲補書之於此.
저술 소개	★『歐陽文忠公文鈔』 　(明)歸有光輯評 (淸)抄本 不分卷 王元啓批校幷跋 書巢居士跋 ★『震川先生文集』 　(明)萬曆 2年 歸道傳刻本 30卷 ★『歸先生文集』 　(明)萬曆 4年 翁良瑜 雨金堂刻本 32卷 附錄 1卷 / (明)萬曆 4年 翁良瑜 雨金堂刻本 (淸)錢謙益批點 32卷

★『震川先生集』

(淸)康熙 10-14年 歸莊·歸玠等刻本 30卷 別集 10卷 附錄 1卷 (淸)楊倫批校幷跋

★『補刊震川先生集』

(淸)康熙 43年 王栔刻本 8卷

★『歸震川先生未刻稿』

(淸)抄本 (淸)諸錦跋 25卷

★『震川大全集』

(淸)嘉慶 元年 歸朝煦 玉鑪堂刻本 30卷 別集 10卷 補集 8卷 余集 8卷 先太僕評點 史記例意 1卷 歸宸川先生論文章體則 1卷 (淸)何紹基批點 徐楨立跋

★『八大家文選』

(明)歸有光輯 明末 刻本 38卷

★『八代文鈔』

(明)李賓編 明末 刻本 106種 106卷 內 歸有光撰 『歸熙父文抄』 1卷

★『元明七大家古文選』

(淸)劉肇虞編幷評 (淸)乾隆 29年 步月樓刻本 13卷 內 歸有光撰 『歸震川文選』 2卷

★『明八大家文集』

(淸)張汝瑚編 (淸)康熙年間 刻本 76卷 內 歸有光撰 『歸震川集』 10卷

★『國朝大家制義』

(明)陳名夏編 明末 陳氏 石雲居刻本 42種 42卷 內 歸有光撰 『歸太僕稿』 1卷

비 평 도 서

姜世晃	豹菴遺稿 卷9 「閱滄溟·弇州二集」	李攀龍과 王世貞의 문집을 읽고 시를 지어 그들의 시문이 錢謙益·歸有光에게 비판받았음을 말하다.	其三: 入宋韓文尙蠹箱。二家梓繡目前忙。便逢苦客錢謙益。豈識幽人歸有光。

金邁淳	臺山集 卷9 「顧亭林先生 傳」	歸有光의 曾孫인 歸莊 은 顧炎武와 志行이 비 슷한데, 세상에서 "歸 奇顧怪"라 일컬었다.	炎武同郡人歸莊。震川先生有光曾孫。 明亡。改名祚明。與炎武志行畧同。天 下稱歸奇顧怪云。
金昌熙	石菱集 卷1 「答友人論文 書(其一)」	清 초기 歸有光과 王愼 中의 문장이 유행하고 李夢陽과 王世貞의 의 고문에 대해 비난했던 상황을 언급하면서, 模 擬하고 形似함을 가지 고 판단한다면 李夢陽 과 王世貞 뿐만 아니라 歸有光과 王愼中 또한 비판을 받을 수 있다고 평하다.	清輿之初。家誦歐曾。人說歸王。莫不 深詆李獻吉王元美之爲史漢也。噫。如 以史漢爲不足學。則韓柳歐曾歸王。皆 嘗得力於遷固矣。如以摹擬形似爲非。 則何獨史漢之是詆。而不念歐曾之不可摹 擬。歸王之無以形似乎。是所謂楚則失 矣而齊亦未爲得者也。
金昌熙	石菱集 「答友人論文 書(其一)」	歸有光과 王愼中의 문 장은 歐陽脩와 曾鞏을 학습한 것이지만, 나중 에는 自得한 경지에 이 르렀다고 평하다.	且以震川·遵巖言之。其平日。未嘗不 俯首於歐曾堂廡之下。而及其覃思造辭。 以自表見於後人也。則必爲歐曾之所未及 爲者。而後惟其心滿而意稱焉。是所謂 從歐曾入而不從歐曾出者也。夫入據其 奧。出破其樊。作者代輿。輒有變改。 雖其根基之深厚。有不逮於前人。而規 撫精新。則往往過之也。
金昌熙	會欣穎 「後序」	李夢陽과 王世貞은 일 대의 문사였지만 先見 之明이 없어서 歸有光 과 王愼中에게 盛名을 내어주었다고 평가하 다.	明之北地·太倉。非不爲一代之雄。而 但無逆覩之眼力。不能知國朝諸家之所 尙。故摹擬秦漢。枉費一生工夫。畢竟 盛名讓與震川·遵巖也。由此言之。讀 書治文之事。不過能爲逆覩而已矣。

金昌熙	會欣穎 下篇 「讀歸震川文 (一)」	歸有光의「山舍示學者」 를 인용하고, 그 구절 이 讀書와 治文의 活法 妙義를 일러 주고 있다 고 극찬하고, 이를 부 연하여 설명하다. * 이 글은 문집에는 실 려 있지 않고, 고려대 중앙도서관 소장본과 국립중앙도서관 소장 본에 실려 있다.	歸震川山舍示學者書有云。願諸君相與悉 心研究。毋事口耳剽竊。以吾心之理而 會書之意。以書之旨而證吾心之理。則 本原洞然。意趣融液。擧筆爲文。辭達 義精。嗚呼。此言豈非老生常談哉。然 而常談之中寔有讀書治文之活法妙義 也。…
金昌熙	會欣穎 下篇 「讀歸震川文 (二)」	歸有光의「項思堯文集 序」의 인용하고, 그 글 이 王世貞을 비판하는 것이라 평하다.	「項思堯文集序」云。今世之所謂文者難 言矣。未始爲古人之學。而苟得一二妄 庸人爲之巨子。爭附和之。以詆排前 人。雖彼其權足以榮辱毀譽其人。而不 能以與于吾文章之事。而爲文章者亦不能 自制其榮辱毀譽之權于己。兩者背戾而不 一也久矣。此文蓋爲詆王弇州而作也。
金澤榮	韶濩堂文集 卷1 「答兪曲園先 生書(乙巳)」	金澤榮이 스스로 文은 韓愈・蘇軾・歸有光 을 배우고, 시는 李 白・杜甫・韓愈・王 士禛을 배웠다고 말하 다.	盖澤榮於文好韓・蘇歸太僕而學之未能。 於詩好李・杜・韓・蘇。下至王貽上。
金澤榮	韶濩堂文集 卷3 「楊穀孫文卷 序(甲寅)」	金澤榮이 歸有光의 글 을 읽었을 때 받은 감 동을 술회하다.	旣歸。得歸有光文讀之。忽有所感。胸 膈之間。猶若焄然開解。自是以往。向 之所夢夢者。始漸可以有知。向之所夏 夏者。始漸可以暢注。此余之所以自快 也。抑余之所以自快者。自君觀之。又 安知非其尙未快者耶。然徐而思之。歸 氏之文。豈能獨感余哉。特余之所感觸 者。偶在於是。

金澤榮	韶濩堂文集卷3「南通費氏譜序(戊午)」	費師洪을 위해 『南通費氏譜』의 序를 써 주며 歸有光의 말을 인용하다.	古昔之世。天下之有封建也。其國小其民寡。無睽離逖遠。紛紜參差之患。故有宗法以收民族。聚會合食以敦其同祖之恩愛。降至春秋。則向之爲一千八百國者。已寢相呑幷爲十五。小變爲大。寡變爲衆。而宗法格不得行。故孔子於釁相之圃。令爲人後者勿入。可見當時宗法紊而爲人後者非其法也。而況自嬴秦郡縣天下以後。族之散者。極于九州四海之溸溸。孰得而收之。此蘇明允之譜。所以爲後世收族之良法者也。然不知彼書名書字。果能如聚會之親覿其顔面者乎。繫文辭列事行。果能如筵席飲食歌樂訓誡之感心動志。淪肌浹髓者乎。然則宗法雖善。而行之難久。譜法雖可以久行。而實不及名也又如此。嗚呼。實不及名則其志也懈。其志也懈則其事也苟。其事也苟則其物也少。其物也少則爲之也難。爲之也難則須人也急。譜之不可以易言也。有如是夫。南通費氏鼻祖諱寬明。成化間人。大學士宏之昆弟也。由江西鉛山縣再遷至南通以終。子孫居通四境者頗蕃。其譜創於淸雍正二年。續於道光十三年。自後寢焉。十八世孫平潮鎭人師洪範九君慨然曰。譜宜世一修。而今不修者三世矣。族其將盡散而以戚我先祖乎。遂擧刊譜之事。不號於闔族。只與族中若干合者共出其資。而己自加出累倍以擔其成。余觀範九年方富盛。而樂言道德。氣沉志毅。爲南通賢士大夫丈人行者之所推許。見屬於地方公衆之事者有年。事靡不勤篤以集。夫公衆之事。視如己事。則其於己事何問焉。歸熙甫之題其譜曰。天下之事成之自一人始。壞之亦自一人始。抑熙甫之後言

			爲其族之不肖者發耶。吾之爲費氏父兄子弟賀者。其惟在前之言乎。
金澤榮	韶濩堂文集 卷7 「駁歸熙甫貞女論論(庚申)」	歸有光의 「貞女論」을 비판하다. * 歸有光의 「貞女論」은 『震川先生集』 卷3에 실려 있다.	孔子之葬。有自遠方來觀者。子貢曰。聖人之葬人歟。人之葬聖人也。何觀焉。夫天子以下之葬禮。皆已定於周公。按而行之。聖凡必無異。而子貢之言之至於此何也。盖葬禮之正經。固周公之所定。而其變節則非周公之所能定也。故堃域之間倉卒之際。忽有變節出於意外。上下大小相顧罔措。當此之時。惟聖人之明。能以理燭之。以義起之。敏決而利成之。使天理人情兩底于安。而非衆人之所能得與也。歸熙甫之論貞女。援据正經以爲女未嫁而爲其夫死。且不改適。是六禮不具。婿不親迎。無父母之命而奔者也。非禮也。其說誠是矣。然孰知夫變節之伏於其間也。世間貧女之字於人家者。於將爲舅者。呼以舅矣。於將爲姑者。呼以姑矣。與將爲夫者。共案而食。同庭而嬉。交至熟而情至洽者。十餘年或七八年或四三年然後。方與行醮。彼將爲夫者。自非讀書修行之人。則於十餘年七八年四三年之間。不能無燕婉之私合。故字女之未醮而懷孕者。或有聞焉。夫旣私合矣。則謂夫婦可乎。謂非夫婦可乎。故貞烈之女之或遇此變節者。及其夫死。守節不嫁。其父母兄弟姊妹與隣里鄉黨之人。不之知也。勸之以嫁。則輒對曰薄命之人。安往而命不薄。不如無嫁。誠以私合之隱情。不可以告父母。不可以告兄弟姊妹。不可以告隣里鄉黨。而只以內腐其心腸。故姑以他詞掩飾。以防其纂情之擧耳。故曰女子許嫁而在父母側者。宜遵

			歸氏論。其許嫁而字于人家者。歸氏之論。不能以局之也。雖然旣曰隱情。則今何以知其隱。曰吾於吾家乎親驗之。
金澤榮	韶濩堂文集 卷8 「雜言(三)」	曾國藩은 歸有光의 문장이 經學의 深厚함이 부족하다고 비판하고 있지만, 이는 王世貞과 李攀龍의 문장이 성행했던 당시의 폐단을 바로잡기 위해서 불가피한 점이 있었다고 옹호하다.	曾滌生病歸太僕之文之神乎味乎。以爲未臻於經學之深厚。此固是也。然當太僕之世。王李諸人。以秦漢僞體虎嘯天下。故太僕反之以正軌。而時出其神乎味乎者曰。爾欲爲秦漢。只如此可也。所以居一代而救一代之弊者耳。夫經學文章。分而爲二已久。滌生何乃必以經學繩文人。亦將責子長曰何不爲論語中庸之文也乎。
金澤榮	韶濩堂文集 卷8 「雜言(九)」	曾國藩이 歸有光을 너무 혹평한 점을 지적하다.	曾文正以神乎味乎。病震川文者太苟。然非文正之高眼。亦不能識震川文之能神乎味乎。吾邦昔有一主文衡者謂余曰。震川文儘醇雅。夫震川之文。非不醇雅。而若以醇雅二字。斷其全集。則不亦見皮未見骨。知一未知二也哉。
金澤榮	韶濩堂集續 卷2 「許翁聘三七十壽序(壬戌)」	歸有光의 壽序가 예스럽지 않고, 한미한 사람을 위해 지어준 것이 많다는 淸人의 의론을 반박하다.	余嘗見前淸文士論歸熙甫文。謂其壽序爲非古。又多爲山野寒畯市井側微而作文爲費辭。輒大笑曰。何說之陋也。舜何以不用黃帝咸池之古而創製韶乎。武王何以不用舜韶之古而創製武乎。古時萬物萬事之存於今者。不過萬之一二。而乃獨於壽文。望其古乎。人但可問其賢與不肖而已。高明側微之分。其又何足以置喙也耶。
金澤榮	韶濩堂集續 卷4 「雜言(十)(癸亥)」	明代 文章은 元氣가 왕성하여 方孝孺와 歸有光의 문장은 韓愈와 蘇軾의 후계자로 손색이 없으나, 淸代 文章은 시들었다고 평하다.	明代之文。元氣尙盛。如方正學・歸太僕之倫。皆無愧爲韓蘇之後勁。至淸則氣逾大萎。始則惟謹守法度。而爲簡淡之文以藏拙矣。久則幷失其法。或爲諸子史漢之僞體以欺人。或爲騈儷之卑體而反罵昌黎爲村。又久則流爲報舘之稗文。

			韓蘇正脉。遂如大風吹物。一往于廣漠之空際。而不知其何時復返也。
金澤榮	韶濩堂集續 卷4 「雜言(十)(癸亥)」	曾國藩의 문장이 韓愈와 歐陽脩를 이었지만 一家를 이루지 못하였고, 歸有光을 제대로 알지 못하고 비판했다고 비평하다.	近日多見曾滌生文。盖於當時諸子僞體盛行之際。能知慕韓歐。然成家未完。或雜卑調。尤疎於記事。宜其不能深知震川而詆之也。
金澤榮	韶濩堂集 借樹亭雜收 卷3 乙丑詩錄 「爲楊君穀孫, 賀其母王太夫人八十」	楊眙가 金澤榮의 文章을 좋아하여 歸有光을 계승하였다 평가한 것을 언급하다.	恭愼先生有才妻。幾篇唱和關雎詩。先生沒後作都講。于以防飢兼鞠兒。厥兒聰明博書史。中蠹經業傳不隳。好澤榮文擊節讀。謂宜配食震川歸。南通城裏有子者。紛然願迎爲塾師。是以甁罍頗免窶。奉養日殺仇家鷄。且蒸心香向北斗。泣請賜母無疆壽。帝乃感動發咨嗟。詔令羣靈作先後。賜名淮南大女仙。幷割唐溪以爲酒。何必富兮何必貴。是母是子世罕有。澤榮歎息作此頌。爲天下人勸孝友。
南公轍	金陵集 「金陵先生文藁序」	歸有光은 王世貞을 妄庸巨子라고 하여 비난했으나, 王世貞은 마침내 歸有光이 韓愈와 歐陽脩를 계승했다고 贊을 지어 기린 것을 언급하다.	夫文章。不限以地。而非眞者必不傳。唐宋作者。無慮數百家。茅氏取其八。盖以藥王‧李摹秦寫漢掇皮之弊。然鹿門自爲文。荊川又有異同。歸震川詆弇州爲妄庸巨子。而弇州卒以繼韓歐陽爲贊。此無他。學生於好。而形之遷也以習。
南公轍	金陵集 卷11 「玉溪金先生文集序」	金純澤은 南公轍에게 "王世貞과 李攀龍의 글이 중국에 유행하였지만 자신은 한 번도 본 적이 없고, 다만 歸有光은 格法이 있다."고	公不讀明以後書。嘗謂公轍曰。王李之文。震耀海內。而吾不一見。惟震川最有格法。

		평하다. * 이 글은 李林松이 지은 것이다.	
南公轍	潁翁再續藁 卷1 「擬古 (十九首)」	歸有光의 문장은 韓愈와 歐陽脩의 참모습을 이었다고 평가하다.	震川翁雞毛筆。繼韓歐陽眞是豪。
南公轍	金陵集 卷10 「與金國器(載璉)論文書」	方孝孺·唐順之·歸有光의 글은 門路가 매우 순수하다고 평하다.	惟遜志·荊川·震川之文。門路頗醇。能得不傳之學。而於向四公地位相距遠甚。氣雖近正而正覺洮洮易盡。
徐宗泰	晚靜堂集 卷11 「錢牧齋集」	錢謙益은 평생 李夢陽·李攀龍·王世貞을 극력 배척하는 데 힘을 기울였으므로 唐順之와 歸有光의 문장을 허여한 것은 당연하지만, 李東陽을 추숭한 것이 지나치고, 袁中道 등을 배척하지 않은 것은 편파적이라 비판하다.	文有波瀾。肆筆成章。且善於形似。曲盡事情。自是皇朝末葉。救得文章極弊之大家也。然筆路所溢。喜用古文陳言全句。且多奇僻鬼怪之語。不可爲則。且一生趣嚮。務在軋斥兩李與王。故推許荊川與歸熙甫固宜。而崇重李西厓過當。如袁小修輩纖靡之文。亦不知其可厭。其見褊矣。論人善則輒以道德稱之。序人詩則皆以風雅歸之。全無繩尺斟裁。此歐·曾諸家所未有也。以是令人見之。只賞其造語文辭而已。自不得信其語。文章雖美。何能信於後世哉。然則殆無異於弇山之浮侈矣。大抵皇明文人習氣。夸且尙詼甚。都不免此。
徐瀅修	明皐全集 「明皐文集序」	紀昀이 徐瀅修의 문집 서문을 써 주며 唐順之·王愼中·歸有光 등과 견주다. * 이 글은 紀昀이 지은 것이다.	唐荊川。宗法韓歐。足以左挹遵巖。右拍熙甫。而論者終有晚年著作。攙入語錄之疑。是豈理之不足乎。…朝鮮徐判書明皐。奉使來朝。余適掌春官。職典屬國。得接其言論。因得讀其所作學道關及明皐詩文集。其學道關。以正蒙之精思。參以皇極經世之觀物。郎數闓

			理。卽理明數。袞然成一家言。詩則規 橅金仁山濂洛風雅。自成一格。…嘉慶 己未九月二十五日。河間紀昀撰。
成大中	靑城集 卷5 「感恩詩叙」	唐順之와 歸有光은 陳 亮·陸游가 韓愈·蘇 軾의 발뒤꿈치를 좇는 것과 같은 격이라고 평 하다.	外是而興者。如唐順之·歸有光。猶陳· 陸之踵韓·蘇也。文章正脉。具在是 矣。反是而爲文。非邪則妄。君子不謂 之文也。
成海應	研經齋全集 卷18 「題王遵巖集 後」	근래 중국 문인들은 王 愼中을 뛰어나다 여기 고 歸有光과 병칭하지 만, 그가 陽明學에 물 들었고, 문장이 歸有光 에 미치지못했다고 평 가하다.	近時中國論文之士。以遵巖王愼中爲雋。 與歸太僕熙甫並稱。余嘗取遵巖集觀之。 其文雖學南豊。宗不出王陽明之藩籬也。 又不能爽利開豁。只得其粗耳。是故其 文差優於論議而短於紀傳。讀之竟篇。 涔涔益睡思。言之不文。行之不遠。孔 子不云乎。然則中國之士所取者何也。 以陽明學故耳。朱子之學。久於學者之 規範。彼爲陸學者。自知不足抗之。往 往自附於漢學。以其苛核之論。妄議文 公之未及檢處。不者雖托紫陽之私淑。 外若排江西之說。而宗陰助之。乃欲蟊 賊于吾道。可不愼哉。太僕雖學究者 流。其論純而夷。無一叛于聖人之訓。 豈遵巖之所可及哉。
成海應	研經齋全集續 集 册12 「讀書式」	劉敞·程子·朱子· 曾鞏·王安石·歸有 光·王守仁은 모두『尙 書』改定本을 만든 것 을 말하다.	書以道政事。儒者無異辭也。小序之依 托。五行傳之傅會。論亦已定。而諸家 之門戶有四端。曰今文古文也。自漢以 來。未嘗辨此。吳棫·朱子始疑古文之 僞。而至吳澄。擧而刪之。曰錯簡也。 劉向記酒誥·召誥脫簡僅三。而後儒之 摘。已過數十。改定武成。自劉敞而 始。程子·朱子·曾鞏·王安石·歸有 光·王守仁。皆有改定本。

成海應	研經齋全集續集 冊12 「讀書式」	宋濂·方孝孺·王守仁·歸有光의 문장은 볼 만하니 華藻에 뛰어나고 평가하다.	文章句法。自左傳而始。國語·國策次之。然先秦之文。多涉縱橫。至賈誼董仲舒劉向之文。始春容博大。盖西京俗厚氣昌。故凡上之詔勅。下之章奏。外之簿牒。無不成章。雖零瑣斷爛。皆可楷法。自東漢以後。文氣衰弱。至唐而昌黎之雄奇始振之。六一之典雅。南豊之醇正。斯爲軌範。餘當以柳州·荊公·三蘇·放翁之文。資其意匠。明之宋金華·方遜志·王陽明·歸震川之文。亦宜觀省。長其華藻。
申緯	警修堂全藁 冊7 碧蘆舫藁(三) 「次韻篠齋夏日山居雜詠(二十首)」	조선에 아직도 王世貞과 李攀龍의 영향이 남아있다고 비판하고, 歸有光이 王世貞을 庸妄巨子라 비판한 말을 소개하다.	其十: 王李頹波未易迴。猖狂漢粕與秦灰。當時特立歸熙甫。力觗弇園庸妄魁。(震川斥元美目爲庸妄巨子。我國摸擬之法。尙有王李餘染。)
俞晚柱	欽英 卷1 1777년 5월 8일조	歸有光의 『歸震川集』을 읽다.	初八日。壬申。或陰。閱歸震川集。
李德懋	青莊館全書 卷48 「耳目口心書(一)」	方孝孺·王守仁·唐順之·歸有光 등을 李攀龍 등의 雄建함이나 袁宏道 등의 超悟함과는 다른 文章의 別派로 평하다.	或曰。子奚取焉。曰。集二子而各棄其酷焉可也。然方遜志·王陽明·唐荊川·歸震川輩。亦文章別派也。豈肯受節制於此二子哉。蓋于鱗輩雄健。中郎輩退步矣。中郎輩超悟。于鱗輩退步矣。各自背馳。俱有病敗。然絶世異才。振古俊物。新羅高麗國。終恐無之矣。
李德懋	青莊館全書 卷48 「耳目口心書(一)」	黃宗羲는 그의 明文 선집에서 王世貞·李攀龍·方孝孺·王守仁·歸有光 등의 글을 수록한 것을 말하다.	乙酉十二月初九日。李正夫來。談吐抵夕。正夫曰。黃宗羲。明末淸初人也。極博明人之集。無一遺漏。凡一千三百種。於是選緝明文海·明文案二書。尙未刊行。而二書中。又精選爲明文授

			讀。以教其子百家云。余問曰。其人所 尙。大抵何如耶。正夫答曰。廣備百體 耳。余曰。誰文多收耶。曰。雖王李大 家。收入不多。多收者。方正學·王陽 明·歸震川輩文。余曰。是子主意在此。
李書九	惕齋集 卷10 尙書講義(一) 「綱領」	歸有光의『尙書』에 관 한 학설을 인용하다.	後漢書孔僖傳。亦稱自安國以下。世傳 古文尙書。而趙岐註孟子。高誘註呂 覽。杜預註左傳。遇孔氏增多篇文。皆 曰逸書。則壁中之書。雖藏僖家而不在 科策之例。世人固莫得以識也。然則此 增多十六篇者。自漢迄西晉。蔑有見 者。至東晉之初。五十九篇俱出。而並 得孔氏受詔所作之傳。自是諸儒或說大 義。或成義疏。或釋音義。越唐及宋。 莫敢輕加擬議。至朱夫子始疑之。伸其 說者。吳棫·趙汝談·陳振孫諸家。而 元之吳澄。明之趙汸·梅鷟·鄭瑗·歸有 光·羅敦仁尤非之。此係尙書一大疑案。 其顯晦之沿革。眞僞之得失。今可以明 白剖析歟。
李書九	惕齋集 卷11 尙書講義(二) 「禹貢」	『尙書』의 三江의 이름 에 대해 歸有光은 郭璞 의 주장을 따랐음을 말 하다.	臣書九對曰。三江之名。雜出經傳。古 今注疏家人殊其說。謂自彭蠡江分爲三江 而入震澤者。孔安國也。謂吳縣南一水 爲南江。蕪湖西一水爲中江。毗陵北一 水爲北江者。班固也。謂左合漢而爲北 江。右合彭蠡爲南江。岷江居其中爲中 江者。鄭玄也。謂吳松江錢塘江浦陽江 者。韋昭也。謂岷江浙江松江者。郭璞 也。謂松江婁江東江者。顧夷庾仲初張 守節也。而蔡氏集傳。亦從是說。然王 安石主班固。蘇軾主鄭玄。至於近世。 歸有光顧炎武從郭璞。紛紜聚訟。不能 歸一。

李書九	惕齋集 卷13 尙書講義(四) 「武成」	『尙書』「武成」에 관해 지금 전해지는 것으로는 歸有光의 攷正本이 있음을 말하다.	臣書九對曰。武成錯簡。劉敞·王安石·程子皆有所更次。朱子集諸家之長而考定之。然今傳於世者。又有胡泂直·歸有光攷正本。蓋諸家之疑。由於前有丁未庚戌。而癸亥甲子之事。反見於後。歷叙日辰。亦非誥命之體。故遂有此改訂。而錢時融堂書解。仍從孔氏原本。謂受命于周以上。
李宜顯	陶谷集 卷27 雲陽漫錄	歸有光은 唐宋古文을 학습하여 문장이 爾雅하다고 평하다.	如茅鹿門·唐荊川·王遵巖·歸震川諸人。專歸宿於歐·曾諸大家。故不甚有此病。頗似爾雅。荊川尤佳。王陽明學術雖誤。其文俊爽慧利。非務爲搯撉割剝之比。皆出於胸中自得也。
李宜顯	陶谷集 卷28 陶峽叢說	명대 문장 유파를 넷으로 나누며, 茅坤·唐順之·楊愼·歸有光·錢謙益 등을 하나의 유파로 분류하다.	明文集行世者。幾乎充棟汗牛。不可殫論。而大約有四派。姑就余家藏而言之。方遜志·劉誠意·宋潛溪。以義理學術。發爲文詞者也。此爲一派。遜志尤滂沛浩瀚。有明三百年文章。絶無及此者。潛溪其亞。而誠意又潛溪之匹也。陽明·白沙。以異學爲文。而陽明之文尤爽。新學則當斥。而文則可取。以至李卓吾之詭怪。由陽明而騰上益肆者也。此三集當爲一派。空同·大復·弇州·滄溟。學先秦諸子而創爲新格者也。此當爲一派。鹿門·荊川·升菴·震川·牧齋。學古而語頗馴。不爲已甚者也。就中升菴之麗縟。牧齋之蕩溢。稍離本色。而故當屬之於此。不可爲王·李之派。徐文長·袁中郎。又旁出而以慧利爲長。此二人亦不可爲王·李派。當附入於此派。李西涯·張太岳·葉蒼霞爲廊廟經世之文。又當爲一派。而西涯之富

			博。亦可爲詞人之宗矣。他如許文穆國‧ 靳兩城學顔‧王縒山衡。瑣瑣不足言。 高皇帝有文集。多是詔令諸文。而亦有 詩律若干篇。大率氣力渾厚。眞創業英 主之文也。
李定稷	燕石山房文藁 卷7 「讀古文解」	唐順之와 歸有光은 明 에서 본보기가 되는 문 인이다.	文達辭。以行乎今。奚古之云哉。不師 古則恣。恣不可以爲。則道學尙矣。詩 師漢魏。書師晉。維文亦然。兩漢其師 也。爲其極乎盛也。然古文祖漢而宗 唐。雖詩書宜然。祖者。祖乎古也。宗 者。宗于今也。詩師漢魏。而由唐以溯 之。書師晉。而亦由唐以溯之。惟古文 亦然。爲其盛於兩漢。而工于唐也。唐 有一人焉。韓文公是已。非文公之文。 盛於兩漢也。集古文而得其中。則文公 其二也。由公以下。于宋于明。各得二 人焉。于近代亦得二人焉。曰歐陽六 一。曰蘇東坡。宋之大家也。曰唐荊 川。曰歸震川。模楷乎明。而曰汪堯峰 方望溪。拔出乎近代也。非外此而無 文。爲其得古文之意焉。是以讀七賢之 文。而各爲之解。解由己而已。非曰夫 人而必吾從也。欲識古文之意。則辭達 是先。首之以荊川。以終于昌黎。元之 虞道園。明之宋潛溪‧王遵巖。亦其秀 也。俟將讀之云。
李定稷	燕石山房文藁 권7 「讀古文解」	7賢(韓愈‧歐陽脩‧蘇 軾‧唐順之‧歸有光‧ 汪琬‧方苞)의 古文을 읽고 각각 解를 덧붙였 는데, 고문의 뜻을 알 려면 辭達을 우선으로 삼아야 하므로 唐順之	上同

		의 글을 처음에 두고 韓愈의 글을 마지막에 두었다.	
李定稷	燕石山房文藁 卷7 「讀震川文」	歸有光의 文에 대한 총평을 하다.	方望溪論震川文。謂氣韻得之子長。而能取法於歐曾。少更其形貌。斯言也。庶幾盡之。而有以或人之目膚庸。謂其有見。又疑其竭力於時文。不能兩精。故仍有近俚而傷繁者。蓋不盡許也。余則讀其文。斷以爲優於氣骨。而短於才。惟其優於氣骨。故性近於子長而能好之。惟其短於才。故參之歐陽。以暢其辭。非必得於子長。而更其貌於歐陽也。凡氣骨勝而才不足者。能爲簡潔之文。震川之心。豈欲爲繁哉。而但文有不得不詳說而深辨之者。乃於是常患遣辭之未暢。自不免紆演而鋪張之。斯其所以爲繁也。其所得意者。卽於簡而未暢。奮力而振掉之。則辭斷而意足。竦然有令人神聳者。是以震川警絶之文。必在於簡而短。蓋近於子長以此。不及歐陽亦以此。嗚呼。文之至者 在簡而斯簡在。在繁而斯繁在。豈繁者非古。而簡者是古也邪。雖然。不讀震川之文。則爲古文者。終趨於委靡。而不振也已。
李定稷	燕石山房文藁 卷7 「讀震川文」	方苞가 歸有光의 文을 논하면서 "氣韻은 司馬遷에게서 얻고, 歐陽脩와 曾鞏에게서 법을 취하여 그 形貌를 조금 고쳤다."라 한 것은 歸有光의 문장을 대체로 잘 표현한 것	方望溪論震川文。謂氣韻得之子長。而能取法於歐曾。少更其形貌。斯言也。庶幾盡之。

		이라 평하다.	
李定稷	燕石山房文藁卷7「讀震川文」	歸有光의 文은 氣骨은 뛰어나지만 재주는 부족하니, 歸有光 문의 뛰어난 점은 簡而短에 있다.	余則讀其文。斷以爲優於氣骨。而短於才。惟其優於氣骨。故性近於子長而能好之。惟其短於才。故參之歐陽。以暢其辭。非必得於子長。而更其貌於歐陽也。凡氣骨勝而才不足者。能爲簡潔之文。震川之心。豈欲爲繁哉。而但文有不得不詳說而深辨之者。乃於是常患遣辭之未暢。自不免紆演而鋪張之。斯其所以爲繁也。其所得意者。卽於簡而未暢。奮力而振掉之。則辭斷而意足。竦然有令人神竦者。是以震川警絶之文。必在於簡而短。蓋近於子長以此。不及歐陽亦以此。
李定稷	燕石山房文藁卷7「讀震川文」	歸有光의 文을 읽지 않으면 古文을 하는 것이 결국 委靡한 데로 치닫게 된다고 평하다.	不讀震川之文。則爲古文者。終趨於委靡。而不振也已。
李定稷	燕石山房文藁卷7「讀堯峰文」	汪琬의 文은 骨氣가 歸有光만 못하고 情韻이 唐順之만 못하나, 풍채는 옛날 대가의 유풍이 있다고 평하다.	文以辭成。辭以體備。體定而才識。斯可判矣。夫識有高下。高者。其辭醇。下者。其辭駁。才有敏鈍。敏者。其辭뫼。鈍者。其辭滯。此大略也。氣盛者。其辭健。力强者。其辭贍。雅俚潔濁。繫乎操濃薄。密龗繫乎工開闊。伸縮照應。由乎法。擇焉而得其精者。爲正宗。精矣而無不周徧者。爲大家。漢唐北宋。其蔚然矣。自其下。諸家之文。各有所長。而亦皆有所不足焉。若堯峰之文。健而不橫。强而不硬。贍而典。雅而和。潔而亦濃。密而不至於纖。不泥乎法而未嘗離於法。蓋擇焉而得其精者也。骨氣不如震川。情韻不如

			荊川。而風範優優乎有古大家之遺焉。由此而進。則又一廬陵矣。而所未至焉者。識稍未高。才稍未俊耳。余於是不能不爲堯峰失色。
李夏坤	頭陀草 冊16 「與洪道長書」	歸有光의 문장에 대해 '外淡中腴'하고 '語簡味深'하다고 평하다.	如方希直·王伯安·歸熙甫·王道思·唐應德輩。雖曰取法於八家。而亦能探索根本。上泝六經。故其文皆可觀。而至於熙甫。其用力比他人尤純深。故其文外淡而中腴。語簡而味深。嘗自稱曰吾文可肩隨歐·曾·介甫則不難抗行矣。此非夸也。其自知可謂深矣。
李夏坤	頭陀草 冊16 「與洪道長書」	歸有光이 자신의 문장을 歐陽脩·曾鞏·王安石에 견주어도 뒤지지 않을 것이라며 스스로 자부한 사실을 인용해, 그는 자신에 대해 잘 알았던 사람이라고 평하다.	上同
李夏坤	頭陀草 冊17 「送李令來初 (仁復)赴任安 東序」	明의 王守仁·歸有光·唐順之·王愼中의 문장은 君子의 문장이라 이를 만하고, 그 외 여러 사람의 문장은 華贍하기는 하지만 문인의 문장이란 평가를 면하지 못한다고 평하다.	明之王伯安·歸熙甫·唐應德·王道思諸人之文。亦可謂之君子之文也。其餘諸子之文。非不華贍矣。俱未免乎文人之文也。
李學逵	洛下生集 卷9 因樹屋集 「答」	文章이 進步를 설명하며, 王世貞이 지은 歸有光을 애도하는 글을 그 사례로 언급하다.	足下謂戲得文章境界。常如隔一重紗者。眞名言也。文章眞有此境。纔涉一重。又隔一重。如剝蔥頭。愈剝愈在。此正自家自欲處。實亦自家大將進處。不

			爾。杜工部何以能晚季漸於詩律細。王元美何以有弔歸震川文一篇耶。
丁若鏞	與猶堂全書 詩文集 卷8 「地理策」	歸有光과 王世貞을 大儒라고 평하다.	況朱子大賢也。蘇軾·歸有光·王世貞皆大儒也。
正祖	弘齋全書 卷179 群書標記 「八子百選六卷」	唐宋八大家에 대해 歸有光이 줄여 六家로 만들고 儲欣이 늘려 十家로 만든 것은 모두 通論이 아니라고 비판하다.	予故曰加一家不得。減一家不得。歸有光之約之爲六家。儲欣之演之爲十家。皆非通論也。然八家之全集。既充牣棟宇。茅氏之選復篇帙浩穰。下邑兔園之中。鮮有能睹其全者。
曺兢燮	巖棲集 卷8 「與金滄江」 (六)	歸有光이 王世貞을 妄庸하다고 배척한 것이나 金澤榮이 崔岦을 龐陋하다고 단정해 버린 것은 옥석을 분별한 식견이 아니라고 비판하다.	簡易集廿年前嘗得一觀。而時未曉其利病。但知其爲世間稀有之珍。如黃太史之詩。雖非漢唐正宗。而要爲一時人所祖。其後得滄弇文讀之。意簡之所取法在是。而猶謂其未深。既而得讀空同全集。驚其神形克肖。然後知此老有所本。而燕巖之謂摹擬滄溟。要壓弇州者。猶未執其真贓矣。夫文字之妙。止於平中有奇。淡中有腴。而此數子之專尙奇腴。卒之墮於險苦之坑者。自通人觀之。誠見其枉用心力而無與於修辭之誠。然梓朽不可棄材。璧瑕不能掩瑜。則如震川之斥元美爲妄庸。執事之斷簡易以龐陋。未知能爲匠石之量卞和之識也耶。…寧齋固是一代眞才。而其薄處終不可諱。人生天地間。是十九首嫩語。何至挿入於記事。見修堂記 天下後世吾不敢知。一似孩童口氣。豈宜加之於銘人。(見李杏西墓誌) 見山堂記無一字不似半山。而摹擬之過。天眞已喪。殆於

			七竅鑿而混沌死。以此而奪古人之席。無怪乎金君之爲牧畢簡諸公而叫屈也。夫等是剽擬。而王李崔之剽左國則甚之。今之擬王曾則進之。不知其形似而神離則一也。…子雲之書。昌黎尊之如經。而同時如子厚已處之韓下。至蘇氏父子則擯之爲雕蟲矣。韓歐之爲江河萬古之流。而何大復之謂文法亡於韓也。李空同之戒不讀唐書也。此其好惡又何如也。茅鹿門沈歸愚同選八家。而去取不同。有茅升而沈降之者。有茅以爲淺而沈以爲至者。盖世之觀人之文者。多以我觀人而不知以人觀人。以文觀文而不知以理觀文。則其蔽於偏而滯於方也久矣。然則雖以執事之明。又安能使人人必同於己見耶。
曺兢燮	巖棲集 卷8 「與金滄江」 (九)	喪夫한 金澤榮의 며느리 盧氏를 친정으로 돌려보내는 문제에 있어 歸有光의 「貞女論」을 적용할 수 있을 것이라고 김택영에게 조언하다. *『震川集』卷3의 「貞女論」에 보면 "女未嫁人而或爲其夫死，又有終身不改適者,非禮也."라는 말이 있다.	日昨得黃季方書。聞執事遭嬴博之痛。此何報耶。…盧家女年今幾何。何以處之。旣未成婦。反諸其父母。於義無不可者。震川貞女之論。似可承用也。
曺兢燮	巖棲集 卷15 「答成一汝(純永)」	金澤榮의 문장은 『史記』,唐宋八家, 歸有光을 배우는 데 專力하여, 洪奭周·金邁淳처럼 程朱學에 무젖지 않았다고 평가하다.	方望溪篤尙程朱。而於經說則改定者甚多。其所與最密。乃王崑繩·李剛主二人。皆慕陽明罵朱子者。而卒能反復開諭。使之自悟其過。自改其說。此古人倫情之篤至。亦中州人氣象之闊大也。…滄翁萬里去國。再涉鯨濤。其健

			快高潔已如彼。而觀其不入滿藉。不從 㴒社。其處義亦精審。可謂得今日之淸 權者。…此老之文。時有出入正理者。 盖其專力於史記八家震川。而未嘗浸淫於 洛閩如淵泉・臺山諸公之爲。此其所以不 免於此也。然若論近日之文得史記八家震 川之風韻者。捨此老而指不可他屈。豈 至如或人之所譏哉。吾於爲文。久未知 蹊徑。及得此老。乃頗曉其法妙。此一 事可以爲師。凡譏者之云云。殆未得此 意耳。然吾爲吾弟說。猶有未能盡者。 此在吾弟異日當自知之爾。古人云論人物 與文章。如評金玉。非口舌所能貴賤。 吾弟旣不爲遊談所惑。不必呶呶以長爭 氣。惟反求勉學而已可也。元卿書欲節 後來此。如經由彼。可共入山否。
曹兢燮	巖棲集 卷21 「世勤堂記」	沈大中을 위해 歸有光 이 「世有堂記」를 지어 준 일을 언급하다. * 본래 「卅有堂記」가 바른 제목인데, 歸有光 의 문집 중에 「卅有堂 記」로 된 판본이 있다 고 한다. 周本淳 校點, 『震川先生集』, 上海古 籍出版社, 2007, 403면 校記 참조.	昔昌黎韓子有辛勤三十年。乃有此屋廬之 詩。而沈大中取其語。以世有名其堂。 歸熙甫記其事。以爲大中所爲。似拙似 固。玆其所以能爲有者。今君之於玆 居。爲三世之辛勤。則比韓子所稱又三 之矣。其爲拙且固不尤甚哉。嗚乎。玆 其所以能爲勤者。而如大中之所名熙甫之 所記。猶有未足云者歟。書曰若稽田旣 勤敷菑。惟其陳修。爲厥疆畎。若作室 家。旣勤垣墉。惟其塗墍茨。若作梓 材。旣勤樸斵。惟其塗丹雘。夫敷菑桓 墉樸斵固勤矣。疆畎墍茨丹雘。尤不可 不勤。以書之所言則其所不言者可知已。 今夫蒙軒公父子之爲齋。勤其名而實從之 者也。君之祖孫之爲堂。勤其實而名隨 之者也。無論名實之先後。其以勤爲世 則一也。世者無盡之物也。勤者亦無窮

			之道也。以無盡之世。効無窮之勤。則是堂之傳。雖與之無終極亦可也。抑孟子以孳孳善利。爲舜拓之辨。同一孳孳而舜拓判焉。則勤固未可盡與也。苟捨善而惟利之勤則終其身難矣。而況能世乎。君於是堂。可謂勤矣。而以不厚之生。篤成先人之志。斯已盡於善矣。進而又進。以至於善日積而不自知。則是爲勤之可世者已。爲不墜蒙軒公所命之意也已。
趙斗淳	心庵遺稿 卷19 「故領議政趙寅永致祭文 (庚戌)」	趙寅永에 대한 祭文에서 그의 문장을 歐陽脩와 歸有光에 비견하다.	餘事文章。亦一代宗。永叔力古。熙甫容春。太和微醺。洪鍾發音。風流儒雅。揚古扢今。
洪吉周	峴首甲藁 卷三 「明文選目錄序」	洪奭周가 劉基·宋濂·方孝孺·解縉·楊寅·李東陽·王守仁·唐順之·王愼中·歸有光의 문장을 모아『明文選』甲集을 만들었음을 말하다.	『明文選』二十卷。目錄一卷。淵泉先生之所篇也。其書有五集。以劉伯溫·宋景濂·方希直·解大紳·楊士奇·李賓之·王伯安·唐應德·王道思·歸熙甫之文爲甲集。甲者。一代之宗也。自洪武以後。至于正德之初爲乙集。乙者。東方木德。生物之極盛也。自正德·嘉靖以來。李王已下若干家爲丙集。丙者。天道自東而南。時之變也。嘉靖以后之文。不能以一家名者爲丁集。丁者。南之終。萬物之生意窮也。革命之際。其身已辱而其志不忘乎舊者。幷爲戊集。戊者。中也。於方無屬焉。是人也。非明人也。又不忍屏而夷之。故曰戊也。甲集十卷。乙集三卷。丙集二卷。丁集二卷。戊集二卷者。詳於盛而略於衰也。

洪吉周	峴首甲藁 卷四 「自貽峴山子書」	『書經』·『詩經』·『春秋』·『左傳』·『孟子』·檀弓·考工記 등은 문장 가운데 뛰어난 것으로 이러한 글을 계속해서 공부하면 높게는 韓愈·歐陽脩·蘇軾의 수준에 이를 수 있고, 낮게는 宋濂·方孝孺·歸有光의 수준에 이를 수 있다고 말하다.	書·詩·春秋·邱明·孟氏之書。檀弓·考工之記。文之至高者。讀於斯。誦於斯。坐立嚬笑於斯。高則爲韓·歐·蘇。下則爲宋濂·方孝孺·歸有光之倫。其又終身習之。歿而人不知其名者。可勝數也夫。取泆於至高。猶患如此。況其從下焉者。求乎弇山·牧齋。或贗之爲文。或俳之爲言。大雅君子所憫然不欲累目而浣唇者也。
洪奭周	鶴岡散筆 卷1	錢謙益이 歸有光의「趙汝淵墓誌銘」과「通議大夫都察院左副都御史李公行狀」을 韓愈나 歐陽脩의 문집 가운데 두더라도 손색이 없는 작품이라고 평한 말을 언급하며, 그 글들의 '約而不溢'한 점을 칭찬하다.	諛墓之習。其來亦久矣。蔡伯喈漢人也。尙曰。吾撰郭有道碑獨無媿色。其它之可媿者固已多矣。劉叉以諛墓譏退之。然退之之文。尙多直筆且指事叙實。罕爲泛論。李習之嘗言于朝請令臣僚撰行狀送史館者。唯紀實蹟勿爲贊美語。如魏鄭公但載其諫爭諸疏。不必言其直。段太尉但載其以笏擊朱泚。不必言其忠。後世如歐陽碑誌尙有此意。蔡齊名臣也。位至宰執。而行狀中總論其爲人不過二十許字。蓋必如此而後。可信於後世。今人狀志總論動至累百言。孝友端直人人相似。雖假辭於子長。又孰肯一過目哉。是求其傳後。而反使之不傳也。錢謙益稱歸熙甫文。特擧其趙汝淵碑·李羅村狀二篇。以爲置韓·歐集中不辨。趙碑唯叙其世系生卒。外是無一語。李位至正卿。而獨紀其董工一事而已。兩篇之文平平無它奇。其約而不溢。則非韓·歐。亦鮮能也。

洪奭周	淵泉集 卷24 「選甲集小識」	『明文選』甲集에 뽑은 인물 중에서 宋濂·唐順之·歸有光은 옛 사람들의 의론을 따른 것이고, 劉基를 宋濂과 함께 묶되 더 높인 것과 方孝孺·王守仁을 歸有光보다 높인 것은 취할 만한 바가 있기 때문이고, 解縉·楊寓·李東陽·王愼中은 못마땅한 점이 없지 않지만, 그 장점을 본다면 한 시대의 으뜸이라 할 만하다고 평하다.	今之爲文辭者。大擧多尙明文矣。其甚者。往往棄韓·柳·歐·蘇不道。而其詆訶之者。又擧曰明安得有文。是二者。皆未知明文也。豈惟不知明文哉。固未嘗知何者爲明文也。夫李觀·樊宗師·劉蛻·劉煇·宋祁之文。固皆唐宋也。今有學李觀·樊宗師·劉蛻·劉煇·宋祁之文而曰。吾學唐·宋文。又有人從而詆之曰。唐·宋之文不可學。是尙爲知唐宋文也哉。今之尙明文者。吾無論已嚮有適中州者。至遼藩之陲。入其三家店。炊蜀黍買醬而食之曰。中國無飮膳。今之詆訶明文者。亦奚以異是哉。余自宋景濂以下得十人。以其傑然爲一時甲也。故曰甲集。其取宋景濂·唐應德·歸熙甫。皆古人之餘論也。其以劉伯溫。配景濂而上之。而尊方希直·王伯安於歸唐之右。余竊有取焉爾。若解大紳之輕俊。楊士奇·李賓之之平衍。王道思之支蔓。於余心。有未慊焉。雖然。推其所長。亦可以爲一時之甲矣。遂總爲甲集十卷。
洪翰周	智水拈筆 卷2	錢謙益이 李東陽과 歸有光을 숭상하고 李攀龍과 王世貞을 공격한 사실을 언급하다.	淸之錢受之宗尙西涯·震川。培擊滄·弇。殆無餘地。此雖顚倒是非。皆不過以文相誹謗而已。無足輕重。

10

祁寯藻 (1793-1866)

인물 해설	清 道光−同治年間의 저명한 시인이자 서예가로, 字는 叔穎・淳甫 또는 實甫이고 號는 春圃・息翁이며 山西 壽陽 사람이다. 嘉慶 19년에 進士에 합격하여 軍機大臣・體仁閣大學士・戶部尚書 등을 역임하였다. 道光・咸豊・同治 세 황제의 스승이 되었기에 세칭 '三代帝師'라고 불렀다. 諡號는 文端이다. 학문적으로는 樸學을 숭상하고, 훈고를 중시하였으며, 많은 사람들이 그의 문하에 몰려들었다. 詩歌는 宋詩를 추종하며 清末 詩壇을 주도하였던 바, 일생 동안 지은 시가 거의 3000여 수에 이르며, 대부분 『㿟㿟亭集』과 『㿟㿟亭後集』에 실려 있다. 또 서예에도 조예가 깊어, 역대 대가들의 기법을 두루 섭렵한 후 웅건하고 힘 있는 필치로 일가를 이루어, 山西 출신으로는 傅山 이후 으뜸이라 평가되었다. 저서로는 앞에 언급한 두 책 이외에 『馬首農言』・『入山記』・『勤學齋筆記』・『京口山川考』 등이 있으며 필적도 다수 전해지고 있다.
인물 자료	○ 『清史稿』, 列傳 172 　祁寯藻, 字春圃, 山西壽陽人. 父韻士, 官戶部郎中, 以事系獄. 寯藻方幼, 隨侍讀書不輟, 賦春草詩以見志. 嘉慶十九年, 成進士, 選庶吉士, 授編修. 道光元年, 直南書房. 督湖南學政, 累遷庶子. 十年, 以母病陳情歸養, 宣宗不許, 予假省親. 逾年回京, 補原官, 遷侍講學士. 尋復予假省母, 不開缺. 歷通政司副使・光祿寺卿・內閣學士. 母憂歸, 十六年, 將屆服闋, 預授兵部侍郎, 督江蘇學政. 歷戶部・吏部侍郎, 留學政任, 未滿, 十九年, 命偕侍郎黃爵滋視福建海防及禁煙事, 連擢左都禦史・兵部尚書. 迭疏陳總宜駐泉州治防務, 改海口炮台爲墩, 查禁煙販, 捕治漢奸, 並禁漳・泉兩府行使夷錢, 夾帶私鑄者治罪, 嚴懲械斗, 並得旨允行. 在閩半載, 還經浙江, 按台・溫兩府私種罌粟, 劾罷台州知府潘盛. 又劾溫州知府劉煜試行票鹽不善, 被議, 自呈枉屈, 戍新疆. 時鄧廷楨奏擊英吉利兵船於廈門走之, 忌者謂其不實, 命寯藻復往按, 具陳戰勝狀. 回京, 仍直南書房. 二十一年, 調戶部, 命爲軍機大臣.

二十六年, 偕尙書文慶按長蘆鹽運使陳鑒挪撥鹽課, 彌補加價, 褫其職, 歷任鹽政運司議譴有差. 二十九年, 以戶部尙書協辦大學士, 命赴甘肅偕琦善按前任總督布彥泰淸査舛誤・縱容家丁, 下嚴議. 回京, 請便道省墓, 途次聞宣宗崩, 過里門不入. 文宗卽位, 拜體仁閣大學士, 仍管戶部. 寯藻自道光中論洋務與穆彰阿不合, 至是文宗銳意圖治, 罷穆彰阿, 寯藻遂領樞務, 開言路, 起用舊臣, 寯藻左右之.

咸豐元年, 調管工部, 兼管戶部三庫事務. 二年, 復調戶部. 廣西匪日熾, 出湖南, 遂不可制, 湖北・江南數省先後淪陷. 軍興財匱, 議者試行鈔法, 又鑄當百・當五百大錢, 皆行之未久而滋弊. 尙書肅順同掌戶部事, 尙苛刻. 又湘軍初起, 肅順力言其可用, 上鄕之, 寯藻皆意與齟, 屢稱病請罷, 溫詔慰留. 四年冬, 復堅以爲請, 乃允致仕. 十年, 英法聯軍犯天津, 車駕將幸熱河, 寯藻密疏切諫. 又言關中形勝可建都, 厘捐病民, 北省尤宜急停, 並報聞.

十一年, 穆宗卽位, 特詔起用. 疏陳時政六事, 曰保護聖躬以崇帝學, 曰綏輯民心以淸盜源, 曰重守令以固民心, 曰開制科以收人才, 曰速剿山東・河南賊匪, 嚴防山西・陝西要隘, 以衛畿輔, 曰敦崇節儉以培元氣. 言甚切摯, 並被嘉納, 次第施行. 命以大學士衛授禮部尙書. 同治元年, 穆宗入學, 命直弘德殿, 偕翁心存・倭仁・李鴻藻同授讀, 摘錄經史二帙進呈. 上讀大學畢, 寯藻具疏推陳爲人君止於仁之義, 略曰: "大學一書, 皇上已成誦, 凡制治保邦之道, 用人行政之源, 胥在於是. 爲人君之道, 止於仁而已. 治國平天下兩章, 言仁者六, 終之以未有上好仁而下不好義. 蓋仁者必以仁親爲寶, 故能愛人, 能惡人. 不好仁, 則好人之所惡, 惡人之所好. 仁者必以貪爲戒, 故忠信以得之, 不仁者則驕泰以失之矣. 仁者以義爲利, 不以利爲利, 故以財發身, 不仁者則以身發財, 菑害並至矣. 千古治亂之機, 判於義利, 而義利之判, 則由於上之好仁不好仁也. 如近日所講帝鑒圖說, 下車泣罪, 解網施恩, 澤及枯骨等事, 斯卽帝王仁心所見端也. 若納諫求賢, 尊儒遠佞, 則仁親爲寶, 能好能惡之說也. 露台罷工, 裘馬卻獻, 則以義爲利, 不以利爲利之說也. 帝鑒圖說講畢, 請進講輿地, 以會典諸圖簡明, 易於指畫. 又耕織圖及內府石刻宋馬遠豳風圖爲農桑衣食之原, 皇上讀書之暇, 隨時講求, 庶知稼穡之艱難, 懍守成之不易也."

二年, 上服除, 寯藻偕倭仁・李鴻藻上疏曰: "皇上沖齡踐阼, 智慧漸開. 當此釋服之初, 吉禮擧行, 聖心之敬肆於此分, 風會之轉移卽於此始, 則玩好之漸可慮也, 遊觀之漸可慮也, 興作之漸可慮也. 嗜好之端一開, 不惟分誦讀之心, 海

內之窺意旨者, 且將從風而靡. 安危治亂之機, 其端甚微, 所關甚鉅, 可無愼乎?
方今軍務未平, 生民塗炭, 正君臣交儆之時, 非上下恬熙之日. 伏原皇上恪遵慈
訓, 時時以憂勤惕厲爲心, 以逸樂便安爲戒. 凡內廷服禦一切用項, 稍涉浮靡,
槪從裁減, 向例所有, 不妨量爲撙節. 如是, 則外務之紛華不接於耳目, 詩書之
啓迪益斂夫心思, 聖學日新, 聖德日固, 而去奢崇儉之風, 自不令而行矣." 疏上,
優詔襃答焉.

　　寯藻提倡朴學, 延納寒素, 士林歸之. 疏言: "通經之學, 義理與訓詁不可偏重.
後學不察, 以訓詁專屬漢儒, 義理專屬宋儒, 使畫分界限, 學術日歧." 因擧素所
知寒士端木埰 · 鄭珍 · 莫友芝 · 閻汝弼 · 王軒 · 楊寶臣, 經明行修, 堪資器使.
又疏言: "軍興以來, 不講吏治, 請下中外大臣, 保擧循吏及伏處潛修之士, 以備
任用." 自擧原任同知劉大紳 · 按察使李文耕 · 大順廣道劉煦, 請宣付史館入循
吏傳. 又薦直隷知縣張光藻 · 陳崇砥 · 王蘭廣, 山東知縣蔣慶第, 山西知縣程
豫 · 吳輝祖及江南優貢端木埰, 山西擧人秦東來. 並嘉納允行. 屢以病乞休, 三
年, 詔致仕, 食全俸. 五年, 卒, 晉贈太保, 祀賢良祠, 命鍾郡王奠醊, 諡文端. 擢
其子編修世長以侍讀用.

○ 陳衍, 『石遺室詩話』 卷11.
　　祁文端, 爲道咸間鉅公工詩者. 素講樸學, 故根柢深厚, 非徒事吟詠者所能驟
及. 常與倡和者惟程春海侍郞, 蓋勁敵也. …

	＊『淸代名家尺牘詩稿』 (淸)伊秉綬・祁寯藻・吳讓之等撰 (淸)稿本 不分卷 ＊『祁韻士等書劄』 (淸)祁韻士・祁寯藻等撰 (淸)稿本 不分卷		

비 평 자 료			
李尙迪	恩誦堂集 續集 詩卷4 「續懷人詩(有 序)」·「春浦祁 相國 寯藻」	祁寯藻에 대한 회인시 를 짓다.	立談爻閭前。海外知有我。惓惓愛士 心。大庇萬間廈。邇來卜金甌。日夜憂 天下。
李尙迪	恩誦堂集續集 詩卷6 「祁春圃相國見 贈七律一首, 獎 借過情, 賦此奉 謝, 兼以志感」	祁寯藻가 칠언율시 한 수를 보내주기에 사례 하는 시를 지어 감사의 뜻을 표하면서 1837년 사행 때 만났던 사실을 말하다.	其一： 黃扉綠野聖恩深。山斗聲名冠士 林。後樂先憂天下事。進難退易古人心。 須眉歷歷淸如畫。(尙迪嘗拜謁相國於道 光丁酉新正賀班。) 翰墨煌煌重似金。無此 虛懷無此遇。百年知己淚霑襟。
李尙迪	恩誦堂集 續集 詩卷6 「祁春圃相國見 贈七律一首, 獎 借過情, 賦此奉 謝, 兼以志感」	祁寯藻가 지은 『藩部輯 畧』에 대해 언급하다.	其二： 彌綸荒服佐昇平。手勒楹書一部 成。(謂藩部輯畧) 有守有爲經世略。如 飢如渴愛才情。弓衣遮莫傳佳句。夾袋 居然記賤名。高臥東山今幾歲。海隅吾 亦一蒼生。
李尙迪	恩誦堂集 續集 詩卷6 「次潁橋見贈韻」	祁寯藻가 李尙迪의 시 를 칭탄한 사실에 대해 언급하다.	嗟余早失學。學亦無常師。虛名欺一 世。垂老媿須眉。或言弟兄難。錯比宋 庠祁。海內廣交遊。輒思舊游時。招邀 略名位。酬和吐肝脾。壽陽文章伯。(祁 春圃相國) 淸才許我詩。…

李尙迪	恩誦堂集 續集 詩卷6 「西笑編」·「祁 觀齋相國」	祁寯藻에 대한 회인시 (「西笑編」)를 짓다.	西笑槐街問起居。歲寒髭髮更何如。韓 碑留刻昌黎廟。宋字翻雕浹長書。(今春 承賜手書韓文公廟·平淮西碑拓本及校刊 景宋本說文繫傳。) 憑弔林邱人去後。閒 酬酒戶客來初。(王少鶴足成余酒戶書城 舊句作一律。公次其韻贈之。自注有推 許申紫霞侍郎小藝一門關性命。此中世 隱當林邱之句語。而侍郎已游道山矣。)饅 飯副墨如分得。强似平生讀五車。(聞大 作有饅飯亭集。)
李尙迪	恩誦堂集 續集 詩卷6 「西笑編」·「祁 觀齋相國」	금년 봄에 祁寯藻가 손 수쓴 「韓文公廟碑」와 「平淮西碑」의 탑본 및 『校刊景宋本說文繫傳』 을 받았음을 언급하다.	上同
李尙迪	恩誦堂集 續集 詩卷6 「西笑編」·「祁 觀齋相國」	王拯이 李尙迪의 '酒戶 書城'이란 옛 시구를 足成하여 한 편의 율 시를 지은 적이 있으 며, 祁寯藻가 이 시에 차운한 시를 짓고, 自 注에서 申緯의 "小藝 一門關性命, 此中世隱 當林邱"라는 구절을 推 許한 사실을 밝혔음을 언급하다. * 祁寯藻가 인용한 申 緯의 시귀는 「人有賣 董太史書畫合璧帖者, 余爲臨書, 兒輩摹畫, 而 還其原本, 仍題以一詩」 의 頸聯이다.	上同

李尙迪	恩誦堂集 續集 詩卷6 「西笑編」·「祁 觀齋相國」	祁寯藻의 문집『㵎㵎亭集』에 대해 언급하다.	上同
李尙迪	恩誦堂集 續集 詩卷6 「西笑編」·「王少鶴農部」	李尙迪이 과거에 "大開酒戶迎秋氣, 高擁書城送夕陽"이란 시구를 지은 적이 있는데, 王拯이 韓齋雅集에서 이를 보고 즉석에서 한 편의 율시를 足成하였고, 祁寯藻는 차운시를 지었으며, 張完臣은 그림을 그린 사실에 대해 언급하다.	書城酒戶未蹉跎。歸臥孤吟可奈何。(余舊有大開酒戶迎秋氣。高擁書城送夕陽之句。頃於韓齋雅集。君覽而賞之。卽席足成一律。壽陽相國亦有次韻。張良哉爲作畫。)桐葉井闌風氣冷。菊花籬落夕陽多。爭禁宋玉悲秋思。忽憶王郎斫地歌。夢裏行尋龍壁路。名山著述其嵯峨。(君有龍壁山房詩文集。)
李尙迪	恩誦堂集 續集 詩卷6 「西笑編」·「張蝶庵秋曹」	祁寯藻가 李尙迪의 시를 '初日芙蓉'이라고 칭찬했던 사실을 언급하다.	幾多舊雨幾新知。十上金臺鬢似絲。初日芙蓉慚俗調。(壽陽相國稱余舊作有初日芙蓉之目。)當年楊柳見風姿。樽前促坐留髡處。海外歸來說項時。好是趨庭傳世業。天餠書法老船詩。(君爲詩龕總憲之令嗣。而文敏公得天先生從曾孫也。)
李尙迪	恩誦堂集 續集 詩卷7 「觀齋相國寄惠㵎㵎亭集, 奉題其尾」	祁寯藻가 『㵎㵎亭集』을 부쳐옴에 그 말미에다 題詩를 짓다.	其一： 華胄黃羊晉大夫。耳孫名德此同符。身雖請老心憂國。百世貽謀不可誣。 其二： 吟成春草趨庭日。待漏名推八泮年。天與文章華國手。更兼親炙父師前。 其三： 蜀吳楚粵又遼東。幾處掄才幾采風。宦轍縱橫三萬里。江山詩句角淸雄。 其四： 南來軍報哭鴒原。碧血留藏白下門。慷慨淋漓詩史筆。一時不獨爲招魂。 其五： 㵎㵎舊約草堂靈。夢裏鄕山只麽靑。好把書名同考古。夫于亭與鮚埼亭。

			其六：　風騷一代唱酬多。人海茫茫閱逝波。我向卷中懷舊雨。蓮花博士墨頭陀。(謂吳蘭雪儀墨農) 其七：　萬首洋洋獨冠時。鯫生今日瓣香遲。千秋未信雞林相。具眼能知白傅詩。
李尙迪	恩誦堂集 續集 詩卷7 「詠古銅水盂, 寄懷觀齋相國, 有序」	古銅水盂에 관한 시를 지어서 祁寯藻에게 부치다.	余舊游燕市。購得古銅水盂。足內嵌銀篆石叟二字。製造工緻。非近日凡手所作也。今閱縵龕亭集。載贈唐季觀易茶壺詩注。季觀案頭有石叟製銅筆筒墨床香盒三器絶精云。乃知石叟爲冶工之名號。是所謂靑萍結綠。長價於薛卞之門者歟。良可感也。 誰能鑄此水盂成。染翰朝朝一勺淸。珍比金壺傾墨汁。長隨鐵硯伴書生。愛才不有觀齋筆。良冶爭傳石叟名。宣德香盤同入賞。案頭詩夢接春明。(迪所藏宣德銅盤。卽得之於平湖韓季卿者。而縵龕亭集有此盤歌。商訂爲燃爐承香之具。)
李尙迪	恩誦堂集 續集 詩卷7 「詠古銅水盂, 寄懷觀齋相國, 有序」	李尙迪이 소장하고 있던 宣德銅盤은 平湖의 韓季卿이란 사람에게 구입한 것인데, 『縵龕亭集』에 宣德銅盤에 대한 노래가 수록되어 있다.	上同

11

紀　昀 (1724~1805)

●●●

인물 해설	자는 曉嵐, 春帆, 호는 石雲, 시호는 文達이며, 直隷(河北省) 獻縣 출신이다. 1754년 진사에 급제하여 翰林院編修가 되었고 1768년에 한림원 侍讀學士가 되었다. 그 뒤에 盧見曾 鹽務案에 연루되어 新疆 우루무치에 유배되었다가 1771년 한림원 편수에 복직하였다. 1773년 고종의 칙명으로 『四庫全書』 편집사업의 總纂修官으로 10여 년간 종사하였다. 이 때 많은 학자의 협력을 얻어 『사고전서총목제요』 200권 집필하였다. 학풍은 형이상학적인 宋學을 배제하고 실증적인 漢學을 높이 여겼다. 저술로는 『紀文達公遺集』, 『閱微草堂筆記』 등이 전한다.
인물 자료	○ 『淸史稿』, 列傳 107 紀昀, 字曉嵐, 直隷獻縣人. 乾隆十九年進士, 改庶吉士. 散館授編修. 再遷左春坊左庶子. 京察, 授貴州都勻府知府. 高宗以昀學問優, 加四品銜, 留庶子. 尋擢翰林院侍讀學士. 前兩淮鹽運使盧見曾得罪, 昀爲姻家, 漏言奪職, 戍烏魯木齊. 釋還, 上幸熱河, 迎鑾密雲. 試詩, 以土爾扈特全部歸順爲題, 稱旨, 復授編修. 三十八年, 開四庫全書館, 大學士劉統勳擧昀及郞中陸錫熊爲總纂. 從永樂大典中搜輯散逸, 盡讀諸行省所進書, 論次爲提要上之, 擢侍讀. 上復命編簡明書目. 坐子汝傳積逋被訟, 下吏議, 上寬之. 旋遷翰林院侍讀學士. 建文淵閣藏書, 命充直閣事. 累遷兵部侍郞. 四庫全書成, 表上. 上曰：“表必出昀手！”命加賚. 遷左都禦史. 再遷禮部尙書. 復爲左都禦史. 畿輔災, 饑民多就食京師. 故事, 五城設飯廠, 自十月至三月. 昀疏請自六月中旬始, 廠日煮米三石, 十月加煮米二石, 仍以三月止, 從之. 復遷禮部尙書, 仍署左都禦史. 疏請鄕會試春秋罷胡安國傳, 以左傳本事爲文, 參用公‧穀, 從之. 嘉慶元年, 移兵部尙書. 復移左都禦史. 二年, 復遷禮部尙書. 疏請婦女遇強暴, 雖受汙, 仍量予旌表. 十年, 協辦大學士, 加太子少保. 卒, 賜白金五百治喪, 諡文達. 昀學問淵通. 撰四庫全書提要, 進退百家, 鉤深摘隱, 各得

其要指, 始終條理, 蔚爲巨觀. 懲明季講學之習, 宋五子書功令所重, 不敢顯立異同 ; 而於南宋以後諸儒, 深文詆諆, 不無門戶出入之見云.

○ 徐瀅修,『明皐全集』卷14,「紀曉嵐傳」

紀匀號曉嵐, 直隸獻縣人也. 其高祖坤, 號厚齋, 以崇禎遺民, 著有花王閣賸稿, 行於世. 曉嵐長不逾中身, 而容儀端潔, 精英發越, 年過七十, 能不引鏡作蠅頭細字. 性嗜烟, 烟盃之大, 幾如小鍾, 終日不離口, 人比之韓慕廬焉云. 官至光祿大夫經筵講官禮部尙書兼文淵閣直閣事, 提調四庫館三十餘年, 撰簡明書目. 又有所著五種書合刻者, 而灤陽銷夏錄, 尤稱博物巨觀. 我正宗己未, 余以謝恩副使赴燕, 時上欲購朱子書徽閩古本, 俾臣訪求於當世之文苑宗工. 故自山海關以後, 路逢官人擧人之稍解文字者, 輒問經術文章之爲天下第一流者, 則無不一辭推曉嵐. 余於入燕後, 先以書致意, 幷送抄稿請序. 繼以小車造其門, 則曉嵐顚倒出迎, 歡然如舊. 及對榻, 曉嵐書示曰 : "大作詩文及語錄, 拜讀再三, 卓然儒者之言, 而其立論使事, 一循作者楷柙, 深爲佩服." 余答曰 : "數十年工夫, 尙未窺操觚家藩籬, 而蒙閣下推奬至此, 愧甚愧甚. 弁卷之文, 已脫藁否?" 曉嵐曰 : "已撰得腹藁, 連日冗忙, 尙未書紙, 大旨不外先生牛黃之說." 余曰 : "牛黃之說, 非僕之言, 卽明末儒者兪汝言之言, 而可謂千古名言, 文章必有此黃, 然後方得免於飣餖賃傭之陋. 近日文體, 大抵欲矯陳腐, 務主尖新, 輕肆浮浪, 轉無端緒, 彼皆無黃故也. 曾讀閣下所著「耳溪詩文集序」, 眞古人所謂自出機杼, 成一家風骨, 而篇章字句之外, 若有物結聚在中, 孚尹旁達, 精華外溢, 僕所心服者在此. 弊稿序文, 竊願速得快讀." 曉嵐曰 : "此非兪公之言. 劉舍人云 : '取鎔經義, 自鑄偉詞.' 鎔字, 是從理中鍊出, 鑄字, 乃能筆下造成也. 大較語錄與文字本不相通, 而南宋以來, 以文章名於世者, 皆不免攙入語錄, 雖以唐荊川之號稱大家, 晚年著作, 亦有此病. 一涉此病, 則可謂之語而不可謂之文. 大作諸篇, 它姑勿論, 根柢經術而不雜語錄一字, 此最難及. 序文亦及此義, 當卽送上." 余曰 : "仰托朱子書及前後漢書, 旣蒙閣下石諾, 感感, 未知可得者爲幾種." 曉嵐曰 : "朱子文集大全類篇, 此板刊於建陽, 其序卽匀所作, 現在市中者絶無, 尙可購求於閩人. 朱子五經語類係, 故友程徽君春曇之家, 刻其文, 皆采自語類中, 但以經分編耳. 當札索之, 其子翁季錄久無其本. 前後漢書現行官本外, 只有南北監板及毛板, 其大板皆宋刻, 非藏書世家無之." 余曰 : "康熙中, 榕村李公疏請刊布翁季錄, 得旨, 豈尙未擧耶?" 曉嵐曰 : "匀卽季文貞之再傳弟子, 年前督學福

建, 就其家問之, 亦未見朱子全集類編, 昨問陳春澍副憲, 云在閩得一部. 但不記現在何箱中, 囑爲檢查, 大約下次貢輶可帶回." 余曰: "陳副憲豈朱門私淑耶?" 曉嵐曰: "陳副憲, 浙江平湖人. 陸稼書, 先生之鄉人也." 余曰: "朱子全集語類所不載者, 或有另行之遺編零簡否? 前後漢書宋本, 終無可得之道耶?" 曉嵐曰: "采錄朱子說爲書者, 不可縷數, 然皆以意去取, 未必有當. 至於全集語類所不載之零簡, 未見. 宋板前後漢書, 惟大內有一部, 朱家宰家有半部, 今何可得耶?" 余曰: "願聞朱家宰名." 曉嵐曰: "朱珪." 余曰: "寡君尊朱一念, 殆所謂至公血誠, 欲以朱子之學, 爲陶鎔一國之爐錘. 今此貢使之來, 廣購古本諸種者, 實奉君命而非其私也. 望閣下博訪代覓, 隨得隨付於日後貢便, 使僕獲免於委命艸莽之罪, 區區之幸也." 曉嵐曰: "使輶歲歲往來陸續, 得一種, 卽寄一種也." 余曰: "閣下詩文, 已有刊行者否? 所著書, 亦有幾種?" 曉嵐曰: "少年意氣自豪, 頗欲與古人爭上下. 後奉命典校四庫, 閱古今文集數千家, 然後知天地之不敢輕易言, 文亦遂不敢輕言編刊. 至於隨筆雜著, 姑借以紓意而已, 蓋不足言著作矣." 余曰: "顧寧人之博洽, 魏叔子之文章, 陸稼書之經學, 爲本朝三大家, 而閣下以一人兼有之, 甚盛甚盛." 曉嵐曰: "萬萬不敢當此. 勻但謹守先民法律, 不敢妄作耳." 余曰: "耳溪詩文何如? 在中國則可方何人否?" 曉嵐曰: "耳溪詩文, 獨來獨往, 不甚依門傍戶, 所以爲佳. 其文在中國, 則魏叔子之流亞, 詩在中國則施愚山・查初白之伯仲也." 余曰: "魏叔子, 乃近世最有規範之名家, 而不知與邵青門何如." 曉嵐曰: "各一道也. 邵青門, 人乃熱客, 出入朱門, 故其文不甚爲世重." 余曰: "人雖不足觀, 文則必可傳." 曉嵐曰: "確論." 余曰: "覿德之願, 蘊之幾年, 今奉清誨, 鯫生之幸, 但恨意多席忙, 無以罄此景仰之懷." 曉嵐曰: "謬承先生不棄, 寔所心感. 王子安詩'海內存知己, 天涯若比隣.'正不在晨夕握手耳." 余曰: "日已夕矣, 意雖無窮, 不得不告別, 留舘之頃, 固當有往復. 雖東歸之後, 亦當因貢便, 寄訊起居, 少紓此情曲也." 曉嵐曰: "耳溪雖不相見, 然書問不絶, 與相見一也." 余遂揖別而出, 曉嵐送之門外, 握手戀戀, 見上車然後乃入. 其翌日, 書送詩文集序. 歸國以後, 郵筒往來, 頻致繾綣之意. 所托朱子書諸種, 亦次第覓寄焉.

評曰: 考證之學, 盛於明末. 其源盖出於楊升庵, 而及至顧亭林・朱竹垞, 雖謂之鄭・服之靑藍, 不是過也. 曉嵐爲學, 亦主考證者. 而其所著作, 則布格嚴而無遭漫回遹之病, 摛詞雅而無隱僻奇衺之譚, 命意莊而無支離浮靡之見, 叙事整而無凌亂麗雜之篇. 以其儲蓄之富, 文之以絢爛之才, 而衰然成一家軌範. 夫

	華藻見於外者謂之文, 古今積於中者謂之學, 則斯其成就, 夫孰不曰眞文學也乎! 或以『簡明書目』中多有砭朱之微詞, 疑其爲陸學, 而大抵考證家之不能不貳於朱門, 爲其名物詁訓之間, 往往有信不及處, 未必皆因於祖陸也. 況曉嵐之學, 遠溯漢晉, 而與宋講學之傳, 所入之門戶, 本自殊科也乎! 又何有於朱陸之尋派哉!		
저술 소개	★『紀文達公遺集』 　(淸)嘉慶年間 刻本 32卷 紀樹馨編校 ★『閱薇草堂筆記』 　(淸)嘉慶 21年 北平 盛氏 望益書屋刻本 24卷 ★『欽定四庫全書總目』 　(淸)稿本 200卷 / (淸)乾隆 武英殿刻本 200卷 卷首 4卷 ★『四庫全書總目提要』 　(淸)內府抄本 不分卷 紀昀等纂修		

비 평 자 료			
金邁淳	臺山集 卷17 闕餘散筆	陸隴其는 근세의 醇儒로 주자학을 공격하는 데 힘썼던 紀昀조차도 그를 인정하였다.	近世中州儒者。惟陸三魚隴。其最爲醇正。且有踐履實行。海內爲程朱之學者。翕然宗仰。至或疑於聖人。雖以紀昀之工訶洛閩。喜立異論。亦推爲醇儒。未敢顯攻。
金允植	雲養集 卷10 「百科全書序」	紀昀이 편찬한 四庫全書가 나옴에 미쳐서는 수록된 서적들이 매우 광범위해서 다시 더할 것이 없게 되었다.	至淸紀昀所集四庫全書出。而載籍極博。無以復加矣。
金正喜	阮堂全集 卷4 「與吳生 (慶錫)(二)」	原州 興法寺碑 拓本은 唐太宗의 글씨를 集字한 것으로 翁方綱과 紀昀도 매우 중시하였다.	古碑只有此原州興法寺半折殘字一本。是集唐太宗書。中國之所傳者皆在此。如覃溪‧曉嵐諸人。無不保重者耳。

金祖淳	楓皐集 卷1 「閱曉嵐紀尙書槐西雜志」	紀昀의『閱微草堂筆記』에 수록된「槐西雜志」를 읽고 지은 시에서, 이 책이 宋代 筆記인『鬼董狐』와 비슷하다고 평하다.	紀氏叢書墨未枯。流傳剞劂滿燕都。人間直筆憑無地。旋作當今鬼董狐。
金祖淳	楓皐集 卷2 「題徐明皐瀅修朱書采訪緣起」	徐瀅修가 朱書를 수집하는데 紀昀이 많은 도움을 주었음을 시로 읊다.	濬哲文明上聖姿。先王事業關涇汱。嗚呼大矣尊朱訓。未習其書未可師。門人編輯尙多非。全集流行善本稀。天祿校書終未易。中朝發歎每依依。星馳馹騎下宸翰。賜與寧邊府使看。左海朱書須一統。汗靑頭白莫辭難。鳬舃携來換使襑。行求閩刻與吳籤。誦詩三百非無可。絶類超羣未若髯(此語本出武侯與關壯繆書。而徐公多髯故云。) 朝鮮學士汝琳徐。海內歐陽紀尙書(紀尙書方主文柄。時人皆稱海內歐陽云。)日下雲間眞好對。座中談笑見襟虛。 慟哭庚申夢也疑。天傾地坼此胡爲。煌煌志事無窮恨。未卒于今詎止斯。數頁編成采訪因。一回書了一霑巾。明皐寄與楓皐讀。俱是含恩未死臣。紫衣催索扇頭題。手札緘中副本齎(明皐除副使日。先王下手札。命賤臣書朱子感興詩於御扇以進。仍以賜徐公御札頒示)尙記林窓恭讀罷。蘋婆樹外夕陽低。 緗匣端端貼絳箋。箋心書目字奇姸。誰知感結恩頒日。便是增新舊慟年(紀尙書所寄朱書兩表。今春賤臣。並蒙恩賜敬弆書屋)

朴齊家	貞蕤閣集 貞蕤閣四集 「燕京雜絶, 贈別任恩叟姊 兄, 追憶信筆, 凡得一百四十 首」	紀昀이 朴齊家의 시에 대하여 '書卷氣가 많으니 해외에 있는 큰 인물이로다.'라고 평한 내용을 인용하다.	紀公三達尊。乙巳千叟一。奚取於我哉。秊秊寄文筆。(紀公名昀。禮部尙書。號曉嵐。嘗稱余詩多書卷氣。海外大有人在也。每年必問安否寄詩。余以無外交之義。不敢答來詩。引手印有乙巳千叟之一。今秊七十三也)
朴齊家	貞蕤閣集 貞蕤閣三集 「次韻禮部尙書曉嵐紀公昀詩扇見贈」	예부상서 紀昀이 보내준 부채의 시에 차운하다. * 紀昀이 보낸 原韻은 다음과 같다. 貢篚趨王會。詩囊貯使車。清姿眞海鶴。秀語揔天葩。歸國憐晁監。題詩感趙驊。他秊相憶處。東向望丹霞。	辱題僧孺館。勝御李鷹車。披扇驚文藻。陳詩媿正葩。蟲心猶慕鵠。駑足敢先驊。喜我書厨潤。歸沾玉井霞。(先生有玉井研銘研。今歸鶴山副使。)
徐淇修	篠齋集 卷1 「送李進士河錫隨上价赴燕」	李河錫이 정사를 따라 燕京에 가는 것을 전송하면서 翁方綱의 詩와 글씨, 紀昀의 문장에 대해 고평하다.	歷數中州士出群。覃溪詩筆曉嵐文。而今對壘誰勁敵。鞭弭周旋付與君。
徐淇修	篠齋集 卷2 「奉贐薰谷洪尙書義俊赴燕」	燕京으로 떠나는 洪義俊을 전별하며 근래 청나라 문사들은 대부분 陸九淵과 王守仁의 일파인데, 紀昀의 문하에 이름난 이는 누구인가를 묻다.	靑箱家學主詞盟。專對殊方仗世卿。燕士近多王陸派。曉嵐門下孰傳名。
徐有榘	楓石全集 金華知非集 卷5 「與淵泉論左氏辨書」	紀昀이 『四庫全書總目』에서 漢學과 宋學의 경계를 지나치게 구분하고 전자의 입장만 두둔한 것을 비판하다.	至若近世人如毛奇齡·朱彝尊諸人墨守漢儒之說。皆未免方隅之見。初無明證之據。而紀曉嵐四庫全書總目則凡宋儒所指六國人之說。初不能逐條辨破。而硬定爲論語之左邱明。至於

			左氏之預擧趙襄子事。無說遮護。則謂之後人追改。獨無奈國語之擧趙襄之謚。終不可並歸之後人追改何哉。紀之博覽精識。未必不爲近來巨擘。而所不滿人意者。過分畛域於漢宋之學。而袒左扶抑之間。自不掩牽強撑剝之跡耳。天下之事。原有自然之公是非。固不可以蔽近而昧遠。亦不可以黨古而讎今。恨未曾以此一謦欬於曉嵐在世時耳。
徐有榘	楓石全集 金華知非集 卷8 「吏曹判書文穆洪公墓誌銘」	洪義俊이 洪良浩를 따라 入燕했을 때 紀昀이 홍양호에 대해 東國詞宗이라 평가하고, 아울러 홍희준이 부친을 학문과 문장을 계승한 점을 칭찬한 사실을 언급하다.	公嘗從文獻公入燕。禮部尙書紀勻推詡文獻公詩文。謂之東國詞宗。且謂公能讀父書。比之蘇叔黨之稱小坡。陳石士用光見大貫題其後曰能闡啓蒙之緒。宋學之盛於東方如此云。
徐瀅修	明皐全集 卷14 「劉松嵐 (大觀)傳」	徐瀅修가 紀昀에게 받은 자신의 문집 서문을 劉大觀에게 보여 주고 품평을 부탁한 사실을 말하다.	余曰。曉嵐爲序弊稿。幸先生取覽評隲。仍以紀序授之。松嵐覽訖曰。願得曉嵐一言。以賭聲價者。天下何限。而閣下乃得之於傾盖之間。須信有逸羣之眞才。然後可借伯樂之一顧。吾輩誠愧死矣。余曰。紀公文體。不欲儗背規矩。亦不屑常談死法。而平生蹤跡。不離四庫館。博涉古今圖書。儲峙完具。逢源肆應。儘可謂不易得之一大家。最是文字與語錄不同之論。尤爲特見創論。看透從前作者看未到處。先生亦以爲然否。松嵐首肯曰。極是名言。僕於此事。心雖艷慕。愧未有眞得實工耳。仍設卓排饌。旨酒嘉殽。名果香蔬。相與擧酬。錯以談詼。

徐瀅修	明皋全集 卷14 「劉松嵐 (大觀)傳」	劉大觀이 紀昀이 경학과 문장으로 으뜸가는 학자라고 평한 사실을 기록하다.	余曰。即勿論朝廷艸野。經學文章之爲世眉目者。是誰。松嵐曰。今禮部尙書紀公昀。鴻臚少卿翁公方綱也。
徐瀅修	明皋全集 卷1 「明皋文集序」	紀昀이 徐瀅修의 문집 서문에서 徐瀅修의 글을 唐順之, 王愼中, 歸有光 등과 비교하다. * 이 글은 紀昀이 지은 것이다.	唐荊川。宗法韓歐。足以左挹遵巖。右拍熙甫。而論者終有晩年著作。攙入語錄之疑。是豈理之不足乎。…朝鮮徐判書明皋。奉使來朝。余適掌春官。職典屬國。得接其言論。因得讀其所作學道關及明皋詩文集。其學道關。以正蒙之精思。參以皇極經世之觀物。即數闡理。即理明數。裒然成一家言。詩則規橅金仁山濂洛風雅。自成一格。…東國聲詩。傳播中國者多矣。文筆傳播中國者。余唯見徐君敬德一集。然頗有荊川晩年之意。…嘉慶己未九月二十五日。河間紀昀撰。
徐瀅修	明皋全集 卷14 「紀曉嵐傳」	徐瀅修는 1799년 연경에 가서 紀昀과 만나 학술적인 교류를 시작하였고, 紀昀의 傳을 지었다.	〈인물 자료〉 참조.
徐瀅修	明皋全集 卷14 「紀曉嵐傳」	徐瀅修는 紀昀에게 편지와 자신의 저서를 보내고 「明皋文集序」를 청한 사실을 언급하다.	余於入燕後。先以書致意。并送抄稿請序。
徐瀅修	明皋全集 卷14 「紀曉嵐傳」	徐瀅修는 紀昀이 지은 「耳溪詩文集序」가 自出機杼하여 成一家風骨하다고 평하다.	曾讀閣下所著耳溪詩文集序。眞古人所謂自出機杼。成一家風骨。而篇章字句之外。若有物結聚在中。孚尹旁達。精華外溢。僕所心服者在此。

成大中	青城集 卷6 「送朴在先赴任 永平序」	朴齊家가 柳得恭과 함께 연경에 갔을 때, 예부상서 紀昀이 두 사람의 명성을 듣고 방문하여 명함을 두 고 간 사실을 언급하다.	貞蕤朴在先。遭遇聖世。以文藝用。 檢書內閣十數年。恩寵冠於諸僚。顧 在先直性任眞。於世寡合。上獨憐其 才。進秩賙貧。今又授永平令。永山 水縣也。地淸而政閒。得之者榮。在 先則直以其才致之。在先實振世奇才 也。詞翰之妙。用諸中國而有裕。況 吾東哉。一宰不足多也。其入燕都者 三。盡與其英豪交結。名聲照爛一 時。或竊模其書法。以售重貨。方其 再入。與柳惠甫俱。惠甫亦檢書也。 禮部尙書紀勻。悅二君名譽。訪之至 舘。適二君俱出。留刺而去。又和安 南使詩。夕送而朝已播。其見重於中 國如此。可不謂之華國耶。
成海應	研經齋全集 卷9 「朴在先詩集 序」	朴齊家는 연경을 유람하 는 것을 좋아하였는데 紀 昀과 질탕하게 어울린 적 이 있음을 언급하다.	在先好遊燕中。與紀曉嵐, 潘秋庫之 徒。相爲跌宕。
成海應	研經齋全集 卷9 「朴在先詩集 序」	紀昀이 內閣學士로 朴齊 家의 거처를 방문한 사실 을 언급하다.	曉嵐以內閣學士。自訪在先于邸。蒙 古諸王安南使臣。亦爲在先傾倒。而 熱河山川之雄奇。西山宮室之壯麗。 足迹幾遍。盖在先得意處也。不能得 之於同國者。乃反得之於異域殊俗。 亦可異也。在先旣得罪竄鍾城。爲人 寫屛。淸差適見之。驚曰此貞蕤先生 筆也。何爲於此。吾以曉嵐家僮。見 先生至曉嵐室。談笑揮毫颯颯。望之 若天上人。何爲於此。爲之歎咤。在 先之名。噪於中國如此。且西南極邊 之夷。亦能知在先名。必有想見而不 可得者。在先可無恨哉。彼仇家讐 人。雖以氣力加人。卽已湮滅。無復

			知者。比之在先。果何如也。
成海應	研經齋全集 續集 册12 「題倭本皇侃 論語義疏後」	紀昀이 찬술한『四庫全書 總目』을 참조하여, 康熙 9 년에 일본의 山井鼎이 지 은「七經孟子考文」에서 일 본은 당나라 때의 舊本으 로 전해진『論語』를 가지 고 있다고 하다.	今見紀匀輩所纂四庫全書総目。以康 熙九年日本國山井鼎等所作七經孟子 考文。自稱其國有是書。遂以爲唐時 舊本。流傳海外。人以爲晉衛瓘・繆 播・欒肇・郭象・蔡謨・袁宏・江 厚・蔡溪・李充・孫綽・周懷・范 寗・王珉等十三家爵里。列於前。與 中興書目合。而江厚。作江淳。蔡 溪。作蔡系。周懷。作周壤。諉之傳 寫之誤。…鮑廷博。以倭本古文孝 經。信爲眞本。列于叢書。然考其竄 亂者。如續莫大焉之續。改作績。其 紕繆若是者。劇多。七經孟子考文。 亦言其僞皇疏。卽是類也。
申緯	警修堂全藁蘇 齋拾草 「蘇齋拾草」	紀昀이 정밀함을 극찬한 査 愼行의『補注東坡編年詩』 및 翁方綱의『蘇詩補注』를 곧 구해 올 예정임을 말하 다.	又有查氏愼行補注東坡編年詩。紀曉 嵐亦稱其精密過於西坡。又有覃溪補 注成於癸卯春者。此二本。方購求於 燕。計不久爲吾有也。則注公之集 者。擧無闕漏也。
申緯	警修堂全藁 蘇齋續筆 「子午泉詩, 遙寄葉東卿 (幷序)」	지금은 葉志詵의 소유가 된 紀昀의 舊宅의 子午泉 은 특이하고 맛이 좋은 것 으로 유명한데, 葉志詵이 李肇源에게 조선의 명사 들에게 子午泉에 대한 시 를 두루 받아다 줄 것을 부 탁한 사실을 말하다.	紀文達(昀)舊宅。今屬葉東卿有。所 謂子午泉。泉味鹹。一日十二時中。 惟子初午正二時。淸脉湧出。甘冽異 常。過時焉則依舊鹹也。玉壺李尙書 (肇源)之使還也。東卿諄託玉壺。遍 求東人題詠。余亦有舊於東卿。爲賦 此。 嵐老葉公泉作主。煥乎文字發祥時。 晝方生寂潮相似。夜到於中氣至之。 慈石引箴原有理。尼珠在濁自含知。 煎茶滌研重携手。萬卷樓頭問後期。 (東卿有八萬卷書樓。)

申緯	警修堂全藁 碧蘆舫藁(一) 「送洪蘭塾尙 書(義臣)使燕」	燕行을 떠나는 洪義臣을 전송하며 지어 준 시에서 그의 숙부인 洪良浩와 紀昀의 교유에 대해 언급하다.	其三。昭代拈香數耳溪。曉嵐宏博儘攀提。山邱華屋頻年感。箕尾雲鄕一氣悽。海內新行文達集。篋中遺草仲容攜。墨緣萬里憑誰話。紅荳花殘夢中迷。(紀曉嵐諡文達。集名仍稱文達。)
申緯	警修堂全藁 碧蘆舫藁(三) 「次韻篠齋夏 日山居雜詠二 十首」	淸初의 여러 인물들 중에서 王士禛은 시를 잘 짓지만 文을 못하고, 汪琬은 文을 잘 짓지만 시를 못하며, 閻若璩와 毛奇齡은 考證을 잘하지만 詩文은 下乘이며, 오직 朱彝尊만은 개별적인 분야의 성취에는 손색이 있지만 考證과 詩文에 모두 능하다는 紀昀의 평을 소개한 뒤, 翁方綱 역시 朱彝尊처럼 考證과 詩文에 모두 능하며, 특히 金石學이 매우 정밀하다고 극찬하다.	其十三。閻毛王汪擅場殊。惟有兼工竹垞朱。近日覃溪比秀水。更添金石別工夫。(王士禛工詩而疎於文。汪琬工文而疎於詩。閻若璩・毛奇齡工於考證。而詩文皆下乘。獨朱彝尊事事皆工。雖未必淩跨諸人。而兼有諸人之勝。此紀曉嵐之說也。近日翁方綱考證詩文。兼擅其長。世稱竹垞之後勁。而其金石精覈。又非竹垞可及也。)
申緯	警修堂全藁 花徑贖墨(七) 「遠照老人, 病 中檢篋, 得紀 曉嵐題松園集 八韻詩, 寄示 僕, 以僕亦松 園客故耳, 感 舊次其韻」	尹仁泰가 보내온, 紀昀이 金履度의 『松園詩草』에 쓴 題詩와 識語를 보고 그 시에 次韻하여 짓다.	甫里傳燈在。河間玉尺公。開門車轍合。異域性情通。自失松園老。彌憐遠照翁。有書枝舊篋。無地寄郵筒。憶事憑誰說。懷人與我同。文章元淡古。題品亦精工。灑淚秋雲白。幽吟燭影紅。向來風雅盛。依約見詩中。

申緯	警修堂全藁 花徑賸墨(七) 「遠照老人, 病中檢篋, 得紀曉嵐題松園集八韻詩, 寄示僕, 以僕亦松園客故耳, 感舊次其韻」	紀昀이 金履度의 『松園詩草』에 쓴 題詩와 識語를 덧붙이다.	屈宋聯鑣後。(三代無文章。而文章著名。始於屈宋。)文章幾鉅公。一編今日在。千載此心通。客有居圓嶠。吟多似放翁。迢遙隨使節。宛轉寄詩筒。展卷微哦久。挑燈對語同。誰云高寡和。吾愛淡彌工。弱水粘天白。陽氷暎日紅。成連琴自皷。遠想海山中。 曾茶山集久不傳。余編定四庫。自永樂大典錄出。今有刊板矣。詩人玉屑載趙庚夫嘗題其集曰。淸於月白初三夜。淡似茶烹第二泉。咄咄逼人。門弟子劍南。已見一燈傳。然放翁詩。與茶山詩不類。或以爲疑。不知放翁於排奡奇崛之中。鍊歸淸淡。固與邊幅寒窘者異耳。松園之詩。眞得放翁之意者。爲題八韻。以質東國之作者。嘉慶庚申上元。河間紀昀幷識。
申緯	警修堂全藁 紅蠶集(五) 「送貫翁使相年貢之行」	洪義俊의 生父인 洪良浩의 문장이 紀昀에게 인정받았음을 말하고, 지금 洪義俊이 『耳溪集』을 싣고 가서 紀昀의 후손들에게 증정할 것이라는 사실을 언급하다. *『문과방목』에 따르면, 洪義俊은 洪良浩의 아들로 洪挺漢에게 入系되었으며, 初名은 洪樂浚이다.	誦詩自是君家事。專對恩光萃一門。(先丈耳谿公, 公弟巽齋公及巽齋公子梧軒尙書。皆膺使相之命。今君又有是命。)谿老書香傳哲嗣。嵐翁蘭臭訪名孫。(先丈文章。大爲紀曉嵐激賞。至比歐陽公。今君行篋載公集一本。擬博訪曉嵐子孫而贈之云。)隆嘉物色依然在。鴻博風流半不存。逝水華年頻根觸。行人到此幾停軒。(乾隆癸丑。君以槐院正字陪使。距今爲三十四年。)
申緯	警修堂全藁 脚氣集 「劉羽冲」	紀坤이 紀昀의 高祖이며 『花王閣賸藁』라는 문집을 남겼음을 말하다.	董天士筆補秋樹。(按天士不娶。以畫自給而死。厚齋詩所謂"一生唯得秋冬氣。到死不知羅綺香"者也。)紀厚齋詩證井田。(按厚齋名坤。曉嵐高祖

			也。有集曰花王閣賸藁。)仍是步庭心 語口。風淸月白夜如年。
申緯	警修堂全藁 養硯山房藁 (四) 「石見以紀曉 嵐澄泥硯，換 余董香光瓦 硯，戲爲長歌 記其事，兼呈 海居博粲」	李復鉉이 申緯에게 紀昀 의 澄泥硯과 董其昌의 瓦 硯을 바꾸자고 하자 이 일 화를 제재로 시를 지어보 내다.	老石手持硯一方。乞我老眼揩評量。 堅重澄泥出巧匠。欲與端歙爭晶芒。 鸜之鵒之點雙眼。古玉辟邪鎸吉祥。 背有曉嵐二字刻。昔紀文達留文房。 簡明目錄經點筆。尙疑肌膜淪書香。 我有香光瓦一片。紫檀寶室嵌琮璜。 漢宮一百四十五。幾時風雨飛鴛鴦。 尌膊規圓壓曹魏。拊垺方厚躋岐陽。 胡桃油紋出苔蘚。庚庚篆脚銘其昌。 三眞六草自不乏。我疑何必參凡將。 只可鑑藏視眞董。與古彝器同緗囊。 自其假者而視物。世間何物非亡羊。 與君素有金石契。用泥換瓦均珍藏。 割愛於物無差別。眞曉嵐耶贗香光。 眞手眞硯兩不壞。子孫世澤追芬芳。 發函得詩想噴飯。知狀海居公在傍。
柳得恭	灤陽錄 「紀曉嵐大宗 伯」	紀昀은 詞林의 종장으로 추앙받고 있음을 말하고 그와의 대화 내용을 기록 하다.	紀大宗伯名昀。直隸獻縣人。禮部尙 書。海內推爲詞林宗匠。圓明園東門 外接駕時。見與侍郎沈初同坐。序各 國使。與略談。及到城裏。訪其第。 延之上座。恪執賓主之禮。余曰。不 佞後生卑官。不足以動長者。尙書 曰。古禮如此。國制亦然。不必謙 也。余問。遼金元明史及一統志。俱 重修云。已完否。尙書曰。俱係奉 敕。重修甫畢。遼金元官名人名地 名。繙繹多縱。徹底考正。所以未即 刊行。刊完。當有以奉贈也。又曰。 貴國徐敬德花潭集。已錄入四庫全書 別集類中外國詩集。入四庫者。千載 一人而已。又曰。朴次修攜洽齋集

			到。已拜讀矣。天骨秀拔。與次修一時之瑜亮。昨與次修集俱品以味含書卷。語出性靈。不勝佩服之至。連日官政冗忙。稍遲。當赴館暢談。
柳得恭	灤陽錄「紀曉嵐大宗伯」	紀昀은 『四庫全書』 別集類중 外國詩集에 徐敬德의 『花潭集』이 편입되어 있다고 말하다.	又曰。貴國徐敬德花潭集。已錄入四庫全書別集類中外國詩集。入四庫者。千載一人而已。
柳得恭	灤陽錄「紀曉嵐大宗伯」	紀昀이 朴齊家가 가지고 온 柳得恭의 『泠齋集』을 이미 읽었는데 天骨이 秀拔하다고 평하였음을 기록하다.	又曰。朴次修攜泠齋集到。已拜讀矣。天骨秀拔。與次修一時之瑜亮。昨與次修集俱品以味含書卷。語出性靈。不勝佩服之至。連日官政冗忙。稍遲。當赴館暢談。
柳得恭	灤陽錄「紀曉嵐大宗伯」	紀昀이 柳得恭과 朴齊家를 내방하였으나 두 사람이 외출하여 만나지 못하였음을 기록하다.	遊未歸。提督通官惶忙酬接。尚書留紅紙小刺而去。提督者提督會同四譯舘禮部儀制司郞中兼鴻臚寺少卿。來住館中。通官輩附麗。稱衙門。妄自尊大。及逢尚書。惶忙膝跪之狀。人皆見之。以此爲恥。半日虛喝未已。日暮後。余與次修歸館。首譯來見。頗以爲憂。余笑之曰。吾不請禮部尚書來。彼自來。亦且奈何。
柳得恭	灤陽錄「紀曉嵐大宗伯」	紀昀은 오언율시 한 수를 부채에 적어 柳得恭에게 주며 그 詩才를 높이 평가한 것을 기록하다.	其後尚書書五律一首於扇以寄之曰。古有雞林相。能知白傳詩。俗原開賦詠。君更富文詞。序謝三都賦。才慚一字師。惟應傳好句。時說小姑祠。
柳得恭	灤陽錄「紀曉嵐大宗伯」	紀昀은 柳得恭의 『泠齋集』에 서문을 써주려고 했으나 바빠서 써주지 못했음을 말하다.	序謝三都賦自註云。泠齋集怱怱未能作序。

柳得恭	灤陽錄「紀曉嵐大宗伯」	紀昀은 柳得恭에게 金日追의 『儀禮正譌』17卷, 朴齊家에게 詩扇과 『史記考異』를 주었다.	又贈金日追儀禮正譌十七卷。亦贈次修詩扇及史記考異。泠齋集。尙書云。姑留欲錄存副本。竟不還也。
柳得恭	灤陽錄「紀曉嵐大宗伯」	柳得恭은 『二十一都懷古詩註』를 紀昀에게 주었다.	余更以二十一都懷古詩註贈之。
柳得恭	灤陽錄「紀曉嵐大宗伯」	紀昀이 가장 好古한 사람이라는 羅聘의 평을 인용하며, 烏魯木齊로 좌천되어서도 漢碑를 발굴하였음을 소개하다.	後聞羅兩峰言。紀公最好古。曾因得罪。發遣烏魯木齊。距京師萬里。離巴里坤尙有數千里。帶回漢碑。卽敦煌太守。帶五百兵追殺逆酋。至此地紀功之碑。隸書不過二百字。余訪紀尙書時。不知有此事。未能索觀爲可恨。按淸一統志。碑嶺在哈密城北一百二十餘里天山上。往巴里坤軍營。路必由此。土人名滑石圖。漢言碑嶺也。有唐碑。文多駁落。尙存候君集領十四萬軍等字。紀公帶回無乃此碑。兩峰誤以爲漢碑。抑別有漢碑歟。
柳得恭	灤陽錄「羅兩峰」	羅聘의 「鬼趣圖」는 매우 珍奇하고 怪異하여, 袁枚·蔣士銓·程晉芳·紀昀·翁方綱·錢大昕 등이 모두 題詩를 썼다.	兩峰爲鬼趣圖。窮極譎怪。海內名士。如袁子才·蔣心餘·程魚門·紀曉嵐·翁覃溪·錢辛楣諸人。莫不題詩。
柳得恭	燕臺再遊錄	紀昀을 방문하여 語類·類編 등이 수록된 『朱子全書』와 『簡明書目』에 실린 『讀書記』를 구입하기 위해 연경에 왔음을 밝히다.	入燕京之次日。訪紀曉嵐尙書昀。引入書堂中。茶訖。余曰。拜別已蹟一紀矣。先生年德兼卲。松柏益茂。寔幸再瞻。曾有詩扇之賜。至今莊誦。曉嵐曰。別來政憶。蒙提往事。又不勝今昔之感。余曰。生爲購朱子書而

			來。大約語類，類編等帙。外此如讀書紀。載在簡明書目。此來可見否。曉嵐曰。此皆通行之書。而邇來風氣趨爾雅，說文一派。此等書逐爲坊間所無久。爲貴副使。四處託人購之。畧有着落矣。
柳得恭	燕臺再遊錄	紀昀에게 王懋竑의 『白田雜著』를 구입하려는 의사를 밝히다.	余曰。如白田襍著可得否。曉嵐曰。此本寒家之本。一入官庫。遂不可得。幸王懋竑有文集。此書刻入其集中。亦託人向鎭江府刷印也。又曰。此數書多在南方。故求之不易。受託之人。又以爲不急之物。可以緩求。故悠忽遂至今也。前者。已標以催諸友。大抵有則必有。但不能一呼立應耳。
柳得恭	燕臺再遊錄	紀昀에게 李鼎元의 근황을 물어, 그가 현재 벼슬이 中書舍人이며 그 아우 李驥元이 죽은 사실을 파악하다.	問李編修鼎元奉使琉球。已回否。答此時官中書舍人已回。其弟驥元敝門人也。已亡矣。
柳得恭	燕臺再遊錄	紀昀에게 李調元의 근황을 물어, 그가 歌妓와 산수를 구경하며 詩話 약간 권을 지었는데 得意作이라는 사실을 알다.	問李雨邨尙在成都。落拓否。答徵歌選妓。玩水游山。兼作詩話若干卷。甚得意也。
柳得恭	燕臺再遊錄	紀昀에게 翁方綱의 근황을 물어, 그가 鴻臚로서 東陵에 奉祠하고 있다는 사실을 알다.	問翁覃溪在京師。答翁公已以鴻臚。奉祠東陵。
柳得恭	燕臺再遊錄	紀昀에게 孫星衍의 근황을 물어, 그가 道員에 轉任	問比部孫星衍在京。答淵如外轉道員。現在丁憂。

		되었는데 현재 居喪중임을 알다.	
柳得恭	燕臺再遊錄	錢大昕의『二十三史刊誤』가 완질을 이룬 여부와 그의 아들 錢東壁이 시에 능한 지를 묻자, 紀昀은 錢東壁의 재주도 취할 만하지만 錢東垣의 재주가 낫다고 평하다.	余曰。辛楣所著廿三史刊誤。已成完帙否。曾聞其子東壁夙慧能詩。曉嵐曰。辛楣之子。才亦可取。而不及其侄東垣。能世其家學。新擧於鄉。
柳得恭	燕臺再遊錄	紀昀의 『灤陽銷夏錄』과 다른 작품들을 보여달라고 청하니, 근래 5종을 한 편으로 묶은 것을 보여주겠다고 약속하고 柳得恭의 저작 2권을 보여주다.	余曰。灤陽銷夏錄及他盛作。可以一寓鄙目否。曉嵐曰。近有人合刻五種爲一編。稍遲取來。可以奉贈請教。余曰。近作二卷請教。曉嵐曰。謹當拜讀。此數日內。典禮繁重。須至冊立禮成。方稍暇也。
柳得恭	燕臺再遊錄	紀昀은 애연가여서 關西에서 생산되는 香煙을 보냈더니, 자신의 고조인 紀坤의 저서『花王閣賸藁』를 보여 준 사실을 기록하다.	余聞紀公嗜烟。烟杯之大。幾如小鍾。終日不離口。殆過韓慕廬。尤愛東烟云。故送致關西香烟。曉嵐以花王閣賸藁一卷示余。乃其高祖名坤號厚齋所著。坤係崇禎間諸生。
柳得恭	燕臺再遊錄	紀昀은 일흔이 넘었는데 안경 없이 작은 글자를 썼으며, 그의 아들과 손자는 자질이 부족하다고 한탄한 사실을 기록하다.	余見紀公年踰七十。不挂曖曃鏡。亦作蠅頭細字。天氣頗熱。對椅酬酢。鼻端有汗。久坐不安。請退與令郎,令孫話。曉嵐曰。此皆豚犬。不足仰扳大賢也。
柳得恭	燕臺再遊錄	연경의 서점에서『朱子全書』를 구할 수 없었으며, 紀昀도 구할 수 없었음을 기록하다.	此行爲購朱子書。書肆中旣未見善本。紀公曾求諸江南云。而亦無所得

柳得恭	燕臺再遊錄	漢學이니 宋學이니 考古家이니 講學家이니 하는 등의 지목은 紀昀으로부터 나온 것이라고 할 수 있으니, 『簡明書目』을 보면 알 수 있다.	紀公所云邇來風氣趨爾雅, 說文一派者。似指時流。而其實漢學‧宋學‧考古家‧講學家等標目。未必非自曉嵐倡之也。見簡明書目論斷。可知也。
柳得恭	燕臺再遊錄	李鼎元에게 登岱‧過海 두 그림이 있는데, 袁枚‧紀昀‧翁方綱‧錢大昕 등 여러 명사가 모두 題詩를 썼으며, 柳得恭에게도 시를 청하였다.	墨莊曰。東原學問人多宗之。余以爲未出戶庭。猶少見也。墨莊有登岱‧過海二圖。袁子才‧紀曉嵐‧翁覃溪‧錢辛楣諸名士。莫不題詩。亦請余詩。
柳得恭	燕臺再遊錄	紀昀이 '근래 풍조가 『爾雅』‧『說文』 일파로 치닫는다.'고 했는데, 陳鱣은 대개 그 가운데 우뚝한 존재이다.	紀曉嵐云。近來風氣趨爾雅‧說文一派。仲魚蓋其雄也。
柳得恭	燕臺再遊錄	錢東垣의 저술을 열거하고, 紀昀이 '家學을 잘 이은 자이다'고 평한 말을 기록하다.	旣勤所著。亦有孟子解誼十四卷‧小爾雅校證二卷‧列代建元年表十卷‧建元類聚考二卷‧補經義考藁一卷‧稽古錄辨譌二卷‧靑華閣帖考異三卷。又校刻鄭志三卷。可謂富矣。此曉嵐所稱能世其家學者也。
柳得恭	泠齋集 卷6 「叔父幾何先生墓誌銘」	李德懋와 동지 몇 명은 柳璉을 이어 연경에 들어가 李調元의 아우인 中書舍人 李鼎元을 통하여, 紀昀‧祝德麟‧翁方綱‧潘庭筠‧鐵保 등과 교유하였다.	公游燕中。與綿州李調元深相交而歸。遇其生朝。掛其像而酹之酒。聞之者或笑之。調元乾隆進士。翰林轉吏部員外郎。以文章鳴世。尋棄官歸成都。聲伎自娛。天下高之。友人李德懋及同志數輩踵入燕。因吏部之弟中書舍人鼎元。以游乎吏部之友。當

			世鴻儒紀昀，祝德麟，翁方綱，潘庭筠，鐵保諸人之間。與之揚扢風雅。始得歌行韻四聲迭用之妙。今之人稍稍聞而爲之。非復前日之陋矣。鐵保滿洲人。蒙古鑲黃旗副都統兼禮部侍郎。十餘年寵任隆赫。紀昀爲尙書。名重海內。世所稱曉嵐大宗伯者也。禮部主東客文書往復事。或不便象譯。因緣聲氣。踵門而請。莫不立爲揮霍。沛然無事。嗚呼。公以布衣歿。壽不滿五十。似無與於斯世者。一游燕而及於人者。果何如也。乾隆■■■中印行圖書集成一萬卷。正宗教副价內閣直提學徐浩修購進 裨客莫知書所在惶甚。公因翰林編修侍朝得之。正宗十年。議刱水車董事者。從公問龍尾之制。由是正宗知名。謂筵臣曰柳璉似是有才者也。公尋卒矣無所試。嗚呼。誠有才矣。未試於正宗朝則命也夫。李調元著雨村詩話。選入公詩若干首。嗚呼。此可以傳於天下也歟。
柳得恭	泠齋集 卷6 「叔父幾何先生墓誌銘」	紀昀은 우리나라와 관련된 문서왕복에 불편한 일이 생기면 즉시 해결해 주었다.	紀昀爲尙書。名重海內。世所稱曉嵐大宗伯者也。禮部主東客文書往復事。或不便象譯。因緣聲氣。踵門而請。莫不立爲揮霍。沛然無事。
柳得恭	泠齋集 卷8 「題二十一都懷古詩」	朴齊家가 두 번째로 연경에 갔을 때 羅聘의 책상에 紀昀에게서 빌려다 베낀 『二十一都懷古詩』가 놓여있는 것을 본 사실을 기록하다.	次修再入燕。見兩峰案頭置一本烏絲欄書。字畫精妙。知從曉嵐處借鈔也。中國之士。嗜書如此。

李德懋	靑莊館全書 卷35 淸脾錄4 「袁子才」	袁枚, 蔣士銓, 程晉芳, 陸錫熊, 紀昀, 陸費墀, 汪如藻, 廷璋 등을 오늘날의 박학한 사람들로 평한 李調元의 말을 인용하다.	雨村又曰。袁子才·蔣士銓。俱翰林。而高蹈不立朝。放蕩于山水江湖。如吏部主事程晉芳。學士陸錫熊·紀昀(案紀·陸兩人。總纂四庫全書。) 陸費墀。庶吉士汪如藻。少詹廷璋。皆當今現在之博學也。
李晩秀	屐園遺稿 卷10 玉局集 「大提學耳溪洪公謚狀」	洪良浩는 연경에서 紀昀과 戴衢亨을 만나 학술을 교류했다.	嘗再入燕京。翰林修撰戴衢亨·禮部尙書紀紀昀。號稱燕中巨擘。見公詩文。大加欽服。勻序公詩文曰詩可位置馬戴·劉長卿。文則上薄元結。孫樵又語公之胤曰尊大人文章。明三百年中國所少。盖公之文章。名於天下。而正廟。嘗宣覽公文稿。敎筵臣曰鉅儒也。…公獨如靈光之巋然。績學種文。多積博發。卒能執耳詞苑。下掃糠粃。世之下里噍殺之音。小品稊稗之體。吹萬不同者。得公而一切取正焉。
李尙迪	恩誦堂集 續集詩 卷7 「琴眉先生書舊作詩一册見貽，奉次其中題拙集原韻以謝之」	生雲精舍의 校書筆은 본래 紀昀의 물건인데, 金魯敬이 수십 년 동안 이 붓을 사용했지만 모지라지지 않았으며, 金相喜 또한 이 붓을 사용하여 자신의 옛 시를 정리한 책 한 권을 썼음을 말하다.	其三： 中書君老遺餘情。羲獻由來擅筆名。(生雲精舍校書筆。是紀曉嵐舊物。而先尊府西堂尙書公用之屢十年。尙未禿盡。琴翁今又書此册。)搔首可堪繁雪白。縱談猶自粲花生。曾從楚澤修初服。暫向虞庭奏九成。(曩陛掌樂正。旋卽辭免。) 却媿杜郞人事絶。桑陰何日出門迎。(頃承手簡。有引杜五郞不出門之語以規之故云。)
李尙迪	恩誦堂集 續集 卷8 「送兼山熱河之行」	避暑山莊의 蓮花는 입추가 되어서야 비로소 피는데, 이러한 사실이 紀昀의 『灤陽續錄』에 보인다.	其二： 銅駞荊棘隱斜陽。卌載荒凉避暑莊。惟有荷花秋色裡。迎鑾不改舊時香。(避暑山莊蓮花入秋始開。見紀文達灤陽續錄。)

田愚	艮齋集 後編 卷3 「答田相武 (乙卯)」	楊愼·紀昀과 같은 淸의 고증학자들은 北宋은 程 子에 의해 망하였고, 南宋 은 朱子에 의해 망했다고 생각했다. * 田愚는 明나라 사람인 楊 愼을 淸나라 사람으로 착 각한 듯 보인다.	淸之考證家如楊愼·紀昀輩。謂北宋 亡於程子。南宋亡於朱子。又謂程朱 亡天下。今此嶺湖云云。無或近之 歟。
田愚	艮齋集 後編卷3 「與黃鳳立 (乙卯)」	紀昀과 같은 고증학자들 은 朱子를 헐뜯는 것을 평 생의 일로 삼았다고 비판 하다.	愚嘗病異說之尊心蹍於尊性。而與人 言。必曰心當自卑而尊性。嶺南一老 儒。語田璣鎭曰。子之師尊性。蓋譏 之也。吾儒豈有不尊性。而可以希聖 者乎。爲此語者。恐其心失其尊。而 不覺其陷於褻天命。則惑亦大矣。今 見苟菴集說證篇。言考證之言曰。宋 尙道理。天下豈有舍道理而可以爲人 者乎。此厭惡道學之言。而不自知其 身之不可以爲人。則不知孰甚焉。愚 讀此以爲。此古今人之遙遙相對。而 貽禍於性道者也。(考證。指楊愼·閻 若璩·朱彝尊·周密·毛奇齡·紀昀 也。此輩。專以詆毀朱子爲平生事功 也。勻視朱子爲血讎。不欲與之俱 生。啓口握筆。無非詬罵汙辱之辭。 故苟翁以爲天下之亡。由於考證。近 日一番人。往往侮詈栗谷先生。至謂 之氣學。而指尊栗翁者。爲暴揚其過 失於天下後世。噫。自心自尊之弊。 一至此哉。)
田愚	艮齋集 後編 卷6 「答成璣運」	閻若璩·楊愼·紀昀·毛 奇齡·袁枚는 朱子를 비 방하였는데 우리나라에서 는 떠받드는 사람이 있음 을 개탄하다.	閻若璩答人書云。謂我欲示博。遂加 朱子以罪。竊以不直則道不見。吾以 明道也。今人信孔孟。不如信程朱。 弟則信孔子過篤耳。又曰。素鄙薄道

| | | | 學先生不博學。(閻書止此。)　愚謂只多聞博識。而不知道者。其心術不明。故認曲爲直。恃博陵賢。陷爲世界之妖。聖門之賊。眞可哀而不足惡也。如楊愼‧紀昀‧毛奇齡‧袁枚之屬。皆與朱子爲血讎。到處譏斥。必欲使天地閒無朱子矣。其書往往東來。一種無行之流。掇拾此輩緖餘。以爲此程‧朱所未曉之理。而我獨透悟。至於侮弄四書註說。而著爲悖妄之書。以欺後進之士而極矣。賢者所聞李圭晙事。愚亦知其人矣。薄有才性。而素無正識。其入於黑暗之塗而不知歸。無足怪也。抗世駿作閻若璩傳云。天性好罵。上帝曷嘗賦以好罵之理。聖門何曾見有好罵之賢乎。其人如此。而東邦昧陋之流。認得此輩。爲大先生而尊師之。此尤可哀之甚者矣。 |
| 田愚 | 艮齋集 後編卷15海上散筆(二) | 고증학자인 紀昀의 무리들은 입만 열면 朱子를 헐뜯었고, 『四書改錯』에서 가장 극심했다. | 夜讀湛翁天地二人之詩。感歎者久之。晦菴夫子。用一生體驗之功。釋四書精奧之旨。故其言皆的確不可易。明‧淸閒。乃有考證輩。如楊愼‧紀昀之屬。矢口貶斥。至著四書改錯之書而極矣。昔人謂程‧朱天地之心。毀程朱者。是傷天地之心。此言是矣。今湛翁以夫子爲眞。眞是太極之理也。彼妄肆譏評者。自絶其根本也。此已無可言矣。至於儒林中。亦時有將集註章句。任自改動者。後進小子。又或有一二違畔之者。絶可痛也。嘗聞夫子之言曰。六經歷聖人手。全是天理。愚亦曰。四書有朱子註。亦全是天理。天理。如何可違背 |

			之。區區平生讀書。全然無實得。惟有篤信朱註。如親承父祖之談家事。知從之則爲聖人。徒畔之卽爲悖子弟。故每令諸生。熟究而實體之。世世篤信。如七十子之服孔子。愚固固陋無似。無足爲人師。但此一著。可使後來者。取以爲法矣。
田愚	艮齋集 後編 卷4「答鄭漢殷 (庚申)」	聖人과 賢人을 꾸짖고 욕하는 일은 佛家와 禪家, 陸九淵·王守仁의 '信心自用'에서 비롯되었고, 李贄·紀昀의 무리에 이르러 극심했다.	晦翁言。聖人言語。自家當如奴僕。只去隨它敎住便住。敎去便去。今卻如與做朋友一般。只去與它校。如何得。余見古今人依此做去者。未有不成德近日康梁輩。敎人勿爲聖賢奴隸。此是凶肚之所發也。世人非惟不抵排。乃反喜聞而誠服。至有爲斬聖罵賢之說者。其源實自佛·禪·陸。王信心自用始。而終至於李贄，紀昀輩而極矣。今之士宜尊信吾東前輩。而上溯于孔孟程朱。一心敬奉其訓。而無敢少自肆焉。如此則人品自高。學問自正矣。賢輩宜深誌之。
田愚	艮齋集 後編 卷7「與趙瀚奎 (庚申)」	王守仁 이후에 朱子를 폄하하는 무리들이 많아져 淸나라 紀昀의 무리에 이르러 극심해졌다.	陽明以後。貶議朱子者衆。故士風不一。民俗澆漓。而至於淸楊愼，紀昀輩而極矣。近見陸三魚集中。極推尊朱子。令人爽然。其言曰。小學不只是敎童子之書。人生自少至老。不可須臾離。近思錄又學者指南。時時翫味此二書。人品學問。自然不同。吾於東方學者。每以主張栗翁之意。告之曰。賢輩于要訣輯要二書。如陸氏之於小學近思焉。則庶幾門路不差。聖賢可及矣。

田愚	艮齋集 後編 卷11 「與諸君 (丙辰)」	紀昀의 무리들은 聖人을 업신여기고, 賢人들을 욕하였다.	氣不修爲而終不氾濫者。有是理否。性必治敎而始能純粹者。有是理否。子夏‧子張‧原思‧曾晳。稟得理之過不及與狂狷者。顏子‧明道。稟得理之明通者。孟子‧伊川‧橫渠。稟得理之剛嚴者。曹操‧劉裕。受得理之弑君簒國者。武叔‧臧倉‧楊愼‧紀昀‧閻若璩‧毛奇齡輩。又皆受得理之侮聖罵賢者。如此而后。某某之說。方通。是果有此理乎。且如其說。則此天地始生之時。稟受得太極流行不齊之用之理。而與前萬萬天地。後萬萬天地之性。已各不同矣。是果有此理乎。且性理旣如此。則上帝鬼神之靈。聖賢庸惡之心。稟受之初。已皆不齊。明德浩氣。亦皆有稟受時昏明大小之不同矣。是果有此理乎。
田愚	艮齋集 後編 卷12 「示兒輩 (丙辰)」	程子와 朱子를 헐뜯고 욕했던 紀昀에 대해 논하다.	臣子爲君父致死。人多聞之。後學于聖賢。亦有此義。而知者或寡矣。矧今毛奇齡‧楊愼‧紀昀諸賊。訛辱程朱之餘。我邦有有才能文者。染其惡習。向退‧栗‧沙‧尤‧農‧老諸先生。往往發悖慢語。殆若學語小兒。罵破父祖。良可哀也。汝輩于先聖先賢。尊之如天。信之如神。無敢少有輕慢之心。其於文人之不敬聖賢者。視之甚於凶逆而遠之。縱有禍患。亦勿恤也。
田愚	艮齋集 後編 卷13 「稟受氣質性 說(丙辰)」	紀昀의 무리는 朱子를 극도로 비난하였다.	然則何以曰天性。謂當初稟受氣質之性也。曰。今言天性柔緩。天性強急。此但言發見之氣質然爾。非稟受得理。實有柔緩強急也。所謂柔緩強

			急。旣生後未發前所無。而謂之天性者。以其與性俱生也。故曰當初稟受氣質之性也。(楊愼‧紀昀輩。詬罵朱子。靡極不至。則前輩謂之性生。性生如言天性也。)然其意非謂當初稟受得理。亦有不齊也。使所謂理者。果有異稟。則異稟之後。雖萬番單指。畢竟是不齊之物。安得先有異理而後卻有同理之理乎。吾故曰萬人物萬氣質無一同者。萬氣質萬性理無一異者。此欲俟後賢而質之也。
田愚	艮齋集 後編 卷16 海上散筆(三)	紀昀이 편찬한 『四庫全部』는 楊愼‧閻若璩‧毛奇齡의 학설에 많이 의지하였다고 평하다.	苟菴集說證曰。紀昀之所引之爲强輔者。楊愼‧閻若璩‧毛奇齡也。故四庫全部所斥者。孔‧曾‧顏‧孟‧周‧程‧張‧朱也。所倚之爲重者。陸象山王陽明也。余讀至此。不覺慨然而太息也。蓋今之士。亦有藉重於斥栗‧尤之輩而爲家計者。良可悲也。
田愚	艮齋集 後編 卷17 華島漫錄 「楊愼‧紀昀」	紀昀의 학문성향과 행적에 대해 비평하다.	楊愼‧紀昀之賊道悖理。惟有楊春(從木)之說。皆執其眞贓實犯。而談笑以處之。雖巧爲簧舌。工於掉脫者。只當引頸自伏。甘心受誅。亦一大快案也。此輩於朱子。有若積冤深讎之必報。以大賢言行之昭揭天經。燀爀萬代。而指無爲有。變易是非。要快其心欲。並欺後世者。其心所在。未可知也。紀昀之謂南宋亡於諸儒。至於明社再屋。而不可專委韓侂冑。楊愼之僞作語錄。思逞其毒。尤其不可言者也。然不過爲胡紘, 沈繼祖之後殿。而其罪反有甚焉者也。於朱子之盛德大業。豈有損其毫髮哉。此苟菴雜記也。余少時見楊愼論論語集註。

			魯安得獨用天子禮樂之說。而廣據博證。以爲世之號爲大儒者。方且釋經而有此誤。又見紀昀論名臣錄。不載劉元城。而妄加詬詈之說。以爲此人稟得戾性。以自亡其天。誠可哀也。近得苟菴集。見其崑餘說證諸篇。痛斥此輩誣賢毒正之罪。使人讀之。不覺痛快。今見雜記此段。亦其一也。但楊春所論不得見。甚可恨也。名臣錄。見載劉元城。而勻也橫肆惡言。故昔人以無目斥之。
田愚	艮齋集 後編續 卷1 「答朴■■奎顯○丙辰」	毛奇齡・紀昀・陳耀文・焦竑・方以智・閻若璩・朱彝尊 등은 모두 고증학자로서 程子와 朱子를 헐뜯었다.	奇齡之毒害程朱。紀昀最所推服。其一隊如楊愼・陳耀文・焦竑・方以智・閻若璩・朱彝尊輩。皆號考證之學。而紀昀之攻朱子及門人也。或兩字或四字。至于多字。皆有標目曰云云者。有二百七十四字。詳見申苟菴集說證篇。其放恣凶惡。已無可言。而昀也淪溺於異術。盡汲頭尾。而無出期。渠皆已首實矣。然則考證之流。豈不爲異術所惑亂耶。異術指西洋妖言彼輩以苟況性惡。爲十分是當。又從而曲爲之解。則性惡之末流。不但致焚坑而已。苟菴先生曰。人之將死。必有可死之病。國之將亡。必有可亡之徵。今以考證亡天下。鬼蜮狐蠱盜賊詛呪。其爲禍。不若是之烈也。
田愚	艮齋集 後編續 卷6 「勿戒(丁巳)」	紀昀・毛奇齡의 무리들도 楊愼과 같은 罪案에 올릴 만하다.	勿徒務博聞強記。馬融以博洽之士。不敢略忤。梁氏又以不持士節。見譏於趙歧。則其箋注盈屋。何貴於經乎。楊愼有名節文章。其聰明博洽。獨步一代。以心氣乖僻。以攻斥朱子

11. 紀昀 | 155

			爲能事。而得罪於聖門矣。如記勻毛奇齡輩。皆與楊愼幷案。 勿徒考檢禮書。以爲高於世儒。戴聖以禮家之宗。身爲贓吏。子爲賊徒。亦何益於身家之禮乎哉。爲士者。宜先從事於日用曲禮。以次及於三禮。可也。 勿徒務著述。劉歆自言總羣書爲七略三萬三千九十卷。而王莽專權。爲羲和。及其篡位。爲國師。則其學掃地矣。
丁若鏞	與猶堂全書 第一集 詩文集 卷7 穿牛紀行 「菜花亭新成, 權左衡適至, 次 韻東坡聊試老 筆, 四疊」	禮部의 문필로는 먼저 紀昀을 꼽음을 언급하다.	昔延州來觀國風。吾子游燕事相同。 榕村漁洋頗煜雪。非關額上貂鑲紅。 秩宗翰墨先數紀。寶蘇金石皆稱翁。 筆洞經說誰傳習。格致都在首章中。 我生茫茫九州外。鯆魚水豹辰弁海。 聞四庫名望洋若。駕二酉者纏淵佩。 苞銀走鋪尙可憐。況我賣書當酒錢。 莫辭沽酒遲今日。西風打頭船不發。
洪吉周	縹礱乙㰎 卷8 「紀曉嵐幷」	중국에 詩文의 大家가 많지만 紀昀을 盟主로 손꼽는다.	中州盛詞伯。主盟稱嵐老。勻天下招哀。故墟徒文藻。
洪吉周	縹礱乙㰎 卷9 「瞻彼薊之北 行」	紀昀의 『槐西雜誌』와 王士禛의 『池北偶談』의 내용을 인용하다.	顧朱博證辨。陸李精箋註。槐西語怪林。池北譚藝圃。
洪吉周	縹礱乙㰎 卷13 睡餘放筆 下	紀昀은 『四庫全書』를 교감할 때 분량이 방대한 책의 경우에는 두루 읽지 못하고 우연히 찾아낸 한두 가지 결점을 가지고 그 책 전부를 평가하는 실수를 저질렀음을 언급하다.	嘗丌實說郛。客偶推其一卷。見有種菜語。退告人曰。說郛農圃書也。又嘗得儒書一冊。有錄雜病經驗數條于其空葉者。客適見以爲豎家書。是誠陋者耳。博雅之士。亦或有此病。紀曉嵐校勘四庫全書。編袠浩瀚。未暇

			遍閱。往往偶摘其一二疎失。遂蔽其全部。(世之以一事盖一時。一言蔽一人者。皆此類也。)
洪吉周	睡餘演筆	子午泉이 紀昀의 옛집에 있던 샘물인 줄 알고 葉志詵에게 「子午泉」詩를 써 주었으나,『閱微草堂筆記』를 보고서야 사실이 아님을 알게 되었다.	嘗爲中國人葉東卿作子午泉詩。(在乙 幟)時有人傳。泉在紀曉嵐宗伯舊宅 中。宅今爲東卿居。故余詩首句云: 中州盛詞伯。主盟推嵐老。其下用陶 園醉石鄭宅書草伯夷築林宗垺諸故 事。今見曉嵐所著小說。載此泉云。 虎坊橋西一宅。南皮張公子畏故居。 今爲劉雲房副憲宅。宅中有一泉。子 午二時。汲則甘。餘時則否。(見草 堂筆記中。如是我聞。據此知宅非曉 嵐居也。始覺傳聞之爽。而詩不能追 改。漫識于此。)
洪奭周	鶴岡散筆 卷1	紀昀은 많은 서적을 보았다고 일컬어지는 사람인데도 朱子가 편찬한『朱子名臣錄』을 흔한 책이라 폄하하는 등 주자를 헐뜯는데만 힘을 썼다.	朱子之道垂諸萬世而不刊。明季以 後。自號爲儒者往往以掎摭朱子爲能 事。多見其不知量也。朱子著述至 富。門人所綴輯又或不免失其旨。其 細者容或有異同。至大義所繫。雖聖 人復起不能易。近世之士旣不能潛心 於其書。往往不考本末而輕於立說。 淺聞者又不稽其實。隨聲而和之。誠 亦可哀而不足辨也。楊用修以博學自 負。然於朱子之書。未嘗窺一斑。而 唯以詆斥爲事。朱子以秦檜爲有通天 之罪。聲而攻之。不遺餘力。其見於 章奏公移及往復序迹之文者。不可以 勝數也。唯門人所記謂其有骨力。朱 子論中興將帥。以岳武穆爲第一。門 人有問。岳侯固當爲稱首。其次則又 將屬誰。先生沈思良久曰。次第無 人。蓋謂武穆以下更能爲其亞者。

			其推之也亦至矣。唯嘗言岳飛欲向前廝殺。用修乃擧此二語。以爲朱子取秦檜而抑武穆。其恃以有骨力之語。爲取之耶。盜賊之酋。逆亂之魁。未有不藉其骨力以肆其惡者。論語曰。羿善射奡盪舟。如用修見。則亦可謂孔氏之徒。有取於羿奡耶?爲將而向前廝殺。固其職也。若以是爲抑也。則逗撓蓄縮。望風而倒戈者。始可爲良將耶?門人沈僩言飛亦橫。朱子答之。有觀其用心直是忠勇之語。用修以沈僩之問爲朱子之說。而刪沒其忠勇之語。是尙爲目能知書者耶。用修又以爲朱子言岳飛未必能恢復。秦檜不爲無功。是則邱仲深之語。朱夫子無是言也。詞章僄薄之徒。於朱子之書。曾不能一過目。而乃敢輕搖其脣吻。是欲使矇瞍索和璧之類也。近世紀曉嵐亦號爲博極羣書。乃言朱子名臣錄。取呂惠卿。而劉安世不登一字。名臣錄非僻書也。彼其心唯欲求朱子之疵不暇。核其虛實耳。用意之詖僻如此。而尙欲鼓喙於學術不亦難乎?
洪奭周	鶴岡散筆卷1	紀昀은 고증학에 깊이 빠져있었으나 문장에 대한 이해는 다른 학자들을 능가한다.	考證之學。固不爲無益于讀書也。近世之學。專以是爲務。說經者。不講義理。讀史者。不問治亂。唯以字訓之同異。年月之先後。斤斤焉。爲平生之家計。弊精以求之。焦脣以爭之。終身仡仡而不知止。其亦可謂枉用心矣。余嘗與成海應龍汝。論四庫全書總目。有書累百言反覆抨擊。頗自謂切中近世之弊。然其時所論。專爲紀曉嵐而發。曉嵐固癖於考證。然其文章識解。亦實有過人者。若今世

			所謂名儒者。愈精愈博。愈巧愈新。而其學術則愈不可問矣。然彼亦豈不知其爲末務小道哉。理義經濟文章之學。由漢至宋。亦旣已畧備矣。後來者。繼以有作其大者。終無以求勝於前人。唯其微細而不急者。時或有前人之所未及。彼旣欲務勝於前人。則勢亦不得不求諸前人之未及。其勢固不得不出於考證。考證之大者。前人亦已盡之矣。其勢又不得不出于至小且末者。嗚呼。自今已往。天下之學術。將日以益下矣。
洪奭周	鶴岡散筆 卷4	紀昀의「進四庫全書表」와 錢謙益의「王永吉墓碑」를 예로 들어 글을 짓는 자가 大倫에 소홀함을 비판하다.	爲文者。不可不識體。至於大倫。所繫尤不容一言忽也。近世紀曉嵐。作進四庫全書表。閎博典麗。前無古人。然有曰。楊維楨取其辨統而頌莾則當誅。劉宗周閔其完忠而吠堯爲可恕。劉公之大節。天下百世之所敬也。以敵讐異俗而尙躋之聖廟之享。乃可以比之桀犬乎。況楊之所頌者。洪武也。劉之所爲殉者。崇禎也。而乃肆其悖口若此。彼亦中華之遺裔也。是又可忍乎。然彼猶世仕于清者也。錢謙益。明室之大臣也。作王永吉墓碑。敍其降清之辭。曰。伊生五就。是其意以爲孰桀而孰湯耶。嗚呼。是可忍也。孰不可忍也。
洪奭周	鶴岡散筆 卷4	紀昀이『四庫全書總目提要』에서 江贄의『通鑑節要』를 李東陽의 찬술로 오기한 사실을 통해 근세 고증학자의 폐단에 대해 논하다.	古人著述。偶有踈漏於徵引者。爲之訂正。固無不可。若從而譏訕之。則亦淺矣。古之偉人。多不留意於細微。孟子擧孟獻子之友五人。其三則曰予忘之矣。又可以此而歉孟子乎。後世文士博贍者。無如東坡。其引事

			失誤者。頗多。至以充虞爲公孫丑。近世號博識者。無如紀曉嵐。且專以攷證爲事。捃撫前人之誤。一字殆不放過。及其四庫書總目。則以梁何胤爲晉何曾。以江贄通鑑節要爲李東陽纂要。謂名臣錄。有呂惠卿而無劉安世。此皆新學蒙士所習知者。而其疎謬若此。一人之精力有限。而古今之書籍無窮。其勢固不得不然也。
洪奭周	鶴岡散筆 卷6	紀昀이 方苞에 대해 "그림쇠와 곱자가 손에 있어도 네모와 동그라미를 그리지 못한다"고 평가한 것은 李夢陽과 王世貞에게나 해당하는 것이라고 평하다.	余入燕京。見翰林編修費蘭墀。論近世文章。費言。百餘秊來。學韓歐者。亦不爲少矣。然當以望溪方氏爲稱首。余時不識望溪爲何人。及聞費言。始求其集。見之其贍而不穢。醇而能肆。亦不媿爲近世作家。紀曉嵐嘗議其未能規矩在手。自運方圓。然此以語李献吉王元美。摹擬字句者。則可。若望溪之馳騁自得。不落窠臼。未可以是議也。望溪爲人作碑誌。其文未嘗踰累紙。雖平生親知。叙其行止。一二事。非所識有徵者。不爲之下筆。其自重於文如此。嘗言。錢謙益文一如其人。穢惡藏於骨髓。有或效之。終不可滌濯。其志尙亦可見矣。望溪名苞。
洪良浩	耳溪集 「耳溪詩集序」	紀昀이 『耳溪詩集』의 서문을 써주다.	鄭樵有言。瞿曇之書。能至諸夏。而宣尼之書。不能至跋提河。聲音之道。有障礙耳。此似是而不盡然也。夫地員九萬里。國土至多。自其異者言之。豈但聲音障礙。卽文字亦障礙。自其同者言之。則殊方絶域。有不同之文字。而無不同之性情。亦無不同之義理。故凡宣暢性情。辨別義

理者。雖宛轉重譯。而意皆可明。見于經者。春秋傳。載戎子駒支。自云言語不通。而能賦青蠅。是中夏之文章。可通於外國。見於史者。東觀漢記。載白狼王慕德諸歌。具註譯語。是外國之文章。亦可通於中夏。況乎文字本同者。其所著作。又何中外之殊哉。特工拙得失。視其人之自為耳。唐武平一景龍文舘記。載中宗正月五日蓬萊宮聯句。有吐蕃舍人明悉獵。今金川以及廓爾喀。其故地也。竟無能繼者。宋計敏夫唐詩紀事。載南詔國王驃信與其清平官等唱和。今緬甸。其故地也。亦無能繼者。其同文之國。納贄獻琛。得簮筆彤墀。賡颺天藻者。惟朝鮮，琉球，安南。而篇什華贍。上邀睿賞。惟朝鮮為多。其詩文集。傳入中原者。亦朝鮮為最夥。余兩掌春官。職典屬國。所見不能摟數也。乾隆甲寅冬。判中樞府事洪君漢師。以職貢來京師。器宇深重。知為君子。旣而知其先以壬寅奉使。與德定圃尙書，博晰齋洗馬，戴蓮士修撰。遞相唱和。與之語。聲音障礙。如鄭樵之所云。索其詩。因出所著耳溪集。求余為序。近體有中唐遺響。五言吐詞天拔。秀削絕人。可位置馬戴，劉長卿間。七言亮節微情。與江東丁卯二集。亦相伯仲。七言古體。縱橫似東坡。而平易近人。足資勸戒。又多如白傳。大抵和平溫厚。無才人妍媚之態。又民生國計。念念不忘。亦無名士放誕風流之氣。觀其耳溪文集。中有與人論詩數篇。往往能洞見根柢。深究流別。宜其醞

			釀深厚。葩釆自流。所謂詩人之詩。異乎詞人之詩矣。余天性孤峭。雅不喜文社詩壇互相標榜。第念文章之患。莫大乎門戶。元遺山詩曰。鄴下曹劉氣儘豪。江東諸謝韻尤高。若從華實評詩品。未便吳儂得錦袍。此以疆域。爭門戶也。劉後村詩曰。書如逐客猶遭黜。詞取橫汾亦恐非。箏笛安能諧雅樂。綺羅原未識深衣。此以學術。爭門戶也。朋黨之見。君子病焉。朝鮮距京畿最近。內屬宬早。奉職貢最虔。沐浴醲化亦最久。聖朝六合一家。已視猶闃閾。貢使文章。又有志於古作者。如區分畛域。置之不道。是所見與門戶等。豈王道蕩蕩無偏無黨之意哉。因爲書數行。弁於簡首。俾四瀛以外。知詩也者。發乎情。止乎禮義。此心此理。含識皆同。非聲音文字之殊所能障礙。共相傳習。一如朝鮮之儒雅。文德之敷。其益恢益遠矣乎。光祿大夫經筵講官禮部尚書兼文淵閣直閣事河間紀昀。序。
洪良浩	耳溪集卷7「贈禮部尚書紀曉嵐昀」	紀昀에게 시를 지어 주다.	乘槎往歲副行人。執玉今朝大使臣。跡似老駒能識路。身隨候鴈復來賓。山川跋履三千里。日月貞明六十春。宗伯聲名高北斗。清風難和頌昌辰。
洪良浩	耳溪集卷7「紀曉嵐宗伯,以淸白文章,冠冕一世,實有■音之感,出都門,聊賦惓惓之意」	청명한 문장이 으뜸인 紀昀에 대해 간곡한 뜻을 읊다.	東國書生好大談。奇材何處見樟枏。中州人物稱淵海。稀世文章有曉嵐。知己難逢天下一。大觀方盡域中三。行行萬里頻回首。魂夢應懸北斗南。河間生傑富文章。博雅儒林擅大方。足躡河源二萬里。手繙天祿三千箱。百年隻眼明如鏡。諸子迷津涉有航。白首相逢寧偶爾。一言契合示周行。

洪良浩	耳溪集 卷11 「送從子樂游 赴燕序」	연행을 떠나는 조카를 전송하며 갑인년에 연행 가서 紀昀을 만났던 일에 대해 말해주다.	及至甲寅再行。大宗伯紀公。頒賞于端門。余在旅庭之班。望見其儀容。清癯秀郞老成人也。遠不得越位語。紀公亦數目我。若有相感者然。及禮成而退。送人致慇懃。求見我述作。蓋欲知東方文獻也。余謙讓不獲。書示行中作詩文若干篇。公大賞之。各製弁卷文以還。其言歷擧中國文章之淵源。乃曰南宋以後古文亡。有明三百年。雖有一二作者。終未能上接墜緖。近世文章。則旁門盛而正脉微。寥寥乎不能大振。謂余詩文暗合古人。可驗正脉一支。獨傳於東國云。余作書以謝之。旣東歸。又以詩章文房見贈。意惓惓不已。許之以海內知音。信乎易所謂同氣相求者也。公號曉嵐。河間人。與我同年生。年近八耋。精力康强。今去吾行三年耳。車轍尙留南宮之外。汝乃復踵舊跡。紀公必欣然如見我矣。汝乃爲我問安否。脩舊好。噫。汝與我相繼賓上國。終未能履周漢之舊都。訪齊魯之故家。覽吳楚之江山。是可恨也。雖然。紀公博學能文章。負一代重名。嘗持節。窮黃河之源。躡崑崙之西。遠過張博望舊轍。可謂盡天下大觀者也。見斯人聽其言論。亦足比蘇子由大觀矣。
洪良浩	耳溪集 卷11 「送趙尙書爾 眞(尙鎭)赴燕 序」	연행을 떠나는 趙尙鎭을 전송하며 紀昀과 古今을 논한 일에 대해 언급하다.	今之禮部尙書紀昀。宏博文章之士也。掌春官典屬國。已十餘年矣。與余論古今時變四方風俗爲言。嘗窮黃河之源。過張博望之槎。周穆王之轍矣。今公以東國宗伯。賓于大邦。當與紀公。禮接于春官。試問近年海外

			幾國。又執玉于大庭也。周書曰。珍禽奇獸。不育於國。不寶遠物則遠人格。識者自當知之。
洪良浩	耳溪集卷15「與紀尙書昀書」	紀昀에게 편지를 보내 자신을 알아주고 은혜를 베풀어줬던 일에 감사하다.	良浩。東海鄙人也。目未見大地山河之壯。中華文物之懿。徒將古人糟粕。鑽故紙尋行墨。居然老白首矣。竊有一二論述。自視猶復欿然。每欲一質於大方之家。而顧未有階。今幸奉使命詣上國。側聽於輿人之誦。惟閣下掌邦禮尸詞盟。凡天下之學士大夫。皆仰之以標準。蘇子由之大觀。於是焉在。而非有公事。不敢私謁。適因家督隨來。賁緣聞名於左右。乃蒙大君子不鄙夷之。許以進身於門屏。接以賓客之禮。賜之坐而假以顔色。遂得以文字請敎。行中所賫數編賤藁。遽然仰塵崇覽矣。不意閣下謂有可取。置之案頭。不數日而特賜弁首之文。詩若文各成一篇。粧池以惠之。禮意優异。固萬萬踰望。而展讀文辭。所以奬許倫擬者。極其過情。不覺駛然而媿。怵然而不寧也。然竊觀遣辭立論。明皦精到。覷破作者精神所注功力所到。有非假借慰藉之爲者。有以見閣下大眼目大權錘。未嘗爲物低仰。而妍媸莫逃。鉅纖靡差。於是乎怳然有覺。怡然自信也。夫文章。天下之公理也。古聖人立言明道。垂敎後人。而三代以降。道術分裂。門戶歧異。惟楚人之騷。漢人之賦。皆造其極。詩至於中唐。文至於盛宋。獨臻其妙。可謂各擅一代之長技。而逮夫有明三百年之間。無人乎繼其響者。人有恒言曰。文章與世級

			升降。豈其然歟。雖然。不佞嘗謂天地一天地也。山河一山河也。日月之所照。雨露之所養。夫豈有豐於古而嗇於今乎。況文者。性之所發。道之所寓。古今一道。賢愚一性。孟子曰。人皆可爲堯舜。堯舜猶可希也。奚有乎文章。奚有乎內外遠邇之別哉。惟在乎其人之志之高卑功之淺深焉耳。凡有自畫自薄者。非愚則惑也。自顧偏邦下品。無足與論。而乃閣下引而進之。謂有可敎。此古君子用心。所以公天下。不限於門戶閩域也。蘇明允。卽川蜀一布衣也。得歐陽子一言之重。父子遂擅名天下。知己之遇不遇。殆有命焉。如不佞者。何敢比擬於昔賢。而閣下卽今之歐陽子也。不佞之托名於閣下之筆。誠曠世一遇也。豈惟一身之光榮。抑海東學者。胥將聞風而自勵。豈惟海東學者而已。抑天下四方之士。皆稱閣下好士之誠至及於遐遠僻陋之人。則亦將有光於盛德宏規矣。使期有限。無以仰接淸光。敢以文字。布此腹心。惟閣下恕其僭而垂省焉。
洪良浩	耳溪集卷15「與紀尙書書」	紀昀에게 안부를 묻고 장편시를 지어 보내다.	前冬貢行。修上一書。仰訊起居。兼呈三篇詩矣。會値大禮事繁。只承領受之敎。而今夏賫咨官之行。敬付赫蹏。冀奉回音。又因郊祀期迫。春官事鉅。未暇賜答。而手書七律一篇。詞旨溫厚。精神灌注。音節疎亮。擎讀珍翫。如獲拱璧。厥後寒暑遞易。伏惟寅亮直淸。鼎茵崇重。鄙人衰朽益甚。舊學都荒。恐負知音之盛意。祇切愧惕。向者赴京時。伏承贐行二

			物。俱是文房珍品。致意鄭重。感佩無比。而臨行未及仰暴謝悃。歸後賦得長篇。要作傳後之資。敢此手寫以呈。望垂斧教焉。不腆土物。聊表菲誠。千萬不敢盡懷。伏希崇亮
洪良浩	耳溪集 卷15 「與紀尙書書」	紀昀이 보내준 답장과 물품에 사례하고 別幅에 西學의 일에 대해 말하다.	昨年貢使之回。鄭同知賫來華牘。手墨累紙。精神灌注。誠意勤摯。無減昵近崇範。親聆雅音也。推許之過情。期勉之隆厚。有非淺陋所敢當者。至於文房各種。箇箇珍美。盥手愛玩。益感中心之貺也。五絶諸篇。韻格逼古。莊誦不已。況敎以前後拙筆。付諸令孫。使之藏篋而傳家。此何等至意盛眷耶。賤孫祖榮。年方弱冠。粗解文墨。亦使此兒。擎收盛蹟。以修永世之好也。書後歲已暮矣。遠惟尊體益膺諸福。不佞嘗恨六書之學闕而不傳。妄以譾見。哀輯成書。名之曰六書經緯。而點畫註解。支分縷析。不無穿鑿之弊。未敢自信。若有可取。則置之書廚。以備一種文字。布示門生。俾此海外管見。得傳於中國書肆。則庸詎非大幸歟。從子樂游充書狀官赴京。敢伸起居之儀。竊想欣然如見故人之子也。別幅西學事。卽區區所欲言者。而向時忽忽未暇往復。今又病餘手澁。不能作長箋。使孫兒替書以呈。如賜洞劈源頭。明示辨析。則大有光於闢異距詖之功矣。惟執事留意焉。千萬意不盡而言太長。不復乙乙。伏惟神會。 別幅 泰西之人。萬曆末始通中國。步天之法。最爲精密。故置諸欽天監。至今

用之。然其周天之度。不出羲和之範
圍。推步之術。全用黃帝之句股。乃
是吾儒之緒餘也。所謂奉天之說。亦
本於昭事上帝之語。則未可謂無理。
而稱以造物之主。裁成萬物。乃以耶
穌當之。甚矣。其僭越不經也。況又
滅絕人道。輕捨性命。斁倫悖理。非
直釋氏之比。實異端之尤者也。不佞
於曩歲赴京。往見天主堂。則繪像崇
虔。一如梵宇。荒詭奇衺。無足觀
者。而惟其測象儀器。極精且巧。殆
非人工所及。可謂技藝之幾於神者
也。近聞其說盛行於天下。未知中州
士大夫。亦有崇信其學者耶。至若水
土火氣之說。不用洪範五行。而伏羲
八卦。無所湊泊。噫其恠矣。第其十
二重天。寒熱溫三帶之語。日月星大
小廣輪。卽是吾儒之所未言。而彼皆
操器而測象。乘舟而窮海者。其言皆
有依據。則不可以異教而廢之。眞是
物理之無窮。不可思議者也。愚未嘗
見其書。則不可論其得失。以執事高
明博雅。必有權度於中者。願聞其
說。其國史記。或有入中國者。而規
模法制。果何如也。其俗輕死生遺事
物。則何以維持上下耶。永樂時。鄭
和遍遊絕海。聞嘗到西國之境云。其
紀行之書。必有印傳於中國者。願得
一寓目焉。大抵異端之說。後出者愈
巧。天地之生久矣。安得無驚恠非常
之事。而倘聖人有作。必斷之以經常
之理而已。名物度數之至賾至廣者。
聖人亦有所不及知者。置之六合之
外。存而不論可也。雖然。吾儒之五
常四德。乃天地之常經。萬世不易之

			大道。無古今無內外。彼雖有神奇宏濶之說。非先王之法言也。程子之論釋氏曰。窮神極妙。而不可與入堯舜之道者。正謂此也。爲吾儒者。惟當取其才而斥其學。毋或貽害於世敎可也。未知執事以爲如何。
洪翰周	智水拈筆 卷1	紀昀이 『四庫全書』를 올리며 지은 表文을 소개하고 그 문장을 극찬하다.	太學士紀昀進表。有曰。前千古而後萬年。無斯巨帙。水四瀆而山五嶽。俿此壯觀。曰淵 曰源 曰津 曰溯。長流萬古之江河。紀世紀運。紀會紀元。恒耀九霄之日月。此眞善形容矣。
洪翰周	智水拈筆 卷1	乾隆帝는 『四庫全書』를 올리는 표문을 총재관 가운데 한 사람에게 짓게 하였으나, 마음에 들지 않아 紀昀에게 다시 지으라 명하였는데, 紀昀이 지은 表文은 솜씨가 뛰어나 近世의 名作이라 할 수 있으니, 『四庫全書』를 모두 포괄하면서 글도 아름답다.	淸乾隆時。四庫全書工訖。始命摠裁官中一人。撰出進表文。不稱旨。又招文淵閣直閣事紀昀。使之御前製進。曉嵐遂援筆立就表文。甚工。爲近世名作。然今觀其文。統論全書。靡不罅括。而文詞瀏亮工緻。必宿搆也。雖古之燕許。如此大篇。何以能頃刻成也。
洪翰周	智水拈筆 卷2	紀昀은 毛奇齡을 春秋時代의 楚, 戰國時代의 秦에 비유하였다.	故近世紀曉嵐以爲奇齡。學問淹通。才鋒英銳。馳騁經籍。佐以詞章。譬如春秋之楚。戰國之秦。雖以無道行之。亦足制勝。
洪翰周	智水拈筆 卷3	紀昀은 諡號로 문집 이름을 삼았다.	又如范文正公及近世之紀文達公。皆以諡名集。
洪翰周	智水拈筆 卷3	紀昀은 字인 曉嵐을 號처럼 썼다.	又古今人有字如號者。唐元結字次山。李尙隱字義山。淸李榕村光地。字厚菴。紀文達公昀。字曉嵐。是也。

洪翰周	智水拈筆 卷4	紀昀이 范仲淹에 대해 논한 것은 합당하다.	近世紀曉嵐有言曰。仲淹。學求有濟於時。行求無愧於心。古之儒者。亦不過如斯。不必講封建議井田而後。爲不愧王佐。圖太極衍先天而後。爲能聞聖道也。此雖有激於宋儒而發。亦足爲知言也。
洪翰周	智水拈筆 卷5	紀昀의 『姑妄聽之』·『槐西襍志』·『閱微草堂筆記』는 여우에 대한 것이 아니면 귀신에 대한 이야기이다.	近世紀文達之姑妄聽之·槐西襍志·草堂筆記等書。皆非狐則鬼也。
洪翰周	智水拈筆 卷6	王士禛의 시에 대해 "模山範水, 處處可移"라고 말한 紀昀의 비판을 소개하다.	紀曉嵐亦以爲模山範水。處處可移。
洪翰周	智水拈筆 卷6	魏禧의 문장은 오로지 『春秋左氏傳』과 『戰國策』을 배웠기에, 紀昀은 策士의 문장이라 평하였다.	魏勺庭專學左氏·戰國策。故其文多馳騁縱橫。紀曉嵐謂策士之文是也。
洪翰周	智水拈筆 卷8	丁若鏞은 재주와 학문이 뛰어나 중국에 놓아두더라도 紀昀과 阮元 밑에 있기에 넉넉할 것이다.	丁洌水若鏞。午人也。英宗壬午生。正廟時文科。歷翰林。官至承旨。年七十餘卒。卒之日。余見沆瀣公。公歎曰。洌水死。數萬卷書庫頹矣。盖洌水才學絶人。經史百子外。天文地理。醫藥襍方之書。靡不淹該。十三經皆有發明。凡所著。其書滿家。如欽欽新書·牧民心書。又皆爲按獄治民者。有用之文字也。此比之秋史高才實學。不啻過之。不但我國近世一人。雖置之中國。當在紀曉嵐·阮雲臺脚下。有餘矣。

金聖嘆 (1608-1661)

인물 해설	明末淸初의 저명한 문인으로 호가 聖嘆, 이름은 釆 또는 人瑞이며, 吳縣[江蘇省 蘇州] 출신이다. 일설에는 본성이 張, 자가 若釆라고도 한다. 어려서 長洲博士弟子員에 임명되어 歲試에 참가했는데 글을 괴상하게 쓴다고 하여 쫓겨났다. 후에 김인서라는 이름으로 다시 시험을 보았을 때는 일부러 진부한 당시의 문풍을 따르자 학사들이 크게 기뻐하며 젊은 무리들 가운데 으뜸으로 뽑았다고 한다. 청대로 들어와 벼슬에 나아갈 뜻을 버렸다. 吳지방 현령이 탐욕스럽고 법을 지키지 않는다는 내용으로 상소를 올렸으나 당시 巡撫인 朱國治가 현령의 편을 들자 제생들이 무리를 지어 묘당에서 곡하고 종과 북을 두들기며 천여 명이 상소문을 올렸다고 한다. 그는 이 사건 때문에 체포되어 처형되었다. 기개가 강하고 호방했으며, 특히 독특한 비평적 견해를 보였다. 그는 천하의 才子書로 『離騷』, 『莊子』, 『史記』, 『杜詩』, 『水滸傳』, 『西廂記』를 들었으며, 『수호전』과 『서상기』에는 괄목할 만한 비평을 더하였다. 이로 인해 희극과 소설을 높이 평가하여 그 가치를 끌어올렸다는 평가를 받는다. 저술로는 『沈吟樓詩選』이 전한다.
인물 자료	○ 袁枚, 『隨園詩話』 卷1 　　金聖歎好批小說, 人多薄之; 然其宿野廟一絕云: "衆響漸已寂, 蟲於佛面飛. 半窗關夜雨, 四壁掛僧衣." 殊淸絕. ○ 『金聖嘆批評本水滸傳』, 序(三) 　　吾年十歲, 方入鄉塾, 隨例讀大學·中庸·論語·孟子等書, 意惛如也. 每與同塾兒竊作是語: 不知習此將何爲者? 又窺見大人徹夜吟誦, 其意樂甚, 殊不知其何所得樂? 又不知盡天下書當有幾許? 其中皆何所言, 不雷同耶? 如是之事, 總未能明於心. 明年十一歲, 身體時時有小病. 病作, 輒得告假出塾. 吾旣不好弄, 大人又禁不許弄, 仍以書爲消息而已. 吾最初得見者, 是妙法蓮華經.

	次之, 則見屈子離騷. 次之, 則見太史公史記. 次之, 則見俗本水滸傳. 是皆十一歲病中之創獲也. 離騷苦多生字, 好之而不甚解, 記其一句兩句吟唱而已. 法華經・史記解處爲多, 然而膽未堅剛, 終亦不能常讀. …		

저술
소개
	* 『評論出像水滸傳』(『貫華堂第五才子書水滸傳』)
	   (明)貫華堂刻本 75卷 (元)施耐庵撰 (淸)金人瑞評 / (淸)順治 14年 醉畊堂刻本 75卷 (元)施耐庵撰 (淸)金喟評 / (淸)順治年間 刻本 20卷 70回 / (淸)雍正 12年 刻本 70回 (元)施耐庵撰 (淸)金人瑞評 / (日本)文政 12年(1829) 同志堂 刻本 4卷 11回 (元)施耐庵撰 (淸)金聖歎評 / (日本)文政年間 青木嵩山堂 刻本 4卷 11回 (元)施耐庵撰 (淸)金聖歎評 (日本)平山高知譯
	
	* 『舟山堂繪像第六才子書』(『第六才子書西廂記』)
	   (淸)刻本 8卷 (元)王實甫撰 (淸)金人瑞評 / (淸) 康熙47年 刻本 8卷 (元)王實甫撰 (淸)金人瑞評
	
	* 『沈吟樓詩選』
	   (淸)抄本 不分卷
	
	* 『唱經堂古詩解』
	   (淸)一簫一劍館抄本 (淸) 金聖歎解
	
	* 『貫華堂選批唐才子詩甲集』
	   (淸)康熙年間 刻本 8卷 (淸) 金聖歎選批
	
	* 『唱經堂才子書彙稿』
	   (淸)刻本		

	비 평 자 료		
南克寬	夢囈集 坤 「謝施子」	錢謙益의 選詩와 金聖歎의 評文은 盡善하다고 이를 만하다.	選詩。至虞山。評文。至聖歎。可謂盡善矣。古未嘗有也。
兪晚柱	欽英 卷5 1785년 5월 21일 조	金聖嘆의 『貫華唐詩』를 읽다.	二十一日。己巳。暑。閱貫華唐詩云云別部。

李德懋	青莊館全書 卷32 淸脾錄1 「聖嘆評李楚望詩」	李楚望의 시에 대한 金聖嘆의 평을 보고 金聖嘆의 인물됨에 감탄하였다.	李楚望詩。雲陰故國山川暮。潮落空江網罟收。五。(案謂全篇內第五也。下六倣此。) 山川暮。六。網罟收。一日末後。不過如此而已。一生末後。不過如此而已。一代末後。不過如此而已。此金聖嘆語也。余讀此語。茫然自失。頹然而臥。仰視屋樑。浩嘆彌襟。
李德懋	青莊館全書 卷34 淸脾錄3 「鄭鷓鴣學黃鶴樓」	金聖嘆의 詩話에 실린 鄭谷 관련 내용을 소개한 뒤 金聖嘆의 慧眼을 높이 평가하다.	金聖嘆詩語曰。鄭谷。石城昔爲莫愁鄕。莫愁魂散石城荒。江人依舊棹舴艋。江還是飛鴛鴦之詩千古人。只知李靑蓮欲學黃鶴樓。何曾知鄭鷓鴣曾學黃鶴樓耶。人生世間。前浪自滅。後浪自起。有何古人純是。今人只如舴艋鴣。明是一場扯澹。而升牛山。猶有揮淚之老翁。此亦甚爲不遠時務也。聖嘆慧眼。不獨知詩。洞觀閻浮。令人每每洒落快絶。
李德懋	青莊館全書 卷48 「耳目口心書3」	金聖嘆이 『水滸傳』을 자식들에게 초학의 입문서로 가르친 일을 비판하다.	人心之陷溺。不可以挽回。則無可奈何耳。丁謂以曹馬。爲聖人。夏竦。以李林甫。爲相之美者。顏山農以慾字。爲學問。許筠。以男女縱淫。爲天之所命。金聖嘆。以水滸傳。敎其愛子。爲初學之門。此固表出者。故可大驚。然心術不正之小人。不陷於此數者。定未知其幾人也。但多趑趄而不敢發口耳。危哉悲哉。
曹兢燮	巖棲集 卷8 「與金滄江」(5)	朴趾源의 「一夜九渡河記」는 金聖歎이 『水滸傳』과 『西廂記』를 비평할 때 쓴 문체와 흡사하며, 『熱河日記』에 수록된 글들이 모두	燕巖之幻戱題辭。不過一時漫筆。從鶴林玉露所論而演其義。九渡河記。一似金聖歎水滸西廂之批。大抵熱河日記中所錄皆然。與諸誌論。不啻逕庭。

		그러하다.	
趙秀三	秋齋集 卷8 「與蓮卿」	古文은 傳奇가 아니므로 金聖歎과 李贄가 할 수 있는 바가 아니라고 말하다.	古文旣非傳奇。則豈聖歎卓吾之可爲者哉。
洪翰周	智水拈筆 卷7	許筠은 詩文이 절묘한데 金聖嘆과 같은 부류이다. * 원문의 金麟瑞는 金人瑞의 잘못이다.	其中筠詩文尤妙絶。如淸人金麟瑞之類。世傳洪吉童傳。亦筠作也。然所謂看竹集。詩文所存無多。

13

羅貫中 (1330?-1400)

인물 해설	元末明初의 소설가 겸 희곡작가로, 이름은 本, 자는 貫中, 호는 湖海散人이며, 山西省 盧陵 출신이다. 자세한 生平은 밝혀져 있지 않으나 하급의 관리였던 것으로 추정된다. 宋元時代에 유행한 講談의 이야기책을 기초로 하여 구어체 장편소설을 지은 소설사의 선구자로 평가된다. 『三國志演義』 및 施耐庵과의 공저인 『水滸傳』을 비롯하여 『隋唐演義』, 『殘唐五代史演義』, 『平妖傳』 등의 작품을 남겼다. 3편의 희곡 작품을 지었다고 하나 현존하는 것은 『趙太祖龍虎風雲會』 하나뿐이다.
인물 자료	○ 『錄鬼簿續編』 　羅貫中, 太原人, 號湖海散人. 與人寡合, 樂府隱語, 極爲淸新. 與餘爲忘年交, 遭時多故, 天各一方. 至正甲辰復會, 別來又六十餘年, 竟不知其所終. ○ 『續文獻通志』 　水滸, 羅貫中箸. 字貫中, 杭州人.
저술 소개	★『三國演義』 　(淸)刻本 『四大奇書第一種』19卷 120回 卷首 1卷 羅貫中撰 金人瑞批 毛宗崗評 / (明)刻本 『新刻湯學士校正古本按鑒演義全像通俗三國志傳』20卷 羅本撰 湯賓尹校正 / (明)刻本 『新刊校正古本出像大字音釋三國志傳通俗演義』 12卷 ★『隋唐演義』 　(淸)淸初 四雪草堂刻本 『四雪草堂重修通俗隋唐演義』 ★『殘唐五代史演義傳』 　(淸)刻本 『車吾子批點殘唐五代史演義傳』 ★『平妖傳』 　(明)刻本 8卷 40回 羅貫中撰 馮夢龍補

비 평 자 료			
李夏坤	頭陀草 冊18 「策問 (稗官小說)」	羅貫中의『三國志演義』는 裵松之의『三國志』註에 근거하여 지어졌고, 施耐庵의『水滸傳』은『東都事略』에 근원하여 지어졌으니, 正史와 稗說이 뒤섞여 있다.	羅貫中據裵松之註而演三國志。施耐庵本東都事略而作水滸傳。則其無混淆正史之患歟。
李學逵	洛下生集 因樹屋集 「答」	서적을 구하기 어려운 김해 지역은 瞿祐의『剪燈新話』와 羅貫仲의『三國志演義』등과 같은 책도 귀중하게 여긴다. * 원문에서 羅貫中을 羅貫仲으로 적고 있다.	此鄕苦無書籍。以瞿存齋剪燈新話。爲厾上尊閣。羅貫仲三國演義。爲枕中秘藏。…望於說文玉篇及董越朝鮮賦·顧炎武日知錄等諸書。詳考一番。然後決意聽用也。

羅 聘 (1733-1799)

인물 해설	자는 遯夫, 호는 兩峰, 花之寺僧, 衣雲, 별호는 花之寺, 金牛山人, 洲漁父, 師蓮老人이다. 安徽省에서 태어나 揚州에 流居하였다. 당시 揚州는 경제적으로 부유하고 분위기가 자유로운 고장이었으므로 1723∼1795년 무렵에 '揚州八怪'라 하여 전통적 속박을 벗어나 자유를 구하고 개성이 강한 이단적인 그림을 그리는 화가들이 모여들었다. 나빙도 揚州八怪의 한 사람인 金農의 수제자가 되었다. 스승의 사후 스승의 작품을 모아 1773년에 『題畵記』와 시집을 간행하였다. 그가 잘 그린 것은 〈鬼趣圖〉이다. 또한 그의 아내 方婉儀는 號가 白蓮居士로 梅竹蘭石을 잘 그렸으며 그의 아들 羅允紹과 羅允纘도 모두 매화를 잘 그려 세칭 '羅家梅派'라고 하였다. 대표작으로는 〈物外風標圖〉, 〈兩峰蓑笠圖〉, 〈丹桂秋高圖〉, 〈成陰障日圖〉, 〈穀淸吟圖〉, 〈畫竹有聲圖〉 등이 있으며 저서로 『香叶草堂集』이 전한다.
인물 자료	
저술 소개	*『香葉草堂集』 　(淸)嘉慶年間 刻本 不分卷 / (淸)道光 14年 刻本 *『香葉草堂詩存』 　(淸)嘉慶 元年 刻本 不分卷 / (淸)道光 14年 刻本 *『懷豳雜俎』 　徐乃昌輯 (淸)宣統 3年 刻本 12種 內 羅聘撰 『我信錄』 2卷

			비평자료

金正喜	阮堂全集 卷9 「題梁左田(鉽)書法時帆西涯詩卷後, 左田是翁覃溪先生壻也, 書法大有覃溪風致」	法式善 · 羅聘 · 洪亮吉 · 立之 · 曹錫齡 · 朱鶴年이 모임을 갖고 「西涯圖」를 그렸는데, 翁方綱이 이에 대해 글을 써 주다. * 여기서 언급된 翁方綱의 글은 『復初齋文集』 卷6에 실린 「西涯圖記」이다. 法式善의 『存素堂文集』 卷1에 「西涯考」, 卷3에 「西涯圖跋」이 실려 있고, 『存素堂詩初集錄存』 卷6에 「西涯詩」가 실려 있다. 원문의 "雲野"는 野雲(朱鶴年의 字)의 잘못으로 보인다.	選日招勝流。儼然竹溪逸。(時帆 · 兩峰 · 稚存 · 立之 · 定軒 · 雲野。) 作爲西涯圖。翁公主文筆。
金正喜	阮堂全集 卷9 「題姜若山(彜五)梅花障子歌」	매화 그림의 두 유파로 童鈺과 羅聘을 언급하면서 姜彜五의 매화 그림이 羅聘의 영향을 받았음을 논하다.	天下畫梅者。二樹與兩峰。二樹之梅識者少。兩峯一派來天東。天東奇士姜若山。朱艸林中瓣香供。愛君情性本靈慧。心到手觸無不通。妙竅直欲窮秒忽。異想天然合玲瓏。座右長懸兩峰畫。卽薪卽火摹追工。女戈丫川格殊絶。勁柔澹濃意不窮。最善一枝過墻來。何須倚竹兼靠松。書卷氣味溫如玉。生香活色入漾空。冗處求清亂中理。此理從君折其衷。是時雪積山啑夜。四座怳若廻春風。與君共做鐵笛夢。林下水邊一短節。
金正喜	阮堂全集 卷9 「次韻, 答吳蘭雪藁」	吳嵩梁이 孤山의 매화를 찾아보고 羅聘과 朱鶴年에게 부탁해 墨梅 2本을 그리게 했는데, 그 그림은	料量羅朱澹濃中。(蘭雪於孤山訪梅。倩兩峰 · 野雲作澹墨濃墨二本。) 蒼茫畫理參茶農。

		張深의 畫理를 참조한 것이다.	
金正喜	阮堂全集 卷10 「題澹菊軒詩後」	翁方綱의 소장품 중에서 羅聘이 그린「南窓補竹圖」와 江德量과 관련된「完璧帖」과 黃易이 탁본을 떠간 石經 등에 대해서 언급하다.	詩境軒中風雨驚。南窓埽破鳳凰翎。(有南窓補竹圖。是兩峰筆。紫霞工寫竹。爲拈此語。)江秋史去留完璧。(紫霞嘗摹示聽松堂所藏松雪眞迹大字。及入蘇齋。亦有一本。先生剔損其殘字。名曰完璧帖。江秋史所留贈。) 黃小松來榻石經。(黃小松易。是同證石經云。)
金正喜	阮堂全集 卷10 「題羅兩峯梅花幀」	羅聘의 매화 그림에 시를 쓰며 翁方綱과의 추억을 떠올리다.	朱草林中綠玉枝。三生舊夢證花之。應知霧夕相思甚。惆悵蘇齋畫扇時。
朴齊家	貞蕤閣集 卷3 「題羅兩峯聘，畫梅扇面，贈錢秀才東壁歸嘉定」	嘉定으로 돌아가는 錢東壁에게 羅聘이 부채에 매화를 그리고 시를 쓴 것에 대해 題詩를 쓰다.	偶爲看畫出。蕭寺得佳朋。人是家家玉。花仍箇箇仌。一枝成惆悵。小別惜謄謄。嘉定風流地。多君屬中興。
朴齊家	貞蕤閣集 卷3 「題兩峯畫竹蘭艸」	羅聘의 墨竹과 墨蘭에 題詩를 쓰다.	道人畫竹時。還從色相起。君看竹成後。妙不在形似。莫說無人采。非關爾不香。聊將一孤蕚。含笑答春光。
朴齊家	貞蕤閣集 卷3 「爲兩峯內子方氏婉儀，書其半格詩卷」	羅聘의 아내인 方婉儀의「白蓮半格詩」에 대해 시를 쓰다.	寫韵仙緣重。圖詩婦敎淸。才應低柳絮。第本出桐城。瑣細皆名理。孤高亦性情。夜臺吟社冷。誰復念羅橫。(兩峯出示寒閨吟社卷。時方氏下世已三歲矣。)

朴齊家	貞蕤閣集 卷3 「題羅峯先生鬼趣圖卷」	羅聘의 「鬼趣圖」에 題詩를 쓰다.	墨痕燈影兩迷離。鬼趣圖成一笑之。理到幽明無處說。聊將伎倆嚇纖兒。
朴齊家	貞蕤閣集 卷3 「別後寄羅兩峯」	羅聘과 이별한 뒤 시를 써서 부치다.	似癡如夢淚涔涔。空裡情緣畫裡吟。何事天西回首地。殢人離思又秋陰。千秊小別酒初醒。四海論交眼盡靑。我貨都非銀子買。詩囊畫軸笑零星。天涯黃葉落來多。半格詩空恨若何。儻把生離論死別。羅昭諫羨竇連波。緗簾禪室憶書聲。夢裡梅花照眼明。今日登車心不快。薄氷殘雪動離情。（兩峯見贈詩。有遙想薄氷殘雪侯。定思林下水邊人。）
朴齊家	貞蕤閣集 卷3 「寄王苹溪秀才, 苹溪爲余未面而刻寄姓名表德二小印, 求余書扇, 後定交於兩峯畫所」	王秀才는 면식이 없는 朴齊家를 위해 이름과 자를 새긴 작은 도장 두 개를 보내주고, 朴齊家의 글씨로 쓴 부채를 요구하였으며, 그 후 羅聘의 화실에서 만나 친분을 맺었다.	所學非功令。其人君子哉。恥作風流想。偏憐爾雅才。羊脂方寸印。蕉葉數巡杯。蘆雁圖中字。籌燈幾回。感深貼鐵筆。風致說王郎。晝卧留章艸。淸談憐晉裝。事皆存畫意。語輒帶書香。珍重詩人旨。榛苓托興長。我定爲定死。逢君一惘然。時名方鵲起。美冒本蟬聯。六耡還今日。三蒼熟早秊。憶曾尋爻處。携手玉河沿。（苹溪與余同訪吳白菴·曾賓谷於玉河西沿紫藤樹。）
朴齊家	貞蕤閣集 卷4 「燕京雜絶, 別任恩叟姊兄, 憶信筆, 凡得一百四十首」	翁方綱은 금석문에 조예가 깊었으며, 羅聘은 그림에 뛰어났음을 말하다.	金石正三翁。丹青羅兩峰。淸修比部衍。鉅麗北江洪。（翁侍郎方綱字正三。羅兩峰名聘。孫比部名星衍字淵如。洪翰林亮吉博學工駢儷之文。）

成海應	研經齋全集 冊16 「記安歧印記」	柳得恭은 연경에서 羅聘을 찾아가 조선인 安歧의 印記가 적힌 그림을 보았다.	柳惠甫嘗入燕。訪羅兩峯觀唐韓滉回紇舞女圖。軸尾有朝鮮安氏印記。安氏名歧。號麓村。系出朝鮮。是雍正間人。與弟某有雅致。
成海應	研經齋全集 卷11 「柳惠甫哀辭」	柳得恭이 연경에 가서 羅聘과 교유한 사실을 언급하다.	嘗與楚亭隨節使。由熱河山庄入薊門。熱河古柳城也。地接塞外。山川蒼凉。風謠强梁。固感慨悲壯。足以發其趣。及之燕。中州名士潘庭筠·李鼎元·羅聘之倫。多傾倒。握手吐肝膽。回回·蒙古·生番·緬甸·臺灣諸外夷。狀貌魁健荒怪
申緯	警修堂全藁 蘇齋拾草 「偶愛羅兩峯 (聘)桃花塡曲, 演成四絕句, 未知明童按歌兩 峯度曲, 亦復合 度否」	羅聘의 「桃花塡曲」이 마음에 들어 絕句 네 수로 개작하다. * 原韻: 草綠裙腰先綠滿。紅橋十里便有香。輪笑輾人影斜陽裏。一番風。一番雨。短命桃花開落偏容易。人爲花愁。不過愁風愁雨。花爲人愁。却是勞勞亭下苦。從今橋南橋北嬾去看桃花。任他盲風猛雨遍天涯。(兩峯自題云。自度曲自爲己律。非唐以來樂章可比。家有明童能歌之。未嘗不合度。)	其一： 草綠裙腰綠到天。紅橋十里小桃邊。香輪輾去遊人影。一例斜陽淡抹烟。 其二。夕陽西下水流東。無計春光係玉驄。短命桃花開又落。一番勻雨一番風。 其三。我爲花愁白了頭。愁風愁雨幾時休。春來別樣離情苦。却是桃花爲我愁。 其四。懷情索莫凄凉甚。橋北橋南嬾看花。一自玉人春信杳。任他風雨遍天涯。
申緯	警修堂全藁 冊4 戊寅錄 「遠照老人(尹仁 泰)燕京醋飮」	尹仁泰가 燕行했을 때 羅聘의 집에서 篆書를 써서 당대의 대가인 孫星衍에게 인정받은 일화를 이야기하다.	食品百種醋處末。好醋難逢香且辣。君有燕南五合醋。五合之母産百斛。閉在老瓮四十年。但繼淸泉不繼麴。知君剗腸有酒虫。與醋決勝虫驚蟄。暴響一嚏雷乃發。盡向毛孔走一霎。

			壓驚斗酒更誰禁。四體不仁臥三日。逢塲怕見孫星淵。篆筆如從背後掣。(孫淵如篆隸妙一世。遠照曾在兩峯宅。乘醉揮毫。不知淵如之在座。縱㷀酣暢。人有告以淵如者。遠照大駭。擲筆走謝。淵如徐曰。這樣寫也自可。一座爲之大噱。)半醉半醒爲我篆。是醋是酒氣勃發。君家京口橋前水。流年不解流明月。十五當壚杏花下。春宵一刻抵千鎰。嗟我不能鼻吸三斗醋。杖頭百錢堪夜出。
申緯	警修堂全藁冊7碧蘆舫藁(三)「齋中詠物(三十首)」	羅聘이 소장했던 필통을 읊다.	「渾身梅花水沉筆筒。羅兩峯(聘) 物」:寂然香氣聞。是梅是水沈。花之寺畫禪。問法金冬心。(兩峯前生。花之寺僧也。金農弟子。)
申緯	警修堂全藁冊7碧蘆舫藁(三)「齋中詠物(三十首)」	羅聘이 전생에 花之寺의 스님이었고, 金農의 제자였다고 말하다.	上同
申緯	警修堂全藁冊9花徑贖墨(二)「題羅兩峰五淸閣, 是日也七月旣望, 風月淸姸」(松竹芝蘭石合寫)	羅聘의 「五淸閣」에 題詩를 짓다.	其一：楊州二十四橋月。夢見花之寺裏無。今夜月明風又細。憑君添寫七淸圖。其二。五君合撰兩峰筆。再闌夷齋傳後芳。風月雙淸追可補。豈堪隨例黜山王。
柳得恭	灤陽錄卷1「羅兩峰」	羅聘은 젊은 시절 풍류스럽게 놀았고 만년에는 불교를 신봉했으며 아들 羅	羅兩峰。名聘。江蘇楊州府人。少年風流。晚來奉佛。携其子允纘。寄琉璃廠之觀音閣。落拓可憐。學畫於古

		允纘을 데리고 琉璃廠의 觀音閣에 얹혀살았다.	杭金農。農字壽門。號冬心。入畫徵錄中。
柳得恭	灤陽錄 卷1 「羅兩峰」	羅聘은 金農에게 그림을 배웠는데 김농은 『畫徵錄』에 등재되어 있다.	上同
柳得恭	灤陽錄 卷1 「羅兩峰」	羅聘은 金農보다 뛰어나며 세상에 전하는 김농의 그림은 태반이 羅聘의 손에서 나온 것이라 한다.	兩峰有出藍之妙。世所傳冬心畫。太半出兩峰之手云。
柳得恭	灤陽錄 卷1 「羅兩峰」	羅聘의 「鬼趣圖」는 매우 珍奇하고 怪異하여, 袁枚·蔣士銓·程晉芳·紀昀·翁方綱·錢大昕 등이 모두 題詩를 썼다.	兩峰爲鬼趣圖。窮極譎怪。海內名士。如袁子才·蔣心餘·程魚門·紀曉嵐·翁覃溪·錢辛楣諸人。莫不題詩。
柳得恭	灤陽錄 卷1 「羅兩峰」	羅聘은 시도 그림만큼 뛰어났는데, 그의 아내 方婉儀 역시 시를 잘 지었다.	又爲紅梅長幅。繁艶可喜。詩又韶婉。不爲畫掩。妻桐城方氏。名婉儀。號白蓮女史。亦能詩。
柳得恭	灤陽錄 卷1 「羅兩峰」	羅聘은 陸游體를 모방하여 30여 首를 지었는데, 方婉儀가 그것에 서문을 쓰고 간행하여 『學陸集』이라 하였다.	序刻兩峰少時效放翁體三十餘首。號學陸集。
柳得恭	灤陽錄 卷1 「羅兩峰」	柳得恭과 朴齊家는 자주 羅聘을 방문하였는데, 羅聘이 帖안에 유득공의 초상화를 그려주자, 유득공은 「蘇定方平百濟塔碑文」과 「劉仁願紀功碑文」을 拓本한 것으로 사례하였다.	余與次修。屢過兩峰。偶數日未往。寫余小照于帖中。傍寫折枝梅。題云。驛路梅花影倒垂。離情別緒繫相思。故人近日全疎我。持一枝兒贈與誰。又寫遠山。題云。昔年眼底。今日夢中。意蓋懊恨也。

柳得恭	灤陽錄 卷1 「羅兩峰」	羅聘은 鮑廷博이 간행할 『知不足齋叢書續集』에 柳得恭의 「二十一都懷古詩」를 넣을 계획으로 한 부 증정해 달라고 부탁하였다.	余以蘇定方平百濟·劉仁願紀功二碑謝之。兩峰大喜。卽付裝潢。自言明春買舟南歸。見余懷古詩而喜之。云。與鮑以文爲密友。他方刻知不足齋叢書續集留下一本與他。他必入刻。余前已贈紀曉嵐尙書。更無他本。其綿摯若此。
柳得恭	灤陽錄 卷1 「羅兩峰」	羅聘의 「回鶻舞女圖」에 安歧의 낙관이 있는데, 안기는 조선인으로 중국에 귀화하여 收藏品이 많다고 전한다.	兩峰藏唐韓滉回鶻舞女圖。戴尖帽辮髮。繞首飾珠翠。頗似東國婦女。舞繡氈毹上妖艶。其項過豊。余見回回男子多大項。女亦宜然。軸尾有朝鮮安氏印記。余驚問曰。此人是誰。兩峰曰。是雍正間人。弟兄二人。其兄名歧號麓村。在代王府內。來楊州。辦鹽務。其人極雅。收藏最富。曾獻書畵于今皇上。蒙收。賜白金一千兩。本係朝鮮人。不知從何。入中朝進王府。實未可詳。久已去世。尙有子孫流落。不復雅矣。
柳得恭	灤陽錄 卷2 「張水屋」	羅聘의 처소에서 張道渥을 처음 만났는데, 부채에 시를 써서 주었고 글과 그림이 분방하였다.	兩峰處相識。題扇見贈。書畵放縱。
柳得恭	灤陽錄 卷2 「張水屋」	羅聘과 張道渥은 柳得恭과 朴齊家를 서로 청하여 술을 마시려고 다투기도 하였다.	請余及次修。去飮酒。兩峰怒。以爲奪客。水屋亦怒。一場大鬨。余留而次修去。以彌縫之。
柳得恭	灤陽錄 卷2 「張水屋」	張道渥과 羅聘은 서로를 얕잡아 본 사실을 기록하고, 張道渥을 狂士라 평하다.	兩峰每短水屋。水屋亦短兩峰。以余所見。水屋眞狂士也。

柳得恭	灤陽錄 卷2 「吳白菴」	吳照의 저서 『說文偏旁考』 2권을, 羅聘이 주선하여 유득공에게 보내주어 교유하게 되었다.	著有說文偏旁考二卷。其書於五百四十部之首。先說文。次古籒。次隸。以考其源流。手自摹寫刊行。羅兩峰爲道余姓名。便寄說文偏旁考。後遂相識。訪其所寓。滿壁簣簾。又其所寫也。
柳得恭	灤陽錄 卷2 「吳白菴」	吳照는 羅聘 父子에게 부탁하여 「石湖漁隱圖」를 그리게 하고 박제가에게 題軸을 써달라고 부탁했는데, 翁方綱이 성인의 치세에 은거하는 이가 없음을 이유로 그 제목을 책망하자, 「石湖課耕圖」라고 고쳤으니, 중국의 사대부들이 문자를 기휘함이 이와 같다.	照南。托兩峰父子。爲石湖漁隱圖。請次修擘窠題軸。翁覃谿見而大驚。即抵書曰。儒生不識事體。聖世安得有隱。照南惶忙。改裝題云石湖課耕圖。中州士大夫之忌諱文字。類如此。
柳得恭	灤陽錄 卷2 「珊瑚樹」	박제가가 목격한 羅聘이 玉을 감식해 준 일화를 기록하다.	羅兩峰處。有人致書並一物。大如拳。微黑色。兩峰摩挲審視曰。是是。可買可買。其人不勝歡喜而去。次修問其故。兩峰曰。有貴人欲買古玉。疑而書問。故吾辨之。次修曰。此何玉也。兩峰曰。漢車飾。價直銀千兩。可謂上有好者。下必有甚焉者也。
柳得恭	灤陽錄 卷2 「西山宮殿」	羅聘이 西湖와 圓明園을 비교해 논평한 말을 기록하다.	余問於羅兩峰曰。先生遊西湖否。曰。屢遊。余曰。圓明園比西湖何如。兩峯大言曰。安敢當天然山水。余曰。山水果天然。樓臺未必勝。又大言曰。樓臺亦當勝。江南士大夫之事事不平如此。

柳得恭	灤陽錄 卷2 「紀曉嵐大宗伯」	紀昀이 가장 好古한 사람이라고 평한 羅聘의 말을 인용하다.	後聞羅兩峰言。紀公最好古。曾因得罪。發遣烏魯木齊。距京師萬里。離巴里坤尙有數千里。帶回漢碑。卽敦煌太守。帶五百兵追殺逆酋。至此地紀功之碑。隷書不過二百字。
柳得恭	古芸堂筆記 「題二十一都懷古詩」	羅聘은 『二十一都懷古詩』를 鮑廷博에게 부쳐주어 그의 『知不足齋叢書』의 속편에 넣고자 책을 요구했지만, 줄 책이 없다고 하자 자못 원망스러워하였다.	乙巳八月。古芸居士。余此卷。庚戌秋携至燕中。紀曉嵐尙書。最好古。贈之。羅兩峰云。欲寄鮑以文。續刻知不足齋叢書中。力求。無以應。兩峰頗怏怏。次修再入燕。見兩峰案頭置一本烏絲欄書。字畫精妙。知從曉嵐處借鈔也。中國之士。嗜書如此。
李祖黙	六橋稿略 卷1 「淸明曬畫幛,卷內愛羅兩峰聘桃花塤曲,演成二絶,未知明童按歌,亦能合度否」	羅聘의 「桃花塤曲」을 보고 개작하여 絶句 2수를 짓다.	其一:勞勞亭下離情苦。一例斜陽短命花。草綠裙腰橋上路。却敎風雨遍天涯。 其二:愁雨愁風人欲老。花能愁我我愁花。餘生易識難忘處。橋北橋南天一涯。 附「原詞」: 草綠裙腰先綠滿。紅橋十里便有香。輪笑輾人影斜陽裏。一番風一番雨。短命桃花開落偏容易。人爲花愁。不過愁風愁雨。花爲人愁。却是勞勞亭下苦。從今橋南橋北去看桃花。任他盲風猛雨遍天涯。兩峯自題云。自度曲。自爲已律。非唐宋以來樂章可比。家有明童能歌之。未嘗不合度也。

羅欽順 (1465-1547)

인물 해설	명대 儒學家 가운데 '氣學'의 대표 인물 중 한 사람이다. 字는 允升이고 號는 整庵이며 泰和(지금의 江西省) 출신이다. 1493년에 진사에 합격하여 編修, 南京國子監司業 등을 역임했다. 正德 年間에 劉瑾의 노여움을 사서 삭탈관직 당했으며 유근이 피살되자 다시 복직되어 吏部右侍郞, 左侍郞, 禮部尙書 등을 역임했다. 그는 格物致知의 學에 潛心하여 窮理·存心·知性에 힘썼으며 王守仁과 함께 致知와 格物의 관계에 대해 토론하였다. 천지와 고금을 통하게 하는 것은 '氣'일 따름이라고 주장하는 '氣學'을 주창하였다. 程朱理學을 새롭게 해석하고 佛學을 비판함으로써 중국 유학사에 중대한 영향을 끼쳤다. 저서에 『困知論』, 『整庵存稿』 등이 있다.
인물 자료	○ 『明史』, 列傳 170 　　羅欽順, 字允升, 泰和人. 弘治六年進士及第, 授編修. 遷南京國子監司業, 與祭酒章懋以實行教士. 未幾, 奉親歸, 因乞終養. 劉瑾怒, 奪職爲民. 瑾誅, 復官, 遷南京太常少卿, 再遷南京吏部右侍郞, 入爲吏部左侍郞. 世宗即位, 命攝尙書事. 上疏言久任·超遷, 法當疏通, 不報. 大禮議起, 欽順請愼大禮以全聖孝, 不報. 遷南京吏部尙書, 省親乞歸. 改禮部尙書, 會居憂未及拜. 再起禮部尙書, 辭. 又改吏部尙書, 下詔敦促, 再辭. 許致仕, 有司給祿米. 時張璁·桂萼以議禮驟貴, 秉政樹黨, 屛逐正人. 欽順恥與同列, 故屢詔不起. 里居二十餘年, 足不入城市, 潛心格物致知之學. 王守仁以心學立教, 才知之士翕然師之. 欽順致書守仁, 略曰: "聖門設教, 文行兼資, 博學於文, 厥有明訓. 如謂學不資於外求, 但當反觀內省, 則正心誠意四字亦何所不盡, 必於入門之際, 加以格物工夫哉?" 守仁得書, 亦以書報, 大略謂: "理無內外, 性無內外, 故學無內外. 講習討論, 未嘗非內也. 反觀內省, 未嘗遺外也." 反復二千餘言. 欽順再以書辨曰: "執事云: 格物者, 格其心之物也, 格其意之物也, 格其知之物也. 正心者, 正其物之心也. 誠意者, 誠其物之意也. 致知者, 致其物之知也. 自有大學以來, 未有此論. 夫謂格其心之物, 格其意

	之物, 格其知之物, 凡爲物也三. 謂正其物之心, 誠其物之意, 致其物之知, 其爲物也一而已矣. 就三而論, 以程子格物之訓推之, 猶可通也. 以執事格物之訓推之, 不可通也. 就一物而論, 則所謂物, 果何物耶? 如必以爲意之用, 雖極安排之巧, 終無可通之日也." 又執事論學書有云: "吾心之良知, 卽所謂天理. 致吾心良知之天理於事物, 則事事物物皆得其理矣. 致吾心之良知者, 致知也. 事事物物各得其理者, 格物也. 審如所言, 則大學當云格物在致知, 不當云致知在格物, 與物格而后知至矣." 書未及達, 守仁已歿. 欽順爲學, 專力於窮理·存心·知性. 初由釋氏入, 旣悟其非, 乃力排之, 謂: "釋氏之明心見性, 與吾儒之盡心知性相似, 而實不同. 釋氏之學, 大抵有見於心, 無見於性. 今人明心之說, 混於禪學, 而不知有千里毫釐之謬. 道之不明, 將由於此, 欽順有憂焉." 爲著困知記, 自號整菴. 年八十三卒, 贈太子太保, 諡文莊.

저술 소개	＊『困知記』
	  (明)刻本 2卷 續 2卷 三續 1卷 四續 1卷 續補 1卷 附錄 1卷 / (明)嘉靖 16年 鄭宗古刻本 2卷 / (明)嘉靖 27年 刻本 2卷 續 2卷
	
	＊『整庵先生存稿』
	  (明)嘉靖年間 刻本 20卷 / (明)萬曆年間 刻本 20卷
	
	＊『整庵續稿』
	  (淸)乾隆 21年 闕城房刻本 13卷 附『整翁儀訓錄』1卷
	
	＊『正誼堂全書』
	  (淸)張伯行輯 (淸)同治 5年 福州 正誼書局重刻本 63種 內 羅欽順撰『羅整庵先生困知記』4卷 /『羅整庵先生存稿』2卷

비평자료			
吳熙常	老洲集 卷26 雜識(四)	羅欽順을 비롯한 여러 학자들도 학술을 분열시킨 책임을 피할 수 없다.	學術之分裂. 莫有甚於明儒. 苟求其故. 陳·王實爲罪首. 而整庵諸人. 亦終難辭其責矣.
吳熙常	老洲集 卷26 雜識(四)	羅欽順은 氣의 원천을 인식했으니 뛰어나다고 할 수 있지만, 理를 말할 적	整庵有見於氣之原. 可謂超絶. 但譚理先從氣推說. 而輒以理附氣. 謂理只是其氣之理. 認作一物. 若然則此理不過隨物之

		에 먼저 氣로부터 미루어 나온다고 하여 매번 理를 氣에 붙여 말하였다.	影耳。無以見其實體之純粹至善。爲天地之帥矣。雖其爲說。妙達天人之蘊。其流也顧安得無弊耶。
李宜顯	陶谷集 卷28 陶峽叢說	羅欽順의 문집은 『理學全書』에 수록되어 있다.	又以方遜志・于忠肅・楊椒山文。合爲一笈。名曰三異人集。此則專以節義而取之也。其入理學全書者。曹月川・薛敬軒・胡敬齋・羅整菴・海剛峰集。而曹・薛・胡・羅。皆理學也。海公雖以剛直名。而亦尊崇道學者也。
田愚	艮齋集前編 卷15 「識感 (己丑)」	명나라 유학자인 羅欽順・陳獻章은 許衡의 出處를 聖人에 가깝다고 칭송하였다.	學術之偏正。關時運之盛衰。明儒不嚴華夷之辨。敬軒・整菴諸賢。贊許衡之出處。幾於聖人。至王守仁・湛若水輩。倡爲新說而誑誤後進。卒致夷狄之亂。淸人毛奇齡者。稟性悖戾。宅心兇狡。以詭經畔道。訶佛罵祖。爲平生伎倆。故時人呼以蝟公。謂其遍身都是刺也。日夜洗垢。索朱子之瘢。而曰。朱子箋註之禍。甚於焚書。卽渠之自道也。苟欲辨之。不可勝辨。亦不須費辭。只宜火其書。不留於天壤閒已矣。梅山先生嘗言。朴公趾源曰。毛奇齡有激於康熙之陽尊朱子。爲御世之資。故時借一二集註之誤。以泄百年煩冤之氣。是爲朱子之忠臣。有衛道之功。至謂恩家作怨。雖借淸人之言而云爾。然此恐害理極大。爲後生輩所藉口也。梅山說止此。愚謂若如朴公之言。則王安石每謂師法周官。王守仁致良知。輒以孟子爲據。爲儒者者。亦將有激於其言。而遷怒於周公・孟子矣乎。淸國尊尙紫陽。而號於天下曰。朱子之學。卽吾帝室之學。其言固未必出於眞誠。然謂奇齡工訶朱子。罪其人而毀其書。厥享國數百年。豈非以

			背邪向正之功也歟。近來有所謂阮元者。亦以訾毀朱子爲宗旨。其所著述。造妖捏怪。靡極不至。至以爲君臣夫婦朋友。非天屬之親。不當入五倫。則其謂天地本乎北極。心字取其尖刺者。猶是小小差誤。靡足取辨。而最是以新奇爲主。而一埽經傳成訓。此爲患害之大者。昔蘇氏以使民戰栗。
正祖	弘齋全書 卷163 日得錄 「文學」	羅欽順이 두 차례에 걸쳐 王守仁에게 준 「辨心學書」는 朱門에 큰 공이 있다고 평하다.	羅整庵再與王陽明辨心學書。大有功於朱門。
洪翰周	智水拈筆 卷1	근세에 우리나라 선비들이 趙憲·金集·金昌協·李縡를 문묘에 배향할 것을 청했는데, 胡居仁·蔡淸·羅欽順 등 諸公에게 부끄럽지 않을 것이다.	近世多士。又以重峰趙文烈公·愼齋金文敬公·農巖金文簡公·陶菴李文正公四賢。往往擧擬。而姑未及施行。然比之明儒胡敬齋·蔡虛齋·羅整菴諸公。庶幾無媿色。

16

段玉裁 (1735-1815)

인물 해설	청나라의 文字學者이자 訓詁學家이며 經學家이다. 자는 若膺, 호는 懋堂·硯北居士·長塘湖居士·僑吳老人이며 江蘇省 金壇 출신이다. 乾隆年間 擧人이 되어 貴州 玉屛·四川 巫山等의 知縣을 역임했으며, 병으로 사직한 후 蘇州 楓橋에 머물며 독서에 전념하였다. 戴震의 수제자가 되었으며, 王念孫과 더불어 '段王二家'라고 불린다. 漢代 許愼이 지은 『說文解字』의 注書 30권을 저술함으로써 난해한 설문 주석에 획기적인 업적을 남겼다. 저서에 『說文解字注』, 『六書音均表』, 『毛詩故訓傳定本』, 『經韻樓集』, 『古今尙書撰異』, 『春秋左氏經』 등이 있으며, 청대의 音韻學, 文字學, 訓詁學, 校勘學 방면에서 걸출한 공헌을 하였다.
인물 자료	○ 『淸史稿』, 列傳 268 　段玉裁, 字若膺, 金壇人. 生而穎異, 讀書有兼人之資. 乾隆二十五年擧人, 至京師見休寧戴震, 好其學, 遂師事之. 以敎習得貴州玉屛縣知縣, 旋調四川, 署富順及南溪縣事, 又辦理化林坪站務. 時大兵征金川, 挽輸絡繹, 玉裁處分畢, 輒篝鐙著述不輟. 著六書音均表五卷. 古韻自顧炎武析爲十部, 後江永復析爲十三部, 玉裁謂支·佳一部也, 脂·微·齊皆·灰一部也, 之·哈一部也, 漢人猶未嘗淆借通用. 晉·宋而後, 乃少有出入. 迄乎唐之功令, 支注"脂·之同用", 佳注"皆同用", 灰注"哈同用", 於是古之截然爲三者, 罕有知之. 又謂眞·臻·先·與諄·文·殷·魂·痕爲二, 尤·幽與侯爲二, 得十七部. 其書始名詩經韻譜, 群經韻譜. 嘉定錢大昕見之, 以爲鑿破混沌, 後易其體例, 增以新加, 十七部蓋如舊也. 震偉其所學之精, 雲自唐以來講韻學者所未發. 尋任巫山縣, 年四十六, 以父老引疾歸, 鍵戶不問世事者三十餘年. 玉裁於周·秦·兩漢書, 無所不讀, 諸家小學, 皆別擇其是非. 於是積數十年精力, 專說說文, 著說文解字注三十卷, 謂: "爾雅以下, 義書也 ; 聲類以下, 音書也 ; 說文, 形書也. 凡篆一字, 先訓其義, 次釋其形, 次釋其音, 合三者以完一篆, 故曰形書." 又謂 : "許以

	形爲主, 因形以說音・說義. 其所說義, 與他書絕不同者, 他書多假借, 則字多非本義, 許惟就字說其本義. 知何者爲本義, 乃知何者爲假借, 則本義乃假借之權衡也. 說文・爾雅相爲表裏, 治說文而後爾雅及傳注明." 又謂:"自倉頡造字時至唐・虞・三代・秦・漢以及許叔重造說文, 曰某聲・曰讀若某者, 皆條理合一不紊. 故既用徐鉉切音, 又某字志之曰古音第幾部, 後附六書音均表, 俾形・聲相爲表裏. 始爲長編, 名說文解字讀, 凡五百四十卷. 既乃隱括之成此注." …
저술 소개	**＊『經韻樓叢書』** (淸)乾隆－道光年間 金壇 段玉裁刻本 8種 (『經韻樓集』12卷 / 『儀禮漢讀考』1卷 / 『古文尙書撰異』32卷 / 『毛詩故訓傳定本』30卷 / 『周禮漢讀考』6卷 / 『春秋左氏古經』12卷 / 『聲韻考』4卷 / (淸)戴振撰『戴東原集』12卷 『覆校劄記』1卷 (淸)段玉裁『覆校劄記』) **＊『說文解字注』** (淸)乾隆－嘉慶年間 段氏經韻樓 刻本 32卷『六書音均表』5卷 / (淸)嘉慶 13年 刻本 15卷 / (淸)同治 11年 湖北 崇文書局刻本 15卷 / (淸)光緖 3年 成都 尊經書院重刻本 **＊『說文解字讀』** (淸)抄本 15卷 **＊『汲古閣說文訂』** (淸)嘉慶 2年 吳縣 袁廷檮 五硯樓刻本 **＊『古文尙書撰異』** (淸)七葉衍祥堂刻本 32卷 **＊『拜經堂業書十種』** (淸)臧庸編 (淸)乾隆－嘉慶年間 臧氏 拜經堂刻本 66卷 內 段玉裁撰『詩經小學』4卷 **＊『仲軒群書雜著』** (淸)焦廷琥 編 稿本 91種 190卷 內 段玉裁注『段氏說文引易』13卷 / 段玉裁撰『段氏經韵樓集』1卷

			비 평 자 료
金正喜	阮堂全集 卷5 「與李月汀 (璋煜)」	李璋煜이 金命喜에게 보낸 편지에서 段玉裁와 劉台拱의 經學이 翁方綱보다 낫다고 말하다.	向見尊書之與家仲者。有云段茂堂·劉端臨之經術在覃溪之上。
金正喜	阮堂全集 卷5 「與李月汀 (璋煜)」	段玉裁의 「說文解字注」와 「儀禮漢讀考」 및 劉台拱의 이미 출판된 몇 편의 글은 金正喜 역시 읽어 보았고 존중하는 바이지만, 翁方綱보다 낫다고 단정할 수 없다고 주장하다.	段氏之說文注·漢讀考等書·劉氏之寥寥數篇之旣刻者。不佞亦嘗一讀過矣。不佞於兩先生之書。亦所欽誦也。…今日急務。只是存古爲上。覃翁亦存古之學也。段·劉亦存古之學也。覃翁存古而不泥於古。段·劉存古而泥於古。覃翁之不泥於古者。亦有可疑處。段·劉之泥於古。亦有可疑處。後輩之折衷亦在於是。恐不必衡量之以鐵論。如人蔘爲上品。丹砂爲下品。恐不必也。願更裁擇焉。
金正喜	阮堂全集 卷5 「與李月汀 (璋煜)」	段玉裁의 「說文解字注」에서 은연중에 翁方綱을 비판한 부분을 지적하고 翁方綱을 위해 변론하다.	段氏說文注苟字注云。或欲易禮經之苟敬爲苟則繆矣。以苟敬之苟爲苟者。抑或指覃溪說耶。覃溪此說。亦非確爲古意如此也。苟且之敬。恐不可通。而苟字當之。其義尙可据。較之苟且之苟。猶爲近之。且敬字是從苟字而生其義。較苟且之苟。尤爲有据。其云繆矣者。恐未必然。
金正喜	阮堂全集 卷5 「與李月汀 (璋煜)」	金正喜는 翁方綱의 「群經附記」 중에서 5~6종을 얻어 보았는데, 段玉裁·劉台拱과는 門路가 약간 다르고, 惠棟·戴震에 대해서는 반박한 것이 많다고 한다.	如不佞所見覃記。只五六種而已。槩見之。與段·劉諸公門路稍異。於段·劉諸公無甚許。如惠·戴諸公之說。則駁正尤多。若從段·劉諸公見聞習熟者言之。宜其有瞠乎爾也。

金正喜	阮堂全集 卷5 「代權彛齋(敦仁)與汪孟慈(喜孫)序」	段玉裁와 江永과 王念孫의 音韻說에 대해서 질문하다.	始以段氏十七部爲論定。更無遺蘊。今見王懷祖先生書。又見江氏書。段氏之十七部。尙有未定。而王先生之廿一部。又與江氏之廿一部大異。段・王之於江書。皆所深許。今當以江氏書爲歸歟。
金正喜	阮堂全集 卷5 「代權彛齋(敦仁)與汪孟慈(喜孫)序」	陳壽祺가 「十三經校勘記」와 段玉裁의 「周禮漢讀考」 및 「儀禮漢讀考」를 비판한 편지를 翁方綱에게 보낸 일을 언급하다.	陳太史壽祺曾以校勘記及段氏漢讀考中數三段。反覆商論。與翁先生抵書相難。頗欠厚風。陳亦爲師門明其是非。辭語之間。似不得裁抑矣。今以二三條說有未盡。未可爲全璧之累。
柳得恭	燕臺再遊錄	陳鱣은 戴震의 門下에 王念孫과 段玉裁가 있는데 각각 『廣雅疏證』과 『音均表』를 저술하였다고 말한 것을 기록하다.	仲魚曰。字母二字本不通。今之直音某卽古之讀若也。東原門下。有王君念孫・段君玉裁。曾知其人否。王君註廣雅甚精。段君有音均表。
洪奭周	鶴岡散筆 卷6	段玉裁는 戴震의 문인으로 박학으로 칭송을 받았는데, 만년에는 朱子를 극히 높였다.	段玉裁。戴震之門人也。亦以博洽稱。晩年爲小學跋。極推尊朱子曰。余讀書喜言訓故考核。尋其枝葉。略其根本。老大無成。追悔已晚秊垂老耄敬繹是書。以省平生之過。以求晚莭末路之自全。又序人書曰。學者所以學爲人也。故考核在身心性命倫理之間。而以讀書之考。輔之今之言。學者身心倫理。不之務謂宋之理學不足言。別爲異說簧皷後生。此吾輩所當大爲之防者。嗟乎。彼數子考證之趨楚也新學後生之馳騖而不返者。其亦尙鑑于是哉。

17

譚元春 (1586-1637?)

인물 해설	자는 友夏이고 호는 鵠湾, 별호는 蓑翁으로 竟陵(지금의 湖北省 天門) 출신이다. 어려서부터 능했으며, 스무 살 때 동향인인 鍾惺(1572-1624)의 문학 비평안에 감명을 받아 『唐詩歸』, 『古詩歸』(합칭 『詩歸』라고도 함)를 함께 펴냈다. 1627년에 鄕試에 합격했으나 이후 會試에는 누차 떨어졌으며, 1637년에 재차 京師로 회시를 보러가다 세상을 떠났다. 그는 '竟陵派'를 창시한 인물로 종성과 함께 '鍾譚'이라 칭해졌다. 종성과 함께 펴낸 『詩歸』, 『明詩歸』, 『宋文歸』, 『韋蘇州集』 등과 함께, 저서로 『詩觸』, 『遇莊』 등이 있다. 시문집으로는 『譚友夏合集』(23권)이 전한다.
인물 자료	**○ 『明史』, 列傳 176** 自宏道矯王・李詩之弊, 倡以淸真, 惺復矯其弊, 變而爲幽深孤峭. 與同里譚元春評選唐人之詩爲唐詩歸, 又評選隋以前詩爲古詩歸. 鍾・譚之名滿天下, 謂之竟陵體. 然兩人學不甚富, 其識解多僻, 大爲通人所譏. 元春, 字友夏, 名輩後於惺, 以詩歸故, 與齊名. 至天啓七年始擧鄕試第一, 惺已前卒矣.
저술 소개	**＊『譚友夏合集』** (明)崇禎 6年 張澤刻本 23卷 **＊『嶽歸堂合集』** (明)刻本 10卷 **＊『鵠灣集』** (明)刻本 9卷 附『遇莊』 1卷 **＊『詩歸』** (明)鍾惺・譚元春輯 (明)刻本 51卷 / (明)萬曆 45年 刻本 / (明)君山堂刻本 / (明)崇禎年間 刻本 / (明)閔振業・閔振聲刻本 三色套印本

* 『唐詩歸折衷』

    (明)鍾惺・譚元春輯 (淸)劉邦彦重訂 稿本 4卷

* 『詩刪』

    (明)李攀龍輯 鍾惺・譚元春評 (明)刻本 朱墨套印本 23卷

* 『古詩歸』

    (明)鍾惺・譚元春輯 劉敎重訂 明末 刻本 『詩歸本』 15卷 (淸)鮑瑞駿跋 /
    (明)萬曆 45年 刻本 15卷 (明)釋乙元等批

* 『鍾譚詩選』

    (明)鍾惺・譚元春撰 (淸)夏官 鄭星輯 (淸)順治 3年 刻本 不分卷

* 『淵著堂選十八家詩』

    (淸)抄本 6集 139卷 內 譚元春撰 『譚友夏詩』 10卷

* 『名家尺牘選』

    (明)馬睿卿編 (淸)刻本 20卷 內 譚元春撰 『譚友夏尺牘』 1卷

비 평 자 료			
姜世晃	豹菴遺稿 卷7 「閱滄溟·弇州 二集」	鍾惺과 譚元春의 문장에 나타난 礁殺함이 李攀龍과 王世貞의 영향 때문이라고 말하다.	明初諸子語優柔。王李恣睡大拍頭。被髮伊川非造次。鍾譚礁殺此餘流。口氣知非本分人。傲唐詆宋躐先秦。文章世級天爲限。可是秋冬倒作春。入宋韓文尙蠹箱。二家梓繡目前忙。便逢苦客錢謙益。豈識幽人歸有光。一種文人尸祝之。海東風氣日淯漓。馬肝不食寧無肉。虎畫難成只類皮。
南公轍	金陵集 卷20 日得錄 「訓語」	정조가 역대의 詩家를 뽑아 오백여권을 만들어 『詩觀』을 편찬케 했는데, 唐의 孟郊・賈島와 명의 徐渭・袁宏道・鍾惺・譚元春과 같은 이는 體法이 寒瘦하고 音韻이 噍殺하여 치세의 希音이 아니어서	予於近日。選歷代詩家。爲五百餘卷。名曰詩觀。盖詩可以觀之意也。若唐之孟郊・賈島。明之徐・袁・鍾・譚。體法寒瘦。音韻噍殺。非治世之希音。故幷拔之。筆削之際。自以有鍾秤裒鉞寓於其間。卿等出而語後生小子。俾各知之。文章關治敎之汚隆。人心之正僞。况詩之發於性情

		모두 뺐다.	者乎。
南公轍	潁翁再續藁 卷1 「擬古(十九首)」	鍾惺・譚元春・錢謙益이 王世貞・李攀龍의 핵심을 짚어내지 못하여 추종자들이 더욱 경박해졌다고 비판하다.	鍾・譚與虞山。抉摘多譏嘲。猶未識頭腦。後輩愈輕恌。文者載道器。於此何寂寥。終年讀之無所益。其文雖好徒自勞。 白雪樓 白雪樓何高高。上追姚姒。下薄漢唐。王李諸子分偶曹。有如玉帛職貢會。海內文柄手自操。
徐命寅	煙華錄 卷3 「東遊之什」	譚元春이 謝靈運의 「登廬山絶頂望諸嶠」를 평가한 것을 인용하다.	篇篇削削。骨露菁華。無點宂膚。泰山之枯藤倒垂。自出新機不踐宿套。米芾之行艸脫矩。神在序文曄曄。詩則些咏餘意。盖而論之。晉末葉道居士也。若是上古人一二句而止。以經看。夏殷周書。漸多於唐虞。後不勝其繁。京上文明地。豈無解詩臘雪六白里。淡仰苦心。○古詩。帆隨湘轉。望衡九面。只是八字。抵一衡山湘水記。鍾惺歎筆力之高。謝靈運廬山詩。積峽忽復啓。平塗俄已開。(音別。) 巒隴有合沓。往來無蹤轍。晝夜蔽日月。冬夏共霜雪。藏頭斷尾修起忽止有似未成之篇。友夏曰。如許大題目。肯作三韻。朴妙則他人數十句寫之不得。古者於文立想若此矣。
徐命寅	煙華錄 卷2 「孔子亦欲乘桴浮海泰山不好沁口望西洋」	「孔子亦欲乘桴浮海泰山不好沁口望西洋」을 평하면서 譚元春이 阮籍의 詠懷詩에 대해 논한 것을 인용하다.	行行至海上。稽首西方日。(稽首豈寅餕。)明日匪無日。悽然似有失。停雲受夕彩。當面金銀闕。彼山何時生。此水何時竭。解衣手自濯。天水和成一。(濯衣人所看。使如濯心。便看得人天成一矣。)徒侶紛黔落。滯形昧所率。躑躅心猶豫。蒼源未可悉。

			泆緒曠覽。合成異調。奇氣幽響。迴逾阮氏詠懷詩。不可古今而定限。○友夏云。阮籍詠懷今古幾比古詩十九首。而盡情刪汰。止留三首氣格情思。視古復何如胡敢向古人吠聲。鍾惺云。陳・張感遇詩有遠出詠懷上。此語不可發諸。瞶人則欲質之阮公。又云。李太白長處。殊不在古風。而以五十九首之多得名。名之所在。非詩之所在。
徐命寅	煙華錄 卷4 「白團扇八章」	譚元春과 鍾惺이 謝芳姿의 「團扇歌二首」에 대해 평한 것을 인용하다.	晉中書令王珉好捉白團扇。愛有謝芳姿善歌。而嫂婢棰撻。令來乞赦。嫂許歌一曲。應聲曰。白團扇。(呼夫語。)辛苦五流連。(五豈吾字譌。)是郎眼所見。(鍾曰。淸白妙。○明明女人家口氣。淸白二字深得之評。)白團扇。顇頓非昔容。羞與郎相見。(譚曰。恨在羞字。鍾曰。兩見字。各有其妙。○褰裳露脚。辛苦受撻。郎所眼見。珠淚漫粉。絲髮被面。女之所羞也。聲情裊裊。罵嘲枝頭。)…首首嬌。句句媚。字字稗。鍾惺云。情詩。非禪悟習靜人。不能理會入微。湯惠休・王右丞所以妙。譚元春曰。詞人雖方正難犯。下筆豔詩。深於一切蕩子。大抵不深細。情不生。情不生。神不動矣。
徐命寅	煙華錄 卷4 「白團扇八章」	「白團扇八章」이란 樂府詩를 평하면서 鍾惺이 情詩에 대해 논한 것과 譚元春이 詞人의 豔詩에 대해 논한 것을 인용하다.	上同

成大中	青城集 卷5 「感恩詩叙」	徐渭·袁宏道·鍾惺·譚元春 등의 尤末한 기운과 嘷殺한 음은 중화를 민멸시킬 원인이 되었는데도 구제할 수 없다.	至於徐·袁·鍾·譚。尤其劣者也。尤末之氣。嘷殺之音。適足爲泯夏之祟而莫之救也。曾謂曲慧小知。亦足禍天下耶。
俞晚柱	欽英 卷2 1778년 5월 17일조	鍾惺과 譚元春의『明詩歸』를 읽고, 크게 감탄하게 한다고 평하다.	閱明詩歸。凡四冊。鍾·譚所選定詩。凡一千三百。有奇取眞性眞情。結作纏綿。散爲幽悄。無不令人感歎。低回興觀懲創云。
李德懋	青莊館全書 卷48 「耳目口心書 (四)」	呂留良이 明末文章에 대해 논한 시를 인용하였는데, 그중에 鍾惺·譚元春에 대해 평한 대목이 있다.	偶閱呂晚村詩。明末文章。分門割戶。互相攻擊。甚於鉅鹿之戰。黨錮之禍。亦可以觀世變也。古來未之見也。其詩有曰。…竟陵兩儈矯此弊。不學無逑惡其鑿。
李晚秀	屐園遺稿 卷2 「送族叔尙書 公(名肇源)赴 燕序」	鍾惺과 譚元春의 小品文으로 문체가 변화되었고, 경학은 王守仁과 楊愼의 학설로 어두워졌다.	徒見俗尙梔蠟。民爭錐刀。衣冠歸於倡優。簪笏化爲駔儈。王·楊餘派。經旨日晦。鍾·譚小品。文體大變。朝有熹平之陋政。野無義熙之逸士。
李宜顯	陶谷集 卷27 雲陽漫錄	明詩 四大家의 시풍이 변하여 徐渭와 袁宏道의 시가 되었고, 徐渭와 袁宏道의 시풍이 변하여 鍾惺과 譚元春의 시가 되었다.	明詩雖衆體迭出。要其格律。無甚逈絶。稱大家者有四。信陽溫雅美好。有姑射仙人之姿。而氣短神弱。無聲健之格。北地沉鷙雄拔。有山西老將之風。而心巆材駁。欠平和之致。大倉極富博而有患多之病。歷下極軒爽而有使氣之累。一變而爲徐·袁。再變而爲鍾·譚。轉入於鼠穴蚓竅而國運隨之。無可論矣。

李宜顯	陶谷集 卷26 「歷代律選跋」	鍾惺·譚元春의 무리가 의고주의에 반대하여 '性靈'을 기치로 내걸었지만, 더욱 괴벽하고 비루하게 되었으며, 錢謙益이 이들을 '天寶入破曲'라고 비유하며 명나라의 국운이 쇠할 조짐이 여기에서 이미 보였다고 말한 언급을 인용하다.	吾甥沙熱金會一蒐輯唐宋元明諸詩人短律五七言若而篇。朝夕吟諷。間以示余。余曰。自唐而明。詩人甚多。而爲卷者只四。其選固艱矣。然其時代之高下。制作之粹駁。不可不知也。唐以辭采爲尙。而終和且平。絶無浮慢之態。所以去古最近。末流稍趨於下。則宋蘇陳諸公。矯以氣格。後又不免粗鹵之病。而元人欲以華腴勝之。靡弱無力。愈離於古而莫可返。於是李何諸子起而力振之。其意非不美矣。摹擬之甚。殆同優人假面。無復天眞之可見。鍾譚輩厭其然。遂揭性靈二字以譁世率衆。而尤怪僻鄙倍。無可言矣。錢虞山至比天寶入破曲。以爲國運兆於此。非過論也。此四代詩學遷變之大較也。是編雖遍錄四代之作。而淘其精汰其滓。鮮有不中選者。會一若就其中。深究高下粹駁之別。知所商量則幾矣。余素昧詩學。猶知溫柔敦厚四字。爲言詩之妙諦。而朱夫子與鞏仲至書爲至論。於是乎言若其傳寫筆蹟。皆倩親族朋游。而不拘腕法之工拙。則又可見會一篤於人倫。纏綿不解。必欲造次流覽之間。常如其人之在傍。其亦可尙也已。歲舍己酉中夏。陶山老夫書。
李學逵	洛下生集 春星堂集 「春日, 讀錢受之詩(絶句)」	錢謙益이『列朝詩集』에서 王世貞·李夢陽과 譚元春·鍾惺의 시를 비판하였다.	列朝詩體遞汙隆。深識先生筆削功。樹幟跨壇病王·李。蟲吟鬼語謝譚·鍾。先生選定列朝詩集。上自弘武。下逮崇禎。二百七十年中。凡以詩名者。無不入選。

張混	而已广集 卷11 「唐律集英序」	唐의 七言律詩를 選集한 것으로는 高棅의 『唐詩品彙』, 唐汝詢의 『唐詩解』, 鍾惺·譚元春의 『唐詩歸』가 있는데, 盡美하나 盡善하지는 않다.	七言律。推李唐爲尤。而莫之埒何也。於唐倡而盛也。選者衆。而鼓吹元遺山也。品彙高棅也。律髓方回也。三體周伯弜也。詩解唐汝詢也。詩歸鍾惺譚元春也。此特著行者也。然而或羼以諸體。或偏於盛晚。或不舉李杜。偏則枯雜則不專。惜乎。盡美未盡善也。
丁若鏞	與猶堂全書 詩文集 卷9 「辨謗辭同副承旨疏」	錢謙益·譚元春·顧炎武·張廷玉 등이 천주교의 死生에 대한 설이 허위임을 이미 밝혔다고 언급하다.	故中國文人如錢謙益·譚元春·顧炎武·張廷玉之徒。早已燭其虛僞。劈其頭腦。而蒙然不知。枉受迷惑。莫非幼年孤陋寡聞之致。
正祖	弘齋全書 卷180 群書標記 「詩觀」	徐渭·袁宏道·鍾惺·譚元春의 시에 대해 酷評하다.	明詩取十三人。如徐袁之尖新巧靡。鍾譚之牛鬼蛇神。固所顯黜而痛排。若其長短互幷。疵譽相參。揭竿操矛而呼者。不啻如堵。其進其麾。濫竽之可戒。先於遺珠之可惜。或有醜齊而異遇者。固非偶爲抑揚。聊欲舉一而槩十耳。
正祖	弘齋全書 卷165 日得錄 「文學」	鍾惺과 譚元春이 評選한 『文歸』나 『詩歸』는 陰森하고 모두 괴이하니 태워 버려야 한다고 평하다.	所謂鍾·譚評選文歸詩歸。纔一對眼。陰森百怪。如入山林而逢不若。令人不愁而顰。此等書。最合以秦炬遇之。
正祖	弘齋全書 卷163 日得錄 「文學」	『詩觀』을 편찬하면서 明代 鍾惺과 譚元春의 작품은 취할 바가 아님을 말하다.	詩者。關世道係治忽。雋永沖瀜者。治世中和之音也。春容典雅者。冠冕珮玉之資也。瑣碎尖斜者。亂世煩促之聲也。幽險奇巧者。孤臣孽子之文也。唐之郊·島。明之鍾·譚。豈非傑然者。而皆予所不取。

| 正祖 | 弘齋全書
卷163
日得錄
「文學」 | 『詩觀』에 孟郊·賈島·徐渭·袁宏道·鍾惺·譚元春 등은 포함시키지 말 것을 하교하다. | 嘗敎諸閣臣曰。文章有道有術。道不可以不正。術不可以不愼。學文者。當宗主六經。羽翼子史。包括上下。博極今古。而卒之會極於朱子書。然後其辭醇正。而道術庶幾不差誤。況文章之道大矣。治敎之汙隆也。風俗之醇漓也。人心之正僞也。視此爲高下升降。而十卜其八九。獨怪夫近世爲文之士。厭菽粟而嗜龍肝。毀冠冕而被侏儒。自知學識不及古人。力量不及古人。則乃反舍正路而求捷徑。剽竊稗官小說之字句。又就明淸諸子。蹈襲奇僻。自爲標實。曰我學先秦兩漢。而非先秦兩漢矣。曰我學唐宋矣。而非唐宋矣。都是假泪董贗法帖之鈿人賞鑒者也。以是之故。世道日就澆漓。士風日趨浮薄。淸廟琴瑟。寂廖無聞。而小品綺羅。日傳萬紙。予於此未嘗不深惡切痛。而莫知救正之術也。予於萬幾之暇。惟以經史翰墨自娛。近又就歷代諸詩。蒐輯爲一部全書。凡例規模。今已就緒。蓋上溯三百篇。中歷先秦漢魏。下迄唐宋明。自風謠雅頌。大家名家。正始正變。羽翼旁流。以及於金陵之諸子。雪樓之七家。無不俱收竝蓄。廣加集成。爲五百餘卷。而若孟郊·賈島·徐·袁·鍾·譚四子則不與焉。以其體法寒瘦。音韻嶕殺。實非治世之希音。故存拔筆削之際。自以錘秤衮鉞寓於其間。此意不可以不知。大抵近時之士。不獨於文章爲然。平居鼓琴瑟列銅玉。評書品畫。焙茶燃香。自以爲淸致文采。而後生少年。往往多效嚬而成習者。此與向日邪學其害正 |

洪吉周			而違道。大小不同而爲弊則一也。可勝歎哉。
趙秀三	秋齋集 卷8 「與蓮卿」	盧兢의 詩는 오로지 鍾惺과 譚元春의 것을 기준으로 삼아 才思雋峭하다.	足下嘗土炭如臨詩文。弟亦屢流饞涎者。略此枚論焉。如臨詩文。吁亦難矣。其詩則專師鍾·譚。才思雋峭。往往靑者出。而拘於世運。則間架又眇然。只可爲年少輩張赤幟已。其文則誠不足道也。所謂策論。不過功令爛飯。序記題跋書牘。純用稗官語。無經史氣味。比如寒家供客。掇樊括圃。釘紅飯白。望望雖似珍美。卽之無可下筯。奈何奈何。
洪吉周	沆瀣丙函 卷9 睡餘瀾筆續 (下)	王世貞·李攀龍·徐渭·袁宏道·鍾惺·譚元春·錢謙益은 서로를 원수처럼 공격하였다.	余擧毛甡古文寃詞。臺山曰。毛甡專於考證。而反右古文。直爲朱子之疑古文故也。其意在於背朱。而不在於右古文也。又曰。近世中國人。雖多尙考證。而至於甡。則往往有深斥者。蓋其立論之橫恣狂悖。宜乎其寡助也。(皇明文人。如王·李·徐·袁·鍾·譚及錢虞山之類。皆互相氷炭。迭攻擊如仇敵。而我東詞章之自謂慕中國者。往往均推而混效之。毛甡之悖。專考證者。亦多深斥。而吾邦之士好新慕奇者。反或愛護如肌膚。是皆東人固陋之病。
洪奭周	鶴岡散筆 卷4	錢謙益이 편찬한『列朝詩集』의 議論이 정밀함을 높이 평가하고, 특히 鍾惺과 譚元春을 비판한 것이 정곡을 얻었다고 칭찬하면서도, 대체로 논평에 편벽된 점이 많은 것은 문제라고 지적하다.	余少嘗觀錢謙益列朝詩集。甚喜其議論之精。當晩更譯之。唯其論鍾譚者爲深。中膏胸餘。則多偏私好惡之語。不可盡信。近世論文者。恒幷稱弇州·牧齋爲名家。不然則同類而幷訾之。不知二人之於文實。不啻氷炭之相反也。夫元美之詩。實無媿唐宋大家。未易議也。其文雖不免鉤棘輓

			擬。然包羅閎富。其所長亦不可沒。其蒐採文獻。可備史乘者甚多。議論去取。亦頗近公平。非如謙益之純任偏私也。謙益之文悅人。非王氏比也。然悅人愈深而其害人愈酷。余嘗謂王氏之文。如僞玉贗鼎。有古貌而無古氣。錢氏之文。如優伶打諢。雅道全喪。至失身以後愈益。自放於名敎之外。不復問古人軌度矣。
洪翰周	智水拈筆 卷3	명나라 말엽에 徐渭·袁宏道·鍾惺·譚元春·湯顯祖·陶望齡 등이 쇠미하고 자잘한 문체로 글을 써 점점 亡國之文에 빠져들었다.	明季徐·袁·鍾·譚·湯顯祖·陶望齡輩。衰颯鬼瑣。駸駸乎亡國之文。
洪翰周	智水拈筆 卷6	명나라에서는 오로지 文學과 才具로만 사람을 선발하여 譚元春과 같은 사람들도 유명해질 수 있었다고 평하다.	又至有明一代取人。專以文學才具。故仕宦而顯達者。皆東西南北之人也。是以前明三百年。人物多可觀。姓氏稀僻。如鐵絃·練安·海瑞·譚元春諸人。皆前史所未見之姓也。且崆峒不識高祖。丘文莊是珠崖人。仕中州至太學士。多不盡錄。然推可知也。

唐順之 (1507-1560)

인물 해설	자는 應德 호는 荊川으로 江蘇省 武進縣 출신이다. 1529년에 진사시에 급제하여 한림원의 編修가 된 후 역대의 實錄校訂에 종사하였다. 상사와의 충돌로 인해 관직에서 물러나 교육과 연구에 힘썼다. 그러다가 왜구의 포악함을 겪은 후에 다시 관직에 복귀하여 巡撫의 직에 올랐으나 도중에 병사하였다. 수학의 삼각법에 정통했다. 王畿의 학문을 이어받은 陽明學者로도 유명하며 문학 방면에서는 散文作家로서도 명성을 날렸다. 그는 物慾에 초연해야 빼어난 작품을 창작할 수 있다고 생각했다. 명나라 초기 擬古派의 비평에 반대하며, 문학의 시대성을 인식하고 정감을 표출한 達意의 글을 중시하였다. 歸有光과 함께 唐宋의 산문을 애호하여 唐宋古文派의 맥을 이루었다. 저서로 『荊川集』(17권)이 전한다.

인물
자료
	○ 『明史』, 列傳 93
	    唐順之, 字應德, 武進人. 祖貴, 戶科給事中. 父寶, 永州知府. 順之生有異稟. 稍長, 治貫群籍. 年三十二, 擧嘉靖八年會試第一, 改庶起士. 座主張璁疾翰林, 出諸起士爲他曹, 獨欲留順之. 固辭, 乃調兵部主事. 引疾歸. 久之, 除吏部. 十二年秋, 詔選朝官爲翰林, 乃改順之編修, 校累朝實錄. 事將竣, 復以疾告. 璁持其疏不下. 有言順之欲遠璁者, 璁發怒, 擬旨以吏部主事罷歸, 永不復敍. 至十八年選宮僚, 乃起故官兼春坊右司諫. 與羅洪先・趙時春請朝太子, 復削籍歸. 卜築陽羨山中, 讀書十餘年. 中外論薦, 並報寢.
	    倭躪江南北, 趙文華出視師, 疏薦順之. 起南京兵部主事, 父憂未終, 不果出. 免喪, 召爲職方員外郎, 進郎中. 出核薊鎭兵籍, 還奏缺伍三萬有奇, 見兵亦不任戰, 因條上便宜九事. 總督王忬以下俱貶秩. 尋命往南畿・浙江視師, 與胡宗憲協謀討賊. 順之以禦賊上策, 當截之海外, 縱使登陸, 則內地咸受禍. 乃躬泛海, 自江陰抵蛟門大洋, 一晝夜行六七百里. 從者咸驚嘔, 順之意氣自如. 倭泊崇明三沙, 督舟師邀之海外. 斬馘一百二十, 沉其舟十三. 擢太僕少卿. 宗憲言順之權

輕, 乃加右通政. 順之聞賊犯江北, 急令總兵官盧鏜拒三沙, 自率副總兵劉顯馳援, 與鳳陽巡撫李遂大破之姚家蕩. 賊窘, 退巢廟灣. 順之薄之, 殺傷相當. 遂欲列圍困賊, 順之以爲非計, 麾兵薄其營, 以火砲攻之, 不能克. 三沙又屢告急, 順之乃復援三沙, 督鏜・顯進擊, 再失利. 順之憤, 親躍馬佈陣. 賊構高樓望官軍, 見順之軍整, 堅壁不出. 顯請退師, 順之不可, 持刀直前, 去賊營百余步. 鏜・顯懼失利, 固要順之還. 時盛暑, 居海舟兩月, 遂得疾, 返太倉. 李遂改官南京, 即擢順之右僉都禦史, 代遂巡撫. 順之疾甚, 以兵事棘, 不敢辭. 渡江, 賊已爲遂等所滅. 淮・揚適大饑, 條上海防善後九事. 三十九年春, 汛期至. 力疾泛海, 度焦山, 至通州卒, 年五十四. 訃聞, 予祭葬. 故事: 四品但賜祭. 順之以勞得賜葬云.

順之於學無所不窺. 自天文・樂律・地理・兵法・弧矢・勾股・壬奇・禽乙, 莫不究極原委. 盡取古今載籍, 剖裂補綴, 區分部居, 爲左・右・文・武・儒・稗六編傳于世, 學者不能測其奧也. 爲古文, 洸洋紆折有大家風. 生平苦節自厲, 輟扉爲牀, 不飾裯褥 又聞良知說于王畿, 閉戶兀坐, 匝月忘寢, 多所自得. 晚由文華薦, 商出處于羅洪先. 洪先曰: "向已隸名仕籍, 此身非我有, 安得倖處士?" 順之遂出, 然聞望頗由此損. 崇禎中, 追諡襄文.

○ 錢謙益, 『列朝詩集小傳』 丁集 卷1, 「唐僉都順之」

順之, 字應德, 一字義修, 武進人. 嘉靖己丑, 會試第一人, 授兵部武選主事, 改吏部稽勛, 調考功. 嘉靖初更制, 取外僚入翰林, 改翰林院編修, 移病乞歸. 永嘉惡其遠己, 票以原官致仕. 皇太子立, 簡宮僚, 起右春坊司諫, 與羅洪先, 趙時春上疏, 請朝東宮, 奪職爲民. 甲寅, 倭寇蹂躪東南, 用趙文華薦, 起職方郎中, 巡視薊鎮, 還視師浙直, 又用胡宗憲薦, 超拜僉都御史, 巡撫淮揚, 力疾巡海, 卒于廣陵舟中. 崇禎初, 追諡襄文. 應德於學無所不窺, 大則天文・樂律・地理・兵法, 小則弧矢勾股・壬奇禽乙・刺鎗拳棍, 莫不精心扣擊, 究極原委, 以資其經濟有用之學. 晚而受知分宜, 僇力行間, 身當倭奴, 轉戰淮海, 受事未幾, 遂以身殉, 可謂志士者也. 正・嘉之間, 爲詩者踵何・李之後塵, 剽竊雲擾, 應德與陳約之輩, 一變爲初唐, 於時稱其莊嚴宏麗, 咳唾金璧. 歸田以後, 意取辭達, 王・李乘其後, 互相評砭, 吳人評其初務清華, 後趨險怪, 考其所撰, 若出二轍, 非通論也. 爲文始尊秦漢, 頗傚空同, 已而聞王道思之論, 灑然大悟, 盡改其少作. 其語詳載文集序中, 不具列于此.

○ 黃宗羲,『明儒學案』卷26, 南中王門學案(二),「襄文唐荊川先生順之」

… 初喜空同詩文, 篇篇成誦, 下筆即刻畫之. 王道思見而歎曰:"文章自有正法眼藏, 奈何襲其皮毛哉!" 自此幡然取道歐・曾, 得史遷之神理, 久之從廣大胸中隨地湧出, 無意爲文自至. 較之道思, 尙是有意欲爲好文者也. 其著述之大者爲五編:儒編・左編・右編・文編・稗編是也. 先生之學, 得之龍溪者爲多, 故言於龍溪, 只少一拜. 以天機爲宗, 無欲爲工夫. 謂"此心天機活潑, 自寂自感, 不容人力, 吾惟順此天機而已, 障天機者莫如欲, 欲根洗淨, 機不握而自運矣. 成・湯・周公坐以待旦, 高宗恭默三年, 孔子不食不寢, 不知肉味. 凡求之枯寂之中, 如是艱苦者, 雖聖人亦自覺此心未能純是天機流行, 不得不如此著力也." 先生之辨儒釋, 言"儒者於喜怒哀樂之發, 未嘗不欲其順而達之, 其順而達之也, 至於天地萬物, 皆吾喜怒哀樂之所融貫. 佛者於喜怒哀樂之發, 未嘗不欲其逆而銷之, 其逆而銷之也, 至於天地萬物澹然無一喜怒哀樂之交. 故儒佛分途, 只在天機之順逆耳. 夫所謂天機者, 即心體之流行不息者是也. 佛氏無所住而生其心, 何嘗不順? 逆與流行, 正是相反, 既已流行, 則不逆可知. 佛氏以喜怒哀樂, 天地萬物, 皆是空中起滅, 不礙吾流行, 何所用銷? 但佛氏之流行, 一往不返, 有一本而無萬殊, 懷人襄陵之水也. 儒者之流行, 盈科而行, 脈絡分明, 一本而萬殊, 先河後海之水也. 其順固未嘗不同也. 或言三千威儀, 八萬細行, 靡不具足, 佛氏未嘗不萬殊. 然佛氏心體事爲, 每分兩截, 禪律殊門, 不相和會, 威儀細行, 與本體了不相幹, 亦不可以此比而同之也." 崇禎初, 諡襄文.

* 『文編』
  (明)嘉靖年間 胡帛刻本 64卷 / (明)天啓年間 刻本

* 『唐荊川先生文集』
  (明)嘉靖 28年 安如石刻本 12卷 / (明)唐國達刻本 12卷

* 『荊川文集』
  (淸)康熙 51年 唐執玉刻本 18卷

* 『重刊荊川先生文集』
  (明)萬曆 元年 純白齋刻本 17卷 外集 3卷 附錄 1卷

* 『重刊校正唐荊川先生文集』
  (明)嘉靖 32年 葉氏 寶山堂刻本 12卷

저술
소개

★『重刊校正唐荊川先生文集』

(明)嘉靖 34年 金陵書林 薛氏刻本 12卷

★『荊川先生批點精選漢書』

(明)唐順之評選 明代 刻本 6卷

★『荊川先生精選批點史記』

(明)萬曆 5年 童子山刻本 12卷

★『唐荊川選輯朱文公全集』

(宋)朱熹撰 (明)唐順之輯 明代 刻本 15卷

★『唐襄文公文定』

(清)崔征麟輯并評 清代 刻本 4卷

★『唐荊川先生傳稿』

(清)呂留良評點 (清)康熙年間 刻本 不分卷

★『唐荊川先生編纂左氏始末』

(明)嘉靖 41年 唐正之刻本 12卷

★『新刊唐荊川先生稗編』

(明)唐順之輯 (明)萬曆 9年 文霞閣刻本 120卷 目錄 3卷

★『八代文鈔』

(明)李賓編 明末 刻本 106種 106卷 內 唐順之撰『唐應德文抄』1卷

★『元明七大家古文選』

(清)劉肇虞編并評 (清)乾隆 29年 步月樓刻本 13卷 內 唐順之撰『唐荊川文選』2卷

★『盛明百家詩』

(明)俞憲編 (明)嘉靖－隆慶年間 刻本 324卷 內 唐順之撰『二黃集』1卷 / 『唐中丞集』1卷

★『皇明十大家文選』

(明)陸弘祚編 明代 刻本 25卷 內 唐順之撰『荊川文選』2卷

★『明八大家文集』

(清)張汝瑚編 (清)康熙年間 刻本 76卷 內 唐順之撰『唐荊川集』6卷

	* 『國朝大家制義』 (明)陳名夏編 明末 陳氏 石雲居刻本 42種 42卷 內 唐順之撰 『唐荆川稿』 1卷		
비 평 자 료			
金錫冑	息庵遺稿 卷8 「謝李擇之借 示董學士(份) 泌園全集書」	董份의 문장은 근래 문인 인 葉向高·李維楨의 것 보다도 뒤떨어지니, 王守 仁·唐順之의 것과 나란 히 둘 수 없다.	僕嘗從申寅伯許。求閱陸弘祚所編皇 明十大家文選。董氏卽其一也。每恨 其選之至約而未得覩其全也。今蒙借 示原集一秩。實諧夙願。甚幸甚幸。 董之文。大約蓄富意宏。大者數千 言。小猶不下累百言。必極其所欲言 而後止。誠可謂大矣。然辭或傷於駢 偶而輒復剩複。旨每失於弛蕩而大不 收結。較之近代葉蒼霞李京山。猶有 所遜。況可置諸陽明·荆川諸公間 耶。巨無霸雖甚長大。恐不能當劉文 叔一勁卒。如何如何。詩律清曠雅 澹。頗有孟襄陽韋蘇州遺致。不比嘉 隆以後諸人務爲大聲壯語。殊可喜 也。探閱略遍。謹此奉完。
金正喜	阮堂全集 卷3 「與權彝齋 (三十二)」	唐順之와 茅元儀 등과 같 은 명사들도 왜구를 막기 위한 글을 지었는데, 특히 茅元儀의 『武備志』 등은 웅대한 전략을 담고 있다.	如唐荆川·茅元儀諸名士。專著備倭 文字。今通行武備志等書。卽其雄談 壯略也。
金祖淳	楓皐集 卷4 「拈荆川韻」	唐順之의 詩韻을 사용하 여 시를 짓다.	逕松門柳儼幽居。因病生閑臥擁書。 可笑山中稱宰相。寧期江上老樵漁。
金昌翕	三淵集 卷36 「漫錄」	『史記』「貨殖傳」에 대해 평하며 唐順之가 말했던 '出入變化中軌範森然'을 인용하다.	貨殖傳。當分兩截。…自秦陽以至雍 樂成。曰以蓋。曰以起。曰用之富。 曰以饒。及其健羨愈濃。鼓舞其辭。 曰千金千萬鼎食連騎。以至擊鐘而興

			味長矣。唐順之曰。出入變化中軌範森然。看得是矣。如將叙關中。必原本文武治化。將叙三河。必擧唐殷周所更居。言鄒魯則謂有周公遺風。言梁宋則以堯遊舜漁湯止于亳起頭。此則就賢聖留迹而言之。如種代之羯夷剽悍。自武靈而厲之。如浙俗之喜遊。昉於闔廬·春申·王濞。又以惡習來歷言之。歷歷如指諸掌。亦可見軌範森然處。若論其規模宏闊。則如言南楚好辭。巧說少實。江南卑濕。丈夫早夭。似無關於交易積著。而廣說無漏。使今人撰殖貨文字。必不如此。此正如衛詩之美莊姜。廣述門閥容色。以及鱣鮪葭菼。浩無津涯。朱子所謂韓文力量。不及漢文者。豈指此等處耶。
金昌熙	曾欣穎「讀唐荊川文」	唐順之의 「董中峯文集序」의 언급을 인용하여, 漢代 이전의 문장은 無法의 法이 있었는데, 唐代 이후의 문장은 有法의 法만지킨다고 비판하다.	唐荊川曰。漢以前之文。未嘗無法。而未常有法。法寓於無法之中。故其爲法也。密而不可窺。唐與近代之文。不能無法而能毫釐不失乎法。而有法爲法。故其爲法也嚴。而不可犯密則疑於無。所謂法嚴則疑於有法。而可窺。然而文之必有法出乎自然而不可易者。則不容異也。竊謂此論誠得之矣。而猶有所未盡者也。孔子曰辭達而已矣。夫辭至於能達。則雖漢以前之文。故不能無法。而唐以後之人。亦不能有法也。何者。凡爲辭者。必有事可論。亦必有物可辨矣。先發乎其心。而通於事物。是由內而達於外也。次取諸事物。而合於其心。是自外而達於內也。內外交相達

			而後。又復證引往昔較異同而決可否。是由今而達於前人也。具此數者。又復求合於讀者之心。是自今而達於後人也。內外前後無一不達。則胷中之理義。自底無窮而言不可勝用矣。
金澤榮	韶濩堂詩集定本卷5「余往與屠歸甫·呂博山諸人, 訪唐荊川故居所謂半園者, 今園主錢君, 亦文士而適出未遇, 諸人勸以一詩贈之, 故有作」	屠寄·呂思勉·童伯章·莊通伯·李滌雲과 함께 唐順之의 옛 집을 방문하여 시를 짓다.	舊主盛文章。新主愛遺圃。今相接意。蒼茫半烟霧。我來欲問之。主人適何去。落日石梁邊。蕭蕭松竹語。
金澤榮	韶濩堂文集定本卷4「常州高氏雙壽序(辛酉)」	高廷選의 부탁으로 高雲漢 父母의 壽序를 지어 주면서 常州 출신의 문장가인 唐順之·邵長蘅·惲敬을 언급하다.	常州天下之名處也。延陵季子之所嘗葬。孔子之所嘗遊。蘇子瞻之所嘗居。而四百年以來。生於其中而以文章名世者。如唐順之·邵子湘·惲子居之倫。指又不勝僂焉。
金澤榮	韶濩堂文集定本卷8「雜言(六)」	唐順之의 「菊花詩」를 높이 평가하다.	唐荊川菊花詩。蕭條三徑猶含露。悵望深秋似有人兩句。可與林和靖園林半樹句。列爲兩雄。
南公轍	金陵集卷10「與金國器(載瓚)論文書」	方孝孺·唐順之·歸有光의 글은 門路가 매우 순수하다고 평하다.	惟遜志·荊川·震川之文。門路頗醇。能得不傳之學。而於向四公地位相距遠甚。氣雖近正而正覺洮洮易盡。

南龍翼	壺谷漫筆 卷3 「明詩」	李夢陽은 새 문풍을 개척한 공이 있고, 그의 뒤를 이어 많은 문인이 나왔으며 李攀龍과 王世貞에 와서 진작되었으며, 唐順之 등 군소 문인들이 이어서 나왔다.	李空同(夢陽)有大闢草萊之功。後來詩人皆以此爲宗。而其前高太史(啓)·楊按察林員外(鴻)·袁海潛(凱)·汪右丞(廣洋)·浦長海(源)·莊定山(昶)。亦多警句矣。何大復(景明)與空同齊名。欲以風調埒之。而氣力大不及焉。其後王浚川(廷相)·邊華泉(貢)·徐迪功(禎卿)·王陽明(守仁)·唐荊州(順之)·楊升菴(愼)諸公相繼而起。至李滄溟(攀龍)·王弇州(世貞)而大振焉。泛而遊者。如吳川樓(國倫)·宗方城(臣)·王麟州(世懋)·徐龍灣(中行)·梁蘭汀(有譽)等亦皆高踏。槩論之則空同弇州如杜。大復滄溟如李。論其集大成則不可不歸於王。而若其才之卓越則滄溟爲最。如臥病山中生桂樹。懷人江上落梅花。樽前病起逢寒食。客裏花開別故人等句。王亦不可及。此弇州所以景慕滄溟。雖受仲尼丘明之譬。只目攝而不大忤。有若子美之仰太白也。川樓以下。地醜德齊。而吳體最備。宗才最高。
徐有榘	楓石全集 金華知非集 卷5 「八子百選序 (抄啓應製)」	唐順之가 明淸 諸家들이 당송팔대가를 모방한 것을 3살 어린아이가 노인의 형상을 한 것에 비유한 말을 인용하다.	我聖上以勛華之聖。敷周孔之文。三晝之暇。潛心墳典。所以繼往而開來者。孜孜乎屢致意焉。而又就茅坤所選八家文。取其最精粹者一百篇。編爲四卷。命之曰八子百選。鋟梓行世。臣讀而歎曰盛矣哉。大聖人作人之念也。夫氣賦於天。巧生於才。則所可策勵而陶鎔者。法而已。苟神於法則養之以爲氣。思之以爲巧。抑亦在其中矣。雖然自八家之有選。今且數百年。文章之遞降極矣。明淸諸家

			之倣傚八子者。往往似唐順之所謂三歲孩作老人形。此其故何哉。由其泛而不約。不得其法之髓。而徒依㨾焉耳。然則是編之出而有志於斯文者。賴有所津逮梯接。循其法而變化於氣。以不負菁莪樂育之化。可指日而俟。臣敢次其說以爲序。
徐宗泰	晩靜堂集 卷11 「讀弇山集」	唐順之의 문장은 '瞻而失之衍'하다.	荊川瞻而失之衍。
徐宗泰	晩靜堂集 卷11 「錢牧齋集」	錢謙益은 평생 李夢陽·李攀龍·王世貞을 극력 배척하는 데 힘을 기울였으므로 唐順之와 歸有光의 문장을 허여한 것은 당연하지만 李東陽을 추숭한 것은 지나친 면이 있다.	且一生趣嚮。務在軋斥兩李與王。故推許荊川與歸熙甫固宜。而崇重李西厓過當。
徐瀅修	明皐全集 卷首 「明皐文集序」	紀昀은 徐瀅修 문집의 서문을 써 주면서 徐敬德의 문집이 唐順之의 만년 문장과 비슷하다고 언급하였다.	東國聲詩。傳播中國者多矣。文筆傳播中國者。余唯見徐君敬德一集。然頗有荊川晩年之意。…嘉慶己未九月二十五日。河間紀昀撰。
徐瀅修	明皐全集 卷14 「紀曉嵐傳」	紀昀은 唐順之의 만년 저작에 語錄體의 병폐가 있다고 평하다.	曾讀閣下所著耳溪詩文集序。眞古人所謂自出機杼。成一家風骨。而篇章字句之外。若有物結聚在中。孚尹旁達。精華外溢。僕所心服者在此。弊稿序文。竊願速得快讀。曉嵐曰。此非兪公之言。劉舍人云。取鎔經義。自鑄偉詞。鎔字。是從理中鍊出。鑄字。乃能筆下造成也。大較語錄。與文字本不相通。而南宋以來。以文章名於世者。皆不免攙入語錄。雖以唐

			荊川之號稱大家。晚年著作。亦有此病。一涉此病。則可謂之語而不可謂之文。大作諸篇。它姑勿論。根柢經術而不雜語錄一字。此最難及。序文亦及此義。當卽送上。
成大中	靑城集 卷5 「感恩詩叙」	唐順之와 歸有光은 陳亮·陸游가 韓愈·蘇軾을 쫓는 것과 같은 격이다.	外是而興者。如唐順之·歸有光。猶陳·陸之踵韓·蘇也。文章正脉。具在是矣。反是而爲文。非邪則妄。君子不謂之文也。
申靖夏	恕菴集 卷16 「評詩文」	명나라 시인들 중에서 唐順之의 시를 제일 좋아한다고 말하다.	僕於明人。最愛唐順之。如獨樹春深初着藥。空山行遍不逢僧。居並野僧方結夏。身隨枯葉又經秋。其高妙殆非明人語也。
安錫儆	霅橋集 下 霅橋藝學錄	명나라의 宋濂·方孝孺·王守仁·唐順之 등은 힘써 당송팔대가의 법도를 배우려 했지만, 辭氣는 朱子의 문장에서 나온 것이 많았다.	文章自唐而宋。已降一級。而爲歐蘇。及至南宋。則又降一級。故陳同甫眞希元輩。雖王長當世。而終不得超詣乎曾王之列。若朱子文章。則理致精深正大。法度周整細密。氣暢達渾厚。直紹孔孟之文章。要當不拘於世級。而顧風氣所關。不能免南宋格調。況於元以下諸文家乎。故虞伯生歐陽原功。以元文之稱首。而力學八大家規矩。然其辭氣出自朱文者爲多。皇明之宋景濂·方希直·王伯安·唐應德亦然。如王道思頗自矜持。而欲脫於南宋格調。顧反歸於生澁局滯。而不及於伯安應德矣。盖朱子之文。以理則在孔孟之間。以法則在孟韓之次。以氣則在歐曾之班。以辭則在陳眞之上。而鬱然爲大家。寧不爲後世之所宗乎。自朱子以後。世級又每下矣。或者欲以一身之才力。

			强超當世之風氣。效唐希漢。要不染於南宋。得乎。
安錫儆	霅橋集 下 霅橋藝學錄	王愼中은 스스로 긍지를 가지고 南宋의 풍격에서 벗어나려고 했지만, 도리어 生澁하고 局滯에 빠져서 王守仁과 唐順之보다 못하게 되었다.	如王道思頗自矜持。而欲脫於南宋格調。顧反歸於生澁局滯。而不及於伯安應德矣。
安錫儆	霅橋集 下 霅橋藝學錄	茅坤의 『唐宋八大家文抄』는 天下萬世의 문장의 모범이 될 만하고, 唐順之의 『文編』은 그 지향점을 당송팔대가에 두고 있어 茅坤과 뜻이 같다고 평하다.	茅順甫之選八大家。固將以爲天下萬世之文章模範。唐應德之文編。其歸宿亦在於八大家。則其意盖與順甫同也。而順甫・應德之文。實多朱文辭氣。則彼必盛慕乎朱子之文章而然耳。不以列之於八大家之次者。必以經傳待之。而不敢視之以文章家也。
安錫儆	霅橋集 下 霅橋藝學錄	茅坤과 唐順之의 문장은 朱子 글의 辭氣가 많은데, 이는 그들이 주자의 문장을 몹시 존모하여 그러한 것이다.	順甫・應德之文。實多朱文辭氣。則彼必盛慕乎朱子之文章而然耳。不以列之於八大家之次者。必以經傳待之。而不敢視之以文章家也。
安錫儆	霅橋集 下 霅橋藝學錄	唐順之의 학문은 '實'이 있어 여타 虛華한 명나라 문인들에 비해 뛰어나며, 문인으로 스스로를 자랑하려는 병폐가 없으니 숭상할 만하다.	唐應德學問有實。見經濟兵陣。亦抱實用。故其文在明人虛華中。最爲精實。且無文人夸矜之病。良可尙也。
安錫儆	霅橋集 下 霅橋藝學錄	王愼中은 唐順之와 나란히 일컬어지고, 王世貞은 한 시대의 대가로 병칭되지만 그들의 문장에는 정심한 견식은 없고 虛黬한	王道思。雖與應德齊名。王元美。以一時射雕手並稱。然其文無精深之見。而多虛憍之氣。必其知見才調。不如應德之實也。且其修辭未能圓轉。而不如應德之熟也。文家體裁。

		기운이 많아 식견과 재주가 당순지의 '實'만 못하며, 修辭는 원만히 전환되지가 않아서 唐順之의 원숙함만 못하다.	出於二典三謨。而歷伊・萊・傅・箕・周・召・孔・曾・思・孟群聖賢。傍曁諸子百家。雖有意趣辭氣之異。而體裁則同一規也。故左・國以下。三漢作者。雖奇變百出。而其規矩則一也。至唐宋八大家。各體皆備千變萬化。而所循規矩一而不貳。森可學。故方希直・王伯安・唐應德・王道思輩。皆取法於此。後之學者。能於此而見其法度。則其於希直・伯安・應德・道思之文。何難之有哉。
安錫儆	霅橋集 下 霅橋藝學錄	方孝孺・王守仁・唐順之・王愼中 등은 대대로 내려오는 문장의 법도를 충실히 학습한 인물들로서, 후학들이 이들을 통해 문장의 법도를 배울 수 있다.	上同
兪晩柱	欽英 卷3 1780년 10월 9일조	唐順之의 『荊川全集』을 읽고, 그가 처음에 이몽양을 배웠다는 왕도사의 말을 듣고 방향을 바꾸었다는 사실을 기록하다.	閱荊川全集(五冊。本編十二卷)。王道思序。'荊川爲文。始尊秦漢。頗傚空同。已而聞王道思之論。灑然大悟。盡改其少作云。崇禎初追諡襄文。'
兪晩柱	欽英 卷4 1784년 1월 19일조	唐順之의 『歷代史纂左編』을 읽다.	十九日。己巳。極寒風。洞西見唐荊川歷代史纂左編。共百卷。
李德懋	靑莊館全書 卷48 「耳目口心書 (一)」	方孝孺・王守仁・唐順之・歸有光 등을 李攀龍 무리의 雄建함이나 袁宏道 무리의 超悟함과는 다른 文章의 別派로 평가하다.	或曰。子奚取焉。曰。集二子而各棄其酷焉可也。然方遜志・王陽明・唐荊川・歸震川輩。亦文章別派也。豈肯受節制於此二子哉。蓋于鱗輩雄健。中郎輩退步矣。中郎輩超悟。于

			鱗輩退步矣。各自背馳。俱有病敗。然絕世異才。振古俊物。新羅高麗國。終恐無之矣。噫。
李宜顯	陶谷集 卷27 雲陽漫錄	唐順之는 당송고문을 학습하여 문장이 아정하다.	如茅鹿門・唐荊川・王遵巖・歸震川諸人。專歸宿於歐・曾諸大家。故不甚有此病。頗似爾雅。荊川尤佳。王陽明學術雖誤。其文俊爽慧利。非務爲搯撺割剝之比。皆出於胸中自得也。
李宜顯	陶谷集 卷28 陶峽叢說	茅坤・唐順之・楊愼・歸有光・錢謙益 등과 徐渭・袁宏道 등을 한 유파로 비정하다.	明文集行世者。幾乎充棟汗牛。不可殫論。而大約有四派。姑就余家藏而言之。… 鹿門・荊川・升菴・震川・牧齋。學古而語頗馴。不爲已甚者也。就中升菴之麗縟。牧齋之蕩溢。稍離本色。而故當屬之於此。不可爲王・李之派。徐文長・袁中郞。又旁出而以慧利爲長。此二人亦不可爲王李派。當附入於此派。
李定稷	燕石山房文藁 卷4 「好書室後記」	唐順之는 만년에 講學을 했으나, 그 문장에 도움이 되지 못했다.	昔王陽明德業文章。卓冠一世。而以講學不醇。見斥於儒門。唐荊川。晚年亦講學。適以冗其文。余嘗笑之。而乃自蹈焉。誠知人之笑余。如余笑二公。然陽明自信己見。荊川意在趨實。皆與余不同。余則因文而溯學焉已矣。往年作好書室記。專爲文辭而發。及今書此。爲好書室後記。以見余雖寓目乎講學。其實浮文。固有爾非敢竊其似云。
李定稷	燕石山房文藁 卷7 「文辨」	唐順之의 眞은 歐陽脩에 못지않지만, 그의 文은 歐陽脩보다 못한데 이는 식견이 지극하지 못해서이다.	余常喜以法論文。有駁之者曰。文須才耳。法惡能盡之。又余垂老。攻古文不自貳。駁之者曰。古而未工。曷若今而工。斯二駁者。俱局乎偏而未

| | | | | 睹其全也。… 駁者又質之曰。且如南豐之文。法而未化。東坡之文。才而無不法。子將南豐乎。抑將東坡乎。北地之文。泥古而形貌贋。荊川之文。不泥古而性情眞。子將北地乎。抑將荊川乎。斯言也。正吾所欲聞之而辨焉者也。法而未化。豈罪夫法哉。其殆有未達者矣。古而贋者。豈罪夫古哉。顧亦有未達者矣。夫吾所欲辨之者。將舉其未達者示人。以而指迷。以而去病。以臻於化而眞也。子知夫東頗之才而無不法。而獨不知昌黎之法而無不才乎。子病夫北地之古而贋。而不許六一之古而眞乎。夫吾所欲舉其未達而示人者。何。惟識而已矣。法焉而識其徒法之非眞法也。才焉而識其恃才之非眞才也。古焉而識其泥古之非眞古也。今焉而識其流乎今之非眞今也。識其非。則斯無不是矣。無不是。則斯眞矣。凡法而未化。與古而贋者。皆病乎識之未至也。識苟至焉。法而無不才矣。古而無不工矣。且夫東頗之才。不下於昌黎。而文遜於昌黎者。識有未至也。荊川之眞。亦不下於六一。而文遜於六一者。識有未至也。吾是以知才之不足以盡夫文也。才猶不足以盡之。則一人之性情。又惡足必其無乖於眞也。嗟夫南豐之未化。法而法。北地之贋。古而古。夫法而必法。斯所以未化也。古而必古。斯所以贋也。若夫近代文人之有愧乎前人者。純乎才而已。純乎今而已。純乎才者浮薄。純乎今者鄙碎。豈所謂文之全也哉。 |

| 李定稷 | 燕石山房文藁 卷7 「讀古文解」 | 唐에서는 韓愈, 宋에서는 歐陽脩와 蘇軾, 明에서는 唐順之와 歸有光, 淸에서는 汪琬과 方苞가 모범이 되는 사람인데, 고문의 뜻을 알려면 辭達을 우선으로 삼아야 하므로 唐順之의 글을 처음에 두고 韓愈의 글을 마지막에 두었음을 밝히다. | 文達辭。以行乎今。奚古之云哉。不師古則恣。恣不可以爲。則道學尙矣。詩師漢魏。書師晉。維文亦然。兩漢其師也。爲其極乎盛也。然古文祖漢而宗唐。雖詩書宜然。祖者。祖乎古也。宗者。宗于今也。詩師漢魏。而由唐以溯之。書師晉。而亦由唐以溯之。惟古文亦然。爲其盛於兩漢。而工于唐也。唐有一人焉。韓文公是已。非文公之文。盛於兩漢也。集古文而得其中。則文公其二也。由公以下。于宋于明。各得二人焉。于近代亦得二人焉。曰歐陽六一。曰蘇東坡。宋之大家也。曰唐荊川。曰歸震川。模楷乎明。而曰汪堯峰·方望溪。拔出乎近代也。非外此而無文。爲其得古文之意焉。是以讀七賢之文。而各爲之解。解由己而已。非曰夫人而必吾從也。欲識古文之意。則辭達是先。首之以荊川。以終于昌黎。元之虞道園。明之宋潛溪·王遵巖。亦其秀也。俟將讀之云。 |
| 李定稷 | 燕石山房文藁 卷7 「讀唐荊川文」 | 唐順之의 文에 대한 총평을 하다. | 以言爲文。而煥乎有章。斯之爲古文。以文爲文。則非古也。言者。必之宣也。章者。辭之揚也。能宣能揚。油然自我而出。而典重深醇者。其至矣乎。荊川之於文。知其如是也。其自運也。則以雅莊縝密之思。爲博達茂贍之辭。舒之而遠近俱到。卷之而巨細畢集。順而乘之。翩然其往也。拂而迎之。沛乎其辨也。一之不足。再三之。而未嘗有冗散而繁碎焉。如駕熟調之馬。而騁於屈曲高下之路。方中折。圓中旋。仰如蠶。俯 |

			如趍。一徐一疾。翕然應節。而人之望之。見其神閒而意足者。以其天質優裕。而辭氣緩爵也。世之以文爲文。而奔走於榛蕪者。蓋已久矣。惟荊川脫然不爲所迷。其殆文中之豪傑乎。語其成就。雖不如歐陽之溫雅。蘇氏之迭宕。而使人尋其正路。由宋而至於唐。則荊川實爲之開先也已。
李定稷	燕石山房文藁卷7「讀唐荊川文」	唐順之는 雅莊縝密한 생각으로 博達茂贍한 언사를 이루었다.	荊川之於文。知其如是也。其自運也。則以雅莊縝密之思。爲博達茂贍之辭。
李定稷	燕石山房文藁卷7「讀唐荊川文」	唐順之의 文은 비록 歐陽脩의 溫雅함과 蘇軾의 迭宕함에 못 미치지만, 사람들이 正路를 찾게 하고 宋을 통하여 唐으로 이르는 길을 앞서 열었다.	語其成就。雖不如歐陽之溫雅。蘇氏之迭宕。而使人尋其正路。由宋而至於唐。則荊川實爲之開先也已。
李定稷	燕石山房文藁卷7「讀堯峰文」	汪琬의 文은 骨氣가 歸有光만 못하고 情韻이 唐順之만 못하나, 風範은 옛날 대가의 유풍이 있다.	文以辭成。辭以體備。體定而才識。斯可判矣。夫識有高下。高者。其辭醇。下者。其辭駁。才有敏鈍。敏者。其辭爵。鈍者。其辭滯。此大略也。氣盛者。其辭健。力强者。其辭贍。雅俚潔濁。繫乎操濃薄。密麤繫乎工開闊。伸縮照應。由乎法。擇焉而得其精者。爲正宗。精矣而無不周徧者。爲大家。漢唐北宋。其蔚然矣。自其下。諸家之文。各有所長。而亦皆有所不足焉。若堯峰之文。健而不橫。强而不硬。贍而典。雅而和。潔而亦濃。密而不至於纖。不泥乎法而未嘗離於法。蓋擇焉而得其精者也。骨氣不如震川。情韻不如荊

			川。而風範優優乎有古大家之遺焉。由此而進。則又一廬陵矣。而所未至焉者。識稍未高。才稍未俊耳。余於是不能不爲堯峰失色。
李夏坤	頭陀草 冊16 「讀唐荊川文」	唐順之의 문장은 歐陽脩와 曾鞏에게 연원을 두어 문장이 '紆餘曲折'하고 '意味深厚'하여 명나라 여러 大家들 가운데 최고로 손꼽힌다.	唐應德之文。淵源永叔・子固輩。紆餘曲折。意味深厚。在皇明諸大家中最稱作家。而及其退歸荊溪之後。又一意尊信朱子之學。知解言論。有非一時諸儒所可及。後聞王汝中致良知之說。盡棄其學而從之。故以論學諸書觀之。其所謂閉門觀心閒靜中。稍見本來面目等語。純是曹洞氣味矣。
李夏坤	頭陀草 冊16 「與洪道長書」	方孝孺・王守仁・歸有光・王愼中・唐順之가 비록 八家에게서 法을 취하였으나, 근본을 탐색하여 六經까지 거슬러 올라갔기에 그들의 문장이 볼 만하다고 평하다.	如方希直・王伯安・歸熙甫・王道思・唐應德輩。雖曰取法於八家。而亦能探索根本。上泝六經。故其文皆可觀。而至於熙甫。其用力比他人尤純深。故其文外淡而中腴。語簡而味深。嘗自稱曰吾文可肩隨歐・曾・介甫則不難抗行矣。此非夸也。其自知可謂深矣。
李夏坤	頭陀草 冊17 「送李令來初(仁復)赴任安東序」	明의 王守仁・歸有光・唐順之・王愼中의 문장은 君子의 문장이라 이를 만하고, 그 외 여러 사람의 문장은 華贍하기는 하지만 文人의 문장이란 평가를 면하지 못한다고 평하다.	明之王伯安・歸熙甫・唐應德・王道思諸人之文。亦可謂之君子之文也。其餘諸子之文。非不華贍矣。俱未免乎文人之文也。
田愚	艮齋集後編 卷5 「答盧宗尼・洪思哲(己未)」	唐順之가 논한 '狷愿'의 一段은 깊이 살펴봐야 한다고 평하다.	余嘗讀姜私淑(希孟)農謳。有悟其詩。云彼稂莠與眞同。(近理者易混。)看來不辨愁老農。(愁字。從仁性上發。)細討細疏莫相容。(義之結局處。)盡使稂莠空。(是廓淸之功。而一身禍

			福不暇顧也。) 因思義利名實異端。(端字。甚微莫粗看。) 正學謹原狷者。(唐荊川所論狷原一段。極要體察。) 此類至繁。蓋彌相似者。愈相亂也。此聖賢之所深憂。而世儒不以爲意。甚可嘆也。學者。于吾心之所存。己見之所認。它人議論之異同。事爲之向背。一一都要辨別得公私是非。以爲取舍去就之極。是爲儒者第一急切要務。
田愚	艮齋集後編卷17「華島漫錄」	唐順之가 논한 '謹愿之士'와 '狷者'에 대해 인용하다.	唐荊川曰。謹愿之士與狷者。不爲不善。亦較相似。但狷者。氣魄大。矯世獨行。更不畏人非笑。謹愿之士。拘拘謭謭。多是畏人非笑。狷者。必乎己。謹愿者。役於物。大不同耳。今人多以謹愿者爲狷。此學不明之過也。止此愚見謹愿之士。遇人行正禮而爲世非笑。已亦從而詆斥之。不爾。共爲人非笑也。又値非義之義。被人廝炒而黽勉從之。不爾。共爲人非笑也。此非惟無氣魄可以獨行。實緣無精識足以自斷耳。士須有窮理養氣之功。
曹兢燮	巖棲集卷9「與李蘭谷(建芳)」	文章과 道德을 모두 이루려고 한 唐順之·王愼中·方苞·姚鼐와 같은 무리의 경우 옛 성현에 미치지 못하는 재주로 두 가지 모두를 이루려 하였으므로 종국에는 문장가라는 평가 밖에 받지 못했다고 평하다.	夫道德文章之難並久矣。爲道德者。以文章爲不足爲。而爲文章者。亦自以不屑於道德之假者。於是二者愈裂而不可一。然此自不識其眞者爾。於道德文章何病焉。夫有眞道德者。必有眞文章。有眞文章者。必識眞道德。…至紫陽夫子則蓋斑斑乎均至矣。而世之主乎文者。猶疑其未至也。明淸以來。有自蘄以二者之至。如唐·王·方·姚之倫。窮一生之力

			以爲之。而其歸則終不免於偏勝。而人見其爲文也。夫人見其爲文則是於道德。必有所未至焉。蓋其才不及古聖賢。而有意於二者之並至。則其勢不得不至此也。故區區妄以爲今之學者。求如古聖賢無意之至。不可望已。求如紫陽氏之至。而使人猶疑其未至者。於道或庶幾焉。不然而必有意於二者之俱至。則其究也爲明淸數子已矣。然此數子又安得以遽及。則文章一事雖捲而置之。惟汲汲於道德而聽其自至焉可也。
許筠	惺所覆瓿稿卷4「送李懶翁還枳祖山序」	王守仁과 唐順之가 佛經을 읽어 깨달음이 있었다는 사실을 기록하여, 자신도 이에 영향을 받아 불교에 침잠하게 된 사실을 밝히다.	余少日嘗慕古之爲文章者。於書無所不窺。其瑰瑋鉅麗之觀。亦已富矣。及聞東坡讀楞嚴而海外文尤極高妙。近世陽明王守仁・荊川唐順之之文。皆因內典。有所覺悟。心竊艶之。亟從桑門士求所爲佛說契經者讀之。其達見果若峽決而河潰。其措意命辭。若飛龍乘雲。杳冥莫可形象。眞鬼神於文者哉。愁讀之而喜。倦讀之而醒。自謂不讀此。則幾虛度此生也。未逾年。閱盡百巫。其明心定性處。朗然若有悟解。而俗事世累之絓於念者。脫然若去其繫。文又從而沛然滔滔。若不可涯者。竊自負有得於心。愛觀之不釋焉。
許筠	鶴山樵談	명나라 사람 중 글로 이름을 날린 十大家는 李夢陽・王守仁・唐順之・王允寧・王愼中・董玢・茅坤・李攀龍・王世貞・汪道昆이다.	明人以文鳴者。十大家。李崆峒獻吉・王陽明伯安・唐荊川應德・王祭酒允寧・王按察愼中・董潯陽玢・茅鹿門坤・李滄溟攀龍・王鳳洲世貞・汪南溟道昆。而崆峒專學西漢。王・李則鉤章棘句。欲軼先秦。南溟華

			健。董・茅則平熟。王愼中則富贍。明人皆厭之。以爲腐俗。余所見畧同。伯安不專攻文。而以學發之。故未免駁雜。荊州則典實。然皆可大家。王元美輩。以明人文章比西漢。以獻吉比太史公。于鱗則比子雲。自托於相如。其自誇太甚。我東方金季昷・南止亭・金冲庵・盧蘇齋之文。置之十人中。比諸董・茅。亦不多讓。而不得攘臂於中原。惜哉。
許筠	鶴山樵談	王守仁은 文을 전공하지 않고 학문으로 시작했기 때문에 駁雜함을 면치 못하고, 唐順之는 典雅純實하여 모두 大家가 될 만하다.	伯安不專攻文。而以學發之。故未免駁雜。荊州則典實。然皆可大家。
洪吉周	峴首甲藁 卷3 「明文選目錄序」	洪奭周가 명나라 문인 劉基・宋濂・方孝孺・解縉・楊寓・李東陽・王守仁・唐順之・王愼中・歸有光 등의 문장을 모아 『明文選』 甲集을 만들었다.	『明文選』二十卷。目錄一卷。淵泉先生之所篇也。其書有五集。以劉伯溫・宋景濂・方希直・解大紳・楊士奇・李賓之・王伯安・唐應德・王道思・歸熙甫之文爲甲集。甲者。一代之宗也。
洪奭周	淵泉集 卷24 「選甲集小識」	『明文選』 甲集에 뽑은 인물 중에서 宋濂・唐順之・歸有光은 옛 사람들의 의론을 따른 것이고, 劉基를 宋濂과 함께 묶되 더 높인 것과 方孝孺・王守仁을 歸有光보다 높인 것은 내가 취하는 바가 있기 때문이고, 解縉・楊寓・李東陽・王愼中은 못마땅한 점이	今之爲文辭者。大擧多尙明文矣。其甚者。往往棄韓・柳・歐・蘇不道。而其詆訶之者。又擧曰明安得有文。是二者。皆未知明文也。豈惟不知明文哉。固未嘗知何者爲明文也。夫李觀・樊宗師・劉蛻・劉煇・宋祁之文。固皆唐宋也。今有學李觀・樊宗師・劉蛻・劉煇・宋祁之文而曰。吾學唐・宋文。又有人從而詆之曰。唐・宋之文不可學。是尙爲知唐・宋

		없지 않지만 그 장점을 본다면 한 시대의 으뜸이라 할 만하다. * 『明文選』甲集에 적은 글이다.	文也哉。今之尙明文者。吾無論已嚮有適中州者。至遼瀋之陬。入其三家店。炊蜀黍買醬而食之曰。中國無飮膳。今之詆訶明文者。亦奚以異是哉。余自宋景濂以下得十人。以其傑然爲一時甲也。故曰甲集。其取宋景濂·唐應德·歸熙甫。皆古人之餘論也。其以劉伯溫。配景濂而上之。而尊方希直·王伯安於歸唐之右。余竊有取焉爾。若解大紳之輕俊。楊士奇·李賓之之平衍。王道思之支蔓。於余心。有未慊焉。雖然。推其所長。亦可以爲一時之甲矣。遂総爲甲集十卷。
洪翰周	智水拈筆卷1	唐順之는 편저서가 많고 자신의 시문집이 있다.	有明一代。如升菴·弇州·荊川。及王圻·陳仲醇·陳仁錫輩。著書尤多。而亦各有詩文一集。
洪翰周	智水拈筆卷3	唐順之가 茅坤에게 보낸 편지에서 일설에 邵雍과 曾鞏을 각각 詩와 文의 으뜸이라 주장한 견해가 있음을 언급하다.	嘗見唐荊川與茅鹿門書。有曰。某處山中。有一僻見。三百篇後。詩當以邵堯夫擊壤集。爲古今第一。文則當以曾子固爲第一。未知如何云。鹿門之答。余姑未見。而此果僻見也。
洪翰周	智水拈筆卷6	金昌協은 方孝孺·王守仁·王愼中·唐順之 등을 명나라 문장의 第一大家로 꼽고, 張維와 李植도 그 범위를 벗어나지 못하였다고 평하였다.	農巖先生。亦以遜志·陽明·遵巖·荊川四家。推爲明世第一大家。又曰。谿谷·澤堂。皆不能出方王度內。

인물 해설	淸代의 고증학자로 자는 東原, 愼修, 호는 杲溪이며 安徽省 休寧 출신이다. 江永에게 사사하였으며, 음운·訓詁·지리·천문·산수·제도·名物 등 여러 분야에 통달하였다. 음운으로 훈고를 구하고 훈고로 의리를 탐구함으로써 실증적 학풍을 주창했다. 鄕試에는 합격했으나 進士시험에는 합격하지 못했다. 그러나 학자로서의 명성 때문에 1773년 황제의 부름을 받아 四庫全書 編修館으로 임명되었고 1775년 황제의 특명으로 마침내 진사가 되어 翰林院에 들어가 『水經注』, 『儀禮集釋』, 『周髀算經』, 『孫子算經』 등의 교정 작업에 참여하였다. 특히 1765년부터 1775년까지 세 차례에 걸쳐 교정한 『水經注』는 누락된 2128개 글자를 보충하고, 잘못 들어간 1448개 글자를 산거했으며, 잘못된 글자 3715를 교정함으로써 『수경주』의 진면목을 회복시켰다는 평가를 받는다. 王念孫과 段玉裁를 가르쳐 皖派라는 학술적 유파를 이루었다. 경서의 객관적 연구를 위해 淹博, 識斷, 精審의 방법을 제창하였고, 校勘, 문자, 음성, 제도, 지리, 역법 등의 보조학을 중시하여 고증학의 방법을 확립하였다. 이러한 방법을 적용한 『孟子字義疏證』이 대표적인 저술로 꼽히며, 이외에 『考工記圖』, 『屈原賦注』, 『原善』, 『尙書今文古文考』, 『春秋改元卽位考』, 『詩經補注』, 『聲類表』, 『方言疏證』, 『聲韻考』 등을 남겼다.
인물 자료	○ 『淸史稿』, 列傳 268 　　戴震, 字東原, 休寧人. 讀書好深湛之思, 少時塾師授以說文, 三年盡得其節目. 年十六七, 研精注疏, 實事求是, 不主一家. 與郡人鄭牧·汪肇龍·方矩·程瑤田·金榜從婺源江永遊, 震出所學質之永, 永爲之駭歎. 永精禮經及推步·鍾律·音聲·文字之學, 惟震能得其全. 性特介. 年二十八補諸生, 家屢空, 而學日進. 與吳縣惠棟·吳江沈彤爲忘年友. 以避仇入都, 北方學者如獻縣紀昀·大興朱筠, 南方學者如嘉定錢大昕·王鳴盛, 餘姚盧文弨, 靑浦王昶, 皆折節與交. 尙書秦蕙田纂五禮通考, 震任其事焉. 乾隆二十七年, 擧鄕試, 三十八

	年, 詔開四庫館, 徵海內淹貫之士司編校之職, 總裁薦震充纂修. 四十年, 特命與會試中式者同赴殿試, 賜同進士出身, 改翰林院庶吉士. 震以文學受知, 出入著作之庭. 館中有奇文疑義, 輒就咨訪. 震亦思勤修其職, 晨夕披檢, 無間寒暑. 經進圖籍, 論次精審. 所校大戴禮記・水經注尤精核. 又於永樂大典內得九章・五曹算經七種, 皆王錫闡・梅文鼎所未見. 震正譌補脫以進, 得旨刊行. 四十二年, 卒於官, 年五十有五. … 震卒後, 其小學, 則高郵王念孫・金壇段玉裁傳之；測算之學, 曲阜孔廣森傳之；典章制度之學, 則興化任大椿傳之：皆其弟子也. 後十餘年, 高宗以震所校水經注問南書房諸臣曰：“戴震尙在否？”對曰：“已死.”上惋惜久之. 王念孫・段玉裁・孔廣森・任大椿自有傳. ○ 章學誠, 『文史通義』 內篇(二), 「書朱陸篇後」 　凡戴君所學, 深通訓詁, 究於名物制度, 而得其所以然, 將以明道也. 時人方貴博雅考訂, 見其訓詁名物有合時好, 以謂戴之絕詣在此；及戴著論性・原善諸篇, 於天人理氣實有發先人所未發者, 時人則謂空說義理, 可以無作, 是固不知戴學者矣！ ○ 錢大昕, 『潛研堂集』, 「戴先生震傳」 　(戴震)少從婺源江愼修遊, 講貫禮經制度名物及推步天象, 皆洞徹其原本, 既乃研精漢儒傳注及方言・說文諸書, 由聲音・文字以求訓詁, 由訓詁以求尋義理, 實事求是, 不偏主一家 … 訓詁明古經明, 而我心所同然之義理乃因之而明. 古聖賢之義禮非他, 存乎典章制度者是也. 昧者乃歧訓詁義理而二之, 是訓詁非以明義理, 而訓詁胡爲.
저술 소개	*『戴氏遺書』 　(淸)乾隆年間 曲阜 孔繼涵 微波榭刻本 14種 (『文集』10 /『考工記圖』2卷 /『聲韻考』4卷 /『聲類表』9卷 卷首 1卷 /『策算』1卷 /『原象』1卷/『方言疏證』13卷 /『毛鄭詩考證』4卷 卷首 1卷 /『杲溪詩經補注』2卷 /『孟子字義疏證』3卷 /『原善』3卷 /『續天文略』2卷 /『水地記』1卷 /『勾股割圜記』3卷) *『戴東原集』 　(淸)乾隆年間 金壇 段氏 經韻樓刻本 12卷 / (淸)光緖 10年 鎭海 張壽榮 秋

樹根齋刻本 12卷

* 『原善』
　(淸)刻本 3卷 / (淸)雙流 李天根刻本 三卷

* 『緒言』
　(淸)道光 30年 南海 伍氏刊本 3卷

* 『指海』
　(淸)錢熙祚編 (淸)道光 16-22年 錢氏 守山閣 據澤古齋重鈔版重編 增刻本
　140種 416卷 內 戴震撰 『孟子字義疏證』 三卷

* 『昭代叢書』
　(淸)張潮輯 (淸)楊複吉・沈楙德續輯 (淸)吳江 沈氏 世楷堂刻本 10集 499
　種 內 戴震撰 『原善』 1卷 / 『原象』 1卷

* 『仲軒群書雜著』
　(淸)焦廷琥編 稿本 91種 190卷 內 戴震撰 『戴氏杲溪詩經補』 1卷 / 『戴氏
　毛詩攷正』 1卷

* 『守山閣叢書』 一百十二種六百七十六卷
　(淸)錢熙祚編 (淸)道光 24年 金山 錢氏 據墨海金壺版重編 增刻本 112種
　676卷 內 (淸)江永撰 (淸)戴震參定 『古韵標準四卷詩韵擧例』 1卷

		비 평 자 료	
金邁淳	臺山集 卷9 「顧亭林先生傳」	顧炎武는 朱子를 篤信한 醇儒로 義理를 모르는 戴震과는 다르다.	其在華下。羇旅瑣尾。饘粥不遑給。而捐棄資四十金。助建朱子祠。非篤慕。不能如是。其學之醇可知也。烏可與西河・東原詭文破義毀冠裂冕之徒。同類而共譏之也。
金正喜	阮堂全集 卷3 「與權彝齋(十一)」	黃元御의 醫術을 閻若璩와 戴震의 經學에 비유하여 극찬하다.	黃元御是專治張仲景・孫眞人口訣。能抉千載不傳之秘奧。自河間・丹溪以下。並一切抹塗之。譬如近日治經之家閻潛邱・戴東原。大非俗醫掇拾入門・回春。以人試病者比也。

金正喜	阮堂全集卷3「與權彝齋(十八)」	魏源의 학문은 漢學 중에서도 새로이 문호를 연 것으로 惠棟·戴震과도 크게 다르며, 특히 군사 문제를 이야기하는 것을 좋아하는데, 金正喜는 魏源의「城守篇」을 읽어본 적이 있다.	大槩魏默深之學。於近日漢學之中。別開一門。不守詁訓空言。專以寔事求是爲主。其說經與惠·戴諸人大異。又喜談兵。嘗見其城守篇等書。
金正喜	阮堂全集卷5「與李月汀(璋煜)」	金正喜는 翁方綱의「群經附記」중에서 5~6종을 얻어 보았는데, 段玉裁·劉台拱과는 門路가 약간 다르고, 惠棟·戴震에 대해서는 반박한 것이 많다고 한다.	如不佞所見覃記。只五六種而已。槩見之。與段·劉諸公門路稍異。於段·劉諸公無甚許。如惠·戴諸公之說。則駁正尤多。若從段·劉諸公見聞習熟者言之。宜其有瞠乎爾也。
金正喜	阮堂全集卷5「與李月汀(璋煜)」	金正喜는 翁方綱의 지도를 받았지만, 관점을 달리하는 곳도 적지 않아서, 翁方綱이 인정하지 않았던 凌廷堪의「禮經釋例」를 좋아하고, 惠棟과 戴震의 책도 좋아하였다.	不佞於覃溪習熟者也。寔不敢盡爲曲順影從。頗有異同。其大異而不敢苟同者。爲書之今古文。且與凌仲子之禮釋例。覃翁之所不許。不佞寔喜讀之。惠·戴之書。亦頗好看。
金正喜	阮堂全集卷5「與李月汀(璋煜)」	翁方綱의 학설을 위주로 하는 사람들은 翁方綱의 經術을 惠棟과 戴震보다 낫다고 할 것이지만, 金正喜 자신은 그 우열을 경솔히 평가하지 않겠다고 하다.	今日若使主覃說者論之。必以覃翁經術。第置於惠·戴諸公之上。不佞寔不敢妄爲輕評。亦不敢私於覃翁也。
金正喜	阮堂全集卷5「與人」	畢亨은 畢沅과 성이 같으나, 그 학문의 연원은 戴震에게 있음을 밝히다.	畢以田有著說。李兆洛未見或有論及處。於今文而頗明核者也。畢說或引載於江氏書中。與秋帆同姓。非其門

			下。淵源在東原耳。
朴齊家	貞蕤閣集 卷4 「燕京雜絶, 別任恩叟姊 兄, 憶信筆, 凡得一百四 十首」	戴震의 변론이 顧炎武를 굽히게 할 만하며, 張照의 서법이 王羲之를 이을 만 하다고 평하다.	辯能詘亭林。戴氏東原出。近頗祧右 軍。得天司冠筆。
朴齊家	貞蕤閣文集 卷2 「六書策」	'老'와 '考'가 서로 같은 뜻 이라는 것에 대한 戴震의 학설을 인용하다.	以轉注論之。則程端禮曰轉聲。張謙 中曰轉聲借義。趙古則曰有因其義而 轉者。有但轉其聲而無義。有三轉四 轉八九轉者。有轉同聲。有轉旁聲。 有雙音做義。不爲轉注者。有旁音叶 音。不在轉注例者。至以考老之同意 相受。駁許愼以下諸儒。亦一言而蔽 之曰莫善於近世戴東原之說。其言曰 說文考注曰老也。老注曰考也。轉注 者互訓也。然則同意相受之旨了然 矣。諸公有知。得無霍然汗下。
柳得恭	灤陽錄 卷2 「衍聖公」	孔子의 72대손인 孔憲培 는 柳得恭에게 洽齋란 호 를 써 주었고 趙汸의 『春秋 金鎖匙』 1권, 戴震의 『考 工記圖』 2권, 『聲韻考』 4 권, 蔡京의 州學碑, 黨懷英 의 杏壇碑, 姜開陽이 모각 한 「定武蘭亭」과 先聖墓 위의 蓍草 50本을 선물로 주자, 柳得恭은 義興의 麟 角寺碑의 비문을 탁본한 것으로 사례하였다.	衍聖公孔憲培。先聖七十二代孫。年 可三十餘。美貌善書。余於圓明園及 燕京再訪之。爲書洽齋號。贈趙汸春 秋金鎖匙一卷·戴震考工記圖二卷· ·聲韻考四卷·蔡京州學碑·黨懷英杏 壇碑。姜開陽模刻定武蘭亭·先聖墓 上蓍草五十本。余以義興麟角寺碑謝 之。又贈五律一首。余問龜山·蒙 山。公曰。俱小小山。又問。先聖 履·顔路所請車。尚存否。答。有。 仍謂余曰。君初入中國。能作漢語。 何也。余曰。畧解之。公笑曰。若再 入。則可以無不通矣。衍聖公乘金頂

			轎。燕中號爲聖人。
柳得恭	燕臺再遊錄	柳得恭이 戴震의 『方言註』도 반드시 다 맞는 것은 아니라고 하자, 李鼎元은 많은 사람들이 戴震의 학문을 종주로 삼지만, 門庭을 벗어나지 못하여 오히려 문견이 적다고 여긴다고 하였다.	余曰。洌水間言。今無一存者。戴東原注方言。恐未必盡合。墨莊曰。東原學問人多宗之。余以爲未出戶庭。猶少見也。
柳得恭	燕臺再遊錄	陳鱣은 戴震의 문하에 王念孫과 段玉裁가 있는데 각각 『廣雅疏證』과 『音均表』를 저술하였다고 말하다.	仲魚曰。字母二字本不通。今之直音某卽古之讀若也。東原門下。有王君念孫‧段君玉裁。曾知其人否。王君註廣雅甚精。段君有音均表。
柳得恭	燕臺再遊錄	顧炎武의 틀린 곳에 대해서는 戴震이 자세히 말하였으며, 비록 어쩌다 틀리기는 했지만 顧炎武는 매우 뛰어난 학자이다.	余曰。顧先生亦有錯處。仲魚曰。所論說文及石經最謬。余曰。亭林不見秦中石本。只取書坊漏本爲說。仲魚曰。其所見說文。乃五音韻譜。非眞本也。其論廣韻。亦非全本。東原言之頗詳。東原先生是大通人。余曰。然。亭林偶一見差耳。如此公者。古今幾人。仲魚曰。佩服之至。
曹兢燮	巖棲集 卷17「批李石谷 (圭畯)遊支錄 辨 後論」	黃宗羲‧戴震은 天文, 地志, 六經註疏, 여러 시대의 學案, 聲韻, 西洋과 回回의 曆筭法 등에 대한 著書가 수십 종이며 각각 자신의 학설이 있음을 말한다.	明淸以來。士之專治古經。旁證諸書。以名物度數相夸。而狹少宋儒者。指不勝屈。觀於所謂皇淸經解千餘卷者可見。而至於黃宗羲‧戴震之輩。一人所著有數十種。自天文‧地志‧六經註疏‧累代學案。以至聲韻‧曆筭西洋‧回回之法。莫不各有成說。

曹兢燮	巖棲集 卷17 「批李石谷 (圭畯)遊支錄 辨 後論」	戴震의 무리는 小小한 文義와 事實로써 朱子에 대해 비방하는 논의를 펼쳤다고 평하다.	其於朱子則有以洪水猛獸之禍比之者。王陽明之徒有以迂濶無用之學絶之者。顔習齋之徒有以同於老佛之說斥之者。戴東原之徒其他以小小文義事實。輕加訾議。
曹兢燮	巖棲集 卷17 「批李石谷 (圭畯)遊支錄 辨後論」	黃宗羲・戴震・朱鶴齡・毛奇齡 등은 그 才能과 抱負가 李圭畯보다 백배나 뛰어난 자들인데도 중국의 道學家들은 그들이 없는 듯이 여기며 考據學이라 일컬었다.	右如黃・戴・朱・毛諸人。其才能抱負。皆過李氏百倍。而中州道學家視之如無。稱曰考據學。
洪奭周	鶴岡散筆 卷6	근세 스스로의 박식을 자랑하면서 宋學을 비난한 사람으로 戴震만한 이가 없다.	李塨生平慕毛奇齡。旣老聞方苞之言。矢不敢復訾程朱。近年之自號博識而好捪摭宋學者。無如戴震。
洪奭周	鶴岡散筆 卷6	잘못된 뜻을 말년에 고치지 않는 자가 드묾을 설명하면서 戴震과 戴祖啓가 주고받은 편지글을 인용하다.	及晩嬰末疾。與共宗人祖啓書曰。生平所記。都范如隔世。唯義理可以養心耳。祖啓之言則曰。今之爲經學者。六經之文不必上口。所習者。爾雅・說文之業。所證者。山經・地志之書。身心不待此而治也。天下國家不待此而理也。及其英華。旣竭精力。消耗珠本。無有櫝。亦見還。則范然与不學之人同耳。
洪奭周	鶴岡散筆 卷6	段玉裁는 戴震의 문인으로서 博洽으로 일컬어졌는데, 晩年에 朱子를 극히 推尊하였다.	段玉裁。戴震之門人也。亦以博洽稱。晩年爲小學跋。極推尊朱子曰。余讀書。喜言訓故。考核尋其枝葉。略其根本。老大無成。追悔已晩。秊垂老耄。敬繹是書。以省平生之過。以求晩節末路之自全。又序人書曰。學者所以學爲人也。故考核在身心性

			命倫理之間。而以讀書之考輔之。今之言學者。身心倫理不之務謂宋之理學不足言。別爲異說。簧詃後生。此吾輩所當大爲之防者。嗟乎。彼數子。考證之趨楚也。新學後生之馳騖而不返者。其亦尙鑑于是哉。

屠 寄 (1856-1921)

인물 해설	淸末 史學家이자 敎育家·社會學家로, 原名은 庾, 字는 敬山·景山이고, 號는 結一宧主人이며 江蘇 武進 사람이다. 光緒 18年(1892) 進士에 합격하 여 翰林院 庶吉士가 되었으며 그 후 浙江 淳安知縣·工部候補主事 등을 역 임하였다. 일찍이 兩廣總督 張之洞의 幕僚를 지낸 적이 있었으며, 廣東 輿 圖局總纂이 되어『廣東輿地圖』편찬을 주관하였다. 또한 廣雅書局에서 繆 荃孫 등과『宋會要』稿本을 정리하였다. 光緒 22年(1896) 淸 政府 會典館에 서 黑龍江地圖의 편찬을 요구하자 그는 黑龍江輿圖總纂을 맡아 지도 편찬 사업을 주관하였다. 光緒 24年(1898) 黑龍江 六城의 草圖를 완성하였고 다 음 해에『黑龍江輿圖』의 감수와『黑龍江圖說』을 완성하였으나『黑龍江通 志』편찬 작업은 여러 가지 이유로 인해 완성하지 못하였다. 辛亥革命 때 그는 同盟會 會員이었던 長子 孝寬과 江蘇省 常州에서 지방 세력을 조직하 여 광복 활동을 벌였으며 이후 武進縣民政長으로 추대되었다. 1913年 袁世 凱의 北洋軍閥政府가 그를 武進縣知事로 임명하자 사직하고 집으로 돌아가 저술에만 전념하였다. 屠寄는 詩·詞·騈文에 모두 능하였고, 史學에 조예 가 깊었으며 특히 蒙古史 연구에 관심을 기울여 20여 년의 노력 끝에『蒙 兀兒史記』을 완성하였다.『蒙兀兒史記』는 元의 秘史 및 西方史料를 광범위 하게 인용하고 직접 답사를 통해 증명하는 방식으로『元史』의 오류를 교정 하고 빠진 내용을 대대적으로 보충하였으며, 몽고사 연구에 있어서 그 자 료적 가치가 매우 크다. 그 밖에『黑龍江輿地圖』·『黑龍江輿圖說』·『京師 大學堂中國史講義』·『成吉思汗陵寢商榷書』·『答張蔚西成吉思汗陵寢辨證 書』·『結一宧騈體文』등을 편찬하였다.
인물 자료	○ **常州市政協文史委, 『常州文史資料』 第3輯, 「屠寄行略」** 　… 年甫十八, 即謂存詩已數千首, 惟中年痛加刪乙, 視爲少作, 不欲更置之 卷中. … (其詩)雋宕溫馨, 始濡染於兩當軒, 後學元遺山·吳梅村, 晩年漸趨 平淡. … 綜寄生平, 困學不倦, 詞章瑰美, 於學術界有重大貢獻, 以視鄕邦乾嘉

	諸老, 誠無遜色, 常州固人文薈萃之鄉, 得寄足以殿晚淸學者之席矣.		
저술 소개	★ 『國朝常州駢體文錄』 　(淸)屠寄輯 (淸)光緒年間 刻本 31卷 / (淸)光緒 16年 31卷 『結一宦駢體文』 1卷 ★ 『結一宦詩略』 　(淸)光緒 16年 廣州 刻本 3卷 ★ 『結一宦駢體文』 　(淸)光緒 16年 廣州 刻本 3卷 『結一宦詩略』 3卷 ★ 『蒙兀兒史記』 　(民國)刻本 160卷 ★ 『黑龙江輿地图』 　(淸)崔祥奎等測繪 (淸)屠寄編制 (淸)光緒 25年 石印本 ★ 『遼海叢書』 　金毓黻輯 民國 20-23年 遼海書社 鉛印本 10集 79種 內 屠寄撰 『黑龍江輿圖說』 ★ 『地學叢書乙編』 　中國地學會編輯 民國10年 鉛印本 1卷 10種 內 屠寄撰 『答張慰西成吉思汗陵寢辯證書』		

비 평 자 료

| 金澤榮 | 韶濩堂集
借樹亭雜收
卷4
「書周晉琦詩集後」 | 周曾錦의 시집에 跋文을 써주면서 자신이 교유한 중국문인으로 兪樾・張謇・嚴復・鄭孝胥・屠寄・沙元炳・梁啓超・周曾錦 등을 들며, 周曾錦이 명성은 다른 사람들보다 못하지만, 그 재능만은 손색이 없다고 말하다. | 自余操觚以來。所與爲文字知己者。於本邦有朴天游・李寧齋・李修堂・朴壺山・黃梅泉・徐順之・河叔亨若干人而已。於中州有兪曲園・張嗇菴・嚴幾道・鄭蘇堪・屠敬山・沙健菴・梁任公及晉琦君若干人而已。是豈詎余交道之狹之故哉。實才之難者。使之然爾。嗟乎。晉琦君名不過乎一優貢。而年又止於四十。故名聲樹立。比曲園以下諸公。相去甚遠。 |

			何其惜也。然細論其才。則乃有不讓乎諸公者。昔余之與君日晤於其家蕉石山房也。談論問答。樂不可勝。一日君謂余曰。先生之詩。專主生氣。又一日謂曰。公之詩合王貽上・袁子才二家爲一。又曰。「方山書寮記」大好。蓋此數言。卽余所獨自知於心中者。而君乃信口發之。使余聞而一驚。若遇冷水之澆背。此非才稟之淸解悟之捷而能然哉。天下之所難者。淸才也。余故汲汲書此。使天下知君而不暇計其言之弱也。
金澤榮	韶濩堂詩集定本 卷5 辛亥稿 「送屠翰林敬山(寄)歸武進(六首)」	武進으로 돌아가는 屠寄를 전송하는 시를 짓다.	其一：老墮卑田院。紛紛瓦礫投。風前知己淚。彈向古常州。 其二：知君著書才。靑蓮佛眼具。如何向此身。忽作周郎顧。 其三：身材六尺弱。胸海千頃寬。泛之明月艇。沉以珊瑚竿。 其四：常州好山水。偏解産名士。莫弔惲先生。死猶生弟子。 其五：謂我詩埋刻。囊金擲若無。風吹佳話去。一日滿江湖。 其六：相逢是別筵。萬古傷心語。落日滿江愁。靑山帆轉處。
金澤榮	韶濩堂詩集定本 卷5 壬子稿 「酬沈友卿, 兼懷屠歸甫(敬山號)三首」	沈同芳에 화답하는 시를 지어 주며 屠寄를 그리워하며 張謇에 대해서도 언급하다. * 沈同芳의 原韻 (附)友卿原詩。一年前讀滄江稿。風引神山至未能。空有國魂招屈宋。尙餘文席奪歐曾。棲遲病翻	其一：嗇翁才力儘非常。設網靑天網鳳皇。名苑分爲員外壤。諸生呼作鄭公鄕。羣書罷講聽鶴唳。苦茗自煎燒葉黃。倘許病夫明月夜。酒船撑到碧溪傍。 其二：舜過山色翠崢嶸。幻出詞人碧落卿。雪苑鄒枚驚敏疾。玉臺徐庾擅華輕。(王漁洋詩。徐庾輕華體。)幾經彩筆管鸞殿。忽泣降旛豎石城。一曲

			秋偏鍛。顚倒羣龍戰未勝。我亦興亡悲往事。避秦身世漫同稱。	浪淘休苦唱。古來江水愛東傾。 其三： 感君於我特多情。軀命全忘各地生。竹垞盛稱陳子野。李邕先訪杜文貞。翳然花木相逢處。蕭颯鬚眉似有聲。欲向歸翁傳笑語。山王胡負竹林盟。(君與敬山同郡相善。)
金澤榮	韶濩堂詩集定本 卷5 乙卯稿 「十八日, 赴屠歸甫招, 至常州, 明日同歸甫觀蘇東坡古宅」	屠寄의 초청으로 常州에 가서 蘇軾의 古宅을 방문하다.	北江裂地來蜿蜿。常州地靈天下無。延陵季子已有葬。東坡先生可無居。清晨步遶花駭岸。(蘇宅在處) 滿袖黃花拜寒蕪。渠淸猶蘸烏巾影。苔破曾經鳩杖扶。公雖不欲爲人師。千秋弟子多鯽魚。弟子在此公歸乎。鈞天風露恐凄冷。已就堂上鋪氍毹。嗚呼鑒此公歸乎。公文世間多惵讀。我方杖策指厥塗。嗚呼鑒此公歸乎。
金澤榮	韶濩堂詩集定本 卷5 乙卯稿 「同屠敬山赴莊茂之菊花大會之招」	屠寄와 함께 莊茂之의 菊花大會에 참여하다.	翁心厭聞亂世事。假聾遂以成眞聾。(莊有聾病) 我衰未操中國語。與彼啞者將無同。啞聾相遭亦奇矣。菊花有意開西風。知翁愛菊世無比。好客又過陳孟公。鼓張叢詞頌菊德。琵琶聲裏樽酒紅。風前一時動枯蝶。天外幾陣停歸鴻。日夕香露流滿座。爲君舞喚陶家翁。
金澤榮	韶濩堂詩集定本 卷5 乙卯稿 「將歸南通, 留贈歸甫」	南通으로 돌아가며 屠寄에게 작별하는 시를 써서 주다. * 屠寄의 答詩 離合憑詩紀。滄桑又酒邊。相看兩衰鬢。暫享共和年。野史亭同築。胡元事半湮。無才勤補綴。愧爾殺靑先。	一夢常天外。相逢忽菊邊。我頭今愈白。君鬢亦非玄。寂莫千秋想。辛勤兩史編。就中難易別。敢詫拔蚤先。(余與敬山同編史。而余史以少先就故云。)

236 | 조선후기 명청문학 관련 자료집 Ⅰ

金澤榮	韶濩堂詩集定本 卷5 乙卯稿 「余之在常州, 呂博山誠之爲余置酒, 招屠敬山·童伯章·莊通伯·李滌雲以助歡, 追賦其事以謝之」	常州에서 呂誠之가 자신을 위해 잔치를 열고 屠寄·童伯章·莊通伯·李滌雲 등을 초대해 준 것에 謝禮하는 시를 지어 보내다.	其一。淸晨欲喚渡江檝。驚見夫君漚瀆回。邂逅却如元伯約。殷勤仍餉步兵醅。星河曳地三更過。寒菊隨人一笑開。別後詩篇看益妙。阿蒙刮目有由來。 其二。毗陵勝事夢多年。始此來遊十月天。玉局先生烟雨外。荊川古宅菊花邊。閶風玄圃知何處。玉佩瓊琚響四筵。老境美人無分在。黃昏猶自越寒阡。 其三。名利滔滔總陸沉。多君冰雪貯疎衿。王門不獻干時策。紙裹惟耽賣賦金。千古論量諸壟鼻。幾年離別折江心。(李白詩。流水折江心。)樽前共作婆娑舞。遮莫黃雞報曉音。
金澤榮	韶濩堂詩集定本 卷5 乙卯稿 「余往與屠歸甫·呂博山諸人, 訪唐荊川故居所謂半園者, 今園主錢君, 亦文士而適出未遇, 諸人勸以一詩贈之, 故有作」	屠寄·呂思勉·童伯章·莊通伯·李滌雲과 함께 唐順之의 옛 집을 방문하여 시를 짓다.	舊主盛文章。新主愛遺圃。古今相接意。蒼茫半烟霧。我來欲問之。主人適何去。落日石梁邊。蕭蕭松竹語。
金澤榮	韶濩堂詩集定本 卷6 壬戌稿 「屠敬山挽」	屠寄의 죽음을 애도하여 挽詩를 짓다.	當年傾盖樂新知。況是牙琴値子期。惹得傍觀驚欲倒。萬宜樓上劇談時。奎星匿彩玉揚灰。凶信聞來失酒盃。拙著傷心披不得。行間幾處見魂回。

金澤榮	韶濩堂文集定本 卷6 「書拙稿同刊記後(辛亥)」	屠寄·張詧 등의 도움으로 자신의 문집을 간행하게 된 일을 기록하다.	余近刊已所著所謂滄江稿者。若干頁而止。有所待也。武進屠翰林歸甫君。被聘於通州之國文專修科校者有年。至是期滿將去。訪余借韓史。欲以補其所撰之元史。偶見余詩所刊者。謬加大賞。幷韓史携去。數日余答謝于中學校寓所。君益增賞余詩曰。盍速盡刊以惠我。余述以本狀。君笑曰。自古來焉有書生有待而能濟者乎。吾且爲子濟之。卽取行囊發三十金。余止之而君執之甚固。仍又招釀。於是自本校至中學校·師範學校之職員及學生。羣然響應。時張退菴觀察將置酒餞君。君使人告其事曰。請以所爲餞者爲釀。則吾不飮而已醉矣。退菴笑而應之。自巳至酉所釀金。凡七十有奇。飛致于余。余不敢以却。而亦不敢以謝焉。噫天下有二難。一知之難也。一讓之難也。然有才能知人所有者。或往往有之矣。有才能知而又能虛己以讓人者。千百世無幾人。讓者公也。公則大矣。古人所以起自匹夫。爲聖爲賢。不過用此道。以此言之。余之能有可知之實之與否。姑置勿言。而歸甫君之所爲於我者。豈非讓道之尤難者哉。諸耆宿先生及諸英俊君子所以犂然於君而與之同歸者。其以此夫。同刊錄成。輒題此言。以寓感激之懷。兼明不謝之故。俾後人知之。
金澤榮	韶濩堂集補遺 卷1 壬子稿 「寄王翰霄(鎭)」	王鎭에게 시를 지어 부치며, 屠寄와의 관계를 언급하다.	琳琅珠玉古宗彊。新進風流又一郎。(王以師範學校教員。去爲屠敬山記室于常州。) 師範藝園經棒喝。常州幕府住蓮芳。河邊老樹蟬嘶早。江表靑山

			鳥去長。安得撐舟相訪去。歸翁樽酒索同嘗。
金澤榮	韶濩堂集補遺 卷1 乙卯稿 「次屠歸甫追 寄韵」	屠寄의 시에 次韻하다.	其一: 近世江西體。秪能勝潑桑。滅燈憎鬼魅。浮芥笑坳堂。風雅雖殊趣。甘醎合細嘗。請看歸甫子。正道不曾忘。 其二: 疇昔相尋處。琴張對子桑。孤酣從爾酌。(君以余戒飮。不復强勸。而獨自酌至醉。)穩睡似吾堂。擾擾塵寰內。辛辛世味嘗。茲歡曾有否。感歎不能忘。 其三: 十日平原酒。三宵佛子桑。逢迎方洽洽。別去忽堂堂。橫笛淒凉起。巡盃勉强嘗。明年春草約。珍重戒無忘。
金澤榮	韶濩堂集補遺 卷2 「與屠歸甫牘 (乙卯)」	屠寄에게 尺牘을 보내 그가 呂思勉에게 준 시를 논평하며, 王士禛 시의 특징을 설명하고, 아울러 王士禛의 시와 李夢陽 · 李攀龍의 시와 같고 다른 점을 논하다.	莊宅賞菊詩之添句。使在少壯時。便當隨筆直下。而今乃久後始得。頹唐如此。豈復可論於風雅之事耶。贈博山第二首。竊自摹擬阮亭。而兄之詩性。與阮亭少異。無恠其病無曲折也。盖阮亭詩。以無味爲味。無工爲工。平易之中。有天然神韵之跌宕。司空表聖所云不着一字。盡得風流是也。又其高華豪健。暑近於崆峒 · 滄溟二李。然二李出之以强顔矜飾。故其音慢。阮亭出之以天然脫灑。故其音爲變徵而無慢意。使人讀之。有特別之味。雖其體製未免乎一偏。其音調要爲李杜以後所未有。而弟性偶與之相近。此其區區所自喜也。然而時時效其音調。似者常少而不似者常多。豈才之不逮耶。抑天分之不盡同耶。旣以强辨自壯。而旋復反顧自

			慚。可笑可笑。
金澤榮	韶濩堂集續 卷1 癸亥稿 「寄呂博山誠之, 兼屬童伯章」	屠寄의 죽음을 애도하다.	其一: 屠敬山今何處歸。長庚睒睒獨誠之。愛君一片雷霆舌。解道龍門史卽詩。(君之此說。與余所論相符。)
金澤榮	韶濩堂續集 丙寅稿 「歲暮, 懷章君繼農」	章繼農을 그리워하는 시를 지어 보내며, 아울러 屠寄를 추억하다.	第一淸才孰似伊。敬山歸後又相思。梅開梅老人難見。重歎殘生八十時。
金澤榮	韶濩堂續集 文續編 「王氏哀思錄序(乙丑)」	王鎭이 자신의 선친을 위해 편집한 『王氏哀思錄』의 序를 쓰며, 자신과 屠寄・王鎭의 인연을 말하다.	南通王君鎭字翰霄者。其容止品行。所謂觸目見琳琅珠玉。所謂稻粱膾炙。人無不嗜。靑天白日。奴隷亦知其淸明者也。往在滿淸末年。常州屠翰林敬山。以文字之聘。來客南通者數年。見君而愛重之。及其歸常州。爲民政長。則招君以充幕府。而方敬山歸常州之際。見余述作。大契於心。擲金勸刊。故君嘗自常州歸家。見余先通交。問刊事。因以己舟載其書。以致敬山。自是遂相與相好而不能以忘。蓋凡交人之道。以介紹爲重。而若余之交君。特介紹于天下之大名士如敬山者。故區區之情感。隨而別焉。前後十餘年之間。盛衰離合存沒之際。見敬山之政通。則奇君之善居幕府矣。見敬山之解民政印。則惜君之徑息四方事矣。聞敬山之捐館舍。則悲君之俍俍而無所之矣。雖然君之容止品行。所以在家爲琳琅珠玉。在鄕爲稻粱膾炙者。要當矗矗加

			進。而今其年紀又不過四十。前途之亨。不可以量。則天下之愛君者。寧止於敬山一人。而四方之事。寧止於常州一幕而已也哉。日君持其先人寶廉君哀思錄一卷。訪余言曰。吾先人仁且賢。有成於家。無譏於里。而不幸命寒。闇然以終。吾竊悲之。收其挽誄等類。以爲此卷。思令世之君子讀之。以子之能言。盍惠一序乎。余遂諾諾。染筆述君容止品行如右。以爲君之顯親之名。而慰己之哀。將必有日云爾。
金澤榮	韶濩堂集借樹亭雜收卷3乙丑詩錄「謝呂蒙齋倡刊拙著」	呂傳元이 자신의 『借樹亭雜收』를 출간하도록 후원해 준 것을 謝禮하는 시를 지어 보내며, 아울러 屠寄, 錢灝, 費師洪도 예전에 자신의 문집을 간행하도록 후원해 주었음을 언급하다.	呂蒙齋愛讀余近著所謂『借樹亭雜收』者。出金五十以倡刊事。盖余之著作。爲中州風義君子所刊者。始於屠敬山。次於錢浩哉‧費範九。今又次於蒙齋。而蒙齋於其中最爲少年。尤可奇也。爰綴小詩。以志感愧。謬賞儂家覆瓿篇。黃金促刻散如烟。定知海內新評出。文字扶輪屬少年。

21

董其昌 (1555-1636)

인물 해설	자는 玄宰, 호는 思白, 香光, 思翁이며, 시호는 文敏으로 江蘇省 華亭縣 출신이다. 1589년에 진사가 되고 이후 南京禮部尙書가 되었으나 환관의 횡포와 당쟁 때문에 사임하였다. 1631년에 복귀하여 3년 후에 太子太保가 되었다가 이내 사임하였다. 사후에 太子太傅의 벼슬이 추증되었다. 관리로서도 명성이 높았으나 文名도 높아 시인, 서법가, 문인화가로서 널리 알려졌으며, 鑑識, 鑑藏, 臨模 등의 방면에서도 빼어난 업적을 남겼다. 그로 인해 그는 명나라 말기 제일의 인물로 꼽히곤 하였다. 특히 그의 화풍과 화론은 당대는 물론 후세의 吳派 문인화가들에게 결정적 영향을 주었다. 주저인 『畵禪室隨筆』에서는 南宗畵를 北宗畵보다도 더 정통적인 화풍으로 보아야 한다는 이른바 尙南貶北論을 주창하였다. 그림은 董源과 巨然을 스승으로 모셨으며 한편으로는 宋元 화가들의 장점을 빠짐없이 수집하였다. 沈石田과 文徵明 등의 吳派文人畵의 남종화풍을 계승 발전시켰으며 그 근원을 원나라의 黃公望에게서 찾았다. 서체는 王羲之를 주종으로 삼으면서도 글씨의 단순한 형태보다는 氣勢를 더욱 중시하였다. 저서로 『山水畵册』, 『容臺集』 등이 있다.
인물 자료	○ 『明史』, 列傳 176 董其昌, 字玄宰, 松江華亭人. 擧萬曆十七年進士, 改庶吉士. 禮部侍郎田一俊以敎習卒官, 其昌請假, 走數千里, 護其喪歸葬. 遷授編修. 皇長子出閣, 充講官, 因事啓沃, 皇長子每目屬之. 坐失執政意, 出爲湖廣副使, 移疾歸. 起故官, 督湖廣學政, 不徇請囑, 爲勢家所怨, 嗾生儒數百人鼓噪, 毁其公署. 其昌卽拜疏求去, 帝不許, 而令所司按治, 其昌卒謝事旭. 起山東副使・登萊兵備・河南參政, 並不赴. 光宗立, 問: "舊講官董先生安在?" 乃召爲太常少卿, 掌國子司業事. 天啓二年擢本寺卿, 兼侍讀學士. 時修神宗實錄, 命往南方采輯先朝章疏及遺事, 其昌慶搜博征, 錄成三百本. 又采留中之疏切於國本・藩封・人才・風俗・河渠・食貨・吏治・邊防者, 別爲四十卷. 仿史贊之例, 每篇系以筆

斷. 書成表進, 有詔褒美, 宣付史館. 明年秋, 擢禮部右侍郎, 協理詹事府事, 尋轉左侍郎. 五年正月拜南京禮部尙書. 時政在奄豎, 黨禍酷烈. 其昌深自引遠, 逾年請告歸. 崇禎四年起故官, 掌詹事府事. 居三年, 屢疏乞休, 詔加太子太保致仕. 又二年卒, 年八十有三. 贈太子太傅. 福王時, 諡文敏.

其昌天才俊逸, 少負重名. 初, 華亭自沈度・沈粲以後, 南安知府張弼・詹事陸深・布政莫如忠及子是龍皆以善書稱. 其昌後出, 超越諸家, 始以宋米芾爲宗. 後自成一家, 名聞外國. 其畫集宋・元諸家之長, 行以己意, 瀟灑生動, 非人力所及也. 四方金石之刻, 得其制作手書, 以爲二絶. 造請無虛日, 尺素短劄, 流布人間, 爭購寶之. 精於品題, 收藏家得片語只字以爲重. 性和易, 通禪理, 蕭閑吐納, 終日無俗語. 人儗之米芾・趙孟頫云. 同時以善書名者, 臨邑刑侗・順天米萬鍾・晉江張瑞圖, 時人謂刑・張・米・董, 又曰南董・北米. 然三人者, 不逮其昌遠甚.

○ 錢謙益, 『列朝詩集小傳』 丁集 卷16, 「董尙書其昌」

其昌, 字玄宰, 華亭人. 萬曆己丑進士, 選翰林庶吉士, 授編修, 出爲湖廣提學副使, 以太常卿召入, 歷遷禮部尙書, 得請而卒. 玄宰天姿高秀, 書畫妙天下, 和易近人, 不爲崖岸. 庸夫俗子, 皆得至其前. 臨池染翰, 揮灑移日. 最矜愼其畫, 貴人巨公, 鄭重請乞者, 多倩他人應之; 或點染已就, 僮奴以贋筆相易, 亦欣然爲題署, 都不計也. 家多姬侍, 各具絹素索畫, 稍有倦色, 則謡諑繼之. 購其眞蹟者, 得之閨房者爲多. 精賞鑒, 通禪理, 蕭閑吐納, 終日無一俗語. 米元章・趙子昂一流人也. 弘光補諡, 以風流文物繼跡, 承旨得諡文敏. 是時卹典雜亂無章, 獨議玄宰之諡, 庶幾無虛美云.

**저술
소개**

★ 『董文敏書眼』

　(清)刻本

★ 『筠軒淸秘錄』

　(清)抄本 3卷 / (清)鮑氏 困學齋抄本 3卷 (清)鮑廷博校

★ 『畫禪室隨筆』

　(明)董其昌撰 (清)楊補輯 (清)康熙年間 刻本 4卷 / (清)大魁堂刻本 (清)翁同和 圈點批注 4卷 / (清)汪汝祿編次 (清)康熙 17年 裕文堂刻本 4卷 / (清)清初 抄本 『董太史畫禪室隨筆』 2卷 / (清)乾隆 33年 刻本 4卷

* 『容臺集』
　(明)崇禎 3年 家刻本 『文集』 9卷 『詩集』 4卷 『別集』 4卷 / (明)崇禎 8年 刻本 『文集』 9卷 『詩集』 4卷 『別集』 4卷

* 『容台文集』
　(明)刻本 8卷 / (明)崇禎 3年 家刻本 9卷 詩集 4卷

* 『容台別集』
　(明)刻本 4卷 / (明)崇禎年間 家刻本 4卷

* 『董思白稿』
　(明)陳氏 石雲居刻本 1卷

* 『董思白論文宗旨』
　(淸)趙維烈輯 (淸)康熙年間 刻本 1卷

* 『說郛續』
　(明)陶珽編 (淸)順治 3年 李際期 宛委山堂刻本 46卷　內 董其昌撰 『容臺隨筆』 1卷 / 『論畫瑣言』 1卷

* 『十八家詩六集』
　淵著堂選 (淸)淸初 抄本 139卷　內 董其昌撰 『董玄宰詩』 6卷

* 『國朝大家制義』
　(明)陳名夏編 明末 陳氏 石雲居刻本 42種 42卷　內 董其昌撰 『董思白稿』 1卷

* 『學海類編』
　(淸)曹溶編 陶越增訂 (淸)道光 11年 晁氏活字印本 430種 814卷　內 董其昌撰 『學科考略』 1卷 / 『筠軒淸秘錄』 3卷

* 『一瓻筆存』
　(淸)管庭芬編 稿本 113種　內 董其昌撰 『書法』 1卷 / 『端溪硯譜』 1卷

* 『藝苑叢鈔』 一百六十三種 三百二十六卷
　(淸)王緝編 稿本 163種 326卷　內 董其昌撰 『論畫璅言』 1卷

* 『皇明十六名家小品』
　(明)丁允和・陸雲龍編 陸雲龍評 (明)崇禎 6年 陸雲龍刻本 32卷　內 董其昌撰 『翠娛閣評選董思白先生小品』 2卷

	★ 『可儀堂一百二十名家制義』		
	(清)乾隆 3年 文盛堂・懷德堂刻本 內 董其昌撰 『董思白稿』1卷		
	비 평 자 료		
姜世晃	豹菴遺稿 卷5 「書快雪堂帖」	「快雪堂帖」에 董其昌의 「跋洛神賦」가 수록되어 있음을 언급하다.	帖中董玄宰跋洛神賦。有曰。憶爲庶常時。嘗得借觀。今日展此。似武陵漁人再入花源也。
姜世晃	豹菴遺稿 卷5 「倣米南宮北池雲水帖」	孫錫輝가 臨書한 米芾의 「北池雲水帖」을 보고, 董其昌이 임서한 米芾의 「天馬賦帖」과 견준다면 어떠할지 모르겠다고 하다.	雙川翁臨米書。雄秀有奇趣。曾聞董玄宰有臨天馬賦帖。未知比此何如。
姜世晃	豹菴遺稿 卷5 「倣董玄宰天馬賦帖」	董其昌이 臨書한 米芾의 「天馬賦帖」을 孫錫輝가 다시 임서하였는데, 기운의 웅장함은 원본을 뛰어넘는다고 평하다.	董臨米而得其方弗。孫臨董而又得其映像。未知其元本所得與失爲幾何。而第見其氣力雄秀。大有超逸之勢。當與九方皐共賞。
金正喜	阮堂全集 卷2 「與申威堂(三)」	申觀浩의 書法은 張照를 배운 것처럼 보이는데, 張照는 순전히 董其昌을 배워 일가를 이룬 사람으로 劉墉과 명성이 나란하였다.	第見令之書法。若從張得天入手。氣味甚近。張是乾隆初人。而其書專從董脫化。可與石庵並驅。乾隆之論張書。直以右軍擬之。… 張名照。謚文敏。與董同謚耳。
金正喜	阮堂全集 卷3 「與權彝齋(十五)」	劉墉은 董其昌처럼 전문적으로 代作하는 사람을 문하에 두었다.	石庵之書眞贋。最多混雜。必具眼乃可辨。然石庵之贋。直從其門庭中出。如董香光之有代斲一人。雖於神髓未易言。色相尙有彷彿老兵典型。亦足以對酒矣。復何妨耶。
金正喜	阮堂全集 卷3 「與權彝齋(二十六)」	董其昌의 書軸에 대해서 논하다.	董軸又是極佳。筆筆皆運之中鋒。董筆之劇跡如此。然後乃見董眞不與凡筆比倫。所以爲董也。俗子妄庸。不知有此妙。輕詆董筆。誰知其從山陰

			正脈而出之耶。
金正喜	阮堂全集 卷3 「與權彝齋 (三十四)」	董其昌 書卷의 模寫本을 감정하다.	董卷果是摹本。摹法甚佳。如此者直 當作原筆看亦佳。馮承素·湯普澈之 禊序。不碍於裴机眞影。況以褉體合 作一段。非佳手不能。大抵董本。多 合諸家爲之者。卽仿以作之。其原本 之有無尤不可知矣。第其段段款題。 皆畫禪室。原跋各有所屬。見於集 中。董未必重襲前作。分題爲此矣。 所題筆法亦深於董髓。非坊間俗匠造 贗証人者。但筆氣稍弱耳。幸留作玩 副如何。
金正喜	阮堂全集 卷3 「與權彝齋 (三十四)」	錢舜擧의 「文姬歸溪圖」를 감정하며 宋珏의 印章 및 董其昌과 沈度의 題跋을 근거로 삼다.	錢舜擧文姬歸溪圖畫品特異。其上下 題款。無不眞確。如宋比玉引首隷字 甚佳。董文敏小題。又一神化之筆。 又如沈度是善學歐法者。而筆意大有 妙處。
金正喜	阮堂全集 卷3 「與權彝齋 (三十五)」	普荷는 董其昌의 제자이 다.	此僧出家之前。曾執贄於董玄宰。書 畫俱工。而其筆法有自來矣。
金正喜	阮堂全集 卷4 「與金穎樵 (炳學)(三)」	金炳學이 쓴 天雲亭 편액 의 天字는 蘭亭序에서 온 것으로 董其昌 등과 같다.	天雲亭之天字波脚。是從蘭亭得之。 如六朝碑版。唐之顔平原·宋之蘇· 黃·米。以至於松雪·玄宰。無不如 此。世之見怪。亦無怪耳。不必辨僞 也。
金正喜	阮堂全集 卷4 「與沈桐庵 (喜淳)(四)」	韓濩의 글씨는 工力이 뛰 어나지만 董其昌만 못하 다.	石峯帖可惜。大槩此書有極高處。又 有極俗處。其工到力到。可以摧山倒 海。猶不及董香光。綿綿若存。此等 境地。不可與不知者言耳。

金正喜	阮堂全集 卷4 「與金君(奭 準)(二)」	王士禎 · 袁枚 · 董其昌 · 劉墉에 대해서는 따로 界 限을 둘 필요 없이 열심히 배우기만 하면 된다.	至於漁洋 · 隨園 · 玄宰 · 石庵。又不 必別立界限。如能學透此四人者。亦 多乎爾。今以人之不能善學。反咎於 本地風光。又大不然耳。只須反躬回 光。無向他家算金算沙爲可。
金正喜	阮堂全集 卷4 「與金君(奭 準)(四)」	金正喜의 집에 소장된 董 其昌의 筆帖은 綠意가 소 장한 兵符帖보다 낫다. * 綠意는 權敦仁을 가리킨 다. 권돈인이 자신의 거처 를 綠意軒이라고 하였는 데, 그 유래는 申緯,『警修 堂全藁』, "祝聖二藁", 「綠 意吟詩圖爲彛齋尙書作三 首」에 자세하다.	余家舊藏董書唐人七律者。東來爲近 二百年。與世行者大異。若較綠意所 收兵符帖。不得不讓與一頭。董書難 如是耳。
金正喜	阮堂全集 卷4 「與金君(奭 準)(四)」	董其昌의 글씨는 猪遂良 으로부터 시작한 것이며, 顔眞卿 역시 猪遂良을 배 워 그 神髓를 터득했기 때 문에 董其昌의 글씨는 顔 眞卿과 근사한 점이 있으 며, 篆籒氣가 있어 蒼雅勁 險한 뜻이 있다.	董書專從猪法入手。顔平原亦學猪得 其神髓者。故董書於顔書尤近。又以 篆籒氣入之。有蒼雅勁險意。
金正喜	阮堂全集 卷4 「與金君(奭 準)(四)」	지금 董其昌의 글씨를 다 만 姸麗하다고 지목하는 것은 가짜를 만든 사람들 이 그 겉모습만 흉내 낸 것 을 감별하지 못하기 때문 이다.	今但以爲姸麗者。皆作贋者不知此。 而妄作其形貌。世人專無鑑別。認贋 爲眞。遂以姸麗目之。
金正喜	阮堂全集 卷4 「與金君(奭	韓濩의 筆力은 董其昌과 비교하면 가벼운 깃털 하 나일 뿐이다.	如吾東書最稱石峯。而石峯筆力較 董。卽一羽之輕。世孰有知此者哉。 往扣於大江南北。當有印可之者。

	準)(四)」		
金正喜	阮堂全集 卷4 「與金君(奭 準)(四)」	金奭準이 董其昌을 臨倣한 것이 깊이가 있음을 칭찬하다.	今所倣臨者頗有深入處。不作世俗習董之贋本只一脂粉態者。甚可喜也。
金正喜	阮堂全集 卷6 「題淸愛堂帖後」	董其昌의 글씨를 우리나라 사람들이 오로지 美麗한 것으로만 생각하여 얕잡아 보는 것은 잘못이라고 비판하면서 石峯 韓濩조차 그 氣格이 董其昌의 10분의 1도 미치지 못한다고 평하다.	董書東人皆眇之。或以爲專事美麗。是不知董書之如何者。若以東人論之。石峰之氣格。不能及董十之一。
金正喜	阮堂全集 卷6 「題彝齋所藏雲從山水幀」	董其昌 이후 王時敏, 王原祁, 王翬는 모두 黃公望을 본받았으되, 자신의 풍모를 간직하고 있다.	自董香光以來。至於王烟客·麓臺·石谷諸人。皆於大痴門徑。深入秘奧。然各以自家風致。稍變面目。成就一家。
金正喜	阮堂全集 卷9 「仿懷人詩體, 歷敍舊聞, 轉寄和舶, 大板浪華間諸名勝, 當有知之者(十首)」	谷文晁의 그림은 董其昌과 흡사하다.	其五。文晁妙畵諦。恰似董思白。淋漓善用墨。烟翠濃欲滴。流觀名山圖。富士在几席。
朴齊家	貞蕤閣集 卷3 「洰上絶句」	洰水를 지나며 시를 짓다가 董其昌이 邯鄲을 지나며 畵景을 터득하던 일을 인용하다.	江城雪意自茫茫。復有迥汀百尺檣。不是邯鄲董玄宰。誰知畵境異煙霜。(華亭於邯鄲道中。悟畵家霜景與煙景淆亂。)

徐淇修	篠齋集 卷3 「仲氏龍岡縣 令府君行狀」	徐潞修는 어려서부터 書癖이 있어서 10살이 되기도 전에 이미 筆格을 갖추었으며, 나이가 들어서는 米芾과 董其昌의 서법을 익히는 데 더욱 힘썼다.	其於文字。以慧悟濟該洽。嘗組治詩古文辭。覃精屢年。務去東人陳腐之習。故爲文則詞致淸婉。藻采苕穎。中年酷愛魏叔子朱竹垞諸集。規撫含咀。造次不捨。…公少時有臨池之癖。十歲前筆格已道勁活潑。松下曺公允亨。一見許以天才。及長尤用力於米襄陽董文敏諸法。風韻氣格。駿駿乎古名家。
成海應	研經齋全集 外集 卷61 蘭室譚叢 「鹿脯帖」	董其昌의 『容臺集』에 "顔眞卿의 「鹿脯帖」은 宋의 榻本과 字形의 대소가 비슷하지 않을 뿐만 아니라 文도 조금 다르다"고 한 말을 인용하다.	董其昌容臺集云。顔眞卿鹿脯帖。與宋榻本。不惟字形大小不倫。乃其文亦少異。宋搨政自不足據也。十七帖淸晏歲豊。又所使有豊一鄕故自名處。余未解豊一鄕作何語。及得高麗刻本。乃云所出有異彦。讀之豁然。因知王著但憑倣書入石耳。猶憶辰王(案王衡字)得此帖於蒙陰公氏亟報。余展玩。如得連城。辰王書法。爲此一變。今日重觀於德隅齋。感慨係之矣。十七帖。未知我國何人所刻。爲薰玄宰所歎賞。盖善本也。中國法書。偶落我國。復入中國。爲鑑賞家所珍。而我國無慧眼。不之知也。可勝嘆哉。如李邕筆。亦善本而入中國。李日華六研齋二筆云金陵兪仲茅先生。莊(藏)李泰和邕行書大照禪師(缺) 二千餘字硬黃紙。筆法精整。有歐褚風味。先生云此書自唐以來。卽爲高麗所藏。以故絶無宣和·政和等璽。韋玉·秋堅等印與蘇·米等跋。神廟末年。一弇得之平壤。(案征倭時壯士) 將獻之幕府媒進。余策遼事必敗。戒其毋遽往。已而果然。此卷遂留余處。

成海應	研經齋全集 卷39 「皇明遺民傳 (三)」	董其昌과 陳繼儒 덕분에 명성이 높아진 楊補의 일 화를 기록하다.	楊補字无補。自號古農。長七尺餘。 皃羸秀。鬚鬢鬒然。風韻凝遠。其先 淸江人。父潤賈于吳生補。遂家焉。 補壯歲入京師。禮部尙書董其昌・徵 君陳繼儒呼以小友。由是詩名籍甚。
申緯	警修堂全藁 綸扉錄 「孫雲麓(衡) 重撫董臨宋 四大家帖(李 魯卿所藏)」	董其昌이 臨摹한「宋四大 家帖」을 孫衡이 다시 臨摹 한 帖에 題詩를 쓰다.	重撫宋四大家帖。非學香光非蔡蘇。 身入甕中那運甕。通人師古不師拘。
申緯	警修堂全藁 奏請行卷 「題董文敏眞 蹟帖, 覃溪審 定題跋後」	董其昌의 眞蹟帖에 翁方 綱의 題跋을 받고 이를 기 념하여 시를 짓다.	我有董眞蹟。戲鴻堂臨古。腕間一種 氣。淡古出媚嫵。患世學董人。浮恍 毁前矩。此帖眞董手。墨邊珠黍聚。 無人信吾言。深藏十寒暑。質對蘇齋 老。一見眞蹟許。卷卷肯留跋。遂成 珍藏弄。譬出韓蘇作。始成周石鼓。 第杜評不公。撫古則無取。獎其自運 妙。直接山陰乳。以余論樂律。宮羽 自殊譜。華亭與北平。南北抗門戶。 後出救前敝。質厚以爲主。唯恐後學 誤。不惜言齷縷。觀於此題跋。彌覺 用心苦。撫古貴虛和。神來卽飛舞。 雖或髮無憾。神去徒陳腐。畫在脫文 沈。詩豈貌李杜。不妨香光室。取意 遺象數。我言非祖董。平心互參伍。 後之學古者。勿謂余揩拈。題詩敲硯 氷。玉河寒蟾吐。
申緯	警修堂全藁 奏請行卷 「題董文敏眞 蹟帖, 覃溪審 定題跋後」	翁方綱이 董其昌의 폐단을 고치기 위해 質厚를 강조한 점을 말하고, 그러나 臨摹 할 때는 虛和가 중요하다는 자신의 견해를 밝히다.	華亭與北平。南北抗門戶。後出救前 敝。質厚以爲主。唯恐後學誤。不惜 言齷縷。觀於此題跋。彌覺用心苦。 撫古貴虛和。神來卽飛舞。雖或髮無 憾。神去徒陳腐。

申緯	警修堂全藁 清水芙蓉集 「倣寫諸家山 水, 自題絶句」	董其昌의 그림을 倣作하고 題詩를 짓다.	董思白法。風蒲葉葉柳絲絲。歸雁行 邊搖櫓遲。此是思翁又一法。窓間自 寫自題詩。
申緯	警修堂全藁 戊寅錄 「題陳未齋 (浩)臨擔當師 書橫看, 有劉 石菴(墉)·翁 覃溪(方綱)二 跋(九首)」	董其昌·劉墉·翁方綱· 擔當·陳浩가 평생 臨摹를 통해 서법을 연마했다고 말하다.	其五：白頭矻矻撫古。海岳香光一斑。 後賢石老蘇室。前輩點蒼紫瀾。(擔當 居點蒼之三塔寺。未齋字曰紫瀾。)
申緯	警修堂全藁 崧緣錄 「再題崧緣錄」	申緯는 蘇軾의 「寒食詩帖」을 새로 얻었는데, 宋犖이 말한 董其昌이 摹刻한 『戲鴻堂帖』 중에 있는 것이다.	其二：玉環眞態壓無鹽。春雨聲傳秋兎 尖。翰墨天公饒一著。鴻堂殘本雪堂 添。(余新得坡公寒食詩帖。宋牧仲所 謂董文敏曾摹刻戲鴻堂帖中者是也。)
申緯	警修堂全藁 養硯山房藁 (一) 「人有賣董太 史書畫合璧 帖者, 余爲臨 書, 兒輩摹畫, 而還其原本, 仍題以一詩」	申緯가 아들들과 함께 董其昌의 書畫를 臨摹하다.	撫古應難神似矣。端於筆末到時求。 論詩化後空無訣。覓劒從來陌鍥舟。 小藝一門關性命。此中世隱當林邱。 終同過眼烟雲滅。重幣何人遞篋收。
申緯	警修堂全藁 冊19 養硯山房藁 (四) 「石見以紀曉	李復鉉이 申緯에게 紀昀의 澄泥硯과 董其昌의 瓦硯을 바꾸고 하자 이 일화를 제재로 시를 지어 보내다.	老石手持硯一方。乞我老眼揩評量。 堅重澄泥出巧匠。欲與端歙爭晶芒。 鸜之鵒之點雙眼。古玉辟邪鐫吉祥。 背有曉嵐二字刻。昔紀文達留文房。 簡明目錄經點筆。尙疑肌膜淪書香。

	嵐澄泥硯, 換余董香光瓦硯, 戲爲長歌, 記其事, 兼呈海居博粲」		我有香光瓦一片。紫檀寶室嵌琼瑛。漢宮一百四十五。幾時風雨飛鴛鴦。尌膊規圓壓曹魏。柎垺方厚躋岐陽。胡桃油紋出苔蘇。庚庚篆脚銘其昌。三眞六草自不乏。我疑何必參凡將。只可鑑藏視眞董。與古彝器同綈囊。自其假者而視物。世間何物非亡羊。與君素有金石契。用泥換瓦均珍藏。割愛於物無差別。眞曉嵐耶贋香光。眞手眞硯兩不壞。子孫世澤追芬芳。發函得詩想噴飯。知狀海居公在傍。
申緯	警修堂全藁冊20 楙軒集(二)「董帖洛神賦足本(錦波大師舊藏本)」	董其昌이 쓴 「洛神賦」에 대해서 시를 쓰다.	稱十三行何所自。宣和譜亦定名無。更從首尾嬉飛外。曾否流傳足本乎。(周越跋云。頭尾外。得一十三行。趙跋云。先得九行。復得四行。則自前未有十三行定名也。宣和書譜亦僅稱洛神賦不完本耳。香光豈得臨足本乎。抑以自意。第錄其全文也。)
申緯	警修堂全藁冊26 覆瓿集(一)「題董帖如來成道記(二首)(王勃文)」	王勃의 「如來成道記」를 쓴 董其昌의 書帖에 題詩를 짓다.	其一:香光此是唐臨晉。肯僅從前自運多。心腕不難時造極。一須毫墨悟虛和。其二:後來力挽華亭體。無病呻吟反露筋。且置十三行大令。天然咄逼右將軍。
申緯	警修堂全藁冊27 覆瓿集(五)「董玄宰山水帖, 金經臺進士(尙鉉)屬題八絶句」	金尙鉉의 부탁으로 董其昌의 山水畫帖에 題詩를 쓰다.	其一:畫家也有唐詩韻。筆筆天工造自然。孟浩園廬二友接。王維樹杪百重泉。(吳仲圭夏山圖法。)其二:超心煉冶古爲新。北苑營邱所未臻。深淺溪山濃澹樹。敗毫焦墨自生津。(李營邱寒林圖法。)其三:山耶雲也兩糢糊。吮墨含毫絶世趨。後此諸家誰得似。麓臺陡壑密林

			圖。(黃嶋山樵筆意。) 其四：　天生天養山中樹。付與閑人結草廬。何似朱門湖石畔。名花自發客稀餘。(倣一峯筆意。) 其五：落落玄宗脫畦畛。神行古異色氤氳。若論秦漢書家體。大小篆文生八分。(李營邱法。) 其六：柳溪平遠圖曾見。(趙大年有「柳溪平遠圖」。)遐想依然喚夙緣。六代風流佳麗地。漁翁歸去鷺眠。(趙大年水村圖法。) 其七：此是南徐郡鎭山。米家父子點毫端。後來查(梅壑士標)笪(江上重光)都休說。直到思翁妙透關。(高彥敬米家父子筆意。) 其八：金粉樓臺且莫戀。悟來水墨幻丹靑。此生刊落浮華盡。只有乾坤一草亭。(黃子久溪山圖法。)
柳得恭	灤陽錄 卷1 「滿洲諸王」	滿洲의 諸王 貝勒들은 文徵明과 董其昌을 배워 중국의 才子들보다 글씨가 뛰어나다.	余所見諸王貝勒。甚多眉眼妍秀。皆玉雪人也。佛寺市樓中。或見皇子皇孫筆。多學文‧董。中州才子。無以過之。百餘年前。在白山黑水時。必不能如此。異哉。熱河朝房中。識朋安。亦宗室公也。年二十餘。端雅如美秀才。爲道其所居術術。約相訪。及到燕京。悤悤未能也。
李敏求	東州集 卷2 「上林賦，文徵明書，仇十洲畫後序」	董其昌의 글씨와 仇英의 그림이 그려져 있는 「上林賦」에 後序를 짓고, 그것이 과거 王世貞과 邊德符가 소장했던 것이라고 말하다.	右司馬相如上林賦。文太史徵明書。仇十洲實父畫。舊爲王司寇元美藏。中屬邊帥德符所。董學士其昌。已不知所由流傳。而稱爲東南之美云。至壬午關外之變。又遭放佚。爲吾甥申君仲悅所得。自太史嘉靖丙辰年。書距今九十二年。十洲畫計當在其前

| | | | 矣。經閱幾人鑑定。更歷幾種變故。不爲兵燹所燬戎羯所取。卒歸之文獻之邦翰墨之家。意者六丁眞官陰呵默護。今完於劫燼之餘。以付其人歟。不然。豈智數可及。勢力可致哉。視靖康時御府圖書數十萬卷悉輦輸以北。淪於沙漠。沈而爲糞土。蕩而爲灰塵。幸不幸何如也。抑吾所感則有之。武帝之雄材大略。蓄六世之憤。因是而約束期門羽林之倫。馳逐於終南鄠杜五六百里之間。以厲武節。因是而遴摧陷霆擊之將。連歲發十餘萬騎。燔龍城而躪幽都。當時苦其供給轉輸之費。後世訾其窮兵黷武之矣。至儗於亡秦。自儒者守成之論則然矣。殊不知匈奴函兇悍之性。狃荐勝之強。不一大治以折其氣。則桀心益肆。不一大勞以規求佚。則中國不尊。故深惟長慮。睹利害之源。寧招謗議於一時。而莫之顧恤。算較失得。計至晢也。方虜勢之張。舉中國之全。撻伐日加。而穿攻侵盜。必得當乃已。豈末嗣衰微之治可得以責其稱藩蒲伏於長安邸哉。蓋帝之武功垂業於方來者如此。而延至東京。專尙守文。猶不敢生心內窺者幾數百年。豈非長策餘烈有以致之歟。不如是。五胡亂華。神州陸沈。吾知其不出於懷愍之遠。而當在於元成之近矣。何者。創業有爲之君。必躬苞武事。繼世庸辟。則宴安是耽。唐太宗講武內殿。親御弓矢。則四夷襲冠裳。宋徽宗篤好藝文。武略不競。則金擘汚諸夏。嗟乎。武帝之上林羽獵。亦何可少哉。 |

李尙迪	恩誦堂續集 卷3 「答婿起哉」	자신의 글씨를 孔憲彛는 '火色全退, 益臻老境'이라고 평하고 王鴻은 '趙孟頫와 董其昌의 풍골이 있다'고 평하는데 이는 과찬이라고 말하다.	繡山及子梅。阿好弍過實。火色慚未老。趙董豈有匹。孔繡山索拙書。有火色全退益臻老境之語。王子梅謂筆有趙董之骨。
李裕元	嘉梧藁略 冊3 「皇明史咏」	董其昌의 事績을 시로 읊다.	春明舊講董先生。記在荃心餘髮莖。邢舘來禽同日語。曲橋西畔數椽成。
李裕元	嘉梧藁略 冊14 「玉磬觚賸記」	중국 강남의 康씨 성을 지닌 擧人이 義州 상인 金欽의 노비가 不遇함을 가련하게 여겨 간직하고 있던 董其昌의 山水畵를 꺼내어 贖良해 준 사실을 기록하다.	灣商金欽之奴。能傳李陶庵竹枝詞全本。江南擧人姓康者。讚歎詞理之工。傷奴之不遇。遂出秘藏董文敏山水以償之。竹枝詞之誦傳天下可知也。原圖倩姜彝五斫拂鉤染之。
李定稷	燕石山房詩藁 卷5 「題書訣詳論五古八首」	趙孟頫와 董其昌은 모두 王羲之의 妙境에 도달했지만 성취한 바는 각기 다르니, 趙孟頫는 精微에 뜻을 두었고, 董其昌은 虛和에 뜻을 두었다.	翩翩趙公子。努力到精微。波斯陳萬寶。觸目生光輝。玄宰一超逸。神韻不可言。縹緲遊天外。虛和獨開門。二賢俱絕倫。極意窺山陰。骨力知有遜。令人歎古今。(松雪・香光皆臻右軍妙境。而所就各異。松雪意在精微。香光意在虛和。要當絕世。然骨力不及前賢。)
丁若鏞	與猶堂全書詩文集 卷3 「溪閣」	술 취하면 董其昌의 그림을 보곤 했다고 말하다.	溪閣無人問。花欄鳥下初。醉觀玄宰畫。閒試率更書。生事秋仍拙。交游懶漸疎。欲知康濟術。唯有學樵漁。
趙琮鎭	東海公遺稿 冊9 「題靜翁詩文墨蹟帖」	역대 字畵에 능한 자로 董其昌을 거론하다.	爲字畵者。自諸鍾王氏下。逮米・董。亦若干家耳。

趙琮鎮	東海公遺稿 冊11 「戲鴻堂法書 後敍」	董其昌의 『戲鴻堂法書』를 임서하고 後敍를 쓰다.	借戲鴻堂法書於雲水樓所藏一匣八卷。第一行曰。翰林院國史編修制誥講讀官董其昌審定。…此已上奈董太史其昌所廣集諸跋者。果多善榻。而惜其多遺。…丁酉八月初五日庚戌。東海趙琮鎮章之書于南松峴舍。九月十二日。自原帖。移書于此冊。
洪大容	湛軒書外集 卷1 杭傳尺牘 「與秋庫書」	仁祖의 책봉은 사건의 본 말을 알았던 毛文龍의 요 청과 顧其仁·董其昌의 노 력으로, 결국 林堯兪가 覆 題하여 성사되었다.	洪翼漢字伯升。號花浦。乃容之傍祖。有苦忠大節。是行也有記事一冊。就其中關係封典始末者。抄出如右。盖毛文龍時開府本國皮島。審悉廢立本末。故前後請之甚力。且朝中雖有牴牾之議。諸閣老之意。旣不落落。顧其仁·董其昌諸公又矻矻不已。使臣之呈文。又備盡事情。辭意悲苦。是以林尙書亦乃回嗔作喜。下稍之欵欵如是。其竣事始末。槩可見矣。是時。魏宦之惡。已罩及於東矣。如楊漣左光斗之死。備陳于記中。而極其憤慨之語。則封典者將以光其國而榮其君也。寅緣曲逕。得之於奸兒宦寺之手。是亦可謂光且榮耶。他人尙不當然。況以花浦之忠而爲此乎。潘答曰。示憲文王事辨。從王阮亭池北偶談中。見載一疏。亦辨此事。與尊辨同。阮亭詩名品望。爲國朝第一。學者多宗之。其言足以徵信。亦可破靑巖訛謬之說矣。並聞。

22

董文煥 (1833-1877)

인물 해설	청나라의 학자이자 시인으로 初名은 文渙이고 榜名은 文煥이다. 字는 堯章이고 호는 研樵이며 室名은 '不薄今人愛古人之室'이라 하였다. 山西省 洪洞縣 출신이다. 1856에 進士가 되어 翰林院庶吉士, 檢討, 日講起居注官 등을 역임했다. 詩와 서예에 능했다. 현대 書畵의 大家인 董壽平의 조부이다. 아우 董文燦의 아내는 淸代의 유명한 여류 시인 馮婉林이다. 저서로『藐姑射山房詩集』,『硯樵山房詩集』,『秋懷唱和集』 등과 詩律學 방면의 저작인『聲調四譜圖說』이 전한다.
인물 자료	○ 徐世昌,『晩晴簃詩匯』卷155 董文渙　初名文煥, 字硯樵, 洪洞人. 咸豐丙辰進士, 改庶吉士授檢討, 歷宮甘肅甘涼道, 有峴嶕山房集. 詩話, 硯樵, 詩境淸逈, 寄託遙深, 值咸同之間, 軍事方殷, 多感時之作. 集中與王定甫·馮魯川·許海秋諸人唱和最多.　詩格亦相駿靳, 已躋坊局, 分巡關隴如檢書, 及經院署諸篇, 殊有玉堂天上之思也.
저술 소개	*『研樵詩錄』 (淸)同治 10年 歸安 沈氏刻本 *『聲調四譜圖說』 (淸)同治 3年 洪洞 董氏刻本 12卷 卷首 1卷 卷末 1卷 *『淸名人信簡』 (淸)張之萬·楊泗孫·董文渙·張蔭桓等撰 稿本 不分卷

비 평 자 료

朴珪壽	瓛齋集 卷3 「節錄瓛齋先生行狀草」	朴珪壽가 임신년 사행 때 沈秉成·馮志沂·黃雲鵠·王軒·董文煥·	壬申五月。淸皇帝行大婚。公充進賀正使。公再使燕京。所與交皆一時名士。如沈秉成·馮志沂·黃雲鵠·王

		王拯·薛春黎·程恭壽·萬青藜·孔憲穀·吳大澂 등과 교유한 사실에 대해 언급하다. * 이 글은 朴珪壽의 아우 朴瑄壽가 지은 것이다.	軒·董文煥·王拯·薛春黎·程恭壽·萬青藜·孔憲穀·吳大澂等百餘人。盡東南之美。傾蓋如舊。文酒雅會。殆無虛日。氣味相投。道誼相勖。沈仲復(秉成字)常稱瓛卿之言。如出文文山·謝疊山口中。使人不覺起敬。其見推服如此。
朴珪壽	瓛齋集 卷3 「辛酉暮春二十有八日，與沈仲復(秉成)·董研秋(文煥)兩翰林。王定甫(拯)農部，黃翔雲(雲鵠)·王霞擧(軒)兩庫部，同謁亭林先生祠，會飮慈仁寺，時馮魯川(志沂)將赴廬州知府之行，自熱河未還，後數日追至，又飮仲復書樓，聊以一詩呈諸君求和，篇中有數三字疊韻，敢據亭林先生語，不以爲拘云」	辛酉年 3월 28일에 沈秉成·董文煥·王拯·黃雲鵠, 王軒 등과 함께 顧炎武의 사당을 방문하고 慈仁寺에 모여 술을 마셨고, 며칠 뒤 열하에서 돌아온 馮志沂와 함께 다시 모여 시를 짓다.	穹天覆大地。岱淵限靑邱。聲敎本無外。封疆自殊區。擊磬思襄師。乘桴望魯叟。父師稅白馬。鴻濛事悠悠。而余生其間。足跡阻溝婁。半世方册裏。夢想帝王州。及此奉使年。遲暮已白頭。攬轡登周道。歷覽寓諮諏。浩蕩心目開。曾無行邁愁。春日正遲遲。春雲方油油。野濶鶯花滿。天遠烟樹浮。深村褭管寧。荒城吊田疇。徘徊貞女石。風雨集羣鷗。再拜孤竹祠。大老儼冕旒。俯仰增感慨。隨處暫夷猶。幽州其山鎭。醫巫橫海陬。萬馬奮蹙踏。雲屯西南投。秀氣所鍾毓。珣琪雜瓊璆。庶幾欣相遇。無術恣冥搜。君命不可宿。行行遂未休。軫勞荷帝眷。館飱且淹留。孤抱鬱未宣。駕言試出游。懷哉先哲人。日下多朋儔。契托苔同岑。聲應皷響桴。尙論顧子學。軌道示我由。坐言起便行。實事是惟求。經學卽理學。一言足千秋。先生古逸民。當時少等侔。緖論在家庭。我生襲箕裘。曩得張氏書。本末勤纂修。始知俎豆地。羣賢劃良籌。遺像肅淸高。峨冠衣帶褎。欲下瓣香拜。慇懃誰與謀。邂逅數君子。私淑學而優。天緣巧湊合。期我

| | | | 禪房幽。相揖謁先生。升堂衣便摳。邊實薦時品。爵酒獻東篘。須臾微雨過。古屋風颼颼。纖塵泿不起。輕雲澹未流。高槐滋新綠。老松洗蒼虬。福酒置中堂。引滿更獻酬。求友鳥嚶嚶。食萍鹿呦呦。此日得清讌。靈貺若潛周。嗟哉二三子。為我拭青眸。廣師篇中人。不如吾堪羞。名行相砥礪。德業共綢繆。壯遊窮海岳。美俗觀魯鄒。總是金閨彥。清文煥皇猷。總是巖廊姿。巨川理楫舟。經濟根經術。二者豈盾矛。禮樂配兵刑。曾非懸贅疣。高談忽名數。陋儒徒讙咻。訓詁與義理。交須如匹述。一掃門戶見。致遠深可鉤。總是顧氏徒。端緒細尋抽。總是瓛卿友。判非薰與蕕。幸甚魯川子。灤陽晚回輈。傾倒淸晝談。酒酣仲復樓。傷心伯言公。宿草晻松楸。喪亂餘殘藁。朋友為校讎。文章千古事。寂寞如此不。從玆詞垣盟。獨許君執牛。銅章紆新榮。江湖道路脩。行當辭金闕。五馬出蘆溝。潢池方多警。中野宿貔貅。容色無幾微。中情在分憂。充養自深厚。臨事得優游。我車載脂膏。我馬策驊騮。取次別諸君。東馳扶桑洲。餘情耿未已。那得不悵惆。睠玆畿甸內。夷氛尚未收。莫謂技止此。三輔異閩甌。百里見積雪。杜老歎呻嚘。況復挾邪說。浸淫劇幻譸。努力崇明德。衛道去螟蟊。燃犀觀水姦。怪詭焉能廋。斯文若有人。餘事不足憂。遼海不足遠。少別不足愁。由來百鍊鋼。終不繞指柔。兩地看明月。肝膽可相求。 |

朴珪壽	瓛齋集 卷3 「辛酉端陽翌日, 仲復‧霞擧‧研秋來別, 王‧董二君誦贈書絕句, 各欲專屬一首, 爲二絕副其意」	신유년 5월 6일에 沈秉成‧王軒‧董文煥 등이 찾아와 전별의 뜻을 담은 절구를 주다.	別後相思空斷魂。隨緣離合不須論。只應諫岬堂前竹。再度來時綠滿園。從此天涯勞夢思。停雲落月兩依依。關河烟樹蒼茫外。萬里垂鞭獨去時。
朴珪壽	瓛齋集 卷4 「地勢儀銘」	朴珪壽의 「地勢儀銘」에 대한 董文煥의 평을 부기하다.	魯川曰地勢儀銘。於表綫圭尺之制。叙述如指諸掌。能使不諳歷學者一覽瞭然。筆力淵源攷工記。視柳州諸記徒以寫景狀小物爲工者。殆突過之。樗溪曰作地勢儀。不得不用西夷之圖。或恐以其推測之精。歷覽之廣。謂言言事事。皆應如是。不知欺天罔人。流禍無窮則可憂也。故徵引浩博。辨析明白。始言地圖之理。大九州之名。自古中國所有之論。非西夷之獨得。終欲距詖息邪。歸於正道。奚特序文之矞皇典麗。銘辭之高古嚴重。爲文章之盛。良工獨苦之心。後之讀此文者。必三復而感歎也。
朴珪壽	瓛齋集 卷4 「孝定皇太后畫像重繕恭記」	朴珪壽가 백금 오십 냥을 沈秉成‧王軒‧黃雲鵠‧董文煥 등에게 보내 孝定皇太后의 像幀을 보수하도록 부탁하다.	逮丙寅之歲。按節浿藩。白金五十。遠寄所交游者沈秉成‧王軒‧黃雲鵠‧董文煥。托以重繕裝池。又托拓揭碑像而匣藏畫幀爲久遠之圖。諸人者推董君任其事。翌年董君書來。其言悉如所托。且寄碑拓二像及碑陰所刻申時行等瑞蓮賦一本。又明年。董君將遠仕涼州。前寄碑本。慮或未達。復寄三本。遂並裝爲六幀。嗟乎。董君不負遠友之托。氣義鄭重。令人感激不能忘也。按泰山之麓。有宋時天書觀。

<table>
<tr>
<td></td>
<td></td>
<td></td>
<td>後廢爲碧霞元君之宮。萬曆中。別搆一殿。以奉九蓮菩薩。崇禎中。又建一殿。奉生母孝純劉太后。號爲智上菩薩。名其宮曰聖慈天慶宮。宮成於十七年之三月。神京淪喪。卽此月也。亭林顧氏爲文以記之。且曰竊惟經傳之言曰爲之宗廟。以鬼享之。又曰爲天子父。尊之至也。孔子論政。必也正名。昔自太祖皇帝之有天下也。命獄瀆神祇。竝革前代之封。正其稱號。而及其末世。至以天子之母太后之尊。若不足重。而必假西域胡神之號以爲祟。豈非所謂國將亡而聽於神者耶。然自國破以廟山陵之所在。樵夫牧豎且或過而慢焉。而此二殿獨以托於泰山之麓元君之宮。焚香上謁者。無敢不合掌跪拜。使正名之曰皇太后。固未必其能使天下之人虔恭敬畏之若此。是固大聖人之神道設敎。使民由之而不知者乎。嗚呼。亭林之言。正大如彼。至其末段。豈曲爲之說哉。蓋亦遺民沈痛悲苦之情。則惟幸母后之像。儼然依舊爾。珪壽自顧亦左海後民。而得瞻遺容於黍離滄桑之墟。彷徨躑躅而不能去。奚暇以儒生之見。敢爲規規之論哉。</td>
</tr>
<tr>
<td>朴珪壽</td>
<td>瓛齋集
卷4
「孝定皇太后畫
像重繕恭記」</td>
<td>孝定皇太后의 像幀을 보수해 달라는 朴珪壽의 부탁을 董文煥이 맡아서 완수하고, 박규수에게 像幀과 申時行 등의 「瑞蓮賦」 탁본을 보내오다.</td>
<td>逮丙寅之歲。按節淇藩。白金五十。遠寄所交游者沈秉成 · 王軒 · 黃雲鵠 · 董文煥。托以重繕裝池。又托拓揭碑像而匣藏畫幀爲久遠之圖。諸人者推董君任其事。翌年董君書來。其言悉如所托。且寄碑拓二像及碑陰所刻申時行等瑞蓮賦一本。又明年。董君將遠仕涼州。前寄碑本。慮或未達。復寄三</td>
</tr>
</table>

			本。遂並裝爲六幀。嗟乎。董君不負遠友之托。氣義鄭重。令人感激不能忘也。按泰山之麓。有宋時天書觀。後廢爲碧霞元君之宮。萬曆中。別搆一殿。以奉九蓮菩薩。崇禎中。又建一殿。奉生母孝純劉太后。號爲智上菩薩。名其宮曰聖慈天慶宮。宮成於十七年之三月。神京淪喪。卽此月也。亭林顧氏爲文以記之。且曰竊惟經傳之言曰爲之宗廟。以鬼享之。又曰爲天子父。尊之至也。孔子論政。必也正名。昔自太祖皇帝之有天下也。命獄瀆神祇。竝革前代之封。正其稱號。而及其末世。至以天子之母太后之尊。若不足重。而必假西域胡神之號以爲崇。豈非所謂國將亡而聽於神者耶。然自國破以廟山陵之所在。樵夫牧竪且或過而慢焉。而此二殿獨以托於泰山之麓元君之宮。焚香上謁者。無敢不合掌跪拜。使正名之曰皇太后。固未必其能使天下之人虔恭敬畏之若此。是固大聖人之神道設敎。使民由之而不知者乎。嗚呼。亭林之言。正大如彼。至其末段。豈曲爲之說哉。蓋亦遺民沈痛悲苦之情。則惟幸母后之像。儼然依舊爾。珪壽自顧亦左海後民。而得瞻遺容於黍離滄桑之墟。彷徨躑躅而不能去。奚暇以儒生之見。敢爲規規之論哉。
朴珪壽	瓛齋集 卷8 「與溫卿」	董文煥의 아우 董文燦이 편찬한 鍾鼎文字가 阮元의 『積古齋鍾鼎欵識』와 薛尙功의 『薛氏鍾鼎欵識』에서 뽑은 것임을 밝	九秋已深。果還坐家裏。渾眷平善。所祝者是公私寧吉。所報者是一行安好。餘無庸刺刺也。此便乃的探詔勑順付先爲報。雇脚走致灣上也。上院閣書。卽刻送呈。而有謄送一紙。爲

		히며, 阮元의 『積古齋鍾鼎欵識』는 고증이 상세하나 오자가 있고 薛尙功의 『薛氏鍾鼎欵識』는 필획에 잘못된 부분이 있다는 말을 인용하다.	君與諸社友同覽地也。見此紙則凡事及歸期。可料得也。研樵弟雲龕名文燦。年三十四。官內閣中書。力學六書。以翼徵示之。片時披覽。已悉其凡例。且言此書採阮氏積古欵識薛氏欵識。阮則攷據詳而頗有誤字。薛則筆畫多誤云云。其敏妙如此。遂以付之。求評隲以還耳。顧齋不在京可恨。且百物翔騰。不能謀付之梨棗。又可恨也。大婚典禮。衆皆無暇。今行遊讌。大不如所料。又可恨耳。今日當會雲龕。可有新知諸君也。不宣。壬申九月廿四日。
朴珪壽	瓛齋集 卷8 「與溫卿」	使行에서 中原의 名士들과 교유하고 있으나 모두 北京에 없고, 오직 董文煥의 아우 董文燦만 있다는 사실을 말하다.	今行不以遊覽爲事。只欲結識中原名士。而舊交諸人皆不在京。惟研樵之弟文燦在矣。
朴珪壽	瓛齋集 卷9 「與尹士淵」	沈秉成 등 중국의 벗들에게 九蓮佛像을 改修하라고 부탁하였는데, 董文煥이 그 일을 맡았으며, 그의 편지도 받아왔음을 언급하다.	弟於前冬託沈君仲復諸友。改修九蓮佛像。春間使回。得答書皆云董硏秋擔其事。日前曆使歸。得董書。甚欲奉覽。而實難離手。玆令傍人依式錄呈一本。覽可槪悉也。
朴珪壽	瓛齋集 卷10 「與沈仲復秉成」	沈秉成에게 편지를 보내 黃雲鵠·董文煥·王軒·王拯·薛春黎·汪荃生 등의 안부를 묻고, 試券의 비점을 찍어 보내줄 것과 董文煥의 집에 남아있는 자신의 「顧祠會	新春道體康適。闒署膺祉。馳神頌慕。何日可忘。臘尾憲書官迴。得吾兄仲冬旬一日所出答書。備悉伊來公私諸節。極慰懸仰之懷。年貢使不久東還。又當承惠覆及同好諸君子德音。企望方切。不審緗芸·硏秋·霞擧·少鶴諸兄均安。薛淮生·汪荃生兩兄近狀

| | | 飮」五言을 黃雲鵠에게 주고 교정해 줄 것을 부탁하다.

* 「顧祠會飮」은 『瓛齋集』 卷3에 「顧祠會飮, 賦贈沈仲復諸公」이란 제목으로 실려 있다. | 何如。同此依依。無庸各述。幸一一道我意也。前秋兄典試晉省。甄拔俊髦。鑑公衡平。得士最多。此所謂以人事君者也。甚盛甚盛。其六十有七人。乞一一錄示姓名。異日有名聞海外者。知昌黎子本陸敬輿所拔擢。得與陸公游者。不亦與有光榮乎。東國取士。亦有經義論策等文字。而典型掃地。荒陋不堪寓目。欲令東士知中原程式之文。兄所取解元初二三場中式之券。乞倩人寫出。並移其圈批評語寄示。如何如何。鄕試恐未及有刻卷。倘有之。亦無勞寫出也。諸同人詩選。可爲幾卷耶。因有贈答而得厠名於題目。亦已榮矣。倘或並錄其人唱和之什。低一字附書亦例也。然弟本不工吟咏。向無所作。只有顧祠會飮五言一首。其原本爲硏秋所留。而別寫一幅。以示緗芸篇尾。聞有漏句。倘或錄入此詩。須取硏秋所留原本校訂爲好耳。文山祠中拙筆。乃得籠紗護之。非兄傾注勤篤。曷能得此。感激之極。不知攸謝。先王父此文乃平心爲天下公論。海內之士。來拜祠下。當有許以篤論者耳。魯川信息。有可聞否。彼處可稍稍整頓。得上任莅事云耶。前弟所寄書。能轉寄否。諸兄發緘。一見而傳去。亦無妨也。琴泉近狀依安。每有文讌。只以日下舊游。娓娓竟夕耳。弟亦安遣無。眷屬平善。是堪爲知己道者。餘外百無能事。唐人所云自欲放懷猶未得。不知經世竟如何者。卽書生漫勞思想。排遣不去語耳。聊復一笑。今 |

			行使价。可於仲夏東還。伊後惟俟年使之便。臨紙冲黯更切。祈兄起居以時加護。諸君子均享吉安。諸惟情照。不盡欲言。
朴珪壽	瓛齋集 卷10 「與沈仲復秉成」	沈秉成에게 보낸 편지에서 黃雲鵠·董文煥·董文燦·王軒·王拯 등을 언급하다.	仲春年貢使回及進香進賀二价之返。並承惠答。天涯比鄰。信息絡續。傾倒欣荷。曷以名喻。夏秋以來。不審兄體康謐。茂膺多福。益勉匪躬。報答鴻恩。諸君子均享福利。弟于春季。有嶺南按事之行。蓋晉州民人有不堪弊政。愁冤興擾者。弟承乏謬膺。幸句勘大嶽。不至償誤。歸棲乃在盛夏。始得見吾兄所答三函。知有易州承命事務。恐所遭值。大略相似。爲之一歎。細雲入贊樞密。霞擧新中進士。並爲吾儕生色。仰認中朝得人之盛。但霞擧竟未入翰林否。是爲咄咄。晉試題名。有董氏文燦。卽硏秋胞弟也。會圍得失何如。更爲之遙祝也。少鶴淮生均未見答。情甚悵悵。昨與琴泉乘舟賞月。達宵跌蕩。歸來聞憲書官告發。吾輩平安之信。不可不報兄。爲此暫伸耳。憲書官有異於年使。所去人員不多。往還迅疾。恐致洪喬。故不敢細述。但報平安字。雖然亦望俯答。毋惜金玉。俾得慰此懸仰。如何如何。年使去時。當更修書。此姑不盡欲言。壬戌閏八月十九日。
朴珪壽	瓛齋集 卷10 「與沈仲復秉成」	沈秉成에게 보낸 편지에서 王軒·董文煥 등의 안부를 묻다.	閏秋憲書使帶呈書函。可達覽否。夏季弟從嶺南歸。始承春夏來三度惠覆。至今披玩不置。兼承譜系之示。根深源遠。積慶未已。不勝欽頌。伊時可

| | | | 望陞秩。且或有外遷之意。未知果否
何居。報國殫誠。無間內外。而竊謂
此時輔導聖質。政須學問醇深之士如吾
兄者。宜日趨廈氈。盡乃啓沃。豈必
以州郡方面。爲自効地耶。帝鑑圖
說。曾見其俗話敷釋。殊懇惻切實。
今兄所注解。想必加精也。凡繪畫故
事。最有感發興勸之効。如焦弱矦養
正圖解。亦見前人苦心。康熙中重刊
最精。丁雲鵬繪寫。吳繼序解說。俱
堪味玩。或嘗學擬進鑒否。一人元
良。萬邦以貞。今日在位諸君子責
也。雖事不由己。力有不及。惟當隨
處恒存此心耳。如何如何。每念前明
張江陵。非無可譏。然其輔幼主濟時
艱。遂致四方無虞。民物阜康。功不
可掩。而亦孝定李太后之賢也。向遊
慈壽寺。瞻九蓮菩薩像。歎息低回者
久之。像舊弊脫。嘉慶間重裝而藏
之。別揭墨搨本供奉。法梧門記其事
於幀傍。今不見墨本。而仍設畫本於
壁間。塵沒煤黦。不幾何而將弊盡
矣。如逢有心人。庶復得重裝而藏
之。如梧門記中語。亦一段好事也。
偶因境興想。牽連而及此耳。前書所
云憂悸太息欽羡歎等語。弟不堪此幽
鬱之病。聊以奉叩矣。不唯不賜以醫
方。反謂同病增劇。不覺絕倒。吾儕
皆書生也。平生耳目心口。不過幾卷
經史殘帙。痴情妄想。每在許大學問
許大事業。一一於吾身親見之。及到
頭童齒豁。薄有閱歷。自應知其不
可。而消磨退沮。獨怪結習膠固。迷
不知返。發言處事。到底不合時宜。
又不自悼。而聊以自喜。竊幸心性之 |

			交。同此病根。可謂吾道不孤。好笑好笑。弟于三月。承命按嶺南亂民之獄。論劾貪官墨帥。追鉅贓淸積逋。誅姦猾而撫安竆民。凡所論列。靡不施行。而忽咎在斷事稽遲。大臣至請革職。蒙明主諒臣無他。卽已恩叙。榮戴更切矣。然其到底不合時宜。此又可證之跡耳。吾兄聞此。何以敎之。丁石翠進士。弟所未曾相識。歸國後亦尙未逢見。想於他人乎。聞弟之從遊諸君而躡其跡耳。凡東士赴京。苟弟同志。則必當先容於諸兄。弟素性狷滯。不敢妄有論薦。兄庶諒悉也。霞擧中進士。翔雲入樞要。並切柏悅。硏秋學業有進。文彩風流。令人想見。今送諸君書及碑字對聯。望爲我分致之如何。琴泉雖未曾遂計林壑。而對狀塡窠。逍遙自得耳。魯川信息。近復何如。聞以守城功得花翎之賞。儒生此榮。豈素計攸及耶。咏樓盍簪集已斷手否。弟雖不工吟述。冀得一本。仍念選詩之外。若復聚諸家文篇。選其適用文字。以刻一集。以續湖海詩文之傳。此似不可無者。未知何如耶。一歲一度書。積費企待。及臨便竟不免草率。無以罄悉衷曲奈何。惟祈道體貞吉。建樹不凡。明春回信。敬承德音。此不盡所懷。
朴珪壽	瓛齋集 卷10 「與沈仲復秉成」	沈秉成에게 앞으로 경학과 문학에 관한 주제로서로 의견을 교환할 것을 제안하고, 董文煥·王拯·薛春黎 등의 안부를묻다.	今春貢使回承崇函。纚纚千言。情溢於幅。不知山海之隔。感歎銘鏤。至今未袪于手中也。審伊時恩擢侍講諸銜。喜而不寐。非直爲吾兄進塗方闢而然耳。茅茹之征。栢悅何極。且審書意有管見不敢不貢之語。此必有論時

| | | | 務獻策之事。然則好一篇文字也。不得一讀。此心安得不鬱然耶。尊府大人苫岐今且七八年矣。曠省旣久。仰念兄情事切迫。推孝爲忠。政在今日。以是自勉。亦可少慰望雲之情耶。彼處頻驚風鶴。近得淸謐否。更切心祝。春夏來。道體安康。寶眷令子均福。弟年來頗覺衰相。疾病頻發。惟恨志業之從而頹墮。每思奮發自力。安得左右良朋提警不置耶。圖貌互寄。本出弟意。語及琴翁矣。琴翁近又善病。興味蕭索。似不能經營此事。弟又所善良畵史適在外鄉。姑未及爲之。必當遂計踐約。容俟須臾。如何如何。顧祠飮福圖。經營已久。此便是圖貌互寄也。默想諸君淸儀。口授畵者。此乃萬無得其一分肖似。惟吾貌則庶可肖之。尙不能焉奈何。愚計欲呈此本。望兄之令善手一一肖諸君。更作此圖寄我。作傳世之寶。未審何如。然則或詩或文。諸君各有記識語。並所企望者也。第此呈去。覽當一噱也。勿泛必副幸幸。仍念諸君子文讌雅集。倘虛一座。認以瓛卿在座。出談艸閱之。相與援筆答之問之。淋漓爛熳。弟於次便。又復奉答。此與對畵懷人。却精神流動。豈不有勝於短札平安字而已耶。吾輩遙相質叩。不過經籍文字事而已。並無所拘耳。今呈談艸數頁。幸依此賜答。如何如何。祈春圃・董竹坡兩君平安。同志諸君子俱安吉。今便未修研秋少鶴書。必同照圖本及談艸。無庸絮複故耳。繡山・淮生皆歸道山。悼盡何言。淮生可謂沒於王事。可曾有榮 |

			贈否。有後人在故里否。紙短意長。草草奈何。惟祈仕履萬茀。回惠德音。癸亥十月二十七日。愚弟某頓首。
朴珪壽	瓛齋集 卷10 「與王霞擧軒」	王軒에게 보낸 편지에서 董文煥·馮志沂·沈秉成·黃雲鵠 등의 안부를 묻다.	霞擧尊兄知己閣下。金石菱爲致春間惠覆。徐茶史來。又承心畫。種種欣荷。可勝言耶。比來冬令。道體增安。吉祥善事。堪慰天涯故人之望耶。翹祝不已。硏秋書以爲兄近頗力學古篆。雖魯川亦當讓與一頭。回憶松筠雅謔如昨日也。家弟亦爲此學。甚有根據。欲悉取鍾鼎彝器銘款。以寫尙書幾篇。若字有未滿。雖輳合偏旁。未爲不可。其說如何。且欲著爲一書。羽翼說文。渠亦奔走公幹。迄未能就也。魯川尙在盧州。近信何如。南方稍整頓。此君可有嘯詠之暇否。仲復守制悼疢可念。聞餘禍有未已。爲之驚愡。時復往存慰譬否。弟現任爲域內重藩。才薄力衰。已恐僨事。而憂虞溢目。不知如何勾當也。秋間浿江有洋舶之擾。弟於此事。素審之熟矣。萬萬無自我啓釁理。奈彼自取死法何哉。秋冬之交。別有一種又搶掠江華府。竟又被城將殲其渠魁而走之。然沿海戒嚴。不可少弛。此時方面。豈書生逍遙地耶。絅芸行走樞要。想有聞知此等事。故於其書略之。且不欲屢煩筆墨。兄於逢際。爲道及此一段如何如何。於硏秋仲復。亦望同照此狀。想皆爲我憂之耳。石菱妙年高識。將來可望。近信平善可幸。年貢正使李友石尙書應相逢。其還眂望回音。祈順序鴻禧。不盡欲

			言。丙寅孟冬。
朴珪壽	瓛齋集 卷10 「與王霞擧軒」	王軒에게 편지를 보내 근황을 묻고, 董文煥·沈 秉成·許宗衡 등의 안부 를 묻다.	顧齋仁兄知己。春間使回承惠覆。九 蓮像重裝記。心性相照。披玩不釋。 伊時聞貴鄕新經匪擾。風塵滿目。今 可整頓弛慮否。硏秋隴西之行。我心 怛怛不樂。豈動忍增益。將降大任 歟。魯川千古。仲復未歸。惟兄亦佗 儶乃爾。多悲少歡。何以自慰。隔年 音信。翹首側耳。僅得一度書。殊無 可意事。大抵我一輩人。命也如何。 雖然硬著脊梁。不被外物撓奪。囂囂 然古之人古之人。安知非天之畀付我 者。獨厚且深耶。惟兄勉之。海秋老 兄近況何如。亦應知此意也。兄書云 年前三禮業已告竣。未知有所著錄成書 否。雖鈔寫之稿。不合出手遠投。盍 拈出幾頁好議論相示耶。亦一開發切劘 之益。絶勝述懷記事詩文之類耳。弟 箕都宦蹟。今已三載。只愧素餐。春 夏之交。西海一帶洋舶來窺。殊勞備 禦。今雖遠走。其情叵測。今便卽陳 奏此事之行也。硏秋相去萬里。若得 海外故人書。其喜可知。今呈信函。 幸呈雲舫尊兄。討便寄去。勿孤此 情。如何如何。
朴珪壽	瓛齋集 卷10 「與王霞擧軒」	王軒에게 편지를 보내 董 文煥·沈秉成·許宗衡 등의 안부를 묻다.	顧齋尊兄知己閣下。秋間使回。得吾 兄六月大雨中所作書。至今擎玩在手 耳。命能貧富貴賤我。命不能君子小 人我。三復斯言。懦夫可立志。尊兄 持守素所欽服。于今益知淸苦刻厲。 夕惕靡懈。我心之喜。夫豈諛辭。君 子之遇不遇。非富貴貧賤之謂也。道 而已矣。官尊而祿厚。乃或學未試而

			志未展。澤不及物。斯可謂之遇乎。朝聞道夕死可。無乃聖人傷天下無道不遇之歎歟。憶舊註有此意。可尋繹之耳。道體近復康旺。貴鄉地方皆安靖否。研秋上任信息何如。夷險向前。毅然就道。必不待友朋箴勉。而去留之際。安得不執手踟躕耶。其去時有書於弟。求東人諸家詩。謂將選錄爲書。弟無携帶官居者。略鈔幾家。幷及先祖汾西詩。附以王父詩篇。玆送去。幸呈雲舫。轉致甘凉官署。至望至望。抵研秋書。兄可開坼一覽也。仲復近得音信否。一向寂無所聞。悵不可言。或已入都。萬望致此意付一書相及也。前有書皆付其廝舍。未知竟覽否耳。海秋翔雲均安否。玉井文稿讀之。久益如見其人也。弟尙糜平壤官次。毫無報効。因循姑息。乞解未遂。政以憂懼。明春準擬賦歸去來耳。今去正使金尙書名有淵。端重有質。與弟甚相愛好。倘叩門求見。可傾倒耳。吾輩一年僅得一度往復。理宜預修尺書。盡所欲言。而每不能如此。今又臨襴艸率。良可愧歎。略此報安。惟祈回便惠我好音。更願進修高明。深副遠望。千萬是希。(戊辰十一月) 研秋去時意不釋然。兄爲之隱憂。不勝感歎。今弟書略相勸勉。不知能當其意否也。又白。
朴珪壽	瓛齋集 卷10 「與黃緗芸雲鵠」	黃雲鵠에게 보낸 편지에서 董文煥을 언급하다.	緗芸仁兄知己。冬暄疑春。伏問道體曼福。萱堂康旺。吉慶川至。春間惠函。殷注深摯。兼承詩扇果珍之贈。感感。細繹書意詩旨。盖有嚴氣正性

			不計一身利害之事。是惟海內朋友所共期望。又何尤悔之有哉。甚盛甚盛。向在松筠菴中。兄有千秋俯仰心如醉。我亦人間駕部郞之句。弟已默識兄志存慷慨。非徒然耳。弟向麋職淇城。無甚善狀。日以素餐爲懼。雖稼穡有秋。疆場無事。終未見斯民之足。若付之氣數。亦非儒者家語。奈何奈何。江華李尙書輓詩。其大節固卓卓。而得此詩益不朽千秋。甚感感。慈壽修像。兄應無暇及之。專靠硏秋兄經營。未知竟已遂願否。年使方發。憑報近狀。希惠我德音。艸艸不盡。統惟心鑑。丁卯十月。
朴珪壽	**瓛齋集** 卷10 「與黃緗芸雲鵠」	黃雲鵠에게 보낸 편지에서 董文煥을 언급하다.	緗芸尊兄知我今春金韶亭。致惠覆及楹帖詩扇之賜。深感深感。俯示駿說頷讀。不勝其喜。非喜文字之工也。喜駿之有其鄰也。弟方以駿自喜。而觀世之人無不慧且敏焉。則駿之子立無羣。爲可憂焉。今讀此文。駿其不孤矣。不亦樂乎。不特駿爾。又有愚者痴者鈍者拙者。皆人所不取也。苟有自喜其愚痴鈍拙。而惟恐失之者。則是必與語道而爲成衛尉之所詡矣。兄可以此爲成衛尉誦之。一笑。道體近復安吉。承歡北堂。諸福日臻。羙羙慕慕。前有求外之志。未知果諧否。硏秋遠游地方多虞。以此言之。求外亦恐多不便奈何。弟尙麋職淇城。無所展施。徒費素餐。甚愧尊兄之駿耳。年使之過。爲報平安。略此走艸。不盡所欲言者。只希順鴻惠我德音。戊辰。

朴珪壽	瓛齋集 卷10 「與董硏秋文 煥」	董文煥에게 편지를 보내 그리운 마음을 전하고, 董麟과 郭泰峯, 『繪聲園 集』의 저자인 郭執桓 등 에 관해 묻다.	別來歲又晩矣。不審道體鴻祉。向見 兄深自攝養。親近藥物。不知近更淸 健。陳力供仕否。且頌且祝。不勝馳 神。弟東歸後幸無大疾恙。自餘碌碌 無足言。每念日下從遊之樂。夢想依 然。悉出行篋中書牘墨蹟。對之如 面。摩挲百回。不知厭倦。人或嘲 我。而亦不恤也。始覺所謂懷人圖 者。非爲吾兄而作也。恨不及煩君爲 我一作耳。吾兄詩篇。深造古人奧 境。想早晚必有梨棗之事。望於伊時 勿惜一本。如何如何。尊伯雲舫先生 近祉何如。弟未及相面。追想悵缺不 已。貴省前輩有郭泰峯字靑嶺號木菴。 其子執桓字叔圭。又字覲廷。有繪聲 園集。此係何縣人氏。兄可知得否。 其詩淸虛淡遠。少烟火氣。兄曾見 否。先王父曾爲靑嶺作澹園八咏。故 所以相叩耳。
朴珪壽	瓛齋集 卷10 「與董硏秋文 煥」	文丞相祠와 法源寺에서 李邕이 쓴 雲麾將軍碑를 보고, 탁본을 뜨면 보내 달라고 董文煥에게 부탁 하다.	向於文丞相祠壁間。見嵌置李北海雲麾 將軍碑殘字。卽礎石二面也。後又過法 源寺。亦見此碑之嵌壁者。又是礎石 也。豈卽文山祠所置者。與此一碑。而 分置兩處耶。雲麾碑本有兩碑。豈俱被 作礎之厄耶。伊時未及相訂。歸後思 之。不能忘也。且法源寺東廡中有摹刻 雲麾碑臥置者。恨不能拓得一本。此若 有兄輩拓出時。可念及一本否。
朴珪壽	瓛齋集 卷10 「與董硏秋文 煥」	董文煥에게 보낸 편지에 서 王軒·沈秉成·黃雲 鵠·馮志沂 등의 근황을 묻다.	硏樵尊兄知己閣下。春間漢山尙書歸。 道兄近祉。欣慰可勝言耶。然霞擧還 鄕。仲復遠仕。盍簪之樂。減却幾 分。霞擧或已入都否。蓋乞暇暫往 耶。抑有他事或賦邃初否。幷所未

			詳。爲之紆鬱。今此呈一函。望乞覔褫付去。使天涯知己。得彼我安信。如何如何。仲復處地隔萬里。上任之信。能已得聞否。此兄許亦作一書。念緗雲之鄉距彼爲近。故要緗雲作轉致之道。霞擧是兄同郡。故仰浼津筏耳。倘自兄有信褫。亦須討取於緗雲而付去好矣。萬里傳書。不知幾時得達。然貴在吾輩心性之交。可質神明。必有物相之。不至洪喬。後生輩見之。當知朋友之道如此矣。尊兄近節何如。見陞何官。益有建樹否。魯川一切不聞消息。願詳敎之。前每承兄書。艸艸數語。但存殷注之盛。並無仔細道及朋儕許多樂事。吾心殊悵悵。願此回須詳敎勿慳德音。如何如何。今年朝正使价。皆同志切友也。正使李尙書書狀官金學士。皆可證契。當欣如舊識。爲道弟近狀也。琴泉仲春歸道山。篤行邃學。求之古人。亦未易多得。與弟爲平生之友。絃斷之悲。尙可言哉。想兄聞此。亦爲之愕然也。仲復見任之職。自有考滿內陞之期否。抑仍外轉。姑無還朝定期否。思之黯黯。弟春間陞秩宗伯。主恩隆渥。報答蔑如。只切冥升之愧耳。年使回。必詳示吾兄近禧及諸君行止。少慰此海天翹首之情。盼望不已。臨紙冲冲。惟祈鴻祉日臻。益崇明德。此不盡欲言。
朴珪壽	瓛齋集 卷10 「與董研秋文煥」	董文煥에게 편지를 보내 沈秉成·王軒 등의 안부 를 묻고, 자신의 근황을 이야기하다.	研秋尊兄知己閣下。是迁尙書石菱編修歸說從游之樂。仍承兄書披讀之。是日殊不寂寞。怳若致吾身於烟樹金臺間也。然細審兄間有荀令之悲。能付太

			上忘情以自寬否。有佳兒能讀春秋傳。亦足以高大門閭。不斷書香。兄倘能食淡自養。從此物累都淨。亦一奇事。然那能爲此耶。好笑。日講記注。珥筆昵近。至榮也。盡吾之分。所以報效也。何待加勉。惟兄稟於天者。優於是耳。弟近膺平安觀察之銜。上任已一月矣。主恩謬加。才薄任重。兢惄不遑自暇。吾兄何以敎我。仲復知已丁憂流寓。定在何地。其親曾在岐陽縣官次。今何謂至晉省耶。爲之悲悒不自已。示其詳如何如何。其葬在何地。當終制於墓廬云耶。今去書函。幸與霞擧兄謀傳致之。切望切望。適逢使車。略此付候艸艸不具。希順便惠我德音。
朴珪壽	瓛齋集 卷10 「與董研秋文煥」	董文煥에게 편지를 보내 黃雲鵠·王軒·沈秉成·馮志沂 등의 근황과 說文之學에 대한 王軒의 성취를 묻다.	研秋尊兄知己閤下。仲春承覆。尙深慰感。居然又一年矣。不審道體萬祉。伊時史局竣功。恩簡有期。甚盛甚盛。然弟今者書到。倘兄已出外。豈不悵失。區區之望。却不在五馬之榮。惟願日侍文陛。珥筆盡職耳。向來條陳各摺。俱蒙允行。有懷必陳。有言得施。是爲臣子至榮。可勝欽頌。此等文字。皆不刊之作也。然而遠方。無由得見邸鈔。尙不覩吾兄懇懇論事苦心之作。是爲大可恨也。若不秘之。何感如之。緗芸·霞擧諸兄平安。仲復春間南歸。又已入都否。念此兄情事。每切悒悒耳。顧齋說文之學。近復何如。
朴珪壽	瓛齋集 卷10	董文煥에게 편지를 보내 慈壽石刻諸本을 보내준	研秋尊兄閤下。客臘憲書使迴。奉覆函及慈壽石刻諸本。讀重裝九蓮畵像

	「與董硏秋文煥」	것에 대해 감사를 표하고, 王軒과 董文煥의 학문적 성취에 관해 묻다.	歌。服吾兄有心做好事。感激之極。不獨經理此事。爲不孤遠友托也。隴西之游。我心愕然。兩函書又隨年使而至。知兄出都有期。涼州去我且萬里。從此鴈渺魚沉。停雲落月。何以爲情。顧齋云汾水以西。尙免匪擾。爲兄家幸之。今兄書謂歸耕無田。進退維谷何也。寄示二詩。幷可領會。事在無奈何。亦置之勿復道而已。恨無能擊壺長歌爲秦聲。以慰羌笛楊柳思耳。嗟乎。硏秋年力富强。動忍增益。政在今日。勉之勉之。君子之屯邅失路。從古何限。乃其名節事功。皆於此乎成就。究竟非狼狽事耳。臨行投贈。一一領取。百回撫翫。黯然鎖魂。韓客詩錄。何至二十卷之多也。東人詩本不協聲律。中古志士畸人之作。尙可以辭取之。自鄭以下。無復可言。徒爲梨棗災。幸更加刪去。勿令中原士夫傳笑東人之陋。亦君子之惠也。牧隱・河西二集。卷帙頗多。容弟選錄寄呈少俟之。弟素餐箕邦。今已三載。春夏交。又有洋舶窺境。頗勞備禦。今雖走去。餘虞未弭。今聞王京以此事有陳奏之价。順便作書。乞雲舫・顧齋兩兄。討褫寄去。不知何當關覽。天涯地角。心性相照。惟努力自愛。建樹卓然。千萬是祈。如有鴻便。惠我好音。臨楮惘然。不盡所懷。
朴珪壽	瓛齋集 卷10 「與董硏秋文煥」	董文煥에게 편지를 보내 『韓客詩存』에 대해 묻고, 李穡・金麟厚의 시를 뽑아 보내다.	硏秋尊兄閤下。客臘憲書使迴。奉覆函及慈壽石刻諸本。讀重裝九蓮畵像歌。服吾兄有心做好事。感激之極。不獨經理此事。爲不孤遠友托也。隴

			西之游。我心愕然。兩函書又隨年使而至。知兄出都有期。涼州去我且萬里。從此鴈渺魚沉。停雲落月。何以爲情。顧齋云汾水以西。尙免匪擾。爲兄家幸之。今兄書謂歸耕無田。進退維谷何也。寄示二詩。幷可領會。事在無奈何。亦置之勿復道而已。恨無能擊壺長歌爲秦聲。以慰羌笛楊柳思耳。嗟乎。研秋年力富強。勤忍增益。政在今日。勉之勉之。君子之屯邅失路。從古何限。乃其名節事功。皆於此乎成就。究竟非狼狽事耳。臨行投贈。一一領取。百回撫翫。黯然鎖魂。韓客詩錄。何至二十卷之多也。東人詩本不協聲律。中古志士畸人之作。尙可以辭取之。自鄭以下。無復可言。徒爲梨棗災。幸更加刪去。勿令中原士夫傳笑東人之陋。亦君子之惠也。牧隱·河西二集。卷帙頗多。容弟選錄寄呈少俟之。弟素餐箕邦。今已三載。春夏交。又有洋舶窺境。頗勞備禦。今雖走去。餘虞未弛。今聞王京以此事有陳奏之价。順便作書。乞雲舫·顧齋兩兄。討裭寄去。不知何當關覽。天涯地角。心性相照。惟努力自愛。建樹卓然。千萬是祈。如有鴻便。惠我好音。臨楮惘然。不盡所懷。
朴珪壽	瓛齋集 卷10 「與董研秋文煥」	董文煥에게 편지를 보내 沈秉成·董麟·王軒의 안부를 묻다.	研秋仁兄知己閣下。仲夏有書。乞雲舫·顧齋津致甘涼署中。可曾達覽否。美赴果在何時地方。憂虞近得安靖。勾當整頓。頗有條理否。念吾兄以身許國。夷險向前。毅然就道。志氣方奮。雖使我出餞都門。安用執手繾綣

作兒女子惜別情耶。讀書萬卷。需用
政在今日。范老子胷中甲兵。何嘗專
攻韜略者乎。人或謂用違其才。願吾
兄切勿爲其說所惑如何。一種流俗。
每云書生不能吏治。儒家不知兵事。
總歸之腐頭巾。此堪痛恨。吏事且無
論。卽取兵事論之。從古大功之出於
書生。亦復何限。惟兄勉之。爲吾輩
一吐氣。豈非快事乎。向承尊書。不
無悒悒侘傺之色。久益爲兄憧憧耳。
此行雖或有不得於時者。政所以成就無
限功名。君子豈容有慼慼不能遣者乎。
兄必無是。而心乎愛矣。聊此奉勉。
應賜莞納也。記咸豐辛酉。弟之赴熱
河。人皆以爲涉險冒危甚畏之。弟之
被選。以是故也。大笑勇往。何思何
慮。乃得與諸君子遊。人生至樂。是
亦一事爾。我之所得。不旣厚且幸
歟。此雖小事。亦可推類。故及之
耳。前者李牧隱 · 金河西詩集。卷帙冗
繁。不合遠致。玆有選錄一册。兼附
他數家詩。庶更精選入錄。且弟之先
祖汾西公詩鈔一册。附以王父燕巖公詩
鈔幷送呈。幸收覽復加揀選。如何如
何。王父雅不喜唫咏。草草如此。然
亦可知志尙之如何。而汾西祖則所遭値
所持守。尤當讀而知其人矣。幷托顧
齋 · 雲舫二兄轉致。不知那當傳去。不
至浮沈也。幸因風便。必賜答信至
望。弟尙在平壤。必欲春間賦歸。他
不足縷縷耳。勖哉吾兄。勉建良圖。
使海左故人大慰平生之望。如何如何。
不盡欲言。更覺悵惘。惟祈餐衛加
護。時承金玉。(戊辰)

			外呈汾西詩鈔一册·東韓諸家詩鈔一册。
朴珪壽	瓛齋集 卷10 「與董硏秋文煥」	董文煥에게 燕巖詩鈔를 첨부한『汾西詩鈔』와『東韓諸家詩鈔』를 보내다.	硏秋仁兄知己閣下。仲夏有書。乞雲舫·顧齋津致甘凉署中。可曾達覽否。美赴果在何時地方。憂虞近得安靖。勾當整頓。頗有條理否。念吾兄以身許國。夷險向前。毅然就道。志氣方奮。雖使我出餞都門。安用執手繾綣作兒女子惜別情耶。讀書萬卷。需用政在今日。范老子胷中甲兵。何嘗專攻韜略者乎。人或謂用違其才。願吾兄切勿爲其說所惑如何。一種流俗。每云書生不能吏治。儒家不知兵事。總歸之腐頭巾。此堪痛恨。吏事且無論。卽取兵事論之。從古大功之出於書生。亦復何限。惟兄勉之。爲吾輩一吐氣。豈非快事乎。向承尊書。不無悒悒侘傺之色。久益爲兄憧憧耳。此行雖或有不得於時者。政所以成就無限功名。君子豈容有慼慼不能遣者乎。兄必無是。而心乎愛矣。聊此奉勉。應賜莞納也。記咸豊辛酉。弟之赴熱河。人皆以爲涉險冒危甚畏之。弟之被選。以是故也。大笑勇往。何思何慮。乃得與諸君子遊。人生至樂。是亦一事爾。我之所得。不旣厚且幸歟。此雖小事。亦可推類。故及之耳。前者李牧隱·金河西詩集。卷帙冗繁。不合遠致。玆有選錄一册。兼附他數家詩。庶更精選入錄。且弟之先祖汾西公詩鈔一册。附以王父燕巖公詩鈔幷送呈。幸收覽復加揀選。如何如何。王父雅不喜唫咏。草草如此。然亦可知志尙之如何。而汾西祖則所遭値

			所持守。尤當讀而知其人矣。并托顧齋‧雲舫二兄轉致。不知那當傳去。不至浮沈也。幸因風便。必賜答信至望。弟尙在平壤。必欲春間賦歸。他不足縷縷耳。勖哉吾兄。勉建良圖。使海左故人大慰平生之望。如何如何。不盡欲言。更覺悵惘。惟祈餐衛加護。時承金玉。(戊辰) 外呈汾西詩鈔一册‧東韓諸家詩鈔一册。
朴珪壽	瓛齋集 卷10 「與董研秋文煥」	董文煥에게 보낸 편지에서 董文燦을 거론하고, 慈壽佛像에 대해 말하다.	董兄研秋閣下。秦隴風烟。近復何如。讀書受用。正在盤錯。每爲遙相耿耿。弟再到都門。舊契無一人相對。其踽踽可知。令弟雲龕雖初面。便是宿交。追隨往還。賴不寂寞。共拜顧祠。又展慈壽佛像。兄及顧齋題墨。如接顏儀也。寺僧太蠢。不揭墨拓之本。還復以畫幀供養。不幾時已塵媒堆集。余手自捲藏匣中。雲龕言復有墨本。可再給僧人張揭云。如是則久益無慮耳。雖事務鞅掌。猶不廢吟嘯否。秦隴多古蹟。可有傑作。如坡老鳳翔八觀否。向聞顧齋有太華之游。尙未見所述。此君占彼優閒。使海上故人。不得一飲於燕市。不能不埋怨。若兄則不逢其勢固也。醉裏作此。欲兄置壁上如面耳。不盡欲言。(壬申)
朴珪壽	瓛齋集 卷10 「與董雲龕文燦」	董文燦에게 편지를 보내 沈秉成‧董麟‧王軒‧董文煥 등의 안부를 묻고, 아우인 朴瑄壽의 『說文翼徵』에 대해 말하다.	雲龕仁兄閣下。春間使車帶到崇函。前冬分袂後初信也。捧讀欣慰。何以名言。居然又一年光陰。不審道體珍祺。雲舫令兄果已奉老入都。昕夕承歡。棣狀湛樂。研秋大人頻得安信。

			泰隴風煙。可得靜息。種種馳仰。實勞我心。倘有信寄我。庶慰懸懸。顧齋近節亦何如。樂志林園。富有著作云耶。沈黃兩君或有回信寄來否。中心之藏。何日而忘。惟兄春明退食。勝友盍簪。進修之功。政在何書。向於都門。不知緣何冗忙。逢別忽漫。至今追悔。只有殘夢旖旎。久益難爲情也家弟說文翼徵。尙有追補未了。且敝處刻書極難。元無書坊刊書爲業之人。以是早晚必欲煩都下良工。而又苦費貲未易。奈何奈何。此書雖未知識者有取。而若屬之覆瓿而止則亦可惜。若書買得而刻之。亦不害爲新面目。而同此嗜好者。必爭求之。未知以爲何如。待其淨寫完本。欲以奉質於顧齋老友。而此番未及耳。行人臨發。草草不備。惟祈回便金玉勿吝。弟朴珪壽頓。癸酉
朴珪壽	瓛齋集卷10「與張午橋丙炎」	張丙炎에게 보낸 편지에서 자신이 王軒·董文煥·沈秉成·黃雲鵠 등과 知己임을 밝히고, 張丙炎이 趙寧夏 편에 보내준 楹帖을 잘 받았다고 말하다.	午橋仁兄閣下。珪壽與霞擧·硏秋·仲復·翔雲。爲海內知己。先生之所知也。獨未得托契於先生。東國之士。從都門還。輒誦先生文采風流。益不禁懊恨于中也。今春趙惠人侍郎携致先生楹帖之贈。始知先生亦傾注於我久矣。人海舊游。又添一神交。至樂也。又得霞擧在鄕遙寄之信。封面有求張午橋先生轉致等字。是霞擧亦以尊兄有友朋至性。必不憚津致之勞耳。日下舊交。落落星散。弟今欲答霞兄。不求尊兄致之。又誰求耶。弟現前情事。具在書中。欲望尊兄先自坼閱而送之。便是吾輩聯榻鼎話。大快事也。是以證交鄭重之語。此幷略

			之。惟請比來道體康吉。鴻便順承德音。
朴珪壽	瓛齋集 卷11 「題顧祠飮福圖」	「顧祠飮福圖」에 등장하는 王拯·黃雲鵠·董文煥·馮志沂·沈秉成·王軒 등을 추억하고, 이들과 교제하며 느낀 감개와 즐거움을 기록하다.	卷中之人。展紙據案。援筆欲書者。戶部郎中王拯少鶴也。把蠅拂沉吟有思者。兵部郎中黃雲鵠緗雲也。立而凝眸者。翰林檢討董文煥硏樵也。持扇倚坐者。廬州知府馮志沂魯川也。坐魯川之右者。翰林編修沈秉成仲復也。對魯川而坐者。兵部主事王軒霞擧也。據案俯躬而微笑者。朝鮮副使朴珪壽瓛卿也。魯川時赴熱河未還。爲之補寫焉。昔亭林先生北遊至都下。嘗棲止於城西之慈仁寺。後之學者想慕遺躅。道光癸卯。建祠於寺之西南隅。以祀先生。道州何君子貞寔始經營云。珪壽夙尙先生之學。歲咸豐辛酉。奉使入都。幸從諸君子祇謁先生。特設一祭。退而飮福於禪房。相與論古音之正譌。經學之興衰。盖俯仰感慨。而樂亦不可勝也。旣東歸不復見諸君子已三載。追思向之讌會談笑。鬚眉衣冠。發於夢寐。遂命畫史繪顧祠飮福圖。其貌寫諸君。悉由余心想口授。而肥瘦方圓。尙不能肖之。況可與論於傳神乎。當面繪我而尙不能肖之。況隔遠千里之外哉。使我而工於畫者。爲此圖必有道焉。惜乎其不能也。嗟乎。聚散離合。理所固有。若心性則無間於山海之間矣。篤於友朋者。皆自知之。諸君子倘求良史。各肖其貌。更寫此圖。以之相贈。豈不大慰天涯故人之望耶。

董 越 (1430-1502)

인물 해설	명나라의 정치가이자 문학가로 字는 尙矩, 시호는 文僖이며, 江西省 寧都 출신이다. 1469년에 進士에 합격하여 南京工部尙書를 역임했다. 1488년에 사신의 命을 받고 朝鮮에 왔을 당시에는 右書坊右庶子 및 翰林院侍講同刑 科給事中을 겸하였다. 그가 조선의 민정과 풍속을 기록한 『朝鮮賦』는 내용 이 풍부하고 문채가 아름다워 널리 읽혔다. 文淵大學士 李東陽이 그를 위 해 지은 묘지명에서 시문은 청초하고 간결하며 세속의 티가 없고 괴탄스러 운 말이 없다고 칭송하였다. 저서에 『使東日錄』, 『圭峰文集』, 『董文僖公集』 등이 있다.
인물 자료	○ 錢謙益, 『列朝詩集小傳』 丙集 卷3, 「董尙書越」 　　越, 字尙矩, 寧都人. 成化五年進士及第第三人, 入直經筵, 出使朝鮮. 多所 撰述, 官至翰林學士, 南京工部尙書, 贈太子少保, 諡文僖. 集四十二卷, 李西 涯爲序. ○ 『四庫全書總目提要』 卷71, 朝鮮賦 條 　　越, 字尙矩, 寧都人. 成化己醜進士, 官至南京工部尙書, 諡文僖. 孝宗即位, 越以右春坊右庶子兼翰林院侍講, 同刑科給事中王敞使朝鮮, 因述所見聞, 以 作此賦. 又用謝靈運山居賦例, 自爲之注. 所言與明史朝鮮傳皆合. 知其信而有 徵, 非鑿空也. 考越自正月出使, 五月還朝, 留其地者僅一月有餘. 而凡其土地 之沿革, 風俗之變易, 以及山川·亭館·人物·畜產, 無不詳錄. 自序所謂得於 傳聞周覽, 與彼國所具風俗帖者, 恐不能如是之周匝. 其亦奉使之始, 預訪圖經, 還朝以後, 更徵典籍, 參以耳目所及, 以成是制乎？ 越有文僖集四十二卷, 今 未見其本. 又別有使東日錄一卷, 亦其往返所作詩文, 不及此賦之典核. 別本孤 行, 此一卷固已足矣.
저술 소개	＊『朝鮮賦』 　(明)藍格鈔本 1卷 / (朝鮮)嘉靖 10年 刻本 1卷

	★『國朝典故』 　(明)朱當㴐編 (明)抄本 62種 116卷 內 董越撰『朝鮮賦』1卷 / (明)鄧士龍 編 (明)刻本 60종 111卷 內 董越撰『朝鮮賦』1卷 ★『文淵閣四庫全書』 　(淸)乾隆年間 寫本 內 董越撰『朝鮮賦』1卷 ★『使東日錄』 　(明)正德 9年 寧部 董氏家刊本 1卷 ★『皇華集』 　(朝鮮)高麗活字本 2卷 董越撰 魚世謙序		

<table>
<tr><th colspan="4" align="center">비 평 자 료</th></tr>
<tr>
<td>金邁淳</td>
<td>臺山集
卷20
「闕餘散筆」</td>
<td>우리나라는 예의와 문장
으로 중국에서 일컬어졌
기 때문에 중국에서 우리
나라에 보내는 사신은 매
우 가려 뽑아서 보냈으니
董越 등이 그들이다.</td>
<td>國以禮義文學見稱於中華。故前後詔
使之來。必極其遴揀。如倪文僖謙·
祁戶部順·董圭峰越·唐新庵皐·許
海嶽國·熊極峰化·姜閣老曰廣。皆
一時之望。</td>
</tr>
<tr>
<td>金允植</td>
<td>雲養集
卷12
「書徐振竹枝
詞後」</td>
<td>董越의 「朝鮮賦」는 조선
에 관한『明史』의 오류를
제공한 시초이다.</td>
<td>右徐振所撰朝鮮竹枝詞四十截。振作
此自附於採風下國。而語或矯誣。不
加詳察。…襲明史之誤也。…亦必傳
聞之譌也。…不亦淺乎。…操觚之
士。好攷證虛文。勦襲舊說。以自眩
其文彩者。自古已然。若董越朝鮮
賦。卽其前茅也。論者以越賦與明史
相符。認爲信筆。殊不知董亦未嘗目
擊。與明史同一襲謬。</td>
</tr>
<tr>
<td>申緯</td>
<td>警修堂全藁
冊7
碧蘆坊藁(三)
「次韻篠齋夏
日山居雜詠
(二十首)」</td>
<td>董越의 「朝鮮賦」에 의거
하여 조선초에는 회화가
그다지 공교롭지 못했다
고 평가하다.</td>
<td>其十五：屛間水墨不工畵。(董越朝鮮
賦中語)英正年來漸入佳。紅葉尙書
(姜豹庵世晃)儒氣勝。終然壓倒鄭謙
齋(歚)。</td>
</tr>
</table>

李瀷	星湖僿說 卷4 「萬物門」	饊子에 대한 楊愼의 고증을 비판하고, 董越의 「朝鮮賦」에 나오는 糁食를 가지고 饊子를 고증하다.	楊升菴却謂饊子者。寒具也。所粘之餠。雖類寒具。而與饊意何干。楊之博亦不及此矣。或紅梁饊米又作餠與釵。膜用餳粘着者曰。蓼化餠。以其形似而命之也。董越朝鮮賦。間看羞以糁食。自註亦能爲華之米饍蓼花之類。然則蓼花之稱。起自中國矣。
李學逵	洛下生集 因樹屋集 「答」	董越의 「朝鮮賦」와 顧炎武의 『日知錄』 등에서 문제해결의 단서를 찾으라고 전하다.	此鄕苦無書籍。以瞿存齋剪燈新話。爲爪上尊閣。羅貫仲三國演義。爲枕中秘藏。…望於說文玉篇及董越朝鮮賦·顧炎武日知錄等諸書。詳考一番。然後決意聽用也。
李學逵	洛下生集 冊18 觚不觚詩集 「感事三十四章」	명나라 孫睦과 董越은 조선의 사실을 자세히 기술하였고, 董越은 「朝鮮賦」를 지었다.	尙憶弁園叟。傷歲觚不觚。(王世貞著觚不觚錄。言儀文制度隨歲嬗變。)檀箕遺制度。孫董紗傳摹。(孫睦·董越。皆大明人。紀述朝鮮事甚悉。越所著朝鮮賦。載輿地勝覽。)

24

梅曾亮 (1786-1856)

인물 해설	청나라 桐城派 문인으로 字가 伯言이며 江蘇 上元(지금의 江蘇省 江寧縣) 출신이다. 1822년에 진사가 되어 知縣으로 등용되었으며 후에 戶部郎中까지 지냈다. 어렸을 때부터 騈文에 뛰어났으며, 同鄉 사람 官同과 함께 鍾山書院에서 강학하던 姚鼐에게 나아가 배워 마침내 姚鼐의 '儀法'을 체득한 수제자가 되었다. 관직 때문에 도성에서 20여 년을 머무르는 동안 고문으로 크게 명성을 떨쳤다. 도성의 고문가들이 그를 '大師'라 칭하였으며 다투어 찾아와 '儀法'에 대해 질문하기도 하였다. 만년에는 관직에서 물러나 揚州 梅花書院의 主講으로 있었으며, 1856년에 향년 71세로 세상을 떠났다. 저서에 『柏梘山房集』(31권)이 있는데, 그 안에 문집인 『柏梘山房文集』16권과 『柏梘山房文續集』1권, 시집인 『柏梘山房詩集』10권과 『柏梘山房詩續集』2권, 변문집인 『柏梘山房騈體文』2권 등이 수록되어 있다.
인물 자료	○ 『淸史稿』, 列傳 273 梅曾亮, 字伯言, 上元人. 少時工騈文. 姚鼐主講鍾山書院, 曾亮與邑人管同俱出其門, 兩人交最篤, 同肆力古文, 鼐稱之不容口, 名大起. 間以規曾亮, 曾亮自喜, 不爲動也. 久之, 讀周・秦・太史公書, 乃頗窺, 一變舊習. 義法本桐城, 稍參以異己者之長, 選聲練色, 務窮極筆勢. 道光二年進士, 用知縣, 授例改戶部郎中. 居京師二十餘年, 與宗稷辰・朱琦・龍啟瑞・王拯・邵懿辰輩游處, 曾國藩亦起而應之. 京師治古文者, 皆從梅氏問法. 當是時, 管同已前逝, 曾亮最爲大師; 而國藩 又從唐鑑・倭仁・吳廷棟講身心克治之學, 其於文推挹姚氏尤至. 於是士大夫多喜言文術政治, 乾・嘉考據之風稍稍衰矣. 未幾, 曾亮依河督楊以增. 卒, 年七十一. 以增爲刊其詩文, 曰柏梘山房集. ○ 吳敏樹, 『柈湖文集』卷12, 「梅伯言先生誄辭」 … 余曩在京師, 見時學治古文者, 必趨梅先生, 以求歸・方之所傳. 而余頗亦好事, 顧心竊隘薄時賢, 以爲文必古於詞, 則自我求之古人而已, 奚近時宗

	派之云? 果若是, 是文之大厄也. 而余閑從梅先生語, 獨有以發余意. 又讀其文數十篇, 知先生於文自得於古人, 而尋聲相逐者, 或未之識也. 余自是益求之古書. 自道光甲辰, 又九年咸豐壬子, 余復入都, 則梅先生已去官歸金陵, 而粵寇之亂大作. 明年金陵陷, 聞先生得出. 丁巳, 余寓長沙, 孫侍讀子余告余曰: "梅先生以前二歲卒矣." 余於先生才觌面, 而與先生遊京師者, 稱先生語未嘗不及余. 余窮老於世, 今且避徙無所, 而先生亦可謂不得志以死者. 其才俊偉明達, 固非但文人, 而趣寄尤高, 以進士不欲爲縣令, 更求爲貲郞, 及補官, 老矣. 而歸又逢世之亂, 可傷也.		
저술 소개	★『柏梘山房文集』 (淸)咸豐 4年 唐氏 涵通樓刻本 2卷 / 咸豐 5年 楊以增刻本『文集』16卷『文續集』1卷 / 咸豐 6年 楊紹穀·楊紹和刻本『文集』16卷『文續集』1卷『詩集』10卷『詩續集』2卷『騈體文』2卷 / 同治 3年 楊紹穀·楊紹和補刻本		

비 평 도 서

金邁淳	臺山集 卷8 「題日本人論語訓傳」	『臺山集』에는 梅曾亮의 「臺山氏論日本訓傳書後」가 실려 있다. ★ 金邁淳의 「題日本人論語訓傳」은 朱子를 비판한 太宰純의 『論語訓傳』에 대한 비판이다. 梅曾亮의 이 글은 『柏梘山房文集』卷6에도 실려 있다. (김명호, 『환재 박규수 연구』, 창비, 2008, 251~255면 참조)	臺山氏書日本人論語訓傳。其署曰。日本之俗。精技巧習戰鬪。文學非所長也。自明季來。始稍稍說經。而近有著論語訓傳者。曰太宰純。盖祖孔安國·皇侃·邢昺諸解。而以彼中荻先生者爲大宗。詆訶程朱。上及孟子。其書以安民言仁。以儀節言禮。以詩書禮樂言道。至其妄誕。則以性善爲妄說。以私欲爲天理。以人欲淨。則不可以爲人。而宋儒所謂人欲淨天理行。乃釋氏斷煩惱修菩提之說。不可以言聖人之道。日本書余未多見。使其學術皆如此。則不如無書之爲愈也。蠻夷小生。未聞正學。啁啾一隅。無足異者。然是書也。今跨海而來吾國。豈吾之學術風氣。有相爲感召者乎。是書之妄不足攻。而使吾之得見是書爲可慮也。余讀之而爲

			之說曰。如臺山氏之言。彼二人者。可謂異端之尤者矣。而自以其學出於皇侃諸人。夫皇侃諸人。皆欲實事求是。以證明聖人之經。惟不能以義理之精微。求聖賢詞氣之微眇。而專以訓詁求之。非可以異端斥也。然異端之生。自失吾心之是非始。而學者苟日從事於瑣瑣訓詁之間。未有不疎於義理而馴至於無是非者。臺山氏之憂。有人矣哉。有人矣哉。臺山氏金姓。邁淳其名。蓋朝鮮之官內閣學士者也。
金邁淳	臺山集 卷9 「讀三子說贈兪生」	臺山集에는 梅曾亮의 「臺山論文書後」가 부록으로 실려 있다. * 金邁淳의 「讀三子說贈兪生」은 자신이 韓愈·歐陽修·蘇軾의 글을 익히는 과정에 대해서 논하는 내용을 담고 있다. 梅曾亮의 이 글은 『柏梘山房文集』 卷6에도 실려 있다.(김명호, 앞의 글 참조)	臺山氏與人論文。而自言其讀文之勤與讀文之效。此世俗以爲迂且陋者也。然世俗之文。揚之而其氣不昌。誦之而其聲不能成文。循之而其詞之豐殺厚薄緩急。與情事不相稱。若是者。皆不能善讀者也。昌黎文言之。則曰養氣。老泉質言之。則曰端坐而讀之七八年。老泉之言。卽昌黎之言也。文人矜夸。或諱其所得。而示學者以微妙難知之詞。如老泉可謂不自諱者矣。而知而信之者或鮮。臺山氏能信而從之。而且不自諱其得。亦如老泉之所以告人者。故其氣之昌。聲之文。詞與情事之相稱。有不同乎老泉。而亦無異乎老泉者。吾雖不獲見其人。其文則固已端坐而得之矣。
金邁淳	臺山集 卷9 「讀三子說贈兪生」	『臺山集』에 실린 梅曾亮의 「臺山論文書後」는 梅曾亮이 직접 써서 보낸 글로『柏梘山房文集』에 실린 것과는 약간의 차이가 있다.	此是梅郎中手寫寄來之本。其後栢梘山房文集出。與此本略有異同。

朴珪壽	瓛齋集 卷10 「與王少鶴拯」	王拯이 申錫愚에게 준 梅曾亮의 『梅伯言文集』에 기록된 金邁淳‧金尚鉉과 관련된 정보가 잘못 기록되어 있음을 지적하고 추후 수정해야한다고 지적하다.	前聞申琴泉携歸梅伯言先生文集。係是尊兄持贈也。梅先生夙所景仰。而金臺山乃先君子切友也。梅公集中有與臺山相屬文字。弟卽向琴泉取閱。見其編尾有兄題跋語。讀之有不覺絶倒者。文字中所擧說金經臺尚鉉。乃臺山門人也。而兄文乃以爲金臺山子也。若非於山字之下漏一弟字。則恐傳聞之際。有所錯認耳。大作必有剞劂之日。幸卽改塡以門人也或弟子也等字。如何如何。臺山是貫安東之金氏也。經臺是貫光山之金也。並非通譜之族姓耳。經臺乃弟之至懽也。爲說此事。嘲謔無筭。渠現今安東都護府使。弟以書戲之曰此事惟我能辨誣於少鶴。俾不至刊諸梨棗。他人不能也。必須厚賂我乃可也。此間朋友以是作一場笑話。好呵好呵。前所寫惠杜詩諸幅。張之壁上。日夕愛玩摩挲不能已也。使車臨發。撥忙草此。潦率欠敬。不勝沖黯。惟希歲時膺受多福。統冀崇照。
李尚迪	恩誦堂集 卷3 「朱伯韓侍御寄贈來鶴山房文集, 幷見懷七古一首, 仍疊次原韻, 題之卷前」	朱琦의 시에 次韻하며 그가 馮志沂‧梅曾亮과 우애가 깊은 점을 언급하다.	朱矦落落復磊磊。開拓心胷睚眦外。咳唾成章老更奇。醉墨驚人發光怪。桂林萬里隔鷄林。天壤猶喜君我在。臺閣君今就徵辟。墻東我已謝紛猥。閉門讀書亦復佳。謂余有閉門讀書之語。髮短心長孰主宰。體中小極忽起予。繡段金刀爭璨璀。十年雲樹寫別離。筆花怒折東風蕾。握手狂歌定幾時。有懷如山酒如海。來鶴山光靑磈磊。天風吹送榑桑外。一點文心犀有通。靈氣畢燭水宮怪。懸之國門傳其人。毫端自有千秋在。汗顏曾乞序三

			都。聲價藉重一何猥。馮唐老潛秋曹郎。梅詢去作百里宰。馮魯川志近・梅伯言曾亮。皆君之同好。半生離合歲寒天。旅館孤燈雪璀璀。捧到雲函不敢讀。露香盥手薔薇蕾。亟付鈔胥壓縹囊。今日海鄰卽湖海。余近歲仿王述菴湖海詩文傳例。抄輯海內知舊投贈之作。積成卷袠。名曰海鄰論世集。盖取海內知己天涯比鄰之意也。

25

茅 坤 (1512-1601)

인물 해설	자는 順甫, 호는 鹿門으로 浙江省 歸安 출신이다. 1538년 진사에 급제하고, 靑陽과 丹徒의 知縣에서 시작하여 吏部稽勳司, 廣平通判, 廣西近備僉事를 역임하였다. 瑤族의 반란을 진압하였고 胡宗憲의 휘하에서 왜구의 평정을 도왔다. 唐順之, 王愼中 등과 함께 唐宋派로 불렸다. 당송파는 앞 시대 前·後七子를 대표로 하는 문단의 擬古的이고 復古的인 문풍을 적극적으로 비판하였다. 唐宋古文을 높여 편찬한 『唐宋八大家文鈔』 144권이 후대에 끼친 영향이 매우 컸다. 저서로 시문집인 『玉芝山房稿』(22권)를 비롯하여 왜구를 평정 때의 견문을 기록한 『海寇後編』, 『徐海本末』 등이 전한다.
인물 자료	○ 『明史』, 列傳 175 　　茅坤, 字順甫, 歸安人. 嘉靖十七年進士. 歷知靑陽·丹徒二縣. 母憂, 服闋, 遷禮部主事, 移吏部稽勳司, 坐累, 謫廣平通判. 屢遷廣西兵備僉事, 轄府江道. 坤雅好談兵. 瑤賊據鬼子諸砦, 殺陽朔令. 朝議大征, 總督應檟以問坤. 坤曰: "大征非兵十萬不可, 餉稱之, 今猝不能集, 而賊已據險爲備. 計莫若鶻剿. 儵入 殲其魁, 他部必襲, 謀自全, 此便計也." 檟善之, 悉以兵事委坤. 連破十七砦, 晉秩二等. 民立祠祀之. 遷大名兵備副使, 總督楊博歎爲奇才, 特薦於朝. 爲忌 者所中, 追論其先任貪汙狀, 落職歸. 時倭事方急, 胡宗憲延之幕中, 與籌兵事, 奏請爲福建副使. 吏部持之, 乃已. 家人橫於里, 爲巡按龍尙鵬所劾, 遂褫冠帶. 坤旣廢, 用心計治生, 家大起. 年九十, 卒於萬曆二十九年. 　　坤善古文, 最心折唐順之. 順之喜唐·宋諸大家文, 所著文編, 唐·宋人自韓 ·柳·歐·三蘇·曾·王八家外, 無所取, 故坤選八大家文鈔. 其書盛行海內, 鄕里小生無不知茅鹿門者. 鹿門, 坤別號也. 少子維, 字孝若, 能詩, 與同郡臧 懋循·吳稼澄·吳夢陽, 並稱四子. 嘗詣闕上書, 希得召見, 陳當世大事, 不報. ○ 錢謙益, 『列朝詩集小傳』 丁集 卷3, 「茅副使坤」 　　坤, 字順甫, 歸安人. 嘉靖戊戌進士, 知靑陽·丹徒二縣, 擢禮部儀制主事,

<table>
<tr>
<td></td>
<td>改吏部稽勛, 謫廣平府通判, 遷南京車駕主事, 出爲廣西按察司僉事, 升副使, 備兵大名, 中吏議罷歸. 林居五十餘載, 至萬曆中, 年九十乃卒. 順甫自命有文武才, 好談兵事, 在廣西府, 江賊據鬼子等砦, 督撫將會兵大勦, 順甫曰："會兵非數十萬不可, 賊走險旅拒, 老師費財, 非計之得也." 請簡練五千人, 自署以往, 多縱反間, 攜其黨與, 以奇兵直搗其巢, 連破十七砦. 以一書生提一旅之師, 深入崖箐, 蕩累年負固之賊, 大功不賞, 而吏議隨其後, 於是乎息機摧撞之思, 浩然不可挽矣. 家居多暇, 用其心計, 修業治生, 不以寂寞自廢. 嘉靖末年, 東南中倭, 胡績溪爲制府, 以同年生虛心容訪, 料敵設謀, 用順甫之策爲多, 順甫亦沾沾自喜, 以爲扣囊底餘智, 猶足以辦倭也, 爲文章滔滔莽莽, 謂文章之逸氣, 司馬子長之後千餘年而得歐陽子, 又五百年而得茅子. 疾世之爲僞秦漢者, 批點唐・宋八大家之文, 以正之. 人謂順甫之才氣, 殆可以追配古人, 而惜其學之不逮也. 順甫於同時, 惟推荊川一人, 胡績溪嘗以徐文長文示之, 詭云荊川, 順甫讚歎不已, 曰："非荊川不能作." 已而知爲文長也, 復取視曰："故是名手, 惜後半稍弱, 不振耳." 其自負護前如此. 子國縉, 擧進士, 爲工部郎; 少子維・孫元儀, 皆名士, 與余好.</td>
</tr>
<tr>
<td>저술
소개</td>
<td>
* 『唐宋八大家文抄』
　(明)萬曆 7年 茅一桂刻本 144卷 ／ (明)崇禎 4年 茅著刻本 (淸)祁班孫批 166卷(存 6家 41卷) ／ (明)崇禎 4年 茅著刻本 邵章錄 (淸)方苞評點 166卷

* 『玉芝山房稿』
　(明)萬曆 16年 刻本 22卷

* 『茅鹿門文集』
　(明)明末 刻本 套印本 潘洪宸輯幷評 8卷

* 『茅鹿門先生文集』
　(明)萬曆年間 刻本 36卷(卷35・36은 附錄)

* 『耄年錄』
　(明)萬曆年間 刻本 9卷

* 『白華樓藏稿』
　(明)嘉靖－萬曆年間 遞刻本 11卷 續稿 15卷 吟稿 10卷

* 『柳文』
　(唐)柳宗元撰 (明)茅坤評 (明)刻本 朱墨套印本 (淸)魏遜祖跋 7卷
</td>
</tr>
</table>

* 『鹿門茅先生批評韓詩外傳』
  (漢)韓嬰撰 (明)茅坤評 (明)刻本 10卷

* 『鹿門先生批點漢書』
  (明)崇禎 8年 茅瑞徵刻本 93卷 / (明)刻本 93卷

* 『歐陽文忠公新唐書鈔二卷五代史鈔二十卷』
  (明)茅坤輯 (明)萬曆 7年 茅一桂刻本 / (明)明末 刻本 (清)潘奕雋錄 (清)顧
有孝批注并跋

* 『歐陽文忠公五代史鈔』
  (明)茅坤輯 (明)萬曆 7年 茅一桂刻本 20卷 / (明)閔刻 套印本 20卷 / (明)
李兆刻本 20卷

* 『歐陽文忠公文抄』
  (宋)歐陽修撰 (明)茅坤評 (明)刻本 朱墨套印本 10卷

* 『韓文公文抄』
  (唐)韓愈撰 (明)茅坤評 (明)刻本 朱墨套印本 16卷

* 『蘇文嗜』
  (宋)蘇洵撰 (明)茅坤集評 (明)凌雲刻本 三色套印本 6卷

* 『蘇老泉文集十二卷詩集一卷』
  (宋)蘇洵撰 (明)茅坤・焦竑等評 (明)凌濛初刻本 朱墨套印本

* 『蘇文』
  (宋)蘇軾撰 (明)茅坤等評 (明)閔爾容刻本 三色套印本 (清)趙伯蘇跋 6卷

* 『三蘇文匯』
  (明)茅坤・錢穀・鍾惺等評 明末 刻本 60卷

* 『三蘇文鈔選』
  (明)茅坤評 (明)金閶 簣玉堂刻本 58卷

* 『蘇文忠公策論選』
  (宋)蘇軾撰 (明)茅坤・鍾惺評 (明)天啓 元年 刻本 三色套印本 12卷

* 『高光州詩選』
  (明)高應冕撰 茅坤輯 (明)嘉靖年間 刻本 2卷

★『漢書鈔』

　(明)茅坤評選 (明)萬曆 17年 自刻本 93卷

★『新鐫增補全像評林古今列女傳』

　(漢)劉向撰 (明)茅坤補 彭烊評 (明)書坊 唐富春刻本 8卷

★『史記鈔』

　(明)茅坤輯 (明)泰昌 元年 吳興 閔氏刻本 套印本 91卷 / (明)萬曆 3年 刻本 91卷 / (明)萬曆 3年 刻本 91卷 補遺 12卷 卷首 1卷

★『茅鹿門先生批評史記抄』

　(明)茅坤輯 (明)天啓 元年 茅兆海刻本 104卷

★『淮南鴻烈解』

　(漢)劉安撰 (明)茅坤等評 (明)刻本 墨印本 21卷 / (漢)劉安撰 高誘注 (明)茅坤等評 (明)張烒如刻本 21卷 / (明)緝柳齋刻本 21卷

★『何氏語林』

　(明)何良俊撰 茅坤評 (明)天啓 4年 刻本 30卷

★『名臣寧攘要編』

　(明)項德楨訂 項鼎鉉補 (明)萬曆年間 刻本 內 茅坤撰『紀剿』1卷

★『盛明百家詩』

　(明)俞憲編 (明)嘉靖－隆慶年間 刻本 324卷 內 茅坤撰『茅副使集』1卷

★『皇明十大家文選』

　(明)陸弘祚編 (明)刻本 25卷 內 茅坤撰『鹿門文選』2卷

★『明八大家文集』

　(淸)張汝瑚編 (淸)康熙年間 刻本 76卷 內 茅坤撰『茅鹿門集』8卷

★『國朝大家制義』

　(明)陳名夏編 明末 陳氏 石雲居刻本 42種 42卷 內 (明)茅坤撰『茅鹿門稿』1卷

★『名家尺牘選』

　(明)馬睿卿編 (淸)刻本 20卷 內 茅坤撰『茅順甫尺牘』1卷

★『金聲玉振集』

　(明)袁褧編 (明)嘉靖 29-30年 袁氏 嘉趣堂刻本 50種 63卷 內 茅坤撰『海

	寇后編』2卷 / 『平蜀記』1卷		
	★ 『澤古齋重鈔』 (清)陳璜編 (清)道光 4年 嘉慶 張海鵬刻本 借月山房匯鈔版重編補刻本 12集 110種 241卷 內 茅坤撰 『徐海本末』1卷 / 『汪直傳』1卷		
비 평 자 료			
金鑢	藫庭遺藁 卷12 「鄭農塢詩集序」	茅坤이 韓愈의 「復讎狀」을 읽고 유종원의 半段議論을 얻었다고 평하다.	昔茅鹿門讀韓昌黎復讎狀。以爲得子厚半段議論。
金萬重	西浦漫筆	茅坤은 「唐宋八家文鈔」를 만들었으나, 총평하면서 四家를 빠뜨린 점이 한스럽다고 평하다.	朱文公嘗欲選唐宋六家文。而未果。明茅鹿門氏加之以少蘇荊公。爲八大家文抄。談藝家咸稱允。而獨恨其所揔評乃遺四家焉。余謂是八家者。如夷惠淸和。玉燕肥瘦。同工異曲。優入聖域。未易取捨也。不揆固陋。輒爲八家文評。以補前人缺典云。
金錫冑	息庵遺稿 卷8 「再書春沼先生集」	申最가 王世貞과 茅坤의 글을 "長江巨河淪漣澎湃", "奇峯幽壑雲興霞蔚"이라고 평한 것을 인용하다. * 申最(1619~1658)는 1653년에 『皇明茅鹿門王弇州二大家文抄』를 간행했다.	春沼集旣刊行有日矣。客有過余而問者曰。子從春沼公問學固久。今若欲論公文之所至。其將置之於國朝何公間耶。余應之曰。余識蔑。何足以知之。然嘗聞之。公年二十四。始著原十一篇。往質于鄭畸翁弘溟。畸翁每讀一篇。輒稱善謂公曰。子文何遽不及張持國。豐腴少遜而辭采過之。且子年少。才且盛。不可量也。先樂全公見公所爲白雲樓記。亟稱之以爲東京之文。公於文辭。蓋有天得。方二十六七歲時。已臻古作者閫奧。俄遭樂全公喪。喪畢。卽登第入翰苑。未踰年而家難作。自玆以後。不復數數於鈆槧。今集中所錄者。大抵皆三十以前所論著也。客曰。若果如畸

			翁之言。則相國其將讓公。抑公讓相國耶。余曰。讓則吾固未之能知也。抑余嘗讀公之文。而竊有所衡於心者。其評弇園，鹿門兩家之文也。其曰長江巨河淪漣澎湃者。非相國之謂乎。其曰奇峯幽壑雲興霞蔚者。亦公之所自道者乎。凡物之廣大高深。惟各正其性命而已。亦奚相讓之爲乎。客既去。仍書其語。復識諸公集之後。以俟知者。
金昌協	農巖集 卷34 「雜識外篇」	茅坤이 歐陽脩의 「張應墓表」의 내용을 고증한 것에 대해 비판하고 다시 고증하다.	茅鹿門於歐文，張應之墓表。批云宋制。以觀察推官。徙參軍而知陽武縣。又以通判眉州。入爲員外郎而復知陽武縣。可見當時重令職如此。按宋之官制。有階官。有職事官。今以應之所履者言之。始遷著作佐郎知陽武縣。通判眉州。又累遷屯田員外郎。復知陽武縣。其著作佐郎及員外郎。皆階官也。通判知縣。職事官也。方其爲通判爲知縣。固帶佐郎員外銜。非入爲員外郎。而又自員外郎。出知陽武縣也。鹿門所謂入爲員外郎。恐未察。此凡看宋人碑誌敍履歷處。須分別階官職官。不令混淆始得。
金昌協	農巖集 卷34 「雜識外篇」	茅坤이 韓愈의 「孔司勳碑誌」에 대해 평한 것을 비판하다.	韓文孔司勳墓誌云。前夫人從葬舅姑兆次。卜人曰。今玆歲。未可以祔。從卜人言不祔。茅鹿門批云。附誌前夫人所以不及祔葬舅姑兆次之故。而不詳與司勳合葬處。不可曉。今按本文之意。謂前夫人初沒時。從葬舅姑兆次矣。今宜祔葬於司勳。而卜人云云。故不得祔云爾。鹿門誤認卜人以下竝爲從葬舅姑時事。而反疑韓公之疎。殊可笑也。

金昌協	農巖集 卷34 「雜識外篇」	茅坤이 「八大家文鈔」에서 평한 것을 인용하여 韓愈의 문장을 평하다.	鹿門八大家文鈔論云。世之論韓文者。共首稱碑誌。予獨以韓公碑誌。多奇崛險譎。不得史漢序事法。故於風神或少遒逸。至於歐陽公碑誌之文。可謂獨得史遷之髓。鹿門此論。似然矣。然碑誌史傳。雖同屬敍事之文。然其體實不同。況韓公文章命世。正不必摸擬史遷。其爲碑誌。一以嚴約深重。簡古奇奧爲主。大抵原本尙書左氏。千古金石文字。當以此爲宗祖。何必以史遷風神求之耶。然其敍事處。往往自有一種生色。但不肯一向流宕以傷簡嚴之體耳。若歐公則其文調本自太史公來。故其碑誌敍事。多得其風神。然典刑則亦本韓公。不盡用史·漢體也。
金昌翕	三淵集 卷36 「漫錄」	茅坤의 무리는 무엇이 진정한 陳言인지 제대로 이해하지 못했다고 말하다.	孔子之言雖簡。而亦有繁而不殺者。如論管仲。以邦君與管仲三次對說。如答子張問明。以浸潤膚受申說至再。一則發於慷慨。一則致其丁寧。不自覺其言之爲繁耳。檀弓雖簡。而不沐浴佩玉以詳爲妙。退之所謂陳言。如六朝人之引用古事與踵襲前人言語。如問鼎晉陽甲易簀亡琴之類是已。退之之戞戞務去。蓋欲必自己出。雖孟, 莊, 班, 馬之文。未嘗勦襲一語。所謂起八代之衰者。正爾在此。茅坤輩不知陳言之爲何。解作平常俗語。若是則退之所務。終歸於虯戶銑溪之類。豈不誤哉。退之文中。實多平常語。如曰不幸兩目不見物。寸步不能自致。曷嘗有換字之意乎。若使弇州輩當此。則不言兩目而必用金篦。不言寸步而必用賁趾。此正陳言之可去者也。

金昌熙	會欣穎 「四品集選序」	茅坤이 『八大家文鈔』를 제시한 이래로, 문사들이 팔대가들 가운데 자신의 본성과 비슷한 인물만을 선택하여 학습하는 것에 대해 비평하다.	自鹿門茅氏標揭八家以來。士皆各就其性。所近而取法焉。竊謂集七子之長。以爲學韓之梯。則可矣。若只效嚬於一家之體。而不知其亦出於韓之偶一爲之者。則終無以悟文章之活妙矣。
朴允默	存齋集 卷24 「華城井銘」	茅坤의 『武備誌』를 읽고서 華城이 반드시 축조되어야 하는 이유를 알았다. * 『武備誌』의 저자는 茅坤의 손자인 茅元義인데, 박윤묵이 착각한 것으로 보인다.	小臣常讀茅坤武備誌城闉議暨酈道元水經及全蜀說。始知是華之不得不作。而大聖人所作爲。出尋常万万。城闉議曰置城者。必先爲水。飢猶可戰。渴不自持。是以築城必富井。富井必瀦淤。又恐藉是而有浸灌之患。故在中則富井。在外則無障横衝射之憂。然後乃所謂金城湯池也。
朴齊家	貞蕤閣文集 卷2 「八子百選策」	茅坤이 편집한 『唐宋八大家文鈔』는 선각들의 精粹를 표준으로 삼아 후대 글을 쓰는 사람에게 지침을 보여준 책이다.	王若曰。唐宋八大家文鈔。茅鹿門所以病後世之僞剿。標先覺之精粹。睎千古操觚者之金石關和也。西京尙矣。先儒以蜀之出師表。晉之歸去來辭。爲文章絶調。則是書之但取唐宋何據歟。六朝騈儷。着力要變則唐不收蘇頲者何故。文敝之餘。發明古道則宋不錄柳開者何說歟。空同名家也。而直詆其剽裂。荊川師承也。而不列於批選者。亦有義歟。韓之呑吐騁頓。柳之巉巖崱屴。歐陽之遒麗逸宕。長蘇之行行止止。俱可謂善評。而王, 曾, 兩蘇之獨無取譬。何歟。
徐有榘	金華知非集 卷3 「八子百選序抄啓應製」	정조가 茅坤의 『唐宋八大家文鈔』에서 100편을 엄선하여 『唐宋八子百選』을 편찬하다.	我聖上以勛華之聖。敷周孔之文。三書之暇。潛心墳典。所以繼往而開來者。孜孜乎屢致意焉。而又就茅坤所選八家文。取其最精粹者一百篇。編爲四卷。命之曰八子百選。鋟梓行世。臣讀而歎

			曰盛矣哉。大聖人作人之念也。夫氣賦於天。巧生於才。則所可策勵而陶鎔者。法而已。苟神於法則養之以爲氣。思之以爲巧。抑亦在其中矣。雖然自八家之有選。今且數百年。文章之遞降極矣。明淸諸家之倣傚八子者。往往似唐順之所謂三歲孩作老人形。此其故何哉。由其泛而不約。不得其法之髓。而徒依樣焉耳。然則是編之出而有志於斯文者。賴有所津逮梯接。循其法而變化於氣。以不負菁莪樂育之化。可指日而俟。臣敢次其說以爲序。
徐宗泰	晚靜堂集 卷11 「跋赤谷楓嶽錄後」	茅坤이『史記』는 형상에 대한 묘사가 뛰어나다고 평가한 언급을 인용하여 문장에 관해 논하다.	近世茅坤曰。太史公文章。善摸狀。讀荊軻傳。使人便感慨。有燕趙悲歌意。讀李廣等傳。便欲善戰。有味哉。其言之也。此不幾於化工之肖物乎。蓋文章無二道。紀實詠物。機括同焉。如二謝游覽諸詩及孫綽天台賦。每讀之。其寫吳越東南岳海諸勝。瞭如指掌。自覺神思奕奕流動。怳乎若躬親跋履其間。文之大小雖異。其善摸狀均也。今觀赤谷金公游楓嶽錄。其詩若記若賦。倖色揣稱甚悉。爲十洲三島生色。其詠內山也。奇麗秀發。其詠外山也。闊大宏曠。其望海泛浦也。漫汗浩渺而不可涯。其奔放震盪。一瀉千曲。萬瀑百川之吟也。黝深涵渟。源積而流長者。九龍諸淵之篇也。揚扤仙釋靈異之跡。則其音瑰奇詼俹。贊歎毗盧衆香標峻之致。則其辭突兀危絶。其詳不可悉數。而大抵一寓目而輒令人有褰裳濡足意。
徐宗泰	晚靜堂集 卷11 「讀弇山集」	茅坤의 문장은 '華而失之弱'하다고 평하다.	大抵弘, 嘉諸公。伯安雄而恣。獻吉大而疎。仲默艶而靡。鹿門華而失之弱。

			荊川贍而失之衍。弇山則該衆長而尤傑然者歟。
安錫儆	霅橋集下霅橋藝學錄	茅坤의『唐宋八大家文抄』와 唐順之의『文編』은 주자의 문장을 몹시 존모하여 주자 글의 辭氣가 많은데, 그 지향점을 당송팔대가에 두고 있어 진실로 天下萬世의 문장의 모범이 될 만하다.	文章自唐而宋。已降一級。而爲歐蘇。及至南宋。則又降一級。故陳同甫眞希元輩。雖王長當世。而終不得超詣乎曾王之列。若朱子文章。則理致精深正大。法度周整細密。氣暢達渾厚。直紹孔孟之文章。要當不拘於世級。而顧風氣所關。不能免南宋格調。況於元以下諸文家乎。故虞伯生歐陽原功。以元文之稱首。而力學八大家規矩。然其辭氣出自朱文者爲多。皇明之宋景濂方希直王伯安唐應德亦然。如王道思頗自矜持。而欲脫於南宋格調。顧反歸於生澁局滯。而不及於伯安應德矣。蓋朱子之文。以理則在孔孟之間。以法則在孟韓之次。以氣則在歐曾之班。以辭則在陳眞之上。而鬱然爲大家。寧不爲後世之所宗乎。自朱子以後。世級又每下矣。或者欲以一身之才力。强超當世之風氣。效唐希漢。要不染於南宋。得乎。茅順甫之選八大家。固將以爲天下萬世之文章模範。唐應德之文編。其歸宿亦在於八大家。則其意盖與順甫同也。而順甫應德之文。實多朱文辭氣。則彼必盛慕乎朱子之文章而然耳。顧不以列之於八大家之次者。必以經傳待之。而不敢視之以文章家也。
安錫儆	霅橋集下霅橋藝學錄	茅坤이 王守仁의「尊經閣記」를 뛰어난 작품이라고 평한 것에 대해 변론하다.	茅鹿門。以王文成之尊經閣記爲至文。然此篇所力。專在命意。而至於辭采。則不暇修飾。評此篇者。但考其命意之得失。而取舍之。可也。尊德性。道問學。不可偏廢。而伯安陸學也。要尊德

			性而致問知。欲廢窮經明理之路。其一生志業。見於此篇。所謂詖辭也。將爲淫爲邪爲遁之不暇矣。何足道哉。且多不成語。如求之吾心之陰陽消息而時行焉。所以尊易也。求之吾心之成僞邪正而時辨焉。所以尊春秋也。六經者。吾心之記籍也。世之學者。不知求六經之實於吾心。而徒考索於影響之間。牽制於文義之末。硜硜然以爲是六經矣。
兪晚柱	欽英 卷2 1778년 9월 19일조	茅坤의 『唐宋八大家文抄』의 新本을 읽다.	十九日。乙巳。摠閱唐宋八大家文抄新本。新刻增入唐書五代史坤所批注者。
李裕元	嘉梧藁略 冊3 「皇明史咏」	茅坤의 事績을 시로 읊다.	雅好談兵治古文。鹿門退老稱茅君。唐宋大家曾手鈔。順之心折共評勤。
李宜顯	陶谷集 卷27 雲陽漫錄	茅坤은 당송고문을 학습하여 문장이 아정하다.	明興。宋潛溪·方遜志諸公。以經術爲文章。其文雖各有長短。猶可見先進典刑。遜志尤浩博純正。… 如茅鹿門·唐荊川·王遵巖·歸震川諸人。專歸宿於歐·曾諸大家。故不甚有此病。頗似爾雅。
李宜顯	陶谷集 卷28 陶峽叢說	송나라 문장 중에서 茅坤의 『唐宋八大家文抄』에 수록된 6명을 제외하면 문학 관련 문집이 남아 있는 경우를 본적이 없다.	宋文。歐·蘇·曾·王六大家入茅氏文鈔者外。未見有存錄成書者。呂東萊文鑑所選甚少。南渡以後則又不入焉。
李宜顯	陶谷集 卷28 陶峽叢說	茅坤은 唐順之·楊愼·歸有光·錢謙益과 한 유파이다.	明文集行世者。幾乎充棟汗牛。不可殫論。而大約有四派。姑就余家藏而言之。… 鹿門·荊川·升菴·震川·牧

			齋。學古而語頗馴。不爲已甚者也。就中升菴之麗縟。牧齋之蕩溢。稍離本色。而故當屬之於此。不可爲王·李之派。徐文長·袁中郞。又旁出而以慧利爲長。此二人亦不可爲王李派。當附入於此派。
丁若鏞	與猶堂全書 詩文集 卷13 「八子百選序」	茅坤이 唐宋八大家의 문장을 選하였는데 엄밀하지 않고 방대하여, 요즘 사람들에게 버림받았다.	茅坤氏憫惻矯改。掃滌啁啾。標揭八家。指南文垣。第其意寧博無約。故其選不嚴以廣。近世之人。聰智短澀。不能博覽強記。茅氏之編。亦支離而見捐矣。
正祖	弘齋全書 卷56 「示史記英選 監印諸人」	『史記』 傳에 대한 茅坤의 논평이 훌륭하다고 평하다.	茅坤所謂讀貨殖傳。卽欲求富。讀任俠傳。卽欲輕生。讀李廣傳。卽欲立嗣。讀石建傳。卽欲俯躬者。眞善評也。
正祖	弘齋全書 卷179 群書標記(十) 「八子百選六卷」	唐宋八大家에 대한 茅坤의 鈔選本에 篇帙이 많음을 지적하다.	予故曰加一家不得。減一家不得。歸有光之約之爲六家。儲欣之演之爲十家。皆非通論也。然八家之全集。旣充牣棟宇。茅氏之選復篇帙浩穰。下邑免園之中。鮮有能睹其全者。
曹兢燮	巖棲集 卷8 「與金滄江」	茅坤과 沈德潛이 八家 선정을 달리한 것을 말하고, 개인의 기호에 따른 주관적인 판단이 개입할 수밖에 없기 때문임을 논하다.	茅鹿門·沈歸愚同選八家。而去取不同。有茅升而沈降之者。有茅以爲淺而沈以爲至者。盖世之觀人之文者。多以我觀人而不知以人觀人。以文觀文而不知以理觀文。則其蔽於偏而滯於方也久矣。
趙琭鎭	東海公遺稿 冊10 「與李邍如論文書」	과거 茅坤의 『唐宋八大家文抄』를 잘못 읽어서 문장을 짓는데 여러 폐단이 생기게 되었음을 말하다.	吾少日小作。吾之文氣軟。文理疎。文竅淺。文足細。文味如城內乳。文色如煤帛。文聲如哨鍾。是皆文之病也。是曾讀茅氏所抄八家爲之崇也。斯非八家者有是病也。坐余不善讀。而自生吾許

			多病也。刻鵠者類鶩難。類鶩易。而未聞有能類鳳者也。始余之摹八家。而落下幾層。如刻鵠者也。
許筠	「鶴山樵談」	명나라 사람 중 글로 이름을 날린 十大家는 李夢陽, 王守仁, 唐順之, 王允寧, 王愼中, 董玢, 茅坤, 李攀龍, 王世貞, 汪道昆이며, 우리나라 金宗直, 南袞, 金淨, 盧守愼의 글은 董玢, 茅坤에 비길 수 있다고 평가하다.	明人以文鳴者十大家。李崆峒獻吉·王陽明伯安·唐荆川應德·王祭酒允寧·王按察愼中·董潯陽玢·茅鹿門坤·李滄溟攀龍·王鳳洲世貞·汪南溟道昆。而崆峒專學西漢。王·李則鉤章棘句。欲軼先秦。南溟華健。董茅則平熟。王愼中則富贍。明人皆厭之。以爲腐俗。余所見畧同。伯安不專攻文而以學發之。故未免駁雜。荆州則典實。然皆可大家。王元美輩以明人文章比西漢。以獻吉比太史公。于鱗則比子雲。自托於相如。其自誇太甚。我東方金季昷·南止亭·金冲庵·盧蘇齋之文。置之十人中。比諸董·茅。亦不多讓。而不得攘臂於中原。惜哉。
許傳	性齋集 卷16 「書金聖夫金剛錄」	柳宗元의 雋傑한 문장이 그가 永州·柳州로 귀양 갔던 경험을 통해 발휘될 수 있었다는 茅坤의 말을 인용하다.	茅鹿門有言曰。子厚所謫永州。柳州五嶺以南。多名山削壁淸泉怪石。而子厚適以文章之雋傑。客玆土。子厚山川兩遭。非子厚之困且久。不能以搜巖穴之奇。非巖穴之怪且幽。亦無以發子厚之文。余於金君之金剛錄亦云。然金剛之名。名於天下久矣。華人亦有一見之願。而貴人達士文章豪傑之發其奇者。不可勝數。然山川之形一也。而人見各自不同。所發之文。各與其所見又不同。如金君之摠叙一篇。不於前人之發發。發其所自發也。

洪翰周	智水拈筆 卷1	茅坤의 『唐宋八大家文抄』가 유행한 뒤 고루한 사람들은 이 여덟 사람 이외에는 문장가가 없는 줄로 아는데, 실상은 그렇지 않다.	茅鹿門以唐宋八人之文。選爲八大家文抄。大行於天下後世。後人之孤陋寡聞者。認若八家以外。更無有等列。然此實不然。
洪翰周	智水拈筆 卷3	唐順之가 茅坤에게 보낸 편지에서 邵雍과 曾鞏을 각각 詩와 文의 으뜸이라 주장한 것을 비판하다.	嘗見唐荊川與茅鹿門書。有曰。某處山中。有一僻見。三百篇後。詩當以邵堯夫擊壤集。爲古今第一。文則當以曾子固爲第一。未知如何云。鹿門之答。余姑未見。而此果僻見也。

毛奇齡 (1623~1716)

●●●

인물 해설	청나라 초기의 문인이자 화가로 이름은 甡, 자는 大可, 호는 西河, 初晴, 秋晴, 齊于이며, 浙江 蕭山 출신이다. 친형인 毛萬齡과 함께 "江東二毛"로 불렸는데 학자들은 특히 그를 높여 '西河先生'이라 불렀다. 박식하고 고증에 뛰어나 經, 史 외에 지리, 음악에도 통달했으며 古文에 매우 빼어났다. 1679년에 博學鴻詞科에 천거되어 翰林院檢討, 史館纂修官이 되었다. 강희 24년에 관직에서 물러나 西湖 주변에서 은거했다. 저서로 朱子의 견해를 비판적으로 검토한 『四書改錯』을 비롯하여, 閣若據의 『古文尚書疏證』을 반박한 『古文尚書寃詞』, 『西河集』 등이 있다.
인물 자료	○ 『淸史稿』, 列傳 268 　　毛奇齡, 字大可, 又名甡, 蕭山人. 四歲, 母口授大學, 即成誦. 總角, 陳子龍爲推官, 奇愛之, 遂補諸生. 明亡, 哭於學宮三日. 山賊起, 竄身城南山, 築土室, 讀書其中. 順治三年, 明保定伯毛有倫以寧波兵至西陵, 奇齡入其軍中. 是時馬士英·方國安與有倫犄角, 奇齡曰："方·馬國賊也, 明公爲東南建義旗, 何可與二賊 共事?" 國安聞之大恨, 欲殺之, 奇齡遂脫去. 後怨家屢陷之, 乃變姓名爲王士方, 亡命浪遊. 及事解, 以原名入國學. 康熙十八年, 薦擧博學鴻儒科, 試列二等, 授翰林院檢討, 充明史纂修官. 二十四年, 充會試同考官, 尋假歸, 得痺疾, 遂不復出. 　　初著毛詩續傳三十八卷, 既以避仇流寓江·淮間, 失其槁, 乃就所記憶著國風省篇·詩劄·毛詩寫官記. 復在江西參議道施閏章所與湖廣楊洪才說詩, 作白鷺洲主客說詩一卷. 明嘉靖中, 鄞人豐坊僞造子貢詩傳·申培詩說行世, 奇齡作詩傳詩說駁議五卷, 引證諸書, 多所糾正. 洎通籍, 進所著古今通韻十二卷, 聖祖善之, 詔付史館. …
저술 소개	★『西河合集』 　(淸)康熙年間 蕭山城東 書留草堂刻本 2集 117種 / (淸)刻本 事狀 3卷 年

		譜 1卷
		★『百名家詩鈔』
		(淸)聶先編 (淸)康熙年間 刻本 59卷 內 毛奇齡撰『西河前后集』1卷
		★『百名家詞鈔』
		(淸)聶先・曾王孫編 (淸)康熙年間 綠蔭堂刻本 100卷 內 毛奇齡撰『當樓詞』1卷
		★『昭代叢書』
		(淸)張潮編 (淸)康熙 36-42年 詒淸堂刻本 內 毛奇齡撰『西河詩話』1卷
		★『仲軒群書雜著』
		(淸)焦廷琥編 稿本 91種 190卷 內 毛奇齡撰『毛氏春秋簡書刊誤』1卷 /『毛氏經問』4卷
		★『賜硯堂叢書未刻稿』四十六種
		(淸)顧沅編 (淸)然松書屋抄本 46種 內 毛奇齡撰『西河雜箋』1卷

비 평 자 료

金邁淳	臺山集卷9「顧亭林先生傳」	顧炎武는 朱子를 篤信한 醇儒로 義理를 모르는 毛奇齡과는 다르다.	其在華下。羈旅瑣尾。饘粥不遑給。而捐橐資四十金。助建朱子祠。非篤慕。不能如是。其學之醇可知也。烏可與西河・東原詭文破義毀冠裂冕之徒。同類而共譏之也。
金邁淳	臺山集卷16闕餘散筆	毛奇齡은「古文尙書寃詞」를 지어 경서를 수호한다는 명분에 가탁하여 朱子를 비평하였다.	朱子以後。中州儒者論古文者。疑信相半。聚訟紛然。而斷以爲可疑者。吳澄也。斷以爲不可疑者。毛奇齡也。吳氏之言曰。四代之書。分爲二手。不可信也。此只從文字難易起見。不出朱子所疑之外。而近世主此說者甚衆。詆毀不遺餘力。閻若璩・宋鑑其尤也。毛氏則謂古文之寃。始自朱氏。作寃詞八卷。極口嘲罵。此則假託衛經。而其意專在於攻朱子也。

金邁淳	臺山集 卷17 闕餘散筆	阮葵生의 『茶餘客話』에 실린 阮應商의 말을 인용하여 毛奇齡을 비평하다.	阮葵生。乾隆間人。所著茶餘客話。載其伯祖樾軒(應商)戒子弟語。曰近見後生小子。皆喜讀毛西河集。其稱引未足爲據。必須搜討源頭。字字質證。愼勿爲懸河之口所護。又記閣百詩話。曰汪堯峰 琬 私造典禮。李天生 因篤 杜撰故實。毛大可(奇齡)割裂經文。貽誤後學匪淺。汪李毛三人。皆清初鉅儒。近日東士所津津艷慕。以爲地負海涵者也。而中州則相去未遠。已有覷破伎倆。而不爲其所瞞者。此東人之不及中州處也。
金邁淳	臺山集 卷19 闕餘散筆	楊愼은 자신감이 지나쳐 실수가 많고 남에게 각박하여 毛奇齡의 원조라 할 만하다.	盖此公爲人。明銳有餘。沉實不足。故忽於考古而果於自信。苛於詆人而疎於自檢如此。此明士弊風。而近日毛奇齡輩之濫觴也。
金邁淳	臺山集 卷19 闕餘散筆	우리나라 선비들이 毛奇齡의 박학하고 신기한 것에 빠져서 정밀하게 취사할 줄 아는 사람이 거의 없다.	爲東士者。徒悅其閎肆新奇。不知裁擇。一意傾信。則厭茶飯而慕丹汞。不求延反促也者鮮矣。
金澤榮	韶濩堂文集定本 卷8 「雜言九」	入聲 十七韵은 모두 輾轉 相通할 수 있다는 毛奇齡의 학설을 옳다고 말하다.	毛奇齡謂入聲十七韵。皆可輾轉相通。此殊有見。攷諸東坡古詩。可知。
朴齊家	貞蕤閣集 卷2 「次成祕書重陽雅集」	근래에 毛奇齡이 正學을 기롱한 일을 언급하다.	霏霏經說夜初長。遠溯商瞿及后蒼。佔畢富如唐六帖。酒盃寬似漢三章。多情獨步階前月。好事仍燒竹裡香。近日毛甡譏正學。笑看吳楚僭稱王。

朴趾源	燕巖集 권13 熱河日記 「忘羊錄」	王民皞가 毛奇齡이 주자를 비판하는 것은 비판을 좋아하는 그의 천성탓이라고 하다.	鵠汀曰。都尊紫陽。如毛甡之逐字駁朱。這是天性不畏王法。駁朱合處少拗處多。其合處未必有功於儒門。其拗處乃反有害於世道。
朴趾源	燕巖集 권14 熱河日記 「鵠汀筆談」	淸나라의 禁書를 묻자, 王民皞가 顧炎武·毛奇齡·錢謙益의 문집 등 수십 종을 쓰고는 즉시 찢어버린 일을 기록하다.	余問禁書題目。鵠汀書亭林·西河·牧齋等集數十種。隨卽裂之。余曰。永樂時蒐訪天下群書。爲永樂大全等書。賺人頭白。無暇閒筆。今集成等書。並是此意否。鵠汀忙手塗抹曰。本朝右文。度越百王。不入四庫。顧爲無用。
朴趾源	燕巖集 권14 熱河日記 「鵠汀筆談」	王民皞가 毛奇齡은 국초에 대가로 통했지만 별명이 고슴도치로 불릴 만큼 온몸에 남을 찌르는 가시가 돋았다고 평하다.	鵠汀曰。…雷公駁朱。還如刁民具控。余問雷公誰也。鵠汀曰。毛奇齡。國初大家也。余笑曰。毛臉雷公。鵠汀曰。是也。又稱蝟公。謂其遍身都是刺也。
朴趾源	燕巖集 권14 熱河日記 「鵠汀筆談」	王民皞는 毛奇齡의 『西河集』에 대해 간교한 백성이 고소장을 얽어 놓은 것 같다고 평하다.	余曰。西河集愚亦曾一番驟看。其經義攷證處。或不無意見也。鵠汀曰。大是妄人也。卽其文章。亦如刁民具控。毛蕭山人也。其地多書吏。善舞文。故明眼人目毛曰。蕭氣未除。
徐淇修	篠齋集 卷1 「效三淵翁葛驛雜詠體賦絶句二十首時庚辰五月二十七日流夏新建候雨中也」	毛奇齡이 『白鷺洲主客說詩』에서 朱子를 헐뜯은 사실을 비판하다.	西京文氣孰挽回。白虎群書已冷灰。孫叔衣冠徒露醜。于鱗諸子罪之魁。自有皇明三百載。文成眞正大英雄。指揮如意論心性。絳帳高開萬馬中。子美組治康樂辭。晉唐以後更無詩。七言近體誰持世。前有眉蘇後受之。近世淸人毛大可。亂嚷狂叫敢詆朱。鷺洲主客論詩說。僭妄同歸莽大夫。(大可毛奇齡字。其文有白鷺洲主客說詩。多醜詆朱子語。)…眞率杯盤釘餖治。尋常近局數追隨。棘蒸十字西隣餅。元美詩中蔡五姬。鄰婆賣蒸餅造法甚佳。

徐淇修	篠齋集 卷3 「送冬至上行 人吾宗恩卯 翁赴燕序」	淸初의 대가로 李光地· 徐乾學·方袍·毛奇齡· 候朝宗 등을 꼽다.	今之中州。卽古之人材圖書之府庫也。清初蓋多名世之大家數。如李光地之治易。徐乾學之治禮。方袍之治春秋。毛大可之該洽。候朝宗之文詞。最其踔厲特出者也。詩則王阮亭吳梅村倡之。江西之十子。吳中之四傑繼之。亦皆遒逸峭蕉。各具一體也。近見詩文之並世者。皆纖嗇輕俏。不中乎繩墨。無乃風氣之升降。使之然歟。吾則曰其弊也。俗儒考證之學爲之兆耳。竊稽考證之家。莫尙乎顧寧人朱竹坨數子。而此皆根據經義。淵博精粹。天人性命之分頭。草木鳥獸之名目。以至山川郡國沿革異同。元元本本毫釐不錯。
徐有榘	金華知非集 卷3 「與淵泉論左 氏辨書」	毛奇齡과 朱彝尊 같은 자 들은 漢儒의 설을 굳게 지 켰으나 모두 方隅의 견해 를 면치 못하였다.	至若近世人如毛奇齡朱彝尊諸人墨守漢儒之說。皆未免方隅之見。初無明證的據。而紀曉嵐四庫全書總目則凡宋儒所指六國人之說。初不能逐條辨破。而硬定爲論語之左邱明。至於左氏之預擧趙襄子事。無說遮護。則謂之後人追改。獨無奈國語之擧趙襄之謚。終不可並歸之後人追改何哉。紀之博覽精識。未必不爲近來巨擘。而所不滿人意者。過分畛域於漢宋之學。而祖左扶抑之間。自不掩牽強搘剝之跡耳。天下之事。原有自然之公是非。固不可以蔽近而昧遠。亦不可以黨古而讎今。恨未曾以此一謦咳於曉嵐在世時耳。
徐瀅修	明臯全集 卷14 「劉松嵐(大 觀)傳」	江西餘派가 再轉하여 毛 奇齡이 되었는데 어그러 짐이 이미 오래되어 점점 오염시킴이 많다고 평하 다.	余曰。弊邦。自箕聖以來。幾千載。中土之所不能及者有二大端。親喪之必三年也。婦人之不再醮也。及至我朝聖神繼作。賢德夾輔。立經陳紀。蓋倣趙宋規模。而如學術之宗程朱絀陸王。文辭

26. 毛奇齡 | 309

			之主八家賓六朝。詩教之尙盛唐耻建安。雖比之鄒魯。文獻亦不多讓耳。聞近來中原學問。則强半是江西餘派。一轉而爲李卓吾。再傳而爲毛大可。詿誤旣久。漸染益多云。此說儘然否。松嵐曰。本朝自聖祖仁皇帝表章朱子之後。立之學官。誦法尊師者。更無二歧。而天下之大。豈能四方一轍。至如鄕塾講案。則朱陸相半。然此不可謂朱子之道不行矣。余曰。卽勿論朝廷艸野。經學文章之爲世眉目者。是誰。松嵐曰。今禮部尙書紀公昀。鴻臚少卿翁公方綱也。
成海應	研經齋全集卷9「答洪淵泉斥考證書」	毛奇齡의 학문은 바른 것을 추하게 만드는 것으로 군자는 마땅히 배척해야 한다.	向辱寵翰。盛斥考證之非。旣而憂其辭之未條達也。復賜明敎以暢之。且以海應之愚蒙也。而謂可與明理之訓。斥斥懇懇。盈幅充牘。旣感厚誼。豈敢終嘿。以孤君子之意乎。夫考證者。博學中一事也。夫物之同條而異貫者。不得不援引的據而證之。訓之似是而實非者。不得不廣引他說而證之。性之犬牛之分。色而馬雪之諭。孟子亦嘗言之矣。降至宋末。王應麟，洪适之徒始倡之。至于明而大盛。其岐遂分。蒐討異聞。援引奇跡。欲補前賢之闕遺。思續古經之訛缺者。顧炎武之徒也。貪多而務博。眩奇而夸衆。考校專於苛摘。辯論精於吹覓者。閻若璩，胡渭之徒也。胡叫亂嚷。不擇高低。肆其口氣。妄詆先哲。掇拾遺潘而謂傳未發之旨。談說芻狗而詡以獨得之見者。毛奇齡之徒是也。顧氏之學。雖是不急之務。間爲君子之所採。閻胡之學。卽無用之物。當爲君子之所遺。如奇齡之學。卽醜正之

			類。君子之斥之也宜力。
成海應	研經齋全集 外集 卷55 「詩話」	毛奇齡의 『西河詩話』에 나오는 기생의 시가 평양 기생 雲慧가 지은 것임을 고증하다.	毛奇齡西河詩話曰。康熙壬戌元朝。侍班先候午門外。高麗使見余。予戲問其國女士多知書。果然否。曰然。豈惟女士。曾就一妓。見其洗粧漱頰脂于水帶紅色。令賦之。應聲曰。踈雨秋兼漏月飛。回潮晚帶斜陽色。豈非佳詩。壬戌燕使。卽東原君濈也。所謂一妓。乃平壤女娼雲慧。以詩名於東國。爲濈所愛。
申緯	警修堂全藁 冊7 碧蘆坊藁(三) 「次韻篠齋夏日山居雜詠(二十首)」	淸初의 여러 인물들 중에서 王士禎은 시를 잘 짓지만 文을 못하고, 汪琬은 文을 잘 짓지만 시를 못하며, 閻若璩와 毛奇齡은 考證을 잘하지만 詩文은 下乘이며, 오직 朱彛尊만은 개별적인 분야의 성취에는 손색이 있지만 考證과 詩文에 모두 능하다는 紀昀의 평을 소개한 뒤, 翁方綱 역시 朱彛尊처럼 考證과 詩文에 모두 능하며, 특히 金石學이 매우 정밀하다고 극찬하다.	其十三閻毛王汪擅場殊。惟有兼工竹垞朱。近日覃溪比秀水。更添金石別工夫。(王士禎工詩而踈於文。汪琬工文而踈於詩。閻若璩・毛奇齡工於考證。而詩文皆下乘。獨朱彛尊事事皆工。雖未必凌跨諸人。而兼有諸人之勝。此紀曉嵐之說也。近日翁方綱考證詩文。兼擅其長。世稱竹垞之後勁。而其金石精覈。又非竹垞可及也。)
申緯	警修堂全藁 脚氣集 「隨園瑣記」	論語의 "無所取材"를 풀이한 毛奇齡의 해석을 원용하다.	筆頭五色花交放。天付文人結椓來。若使聖門徵此夢。不應浮海歎無材。(隨園瑣記。余幼時夢。束數百萬筆爲大桴。身坐其上。浮于江。至今無驗。按西河毛氏論語無所取材解曰。鄭康成曰材桴材也。夫子乘桴是微言。而子路不

			解。故復以微言諷之。若曰由也乘桴之急。過于我。但大海蕩蕩。桴材極難。第欲覓取佳材而無所云爾。)
吳熙常	老洲集 卷26 雜識(四)	毛奇齡의 문집을 읽고 주자를 능욕하는 태도와 경박한 문장을 비판하다.	少日偶看毛奇齡文集。此是明季人也。其於朱子經書傳註。吹毛索瘢而極力詆毀之。殆類妖魔。決非恒人意象。文亦尖邪浮輕。議論偏詖。有不忍正視。眞可謂挾鬼燐而訾日月。王法之所必誅也。
李德懋	靑莊館全書 卷33 淸脾錄(二)	李德懋가 毛奇齡의 시를 高華逸宕하다 평가하고 시구를 소개하다.	毛西河奇齡全集。詩文高華逸宕。今若摘句。平田千蝶舞。深店一驢鳴。柴門啼鳥細。村逕覆蘿長。靡艸生皆潔。藤花落自閒。石亭秋未暮。溪閣自生陰。日斜廻地薄。雲影渡溪無。大江通夜落。高閣近天淸。緋花嬌映面。黃蝶小隨人。暗星流地濕。夜水到門凉。賦成天漢遶。筆落海濤迴。路僻州城白。村孤廟壁紅。水木干雲亂。沙禽拂浪寒。曉樹迷三楚。春潮渡伍胥。塞鴈乾將度。原鴿暖自呼。啼鳥一聲靜。梅花萬樹繁。山門今又到。澗水舊曾聽。晚雲濃過樹。積雨暗流柯。曉日千巖立。春風衆鳥鳴。曡史長年靜。琴罇入夏寒。瞑鳥枝頭囀。春花石上斑。啼鳥聽幽谷。流泉遠夕陽。碧乳傾蒲瓑。紅釭載荳娘。江闊流宵露。衣寒覆曙星。柳塘傾晚漲。草屋閉朝烟。宿鳥盈巢遮葉暗。晴蜂遶地戀花殘。鷄鳴曉日黃沙動。鴈陣秋陰紫塞空。霜高一搨橫淸漢。歲晚雙罇傍落暉。寒風絶塞吹靑鴈。霜月橫空擊皁雕。東流水色淸堪戀。北地晴光淺亦佳。酒旆碧垂丹棗下。廟門紅閉綠楊邊。皆佳句也。

李定稷	燕石山房文藁 卷8 「附歷代先儒正朔時月異同說」	毛奇齡은 左氏를 조종으로 삼아 『春秋傳』 36권을 찬술하였다.	周洪謨曰。漢孔安國·鄭康成。則謂周人改時與月。宋伊川·胡安國。則謂周人改月而不改時。獨九峰蔡氏。謂不改時。亦不改月。… 淸毛奇齡。撰春秋傳三十六卷。分二十二類。而概括以四例。大旨。宗左氏。
李定稷	燕石山房詩藁 卷5 「顧炎武作詩自註云, 見北史, 毛奇齡笑之曰, 獨寧人讀北史乎, 盖陋之也, 作詩自註, 本屬可笑, 而此爲堂中諸生資業計, 故不拘且, 作詩押强韻, 非徵典不能足其意, 不得已則又借其意, 其全無所據者, 不敢妄作此法, 不可不知」	顧炎武가 시를 짓고 『北史』를 보라는 自註를 달았는데, 毛奇齡이 이를 비웃다.	一顆無煩(晋陽秋曰。王歡耽學。蒸餠一顆。以充一日。)半麰糠(史紀註。麰麥糠中不破者。)。只堪悅眼不宜腸。模形合把殘牙吃(徐演詩云。莫欺老缺殘牙齒。曾吃紅綾餠餕來。)。索味徒思五內香(外國圖云。大秦國以麴爲集餠。五內香芳。)。寒士未容空侈食。道人元自早休糧。也應豪貴還醒胃。消却平時飫肉粱。
田愚	艮齋集前編 卷4 「答李友明」	李光地, 徐乾學, 毛奇齡은 청나라 조정에 머리를 조아리면서도 수치로 여기지 않았다.	今天下無道之甚。聖人所謂隱之一字以外。更無可道。若其以削髮胡服見逼。則只有一死而已。如顧亭林·魏叔子之變形。不可法也。至若李光地·徐乾學·毛奇齡輩。稽顙虜庭。而不以爲恥。不知佗許多文學。用於何處。須如徐東海之隱於海山之閒。竟全髮而終者。乃可謂明朝之純臣。聖門之眞儒

			也。所問太白智異之計。非無意思。然其於年力俱衰。莫之自振。何哉。事急則惟以親塋爲歸已矣。
田愚	艮齋集前編 卷9 「答林炳志」	『四書賸言』에서 논한 毛奇齡의 「格致補傳」에 대한 견해를 반박하다.	所疑己意程意之說。曾見毛奇齡賸言。亦言補傳謂取程子之意。遍考全書。幷無此意。及觀其序。又曰。閩亦竊附己意。然則果誰意乎。余謂程意云者。謂二程釋格致文義之意。非謂程子亦嘗欲補傳也。而奇齡不勝其呵父罵祖之惡習。未曾細究文義。輒曰程子無此意。可謂夢囈狂讝之不足較者也。彼又擧序文而嘲之曰。果誰意乎。噫。其可痛也已。補傳所論格致之說。固程子之意。而其取此意以補亡。實朱子意。故序文云然。則如春秋是魯史舊文。故曰其義則丘竊取之。然其筆削。乃夫子之爲。故孟子曰。孔子作春秋。此亦以果誰作譏之也乎。聖王不興。眞儒不作。邪說交亂。日甚一日。黃宗羲所編明儒學案。時有異論。不可使後生觀之。近年沈祖燕所纂四書大成。又盡取淸人譏貶宋賢之說。就上海用石印打出。思以易天下。眞可痛也。余謂沈罪有浮於毛奇齡阮元輩。有王者作。此書當投諸水火。元人詩曰。不宗朱子原非學。誠哉言乎。
田愚	艮齋集後編 卷3 「與黃鳳立」	周密과 같은 고증학자들은 朱子를 헐뜯는 것을 평생의 일로 삼았다.	愚嘗病異說之尊心蹴於尊性。而與人言。必曰心當自卑而尊性。嶺南一老儒。語田璣鎭曰。子之師尊性。蓋譏之也。吾儒豈有不尊性。而可以希聖者乎。爲此語者。恐其心失其尊。而不覺其陷於藝天命。則惑亦大矣。今見苟菴集說證篇。言考證之言曰。宋尚道理。

			天下豈有舍道理而可以爲人者乎。此厭惡道學之言。而不自知其身之不可以爲人。則不知孰甚焉。愚讀此以爲。此古今人之遙遙相對。而貽禍於性道者也。考證。指楊愼‧閻若璩‧朱彝尊‧周密‧毛奇齡‧紀昀也。此輩。專以詆毀朱子爲平生事功也。勻視朱子爲血讎。不欲與之俱生。啓口握筆。無非詬罵汙辱之辭。故苟翁以爲天下之亡。由於考證。近日一番人。往往侮詈栗谷先生。至謂之氣學。而指尊栗翁者。爲曩揚其過失於天下後世。噫。自心自尊之弊。一至此哉。
田愚	艮齋集後編卷6「答成璣運」	毛奇齡 등이 주자를 비방한 것을 비판하다.	愚謂只多聞博識。而不知道者。其心術不明。故認曲爲直。恃博陵賢。陷爲世界之妖。聖門之賊。眞可哀而不足惡也。如楊愼‧紀昀‧毛奇齡‧袁枚之屬。皆與朱子爲血讎。到處譏斥。必欲使天地閒無朱子矣。其書往往東來。一種無行之流。掇拾此輩緒餘。以爲此程‧朱所未曉之理。而我獨透悟。至於侮弄四書註說。而著爲悖妄之書。以欺後進之士而極矣。
田愚	艮齋集後編卷11「與諸君」	毛奇齡의 무리들은 聖人을 업신여기고, 賢人들을 욕하였다.	氣不修爲而終不氾濫者。有是理否。性必治敎而始能純粹者。有是理否。子夏‧子張‧原思‧曾晳。稟得理之過不及與狂狷者。顏子‧明道。稟得理之明通者。孟子‧伊川‧橫渠。稟得理之剛嚴者。曹操‧劉裕。受得理之弒君篡國者。武叔‧臧倉‧楊愼‧紀昀‧閻若璩‧毛奇齡輩。又皆受得理之侮聖罵賢者。如此而后。某某之說。方通。是果有此理乎。且如其說。則此天地始生之

			時。禀受得太極流行不齊之用之理。而與前萬萬天地。後萬萬天地之性。已各不同矣。是果有此理乎。且性理旣如此。則上帝鬼神之靈。聖賢庸惡之心。禀受之初。已皆不齊。明德浩氣。亦皆有禀受時昏明大小之不同矣。是果有此理乎。
田愚	艮齋集後編卷12「示兒輩」	程子와 朱子를 헐뜯고 욕했던 毛奇齡을 비판하다.	臣子爲君父致死。人多聞之。後學于聖賢。亦有此義。而知者或寡矣。矧今毛奇齡·楊愼·紀昀諸賊。詬辱程朱之餘。我邦有有才能文者。染其惡習。向退·栗·沙·尤·農·老諸先生。往往發悖慢語。殆若學語小兒。罵破父祖。良可哀也。汝輩于先聖先賢。尊之如天。信之如神。無敢少有輕慢之心。其於文人之不敬聖賢者。視之甚於凶逆而遠之。縱有禍患。亦勿恤也。
田愚	艮齋集後編卷16「海上散筆(三)」	紀昀이 편찬한 四庫全部에서 毛奇齡의 학설에 많이 의지하였다.	苟菴集說證曰。紀昀之所引之爲强輔者。楊愼·閻若璩·毛奇齡也。故四庫全部所斥者。孔·曾·顔·孟·周·程·張·朱也。所倚之爲重者。陸象山王陽明也。余讀至此。不覺愾然而太息也。蓋今之士。亦有藉重於斥栗·尤之輩而爲家計者。良可悲也。
田愚	艮齋集後編續卷1「答朴■■(奎顯)」	毛奇齡은 程子와 朱子를 극도로 비난하였는데, 紀昀이 그를 가장 추존하고 따랐으며, 같은 무리인 楊愼, 陳耀文, 焦竑, 方以智, 閻若璩, 朱彝尊 등이 모두 考證學이라 일컬었다.	奇齡之毒害程朱。紀昀最所推服。其一隊如楊愼·陳耀文·焦竑·方以智·閻若璩·朱彝尊輩。皆號考證之學。而紀昀之攻朱子及門人也。或兩字或四字。至于多字。皆有標目曰云云者。有二百七十四字。詳見申苟菴集說證篇。其放恣凶惡。已無可言。而勻也淪溺於異術。盡汲頭尾。而無出期。渠皆已首實矣。然則考證之流。豈不爲異術所惑亂

			耶。異術指西洋妖言彼輩以荀況性惡。爲十分是當。又從而曲爲之解。則性惡之末流。不但致焚坑而已。苟菴先生曰。人之將死。必有可死之病。國之將亡。必有可亡之徵。今以考證亡天下。鬼蜮狐蠱盜賊詛呪。其爲禍。不若是之烈也。
田愚	艮齋集後編續卷6「勿戒」	부질없이 博聞強記에만 힘쓰는 것을 주의할 것을 당부하며, 紀昀, 毛奇齡 등이 聖門의 죄인이 된 것을 말하다.	勿徒務博聞強記。馬融以博洽之士。不敢略忓。梁氏又以不持士節。見譏於趙歧。則其箋注盈屋。何貴於經乎。楊愼有名節文章。其聰明博洽。獨步一代。以心氣乖僻。以攻斥朱子爲能事。而得罪於聖門矣。如記勾毛奇齡輩。皆與楊愼幷案。勿徒考檢禮書。以爲高於世儒。戴聖以禮家之宗。身爲贓吏。子爲賊徒。亦何益於身家之禮乎哉。爲士者。宜先從事於日用曲禮。以次及於三禮。可也。勿徒務著述。劉歆自言總羣書爲七略三萬三千九十卷。而王莽專權。爲羲和。及其篡位。爲國師。則其學掃地矣。
田愚	艮齋集前編卷15「識感」	朱子를 공격한 毛奇齡을 비판하고, 아울러 朴趾源이 毛奇齡을 朱子의 忠臣이라 평한 말도 논박하다.	學術之偏正。關時運之盛衰。…　清人毛奇齡者。稟性悖戾。宅心兇狡。以詭經畔道。訶佛罵祖。爲平生伎倆。故時人呼以蝟公。謂其遍身都是刺也。日夜洗垢。索朱子之瘢。而曰。朱子箋註之禍。甚於焚書。卽渠之自道也。苟欲辨之。不可勝辨。亦不須費辭。只宜火其書。不留於天壤閒已矣。梅山先生嘗言。朴公趾源曰。毛奇齡有激於康熙之陽尊朱子。爲御世之資。故時借一二集註之誤。以泄百年煩冤之氣。是爲朱子之忠臣。有衛道之功。至謂恩家作怨。

			雖借淸人之言而云爾。然此恐害理極大。爲後生輩所藉口也。梅山說止此。愚謂若如朴公之言。則王安石每謂師法周官。王守仁致良知。輒以孟子爲據。爲儒者者。亦將有激於其言。而遷怒於周公・孟子矣乎。淸國尊尙紫陽。而號於天下曰。朱子之學。卽吾帝室之學。其言固未必出於眞誠。然謂奇齡工訶朱子。罪其人而毀其書。厥享國數百年。豈非以背邪向正之功也歟。
丁若鏞	與猶堂全書詩文集卷2「古詩二十四首」	毛奇齡이 朱子의 학설을 논박한 일에 대해 경망스럽다고 비판하다.	天下妄男子。我見毛奇齡。突兀起壁壘。關弓對考亭。窮搜摘一疵。踊躍如猴狙。平心遜其詞。獨不能談經。蚍蜉撼大樹。一葉何曾零。
丁若鏞	與猶堂全書詩文集卷11「五學論三」	尤侗, 錢謙益, 袁枚, 毛奇齡 등은 儒家 같기도 하고 佛家 같기도 하여 邪淫譎怪하여 남의 눈을 현혹시키는 것을 宗師로 삼고 있다.	今之所謂文章之學。又以彼四子者。爲淳正而無味也。祖羅(羅貫中)祧施(施耐菴)郊麟(金聖歎)禘螺(郭靑螺)而尤侗・錢謙益・袁枚・毛甡之等。似儒似佛。邪淫譎怪。一切以求眩人之目者是宗是師。其爲詩若詞。又凄酸幽咽。乖拗犖确。壹是可以銷魂斷腸則止。遂以是自怡自尊。而不知老之將至。其爲吾道之害。又豈但韓柳歐蘇之流而已。口譚六經。手摭千古。而終不可以携手同歸於堯舜之門者。文章之學也。
丁若鏞	與猶堂全書詩文集卷14「跋曼殊傳」	毛奇齡의 『曼殊傳』은 風情의 妙를 극도로 서술하고 孅濃한 자태를 다 갖추어서, 사람으로 하여금 넋을 잃고 간장이 녹게하여 도저히 똑바로 볼 수가 없다.	毛奇齡談經說禮。自命以儒者。而作曼殊傳。窮極風情之妙。備盡孅濃之態。消魂斷腸。不堪正視。

丁若鏞	與猶堂全書 詩文集 卷14 「跋曼殊傳」	毛奇齡의「連廂詞」는 문체는『西廂記』와 비슷하고 문장은『金甁梅』流라 평하고 그가 朱子를 공격한 것은 개미가 큰 나무를 흔드는 꼴이라 비판하다.	又作連廂詞。其體則西廂記也。其文則金甁梅者流耳。安有儒者而爲此作者。妄攻朱子。不免爲蚍蜉之撼樹。
丁若鏞	與猶堂全書 詩文集 卷14 「跋風雅遺秉」	『風雅遺秉』을 가지고 毛奇齡의 고루하고 그릇된 설을 깨뜨린 것이 매우 많다는 점을 강조하다.	此余就古文鈔取其說詩者而序次之者也。用以條對御問諸義。其有問不及者。雖有經禮古訓可以破後之誤謬者。不見收用。此又遺秉之不斂者也。嘗引證爲書。顧未遑焉。然豈唯詩哉。若易若書若春秋三禮。竝當照此鈔取。此經家之遺利。然古文善本難得。若漢魏叢書·玉海之類。竝宜博攷而不遺也。毛奇齡考據之博。世所稱也。然余用是編。執奇齡之孤陋而破其謬說者甚多。卽此可知經家之多遺利也。
丁若鏞	與猶堂全書 詩文集 卷14 「題毛大可子母易卦圖說」	毛奇齡의「子母易卦圖說」에 대해 평하다.	推移之說。漢儒皆能言之。又如虞仲翔·荀慈明·侯果·蜀才之倫。皆有確指。但其說偏畸不完。至朱子卦變之圖。而其大義大例。始章顯人目矣。唯中孚小過。不見收於辟卦之列。然升降往來之跡。推移變通之妙。遂亦可推。乃毛奇齡者。掇拾古人之零言。以掩朱子之大功。其心術固已不公矣。而又於古人言議之外。自剏子母易之名。以頤萃升此二陽之卦。咸恒損益此三陽之卦。大過大畜无妄此二陰之卦。等十卦。命之爲子母易卦。以爲諸卦之母。則於是乎十二辟推移之義。大晦大亂。而世之不揆本不溯原者。遂攻推移之大義矣。奇齡不知爻變。而求易詞之合於象。則左右牽掣。上下橫決。傅會支

			離。靡不用極。而猶不能以詞合象。於是乎子母卦之說生焉。然六爻不無。則雖十卦之外。復增十卦。易詞易象。終不可以泐合矣。何苦作妄心妄焰。以亂三聖之舊義哉。
丁若鏞	與猶堂全書 詩文集 卷14 「題毛奇齡喪禮吾說篇」	毛奇齡의 「喪禮吾說篇」에 대해 평하다.	三禮雖晩出。都非僞書。周禮是周家大典。雖其中或有未及施行者及後來廢格不行者。然文字最高古。斷非春秋以後之筆。若儀禮一部。明是春秋時行用之禮。如聘禮及冠昏諸禮。皆與春秋傳諸文相合。至如禮記諸篇。明亦孔子之後子游子夏之門人若公羊穀梁之徒。各述舊聞者。斷斷非漢初儒者之所得爲也。漢儒言禮。皆宗戴德。而其所著喪服變除一篇。已瘡疣百出。不與經記合。可見經記非漢儒之所能爲也。況馬融鄭玄之輩。引經注經。而猶不免矛盾。枘鑿者甚多。生於後世。僞造古文。而其能周全無罅。如今經記乎。後之非聖毀經之徒。輒云漢初儒者。貪購金僞爲之。其害吾道。將甚於洪水矣。罪可勝言哉。
丁若鏞	與猶堂全書 詩文集 卷18 「示二子家誡」	毛奇齡은 전혀 禮를 알지 못한다고 평하다.	茅元儀武備志。非十分綜覈之書。然我邦尙無是編。…毛大可純不知禮。
丁若鏞	與猶堂全書 詩文集 卷20 「上仲氏」	毛奇齡이 『古文尙書冤詞』를 지었으나 그 설이 모두 遁辭라고 평하다.	毛奇齡雖作冤詞。其說都屬遁辭。

丁若鏞	與猶堂全書 詩文集 卷21 「示二兒」	翁方綱의 제자 葉志詵도 고증학을 주장하였는데 毛奇齡보다 정밀하게 연구하였다고 평하다.	翁覃溪經說。略見一二。頗似疏闊。其徒葉東卿。爲學亦主考據。如太極圖・易九圖・皇極經世書・五行說。皆剖析明白。蓋其淹博不在毛西河之下。而精研則過之矣。
丁若鏞	與猶堂全書 詩文集 卷22 「陶山私淑錄」	毛奇齡처럼 옛것을 배척하고 자기 자기 주장만을 내세워서는 안 된다고 언급하다.	大抵吹毛覓疵。務出新見者。固爲大病。棄智絶意。全襲舊傳者。亦無實得。學者於先儒之說。苟有疑晦處。勿遽生別見。亦勿遽屬過境。須融會研究。務得說者本旨。反復參驗。則或當渙然氷釋。默自一笑。或益見其紕繆處。亦當平恕而順解之曰。某氏看得恁地。故說得如是。今看得這樣。則說得當若是也。何必纔見一斑。如得奇貨。竊竊然跳躍。絀古肆己。無所忌憚。如毛奇齡之爲哉。
曹兢燮	巖棲集 卷17 「批李石谷 (圭晙)遊支錄 辨後論」	朱鶴齡・毛奇齡・袁枚의 부류는 잔단 文義와 事實의 문제를 가지고 경망스럽게 朱熹를 비난한 자들이다.	明淸以來。士之專治古經。旁證諸書。以名物度數相夸。而狹少宋儒者。指不勝屈。…　如朱鶴齡・毛奇齡・袁枚之流。其多如鯽。
許薰	舫山集 卷7 「與沈雲稼」	毛奇齡의 학문과 문장이 본질에서 벗어나 있음을 비판하다.	宋儒之文。已自不同。濂溪簡俊。二程明當。橫渠沈深。而不害爲道同。今時則不然。作文引用朱子書。作詩衣被朱子語。謂之學問中人。斯果善學朱子者耶。彼好新厭常者。自有明以來。創爲勦詭之文。北地濫觴。滄弅鼓浪。而公安・虞山者流。別出機鋒。妄據壇坫。又有一種攷据之習。徒勞檢索。反致汨亂。而楊用修・王士積諸人。式啓其端。近日中州之士。莫不墮此窠套。如閻若璩・毛奇齡・阮元之輩。弩目鼓

			吻。壞經侮聖。無復憚忌。蟾蜍蝕月。蠨蛸干陽。陰沴之氣。充塞宇宙。安得不夷狄益熾。人紀永斁耶。薰亦嘗沾沾於滄弅餘法。自以爲塙空凡語。追配古人。爲之有年。始之奇者終不奇。始之高者終不高。遂厭而棄之。取左國班馬諸書。閉戶俯讀亦有年。而此不過要做好文字而已。邇年反求之六經。若賴天之靈。庶幾窺見其古人用心。則猶不至枉了一生。
洪吉周	沆瀣丙函 卷1 「擬發策一道」	毛奇齡·胡渭·惠棟에 이르러 異端邪說이 극심해졌다.	其有博古褆躬之士。宜思所以矯其偏而反之于中庸。以求程朱氏立敎之本源。而不惟不能然也。乃自明季·淸初以來。忽有一種抑宋崇漢之學。駸駸然日盛而月滋。蓋所謂考訂之術。莫專於顧寧人。而其爲說務主和平。猶不至乎侵詆宋賢。及毛奇齡·胡渭·惠棟輩出。而邪說益熾。
洪吉周	沆瀣丙函 卷4 「訪臺山歸,有作奉寄」	毛奇齡, 胡渭는 經學에 있어 程朱學에 대항하는 입장을 취했다.	毛胡尣洛閩。鄭鄅嫡泗洙。毀破驪龜文。撇裂舜禹謨。唉哉屠氏子。侲彼耶蘇徒。
洪吉周	沆瀣丙函 卷9 睡餘瀾筆續 (下)	毛奇齡은 고증에 전념하며 「古文尙書寃詞」를 지어 古文尙書를 높인 것은 朱子를 배척하려는 의도에서 비롯되었다.	余擧毛甡古文寃詞。臺山曰。毛甡專於考證。而反右古文。直爲朱子之疑古文故也。其意在於背朱。而不在於右古文也。
洪吉周	沆瀣丙函 卷9 睡餘瀾筆續 (下)	근세 중국인이 고증을 많이 숭상했지만 毛奇齡만은 깊이 배척하였다.	[臺山] 又曰。近世中國人。雖多尙考證。而至於甡。則往往有深斥者。蓋其立論之橫恣狂悖。宜乎其寡助也。

洪吉周	沆瀣丙函 卷9 睡餘瀾筆續 (下)	毛奇齡의 패악스러움은 고증학을 전공하는 자들의 경우에도 배척하는 경우가 많은데, 우리나라에는 도리어 그를 존숭하는 이들이 많다.	(皇明文人。如王李徐袁鍾譚及錢虞山之類。皆互相氷炭。迭攻擊如仇敵。而我東詞章之自謂慕中國者。往往均推而混效之。毛甡之悖。專考證者。亦多深斥。而吾邦之士好新慕奇者。反或愛護如肌膚。是皆東人固陋之病。)
洪吉周	鶴岡散筆 卷1	毛奇齡과 惠棟은 경전의 義理는 외면하고 내용의 考證에만 힘을 기울였다.	蠹穿勞惠棟。豕突劇毛甡。誦貫徒盈耳。鈔蒐各等身。
洪奭周	鶴岡散筆 卷2	毛奇齡은 儒者로 자칭하면서도 방자하게 堯임금을 찬탈자라고 평가하며 성인을 무고하였다.	後世之好爲異論者。有非薄湯武者矣。甚至有誣及舜禹者矣。至於大堯。未嘗敢有間然者矣。毛奇齡。自號爲儒。而肆然以篡名加堯。至與宋督幷擧。其誣聖蔑天之罪。非誅絶之所能容也。近世耆奇之士。乃或有崇信其言。如金石之不可易者。嗚呼。其亦不思已矣。
洪奭周	鶴岡散筆 卷4	근세 우리나라 문인들 가운데, 경전을 얘기하는 사람들은 오직 考證學을 숭상하고 문장을 짓는 사람들은 小品만을 취하여서, 毛奇齡과 胡渭를 程子와 朱子보다 높이 평가하고, 袁宏道와 錢謙益을 韓愈·歐陽脩·李白·杜甫보다 높게 평가한다.	我東人才。固不能擬中國。然風氣晚開。醇樸未離。學術無多岐之惑。文章無僞體之雜。庶幾所謂一道德同風俗者。近世高才之士。始或以局守塗轍爲恥。稍稍慕中國之習。而其所步趨於中國者。不能以唐宋盛際爲準。譚經者唯尙考證。攻文者專取小品。視毛奇齡·胡渭。尊於程朱。而袁宏道·錢謙益。奪韓·歐·李·杜之席。駸駸乎將不知所底止矣。今世之人能有志於談經攻文者。固鮮矣。其稍拔乎流俗者。又率爲此習所引。此亦世道之深憂也。嘗以史官侍正廟于淸燕。下敎若曰。鄕曲人入京華。擧止言語。多可笑者。然不害其質實可尙。若嫻習時樣。與京華人無異。則非好消息。東人之必效中國。亦

			何以異是哉。伊時恭聽。尚未免有所蓄疑。到今追惟。始知大聖人深遠之慮。出尋常萬萬也。
洪奭周	鶴岡散筆 卷5	『日知錄』을 인용하여 錢謙益, 孫承澤, 毛奇齡의 행실을 논하다.	日知錄言。古來以文辭欺人者。莫若謝靈運。次則王維。今有顚沛之餘。投身異姓。至擯斥不容而後。發爲忠憤。與夫名汚僞籍而自託乃心。比于康樂右丞之輩。吾見其愈下矣。此盖爲錢謙益・孫承澤輩發也。彼固不足道也。然其心猶有可哀。若毛奇齡之徒。甘心失身而大言無恥。又巧辭傅會顚倒義理。欲滅絶百世之名敎者。其罪眞不容誅矣。
洪奭周	鶴岡散筆 卷5	근세의 고증학자들은 宋儒의 잘못을 들추어 지적하는 것을 능사로 삼아서 程子와 朱子에게도 무례한 경우가 많은데, 毛奇齡의 경우가 가장 심하다.	近世攷證之家。專以掎摭宋儒爲能事。其無禮於程朱者。亦多矣。然亦未有如毛奇齡之至悖者。
洪奭周	鶴岡散筆 卷5	毛奇齡이 三綱五倫에 대해 말한 것을 비판하다.	三綱五倫。天地之大經。生人之大義。窮六合。且儀載。而不容有異說者也。彼毛奇齡者。獨肆然鼓喙曰。古之五倫。只有父母兄弟子耳。君臣夫婦朋友。皆人合也。以父子君臣夫婦長幼朋友謂之人倫。始子孟子。此戰國以後之人倫。非春秋以前之五倫也。反復辨論。凡數千百言。至以君臣夫婦之列於五倫。爲開闢以來一混沌。嗟乎。以吾倫之重且大。而彼必欲毀壞之若此。亦何怪其詆侮先賢顚倒經訓哉。近世之自號爲儒者。尙往往喜補其餘論。而推之以博古通方之碩學。嗚乎。楊朱之罪。止於爲我而已。孟子推其弊。直以爲無

			君。彼乃以君臣之義爲無與於人倫。肆言設敎於天下。而後來者又相率而尊之。嗟乎。吾窃懼率戰食人之不遠也。
洪奭周	鶴岡散筆 卷6	毛奇齡이 간혹 박식함 때 문에 칭찬을 받곤 하지만, 그의 박식함은 쓸모없는 것이라 말하다.	毛奇齡之狂悖善罵。夫人而能非之矣。然而有稱道者。以其博也。所貴乎博者。爲其能多識聖賢之言。而通知其義理耳。
洪奭周	鶴岡散筆 卷6	毛奇齡이 明末의 義士들을 "몸이 관직에 있지 않고 이름이 명부에 오르지 않았는데, 이유 없이 죽는 것은 미친 짓이다"라고 평한 것을 비판하다.	毛奇齡謂身不在官。名未通籍。無故而徒死者。爲狂惑。蓋指明季諸義士也。…若劉宗周·黃道周·黃淳耀·倪元璐諸公者。又豈非耳目之所親涉哉。諸公者於程朱之道。雖不能無醇疵。要之。皆講宋學者也。耳目所涉而不憚於矯誣若此。嗟乎。又將何言之可信也哉。
洪奭周	鶴岡散筆 卷6	근세의 고증학은 대체로 선현을 비난하는 것을 능사로 여기는데 그 추하고 어그러져 인륜에 맞지 않음이 毛奇齡에 이르러 극에 달했다.	近世攷證之學。率以侵詆先賢爲能事。其醜悖無倫。至如毛奇齡者而極矣。
洪奭周	鶴岡散筆 卷6	李塨은 평생 毛奇齡을 흠모했지만 말년에 方苞의 말을 듣고서는 程朱를 다시는 헐뜯지 않았다.	李塨生平慕毛奇齡。旣老。聞方苞之言。矢不敢復訾程朱。
洪翰周	智水拈筆 卷1	毛奇齡이 주자에 대해 "서 있는 학만 보고 나는 학은 보지 못했다"고 비판하였지만, 그가 비판한 것은 사소한 名物度數의 실수일 뿐, 毛奇齡이 100	毛奇齡輩。至以爲此翁。但見立鶴。不見飛鶴。此不過名物度數上。偶爾差失。何足爲朱子之大病。… 彼雖有楊升菴·毛西河百輩。何異蚍蜉之撼。

		명이 나온다 하더라도 주자의 위상은 변함없을 것이라고 말하다.	
洪翰周	智水拈筆 卷2	毛奇齡의 인품과 행적과 학문을 소개하고 비판하다.	毛西河奇齡。字大可。淸康熙己未。中博學鴻詞科。官翰林檢討。年八十餘終。所著有西河全集一百卷。皆誣聖侮賢之言也。自古能文好辯者。往往詆訶前人。亦出於一時習氣。故唐之呂溫・薛能。皆嘲訕武侯。能之詩曰。畢竟諸葛成何事。只合終身作臥龍。能竟爲黃巢所殺。後人以爲能口業報。明之楊用修著書。多掎斥朱子。李于鱗・王元美輩。相與是古非今。此長彼短。至有矯首狂歌萬古空之句。淸之錢受之宗尙西涯・震川。培擊滄・弇。殆無餘地。此雖顚倒是非。皆不過以文相誹謗而已。無足輕重。而終未有如奇齡之訶佛罵祖也。奇齡以堯爲弑兄篡位。又以父母兄弟子爲五倫。又謂人畏朱氏之虐焰。寧背孔孟。不敢背朱氏。又謂歐陽脩・蘇軾。目不識丁。又謂草野布衣。死於國難。本非忠節。又謂身爲大臣者。當國危亡。終無發一謀行一事。只以一死報國者。皆以爲忠節。是以禮敎日敗。江河日下。君死亦死。國亡亦亡。此何義也。又謂周子太極圖。本出麻衣道士。不過讖緯家異端之說。而朱子反取而尊信之。遂著太極圖說原舛篇。反復譏貶。仍取諸家所言太極圖十五本。列錄之。皆前所未見之奇形怪狀也。又謂尙書。當從古文。而爲宋儒所亂。遂著古文尙書寃詞。又易則有仲氏易禮則有喪禮吾學編。又毛詩・魯論。皆有駁訂之書。不可殫錄。而凡在昔賢前輩已定之

			論。無不弄筆舞舌。恣行胸臆。期於破壞毀劃後乃已。自孟子以下。都無完人。其放言肆論。猖狂豕突。殆古今一人。然才雄學博。足可與顧寧人。不相上下。故近世紀曉嵐以爲奇齡。學問淹通。才鋒英銳。馳騁經籍。佐以詞章。譬如春秋之楚。戰國之秦。雖以無道行之。亦足制勝。盖奇齡尙奇好爭。口氣如此。故嘗變姓名。避仇土窟中三年。又與其門人蠡湖李塨。交相唱論音學。自以爲獨得五音之妙。是亦同惡相濟之類也。奇齡初字大可。一字春晴。又改秋晴。又稱初晴。又稱晚晴。又稱齊于。又稱僧彌。凡十五。而余忘其九。推此而可知其人品也。然。奇齡。以中州士族。才學絕人。旣不能衣冠自靖。而未免爲緇髡之形。或因此忿恚。佯狂叫呶而然耶。不然則醉夢譫詬。胡至此極。究未可知也。奇齡。不但改字。亦嘗改名。爲毛甡。
洪翰周	智水拈筆 卷2	毛奇齡은 周子의 「太極圖說」을 비판하여 『太極圖說原舛篇』을 지었다. * 毛奇齡은 『河圖洛書原舛篇』과 『太極圖說遺議』를 지었으며, 『太極圖說原舛篇』이란 책은 보이지 않는다.	又謂周子太極圖。本出麻衣道士。不過讖緯家異端之說。而朱子反取而尊信之。遂著太極圖說原舛篇。反復譏貶。仍取諸家所言太極圖十五本。列錄之。皆前所未見之奇形怪狀也。
洪翰周	智水拈筆 卷2	紀昀은 毛奇齡을 戰國時代의 楚·秦에 비유하였다.	故近世紀曉嵐以爲奇齡。學問淹通。才鋒英銳。馳騁經籍。佐以詞章。譬如春秋之楚。戰國之秦。雖以無道行之。亦足制勝。

洪翰周	智水拈筆 卷2	毛奇齡은 제자인 李塨과 더불어 音學을 제창하였 다.	又與其門人蠡湖李塨。交相唱論音學。 自以爲獨得五音之妙。是亦同惡相濟之 類也。
洪翰周	智水拈筆 卷2	毛奇齡은 字가 열다섯 가 지인데, 이를 통해 그 인 품을 알 수 있다.	奇齡初字大可。一字春晴。又改秋晴。 又稱初晴。又稱晚晴。又稱齊于。又稱 僧彌。凡十五。而余忘其九。推此而可 知其人品也。然。奇齡。以中州士族。 才學絶人。旣不能衣冠自靖。而未免爲 緇髡之形。或因此忿恚。佯狂叫呶而然 耶。不然則醉夢譫詬。 胡至此極。究 未可知也。奇齡。不但改字。亦嘗改 名。爲毛姓。
洪翰周	智水拈筆 卷2	명나라 熹宗 天啓 연간에 五星이 奎星에 모이더니, 청나라 초에 人文이 성대 하여. 湯贇·陸隴其·李 光地·朱彝尊·王士禛· 陳維崧·施閏章·徐乾 學·方苞·毛奇齡·侯方 域·宋琬·魏裔介·熊賜 履·宋犖·吳雯·魏禧· 葉子吉·汪琬·汪楫·邵 長蘅·趙執信 등과 같은 인물들이 나왔다.	世稱明熹宗天啓間。五星聚奎。故淸初 人文甚多。如湯潛菴贇·陸三魚隴其· 李榕村光地·朱竹垞彝尊·王阮亭士 禛·陳檢討維崧·施愚山閏章·徐健菴 乾學·方望溪苞·毛檢討奇齡·侯壯悔 方域·宋荔裳琬·兼濟堂魏裔介·熊澧 川賜履·宋商丘犖·吳蓮洋雯·魏勺庭 禧·葉方藹子吉·汪鈍翁琬·汪舟次 楫·邵靑門長蘅·趙秋谷執信諸人。皆 以詩文名天下。其中亦有宏儒鉅工。彬 彬然盛矣。而是天啓以後。明季人物之 及於興旺之初者也。
洪翰周	智水拈筆 卷4	毛奇齡은 한 번 보면 곧장 외워 평생 잊지 않았다.	如杜佑·鄭樵·馬端臨·魏了翁·王應 麟·楊用修·鄭端簡·王世貞·朱彝 尊·毛奇齡諸人。亦皆當過目成誦。平 生不忘矣。
洪翰周	智水拈筆 卷5	毛奇齡이 簡文帝를 시인 의 으뜸으로 삼는다는 말 을 비판하다.	淸儒毛奇齡謂以三百篇後。爲詩者。只 有四家。而梁太宗簡文帝。當推第 一。…是皆崖異之乖論。不可從也。

洪翰周	智水拈筆 卷8	毛奇齡의 『西河全集』은 100권에 이른다.	淸康熙時。毛西河奇齡全集。亦爲百卷。
黃德吉	下廬集 卷4 「答鄭希仁 庚辰」	毛奇齡이 馬士英의 막하에 있었고, 六經四書의 주석이 朱子의 학설과 배치되어 심각한 폐해를 끼친 점을 비판하다.	若毛奇齡。始乃托跡於馬士英幕下。爲士流所棄。順熙間乃自處以學問者流。六經四書。自爲疏解。一反於朱註。肆然自居以濂閩以上。充塞義理。惑亂世道。其害甚於陸氏王氏(王守仁)。爲吾道者。聲罪而闢之也固宜。

27

文徵明 (1470-1559)

인물 해설	初名은 璧, 자는 徵明, 徵仲, 호는 衡山 또는 停雲으로 蘇州府 長州(江蘇省 吳縣) 출신이다. 1495년부터 1522년까지 몇 차례 과거에 응시하였으나 급제하지 못하였다. 그러나 학문과 인덕이 세상에 알려져 1523년 54세 때 翰林院待詔를 제수받아 『武宗實錄』의 편수에 임하고, 3년 후인 1526년 관직을 버리고 향리로 돌아가 詩文書畵로 유유자적한 생활을 보냈다. 그림은 동향 사람인 沈周에게 배운 것 외에도 郭熙, 李唐, 王蒙 등 元나라 말기 4대가를 사숙하여 그들의 화풍을 절충하였다. 특히 南宗의 산수화에 뜻을 두어 이 분야의 회화 발전에 크게 기여함으로써 심주와 함께 남종화 중흥의 중심인물로 꼽힌다. 글씨는 李應禎에게 배웠으나 王羲之와 超孟頫의 영향도 많이 받았다. 가족 중에 문인, 화가가 많았다. 차남 文嘉와 조카 文伯仁이 유명하다. 그는 唐伯虎, 祝枝山, 徐禎卿과 함께 '江南四大才子' 또는 '吳門四才子'로 불리며, 沈周, 唐伯虎, 仇英과 함께 '明四家'로도 불린다.
인물 자료	○ 『明史』, 列傳 175 　文徵明, 長洲人, 初名璧, 以字行, 更字徵仲, 別號衡山. 父林, 溫州知府. 叔父森, 右僉都禦史. 林卒, 吏民醵千金爲賻. 徵明年十六, 悉卻之. 吏民修故卻金亭, 以配前守何文淵, 而記其事. 徵明幼不慧, 稍長, 穎異挺發. 學文於吳寬, 學書於李應禎, 學畫於沈周, 皆父友也. 又與祝允明·唐寅·徐禎卿輩相切劘, 名日益著. 其爲人和而介. 巡撫俞諫欲遺之金, 指所衣藍衫, 謂曰: "敝至此邪?" 徵明佯不喻, 曰: "遭雨敝耳." 諫竟不敢言遺金事. 寧王宸濠慕其名, 貽書幣聘之, 辭病不赴. 正德末, 巡撫李充嗣薦之, 會徵明亦以歲貢生詣吏部試, 奏授翰林院待詔. 世宗立, 預修武宗實錄, 侍經筵, 歲時頒賜, 與諸詞臣齒. 而是時專尚科目, 徵明意不自得, 連歲乞歸. 　先是, 林知溫州, 識張璁諸生中. 璁既得勢, 諷征明附之, 辭不就. 楊一淸召入輔政, 徵明見獨後. 一淸亟謂曰: "子不知乃翁與我友邪?" 徵明正色曰: "先君棄不肖三十餘年, 苟以一字及者, 弗敢忘, 實不知相公與先君友也." 一淸

有慚色, 尋與璁謀, 欲徙徵明官. 徵明乞歸益力, 乃獲致仕. 四方乞詩文書畫者, 接踵於道, 而富貴人不易得片楮, 尤不肯與王府及中人, 曰: "此法所禁也." 周 ·徽諸王以寶玩為贈, 不啓封而還之. 外國使者道吳門, 望裏肅拜, 以不獲見為 恨. 文筆遍天下, 門下士贋作者頗多, 徵明亦不禁. 嘉靖三十八年卒, 年九十矣. 長子彭, 字壽承, 國子博士. 次子嘉, 字休承, 和州學正. 並能詩, 工書畫篆刻, 世其家. 彭孫震孟, 自有傳.

　　吳中自吳寬 · 王鏊以文章領袖館閣, 　一時名士沈周 · 祝允明輩與並馳騁, 文風極盛. 徵明及蔡羽 · 黃省曾 · 袁袠 · 皇甫沖兄弟稍後出. 而徵明主風雅數 十年, 　與之遊者王寵 · 陸師道 · 陳道復 · 王穀祥 · 彭年 · 周天球 · 錢穀之屬, 亦皆以詞翰名於世.

○ 錢謙益, 『列朝詩集小傳』丙集 卷10, 「文待詔徵明」

　　徵明, 初名璧, 以字行, 更字徵仲, 長洲人. 以諸生歲貢入京, 用尚書李充嗣 薦, 授翰林院待詔. 三載, 謝病歸, 年九十而卒. 徵明父溫州守宗儒, 有名德, 吳 原博 · 李貞伯 · 沈啓南皆其執友. 徵仲授文法於吳, 授書法於李, 授畫法於沈, 而又與祝希哲 · 唐伯虎 · 徐昌國切磨為詩文, 其才少遜於諸公, 而能兼撮諸公 之長. 其為人孝友愷悌, 溫溫恭人, 致身清華, 未衰引退, 當群公凋謝之後, 以 清名長德, 主中吳風雅之盟者三十餘年. 文人之休有譽處壽考令終, 未有如徵 仲者也. 徵仲少而修長者之行, 溫州卒於官, 屬城賻遺累千金, 悉不受, 溫人構 亭以旌之. 寧庶人以厚幣招致海內名士, 徵仲謝弗往; 伯虎往, 徉狂而返. 識者 兩高之. 永嘉為溫州門下士, 以議禮貴顯, 徵仲在翰林, 恥與附麗. 會上杖濮議 諸臣於朝堂, 遂決計引去. 歸田之後, 四方求請者紛至, 惟絕不與王府通. 日本 貢使, 踵門求見, 具冠服南面受拜, 而却其贄, 曰: "此國體也." 築室於舍東, 曰 玉磬山房, 樹兩桐于庭, 日徘徊嘯咏其中. 博習典故, 元末國初, 故家遺老, 流 風舊事, 從容抵掌, 歷歷如貫珠. 晚年衣紅絨衣, 戴捲簷帽, 坐白紙窗下, 擁爐 曝背, 劇談亹亹, 坐客皆移日忘去. 卒之時, 方為人書志石未竟, 欠伸閣筆, 端 坐而逝. 二子曰彭 · 嘉, 皆名士. 嘉嘗撰行略曰: "公生平雅慕趙文敏公, 每事多 師之." 又曰: "公於詩, 兼法唐宋, 而以溫厚和平為主. 或有以格律氣骨為論者, 公不為動."先生詩文書畫, 約略似趙文敏, 嘉之所擬, 庶幾無愧辭. 論詩而及於 格律氣骨, 有微詞焉. 厥後吳門之詩, 抽黃對白, 日趨卑靡, 皆名為文氏詩, 嘉 固已表其微矣.

저술
소개
		★『甫田集』
		  (明)刻本 36卷 / (明) 文嘉抄本『文太史甫田集』/ (淸)康熙年間 長洲 文氏
		刻本 36卷
		
		★『文太史詩』
		  (明)嘉靖年間 刻本 / (淸)抄本
		
		★『漢隸韵要』
		  (明)潘振刻本 5卷
		
		★『師子林紀勝集』
		  (明)文徵明撰 (明)釋道恂輯 (淸)抄本 2卷 附『拙政園題詠』1卷
		
		★『文氏家藏詩集』
		  (明)文肇祉編 (明)萬曆 16年 文肇祉刻本 8種 18卷 內 文徵明撰『文太史詩』
		4卷
		
		★『學海類編』
		  (淸)曹溶編 陶越增訂 (淸)道光 11年 晁氏活字印本 430種 814卷 內 文征明
		撰『文待詔題跋』2卷	

비 평 자 료			
姜世晃	豹菴遺稿 卷5 「題松下翁書 帖後」	姜世晃은 당시 사람들이 鍾繇와 王羲之만을 법으 로 삼고 米芾・蔡襄・趙 孟頫・文徵明의 글씨를 도 외시한다고 비판하다.	今世乳臭小兒。初學把筆。輒珍鍾・ 王。至於米・蔡・趙・文皆不數也。 豈知書法與代高下。不可以人力挽 回。有若江河之推移。其人品之賢 愚。學識之淺深。莫不於毫素間發 現。有非魯莽淺俗者所可沾沾自衒。 以欺今與後也。苟使有眼者一覷。自 不敢以毫釐蔽隱。其辨別鑑識亦在其 人。不可以言語爭辨得失也。余於書 道。未有眞積力學之工。固不敢妄 論。只書平日所見如此云爾。
姜世晃	豹菴遺稿 卷5 「題批雙川翁 臨帖」	雙川 孫錫輝의 서첩인『臨 古帖』제3권에는 文徵明 의 글씨를 임모한 것도 수 록되어 있음을 말하다.	臨古帖第三卷。自唐柳公權止明文徵 明。如臨米芾・黃庭堅。尤極有似。 並有骨力。其精神運用爲難及。

姜世晃	豹菴遺稿 卷5 「倣文徵明祥光帖」	孫錫輝가 임서한 文徵明의 「祥光帖」을 평하여, 文徵明도 감탄할 것이라 평하다.	使衡山見此。必曰此子掩吾名。如衛夫人之見右軍書也。
姜世晃	豹菴遺稿 卷5 「倣文徵明汲泉帖」	孫錫輝가 임서한 文徵明의 「汲泉帖」을 평하여, 筆意를 갖추었다고 평하다.	雙川翁喜臨米南宮書。今覽其臨文衡山書。亦得其筆意。第令中華人見之。必將摹勒上石。以瞞後人也。
金正喜	阮堂全集 卷3 「與權彝齋 (二十六)」	文徵明이 그린 「西苑軸」이, 翁方綱이 선배로 존경했던 沈廷芳의 舊藏品임을 밝히며 진품임을 논하다.	文衡山「西苑軸」。如此亦多。而筆法稍欠刻。然非凡筆所作贗。其軸紙窮處。有沈椒園廷芳小印。其爲沈之舊藏無疑矣。沈是覃翁之前輩。風流文采照映一時。覃之所甚重。必無收藏贗本之理耳。
金正喜	阮堂全集 卷4 「與沈桐庵 (喜淳)(四)」	韓濩의 工力으로 文徵明과 祝允明을 배우지 않고, 곧장 王羲之의 경지로 들어가려 한 것이 안타까운데, 이는 우리나라 사람의 좋지 않은 習氣로 文章書畵를 막론하고 버려야 한다.	石峯帖可惜。大槩此書有極高處。又有極俗處。其工到力到。可以摧山倒海。猶不及董香光。綿綿若存。此等境地。不可與不知者言耳。以其工力。何不屈膝於衡山·枝指。嵬然作直接山陰之妄想耶。亦東人空然貢高之習氣。無論文章書畵。先袪此習氣。然後乃可門徑之不趨魔耳。
金正喜	阮堂全集 卷6 「題淸愛堂帖後」	劉統勳이 작은 글씨로 쓴 『道德經』은 文徵明이 쓴 『金剛經』과 비견할 만한데, 그 아래에 쓴 劉墉의 발문은 도리어 그만 못하다고 평가하다.	劉文正書又極工。嘗見所書道德經。蠅頭細字。與文衡山金剛經可媲美。其下石菴細書跋語。反有不及之意。靈芝醴泉。果有本源歟。
金正喜	阮堂全集 卷6 「題石坡蘭卷」	文徵明 이후 墨蘭이 江浙 지역에서 크게 유행했지만, 정작 文徵明 본인은 결	文衡山以後江浙間遂大行。然文衡山書畵甚多。其寫蘭又不十之一二。其罕作可知。所以不可以妄作橫掃亂

		코 많은 작품을 남기지 않았다.	抹。如近日之無少忌憚。人皆可以爲之也。
金正喜	阮堂全集 卷8 「雜識」	尹淳의 글씨는 文徵明으로부터 나온 것이다.	白下書出於文衡山。世皆不知。且白下亦不自言。
南公轍	金陵集 卷23 「文待詔石湖秋霽圖立軸紙本」	文徵明의 「石湖秋霽圖」를 평하다.	文徵仲文。雅擅海內。雖丹靑一紙。購者重若瑾瑤。此畵以元章淋漓之趣。兼子昂秀潤之色。眞穎端有化工者也。余嘗愛范成大石湖記。及讀宋元諸子遊山題詠。每以石湖爲絶勝名區。欲飄然一往而不可得也。今得此軸。以藏于家。每遇秋雨初霽。興想陶陶。掛之壁上。以資臥遊云爾。
南公轍	金陵集 卷23 「文嘉遠山暮景圖絹本」	文嘉(문징명의 아들)의 「遠山暮景圖」는 王士禛의 시와 부합한다고 평하다.	王漁洋詩曰。新月初黃迎客出。亂山一碧送船歸。警句也。今文畵得此詩意。故書之。
南公轍	金陵集 卷23 「天都峯瀑布立軸絹本」	南公轍은 文徵明의 「匡廬瀑布立軸」에 쓴 題詩를 기록하다.	余嘗題文太史匡廬瀑布立軸。略曰。飛流三千尺。銀河落九天。睠懷遠遊樂。平生誦謫仙。揮洒入高手。怳惚愜快賞。建瓴沸急湍。陵谷迷背向。風雨應呼吸。坐覺坤軸弱。玆瀑雖奇絶。我生嗟遠隔。千年翰林句。與夫待詔軸。使我入廬山。信不爲生客。結句。卽演蘇長公棲賢堂記語也。
申緯	警修堂全藁 冊1 奏請行卷 「題董文敏眞蹟帖, 覃溪審定題跋後」	그림에서 文徵明과 沈周의 窠臼를 벗어나는 것이 중요하듯 시에서도 李白과 杜甫를 흉내 내는 데 그쳐서는 안 된다.	畵在脫文沈。詩豈貌李杜。

申緯	警修堂全藁 冊13 脚氣集 「惲南田·沈 淸恪」	文徵明·沈周·唐寅·仇 英의 범위를 벗어난 惲壽 平이 성리학을 배워 높은 벼슬에 오른 沈近思보다 낫다는 諦暉의 말에 찬성 하다.	儒染關閩濂洛氣。畫超文沈唐仇蹊。 此言莫作爭心看。優劣停當入品題。 石揆·諦暉二僧。皆南能敎也。石揆 參禪。諦暉持戒。兩人各不相下。諦 暉住杭州靈隱寺。香火極盛。石揆謀 奪之。諦暉聞知卽避去。石揆爲長 老。垂三十年。身本萬曆孝廉。口若 懸河。靈隱蘭若之會。震動一時。有 沈氏兒。喪父母。爲人傭工。隨施主 入寺。石揆見之大驚。願乞此兒爲弟 子。施主許之。兒方七歲。卽爲延師 敎讀。兒亦聰穎。通擧子業。年將冠 矣。督學某考杭州。令兒應考。取名 近思。遂中府學第三名。石揆曰。近 思。余小沙彌。何得瞞我入學。爲生 員耶。命剃其髮。改名逃佛。同學諸 生聞之。大怒。上控巡撫學院。姦僧 敢剃生員髮。援儒入墨不法。大府惟 生所控。許近思蓄髮爲儒。諸生猶洶 洶。大府不得已取石揆兩侍者。各笞 十五。羣忿始息。石揆召集合寺僧。 禮佛畢。泣曰。此予負諦暉之報也。 靈隱本諦暉所住地。而予以爭勝之心 奪之。此念延綿不已。念已身滅度 後。非有大福分人。不能掌持此地。 沈氏兒風骨嚴整。在人間爲一品官。 在佛家爲羅漢身。故余見而傾心。欲 以此坐與之。又一念爭勝。故先使入 學。以繼我孝廉出身之衣鉢。此皆貪 嗔未滅之客氣也。今侍兒受杖。爲辱 已甚。尙何面目坐方丈乎。諸弟子往 迎諦暉。爲我補過。言畢。趺坐而 逝。沈後中進士。官左都御史。立朝 有聲。謚淸恪。諦暉有友惲某。常州 武進人。逃難外出。有兒年七歲。賣

			杭州都統家。諦暉欲求出之。會二月十九日觀音生日。士女咸往天竺進香。過靈隱。必拜方丈。諦暉道行高。貴官男女來拜者以萬數。從無答禮。都統夫人集從婢僕數十人。來拜諦暉。諦暉探知瘦而纖者。惲氏兒也。蘁然起跪兒前。膜拜不止。夫人大驚問故。曰。此地藏王菩薩託生人間。夫人奴畜之無禮。夫人皇急求救。曰。無可救。夫人愈恐。告都統。都統親來。長跪不起。諦暉曰。請以香花淸水。供養地藏王。入寺緩緩。爲公夫婦懺悔。都統大喜。布施百萬。以兒與諦暉。諦暉敎之讀書學畫。取名壽平。後卽縱之還家曰。吾不學石揆癡也。後壽平畫名噪。詩文淸妙。人或問惲・沈優劣。諦暉曰。沈近思學儒。不能脫周・程・張・朱窠臼。惲壽平學畫。能出文・沈・唐・仇範圍。以吾觀之。惲爲優。
申緯	警修堂全藁 冊18 養硯山房藁 (一) 「文衡山溪上 橫琴圖立幀」	文徵明의 그림에 題詩를 짓다.	(衡山自題曰。推琴一笑四山空。百道飛泉萬壑風。何用氷絃薦新調。宮商遙在水聲中。微明。二印。曰徵仲父印。曰衡山印。)淺絳化水墨。畫道趨簡易。元四大家出。倪迂饒別致。士氣與院氣。從此判爲貳。離形取其韻。古法亦日墜。聖人化民術。刑政禮樂寄。奈何去奸僞。剖斗折衡議。遙山與近樹。慘澹經營地。雄奇尋丈勢。鍼芒起密緻。衡山晩乃作。盡發前代秘。古絹靑碧山。可運三丈臂。飛泉觸石響。夏木蒸空翠。推琴一老人。背有靑童侍。宮商在水樂。無庸

			指法使。冰絃薦新調。已落第二義。衣紋合水紋。萬壑方清駛。迨然入其中。我欲同遊戲。荆關董巨法。典刑尚有器。繩準尺度中。神韻自恣肆。歎息衡山翁。於此寓鑪錘。今人置罔聞。徑去不一試。所以荒率筆。杜撰日無忌。詎止畫一事。慨余挽古意。
申緯	警修堂全藁冊18養硯山房藁(一)「文衡山溪上横琴圖立幀」	文徵明의 그림에 있는 自題詩를 인용하고, 落款을 기록하다.	(衡山自題曰。推琴一笑四山空。百道飛泉萬壑風。何用冰絃薦新調。宮商遙在水聲中。微明。二印。曰徵仲父印。曰衡山印。)
柳得恭	灤陽錄「滿洲諸王」	만주의 諸王 貝勒들은 文徵明과 董其昌을 배워 중국의 才子들보다 글씨가 뛰어나다.	余所見諸王貝勒。甚多眉眼妍秀。皆玉雪人也。佛寺市樓中。或見皇子皇孫筆。多學文董。中州才子。無以過之。百餘年前。在白山黑水時。必不能如此。異哉。熱河朝房中。識朋安。亦宗室公也。年二十餘。端雅如美秀才。爲道其所居衚衕。約相訪。及到燕京。悤悤未能也。
李德壽	西堂私載卷4「尚古堂金氏傳」	金光遂는 文徵明이 지은 「華氏傳」을 읽고, 그의 자취가 자신과 비슷하다고 여겨서 그의 호를 취하여 자신의 호로 삼았다.	尚古堂金氏者。名光遂。字成仲。其先尚州人。大司憲諱德誠。當光海廢母后。抗節謫北塞。與白沙李文忠公。并稱。歷三世。有諱東弼。官吏曹判書。持淸議。爲一時名臣。君其仲子也。生而狷潔好古。嘗讀文待詔華氏傳。謂其迹頗相類。遂取其號以自號。…爲生人立傳。古盖未嘗有。雖有而亦罕。至王弇州諸人。始盛爲之。尚古之意殆其祖。於是乎乃書。以爲尚古堂金氏傳。

李尙迪	恩誦堂續集 卷1 「棣華館畫冊序」	서화로 이름난 이들의 후손 중에는 여성의 신분으로 가업을 이은 이들이 많은데, 文徵明의 손자인 文震亨의 질녀 文俶, 惲壽平의 딸인 惲冰, 馬扶羲의 손녀인 馬荃 등이 대표적이다.	擅書畫藝紹箕裘業者。鬚眉尙矣。巾幗何多。若書家晉有王洽之荀夫人。珉之汪夫人。右軍之郗夫人。凝之之謝道韞。獻之之保母李意。如畫家元有趙子昂之管道昇。明有文徵仲曾孫震亨之姪女俶。近代則惲冰壽平之女馬荃扶羲之孫女也。此輩皆能以食靑箱之舊德。飮蕓苑之香名。是所云醴泉有源。芝蘭有根者耶。吾友張大令仲遠。以名父之子。遂傳家之學。與四姊氏均工詩文。各有其集。而叔姊婉紃夫人受書法於館陶君。深得北朝正傳。妻包孟儀夫人筆意。亦有乃父愼伯之風。雖使班昭復作於九原。衛鑠幷驅於一世。庶無媿焉。仲遠近自武昌。寄示其女儷之・女甥王潤香・筥香・錡香・孫少婉及侍姬李紫畦寫生共十二幅。各系題欵。不惟秀韻逸致。直造乎宋元以上。別有分勢艸情。沈酣於漢魏之間。則豈無所本而能哉。原夫夙承庭訓。無忝宗風。慈竹覆陰。棣華聯韡。爲歌淑女君子之什。延譽幼婦外孫之辭。夕酬和於鹽絮。朝揮灑以簪花。相與誦詩禮之淸芬。寧止述繪事於彤管。嗟乎。古之才女子專精一藝者。故自不乏。兼工三絶則未之或聞。迺者仲遠之門。人人鳳毛。家家驪珠。無施不可。有爲若是。何其才福之全而風雅之盛也。詩曰繩其祖武。傳曰人樂有賢父兄。此之謂乎。潤香・筥香・少婉・儷之詩篇諸作。余嘗讀寒柳唱和之卷。而詫爲玉臺嗣響。心竊欽儀者久矣。因牽連以書之。

李裕元	嘉梧藁略 冊3 「皇明史咏」	文徵明의 事績을 시로 읊다.	遺傳往事却金亭。敝敝藍衫遭雨零。先進容蟠辭不就。楊君亦愧語家庭。
許筠	惺所覆瓿稿 卷13 「題石刻諸經後」	文徵明은 서법이 明朝 제일로 王羲之·王獻之·趙孟頫와 견줄 만하니, 王世貞이 이들을 '古今四大家'라고 일컬은 것이 허언이 아니라고 평가하다.	衡山文先生微明。書法爲國朝第一。與右軍·大令·趙吳興相埒。王元美稱古今四大家者。良不誣也。晚年雁陰符·黃庭·定觀·心印·淸靜·胎息·洞古等諸經。小楷極其遒勁。或師方朔贊。或法洛神。或範右軍·黃庭。或倣智永千文。細大均適。姿媚橫生。眞奇寶也。余得之於朱宮諭。愛玩不忍釋手也。噫。諸經皆升仙之捷梯。人苟千周萬遍。義自朗悟。況得衡山之筆。以增其重。則讀者因奧旨而得其道。因心畫而獲書法。豈不兩利也哉。敬藏巾衍。朝夕師承焉。
許筠	惺所覆瓿稿 卷15 「丙午紀行」	朱之蕃과 梁有年이 韓濩의 글씨를 구해 보고, 楷書는 顏眞卿의 위이며 王獻之의 아래요, 趙孟頫와 文徵明도 韓濩에 미치지 못할 것 같다고 평한 말을 기록하다.	二十九日。經嘉山抵定州。夕。兩使求石峯書。余適有玉樓文二件。分進之。上使曰。楷法甚妙。眞卿上子敬下也。松雪·衡山。似不及焉。又欲得眞本。不得已以長門賦進之。晦日。徑雲興·林畔。抵車輦。夕。上使用黃葵陽贈亡兄韻詩。作二長律。書爲大簇以給。

潘庭筠 (1742-?)

인물 해설	字는 蘭公, 香祖 또는 蘭垞이며, 號는 德國園 또는 秋串으로 錢塘 출신이다. 1778년에 進士가 되어 관직이 陝西道禦史에 이르렀다. 1797년에 敷文書院이 重修되자 山長으로 초빙되었다. 학문이 廣博하고 성정이 高潔하며 불교에 심취하였으며 외국 여행을 좋아했다. 수묵화에도 능했던 문인으로 조선의 洪大容와 우정이 돈독하였다. 저서로 『稼書堂集』이 있다.
인물 자료	
저술 소개	★『欽定重修兩浙鹽法志』 (淸)同治 13年 刻本 30卷 卷首 1卷 (淸)阮元撰 (淸)馮培・潘庭筠纂修

비 평 자 료			
南公轍	金陵集 卷1 「題洪湛軒大 容家藏潘香祖 書畵卷」	洪大容 집안에 소장된 潘庭筠의 서화에 題詩를 쓰다	箟簹墨竹可同輩。行草神傳王右軍。他方萬里逢知己。太守風流更似君。
南公轍	金陵集 卷11 「閔生詩集序」	閔範大와 潘庭筠의 鐵琴을 가지고 남산에서 노닌 일을 추억하다.	學詩者當學琴。說文曰琴樂器也。詩發於性情。而琴以正人心。故樂之中。琴與詩最相近焉。皐巖閔君範大從余學詩。其作有瑕瑜優劣。而如蓮花水鳥詩。其和王建宮詞諸篇。逼盛唐諸家。皆可誦也。君平生喜酒而有拔俗奇氣。又治琴。嘗言詩非酒無

			趣。非琴無韻。世或目以酒狂詩淫。而君固不辭也。壬寅秋。余與君携潘秋庫鐵琴。遊南山。君飲酒愈多。而作詩愈不窮。日且暮。君上太一巖絶頂。彈琴至曙。宮羽相宣。操絃驟作。其憂深而思遠者。猗蘭履霜之操也。其調高而韻淸者。伯牙子期之音也。紓然而和。凄然而悲。如湘水羈臣之痛哭也。如閨房怨女之愁恨也。及其曲終。風吹木落。鶻鵃磔磔驚起於雲霄之間。懽愉憂憤。皆出於心。而以辨其正變高下。不知誰爲詩而誰爲琴也。已而君投琴於地曰。吾之詩與琴。將不得薦之淸廟明堂。而終爲下里之唱。又取酒飲劇醉。慷慨泣下。余於是竊悲君之志矣。後二年。君錄其詩爲一集示余。遂復與之酌酒彈琴以爲序。
南公轍	金陵集卷13「寄所軸跋」	李德懋와 朴齊家는 燕京에 들어가 潘庭筠·李調元·李鼎元 등 명사들과 교유하였다.	歲己亥夏。余與李懋官·朴次修。宴集于友人朴山如之寄所園亭。時天大熱。數子者就古松之下芭蕉之蔭。或披衣而坐。坦腹而臥。取酒飮至醉。醉後劇論天下文章高下事是非。慷慨以泣。意氣可樂也。旣而山如更市酒。使客益醉。出金牋若干幅。求詩爲此軸。屬余跋尾。盖山如端直。能世其家。而懋官·次修。俱以文章入燕京。與秋庫·雨邨·墨莊諸名士游者也。
南公轍	金陵集卷23「潘·嚴二名士詩牘紙本」	潘庭筠의「鸚鵡」와「衰柳詩」를 인용하고 평하다.	余嘗從人借見洪知縣大容家所藏潘庭筠書畫數十餘本。洪曾隨使入燕京。潘亦以擧人來旅邸相遇。茶塲酒樓。過從酬唱。歸後亦不絶書札往復。筆

			墨動盪。風彩雅麗。尙想其爲人也。又後惠甫贈余潘詩一卷。余爲序以見其中心愛好之意。今此幅乃詠鸚鵡二首。筆意從蘇入董。尖超可愛。詩亦淸爽。多有悲苦之情。今識于此。其一曰。月殘珠戶曉。花滿繡簾春。慧性嗔嬌婢。香喉學美人。聰明紅玉喙。下上綠衣身。少餇相思子。鵰籠鎭日親。其二曰。猶憶長安樂。心驚萬里春。日高回蝶夢。客到語茶人。薄(缺)輕微命。殊鄕絆此身。何時奮雙翮。長與鳳鷥親。盖寓意作也。記昔得見他袞柳詩四首。柳在明殷相國舊園。有曰海內亭荒名士散。天涯木落廢園存。可憐碧葉鳴蟬地。不見紅欄繫馬人。(一句缺)　靜中黃葉無多響。遠處昏鴉數點還。知君本以漢人仕於淸。其心常自慷慨悲恨。故發於詩者。亦有懷古傷今之意也歟。字香祖。一字蘭公。杭州人。今至翰林庶吉士云爾。
南公轍	金陵集卷23「潘·嚴二名士詩牘紙本」	嚴誠이 潘庭筠의 「鸚鵡」 시에 화답하여 지어준 시는 매우 신묘하다.	嚴誠力闇各體詩九首。書牘七道。與朝鮮使臣相問答者也。幅上稱正使李大人。李不知何人也。詩皆淸古。與香祖和鸚鵡詩尤玅。今識于此。回首故山遠。隴頭今又春。羽毛誰假爾。飲啄此依人。慧性宜防口。高情愛潔身。奉邀蘭殿寵。燕雀敢相親。又東風吹暖律。衆鳥呀晴春。誰似綠衣使。偏隨金屋人。解語翻巧舌。學舞墮輕身。一種翩翩態。依依自可親。與香祖同是杭人。時幷赴擧燕京云。其七絶。有曰復見東風柳絮飛。故山雲樹夢依俙。自緣奉檄平生志。要待

			宮花挿帽歸。尤可驗也。書牘學晉人蕭散懇欵。淸人集中。亦罕見如斯墨妙矣。於書無所不覽。尤嗜虞初志諸書。眞風流佳士也。書于梅花下。
朴齊家	貞蕤閣集卷1「戲倣王漁洋歲暮懷人」	王士禎의「歲暮懷人」을 본떠 潘庭筠을 그리워하며 시를 짓다.	潘郞文采出東吳。價重鷄林摺扇晑。料道春來頻鎖直。可應風月憶西湖。
朴齊家	貞蕤閣集卷4「別任恩叟姊兄, 憶信筆得一百四十首」	潘庭筠이 남쪽으로 가면서 자신에게 편지를 붙였던 일을 회상하며 시를 짓다.	潘公南下日。倉卒尺書憑。濃厚莫回頭。此語當鏤膺。(潘侍御史庭筠遭故南下。寄余書云。大約濃厚處莫留連。余心服斯言。)
朴齊家	貞蕤閣文集卷1「雅亭集序」	潘庭筠이 李德懋의 시를 평한 내용을 인용하다. * 潘庭筠이『韓客巾衍集』에 실린 李德懋의 시를 읽고 품평한 말이다.	中朝人嘗稱懋官之詩曰。力掃凡蹊。別開異逕。晚宋晚明之間。當據一席。夫懋官之爲懋官。政在於爲宋爲明。而世之人乃以其爲宋爲明者而譏懋官。則其不失懋官者幾稀矣。
朴趾源	燕巖集卷7「題李唐畫」	陳仁錫·申用懋·陳繼儒·婁堅·姚希孟·董其昌·文震孟·范允臨·薛明益·陳元素 등이 題辭를 쓴 李唐의 그림이 만력 연간 조선에 들어온 사실을 기록하다.	宋道君時河陽三城人。李唐字晞古。補入畫院。建炎間。太尉邵淵薦之。奉旨授成忠郞畫院待詔。賜金帶。時年八十。善畫山水人物。尤工畫牛。高宗雅愛之。嘗題長夏江寺卷上云。李唐可方唐李思訓。此帖出東方。在萬曆末。題有陳仁錫·申用懋·陳繼儒·婁堅·姚希孟·董其昌·文震孟·范允臨·薛明益·陳元素諸書。有貨此爲過歲資。值五千。然諱其主名。意其爲杞溪兪氏物也。余旣貧無以有之。則爲記其來歷。時萬曆後四甲午除夕。典醫衙衕題

朴趾源	燕巖集 卷13 熱河日記 「黃敎問答」	어느 날 누각에서 破老 回回圖를 만났는데, 그가 博明과 潘庭筠을 아느냐고 묻기에 안다고 답하다.	一日自闕下獨步歸偶。登一樓。樓上獨有一人方飯。見余捨箸。如逢舊識。降椅笑迎。握手請坐其椅。自拖他椅對坐。各書姓名。及見其名。乃破老回回圖。字孚齋。號華亭。職居講官。意其爲滿洲人。問之則乃蒙古也。觀其操紙疾書。筆法精敏。余問君知博明乎。曰。與弟一樣。知潘庭筠乎。曰。曾一晤武英殿矣。
成大中	靑城集 卷8 「書金養虛杭士帖」	金在行과 洪大容이 연경에 사신으로 갔을 때 항주의 선비 嚴誠·潘庭筠·陸飛 세 사람을 만나 서로 의기투합했으며, 훗날 연경에 들어가는 자는 潘庭筠과 교유할 때 반드시 金在行과 洪大容을 매개로 삼았다.	中州之人重意氣。遇可意者。不擇疎戚高下。輒輸心結交。終身不忘。此其所以爲大國也。吾嘗觀日本。其人亦重交遊尙信誓。臨當送別。涕泣汍瀾。經宿不能去。孰謂日本人狡哉。愧我不如也。況大國乎。金養虛與洪湛軒。隨至使入燕。遇杭州貢士嚴誠·潘庭筠·陸飛三子者。一見相合。畵二公像藏之。萬里寄書。如門庭然。潘·陸後皆登第。潘已顯揚臺省。陸則歸隱西湖。江浙稱其高。獨嚴誠者早夭。臨歿。出二公像見之。噓唏而絶。後之入燕者。與潘翰林交。必援二公而爲介。
成大中	靑城集 卷8 「書金養虛杭士帖」	潘庭筠과 陸飛는 모두 과거에 급제하여 이름을 드날렸는데 嚴誠은 일찍 죽었으니, 嚴誠은 임종 때 金在行과 洪大容의 초상상을 꺼내어 본 뒤 죽었다.	潘·陸後皆登第。潘已顯揚臺省。陸則歸隱西湖。江浙稱其高。獨嚴誠者早夭。臨歿。出二公像見之。噓唏而絶。後之入燕者。與潘翰林交。必援二公而爲介。

成大中	青城集 卷8 「書金養虛杭士帖」	金在行은 빈궁한 선비로 세상에서 뜻을 얻지 못하고 詩酒로 일생을 보내어 후생에겐 힐뜯음을 당하였지만 嚴誠·潘庭筠·陸飛에게 매우 중하게 여겨졌다.	夫湛軒人地固足取重。養虛則直一窮士爾。嶔崎歷落。不得志於世。其以詩酒自命者。適足見姍於後生。而及與三子者遇。取重也如此。盖其胸懷之虛曠有以致之。而無亦不得於我者適以得於彼耶。抑吾因此而有感也。
成大中	青城集 卷10 「李懋官哀辭」	李德懋가 연경에 갔을 때 潘庭筠을 만났는데, 潘庭筠은 李德懋를 '異人'이라 하고 시를 지어주어 동방의 제일류라고 허여하였다.	嘗入燕都。遇其才俊。則無不傾心結交。欣若剏覯。而浙江潘庭筠相其眉目。謂之異人。後復寄詩。許以東溟第一流也。然懋官不喜貴遊。不事程文。端居敎授。從之成材者衆。內行醇備。敦尙人倫。一與之交。終身不渝。性又淸介絶人。固窮忍飢。人所不堪。安之如素。其以靑莊自號。亦取其求食不移噣也。常以枯死窮堅爲期。而於世不蘄遇也。檢書之命。忽自天隕。羣公迭刻。聖上特知。如獨爲懋官設也。承顧問而參述作。懋官之才學。於是乎展。榮寵多外臣所未知也。餘蔭至及其二弟。然懋官逾益謹愼。出入禁闥十數年。小心如一日。破靴弊帽。徒步趨闕。矜氣華色。不見於貌。出涖郵縣。律己益嚴。古所謂處膏不潤。於懋官見之。以故修潔之操。孚於上下。不但以才學重也。
成海應	研經齋全集 卷9 「朴在先詩集序」	朴齊家는 연경을 유람하는 것을 좋아하였고 潘庭筠과 사귀었다.	貞蕤朴在先詩集幾卷。 … 在先好遊燕中。與紀曉嵐·潘秋庫之徒。相爲跌宕。彼大邦人也。不設畦畛。以文章相推許。曉嵐以內閣學士。自訪在先于邸。蒙古諸王安南使臣。亦爲在先傾倒。而熱河山川之雄奇。西山宮室之壯麗。足迹幾遍。盖在先得意處

			也。不能得之於同國者。乃反得之於異域殊俗。亦可異也。在先旣得罪竄鍾城。爲人寫屛。淸差適見之。驚曰此貞蕤先生筆也。何爲於此。吾以曉嵐家僮。見先生至曉嵐室。談笑揮毫颯颯。望之若天上人。何爲於此。爲之歎咤。在先之名。噪於中國如此。
成海應	研經齋全集卷11「柳惠甫哀辭」	柳得恭은 사행을 따라 연경에서 가서 潘庭筠과 교유하다.	嘗與楚亭隨節使。由熱河山庄入薊門。熱河古柳城也。地接塞外。山川蒼凉。風謠強梁。固感慨悲壯。足以發其趣。及之燕。中州名士潘庭筠·李鼎元·羅聘之倫。多傾倒。握手吐肝膽。回回·蒙古·生番·緬甸·臺灣諸外夷。狀貌魁健荒怪。
成海應	研經齋全集外集卷55「詩話」	李德懋는 연경에서 李鼎元과 潘庭筠과 교유하였다	靑莊李公德懋入燕都。訪李鼎元墨莊。墨莊翰林庶吉士。蜀綿州人。座上徵詩潘秋。秋潘庭筠號。吳人也。
申緯	警修堂全藁冊5貊錄(一)「哭洪長源(蕙)」	洪蕙을 애도하는 시에서 그 선친인 洪大容이 潘庭筠·陸飛와 깊은 우정을 나누었음을 말하다.	湛軒夫子渡瀾潤。不翅潘江陸海過。(長源尊甫湛軒公。與潘庭筠·陸飛結交最深。)蘭玉階庭生得好。風流儒雅奈君何。劉賁命薔應埋恨。桓野情深每喚歌。(長源妙解音律。)竟失題襟先作誄。此生神契負蹉跎。(余於長源神交四十年。只有一書往復而已。)
申緯	警修堂全藁冊13紅蠶集(五)「送翠微副使」	申在植이 燕行에 洪大容의 손자를 데리고 가는 것을 언급하며, 만약 潘庭筠과 陸飛의 후손을 만나면 洪大容에 대해 이야기할 것이라고 말하다.	吾宗質朴古人風。端坐車馳馬驟中。兒侄執經懸絳帳。海山托契撫絲桐。出門勇就長途往。載贄遊因上國雄。潘(庭筠)陸(飛)卽今如有後。憑君應話湛軒翁。(翠微今行。携去湛軒翁孫故云。)

沈象奎	斗室存稿 卷1 「次韻李墨莊 鼎元癸酉」	무술년(1778)에 沈念祖가 서장관으로 북경에 가서 李鼎元·祝德麟·潘庭筠과 사귀었음을 언급하다.	昔在戊戌。先大夫以行臺書狀官赴京。與李墨莊·祝芷塘·潘蘭垞諸公。朋游甚契。家藏綠波送遠一帖。卽其所爲詩文送別先大夫者。兒時最喜攀翫。今象奎以年貢正使又赴京。惟墨莊淹宦都門。獲與奇遭。初晤於龍泉僧舍。再會於拈花禪室。感舊欣今。淚笑相半。知芷蘭二公亦已天香歸眞。卽先生獨爲靈光。神宇淸健。氣采暢旺。定當期頤大耋無疑也。卽坐間爲古詩一首見贈。讀之驟咽。幾不能成聲。情之所激。醜拙在不足自揜。遂次韻奉呈。天公嗜乖戲。偏從吾輩始。生令幷一世。居使遠萬里。不怨載異舟。但恨南北水。昔我年十三。已聞墨莊李。伊時識伊人。僅其詩句止。方尺一素帖。抱誦每甚喜。巾襲久不讀。新淚沾舊紙。今行多感慨。所愧無肖似。驅車將何值。古轍是尋耳。夕照金臺路。白塔尙可指。我驚公亦老。公言復見爾。芷塘雖有子。蘭垞不獨死。先生爲文字。年來厭銘誄。人世苦短促。難遇況惟士。一飮兩佛寺。幽爽遠城市。前因與後緣。機妙誰復紀。忘年又忘形。譚笑樂無比。樂處更足悲。均爲情所使。公卽贈我詩。此詩眞友史。兒時所抱誦。筆墨尤旖旎。天公竟苦戲。檐日再易徙。我亦有二子。祝公但久視。
柳得恭	灤陽錄 「潘秋庫御使」	潘廷筠과 교유한 전말을 기록하다.	潘御史。名廷筠。字香祖。錢塘仁和人也。陝西道監察御史。乾隆丁酉。家叔父入燕時。序巾衍集。戊戌夏。懋官·次修入燕定交。又序泲上周旋集。遂致書于余。至是。次修先訪

			之。香祖方深居謝客。掛觀音像。朝夕頂禮。言及時事。畏約彌甚。八月十三日。太和殿宴禮。與之相逢於午門前。引席竝坐談笑敍舊。滿州人來覘。則作初逢高麗人狀。問姓問名。其實非冷人也。
柳得恭	灤陽錄「李墨莊·鳧塘二太史」	李調元이 파직된 것에 대해 李鼎元과 李驥元은 그들의 문집에서 강개한 어투로 말하였고, 潘廷筠은 李調元이 방종한 所致라고 하였다.	太和殿宴班。有候補舉人周立矩者。亦言見洌上諸子詩。問於墨莊。周亦孝廉中才子也。余觀墨莊鳧塘二集。言雨村罷官事。語多慷慨。而秋庫。則指為放縱所致。未可知也。
柳得恭	泠齋集卷6「叔父幾何先生墓誌銘」	李德懋와 동지 몇 명은 柳璉을 이어 연경에 들어가 李調元의 아우인 中書舍人 李鼎元을 통하여, 紀昀·祝德麟·翁方綱·潘庭筠·鐵保 등과 교유하였다.	公游燕中。與綿州李調元深相交而歸。遇其生朝。掛其像而酹之酒。聞之者或笑之。調元乾隆進士。翰林轉吏部員外郎。以文章鳴世。尋棄官歸成都。聲伎自娛。天下高之。友人李德懋及同志數輩踵入燕。因吏部之弟中書舍人鼎元。以游乎吏部之友。當世鴻儒紀昀·祝德麟·翁方綱·潘庭筠·鐵保諸人之間。與之揚扢風雅。始得歌行韻四聲迭用之妙。今之人稍稍聞而為之。非復前日之陋矣。鐵保滿洲人。蒙古鑲黃旗副都統兼禮部侍郎。十餘年寵任隆赫。紀昀為尚書。名重海內。世所稱曉嵐大宗伯者也。禮部主東客文書往復事。或不便象譯。因緣聲氣。踵門而請。莫不立為揮霍。沛然無事。嗚呼。公以布衣歿。壽不滿五十。似無與於斯世者。一游燕而及於人者。果何如也。乾隆■■■中印行圖書集成一萬卷。正宗敎副价內閣直提學徐浩修購進裨客莫

			知書所在惶甚。公因翰林編修侍朝得之。正宗十年。議刱水車董事者。從公問龍尾之制。由是正宗知名。謂筵臣曰柳璉似是有才者也。公尋卒矣無所試。嗚呼。誠有才矣。未試於正宗朝則命也夫。李調元著雨村詩話。選入公詩若干首。嗚呼。此可以傳於天下也歟。
柳得恭	泠齋集卷8「題二十一都懷古詩」	1778년 李德懋와 朴齊家가 연경에 가는 편에 『二十一都懷古詩』한 부를 베껴 潘庭筠에게 부쳤는데, 潘庭筠이 크게 감탄하고 칭찬하였다.	憶戊戌年間。寓居鍾岡。老屋三楹。筆硯與刀尺雜陳。以是爲苦多。坐小圃之傍。荳棚菁花。蜂蝶悠揚。雖炊烟屢絶。意氣自如。時閱東國地誌。得一首輒苦吟。稚子童婢皆聞而誦之。可知其用心不淺也。是歲懋官次修入燕。手抄一本。寄潘香祖庶常。及見潘書。大加嗟賞。以爲兼竹枝詠史宮詞諸體之勝。必傳之作。李墨莊爲題一絶。祝編修另求一本。異地同聲。差可爲樂。傳不傳不須論也。己亥以後被聖主恩。七年七遷官。俸祿足以資衣食。堂宇足以置筆硯。顧職務倥傯。不喜作詩。縱有作皆率易而成。非復疇昔之苦吟。公退之暇。見此卷爲兒輩所讀。不覺悵然。題之如此。
李德懋	靑莊館全書卷34淸脾錄(三)「王阮亭」	1766년 金尙憲의 傍孫 金在行이 사은사로 연경에 갈을 때, 嚴誠·潘庭筠이 그 사실을 알고 潘庭筠은 자신이 가지고 있던 『感舊集』1부를 주고 嚴誠은 金在行의 시를 고평하다.	丙戌謝恩使到燕。行中適有先生傍孫名在行。遇錢塘嚴誠·潘庭筠。先問貴國知有金尙憲否。遂以宗對。潘感慨久之。贈其篋中所携感舊集一部。又次先生韻。臨別相贈。在行亦贈詩。嚴大加歎賞曰。此詩雖使王漁洋見之。不知其如何擊節也。

李德懋	靑莊館全書 卷34 淸脾錄(三) 「潘秋庫」	潘庭筠의 용모가 아름답고 藻思警發하며 書畵雙絶하다고 소개하다.	潘庭筠字蘭公。一字香祖。號秋庫。乾隆壬戌生。美姿容。藻思警發。書畵雙絶。
李德懋	靑莊館全書 卷35 淸脾錄(四) 「農巖三淵慕中國」	金尙憲-張延登, 金昌業-楊澄·李光地, 金益謙-李鍇, 金在行-陸飛·嚴誠·潘庭筠으로 이어지는 김씨 집안 인물들의 중국 문사와의 교유를 소개하고 천하의 盛事로 평가하다.	盖淸陰先生。水路朝京。於濟南。逢張御史延登。後七十餘年癸巳。曾孫稼齋入燕。逢揚澄證交。望見李榕村光地。後二十有八年。淸陰先生玄孫潛齋益謙日進入燕。逢多靑山人李鍇鐵君。相與嘯咜慷慨於燕臺之側。後二十有六年。淸陰先生五代族孫養虛堂在行平仲。逢浙杭名士陸飛起潛·嚴誠力闇·潘庭筠香祖。握手投契。淋漓跌宕。爲天下盛事。
李德懋	靑莊館全書 卷35 淸脾錄(四) 「泠齋」	潘庭筠이 桃柳 족자에 쓴 시어를 인용하여 쓴 柳得恭의 전별시를 소개하다.	淺碧深紅二月時。軟塵如粉夢如絲。杭州才子潘香祖。可憐佳句似南施。此用潘秋庫題桃柳小幅詩語也。
李德懋	靑莊館全書 卷35 淸脾錄(四) 「泠齋」	중국문사와의 교유를 인용하여 지은 柳得恭의 시를 柳琴이 李調元과 潘庭筠에게 보이자 대단히 호평하다.	彈素入燕。逢綿州李吏部調元示之。吏部大加稱賞曰。此眞文鳳因貼之座壁。潘秋庫見此詩。亦爲之推獎且喜。似南施之語。手自謄寫而去。
李德懋	靑莊館全書 卷34 淸脾錄(三) 「潘秋庫」	潘庭筠이 연경에서 金在行·洪大容과 사귀다.	金養虛·洪湛軒遊燕。相逢定交。
李德懋	靑莊館全書 卷34 淸脾錄(三) 「潘秋庫」	潘庭筠이 金尙憲의 존재를 묻고 嚴誠이 金尙憲의 시가 王士禛의 『感舊集』에 실려 있다고 말하다.	問養虛曰。君知貴國金尙憲乎。湛軒曰。卽養虛之族祖。道德節義。東國聞人。何由知之。嚴誠力闇對曰。有詩選入王漁洋所編感舊集。

李德懋	青莊館全書 卷34 清脾錄(三) 「潘秋庯」	潘庭筠이 金尙憲의 시에 차운하여 金在行과 洪大容에게 시를 주다.	蘭公因次淸陰先生韻。贈養虛。碣石宮南駐遠旌。沃焦峯外想曾經。衣留銀屋三分白。笠染蓬山一抹靑。(案自註。養虛儒者。着戎服相見。故及之。)驟雨聲寒今草聖。淡雲句好舊詩星。(案自註。淡雲縱雨小姑祠。淸陰先生句也。原詩用先生韻故云。)獨怜孤館分題處。不奈蒼然合色冥。贈湛軒。日高風輕送雙旌。小別千年未慣經。徐市魂銷波影潤。燕臺人去柳條靑。難禁客淚春深雨。易散歡惊曙後星。怊悵響山池閣遠。登車可耐輭塵冥。和養虛。孤館忽無悶。翩然上客來。淺檻便小戶。妙句角淸才。雲影澹來夕。花枝紅欲開。衣冠復淳古。人作畵圖猜。
李德懋	青莊館全書 卷34 清脾錄(三) 「潘秋庯」	潘庭筠이 직접 그림을 그리고 시를 써서 金在行과 洪大容에게 주다.	自畵桃柳題詩以贈。吾家西子湖頭樹。淺碧深紅二月時。如此江南歸不得。輭塵如粉夢如絲。又題畵障。秋氣蕭寒晩峀明。閒心野趣一時生。何年小築松毛屋。坐對南山不入城。又贈。袖裏相思字。都成碧血痕。離愁三百斛。塡滿正陽門。養虛堂。爲金丈平仲所居。不能蔽風雨。賦詩志嘅。遼海孤貧士。寒廬乏棟材。艱辛留小築。跌宕欠深盃。詩已存天地。人猶卧草萊。秋風愁屋破。愧未送資來。
李德懋	青莊館全書 卷34 清脾錄(三) 「潘秋庯」	潘庭筠과 嚴誠이 金在行·洪大容과의 이별을 아쉬워하자 洪大容이 玄琴을 연주하며 위로하다.	一日蘭公力闇到館。將罷歸。蘭公曰。感服高誼。令人涕泗。卽潸下雙淚。擲筆作揖。蒼黃出門。傍觀皆闇然嗟異。湛軒挽衣請坐。力闇曰。弟等至性之人。未遇眞正知己。今日臨岐。不覺酸鼻傷心。湛軒爲彈玄琴作平調。蘭公又飮泣嗚咽。湛軒亦懷不

			平。一曲而止曰。東夷土樂。不足以煩君子之聽。蘭公曰。相逢兩兄萬幸之至。而一別又無相見之期。令人欲死。
李德懋	青莊館全書卷34 淸脾錄(三)「潘秋庯」	李德懋가 金在行의 시를 평가한 嚴誠의 시구를 '眞正妙極', '千古絶唱'이라 평가하고 아울러 潘庭筠과 嚴誠이 金在行의 시를 소중히 여기는 태도를 높이 평가하다.	力闇評養虛詩曰。平生感慨頭今白。異域逢迎眼忽靑。眞正妙極。而出門摻手已寒星之句。千古絶唱。使王漁洋先生在。不知如何擊節。養虛又出離亭草綠斜陽外。萬里垂鞭獨去時之句。二君以指頭圈之。汪然有淚。中國人之情眞意至。槩可想也。
李德懋	青莊館全書卷34 淸脾錄(三)「潘秋庯」	정유년(1777) 봄, 柳琴이 연경에서 李調元에게 潘庭筠에 대해 묻자 李調元이 潘庭筠의 불우함을 안타까워하다.	丁酉春。柳幾何琴入燕。遇李吏部調元。問知潘生否。李曰。潘與吾最相好。辛卯會試。已定會元。旣而以同號人襲其文。遂皆點落。天下惜之。
李德懋	青莊館全書卷34 淸脾錄(三)「潘秋庯」	柳琴이 전한 李調元의 집벽에 쓰인 潘庭筠의 시에 대해 李德懋가 '淸妍新警'하다 평하고 潘庭筠의 전집을 보지 못함을 아쉬워하다.	現官中書舍人。雨村壁上。粘蘭公元夕詩一首。幾何傳之曰。人生幾元夕。留滯尙皇州。月是千山隔。星仍萬戶流。淅灯鄕國夢。魯酒歲時愁。耿耿高堂燭。頻年憶遠遊。詩蓋淸妍新警。恨不讀其全集。
洪大容	湛軒書「湛軒書序」	洪大容이 燕京에서 陸飛·嚴誠·潘庭筠을 사귄 일이 燕記, 筆譚, 尺牘에 실려 있다. * 이 글은 鄭寅普의 서문이다.	先生嘗隨其叔父使燕。交陸飛·嚴誠·潘庭筠。事具先生燕記及筆譚尺牘。
洪大容	湛軒書內集卷3「忠天廟畫壁記」	洪大容은 중국에서 嚴誠·潘庭筠과 매우 기쁘게 교유하였고, 두 사람의 소개로 陸飛를 새로 만나게 되었다.	丙戌之春。余隨貢使入中國。得與鐵橋·秋庯兩公遊甚驩。一日入其門。兩公不暇給他語。出五絹畫·五册詩稿·一幅長書。而具道以故。盖篠飮陸解元先生新自杭郡至。聞吾輩狀。

			乃鞍不及卸。席不及整。焚燭而畫之。畫竟而書之。書竟而漏下已三皷矣。嗚呼。先生之義則高矣。先生之志則勤矣。顧余何足以當此哉。乃因二公。請以弟子之禮見焉。則先生已在門矣。纔扶携就坐。先生乃呼我以弟。欣然如舊識焉。夫人之一得一失。莫不有命在焉。今日之遇。盖天也。其亦奇矣。顧以語音不相通。乃以筆代舌。談謔跌宕。
洪大容	湛軒書內集卷3「金養虛在行浙杭尺牘跋」	金在行은 燕都에 들어가 嚴誠·潘庭筠·陸飛와 교유하였다.	一朝具絉韋入燕都。與浙杭三人相得甚歡。三人者。皆許其高而自以爲不及也。又以其豪爽跅弛。無偏邦氣味。益交之深如舊識也。今見帖中諸書可知也。三人者。皆漢晉故家之裔。風流雋才。又江表之極選。今平仲之見稱許如是。從此平仲之詩。可以膾炙于華人口吻。而養虛之號。可以不朽於天下矣。
洪大容	湛軒書內集卷3「金養虛在行浙杭尺牘跋」	嚴誠·潘庭筠·陸飛는 金在行의 고상함을 허여하여 자신들이 미치지 못할 것이라 여겼다.	一朝具絉韋入燕都。與浙杭三人相得甚歡。三人者。皆許其高而自以爲不及也。又以其豪爽跅弛。無偏邦氣味。益交之深如舊識也。今見帖中諸書可知也。三人者。皆漢晉故家之裔。風流雋才。又江表之極選。今平仲之見稱許如是。從此平仲之詩。可以膾炙于華人口吻。而養虛之號。可以不朽於天下矣。
洪大容	湛軒書內集卷3「金養虛在行浙杭尺牘跋」	嚴誠·潘庭筠·陸飛는 모두 漢·晉 故家의 후예로 風流와 雋才가 江南에서 손꼽히는 인물이다.	一朝具絉韋入燕都。與浙杭三人相得甚歡。三人者。皆許其高而自以爲不及也。又以其豪爽跅弛。無偏邦氣味。益交之深如舊識也。今見帖中諸書

			書可知也。三人者。皆漢晉故家之裔。風流雋才。又江表之極選。今平仲之見稱許如是。從此平仲之詩。可以膾炙于華人口吻。而養虛之號。可以不朽於天下矣。
洪大容	湛軒書內集卷3「海東詩選跋」	洪大容이 연경에 들어갔을 때, 潘庭筠이 우리나라의 詩를 보여 달라 요청한 것으로 인하여『海東詩選』이 편찬된 사실을 말하다.	曩余入燕。與杭州高士潘蘭公游。蘭公請見東國詩。余諾而歸。
洪大容	湛軒書內集卷3「寄潘秋庽庭筠語, 三河歸路, 逢人酬詩」	三河에서 돌아오는 길에 孫有義를 만나 詩를 酬唱한 일을 詩로 써서 潘庭筠에게 부치다.	眼中東海小如盃。鰕生起滅同蜉蝣。窮廬灋落意不適。尙友千載思前修。單車直北成遠游。歲暮悲歌燕市秋。煌煌寶頂映繡轂。九街甲第皆王侯。男兒四方志遠圖。風塵文貌非所求。臨朐高士宛淸揚。自言心裁號蓉洲。黃昏相逢市門內。秉燭一笑心相投。渾忘鴨水天有限。四海同胞無薰蕕。卽席淸篇若有神。筆下峽水驚倒流。是日霜風撲窓鳴。新知未洽還離愁。從古傾盖如舊識。出門握手情悠悠。東來蹤跡隔雲泥。謾托雙鯉伸綢繆。願君努力崇令德。莫向名塲空白頭。邇來節義在窮士。衡門疏褐非我羞。相思百年關山月。神交萬里君知不。
洪大容	湛軒書內集권3「又寄秋庽」	헤어진 후의 그리움을 담아 潘庭筠에게 詩를 부치다.	愛此閤中梅。玄冬發素萼。淸標迥自持。暗香浮簾箔。潛藏能及時。孤根幸有托。窮陰閉九野。窓外風雪虐。卓哉孤山子。靜觀心澹泊。白雪下庭樹。寒涄凝作花。桃李不敢言。枝枝揚素葩。折之將有贈。故人在天涯。晴旭忽相照。古楂空杈枒。浮華諒難

			久。擲地仍咨嗟。上山採薇蕨。入谷折幽蘭。故人在萬里。關河行路難。芳馨日消歇。臨風每長歎。不怨終相別。但恨初結歡。惟有海上月。長照兩心肝。
洪大容	湛軒書內集 권3 「有懷遠人」	嚴誠·潘庭筠·陸飛를 생각하며 시를 짓다.	皓天久溟漠。黑月迷中原。矯矯二三子。華胄有賢孫。儒林旣鳳擧。藝苑亦鴻軒。天地大父母。四海同弟昆。一樽乾淨地。脉脉已忘言。東來歲月深。天涯各翩翻。孤懷無與語。十年杜余門。鼎香燒不盡。鑪酒爲誰溫。靑眼爲子開。大燭張黃昏。高談半江左。意氣窄乾坤。峩洋出新聲。大招吳山魂。眞意少人知。知音惟前村。多言有衆猜。請君且心存。
洪大容	湛軒書內集 卷3 「次孫蓉洲有義寄秋庫詩韻,仍贈蓉洲」	孫有義가 潘庭筠에게 부친 시를 차운하여 孫有義에게 주다.	人文積有弊。薄俗爭奢詡。同心就若蘭。異趣棄如土。藻華徵衰季。質行想太古。老墨雖異教。淳素亦可取。乾坤爲父母。四海同廊廡。蠢動皆含靈。肖翅亦掀舞。賢能無限域。不必登天府。匏瓜寄左海。鹿鹿歎窶數。幽谷獨飛翔。嚶鳴心自苦。草澤啖棗栗。朱門厭膏乳。千古管鮑義。此道今如縷。巧言鸜鵒舌。羣居鹿豕聚。雲雨生翻覆。百憤塡微臆。層氷鴨綠水。積翠居庸色。京華搜奇士。七旬勞旅食。芒鞋遍九街。惆悵情靡極。眼穿狗屠間。涕灑金臺側。聞有西湖客。蜚英騰茂實。香祖美瀟灑。鐵橋聳峭直。篠飮亦豪爽。並是百夫特。南城酌春酒。樽彝多宣德。縱談各忘形。筆舌不暫息。思古而傷今。誰知我心惻。亹亹千百言。纏綿到日昃。

| | | | 各言相別後。此心矢不忒。尺書通精誠。朝暮若相卽。禔身務時省。殖學貴自得。良誨已相說。我言非巧飾。三子雖異撰。高朗略相似。惟有鐵橋子。昭融忘汝爾。東風潞河柳。暮雨南郭市。嗚咽半袂淚。歸鞭已東指。行行三河路。邂逅又二子。此行多機緣。結識皆名士。炯炯床上燭。脉脉心未已。半面雖忽遽。兩情共邐迤。詞林尙浮藻。風月汚行止。維子質有餘。當面生歡喜。非無功名志。鳴珂遊帝里。升沉知有時。進修寧已矣。溫溫筆下語。滾滾腹中書。身寄榮利場。心遊水竹居。窮愁竟何病。逸跡藏跛驢。新知已生別。浩歌歸弊廬。一心結不解。多情眞屬余。佳辰倍懷思。花月當庭除。便身紫貂裘。半臂靑葱裾。潘郎美如玉。韶顔今何如。悠悠夢不飛。爵爵氣難噓。忽聞嚴公訃。書來不忍舒。天涯結知己。信誓有日白。中途竟短折。此君眞可惜。慟哭向吳山。我懷何時釋。哀樂在須臾。化翁眞戲劇。秋庫亦多故。赤牘不復擲。食言豈其然。素心應不懌。失意常八九。人生非千百。棄捐雖不道。淸淚時霑席。洗手讀君詩。使我心踧踖。七百四十言。諄諄復刺刺。高風出眞意。雅言遠便僻。欸欸終無報。惜哉彼不蹟。無恡紫宸班。意冷靑山宅。知君喜靜修。歌誦自朝夕。顧我雖拙謀。聲氣頗相同。沟河接東海。潮信相流通。悠悠一歲思。傾瀉半幅中。心畫見情素。腹稿知殷充。翩翩文貌士。語工心不工。豈若意中人。謙謙守淵沖。要言在敬德。至道 |

			可和衷。臨事貴奮勇。發氣撑靑空。瑚璉是子器。晨夕勤磨礱。時行諒有期。天視豈瞢瞢。
洪大容	湛軒書外集卷1「會友錄序」	洪大容은 中國에 가 杭州의 선비 嚴誠·潘庭筠·陸飛를 만나 그들과의 필담을 정리하여 『會友錄』으로 엮었다. * 이 글은 朴趾源이 지은 것이다.	洪君德保嘗一朝踔一騎。從使者而至中國。彷徨乎街市之間。屛營於側陋之中。乃得杭州之遊士三人焉。於是間步旅邸。歡然如舊。極論天人性命之源。朱陸道術之辨。進退消長之機。出處榮辱之分。考據證定。靡不契合。而其相與規告箴導之言。皆出於至誠惻怛。始許以知己。終結爲兄弟。其相慕悅也如嗜欲。其相無負也若詛盟。其義有足以感泣人者。嗟乎。吾東之去吳幾萬里矣。洪君之於三士也。不可以復見矣。然而向也居其國則同其里閈而不相知。今也交之於萬里之遠。向也居其國則同其族類而不相交。今也友之於不可復見之人。向也居其國則言語衣冠之與同而不相友也。迺今猝然相許於殊音異服之俗者。何也。洪君愀然爲間曰。吾非敢謂域中之無其人而不可與相友也。誠局於地而拘於俗。不能無鬱然於心矣。吾豈不知中國之非古之諸夏也。其人之非先王之法服也。雖然。其人所處之地。豈非堯舜禹湯文武周公孔子所履之土乎。其人所交之士。豈非齊魯燕趙吳楚閩蜀博見遠遊之士乎。其人所讀之書。豈非三代以來四海萬國極博之載籍乎。制度雖變而道義不殊。則所謂非古之諸夏者。亦豈無爲之民而不爲之臣者乎。然則彼三人者之視吾。亦豈無華夷之別而形跡等威之嫌乎。然而破去繁文。滌除苟

			節。披情露眞。吐瀉肝膽。其規模之廣大。夫豈規規齷齪於聲名勢利之道者乎。迺出其所與三士譚者。彙爲三卷以示余曰。子其序之。余旣讀畢而歎曰。達矣哉。洪君之爲友也。吾乃今得友之道矣。觀其所友。觀其所爲友。亦觀其所不友。吾之所以友也。燕巖朴趾源序。
洪大容	湛軒書外集卷1「會友錄序」	洪大容이 中國에서 사귄 陸飛·嚴誠·潘庭筠이 우리나라의 시를 보기를 원하여 몇 권의 선집을 편집하여 보내주었다. * 이 글은 朴趾源이 지은 것이다.	吾友洪君大容德保。有志好古者也。前歲隨其家仲父赴燕。訪問中國高士。得陸子飛·嚴子誠·潘子庭筠而與之語甚歡。三子江左文章士也。願得見東國詩。德保諾而歸以告余。余曰。三子以中國高文。不夷沬我音而願見之。是昔人之義也。遂相與袞聚國中諸家詩各體。編而爲數卷以歸之。顧急於踐言。未遑博搜。尤略於世代遠者而我東詩道之始終正變。亦槩具焉。
洪大容	湛軒書外集卷1「與陸篠飮飛書」	陸飛를 만난 기쁨, 師友의 도, 만남과 이별의 아쉬움을 말하다.	大容白。大容以海外賤品。倖會奇緣。得與上國華胄江表偉人。如吾篠飮者。接席論心。證交丁寧。重以燦燦瓊琚。歸橐動色。此實孤陋之至幸。千古之異蹟也。天下之號爲士者衆矣。雖然。夸多鬪靡。才不足與爲高也。莊色篤論。學不足與爲貴也。逞巧藏機。術不足與爲奇也。惟去色態因天眞。重門洞開。端倪軒豁。如水鏡之監之無不照。如鍾鼓之扣之無不響者。乃吾所謂士也。夫然後才也學也術也。始可得而言矣。是以容平生所自勉者在是焉。其所以求友者。亦在是焉。夫如是者。雖得之古人於

			簡編之中。亦足以尙友而相感。況得之今人於一席之上。而又言下忘形。許以知己者哉。嗟呼。士生斯世。苟欲修業而砥行。其勢不可獨學而成。今遇如此好師友。不能長備使令卒承裨益。得之偶然。失之忽然。乍喜乍恨。適足以供造物者之戲謔。不亦悲乎。別後動止何似。會塲得失。亦何居乎。以足下之才。其取之也如拾芥耳。雖然。亦有命在焉。則抑或遇時不利。浩然南歸。嘯咏于荷風竹露之間。而向來之一塲屈伸。曾不足以經於心耶。弟首夏歸郷。室家粗保。餘語略具去潘友札中。適憑曆官之便。草此附候。不備。
洪大容	**湛軒書外集卷1「與潘秋㢊庭筠書」**	潘庭筠과 헤어진 후, 편지를 부쳐 안부를 묻다.	大容頓首白。別後起居萬安。會圍得失何居。無由承聞。徒切欝陶。嗚呼。樂莫樂兮新相知。悲莫悲兮生別離。千古屈大夫已說盡吾輩意中事。更有何言。惟以兄書中交之深別之苦。不若期之切望之至十數字。銘之在心。晨夕危懼。庶無負我良友而已。弟以四月十一日渡鴨水。以五月初二日歸郷廬。以其十五日。諸公簡牘。俱粧完共四帖。題之曰古杭文獻。以六月十五日而筆談及遭逢始末。往復書札。幷錄成共三本。題之曰乾淨衕會友錄。時當晚暑。蟬聲益淸。每以便服緇巾。燕坐于響山樓中。隨意繙閱。樂而忘憂。撫其手澤。如見伊人。是所謂朝暮遇也。多少都在冬間節使之行。姑不暇縷陳。惟知己默會而已。不備。

洪大容	湛軒書外集 卷1 「與潘秋庫庭 筠書」	嚴誠・潘庭筠・陸飛의 簡牘을 四帖으로 합쳐『古杭文獻』이라 제목을 붙인 사실을 말하다.	惟以兄書中交之深別之苦。不若期之切望之至十數字。銘之在心。晨夕危懼。庶無負我良友而已。弟以四月十一日渡鴨水。以五月初二日歸鄉廬。以其十五日。諸公簡牘。俱粧完共四帖。題之曰古杭文獻。以六月十五日而筆談及遭逢始末。往復書札。幷錄成共三本。題之曰乾淨衕會友錄。時當晚暑。蟬聲益淸。每以便服緇巾。燕坐于響山樓中。隨意繙閱。樂而忘憂。撫其手澤。如見伊人。是所謂朝暮遇也。多少都在冬間節使之行。姑不暇縷陳。惟知己默會而已。不備。
洪大容	湛軒書外集 卷1 「與潘秋庫庭 筠書」	嚴誠・潘庭筠・陸飛와 주고받은 筆談과 만남의 자초지종 그리고 주고받은 書札을 아울러 三本으로 합쳐『乾淨衕會友錄』이라 제목을 붙였다.	上同
洪大容	湛軒書外集 卷1 「與徐朗亭光庭書」	潘庭筠의 외사촌형 徐光庭에게 편지를 보내 潘庭筠・陸飛・嚴誠의 안부를 묻다.	大容頓首上徐朗亭兄足下。伏惟起居萬安。容於前年隨貢使入京。得與杭郡潘蘭公。證交客邸。且因此得聞朗亭先生於蘭公爲表兄。特爲行事猝遽。終未及一瞻尊儀。誠淺緣薄。愧恨耿耿。顧容以遠方賤陋之身。猥被蘭公眷愛。至誼銘心。無以爲報。惟有尺素嗣音。稍可慰天涯願言之懷。且今天下一統。海內同胞書牘寄信。初無法禁。粤自明朝故事具在。但人心難測。俗情多猜。其勢不可以廣煩耳目。必得一靜細好心期者。乃可以居間幹旋。無致疎漏。側聞座下脫略小嫌。不憚身任其事。高風古誼。令

			人感服。慈憑曆官之便。略寄信息。望須討便付送。而蘭公歸時。如有留書。亦乞出付東人。不必疑慮。如蘭公中第在京。亦卽傳致討答附便。其同寓陸起潛兄‧嚴力闇兄二人。均是相識。亦或在京。幷以此書傳致之勿疑如何。冬間節使之行。續此更候。惟朗亭鑑此微誠。終如其惠也。不宣。
洪大容	湛軒書外集卷1「與鐵橋書」	嚴誠에게 中國 명승지의 경치와 그들의 거처를 그림을 그려 보내달라고 청하며, 潘庭筠과 陸飛에게도 이를 부탁하였음을 언급하다.	容平生頗喜遊覽山水。惟局於疆域。不免坐井觀天。如西湖諸勝。徒憑傳記。寤寐懷想。而自遭逢諸公以來。爬搔益不自禁。顧此心不知幾廻來往于雷峰斷橋之間矣。若賴諸公之力。摹得數十諸景。竟成臥遊。則奚啻百朋之賜也。此不須畫格工拙。只務細密逼眞。因各題其古蹟梗槩于其上。且因此而幷得見諸公第宅位置。齋居規模。使之隨意披覽。怳然若追奉杖屨於其間。則豈不奇且幸耶。篠飮秋庫。均此奉請。
洪大容	湛軒書外集卷1「與鐵橋書」	嚴誠의 형인 嚴果에게 쓴 편지를 언급하며 그의 안부를 묻고, 嚴誠, 潘庭筠, 陸飛, 嚴果에게 여러 성현들의 언행과 행적에 대한 의문점을 질의하다.	尊伯氏九峰先生道候萬安。容之懷風景仰。非徒於爲力闇之伯氏而已。乃敬修寸楮。略布微悃。兼以求敎。未見而有書。篠飮兄事例在焉。能不以見訝否。雖然。人各有見。先生之意。或不以爲然。則望力闇一見而去之。不以奉煩也。吾儒與老佛。號稱三敎。而中古以降。高明俊傑之士。出於此則入乎彼。先賢至以爲彌近理而大亂眞。擇術求道者。其可不辨之早察之精乎。儒者曰。太極生兩儀。老氏曰。有物混成。先天地生。佛氏

| | | | 曰。有物先天地。無形本寂寥。其說出源頭。旣其相近。儒者之盡性。老氏之載魂。佛氏之見心。其用心於內者。亦不懸殊。曰一以貫之。曰聖人抱一。曰萬法歸一。其守約之旨則無異。曰修己以安百姓。曰我無爲而民自化。曰慈悲以度衆生。其濟物之心則略同。凡其同中之異。似是而非者。願聞其說。以後賢之論而言。則邵子稱老氏得易之體。伊川稱莊子形容道體甚好。文中子謂佛爲聖人。和靖謂觀音爲賢者。以諸公道學之正而反有所稱許。何也。上蔡親炙程門而淫於老佛。象山動引孟子而近於禪旨。以平生論辨之正。終不免浸染者。何歟。張子房純用黃老而南軒謂有儒者氣像。蘇子瞻到處參禪而晦翁謂以近世名卿。兩賢之嚴於排闢而評品若此者。何歟。數條發難。此天下大議論。古今大是非。願諸兄明賜剖析。以發海外愚蒙。 |
| 洪大容 | 湛軒書外集 卷1 「與嚴九峰果誠兄書」 | 嚴誠의 형인 嚴果에게 편지를 보내 潘庭筠의 소개로 嚴果를 사모하게 되어 가르침을 구한다고 말하면서 陸飛의 말을 인용하다. | 大容頓首上九峰先生足下。容。力闇友也。容旣忝與力闇爲友。又因潘蘭公。得聞我九峯先生有文有行。屹然爲江左師表。容之望風仰德之日久矣。況濫被力闇錯愛。證交客邸。約爲兄弟。夫旣僭以力闇爲弟。獨不可以力闇之兄爲兄乎。力闇旣不以外夷爲陋而不憚兄事我也。寧九峯乃以外夷爲陋而不以弟畜我耶。相見之奇。不若未見者之相望相思爲更奇。此陸篠飮語也。容於力闇則相見之奇者也。於九峰則未見者之相望相思爲更奇者也。不審九峰以爲如何。夙知力 |

			闇之高妙乃天下士也。顧以賤陋之身。乃抗顏而爲其兄。不亦僭乎。惟其新知之樂。生別之悲。至愛深情。銘入肺腑。森森典刑。寤寐在目。瞻望南雲。百憂彌襟。伏惟九峯當有以諒此心也。容誠陋夷也。特以國俗敦孝悌遵詩禮。幼而習父兄之訓。長而賴師友之功。頗知聖賢之可學而至。義理之可講而明。氣質之可漸而變。嗜欲之可遏而消。是以忘其譾劣。妄有希覬。惟立志不堅。懶散成痼。奄過半生。無聞無得。悲嘆窮廬。亦復何及。嗚呼。太平之門。萊市之橋。所謂伊人。於焉逍遙。鶺鴒齊翼。常棣交輝。欲往從之。不能奮飛。豈不爾思。遠莫致之。悠哉悠哉。余懷之悲。伏願九峯鑑我衷曲。憐我孤陋。不拘詩文。惠我嘉訓。得以寓目修省。晨夕警惕。俾勿卒歸於小人。不宣。
洪大容	湛軒書外集卷1 杭傳尺牘 「與秋庫書」	潘庭筠과의 짧은 만남을 아쉬워하며 그리운 마음을 담아 편지를 쓰다.	大容頓首啓。秋序旣深。懷人益切。不審邇來起居萬安。向來曆官行附去書。已登崇覽否。城南一別。終阻音徽。暫遊小別。寧不傷心。容侍奉粗安而冗務纏身。苦無寧時。重以子病數月瀕危。尋醫問藥。奔走道路。區區佔。亦歸擔閣。志業荒隆。無可與故人道者。奈何。曆官之歸。當在歲末。方屈指算程。懸望金玉。未知故人之心。亦尚爾爾而不使我落莫否。朗亭兄雖未曾會面。其高風厚誼。令人感歎。乃敢不嫌妄率。書候起居。兼以鳴謝鄙悃。能不見訝否。前告會友錄中吾兄信口諧謔之談。不能都歸

| | | | 刊落。錄成後。東方士友略有見之者。莫不爲吾兄愛且惜焉。愛之者。愛其才氣之極於英達也。惜之者。惜其德器之近於穎露也。盖此二字。弟已先獲於瞻望酬酢之際者。所以眷眷奉效於臨別之贈也。今他人之見之者又如是。則區區願忠之志。敢不更以屢縷。思有以少補於修省之功耶。且居其室出其言而千里之外應之者如此。則古聖人修辭謹言之訓。亦不可不因此而加勉也。如何。盖相觀以善。攝以威儀。朋友之道也。非此則淫朋也暱友也。勢利追逐。恩愛纏綿。均是有損而無益。將焉用哉。今吾輩同心而離居。遙遙異國。永無再見之期。觀善攝儀。已矣無望。忠愛補益。惟憑尺書。又萬里傳遞。極其踈遠。若以寂寥數字。略申起居。且其所言者。不過兒女相思之態而已。則其不歸於淫朋暱友也者幾希。願與兄勉之。東詩抄送之托。不敢相忘。但此歸後病故糾纏。無暇及此。且不可倉卒草成。計將從容定本。以附後便。幸勿爲訝。朗亭離京。當在何年。若意外調官而兄輩在四千里外。勢不及相聞。則通信之路。從以永斷矣。豈不悵恨。此則惟在兄輩之深思而熟計之。大抵東使則每歲如期而往。如有伶俐可信之人相機探訪于鮮舘。則雖數年斷絶之後。亦當有復續之望。如何。此之附書。當不誤一年一度。但事變多端。亦難預度。一二年緯繣。或其有之。惟三年無信。然後彼此皆忘之可矣。餘不宣。 |

洪大容	湛軒書外集 卷1 杭傳尺牘 「與秋庫書」	潘庭筠이 보내 달라고 부탁한 東詩抄의 작업이 늦어진 것에 대해 양해를 구하다.	東詩抄送之托。不敢相忘。但此歸後病故糾纏。無暇及此。且不可倉卒草成。計將從容定本。以附後便。幸勿爲訝。朗亭離京。當在何年。若意外調官而兄輩在四千里外。勢不及相聞。則通信之路。從以永斷矣。豈不悵恨。此則惟在兄輩之深思而熟計之。大抵東使則每歲如期而往。如有伶俐可信之人相機探訪于鮮舘。則雖數年斷絶之後。亦當有復續之望。如何。此之附書。當不誤一年一度。但事變多端。亦難預度。一二年緯繘。或其有之。惟三年無信。然後彼此皆忘之可矣。餘不宣。
洪大容	湛軒書外集 卷1 杭傳尺牘 「與篠飮書」	徐光庭으로부터 嚴誠・潘庭筠의 편지를 전해 받은 기쁜 마음을 전하며 陸飛에게 위로의 마음과 그리움을 담아 편지를 쓰다.	大容再拜。上篠飮老兄足下。去歲七月曆官之便。十月貢使之行。俱附安信。計於邇間或已傳覽矣。向於歲盡。因徐朗亭兄傳送浙信。得見兩友手書。殆同從天而降。令人驚喜欲狂。惟聞尊兄下第後轉客保定。尙未旋杭。又悵然如失。迨不能定情。想保定距京。不過爲一二日程。何不以數字寄託朗亭。俾附東便。以少慰懸望之苦耶。曾聞舉人之貧者多乏資裝。且希後圖。往往流落都下。有終身不歸家者。尊兄雖貧。宜不至此。且湖山之樂。高雅之趣。已有象外定算。則又不當低回風塵。甘心瑣尾。使林惷澗愧見誚於草堂之靈也。未知其間已駕返仙鄕。重理松菊。超脫于名利之臼而優遊乎詩禮之塲耶。大容粗保侍率。幸免他苦。惟年進業退。日用功課。適見判渙。事親而未能顔

			色之和也。居室而未能相待之敬也。讀書而浮念之相續也。作事而粗率而弗專也。知主靜之當務而躁妄之難制也。知居敬之爲本而昏惰之成習也。重以禀質虛脆。志氣衰懶。不能一刀割斷。鼓勇前進。年與時馳。頭髮種種。窮廬之歎。行將至矣。良可愧懼。餘已悉力闇·蘭公書中。且從御之言歸。姑無的聞。略此附候。不暇縷陳。惟一年一便。已苦其疎。終身交情。惟憑尺素。幸隨便寄音。時賜嘉誨。勿孤遠人之懷。不宣。
洪大容	湛軒書外集卷1杭傳尺牘「與篠飮書」	嚴誠·潘庭筠에게 보낸 편지에 못 다한 말을 적었음을 언급하며 답신을 주기를 부탁하다.	餘已悉力闇·蘭公書中。且從御之言歸。姑無的聞。略此附候。不暇縷陳。惟一年一便。已苦其疎。終身交情。惟憑尺素。幸隨便寄音。時賜嘉誨。勿孤遠人之懷。不宣。
洪大容	湛軒書外集卷1杭傳尺牘「與秋庫書」	徐光庭의 편지로 潘庭筠의 소식을 전해 들었음을 언급하며, 공간을 초월한 교우에 대한 애틋한 마음을 전하다.	大容白去歲七月。因曆官之行。寄以短牘。意尊兄登第在京。宜有覆音。歲盡曆官東還。承朗亭書。審已下第南歸。並承南歸後八月二十日手書。雖在京裏。此事已其難矣。況東南八千里之遠乎。執書感歎。無以爲心。去歲貢使之行。又附書而兼有多少論說。四月回還。只承朗亭答書。未承安信。殊爲悵鬱。未知其間已傳去登覽否。邇來歲已周矣。不審侍下學履增福。區區瞻慕。食息靡已。容自昨冬。連住京第。侍率粗安。惟齒進學退。志業闌刪。四十無聞。最可憂懼。奈何。向來六七日從游。强半是閑漫笑謔。終又永作參商。後會無期。吾輩交情。亦可謂虛廓孟浪。宜

			其目遠月疎而歸于相忘也。惟物之希 世者。必開人之目。事之變常者。必 動人之心。今萬里相思。事未前聞。 生人死別。苦恨在中。此其至愛深 情。愈久愈勤。十倍於同國之交。隣 比之遊也。是以風淸月朗之夜。霜飛 草衰之辰。山水花鳥之遊賞。讌席琴 酒之湛樂。籌燈而究經史。招朋而論 詩文。凡人生日用之可喜可樂。觸事 生感。隨境興懷。何往而非相思也。 且事有會意。行有合理。思不辱諸友 之知愛而益勸其振勵之氣。利慾之萌 於心。惰慢之設於身。思或負諸友之 期望而必加其懲改之功。則容之受益 多矣。另具辨說。統希加覽。
洪大容	湛軒書外集 卷1 杭傳尺牘 「與秋庫書」	「明記輯略辨說」을 덧붙여 열람해주기를 청하다.	上同
洪大容	湛軒書外集 卷1 杭傳尺牘 「與秋庫書」	潘庭筠에게 부친 편지에 朱璘의 『明記輯略』에 오 류가 많음을 지적하며 이 에 대한 오류를 「明記輯略 辨說」에 기록하다.	明記輯略辨說。頃年赴京。偶見朱靑 巖璘明記輯略數本。雖未見全書。卽 此數本中載朝鮮事者。極多紕繆。至 於先王之橫被醜誣。則傳聞之爽實。 已作不刊之論。使數千里文物之區。 四百年詩禮之敎。無以籍手於天下後 世。豈非東方之冤悶乎。此事必得當 世大君子有德有言可以徵信於後者。 作爲一篇文字。以傳天下。然後中國 之疑可釋。東方之累可伸。輯略之 誤。不侍辨而可明矣。盖君上有誣而 爲其下者不思所以昭雪之。是非臣道 也。有是事而欲揜匿盖覆之。以蔽天 下之耳目。干百世之公議。是蔑天理

			也。某之爲人。雖不足言。謬蒙知愛。洞悉衷曲。諒不以無臣道違天理待我。望諸公悉此無根言。思所伸辨。使一言之重。終以見信於天下後世。刊本之流布者至傳於本國。則某之證交諸公。盆可以有辭于東土而諸公是東土萬世之恩人也。玆據本記。略有辨說如左。…
洪大容	湛軒書外集 卷1 杭傳尺牘 「與秋庫書」	仁祖가 魏忠賢에게 책봉을 부탁했다는 姜曰廣의 기록을 문제 삼으며, 潘庭筠의 편지에 「洪花浦奏請日錄略」을 덧붙여 사건의 전모를 밝히다.	丙寅姜曰廣册封條。朝鮮王諱弑君自立。邊臣請討。因魏忠賢請封云云。以倡義反正之擧。蒙纂弑首惡之名。其寃切矣。其痛極矣。惜乎。中國之無良史而天下之無公議也。至若魏忠賢請封云。則是謂東國冒竊非據。知不可以得之于朝廷之公議。則乃寅緣曲逕。交結權宦。以圖誥命。卽此一轉語之間。當日反正之義晦焉。千古首惡之累成焉。數百年禮義廉恥之風。隨而掃地盡焉。嗚呼。此而不辨。則東方終不免九夷之陋而無以自立於天地之間矣。爲此言者。可謂東方世讎也。洪花浦奏請日錄略。…
洪大容	湛軒書外集 卷1 杭傳尺牘 「與秋庫書」	潘庭筠에게 편지를 보내 인조반정의 전말을 설명하고, 潘庭筠이 답신에서 王士禎의 『池北偶談』에 인조에 대한 辨誣와 관련된 상소가 실려 있음을 알려 준 것을 기록하다.	洪翼漢字伯升。號花浦。乃容之傍祖。有苦忠大節。是行也有記事一册。就其中關係封典始末者。抄出如右。盖毛文龍時開府本國皮島。審悉廢立本末。故前後請之甚力。且朝中雖有牴牾之議。諸閣老之意。旣不落落。顧其仁·董其昌諸公又砣砣不已。使臣之呈文。又備盡事情。辭意悲苦。是以林尙書亦乃回嗔作喜。下稍之歎歎如是。其竣事始末。槩可見矣。是時。魏宦之惡。已覆及於東

			矣。如楊漣左光斗之死。備陳于記中。而極其憤慨之語。則封典者將以光其國而榮其君也。寅緣曲逕。得之於奸兇宦寺之手。是亦可謂光且榮耶。他人尙不當然。況以花浦之忠而爲此乎。潘答曰。示憲文王事辨。從王阮亭池北偶談中。見載一疏。亦辨此事。與尊辨同。阮亭詩名品望。爲國朝第一。學者多宗之。其言足以徵信。亦可破靑巖訛謬之說矣。並聞。
洪大容	湛軒書外集卷1杭傳尺牘「與秋庫書」	潘庭筠에게『海東詩選』및우리나라 제현의 글씨와시를 부치며, 우리나라의서적을 보내고자 하나 선별에 어려움이 있음을 고백하다.	外呈海東詩選一部四本。此因事力不逮。且臨期忽迫。無暇借手於能者。只令舍下諸族。分卷疾書。皆年少才疎。又夜以繼日。惟務及時。其字畫潦草。考誤粗漏。實不堪誇示大方。殊可愧歎。宋士行隷體。黃太史語八頁。士行名文欽。同春先生浚吉之玄孫。容之父執也。才學絶高。以善隷名。不幸四十三而卒。李元靈篆體二頁。元靈名麟祥。高雅絶俗。詩文書畫。俱得其妙。尤長於篆體。亦未五十而卒。尹淳書長幅一頁。李匡師草書四頁。兩人俱以善書名於東方。家嚴自書各體詩十九頁。東方文獻。自來疎略。萬曆間七年倭亂。典籍盡亡。崔彥明文選。已無傳本。國初鄭獜趾有所選幾百本。不惟大秩不可致遠。取舍雜亂。不堪誇示大方。史略。是此中初學所授而乃曾先之所撰。非東方編定者。圖經。亦曾未聞知。未知所言者果何事耶。三綱行實。果有之而皆是中國故事。係以諺文。所以警牖愚民。而本國善績。一不槩見。且板本醜惡。不足奉覽。東

			方曼尙儒敎。誦法詩禮。彬彬名物。見許中華。惟其忠孝義烈。嘉言善行。無由傳播於中土。今足下幸有闡揚側陋之意。此東方破荒發跡之大機會也。敢不極力搜剔以備裁察耶。但未聞其文字凡例。則端緖浩汗。難於下手。須於後便詳示之也。
洪大容	湛軒書外集卷1 杭傳尺牘 「與秋㢋書」	潘庭筠·陸飛·嚴誠이 보내준 『湖山便覽』과 先聖七十子의 畵像을 받은 감상에 대하여 말하다.	湖山便覽及先聖七十子畵像。故人之賜。本不在物之貴賤。而吳山選勝。羅列於几席之間。閒中披玩。直如狂寒門而濯淸風也。況先聖之典刑儼然。諸子之列侍閭閻。灌手恭瞻。怳乎親承謦咳。則故人之意。豈在於一時之玩好而已耶。惟其不幸成於偏安逸豫之日。忘親事讐之君。要君誤國之臣。或爲之贊。或爲之記。聖賢之靈。必將掩面而藏影。則令人弊然心寒矣。雖然。流傳已久。遺像之可敬。固不繫於贊與記也。吳海虞一跋。足以有辭後世。則其爲吾儒家寶無疑矣。
洪大容	湛軒書外集卷1 杭傳尺牘 「與秋㢋書」	潘庭筠에게 『黃勉齋集』, 『邵子全書』, 『天文類函』 및 諸葛亮과 宋나라 제현의 초상을 부쳐주기를 간청하다.	承問以願得之書。至有郵寄之計。則故人厚意也。東方貢使相望。中國書籍。頗有流傳。惟黃勉齋集。只有四五卷小本。聞有全集中有論禮書多可觀。每年購諸京市。終未得之。其他如邵子全書及天文類函兩書。平生願見。而諒其卷秩不少。設或有見在者。何可遠寄耶。中國書籍及書畵眞蹟。旣難致遠。且購之價高。皆不願得之。惟諸葛武侯及宋朝諸賢眞像摹本。或不難得。可蒙寄惠否。兄輩書畵。其格韻高下。雖不敢妄用品題。

			而瀟灑俊逸。足見雅趣。向來所得並粧爲寶藏。一字一點。不敢慢棄。此其意不徒爲書與畫之爲可貴而已。後來寄書之外。如或以物相贈。不必遠求珍異。惟兄輩之詩文書畫及一時師友間酬唱諸作。在兄輩固是閑漫寫意而一渡鴨水。便作珍玩。前告會友錄三本。每乘閒披考。怳然若乾淨對討之時。足慰萬里懷想之苦。但伊時談草。多爲吾兄所藏。無由追記。此中編次者。只憑見在之紙。是以可記者旣多漏落。語脉亦或沒頭沒尾。臆料追補。頓失本色。殊可歎也。尊藏原草。如或見留。幸就其中擇其可記者。並錄其彼此酬酢以示之。此中三本書。吾兄亦有意見之。當卽附便示之也。
洪大容	湛軒書外集 卷1 杭傳尺牘 「與秋㢢書」	潘庭筠・陸飛・嚴誠의 詩文書畫 및 사우 간에 수창한 작품을 부쳐주기를 부탁하며, 『會友錄』에 보완할 필담의 자료가 있으면 또한 보내주기를 바라다.	承問以願得之書。至有郵寄之計。則故人厚意也。東方貢使相望。中國書籍。頗有流傳。惟黃勉齋集。只有四五卷小本。聞有全集中有論禮書多可觀。每年購諸京市。終未得之。其他如邵子全書及天文類函兩書。平生願見。而諒其卷秩不少。設或有見在者。何可遠寄耶。中國書籍及書畫眞蹟。旣難致遠。且購之價高。皆不願得之。惟諸葛武侯及宋朝諸賢眞像摹本。或不難得。可蒙寄惠否。兄輩書畫。其格韻高下。雖不敢妄用品題。而瀟灑俊逸。足見雅趣。向來所得並粧爲寶藏。一字一點。不敢慢棄。此其意不徒爲書與畫之爲可貴而已。後來寄書之外。如或以物相贈。不必遠求珍異。惟兄輩之詩文書畫及一時師

洪大容			友間酬唱諸作。在兄輩固是閑漫寫意而一渡鴨水。便作珍玩。前告會友錄三本。每乘閒披考。怳然若乾淨對討之時。足慰萬里懷想之苦。但伊時談草。多爲吾兄所藏。無由追記。此中編次者。只憑見在之紙。是以可記者旣多漏落。語脉亦或沒頭沒尾。臆料追補。頓失本色。殊可歎也。尊藏原草。如或見留。幸就其中擇其可記者。並錄其彼此酬酢以示之。此中三本書。吾兄亦有意見之。當卽附便示之也。
洪大容	湛軒書外集卷1 杭傳尺牘 「與秋庫書」	潘庭筠에게 우리나라 역대 시인들에 대해서 소개하다.	東方之詩。新羅之崔孤雲。高麗之李白雲。號爲大家。而孤雲地步優於展拓。聲調短於蒼健。白雲造語偏喜新巧。韻趣終是淺薄。都不出偏邦圈套。本國以來。如朴挹翠·盧蘇齋。俗稱東方李杜。雖然。挹翠韻格高爽而少沈渾之味。蘇齋體裁遒勁而無脫灑之氣。惟權石洲之鍊達精確。深得乎少陵餘韻。蔚然爲中葉之正宗。而高爽不及挹翠。遒勁不及蘇齋。悠揚簡澹之風。又不能不遜於國初諸人。此皆先輩定論。聞西林先生有詩學。可得題品耶。
洪大容	湛軒書外集卷1 杭傳尺牘 「與秋庫書」	潘庭筠·陸飛·嚴誠과 교유한 꿈을 꾼 金在行과 교우의 의리에 대해 대화를 나누었음을 언급하다.	丁亥七月。平仲來訪于芧洞。余沽紅露一壺。以猪肉一楪。甜瓜數枚侑之。盖是年春。酒已弛禁矣。數行。平仲已醺然。亹亹言乾淨舊游。相與含涕慷慨。平仲因傳其夢事云。疇昔之夜。忽聞三君賃舟浮海。以漂風爲解。實陰訪我輩。已泊于岸矣。乃奔往見之。感泣相勞苦。惟念彼此俱礙

			于形跡。無可爲長久計者。乃欲脫身遺世。與之逃入海島。共築室以終餘年。議既定。歸于家。將盡賣其舍舘產業。其妾聞而爭之。繼之以詈罵。至不能堪。則乃大怒按劒而叱之曰。量汝兒女輩。何足與計事哉。彼萬里乘槎。棄妻子如弊屣。吾寧戀汝而負友哉。遂不勝其憤。發聲大慟。因以驚悟焉。乃一夢也。餘憤尙勃勃。揮其妾使勿敢近。因達朝不睡云。余乃戲之曰。謀及婦人。宜其事之不成也。平仲笑曰。夢事亦非徒然也。余自燕歸後。或臨夜無睡。每道三君事以爲奇遇。且言其戀戀之意。妾輒哰然妬之曰。人生之樂。惟衣食充足。宴安于房室之間而已。彼遠方之人。於君何有哉。彼何嘗衣君而食君。亦何嘗贍君以金帛而富君之家乎。余憤其言庸賤。直欲痛打而不可得。則亦任之而已。是以發於夢事如此。余聞之失聲歎賞曰。以養虛之虛而於三君有此實情。信乎同胞之義無間於遠邇。而養虛之見知於三君。可以無愧於交際矣。遂劇飮竟日而罷。
洪大容	湛軒書外集 卷1 杭傳尺牘 「與篠飮書」	陸飛가 보낸 편지를 받은 사실과 潘庭筠을 통해 문안 편지를 보냈음을 말하며, 嚴誠의 죽음을 애도하다.	大容頓首上。四月使回。伏承去歲人日手札。備審歸鄕萬吉。慰不可言。此亦逐歲附候。伊後兩度書。想自潘友已達崇聽。不審信後起居益勝。眷集均慶。鐵橋之不淑。尙忍言哉。雙親在堂。志業未卒。想渠不能瞑目於泉下。嗚呼。奇俊敏慧之姿。清通穎秀之氣。何處得來。別後再得書。虛心求助之意。切己向道之誠。見其進而未見其止。以渠之才。天假之以

			年。亦何遠之不可到哉。吾道之窮。不勝傷痛。燕城分散。諒成死別。縱享頤期之壽。終無見面之日。惟妄率不量。潛有爲己求道之志。海外孤陋。展拓無術。則提撕振策之力。不能不仰成於大方高識。天不憖遺。奪此良友。承報臆塞。不知作何懷。向書中年來多病羸衰。自省工夫進寸退尺。正須朋友夾持之力。志氣庶不頹倒。昔人云一命爲文人。餘不足數。弟正犯此病。不能自脫。卽如詩文書畫之類。明知作無益害有益。要弟痛切言之。無或此爲病根而轉深至此耶。惜哉慟哉。
洪大容	湛軒書外集 卷1 杭傳尺牘 「與篠飮書」	潘庭筠에게 潘庭筠·陸飛·嚴誠의 초상을 부탁했음에 답이 없음을 안타까워하며, 陸飛에게 嚴誠의 초상을 그려 障子로 만들고 題贊해주기를 간절히 부탁하다.	更願兄時賜鞭督。不憚其煩。使弟免於小人。亦望老兄益以自謀。無於詩酒淸曠場中枉送了世間奇氣。如何如何。前此兩書。及於兩友書。有囑其均察者。如已覽悉。幷賜回敎。翰墨之請。宜不惜一擧手之勞。亦或可或否。幷以示破。勿貽遠人之齮齕也。鐵橋南闈寄書。距死前只數月。病瘮困頓之中。猶一札數千言。纖悉不漏。可見心力絶人。處事眞實。益令人痛恨而心折也。前於潘兄書。有願得諸兄小影之語。或已轉聞否。鐵橋死後。此意益懇且急。潘兄幷無回示。悵歎。想老兄旣工繪事。鐵橋眞面。昭在心目。及此想像。庶不失儀狀之槩。幸爲之亟圖之。影像旣成。不可不粧成障子。而此間工手極拙。實有壞眞之慮。望須完粧附便。上而幷具題贊。尤妙。此千萬至懇至禱。勿惧勿惧。更有請者。先君少有德

			望。不幸困於程文。不克究其學。中歲以後。絆身吏役。又不屑藻飾以求名於世。才不見施。壽亦不長。有子無狀。又不能闡幽顯微以彰先德。罪負窮天。尚此生全。不如死久。略次行蹟。另具奉請。無論詩與文。望賜一言之重。金養虛落拓依舊。聞鐵橋訃。登山大慟。旋有書致慰。滿幅悲恨。令人感歎。
洪大容	湛軒書外集卷1 杭傳尺牘 「與秋庫書」	潘庭筠의 편지로 嚴誠의 죽음을 알게 되었음을 말하며, 嚴誠을 애도하다.	便回恭承手札。累累聯幅。況如自天來信。滿心歡喜。又此訃之書。其眞耶夢耶。人非木石。何能按住也。嗚呼。鐵橋是何忍余。其絕倫之學。超俗之知。憂天下慮萬世而齎志泉塗。吾聞仁者壽。力闇無仁耶。大德必壽。鐵橋不德耶。曾以刊落浮華渾化渣滓。爲治心之藥。而醫不及於福建一病。斯人也遽至於斯耶。曩在燕都。余贈言以最下者著書圖不朽。答以古之聖賢。憂一時之不悟。立敎以救一時。憂萬世之不明。著書以垂萬世。則著書豈爲下也。又論不爲流俗之態而有大人之器。不爲一身之謀而有天下之志。不爲終身之計而有後世之慮。此雖擧上蔡語而正自道也。則抑其病源。由於篤學之勉焉日孳。不知身之病之將至。只思圖不朽三字耶。又曰。吾輩兄弟之稱。有古事可據。陶靖節詩曰。落地爲兄弟。李白亦云異姓爲天倫。其他而見於史者。季心之長事弟畜。如北周唐瑾之於萬紐于瑾。此類亦多。設或前無。自我作始。亦無不可而何疑慮之過云云。今長書與遺詩。並訃同至。異域神

			交。古聞無今僅有。安保其久。嗚呼哀哉。
洪大容	湛軒書外集 卷1 杭傳尺牘 「與秋庫書」	潘庭筠에게 보내는 편지에 嚴誠이 죽기 하루 전에 부친 시를 덧붙이다.	京國傳芳訊。遙遙大海東。斯文吾輩在。異域此心同。情已如兄弟。交眞善始終。相思不相見。慟哭向秋風。見面悲無日。論心喜有書。來從萬里外。到及一年餘。激厲煩良友。衰遲感獨居。無聞將四十。忍使寸陰虛。城南一會。實是良緣。又彼此强壯。志願吻合。一年一便。往復商確。畢生期望。定算在心顧兩歲之中。遽成死別。格言良誨。從此永閟。或又邸居乾淨衙舊舘。則城南舊遊。想來心折。遠惟觸目陳跡。不能不戚戚也。又奉書意。尤庸飲泣。
洪大容	湛軒書外集 卷1 杭傳尺牘 「與秋庫書」	潘庭筠에게 『詩議』를 보내준 후의에 감사하다.	惠贈詩義。極感勤意。顧凶衰在身。咏歌非時。姑未得逐章研究。且不敢妄措贊頌。惟恭玩敬歎而已。且說詩豈有定法。言之理到。橫說竪說。無所不可。如孟子言詩。太半遺却本旨。專取其義。最爲活法。謹粧爲寶藏。待他日晴窓諷玩。以資興感。無負盛意也。吳明濟書。未知爲幾本而其編次體要如何。吳公曾與東國詩人。略有唱酬。諒其爲書。宜有考據。無由一見。甚鬱。足下旣欲繼成一書。此不可以倉卒了事。爲之易者。傳必不遠。惟期以十數年功夫。先立條例。隨聞採輯。庶其考核弗差。傳信於世。海上陋生。忝與足下證交。因以本邦名蹟籍顯於中土。豈不萬幸。但未聞凡例。實難下手。何不仍便略示之耶。且有一說。足下終

			欲成此書也。其考據精博。總裁公正。至傳天下壽萬世。則惟在足下。若其俱收幷蓄。揑摭事實。則亦不能不責之於容矣。然則容而不能崇德克己廓然大公。則言不足以見信於足下。足下而不能明善知言名德著聞。則書不足以見信於世矣。是則願與足下。穆然深思。先立此大家本領。最爲急務。如何如何。
洪大容	湛軒書外集 卷1 杭傳尺牘 「與秋庫書」	潘庭筠이 엮으려는 책의 범례를 알려 달라 부탁하고, 그의 저술에 대해 경계하는 말을 전하다.	上同
洪大容	湛軒書外集 卷1 杭傳尺牘 「與九峯書」	潘庭筠으로부터 嚴誠의 죽음을 전해들었음을 언급하며, 嚴誠의 형 嚴果에게 嚴誠의 죽음에 대한 애도와 위로의 마음을 담아 편지를 부치다.	孤子洪大容。稽顙再拜九峰先生足下。今首夏貢使自京還。獲承去歲季秋尊札。仍見潘蘭公在京覆書。聞令仲弟鐵橋入冬自閩歸。仍不起疾。眞耶夢耶。此何報也。頃承鐵橋閩舘寄書中。言兩月病瘧。尙未痊可。豈終以此竟不淑耶。抑別有他崇耶。殀壽固有定命。而南方瘴癘水土之不幷。抑人事之不能無餘憾耶。痛哉痛哉。此何報也。伏惟天倫至愛。道義湛樂。半體之痛。何以堪勝。大容亦於去歲仲冬。罪逆不死。禍延先考。呼天崩割。至痛在心。惟恨萬里無便。末由號訴於鐵橋也。豈意鐵橋先已棄世。兩幅細書。與訃俱之。使苫塊殘喘。重抱此無涯之悲也。嗚呼。鐵橋胡寧忍予。大容與鐵橋各生天涯。風馬牛不相及之地。邂逅萍水。犁然心會。破中外之拘。忘鈍敏之別。虛心求

			助。實有遠大期許。今天實不仁。事乃有大謬。嗚呼。孰謂鐵橋而止於斯耶。以鐵橋之才之志。上可以統承先賢。下可以汎掃文苑。達可以黼黻皇猷。竆可以啓牖後進。今不幸短命。無所成而死。天乎惜哉。
洪大容	湛軒書外集杭傳尺牘卷1「與九峯書」	嚴果에게 嚴誠의 죽음에 대한 경위를 물으며, 우리나라의 토산물을 부조하다.	蘭公書。不報月日。想渠遠聞。亦未得其詳。不審自閩何時返宅。諱在何日。臨沒精神。治亂何如。亦有何顧言否。幸仍便略示之。賢姪能支保。舊義所在。實傷念不置。其氣質强弱。性靈昏明。并如何。伏想愛而能誨。不使爲喪父長子也。笻笻哀苦。不暇爲哀誄文字。抑或禮制所禁。惟於鐵橋。義均同胞。幽明之間。不可無一言爲訣。謹具數語。不敢依祭文格例。一種土物。聊備奠儀。望九峯曲察愚衷。爲之酹酒。一陳于靈筵或墓道而焚其紙。庶不負交眞善始終之句。痛哉痛哉。外有農巖雜識三淵雜錄各一冊。原欲奉寄鐵橋。輒此附呈。并及前去聖學輯要四卷。望九峰收領。或爲多聞之一助。待賢姪頗有見識好看吾學文字。并以傳之如何。且煩鐵橋詩文。或已刊布。幸以數本見惠。頃聞鐵橋以京邸筆談有箚記成書。勿揀繁歇。望謄惠一本。鐵橋身後士友間輓誄詩文。亦并謄示。自餘臨紙血泣。神識荒迷。不知所云。惟未死之前。有便附書。無便馳想。以所以事鐵橋者事九峰。惟冀寬抑保重。上慰慈念。下慰遠懷。伏惟鑑察。

洪大容	湛軒書外集 卷1 杭傳尺牘 「與秋庎書」	潘庭筠에게 편지를 보내 세상을 떠난 嚴誠의 초상 화를 보내주기를 부탁하 다.	阻信月積。居然歲暮。瞻悵更切。想 已南歸。闔宅均慶。春闈得失。亦未 聞爲爵。某奄迫終祥。不堪悲廓。幸 侍率無他苦。竆居誦讀。頗有遺味。 惟孤陋無與晤語。天涯懷人。徒有憧 憧。鐵橋墓草已再宿矣。每念訂交深 重。繞壁摧傷。其遺影甚願一見。恐 未易遠寄也。閨服之制。蒙教以不至 食言。當恭俟快覩治生云云。來諭甚 當。八政首食貨。節儉裕用。寧非齊 家之先務乎。徒善而不能事育。尙利 而專意貨殖。均非大中。但從惡如 崩。急務二字。終有誤用之慮。此吾 輩之所不可不知也。詩話如已成書。 幸寄示。葆光疎才。獎許過情。愛人 以德者。固如是耶。養虛貧病轉甚。 近復搬移捿遑。殊可傷歎。
洪大容	湛軒書外集 卷1 杭傳尺牘 「與秋庎書」	潘庭筠에게 중국 여성의 복식 제도에 대한 서적과 그가 지은 詩話를 부쳐주 기를 바라다.	上同
洪大容	湛軒書外集 卷1 杭傳尺牘 「與秋庎書」	潘庭筠이 보내준 奠儀에 사례하다.	蒙賜奠儀。適値月半殷奠。燒香于 爐。茶帛輓句。俱陳于筵卓。擧家號 慟。幽明幷感。城南舊遊。歲纔三 周。存沒悲歡。若隔滄桑。韓子久觀 之嗟。讀來痛心。烱菴未見其人。濃 笑亦未見其書。但命名如是浮麗。想 其語不足警益於足下也。阮亭偶談。 聞來驚喜。但其辨疏。無由一見。或 以小紙謄示否。此事於小邦。關係甚 重。望諸公如有著書。不惜一言。永 賜昭雪。當與數千里民生。共頌恩於

			無竆矣。寄札事甚關念。文泉今又赴都。托此善傳。但足下南歸。機事益疎。篠飮・九峰。前並姑闕候。如相晤。乞道此意。轉示此紙尤妙。
洪大容	湛軒書外集卷1 杭傳尺牘 「與秋庫書」	潘庭筠에게 孫有義를 만났는지 묻고,「湛軒記」를 새기기 좋게 다시 써주기를 부탁하며「篠飮閣記」에 보이는 어구의 문제점에 대하여 논하다.	蓉洲或已相見否。前及湛軒記誤字。記存否。方謀扁揭。望更寫惠。字樣稍楷正。以便刻可也。篠飮閣記。比前尤精確可喜。其受水一語。終近失實。故已以一儀。傍設漏壺。迺滿遞轉。略合激水遺制。則記語益以允愜矣。幸轉致之。其哭鐵橋詩中遺篆成識。是果何等語。末兩句。未詳指意。望并開示。前去鐵橋書中松鹿觀詩記及筆法。望秋爲我圖之。白石李君明。秋杪趁頒歷赴都。當托一書。諸兄亦及此寄音爲妙。率此佈候。臨風忉怛。都冀自愛。幷請尊先生萬安。兩令郞學况。
洪大容	湛軒書外集卷1 杭傳尺牘 「與秋庫書」	潘庭筠이 지은「哭鐵橋詩」속에 '遺篆成識'의 구절에 대해 알려 달라 하고 嚴誠이 편지에서「松鹿觀詩記」와 필법에 대해 말한 것을 潘庭筠이 대신 도모하여 주기를 부탁하다.	上同

29

方 苞 (1668-1749)

...

인물 해설	자는 靈臯, 호는 望溪이며 安徽省 桐城縣 출신이다. 1711년에 『南山集』 사건에 연루되어 사형 선고를 받았다. 하지만 2년 뒤에 李光地의 적극적인 구명 활동 덕분에 평민 신분으로서 南書房에 들어가 황제의 문학 시중을 들었다. 나중에 벼슬이 內閣學士, 禮部右侍郎에까지 이르렀다. 그는 唐宋古文派인 歸有光 등의 주장을 계승하여 간결하고 단아한 고문을 주로 지었으며, ‘義法’설을 내세워 ‘道’와 ‘文’의 통일을 주장했다. 宋學의 이념을 내용으로 삼아 古文家의 법도를 지키며 속어나 경박한 문장을 배제해야 한다고 주장하였다. 이러한 주장을 계승한 동향인 劉大櫆, 姚鼐와 함께 桐城三祖로 불리며 桐城派라는 散文 유파를 형성하였다.
인물 자료	○ 『淸史稿』, 列傳 77 　方苞, 字靈臯, 江南桐城人. 父仲舒, 寄籍上元, 善爲詩, 苞其次子也. 篤學修內行, 治古文, 自爲諸生, 已有聲於時. 康熙三十八年, 擧人. 四十五年, 會試中式, 將應殿試, 聞母病, 歸侍. 五十年, 副都禦史趙申喬劾編修戴名世所著南山集・孑遺錄有悖逆語, 辭連苞族祖孝標. 名世與苞同縣, 亦工爲古文, 苞爲序其集, 並逮下獄. 五十二年, 獄成, 名世坐斬. 孝標已前死, 戍其子登嶧等. 苞及諸與是獄有幹連者, 皆免罪入旗. 聖祖夙知苞文學, 大學士李光地亦薦苞, 乃召苞直南書房. 未幾, 改直蒙養齋, 編校禦制樂律・算法諸書. 六十一年, 命充武英殿修書總裁. 世宗卽位, 赦苞及其族人入旗者歸原籍. 　雍正二年, 苞乞歸里葬母. 三年, 還京師, 入直如故. 居數年, 特授左中允. 三遷內閣學士. 苞以足疾辭, 上命專領修書, 不必詣內閣治事. 尋命教習庶吉士, 充一統志總裁・皇淸文穎副總裁. 乾隆元年, 充三禮義疏副總裁. 命再直南書房, 擢禮部侍郎, 仍以足疾辭, 上留之, 命免隨班行走. 復命教習庶吉士, 堅請解侍郎任, 許之, 仍以原銜食俸. 苞初蒙聖祖恩宥, 奮欲以學術見諸政事. 光地及左都禦史徐元夢雅重苞. 苞見朝政得失, 有所論列, 旣, 命專事編輯, 終聖祖朝, 未嘗授以官. 世宗赦出旗, 召入對, 慰諭之, 並曰: “先帝執法, 朕原情. 汝

老學, 當知此義." 乃特除淸要, 馴致通顯. … 苞爲學宗程 · 朱, 尤究心春秋 · 三禮, 篤於倫紀. 旣家居, 建宗祠, 定祭禮, 設義田. 其爲文, 自唐宋諸大家上通太史公書, 務以扶道教, 裨風化爲任. 尤嚴於義法, 爲古文正宗, 號桐城派.

○ 章學誠, 『文史通義』 卷5, 「內篇」(五)

或問 : 近世如方苞氏, 刪改唐宋大家, 亦有補歟? 夫方氏不過文人, 所得本不甚深, 況又加以私心勝氣, 非徒無補於文, 而反開後生小子無忌憚之漸也. 小慧私智, 一知半解, 未必不可攻古人之間, 拾前人之遺, 此論於學術, 則可附於不賢識小之例, 存其說以備後人之采擇可也. 若論於文辭, 則無關大義, 皆可置而不論. 即人心不同如面, 不必強齊之意也. 果於是非得失, 後人旣有所見, 自不容默矣, 必也出之如不得已, 詳審至再而後爲之. 如國家之議舊章, 名臣之策利弊, 非有顯然什百之相懸, 寧守舊而毋妄更張矣. 苟非深知此意, 而輕議古人, 是庸妄之尤, 即未必無尺寸之得, 而不足償其尋丈之失也. 方氏刪改大家, 有必不得已者乎? 有是非得失, 顯然什百相懸者乎? 有如國家之議舊章, 名臣之策利弊, 寧守舊而毋妄更張之本意者乎? 在方氏亦不敢自謂然也. 然則私心勝氣, 求勝古人, 此方氏之所以終不至古人也. 凡能與古爲化者, 必先於古人繩度尺寸不敢逾越者也. 蓋非信之專而守之篤, 則入古不深, 不深則不能化. 譬如人於朋友, 能全管鮑通財之義, 非嚴一介取與之節者, 必不能也. 故學古而不敢曲泥乎古, 乃服古而謹嚴之至, 非輕古也. 方氏不知古人之意, 而惟徇於文辭, 且所得於文辭者, 本不甚深, 其私智小慧, 又適足窺見古人之當然, 而不知其有所不盡然, 宜其奮筆改竄之易易也.

○ 『四庫全書總目提要』, 卷19, 周官集注 條

國朝方苞撰. 苞字鳳九, 號靈皋, 亦號望溪, 桐城人. 康熙丙戌會試中式擧人, 官至內閣學士, 兼禮部侍郞. 後落職修書, 特賜侍講銜致仕. 是編集諸家之說詮釋『周禮』, 謂 : "其書皆六官程式, 非記禮之文. 後儒因漢志 · 周官六篇列於禮家, 相沿誤稱周禮. 故改題本號, 以復其初." 其注仿朱子之例, 采合衆說者, 不復標目.

저술 소개	★ 『春秋發疑』 (淸)錢復初抄本 1卷

		＊『朱子詩義補正』 (清)乾隆 32年 單作哲刻本 8卷 ＊『方望溪先生文稿』 (清)稿本 不分卷 傅增湘跋 ＊『望溪先生文補遺』 (清)萬卷樓抄本 1卷 ＊『望溪集』 (清)乾隆 11年 程崟刻本 不分卷	

비 평 자 료

金邁淳	臺山集 卷16 闕餘散筆	方苞는 古文尙書를 의심해서는 안 된다고 역설하였다.	望溪方苞。榕村李光地。又力主不可疑之論。其言曰。古文疑其僞者多矣。抑思能僞爲是者誰歟。漢之儒者如董仲舒‧劉向。醇矣博矣。人心道心之旨。伊訓‧太甲‧說命‧周官之篇。二子豈能至之。況魏晉六朝之間乎。若夫文體難易之疑。則人之於書。其鉤棘聱牙者。誦數必多。着心必堅牢而永久。伏生之偏得其難者。安知不以此乎。又伏生之書。其女口授。有訛音。而黽錯不敢改。故難者愈難。孔壁之書。自其校出之時。或苦其奧澀。稍以顯易之辭更之。又其書藏久而顯。安知傳者之不潤色於其間哉。故易者愈易。然則古文云者。疑其有增咸潤色。而不盡四代之完文。理或有之矣。謂之純爲僞書則不可也。
金邁淳	臺山集 卷19 闕餘散筆	方苞가『禮記』의「文王世子」가 王莽과 劉歆의 위작이라고 주장한 것에 적극 찬동하다.	近世中州儒者方苞。以文王世子帝與九齡之說。爲王莽‧劉歆所增竄。其言曰。莽將卽眞。稱天公使者見夢於亭長曰。攝皇帝當爲眞。故僞竄此說。以示年齒命於天。而夢中得以相與。昔周文武實見此

			兆。則亭長之夢。信乎其有徵云爾。其他如周公踐阼。君薨不悅。文王十三生伯邑考。成王幼在襁褓之類。皆歆之爲莽文姦。遍竄羣書。以恣誣惑也。此等議論。皆前人所未發。殊鬆快可喜。
金正喜	阮堂全集 卷3 「與權彝齋 (三十三)」	惲敬의 문장은 곧장 方苞와 劉大櫆를 넘어서지는 못하였으나, 그 魄力은 더 큰데, 姚鼐의 澹雅함에는 끝내 조금 못 미치지만, 袁枚나 王芑孫보다는 훨씬 낫다.	無一放倒罅漏。直欲上掩方·劉。未可以突過。特其魄力稍大。至於姬傳之澹雅處。終遜一籌。如袁子才·王念豊諸人。當辟易矣。
金正喜	阮堂全集 卷5 「代權彝齋(敦仁)與汪孟慈(喜孫)序」	唐宋八家의 正脈을 계승한 인물로, 方苞·姚鼐·朱仕琇·張惠言·惲敬 등을 거론하다.	至於唐宋八家之法。作者甚鮮。方望溪·姚惜抱·朱梅厓·張皋文·惲子居若干人外。倂非正脈。何其甚難。難於選家歟。
金正喜	阮堂全集 卷8 「雜識」	惲敬은 方苞의 유파가 아니지만 方苞·劉大櫆·朱仕琇·姚鼐가 지키는 正軌를 잃지 않았기 때문에 方苞 이하 姚鼐에 이르기까지 다소 비판이 있었지만, 錢大昕처럼 배척하지 않고 正軌로 歸一하게 하였다.	惲集十年求之。今始夫讀於天風海濤之中。亦墨緣有屬耶。其文於近人中。稍有魄力。雖非望溪派流。而不失於望溪·海峰·梅厓·惜抱諸人所守之正軌。故自望溪至於惜抱。各有微詞。而不以顯斥如竹汀。一以歸之正軌。亦稍持公眼。不作噴薄叫呶之習。
金正喜	阮堂全集 卷8 「雜識」	惲敬은 姚鼐의 平雅閒澹함을 따라갈 수 없고, 더욱이 方苞보다 위일 수는 없으며, 秦瀛·趙懷玉 같은 사람들도 불	平心論之。惜抱之平雅閒澹。終難跂及。不可但以魄力。掩去惜抱之所成就。亦有透底處。未易突過。又況上之以望溪也。秦小峴·趙昧辛諸家。亦不過如此而已。

		과 이러한 정도일 따름이다.	
金昌熙	會欣穎 「傳筆錄序」	明代의 宋濂·方苞·錢謙益은 재주와 능력도 뛰어나고, 평생토록 성실하게 학문에 임했으나 다른 병폐가 있었기 때문에 韓愈의 경지에는 이르지 못했지만 신묘한 필력은 얻었다.	明之宋潛溪·方遜志·錢牧齋。皆其才力有萬夫之稟。又其用工有平生之勤。而或溺於聲律。或病於勦襲。或愛博而難精。或習熟而難變。終不得入昌黎之室。得神筆之授。而況才力之出其下者乎。
金昌熙	會欣穎 「讀方望溪文」	方苞가 초년에 고문에 뜻을 두었으나 萬斯同의 만류로 고문을 그만두고 경전에서 문장의 진의를 찾았으며, 그 결과 宋儒의 이치로 八家의 문장을 할 수 있었다.	方望溪初年深有意於古文。及其從萬季野遊。季野謂之曰。子於古文。信有得矣。然願子勿溺也。唐宋八家。惟韓愈氏于道粗有明。其餘則資學者以愛玩而已。於世非果有益也。於是望溪輟古文而不講。乃潛心於經學。… 夫無意於文而文至。有意於文而文不至。況以望溪才氣之薄。而有意古文。終與八家。幷駕齊驅。有是理哉。若畢生專力於文。則其文必無少進於初年之作亦明矣。惟其幸而遇萬先生。深得文章根柢於經義之中也。且以宋儒之理。爲八家之文。固士子當爲之務。而亦治文之要道也。何見其用力之甚艱者哉。夫宋儒之理。與八家之文。絶不相類。淺學之士。雖疑若不可兼者。而實不然。… 且望溪於宋儒。則但取其理。而不襲其語錄也。於八家。則但法其行文。而不慕其光熖(也)。可謂兩得之矣。
徐淇修	篠齋集 卷3 「送冬至上行	淸初의 대가로 李光地·徐乾學·方苞·毛奇齡·候朝宗 등을 꼽다.	今之中州。卽古之人材圖書之府庫也。淸初蓋多名世之大家數。如李光地之治易。徐乾學之治禮。方袍之治春秋。毛

	人吾宗恩卯翁赴燕序」		大可之該洽。候朝宗之文詞。最其踔厲特出者也。
成海應	研經齋全集續集 册10 「禮服說」	方苞가 편찬한 儀禮義疏에 의거하여 深衣 제도를 자세히 고증하다.	古之便服。惟深衣著於經。詳言其制。後人之疑。猶不能歸于一。其他冕服爵弁服皮弁服玄端服之類。雖散見於諸書。其制又多舛戾錯迕。余嘗閱聶崇義三禮圖及陸佃禮象所畫袞衣。則皆上衣掩下裳。而近時方苞所纂儀禮義疏所畫。則上衣下裳。相稱而不相掩。又三禮圖·禮象之袞衣。皆交領。而儀禮義疏。則直領。又三禮圖·禮象之袞衣。三辰不繪。似因鄭氏注。移之旂旗而爲九章也。儀禮義疏。則並繪三辰於上衣。舉一而他皆類推也。
成海應	研經齋全集續集 册10 「禮服說」	敖繼公과 方苞는 鄭玄 해석의 잘못된 부분을 지적하는 데 精確하여 근거할 만한 것이 있으니, 후인들의 논의라고 하여 가벼이 여길 수 없다.	盖康成著訓。爲後儒之譜承。故張鎰及崇義·佃等。不敢異同。然如敖繼公·方苞之類。往往拾古經之遺。潛參校康成之解。摘其疵纇。則頗有精確可據。不可以後人之論爲可輕也。
李建昌	明美堂集 卷11 「于忠肅論(上)」	于謙에 대한 侯方域·魏禧·方苞·袁枚 등의 견해에 대해 언급하다.	于忠肅不諫易儲。侯方域·魏禧非之。方苞·袁枚是之。夫方域禧之論正矣。枚偏且激矣。唯苞所云。忠肅諫則景泰心危而慮變。憲宗父子殆矣。可謂晰於事情。然知其至是。而不諫。是亦忠肅之過也。夫忠肅之於景泰。臣主相遇何如也。而不能使景泰不至於大不義。而反迎其小不義。苟然無使其變之亟。惡在其爲忠肅之賢哉。盖忠肅嘗諫易儲矣。而史不傳焉。

李建昌	明美堂集 卷20 「李君墓碣陰記」	方苞는 문장에 謹嚴했으나 孝子·烈女의 사적은 듣기만 하면, 자세히 살펴보지 않고 모두 기록했다고 하는데, 이는 옳지 않다고 평하다.	昔望溪方氏。最謹嚴於文。平生爲文。非目所覩者。不輕以紀載。惟孝子烈女之事。有聞輒樂爲之書。余則以爲不然。天下之事。容可不目覩而載之文。惟孝子烈女之實行。必目覩然後可以載。縱其不然。必聞之有所據。不翅目覩然後可也。
李定稷	燕石山房文藁 卷7 「讀古文解」	汪琬과 方苞는 근대의 특출한 문인이라 평하다.	詩師漢魏。而由唐以溯之。書師晉。而亦由唐以溯之。惟古文亦然。爲其盛於兩漢。而工于唐也。唐有一人焉。…于宋于明。各得二人焉。于近代亦得二人焉。…而曰汪堯峰·方望溪。拔出乎近代也。非外此而無文。爲其得古文之意焉。
李定稷	燕石山房文藁 卷7 「讀震川文」	方苞가 歸有光의 文을 논하면서 "氣韻은 司馬遷에게서 얻고, 歐陽修와 曾鞏에게서 법을 취하여 그 形貌를 조금 고쳤다."라 한 것은 歸有光의 문장을 대체로 잘 표현한 것이다.	方望溪論震川文。謂氣韻得之子長。而能取法於歐曾。少更其形貌。斯言也。庶幾盡之。而有以或人之目膚庸。謂其有見。又疑其竭力於時文。不能兩精。故仍有近俚而傷繁者。蓋不盡許也。余則讀其文。斷以爲優於氣骨。而短於才。惟其優於氣骨。故性近於子長而能好之。惟其短於才。故參之歐陽。以暢其辭。非必得於子長。而更其貌於歐陽也。凡氣骨勝而才不足者。能爲簡潔之文。震川之心。豈欲爲繁哉。而但文有不得不詳說而深辨之者。乃於是常患遣辭之未暢。自不免紆演而鋪張之。斯其所以爲繁也。其所得意者。卽於簡而未暢。奮力而振掉之。則辭斷而意足。竦然有令人神竦者。是以震川警絶之文。必在於簡而短。蓋近於子長以此。不及歐陽亦以此。嗚呼。文之至者 在簡而斯簡在。在繁而斯繁在。豈繁者非古。而

			簡者是古也邪。雖然。不讀震川之文。則爲古文者。終趨於委靡。而不振也已。
李定稷	燕石山房文藁 卷7 「讀望溪文」	方苞의 문장에 대해 총평을 하면서, 方苞의 식견은 經學을 근원으로 두고 韓愈를 참고하여 언사가 순일하고 논의가 바르니 이것이 汪琬보다 뛰어난 점이며, 古文을 배우는 자들은 반드시 方苞의 문장을 읽어야 한다고 말하다.	或問。子以堯峰之文。爲有古大家之遺焉。曰望溪。則何如。余曰。識勝之矣。曰。然則殆賢於堯峰歟。曰。以其所長。補其所短。正伯仲之間耳。蓋望溪之識。原之經學。參之昌黎。其辭醇。其論正。此其有優於堯峰也。是以其爲文也。淵乎其有思。森然其有規。不敷演其皮膚。不塗傅以色澤。簡嚴而謹密。無滓可祛。無瑕可指。信乎其法家之筆也。譬諸搆屋。委材量功。當繩而繩。當尺而尺。可斧者斧之。可鉅者鉅之。斤斸焉。準平焉。宋栭根柣。樞櫨庉楔之類。靡不具焉。心匠旣運。上棟下宇。而堂室廂序。廊塾門墻。煥焉告訖。夫如是。孰不曰。美哉其屋乎哉。然而視其地。不廓如也。蓋巨廈則未焉。此其所短也。是以讀其文。未嘗不喜其整齊。而亦未嘗不恨其不能恢谿人胸次也。然而學古文者。不入乎望溪之門。見其堂室焉。則亦無以知入古人之門。升其堂而入其室也。必不可以不讀也。
李定稷	燕石山房文藁 卷8 「歷代先儒正朔時月異同說」	方苞는 『魯史』가 본래 孔子가 筆削한 뜻을 쓴 것임을 탐구하여 『春秋通論』 4권을 찬술하였으며, 葉酉는 『春秋究遺』 16권을 찬술하였는데 方苞의 의론을 본받았다.	淸方苞。撰春秋通論四卷。就經文。推求魯史本書孔子筆削之旨。淸葉酉。撰春秋究遺十六卷。宗其師方苞之論。而亦時有出入一切苛細糾紛之說。掃除殆盡。

田愚	艮齋集後編 卷8 「答朴東輔」	方苞는 程子와 朱子를 '天地之心'이라 하고, 程子와 朱子를 비난하는 것은 '天地之心'을 해치는 일이라 하였다.	方苞言。程朱天地之心。譏程朱者。戕天地之心。此語甚是。
曺兢燮	巖棲集 卷8 「與金滄江」	李建昌 문장의 정미한 부분은 方苞·姚鼐와 흡사하여 요즘 사람이 미칠 수 있는 경지가 아니며, 李建昌의 「于忠肅論」은 方苞도 긴장할 만큼 뛰어난 작품이라고 평하다.	寧齋之學識。本不及農巖。而其操執議論。誠有過之者。文章則終有如前日所論。治衰之異。要其精妙處。可與望溪·惜抱相上下。而非今人之所及。如于忠肅論。雖望溪當爲之汗流。
曺兢燮	巖棲集 卷8 「答金滄江」	方苞는 蘇軾이 불가와 관련된 문장을 지으면서 불교용어를 쓴 것을 병통으로 여겼다.	然蘇之禪悟諧謔。十不過二三。… 且爲禪院文字而作禪語。方望溪猶病其不雅。
曺兢燮	巖棲集 卷9 「與李蘭谷(建芳)」	唐順之·王愼中·方苞·姚鼐와 같은 무리는 옛 성현에 미치지 못하는 재주로 문장과 도덕을 모두 이루려 하였으므로 종국에는 문장가라는 평가 밖에 받지 못했다고 비평하다.	夫道德文章之難並久矣。爲道德者。以文章爲不足爲。而爲文章者。亦自以不屑於道德之假者。於是二者愈裂而不可一。然此自不識其眞者爾。於道德文章何病焉。夫有眞道德者。必有眞文章。有眞文章者。必識眞道德。… 明淸以來。有自蘄以二者之至。如唐·王·方·姚之倫。窮一生之力以爲之。而其歸則終不免於偏勝。而人見其爲文也。夫人見其爲文則是於道德。必有所未至焉。蓋其才不及古聖賢。而有意於二者之並至。則其勢不得不至此也。故區區妄以爲今之學者。求如古聖賢無意之至。不可望已。求如紫陽氏之至。而使人猶疑其未至者。於道或庶幾焉。不然

			而必有意於二者之俱至。則其究也爲明淸數子已矣。然此數子又安得以遽及。則文章一事雖捲而置之。惟汲汲於道德而聽其自至焉可也。
曹兢燮	巖棲集卷14「答盧敬民(在式)」	方苞가 比를 "意義切附", 興을 "全無交涉"으로 정의하였는데, 이를 잘못되었다고 평하다.	面墻之說。亦在熟讀玩味以自得之。不必講問比興之異。則方望溪以爲意義切附者爲比。全無交涉者爲興非也。盖比則本意在他物之中。興則本意在他物之外。試以此類推於數篇則可知矣。
曹兢燮	巖棲集卷15「答成一汝(純永)」	方苞는 程朱를 독실히 숭상하였으나 經學에 대한 견해는 程朱의 설을 改定한 것이 매우 많았다.	方望溪篤尚程朱。而於經說則改定者甚多。其所與最密。乃王崑繩·李剛主二人。皆慕陽明罵朱子者。而卒能反復開諭。使之自悟其過。自改其說。此古人倫情之篤至。亦中州人氣象之闊大也。
曹兢燮	巖棲集卷15「答成一汝(純永)」	王源과 李塨은 王守仁을 사모하고 朱熹를 비난하던 자들이었는데, 方苞가 깨우쳐 주어 그들의 학설을 고쳤다.	上同
曹兢燮	巖棲集卷15「答成一汝(純永)」	方苞는 『史記』와 八家, 歸有光의 문장에 전력하였다.	此老之文。時有出入正理者。盖其專力於史記八家震川。而未嘗浸淫於洛閩如淵泉·臺山諸公之爲。此其所以不免於此也。然若論近日之文得史記八家震川之風韻者。捨此老而指不可他屈。豈至如或人之所譏哉。吾於爲文。久未知蹊徑。及得此老。乃頗曉其法妙。此一事可以爲師。凡譏者之云云。殆未得此意耳。
曹兢燮	巖棲集卷20「鶴陰齋義庄記」	方苞가 范氏義莊에 대해 范仲淹·范純仁 父子의 德行이라 평하다.	然余聞吳郡范氏之庄。歷八九百年而尚存。其效至於闔族君宗子。政刑一決於是。姓范人至今無爭辨於公庭者。望溪

			方氏以此爲文正忠宣之德行。有以大服 衆志而儀式于後昆也。
曺兢燮	巖棲集 卷20 「權孝子旌閭 記」	方苞는 직접 목도하지 않은 일에 대해서 쉽게 기술하지 않았음에도 孝烈의 사적에 대해서 는 기술하기 좋아한 데 반하여, 李建昌은 孝烈 에 대해 기록하는 글을 더욱 함부로 써서 안 되 는 것으로 여겨 목도하 지 않은 사적은 반드시 증거가 있어야 한다고 하였는데, 方苞와 李建 昌의 주장은 모두 평정 을 얻지 못한 것이라 평 하다. * 李建昌의 주장은 『明 美堂集』卷20,「李君墓 碣陰記」에 보인다.	漆原權寢郎泰鍊。建其先人孝子之閭。 旣成來請記。余諾之而時方有疾未之 爲。歸數月又以書懇督不置。昔方望溪 爲文。事非目睹有據者。不輕以記述。 而惟於孝烈之蹟則聞輒樂爲之書。近世 李寧齋頗不然之。以爲孝烈之文。尤不 可輕爲。而以尺一之誥丈五之楔。爲有 據之大者。以余觀之。二者之論。均不 得其平。夫孝烈之事。誠不可無據而輒 書。然人之欲顯其親者。無所不至。而 世衰政紊。恩賞多僭。玆又安得遽以爲 實據乎。
曺兢燮	巖棲集 卷21 「三友亭記」	方苞의 문장과 德行은 천하에 떨쳐졌으나, 자 신의 형제들과 同穴에 장사지내라고 한 遺志 는 一家에서도 실현되 지 못하였다.	惟方望溪以兄弟皆早死。而不能盡友 道。戒子孫同穴以葬。而其後不能盡用 其言。乃至同山而異穴。夫以望溪之文 行重天下。而其志有不得伸於一家。則 以風水禍福之說。痼於習俗。雖賢者不 能保子孫之必行也。君之事與望溪同。 而其卒能遂其所志。則尤無愧憾焉。
洪吉周	沆瀣丙函 卷2 「東文小選續 錄序」	중국의 古文은 최근에 침체기를 맞고 있으나, 汪琬과 方苞같은 문인 이 있어 외국 사람들에 게까지 널리 읽힌다.	中國古文之學。倡於韓。盛於歐・蘇。 歷明至今。綿綿焉未嘗絶。輓近世固寢 衰矣。猶有如汪堯峯・方望溪者。焯焯 外邦人耳目。

洪奭周	鶴岡散筆 卷2	方苞는 詩를 한 편도 남기지 않았으나 산문만으로 뛰어난 작가라고 할 수 있다.	古人能文者。未必皆工詩。柳子厚所謂比興著述。罕有兼焉者。是也。自韓柳以後。文人集中。未有無詩者。然唐之李習之。近世之方苞。無一篇傳世。不害其爲作者也。以余所及見。申宛丘大羽字儀甫文章。不媿古人。而其集不載一首詩。宛丘非不能詩者。蓋欲致專於所長。此所以能爲古文也。
洪奭周	鶴岡散筆 卷6	燕京에서 費蘭墀를 만나 方苞가 근세 문장의 으뜸이란 말을 들었는데, 문집을 구해서 보니 方苞의 문장은 "贍而不穢"하고 "醇而能肆"하다.	余入燕京。見翰林編修費蘭墀。論近世文章。費言。百餘秊來學韓‧歐者。亦不爲少矣。然當以望溪方氏爲稱首。余時不識望溪爲何人。及聞費言。始求其集見之。其贍而不穢。醇而能肆。亦不媿爲近世作家。
洪奭周	鶴岡散筆 卷6	紀昀이 方苞에 대해 "그림쇠와 곱자가 손에 있어도 네모와 동그라미를 그리지 못한다"고 평가한 것은 李夢陽과 王世貞에게나 해당하는 것이라고 평하다.	紀曉嵐嘗議其未能規秬在手。自運方圓。然此以語李献吉‧王元美摹擬字句者。則可若望溪之馳騁自得。不落窠臼。未可以是議也。
洪奭周	鶴岡散筆 卷6	方苞는 다른 사람을 위해 碑誌를 지을 때 분량이 많지 않았다.	望溪爲人作碑誌。其文未嘗踰累紙。雖平生親知叙其行。止一二事。非所識。有徵者不爲之下筆。其自重於文如此。
洪奭周	鶴岡散筆 卷6	方苞가 錢謙益의 문장에 대해 평가한 언급을 인용하다.	[望溪]嘗言錢謙益文一如其人穢惡藏於骨髓。有或效之。終不可滌濯。其志亦可見矣。望溪。名苞。
洪奭周	鶴岡散筆 卷6	明末 이래로 글을 잘하는 선비들 중에서 方苞가 가장 誠心으로 道를 지키려 한 인물이다.	其誠心衛道。無如方苞者。李塨者。毛奇齡門人也。著書排朱子甚力。其友王源慕王伯安之學。嘗目程朱爲迂濶。年將六十。目空一世。一聞苞言。終其身

			不敢非程朱。塽立取己所刊書中不滿程朱語。削去之過半。嗟呼。使世之能言者。皆如望溪。又何患。吾道之不尊也。望溪與李剛主書曰。記曰。人者天地之心。孔孟以後。心與天地相似而足稱斯言者。舍程朱其誰。若毀其道。是謂賤天地之心。其爲天之所不祐決矣。剛主。塽字也。
洪奭周	鶴岡散筆 卷6	李塽은 평생 毛奇齡을 흠모했지만 말년에 方苞의 말을 듣고서는 程朱를 다시는 헐뜯지 않았다.	李塽生平慕毛奇齡。旣老。聞方苞之言。矢不敢復訾程朱。
洪奭周	鶴岡散筆 卷6	方苞가 "문장에 번다하면서 정교한 것은 아직 없었다"고 말한 것을 칭탄하다.	方苞云。文未有繁而能工者誠哉。是言也。韓·柳·歐蘇之文。爲世所誦習者。率不踰六七百言。如原道平淮西碑爭臣封建論與孟簡許孟容章中立書。若而篇號位爲最多。然在後人集中則已約矣。至序·記·表·誌過四五百言者亦絶少。韓·柳序記尤以簡爲佳。送鄭尙書序才五百餘字。已謂之大序矣。余爲文常苦太冗。晚秊氣衰。尤不能通加芟削。然或爲人敘述。往乙有嫌其太少者。柳子厚作送人序甫百餘字。曰觀者有謂其太簡愼勿以知文許之。嗟乎。疲精劇心。呫呫口舌。以求恔於不知文者之心。其亦病矣。
洪翰周	智水拈筆 卷4	명나라 熹宗 天啓 연간에 五星이 奎星에 모이더니, 청나라 초에 人文이 성대하여, 湯贇·陸隴其·李光地·朱彝	世稱明熹宗天啓間。五星聚奎。故淸初人文甚多。如湯潛菴贇·陸三魚隴其·李榕村光地·朱竹垞彝尊·王阮亭士禎·陳檢討維崧·施愚山閏章·徐健菴乾學·方望溪苞·毛檢討奇齡·侯壯悔

| | | 尊·王士禛·陳維崧·施閏章·徐乾學·方苞·毛奇齡·侯方域·宋琬·魏裔介·熊賜履·宋犖·吳雯·魏禧·葉子吉·汪琬·汪楫·邵長蘅·趙執信 등과 같은 인물들이 나왔다. | 方域·宋荔裳琬·兼濟堂魏裔介·熊澹川賜履·宋商丘犖·吳蓮洋雯·魏勺庭禧·葉方藹子吉·汪鈍翁琬·汪舟次楫·邵靑門長蘅·趙秋谷執信諸人。皆以詩文名天下。其中亦有宏儒鉅工。彬彬然盛矣。而是天啓以後。明季人物之及於興旺之初者也。 |

方孝孺 (1357-1402)

인물 해설	자는 希直 또는 希古, 호는 遜志이며, 浙江省 寧海縣 출신이다. 方正學이라고도 불린다. 宋濂의 문하에 들어가 뛰어난 재주로 이름을 떨쳤다. 1402년 燕王(永樂帝)이 皇位를 찬탈한 뒤에 그에게 즉위의 詔를 기초하도록 명하자 붓을 땅에 내던지며 죽음을 각오하고 거부하였다. 연왕은 노하여 그를 극형에 처하였고, 일족과 친우 및 제자 등 847명을 연좌시켜 죽였다고 한다. 그의 저술은 영락제에 의해 소각되었기 때문에 현재는 『遜志齋集』(24권), 『方正學文集』(7권)이 전할 뿐이다.
인물 자료	○ 『明史』, 列傳 29 　方孝孺, 字希直, 一字希古, 寧海人. 父克勤, 洪武中循吏, 自有傳. 孝孺幼警敏, 雙眸炯炯, 讀書日盈寸, 鄉人目爲"小韓子." 長從宋濂學, 濂門下知名士皆出其下. 先輩胡翰・蘇伯衡亦自謂弗如. 孝孺顧末視文藝, 恒以明王道・致太平爲己任. 嘗臥病, 絶糧, 家人以告, 笑曰 : "古人三旬九食, 貧豈獨我哉!" 父克勤坐空印事誅, 扶喪歸葬, 哀動行路. 既免喪, 復從濂卒業. … 惠帝即位, 召爲翰林侍講. 明年遷侍講學士, 國家大政事輒咨之. 帝好讀書, 每有疑, 即召使講解. 臨朝奏事, 臣僚面議可否, 或命孝孺就扆前批答. 時修太祖實錄及類要諸書, 孝孺皆爲總裁. 更定官制, 孝孺改文學博士. 燕兵起, 廷議討之, 詔檄皆出其手.… 明年五月, 燕兵至江北, 帝下詔征四方兵. 孝孺曰 : "事急矣. 遣人許以割地, 稽延數日, 東南募兵漸集. 北軍不長舟楫, 決戰江上, 勝負未可知也." 帝遣慶成郡主往燕軍, 陳其說. 燕王不聽. 帝命諸將集舟師江上, 而陳瑄以戰艦降燕, 燕兵遂渡江. 時六月乙卯也. 帝憂懼, 或勸帝他幸, 圖興復. 孝孺力請守京城以待援兵, 即事不濟, 當死社稷. 乙丑, 金川門啓, 燕兵入, 帝自焚. 是日, 孝孺被執下獄. 　先是, 成祖發北平, 姚廣孝以孝孺爲托, 曰 : "城下之日, 彼必不降, 幸勿殺之. 殺孝孺, 天下讀書種子絶矣." 成祖頷之. 至是欲使草詔. 召至, 悲慟聲徹殿

陛. 成祖降榻, 勞曰："先生母自苦, 予欲法周公輔成王耳." 孝孺曰："成王安
在？" 成祖曰："彼自焚死." 孝孺曰："何不立成王之子？" 成祖曰："國賴長
君." 孝孺曰："何不立成王之弟？" 成祖曰："此朕家事." 顧左右授筆剳, 曰：
"詔天下, 非先生草不可." 孝孺投筆於地, 且哭且罵曰："死即死耳, 詔不可草."
成祖怒, 命磔諸市. 孝孺慨然就死, 作絕命詞曰："天降亂離兮孰知其由, 奸臣
得計兮謀國用猶. 忠臣發憤兮血淚交流, 以此殉君兮抑又何求？ 嗚呼哀哉兮庶
不我尤！" 時年四十有六. 其門人德慶侯廖永忠之孫鏞與其弟銘, 檢遺骸瘞聚
寶門外山上. 孝孺有兄孝聞, 力學篤行, 先孝孺死. 弟孝友與孝孺同就戮, 亦賦
詩一章而死. 妻鄭及二子中憲‧中愈先自經死, 二女投秦淮河死. 孝孺工文章,
醇深雄邁. 每一篇出, 海內爭相傳誦. 永樂中, 藏孝孺文者罪至死. 門人王稔潛
錄爲侯城集, 故後得行於世.…

○ 錢謙益, 『列朝詩集小傳』甲集 卷22, 「方正學先生孝孺」

　孝孺, 字孝直, 一字希古, 世居臨海侯城里. 洪武丙辰, 謁太史公于翰林. 丁
巳, 執經于浦陽山中, 先後四寒暑, 盡得其學. 召至京, 除蜀王府教授, 獻王師
事之, 號其讀書之室曰正學, 學者稱正學先生, 亦曰侯城先生. 建文帝召爲翰林
博士, 進侍講. 靖難時, 以死殉. 爲絕命詞曰："天降亂離兮, 孰知其由; 奸臣得
計兮, 謀國用猶. 忠臣發憤兮, 血淚交流; 以此狥君兮, 抑又何求. 嗚呼哀哉兮,
庶不我尤！" 正學歿後, 文字之禁甚嚴, 門人王稔叔豐收其遺文藏之, 宣德後稍
傳於世, 有遜志齋集 四十卷.

저술 소개	★『遜志齋集』 　(明)成化 16年 郭紳刻本 30卷 / (明)正德 15年 顧璘刻本 24卷 附錄 1卷 / (明)嘉靖 20年 蜀藩 朱讓栩刻本 24卷 附錄 1卷 / (明)嘉靖 40年 王可大刻 本 24卷 附錄 1卷 ★『說郛續』 　(明)陶珽編 (淸)順治 3年 李際期 宛委山堂刻本 46卷 內 方孝孺撰『侯城雜 誡』 ★『明八大家文集』 　(淸)張汝瑚編 (淸)康熙年間 刻本 76卷 內 方孝孺撰『方正學集』13卷

비 평 자 료			
金萬重	西浦集 卷9 「宋詩抄序」	方孝孺의 시를 인용하여 宋詩의 가치를 옹호하 다.	宋人詩集之行於東方者蓋鮮矣。今吾之選。只據呂氏文鑑・方氏律髓及近代燕市所鬻數種抄書而精擇之。無怪乎簡編之不多也。雖然。有宋一代風人之得失優劣。可以知其槩矣。今人纔解綴五七字。便薄宋謂不足觀。夫宋之不如唐固也。而要識所以不如者。不然。與太史公所譏耳食何異。方正學之詩曰。前宋文章繼漢周。盛時詩律亦無儔。世人不識崑崙派。却笑黃河是濁流。
金邁淳	臺山集 卷17 闕餘散筆	方孝孺는 朱子가 고친 『大學』을 그대로 믿지 않 고 나름대로 자신의 의견 을 제출하였다.	方遜志・蔡虛齋・林次厓諸賢。各有更定而疑貳於朱子者。皆在格致補傳。或以知止一節。爲釋格致方或。升本末一節於知止之上。蔡・林以爲傳未嘗失而錯入於經文中。就經文。剔此兩節。歸之傳文。則格致自有傳。不必補也。其論雖未甚的確。而一篇之分屬經傳。明新止三章之爲傳文之首。則固與朱子說無異也。
金邁淳	臺山集 卷17 闕餘散筆	方孝孺는 기본적으로 朱 子를 존숭하면서도 그 의혹되는 점은 기록하였 으니, 朱子를 잘 배운 사 람이다.	讀其書者。潛心玩索。期於看得出而信得及可也。其或功夫有淺深。知見有通蔽。而義理無窮。又不能無待於後人。則各記所疑。以資講質。亦不失爲善學朱子。方・蔡諸公是已。
金錫冑	息庵遺稿 卷2 「書佛印禪師 寄東坡書後, 復用前韻」	方孝孺의 "羊裘老子早見 幾,　獨向桐江釣煙水"란 시구를 사용하여 시를 짓다.	吾觀自古賢達人。出處何常唯適義。區中每起山藪思。象外剩開煙霞地。釣澤羊裘早見幾。(方正學詩。羊裘老子早見幾。獨向桐江釣煙水。)　浮海鷗夷卽行意。(史記。范蠡曰。君行令。臣行意。)故憐南國怨椒蘭。且弔東都殄

			宦寺。
金錫冑	息庵遺稿 卷8 「與趙揚卿書」	金錫冑가 평소 方孝儒를 가장 심복했음을 밝히다.	僕生平最服方正學先生。竊有太史公執鞭之願。以爲若先生。當求之於三代。使先生生於有宋之盛。則不爲濂。將必爲洛。不爲洛。將必爲閩。使先生與於七十子之列。則不爲顏。將必爲曾。不爲曾。將必爲冉閔。今其言行焯烈。爛乎人之耳目者。吾子亦嘗聞而覩之矣。而僕之言。豈有過哉。豈有過哉。惟其逢時不祥。不能使姬周之日月再朗於旣蝕。獨能挈千古之綱常而任之身。遂使顏曾濂洛之統。若絶若續。日掩月翳。寢至於不可尋。當時之人。旣贅於淫威。後世又從而因循。無一人奮然爲先生而明其道。嘻嘻痛矣。可勝恨哉。雖有鄭氏所錄先生遺事。猶多闕漏。使人不能無不詳之恨。是以僕竊不揆愚陋。輒於抽閱之暇。謹采撫先生之遺書。參之以通紀。而檢次其歲月。以爲年譜一冊。縱不足以發揚先生之萬一。亦庶幾少抒僕素所蓄積之志也。昔者朱夫子爲濂溪撰事實。爲伊川撰年譜。近世退溪先生亦爲朱子撰通錄。今僕末學淺識。雖不敢僭擬昔賢所爲。然先生之道。固未始有愧於濂洛諸夫子。則僕之愚陋之志。亦志士仁人之所宜矜恕者也。嗟乎。以先生之道之大。後之人猶且指以爲迂。況僕生於百世之下。欲尋已絶之緖而明之。世寧有不笑我以爲迂者乎。雖然僕直當受之耳。亦何足辭。亦何足辭。今者謹輒手寫年譜一通以呈。唯吾子爲知僕之志。幸賜閱覽。倘亦有以許我之非迂否乎。

金錫胄	息庵遺稿 卷9 「題方正學文抄後」	方孝儒의 『方正學文抄』 뒤에 써서 그 인품과 문장을 논하다.	天地間。有至神之氣。或稟於人。或稟於物。物之大者。無若日月星辰山嶽河海。然其麗也氣致之。其昭也氣使之。或崒乎以氣而不傾。或浩乎以氣而不洩。至於之風之雷之雲之雨。亦莫不得是氣而噓焉鼓焉潤焉濕焉。蓋大得之爲大物。小得之爲小物。其爲用亦隨而大小。苟非至神。孰能與乎此哉。且是氣之鍾於人。有純有不純。純者聖也賢也。不純者反之。莫聖乎周公孔子。而周公孔子專其純者也。莫賢乎顔與孟而顔與孟養其純者也。故孟子曰。我善養吾浩然之氣。其弗信矣乎。然是氣也塞上下彌四海。不爲時代異。不爲今古變。而聖賢於世旣不能常生。是氣於人亦不能常得。其後漢有諸葛亮以是氣討簒賊。唐有韓愈以是氣絀異端。宋有文天祥亦以是氣不屈於夷狄。而蓋猶有未純焉。豈造物者有所嗇而人得之者鮮耶。抑得之匪難而純之之爲難耶。何其純者之未見也。後文山百有餘年。而有方希直者出。蓋得是氣之幾純者也。其言必稱周孔。其學必以古聖賢自期。及輔建文興禮樂。治庶幾三代。不幸靖難作。而希直與九族同日死。以明大義於天下後世。推其志。雖與日月爭光可也。且其爲文。必本乎大道。浩瀚如江海。巀嶭如山嶽。欻乎其雷爍而雨漂也。舒乎其雲霏而風昫也。噫。非得乎是氣。烏能以至此。豈非是氣之粹然者爲其學。燁然者爲其文。亘然者爲其節乎。非得乎是氣。烏能以至此。或有問者曰。希直於古爲何人

			比。余應之曰。其才似孔明。其忠似履善。其文似退之。其學過之。
金澤榮	韶濩堂集續 卷4 「雜言十」	明代 문장은 元氣가 왕성하여 方孝孺와 歸有光의 문장은 韓愈와 蘇軾의 후계자로 손색이 없으나, 淸代 문장은 시들었다고 평하다.	明代之文。元氣尙盛。如方正學・歸太僕之倫。皆無愧爲韓・蘇之後勁。至淸則氣遂大萎。始則惟謹守法度。而爲簡淡之文以藏拙矣。久則幷失其法。或爲諸子史漢之僞體以欺人。或爲駢儷之卑體而反罵昌黎爲村。又久則流爲報舘之稗文。韓・蘇正脉。遂如大風吹物。一往于廣漠之空際。而不知其何時復返也。
南公轍	金陵集 卷10 「與金國器(載珪)論文書」	方孝孺・唐順之・歸有光의 글이 醇正하다 논하다.	惟遜志・荊川・震川之文。門路頗醇。能得不傳之學。而於向四公地位相距遠甚。氣雖近正而正覺洮洮易盡。
南公轍	金陵集 卷13 「書金忠毅公 (文起)遺事後」	方孝孺의 전기인 「方正學先生傳」을 읽고 師友간의 학문하는 功에 대해서 알게 되었음을 밝히다.	余嘗讀方正學先生傳。至其當革除之變。談笑刀鋸。指叱鼎鑊。嘔血而長書。高歌而畢命。不但視其死如歸。而抑身後之名。將與亂逆同歸。萬世不獲伸而亦無悔也。是皆師友學問之功也。
南公轍	金陵集 卷13 「書金忠毅公 (文起)遺事後」	사육신이 순절한 일은 方孝孺의 일과 비슷하다고 논평하다.	光陵受禪。成謹甫等六君子死之。而同時有金忠毅公文起。亦下獄坐死。其事與正學略同。而其所以嫌疑忌諱者。視景泰之世。殆有甚焉。
南公轍	金陵集 卷12 「長興閔文忠公書院記」	師友로써 위대한 명성을 이룬 자는 漢의 諸葛亮과 明의 方孝孺만한 이가 없다.	古之名臣碩士。其處鄕黨。而言議風采。矜式士流。及立乎朝廷。則其所以謀王體斷國論。而富貴不淫其志。禍福不移其身者。視其修德居業。朝夕儆戒。則未嘗不原於師友。而師友

			之道。又在於誠。夫誠之爲物。建天地質鬼神。貫金石格豚魚。天且不違。而況人乎。故曰師友者。忠孝之基本。而又曰不誠無物。不誠之人。心口不符。形影相詿。爲臣則欺君。爲子則誕父。爲師友則背且賣焉。其情僞態色。不可以襲一日而掩閨闥。百世之下。其孰能信之。以師友成名者衆矣。而其大者。莫如漢之諸葛孔明。明之方希直。
南公轍	穎翁再續藁 卷1 「擬古 (十九首)」	方孝孺의 忠을 시로 읊다.	方正學‧天降亂離兮。孰知其由。忠臣殉君兮。抑又何求。嗔血長書又高歌。正氣堂堂宇宙留。當時惜不老其才。削藩疏於爲國謀。漢文有道恩豈薄。賈生年少學未優。
南克寬	夢藝集 坤 「謝施子」	명나라 문장은 方孝孺를 第一로 삼아야 하며, 宋濂은 너무 贍富하여 그만 못하다.	明文當以遜志爲第一。潛溪傷飫不如也。
朴趾源	燕巖集 卷14 熱河日記 「鵠汀筆談」	王民皥가 賈誼‧王莽‧王安石‧方孝孺 등은 정치가로서 하나같이 조급한 인물이었다고 평가하다.	鵠亭曰。… 要之賈誼‧王莽‧介甫‧方遜志。一例躁擾人。
成大中	靑城集 卷5 「感恩詩敍」	명나라의 劉基와 宋濂은 시대에 응하여 일어났으며, 方孝孺는 韓愈보다 문사가 뒤지지만 학문은 더 낫고, 王守仁은 학술이 비록 왜곡되었지만 시문은 蘇軾의 유파이다.	夫庸學之序。猶用韓‧蘇之文軌。而韓‧蘇則不能作也。孔後文章。賴有此爾。至如陳亮‧陸游之述作。幷歐‧蘇之餘緒。而元之虞集‧元好問。亦其選也。皇明劉基‧宋濂。應運而作。方孝孺辭遜於昌黎而學則逾之。王守仁學術雖枉。而文則眉山之流亞也。外是而興者。如唐順之‧歸有光。猶陳‧陸

			之踵韓・蘇也。文章正脉。具在是矣。反是而爲文。非邪則妄。君子不謂之文也。
成海應	研經齋全集續集 册11 「題方氏節井記後」	潘耒는 「方氏義井記」에서, 方孝儒의 난리에 연좌되어 억울하게 죽은 이들이 다시 인간으로 태어났다고 요망한 말을 하는데, 方孝儒는 독서하는 선비로 떳떳한 인륜을 위해 죽은 것이니, 그의 바른 의리를 더럽혀서는 안 된다고 평하다.	潘耒者。明遺民凱子也。作方氏義井記。義井者方正學之難。株連死者八百七十三人。鄕人或收其骸。納諸大井。二百餘年。井水猶赤。時見光怪。乃塞之。築其井上。名曰義井云。記又云。萬曆末。有異人言。天下將亂。或問其故。曰建文中慘死之徒。已生人間。言之妖妄。乃如是哉。正學讀書之人也。其死卽倫常之所當然也。當忠忿激發之際。語雖不擇。其心固恮於義也。當時殉身者。同是心也。豈以誅戮之慘。齎怒含憤。乃欲報於數百年之後者。彼忠魂義魄。必不宜如此。成祖皇帝。欲靖民志。固過於株連。恐亦不至如野史之慘。而耒之怪說。得不累於遜志之正也哉。
成海應	研經齋全集續集 册12 「題古本大學後」	方孝儒는 朱子의 뜻을 취하여 『大學』 제4장을 보충하는 것을 당연하게 여겼다.	夫彼一種之徒。乃歸正經文知止以下至則近道矣。於子曰聽訟之右爲傳四章。以釋致知格物。謂大學原無闕文。以譏斥朱子之補傳。董氏槐・葉氏夢鼎・王氏栢・車氏鼎臣。皆主之。金華宋氏濂。故醇儒也亦疑。於是欲取朱子之意。補第四章。正學方氏孝儒。斷以爲然。以聽訟釋本末。律以前後之例。爲大類。夫明德新民止至善三節。雖擧大綱。其樞紐亦在於本末。若如正學所言。本末之釋。于何乎見之哉。盖聖人之牖迷。務欲開誘。則必反復而諷之。以興起其善。如首章

			之喩明德新民。是也。又欲簡而約。民可以易喩。則只擧其棨。不歸支蔓。如聽訟章之擧本而識其末。是也。四書之精奧。洛閩諸先生費力講劘。凡脉絡之貫通。條例之明晰。固已悉之。一有不滿者。未嘗載焉。如程叔子之火中庸解者是已。夫以良知之解攻集注。如王守仁者。竄入于異學固也。至若方氏之所欲學。卽朱子也。乃有此疑者。誠因識不及也。安得不惜哉。
成海應	研經齋全集續集 冊11 「方孝孺」	方孝孺는 名節을 숭상하여 영락제가 왕위를 찬탈하는 것을 반대하였고, 이로 인해 화가 극심하였으나 명성을 드날리게 되었다.	皇朝立國。雖敦尙名節。未有倡之者。倡之者。其方正學乎。健文皇帝未嘗失德。釁起於骨肉。成皇帝遂至興師而得國。夫彼三楊諸臣之意以爲高皇帝之宗社依舊。亡君得君。又何擇焉。然正學諸公之意以爲國有正嫡。苟有奪之者。非吾主也。是以禍至湛宗而不顧。只明吾之義耳。故其禍烈而其名益彰。風聲及于無窮。歷數忠烈之盛。無及於皇朝者。正學爲之倡也。然史稱成祖滅方氏九族。及於門生而無遺。殆傳者過也。金川之變。歷代罕有之。故紀傳之濫猥。當在所擇爾。
成海應	研經齋全集續集 冊12 「題方氏本末記略後」	「方氏本末記略」은 盧演이 지은 것으로, 方孝孺가 항명할 때의 전말을 기록한 것이다.	此卽明盧演所述也。具言正學抗命時。金陵魏澤。謫寧海衛。匿先生幼子德宗。年九歲。托於天台衿士余學夔。後走華亭。依先生門下士兪允。允德宗之舅也。仍冒余姓。傳九世。有名朶者。爲南昌司訓。王弇洲諸人。各有傳略。萬曆己酉。南學使楊廷筠。爲方氏。復姓建祠。牒嫡裔忠枝‧忠

			奕‧樹節三人。歸台州。文皇革除之初。欲一民心。刑戮稍過。而艸野之心。終不服。故私自記抄。以寓哀傷。然考其事實。似不至若是之酷烈也。史稱文皇誅正學宗支外親及朋友門生。以實十族。然余允姻黨也而免焉。得匿其孤。王稱門徒也而免焉。得輯遺文。据此則十族豈盡誅乎。以正學之忠義。得保其胤。亦天理之公也。且當時諸人。苦心愛護。卽人情之常也。今文文山之後。避地東土。流離顚連。不絶如縷。余屢及於有力者。而冀或之拯。是天理之所存。而人情亦可以永其常也乎。
成海應	研經齋全集續集 册12 「題方氏本末記略後」	魏澤이 寧海衛로 귀양 갔을 때 숨겨주었던 方孝孺의 어린 아들인 方德宗은 9세엔 余學夔에게 의탁하였으며 그 후엔 余允에게 의지하였다.	上同
成海應	研經齋全集續集 册12 「讀書式」	宋濂‧方孝孺‧王守仁‧歸有光의 문장은 볼 만하니 華藻에 뛰어나다.	文章句法。… 自東漢以後。文氣衰弱。至唐而昌黎之雄奇始振之。六一之典雅。南豊之醇正。斯爲軌範。餘當以柳州‧荊公‧三蘇‧放翁之文。資其意匠。明之宋金華‧方遜志‧王陽明‧歸震川之文。亦宜觀省。長其華藻。
申欽	象村稿 卷45 彙言(四)	方孝孺는 사변에 적절히 대처하지 못한 인물이다.	建文優於守成而不足以處天下之事。以太宗之雄略。而甘心於齊泰‧黃澄之鑱削者。無是理也。而方正學但講周禮。不亦迂哉。

安錫儆	霅橋集 下 霅橋藝學錄	명나라의 宋濂·方孝孺· 王守仁·唐順之 등은 힘 써 당송팔대가의 법도를 배우려 했지만, 辭氣는 朱 子의 문장에서 나온 것이 많았다.	文章自唐而宋。已降一級。而爲歐· 蘇。及至南宋。則又降一級。… 若朱 子文章。則理致精深正大。法度周整 細密。氣暢達渾厚。直紹孔孟之文 章。要當不拘於世級。而顧風氣所 關。不能免南宋格調。況於元以下諸 文家乎。故虞伯生歐陽原功。以元文 之稱首。而力學八大家規矩。然其辭 氣出自朱文者爲多。皇明之宋景濂·方 希直·王伯安·唐應德亦然。
安錫儆	霅橋集 下 霅橋藝學錄	方孝孺의 문장은 滔滔蕩 蕩하여 쉽게 나온 것들 이라서 承接裁斷에 매우 갑작스런 경우가 있고, 照應關鍵에 몹시 소원한 것이 있으나, 道를 본 것 이 밝고 氣를 기른 것이 성대하며, 그 문사가 奇 偉하여 천하 후세에 대 적할 만한 사람이 없다.	方希直之文。滔滔蕩蕩。出之容易。 故於承接裁斷。有太遽之。照應關 鍵。有太疎者。律之以孟韓鎔裁。固 多可憾。而比諸歐蘇曾王之結構無疵。 針線無痕。亦所不逮。獨以見道之 明。養氣之盛。而其辭之奇偉。無敵 於天下後世。嗚呼。學文之人。可不 務本領乎哉。
安錫儆	霅橋集 下 霅橋藝學錄	方孝孺·王守仁·唐順 之·王愼中 등은 대대로 내려오는 문장의 법도를 충실히 학습한 인물들로 써, 후학들이 이들을 통 해 문장의 법도를 배울 수 있다.	文家體裁。出於二典三謨。而歷伊萊 傅箕·周·召·孔·曾·思·孟群聖 賢。傍曁諸子百家。雖有意趣辭氣之 異。而體裁則同一規也。故左國以 下。三漢作者。雖奇變百出。而其規 矩則一也。至唐宋八大家。各體皆備 千變萬化。而所循規矩一而不貳。森 可學。故方希直·王伯安·唐應德·王 道思輩。皆取法於此。後之學者。能 於此而見其法度。則其於希直·伯安· 應德·道思之文。何難之有哉。

李德懋	靑莊館全書 卷48 「耳目口心書 (一)」	方孝孺・王守仁・唐順之・歸有光의 문장을 擬古와 創新을 주장하는 문인들과는 다른 문장 스타일이라고 평가하다.	或曰。子奚取焉。曰。集二子而各棄其酷焉可也。然方遜志・王陽明・唐荊川・歸震川輩。亦文章別派也。豈肯受節制於此二子哉。蓋于鱗輩雄健。中郎輩退步矣。中郎輩超悟。于鱗輩退步矣。各自背馳。俱有病敗。然絶世異才。振古俊物。新羅高麗國。終恐無之矣。
李德懋	靑莊館全書 卷48 「耳目口心書 (一)」	黃宗羲가 그의 편서에 王世貞・李攀龍・方孝孺・王守仁・歸有光 등의 글을 수록하다.	乙酉十二月初九日。李正夫來。談吐抵夕。正夫曰。黃宗羲。明末淸初人也。極博■明人之集。無一遺漏。凡一千三百種。於是選緝■明文海・■明文案二書。尙未刊行。而二書中。又精選爲■明文授讀。以敎其子百家云。余問曰。其人所尙。大抵何如耶。正夫答曰。廣備百體耳。余曰。誰文多收耶。曰。雖王李大家。收入不多。多收者。方正學・王陽明・歸震川輩文。余曰。是子主意在此。
李裕元	嘉梧藁略 冊3 「皇明史咏」	方孝孺의 事績을 시로 읊다.	潛溪門下一書生。炯炯雙眸秋水明。九食三旬獨自笑。禮隆正學以廬名。
李裕元	嘉梧藁略 冊14 「玉磬觚賸記」	方孝孺가 古今의 仕者에 관해 언급한 말을 인용하다.	方正學孝孺曰。古之仕者及物。今之仕者適己。及物而仕樂也。適己而棄民恥也。與其貴而恥。孰若賤而樂。故君子難仕。
李宜顯	陶谷集 卷27 雲陽漫錄	方孝孺의 문장은 經術을 근본으로 하여 先人들의 典型을 볼 수가 있다.	明興。宋潛溪・方遜志諸公。以經術爲文章。其文雖各有長短。猶可見先進典刑。遜志尤浩博純正。

李宜顯	陶谷集 卷28 陶峽叢說	方孝孺는 의리와 학술을 文詞로 나타낸다는 측면에서 劉基·宋濂과 한 유파이다.	明文集行世者。幾乎充棟汗牛。不可殫論。而大約有四派。姑就余家藏而言之。方遜志·劉誠意·宋潛溪。以義理學術。發爲文詞者也。此爲一派。遜志尤滂沛浩瀚。有明三百年文章。絶無及此者。潛溪其亞。而誠意又潛溪之匹也。
李宜顯	陶谷集 卷28 陶峽叢說	方孝孺·于謙·楊繼盛의 글을 묶어 三異人集이라고 하였는데, 오로지節義만을 취한 것이다.	又以方遜志·于忠肅·楊椒山文。合爲一笑。名曰三異人集。此則專以節義而取之也。
李廷龜	月沙集 卷41 「晦齋先生五箴忘機堂書後跋」	계사년(1593)에 宋應昌이 조선에 왔을 때, 李廷龜가 『大學』을 講解하면서 李彦迪의 『大學章句補遺』에 대해 말하자, 宋應昌이 方孝孺와 董槐의 저서를 언급하며 李彦迪의 저서를 보고자 했으나 얻지 못했다고 말한일을 언급하다.	余嘗讀大學。至格物致知傳之闕。朱夫子雖嘗補之。而猶以未見聖人全書爲恨。及睹先生章句補遺。而後渙然如夢得覺。未嘗不激昂三嘆。其所考定證正者。實深得朱夫子之遺意。而條理貫通。互相發明。蓋朱夫子序大學曰竊附己意。補其闕略。以俟後之君子云。… 歲癸巳。天朝經略兵部侍郎宋應昌。來按東征。兵事之暇。要見我國學士講解大學。余實隨其幕中。話間。嘗以先生補遺。言其梗槩。則經略大驚嘆曰。中朝大儒方正學·董文靖諸公。亦嘗刪定次序。著爲成書。錯簡歸正。儒論大定。豈料東方乃復有斯見耶。求見其書甚懇。適時搶攘不果得。
李夏坤	頭陀草 冊16 「與洪道長書」	方孝孺·王守仁·歸有光·王愼中·唐順之가비록 八家에게서 법을취하였으나, 문장의 근본을 탐색하여 六經까지	如方希直·王伯安·歸熙甫·王道思·唐應德輩。雖曰取法於八家。而亦能探索根本。上泝六經。故其文皆可觀。而至於熙甫。其用力比他人尤純深。故其文外淡而中腴。語簡而味

		거슬러 올라갔기에 그들의 문장이 볼 만하다고 평하다.	深。嘗自稱曰吾文可肩隨歐‧曾‧介甫則不難抗行矣。此非夸也。其自知可謂深矣。
田愚	艮齋集後編續卷7「全齋先生語錄」	方孝孺는 喪中에도 시를 지었다.	遜志於喪中作詩。想其學不拘觳率故然歟。箴銘序記。亦不宜作於喪中。愚看王弇州祭李攀龍文。有喪中作詩事。擧而質之曰。明人此等事。似是文勝。先生首肯。
韓章錫	眉山集卷10「駿鸞錄引」	方孝孺의 말을 인용하여 지나치게 山水에 빠지는 것을 경계하다.	方遜志言曰。心可樂乎物。而不可溺乎物。苟得其樂而不爲所溺。雖祿位不足爲累。苟溺於所好而不能樂其趣。雖林泉之淸。亦足爲役志之具而已。
韓章錫	眉山集卷7「明文續選序」	『明史』를 읽고 方孝孺의 인품과 행적에 탄복하다.	余讀明史。見方正學先生之爲人。其出處深正。志存敎化。已自聘辟之初。慨然以三代自任。知其有經濟之略矣。
韓章錫	眉山集卷7「明文續選序」	『遜志齋集』에 실린 문장을 뛰어나다고 평가하면서 鍾惺이 選集에서 方孝孺의 문장을 누락한 것을 의아해하다.	及觀其所爲遜志齋集。其志遠其辭宏。其氣和平而其理密察。澤於道德而其言自中尺度。措之政事而其術皆可師法。孔子曰有德者必有言。若先生始可謂通儒已矣。異哉。不爲鍾惺氏所取也。豈行有所掩。不屑以文人稱歟。抑禁網未弛。其書晚出歟。
韓章錫	眉山集卷7「譜圖序」	方孝孺의 말을 인용하여 자신이 편찬한 譜圖에 당위성을 부여하다.	方遜志有言曰。惟君子而無祿位。族雖衰猶盛也。祿位光榮而君子無聞焉。族雖盛猶衰也。
韓章錫	眉山集卷7「絅堂集序」	徐應淳이 方孝孺에 비견된 것에 힘입어 수십 년간 道義를 切磋琢磨하다.	某早辱公知獎。同方遜志。道義切劘者數十年餘矣。

洪吉周	峴首甲藁 卷3 「明文選目錄 序」	洪奭周가 명나라 문인 劉基·宋濂·方孝孺·解縉·楊寅·李東陽·王守仁·唐順之·王愼中·歸有光의 문장을 모아 『明文選』 甲集 10권을 만들었다.	明文選二十卷。目錄一卷。淵泉先生之所篇也。其書有五集。以劉伯溫·宋景濂·方希直·解大紳·楊士奇·李賓之·王伯安·唐應德·王道思·歸熙甫之文爲甲集。甲者。一代之宗也。…甲集十卷。
洪吉周	峴首甲藁 卷4	書·詩·春秋·左傳·孟子·檀弓·考工은 문장 가운데 뛰어난 것으로 이러한 글을 계속해서 공부하면 높게는 韓愈·歐陽脩·蘇軾의 수준에 이를 수 있고, 낮게는 宋濂·方孝孺·歸有光의 수준에 이를 수 있다.	書·詩·春秋·邱明·孟氏之書。檀弓·考工之記。文之至高者。讀於斯。誦於斯。坐立頻笑於斯。高則爲韓·歐·蘇。下則爲宋濂·方孝孺·歸有光之倫。
洪吉周	峴首甲藁 卷8	方孝孺는 돈후하고 고아하고 뛰어났으며 죽음은 正道를 얻었으나 治世術은 부족하였다.	方孝孺希直。惇雅有文學。死又得其正。於治術則固短也。
洪奭周	淵泉集 卷24 「選甲集小識」	『明文選』 甲集에 뽑은 인물 중에서 宋濂·唐順之·歸有光은 옛 사람들의 의론을 따른 것이고, 劉基를 宋濂과 함께 묶되 더 높인 것과 方孝孺·王守仁을 歸有光보다 높인 것은 내가 취하는 바가 있기 때문이며, 解縉·楊士奇·李東陽·王愼中은 못마땅한 점이 없지 않지만, 그 장점을	今之爲文辭者。大擧多尙明文矣。其甚者。往往棄韓·柳·歐·蘇不道。而其詆訶之者。又擧曰明安得有文。是二者。皆未知明文也。豈惟不知明文哉。固未嘗知何者爲明文也。夫李觀·樊宗師·劉蛻·劉輝·宋祁之文。固皆唐宋也。今有學李觀·樊宗師·劉蛻·劉輝·宋祁之文而曰。吾學唐·宋文。又有人從而詆之曰。唐·宋之文不可學。是尙爲知唐·宋文也哉。今之尙明文者。吾無論已嚮有適中州者。至遼瀋之陲。入其三家店。炊蜀黍買醬而

		본다면 한 시대의 으뜸이라 할 만하다. *『明文選』甲集에 적은 글이다.	食之曰。中國無飲膳。今之詆訶明文者。亦奚以異是哉。余自宋景濂以下得十人。以其傑然爲一時甲也。故曰甲集。其取宋景濂・唐應德・歸熙甫。皆古人之餘論也。其以劉伯溫。配景濂而上之。而尊方希直・王伯安於歸唐之右。余竊有取焉爾。若解大紳之輕俊。楊士奇・李賓之之平衍。王道思之支蔓。於余心。有未慊焉。雖然。推其所長。亦可以爲一時之甲矣。遂總爲甲集十卷。
洪翰周	智水拈筆卷1	명나라의 宋濂・劉基・方孝孺・王守仁은 탁월한 문장가로 茅坤보다 뛰어나다.	明之宋濂・劉基・方孝孺・王守仁。皆絶代之文章。而鹿門以上之人也。八家爲甲。則諸公爲乙可也。豈可謂八家之外。全然無可選之一家也。此甚可笑。
洪翰周	智水拈筆卷4	方孝孺가 여러 선현들에 대해 논한 것을 소개하다.	明儒方正學。答客問曰。諸葛亮有大賢之才。而不得聞聖人之學。司馬光・范仲淹。有君子之風。而無大賢之才。過此以往。又何足論。盖求備於人。誠難矣。
洪翰周	智水拈筆卷5	문집에 초상화를 그려 넣은 경우로 方孝孺의 『遜志齋集』을 소개하다.	古人文集卷首。或寫其遺像。余所見者。惟歐陽公集・東坡集・朱文公大全・文文山集・方遜志集・王漁洋精華錄而已。
洪翰周	智水拈筆卷6	方孝孺의 일생과 문장을 소개하다.	方正學孝孺。字希古。一字希直。天台人。受學於金華宋文憲公。以經術文章。名天下。其文差欠裁剪。而其波瀾氣骨。實勝金華。所著有遜志齋集。農巖先生。亦以遜志陽明遵巖荊川四家。推爲明世第一大家。又曰。谿谷澤堂。皆不能出方王度內。其文

			盖深於經術。優於理致。滔滔如長江大河。然明人論文。亦無取者。可怪也。成祖靖難時。道衍力勸勿殺。成祖亦必欲用之。使人召致。正學以縗服入前。植立不拜。上下榻勞之曰。朕欲效周公輔成王。正學曰。成王安在。上曰。彼自焚死耳。正學曰。何不立成王之子。上曰。國賴長君。正學曰。何不立成王之弟。上語塞。正學曰。周公亦有是事乎。上復慰之曰。先生何乃自苦。詔草。非先生莫可。遂以紙筆授之。正學乃援筆立草。大書。燕賊篡位四字。投筆大哭曰。死則死。詔不可草。上大怒曰。汝不顧九族乎。正學曰。雖十族。奈何。上命抉其口至耳。猶罵不絕聲。含血噀帝。上遂依其言。幷朋友門生合十族之數八百七十三人。同日磔于市。何其酷烈也。終明之世。無敢以正學事。雪冤於朝。崇禎末。闖賊入台州。執一方氏欲殺。其人曰。我正學先生後孫。賊聞之。汪然出涕而捨之。下令其軍。使勿更入方村。由是賴安云。夫正學。闖賊亦感。而朝廷不問。可歎也。正學之死。時年纔三十六。而所養之正大。所學之宏深。已如此。雖使先生無此立節。假至成就其德。有明一代。豈可多得。人或比之成梅竹。而其文章學術。梅竹必不及矣。
洪翰周	智水拈筆卷6	方孝孺는 宋濂의 제자인데, 문장의 우열에 서로 장단점이 있다.	方正學孝孺。字希古。一字希直。天台人。受學於金華宋文憲公。以經術文章。名天下。其文差欠裁剪。而其波瀾氣骨。實勝金華。

洪翰周	智水拈筆 卷6	方孝孺의 문장은 經術에 깊고 理致가 빼어나 도 도한데, 명나라 사람들 이 문장을 논하면서 方 孝孺을 취하지 않는 것 이 이상하다.	其文蓋深於經術。優於理致。滔滔如 長江大河。然明人論文。亦無取者。 可怪也。
洪翰周	智水拈筆 卷6	方孝孺에게 세월이 더 주어졌더라면 문장과 학 술이 明代에 으뜸이 되 었을 것이다.	正學之死。時年纔三十六。而所養之 正大。所學之宏深。已如此。雖使先 生無此立節。假至成就其德。有明一 代。豈可多得。人或比之成梅竹。而 其文章學術。梅竹必不及矣。
洪翰周	智水拈筆 卷6	金昌協은 方孝孺·王守 仁·唐順之·王愼中을 명나라 문장의 대가로 꼽 고, 조선의 張維와 李植도 그 범위를 벗어나지 못하 였다고 평하였다.	農巖先生。亦以遜志·陽明·遵巖·荊 川四家。推爲明世第一大家。又曰。 谿谷澤堂。皆不能出方王度內。

인물 해설	청나라 문인으로 蒙古 正黃旗人이다. 성은 烏爾濟氏이며 원래 이름은 運昌이다. 자는 開文, 호는 時帆, 梧門, 陶廬, 小西涯居士 등을 사용하였다. 1780년에 進士가 되었으며 훗날 侍讀을 역임했다. 집안에 詩龕과 梧門書屋을 만들어 法書와 名畵를 보관하였다. 서실 이름은 存素堂이다. 저서로는 『淸秘述聞』, 『槐廳筆記』, 『備遺錄』, 『存素堂集』, 『梧門詩話』 등이 있다.
인물 자료	○ 『淸史稿』, 列傳 272 法式善, 字開文, 蒙古烏爾濟氏, 隷內務府正黃旗. 乾隆四十五年進士, 授檢討, 遷司業. 五十年, 高宗臨雍, 率諸生七十餘人聽講, 禮成, 賞賚有差. 本名運昌, 命改今名, 國語言"竭力有爲"也. 由庶子遷侍讀學士, 大考降員外郞, 阿桂薦補左庶子. 性好文, 以宏奬風流爲己任. 顧數奇, 官至四品即左遷. 其後兩爲侍講學士, 一以大考改贊善, 一坐修書不謹貶庶子, 遂乞病歸. 所居後載門北, 明李東陽西涯舊址也. 構詩龕及梧門書屋, 法書名畵盈棟幾, 得海內名流詠贈, 即投詩龕中. 主盟壇坫三十年, 論者謂接跡西涯無愧色. 著淸秘述聞・槐廳載筆・存素堂詩集. 平生於詩所激賞者, 舒位・王曇・孫原湘, 作三君子詠以張之. 然位豔曇狂, 惟原湘以才氣寫性靈, 能以韻勝, 著『天眞閣集』.
저술 소개	*『存素堂文集』 (淸)嘉慶 12年 程氏 揚州刻本 4卷 / (淸)嘉慶 12-16年 程邦瑞 揚州刻本 『文集』4卷 『續集』1卷 / (淸)抄本 4卷 *『梧門詩話』 (淸)稿本 16卷 *『八旗詩話』 (淸)稿本 1卷

비 평 자 료			
金正喜	阮堂全集 卷9 「題梁左田(鈱)書 法時帆西涯詩卷 後, 左田是翁覃溪 先生壻也, 書法大 有覃溪風致」	翁方綱의 사위인 梁鈱 이 法式善의 詩卷 뒤에 쓴 題詞를 평하는 시를 쓰다.	左田西涯卷。優入覃溪室。爲其甥舘 故。頗能學法律。濃麗則具足。但少 蒼而遒。覃翁眞天人。坡公生今日。 平生所爲事。一與坡公匹。運會反復 過。瘦銅辭匪溢。(用張瘦銅覃溪像贊 語。) 以至相頮末。盖癭衣領闊。(坡公 詩闊領新裁盖癭衣。覃溪左項。亦有 癭。) 筆硯發瑞光。千燈影集一。時帆 外國人。(蒙古。) 敬爲瓣香爇。蘇門稱 弟子。知伊是後佛。潭上茶陵宅。文 彩尙不沫。(西涯舊宅。爲今積水潭。 時帆詩龕今在此。) 風荷一萬柄。靑林 映翠樾。(靑林翠樾。姚孟長語。) 十友 圖中像。笝脯詩龕設。攷瓣甚宏博。 溪橋剖舊失。(橋名。爲李廣定。時帆 定爲李公橋。考訂甚博。) 選日招勝 流。儼然竹溪逸。(時帆・兩峰・稚 存・立之・定軒・雲野。) 作爲西涯 圖。翁公主文筆。昔登文殊會。妙旨 參纖悉。惆悵半畝園。雪窓憐臥疾。 (余入燕時。值時帆有疾未見。半畝 園。時帆號。又有雪窓課讀圖。) 萬里 照靑眼。夢想長交轡。異苔今同岑。 緣業知有結。
金正喜	阮堂全集 卷9 「題梁左田(鈱)書 法時帆西涯詩卷 後, 左田是翁覃溪 先生壻也, 書法大 有覃溪風致」	法式善은　蒙古人으로 翁方綱의　제자이다.	時帆外國人(蒙古)。敬爲瓣香爇。蘇 門稱弟子。知伊是後佛。

金正喜	阮堂全集 卷9 「題梁左田(鉞)書 法時帆西涯詩卷 後, 左田是翁覃溪 先生壻也, 書法大 有覃溪風致」	法式善의 집은 明代 李 東陽의 故居인데, 그 경 치를 姚希孟의 말을 원 용하여 묘사하다.	潭上茶陵宅。文彩尙不沫。(西涯舊 宅。爲今積水潭。時帆詩龕今在此。) 風荷一萬柄。青林映翠樾。(青林翠 樾。姚孟長語。)
金正喜	阮堂全集 卷9 「題梁左田(鉞)書 法時帆西涯詩卷 後, 左田是翁覃溪 先生壻也, 書法大 有覃溪風致」	法式善·羅聘·洪亮 吉·立之·曹錫齡·朱 鶴年이 모임을 갖고 「西 涯圖」를 그렸는데, 翁方 綱이 이에 대해 글을 써 주다. * 여기서 언급된 翁方綱 의 글은 『復初齋文集』 卷6에 실린 「西涯圖記」 이다. 法式善의 『存素堂 文集』卷1에 「西涯考」 卷3에 「西涯圖跋」이 실 려 있고, 『存素堂詩初集 錄存』卷6에 「西涯詩」 가 실려 있다. 원문의 "雲野"는 野雲(朱鶴年의 字)의 잘못으로 보인다.	選日招勝流。儼然竹溪逸。(時帆·兩 峰·稚存·立之·定軒·雲野。)作爲 西涯圖。翁公主文筆。
金正喜	阮堂全集 卷9 「題吳蘭雪(嵩梁) 紀遊十六圖 (並序)」	吳嵩梁과 法式善의 만 남에 대해서 이야기하 다.	淨業蓮因吟詩何處好。詩境夢無邊。 天上眞腴宦。稅詩兼稅蓮。(原序云。 余與法時帆定交。乙丑下榻詩龕。淨 業湖花事尤盛。遂用放翁語。以蓮花 博士自署。)

申緯	警修堂全藁 冊19 養硯山房藁(四) 「題藕船黃葉懷人圖」	李尚迪의 「黃葉懷人圖」에 자신과 中國 名士들인 翁方綱·戈寶樹·葉志詵·汪汝瀚·丹巴多爾濟·松筠·金光悌·金宗邵·金震·朱鶴年·法式善·劉元吉·和寧(和瑛)·李克勤·榮自馨·吳嵩梁·蔣詩·錢林·丁泰·鄧守之·熊昂碧·劉枚·周達·張深과의 교유를 추억하는 시를 쓰다.	藕船手持黃葉圖。問我亦有懷人無。我亦懷人懷更苦。廿載黃葉秋糢糊。風雅及見隆嘉際。時則皇都盛文儒。蘇齋蘇室叩詩髓。蘇集蘇帖參寶蘇。書家秘鑰啓用筆。內蜜外縱傳楷模。紅豆歌筑日狂飮。戈生(寶樹)葉生(東卿)汪君(載靑)俱。汪君馳譽傳神筆。乘興肯畫山澤癯。篆香特爲斯人補。周邪長官有此乎。(語在覃溪題余小照詩中。) 蘭兄蕙嫂具鷄黍。拭桌未暇丫鬟呼。(以上記蘇齋雅集也。)賢王折節敬愛客。鏡天花海紅毹。那知墨緣證屛障。隅然落筆田盤衢。中年哀樂感絲竹。況是開筵唱驪駒。(余於盤山酒樓。有書贈主人者。丹貝勒朝陵歸路見之。豪奪而來。已入屛幛。是日海甸相邀。亦以此墨緣。)一代偉人松湘浦。東關西苑奉歡娛。且置藥物念行李。虎字相贈入山符。(湘浦手書草虎字。字過方丈。贈余曰。此足以除不祥。)蘭畦尙書(金光悌)何好我。班行遙見愛眉鬚。自慚我豈眞名士。折簡招邀誠不虞。中書(蘭畦哲嗣載園。)內齋留談藝。木瓜佛手香盤盂。孝子(筠伯)刲股中書病。尙書忠孝詒厥謨。野雲三朱之一也。(法梧門。有三朱山人詩。謂素人·津里及野雲也。)畫名任俠傾燕都。訪我何晚玉河館。相逢是別立斯須。夕陽黃昏西崑句。字字淚落談草濡。海上歸老劉芝圃(元吉)。英雄種菜娛桑楡。班荊贈我恩遇記。戰伐勳名三楚區。瀋陽將軍(和太菴寧)亦愛士。衙齋雅集圍茶罏。請我題句西藏賦。佛國仙都載馳驅。鄂君船送

| | | | 回泊汋。遼東二生提玉壺。(李克勤・榮自馨)　邊塞得有此佳士。莫是當年幼安徒。自哭蘇齋名父子。誰爲惺迷誰砭愚。蘇齋替人有蘭雪。金粟秋吟並操瓠。詩品謬以蘇黃詡。墨竹兼之愛屋烏。名山付託恐相負。金粟自破金丹殂。秋吟最與論詩契。弁卷屬之東海隅。蘭雪一麾隔萬里。蕚綠梅慰琴音摸。(蘭雪黔南行時。寄余其哲配綠梅圖)　丁中翰(卯橋)屢求詩稿。鄧孝廉(守之)曾乞畫厨。熊(雲客)劉(眉士)周(菊人)張(茶農)尙無恙。星散天涯斷雁奴。舊雨零落一彈指。獨立蒼茫餘老夫。可懷何止於黃葉。感在鄰笛河山壚。縱有雲伯寄詩至。渺渺澹粧西子湖。聞我苦懷蒛船泣。■人多淚少歡歈。黃葉可聽不可數。一半響交蘆舫蘆。 |

32

查愼行 (1650-1727)

<table>
<tr>
<td>인물
해설</td>
<td>청나라 초기의 시인으로, 初名은 嗣璉, 字는 夏重, 號는 查田이다. 나중에 이름을 愼行으로 고친 후 자를 悔余, 호를 初白 또는 他山이라 하였다. 만년에 初白庵에 기거하였기 때문에 查初白이라고도 불린다. 海寧 袁花(지금의 浙江) 출신이다. 강희제의 신임이 두터워 황제의 여행에 자주 동행하였으며 황제로부터 칭송을 받곤 했다. 하지만 관직을 사직한 뒤에 고향으로 돌아가 한가한 생활을 즐겼다. 그의 시는 蘇軾과 陸游의 작품을 본보기로 하여 수식에 기울지 않았으며 자신의 정경을 드러내면서도 妙趣를 얻는 경향으로 나아갔다. 그럼으로써 당시까지 유행하던 격조 중시의 시풍을 일소하여 청나라 초기 시단에 일대 혁명을 가져왔다. 그 이후 청나라에서는 오랫동안 宋詩風이 크게 유행하였다. 朱彝尊이 세상을 떠나자 東南詩壇의 領袖가 되었다. 저서에 『他山詩鈔』, 『敬業堂集』, 『周易玩辭集解』, 『經史正譌』, 『蘇詩補注』, 『人海記』, 『黔中風土記』, 『陪獵筆記』, 『廬山游記』 등이 있다.</td>
</tr>
<tr>
<td>인물
자료</td>
<td>○ 『淸史稿』, 列傳 271
　查愼行, 字悔餘, 海寧人. 少受學黃宗羲. 於經邃於易. 性喜作詩, 遊覽所至, 輒有吟詠, 名聞禁中. 康熙三十二年, 擧鄕試. 其後聖祖東巡, 以大學士陳廷敬薦, 詔詣行在賦詩. 又詔隨入都, 直南書房. 尋賜進士出身, 選庶吉士, 授編修. 時族子升以諭德直內廷, 宮監呼愼行爲老查以別之. 帝幸南苑, 捕魚賜近臣, 命賦詩. 愼行有句云:"笠簷蓑袂平生夢, 臣本煙波一釣徒." 俄宮監傳呼 "煙波釣徒查翰林". 時以比春城寒食之韓翃云. 充武英殿書局校勘, 乞病還. 坐弟嗣庭得罪, 闔門就逮. 世宗識其端謹, 特許於歸田里, 而弟嗣瑮謫遣關西, 卒於戍所.

○ 徐錫齡, 『熙朝新語』 卷3.
　海寧查愼行初名嗣璉, 康熙癸未庶吉士. 胞弟嗣瑮, 官編修. 族侄升, 官諭</td>
</tr>
</table>

	德. 時稱三査. 上賜鮮魚, 愼行紀恩詩云 : "笠簷蓑袂平生夢, 臣本煙波一釣徒." 頗稱旨. 一日, 忽奉內傳煙波釣徒査翰林, 蓋以別二査也. 愼行又有"煙蓑雨笠尋常事, 慚愧猶蒙記憶中"之句, 一時以爲佳話. ○ 趙翼, 『甌北詩話』 　… 梅村後, 欲擧一家列唐宋諸公之後者, 實難其人. 惟査初白才氣開展, 工力純熟, 要其功力之深, 則香山 · 放翁後一人而已. …		
저술 소개	★ 『敬業堂集』 　(淸)刻本 50卷 ★ 『人海記』 　(淸)抄本 不分卷 ★ 『初白庵藏珍記』 　(淸)査愼行撰 (淸) 吳昂駒輯 淸代 抄本 1卷 題跋 1卷 尺牘 2卷 ★ 『査初白文集』 　(淸)抄本 不分卷 (淸)吳騫 · 徐洪鼇跋 ★ 『聊以備忘』 　(淸)査氏 敬業堂抄本 4卷 ★ 『東坡先生年表』 　(淸)査愼行編 (淸)乾隆 26年 香雨齋刻本　1卷		
비 평 자 료			
金正喜	阮堂全集 卷2 「與申威堂(二)」	朱彛尊과 王士禛 이외에는 査愼行이 가장 門徑이 바른 시인이다.	下此有査初白。是兩家後門徑最不誤者也。
金正喜	阮堂全集 卷2 「與申威堂(二)」	朱彛尊 · 王士禛 · 査愼行을 통하여 宋元의 대가들을 거슬러 杜甫의 경지에 들어가야 한다.	由是三家。進以元遺山 · 虞道園。溯洄於東坡 · 山谷。爲入杜準則。可謂功成願滿。見佛無怍矣。外此旁通諸家。左右逢原。在其心力眼力並到處。如鏡鏡相照。印印相

			合。不爲魔境所誤也。
徐澄修	明皐全集 卷14 「紀曉嵐傳」	紀昀이 洪良浩의 文은 魏禧의 流亞이고, 詩는 施閏章과 查愼行과 伯仲이라고 평하다.	余曰耳溪詩文何如。在中國則可方何人否。曉嵐曰耳溪詩文。獨來獨往。不甚依門傍戶。所以爲佳。其文在中國則魏叔子之流亞。詩在中國則施愚山查初白之伯仲也。
申緯	警修堂全藁 冊3 蘇齋拾草 「蘇齋拾草序」	紀昀이 정밀함을 극찬한 查愼行의 『補注東坡編年詩』 및 翁方綱의 『蘇詩補注』를 곧 구해 올 예정임을 말하다.	又有查氏愼行補注東坡編年詩。紀曉嵐亟稱其精密過於西坡。又有覃溪補注成於癸卯春者。此二本。方購求於燕。計不久爲吾有也。則注公之集者。擧無闕漏也。
申緯	警修堂全藁 冊6 崧緣錄 「再題崧緣錄」	邵長蘅・李必恒・馮景・翁方綱・查愼行이 蘇軾 시에 주를 단 것을 언급하고, 宋犖은 중시하지 않았던 王龜齡 주석본의 가치에 대해 말하다.	其七: 邵(子湘)・李(百藥)・馮(山公)・查(初白)最後翁(正三)。江河不廢寶蘇風。商邱(宋牧仲)且莫祖施(元之)・顧(景繁)。藍本梅溪(王龜齡)初注中。
申緯	警修堂全藁 冊7 碧蘆舫藁(一) 「題東坡逸詩後(幷序)」	翁方綱의 『復初齋集』과 『蘇詩補注』 및 查愼行의 『補注東坡編年詩』를 참조하여 蘇軾의 逸詩를 찾아낸 기쁨을 노래하다.	天際烏雲帖云。僕在錢塘。一日謁陳述古。邀余飲堂前小閣中。壁上小書一絶。君謨陳跡也。約綽新嬌生眼底。侵尋舊事上眉尖。問君別後愁多少。得似春潮夜夜添。又有人和云。長垂玉筯殘粧臉。肯與金釵露指尖。萬斛閒愁何日盡。一分眞態更難添。二詩皆可觀。後詩不知誰作也。查初白蘇詩補注。則以爲過灘州驛。見蔡君謨(一本無此四字。)題詩壁上云。綽約新嬌生眼底。逡巡(一本作優柔)舊事上眉尖。春來試問愁多少。得似春潮夜夜添。不知爲誰而作也。和一首長垂玉筯殘粧臉。肯爲金釵露指尖。

			萬斛新愁何日盡。一分眞態更難添。又有贈靑瀧將謝承制七律一首。初白有按說曰。以上二首。諸刻本皆不載。據外集第五卷。自密州移徐州時作。今采錄云云。余喜得公逸詩。遂爲詩而記之。
			其一︰殘粧玉筯情嫌麗。放鴿金籠語諱尖。嬉笑文章皆是道。好敎采錄集中添。(復初齋集題天際烏雲帖墨跡詩」註云。蘇詩去年柳絮飛時節。記得金籠放雪衣。自注杭人以放鴿爲太守壽。盖托詞也。王注引天寶中雪花鸚鵡。近日査注引倦游錄放雀鴿。皆未見此墨跡耳。据此則可知後詩不知誰作也之爲同一托辭也。)
			其二︰常怪周韶同輩語。傑然詞采不纖尖。而今代促刀堪證。初白菴書恨失添。(以余觀之。周韶‧胡楚‧龍靓三詩。如出公一手。)
			其三︰想見熙寧第九臘。粉箋凝滑刷毫尖。和詩且置誰人作。二字瀧州一證添。(天際烏雲帖。公滯雪瀧州時所寫者。實熙寧九年丙辰除夕也。)
			其四︰偶尋一事浮暉閣。襲謬商丘失筆尖。五百篇中公自註。揭爲題目一詩添。(公集與客游道塲何山。得鳥字詩二十韻。五古也。其曰更將掀舞勢。把燭畫風篠。美人爲破顏。正似腰支嫋。四句下。公自注歸自道塲何山。遇大風。因憩耘老溪亭。命官奴秉燭奉硯。寫風竹一枝。云云。査氏有按說曰更將

			掀舞勢四句。諸刻本。另作五言絕句一首。明屬重出。今移原題。作四句註脚。以正向來之訛。余謂商邱施註本。自謂一洗王注之陋。而又不免襲謬如此。宜乎後人之譏以潦草也。浮暉閣·耘老溪亭。出吳興掌故集。)
申緯	警修堂全藁 冊8 碧蘆舫藁(四) 「余所藏東坡文字，舊有全集·王註·施註·查註四種，又得覃溪補注及海外集二種，玆集之聚，殆無遺憾，喜而有述，凡四百四十字」	查愼行의 『補注東坡編年詩』, 翁方綱의 『蘇詩補注』, 樊潛庵의 『蘇文忠公海外集』 등을 비롯한 자신의 蘇軾 관련 저작에 대해 언급하다.	我有蘇集癖。大小種三四。大固味全鼎。小大廢歠芰。梅溪始注詩。猶有蹎駁議。分門最其失。恐非王氏志。舊分五十門。省爲三十二。因襲或爲咎。細究豈無自。(趙夔舊序。此書分五十門,金華呂氏省爲三十二門。王氏因之。) 八注與十注。悵望空予跂。堯卿及子西。重複沈黃曁。皆今所未傳。義例嗟永閟。(查愼行云舊有八注十注。稍後者有唐庚·趙夔等注。乾道末。御製序刊行。紹興中。有吳興沈氏注。見吳興備志·經籍中。漳州黃學皐補注。見王懋宣閩大記·藝文類中。今皆不傳。) 玆集注最難。放翁言之亟。(說見渭南集「施司諫注蘇詩序」。) 施注徒編年。善本稱無媿。後出者雖巧。踵前或多利。蘇氏之功臣。王施爭座位。商邱補施闕。兩家太軒輊。我當跋宋槧。面目今頗異。複出固可刪。冗厖豈輕棄。(邵子湘施注例言云複出則刪。有語未複出而文義冗厖者。亦從刪。) 查注錄其刪。用意頗密緻。箋疏不肯同。無乃各立幟。可恨子湘輩。潦草於藏事。竟使初白庵。

| | | | 補綴得自庇。附見同時作。注家之
獨至。坡門酬唱集。邵浩已發秘。
(坡門酬唱集二十三卷。宋邵浩
編。所錄皆黃·秦·晁·張·陳·
季與坡公兄弟唱和之詩。同題共
韻。可以互考其用意。比較其工
拙。)和陶例編年。足爲全書累。年
月雖確指,分編意不類。翁注最後
出。補查所未備。古書勤攟拾。援
證資一字。雪衣證墨跡。精覈無與
比。(覃溪補注第二卷附錄東坡天
際烏雲合帖眞跡。按說云熙寧甲
寅。坡公往來常潤道中。有懷錢塘
寄述古之作。其次章云去年柳絮飛
時節。記得金籠放雪衣。公自注杭
人以放鴿爲太守壽。此不欲明言所
指。而托之放鴿。文字之狡獪也。
鴿無雪衣之號。故王注必援天寶中
白鸚鵡事。以明其爲借用。且鴿非
僅白色。亦非雪衣字所能該得也。
注家但知其借用雪衣鸚鵡。而不知
其實指此雪衣女也。陳述古和韻云
縱笙一笛人何在。遼嶋重來事已
非。猶憶去年題別處。烏啼花落客
沾衣。語意更明。)諸書聚次第。並
蓄方快意。得失互考鏡。一一皆心
醉。近得海外集。發凡有別致。首
尾居儋書。再以瓊海廁。海外字包
得。集名始完粹。樊庶也奇士。茲
刻非俗吏。(海外集。樊潛庵瓊臨
時刻。自云意之所到。輒有品題。
諸公以俗吏賷之。)老杜入蜀餘。長
公海外次。筆墨一翻跌。洞天闢深
翠。拈出全集內。後學表以示。於 |

			一峯一島。提絜山海邃。文章得滋味。一嘬勝戀薉。猶讀佛藏者。阿含小品始。(邱西軒象隨讀佛藏。先讀阿含小品。徐及于五千四十八卷。)公靈散諸集。譬如水在地。酌之無大小。吾所皆拾墜。層疊新舊籤。紅白間嫵媚。擁此足以豪。何物可希覬。慶我文字緣。入杜聞精義。
申緯	警修堂全藁 冊9 碧蘆舫藁(三) 「送歲幣尹書狀(秉烈)入燕」	蘇軾 시를 註解하는 데 宋犖과 査愼行이 중요한 공헌을 했음을 말하고, 翁方綱이 세상을 떠난 지금 누가 寶蘇人인가를 묻다.	其二: 西陵初白兩功臣。詩註然猶隔一塵。君去覃公不相待。今誰是寶蘇人。(行篋。借携余所藏日下舊聞。西陂集二種。)
申緯	警修堂全藁 冊12 紅豆集(二) 「落葉詩五首, 借査初白韻」	査愼行의 詩韻을 빌려「落葉詩五首」를 짓다.	其一: 以此地上厚。驗彼林間薄。落葉落如花。簌簌紅雨作。風霜豈欺汝。慨此蘀兮蘀。夕陽寫喬木。竦枝搖立鵲。幽人出戶看。晚景殊不惡。且可觀物化。何遽歎搖落。 其二: 或於丹黃內。先萎未渝綠。五色滾一團。走地以絢目。試此青女手。慘澹詩人屋。頹領無美惡。艾與蘭同族。尙可艾化薪。奈汝蘭委谷。 其三: 聚散不自由。西風刮地狂。誰言摧拉餘。更作一飛揚。飛揚如有憑。敲碎讀書窻。我有天籟耳。端坐一張牀。 其四: 天地大染局。幼化何太遽。丹黃點飄蘀。紅素吹花絮。春秋迭代謝。光景兩無處。空色顛倒間。冉冉流年去。 其五: 我恐葉落盡。無處著秋風。

			樹端鳴不已。洶若駕海中。聞聲勞感心。聦本不如聾。烈士例悲秋。萬古何時窮。
申緯	警修堂全藁 冊12 紅鵞集(二) 「後落葉詩三首初白韻」(同李景博閣學, 雙檜亭看紅葉作)	査愼行의 詩韻으로 「後落葉詩三首」를 짓다.	其一: 白雲嶺上疊。小車林間停。人生各轉蓬。偶然如聚萍。仰羨紅葉盛。俯憐銀髮星。何必我泉石。天地一虛亭。箕踞秋色裏。共視融神形。 其二: 邱壑本泓崢。林樹値蕭槭。凭高俯城郭。人鴉不可別。曳地夕陽烟。平沉車馬躒。心目一何曠。磴徑一何窄。相顧笑而起。落葉衣間積。 其三: 誰向靑山裏。靜聽落葉語。刁刁復調調。于喁相爾汝。悽風卷東岡。洒作西巖雨。人人耳有得。秋聲本無主。每嗟易失去。追覓似行旅。今秋眞不負。杖策攜仙侶。

謝 榛 (1495-1575)

인물 해설	字는 茂秦, 號는 四溟山人 또는 脫屣山人이며 山東 臨淸 출신이다. 16세 때 지은 樂府 商調가 널리 알려졌으며 그 후 더욱 시에 전념하여 聲律에 뛰어난 모습을 보였다. 嘉靖 연간에 李攀龍, 王世貞 등과 詩社를 결성하여 '後七子'로 불렸다. 盛唐의 시를 본받을 것을 주장하였는데, 이백과 두보 등 十四家의 훌륭한 시들을 골라 읽고 감상하면 그 안에서 神氣와 聲調 및 精華를 구할 수 있다고 주장하였다. 후에 李攀龍 등과 사이가 벌어져 '七子'에 서 제명당했다. 저서로 『四溟集』, 『四溟詩話』가 있다.
인물 자료	○ 『明史』, 列傳 175 　謝榛, 字茂秦, 臨淸人. 眇一目. 年十六, 作樂府商調, 少年爭歌之. 已, 折節讀書, 刻意爲歌詩. 西遊彰德, 爲趙康王所賓禮. 入京師, 脫盧柟於獄. 李攀龍·王世貞輩結詩社, 榛爲長, 攀龍次之. 及攀龍名大熾, 榛與論生平, 頗相鐫責, 攀龍遂貽書絕交. 世貞輩右攀龍, 力相排擠, 削其名於七子之列. 然榛遊道日廣, 秦·晉諸王爭延致, 大河南北皆稱謝榛先生. 趙康王卒, 榛乃歸. 萬曆元年冬, 復遊彰德, 王曾孫穆王亦賓禮之. 酒闌樂止, 命所愛賈姬獨奏琵琶, 則榛所制竹枝詞也. 榛方傾聽, 王命姬出拜, 光華射人, 藉地而坐, 竟十章. 榛曰: "此山人里言耳, 請更制, 以備房中之奏." 詰朝上新詞十四闋, 姬悉按而譜之. 明年元旦, 便殿奏伎, 酒止送客, 即盛禮而歸姬於榛. 榛遊燕·趙間, 至大名, 客請賦壽詩百章, 成八十餘首, 投筆而逝. 當七子結社之始, 尙論有唐諸家, 各有所重. 榛曰: "取李·杜十四家最勝者, 熟讀之以會神氣, 歌詠之以求聲調, 玩味之以哀精華. 得經三要, 則浩乎渾淪, 不必塑謫仙而畫少陵也." 諸人心師其言, 厥後雖合力擯榛, 其稱詩指要, 實自榛發也. ○ 錢謙益, 『列朝詩集小傳』 丁集 권5, 「謝山人榛」 　榛, 字茂秦, 臨淸人. 眇一目, 喜通輕俠, 度新聲. 年十六, 作樂府商調, 臨德

間少年皆歌之. 已而折節讀書, 刻意爲歌詩, 遂以聲律有聞于時. 寓居鄴下, 趙康王賓禮之. 嘉靖間, 挾詩卷游長安, 脫黎陽盧柟于獄, 諸公皆多其誼, 爭與交驩. 而是時濟南李于鱗・吳郡王元美, 結社燕市, 茂秦以布衣執牛耳, 諸人作五子詩, 咸首茂秦, 而于鱗次之. 已而于鱗名益盛, 茂秦與論文, 頗相鐫責, 于鱗遺書絕交, 元美諸人咸右于鱗, 交口排茂秦, 削其名於七子・五子之列. 茂秦遊道日廣, 秦・晉諸藩爭延致之, 河南北皆稱謝榛先生, 諸人雖惡之, 不能窮其所往也. 趙康王薨, 茂秦歸東海, 康王之曾孫穆王復禮茂秦, 爲刻其全集. 當七子結社之始, 尙論有唐諸家, 茫無適從, 茂秦曰: "選李・杜十四家之最者, 熟讀之以奪神氣, 歌詠之以求聲調, 玩味之以裒精華. 得此三要, 則造乎渾淪, 不必塑謫仙而畫少陵也." 諸人心師其言, 厥後雖爭擯茂秦, 具稱詩之指要, 實自茂秦發之. 茂秦今體, 工力深厚, 句響而字穩, 七子・五子之流, 皆不及也. 茂秦詩有兩種: 其聲律圓穩持擇矜愼者, 弘・正之遺響也; 其應酬率率排比支綴者, 嘉・隆之前茅也. 余錄嘉靖七子之詠, 仍以茂秦爲首, 使後之尙論者, 得以區別其薰蕕, 條分其涇渭. 若徐文長之論, 徒以諸人倚恃紋晃, 凌壓韋布, 爲之呼憤不平, 則又非余躋茂秦之本意也. ○新安潘之恒亘史記曰: "趙王雅愛茂秦詩, 從王客鄭若庸得竹枝詞十章, 命所幸琵琶妓賈, 扣度而歌之. 萬曆癸酉冬, 茂秦從關中還, 過鄴, 偕若庸見王, 王宴之便殿, 酒行樂作, 王曰: "止." 命緤瑟以琵琶佐之, 聲繁屛後, 王復止衆妓, 獨奏琵琶, 方一闋, 茂奏傾聽, 未敢發言, 王曰: "此先生所製竹枝詞也. 譜其聲, 不識其人可乎?"命諸伎擁賈姬出拜, 光華射人, 藉地而竟竹枝十章. 茂秦謝曰: "此山人鄙俚之辭, 安足汚王宮玉齒? 請更制竹枝詞, 以備房中之樂." 王曰: "幸甚." 茂秦老不勝酒, 醉臥山亭下, 王命姬以衵代薦, 承之以肱. 明日, 上新竹枝十四闋, 姬按而譜之, 不失毫髮. 元夕, 便殿奏技, 酒闌送客, 即盛禮而歸賈于邸舍, 茂秦載以游燕・趙間. 逾二年, 至大名, 客請賦壽詩百章, 至八十餘, 投筆而逝. 乙亥之冬月也. 姬率二子, 奉柩停大寺之旁, 每夜操琵琶一曲, 歌茂秦竹枝詞, 必慟絕而罷. 已乃以千金裝付二子, 令歸葬, 自破樂器, 歸老于閭閻間. 後三十餘年, 客訪舊宿寺中, 寺僧猶能道其遺事."

○ **汪端, 『明三十家詩選』**

　茂秦詩不專虛響, 故精深壯麗, 而懷抱極和. 雖當空同・滄溟聲焰大熾之時, 爲所牢籠推挽, 參前後七子之席. 然本色自存, 究非叫囂癡重, 隨人作計者比.

저술 소개	★ 『四溟山人全集』 (明)萬曆 24年 趙府 冰玉堂刻本 24卷 ★ 『四溟山人詩』 (明)盛以進輯 (明)萬曆 40年 刻本 10卷 ★ 『盛明百家詩』 (明)俞憲編 (明)嘉靖−隆慶年間 刻本 324卷 內 謝榛撰 『謝茂秦集』 1卷 ★ 『説郛續』 (明)陶珽編 (清)順治 3年 李際期 宛委山堂刻本 46卷 內 謝榛撰 『詩家直説』 ★ 『詩慰』 (清)陳允衡編 (清)順治年間 澄懷閣刻本 內 謝榛撰 『四溟山人集選』 1卷 / 『詩説』 1卷

비 평 자 료		
姜世晃	豹菴遺稿 卷4 「答憬兒書問 −時兒在山」	姜世晃의 아들에게 명대 문학 유파에 대해 설명하며, 宗臣·張佳胤·余應擧·張九一·王世懋·李攀龍·謝榛·兪允文·徐中行·吳國倫·梁有譽의 성명과 자호를 나열한 뒤 九才子로 유명한 인물을 모르고 있는 것에 대해 못마땅해 하다.	宗臣。字子相。號方城。張佳胤。字肖甫。號居來。余應擧。字德甫。號午渠。張九一。字助甫。號周田。王世懋。字敬美。號獜洲。李滄溟。不別記。謝榛。字茂榛。號四溟。兪允文。字中蔚。徐中行。字子與。號龍灣。吳國允。字明卿。號川樓。梁有譽。字公實。號蘭亭。明時。盖有九才子之稱。曾於朝夕談話。提説此等人。不啻如雷慣耳。今有此問。何也。可想汝之聰明。不及汝仲遠矣。適客擾未暇檢書。不記爲何地人。如弇州之太倉。兪仲蔚之崑山。宗子相之興化。想不待書示。
金昌翕	三淵集拾遺 卷20 「答洪世泰」	洪世泰에게 답장을 보내며, 謝榛과 盧柟의 고사를 인용하다.	每虛樓朗月之夕。妙軒步屢之辰。未嘗不以玄度之思。申發言歎。而因以念及緩急。則所愧既不能居間釋亂如朱家郭解之義。而又未學携文行泣如

			謝榛之於盧次楩。所以切切憧憧於中。日夕靡弭者。徒爲無佐之虛憂耳。
朴齊家	貞蕤閣集 卷2 「次成祕書重陽雅集」	謝榛의 新樂府에 대해 언급하다.	其六： 幽懷陡覺引杯長。孤鳥行邊遠色蒼。宛在伊人眞隔水。斐然吾黨各成章。寒花自作重陽態。祕袠初開什襲香。競說臨淸新樂府。祇今誰是趙康王。
李德懋	靑莊館全書 卷48 「耳目口心書 (一)」	李攀龍·王世貞·張佳胤·謝榛·徐中行 등을 거론하며 의고주의를 주장하는 데 대한 견해에, 李德懋가 법에 구속되어서는 안 된다며 비판적 의견을 제시하다.	或曰。今若有李雪樓左擁王元美。右携張肯甫。駈謝茂秦·徐子與輩。來問於子曰。 文當擬左傳國策史記漢書。而韓柳以下不論。詩當擬建安黃初開元天寶。而元白以下不論。或敢脫此法律而出它語。皆非吾所謂文章也。子當何答。曰。我當曰拘也。若以子之才則可。且擇天下之士。如子之才而善於摹擬者。駈之以此律。亦可然也。或有奇逸俊邁幽儵詭特之倫。那能屈首聽君之爲。而自甘古人脚下活乎。假令聽之。雖三昧于摹擬之法。反大不如渠自有渠之文章也。如彼者。雖無優孟逼摸孫叔放手段。然猶天多而人少也。如子則人多而天少也。文章一造化也。造化豈可拘縛而齊之於摹擬乎。夫人人。俱有一具文章。蟠欝胸中。如其面不相肖。如責其同也。則板刻之畫。擧子之券也。何奇之有。亦余豈曰。盡棄古人之法也。非子之所以縛於法而不能自恣也。法自具於不法之中。豈曰棄也。子雖傲視海內。自大其壯語雄談。而吾恐其流不勝腐陳而廼剄直氣耳。然天地間無所不有。子之善擬古

			人。亦不可無也。吾幸讀子集而詑以爲奇觀。
丁若鏞	與猶堂全書 詩文集 卷7 「又細和詩集題」	謝榛의 "生有一盧相不知恤, 乃從千載上, 哀湘而弔賈"를 인용하다.	歲己卯春季。余過尹畏心學士松坡宅信宿。携其詩二卷以歸。中有名細和集者。蓋和雲濤陸原仲者也。余於憶畏心時。步其韻盡之。名其集曰又細和。待他日相逢。共看一笑。然雲濤詩無甚可取。畏心之和。殆有感於窮介之相類與。今余之和。和畏心也。不暇及雲濤。謝茂秦所謂生有一盧相不知恤。乃從千載上。哀湘而弔賈者也。是歲長夏。伯奮題。
許筠	惺所覆瓿稿 「鶴山樵談」	李攀龍과 王世貞은 二大家라 일컬어지며, 吳國倫·徐中行·張佳胤·王世懋·李世芳·謝榛·黎民表·張九一 등이 모두 나란히 달려 앞을 다투었다.	近古李于鱗·王元美。亦稱二大家。而吳國倫·徐中行·張佳胤·王世懋·李世芳·謝榛·黎民表·張九一等。皆幷驅爭先。我國金季昷·金悅卿·朴仲說·李擇之·金元冲·鄭雲卿·盧寡悔等製作。雖不及何·李·王·李。而豈有媿於吳·徐以下人耶。然不能與七子周旋中原。是可恨也。
洪翰周	智水拈筆 卷6	명나라의 雪樓七子는 모두 한 시대에 이름이 나란하였다. * 雪樓七子는 後七子-李攀龍·王世貞·謝榛·宗臣·梁有譽·徐中行·吳國倫-를 가리킨다.	明之弘正十子。雪樓七子八子九子。皆聯名一世。
洪翰周	智水拈筆 卷8	金履喬는 洪翰周의 시를 謝榛에 비견하였다.	純祖丙子秋。余陪先君子。往留牙山縣任所。時余年纔十九。縣有白蓮菴。寺殘僧少。而頗幽敞。故一往遊賞。詠二律書小紙。先君子覽而置桉

| | | | 上。其一詩曰。步上巖阿最高頂。蒼苔赤葉滿禪居。上方客至雲歸後。古殿鍾鳴日落初。溪樹雨零秋已暮。藥爐香歇境俱虛。浮生偶得塵緣淨。且就山僧乞梵書。適竹里金公履喬。因省墓行。歷縣入政堂。偶見桉上詩驚問。知爲余詩。卽招余問齒。亟稱歎。仍求近日諸詩。故並以亂草。示呈金公。行忙袖去。在道盡閱之。仍歷新昌訪玄樓李公義玄。出示余諸篇曰。吾今行。得見當世之雪樓七子。時玄樓在謫。聞而奇之。至以詩見遺。成蘿山晚鎭。老於詩。有盛名。家居新昌。亦聞竹里言。以詩寄之。余今皆忘之。但記玄樓一聯曰。判不染跡靑雲路。訝許齊名白雪樓。余今濩落無成立。竟僇廢。豈玄樓詩爲讖耶。 |

34
徐乾學 (1631-1694)

인물 해설	청나라 학자이자 藏書家이다. 자는 原一 또는 幼慧이며, 호는 健庵 또는 玉峰先生으로, 江蘇省 崑山 출신이다. 1670년에 進士가 되었으며 翰林院編修를 거쳐 明史總裁官, 侍講學士, 內閣學士, 刑部尙書 등을 역임하였다. 『明史』, 『淸會典』, 『大淸一統志』 등의 편찬사업을 주관하였다. 저서로는 『憺園文集』 (36권), 『讀禮通考』(20권)이 있다. 그의 집에 있던 傳是樓는 중국 藏書史에서도 유명한 藏書樓이다.
인물 자료	○ 『淸史稿』, 列傳 58 　徐乾學, 字原一, 江南昆山人. 幼慧, 八歲能文. 康熙九年, 一甲三名進士, 授編修. 十一年, 副蔡啓僔主順天鄕試, 拔韓菼於遺卷中, 明年魁天下, 文體一變. 坐副榜未取漢軍卷, 與啓僔並鐫秩調用. 尋復故官, 遷左贊善, 充日講起居注官. 丁母憂歸, 乾學父先卒, 哀毀三年, 喪葬一以禮；及母卒, 如之. 爲讀禮通考百二十卷, 博采衆說, 剖析其義. 服闋, 起故官. 充明史總裁官, 累遷侍講學士. … 詔采購遺書, 乾學以宋·元經解·李燾續通鑑長編及唐開元禮, 或繕寫, 或仍古本, 綜其體要, 條列奏進, 上稱善. 時乾學與學士張英日侍左右, 凡著作之任, 皆以屬之. 學士例推巡撫, 上以二人學問淹通, 宜侍從, 特諭吏部, 遇巡撫缺勿預推. 未幾, 遷禮部侍郎, 直講經筵. 朝鮮使臣鄭載嵩訴其國王受枉, 語悖妄. 乾學謂恐長外藩跋扈, 劾其使臣失辭不敬, 宜責以大義. 上見疏, 奬, 謂有關國體. 已而王上疏謝罪. 二十六年, 遷左都禦史, 擢刑部尙書. 二十七年, 典會試. … ○ 萬斯同, 『石園文集』 卷1, 「傳是樓藏書歌」 　東海先生性愛書, 胸中已貯萬卷餘, 更向人間搜遺籍, 眞窮四庫盈其廬. ○ 黃宗羲, 『傳是樓書目』, 「傳是樓藏書記」 　世之藏書家未必能讀, 讀者未必能文章, 而先生並是三者而能之, 非近代藏書家所及.

저술 소개	★ 『讀禮通考』 　(淸)康熙 35年 刻本 120卷/ (淸)光緒 7年 江蘇書局刻本 120卷 / (淸)刻本 120卷/ (淸)冠山堂 刻本 120卷 ★ 『憺園文集』 　(淸)乾隆年間 平河 趙氏稿本 36卷 / (淸)康熙 36年 冠山堂刊本 / (淸)光緒 9年 金氏重刊本 36卷 ★ 『石埭學博張漢章傳』 　(淸)抄本 1卷 ★ 『讀禮通考』 　(淸)稿本 120卷 ★ 『傳是樓書目』 　(淸)徐乾學藏 (淸)抄本 6卷　 /(淸)階州 邢澍 守雅堂抄本 ★ 『古文淵鑒』 　(淸)徐乾學編注 (淸)刻本 64卷 / (淸)內府刻本 五色套印 64卷 ★ 『資治通鑑後編』 　(淸)徐乾學編集 (淸)夏震武校勘 (淸)浙江書局 刻本 184卷 校勘記 15卷 ★ 『名家詞鈔』 　(淸)孔傳鐸編 (淸)抄本 60種 60卷 內 徐乾學撰 『碧山詞』 1卷 ★ 『百名家詩鈔』 　(淸)聶先編 (淸)康熙年間 刻本 59卷 內 徐乾學撰 『健庵集』 1卷

비 평 자 료

| 金邁淳 | 臺山集
卷16
闕餘散筆 | 자식이 부모의 상을 대신 치러야 했을 때의 복제 문제에 대해서 宋時烈과 徐乾學의 의견이 같다. | 紹熙服制。乃是帝王家君服皆斬之禮。固無可疑。而私家則似難援用。故國朝閔愼家事。大爲一世之是非。黨人之詆尤齋。以此添一題目。彼誠不韙。而就事論事。不能無疑。今見徐氏讀禮通考・載鄭志說。其下云。乾學案鄭志雖專爲天子諸侯而言。然臣庶家。父有篤疾。不能執喪。而子代父 |

			母喪者。均宜用此禮。中州禮家之論。亦與尤齋無異。
金邁淳	臺山集卷17闕餘散筆	顧炎武는 자신의 조카 徐乾學에게 편지를 보내어 대신의 도리에 대해 충고한 적이 있다.	徐乾學。以狀元閣臣。柄用於時。亭林與書曰。所謂大臣者。以道事君。不可則止。吾甥宜三復斯言。不貽譏於後世。則衰朽與有榮施。其戒之也深矣。
金邁淳	臺山集卷17闕餘散筆	顧炎武는 『明史』를 찬수하러 와달라는 徐乾學의 부탁을 거절하였고, 고향에 집을 마련해 주겠다는 제안도 거절하였다.	欲來燕佐修史則拒之。欲還吳處園舍則辭之。蓋防其擺撥而絶其濡潤也。
金邁淳	臺山集卷17闕餘散筆	徐乾學은 博學하고 글을 잘 지었으며 특히 顧炎武의 조카인 것으로 더욱 중시되었다.	乾學博學能文章。爲康熙四學士之一。以亭林之甥。尤爲當世所重。
金邁淳	臺山集卷17闕餘散筆	董潮의 『東皋雜抄』에는 徐乾學이 죽을 때까지 벼슬에 집착한 일화가 실려 있으므로 顧炎武가 許與하지 않은 것은 당연하다.	而董潮東皋雜抄云。徐健庵司寇。歸田後重謀起。故官事已效。俟詔命至卽行。計重陽前數日必到。偶以他故稽遲。司寇日挾門客數人。登洞庭東山。飮酒俟召。遂以勞頓停滯得疾。比詔至。沒已數日。可見其銳於進取。至死不已。宜乎不爲亭林所許也。
金正喜	阮堂全集卷7「讀喪服徵」	徐乾學의 『讀禮通考』, 秦蕙田의 『五禮通考』, 李良年, 盛世佐의 禮說에 나타난 일부 오류를 비판하다.	喪服徵。是不刊之書。序文中枚擧諸條。具係精確。大有功於禮家。但於爲長子斬一條。不能無疑。其庶子不爲三年。述正體於上。[義]述數篇。恐合有商量。蓋此義已見於徐健菴讀禮通考・秦味經五禮通考二書。始誤於譙周・劉智。如李良年・盛世佐諸人從而

			和之。未免背鄭義而憑臆說也。
徐淇修	篠齋集 卷3 「送冬至上行人 吾宗恩卯翁赴 燕序」	淸初의 대가로 李光地· 徐乾學·方苞·毛奇齡· 候朝宗 등을 꼽다.	今之中州。卽古之人材圖書之府庫也。 淸初蓋多名世之大家數。如李光地之治 易。徐乾學之治禮。方苞之治春秋。 毛大可之該洽。候朝宗之文詞。最其 踔厲特出者也。
成海應	硏經齋全集續 集 册12 「書經解目錄後」	經解 1783권은 徐乾學이 수집하고, 何焯이 직접 그 목록을 교감하고, 翁 方綱이 濟南에서 판각하 였음을 말하고, 편찬 방 침을 비판적으로 검토하 다.	經解一千七百八十三卷。淸大學士徐乾 學所蒐輯。而義門何焯手勘其目。北平 翁方綱。鋟之濟南。竊考乾學所蒐。皆 世所稀有之本。而至若易之李鼎祚集 解。詩之歐陽修蘇轍說。書之蘇軾傳。 皆不載。豈以彼皆鋟行。故不取歟。又 如春秋名號歸一圖。春秋類對賦之屬。 皆淺近無足採。而反載之者。何也。盖 其學徒務博之故。粹駁互見。精粗並 蒐。而於實學無得也。唐宋以前。經生 皆恪守前說。縱或立論。皆有所援据傅 會。而若其蒐羅前說。使編纂富盛者。 不過鼎祚及房審權數人而已。若是者。 雖於實學無得。苟有所考徵者。誠亦不 可闕者。及南宋以後。注解漸盛。而前 人述作之跡。反致蒙蔽隱晦。亦無補於 考徵。經解中所載諸書。大抵皆此類 也。
成海應	硏經齋全集 卷33 風泉錄(三) 「題汪堯峯集後」	王崇簡·徐乾學·朱彝 尊은 모두 博雅者라 할 만하나 明에 대한 절조 를 지키지 않았다.	又如王崇簡·徐乾學·朱彝尊等諸人。 皆可謂博雅者也。不明乎華夏之分。 皆翶翔乎韣裘之途而不之耻。其所講劘 聖經賢傳。復何爲哉。
成海應	硏經齋全集 卷39 「皇明遺民傳 (三)」	顧炎武의 조카인 徐乾學 에 대해 언급하다.	顧炎武字寧人。吳之長洲人。… 炎武 初名絳。國亡改炎武。炎武者取漢光 武中興之義也。在南時號蔣山傭。中 歲以後絶跡故鄉。好遊燕齊秦晉間。

			嘗在都下。其甥徐乾學延之。三醹卽起。乾學乞少留暢飮。至夜闌之舘。怒曰豈有正人君子而夜行哉。夜行惟淫奔納賄二者。嘗寄居章丘。久而爲土人攘奪。乃又遷于山西。營書院一區。盡取家藏十三經二十一史及明累朝實錄。終老其間。
李德懋	靑莊館全書 卷34 淸脾錄(三) 「王阮亭」	徐乾學의 王士禎 시에 대한 고평을 소개하다.	徐儋圃乾學曰。先生於詩。擇一字焉必精。出一辭焉必潔。雖持論廣大。兼取南北宋元明諸家之詩。而選練矜愼。仍墨守唐人之聲格。
田愚	艮齋集前編 卷4 「答李友明」	李光地·徐乾學·毛奇齡은 청나라 조정에 머리를 조아리면서도 수치로 여기지 않았다.	今天下無道之甚。聖人所謂隱之一字以外。更無可道。若其以削髮胡服見逼。則只有一死而已。如顧亭林·魏叔子之變形。不可法也。至若李光地·徐乾學·毛奇齡輩。稽顙虜庭。而不以爲恥。不知佗許多文學。用於何處。須如徐東海之隱於海山之間。竟全髮而終者。乃可謂明朝之純臣。聖門之眞儒也。所問太白智異之計。非無意思。然其於年力俱衰。莫之自振。何哉。事急則惟以親塋爲歸已矣。
田愚	艮齋集前編 卷6 「答朴魯原」	熊賜履·李光地·徐乾學·錢謙益은 문장과 경술에 뛰어났으나, 청나라에 복종하고서도 수치로 여기지 않았다.	淸虜改革。皇明臣庶。不欲剃頭而死者。不勝計也。如熊賜履·李光地·徐乾學·錢謙益輩。文章經術。皆絶流輩。而稽顙龍庭。不以爲恥。此則無足論矣。
田愚	艮齋集別編 卷1 「告諭子弟門人」	李光地와 徐乾學은 개인의 영달을 위해 청나라에 복종하였다.	今天下皆夷也。然苟非眞胡種子。孰有樂爲之夷者哉。或以化俗。或以取榮。或以怕死。或以擇義未精而然。… 取榮。如淸之李光地·徐乾學。是也。

丁若鏞	與猶堂全書 詩文集 卷6 「朝與數子讀禮 箋, 又用前韻」	徐乾學이 顧炎武로부터 禮를 전수받았음을 언급 하다.	健菴授旨自亭林。淹貫千年賴有 此。… 內無繩尺外多眩。鈍翁蕙田徒 捃拾。
丁若鏞	與猶堂全書 詩文集 卷12 「春秋考徵序」	徐乾學의 『讀禮通考』는 古典을 두루 수집하여 거의 빠뜨린 것이 없으 나 그래도 다 수합하지 못한 것이 있다.	徐健菴禮考。蒐羅古典。殆無遺秉。 而猶有未盡收者。
丁若鏞	與猶堂全書 詩文集 卷14 「題徐乾學喪期 表」	徐乾學의 「喪期表」에 대 해 題하다.	表。所以縱橫今古。考校異同。便於 檢覽也。徐健菴爲喪期表。誠妙旨 也。第其格例。混雜而失其要。可恨 也。第一格。宜標所爲之親。如爲父 爲母爲妻類。第二格之第一行。宜標 書名。如儀禮家禮類。第二行宜著喪 期。如斬衰齊衰三年杖朞類。第三格 已下皆倣此。如是則古今異同之制。 瞭然如指掌。徐公專以喪期爲主。而 不以親屬爲彙。如爲母一服。分入於 斬衰三年齊衰三年杖朞不杖朞四條之 中。其不便考檢。與無表等耳。且注 疏皆後儒之推廣爲說者。其言未必一一 合理。安得竝列於第一格乎。今宜以 三禮爲一格。禮記則宜標記字。注疏 別爲一格。而唐以前名儒之說可錄者附 之。開元禮爲一格。而唐律宜附之。 明會典爲一格。而集書宜附之。書儀 家禮本是一書。宜以家禮爲一格。而 書儀附之。東儒爲之則又當有國典一格 也。

丁若鏞	與猶堂全書 詩文集 卷21 「寄二兒」(辛酉 三月初二日到 荷潭書)	두 아들에게 徐乾學의 『讀禮通考』를 부치라고 하다.	讀禮通考四匣。付之鶴孫便。
丁若鏞	與猶堂全書 詩文集 卷21 「西巖講學記」	徐乾學의 『讀禮通考』에 대해 문자 李森煥이 "服 制에 관한 설에 오류가 있으나 立論은 더러 취 할 만한 것이 있다"고 답 하다.	鏞問。徐乾學讀禮通考何如。木齋曰 乾學演三父八母之說。以親父母竝列於 諸父諸母。此甚悖矣。其立論往往有 可取。
許傳	性齋集 卷10 「答尹士善」	喪服의 제도에 대해 논 하며 徐乾學의 『讀禮通 考』를 인용하다.	徐健庵讀禮通考曰喪服經大功小功。皆 言布衰裳緦麻。註疏亦言布衰裳。則 五服未有不用衰者。鄭註言五服之衰。 一斬四緝。凡言衰者。緫五服而言。 開元禮政和禮以下俱言衰裳。溫公書儀 齊衰不用衰。易以寬袖襴衫。朱子家 禮大功以下不用衰。於是輕喪不知有衰 矣。
許傳	性齋集 卷10 「答李汝雷」	胡寅이 父親喪을 당해 喪 服을 입었는가의 문제에 대해 張懋修의 『墨卿談 乘』과 徐乾學의 『讀禮通 考』에서도 논하고 있음 을 밝히다.	胡致堂事。沉之盆水者。抑或其母欲 改嫁。而惡其從己。欲除去之也。囚 之空閤。文定欲制其桀黠也。若乃所 生父則已死矣。及其貴顯。不爲生母 持服。恐旣爲叔父后。則不敢服其母 服。不勝訝惑。茲敢提稟。胡寅所生 父已死。其母欲改嫁云者。果有明文 耶。王弇州宛委餘編曰胡廣本姓黃。 五月五日生。父母惡之。置之葫投於 江。後父得以養之。廣後不治本親 服。胡寅少亦不爲父所擧。伯父安國 擧之。後亦不持父服。何姓事之同乃 爾耶。寅亦五月五日生。其父沉之

			水。弇州必不爲無据之言。則本生父之已死。其母欲嫁之說。不攻自破矣。且雖出后人。寧有全不服所生之禮乎。降期獨不可服耶。致堂他事多有好處。故前儒稱之。然至於不服父母喪。斷不可厚恕也。又出張懋修談乘。又見徐乾學讀禮通考。
洪翰周	智水拈筆 卷1	중국 사대부들의 藏書樓 중에는 소장도서가 10만여 권에 이르는 곳도 있으니, 徐乾學의 傳是樓 등의 장서루가 모두 그러하다.	士大夫私藏。亦往往至七八萬。或十餘萬卷之多。王元美之弇山堂‧徐乾學之傳是樓‧錢受之之拂水莊‧汪苕文‧阮雲臺‧葉東卿輩。無不皆然。
洪翰周	智水拈筆 卷3	근세 청나라 사람의 문집은 그 본디 호를 버리고 따로 문집의 호를 쓴 경우가 있는데, 徐乾學의 『憺園集』 등이 그러하다. * 『安雅堂集』은 시를 잘 지어 施閏章과 함께 "南施北宋"으로 일컬어지던 宋琬의 시문집이다. 施閏章의 문집은 『學餘堂文集』이다.	近世清人文集。或有捨其本號。別有文集之號。王漁洋之帶經堂集‧施愚山之安雅堂集‧徐健菴之憺園集‧汪鈍翁之堯峯集‧翁覃溪之復初齋集。我朝金乖厓之拭疣集。近日淵泉公之學海內外編‧載載錄之類。是也。
洪翰周	智水拈筆 卷4	명나라 熹宗 天啓 연간에 五星이 奎星에 모이더니, 청나라 초에 人文이 성대하여, 湯贇‧陸隴其‧李光地‧朱彝尊‧王士禛‧陳維崧‧施閏章‧徐乾學‧方苞‧毛奇齡‧侯方域‧宋琬‧	世稱明熹宗天啓間。五星聚奎。故清初人文甚多。如湯潛菴贇‧陸三魚隴其‧李榕村光地‧朱竹垞彝尊‧王阮亭士禛‧陳檢討維崧‧施愚山閏章‧徐健菴乾學‧方望溪苞‧毛檢討奇齡‧侯壯悔方域‧宋荔裳琬‧兼濟堂魏裔介‧熊澧川賜履‧宋商丘犖‧吳蓮洋雯‧魏勺庭禧‧葉方藹子吉‧汪鈍翁琬‧汪舟次

		魏裔介·熊賜履·宋犖·吳雯·魏禧·葉子吉·汪琬·汪楫·邵長蘅·趙執信 등과 같은 인물들이 나왔다.	楫·邵靑門長蘅·趙秋谷執信諸人。皆以詩文名天下。其中亦有宏儒鉅工。彬彬然盛矣。而是天啓以後。明季人物之及於興旺之初者也。
洪翰周	智水拈筆 卷6	徐乾學은 顧炎武의 외조카이다.	徐乾學。號健菴。顧寧人之甥也。康熙時。官太學士。
洪翰周	智水拈筆 卷6	徐乾學의 문집으로 『憺園集』이 있다.	[徐乾學]所著詩文。有憺園集。
洪翰周	智水拈筆 卷6	徐乾學이 편찬한 『讀禮通考』에는 명나라 군신들을 모욕하는 말이 있다.	行己居官。未知有何可稱。而嘗見其所編讀禮通考。論邦禮處。有曰明世君臣。無識如此。
洪翰周	智水拈筆 卷6	徐乾學은 조선 사람들도 辮髮할 것을 상소하였으니, 일본의 關白에게 조선의 衣冠을 수용할 것을 건의한 雨森東보다 못하다.	又嘗上疏。請朝鮮旣爲內服。當一體薙髮。聖祖謂當依舊俗。不許。若如其言。我國幾乎不免矣。噫。乾學雖未及受官於明朝。其身則世祿之裔。卽一大明衣冠之遺種也。都不念乃父乃祖。忍發此說於章奏乎。方今一線陽氣。僅在一隅我東。而不惟不喜。反欲援而胥溺。何其不仁也。曾謂亭林之賢。而有此甥乎。… 昔聞日本人雨森東。以能文著名。其國號稱日本之東坡。而嘗上書關白。請改國制。悉從朝鮮衣冠。關白大怒。以爲變亂祖宗舊法。誅森東云。其事與乾學相反也。噫。彼乾學以中州之人。反不如島夷也。
洪翰周	智水拈筆 卷6	徐乾學의 『憺園集』에는 "조선은 임금이 약하고 신하가 강하다"는 말이 실려 있다.	我朝南人吳始壽之罪死。專由於以主弱臣强之語。傳於彼人之故也。而今見憺園集。此說本自乾學而先發。實非始壽所言。其疏尙在集中。故至正廟

			時。此集始出來。上取覽而覺其寃狀。命復始壽官。大抵乾學於我國人。多有不好。故薙髮之請。未必不緣於此等事矣。

徐光啓 (1562-1633)

인물 해설	明末의 정치가이자 학자이다. 자는 子先, 호는 玄扈, 시호는 文定, 세례 명은 바오로[保祿]이며, 上海 출신이다. 1604년에 진사시에 합격하여 1628년에는 禮部左侍郎이 되었고, 그 후 尙書, 大學士를 역임하다가 재임 중에 사망하였다. 예수회에 입교한 뒤에는 마테오 리치에게 천문·역산·지리·수학·水利·무기 등의 서양과학을 배웠다. 마테오 리치와 더불어 유클리드 기하학을 공역한 『幾何原本』이 매우 유명하다. 관직에서 물러난 이후에는 天津에 살면서 농학 연구에 힘쓴 결과 『農政全書』를 완성하였다. 또한 李之藻 및 아담 샬과 함께 서양천문학을 번역하여 『崇禎曆書』를 저술하였다. 이 책을 황제에게 바쳤으나 守舊派의 반대로 생전에는 서양력의 실현을 보지 못하였다. 그는 또한 만주군과의 대결에서 明軍이 열세에 처하자 대포 및 철포를 사용하는 서양전술의 채용을 진언하는 한편으로 마카오에서 대포를 구입하여 명군을 무장시켰다. 그가 건설한 徐家滙의 천주교당은 훗날 중국 예수회의 중심건물이 되었다. 그는 上海 최초의 천주교 신자이면서 중국과 서양 문화교류의 선구자로 평가되고 있다.
인물 자료	○ 『明史』, 列傳 139 徐光啓, 字子先, 上海人. 萬曆二十五年擧鄕試第一, 又七年成進士. 由庶吉士歷贊善. 從西洋人利瑪竇學天文·曆算·火器, 盡其術. 遂徧習兵機·屯田·鹽筴·水利諸書. 楊鎬四路喪師, 京師大震. 累疏請練兵自効. 神宗壯之, 超擢少詹事兼河南道御史. 練兵通州, 列上十議. 時遼事方急, 不能如所請. 光啓疏爭, 乃稍給以民兵戎械. 未幾, 熹宗卽位. 光啓志不得展, 請裁去, 不聽. 旣而以疾歸. 遼陽破, 召起之. 還朝, 力請多鑄西洋大礮, 以資城守. 帝善其言. 方議用, 而光啓與兵部尙書崔景榮議不合, 御史丘兆麟劾之, 復移疾歸. 天啓三年起故官, 旋擢禮部右侍郎. 五年, 魏忠賢黨智鋌劾之, 落職閒住. 崇禎元年召還, 復申練兵之說. 未幾, 以左侍郎理部事. 帝憂國用不足, 敕廷臣獻屯鹽善

策. 光啓言屯政在乎墾荒, 鹽政在嚴禁私販. 帝褒納之, 擢本部尚書. 時帝以日食失驗, 欲罪臺官. 光啓言: "臺官測候本郭守敬法. 元時嘗當食不食, 守敬且爾, 無怪臺官之失占. 臣聞曆久必差, 宜及時修正." 帝從其言, 詔西洋人龍華民‧鄧玉函‧羅雅谷等推算曆法, 光啓爲監督. 四年春正月, 光啓進日躔曆指一卷‧測天約說二卷‧大測二卷‧日躔表二卷‧割圜八線表六卷‧黃道升度七卷‧黃赤距度表一卷‧通率表一卷. 是冬十月辛丑朔, 日食, 復上測候四說. 其辯時差里差之法, 最爲詳密. 五年五月以本官兼東閣大學士, 入參機務, 與鄭以偉並命. 尋加太子太保, 進文淵閣. 光啓雅負經濟才, 有志用世. 及柄用, 年已老, 值周延儒‧溫體仁專政, 不能有所建白. 明年十月卒. 贈少保.

○ 查繼佐, 『罪惟錄』, 「徐光啓傳」

徐光啓, 字子先, 號玄扈, 南直上海人也. 光啓幼矯鷙, 饒英分. 其爲文層折於理‧於情, 進凡思五六指, 乃屬筆, 故讀之者不凡思五六指, 猝未易識. 甲辰, 成進士, 選庶常. 分禮闈, 與同官魏南樂不協, 移病歸, 田於津門. 時方東顧, 四處進兵. 光啓疏上: "此法大謬!" 策楊經略鎬必敗, 且曰: "杜將軍當之, 不復返矣!" 及全覆, 歎曰: "吾姑言之, 而不意其或驗也." 天啓改元, 遼警. 起光啓知兵. 一再投書遼撫熊廷弼, 曰: "今日之計, 獨有厚儲守器, 精講守法, 而善用火炮爲最良." 且曰: "足下欲空沈陽之城, 並兵合勢, 亦無不可. 第斷不宜以不練之卒, 浪營城外, 致喪銳氣, 寒城守." 蓋自廷弼受命而東, 其指在守, 與光啓頗合. 只以廟無成畫, 議論紛遝, 群以黨事相左, 撓廷弼者衆. 未幾, 沈‧遼相繼失守. 光啓請急用前法, 堅壁廣寧. 十一月, 遵化不守, 都城驚甚. 光啓應召平台, 曰: "臣故言之而不意其或驗也." 急請晉升垛守, 毖火器, 走救招徠. 及事定, 請終練兵‧除兵器之說, 不果用. 辛未八月, 大淩河兵覆. 光啓疏萬全之策云: "用戰以爲守, 先步而緩騎, 宜聚不宜散, 宜精不宜多." 陳車營之制甚悉. 不果. 時廷臣酷水火, 光啓中立, 不逢黨, 故此置若忘之. 獨天子知其學主自盡, 將之以誠, 不任氣, 特手敕以原官兼東閣大學士, 參預機務. 八月, 病, 乞休, 不許. 病劇, 誡家人 "速上農政全書, 以畢吾志". 卒, 年七十有二, 贈少保, 諡文定. 光啓寬仁果毅, 淡泊逢好, 生平務有用之學, 盡絕諸嗜好. 嘗曰: "富國必以本業, 強國必以正兵." 大指率以退爲進, 曰: "此先子'勇退'遺教." 因權之諸大政, 無不以此.

저술 소개		* 『幾何原本』 利瑪竇譯 徐光啓記 (明)萬曆 35年 刻本 6卷 / (明)萬曆－天啓年間 刻本 * 『農政全書』 (明)萬曆－天啓年間 刻本/ (明)崇禎 16年 平露堂刻本 60卷 / (淸)道光年間　刻本 60卷 / (淸)道光 23年 上海 王氏刻本 60卷 * 『毛詩六帖』 (淸)抄本 不分卷 * 『泰西水法』 熊三拔撰 徐光啓記 (淸)抄本 5卷 * 『西洋新法曆書』 (明)徐光啓・李天經編 (明)崇禎－(淸)順治年間 刻本 100卷 * 『天學初函』 (明)刻本 56卷 內 徐光啓撰 『勾股義』 1卷 / 畢方濟口授 徐光啓筆錄 『靈言蠡勺』 2卷 / 徐光啓撰 『測量異同』 1卷 / 熊三拔撰 徐光啓記 『簡平儀說』 1卷 / 熊三拔述 徐光啓記 『泰西水法』 6卷 * 『海山仙館叢書』 (淸)潘仕成輯 (淸)光緖年間 刻本 56種 內 利瑪竇 (Ricci, M口譯 (明)徐光啓筆受 『幾何原本』 6卷 卷首 6卷		

비 평 자 료				
金正喜		阮堂全集 卷4 「與李藕船(六)」	徐光啓와 李之藻가 邪敎의 方言을 번역하는 데 중국의 '天'字를 이용한 것을 비판하다.	且邪敎之稱天主者。又萬萬不成說。邪敎之說天與中國之說天。同耶異耶。與徐光啓・李之藻一種邪黨鬼怪之輩。强醵邪敎之方言。敢以中國之天字當之。是何說乎。
徐有榘		楓石全集 卷10 金華知非集 「農對 (抄啓應製)」	정조가 고금의 農書에 대해 말하면서 徐光啓의 『農政全書』를 언급하다.	古今說農之書。豔稱楚之野老。漢之祭癸。賈思勰之齊民要術。徐光啓之農政全書。亦可以按義例而評優劣歟。

徐有榘	楓石全集 卷12 金華知非集 「農對 (抄啓應製)」	徐光啓의 『農政全書』는 농사에 관한 사항을 널리 모아 집대성하였으므로 후대에 農家의 指南이요 經世의 津筏이라는 평을 받았다.	至於野老祭癸之書。其名但見於漢書藝文志。而其文今無存者。惟賈思勰之齊民要術。艶稱於後世。徐光啓之農政全書。薈萃博采。集厥大成。故後儒推奬之論。至謂之農家之指南。經世之津筏。則豈所謂後出爲勝者歟。臣伏讀聖策自大抵農之爲道也止豊亨和豫之域歟。
成海應	研經齋全集續集 册15 風泉錄 「題月沙庚申燕行錄後」	萬曆 기미년(1619)에 徐光啓는 "우리나라가 우호를 맺자 오랑캐가 스스로 동쪽으로 나와 감호를 청하였다"라고 말하였다.	萬曆己未。徐光啓言我邦結好。奴賊自請東出監護。時姜弘立降虜。致有遼廣流言。遂有辨誣之使。月沙實膺其選。至遼陽。見經略熊廷弼。論西邊備禦狀曰。沿江郡邑。人民鮮少。又無據險處。以江界之狄踰嶺。碧潼之九階嶺。理山之牛嶺·車踰嶺·板幕嶺爲上路。設一將守之。以昌城之延平嶺·緩項嶺爲中路。設一將守之。以義州爲下路。設一將守之。沿江諸城若不守。清野而退。守此三路。
李裕元	嘉梧藁略 册3 「皇明史咏」	徐光啓의 事績을 시로 읊다.	初學天文利瑪竇。晚成大器預樞機。諸般戎械皆心籌。萬曆年間始發揮。
李廷龜	月沙集別集 卷3 「庚申燕行錄」	「庚申燕行錄」을 쓰면서 徐光啓·丁應泰·熊化 등에 대해 언급하다.	己未十月初三日。備忘記。今見千秋使先來。賫來徐光啓自薦出來上疏。不覺骨痛氣塞。直欲蹈海鑽地而末由也。我國與此賊。其果有如光啓疏中所構之辭乎。此人誣陷之慘。甚於丁應泰之變矣。先王遭應泰之變。尙不視事。憂悶痛迫。況此千古所無之大變乎。光啓出來云云之說。自有東方以來。曾所未聞。若不急急處置。則

			光啓雖曰不來。又安知復有如光啓者乎。以事理言之。則依先朝李恒福入往例。大臣所當疾馳赴訴於帝庭。但今之大臣皆老病。勢難往矣。他使臣十分擇差。急急入送。快辨厚誣事。當日內速爲議處。…
正祖	弘齋全書 卷56 「題曆事明原後」	淸나라와 蒙古의 運氣에 차이가 난다는 설을 徐光啓・梅文鼎이 법으로 제정하여 온 천하가 오랑캐의 문화로 들어가게 되었다고 논하다.	人謀日巧。學在四夷。淸蒙氣差之說。忽出於崑崙以西之地。而徐文定・梅文鼎。揭之爲不祧之令典。擧四海萬國。遂入于氈裘湩酪之中。中州之亂。於斯極矣。

徐 郙 (1838-1907)

인물 해설	字는 壽蘅, 號는 頌閣이며 江蘇 嘉定 사람이다. 同治 元年(1862) 동치황제의 등극을 기념하여 특별히 행한 壬戌科에 장원급제하여 翰林院修撰 및 侍讀學士, 禮部侍郎, 禮部尚書, 協辦大學士 등을 역임했다. 시와 書畵에 능하였고 특히 산수화에 뛰어났다. 慈禧太後는 그림을 그릴 때마다 徐郙에게 志를 적게 하는 등 徐郙를 매우 총애했다. 그러나 당시 그는 뇌물을 받고 청렴하지 못하다는 평가를 받았다.
인물 자료	○ 王家相,『淸秘述聞續』卷11,「徐郙」 字頌閣, 江蘇嘉定人. 同治壬戌進士, 光緖八年, 以兵部侍郎任 『國朝書畵家筆錄』
저술 소개	* 『欽定元承華事略補圖』 (元)王惲撰 (淸)徐郙等補 (淸)石印本 6卷 * 『臨文便覽』 (淸)張啓泰輯 (淸)光緖年間 刻本 內 徐郙撰『增訂韻辨摘要』

비 평 자 료			
姜瑋	古歡堂收艸詩稿 卷13 北遊續草 「奉和審齋次徐頌 閣(郙)編修見贈之 作, 奉寄頌閣」	李建昌이 徐郙의 시에 차운하여 지은 시에 화답시를 짓고 徐郙에게 부치다.	其一: 易識仙扉紫籤東. 文光徹宇似垂虹. 高情配月千秋見. 正路如天四海通. 一代篇章求最傑. 百家門戶貴持公. 雞林愛繡香山句. 今古悠悠此意同. 其二: 滄海橫流處處於. 拘墟那復講河渠. 千方燁燁傳音線. 萬里闐闐運貨車. 倚相無心談往籍. 史皇斂手縱羣書. 天機泄盡雷應復. 諸夏何曾有不如. 其三: 嘗薄花溪語欲驚. 偉人從古厭詩名. 佳談偏是無心得. 蕉句何妨觸手成.

			佳月追隨如宿夢。(寧齋於上元夜。步至玉河橋。欲遂至蘇州衚衕。因更深而止。追想前春上元。陪蓉山尙書至此。怳如夢境)異年點檢見深情。搏桑小海偏於左。願受羣流大地傾。(用地傾東南語) 其四:海上茅廬署又琅。(阮堂先生書。又琅環仙舘。妥在蝸壁)爲有中州一瓣香。蕉石圖知通幻界。(維摩像。紅蕉窠石圖。係中朝人作。爲阮堂珍藏)梅花賦愛鍊剛腸。秪憐聞道如捫燭。敢擬窮河到濫觴。知否遠來勤苦意。玉函書裏揀仙方。
姜瑋	古歡堂收艸詩稿 卷13 北遊續草 「洪右臣太史(良品)作東方使者行贈耕石·樗村·賓齋三行人, 余依其題, 次李藕垞中書(有棻)贈寧齋侍讀韻奉贈寧齋(走筆一夕作)」	李建昌에게 시를 지어 주며, 徐郙를 찾아가 담소를 나눈 일을 언급하다.	下車先訪徐孺子。(徐侍讀郙。號頌閣。又號守默居士) 正聲六代廢淫哇。纔證新知懷舊雨。氷霜數斗怡庭茶。(頌閣云。趙怡庭宇熙。喜糖霜茶。飮至數斗。並噉堅冰) 相逢便呼李謫仙。四明狂客非子耶。小齋茗話自溫存。盤饌無乃太豪奢。上國長春信不虛。靑靑竹笋紫姜芽。藜蒿跋苗皆新摘。蘋婆珠帳橙橘楂。百果摠非東方有。徵典何暇及魚鰕。(談次。多徵樓饍餤果魚菜物名。尙多未譯)赫蹏問訊無虛日。舘柳重嘶白鼻騧。珍珠百笈當紵縞。絡繹意似猶嫌些。衣材近貨不敢拒。推孝願君奉孃爺。前攀後提幾朋輩。聲氣相聯如蔓苽。
姜瑋	古歡堂收艸詩稿 卷13 北遊續草 「奉贈徐頌閣侍讀爲別」	徐郙와 작별하며 시를 지어주다.	去歲入都無一遇。意中如有再來時。今行結識衆君子。一決茫茫無後期。老去筋骸非我有。悲來肝膽得君知。欲判未判重重意。非爲人間怨別離。 重邀滄海送人詩。好伴春風返國時。此老疎狂猶有遇。異年歡聚恐無期。微踪無與當時事。片語堪徵後日知。遲暮空懷怊悵意。東西溝水四流離。

姜瑋	古歡堂收艸詩稿 卷13 北遊續草 「東人之禮於所敬, 不敢捉椅並坐, 李薇垣中書, 欲用蘇 明允與宴故事, 余 不得已逃席, 黃少 司寇(鈺)·徐頌閣· 吳春林(鴻懋)·敎 册賢, 皆以專席邀 話, 榮遇踰分, 愧不 克當, 以筆代謝」	徐郙가 자신을 주빈 으로 초청한 데 대해 시를 지어 감사를 표 하다.	自道中年道粗成。蘇翁氣槪本崢嶸。豈堪 此日韓歐席。位置東方一老生。 十駕難追一日能。老年無復志騰騰。孫陽 暫顧誠非分。愛驥公然及凍蠅。 東海宗風未寂寥。弓衣繡句倍前朝。瀛壖 詩派叨相問。我是街頭踏竹謠。(新羅 人。以竹枝踏節而歌) 桂苑高才有筆耕。傳衣無數贊聲明。皇朝 正雅新編輯。僅止寥寥數代英。 主簿文章四海驚。詞源混混赴時情。却遇 布衣參宴日。借人佳句示公卿。(佳節偏 從愁裡過。壯心還倚醉中來。是唐人句。 余當筆話窘急。又信明允共哎絕倒)
姜瑋	古歡堂收艸詩稿 卷13 北遊續草 「頌閣先生, 又惠 贈言, 走毫奉謝」	徐郙가 시를 지어준 데 사례하는 시를 짓 다.	萬斛珍珠載向東。祥烟非霧又非虹。福地 人生宜后束。上仙耳竅自圓通。一斑窺好 夸同學。百鍊功須藉鉅公。四海弟兄俱在 此。相憐只在寸心中。
姜瑋	古歡堂收艸詩稿 卷17 「徐頌閣(郙)侍讀 以手寫山水小景, 屬題次韵, 大著鵲 橋仙小令請正」	徐郙가 山水小景를 그리고 題詩를 부탁 하여 시를 짓다.	遙峰潑黛。恬波淨綠。添個花冥柳裊。茅 堂位置盡分明。秖難寫主人情抱。金蓮燭 燼。銅龍水咽。忘却身留蓬島。夢中依舊 刺扁舟。被人問歸來早了。
姜瑋	古歡堂收艸詩稿 卷17 「頌閣侍讀, 又以 賀子翼先生集見 贈, 卽用鵲橋仙韻 奉謝」	徐郙가 賀貽孫의 문 집을 주니, 즉시 陸 游의 「鵲橋仙」의 운 자를 사용하여 시를 지어 감사를 표하다.	泉飛山立。雷奔電激(集中有激書)。忽幻 晴烟裊裊。遙知千載賀先生。定然具英雄 襟抱。騷壇宗主。風塵羈旅。宛對昌黎賈 島。贈書人似著書人。兩肝膽一時輸了。

姜瑋	古歡堂收艸詩稿 「序」	徐郙가『古歡堂收艸 詩稿』의 서문을 지 어 주다.	乙亥春。朝鮮李朝使鳳藻。枉過寓齋。歡 若平生。偕一客姜子古歡者顧而長。鬢髯 戟張。目炯炯如炬。心異之。入座。作嫗 隅語。不可解。索筆代舌。滔滔千言。紙 寸許立盡。詢其先代。固華籍。徙東已數 十世。袖出近作。劌目鉥心。是學杜有得 者。歎賞久之。並出舊作數冊。索弁言於 余。余惟詩之源甚遠。而用力最難。大抵 必讀書破萬卷。而足跡所至。耳目所經。 怪怪奇奇。窮極天下之壯觀而后。能開拓 胸臆。獨有千古。子美居巴蜀。山川雄險 甲天下。古歡雖僻處東隅。而辰韓故墟。 古稱壯麗。苦心學杜。未始非江山之助。 況博極羣書。以布衣。兩入京師。往返經 萬里。踰絕塞。度滄海。關山風月之凄 淸。島嶼烟波之浩渺。時與壯懷相摩盪。 荒原立馬。落日停鞭。斷碣殘碑。蒼茫吊 古。故其發而爲詩。忽正忽奇。忽沉鷙。 忽堅凝。忽虛非而誕幻。風檣陣馬。不足 方其勇也。鯨吞鼇擲。冰柱雪車。不足比 其才艷也。昔元微之致令狐啓云。居易雅 能爲詩。自審不能有以過之。戲排舊韻。 別創新詞。名爲次韻。余忽促別緖惻然。 樂綴數言。以志海外投契之眞。竝質諸讀 古歡詩者。知余非阿私所好云。 光緖乙亥春。賜進士及第日講起居注官翰 林院侍讀南書房。行走國史館協修徐郙頌 閣甫。序於京寓之賜書堂。
姜瑋	古歡堂收艸詩稿 「題詞」	徐郙가『古歡堂收艸 詩稿』의 題詞를 지 어 주다.	匹馬輕裝矍鑠翁。閑雲無碍去來鴻。薊門 烟樹遼陽月。都入先生詩料中。 老將登壇辟萬夫。詞源汩汩瀉明珠。煩君 一管生花筆。爲寫瀛壖詩派圖。 心香一瓣是靑邱。強學塗雅也自羞。三寸 毛錐計生活。儒臣無夢覔封侯。

			疁城徐郙頌閣拜讀。
姜瑋	古歡堂收艸文稿卷2「與徐頌閣(郙)侍讀書」	徐郙에게 편지를 주면서 자신의 문집에 서문을 써줄 것을 청하다.	頌閣先生大人閣下。去歲入都無一遇。心中如有再來時。今來結識衆君子。一決茫茫無後期。老去筋骸非我有。悲來肝膽有君知。欲判未判重重意。非爲人間怨別離。蕪稿一序。可盖平坐。榮逾三都。第恐人文不相稱。人莫肯信可如何。抱持拱璧。蹈舞而去。別意惘惘。稍久當自覺耳。嗣後惟有鱗羽寄音。願勿相踈。但天意人事。俱係難料。臨猪尤增感歎。惟祝爲國加護福庇域外。不宣。
金澤榮	韶濩堂詩集定本卷1甲戌稿「題滄江稿」(本稿爲壬申以後三年作)	金澤榮의 詩稿에 徐郙가 쓴 題詩를 덧붙이다.	其一。十斛珍珠一串成。江天爲照筆縱橫。硯山竹葉(君所蓄硯名。)靑如滴。五色花從夢裏生。其二。翩翩裙屐少年場。百幅詩成字有芒。老輩風流今闃寂。何人神韵繼漁洋。
李建昌	明美堂集卷2北游詩草「徐宮庶頌閣郙寄便面，囑書率題」	徐郙가 부채를 보내오며 글을 부탁하기에 시를 지어주다.	紅塵不到庋書樓。花木池塘事事幽。曾是吳楓橋畔客。寄居還在小蘇州。(頌閣。本蘇州人。京寓亦在蘇州胡同。故云。)翰苑文章下筆殊。眞成百斛瀉明珠。憑君欲訪承平事。退食金鼇有記無。糖霜新譜替茶經。談屑霏霏入眼聽。爲是苔岑同氣味。座間偏憶趙怡庭。每到情深喚奈何。天涯會少別離多。憑將懷袖三年字。記取飛鴻雪裏過。
李建昌	明美堂集卷2北游詩草「檃括頌閣贈言，次古歡」	徐郙의 贈言을 檃括하여 시를 지으며, 『國朝先正錄』 한 부를 증정받은 일을 언급하다.	河橋江樹古人詩。一例含情送客時。歸去靑春好相伴。重逢皓首以爲期。飛揚意氣防人見。峻潔文章貴自知。一代汗靑須記取。慇懃不獨贈將離。(國朝先正錄一部。頌閣贐余。)

李建昌	明美堂集 卷16 「明美堂詩文集叙傳」	黃鈺・張家驤・徐郁 등이 李建昌을 고평하며 문집 서문을 지어준 일을 기록하다.	李鴻章貽書于我。啖以通和之利。時人皆謂鴻章。中國名臣。其言可信。建昌獨曰。鴻章大儈也。儈惟時勢之從而已。我無以自恃而恃鴻章。則後必爲所賣。…會金弘集自倭還。以淸人黃遵憲所爲朝鮮策進於上。有悉通西洋諸國之說。一日。泳翊邀建昌飮。弘集及朴泳孝・洪英植等在坐。建昌心知泳翊將借諸人以拄己也。乃先面數弘集曰。黃遵憲顯言耶蘇之敎無害。而子上疏乃云。遵憲斥邪。非謾而何。弘集猶遜謝。而泳翊怫然。罷酒。入言于上曰。臣與諸人論時事。而李建昌爲橫議。此人雖官卑。有文學名。此等人如此。國是不可定。上以此愈不悅建昌。而或又謂建昌內實曉時務。特不爲耳。建昌以此愈益困。…嘗以朝鮮五百年文章一家自期。不屑與幷時人稱。其入中國。翰林名士黃鈺・張家驤・徐郁等。一見而歎曰。使斯人。生於中國。當以吾輩之官讓之。各爲文以序其詩卷。

徐 渭 (1521~1593)

인물 해설	명나라 후기의 문인이자 화가이다. 字는 文長, 호는 靑藤 또는 天池이며, 浙江省 山陰縣 출신이다. 장년기에 한 번 浙江省 총독의 幕客이 되었던 것을 끝으로 향리에 은퇴하였다. 詩書畵에 각각 일가를 이루는 천재적인 문인으로, 특히 희곡 『四聲猿』이 유명하다. 독창과 개성을 중요시하여 명나라 초기에 문단을 풍미했던 擬古派의 모방론을 적극적으로 비판하였다. 그의 개성적인 시풍은 公安派의 주요인물인 袁宏道에게 깊은 인상을 남겼다. 저서로 『徐文長全集』(30권)이 전한다.
인물 자료	○ 『明史』, 列傳 176 　　徐渭, 字文長, 山陰人. 十餘歲仿揚雄解嘲作釋毀, 長師同里季本. 爲諸生, 有盛名. 總督胡宗憲招致幕府, 與歙餘寅 · 鄞沈明臣同憲書記. 宗憲得白鹿, 將獻諸朝, 令渭草表, 幷他客草寄所善學士, 擇其尤上之. 學士以渭表進, 世宗大悅, 益寵異宗憲, 宗憲以是益重渭. 宗憲嘗宴將吏於爛柯山, 酒酣樂作, 明臣作鐃歌十章, 中有云"狹巷短兵相接處, 殺人如草不聞聲". 宗憲起, 持其鬚曰："何物沈生, 雄快乃爾!" 即命刻於石, 寵禮與渭埒. 督府勢嚴重, 將吏莫敢仰視. 渭角巾布衣, 長揖縱談. 幕中有急需, 夜深開戟門以待. 渭或醉不至, 宗憲顧善之. 寅 · 明臣亦頗負崖岸, 以侃直見禮. 渭知兵, 好奇計, 宗憲擒徐海, 誘王直, 皆預其謀. 藉宗憲勢, 頗橫. 及宗憲下獄, 渭懼禍, 遂發狂, 引巨錐剚耳, 深數寸, 又以椎碎腎囊, 皆不死. 已, 又擊殺繼妻, 論死繫獄, 里人張元忭力救得免. 乃游金陵, 抵宣 · 遼, 縱觀諸邊阨塞, 善李成梁諸子. 入京師, 主元忭. 忭導以禮法, 渭不能從, 久之怒而去. 後元忭卒, 白衣往弔, 撫棺慟哭, 不告姓名去. 　　渭天才超軼, 詩文絕出倫輩. 善草書, 工寫花草竹石. 嘗自言："吾書第一, 詩次之, 文次之, 畫又次之." 當嘉靖時, 王 · 李倡七子社, 謝榛以布衣被擯. 渭慎其以軒冕壓韋布, 誓不入二人黨. 後二十年, 公安袁宏道游越中, 得渭殘帙以示祭酒陶望齡, 相與激賞, 刻其集行世.

○ 袁宏道, 『袁中郎全集』 卷4, 「徐文長傳」

　　徐渭, 字文長, 爲山陰諸生, 聲名藉甚. 薛公蕙校越時, 奇其才, 有國士之目,
然數奇, 屢試輒蹶. 中丞胡公宗憲聞之, 客諸幕. 文長每見, 則葛衣烏巾, 縱談天
下事, 胡公大喜. 是時, 公督數邊兵, 威鎮東南, 介胄之士, 膝語蛇行, 不敢擧頭,
而文長以部下一諸生傲之. 議者方之劉眞長·杜少陵云. 會得白鹿, 屬文長作表.
表上, 永陵喜. 公以是益奇之, 一切疏計, 皆出其手. 文長自負才略, 好奇計, 談
兵多中, 視一世事無可當意者, 然竟不偶. 文長旣已不得志於有司, 遂乃放浪曲
蘗, 恣情山水, 走齊·魯·燕·趙之地, 窮覽朔漠. 其所見山奔海立, 沙起雷行,
雨鳴樹偃, 幽谷大都, 人物魚鳥, 一切可驚可愕之狀, 一一皆達之於詩. 其胸中又
有勃然不可磨滅之氣, 英雄失路·托足無門之悲, 故其爲詩如嗔如笑, 如水鳴峽,
如鐘出土, 如寡婦之夜哭, 羈人之寒起. 雖其體格, 時有卑者, 然匠心獨出, 有王
者氣, 非彼巾幗而事人者所敢望也. 文有卓識, 氣沈而法嚴, 不以模擬損才, 不以
議論傷格, 韓·曾之流亞也. 文長旣雅不與時調合, 當時所謂騷壇主盟者, 文長皆
叱而怒之, 故其名不出於越. 悲夫. …

○ 錢謙益, 『列朝詩集小傳』 丁集 卷12, 「徐記室渭」

　　渭, 字文淸, 更字文長. 山陰人. 十餘歲, 倣揚雄解嘲, 作釋毁. 爲諸生十餘年,
胡少保宗憲督師浙江, 招致幕府, 筦書記. 海上獲白鹿二, 少保屬文長草表, 幷他
幕客所撰, 郵致所善某學士. 學士以文長表進. 上覽之大說, 益寵異少保. 少保亦
以是益重文長. 督府勢嚴重, 文武將吏莫敢仰視. 文長戴敝烏巾, 衣白布澣衣, 非
時直闖門入, 長揖就坐, 奮袖縱談. 幕中有急需, 召之不至, 夜深開戟門以待. 偵
者還報, 徐秀才方昵飮, 大醉叫呶, 不可致也. 少保聞顧稱善. 文長知兵, 好奇計,
少保餌王·徐諸虜, 用間鈎致, 皆與密議. 當是時上方崇禱事, 急靑詞. 當國者謂
文長文能當上意, 聘致之. 文長知與少保有郤, 弗應. 少保下請室, 文長懼及, 發
狂, 引巨錐剚耳, 刺深數寸, 流血狼籍. 又以錐擊腎囊, 碎之, 皆不死. 妻死, 輒以
嫌棄婦, 又擊殺其後娶者, 論死繫獄, 憤懣欲自殺. 張宮諭元忭力救乃解. 南游金
陵, 北走上谷, 縱觀邊塞阨塞, 屬虜營帳, 賫酒悲歌, 意氣豪甚. 與寧遠諸子游, 皆
兒子畜之. 入京師, 館宮諭邸舍. 宮諭悀悀引禮法, 久之, 心不樂, 時大言曰: "吾
殺人當死, 頸一茹刃耳. 今乃碎磔吾肉!" 遂病發, 棄歸, 楗戶不見一人. 挾一犬與
居, 絶穀食者十年. 人問之, 曰: "吾噉之久, 偶厭不食, 無他也." 宮諭死, 白衣往
弔, 撫棺大慟, 不告姓名而去. 諸子追及之, 哭而拜諸塗, 小垂手撫之, 不出一語.

十年纔此一出耳. 貧甚, 鬻手以食, 有書數千卷, 斥賣殆盡. 幬筦破敝, 藉藁以寢. 年七十三卒. 文長貌修偉白晳, 音朗然如唳鶴. 中夜呼嘯, 有群鶴應焉. 讀書好深思, 自謂有得於首楞嚴莊列素問參同契諸書, 欲盡斥注家膠戾, 獨標新解. 草書奇偉奔放, 畫花草竹石, 超逸有致. 嘗言: "吾書第一, 詩二, 文三, 畫四." 有"闕編櫻桃館"諸集. 文長譏評王・李, 其持論迥絕時流. 文長歿, 王・李之焰益熾, 無過而問焉者. 後三十餘年, 楚人袁中郎游東中, 得其殘帙, 示陶祭酒周望, 相與激賞, 謂嘉靖以來一人. 自是盛傳於世. 周望序其集曰: "文長文類宋唐, 詩雜入于唐中・晚. 自負甚高, 於世所稱主文柄者, 不能俯出游其間. 而時方高談秦漢盛唐, 其體格弗合也. 然其文實有矩度, 詩尤深奧, 往往深于法而略于貌. 古之窮士如盧仝・孟郊・梅堯臣・陳師道之徒, 所爲或未能遠過也." 中郎則謂其胸中有一段不可磨滅之氣, 英雄失路, 托足無門之悲, 故其詩如嗔, 如笑, 如水鳴峽, 如鍾出土, 如寡婦之夜哭, 羈人之寒起. 當其放意, 平疇千里, 偶爾幽峭, 鬼語幽墳. 微中郎, 世豈復知有文長! 周望作文長傳, 謂中郎徐氏之桓譚, 詎不信夫!

저술 소개	
	＊『歌代嘯雜劇』 (淸)抄本 1卷
	＊『玄抄類摘』 (淸)抄本 6卷 陳汝元補注
	＊『徐文長先生秘集』 (淸)抄本 2卷 / (明)天啓刻本 12卷
	＊『四聲猿』 (明)延閣刻本 4卷 / (明)刻本 4卷 / (明)刻本 袖珍本 4卷 / (明)刻本 文盛堂印本 4卷 / (明)刻本 大成齋印本 4卷
	＊『南詞叙錄』 (淸)魯氏 壺隱居抄本 1卷
	＊『文長雜記』 (明)刻本 2卷
	＊『靑藤山人路史』 (明)刻本 2卷

* 『徐文長文集』	
(明)刻本 30卷 袁宏道評點	
* 『三先生合評元本琵琶記』	
(明)明末 刻本 2卷 (明)李贄・湯顯祖・徐渭評	
* 『新訂徐文長先生批點音釋北西廂』	
(明)明末 刻本 二卷 (元)王德信撰 (明)徐渭評	
* 『盛明百家詩』	
(明)俞憲編 (明)嘉靖－隆慶年間 刻本 324卷 內 徐渭撰 『徐文學集』 1卷	
* 『盛明雜劇』	
(明)沈泰編 (明)崇禎年間 刻本 30種 30卷 內 徐渭撰 『漁陽三弄』 1卷 / 『翠鄉夢』 1卷 / 『雌水蘭』 1卷 / 『女狀元』 1卷	
* 『八代文鈔』	
(明)李賓編 明末 刻本 106種 106卷 內 徐渭撰 『徐文長文抄』 1卷	
* 『名家尺牘選』	
(明)馬睿卿編 (淸)刻本 20卷 內 徐渭撰 『徐文長尺牘』 1卷	
* 『皇明十六名家小品』	
(明)丁允和・陸雲龍編 陸雲龍評 (明)崇禎 6年 陸雲龍刻本 32卷 內 徐渭撰 『翠娛閣評選徐文長先生小品』 2卷	

비 평 자 료			
金錫冑	息庵遺稿 卷8 「錦帆集序」	袁宏道가 徐渭의 시를 평한 것을 인용하다.	中郎之序徐文長。則謂其胸中有一段不可磨滅之氣。英雄失路。托足無門之悲。故其詩如嗔如笑。如水鳴峽。如種出土。如寡婦之夜哭。羈人之寒起。當其放意。平疇千里。偶爾孤峭。鬼語幽墳。
南公轍	金陵集 卷13 「讀弇州·牧齋二集」	徐渭와 袁宏道를 제외하면, 錢謙益이 王世貞을 가장 심하게 공격하여 가짜 法帖과 가짜 銅玉이라고 비난하였다.	徐・袁以外。錢牧齋攻之愈甚。至譏以贋法帖假銅玉。

南公轍	金陵集 卷20 日得錄 「訓語」	正祖가 역대 詩家의 작품을 뽑아 오백여권을 만들어 『詩觀』이라 이름 지었는데, 唐의 孟郊·賈島와 明의 徐渭·袁宏道·鍾惺·譚元春 등은 體法이 寒瘦하고 音韻이 噍殺하여 治世의 希音이 아니기에 모두 제외하였다.	予於近日。選歷代詩家。爲五百餘卷。名曰詩觀。盖詩可以觀之意也。若唐之孟郊·賈島。明之徐·袁·鍾·譚。體法寒瘦。音韻噍殺。非治世之希音。故幷拔之。筆削之際。自以有鍾秤衮鉞寓於其間。卿等出而語後生小子。俾各知之。文章關治敎之汚隆。人心之正僞。況詩之發於性情者乎。
南克寬	夢藝集 坤 「謝施子」	徐渭의 五言古詩는 韓愈와 杜甫의 變體를 본받았으니 沈悍한 재주를 또한 스스로 일컬었고, 七言古詩는 纖靡하여 아름답지 않다.	徐文長五言古詩。效韓·杜變體。沈悍之才。亦自稱之。七言纖靡不佳。
南克寬	夢藝集 坤 「謝施子」	袁宏道의 古詩는 일컬을 만한 것이 없으며, 七言絶句는 徐渭의 聲調를 닮았고, 律詩는 대략 비슷한데 대체로 미치지 못한 것이 많다.	石公古詩。俱無可稱。七言絶句。有徐氏聲調。律詩略等。大較不及者多。
朴趾源	燕巖集 卷13 熱河日記 「傾蓋錄」	汪新에게 嚴果의 안부를 묻자, 세상 사람들이 嚴果를 명나라의 唐寅과 徐渭에 비긴다고 말해주었다.	問嚴九峯果曰。吾離鄕久。不識下落。陸是弟至歡。時人號陸解元。比之唐伯虎·徐文長。不出西湖三十年。富貴極矣。弟離鄕十年。但有聲風。寄然茶鎗酒椀。槩知其得意人也。不比弟乾沒風塵。
成大中	靑城集 卷5 「感恩詩叙」	徐渭·袁宏道·鍾惺·譚元春 등의 尤末한 기운과 噍殺한 소리는 중화를 민멸시킬 빌미가 되어 구제할 수 없었다.	至於徐·袁·鍾·譚。尤其劣者也。尤末之氣。噍殺之音。適足爲泯夏之崇而莫之救也。曾謂曲慧小知。亦足禍天下耶。

成大中	靑城集 卷5 「感恩詩叙」	宋나라 시인들은 故實, 明나라 시인들은 聲響을 내세워 세상에 과시하였으나, 正始希音과는 거리가 멀고, 특히 그 중에서도 형편 없는 시인들은 李攀龍·王世貞·徐渭·袁宏道와 같은 이도 함께 대열에 끼이는 것을 부끄러워 하였다.	宋之故實。明之聲響。迭爲長世之資。而正始希音。去已邈矣。況其下劣之魔耶。王·李·徐·袁。殆亦恥與之伍矣。
申緯	警修堂全藁 蘇齋續筆 「玉佩(幷序)」	柳得恭의 『泠齋書種』에 나오는 玉佩를 만든 陸子剛을 徐渭의 시집에서 찾아서 그와 동시대 사람임을 변증하고 시를 읊다.	柳惠風泠齋書種曰。方寸玉。一片羊脂色。雙螭首。一面刻山水。平橋漁舟遠塔。微微可辨。一面刻詩云。綠莎白石滿河洲。渺渺平沙帶淺流。紅樹靑山無路入。行春橋畔覓漁舟。小印文曰。子剛。成川府民。耕田拾得。獻于府使。府使之子。戀妓一枝紅。(詩妓也。) 與之佩。後歸邑子某。府使某以重價取之。詩情畫意。俱極縹緲。刻法又神。必是中國物。但未知子剛之爲何代人。以待後査。(柳說止此。) 余按。成都民墾荒塚間。得此玉獻之官。遂歸於一枝紅。紅又情贈富民某甲。後鄭府使取爲寵姬之餙。姬居燕子樓者且十年。售玉以資衣食之窘。此玉又歸於侯門之絶豔。玉自出土來。凡三易主而三噪於世。蓋尤物也。有一嗜古者購求於豔。豔竟刓敝不出手云。子剛姓陸氏。徐文長「水仙花詩」云。暑有風情陳妙常。絶無烟火杜蘭香。昆吾鋒盡終難似。愁殺蘇州陸子剛。自注云。陸子剛。蘇人。碾玉妙手也。据此則子剛爲文長同時之人。而此玉爲明嘉隆間古物無疑也。 其一: 殉玉何人抵死愚。白楊無樹可啼

			烏。褐之父向田間得。雨暎深耕綠一蕉。 其二： 一從獻玉楚宮後。雲雨多端事可愁。解珮暫酬交甫意。償城何急昭王求。 其三： 劇知尤物傲書生。底費十年惆悵情。黃土出來三易主。紅顔俱是一傾城。 其四： 何虹不霽飲春潮。此是吳松第幾橋。隔水青山紅樹路。引人蜑去塔尖銷。 其五： 不厭書窗攷證詳。惠風吾欲補其亡。朱砂小篆分明刻。徐渭詩中陸子剛。 其六： 嘉隆古玉隆嘉出。後五百年當益珍。此日吾詩成玉篆。幾番傳賣斷腸人。
柳得恭	泠齋集 卷7 「雪癡集序」	사람들은 邊日休를 徐渭에 비유하는데, 행적은 비슷한 듯도 하지만 시는 徐渭와 견주어 쉽게 판단하지 못할 것이다.	故友邊逸民以詩鳴於世。家貧落拓使酒。喜從武帥游。竟死於南海之濱。人比之徐渭。跡或似矣。而其詩之與渭何如。未之或辨也。
柳得恭	泠齋集 卷7 「雪癡集序」	邊日休의 시의 원류는 陸游와 錢謙益의 사이에서 구해야만 하며, 徐渭에 비교한다면 이는 진실로 邊日休가 배우려던 대상이 아니다.	逸民詩長於近體。天才特高。讀書又多。故造意幽渺。隸事飛動。溯源沿流。當求諸劍南·虞山之間。比之徐青藤則固非逸民之所願學也。論詩而以性靈爲主。謂不必多讀書者。吾未知其何說也。
李德懋	靑莊館全書 卷48 「耳目口心書 (一)」	만약 袁宏道가 徐渭·江盈科·曾可前·陶望齡 등을 거느리고 와서 創新만을 주장한다면, 李德懋는 모든 사람에게 일률적으로 그러한 경향을 강요할 수는 없다고 답할 것이라 말한다.	或曰。又若有袁柳浪。左擁徐文長。右攜江進之。馳曾退如·陶周望輩。來問於子曰。文章安有定法哉。理何必先民所恒訓。語何必前賢所恒道。當快脫粘縛。直段步武。門戶則特立。而洞天則別開也。或掇拾古人字句。豈曰文章名世哉。子當何答。曰。我當日拘也。若以子之才則可。且擇天下之士如子之

			才。而善於超脫者。傳之以此方亦可。然天下之才。非超脫而止也。有典雅者。有平易者。壹皆責之。以別創新奇。或恐反喪其本然而日趍於高曠超絶之域。不亦敗道乎。振作多士之文章。豈一律而已哉。無乃局乎。仍才奇正。自有可觀。抑揚與奪。正規暗諷。順導反說。其變化也無涯。但不使之太剗削其渠之本然與天眞。去其滲滓腐穢而已矣。且古人軌轍。不可拘束。亦不可專然抛棄也。自有妙解透悟法。在人人各自善得之如何耳。子紛紛怒罵。以天下人之不一齊從吾命。爲大憂也。則吾懼其末流仍文害道。誣言妄談。猖狂自恣。至陷於不可赦之罪。不亦悲乎。然天地間。無所不有。子之善創新語。亦不可無也。吾幸讀子集。而詑以爲奇觀。
李宜顯	陶谷集 卷27 雲陽漫錄	明詩 四大家(何景明・李夢陽・王世貞・李攀龍)의 시풍을 논한 뒤, 이들의 시가 변하여 徐渭와 袁宏道의 시가 되었고, 徐渭와 袁宏道의 시풍이 변하여 鍾惺과 譚元春의 시가 되었다고 주장하다.	明詩雖衆體迭出。要其格律。無甚逈絶。稱大家者有四。信陽溫雅美好。有姑射仙人之姿。而氣短神弱。無聳健之格。北地沉鷙雄拔。有山西老將之風。而心麤材駁。欠平和之致。大倉極富博而有患多之病。歷下極軒爽而有使氣之累。一變而爲徐・袁。再變而爲鍾・譚。轉入於鼠穴蚓竅而國運隨之。無可論矣。
李宜顯	陶谷集 卷28 陶峽叢說	徐渭는 袁宏道와 더불어 茅坤・唐順之・楊愼・歸有光・錢謙益이나 王世貞, 李攀龍과는 다른 하나의 유파이다.	明文集行世者。幾乎充棟汗牛。不可殫論。而大約有四派。姑就余家藏而言之。… 鹿門・荆川・升菴・震川・牧齋。學古而語頗馴。不爲已甚者也。就中升菴之麗縟。牧齋之蕩溢。稍離本色。而故當屬之於此。不可爲王・李之

			派。徐文長·袁中郎。又旁出而以慧利 爲長。此二人亦不可爲王李派。當附入 於此派。
李祖黙	六橋稿略 卷1 「玉佩(幷序)」	柳得恭의 『冷齋書種』에 수록되어 있는 玉佩와 陸子剛이란 인물의 내력을 밝히기 위해서 徐渭의 「詠水仙簪」를 인용하다.	柳惠風冷齋書種曰。方寸玉一片。羊脂 色雙螭首。一面刻山水平橋漁舟遠塔。 微微可辨。一面刻詩云。綠莎白石滿河 洲。渺渺平沙帶淺流。紅樹靑山無露 入。行春橋畔覓漁舟。小印文曰。子剛 成川府民。耕田拾得。獻于府使。府使 之子戀妓一枝紅詩妓。與之佩。後歸邑 子某。府使某以重價取之。詩情畵意。 俱極縹緲。刻法又神。必是中國物。但 未知子剛之爲何代人。以待後查。柳說 止此余按成都民墾荒。塚間得此玉。獻 之官。遂歸於一枝紅。紅又情贈富民某 甲。後鄭府使取爲寵姬萬嬌紅之飾。姬 居鸎子樓者。且十年售玉。以資衣食之 窘。此玉又歸於侯門之絶艷。玉自出土 來。凡三易主。而三噪於世。蓋尤物 也。有一嗜古者購求。於艷艷竟刉敝不 出手云。子剛姓陸氏。徐文長水仙花詩 云。略有風情陳妙常。絶無煙火杜蘭 香。昆吾鋒盡終難似。愁殺蘇州陸子 剛。自注云。陸子剛蘇人。碾玉妙手 也。据此則子剛爲文長同時之人。而此 玉爲明嘉隆間古物無疑也。仍借其韻。
李夏坤	頭陀草 冊12 「與李華國書」	李華國에게 쓴 편지에서 交友에 관해 말하며 袁宏道가 徐渭에게 했던 "人奇於病, 病奇於文"라는 말을 인용하다.	昔袁石山謂徐文長曰人奇於病。病奇於 文。僕謂足下亦然。足下以爲如何。

丁若鏞	與猶堂全書 詩文集 卷4 「古詩二十七 首」	袁宏道와 徐渭가 李攀龍 을 낮게 평가하였음을 인 용하다.	異哉隆萬詩。枯澁如槁木。袁徐轢雪樓。罵詈如奴僕。淸人又一變。嫩艶勻骨肉。雖乏崛強態。猶能有涵蓄。盛衰隨世運。春溫必秋肅。…歷選千古人。但願陳眉公。結廬崑山內。棲身圖史中。吳越多窮儒。筆硯相磨礱。紆餘祕笈書。薈蕞不費功。縱被虞山刺。蕭然有淸風。
丁若鏞	與猶堂全書 詩文集 卷18 「上族父海左 範祖書」	李攀龍이 徐渭와 袁宏道 에게 비난받은 것은 당연 하다고 평하다.	昨論滄溟詩。未罄所懷。今又將本集吟諷再三。鄙意終不能愜。蓋其詩專務聲韻風格。始讀非不渢渢乎善也。及究其歸趣。乃泊然無味。且不惟泊然而已。有時乎語不了言不就。頭尾橫決。影響沒捉。此何體耶。且如白雲秋色。大江夕陽。山河日月等語。殆篇篇不捨。方其卽席寫出。往往有可驚可喜。合而觀之。了不新奇。宜乎爲徐文長·袁宏道輩所訾毀如許耳。意其人豪俠放肆。氣岸傲兀。風流文采。有足以壓倒一世。而弇山又操柄文垣。相與引重以取名。非有苦心苦口如杜工部蘇長公之爲詩也。習看恐流於虛憍不遜之科。故輒敢盛氣於雌黃之論。誠不自量。如何如何。
正祖	弘齋全書 卷163 日得錄 「文學」	『詩觀』에 孟郊·賈島·徐 渭·袁宏道·鍾惺·譚元 春 등은 포함시키지 않았 다고 밝히다.	近又就歷代諸詩。蒐輯。爲一部全書。凡例規模。今已就緒。蓋上溯三百篇。中歷先秦漢魏。下迄唐宋明。自風謠雅頌。大家名家。正始正變。羽翼旁流。以及於金陵之諸子。雪樓之七家。無不俱收竝蓄。廣加集成。爲五百餘卷。而若孟郊·賈島·徐·袁·鍾·譚四子則不與焉。以其體法寒瘦。音韻噍殺。實非治世之希音。故存拔筆削之際。自以錘秤袞鉞寓於其間。此意不可以不知。

趙斗淳	心庵遺稿 卷28 「泊翁集序」	『泊翁集』의 서문을 쓰면서 李明五의 시가 徐渭와 袁宏道의 시를 본받았다고 하는 것은 李明五를 깊이 알지 못한 것이라고 말하다.	泊翁近世詩人傑也。天賦靈悟聰詣。蚤承家庭之業。旣無書不讀。而凡嘻笑怒罵窮愁愉歡。一切發之於詩。聲影典則。標置排奡。蔚有根據。非史精子液與夫妙詮奇賞。可喜可愕。所停轙莫之使用。故其詩鍊實鴻邕。機巧迭現。不可狎而翫之。盖翁之生平固畸矣。而惟其所自樂。以心目萬卷書。爲紙上萬首詩。雖造次輸寫。必求合諸槼䂓。矜持而不敢放過。夫以古心古貌。佐之以古書之不可抑於心者。則詩安得不工。而翁亦忘其老。又從以忘其窮八十年矣。是故。一篇之出。百儲俱備。非箋註紛羅所易究繹。而六銖之衣。不見綻縫之跡。夫以翁之詩。謂軼乎徐・袁者。淺之爲知翁也。翁之性慧。適相近耳。判不向兩家廡下作契活。具眼者。當自晰之也。
洪吉周	沆瀣丙函 卷9 睡餘瀾筆續 (下)	王世貞・李攀龍・徐渭・袁宏道・鍾惺・譚元春・錢謙益은 서로를 원수처럼 공격하였다.	又曰。近世中國人。雖多尙考證。而至於牪。則往往有深斥者。蓋其立論之橫恣狂悖。宜乎其寡助也。(皇明文人。如王・李・徐・袁・鍾・譚及錢虞山之類。皆互相氷炭。迭攻擊如仇敵。而我東詞章之自謂慕中國者。往往均推而混效之。毛牪之悖。專考證者。亦多深斥。而吾邦之士好新慕奇者。反或愛護如肌膚。是皆東人固陋之病。)
洪翰周	智水拈筆 卷3	명나라 말엽에 徐渭 등이 쇠미하고 자잘한 문체로 글을 써 점점 亡國之文에 빠져들었다.	明季徐・袁・鍾・譚・湯顯祖・陶望齡輩。衰颯嵬瑣。駸駸乎亡國之文。

洪翰周	智水拈筆 卷6	徐渭의 일생과 시문을 소 개하고 논평하면서, 그의 문장을 鬼才가 지은 '亡國 之文'이라 비판하다.	徐渭。字文長。皇明萬曆時人。有雋才。其詩文。造語奇峭。藻思坌涌。迥出人表。然輕佻無行,一衰世浮薄之流也。袁宏道有「文長傳」。稱其文曰。如嗔如笑。如水鳴峽。如種出土。如寡婦夜哭。如羈人寒起。方其放意。平疇千里。偶爾孤峭鬼語秋墳。盖善形容。而徐與袁。皆古人所謂李長吉之鬼才也。衰颯鬼瑣。雖謂之亡國之文可也。文長晚有狂疾。嘗入內室。夜見其妻與僧臥。發大忿怒。拔劍刺殺其妻。本無僧而誤認。此狂易也。遂逮獄久囚。不耐燥妄。以錐自刺其囊破卵。幾死僅甦。後倖脫禍出獄。然其爲人如是矣。

徐禎卿 (1479-1511)

인물 해설	명나라 문인으로, 字는 昌穀 또는 昌國이며, 吳縣(지금의 江蘇 蘇州) 출신 이다. 1505년에 진사에 합격하였으며 國子博士를 역임하였다. 20세 무렵까 지는 唐나라 白居易와 劉禹錫의 시를 즐겼고, 동향의 祝允明, 唐寅, 文徵明 등과 사귀어 '吳中四才子'라 불렸다. 진사가 된 이후에 李夢陽, 何景明 등과 알게 된 뒤로는 그들의 영향을 많이 받았다. 그 결과 漢魏와 盛唐의 시를 배워 三雄으로 불렸으며 前七子의 주요 인물로 활동하였다. 오언보다 칠언 에 빼어났으며, 서정적인 절구에 특히 능숙하여 李白, 王昌齡에게 뒤지지 않 는다는 평가를 받았다. 저서로 자찬문집인 『迪功集』(6권)를 비롯하여, 시론 서 성격의 『談藝錄』(1권), 그밖에 『外集』 및 『別稿五集』이 전한다.
인물 자료	○ 『明史』, 列傳 卷174 　　徐禎卿, 字昌穀, 吳縣人. 資穎特, 家不蓄一書, 而無所不通. 自爲諸生, 已工 詩歌, 與里人唐寅善, 寅言之沈周・楊循吉, 由是知名. 擧弘治十八年進士. 孝 宗遣中使問禎卿與華亭陸深名, 深遂得館選, 而禎卿以貌寢不與. 授大理左寺副, 坐失囚, 貶國子博士. 禎卿少與祝允明・唐寅・文征明齊名, 號"吳中四才子". 其爲讀, 喜白居易・劉禹錫. 既登第, 與李夢陽・何景明遊, 悔其少作, 改而趨 漢・魏・盛唐, 然故習猶在, 夢陽譏其守而未化. 卒, 年二十有三. 禎卿體臞神 清, 詩熔煉精警, 爲吳中詩人之冠, 年雖不永, 名滿士林. 子伯虬, 擧人, 亦能詩. ○ 錢謙益, 『列朝詩集小傳』 丙集 卷9, 「徐博士禎卿」 　　禎卿, 字昌穀, 一字昌國, 常熟人, 遷吳縣. "二科志"琴川人, 徙家吳縣, 遂占 籍焉. 天性穎異, 家不蓄一書, 而無所不通. 與吳趨唐寅相友善. 寅薦於沈周・ 楊循吉, 由是知名. 屢台試不捷, 感屈子離騷, 作歎歎集, 論者以 "文章江左家家 玉, 烟月揚州樹樹花." 爲集中警句, 雖沈・宋無以加. 又斷作詩之妙, 爲談藝錄. 弘治乙丑擧進士, 除大理寺左寺副, 乞徙南就養, 會失囚, 降國子監博士, 卒於京 師, 年三十三. 顧璘國寶新編曰: "昌穀神清體弱, 雙瞳燭人, 幼精文理, 不由教

迪." 著"交誡", "感暮賦"諸篇, 詞旨沈鬱, 遂闖晉, 宋之藩, 凌躐曹魏, 長宿驚歎, 號爲文雄. 專門詩學, 究訂體裁, 上探騷雅, 下括高‧岑, 融會折衷, 備茲文質, 取充棟之草, 刪存百一, 至今海內, 奉如珪璧. 所謂雖多亦奚以爲也. 其所硏索, 具在談藝錄中, 斯良工獨苦者與. 昌穀少與唐寅‧祝允明‧文壁齊名, 號吳中四才子. 徵仲稱其才特高, 年甚少, 而所見最的. 其持論於唐名家獨喜劉賓客‧白太傅, 沈酣六朝散華流豔文章烟月之句, 至今令人口吻猶香. 登第之後, 與北地李獻吉游, 悔其少作, 改而趨漢‧魏‧盛唐, 吳中名士頗有"邯鄲學步"之誚. 然而標格淸妍, 擒詞婉約, 絶不染中原傖父槎牙臬兀之習, 江左風流, 故自在也. 獻吉譏其守而未化, 蹊徑存焉, 斯亦善譽昌穀者與. 余取昌穀五集曁迪功集參伍錄之, 使談藝者自采擇焉.

○ 『四庫全書總目提要』 권171, 迪功集 條

明徐禎卿撰, 禎卿, 有翦勝野聞已著錄. 其平生論詩宗旨, 見於談藝錄, 及與李夢陽第一書. 如云: "古詩三百, 可以博其源, 遺篇十九, 可以約其趣, 樂府雄高, 可以勵其氣, 離騷深永, 可以裨其思, 然後法經而植旨, 繩古以崇辭, 或未盡臻其奧, 吾亦罕見其失也. … 禎卿, 慮淡而思深, 故密運以意, 當時不能與夢陽爭先, 日久論定, 亦不與夢陽俱廢, 蓋以此也. …

* 『談藝錄』
   (明)刻本 1卷

* 『格致叢書』
   (明)胡文煥編 (明)萬曆年間 胡氏 文會堂刻本 存 67種 80卷 內 徐禎卿撰 『新刻談藝錄』 1卷

* 『歷代詩話』
   (淸)何文煥編 (淸)乾隆 35年 刻本 27種 57卷 內 徐禎卿撰 『談藝錄』 1卷

* 『說郛續』
   (明)陶珽編 (淸)順治 3年 李際期 宛委山堂刻本 46卷 內 徐禎卿撰 『談藝錄』 1卷 / 『異林』 1卷 / 『翦勝野聞』 / 『新倩籍』

* 『顧氏明朝四十家小說』
   (明)顧元慶編 (明)嘉靖 18-20年 顧氏 大石山房刻本 40種 43卷 內 徐禎卿撰 『談藝錄』 1卷 / 『新倩籍』

* 『詩學叢書』

(淸)抄本 34種 41卷 內 徐禎卿撰 『談藝錄』1卷

* 『夷門廣牘』

(明)周履靖編 (明)萬曆 25年 金陵 荊山書林刻本 107種 165卷 內 徐禎卿撰 『談藝錄』1卷

* 『學海類編』

(淸)曹溶編 陶越增訂 (淸)道光 11年 晁氏活字印本 430種 814卷 內 徐禎卿撰 『談藝錄』1卷

* 『百家名書』

(明)胡文煥編 (明)萬曆年間 胡氏 文會堂刻本 100種 223卷 內 徐禎卿撰 『新刻談藝錄』1卷

* 『盛明百家詩』

(明)俞憲編 (明)嘉靖－隆慶年間 刻本 324卷 內 徐禎卿撰 『徐迪功集』1卷

* 『四家詩選』

(淸)王士禎編 (淸)康熙 39年 刻本 王漁洋遺書本 7권 (淸)翁方綱批 內 徐禎卿撰 『迪功集』1卷

* 『廣百川學海』

(明)馮可賓編 明末 刻本 130種 156卷 內 徐禎卿撰 『異林』1卷

비 평 자 료			
金錫冑	息庵遺稿 卷9 「題徐昌穀文集 後, 示申瑞明」	徐禎卿의 문집 뒤에 써서 申儀華에게 보여주며, 徐禎卿의 글은 遒逸動盪하여 申儀華가 추구하는 것과 부합됨을 말하다.	東坡云。傳神之難在目。其次在顴頰。目與顴頰似。餘無不似者。眉與鼻口。可以增減取似。又云。凡人意思。或在眉目。或在鼻口。優孟學孫叔敖。抵掌談笑。至使人謂死者復生。此豈擧體皆似。亦得其意思所在而已。使畫者悟此理。則人人可以爲顧·陸。余每誦至此。未嘗不三復而嘆其妙。以爲東坡文章之顧·陸。其爲此言。非特爲傳神之妙訣。殆所以爲作文者發其解耳。夫爲文章。亦必得其

| | | | 意思所在而後。可以運其妙。是以古之善爲文章者。當其摹畫事情。必皆洞竅擢髓。雖忻戚嘻怒人人殊。而其所以形容而指切者。無不極於其工。雖歷數千百載。猶若與其人握手嬉戲。相上下其論。雖名區異境奇勝不一。而煙雲之競態。風月之互媚。濤瀾之滃洶潒漣。嶽岫之秀峭眇綿。一入於騷人墨士之所唁哘。使人覽之。悅如其身之凌天台躡雁宕。杳然神游乎瀟湘洞庭之間。若此者何哉。蓋各得其意思而運其妙而已。固非若皮相影度之可以依擬成者。則莊生斲輪之旨。得之於手。應於心而口不能言者。殆此類也。余觀近世文之弊極矣。間有二三君子頗大鳴於世。而其所爲文。往往專求之句字幅尺之間而不得其解。卽譬之畫者。特於目之橫鼻之豎毛髮之氄然。雖有一二之似。至其精神所注。若怒若笑。若悲而慨。若喜而快。凡可爲淋漓而頓挫者。卒皆蔑焉。未之及也。噫嘻。文章之道。其可以易言乎哉。吾輩中志於文者亦多矣。唯申君瑞明能不以拾掇爲工。庶幾有古作者風。近好徐昌穀禎卿之文。累從余求之。豈非以其文之遒逸動盪有所契於心而然耶。瑞明且工於畫。頗有顧‧陸之趣。其於坡翁之說。不無助發。亦必知文與畫之非二道也。故於昌穀集之去。聊以斯言質之。 |
| 南龍翼 | 壺谷漫筆 卷3 「明詩」 | 何景明의 뒤를 이어 王廷相‧邊貢‧徐禎卿‧王守仁‧唐順之‧楊愼 등의 문인들이 나왔다. | 李空同(夢陽)有大闢草萊之功。後來詩人皆以此爲宗。而其前高太史(啓)‧楊按察林員外(鴻)‧袁海潛(凱)‧汪右丞(廣洋)‧浦長海(源)‧莊定山(昶)。亦 |

			多警句矣。何大復(景明)與空同齊名。欲以風調埒之。而氣力大不及焉。其後王浚川(廷相)·邊華泉(貢)·徐迪功(禎卿)·王陽明(守仁)·唐荊州(順之)·楊升菴(愼)諸公相繼而起。
南龍翼	壺谷漫筆 卷3 「明詩」	명나라 시인들의 시구를 예로 들면서 명나라 시는 송나라를 타고 넘어와 당나라 시를 섭렵했지만 명나라만의 격조가 있다고 논평하면서 徐禎卿의 시를 실례의 하나로 들다.	明詩如…徐迪功裏回桂樹凉風發。仰視明河秋夜長…等句。足以跨宋涉唐而然亦自有明調。
申佐模	澹人集 卷5 「贈副行人徐侍郎衡淳之燕」	徐居正의 詩가 明 四大家(何景明·李夢陽·邊貢·徐禎卿) 중 한 사람인 徐禎卿에 못지않다고 평하다.	其四：中國詩人說四佳。大東風雅補皇華。詞林倘作同文夢。何啻禎卿入大家。(皇朝何·李·邊·徐四大家。禎卿其一。)
許筠	惺所覆瓿稿 卷2 病閑雜述 「讀徐天目·吳甋甀二集」	꿈에서 何景明·徐禎卿·王世貞을 만났다고 말하다.	四月初五日。夢入大琳宮。上金殿。有僧二人曰。何仲默·徐昌穀·王元美當來。可留待見之。良久。少年二人據上座。紫衣玉帶者次坐。而招余坐其下。三人者求書籍甚款。俄而僧取回友。各置四人前。令各賦樂府四十首。元美先成。余詩次成。元美爲改數詩。卽蹋銅鞮第三及上清辭第二也。二少年亦踏成。俱書于牋。似主僧。既覺。只記元美所改二篇。而題目則瞭然。亟燃燭補作之。未曙而悉完。疑有神助。只恨草率也。名曰續夢錄。

許筠	惺所覆瓿稿 卷2 「讀徐迪功集」	徐禎卿의『迪功集』을 읽 고서, 中原에서는 何景明 과 李夢陽이 文名을 떨치 고 있으며 江左에서는 徐 禎卿이 문명을 떨치고 있다고 칭찬하다.	中原何·李幟詞場。江左徐郎亦雁行。 應似開天推李杜。淸高還有孟襄陽。
許筠	惺所覆瓿稿 卷4 「明四家詩選序」	『明四家詩選』을 펴내면 서, 徐禎卿·邊貢·吳國 倫·徐中行의 작품을 빠 뜨렸는데 후일을 기약한 다고 말하다.	明人作詩者。輒曰吾盛唐也。吾李·杜 也。吾六朝也。吾漢魏也。自相標 榜。皆以爲可主文盟。以余觀之。或 剽其語。或襲其意。俱不免屋下架 屋。而誇以自大。其不幾於夜郎王 耶。弘正之間。光嶽氣全。俊民蔚 興。時則北地李夢陽立幟。信陽何景 明嗣筏。鏗鏘炳烺。殆與李唐之盛。 爭其銖累。詎不韙哉。流風相尙。天 下靡然。遂有體無完膚之誚。是模擬 者之過也。奚病於作者。歷下生李攀 龍以卓犖踔厲之才。鵲起而振之。吳 郡王世貞遂繼以代興。岳峙中原。傲 倪千古。直與漢兩司馬爭衡於百代之 下。吁亦异哉。之四鉅公。實天畀之 以才。使鳴我明之盛。其所制作。具 參造化。足以耀後來而軼前人。夫豈 與標榜窃襲者。幷指而枚屈哉。仲默 何之詩。暢而麗。雖病於蹈擬。而出 入六朝·李·杜。藻葩可愛。獻吉李雄 力捭闔。雖專出少陵。而滔滔莽莽。 氣自昌大。二君在唐。其亦開天間名 家哉。于鱗峭拔淸壯。論者以岷峨積 雪方之。殆足當矣。古樂府。不免臨 摹。而數千年來。人無敢效者。于鱗 獨肎之。卽其所言擬議以成變化者。 爲非誣矣。五言破的。眞沈·宋之淸勁

			者也。至於元美。大海汪洋。蘊蓄至鉅。雖間或格墜近世。而包含萬代。囊括百氏。俯取三家。以鞭弭驅役之。比之武事。其霸王之戰鉅鹿也歟。卽此四家而觀之。則明之詩可以盡之。余所取四家詩凡千三百篇。卷凡二十四。其昌穀徐禎卿·庭實邊貢·明卿吳國倫·子與徐中行諸人之作。亦可備藥籠之收。卒卒無暇。請俟異日。
許筠	「鶴山樵談」	명나라 사람 중 당시에 시를 잘한다고 일컬어진 자는 邊貢·徐禎卿·孫一元·王九思이다.	明人以詩鳴者。何大復景明·李崆峒夢陽。人比之李·杜。一時稱能者。邊華泉貢·徐博士禎卿·孫太白一元·王檢詩九思。何·李之長篇七律俱善。
洪翰周	海翁文藁卷1「與蕙泉書」	何景明과 徐禎卿이 李夢陽의 뒤를 이어 弘治·正德 연간에 西京(前漢)의 斐然한 문채를 이루었다.	昔李獻吉倡言復古。其文莽蕩屈强。而何仲黙徐昌穀從而振之。弘正之際。斐然乎西京矣。
洪翰周	海翁文藁卷3「南園唱酬集序」	董狐의 直筆은 徐禎卿의 『談藝錄』을 능가한다.	詩品定韻語之陽秋。雕龍奉詞家之衮鉞。苛法高軼。過太倉之卮言。直筆董狐。凜廸功之談藝。
黃玹	梅泉集卷1「丁掾日宅寄七絶十四首, 依其韻, 戲作論詩雜絶以謝」	「論詩雜絶」을 지어 弘正諸公과 王世貞·李攀龍 등을 논평하다. * 弘正諸公은 前七子-李夢陽·何景明·徐禎卿·邊貢·康海·王九思·王廷相-를 가리킨다.	其十一：弘正諸公制作繁。詎知臺閣異田村。到來王·李炎熠日。始服人間衆口喧。(七子)

薛 瑄 (1389-1464)

인물 해설	명나라의 思想家로 저명한 理學大師이자 河東學派의 創始人이다. 자는 德溫, 호는 敬軒이며 山西省 河津縣 출신이다. 進士 이후에 大理寺正卿, 禮部侍郎, 翰林院學士 등을 역임했고 만년에는 벼슬에서 물러나 강학과 저술에 전념하였다. 특히 朱熹의 白鹿洞에서 講學을 함으로써 많은 사람들에게 존경을 받아 '薛夫子'로 일컬어졌다. 저서로는 『讀書錄』, 『薛文淸集』, 『理學粹言』, 『從政名言』, 『策問』, 『讀書二錄』 등이 있다. 그 중 『讀書二錄』은 薛瑄의 理學思想을 집대성한 대표작이다.
인물 자료	○ 『明史』, 列傳 170 　　薛瑄, 字德溫, 河津人. 父貞, 洪武初領鄕薦, 爲元氏教諭. 母齊, 夢一紫衣人謁見, 已而生瑄. 性穎敏, 甫就塾, 授之詩・書, 輒成誦, 日記千百言. 及貞改任滎陽, 瑄侍行. 時年十二, 以所作詩賦呈監司, 監司奇之. 既而聞高密魏希文・海寧範汝舟深於理學, 貞乃並禮爲瑄師. 由是盡焚所作詩賦, 究心洛・閩淵源, 至忘寢食. 後貞復改官鄢陵. 瑄補鄢陵學生, 遂舉河南鄕試第一, 時永樂十有八年也. 明年成進士. 以省親歸. 居父喪, 悉遵古禮. 宣德中服除, 擢授禦史. 三楊當國, 欲見之, 謝不往. 出監湖廣銀場, 日探性理諸書, 學益進. 以繼母憂歸. … 景帝嗣位, 用給事中程信薦, 起大理寺丞. 也先入犯, 分守北門有功. 尋出督貴州軍餉, 事竣, 即乞休, 學士江淵奏留之. 景泰二年, 推南京大理寺卿. 富豪殺人, 獄久不決, 瑄執置之法. 召改北寺. 蘇州大饑, 貧民掠富豪粟, 火其居, 踰海避罪. 王文以閣臣出視, 坐以叛, 當死者二百餘人, 瑄力辨其誣. 文恚曰: "此老倔強猶昔." 然卒得減死. 屢疏告老, 不許. 英宗復辟, 拜禮部右侍郎兼翰林院學士, 入閣預機務. 王文・於謙下獄, 下群臣議, 石亨等將置之極刑. 瑄力言於帝, 後二日文・謙死, 獲減一等. 帝數見瑄, 所陳皆關君德事. 已, 見石亨・曹吉祥亂政, 疏乞骸骨. 帝心重瑄, 微嫌其老, 乃許之歸. 瑄學一本程・朱, 其修已教人, 以復性爲主, 充養邃密, 言動咸可法. 嘗曰: "自考亭以還, 斯道已大明, 無煩著作, 直須躬行耳." 有讀書錄二十卷, 平易簡切, 皆自言其所得, 學者宗之. 天順八

年六月卒, 年七十有二. 贈禮部尙書, 諡文淸. 弘治中, 給事中張九功請從祀文廟, 詔祀於鄕. 已, 給事中楊廉請頒讀書錄於國學, 俾六館誦習. 且請祠名, 詔名正學. 隆慶六年, 允廷臣請, 從祀先聖廟庭.

○ **錢謙益,『列朝詩集小傳』乙集 卷 4,「薛侍郞瑄」**

瑄, 字德溫, 河津人. 永樂十九年進士, 擢御史, 歷大理寺少卿. 時人呼爲薛夫子. 忤王振, 下獄, 將殺之, 振老奴伏竈下, 抱薪而泣, 人問之, 曰: "聞欲殺薛夫子, 故泣耳." 振心動, 乃免. 天順初, 以禮部侍郞兼學士入內閣. 未幾, 引疾致仕, 卒諡文淸, 從祀孔子廟庭. 公正學大儒, 不事著述, 一掃訓詁語錄之習. 顧自喜爲詩, 所至觀風覽古, 多所題詠. 河汾詩集多至千餘篇, 而今體諸詩尤尠; 余所錄, 五言古體爲多.

저술 소개	***『敬軒薛先生文集』** (明)弘治 16年 李越刻本 遞修本 24卷 / (明)萬曆年間 張銓刻本, 24卷 / (淸)康熙 47年 張氏 正誼堂刻本 10卷 ***『文淸公薛先生文集』** (明)薛瑄撰 (明)張鼎編 (明)萬曆年間 刻本 24卷 ***『薛文淸公全集』** (明)刻本 40卷 ***『河汾詩集』** (明)成化年間 刻本 / (明)成化 5年 謝庭桂・朱維吉刻本 8卷 ***『薛文淸公讀書錄』** (明)趙府 味經堂刻本 11卷 續錄 12卷 / (明)正德 15年 刻本 10卷 / (明)嘉靖年間 刻本 11卷 續錄 12卷 / (明)嘉靖 29-30年 袁氏 嘉趣堂刻本『薛公讀書錄』1卷 / (明)嘉靖 34年 沈維藩刻本 11卷 續錄 12卷 ***『正誼堂全書』** (淸)張伯行輯 (淸)同治 5年 福州 正誼書局重刻本 63種 內 薛瑄撰『薛敬軒先生文集』10卷 ***『讀書筆錄』** (淸)馬爾楹輯 (淸)康熙年間 抄本 內 薛瑄撰『薛子語錄』

	★『廣百川學海』 (明)馮可賓輯 明末 刻本 10集 132種 內 薛瑄撰『從政錄』1卷 ★『明世學山』 (明)鄭梓編 (明)嘉靖 33年 刻本 50種 57卷 內 薛瑄撰『薛子道論』1卷 ★『百陵學山』 (明)王完編 (明)萬曆年間 刻本 100種 115卷 內 薛瑄撰『薛子道論』1卷		
비 평 자 료			
申欽	象村稿 卷57 「求正錄」	薛瑄은 朱子를 따르면서 道를 보위했다.	皇明啓運。巨儒輩出。而薛文淸一遵朱氏。衛道之功韙矣。
李裕元	嘉梧藁略 冊3 「皇明史咏」	薛瑄의 事績을 시로 읊다.	統尊洙泗洛閩師。撰讀書編心性治。天下皆稱夫子薛。譬家僕亦知其非。
李裕元	嘉梧藁略 冊14 「玉磬觚賸記」	薛瑄이 理와 氣의 관계에 대해 논한 말을 인용하다.	薛敬軒瑄曰。理如日光。氣如飛鳥。理乘氣機而動。如日光載鳥背而飛。鳥飛而日光雖不離其背。實未嘗與之俱往而有間斷之處。亦猶氣動而理雖未嘗與之暫離。實未嘗與之俱盡而有滅息之時。氣有聚散。理無聚散。於此可見。
李宜顯	陶谷集 卷28 陶峽叢說	薛瑄의 문집은『理學全書』에 수록되어 있다.	明文集行世者。幾乎充棟汗牛。…其入理學全書者。曹月川・薛敬軒・胡敬齋・羅整菴・海剛峰集。而曹・薛・胡・羅皆理學也。
洪奭周	鶴岡散筆 卷5	孔子가 '泰伯이 천하를 세 번 사양했다'고 한 구절을 변증하기 위해서 薛瑄의 학설을 인용하다.	孔子稱泰伯三以天下讓。說者謂太王見商德日衰。因有翦商之志。泰伯之讓。乃讓商。非讓周也。自宋明大儒恭慈谿・陳定宇・薛敬軒・蔡虛齋。以及近世陸稼書諸人。咸主是說。獨王魯齋・金仁山有異論。而顧寧人又

			申明之曰將稱泰伯之德。而先以蔡換之志。加諸太王。豈夫子立言之旨哉。
洪翰周	智水拈筆 卷1	薛瑄은 『讀書錄』에서 원나라에서 벼슬한 유학자 許衡을 적극 옹호하였다.	薛文淸讀書錄曰。魯齋出處。合乎聖人之道。又曰。魯齋有伊尹何事非君之志。又曰。魯齋善學孔子者。又曰。魯齋有仕止久遠之意。敬軒。明之大儒。所見必高。魯齋仕元。未免失身。則豈至阿好。而如是申言之。況敬軒。去魯齋未遠。其傳聞之實。必非如我國人矣。
黃德吉	下廬集 卷13 「李君稺格墓碣銘」	『薛文淸公讀書錄』을 제자에게 주면서 薛瑄을 명나라의 순정한 유학자라고 평하다.	因授以讀書錄曰。皇朝三百年。惟敬軒爲醇儒。言言實。君起而對曰請從事焉。
黃德吉	下廬集 卷4 「答鄭希仁」	명나라 학자 薛瑄의 학문과 덕행이 명나라에서 가장 순수하다고 논하다.	至語以篤實醇正之儒。則皇朝三百年。惟敬軒一人。在聖門當推諸德行之科。文學言語則丘氏其庶幾焉。自非大賢以上。或豈無立言矯枉之過者耶。

葉志詵 (1779~1863)

인물 해설	청나라의 금석학자로, 字는 東卿이며, 湖北 漢陽 출신이다. 翁方綱의 문하에서 金石學을 배워 높은 경지에 올랐다. 장서와 금석 자료를 풍부히 수장하고 있었으며 書法에도 능하였다. 옹방강이 편지로 조선의 秋史에게 그를 소개해 주었던 까닭에 이들 사이에 오고간 자료가 많다. 저서로 『御覽集』이 있다.
인물 자료	○ 徐世昌, 『晚晴簃詩滙』 卷134 　葉志詵, 字東卿, 漢陽人. 官兵部郎中. 有御覽集. 道光甲辰夏五月, 得逢啓諆大鼎, 周宣王時物也. 置之金山, 作歌紀事, 用王西樵焦山古鼎歌韻
저술 소개	* 『平安館金石文字』 　(淸)葉志詵輯 (淸)道光年間 刻本 4種 4卷

		비 평 자 료		
金正喜	阮堂全集 卷4 「與金東籬(敬淵)」	葉志詵의 隸書 1폭을 金敬淵에게 보내어 감상하게 하다. * 「與吳進士(九)」와 전문이 같은데, 여기서는 「與金東籬」만을 취한 국역본을 따랐다.	適又得葉東卿隷字一幅. 玆以寄上. 亦頗可觀.
申緯	警修堂全藁 奏請行卷 「翁星原樹崑·葉東卿志詵·汪載靑汝瀚, 招集石墨書樓, 星原賞余所携楓	翁樹崑·葉志詵·汪汝瀚과 함께 金祖淳의 시에 차운하다.	逢迎秋士望鄉臺. 鴻鴈南來我北來. 萬里各天冥契合. 九門如海劇談回. 汶簹未必非燕植. 楚橘仍須化晉材. 莫漫樓頭憑眺久. 黃金落照氣悲哉.

	公詩扇, 仍用原韻, 卽席共賦」		
申緯	警修堂全藁 蘇齋續筆 「題葉東卿撫勒熹 平石經論語殘字」	葉志詵이 撫勒한 "熹平 石經論語殘字"를 翁方 綱 시에 차운하여 읊다.	其一: 伯喈殘字東卿拓。橫集天涯淚 數行。嗜古蘇齋餘一老。戈甥(寶 樹。覃溪女壻)。葉子付鉛黃。 其二: 他時合傳悵翁申。念星原語。 後死滄茫不可論。惟是百年生幷幸。 蘇齋翰墨結緣人。
申緯	警修堂全藁 蘇齋續筆 「題酸棗令劉熊碑 雙鉤本, 東卿校梓, 次覃溪原韻」	江德量 소장본을 바탕 으로 葉志詵이 교정하 여 간행한 "酸棗令劉熊 碑雙鉤本"을 翁方綱 시 에 次韻하여 읊다.	其一: 公於金石悟禪乘。生面中郞翠 墨凝。洪釋江摹歸一貫。心心燈影印 千層。(此碑据江秋史篋中本。凡二 百四十三字多。出洪釋者凡九字) 其二: 今人鹵莽以爲學。蕪沒佳碑蘚 蝕靑。八十四翁求宗事。(此碑與石 經殘字) 皆丙子刻。苦心一是本於 經。
申緯	警修堂全藁 蘇齋續筆 「子午泉詩, 遙寄葉東卿」	紀昀의 舊宅이 지금 葉 志詵의 소유가 되었는 데, 그 집의 샘물인 子午 泉은 특이하고 맛이 좋 은 것으로 유명한데, 葉 志詵이 李肇源에게 동 국의 명사들에게 子午 泉에 대한 시를 두루 받 아다 줄 것을 부탁한 사 실을 말하다.	紀文達(昀)舊宅。今屬葉東卿有。所 謂子午泉。泉味鹹。一日十二時中。 惟子初午正二時。淸脈湧出。甘冽異 常。過時焉則依舊鹹也。玉壺李尙書 肇源之使還也。東卿諄託玉壺遍求東 人題詠。余亦有舊於東卿。爲賦此。 嵐老葉公泉作主。煥乎文字發祥時。 晝方生寂潮相似。夜到於中氣至之。 慈石引箴原有理。尼珠在濁自含知。 煎茶滌硏重携手。萬卷樓頭問後期。 (東卿有八萬卷書樓)。
申緯	警修堂全藁 蘇齋續筆 「子午泉詩, 遙寄葉東卿」	子午泉에 대해서 읊고, 葉志詵의 장서가 8만권 임을 말하다.	上同

申緯	警修堂全藁 花徑贐墨(三) 「送歲幣尹書狀 (秉烈)入燕」	尹秉烈에게 葉志詵을 찾아가『復初齋集』의 續刻本을 구해달라고 부탁하다.	其三: 陳篇挿架非難事。只有新書渴我情。恨未復初收續刻。憑君搜索向東卿。(復初齋集原書十三冊外。又有續刻二冊。訪問於葉東卿。可得)。
申緯	警修堂全藁 養硯山房藁(四) 「送徐卯翁尚書奉使入燕(二首)」	燕行하는 徐耕輔를 전송하며 翁方綱·丹巴多爾濟·錢林·吳嵩梁을 추억하고, 자신이 써 준 蔣詩 시집의 서문이 잘 도착했는지 葉志詵에게 확인해 달라고 부탁하다.	其一: 樞呫專對進階新。令望蘇家是潁濱。去日唐花燕市雪。來時烟柳薊門春。題襟共詝三生石。惜別爭禁四角輪。縞紵投心詩滿篋。歸舟泊汋首迴頻。(此首用問菴韻)。 其二: 金鰲玉蝀切雲霄。二十年前絳節朝。得髓蓮洋詩夢渺。(蘇齋以下。雜記苔岑舊契)。論心花海酒痕銷。(丹貝勒海淀別業。有鏡天花海)。三淸鶴去丹砂頂。(錢金粟壯年鍊丹。已歸道山)。萬里鱗沉白馬潮。(吳蘭雪時在黔南任所)。近有浙西消息否。憑君傳語厙坊橋。(前余所撰蔣秋吟詩集序。因案葉東卿津致者。果有浙摺妄便否。東卿寓在厙坊橋云)。
申緯	警修堂全藁 養硯山房藁(四) 「題藕船黃葉懷人圖」	李尙迪의 「黃葉懷人圖」에 자신과 중국名士들인 翁方綱·戈寶樹·葉志詵·汪汝瀚·丹巴多爾濟·松筠·金光悌·金宗邵·金震·朱鶴年·法式善·劉元吉·和寧(和瑛)·李克勤·榮自馨·吳嵩梁·蔣詩·錢林·丁泰·鄧守之·熊昂碧·劉枚·周達·張深과의 교유를 추억하는 시를 쓰다.	藕船手持黃葉圖。問我亦有懷人無。我亦懷人懷更苦。廿載黃葉秋糢糊。風雅及見隆嘉際。時則皇都盛文儒。蘇齋蘇室叩詩髓。蘇集蘇帖參寶蘇。書家秘鑰啓用筆。內蜜外縱傳楷模。紅豆歌筑日狂飮。戈生(寶樹)葉生(東卿)汪君(載靑)俱。汪君馳譽傳神筆。乘輿肯畫山澤癯。篆香特爲斯人補。周邨長官有此乎。(語在覃溪題余小照詩中)。蘭兄蕙嫂具鷄黍。拭桌未暇丫鬟呼。(以上記蘇齋雅集也)。賢王折節敬愛客。鏡天花海紅毺。那知墨緣證屛障。隅然落筆田盤

衢。中年哀樂感絲竹。況是開筵唱驪
駒。(余於盤山酒樓。有書贈主人
者。丹貝勒朝陵歸路見之。豪奪而
來。已入屏幛。是日海甸相邀。亦
以此墨緣)。一代偉人松湘浦。東關
西苑奉歡娛。且置藥物念行李。虎字
相贈入山符。(湘浦手書草虎字。字
過方丈。贈余曰此足以除不祥)。蘭
畦尙書(金光悌)何好我。班行遙見愛
眉鬚。自慚我豈眞名士。折簡招邀誠
不虞。中書(蘭畦哲嗣載園)。內齋留
談藝。木瓜佛手香盤盂。孝子(篔伯)
刲股中書病。尙書忠孝詒厥謨。野雲
三朱之一也。(法梧門。有三朱山人
詩。謂素人‧津里及野雲也)。畫名
任俠傾燕都。訪我何晚玉河館。相逢
是別立斯須。夕陽黃昏西崑句。字字
淚落談草濡。海上歸老劉芝圃。(元
吉)英雄種菜娛桑榆。班荊贈我恩遇
記。戰伐勳名三楚區。瀋陽將軍(和
太菴寧)亦愛士。衙齋雅集圍茶爐。
請我題句西藏賦。佛國仙都載馳驅。
鄂君船送回泊汋。遼東二生提玉壺。
(李克勤榮自馨)。邊塞得有此佳士。
莫是當年幼安徒。自哭蘇齋名父子。
誰爲惺迷誰砭愚。蘇齋替人有蘭雪。
金粟秋吟並操觚。詩品謬以蘇黃詡。
墨竹兼之愛屋烏。名山付託恐相負。
金粟自破金丹殂。秋吟最與論詩契。
弁卷屬之東海隅。蘭雪一麾隔萬里。
萼綠梅慰琴音摸。(蘭雪黔南行時。
寄余其哲配綠梅圖)。丁中翰(卯橋)
屢求詩稿。鄧孝廉 (守之)曾乞畫廚。
熊(雲客)鎦(眉士)周(菊人)張(茶農)尙

			無恙。星散天涯斷雁奴。舊雨零落一彈指。獨立蒼茫餘老夫。可懷何止於黃葉。感在鄰笛河山壚。縱有雲伯寄詩至。渺渺澹粧西子湖。聞我苦懷薄船泣。人多淚少歡歈。黃葉可聽不可數。一半響交蘆舫蘆。
申緯	警修堂全藁 和陶詩屋小藁 「希谷使回, 始得葉東卿武部 答書, 喜而有述」	葉志詵의 답장을 받고 반가워 시를 짓다.	葉君讀禮漢陽廬。復官敎召北上初。四年三書初見答。家狀行錄馳函俱。(東卿尊甫雲素先生繼雯官刑科給事中。享年七十六。以孝行奉旨旌表給銀建坊。入祀孝義祠。今寄來行述孝行錄各一卷也)。瀏覽頓慰廿稔阻。文達門墻如執裾。豈知華屋山邱後。見念落月停雲餘。郵書小泉諾已宿。摺便杭城定不虛。小泉出遊無定向。北轍南轅貪所驅。亡友一言念悽惻。拙序遠徵東海隅。寄書萬里已難矣。不朽其人計亦迂。歎息君爲我出力。義俠發之於道腴。(東卿來書云。所寄蔣秋吟之子小泉書札。已托浙江摺弁。寄至杭城。交付伊家內眷收存。緣小泉以家貧之故。到家旋卽他遊。南轅北轍。未知何向。容俟再有抵杭之便。重加訊問。斷不不其浮沉有辠。惟望盛意云耳)。且聞聚書八萬卷。拓屋大別山前居。餘力量晴較雨及。學圃學稼本色儒。亦豈果忘於聖世。出處大略具一書。(書中云。自念年已半百。毫無補於朝廷。因卽大別山前老屋。增拓數楹。葺理先人遺書。重加檢校。春原風解。綠遍方畦。較雨量晴。老懷已足。今夏五月。謬承敦迫出山。束裝北來。重踏軟紅。秪自哂然大笑耳。東卿有印

			刻曰八萬卷書樓五字耳)。我在謫中 得此信。誰謂涯角天所區。文字因緣 證夙世。兩心相照牟尼珠。
申緯	警修堂全藁 和陶詩屋小藁 「希谷使回，始得 葉東卿武部答書， 喜而有述」	葉志詵이 그 先親인 葉 繼雯의 家狀과 行錄을 보내온 것을 말하다.	上同
申緯	警修堂全藁 和陶詩屋小藁 「希谷使回， 始得葉東卿武部 答書，喜而有述」	葉志詵이 申緯가 蔣詩 의 아들 蔣鉽에게 보낸 편지를 잘 전달했음을 알려왔다고 말하다.	上同
申緯	警修堂全藁 和陶詩屋小藁 「希谷使回， 始得葉東卿武部 答書，喜而有述」	답장에 보이는 葉志詵 의 근황을 말하고 그에 게 '八萬卷書樓'라는 印 章이 있음을 말하다.	上同
申緯	警修堂全藁 覆瓿集(十一) 「燕行別詩(五首)」	燕行을 떠나는 李尙迪을 송별하는 시에서 葉志 詵·王鴻의 안부를 묻 다.	藕船從上行人。別啓請也。 葉東卿近平安否。玉子梅能信息傳。 牽動烏雲天際想。藕船行色又今年。
李尙迪	恩誦堂續集 卷2 「葉中翰潤臣，寄 示泲漊集」	葉志詵이 崑臣宮 保廣東 督府에서 就養하고 있 음을 말하다.	奚囊大有江山助。橫絕湘雲筆一枝。 可是懷人風雨夜。記曾題句竹林時。 (君少也。嘗索題竹林覓句圖。風雨 懷人。君館名)。白華朱萼離闈遠。 (尊甫東卿封翁。時就養於崑臣宮保 廣東督府)。紅藥蒼苔退食遲。氣似 長虹才似海。卅年何止慰相思。

李尙迪	恩誦堂集 卷2 「題葉東卿(志詵) 武曹子午泉」	葉志詵의「武曹子午泉」 에 題詩를 짓다.	聞說黃河水。千年乃俟淸。小泉開子 午。一室占文明。湛約花痕正。甘 隨露氣生。瀹茶供遠客。斟酌在山 情。
李尙迪	恩誦堂集 卷3 「懷人詩」	葉志詵을 그리워하며 懷 人詩를 짓다.	葉東卿(志詵) 葉公宅易知。竹垞舊所寓。餉我午泉 茗。索我午泉句。金馬玉堂語。期 許慚寒素。
李尙迪	恩誦堂續集 卷4 「紅巖碑縮本歌, 謝孔繡山舍人, 兼懷呂堯仙中丞」	일찍이 葉志詵이 준「逐 啓諆鼎銘」과 呂佺孫이 준「虢季子白銅盤銘」의 榻本을 가지고 있었는 데, 이들은 모두 周나라 시대의 기물로 근래에 출토된 것들이다.	逐啓諆鼎子白盤。舊物維新莫今若。 (余嘗得葉封翁東卿所贈逐啓諆鼎銘 及堯仙所贈虢季子白銅盤銘拓本。二 器皆周時物)。而近日出土者也。幾 時重見諸君子。如此奇文欣共柝。
李裕元	嘉梧藁略 冊14 「玉磬觚賸記」	葉志詵이 李裕元의 隷書 를 보고 고평하다.	古人謂金石文字曰吉金貞石。貞珉字 見翁覃溪集中。湘山野錄。江南徐騎 省善小篆。映日視之。畫之中心有一 縷。葉志詵見余隷曰。一筆揮洒。 無半點塗鴉者。此固勝人處。
李祖默	六橋稿略 卷1 「六橋稿略序」	葉志詵이『六橋稿略』의 서문을 지으면서 李祖 默의 시를 고평하다.	六橋以峻上之才。淸剛之氣。攬筆所 就。模軌三唐。案轡文雅之場。環 絡藻繪之府。所蘊者厚。所抒者宏。 沈存中云。句鍛月鍊。彦若詩話云。 字字鍛鍊。用事婉約。鐘嶸詩品云。 體裁綺密。情喩淵深。六橋之詩。 實有深契。他年疑轡來游。剪燭西 窓。重披新什。何快如之。丁丑春 分前一日。葉志詵識于京寓平安館。

趙秀三	秋齋集 卷5 「子午泉」 (泉在今葉東卿宅, 卽朱竹坨舊居也, 燕京泉井皆鹵濁, 獨是泉於子午二 時, 淸冽絶佳)	子午泉은 현재 葉志詵 의 저택에 있는데, 朱彝 尊이 예전에 살던 곳이 다.	竹坨幽居地。君家子午泉。日中常湛 若。夜半更泠然。候與洋鍾合。源 應海眼穿。文園多病渴。茶酒有淸 緣。
洪翰周	智水拈筆 卷1	중국 사대부들의 藏書 樓 중에는 소장도서가 10만여 권에 이르는 곳 도 있으니, 葉志詵 등의 장서루가 모두 그러하 다.	士大夫私藏。亦往往至七八萬。或十 餘萬卷之多。王元美之弇山堂·徐乾 學之傳是樓·錢受之之拂水莊·汪苕 文·阮雲臺·葉東卿輩。無不皆然。

41

邵長蘅 (1637~1704)

• • •

인물 해설	字는 子湘, 號는 靑門山人이며, 江蘇省 武進 출신이다. 어려서부터 총명하여 열 살 때 諸生의 보충 인원이 되었으나 奏銷案에 연루되어 제명되었다. 약관의 나이에 古文으로 이름을 떨쳤으며 京師를 주유하는 동안에는 施閏章, 汪琬, 陳維崧, 朱彝尊 등과 교유하였다. 시문에도 능하여 王士禎, 汪琬 등에게 칭송을 받았다. 후에 江蘇巡撫 宋犖의 幕友를 지냈으며 평생 벼슬길에 나서지 않았다. 시문 중에는 반청사상과 백성들의 고통에 대한 동정이 드러난 것이 많다. 侯朝宗, 魏叔子과 함께 古文家로서 명성을 떨쳤다.
인물 자료	○『淸史稿』, 列傳 271 邵長蘅, 字子湘, 武進人. 十歲補諸生, 因事除名, 旋入太學. 工詩, 尤致力古文辭, 陶鍊雅正. 與景同客犖幕, 長蘅亦骯骯持古義, 無所貶損, 時論賢之. 著有靑門稿. ○ 徐有榘,『楓石鼓篋集』卷4,「魏禧・邵長蘅傳」 烏虖! 古文至於明幾亡矣. 自嘉隆諸君子, 貌爲秦漢, 已不厭衆望. 後乃爭矯之, 而矯之者變逾下, 委靡疲薾, 國運隨之, 明亡而古文益亡矣. 悲夫! 雖然三才之文, 相需成章, 人而無文, 其於參三何哉! 豈運厄陽九, 天地閉塞, 人文亦從而晦而然歟? 抑懷瑾蘊玉, 甘自韜沉, 人無得以稱焉歟? 余論明亡以後文, 得二人焉, 曰寧都魏禧, 毗陵邵長蘅. 禧主識議, 善變化, 凌厲矯夭, 不屑屑橅擬, 亦精卓切事情. 長蘅長叙事, 工洮汰, 簡而婉, 澹而遒, 導情像形, 奇氣勃窣行間. 要皆魁奇卓爾, 一時之雄者也. 余刪次兩家文, 各得如干首. 烏虖! 天下之大而董得二人, 二人之文而可傳者又僅止於是, 古文之難如是哉! 孟子曰:"讀其書, 不知其人, 可乎? 是以論其世也."作「魏禧・邵長蘅傳」. 魏禧, 字凝叔, 號勻庭, 贛之寧都人. 與其兄祥・弟禮, 皆以文章名於世, 世稱三魏, 而禧亦自號叔子云. 禧年十一, 補弟子員試, 輒冠其曹. 崇禎甲申, 流

484 | 조선후기 명청문학 관련 자료집 Ⅰ

賊陷京師, 天子死社稷, 禧聞號慟, 日哭臨縣庭, 居常憤惋叱咤, 如不欲生. 謀
與給事曾應遴起兵復讎, 不果已, 乃棄諸生服, 隱居教授. 禧脩幹微髭, 目光突
突射人. 論事縱橫雄傑, 倒注不竭, 善劈畫理勢. 每懸策前決, 後必驗. 方流寇
之熾也, 寧都人謂寇遠猝難及, 不爲備, 禧獨憂之, 移家翠微峯居焉. 翠微峯距
寧都西十里, 四面削起百餘丈, 中徑坼自底至頂, 若斧劈然, 緣坼鑿磴道梯而登,
出其上, 穴如甕口, 因實闉爲守望. 後數年, 寧都中寇被屠掠, 而翠微獨完, 禧
時年二十一. 禧既家翠微, 士友稍稍往依之, 南昌彭士望・林時益, 寧都邱維
屏, 皆挈妻子至. 弟子著籍者常數十人, 以古文相劘切. 顏其居曰易堂, 於是易
堂諸子之稱, 籍籍海內. 禧性嚴毅, 見人過, 不肯平面視. 然人或攻己過, 卽厲
色極言, 無幾微忤. 爲文輒委羣議彈射, 既登木者, 或行劃易, 故文亦益工. 年
四十乃出遊, 涉江, 逾淮, 游吳越, 思益交天下非常之人, 聞有隱逸士, 不憚千里
造訪, 其所與交皆遺民也. 康熙中, 詔中外擧博學宏詞, 禧亦在擧中, 被徵以疾
辭. 郡太守縣令更督趣就道, 不得已舁疾至南昌, 就醫藥, 撫軍某疑其詐, 以板
扉舁之至門, 禧絮被蒙頭, 卧稱病篤, 乃放歸. 後二年赴維陽故人, 約舟至儀眞,
暴心氣病, 一夕卒, 年五十七. 禧博學, 喜讀史, 尤好左氏傳及蘇洵文. 著有文
集二十二卷, 詩集八卷, 『左傳經世』若干卷, 祥・禮幷有集行世, 皆不及禧, 唯
毗陵邵長蘅與之齊名.

　邵長蘅一名衡, 字子湘, 號靑門山人, 常之毗陵人. 與魏禧同時, 一遇之逆旅,
握手語, 恨相知晚. 長蘅幼奇慧, 兒時日誦秦漢文數千言, 十歲補弟子員試再高
等, 累擧於鄉, 輒報罷會. 康熙中, 江南奏銷案起絓誤者萬人, 而長蘅亦黜籍,
時論惜之. 長蘅既謝擧子業, 益肆力爲古文辭, 沉酣三史唐宋大家凡六七年, 而
其文乃大昌. 每有所纂, 兀然一室中, 冥思遐搜, 兩頰發赤, 喉間喀喀作聲, 類
有大苦者. 既成則大喜牽衣, 遶牀狂呼, 遇得意處則益大喜, 詫不讓古人. 屬藁
不積日, 不出也, 故其文鮮得失, 多慧思. 久之, 棄所著, 北遊燕, 一日而名動
京師. 時宣城施閏章・新城王士禛・　崑山徐乾學・黃岡王澤, 皆先達有盛名,
顧皆折節定交. 長蘅豐而髯, 曠率, 喜山水, 晚而倦遊, 足跡半天下. 之之罘, 觀
海市, 窺扶胥, 望炎漲, 浮西湖, 登孤山, 訪林逋高踪, 而其感槩侘傺, 無聊不平
之鳴, 時時於詩文發之. 故其旅藁以後作, 益瓌瑋入化. 初長蘅客京師, 入太學,
隨牒試吏部, 冢宰得其文, 驚曰:"今之震川也." 拔第一, 例當授州同知, 然無爲
之地者, 再就京兆試再報罷, 從吳巡撫宋犖客幕府, 後十餘年卒于家, 年六十八.
長蘅既歷落無所遇, 視禧名且遜, 然至其文章, 亦皆翕然稱之. 著有『篋藁』十六

	卷,『旅藁』六卷,『賸藁』八卷,『古今韻略』若干卷, 行于世.　　　論曰: 魏禧·邵長蘅負才苊鬱, 老死溝堅, 可謂阨矣. 然當時之躋高位都通顯者何限, 忽焉澌滅, 身名與齒骼同朽, 而至于今林突豔稱者, 乃兩諸生, 異哉! 雖然禧可以仕矣而竟不仕, 長蘅未嘗不欲仕而竟不得仕, 吾爲禧悲其志, 而爲長蘅惜之.		
저술소개	★『古今韻略』 (淸)康熙 35年 刻本 5卷 ★『邵子湘全集』 (淸)康熙年間 靑門草堂刻本 30卷『邵氏家錄』2卷 ★『二家詩鈔』 (淸)邵長蘅編 (淸)康熙 34年 刻本 20卷		

비 평 자 료			
金澤榮	韶濩堂集 卷4 「常州高氏雙壽序(辛酉)」	高廷選의 부탁으로 高雲漢 父母의 壽序를 지어 주면서 常州 출신의 문장가인 唐順之·邵長蘅·惲敬을 언급하다.	常州天下之名處也。延陵季子之所嘗葬。孔子之所嘗遊。蘇子瞻之所嘗居。而四百年以來。生於其中而以文章名世者。如唐順之·邵子湘·惲子居之倫。指又不勝僂焉。
南公轍	金陵集 卷20 日得錄 「文學」	南公轍이 청대 문인들의 文氣가 비속한 속에서 邵長蘅만은 近正한 곳이 있다고 하자, 정조는 近正한 자부터 물리쳐야 淸代 문학을 배우는 폐단을 근절할 수 있다고 말하다.	賤臣對曰。淸人文氣之卑下。誠如聖訓。而其中邵長蘅則文體往往有近正處矣。敎曰。邵文人多有譽之者。而予則嘗痛斥之者。蓋先自近正者黜去。然後自餘諸家。徒歸紛紛。而世儒學淸文之弊絶矣。
朴齊家	貞蕤閣集 卷1 「白塔淸緣集序」	중국 사람들이 벗을 목숨처럼 소중히 여김을 말하며, 王士禛이 陸嘉淑·梅庚昆과 노닐었던 일, 邵長蘅이 이웃과 있었던 일을 인용하다.	中原人以友朋爲性命。故王漁洋先生有修耦長月夜科跣見過之作。邵子湘集中追記當時隣居之勝事。以寓離合之思。每覽此卷。有異世同心之感。相與歎息者久之。

486 조선후기 명청문학 관련 자료집 Ⅰ

徐瀅修	明皋全集 卷14 「紀曉嵐傳」	徐瀅修는 紀昀에게 邵長 蘅의 시문에 대하여 질문 하다.	余曰。魏叔子。乃近世最有規範之名 家。而不知與邵靑門何如。曉嵐曰。 各一道也。邵靑門人。乃熱客。出 入朱門。故其文不甚爲世重。余曰。 人雖不足觀。文則必可傳。曉嵐曰確 論。余曰。覿德之願。蘊之幾年。 今奉淸誨。鰌生之幸。但恨意多席 忙。無以罄此景仰之懷。
成海應	研經齋全集續集 册12 「題奎章全韻後」	邵長蘅은『古今韻略』을 찬 집하였는데, 모두 근거하 는 것이 있었다.	皇朝初重刻也。遵洪武正韻分合例。 而部分頗乖。長洲顧炎武重刻之。以 復舊觀。毗陵邵長蘅。輯古今韻略。 皆有据依。
申緯	警修堂全藁 蘇齋拾草 「蘇齋拾草序」	宋犖이 邵長蘅・顧嗣立・ 馮景 등에게 부탁하여 완 성한『施注蘇詩』를 입수 했음을 밝히다.	今年又得施注蘇詩足本。卽宋西坡屬 邵子湘・顧俠君訂正。而續補遺詩。 別爲二卷。以屬馮景山爲之注者也。
申緯	警修堂全藁 崧緣錄 「再題崧緣錄」	邵長蘅・李必恒・馮景・ 翁方綱・査愼行이 蘇軾 시 에 주를 단 것을 언급하고, 宋犖은 중시하지 않았던 王龜齡 주석본의 가치에 대해 말하다.	其七： 邵(子湘)・李(百藥)・馮(山 公)・査(初白)・最後翁(正三)。江河 不廢寶蘇風。商邱(宋牧仲)且莫祖施 (元之)・顧(景繁)。藍本梅溪(王龜 齡)初注中。
李德懋	靑莊館全書 卷34 淸脾錄(三) 「王阮亭」	李秉淵은 邵長蘅이 뽑은 王士禛의 시선집 3책을 소 장함으로써 자기 시의 비 루한 관습에서 초탈할 수 있었으며, 王士禛 시선집 은 나중에 李書九가 소장 하게 되었다고 말하다.	李槎川嘗得邵子相選本三册。而爲帳 中之祕。故槎川之詩。能脫凡陋之 習。良有以也。槎川沒後數十年。 其書流落。爲薑山所藏。

李學逵	洛下生集 匏花屋集 「感事集句(十章)」	邵長蘅의 '柴門盡日支頤坐'와 錢謙益의 '作意西風打面寒'이라는 구절을 인용하여 「感事集句」詩를 짓다.	人正忙時我正閑。(宋楊萬里)。老懷多感自無懽。(宋陸游)。柴門盡日支頤坐。(淸邵長蘅)。作意西風打面寒。(淸錢謙益)。
正祖	弘齋全書 卷165 日得錄 「文學」	『奎章全韻』은 吳棫의 『韻補』, 楊愼의 『古音略例』, 邵長衡의 『古今韻略』을 가져다 若干의 叶音을 유별로 조사해 초록하여 첨부한 것이다.	予嘗留意是正。頃命故檢書官李德懋取諸家韻書。博據廣證。詮次成書。卽今新刊之奎章全韻。而以平上去入。比類諧音。增爲四格。編字次第。一遵子母相生之法。其文較增於增補。其解特詳於諸家。又取吳氏韻補楊氏古韻·邵氏韻略。若干叶音。按類鈔附。寧略無濫。蓋謹之也。
正祖	弘齋全書 卷163 日得錄 「文學」	南公轍이 청대 문인들의 文氣가 비속한 속에서 邵長蘅만은 近正한 곳이 있다고 하자, 정조는 近正한 자부터 물리쳐야 淸代 문학을 배우는 폐단을 근절할 수 있다고 말하다.	賤臣對曰。淸人文氣之卑下。誠如聖訓。而其中邵長蘅。則文體往往有近正處矣。敎曰。邵文人多有譽之者。而予則嘗痛斥之者。蓋先自近正者黜去。然後自餘諸家徒歸紛紛。而世儒學淸文之弊絶矣。
趙斗淳	心庵遺稿 卷3 「抵舘, 連有大風, 跫坏無俚, 次邵 子湘寓齋雜興」	邵長蘅의 「寓齋雜興」에 차운하면서, 邵長蘅이 「啓禎樂府」에서 甲申之變이 일어났을 때 明나라 懿安皇后는 궁에서 목숨을 끊었다고 변론한 것을 언급하다.	其五：游矚傷心萬歲山。蓬萊宮闕在人間。絳炎方烈胡寧忍。玉匣雖寒尙可攀。帝以英明綿國步。天將饑饉做時艱。東朝聖嫂幽貞德。樂府遺伶淚袖斑。(邵長蘅啓禎樂府曰。天啓張皇后。於崇禎爲嫂。號懿安皇后。后在天啓。以禮自持。多所匡規。及甲申之變。后自縊。有宮人任貴妃者。魏瑠養女。艷而妖。賊入。詭稱吾張皇后也。賊亦不敢犯。乘間竊

			宮中寶藏而逃。遇一少年。利其貨挈之出。不知所終。世間訛傳。后蒙塵賊營。有傳自縊民舍者。皆任氏爲之祟也。予決知后必死宮中。以后平日信之。乃作懿安縊。係之樂府。爲后自誣云)。
洪亮周	鶴岡散筆卷5	邵長蘅이 蘇東坡의 詩를 고증한 예를 통해서 考證의 어려움을 설명하다.	邵長蘅考證東坡詩注。頗稱精核。坡詩有療饑語。舊注引詩云。泌之洋洋。可以療饑。詩本作樂饑。未嘗作療字。邵氏極笑其謬誤。然衡門之詩。童孺所習誦也。注蘇詩者。雖甚夆陋。寧不知讀國風哉。鄭氏詩箋。謂樂當爲癆瘵。卽古療字。舊注蓋據此。而邵氏未及詳也。考證之難精如此。
洪亮周	鶴岡散筆卷5	邵長蘅은 『漢書』에 근거해서 蘇東坡 詩의 舊註의 오류를 지적하는 등 지나치게 자세히 고증하였다.	東坡作安期生詩云。… 邵長衡乃引漢書。忘祀蓬菜之語。改望祖爲望祀。且極舊註引高祖不見安期之訛。至以爲穿鑿支離。苟如其言。則祀猶蟻蝨者。將戍何等語耶。此類固不足深辨。特書之以見前人之不可妄訾耳。
洪亮周	鶴岡散筆卷5	邵長蘅은 蘇軾 시의 舊註를 논박하기 위해서 인용한 劉琪가 지었다고 하는 文集序가 실제는 주자의 글임을 밝힘으로써 근래의 박학을 추구하는 사람들이 朱子의 글을 읽지 않음을 비판하다.	邵氏所駁。自一二條外。皆中其病。知其爲後人所托名。非眞出於梅溪也。邵氏引劉琪所作集序。序卽朱子文。爲共父代筆者也。… 近世爲士者。多不肯讀朱子書。故以邵子湘之博洽。但見其名之書以劉琪。而不知其文之出於朱子。

洪翰周	智水拈筆 卷4	명나라 熹宗 天啓 연간에 五星이 奎星에 모이더니, 청나라 초에 人文이 성대하여, 湯斌·陸隴其·李光地·朱彝尊·王士禎·陳維崧·施閏章·徐乾學·方苞·毛奇齡·侯方域·宋琬·魏裔介·熊賜履·宋犖·吳雯·魏禧·葉子吉·汪琬·汪楫·邵長蘅·趙執信 등과 같은 인물들이 나왔다.	世稱明熹宗天啓間。五星聚奎。故淸初人文甚多。如湯潛菴斌·陸三魚隴其·李榕村光地·朱竹垞彝尊·王阮亭士禎·陳檢討維崧·施愚山閏章·徐健菴乾學·方望溪苞·毛檢討奇齡·侯壯悔方域·宋荔裳琬·兼濟堂魏裔介·熊澐川賜履·宋商丘犖·吳蓮洋雯·魏勺庭禧·葉方藹子吉·汪鈍翁琬·汪舟次楫·邵靑門長蘅·趙秋谷執信諸人。皆以詩文名天下。其中亦有宏儒鉅工。彬彬然盛矣。而是天啓以後。明季人物之及於興旺之初者也。

42

孫星衍 (1753-1818)

인물 해설	청나라의 장서가이자 금석학자이다. 자는 淵如이며 호는 芳茂山人으로 陽湖(지금의 江蘇省 常州市) 출신이다. 14세 때 『文選』을 모두 암기하여 특별한 관심을 받았으며, 1787년에 진사시에 합격한 이후 翰林院編修, 刑部主事 등을 역임하였다. 按察使의 직책을 맡아 山東에 부임하였을 때는 治水와 식량 감독으로 빼어난 업적을 남긴 후 1806년에 사임하였다. 그 후에는 南京의 鍾山書院, 揚州의 安定書院, 杭州의 詁經精舍 등에서 강학하였다. 평생 동안 經・史・文學・音訓學에 전념하였고, 특히 금석학과 문자학에 조예가 깊었다. 편집한 책으로 『平津館叢書』, 『岱南閣叢書』가 善本으로 칭해진다. 약 30여 년 간의 공을 들여 고금 경학가의 성취를 집대성한 『尙書古今文注疏』로 인해 乾嘉學派(古文經學派)의 중요한 인물이 되었다. 그 밖의 저서로 『周易集解』, 『寰宇訪碑錄』, 『孫氏家藏書目錄內外篇』, 『芳茂山人詩錄』 등이 있다.
인물 자료	○ 『淸史稿』, 列傳 268 孫星衍, 字淵如, 陽湖人. 少與同里楊芳燦・洪亮吉・黃景仁文學相齊. 袁枚品其詩, 曰 "天下奇才", 與訂忘年交. 星衍雅不欲以詩名, 深究經・史・文字・音訓之學, 旁及諸子百家, 皆必通其義. 乾隆五十二年, 以一甲進士授翰林院編修, 充三通館校理. 五十四年, 散館, 試厲志賦, 用史記如畏, 大學士和珅疑爲別字, 置三等改部. 故事, 一甲進士改部, 或奏請留館, 又編修改官可得員外, 前此吳文煥有成案. 珅示意欲使往見, 星衍不肯屈節, 曰: "主事終擢員外, 何汲汲求人爲?" 自是編修改主事遂爲成例. 官刑部, 爲法寬恕, 大學士阿桂・尙書胡季堂悉器重之. 有疑獄, 輒令依古義平議, 所平反全活甚衆. 退直之暇, 輒理舊業. 洊升郎中. 六十年, 授山東兗沂曹濟道. 嘉慶元年七月, 曹南水漫灘潰, 決單縣地, 星衍與按察使康基田鳩工集夫, 五日夜, 從上游築隄遏禦之, 不果決. 基田謂此役省國家數百萬帑金也. 尋權按察使, 凡七閱月, 平反數十百條, 活死罪誣服者十餘獄. 濰縣有武人犯法, 賄和珅門, 囑託大吏. 星衍訪捕鞫之, 械和門來

者於衢. 及回本任, 值曹工漫溢, 星衍以無工處所得疏防咎, 特旨予留任. 曹工分治引河三道, 星衍治中段. 畢工, 較濟東道·登萊道上下段省三十餘萬. 先是河工分賠之員或得羨餘, 謂之扣費, 星衍不取, 悉以給引河工費. 時曹工尚未合, 河督·巡撫亟奏合龍, 移星衍任, 尋又奏稱合而復開. 開則分賠兩次壩工銀九萬兩, 當半屬後任, 而司事者並以歸星衍. 星衍亦任之, 曰："吾既兼河務, 不能不爲人受過也." 四年, 丁母憂歸, 浙撫阮元聘主詁經精舍. 星衍課諸生以經史疑義及小學·天部·地理·算學·詞章, 不十年, 舍中士皆以撰述名家. 服闋入都, 仍發山東, 十年, 補督糧道. 十二年, 權布政使. 值侍郎廣興在省, 按章供張煩擾, 星衍不肯妄支. 後廣以賄敗, 豫·東兩省多以支庫獲罪, 星衍不與焉. 十六年, 引疾歸. 星衍博極群書, 勤於著述. 又好聚書, 聞人家藏有善本, 借鈔無虛日. 金石文字, 靡不考其原委. 嘗病古文尚書爲東晉梅賾所亂, 官刑部時, 即集古文尚書馬鄭注十卷·逸文二卷. 歸田後, 又爲尚書今古文注疏三十九卷, 其序例云："尚書古注散佚, 今剌取書傳升爲注者五家三科之說：一, 司馬遷從孔氏安國問故, 是古文說；一, 書大傳伏生所傳歐陽高·大夏侯勝·小夏侯建, 是今文說；一, 馬氏融·鄭氏康成雖有異同, 多本衞氏宏·賈氏逵, 是孔壁古文說：皆疏明出典. 其先秦諸子所引古書說及緯書·白虎通等, 漢·魏諸儒今文說·許氏說文所載孔壁古文, 注中存其異文·異字, 其說則附疏中." 其意在網羅放失舊聞, 故錄漢·魏人佚說爲多, 又兼采近代王鳴盛·江聲·段玉裁諸人書說. 惟不取趙宋以來諸人注, 以其時文籍散亡, 較今代無異聞, 又無師傳, 恐滋臆說也. 凡積二十二年而後成. 其他撰輯, 有周易集解十卷, 夏小正傳校正三卷, 明堂考三卷, 考注春秋別典十五卷, 爾雅廣雅詁訓韻編五卷, 魏三體石經殘字考一卷, 孔子集語十七卷, 晏子春秋音義二卷, 史記天官書考證十卷, 建立伏博士始末二卷, 寰宇訪碑錄十二卷, 金石萃編二十卷, 續古文苑二十卷, 詩文集二十五卷. 二十三年, 卒, 年六十六. 星衍晩年所著書, 多付文登畢亨·嘉興李眙德爲卒其業.

* 『平津館叢書』
  (淸)孫星衍輯 (淸)嘉慶年間 蘭陵 孫氏刻本 10集 38種 / (淸)光緒10-11年 吳縣 朱記榮 槐廬家塾刻本 10卷 (孫星衍撰『尚書古今文注疏』30卷 / 孫星衍·邢澍撰『寰宇訪碑錄 十二卷 等)

* 『孫子吳子司馬法合刻』
  (淸)孫星衍輯 (淸)羊城刻本 3種

＊『古文尙書』 (漢)馬融 (漢)鄭玄注 (宋)王應麟撰集 (淸)孫星衍補集 (淸)乾隆 60年 蘭陵 孫氏 問字堂刻本 10卷 / (淸)光緖 6年 綿竹墨池書舍 刻本 10卷			
＊『尙書古今文注疏』 (淸)乾隆 59年－嘉慶 20年 刻本 39卷 / (淸)嘉慶 20年 孫氏 冶城山館刻本 30卷 / (淸)道光 9年 廣東學海堂刻本 39卷			
＊『寰宇訪碑錄』 (淸)孫星衍・邢澍撰 (淸)抄本 12卷 / (淸)光緖 11年 吳縣 朱記榮 槐廬家塾 刻本 12卷 刊謬 1卷 (淸)羅振玉刊謬			

비 평 자 료

金正喜	阮堂全集 卷4 「與李藕船(六)」	劉逢祿의 禘說이 惠棟과 孫星衍보다 낫다고 평가하다.	且其禘說正大饗爲祫之失。破審諦昭穆之謬。亦懸之日月不刊者。於惠松厓・孫觀察之書。又有精核處。
朴齊家	貞蕤閣集 卷4 「燕京雜絶，別任恩叟姊兄，憶信筆，凡得一百四十首」	孫星衍은 행실이 밝았고, 洪亮吉은 학식이 넓고 변려문에 뛰어났음을 말하다.	金石正三翁。丹靑羅兩峰。淸修比部衍。鉅麗北江洪。(翁侍郎方綱字正三。羅兩峰名聘。孫比部名星衍字淵如。洪翰林亮吉博學工騈儷之文)。
申緯	警修堂全藁 冊4 戊寅錄 「遠照老人(尹仁泰)燕京醋飮」	尹仁泰가 燕行했을 때 羅聘의 집에서 篆書를 써서 당대의 대가인 孫星衍에게 인정받은 일화를 이야기하다.	食品百種醋處末。好醋難逢香且辣。君有燕南五合醋。五合之母産百斛。閟在老瓷四十年。但繼淸泉不繼麴。知君刳腸有酒蟲。與醋決勝蟲驚蟄。暴響一噎雷乃發。盡向毛孔走一霎。壓驚斗酒更誰禁。四體不仁臥三日。逢塲怕見孫星淵。篆筆如從背後掣。(孫淵如篆隷妙一世。遠照曾在兩峯宅。乘醉揮毫。不知淵如之在座。縱吞酣暢。人有告以淵如者。遠照大

			駿。擲筆走謝。淵如徐曰。這樣寫也自可。一座爲之大噱)。半醉半醒爲我篆。是醋是酒氣勃發。君家京口橋前水。流年不解流明月。十五當壚杏花下。春宵一刻抵千鎰。嗟我不能鼻吸三斗醋。杖頭百錢堪夜出
柳得恭	燕臺再遊錄	紀昀에게 孫星衍의 근황을 묻자, 道員에 轉任되었는데 현재 居喪중임을 알려주다.	問比部孫星衍在京。答淵如外轉道員。現在丁憂

宋 犖 (1634-1713)

인물 해설	청나라의 문학가이자 서화가 겸 장서가이다. 字는 牧仲, 號는 漫堂, 西陂 또는 綿津山人인데 만년에는 西陂老人, 西陂放鴨翁이라는 호를 사용하기도 했다. 河南 商丘 출신으로 商丘 '雪苑六子'에 속할 만큼 명성이 있었던 시인 이다. 관직에 진출해서는 黃州通判, 江蘇巡撫, 吏部尙書 등을 역임했다. 王 士禛과 활발히 교유하였는데 그의 시는 왕사진 超逸함에는 미치지 못했지만 淸剛雋上한 기풍이 있다고 평가된다. 또한 그가 후방역, 위희, 왕완 세 사람 의 문장을 합각하여 편찬한 『國朝三家文鈔』가 끼친 영향이 매우 컸다고 한 다. 저술로는 『西陂類稿』, 『漫堂說詩』, 『江左十五子詩選』 등이 있으며 시론 서로 『漫堂說詩』이 전한다. 杜甫를 매우 존숭하였던 결과 韓愈, 蘇軾, 黃庭 堅, 陸遊, 元好問 등도 모두 두보를 배워 일가를 이룬 것이라고 주장하였다.
인물 자료	○ 『淸史稿』, 列傳 61 宋犖, 字牧仲, 河南商丘人, 權子. 順治四年, 犖年十四, 應詔以大臣子列侍衛. 逾歲, 試授通判. 康熙三年, 授湖廣黃州通判. 以母憂去. 十六年, 授理藩院院判, 遷刑部員外郎, 権贛關, 還遷郎中. 二十二年, 授直隷通永道. 二十六年, 遷山東 按察使. 再遷江蘇布政使, 察司庫虧三十六萬有奇, 犖揭報督撫, 責前布政使劉 鼎·章欽文分償. 戶部採銅鑄錢, 定値斤六分五釐, 犖以江蘇不產銅, 採自他省, 値昂過半, 牒巡撫田雯, 疏請停採. 下部議, 改視各關例, 斤一錢. 二十七年, 擢江西巡撫. 湖廣叛卒夏逢龍爲亂, 徵江西兵赴剿, 次九江, 挾餉 缺幾譁變. 犖行次彭澤, 聞報, 檄發湖口庫帑充行糧, 兵乃進. 至南昌受事, 舊裁 督標兵李美玉·袁大相糾三千餘人, 謀劫倉庫, 應逢龍以叛. 犖詗知之, 捕得美 玉·大相, 衆恟恟. 犖令卽斬以徇, 諭衆受煽惑者皆貸不問, 衆乃定. 江西採竹 木, 饒州供紫竹, 南康·九江供檀·楠諸木, 通省派供貓竹, 名雖官捐, 實爲民 累, 犖疏請動支正帑採買. 上命歲終巡撫視察布政司庫, 犖疏請糧驛道庫, 布政 使察覈; 府庫, 道員察覈. 漢軍文武官吏受代, 家屬例當還旗, 經過州縣, 點驗

	取結. 犖曰:"是以罪人待之也." 疏請自贓私斥革並侵挪帑項解部比追外, 止給到京定限咨文, 俾示區別. 皆下部議行. 三十一年, 調江蘇巡撫. 蘇州濱海各縣遇颶, 上元・六合諸縣發山水, 淮・揚・徐屬縣河溢, 疏請視被災輕重, 蠲減如例. 發江寧・鳳陽倉儲米麥散賑. 別疏請除太湖傍坍地賦額, 戶部以地逾千畝, 令詳察. 犖再疏上陳, 上特允之. 犖在江蘇, 三遇上南巡, 嘉犖居官安靜, 迭蒙賞賚, 以犖年逾七十, 書「福」・「壽」字以賜. 四十四年, 擢吏部尙書. 四十七年, 以老乞罷, 瀕行, 賜以詩. 五十三年, 詣京師祝聖壽, 加太子少師, 復賜以詩, 還里. 卒, 年八十, 賜祭葬.		
저술 소개	★『綿津山人文稿』 (淸)抄本 1卷 ★『西陂類稿』 (淸)康熙年間 毛扆・宋懷金・高岑刻本 50卷 ★『百名家詞鈔』 (淸)聶先・曾王孫編 (淸)康熙年間 綠蔭堂刻本 20卷 內 宋犖撰『楓香詞』 ★『百名家詩鈔』 (淸)聶先編 (淸)康熙年間 刻本 59卷 內 宋犖撰『牧菴評集』1卷 ★『詩學叢書』 (淸)抄本 34種 41卷 內 宋犖撰『漫堂說詩』1卷 ★『大家詩鈔』 (淸)吳藹編 (淸)康熙年間 學古堂刻本 13種 13卷 內 宋犖撰『綿津詩鈔選』1卷		
비 평 자 료			
金正喜	阮堂全集 卷3 「與權彝齋(二十四)」	權敦仁이 보내 준 許維의 「東坡笠屐圖」를 宋犖이 倪瓚의 그림을 아끼듯이 하겠다고 말하다. * 宋犖,「西陂遺稿」卷11,「題倪高士幽磵寒松小幅次畫上原韻」	痴之筆力. 雖非自出機杼. 下眞迹一等. 不減唐摹晉帖. 懸之座隅. 日侍其傍. 如西陂故事.

		松色與礵幽。依俙寒溪路。珍圖傳江南。三日留閉戶。雲煙拂几席。流覽慰遲暮。寥寥此筆墨。深合荊關度。俗韻吾庶免。永言高士晤。(江南人家。以有無倪畫分雅俗)	
申緯	警修堂全藁蘇齋拾草「蘇齋拾草序」	翁方綱의 서재에서 「天際烏雲眞跡帖」과 注東坡先生詩宋槧本을 직접 보고 題跋을 지은 일을 언급하며 아울러 注東坡先生詩宋槧本이 본래 宋犖의 所藏이었다는 점을 언급하다.	蘇米齋・寶蘇室・蘇齋。皆覃溪老人之居也。謁余又曰蘇齋。盖余昔造老人之廬。得見天際烏雲眞跡帖施註蘇詩宋槧殘本。此本卽宋西坡所謂得於江南藏書家。第闕十二卷首也。帖集均有余題識。不啻爲曾經我眼也。
申緯	警修堂全藁蘇齋拾草「蘇齋拾草序」	宋犖이 邵長蘅, 顧嗣立, 馮景 등에게 부탁하여 완성한 『施註蘇詩』를 입수했음을 밝히다. * 宋犖은 施註蘇詩宋槧殘本을 얻어 邵長蘅 등에게 부탁하여 주석을 보충하고 흩어진 시를 수습하여 『施註蘇詩』라는 이름을 그대로 사용하여 간행한 바 있다.	今年又得施注蘇詩足本。卽宋西坡屬邵子湘・顧俠君訂正。而續補遺詩。別爲二卷。以屬馮景山爲之注者也。
申緯	警修堂全藁崧緣錄「再題崧緣錄」	申緯는 蘇軾의 「寒食詩帖」을 새로 얻었는데, 宋犖이 말한 董其昌이 摹刻한 『戲鴻堂帖』중에 있는 것이다.	其二：玉環眞態壓無鹽。春雨聲傳秋兔尖。翰墨天公饒一著。鴻堂殘本雪堂添。(余新得坡公寒食詩帖。宋牧仲所謂董文敏曾摹刻戲鴻堂帖)。

申緯	警修堂全藁 崧緣錄 「再題崧緣錄」	邵長蘅・李必恒・馮景・翁方綱・查愼行이 蘇軾 시에 주를 단 것을 언급하고, 宋犖은 중시하지 않았던 王龜齡 주석본의 가치에 대해 말하다. * 宋犖은 施元之와 顧禧가 주석을 단 注東坡先生詩(宋槧本)殘本을 얻어 邵長蘅・李必恒・馮景 등에게 위촉하여 이를 바탕으로 수정 보완하여 새로운 주석본을 간행하고,『施注蘇詩』라 이름하였다.	其七: 邵(子湘)・李(百藥)・馮(山公)・查(初白)最後翁(正三)。江河不廢寶蘇風。商邱(宋牧仲)且莫祖施(元之)・顧(景繁)。藍本梅溪(王龜齡)初注中。
申緯	警修堂全藁 碧蘆舫藁(一) 「臘十九, 用邵庵韻」	虞集 詩의 韻을 사용하여 시를 지으면서 宋犖과 翁方綱을 언급하다.	其八: 三生石上舊精硋。佛氏輪回且莫論。(謂宋牧仲・翁正三輩)。萬古長新詩境闢。烏雲不散夢中痕。
申緯	警修堂全藁 冊9 碧蘆舫藁(三) 「送歲幣尹書狀 (秉烈)入燕」	蘇軾 시를 註解하는 데 宋犖과 查愼行이 중요한 공헌을 했음을 말하고, 翁方綱이 세상을 떠난 지금 누가 소동파를 존숭할 것인가를 묻다.	其二: 西陵初白兩功臣。詩註然猶隔一塵。君去覃公不相待。只今誰是寶蘇人。(君行篋。借携余所藏日下舊聞・西陂集二種)。
申緯	警修堂全藁 花徑贖墨(五) 「齋前魚兒牧丹, 卽來鶴承旨欄中 舊物也, 宋西陂 集, 有朝鮮牡丹 詩, 亦此花, 仍用 西陂韻」	자신의 서재 앞의 모란은 宋犖의 『西陂集』에 실린 「朝鮮牡丹」 詩에서 읊은 꽃과 같은 품종이라 말하고 그 韻을 사용하여 시를 짓다.	檻外重重錦繡披。如從硯北省風姿。小驪江上孤墳起。來鶴樓前舊植移。悵望靑春當落日。輕盈紅穗漾微颸。沿籬傍砌尋常有。經用詩人別樣奇。

申緯	警修堂全藁 北禪院續藁(四) 「偶檢舊篋, 得星原甲戌八月十一日, 焚香薦茗, 遙祝紫霞生辰, 因題紫霞小照詩立軸, 感次原韻, 題其後」	宋犖의 詩句를 援用하여 시를 짓다.	悵然省識生綃面。二十年前奉使人。我自爲兄圖是弟。(宋西陂自題小照詩曰。圖中是弟我爲兄) 原來與蝶夢分身。浮生豈有無量佛。偈子長留未了因。何暇爲君存歿感。衰容非復舊時春。
李宜顯	陶谷集 卷28 陶峽叢說	尤侗의 『西堂集』, 宋犖의 『西陂集』, 王士禎의 『蠶尾集』, 徐嘉炎의 『抱經齋集』을 소장하고 있었으며, 『理學全書』에 수록된 熊賜履의 『愚齋集』과 陸隴其의 『稼書集』도 소장하고 있었다. 宋犖의 문장은 화려하지 않으며 전아한 맛이 있다.	淸人文不多見。大率詩文綿弱。余已論之於前矣。文集之在余書廚者。尤侗西堂集・宋犖西陂集・王士禎蠶尾集・徐嘉炎抱經齋集。又有愚齋集・稼書集入理學全書中。尤侗才力富贍。制作甚繁。宋犖次之。宋甲戌生。與息菴同庚。其父權以明朝都御史。降于淸死。諡文康。犖亦仕淸。至吏部尙書。以年老致仕。見其自叙年譜。止於七十八歲。未知死於何歲也。大抵其人有男子五六人。皆爲顯仕。孫男又甚衆。年齒官爵俱高。眞稀世之大命也。其製述亦富。余嘗以比論於尤侗。藻采不及而典則勝之。蠶尾抱經兩集。亦有可觀。愚齋卽熊賜履。稼書卽陸隴其。俱以學問名者。所著文字。亦似篤實。且力斥陸王之學。可尙也。
洪翰周	智水拈筆 卷4	명나라 熹宗 天啓 연간에 五星이 奎星에 모이더니, 청나라 초에 人文이 성대하여, 湯贇・陸隴其・李光	世稱明熹宗天啓間。五星聚奎。故淸初人文甚多。如湯潛菴贇・陸三魚隴其・李榕村光地・朱竹垞彝尊・王阮亭士禎・陳檢討維崧・施愚山閏

		地 · 朱彝尊 · 王士禛 · 陳維崧 · 施閏章 · 徐乾學 · 方苞 · 毛奇齡 · 侯方域 · 宋琬 · 魏裔介 · 熊賜履 · 宋犖 · 吳雯 · 魏禧 · 葉子吉 · 汪琬 · 汪楫 · 邵長蘅 · 趙執信 등과 같은 인물들이 나왔다.	章 · 徐健菴乾學 · 方望溪苞 · 毛檢討奇齡 · 侯壯悔方域 · 宋荔裳琬 · 兼濟堂魏裔介 · 熊澐川賜履 · 宋商丘犖 · 吳蓮洋雯 · 魏勺庭禧 · 葉方藹子吉 · 汪鈍翁琬 · 汪舟次楫 · 邵靑門長蘅 · 趙秋谷執信諸人。皆以詩文名天下。其中亦有宏儒鉅工。彬彬然盛矣。而是天啓以後。明季人物之及於興旺之初者也。
洪翰周	智水拈筆 卷6	『筠廊二筆』에 실린 菊花에 대한 宋代 여러 문인들의 시와 일화를 소개하면서 宋犖을 언급하다.	淸宋商丘牧仲筠廊二筆有云。世傳王介甫詠菊。有黃昏風雨過園林。吹得黃花滿地金之句。蘇子瞻續之曰。秋花不比春花落。爲報詩人仔細吟。因得罪。介甫謫子瞻黃州。菊惟黃州落瓣。子瞻見之。始大愧服。又嘗考之。王介甫作殘菊詩曰。黃昏風雨打園林。殘菊飄零滿地金。歐陽永叔見之。戲介甫曰。秋花不比春花落。爲報詩人仔細看。介甫聞之。笑曰。歐陽九不學之過也。豈不見楚詞云。夕飧秋菊之落英云云。余謂歐王二公。文章擅一世。而左右佩劍。彼此相笑。豈非於草木之名。猶未盡識。而不知有落不落者耶。菊之衰謝而後。豈復有可飧之味哉。或云。詩之訪落。以落訓始也。落英之落。蓋謂始開之花耳。然則介甫之引證。殆亦未之思歟。商丘所記。又與余所見不同。未知其孰是。

44

宋　濂 (1310-1380)

●●●

인물 해설	元末明初의 사상가이자 문학가이다. 자는 景濂, 호는 潛溪이며, 별호로 玄眞子, 玄眞道士, 玄眞遁叟 등을 사용하기도 했다. 浙江省 金華 출신이다. 元末 浙江의 학자인 吳萊, 柳貫, 黃潛 등에게 배워 박식함으로 이름을 떨쳤다. 원말의 전란을 피하여 龍門山에 은거하며 저작에 종사함으로써 『宋學士全集』, 『篇學類纂』, 『龍門子』 등의 저서를 남겼다. 명나라 太祖 때에는 벼슬에 나아가 『元史』 편수의 총재를 지냈으며 翰林學士에 임명되었다. 순수하고 심오한 운치가 나는 산문을 주로 썼으며, 劉基와 더불어 명나라 초기를 대표하는 학자이자 문인으로 인식되었다. 神仙과 佛家를 비판하는 유학가의 계통에 속했는데, 특히 陸象山의 사상에 경도되어 사람의 마음속에 일체의 진리가 들어 있다고 주장하였다. 六經이 自己發現의 도구라고 간주한 견해는 훗날 明代 文學의 전개와 관련하여 선구적인 것이었다고 평가받는다.
인물 자료	○ 『明史』, 列傳 16 宋濂, 字景濂, 其先金華之潛溪人, 至濂乃遷浦江. 幼英敏強記, 就學於聞人夢吉, 通五經, 復往從吳萊學. 已, 遊柳貫 · 黃潛之門, 兩人皆亟遜濂, 自謂弗如. 元至正中, 薦授翰林編修, 以親老辭不行, 入龍門山著書. 踰十餘年, 太祖取婺州, 召見濂. 時已改寧越府, 命知府王顯宗開郡學, 因以濂及葉儀爲五經師. 明年三月, 以李善長薦, 與劉基 · 章溢 · 葉琛並徵至應天, 除江南儒學提擧, 命授太子經, 尋改起居注. 濂長基一歲, 皆起東南, 負重名. 基雄邁有奇氣, 而濂自命儒者. 基佐軍中謀議, 濂亦首用文學受知, 恒侍左右, 備顧問. 嘗召講春秋左氏傳, 濂進曰: "春秋乃孔子褒善貶惡之書, 苟能遵行, 則賞罰適中, 天下可定也." 太祖御端門, 口釋黃石公三略. 濂曰: "尚書二典 · 三謨, 帝王大經大法畢具, 願留意講明之." 已, 論賞賚, 復曰: "得天下以人心爲本. 人心不固, 雖金帛充牣, 將焉用之." 太祖悉稱善. 乙巳三月, 乞歸省. 太祖與太子並加勞賜. 濂上箋謝, 幷奉書太子, 勉以孝友敬恭 · 進德修業. 太祖覽書大悅, 召太子, 爲語書音, 賜札

褒答, 幷令太子致書報焉. 尋丁父憂. 服除, 召還.

洪武二年詔修元史, 命充總裁官. 是年八月史成, 除翰林院學士. 明年二月, 儒士歐陽佑等採故元元統以後事蹟還朝, 仍命濂等續修, 六越月再成, 賜金帛. 是月, 以失朝參, 降編修. 四年遷國子司業, 坐考祀孔子禮不以時奏, 謫安遠知縣, 旋召爲禮部主事. 明年遷贊善大夫. 是時, 帝留意文治, 徵召四方儒士張唯等數十人, 擇其年少俊異者, 皆擢編修, 令入禁中文華堂肄業, 命濂爲之師. 濂傅太子先後十餘年, 凡一言動, 皆以禮法諷勸, 使歸於道, 至有關政敎及前代興亡事, 必拱手曰: "當如是, 不當如彼." 皇太子每斂容嘉納, 言必稱師父云. 帝剖符封功臣, 召濂議五等封爵. 宿大本堂, 討論達旦 … 六年七月遷侍講學士, 知制誥, 同修國史, 兼贊善大夫. 命與詹同·樂韶鳳修日曆, 又與吳伯宗等修寶訓. 九月定散官資階, 給濂中順大夫, 欲任以政事. 辭曰: "臣無他長, 待罪禁近足矣." 帝益重之. 八年九月, 從太子及秦·晉·楚·靖江四王講武中都. 帝得興圖濠梁古蹟一卷, 遣使賜太子, 題其外, 令濂詢訪, 隨處言之. 太子以示濂, 因歷歷擧陳, 隨事進說, 甚有規益.

濂性誠謹, 官內庭久, 未嘗訐人過. 所居室, 署曰溫樹. 客問禁中語, 卽指示之. 嘗與客飮, 帝密使人偵視. 翼日, 問濂昨飮酒否, 坐客爲誰, 饌何物. 濂具以實對. 笑曰: "誠然, 卿不朕欺." 間召問羣臣臧否, 濂惟擧其善者曰: "善者與臣友, 臣知之; 其不善者, 不能知也." 主事茹太素上書萬餘言. 帝怒, 問廷臣. 或指其書曰: "此不敬, 此誹謗非法." 問濂, 對曰: "彼盡忠於陛下耳. 陛下方開言路, 惡可深罪." 旣而帝覽其書, 有足採者. 悉召廷臣詰責, 因呼濂字曰: "微景濂幾誤罪言者." 於是帝廷譽之曰: "朕聞太上爲聖, 其次爲賢, 其次爲君子. 宋景濂事朕十九年, 未嘗有一言之僞, 誚一人之短, 始終無二, 非止君子, 抑可謂賢矣." 每燕見, 必設坐命茶, 每旦必令侍膳, 往復咨詢, 常夜分乃罷. 濂不能飮, 帝嘗强之至三觴, 行不成步. 帝大懽樂. 御製楚辭一章, 命詞臣賦醉學士詩. 又嘗調甘露於湯, 手酌以飮濂曰: "此能愈疾延年, 願與卿共之." 又詔太子賜濂良馬, 復爲製白馬歌一章, 亦命侍臣和焉. 其寵待如此. 九年進學士承旨知制誥, 兼贊善如故. 其明年致仕, 賜御製文集及綺帛, 問濂年幾何, 曰: "六十有八." 帝乃曰: "藏此綺三十二年, 作百歲衣可也." 濂頓首謝. 又明年, 來朝. 十三年, 長孫愼坐胡惟庸黨, 帝欲置濂死. 皇后太子力救, 乃安置茂州.

濂狀貌豐偉, 美鬚髥, 視近而明, 一黍上能作數字. 自少至老, 未嘗一日去書卷, 於學無所不通. 爲文醇深演迤, 與古作者幷. 在朝, 郊社宗廟山川百神之典,

朝會宴享律曆衣冠之制, 四裔貢賦賞勞之儀, 旁及元勳巨卿碑記刻石之辭, 咸以委濂, 屢推爲開國文臣之首. 士大夫造門乞文者, 後先相踵. 外國貢使亦知其名, 數問宋先生起居無恙否. 高麗・安南・日本至, 出兼金購文集. 四方學者悉稱爲太史公, 不以姓氏. 雖白首侍從, 其勳業爵位不逮基, 而一代禮樂制作, 濂所裁定者居多. 其明年, 卒於夔, 年七十二. 知事葉以從葬之蓮花山下. 蜀獻王慕濂名, 復移塋華陽城東. 弘治九年, 四川巡撫馬俊奏:"濂眞儒翊運, 述作可師, 黼黻多功, 輔導著績. 久死遠戍, 幽壤沉淪, 乞加卹錄." 下禮部議, 復其官, 春秋祭葬所. 正德中, 追諡文憲.

○ **錢謙益, 『列朝詩集小傳』 甲集 卷12, 「宋太史公濂」**

 濂, 字景濂, 浦江人. 少與胡翰仲申偕往白麟溪, 從吳萊先生學, 悉得蘊奧. 又游於鄉先生柳貫・黃溍之門, 兩公歿, 遂以文名海內. 至正己丑, 用大臣薦, 卽家除翰林院編修, 以親老固辭, 入仙華山爲道士, 易名玄眞子. 庚子歲, 徵至建康, 授皇太子經, 居禮賢館, 修元史, 召爲總裁官, 仕至翰林學士承旨兼太子贊善大夫, 太祖稱爲開國文臣之首. 四夷咸購其文集, 問其起居, 學者稱爲太史公, 不以姓. 正德中, 追諡文憲公. 生平著作最富. "濂溪前後集"在元季已盛行於世, 入國朝者, 劉誠意選定爲"文粹"十卷, 門人方孝孺, 鄭濟等又選續文粹 十卷, 皆孝孺與同門劉剛・林靜・樓璉手自繕寫, 刊于義門書塾. 丙戌歲, 余于內殿見之. 孝孺氏名皆用墨塗乙, 蓋猶遵革除舊禁也. 悲感之餘, 附識于此.

저술 소개

*『元史』
 (明)抄本 5卷 / (明)洪武 3年 内府刻本 南京國子監等 明淸遞修本 210卷目錄 2卷 / (淸)乾隆 4年 武英殿刻本 210卷 目錄 2卷

*『文原』
 (淸)抄本 1卷

*『重刊宋濂學士先生文集』
 (明)嘉靖 3年 安正堂刻本 28卷

*『宋學士文集』
 (明)正德 9年 張縉刻本 75卷 / (明)天順 5年 黃譽刻本 26卷 / (明)嘉靖 30年 韓叔陽刻本 『新刊宋學士全集』33卷 / (淸)康熙 48年 彭始搏刻本 『宋學士全集』32卷

* 『宋學士文粹』

  (明)洪武 10年 鄭濟刻本 10卷 補遺 1卷

* 『龍門子凝道記』

  (明)成化 10年 周寅刻本 3卷 / (明)刻本 3卷

* 『潛溪集』

  (明)刻本 10卷 附錄 2卷 / (明)嘉靖 15年 溫秀刻本 8卷 附錄 1卷 / (明)天順元年 黃溥・嚴塤刻本 18卷

* 『洪武正韵』

  (明)刻本 16卷

* 『說郛續』

  (明)陶珽編 (淸)順治 3年 李際期 宛委山堂刻本 46卷 內 宋濂撰『潛溪邃言』/『蘿山雜言』

* 『學海類編』

  (淸)曹溶編 陶越增訂 (淸)道光 11年 晁氏 活字印本 430種 814卷 內 宋濂撰『文原』1卷

* 『八代文鈔』

  (明)李賓編 明末 刻本 106種 106卷 內 宋濂撰『宋景濂文抄』1卷

* 『明八大家文集』七十六卷

  (淸)張汝瑚編 (淸)康熙年間 刻本 76卷 內 宋濂撰『宋文憲集』11卷

비 평 자 료			
金昌熙	石陵集 卷2 「傳筆錄序」	明대의 宋濂・方苞・錢謙益은 재주와 능력도 뛰어나고, 평생토록 성실하게 학문에 임했지만 다른 병폐가 있었기 때문에 韓愈의 경지에는 이르지 못했지만 신묘한 필력은 얻었다고 평하다.	明之宋潛溪・方遜志・錢牧齋。皆其才力有萬夫之稟。又其用工有平生之勤。而或溺於聲律。或病於勦襲。或愛博而難精。或習熟而難變。終不得入昌黎之室。得神筆之授。而況才力之出其下者乎。嗚呼。艱哉。選二十七家論文之文。五十三篇。釐爲二卷。命之曰傳筆錄。蓋以古人得筆公案。靡不畢載。有欲求之此其躅也。

南公轍	金陵集 卷10 「與權景好書」	명이 천하를 차지하면서 태조가 宋濂에게 명하여 『洪武正韻』을 편수하게 하였다.	皇明有天下。太祖高皇帝命翰林編修宋濂。修洪武正韻。
南公轍	金陵集 卷20 「詩童子問」	시경의 六義와 四始에 대해서 宋濂의 저술을 참고하여 설명하다.	童子問。詩有六義四始。何謂也。曰。余無自得之見。當考經傳諸家之書而錄示之。… 胡一桂得朱子源委之正。著詩傳附錄纂疏。○梁益著詩傳旁通。發揮朱學。○三百篇朱子親注。大義昭如日星。讀者於事證音義。或有未喩。汪氏克寬作集傳音義會通。(宋濂)
南克寬	夢囈集 坤 「謝施子」	明나라 문장은 方孝孺를 第一로 삼아야 하고, 宋濂은 너무 贍富하여 그만 못하다.	明文當以遜志爲第一。潛溪傷餤不如也。
南克寬	夢囈集 坤 「謝施子」	원과 명 초기에는 敦朴嚴重함을 숭상하여 宋濂의 문장도 촉박한 기운이 점점 느껴졌는데, 淡薄함이 극도에 달하여 유약하고 진부함이 이르지 않는 곳이 없다	羅大經謂韓‧柳。用奇重字。歐‧蘇。用輕虛字。意以歐‧蘇爲優。然韓‧柳在唐。歐‧蘇在宋。唐‧宋言語自別如此。非特數公也。此由氣化日漓。漸趨淡薄。不容人爲。降而南渡。遂成促迫。元及明初政。尙敦朴嚴重。文章亦稍紓促迫之氣。如黃‧柳‧宋‧劉一派是也。然淡薄旣極。卑靡腐爛。無所不至。負才者始作生語以矯之。體製變亂。式月斯生。至萬曆以後。爲一鬼窟。觀其辭氣。莫非病風喪心。東撞西奰之類。非復人世意象。華夏之運。於是窮矣。近日頗能自定。亦係開革之始故也。然其定也必不久。此後天地間。殆少好事矣。

朴趾源	燕巖集 卷13 熱河日記 「亡羊錄」	尹嘉銓이 말하기를, '洪武 초에 太祖高皇帝가 尙書 陶凱와 協律郎 冷謙으로 하여금 아악을 정하게 하고, 학사 宋濂에게 악장을 만들게 하였다.'라고 하였다.	亨山曰。洪武初。置神樂觀于天壇之西。敎習樂舞。高皇帝自製圓邱方澤分祀樂章。後定合祀。更撰合祀樂章。禮成歌九章。識者已病其音律之未復于古也。詔尙書陶凱與協律郎冷謙定雅樂。又命學士宋濂爲樂章。凡園陵之祀無樂。凡郊廟樂器不徙。
成大中	靑城集 卷5 「感恩詩叙」	명나라의 劉基와 宋濂은 시세에 순응하여 일어났으며, 方孝孺는 韓愈보다 문사가 뒤지지만 학문은 더 낫고, 王守仁은 학술이 비록 왜곡되었지만 시문은 소식의 무리이다.	皇明劉基・宋濂。應運而作。方孝孺辭遜於昌黎而學則逾之。王守仁學術雖枉。而文則眉山之流亞也。
成海應	硏經齋全集續集 册12 「讀書式」	宋濂 등이 『元史』를 편찬했다고 말하다.	皇明時宋濂等撰元史。淸時張廷玉等撰皇明史。文之佳者。司馬遷・班固・歐陽修爲之首。其次范曄・陳壽・李延壽。其餘皆粹駁互見。而文之蕪者。脫脫宋濂爲最。盖其排纂期限甚迫。不能審細裁擇。然觀史者。先考事宗之詳簡。不必拘於著作之體裁云爾
成海應	硏經齋全集續集 册12 「讀書式」	문장이 어지러워진 것은 脫脫와 宋濂에 있어 가장 심해졌다고 평하다.	上同
成海應	硏經齋全集續集 册12 「讀書式」	宋濂・方孝孺・王守仁・歸有光의 문장은 볼 만하니 華藻에 뛰어나다고 평하다.	明之宋金華・方遜志・王陽明・歸震川之文。亦宜觀省。長其華藻

成海應	研經齋全集續集 册12 「題古本大學後」	宋濂은 주자의 뜻을 취하고자 하여 『대학』 제4장을 보충하였다고 말하다.	金華宋氏濂。故醇儒也亦疑。於是欲取朱子之意。補第四章。正學方氏孝孺。斷以爲然。
安錫儆	霅橋集 下 霅橋藝學錄	명나라의 宋濂·方孝孺·王守仁·唐順之 등은 힘써 당송팔대가의 법도를 배우려 했지만, 辭氣는 주자의 문장에서 나온 것이 많았다.	或者欲以一身之才力。强超當世之風氣。效唐希漢。要不染於南宋。得乎。茅順甫之選八大家。固將以爲天下萬世之文章模範。唐應德之文編。其歸宿亦在於八大家。則其意盖與順甫同也。而順甫應德之文。實多朱文辭氣。則彼必盛慕乎朱子之文章而然耳。顧不以列之於八大家之次者。必以經傳待之。而不敢視之以文章家也。
安錫儆	霅橋集 下 霅橋藝學錄	宋濂의 문장은 명나라의 大家라고 부를 만한데, 「閱江樓記」 등은 특히 뛰어난 작품이다.	宋景濂之文。要爲皇明大家數。恨不之選也。嘗覽其閱江樓記曰。非區區之作家。所可及。嘗見楊用修升菴集而曰。此乃雜以六朝之體。而非韓歐之正脉也。然有可愛者。如貴州鄉試錄序等。是也。嘗謂王元美。其爲秦漢辭氣者。固可陋。而晚歲之作。不盡然。亦多可取。我東先輩。顧甚薄之。然終非小國之狹聞淺見。神氣單弱者。所能及。嘗曰。選皇朝之文。恨不博取諸名家。
李德懋	靑莊館全書 卷48 「耳目口心書 (四)」	呂留良이 명말 문장가들을 襃貶한 시에 宋濂을 언급한 내용을 소개하다.	偶閱呂晚村詩。明末文章。分門割戶。互相攻擊。甚於鉅鹿之戰。黨錮之禍。亦可以觀世變也。古來未之見也。其詩有曰。紅羅眞人起長濠。東南兩鬼相遊遨。兩鬼者誰宋與劉。一返大雅追風騷。靑田奇麗得未有。入

			水雷霆出科斗。金華學更有淵源。寢食六經語不苟。白沙瓣香擊壤吟。定山別皷無絃琴。可憐一墮野狐窟。入鍛烟流成藥金。依口學說李與何。印板死法苦不多。
李裕元	嘉梧藁略 冊3 「皇明史咏」	宋濂의 事績을 시로 읊다.	學術文章一世宗。首膺徵聘輔從容。佐命臣中聲獨卓。偉然不負弓旌蹤。
李宜顯	陶谷集 卷27 雲陽漫錄	宋濂의 문장은 經術을 근본으로 하여 先人들의 典刑을 볼 수가 있다.	明興。宋潛溪·方遜志諸公。以經術爲文章。其文雖各有長短。猶可見先進典刑。
李宜顯	陶谷集 卷28 陶峽叢說	명청대 대표적 편년체 역사서로는 宋濂의 『元史』가 있다.	史書其類有三。一曰編年。左氏春秋傳·司馬溫公資治通鑑。自周威烈王止五代。宋江贄又節約資治。作通鑑節要。明張光啓又作節要續編。宋元史也。俗謂宋鑑。陳建皇明通紀。止天啓丁卯。王汝南明紀編年。比通紀稍略。而止於弘光乙酉。首末頗似完備。
李宜顯	陶谷集 卷28 陶峽叢說	宋濂은 方孝孺, 劉基와 함께 한유의 유파에 속한다.	明文集行世者。幾乎充棟汗牛。不可殫論。而大約有四派。姑就余家藏而言之。方遜志·劉誠意·宋潛溪。以義理學術。發爲文詞者也。此爲一派。遜志尤滂沛浩瀚。有明三百年文章。絶無及此者。
李定稷	燕石山房文藁 卷7 「讀古文解」	宋濂과 王愼中은 明의 뛰어난 문인이므로, 이들의 글도 차후에 읽으려 한다.	文達辭。以行乎今。奚古之云哉。…欲識古文之意。則辭達是先。首之以荊川。以終于昌黎。元之虞道園。明之宋潛溪王遵巖。亦其秀也。俟將讀之云。

李祖黙	六橋稿略 卷2 「澹道館詩略 序」	宋濂의 말을 인용하여 翁 方綱을 고평하다.	翁覃谿先生見余詩文曰。初學有緒。 故立脚雅潔。微斯人幾爲塵俗汚矣。 宋潛溪云。習之者多如牛毛。而專之 者少如麟角。先生旣悟三昧。皷自銀 潢。不剪淞江片水。將爲牛毛耶。將 爲麟角耶。
李天輔	晉菴集 卷6 「魏叔子文抄 序」	吳淵穎의 문하에서 宋濂 이 배출된 사실을 통해, 비록 자신은 당대에 불우 하더라도 후세에 영원히 전해질 수 있음을 설명하 다.	余讀明史。至甲申死節諸人事。未嘗 不流涕太息曰。士之不幸而生於當時 者。惟有一死。不汚其身而已。… 昔 王仲淹之在隋也。其徒有魏鄭公諸人出 而佐唐。吳淵穎之在元也。其徒有宋 文憲諸人出而佐明。二子者。雖不遇 其身。而其所傳於後世者。遠矣。士 之有所待者。必有時而獲。有所獲 者。必有時而施。況今天下無百年之 運。異日中國有聖人出。而豪傑之 士。卓然爲興王之輔。如唐之魏鄭 公。明之宋文憲。則余知其是必叔子 之徒也。余遂手抄叔子文。序其卷首 以俟之。叔子名禧。叔子其字也。
田愚	艮齋集後編續 卷1 「與金某」	宋濂이 말한 '曾子가 가난 한 삶을 살았지만 후세에 이름이 났다'는 사실에 대 해 언급하다.	宋潛溪有言曰。曾子周旋於糜粥衽席之 間。而名立於後世。此又切實之論。 爲汝受用而誦之。如余之孤露銜恤者。 徒自悲泣而已。
正祖	弘齋全書 卷179 群書標記 「宋史筌」	洪武 연간에 宋濂 등에게 지시하여 『宋史』를 改修 하도록 하였으나 완성하 지 못하였고 周叙가 改撰 을 건의하였으나 역시 끝 내지 못했다고 말하다.	脫脫宋史。潦率無據。體裁則乖謬。 銓錄則龐雜。在諸史最無可觀。洪武 中。命宋濂等改修未就。其後周公叙 建請改撰。又未就。王昂之宋史補。 王洙之宋元史質。粗加斤削。略而不 詳。王惟儉之宋史記。柯維騏之宋史 新編。稍號善史。又皆佚而無傳。有

			宋一代之史。雖謂之闕焉可也。
正祖	弘齋全書 卷180 群書標記 「詩觀」	宋濂의 시는 嚴整하고 要切하다고 평하다.	明詩取十三人。… 宋濂嚴整要切。能亞於其文。
正祖	弘齋全書 卷9 「詩觀序」	『詩觀』에 明나라 劉基·高啓·宋濂·陳獻章·李東陽·王守仁·李夢陽·何景明·楊愼·李攀龍·王世貞·吳國倫·張居正의 詩를 수록하였음을 언급하다.	明取十三人。… 宋濂一百三十三首。爲二卷。陳獻章一千六百七十九首。爲十卷。李東陽一千九百四十四首。爲十四卷。王守仁五百八十四首。爲四卷。李夢陽二千四十首。爲十七卷。何景明一千六百六首。爲十三卷。楊愼一千一百七十五首。李攀龍一千四百十七首。各爲十卷。王世貞七千一百二十三首。爲五十卷。吳國倫四千八百八十八首。爲三十一卷。張居正三百十七首。爲二卷。共爲明詩一百八十六卷。錄詩二萬五千七百十七首。凡詩觀之錄詩。七萬七千二百十八首。而爲五百六十卷。
曺兢燮	巖棲集 卷37 雜識(下)	錢謙益이 湯顯祖의 '明代 문장은 李夢陽 이하는 모두 문장의 輿臺(奴僕)이다. 古文은 본래 眞이 있으니 宋濂으로부터 착안하면 主旨가 정립될 것이다.'라는 말을 칭찬하였으니, 올바른 식견이라 평하다.	錢虞山自言少時讀空同弇州諸集。至能闇記行墨。奉弇州藝苑卮言如金科玉條。及觀其晚年定論。悔其多誤後人。思隨事改正。則其追悔俗學深矣。又稱臨川湯若士之言曰。本朝文自空同已降。皆文之輿臺也。古文自有眞。且從宋金華着眼。自是而指歸大定云。則其知見亦可謂正矣。而余讀其所自爲文。終是脫不出李王蹊徑。其泛濫橫逆則又有甚焉。尤不足法。然其才長於敍述。如陳府君鄒孟陽墓誌等作。其風神裁剪。酷肖韓歐。自北地滄弇集中亦所未見。

趙斗淳	心庵遺稿 卷3 「用蘇長公贈 張子野體, 寄宋 生源璧舜五」	宋舜五에게 시를 지어 주 며 宋濂이 浦江 莆田 사람 임을 말하다.	隨處文章國以寧。九華隱後莆田停。 (南唐宋齊丘歸隱九華。皇明宋景濂。 浦江莆田人也)。郊庠雅望傳儒素。華 向名門載簡靑。秋氣悲深思頻頻。明 河詩就鬢星星。漸離妙筑能知未。去 醉燕南愼莫醒。
洪吉周	峴首甲藁 卷3 「明文選目錄 序」	명나라 문인 劉基·宋 濂·方孝孺·解縉·楊 寓·李東陽·王守仁·唐 順之·王愼中·歸有光의 문장을 모아 明文選 甲集 을 만들었다고 하다.	明文選二十卷。目錄一卷。淵泉先生之 所篇也。其書有五集。以劉伯溫·宋景 濂·方希直·解大紳·楊士奇·李賓 之·王伯安·唐應德·王道思·歸熙甫 之文爲甲集。甲者。一代之宗也。自洪 武以後。至于正德之初爲乙集。乙者。 東方木德。生物之極盛也。自正德·嘉 靖以來。李王已下若干家爲丙集。丙 者。天道自東而南。時之變也。嘉靖以 后之文。不能以一家名者爲丁集。丁 者。南之終。萬物之生意窮也。革命之 際。其身已辱而其志不忘乎舊者。幷爲 戊集。戊者。中也。於方無屬焉。是 人也。非明人也。又不忍屛而夷之。故 曰戊也。甲集十卷。乙集三卷。丙集二 卷。丁集二卷。戊集二卷者。詳於盛而 略於衰也。
洪吉周	峴首甲藁 卷4 「自貽峴山子 書」	書, 詩, 春秋, 左傳, 孟子, 檀弓, 考工은 문장 가운데 뛰어난 것이니, 이러한 글 을 계속해서 공부하면 높 게는 韓愈·歐陽脩·蘇軾 의 수준에 이를 수 있고, 낮더라도 宋濂·方孝孺· 歸有光의 수준에 이를 수 있다고 말하다.	書·詩·春秋·邱明·孟氏之書·檀 弓·考工之記。文之至高者。讀於 斯。誦於斯。坐立頤笑於斯。高則爲 韓·歐·蘇。下則爲宋濂·方孝孺·歸 有光之倫。其又終身習之。歿而人不 知其名者。可勝數也夫。取泫於至 高。猶患如此。況其從下焉者。求乎 弇山·牧齋。或贋之爲文。或俳之爲 言。大雅君子所憫然。不欲累目而涴 唇者也。

洪奭周	淵泉集 卷24 「選甲集小識」	皇明文選 甲集에 뽑은 인물 중에서 宋濂·唐順之·歸有光은 옛 사람들의 의론을 따른 것이고, 劉基를 宋濂과 함께 묶되 더 높인 것과 方孝孺·王守仁을 歸有光보다 높인 것은 내가 취하는 바가 있기 때문이고, 解縉·楊士奇·李東陽·王愼中은 못마땅한 점이 없지 않지만, 그 장점을 본다면 한 시대의 으뜸이라 할 만하다. * 皇明文選 甲集에 적은 글.	今之爲文辭者。大擧多尙明文矣。其甚者。往往棄韓·柳·歐·蘇不道。而其詆訶之者。又擧曰明安得有文。是二者。皆未知明文也。豈惟不知明文哉。固未嘗知何者爲明文也。夫李觀·樊宗師·劉蛻·劉煇·宋祁之文。固皆唐宋也。今有學李觀·樊宗師·劉蛻·劉煇·宋祁之文而曰。吾學唐·宋文。又有人從而詆之曰。唐·宋之文不可學。是尙爲知唐·宋文也哉。今之尙明文者。吾無論已嚮有適中州者。至遼瀋之陲。入其三家店。炊蜀黍買醬而食之曰。中國無飮膳。今之詆訶明文者。亦奚以異是哉。余自宋景濂以下得十人。以其傑然爲一時甲也。故曰甲集。其取宋景濂·唐應德·歸熙甫。皆古人之餘論也。其以劉伯溫。配景濂而上之。而尊方希直·王伯安於歸唐之右。余竊有取焉爾。若解大紳之輕俊。楊士奇·李賓之之平衍。王道思之支蔓。於余心。有未慊焉。雖然。推其所長。亦可以爲一時之甲矣。遂總爲甲集十卷。
洪奭周	鶴岡散筆 卷5	朱子가 극찬한 陳良翰에 관한 기록이 宋濂의 문집에 자세히 기록되어 있다.	此事載宋景濂潛溪集甚詳。而不見於朱子墓銘。周密齊東野語以爲陳良祐事。良祐亦當時名大夫也。
洪翰周	智水拈筆 卷1	명나라 宋濂은 『元史』를 편찬하고, 청나라 張廷玉 등은 『明史』를 편찬하였다.	明宋濂撰元史。淸張廷玉等撰明史。

洪翰周	智水拈筆 卷1	명나라의 宋濂은 탁월한 문장가로 茅坤보다 뛰어나다.	明之宋濂·劉基·方孝孺·王守仁。皆絶代之文章。而鹿門以上之人也。八家爲甲。則諸公爲乙可也。豈可謂八家之外。全然無可選之一家也。此甚可笑。
洪翰周	智水拈筆 卷3	옛 사람은 저서에서 '子'로 칭하는 경우가 많은데, 宋濂은 자신의 저서를 龍門子라 하였다.	又古人著書。多以子稱。葛稚川之抱朴子·元次山之琦玗子·蘇子瞻之艾子·宋金華之龍門子·劉靑田之郁離子·何大復之貽簪子之類。是也。
洪翰周	智水拈筆 卷6	方孝孺는 宋濂의 제자인데, 문장에 서로 장단점이 있다.	方正學孝孺。字希古。一字希直。天台人。受學於金華宋文憲公。以經術文章。名天下。其文差欠裁剪。而其波瀾氣骨。實勝金華。

45

宋 琬 (1614-1674)

•••

인물 해설	淸나라 초기의 시인으로 字는 玉叔, 號는 荔裳이며, 萊陽(지금의 山東) 출신이다. 1643년에 진사가 된 후에 관직에 나아가 戶部主事 등을 역임하였다. 역모에 가담했다는 누명을 써서 3년 동안 옥살이를 하였고 후에 풀려나 다시 四川按察使가 되었다. 그는 施閏章과 함께 시로 유명해서 '南施北宋'으로 칭해졌으며, 한편으로는 嚴沆, 施閏章, 丁澎 등과 함께 '燕台七子'로 불렸다. 저서로 『安雅堂集』 및 『二鄕亭詞』 등이 있다.
인물 자료	○ 『淸史』, 列傳 271 宋琬, 字玉叔, 山東萊陽人. 父應亨, 明天啓中進士. 令淸豐, 有惠政, 民爲立祠. 崇禎末殉節, 贈太僕寺卿. 琬少能詩, 有才名. 順治四年進士, 授戶部主事, 累遷吏部郎中. 出爲隴西道, 過淸豐, 民遮至應亨祠, 款留竟日, 述往事至泣下. 琬益自刻厲, 期不墜先緒. 調永平道, 又調寧紹台道, 皆有績. 十八年, 擢按察使. 時登州於七爲亂. 琬同族子懷宿憾, 因告變, 誣琬與於七通, 立逮下獄, 並系妻子. 逾三載, 下督撫外訊. 巡撫蔣國柱白其誣, 康熙三年放歸. 十一年, 有詔起用, 授四川按察使. 明年, 入覲, 家屬留官所. 值吳三桂叛, 成都陷, 聞變驚悸卒. 始琬官京師, 與嚴沆·施閏章·丁澎輩酬倡, 有燕台七子之目. 其詩格合聲諧, 明靚溫潤. 旣構難, 時作淒淸激宕之調, 而亦不戾於和. 王士禛點定其集爲三十卷. 嘗擧閏章相況, 目爲南施北宋. 歿後詩散佚, 族孫邦憲綴輯之爲六卷. ○ 沈德潛, 『淸詩別裁』 卷3 南施北宋, 故應抗行, 今就兩家論之. 宋以雄健磊落勝, 施以溫柔敦厚勝, 又各自擅場 … ○ 楊際昌, 『國朝詩話』 卷1 施如良玉之溫潤而栗, 宋如豐城寶劍, 時露光氣.

저술 소개	* 『安雅堂全集』 (淸)順治－乾隆年間 刻本 / (淸)乾隆 31年 刻本 / (淸) 康熙年間 刻本 * 『安雅堂詩集』 (淸)抄本 / (淸)順治 17年 刻本		
비 평 자 료			
金允植	雲養集 卷9 「李藕裳遺稿序」	李夏源의 문장은 柳宗元 의 峭潔함과 明淸 諸大家 의 秀雅함을 본받았고, 시 는 王士禛과 宋琬의 遺則 을 깊이 얻어 骨節이 姍姍 하고 風神이 倏然하며 陶 洗烹鍊하고 구차한 뜻이 없다.	今觀其所著遺稿。於文遠祖子厚之 峭潔。近禰淸初諸名家之秀雅。於 詩深得王漁洋·宋荔裳之遺則。骨 節姍姍。風神倏然。陶洗烹鍊。無 苟且之意。豈不異哉。噫余知之 矣。
申緯	警修堂全藁 冊12 紅蠶集(一) 「讀江北七子詩 (彭禹峯而述·趙 韞退進美·宋荔 裳琬·周伯衡體 觀·申鳧盟涵光· 郜雪巖煥元·趙 錦帆賓)」	江北七子인 彭而述·趙進 美·宋琬·周體觀·申涵 光·郜煥元·趙賓의 시를 읽고 느낌을 시로 짓다.	王李詩盟繼後塵。大江以北起嶙 峋。今朝合集分明見。好是憑依草 木人。
申緯	警修堂全藁 冊12 紅蠶集(一) 「讀江北七子詩 (彭禹峯而述·趙 韞退進美·宋荔 裳琬·周伯衡體 觀·申鳧盟涵光·	彭而述·趙進美·宋琬· 周體觀·申涵光·郜煥 元·趙賓이 王世貞과 李 攀龍의 뒤를 이어 揚子江 이북 시단에서 두각을 나 타내었다고 평하다.	上同

	郜雪巖煥元·趙 錦帆賓)」		
洪翰周	智水拈筆 卷4	명나라 熹宗 天啓 연간에 五星이 奎星에 모이더니, 청나라 초에 人文이 성대 하여, 湯贇·陸隴其·李光 地·朱彝尊·王士禎·陳 維崧·施閏章·徐乾學· 方苞·毛奇齡·侯方域· 宋琬·魏裔介·熊賜履· 宋犖·吳雯·魏禧·葉子 吉·汪琬·汪楫·邵長 蘅·趙執信 등과 같은 인 물들이 나왔다.	世稱明熹宗天啓間。五星聚奎。故 清初人文甚多。如湯潛菴贇·陸三 魚隴其·李榕村光地·朱竹垞彝尊· 王阮亭士禎·陳檢討維崧·施愚山 閏章·徐健菴乾學·方望溪苞·毛 檢討奇齡·侯壯悔方域·宋荔裳琬· 兼濟堂魏裔介·熊澴川賜履·宋商 丘犖·吳蓮洋雯·魏勺庭禧·葉方 藹子吉·汪鈍翁琬·汪舟次楫·邵 青門長蘅·趙秋谷執信諸人。皆以 詩文名天下。其中亦有宏儒鉅工。 彬彬然盛矣。而是天啓以後。明季 人物之及於興旺之初者也。

施耐庵 (1296?-1370?)

인물 해설	元末明初의 소설가로, 이름은 耳 또는 子安, 字는 耐이며, 姑蘇(지금의 蘇州) 사람이다. 35세에 진사가 되어 2년간 관직에 몸담았지만 상급 관리와 사이가 좋지 않아 관직을 버리고 고향으로 돌아와 문학창작에 전념했다. 『水滸傳』의 저자로 알려져 있는데, 이에 대해서는 그가 수집·기록하고 羅貫中이 찬수한 것이라는 설, 그가 지은 것을 나관중이 편찬한 것이라는 설, 71회까지는 그가 짓고 그 이후로는 나관중이 덧붙였다는 설 등이 있지만, 현재는 대체로 민간전승을 기초로 그가 예술적으로 각색하여 완성시킨 것으로 보고 있다. 원말명초의 변혁기를 지내면서 조정의 부패상과 사회혼란을 바라보며 느낀 감정들이 잘 나타나 있다. 저서로 『수호전』 외에 『三遂平妖傳』·『志餘』 등이 있다.
인물 자료	○ 『施氏家簿譜』 施耐庵, 名彦端, 系孔子門生七十二賢之一施之常後裔, 父操舟爲業, 他十三歲入滸墅關私塾就讀, 十九歲中秀才, 娶季氏爲妻, 二十九歲中擧人, 三十五歲與劉伯溫同榜中進士, 授任錢塘縣事, 因受不了達魯花赤驕橫專斷, 一年後憤而辭官歸里, 以授徒著書自遣. ○ 王士禎, 『居易錄』 卷7 稗官小説,. 不盡鑿空, 必有所本. 如施耐菴水滸傳, 微獨三十六人姓名, 見于龔聖予贊, 而首篇叙高俅出身與揮麈, 後錄所載 ──一脗合 …
저술 소개	* 『水滸傳』 (明)容與堂刻本 『李卓吾先生批評忠義水滸傳』 100卷 引首 1卷 (元)施耐庵撰 (明)李贄評 / (明)刻本 『忠義水滸傳』 20卷 100回 / (明)刻本 『三國水滸全傳英雄譜』 21卷 (元)羅本·施耐庵撰 (明)刻本 『忠義水滸全書』 120回 (元)施耐庵撰 (明)羅貫中纂 (明)李贄評 / (淸)刻本 『第五才子書』 124回 / (淸)淸

		初 德聚堂・文星堂刻本『新刻出像京本忠義水滸傳』10卷 115回 / (淸)刻本『忠義水滸傳』60卷 115回 / (淸)貫華堂刻本『第五才子書施耐庵水滸傳』70回 (元)施耐庵撰 (淸)金人瑞評
비 평 자 료		
李彦瑱	松穆館燼餘稿「衕衕居室」	施耐菴이 龍樹의 학문을 입증하였다고 평하다.	地獄圖上現相。稗官書中說法。前道子後耐菴。皆證明龍樹學。
李彦瑱	松穆館燼餘稿「衕衕居室」	『水滸傳』은 稗官小說이나, 佛法을 담고 있으며, 등장인물들의 형상을 잘 묘사하고 있다고 평하다.	以文字來說法。稗官中有瞿曇。鬚眉在欤笑在。百八人皆耐菴。
李夏坤	頭陀草 冊18「策問(稗官小說)」	羅貫中의 『三國志演義』는 裵松之의 『三國志』註에 근거하여 지어졌고, 施耐庵의 『水滸傳』은 『東都事略』에 근원하여 지어졌으니, 正史와 稗說이 뒤섞여 있다.	羅貫中據裵松之註而演三國志。施耐庵本東都事略而作水滸傳。則其無混淆正史之患歟。
李學逵	洛下生集 觚不觚詩集「感事三十四章」	施耐菴은 『水滸傳』 서문에서 작자를 모른다고 하였다.	四庫皆緗素。聊將玩物陳。耐菴丌閣晩。(施耐菴序水滸傳。第未知名字歲代。或謂金人。瑞捏造氏號。瞞郤後人也。近有從燕市。購得耐菴詩文諸集若干卷秘之。惟同志一二見之。殊可笑)醫鑑鏤痕新。
丁若鏞	與猶堂全書 詩文集 卷11「五學論(三)」	지금의 文章之學은 羅貫中・施耐菴・金聖歎・郭子章 등을 추숭하고 있다.	今之所謂文章之學。又以彼四子者。爲淳正而無味也。祖羅(羅貫中)祧施(施耐菴)郊麟(金聖歎)禘螺(郭靑螺)而尤侗・錢謙益・袁枚・毛甡之等。似儒似佛。邪淫譎怪。一切以求眩人之目者是宗是師。

丁若鏞	與猶堂全書 詩文集 卷17 「爲李仁榮贈言」	羅貫中·施耐菴·金聖歎의 영향으로 인해 '凄酸幽咽之詩句'를 짓는 폐해가 생겼다고 지적하다.	以羅貫中爲祧。以施耐菴金聖歎爲昭穆。喋喋猩鸚之舌。左翻右弄。以自文其淫媒機險之辭。而竊竊然自娛自樂者。惡足以爲文章。若夫凄酸幽咽之詩句。非溫柔敦厚之遺敎。栖心於淫蕩之巢。游目於悲憤之場。銷魂斷腸之語。引之如蠶絲。刻骨鐫髓之詞。出之如蟲唫。讀之如靑月窺椽而山鬼吹歔。陰飆滅燭而怨女啾泣。若是者不唯於文章家爲紫鄭。抑其氣象慘悽。心地刻薄。上之不可以受天之胡福。下之不可以免世之機辟。知命者當大驚。疾避之弗暇。矧躬駕以隨之哉。
洪翰周	智水拈筆 卷1	施耐庵이 지은 『水滸傳』은 도적들을 다루고 있으나, 그 意匠과 문장은 볼 만한 점이 있다고 평가하다.	世傳作水滸傳者。三代爲啞。未知信然。然盖元末人施耐菴所撰云。…而北宋徽宗時。楊么·方臘等諸盜。作亂江淮間。又有梁山泊諸賊。張叔夜。討平之。斬獲劇賊宋江等三十六人。卽其事之大槩。而演義爲水滸志。然其意匠。有可觀。非能文。不能爲此也。

47

施閏章 (1618-1683)

●●●

인물 해설	清初의 시인으로 字는 尙白 또는 屺雲, 號는 愚山·蠖蕪居士·蠖齋·晩號 矩齋이며 安徽 宣城 사람이다. 順治 6년(1649)에 진사가 되어 刑部主事·員 外郎·山東提學僉事 등을 지냈다. 康熙 18년(1679)에 博學鴻儒로 천거되어 翰林院侍講·侍讀을 지냈다. 理學으로 이름난 가풍의 영향을 받아 문장이 溫 柔敦厚하며 시에 뛰어났다. 같은 지역 출신 高詠 등과 함께 唱和하여 이들의 문체가 당시에 '宣城體'라 불렸으며, 북경에서 지낼 때 宋琬·嚴沆·丁澎·張 譙明·趙錦帆·周茂元 등과 함께 '燕台七子'로도 불렸다. 宋琬과 함께 '南施北 宋'으로 칭송을 받았으며 王士禛·朱彝尊·趙執信·查愼行 등과 함께 '淸初 六家'로 불리는 등 淸初 문단에서 이름을 떨쳤다. 저서로 『學餘堂文集』·『試 院冰淵』·『愚山詩集』 등이 있다.
인물 자료	○ 『淸史稿』, 列傳 271 　施閏章, 字尙白, 號愚山, 宣城人. 祖鴻猷, 以儒學著. 子姓傳業江南, 言家法 者推施氏. 閏章少孤, 事叔父如父. 從沈壽民遊, 博綜群籍, 善詩古文辭. 順治六 年進士, 授刑部主事, 以員外郎試高等. 擢山東學政, 崇雅黜浮, 有冰鑒之譽. 秩 滿, 遷江西參議, 分守湖西道. 屬郡殘破多盜, 遍歷山穀撫循之, 人呼爲施佛子. 嘗作彈子嶺·大阬歎等篇告長吏, 讀者皆曰: "今之元道州也." 尤崇獎風教, 所 至輒葺書院, 會講常數百人. 新淦民兄弟忿戾不睦, 一日聞講禮讓孝弟之言, 遂 相持哭, 詣堦下服罪. 峽江患虎, 制文祝之, 俄有虎墮深塹, 患遂絕. 歲旱, 禱雨 輒應. 康熙初, 裁缺歸. 民留之不, 得, 乃醵金創龍岡書院祀之. 初, 閏章駐臨江, 有淸江環城下, 民過者咸曰: "是江似使君." 因改名使君江. 及是傾城送江上, 又送至湖. 以官舫輕, 民爭買石膏載之, 乃得渡. 十八年, 召試鴻博, 授翰林院侍 講, 纂修明史, 典試河南. 二十二年, 轉侍讀, 尋病卒. 閏章之學, 以體仁爲本. 置義田, 贍族好, 扶掖後進. 爲文意樸而氣靜, 詩與宋琬齊名. 王士禛愛其五言 詩, 爲作摘句圖. 士禛門人問詩法於閏章, 閏章曰: "阮亭如華嚴樓閣, 彈指即 見. 予則不然, 如作室者, 瓴甓木石, 一一就平地築起." 論者皆謂其允. 著有學

餘堂集·矩齋雜記·蠖齋詩話, 都八十餘卷. 閏章與同邑高詠友善, 皆工詩, 主東南壇坫數十年, 時號宣城體.

○ 王士禛, 『池北偶談』 卷11

康熙已來, 詩人無出南施北宋之右. 宣城施閏章愚山, 萊陽宋琬荔裳是也. 昔人論古詩十九首, 以爲驚心動魄一字千金. 施五言云: "秋風一夕起, 庭樹葉皆飛. 孤宦百憂集, 故人千里歸. 嶽雲寒不散, 江雁去還稀. 遲暮兼離別, 愁君雪滿衣." 此雖近體, 豈愧十九首耶? 己未, 在京師, 登堂再拜, 求予定其全集.

○ 趙翼, 『甌北詩話』, 卷10

與梅村同時, 而行輩稍次, 有南施北宋兩家. 愚山以儒雅自命, 稍嫌腐氣. 荔裳則全學晚唐.

저술
소개

★『愚山詩鈔』
(淸)汗青簃刻本 1卷

★『施愚山先生學餘文集』
(淸)康熙 47年 棟亭刻本 『文集』 28卷 『詩集』 5卷

★『學餘集稿』
(淸)稿本 1卷

★『燕臺七子詩刻』
(淸)嚴津輯 (淸)順治年間 刻本 7卷 內 施閏章撰 『愚山詩選』 1卷

★『名家詩選』
(淸)鄒漪輯 (淸)康熙年間 刻本 30種 內 施閏章撰 『施愚山詩選』 1卷

★『大家詩鈔』
(淸)吳藹編 (淸)康熙年間 學古堂刻本 13種 13卷 內 施閏章撰 『學餘詩集選』 1卷

★『國朝六家詩鈔』
(淸)劉執玉編 (淸)乾隆 32年 詒燕樓刻本 8卷 (淸)黃爵滋批 內 施閏章撰 『愚山詩鈔』 1卷

	★ 『昭代叢書』 (淸)楊復吉編 稿本 內 施閏章撰 『矩齋雜記』 1卷		
	비 평 자 료		
徐瀅修	明臯全集 卷14 「紀曉嵐傳」	紀昀이 洪良浩의 文은 魏禧의 流亞이고, 詩는 施閏章·查愼行과 伯仲이라고 평한 것을 기록하다.	余曰。耳溪詩文何如。在中國則可方何人否。曉嵐曰耳溪詩文。獨來獨往。不甚依門傍戶。所以爲佳。其文在中國則魏叔子之流亞。詩在中國則施愚山查初白之伯仲也。
李德懋	靑莊館全書 卷34 淸脾錄(三) 「王阮亭」	施閏章이 王士禛의 시가 三唐의 빼어남을 얻었다고 평가한 내용을 소개하다.	施愚山閏章曰。先生論詩。於其鄕。不尸祝于鱗。於唐人。亦不踵襲子美。其詩擧體遙隽。興寄超逸。殆得三唐之秀。而上遡於晉魏。傍採於齊梁者。又延接衆流。喜事奬借。單詞之善。輒嗟咏不輟口。
李書九	惕齋集 卷1 「成書狀(種仁) 回自燕, 聞其渡江, 却寄(六首)」	成種仁이 연경에서 돌아와 강을 건넜다는 소식을 듣고 지은 시에서, 施閏章은 詩名이 있었음을 말하다.	詩家僞體許君裁。誰是中原大雅才。北宋南施今在否。盛名曾說一袁枚。
洪翰周	智水拈筆 卷3	근세 청나라 사람의 문집을 보면 자신의 본래 호를 버리고 따로 호를 지어 문집의 이름으로 쓴 경우가 있는데, 施閏章의 『安雅堂集』이 그러하다. ★『安雅堂集』은 시를 잘 지어 施閏章과 함께 "南施北宋"으로 일컬어지던 宋琬의 시문집이다. 施閏章의 문집은 『學餘堂文集』이다.	近世淸人文集。或有捨其本號。別有文集之號。王漁洋之帶經堂集·施愚山之安雅堂集·徐健菴之儋園集·汪鈍翁之堯峯集·翁覃溪之復初齋集·我朝金乖厓之拭疣集·近日淵泉公之學海內外編·載載錄之類。是也。

洪翰周	智水拈筆 卷4	명나라 熹宗 天啓 연간에 五星이 奎星에 모이더니, 청나라 초에 人文이 성대하여, 湯斌·陸隴其·李光地·朱彝尊·王士禛·陳維崧·施閏章·徐乾學·方苞·毛奇齡·侯方域·宋琬·魏裔介·熊賜履·宋犖·吳雯·魏禧·葉子吉·汪琬·汪楫·邵長蘅·趙執信 등과 같은 인물들이 나왔다.	世稱明熹宗天啓間。五星聚奎。故淸初人文甚多。如湯潛菴斌·陸三魚隴其·李榕村光地·朱竹垞彝尊·王阮亭士禛·陳檢討維崧·施愚山閏章·徐健菴乾學·方望溪苞·毛檢討奇齡·侯壯悔方域·宋荔裳琬·兼濟堂魏裔介·熊澐川賜履·宋商丘犖·吳蓮洋雯·魏勺庭禧·葉方藹子吉·汪鈍翁琬·汪舟次楫·邵靑門長蘅·趙秋谷執信諸人。皆以詩文名天下。其中亦有宏儒鉅工。彬彬然盛矣。而是天啓以後。明季人物之及於興旺之初者也。

沈德潛 (1673-1769)

인물 해설	淸代의 시인으로 字는 确士, 號는 歸愚이며, 長洲(지금의 江蘇省 吳縣) 사람이다. 젊은 시절 누차 과거시험에 낙방하다가 乾隆 4년(1739)에 비로소 進士가 되었는데 나이가 이미 70이었다. 高宗은 그를 '江南老名士'라 부르며, 역대 시가의 흐름에 대한 심덕잠의 논술을 높이 평가했다. 이후 관직이 內閣學士兼禮部侍郎에까지 이르렀으나 나이가 많아 사직하고 고향으로 돌아갔다. 葉燮의 문하생이었지만 시를 논한 것은 스승과는 달리 '시대와 합하여 짓는다'는 정신으로 格調를 주장하였고, 溫柔敦厚한 정통 詩敎를 제창했다. 그리고 宗唐을 주장한 前後七子를 찬양하고 宋詩의 성과를 부정하여 선집에 끝내 송시를 넣지 않았다. 그의 시는 漢魏와 盛唐의 경향을 모방하고 돈후함을 추구하였으며 대부분이 공덕을 노래한 작품이 많아 臺閣體라 불리웠다. 저서로는 『歸遇詩鈔』·『說詩晬語』 2권과 『沈歸愚詩文全集』이 있으며, 詩選集으로는 『古詩源』·『唐詩別裁』·『明詩別裁』 등이 있다.
인물 자료	○ 『淸史稿』, 列傳 92 　　沈德潛, 字确士, 江南長洲人. 乾隆元年, 擧博學鴻詞, 試未入選. 四年, 成進士, 改庶吉士, 年六十七矣. 七年, 散館, 日晡, 高宗蒞視, 問孰爲德潛 者, 稱以江南老名士, 授編修. 出御製詩令賡和, 稱旨. 八年, 卽擢中允, 五遷內閣學士. 乞假還葬, 命不必開缺. 德潛入辭, 乞封父母, 上命予三代封典, 賦詩餞之. 十二年, 命在上書房行走, 遷禮部侍郎. 是歲, 上諭諸臣曰：“沈德潛 誠實謹厚, 且憐其晩遇, 是以稱疊加恩, 以勵老成積學之士, 初不因進詩而優擢也.” 十三年, 德潛以齒衰病喧乞休, 命以原銜食俸, 仍在上書房行走. 十四年, 復乞歸, 命原品休致, 仍令校御製詩集畢乃行. 諭曰：“朕於德潛 , 以詩始, 以詩終.” 且令有所著作, 許寄京呈覽. 賜以人葠, 賦詩寵其行. 德潛 歸, 進所著歸愚集, 上親爲製序, 稱其詩伯仲高·王, 高·王者謂高啓·王士禎也. 十六年, 上南巡, 命在籍食俸. 是冬, 德潛詣京師祝皇太后六十萬壽. 十七年正月, 上召賜曲宴, 賦雪獅與聯句. 又以

德潛 年八十, 賜額曰鶴性松身, 並賚藏佛·冠服. 德潛歸, 復進西湖志纂, 上題三絕句代序. 二十二年, 復南巡, 加禮部尙書銜. 二十六年, 復詣京師祝皇太后七十萬壽, 進歷代聖母圖冊. 入朝賜杖, 上命集文武大臣七十以上者爲九老, 凡三班, 德潛爲致仕九老首. 命游香山, 圖形內府. 德潛進所編國朝詩別裁集請序, 上覽其書以錢謙益爲冠, 因諭 : "謙益諸人爲明朝達官, 而復事本朝, 草昧締構, 一時權宜. 要其人不得爲忠孝, 其詩自在, 聽之可也. 選以冠本朝諸人則不可. 錢名世者, 皇考所謂名教罪人, 更不宜入選. 愼郡王, 朕之叔父也, 朕尙不忍名之. 德潛豈宜直書其名? 至世次前後倒置, 益不可枚擧." 命內廷翰林重爲校定. 二十七年, 南巡, 德潛及錢陳羣迎駕常州, 上賜詩, 並稱爲大老. 三十年, 復南巡, 仍迎駕常州, 加太子太傅, 賜其孫維熙擧人. 三十四年, 卒, 年九十七. 贈太子太師, 祀賢良祠, 諡文. 御製詩爲輓. 是時上命燬錢謙益詩集, 下兩江總督高晉令察德潛家如有謙益 詩文集, 遵旨繳出. 會德潛卒, 高晉奏德潛家並未藏謙益詩文集, 事乃已. 四十三年, 東臺縣民訐擧人徐述夔一柱樓集有悖逆語, 上覽集前有德潛所爲傳, 稱其品行文章皆可爲法, 上不懌. 下大學士九卿議, 奪德潛贈官, 罷祠削諡, 仆其墓碑. 四十四年, 御製懷舊詩, 仍列德潛五詞臣末. 德潛少受詩法於吳江葉燮, 自盛唐上追漢·魏, 論次唐以後列朝詩爲別裁集, 以規矩示人. 承學者效之, 自成宗派.

* 『沈德潛進呈詩稿』
  (淸)乾隆年間 沈德潛寫本 1卷

* 『歸愚詩抄』
  (淸)抄本 20卷

* 『皇淸故實記』
  (淸)稿本 16卷

* 『竹嘯軒詩鈔』
  (淸)雍正年間 刻本 乾隆年間 印本 18卷

* 『一一齋詩』
  (淸)刻本 10卷

* 『七子詩選』
  (淸)沈德潛編 (淸)乾隆年間 刻本 14卷

* 『杜詩偶評』
  (淸)乾隆 12年 潘承松 賦閒草堂刻本 4卷

* 『古詩源』
  (淸)沈德潛輯 (淸)康熙年間 刻本 14卷

* 『宋金三家詩選』
  (淸)沈德潛編 (淸)乾隆 34年 刻本 5卷

* 『唐詩宗』
  (淸)沈德潛輯 稿本 不分卷

* 『唐詩別裁集』
  (淸)沈德潛・陳培脉輯 (淸)康熙 56年 碧梧書屋刻本 10卷

* 『明詩別裁集』
  (淸)沈德潛・周準輯 (淸)乾隆 4年 刻本 12卷

* 『國朝詩別裁集』
  (淸)沈德潛輯幷評 (淸)乾隆 24年 刻本 36卷

		비 평 자 료	
金正喜	阮堂全集 卷8 「雜識」	和韻에 대한 沈德潛의 견해를 적다. * 沈德潛,『說詩晬語』卷下에 같은 내용이 실려 있다. 당연히 刪削해야 하는데, 국역본에서도 그냥 두었다.	古人同作一詩。不必同韵。卽同韵亦在一韵中。不必句句次韵也。自元白創始。皮日休・陸龜蒙倡和又加甚焉。以韵爲主。而以意相從。中有欲言。不能通達矣。近代專以此見長。名曰和韵。實則趁韵。宜其血脈橫亘。句聯意斷也。有志之士。當不囿於俗。沈歸愚語。
成海應	研經齋全集 卷32 風泉錄(二) 「復雪議」	張照의 글씨, 張宗蒼의 그림, 沈德潛의 시는 纖麗한 것으로 일컬어졌다.	張照之筆・張宗蒼之畫・沈德潛之詩。以纖麗稱。設曲宴開寶書。淋漓跌宕。唱酬交錯。艷詞華藻。動人心志。其詞律之盛。亦足方於陳李二後主也

申緯	警修堂全藁 冊13 脚氣集 「蔣靜存翰林」	蔣麟昌이 문장에 대해서 袁枚를 두려워하고, 裵日 修를 좋아하되, 沈德潛은 경시한다는 말을 인용하 다.	鬼膽仙才僧性情。纔留半偈償多生。 羊燈無燄三更碧。螢火亂飛沙自驚。 (蔣麟昌字靜存。袁子才同館翰林也。 詩好李昌谷。有驚沙不定亂螢飛。羊 燈無燄三更碧之句。生時。其祖夢異 僧擔十三經擲其門。俄而長孫生。故 小字僧壽。及長。名昌壽。以避國 諱。又自夢。僧畫猻猻一幅與之。遂 名猻昌。十七歲舉孝廉。十九歲入詞 林。二十五歲卒。性傲兀不羈。過目 成誦。常曰文章之事。吾畏袁子才而 愛裵叔度。他名宿如沈歸愚易與耳。 卒後三日。其遺孤三歲。披帳號叫 曰。阿爺僧衣冠坐帳中。家人爭來。 遂不見。靜存始終以僧爲鴻爪之露。 然與人談。輒痛詆佛法。深惡和 尙)。
柳得恭	泠齋集 卷7 「並世集序」	陳維崧의 『篋衍集』과 沈德 潛의 『國朝詩別裁』를 읽고 중국의 인문이 성대함을 깨달았는데, 다만 앞선 시 대가 아닌 동시대의 사람 으로 어떤 이가 있는지 알 지 못했다.	及至數世之後。刻集東來然後始知某 時有某人。是猶通都大邑瓜果爛漫。 而僻鄕窮村坐待晚時也。余與同志數 子。縱談至此。未嘗不浩嘆彌襟。及 讀陳其年篋衍集‧沈歸愚國朝詩別 裁。益覺中土人文之盛。而獨未知不 先不後。與我同時者爲何人也。
李德懋	靑莊館全書 卷34 淸脾錄(三) 「閨人雅正」	李德懋가 沈德潛의 『別裁 集』을 읽고 閨人 세 사람 의 시를 얻었는데 매우 雅 正하다고 평가하다.	余讀沈故愚所輯別裁集。得三閨人 詩。甚雅正。今各載一首。
李德懋	靑莊館全書 卷34 淸脾錄(三) 「王阮亭」	王士禛 시의 부족한 점에 대한 어떤 사람의 비난에 대해 沈德潛의 변론을 소 개하다.	沈歸愚德潛曰。或謂漁洋獺祭之工太 多。性靈反爲書卷所掩。故爾雅有 餘。而莽蒼之氣。遒折之力。往往不 及古人。老杜之悲壯沈盃。每在亂頭

			粗服中也。應之曰。是則然矣。然獨不曰懽娛難工。愁苦易好。安能使處太平之盛者。強作无病呻吟乎。
李德懋	靑莊館全書卷35淸脾錄(四)「西樵」	沈德潛은 王士禛 시학의 연원이 그의 형인 西樵 王士祿에게 있다고 말하다.	西樵王士祿。漁洋之兄也。贈冒巢氏詩。有姬人水檻焚香侍。秋響扁舟抱膝聽之句。杜茶村賞之。冒巢氏因作秋聽圖。余嘗愛此詩。瀟朗妍澹。恨不讀其全集。別裁集所載零星。沈歸愚曰。阮亭詩學所從出也。
李德懋	靑莊館全書卷35淸脾錄(四)「郭封圭」	郭執桓은 詩畫에 능하였는데 虎山 경치 좋은 곳에 探秋樓와 放春閣을 세우고 沈德潛·賈洛澤 등의 명사들과 唱和하였음을 말하다.	家素封。能詩工畫。宅枕虎山之趾。門當蘆泉之流。娬嫵雲樹。紆回巖谷。起探秋樓放春閣。姑射汾水。無不隱約簷下。與沈德潛賈洛澤諸名流。日唱和其中。
田愚	艮齋集後編卷17華島漫錄「吳康齋」	沈德潛이 吳與弼을 위해 尹直의 『謇齋瑣綴錄』에 대해 비판한 것이 世教에 보탬이 된다고 말하다.	德潛文議論多有好處。而此等文字。皆有神於世教者也。止此余謂古今如尹直者多矣。而如沈德潛·申荀菴之爲之辨明而用心公正者。少矣。
曹兢燮	巖棲集卷8「與金滄江(七)」	沈德潛이 曾鞏의 글을 논평하면서 朱熹가 曾鞏의 神味를 터득한 반면, 王愼中은 오히려 미진한 점이 있다는 평을 인용하다.	沈歸愚評曾文。以爲朱子最得其神味。而王遵巖猶有未盡知言者。固如此也。
曹兢燮	巖棲集卷8「與金滄江(六)」	茅坤과 沈德潛은 八家 선정을 달리했는데, 茅坤과 沈德潛에 대한 평가가 엇갈리는 것은 개인의 기호에 따른 주관적인 평가라고 논하다.	茅鹿門沈歸愚同選八家。而去取不同。有茅升而沈降之者。有茅以爲淺而沈以爲至者。盖世之觀人之文者。多以我觀人而不知以人觀人。以文觀文而不知以理觀文。則其蔽於偏而滯於方也久矣。

| 洪翰周 | 智水拈筆
卷6 | 錢謙益은 明과 淸 모두에 不忠해서 乾隆帝는 沈德潛이 엮은『國朝詩別裁集』의 서문에서 이를 책망하기까지 하였다.
*『國朝詩別裁集』은 곧『淸詩別裁集』이다. | 弘光丁亥。淸師下江南。城陷。以前大宗伯。率百官出降。至奉爐爲班首。大節已亡。他無可論。旣失身。則只當隱忍自服可也。而恥於削髮。着緇衣。謂托沙門。乃反縱筆倡言。指淸爲奴。顯加詆斥。是以高宗覽其文。大怒。令天下。毀其板。禁其書。至親撰沈歸愚所編欽詩別裁序文。有曰謙益果忠乎。孝乎。其得免生前族誅。亦倖也。旣不忠於明。又不忠於淸。可謂前後無當也。 |

49
沈秉成 (1823-1895)

인물 해설	字는 仲復, 自號는 耦園主人이며 浙江 歸安 사람이다. 咸豊 6年에 進士에 합격하여 廣西・安徽巡撫와 署兩江總督 등을 역임하였다. 同治年間 蘇松太兵備道로 나갔을 때 上海 豫園의 '點春堂'에 써준 편액이 지금도 전해지고 있다. 皖(지금의 안휘성) 지역에 있을 때 經古書院을 열어 經史와 實學 강학에 힘을 기울였다. 詩文을 잘 짓고 서예에 조예가 깊었으며 金石鼎彝와 書畫를 많이 수장한 것으로 유명하였다. 吳 지역에 거주할 당시 俞樾・吳雲・顧文彬・潘遵祁・李鴻裔・彭慰高 등과 집 정원에서 金石書畫를 감상하고 文字를 고증하였다.
인물 자료	○ **吳昌碩, 『石交集』, 「沈秉成傳略」** 　沈仲復中丞, 名秉成, 歸安人. 咸豊六年進士, 改庶吉士, 授編修, 由日講起居注官出爲蘇松太兵備道. 道治在上海, 番賈交錯之區, 五方輻輳, 號稱難治. 中丞爲政數年, 華夷晏然, 民情翕服. 以課最, 遷河南四川廉使, 引疾居吳下. 光緒甲申, 徵拜京兆尹, 旋擢內閣學士, 巡撫廣西, 復遷安徽. 中丞與人無忤, 與世無競, 似得老子之道. 然官侍從時骞諤建言, 凡上封事三十餘通, 請減吾湖歲賦, 及爲殉難世民請, 皆奉諭旨施行, 尤彰彰在人耳目. 今乃專制一方, 宏其建樹, 其德業正未可量也. 夫人嚴氏, 名詠華, 工詩畫, 琴瑟甚篤. 中丞爲築耦園. 又曾得石, 剖之有魚形, 制硯二, 名之曰鰈硯, 署其居爲鰈硯廬. 余需次蘇台, 先後爲作印十餘紐, 中丞咸稱善. 其獎借寒尤足多云.
저술 소개	★ 『詠樓盉戩集』 　(淸)沈秉成編 (淸)同治 10年 歸安 沈氏刻本 11卷 ★ 『閔蕰姑輓集』 　(淸)淸末 抄本 ★ 『蠶桑輯要』 　(淸)沈秉成輯 (淸)光緒 元年 江西書局刻本 / (淸)光緒 9年 金陵書局刻本 / (淸)光緒 14年 廣西刻本

金奭準	紅藥樓懷人詩錄 卷下 「沈仲復翰林(秉成)」	沈秉成을 그리며 회인시를 지으며, 그가 朱彛尊과 같은 浙江 사람임을 말하다.	愛君閥閱盡名流。淹雅聰明似隱侯。聞說竹坨同閈在。詩人今古半南州。
朴珪壽	瓛齋集 卷3 「節錄瓛齋先生行狀草」	임신년(1872) 사행 때 沈秉成·馮志沂·黃雲鵠·王軒·董文煥·王拯·辥春黎·程恭壽·萬青藜·孔憲殼·吳大澂 등과 교유한 사실에 대해 언급하다.	壬申五月。清皇帝行大婚。公充進賀正使。公再使燕京。所與交皆一時名士。如沈秉成·馮志沂·黃雲鵠·王軒·董文煥·王拯·辥春黎·程恭壽·萬青藜·孔憲殼·吳大澂等百餘人。盡東南之美。傾蓋如舊。文酒雅會。殆無虛日。氣味相投。道誼相勖。
朴珪壽	瓛齋集 卷3 「節錄瓛齋先生行狀草」	沈秉成이 朴珪壽의 말을 文天祥과 謝靈運에 비견하여 칭탄하다.	沈仲復(秉成字)常稱瓛卿之言。如出文文山·謝疊山口中。使人不覺起敬。其見推服如此。
朴珪壽	瓛齋集 卷3 「辛酉暮春二十有八日, 與沈仲復(秉成)·董研秋(文煥)兩翰林, 王定甫(拯)農部, 黃翔雲(雲鵠)·王霞擧(軒)兩庫部, 同謁亭林先生祠, 會飮慈仁寺, 時馮魯川(志沂)將赴廬州知府之行, 自熱河未還, 後數日追至, 又飮仲復書樓, 聊以一詩呈諸君求和, 篇中有數三字疊韻, 敢據亭林先生語, 不以爲拘云」	신유년(1861) 3월 28일에 沈秉成·董文煥·王拯·黃雲鵠·王軒과 함께 顧炎武의 사당을 방문하고 慈仁寺에 모여 술을 마셨고, 며칠 뒤 열하에서 돌아온 馮志沂와 함께 다시 모여 시를 짓다.	穹天覆大地。岱淵限青邱。聲敎本無外。封疆自殊區。擊磬思襄師。乘桴望魯叟。父師稅白馬。鴻濛事悠悠。而余生其間。足跡阻溝婁。半世方册裏。夢想帝王州。及此奉使年。遲暮已白頭。攬轡登周道。歷覽寓諮諏。浩蕩心目開。曾無行邁愁。春日正遲遲。春雲方油油。野潤鶯花滿。天遠烟樹浮。深村襄管寧。荒城吊田疇。徘徊貞女石。風雨集羣鷗。再拜孤竹祠。大老儼冕旒。俯仰增感慨。隨處暫夷猶。幽州其山鎭。醫巫橫海陬。萬馬奮鼟踏。雲屯西南投。秀氣所鍾毓。珣琪雜瓊瑤。庶幾欣相遇。無術恣冥搜。君命不可宿。行行遂未休。軡

| | | | 勞荷帝眷。館饌且淹留。孤抱鬱未宣。駕言試出游。懷哉先哲人。日下多朋儔。契托苔同岑。聲應皷響桴。尚論顧子學。軌道示我由。坐言起便行。實事是惟求。經學卽理學。一言足千秋。先生古逸民。當時少等侔。緖論在家庭。我生襲箕裘。曩得張氏書。本末勤纂修。始知俎豆地。羣賢劃良籌。遺像肅淸高。峩冠衣帶褎。欲下瓣香拜。慇懃誰與謀。邂逅數君子。私淑學而優。天緣巧湊合。期我禪房幽。相揖謁先生。升堂衣便摳。籩實薦時品。爵酒獻東篘。須臾微雨過。古屋風颼颼。纖塵浥不起。輕雲澹未流。高槐滋新綠。老松洗蒼虬。福酒置中堂。引滿更獻酬。求友鳥嚶嚶。食萍鹿呦呦。此日得淸讌。靈貺若潛周。嗟哉二三子。爲我拭靑眸。廣師篇中人。不如吾堪羞。名行相砥礪。德業共綢繆。壯遊窮海岳。美俗觀魯鄒。總是金閨彦。淸文煥皇猷。總是巖廊姿。巨川理楫舟。經濟根經術。二者豈盾矛。禮樂配兵刑。曾非懸贅疣。高談忽名數。陋儒徒謱咻。訓詁與義理。交須如匹述。一掃門戶見。致遠深可鉤。總是顧氏徒。端緖細尋抽。總是瓊卿友。判非薰與蕕。幸甚魯川子。灅陽晚回輈。傾倒淸晝談。酒酣仲復樓。傷心伯言公。宿草掩松楸。喪亂餘殘藁。朋友爲校讎。文章千古事。寂寞如此不。從玆詞垣盟。獨許君執牛。銅章紆新榮。江 |

			湖道路脩。行當辭金闕。五馬出蘆溝。潢池方多警。中野宿貙狖。容色無幾微。中情在分憂。充養自深厚。臨事得優游。我車載脂膏。我馬策驊騮。取次別諸君。東馳扶桑洲。餘情耿未已。那得不悵惘。睠茲畿甸內。夷氛尙未收。莫謂技止此。三輔異閩甌。百里見積雪。杜老歎咿嚘。況復挾邪說。浸淫劇幻譸。努力崇明德。衛道去蟊螣蟊。燃犀觀水姦。怪詭焉能廋。斯文若有人。餘事不足憂。遼海不足遠。少別不足愁。由來百鍊鋼。終不繞指柔。兩地看明月。肝膽可相求。
朴珪壽	瓛齋集 卷3 「題手畫贈書圖, 贈別沈仲復」(按贈書圖事實, 詳見公所題沈仲復持贈陸魯望集故錄, 其原文附見於此詩下, 而詩與題語中所見者, 略有數字之殊, 乃染翰時偶然耳, 并存之, 以見古人詩文凡一作云者, 亦皆此類)	沈秉成이 준 書圖에 제시를 짓고 沈秉成과 전별하다.	水濶天長境有餘。贈書圖就意何如。他年擬築松毛屋。伴釣春風笠澤魚。* 附題沈仲復所贈笠澤叢書卷面 辛酉春。與沈仲復晤書樓中。沈君出笠澤叢書二本。擇其字大而精好者題贈余。其意爲余年老視眊。良可感歎。因又自取一本。要余題語。爲他日相思展卷替面之資。余爲書數行以謝殷勤。旣而沈君又出一橫幅。強要余作贈書圖。余爲寫江湖小景主賓拱揖之容。遂題一詩曰天闊江空境有餘。贈書圖就意何如。中間擬築松毛屋。伴釣春風笠澤魚。沈君大樂之。因指笠澤魚三字歔欷久之。蓋時事多虞。情有所不能掩者也。余與沈君游最多。樂不可勝。每閱此卷。陳跡如昨。不覺銷魂黯然耳。癸亥孟秋之吉朝。朴珪壽瓛卿記。

朴珪壽	瓛齋集 卷3 「辛酉端陽翌日, 仲復· 霞擧·硏秋來別, 王·董 二君誦贈書絶句, 各 欲專屬一首, 爲二絶 副其意」	신유년(1862) 5월 6일 에 沈秉成·王軒·董 文煥이 찾아오자 전 별의 뜻을 담은 절구 를 주다.	其一: 別後相思空斷魂。隨緣離合不 須論。只應諫艸堂前竹。再度來時綠 滿園。 其二: 從此天涯勞夢思。停雲落月兩 依依。關河烟樹蒼茫外。萬里垂鞭獨 去時。
朴珪壽	瓛齋集 卷4 「孝定皇太后畫像重 緝恭記」	박규수가 백금 50냥 을 沈秉成·王軒·黃 雲鵠·董文煥에게 보 내 孝定皇太后의 像幀 을 보수하도록 부탁 하다.	逮丙寅之歲。按節湠藩。白金五十。 遠寄所交游者沈秉成·王軒·黃雲 鵠·董文煥。托以重緝裝池。又托拓 揭碑像而匣藏畫幀爲久遠之圖。諸人 者推董君任其事。翌年董君書來。具 言悉如所托。且寄碑拓二像及碑陰所 刻申時行等瑞蓮賦一本。又明年。董 君將遠仕涼州。前寄碑本。慮或未 達。復寄三本。遂並裝爲六幀。嗟 乎。董君不負遠友之托。氣義鄭重。 令人感激不能忘也。
朴珪壽	瓛齋集 卷6 「憲宗大王祔廟時, 眞 宗大王祧遷當否議」	박규수가 憲宗大王이 祔廟할 적에 眞宗大王 의 祧遷이 마땅한지 여부를 논하는 글에 서 沈秉成·黃雲鵠· 馮志沂의 평론을 첨부 하다.	魯川曰祔廟議援据經典。埒不可易。 昔段茂堂先生作明世宗論。以公羊臣 子一例一語爲主。反覆數萬言。足以 息聚訟之喙。而後學多駭之。豈知東 國士夫能言之。而其國能決從之哉。 然則箕子遺封有人矣夫。有人矣夫。 沈仲復曰祔廟一議。尤爲有功名敎。 漢儒重公羊春秋。而臣子一例一語。 定陶之議。諸儒未能堅守師說。宋明 又無論已。此議一出。可以息異說之 喙而定千百年之獄。豈徒以文爲哉。 盥讀再三。不勝心服。 黃細芸曰祔廟議。準今酌古。義正辭 嚴。惜有明爭大禮人見不及此。

朴珪壽	瓛齋集 卷6 「憲宗大王祔廟時, 眞宗大王祧遷當否議」	尹定鉉이 沈秉成·黃雲鵠·馮志沂의 평론을 정확한 의론이라고 평하다.	梣溪曰祔廟議。禮義明正。可爲千古廟制之定案。馮沈黃三君之評。的確有據矣。尤齋宋文正公之仁明二廟當先後祧之者。欲正前日同昭穆之失。然此議所云猶據同昭之說。莫改已行之典。非是有祔而無祧。卽當時實事也。今或以孝宗不祧仁宗。謂不遷高曾。爲我朝典章。不知仁明同昭穆。已在宣祖之時。妄爲之論。稍有知識之人。亦從而信之。吁可慨也。
朴珪壽	瓛齋集 卷8 「與溫卿」	杭州가 함락되었다는 소식을 듣고, 沈秉成의 안부를 걱정하다.	中原朋友書信。能無失而來致否。杭州失陷。容伯家最慘。則仲復亦杭省人也。能無恙云耶。玄生之姑不來。似未及到京而然耶。如有所聞須示之。
朴珪壽	瓛齋集 卷8 「與溫卿」	晉州의 按覈使로 나가 있는 자신의 처지를 沈秉成과 비견하다.	沈仲復易州之行。必亦吾今者之行也。大略相同。亦時運耳。霞擧楹聯。情眞語切。諷咏不厭也。晉州查逋爲四萬餘石。致逋之因。都是無倫脊之事也。以法繩之。一齊脫落。只餘一萬三千餘包。本邑有不正名色之稱官況者歲入四五千金。足可十年。排充此數。故直登諸啓中。今日晉陽無一斗半升之逋。事之淸快無如此者。但近日委巷賤流。皆足以牽制廟堂。若夫形格勢禁。沮敗此事。則是乃非吾所知也。惟盡吾所當爲而已。至若取怨於前牧使舊邸吏。又何足云耶。勘逋草覽可悉也。所謂舊邸吏梁在洙·白命圭·李昌植。此皆何等人也。參查諸守令。皆搖頭吐舌。紙上姓名。亦不敢正眼看。其眞可畏哉。此漢等若不得竿首快衆。則南方之擾。非可以言語服之奈何。

朴珪壽	瓛齋集 卷9 「與尹士淵」	沈秉成 등 중국의 벗들에게 九蓮佛像을 改修하라고 부탁하였는데, 董文煥이 그 일을 맡았으며, 그의 편지도 받아왔음을 언급하다.	一弟於前冬託沈君仲復諸友。改修九蓮佛像。春間使回。得答書皆云董硏秋擔其事。日前曆使歸。得董書。甚欲奉覽。而實難離手。玆令傍人依式錄呈一本。覽可槪悉也。
朴珪壽	瓛齋集 卷9 「與申穉英」	연경에 있을 적에 沈秉成이 박규수에게 『陸魯望集』을 주며, 서로 우의를 다진 일에 대해 언급하다.	曩歲弟於燕中。友歸安沈秉成仲復甚善。爲我說淅西山水之勝。贈我陸魯望集。要我作贈書圖。圖成余題詩曰天淵江空境有餘。贈書圖就欲何如。他年小築松毛屋。伴釣秋風笠澤魚。仲復爲之歎息。盖聊復漫辭屬意而已。安有伴釣笠澤之道哉。
朴珪壽	瓛齋集 卷10 「與馮魯川志沂」	馮志沂에게 年貢使를 통해 沈秉成에게 보낸 편지가 잘 전해졌는지 묻다.	年貢使便。草此寄仲復兄。不知何時能討風便轉達。恐當以年計矣。天幸得有信襯。亦得承見德音。亦天外奇緣耳。安敢望耶。
朴珪壽	瓛齋集 卷10 「與沈仲復秉成(辛酉)」	沈秉成에게 편지를 보내 과거 자신과 교유했던 王軒·馮志沂 등 중원의 문사들의 안부를 묻다.	仲復尊兄知己閣下。初冬暄冷不均。伏問道體增安。公務不至惱神否。八月晦間憲書官便。付上一函。已得照否。弟慣慣依昔。惟幸無疾恙也。前在日下。得與諸君子遊。爲日不爲不富。而一出都門。回首追想。何其多未了語也。萬緒交縈。久難自定。譬如夢讀奇書。醒來依依。不知何日更續此緣。吾東之士。生老病死。不離邦域。局局然守一先生之言。雖然一鄕善士未必無之。相與盍簪講習。固亦有文會友而友輔仁者。叔季以來此道亦鮮。竟不過聲譽相推詡。勢利相慕悅。竊恐中原士夫亦不能無此弊耳。名利論交。君子所恥。去此數者。友道乃見。此所以弟之平

生感慨孤立無羣者也。今乃與吾兄輩。會合於夢寐之所未及。睽阻於山海之所限隔。而爲之傾倒披露。繾綣依黯。惟是應求者聲氣之與同也。期望者言行之相顧也。於彼數事。毫無可涉。然則弟之眞正朋友。在於中州。而諸君之眞正朋友。在於海左也。不審尊兄以爲如何。向於談席。霞擧兄問君之尊慕顧師。爲其合漢宋學而一之耶。于斯時也。酒次忽忽。未及整懷。弟應之曰然耳。然弟之仰止高山。非直爲是故耳。讀音學五書金石文字記等而謂先生之道於漢儒。讀下學指南而謂先生之宗仰宋賢。此政是王不庵所云後起少年推以博學多聞者也。先生所以爲百世師。却不在此。而如弟眇末後學。蚤夜拳拳。最宜服膺勿失。惟是論學書中士而不先言恥則爲無本之人一語耳。子臣弟友出入往來辭受取與之間。皆有恥之事也。而終焉允蹈斯言。竟無虧闕。惟先生是耳。此所云經師易得。人師難過者也。今吾與諸君。雖疆域殊別。而其嗜好則同也。其所遇之時。又未嘗不同也。甘苦憂樂。終必與之大同。是以愛好之切。自不能不眷眷于中耳。東國士夫世居都下。不識旅宦之苦。若吾兄輩離鄉三數千里。糜宦累數十年。種種苦境。想難言悉。凡在如此等處。最難確乎不拔。每讀貢禹乞骸疏。歷陳其車馬衣食之所從出。有似太瑣屑。然而漢代淳質之難及。政在此類。卽諸葛孔明自言有八百株桑。亦皆此意也。吾不敢以或忽細飾。妄置過慮於尊兄。而古來名臣

碩輔許大事業。皆從微細處積累而
成。故敢以此期勉。想爲之虛懷而哂
受也。弟平生讀書。最難排遣妄念。
其讀史傳。更難於讀經典。凡於治亂
盛衰存亡安危之蹟。每不覺設以身處
之。而又或取而擬之於現前所遇之境
界。轉覺胷中鬧熱。有不堪欽羨而艷
歎。有不堪憂悸而太息。不知從古讀
書者。皆有此弊否。又不知朋友故
人。亦與我同此苦否。此宜一問於同
志君子。又求何法可能除此浮雜。而
眞得讀書妙詮。不審尊兄有可以教我
者否。竊恐別無妙法可以相及。只是
與我同病而已。奈何奈何。年使之
發。旣有期矣。理宜預作書信。凡
所欲言。細悉無蘊。而公私魏擾。
不能偸暇。今乃握管臨紙。神思茫
然。蕪雜牽連。無甚實語。尤覺悚
仄。魯川去後。有信息可憑否。同
好諸兄。皆得安善否。乞一一示及如
何。今呈諸函。望一一傳致。俾我
得其回音是幸。幷封呈於吾兄者。以
傳去之際。易致浮沈。且不宜煩諸下
隷。慮不眞實故耳。仍念吾東之士有
日下交游。歸時兩相援据者。輒曰人
臣無外交。以不敢頻頻往復爲義理。
此最可笑。所謂外交者。豈人臣相交
之謂耶。禮經本文。無有是說。若
如彼說則是仲尼不當與遽瑗通使也。
叔向・子產・晏平仲皆不當與季札交
也。豈有是哉。設或列國大夫有是說
也。豈可比援於天下一家四海會同之
世哉。願兄無或爲是說所惑。每因風
便。惠我德音。如何如何。臨便草
草。不盡欲言。惟佇歲時之際。茂

			膺鴻禧。新春使回。領讀情函。至禱至禱。咸豐辛酉十月二十一日。愚弟朴珪壽頓。屢進書樓。旣不及求見令子昆弟。又聞令弟自遠入都。而仍皆未曾一面。至今懊恨不已。不知當時底事忙迫。乃不暇及此也。且念與兄知契如此。而並未曾奉請先德。此何異誦其詩讀其書而不知其人者耶。茲具鄙家先系以呈。乞於覽次。亦以尊門先系下示。是所祈望耳。醴泉靈芝。必有其故。並望轉布此衷於同好諸君子。各有以寄示。不勝大願。主臣主臣。珪壽再啓。正色立朝。家徒四壁。引君當道。民仰泰山。此爲珪壽先七代祖汾西公爲其前輩某公贊中語也。每喜此語。諷咏不已。欲望兄爲寫一對如掌大字。須用蒼勁筆畫。見其書如見其人。甚幸甚幸。珪壽又啓。
朴珪壽	瓛齋集 卷10 「與沈仲復秉成」	沈秉成에게 편지를 보내 黃雲鵠·董文煥·王軒·王拯·辥淮·汪茶 등의 안부를 묻고, 詩卷에 비점을 찍어 보내줄 것과 董文煥의 집에 남아 있는 자신의 顧祠會飮五言을 黃雲鵠에게 주고 교정해 줄 것을 부탁하다.	新春道體康適。闔署膺祉。馳神頌慕。何日可忘。臘尾憲書官迴。得吾兄仲冬旬一日所出答書。備悉伊來公私諸節。極慰懸仰之懷。年貢使不久東還。又當承惠覆及同好諸君子德音。企望方切。不審緗芸·硏秋·霞擧·少鶴諸君均安。辥淮生汪茶生兩兄近狀何如。同此依依。無庸各述。幸一一道我意也。前秋兄典試晉省。甄拔俊髦。鑑公衡平。得士最多。此所謂以人事君者也。甚盛甚盛。其六十有七人。乞一一錄示姓名。異日有名聞海外者。知昌黎子本陸敬輿所拔擢。得與陸公游者。不亦與有光榮乎。東國取士。亦有經義論策等文

			字。而典型掃地。荒陋不堪寓目。欲令東士知中原程式之文。兄所取解元初二三塲中式之劵。乞倩人寫出。並移其圈批評語寄示。如何如何。鄉試恐未及有刻卷。倘有之。亦無勞寫出也。諸同人詩選。可爲幾卷耶。因有贈答而得厠名於題目。亦已榮矣。倘或並錄其人唱和之什。低一字附書亦例也。然弟本不工吟咏。向無所作。只有顧祠會飮五言一首。其原本爲研秋所留。而別寫一幅。以示緗芸篇尾。聞有漏句。倘或錄入此詩。須取研秋所留原本校訂爲好耳。文山祠中拙筆。乃得籠紗護之。非兄傾注勤篤。曷能得此。感激之極。不知攸謝。先王父此文乃平心爲天下公論。海內之士。來拜祠下。當有許以篤論者耳。魯川信息。有可聞否。彼處可稍稍整頓。得上任苤事云耶。前弟所寄書。能轉寄否。諸兄發緘一見而傳去。亦無妨也。琴泉近狀依安。每有文讌。只以日下舊游。娓娓竟夕耳。弟亦安遣無。眷屬平善。是堪爲知己道者。餘外百無能事。唐人所云自欲放懷猶未得。不知經世竟如何者。即書生漫勞思想。排遣不去語耳。聊復一笑。今行使价。可於仲夏東還。伊後惟俟年使之便。臨紙冲黯更切。祈兄起居以時加護。諸君子均享吉安。諸惟情照。不盡欲言。
朴珪壽	瓛齋集 卷10 「與沈仲復秉成」	沈秉成에게 보낸 편지에서 黃雲鵠·董文煥·董文燦·王軒·王拯 등을 언급하다.	仲春年貢使回及進香進賀二价之返。並承惠答。天涯比鄰。信息絡續。傾倒欣荷。曷以名喩。夏秋以來。不審兄體康謐。茂膺多福。益勉匪

			躬。報答鴻恩。諸君子均享福利。弟于春季。有嶺南按事之行。蓋晉州民人有不堪弊政。愁冤興擾者。弟承乏謬膺。幸句勘大嶽。不至僨誤。歸棲乃在盛夏。始得見吾兄所答三函。知有易州承命事務。恐所遭値。大略相似。爲之一歎。細雲入贊樞密。霞擧新中進士。並爲吾儕生色。仰認中朝得人之盛。但霞擧竟未入翰林否。是爲咄咄。晉試題名。有董氏文燦。卽硏秋胞弟也。會圍得失何如。更爲之遙祝也。少鶴淮生均未見答。情甚悵悵。昨與琴泉乘舟賞月。達宵跌蕩。歸來聞憲書官告發。吾輩平安之信。不可不報兄。爲此暫伸耳。憲書官有異於年使。所去人員不多。往還迅疾。恐致洪喬。故不敢細述。但報平安字。雖然亦望俯答。毋惜金玉。俾得慰此懸仰。如何如何。年使去時。當更修書。此姑不盡欲言。壬戌閏八月十九日。
朴珪壽	瓛齋集 卷10 「與沈仲復秉成」	沈秉成에게 보낸 편지에서 沈秉成이 張居正의 『帝鑑圖說』을 주해한 사실을 언급하고, 馮志沂·王軒·董文煥 등의 안부를 묻고는 沈秉成에게 『咏樓盉簪集』이 완성되어 간행되었다면 한 질 얻고 싶다는 뜻을 밝히고, 이 같은 동인들의 詩選 외에 王昶의 『湖海詩傳』, 『湖海	閏秋憲書使帶呈書函。可達覽否。夏季弟從嶺南歸。始承春夏來三度惠覆。至今披玩不置。兼承譜系之示。根深源遠。積慶未已。不勝欽頌。伊時可望陞秋。且或有外遷之意。未知果否何居。報國殫誠。無間內外。而竊謂此時輔導聖質。政須學問醇深之士如吾兄者。宜日趨廈氈。盡乃啓沃。豈必以州郡方面。爲自效地耶。帝鑑圖說。曾見其俗話敷釋。殊懇惻切實。今兄所注解。想必加精也。凡繪畫故事。最有感發興勸之效。如焦弱矦養正圖解。亦見前人苦心。康

| | | 文傳』과 같이 실용에 기여하는 글을 뽑아서 간행해 보도록 제안하다. | 熙中重刊最精。丁雲鵬繪寫。吳繼序解說。俱堪味玩。或嘗擧擬進鑒否。一人元良。萬邦以貞。今日在位諸君子責也。雖事不由己。力有不及。惟當隨處恒存此心耳。如何如何。每念前明張江陵。非無可譏。然其輔幼主濟時艱。遂致四方無虞。民物阜康。功不可掩。而亦孝定李太后之賢也。向遊慈壽寺。瞻九蓮菩薩像。歎息低回者久之。像舊弊脫。嘉慶間重裝而藏之。別揭墨搨本供奉。法梧門記其事於幀傍。今不見墨本。而仍設畫本於壁間。塵沒煤黗。不幾何而將弊盡矣。如逢有心人。庶復得重裝而藏之。如梧門記中語。亦一段好事也。偶因境興想。牽連而及此耳。前書所云憂悸太息欽羨艷歎等語。弟不堪此幽鬱之病。聊以奉叩矣。不唯不賜以醫方。反謂同病增劇。不覺絕倒。吾儕皆書生也。平生耳目心口。不過幾卷經史殘帙。痴情妄想。每在許大學問許大事業。一一於吾身親見之。及到頭童齒豁。薄有閱歷。自應知其不可。而消磨退沮。獨怪結習膠固。迷不知返。發言處事。到底不合時宜。又不自悼。而聊以自喜。竊幸心性之交。同此病根。可謂吾道不孤。好笑好笑。弟于三月。承命按嶺南亂民之獄。論劾貪官墨帥。追鉅贓淸積逋。誅姦猾而撫安竆民。凡所論列。靡不施行。而忽咎在斷事稽遲。大臣至請革職。蒙明主諒臣無他。卽已恩敍。榮戴更切矣。然其到底不合時宜。此又可證之跡耳。吾 |

			兄聞此。何以敎之。丁石翠進士。弟所未曾相識。歸國後亦尙未逢見。想於他人乎。聞弟之從遊諸君而躐其跡耳。凡東士赴京。苟弟同志。則必當先容於諸兄。弟素性狷滯。不敢妄有論薦。兄庶諒悉也。霞擧中進士。翔雲入樞要。並切栢悅。硏秋學業有進。文彩風流。令人想見。今送諸君書及碑字對聯。望爲我分致之如何。琴泉雖未曾逾計林壑。而對狀塡篋。逍遙自得耳。魯川信息。近復何如。聞以守城功得花翎之賞。儒生此榮。豈素計攸及耶。咏樓盍簪集已斷手否。弟雖不工吟述。冀得一本。仍念選詩之外。若復聚諸家文篇。選其適用文字。以刻一集。以續湖海詩文之傳。此似不可無者。未知何如耶。一歲一度書。積費企待。及臨便竟不免草率。無以罄悉衷曲奈何。惟祈道體貞吉。建樹不凡。明春回信。敬承德音。此不盡所懷。
朴珪壽	瓛齋集 卷10 「與沈仲復秉成」	沈秉成에게 편지를 보내다.	今春貢使回承崇函。纚纚千言。情溢於幅。不知山海之隔。感歎銘鏤。至今未袪于手中也。審伊時恩擢侍講諸衛。喜而不寐。非直爲吾兄進塗方闊而然耳。茅茹之征。栢悅何極。且審書意有管見不敢不貢之語。此必有論時務獻策之事。然則好一篇文字也。不得一讀。此心安得不鬱然耶。尊府大人苙岐今且七八年矣。曠省旣久。仰念兄情事切迫。推孝爲忠。政在今日。以是自勉。亦可少慰望雲之情耶。彼處頻驚風鶴。近得淸謐

否。更切心祝。春夏來。道體安
康。寶眷令子均福。弟年來頗覺衰
相。疾病頻發。惟恨志業之從而頹
墮。每思奮發自力。安得左右良朋提
警不置耶。圖貌互寄。本出弟意。
語及琴翁矣。琴翁近又善病。興味蕭
索。似不能經營此事。弟又所善良畵
史適在外鄕。姑未及爲之。必當遂計
踐約。容俟須臾。如何如何。顧祠
飮福圖。經營已久。此便是圖貌互寄
也。默想諸君淸儀。口授畵者。此
乃萬無得其一分肖似。惟吾貌則庶可
肖之。尙不能焉奈何。愚計欲呈此
本。望兄之令善手一一肖諸君。更作
此圖寄我。作傳世之寶。未審何如。
然則或詩或文。諸君各有記識語。並
所企望者也。第此呈去。覽當一噱
也。勿泛必副幸幸。仍念諸君子文讌
雅集。倘虛一座。認以璪卿在座。
出談艸闋之。相與援筆答之問之。淋
漓爛熳。弟於次便。又復奉答。此
與對畵懷人。却精神流動。豈不有勝
於短札平安字而已耶。吾輩遙相質
叩。不過經籍文字事而已。並無所拘
耳。今呈談艸數頁。幸依此賜答。
如何如何。祈春圃·董竹坡兩君平
安。同志諸君子俱安吉。今便未修硏
秋少鶴書。必同照圖本及談艸。無庸
絮複故耳。繡山·淮生皆歸道山。悼
盡何言。淮生可謂沒於王事。可曾有
榮贈否。有後人在故里否。紙短意
長。草草奈何。惟祈仕履萬茀。回
惠德音。癸亥十月二十七日。愚弟某
頓首。

朴珪壽	瓛齋集 卷10 「與沈仲復秉成」	沈秉成에게 서로 초상 화를 그려 보내기로 한 계획이 여러 가지 사정으로 지연됨을 안 타까워하면서, 그 일 환으로 「顧祠飮福圖」 를 제작중인 사실을 말하며, 추후 그림을 보내면 솜씨 좋은 화 공을 시켜서 벗들의 모습을 수정해서 다시 보내주길 부탁하다.	弟年來頗覺衰相。疾病頻發。惟恨 志業之從而頹墮。每思奮發自力。 安得左右良朋提警不置耶。圖貌互 寄。本出弟意。語及琴翁矣。琴翁 近又善病。興味蕭索。似不能經營 此事。弟又所善良畫史適在外鄉。 姑未及爲之。必當遂計踐約。容俟 須臾。如何如何。顧祠飮福圖。經 營已久。此便是圖貌互寄也。默想 諸君淸儀。口授畫者。此乃萬無得 其一分肖似。惟吾貌則庶可肖之。 尙不能焉奈何。愚計欲呈此本。望 兄之令善手一一肖諸君。更作此圖寄 我。作傳世之寶。未審何如。然則 或詩或文。諸君各有記識語。並所 企望者也。第此呈去。覽當一噱 也。勿泛必副幸幸。仍念諸君子文 讌雅集。倘虛一座。認以瓛卿在 座。出談艸閱之。相與援筆答之問 之。淋漓爛熳。弟於次便。又復奉 答。此與對畫懷人。却精神流動。 豈不有勝於短札平安字而已耶。
朴珪壽	瓛齋集 卷10 「與沈仲復秉成」	沈秉成에게 앞으로 경 학과 문학에 관한 주 제로 서로 의견을 교 환할 것을 제안하고, 董文煥·王拯·嶪春 黎 등의 안부를 묻다.	吾輩遙相質叩。不過經籍文字事而 已。並無所拘耳。今呈談艸數頁。 幸依此賜答。如何如何。祈春圃·董 竹坡兩君平安。同志諸君子俱安吉。 今便未修硏秋少鶴書。必同照圖本及 談艸。無庸絮複故耳。繡山·淮生皆 歸道山。悼盡何言。淮生可謂沒於王 事。可曾有榮贈否。有後人在故里 否。紙短意長。草草奈何。惟祈仕 履萬茀。回惠德音。

朴珪壽	瓛齋集 卷10 「與沈仲復秉成」	沈秉成에게 보낸 편지에서 顧炎武의 『下學指南』, 黃汝成의 『日知錄集釋』, 凌鳴喈의 『論語解義』, 王懋竑의 『白田雜著』에 관해 질문하다.	亭林先生下學指南。不在於十種書等刊行之中耶。此係先生爲學正軌。而未曾讀過。殊以爲恨。想非卷帙浩汗之書。如有副本蒙寄示。何感如之。人之好我。示我周行。爲一方學者之幸也。日知錄集釋。向亦携歸細閱。黃汝成氏誠顧門功臣。然其註釋處。往往有蔓及太多之意。未知論者以爲何如。有人示一函書。籤題傳經堂叢書。匣中四册。乃凌鳴喈論語解義也。未知傳經堂叢書。爲何人所輯。又未知凡爲幾種。其所輯錄。皆凌氏書之類耶。凌是嘉慶間人。官至幾品。畢竟成就有何名節耶。閱其書。盖非闡明經術而作也。立心專爲詬罵程朱而曲解聖訓。以就己說。猖狂恣肆。無忌憚甚矣。漢宋學門戶之爭。固非一朝。而呵叱醜罵未有如此之甚者。未審諸君曾見彼書以爲如何。其門戶似是蕭山流派。彼所傳襲。必有所自來。而其所推重。乃以亭林‧西河並擧而稱之。此又大可駭異。亭林之於宋賢。補闕拾遺。匡其不逮則有之。探原竟委。實事求是。以救講學家末流之弊則有之。何嘗詆背攻斥如彼所稱西河先生。而乃爲彼所推重乎。此在私淑顧師者所不可不辨。未審諸君子以爲如何。王懋竑白田雜著几爲幾卷。市肆中當有之。而向亦求而未得。前後托人求之而終未見焉。此公之篤實精博。並無門戶之見。最所欽服。而恨未見全書耳。

朴珪壽	瓛齋集 卷10 「與沈仲復秉成」	沈秉成에게 보낸 편지에서 과거 朴齊家가 李調元과 교유했던 사실과, 王軒과 南秉哲 사이에 일찍이 신교가 있었음을 언급하다.	仲復尊兄知我。徐漢山袖致我兄書。有幾番會合。其樂可知。弟獨煩勞夢想。可曾俯念語及娓娓否。敝邦朴貞蕤名齊家。曾於燕邸別李雨邨歸蜀。有詩曰蜀客題詩問碧鷄。韓人騎馬出黏蟬。相思總有回頭處。江水東流日向西。今弟每睠斜日落月。未嘗不悵咏久之。及漢山到京。此情尤不禁懸懸也。應有答信。凡諸近禧。姑不更請。去歲呈談艸。其果蒙諸君子肯賜回答。是爲天涯如面之資。不比循常平安字往復耳。一開此式。其於經史道藝。質問叩辨。爲益不少。吾儕只以情好係戀。汎汎寄平安語。亦復何補於朋友之樂。幸念之念之。弟近狀公私滾劇。家弟溫卿名瑄壽。曾已告之。日昨擢魁第。陞階爲兵曹堂官。榮耀動人。此弟差我十有四歲。孤露以來。弟兄相持。家又至貧。辛苦萬般。幸至此日。有此成就。莫非主恩也先庥也。感淚自然注下。爲天下知己。安得不道此情耶。懷人圖一幅。今始得良手爲之。付便呈去。望與諸君子一展而大笑之如何。老醜如此。奈何奈何。諸君子未能各修信件。因冗擾甚矣。幸兼照此紙。霞擧素留心數理。亡友南圭齋尙書曾有神交。今其所輯書三種玆付呈。幸卽致之霞擧兄。俟究覽後有以論其用力淺深。使我得知亡友精詣之何如。是祈是祈。弟本未曾用功於此事。故欲質之大方也。懷人圖望兄不爽前約。千萬千萬。諸惟心照。使回得承德音。此不盡欲言。

朴珪壽	瓛齋集 卷10 「與沈仲復秉成」	沈秉成에게 그리운 마음을 담아 편지를 보내다.	仲復尊兄知己閤下。惟兄出都之歲。我先有書。未得回音。自此魚鴈莫憑五六年。神交雖不在楮墨間存。亦安得不依依黯黯。今玆來日下。聞斷絃已續。掌珠可愛。殊慰遠友之望。駐節上海。想此地方繁冗少暇。讀書受用。正在盤錯。幸勉之。務餘能不倦飮酒賦詩否。倘復有籌海文字。此爲實用。瓛卿今日望吾兄在此不在彼也。弟再到而不逢舊識。撫念感慨。當雅量燭之。東望滄溟。雲霞寥落。只有一天明月。擡頭相看。當復有裏人作耳。吾今髮盡禿牙半脫。然猶馳三千里者。專欲得逢一二故人。乃無聊如此。但願吾人益懋建樹。勳業卓然。甚副遠望也。不宣。同治壬申孟冬。
朴珪壽	瓛齋集 卷10 「與沈仲復秉成」	沈秉成에게 보낸 편지에 王軒에게 하고 싶은 말을 적어 놓았음을 말하다.	別後光陰。更覺流駛。澹雲微雨。使車將發。回想過境。若可得致身於筠菴仁寺之間。與諸君團樂也。聞東旅進館之日。想兄亦應作此懷耳。秋冬來。道體珍重。公暇究心。定在何業。貢範通解。恐是已有艸本於胷中者也。可已屬筆否。弟之向來奉使也。束裝急迫。巾衍中不無一二種拙搆。而亂稿塗乙。未暇整寫。是以都不得携去。歸後大擬寫出付呈諸兄請敎。而公擾私冗憂患疾恙。從以沮人敗意。今便不能遂計。甚是悵悵也。弟有友曰南圭齋尙書名秉哲。想兄曾從琴泉聞知也。博通經籍。留心經濟。兼精周髀家說。偶閱元和顧千里澗蘋所著思適齋集。見有開方補記

			後序。知開方補記者。卽陽城張古餘先生所撰。此友甚欲得見此書。未知吾兄曾閱過否。南君從弟而聞兄留意此學。要弟奉叩。苟可不難於求致。則爲之副其望幸甚。諸所欲言。非尺幅可悉。亦旣悉之於仲復兄書中。逢際求見。可敵對坐筆談矣。臨便艸艸。悵悵何極。惟冀歲時享用多福。統希亮照。
朴珪壽	瓛齋集 卷10 「與王霞擧軒」	王軒에게 보낸 편지에서 馮志沂와 沈秉成을 언급하다.	魯川信息。有可聞否。每爲之耿耿。弟年來覺衰相日至。鬢髮過半白矣。惟喜眷率依安。… 仲復兄書。惟希回玉。祈起居萬茀。不盡欲言。
朴珪壽	瓛齋集 卷10 「與王霞擧軒」	王軒에게 보낸 편지에서 董文煥·馮志沂·沈秉成·黃雲鵠 등의 안부를 묻다.	研秋書以爲兄近頗力學古篆。雖魯川亦當讓與一頭。回憶松筠雅謔如昨日也。家弟亦爲此學。甚有根據。欲悉取鍾鼎彝器銘款。以寫尙書幾篇。若字有未滿。雖輳合偏旁。未爲不可。其說如何。且欲著爲一書。羽翼說文。渠亦奔走公幹。迄未能就也。魯川尙在廬州。近信何如。南方稍整頓。此君可有嘯詠之暇否。仲復守制悼疚可念。聞餘禍有未已。爲之驚惋。時復往存慰譬否。弟現任爲域內重藩。才薄力衰。已恐僨事。而憂虞溢目。不知如何勾當也。秋間浿江有洋舶之擾。弟於此事。素審之熟矣。萬萬無自我啓釁理。奈彼自取死法何哉。秋冬之交。別有一種又搶掠江華府。竟又被城將殲其渠魁而走之。然沿海戒嚴。不可少弛。此時方面。豈書生逍遙地耶。細芸行走樞

			要。想有聞知此等事。故於其書略之。且不欲屢煩筆墨。兄於逢際。爲道及此一段如何如何。於研秋·仲復。亦望同照此狀。想皆爲我憂之耳。
朴珪壽	瓛齋集 卷10 「與王霞舉軒」	王軒에게 편지를 보내 근황을 묻고, 董文煥·沈秉成·許宗衡 등의 안부를 묻다.	研秋隴西之行。我心悒悒不樂。豈動忍增益。將降大任歟。魯川千古。仲復未歸。惟兄亦佗傺乃爾。多悲少歡。何以自慰。隔年音信。翹首側耳。僅得一度書。殊無可意事。大抵我一輩人。命也如何。雖然硬著脊梁。不被外物撓奪。囂囂然古之人古之人。安知非天之畀付我者。獨厚且深耶。惟兄勉之。海秋老兄近況何如。亦應知此意也。兄書云年前三禮業已告竣。未知有所著錄成書否。雖鈔寫之稿。不合出手遠投。盍拈出幾頁好議論相示耶。亦一開發切劘之益。絶勝述懷記事詩文之類耳。
朴珪壽	瓛齋集 卷10 「與王霞舉軒」	王軒에게 편지를 보내 董文煥·沈秉成·許宗衡 등의 안부를 묻다.	研秋上任信息何如。夷險向前。毅然就道。必不待友朋箴勉。而去留之際。安得不執手踟躕耶。其去時有書於弟。求東人諸家詩。謂將選錄爲書。弟無携帶官居者。略鈔幾家。幷及先祖汾西詩。附以王父詩篇。玆送去。幸呈雲舫。轉致甘凉官署。至望至望。抵研秋書。兄可開坼一覽也。仲復近得音信否。一向寂無所聞。悵不可言。或已入都。萬望致此意付一書相及也。前有書皆付其廝舍。未知竟覽否耳。海秋·翔雲均安否。玉井文稿讀之。久益如見其人也。

朴珪壽	瓛齋集 卷10 「與王霞擧軒」	王軒에게 보낸 편지에서 董文燦의 편지, 許宗衡의 『玉井文稿』, 沈秉成·張丙炎·黃雲鵠 등을 언급하다.	趙副使帶還雲龕董兄書。且言出都時聞其丁憂。弟雖未接訃耗。不勝驚盡。伯仲叔子久已回里守制。幸無他虞否。未知齋斬所服。今雖修唁。不敢舉稱如儀。望示之。念兄居比鄰。當時時過存。寬慰惸疚。且其讀禮中。多有講究。賴以塞悲否。奉念不已。… 許海老方喜神交。遽歸道山。玉井文稿雖是一臠。可見其力追前哲。造境高深。云亡之慟。當復如何。仲復觀察江南。翔雲出守川省。舊雨星散。魚鴈莫憑。回憶前遊。祇覺惘然。年前一函。值仲復未入都。伊後備兵南出時。想或留答而去。恐不免洪喬。尤悵悵也。雲龕兄弟今旣歸里。今弟此緘無人津致。念兄前書封面有張午橋先生字。張君之爲我神交。蓋已久矣。今輒作書證交。仍要張兄先坼此書閱過送呈。蓋吾輩往復。無不可對人言。況張君心所傾注。未面猶面者乎。使此友洞悉吾輩交情。尤爲快事。且有另片奉叩語。雖未及見兄所答。而張君或能代爲之剖敎故耳。嗟乎。霞擧任重道遠。何曾是功名進取之云乎。命能貧富貴賤我。命不能君子小人我。前所示敎。靡日不三復永歎。吾人爲學。已透此關。豈不大慰我心。大凡儒者事業。其能於吾身親見之者。歷數千古。果有幾人。慥慥言行。畢竟極致。乃曰世爲天下法。世爲天下則。世爲二字。是聖賢苦心。而學士大夫沒奈何著書垂後之宗旨耳。惟兄勉之勉之。

朴珪壽	瓛齋集 卷10 「與黃緗芸雲鵠」	黃雲鵠에게 보낸 편지 에서 沈秉成을 언급하 다.	讀書時每苦妄念。已於仲復書中道 之。今此所云。亦與彼一般。兄可 中心相照而一笑之也。
朴珪壽	瓛齋集 卷10 「與黃緗芸雲鵠」	黃雲鵠에게 보낸 편지 에서 沈秉成을 언급하 다.	弟近狀無善可述。春夏于役嶺外。其 詳錄在仲復書中。逢際討見可悉耳。
朴珪壽	瓛齋集 卷10 「與黃緗芸雲鵠」	黃雲鵠에게 보낸 편지 에서 沈秉成을 언급 하다.	仲復還京。雖幸親朋會合。喪禍孔 酷。念其情理。悲不堪矣。不祐善 人。天理所無。惟以是質諸神明耳。
朴珪壽	瓛齋集 卷10 「與董研秋文煥」	董文煥에게 보낸 편지 에서 王軒·沈秉成· 黃雲鵠·馮志沂 등의 근황을 묻다.	研樵尊兄知己閣下。春間漢山尙書 歸。道兄近祉。欣慰可勝言耶。然 霞擧還鄉。仲復遠仕。盍簪之樂。 減却幾分。霞擧或已入都否。蓋乞暇 暫往耶。抑有他事或賦遂初否。并所 未詳。爲之紆鬱。今此呈一函。望 乞覓襯付去。使天涯知己。得彼我安 信。如何如何。仲復處萬里。上任 之信。能已得聞否。此兄許亦作一 書。念緗雲之鄉距彼爲近。故要緗雲 作轉致之道。霞擧是兄同郡。故仰浼 津筏耳。倘自兄有信襯。亦須討取於 緗雲而付去好矣。萬里傳書。不知幾 時得達。然貴在吾輩心性之交。可質 神明。必有物相之。不至洪喬。後 生輩見之。當知朋友之道如此矣。尊 兄近節何如。見陞何官。益有建樹 否。魯川一切不聞消息。願詳敎之。 前每承兄書。艸艸數語。但存殷注之 盛。並無仔細道及朋儕許多樂事。吾 心殊悵悵。願此回須詳敎勿慳德音。 如何如何。

朴珪壽	瓛齋集 卷10 「與董硏秋文煥」	董文煥에게 편지를 보내 沈秉成·王軒의 안부를 묻다.	仲復知已丁憂流寓。定在何地。其親曾在岐陽縣官次。今何謂至晉省耶。爲之悲悁不自已。示其詳如何如何。其葬在何地。當終制於墓廬云耶。今去書函。幸與霞擧兄謀致之。切望切望。適逢使車。略此付候怱怱不具。希順便惠我德音。
朴珪壽	瓛齋集 卷10 「與董硏秋文煥」	董文煥에게 편지를 보내 黃雲鵠·王軒·沈秉成·馮志沂 등의 근황을 묻다.	紲芸·霞擧諸兄平安。仲復春間南歸。又已入都否。念此兄情事。每切悁悁耳。顧齋說文之學。近復何如。向於一友人處。見有畫障。許叔重鬚髮皓白。傴僂而行。自李陽冰·徐鉉·徐鍇以下。凡有功於說文者。皆扶擁許老人。左翊右護。前導後殿而去。形容令人絶倒。今顧齋兄當復去扶許君一臂。但恐被魯川先着。須大踏步忙走一遭爲可耶。好呵好呵。傳世之學。非卑官浮湛者不能。有若天爲之位置。誠如兄敎。此事今古一轍。只是有蘊抱者每不見展施。終又不能自閟。載之空言垂世故耳。鄭漁仲·馬貴與得著書之暇最多。杜君卿王伯厚雖非卑官浮湛。跡其平生。亦與浮湛何異。所以有許大著作。其功利及人不少。顧齋倘得繼昔賢之爲。今日浮湛。庸何傷乎。請以是語質之自家可乎。
朴珪壽	瓛齋集 卷10 「與董雲龕文燦」	董文燦에게 편지를 보내 沈秉成·鄭雲舫·王軒·董文煥 등의 안부를 묻고, 아우인 朴瑄壽의 「說文翼徵」에 대해 말하다.	雲龕仁兄閣下。春間使車帶到崇函。前冬分袂後初信也。捧讀欣慰。何以名言。居然又一年光陰。不審道體珍祺。雲舫令兄果已奉老入都。昕夕承歡。棣狀湛樂。研秋大人頻得安信。泰隴風煙。可得靜息。種種馳仰。

			實勞我心。倘有信寄我。庶慰懸懸。顧齋近節亦何如。樂志林園。富有著作云耶。沈‧黃兩君或有回信寄來否。中心之藏。何日而忘。惟兄春明退食。勝友盍簪。進修之功。政在何書。向於都門。不知緣何冗忙。逢別忽漫。至今追悔。只有殘夢旖旎。久益難爲情也。家弟說文翼徵。尙有追補未了。且敝處刻書極難。元無書坊刊書爲業之人。以是早晚必欲煩都下良工。而又苦費貲未易。奈何奈何。此書雖未知識者有取。而若屬之覆瓿而止則亦可惜。若書賈得而刻之。亦不害爲新面目。而同此嗜好者。必爭求之。未知以爲何如。待其淨寫完本。欲以奉質於顧齋老友。而此番未及耳。行人臨發。草草不備。惟祈回便金玉勿吝。弟朴珪壽頓。癸酉
朴珪壽	瓛齋集 卷10 「與張午橋丙炎」	張丙炎에게 보낸 편지에서 자신이 王軒‧董文煥‧沈秉成‧黃雲鵠과 知己임을 밝히고, 張丙炎이 趙寧夏 편에 보내준 楹帖을 잘 받았다고 말하다.	午橋仁兄閣下。珪壽與霞擧‧研秋‧仲復‧翔雲。爲海內知己。先生之所知也。獨未得托契於先生。東國之士。從都門還。輒誦先生文采風流。益不禁懊恨于中也。今春趙惠人侍郎携致先生楹帖之贈。始知先生亦傾注於我久矣。人海舊游。又添一神交。至樂也。又得霞擧在鄉遙寄之信。封面有求張午橋先生轉致等字。是霞擧亦以尊兄有友朋至性。必不憚津致之勞耳。日下舊交。落落星散。弟今欲答霞兄。不求尊兄致之。又誰求耶。

朴珪壽	瓛齋集 卷11 「題顧祠飲福圖」	「顧祠飲福圖」에 등장하는 王拯·黃雲鵠·董文煥·馮志沂·沈秉成·王軒 등을 설명하며, 이들과의 추억을 기록하다.	卷中之人。展紙據案。援筆欲書者。戶部郎中王拯少鶴也。把蠅拂沉吟有思者。兵部郎中黃雲鵠緗雲也。立而凝眸者。翰林檢討董文煥硏樵也。持扇倚坐者。廬州知府馮志沂魯川也。坐魯川之右者。翰林編修沈秉成仲復也。對魯川而坐者。兵部主事王軒霞擧也。據案俯躬而微笑者。朝鮮副使朴珪壽瓛卿也。魯川時赴熱河未還。爲之補寫焉。昔亭林先生北遊至都下。嘗棲止於城西之慈仁寺。後之學者想慕遺躅。道光癸卯。建祠於寺之西南隅。以祀先生。道州何君子貞寔始經營云。珪壽夙尙先生之學。歲咸豐辛酉。奉使入都。幸從諸君子祇謁先生。特設一祭。退而飲福於禪房。相與論古音之正譌。經學之興衰。盖俯仰感慨。而樂亦不可勝也。旣東歸不復見諸君子已三載。追思向之讌會談笑。鬚眉衣冠。發於夢寐。遂命畫史繪顧祠飲福圖。其貌寫諸君。悉由余心想口授。而肥瘦方圓。尙不能肖之。況可與論於傳神乎。當面繪我而尙不能肖之。況隔遠千里之外哉。使我而工於畫者。爲此圖必有道焉。惜乎其不能也。嗟乎。聚散離合。理所固有。若心性則無間於山海之間矣。篤於友朋者。皆自知之。諸君子倘求良史。各肖其貌。更寫此圖。以之相贈。豈不大慰天涯故人之望耶。

50

沈 周 (1427-1509)

인물 해설	明代의 문인화가로 字는 啓南, 號는 石田·白石翁·玉田生·有居竹居主人이며, 江蘇省 長州 사람이다. 부친 恒, 숙부 貞, 조부 澄, 동생 鬬도 모두 그림에 뛰어났다. 처음에는 董源·巨然·李成 등의 화법을, 중년 이후에는 黃公望의 화법을 터득하였고, 만년에는 吳鎭에게 심취하였다. 山水·花卉·禽魚를 즐겨 그렸으며, 특히 산수화에 뛰어났는데, 남북의 화풍을 융합한 장중한 구성과 風韻이 깃든 필치의 水墨淡彩畫를 잘 그렸다. 戴進의 浙派에 대하여 그와 그의 영향을 받은 文徵明·唐寅 등을 吳派라고 부른다. 그후 그의 화법은 董其昌에게 계승되어 오파의 文人畫가 더욱 번창하였다. 작품에 「山水圖卷」·「廬山高圖」·「秋林話舊圖」·「滄州趣圖」 등이 있으며 저서로는 『石田集』·『客座新聞』 등이 있다.
인물 자료	○ 『明史』, 列傳 186 字啓南, 長洲人. 祖澄, 永樂間擧人材, 不就. 所居曰西莊, 日置酒款賓, 人擬之顧仲瑛. 伯父貞吉, 父恒吉, 並抗隱. 構有竹居, 兄弟讀書其中. 工詩善畫, 臧獲亦解文墨. 邑人陳孟賢者, 陳五經繼之子也. 周少從之遊, 得其指授. 年十一, 遊南都, 作百韻詩, 上巡撫侍郎崔恭. 面試鳳凰台賦, 援筆立就, 恭大嗟異. 及長, 書無所不覽. 文慕左氏, 詩擬白居易·蘇軾·陸遊, 字仿黃庭堅, 並爲世所愛重. 尤工於畫, 評者謂爲明世第一. 郡守欲薦周賢良, 周筮『易』, 得『遯』之九五, 遂決意隱遯. 所居有水竹亭館之勝, 圖書鼎彝充牣錯列, 四方名士過從無虛日, 風流文彩, 照映一時. 奉親至孝. 父歿, 或勸之仕, 對曰: "若不知母氏以我爲命耶? 奈何離膝下." 居恒厭入城市, 於郭外置行窩, 有事一造之. 晚年, 匿跡惟恐不深, 先後巡撫王恕·彭禮咸禮敬之, 欲留幕下, 並以母老辭. ○ 錢謙益, 『列朝詩集小傳』, 丙集 卷8, 「石田先生沈周」 周, 字啓南, 長洲人. 祖孟淵·世父貞吉·父恒吉, 皆隱居. 工書畫. 少學於

陳五經之子孟賢, 得前輩經學指授. 年十五, 游金陵, 作百韻上地官崔侍郎, 面試鳳凰台賦, 援筆而就, 咸以爲不減王子安. 景泰間, 郡守以賢良應詔, 筮之得遯之九五, 乃決計隱遯, 耕讀於相城里, 所居曰有竹莊, 修閒居奉母之樂. 母九十九齡乃終, 先生年八十矣, 又三年而卒. 先生風神散朗, 骨格淸古, 碧眼飄鬚, 儼如神仙. 所居有水竹亭館之勝, 圖書彝鼎, 充牣錯列, 戶屨塡咽, 賓客牆進, 撫翫品題, 談笑移日. 興至, 對客揮灑, 煙雲盈紙, 畫成自題其上, 頃刻數百言, 風流文翰, 照映一時. 百年來, 東南之盛, 蓋莫有過之者. 先生既以畫擅名一代, 片楮匹練, 流傳遍天下, 而一時鉅公勝流, 則皆推挹其詩文, 謂以詩餘發爲圖繪, 而畫不能掩其詩者, 李賓之·吳原博也; 斷以爲文章大家, 而山水竹樹, 其餘事者, 楊君謙也; 謂其緣情隨事, 因物賦形, 開闔變化, 神怪疊出者, 王濟之·文徵仲也; 謂其獨醿衆流, 橫絕四海, 家法在放翁, 而風度主浣花者, 祝希哲也. 余與孟陽, 居耦耕堂, 嘗評定其詩, 而爲之序曰: "石田之詩, 才情風發, 天眞爛熳, 舒寫性情, 牢籠物態. 少壯模倣唐人, 間擬長吉, 分刌比度, 守而未化; 已而悔其少作, 擧焚棄之, 而出入於少陵·香山·眉山·劍南之間, 踔厲頓挫, 沈鬱老蒼, 文章之老境盡, 而作者之能事畢. 其或沿襲宋元, 沈浸理學, 典而近腐, 質而近俚, 斷爛朝報, 與村夫子兔園冊, 亦時所不免, 玆固已盡汰之矣." 詩鈔刻於瞿氏耕石齋, 古文若干篇, 及余輯白石軒事略附焉, 今節而錄之如右.

저술
소개

* 『石田先生集』
  (明)萬曆 43年 陳仁錫刻本 11卷

* 『沈石田集』
  民國 3年 掃葉山房 石印本

* 『石田稿』
  (明)弘治 16年 集義堂刻本 3卷

* 『石田翁客座新聞』
  (淸)抄本 11卷

* 『石田先生詩鈔』
  (明)崇禎 17年 瞿式耜 刻本 8卷 文鈔 1卷

* 『明詩百家』

		(淸)刻本 內 沈周撰『沈石田先生詩集』1卷	
		★『盛明百家詩』	
		(明)兪憲輯 (明)嘉靖－隆慶年間 刻本 324卷 內 沈周撰『沈石田集』1卷	
		★『學海類編』	
		(淸)曹溶編 陶越增訂 (淸)道光 11年 晁氏活字印本 430種 814卷 內 沈周撰『石田雜記』1卷	
		★『說郛續』	
		(明)陶珽編 (淸)順治 3年 李際期 宛委山堂刻本 46卷 內 沈周撰『客座新聞』1卷	

비 평 자 료			
姜世晃	豹菴遺稿 卷5 「題知樂窩八景帖後」	鄭老兄의 별장인 知樂窩에서의 모임을 그려『知樂窩八景帖』을 만들고, 이 그림을 沈周의 「滌齋圖」와 비교하다.	辛巳元日。朴彦晦送騾邀余。到白橋村庄。會于鄭老兄知樂窩中。… 仍與鄭朴兩主人。帖八景。共賦之。又以大幅寫得全景。雖未遽謂不爽寸尺可移舊風鷄犬。而其幽雅淸曠之致。盖畧相彷佛。留粘壁間。比諸盧鴻一草堂圖。沈石田滌齋圖。果何如也。
金正喜	阮堂全集 卷3 「與權彝齋(三十五)」	沈周의 그림을 감정하다 普荷의 印章을 발견하다.	石田墨妙。昨於夕窓。暫得回光。見其印章。卽普荷二字。普荷卽明季遺民。遭値鼎革而緇削爲僧者也。普荷其名。而號擔當者也。
金正喜	阮堂全集 卷3 「與權彝齋(三十五)」	沈周의 그림을 극찬하다.	畵則專尙雲林法。吾輩之得見石田眞迹。已是大墨輪。又況普荷所審定者耶。石田之眞。更無可疑。寧有如此大快大喜者耶。無由對證於几席之下。癢癢不得忍俟矣。第其一樹一石。一皴一點。無不神妙不測。而其門前漁者。貫柳之魚。不過一墨點

			抹過。而神采尤奇變。非石田眞筆。誰能辨此。
金正喜	阮堂全集 卷3 「與權彝齋(三十四)」	沈周와 王翬의 그림을 감정하다.	石田畵重看。益見其神變不測。學海圖其爲耕烟無疑。至於圖序之筍接。不可解矣。或有以古畫。仍作今圖之例。此亦乃爾耳。
金祖淳	楓皐集 卷16 「題謙齋畫帖」	謙齋 鄭敾의 화첩에 글을 쓰며, 沈師正의 그림이 倪瓚과 沈周 등에게 큰 영향을 받았다고 언급하다.	謙齋。吾先世舊隣也。… 其畫晚益工妙。與玄齋沈師正並名。世謂謙・玄。而亦謂雅致不及沈。但沈師雲林石田諸家體格。不離影響之中。謙翁毫髮皆自得。而筆墨兩化。非深於天機者。蓋不能至此。
金祖淳	楓皐集 卷16 「雜錄」	申緯의 그림은 奇妙하고 淸秀하여 倪瓚이나 沈周와 짝할 수 있다.	紫霞詩法。鴨水以東。始自刱妙。非人人所可窺。畫亦奇妙淸秀。非雲林石田之儔。都無與對。惟書藝雖極其趣。差不及詩畫。然此就自家三絶。而論若並世而言。固已絶於人矣。
南公轍	金陵集 卷23 「天都峯瀑布立軸絹本」	南公轍이 沈周의 「天都峯瀑」를 평하는 글을 지으며, 錢謙益의 시와 沈周의 그림이 폭포의 모습을 핍진하게 묘사하였다고 평가하다.	錢牧齋天都峯瀑布歌。余嘗愛其雄壯健麗…天都瀑布。雄肆奔放。奇觀壯遊。而非牧齋。無以發之於詩如此。非石田。無以發之於畫又如此。辛亥流頭日。觀此于古董閣。
南公轍	金陵集 卷23 「二美帖絹本」	沈周의 그림은 천하에 유명하였다.	祝沈之畫。名天下。今人家鮮有。朱之蕃書。雄於一時。萬曆間。以翰林奉詔勑來朝鮮。如韓濩・楊士彦。皆稱其遒健有法。自以不可及。今此帖謂之二美。不爲過矣。

申緯	警修堂全藁 冊1 奏請行卷 「題董文敏眞蹟帖, 覃溪審定題跋後」	그림에서 文徵明과 沈 周의 窠臼를 벗어나는 것이 중요하듯 시에서 도 李白과 杜甫를 흉내 내는 데 그쳐서는 안 된다.	畫在脫文沈。詩豈貌李杜
申緯	警修堂全藁 冊13 脚氣集 「惲南田·沈淸恪」	惲壽平과 沈周의 우열 을 묻는 질문에 文徵 明·沈周·唐寅·仇 英의 범위를 벗어난 惲 壽平이 옛 격식을 고수 한 沈周보다 낫다는 諦 暉의 말에 찬성하다.	後壽平畫名日噪。詩文淸妙。人或問 惲·沈優劣。諦暉曰。沈近思學儒。 不能脫周·程·張·朱窠臼。惲壽平 學畫。能出文·沈·唐·仇範圍。以 吾觀之。惲爲優。
申緯	警修堂全藁 冊14 詩夢室小草(一) 「劉眉士(枚)書盟歌 (眉士錢塘人)」	劉枚의 書盟이 吳寬과 沈周에게 있고, 吳寬과 沈周의 연원은 蘇軾과 黃庭堅에게 있음을 말 하다.	眉士書盟在吳沈。沈黃文節吳文忠。 (匏巷·石田)。二公精靈聚不散。翩 然披髮下海東。對几商量撥鐙法。誰 其證者雲客熊。蘇黃秘妙同迦葉。保 安寺閣撞洪鍾。(翁覃溪石墨書樓。 在保安寺街) 宋白粉箋嗅古馥。天際 烏雲含日紅。施注又出宋槧本。集帖 欻跋憋愚懵。至今碧蘆吟舫畔。石鏡 溪字捫晴虹。風流廿載今頓盡。太息 斯人又一翁。雲客揩法自不乏。代捉 刀者眞英雄。蘇黃睥睨不相下。試問 二法同不同。用墨太豊意微貶。涪翁 敢爾於長公。竟以天下第一許。自視 怏豈言之衷。(黃山谷與謝景道書蘇 子瞻書法娟秀。雖用墨太豊而韻有 餘。於今爲天下第一。余書不足學。 學者輟筆。怏無勁氣。今乃舍子瞻而 學余。未爲能擇術也) 二公書品在肥 瘦。鍊歸眉士毫端融。匏菴石田恨區 別。亦自異曲能同工。此心印證借紙

			筆。安得聚首交磨礱。錢塘江上喚津筏。靑眼萬里揩靑嵩。熊雲客鎦眉士卬。須我友碧蘆篷。
俞晚柱	欽英 卷6 1787년 1월 2일조	沈周의 『石田詩抄』를 읽다.	初二日。辛未。還略閱石田詩抄。云云別部及綱目。
李晩秀	屐園遺稿 卷1 「題竹石徐慶世(榮輔)所藏碧梧淸暑圖」	徐榮輔가 소장한 沈周의 「碧梧淸暑圖」를 감상하고 시로 비평하다.	我觀石田畫。畫梧如是碧。茅茨八九楹。巖壑紆而僻。庭心蕉數本。園後竹千尺。中有散髮翁。隱几玩古易。蕭灑寡塵事。偃蹇得閑適。茶雲護眠鶴。山逕畫無客。幸哉嶧陽枝。托根伊人宅。一樹靑琅玕。秀氣出檜栢。圓葉覆參差。淸陰抱虛寂。山中自無暑。對此凉生席。不願七絃絾。不須九苞翮。遂令凡木空。宜被畫者惜。可憐木之灾。京尹門列戟。
李定稷	燕石山房詩藁 卷2 「又拈藍字」	'藍'자를 사용해 지은 시 뒤에 黃玹이 王士禎과 沈周를 언급하며 차운한 시를 덧붙이다.	萬笏山光正蔚藍。諸君胸次似澄潭。輞川有墅推摩詰。月旦爲評憶汝南。獺祭書多防詩澁。羊腸車歇認茶甘。待圓秋月同携手。重上金鰲石壁菴。 附：小川의 詩 遠客征袍碧似藍。離愁深淺較澄潭。多君命駕尋中山。獨我無文送邵南。晴日煖風看麥熟。幽泉古鼎試茶甘。何當與子重携手。更訪金鰲石底菴。 附：梅泉의 詩 滿屋山光綠映藍。槐陰千尺臥溪潭。風騷猶見王貽上。杖履能來沈啓南。睡淺連宵茶正苦。情深留客菜猶甘。紀行旬日將成卷。似子堪稱老學菴。

| 李定稷 | 燕石山房詩藁 卷3 「和白村古詩」 | 자신의 회화를 祝允明 과 沈周가 아닌, 米芾 과 黃庭堅의 작품에 비 견한 시에 화답하여 시 를 짓다. | 星宿東流到滄海。淳風自古駸駸改。
尙嘉鳳城一片地。十丈文虹含舊彩。
不作飮氷熱于內。窮搜蠹魚老無悔。
但覺全身有時癢。得見故人來搔背。
起視箱篋有所存。白頭苦心一家言。
只解弊巾十襲藏。不知笑者已在門。
記曾一見荷深知。正値誅茅升屋時。
却謂傭人子姑去。我有嘉賓遠別離。
江西一派陳無己。聞說閉門晏不起。
老杜更有雄渾處。不獨沈鬱乃相似。
愛君性靈出於天。寄我春容一大篇。
詩家未必無拗字。平分十絶還自然。
幾度山巓與水涯。荒橋一路斜復斜。
多謝謝家連枝樹。不遲倚玉老蒹葭。
花甲重光値奮若。壽余以詩有此作。
遠途不憚徒步行。慙愧家貧闕深酌。
恨未與君屋相比。無朝無暮論文字。
爲向囊中探舊詩。不嫌評隲微有異。
遙想詩人賈幼隣。隔在江南相憶秦。
更願好風吹雙鶴。年年隨鴈來及春。 |
| 李學逵 | 洛下生集 冊11 匏花屋集 「感事集句(十章)」 | 明나라 沈周의 '世好都 歸一嬾除'라는 구절을 인용하여 感事集句詩 를 짓다. | 柔楡元不補東隅。(宋陸游)。世好都 歸一嬾除。(明沈周)。我本無家更安 往。(宋蘇軾)。郤須時到野人廬。 |

岳 筠 (岳綠春)

인물 해설	이름은 筠, 자는 綠春이며 山西 文水縣 사람이다. 國子博士를 지낸 吳嵩梁 (1766-1853)의 姬妾으로 蘭을 잘 그렸다. 그녀는 15세에 吳嵩梁의 첩이 되어 19세에 세상을 떠났다. 汪梅鼎에게서 蘭 그리기를 배웠는데 그녀의 그림은 수려하고 아름다웠다. 생전에 梅花를 매우 좋아하였기에 吳嵩梁은 그녀가 죽은 후 「梅影」이라는 詩를 지어 그녀에 대한 깊은 정을 드러냈다. 그녀가 기거했던 聽香館에서 湯貽汾·屠倬이 합작으로 「聽香館圖」를 그리고 琉璃 蕉布帳에 매화를 그린 일은 당시 아름다운 일화로 전해지고 있다.
인물 자료	○ **吳嵩梁, 『香蘇山館詩集』 卷5. 「綠春詞有序」** 　筠姬姓岳氏, 字曰綠春, 山西文水人, 隨母僑寓京師, 姿性慧麗, 能左手書. 授以詩, 輒倚聲誦之, 妙合音節. 余初詣姬居, 値曉妝, 貽碧桃一枝, 姬受而簪於髻. 俄有奪以重聘者, 姬恚甚, 謂其母曰: 兒已簪吳氏花矣. 遂於嘉慶十一年四月八日歸餘, 年甫十五. 余得惠風閣書, 因持示姬, 姬曰: 妾年小不能持家, 累君有內顧憂, 願宜人早來, 妾亦有所恃也. 余嘉其意, 遂寵以詩. ○ **吳嵩梁, 『香蘇山館詩集』 卷7, 「聽香館悼亡詩爲嶽姬綠春作」** 　冷暖相依僅五年, 不應草草賦遊仙. 早知一病無醫法, 何苦三生種夙緣. 嫁日歡娛如夢裏, 殮時明麗倍生前. 定情詩扇教隨殉, 誰誦新詞遍九泉. (姬來歸, 余爲賦綠春詞十五首書扇, 今以爲殉.)
저술 소개	

		비 평 자 료	
申緯	警修堂全藁 冊3 蘇齋二筆 「題吳蘭雪(嵩梁)姬人岳綠春蕙蘭掛圖(此圖舊爲翁星原物, 今歸貞碧舘綠春, 有二小印, 白文曰岳氏筠姬, 朱文曰蓮花博士)」	翁樹崑 舊藏이었던 吳嵩梁의 姬妾인 岳筠이 그린 「蕙蘭掛圖」에 題詩를 쓰다.	紅豆飄零似隔晨。幽吟迸淚篋中珍。苔岑契淺吳蘭雪。翰墨緣深岳綠春。轉蕙風淸袂袂擧。滋蘭露冷玉肌淪。空憑裊裊盈盈筆。想見端端正正人。
申緯	警修堂全藁 冊3 蘇齋二筆 「雨蕉見和岳綠春蘭蕙題句, 再用原韻奉酬」	岳筠의 「春蘭蕙題句」에 朴蓍壽가 화답시를 지었는데, 申緯도 다시 原韻을 사용하여 시를 짓다.	蘭蕙賡酬雨麥晨。(蕉書云已得驚蟄雨。可期有秋) 驚看咳唾捻成珍。參差靜女柔荑手。點綴高堂素壁春。楚畹同心含霧露。江皐並蒂映霑淪。隔生哀逝何多感。爲是苔岑臭味人。(蕉詩兼歎紅豆之夭)。
申緯	警修堂全藁 冊3 蘇齋二筆 「雨蕉見和岳綠春蘭蕙題句, 再用原韻奉酬」	岳筠의 「春蘭蕙題句」에 朴蓍壽가 화답시를 지었는데, 翁樹崑이 요절한 것을 안타까워 한 부분이 있었다.	上同
申緯	警修堂全藁 冊13 倉鼠存藁(一) 「蘭雪又寄故姬岳綠春畫蘭有詩, 故卽用原韻」	吳嵩梁이 故姬인 岳筠의 畫蘭에 시를 지어 보내오자, 次韻하는 시를 짓다.	綠梅花謝影沉沉。潘鬢憑誰話舊襟。(蘭雪來詩。有綠梅催謝之句) 月上銷魂餘栗主。篋中霑臆見蘭心。(廲樊榭故姬月上栗主事。見王述菴蒲褐山房語話) 國香澹泊無多在。禪榻風情一往深。塍墨發函今視昔。淚彈紅豆更難禁。(岳氏畫蘭。前從紅豆得一本。今又得此幅)。

申緯	警修堂全藁 冊13 倉鼠存藁(一) 「蘭雪又寄故姬岳綠春 畫蘭有詩, 故卽用原韻」	岳筠을 厲鶚의 故姬 인 月上栗主에 비기 고, 月上栗主에 대한 이야기가 王昶의 『蒲 褐山房詩話』에 실려 있음을 말하다.	上同
申緯	警修堂全藁 冊13 倉鼠存藁(一) 「蘭雪又寄故姬岳綠春 畫蘭有詩, 故卽用原韻」	岳筠의 畫蘭을 翁樹 崑으로부터 얻었는 데, 이번에 다시 吳嵩 梁으로부터 또 얻었 음을 말하다.	上同
申緯	警修堂全藁 冊26 覆瓿集(三) 「閱吳蘭雪舊所贈琴香 閣畫梅畫山水, 岳綠春 畫蘭諸幅, 感題四絶句」	吳嵩梁이 보내 준 蔣 徽와 岳筠의 그림에 題詩를 짓다.	一家女史丹靑手。雙絶琴香與綠 春。從古有如蘭雪福。不曾磨折幾 多人。 其二 山水梅蘭甲乙難。紈心蕙質想毫 端。漁夫去矣留漁婦。九里梅花淚 眼看。(琴香閣有石溪漁婦四字印。 蘭雪有九里梅花村舍六字印)。 其三 殊邦有此通家好。情贈偏多畫幅 傳。可是澈翁遊岱後。斷無消息至 今年。(蘭雪一號澈翁) 其四 紅蘭綠萼異香噴。滿篋烟雲墨未 昏。擬古欲題三婦艷。石溪萬里慰 詩魂。
申緯	警修堂全藁 冊29 覆瓿集(十一) 「題錢塘女史湘佩沈(善 寶)墨梅後」	沈善寶의 「墨梅」에 題詩를 쓰며, 蔣徽와 岳筠을 추억하다.	一樹梅花艷動人。疎枝密蕊妙傳 神。 江南女子多才藝。倍憶琴香岳綠 春。

梁啓超 (1873-1929)

인물 해설	字는 卓如, 號는 任公·飮氷室主人으로, 廣東 新會 사람이다. 光緒 15年 (1889)에 천거되고, 민국 후에 法部總長을 지냈다. 근대 중국의 사상가로 康有爲로부터 배우고 그의 입헌제 주장 및 大同說에 공감하여 적극적으로 협조하였으며, 戊戌新政(1898) 때는 그의 참모로 활동했다. 1896년, 중국인에 의한 최초의 잡지인 『時務報』를 간행하였고, 무술정변 실패 후 일본으로 망명하여 『淸議報』·『新民叢報』, 문학지인 『新小說』을 간행하였으며, 일본어의 어휘·문체를 도입한 독특한 문체로 청말의 청년들에게 커다란 영향을 끼치는 등, 활발한 언론 활동을 하였다. 정치적으로는 입헌군주제를 주장하면서 혁명파(공화제)에 반대하였다. 신해혁명(1911) 후에는 袁世凱의 帝政, 張勳의 復壁運動에 반대하는 한편, 군벌 정부의 요직에 참가하였다. 강유위가 끝까지 유교적 틀을 벗어나지 못한 데 비해, 그는 베이컨·데카르트·루소·괴테·칸트 등 서양 사상을 소개하는데 힘을 기울었다. 그러나 과학에 대해서 종교의 우위를 주장하는 등, 중국 봉건사회의 사상적 흔적도 보였다. 만년에는 중국 전통문화에 깊이 심취하였다. 저서로는 『中國學術思想變遷大勢』·『先秦政治思想史』·『淸代學術槪論』·『飮氷室文集』 등이 있다.
인물 자료	吳廷嘉, 『梁啓超評傳』, 百花洲文藝出版社, 2010
저술 소개	★『淸代學術槪論』 民國 10年 商務印書館 鉛印本 1冊 ★『飮氷室文集』 民國 15年 中華書局 鉛印本 80卷

비 평 자 료			
金澤榮	韶濩堂集續 卷1 「梁任公(啓超) 至南通, 余訪見 之明日有贈」	梁啓超를 만나보고 시를 지어 보내다.	自顧形容我是誰。弊冠霜雪老鍾儀。 一朝歡喜逢名士。千古歸來有此時。 泰山文望昌黎民。(君之文字。要爲 今日中州之冠故云)　澤潞兵談杜牧 之。聞做共和猶未做。乾坤俛仰且停 卮。
金澤榮	韶濩堂集續 卷2 「與梁任公(啓 超)牘(壬戌)」	梁啓超에게 조상의 傳誌 를 부탁하는 尺牘을 보내 다. * 梁啓超의 답장：大集暑 誦一過。欽佩無似。東國 一綫文獻。庶不墜地也。 屬爲先德銘幽。鄙人本不 能文。且矢願不作壽序墓 文有年矣。不克應命。主 臣主臣。他日當採大著。 入筆記中。爲將來留史 料。卽所以答盛意耳。手 此敬復滄江先生。啓頓。	僕之先世。有孝友至行者兩世。公倘 可擇於兩世。賜以傳誌否。如果相 許。錄行以進。以僕觀之。公之文 字。當爲今日中州之第一。而中州士 之持論如僕者不可得見。噫。士生一 世。難見知於人如是夫。
曺兢燮	巖棲集 卷8 「與金滄江(二)」	康有爲의 글은 健實을 위 주로 하고 梁啓超는 爽利 를 지극히 하여 名家라고 할 수는 있지만, 持論에 근 거가 없어 立言의 반열에 놓기에는 부족하다.	中州文字如康梁諸作。兢亦閱其一二 矣。大抵康主健實。梁極爽利。要爲 名家。但其持論無根據。不足當立言 之列。
曺兢燮	巖棲集 卷8 「與金滄江(二)」	康有爲와 梁啓超의 학술 은 조선인과 상반되므로 그들의 序文을 구하는 것 은 어울리지 않는다.	況其學術。與吾邦人所尙不啻南北。 求序鄙作。是何異於方底而圓盖耶。

曺兢燮	巖棲集 卷16 「讀飮氷室文集」	『飮氷室文集』은 歷代 중국과 서양의 정치·학술의 근원과 풍속의 변화, 時務에 대해 자세하고 暢達하게 논하였다.	予讀新會梁子之文。觀其於古今中西政治學術之源。風俗之變時務之宜。如策數馬而手承蜩也。如燭照龜卜而掌運也。八九年之間。宗旨屢遷。前後相救。而無不委曲條暢。動皆成說。一擊其中。首尾皆應。使覽者心醉眼眩。茫然不知其所適從也。非天下之奇才。能至此哉。
曺兢燮	巖棲集 卷16 「讀飮氷室文集」	梁啓超를 역대 중국의 인물에 비교하여 논하다.	總而論之。新會者有賈長沙之才調。而無陸忠州之諳練。有馬龍門之識力。而無董江都之本原。有陳龍川之强辯。而無呂藍田之學術。特以其智氣足以凌駕一世。而熱性又爲時境之所感觸。頗有悟於達摩陽明之眞諦。而委其身於生死毀譽之衝。侈然思以易天下。其初盖欲點洋鐵於華金。但取其成器濟用之完具
曺兢燮	巖棲集 卷16 「讀飮氷室文集」	梁啓超는 達摩와 王守仁의 眞諦에서 자못 깨달은 바가 있다.	上同
曺兢燮	巖棲集 卷16 「讀飮氷室文集」	梁啓超 문장의 부정적인 면을 비판하며, 그의 학설 중 거친 것은 버리고 精髓를 취하여 당세의 급무를 수행하고 천하의 정사를 확립해야 한다고 주장하다.	就使天下之人。去梁氏之粗而取其精。以成當世之務而立天下之事。而神州二千年前羣聖所以繼天立極。爲生民開太平者。一掃而空之。萬世之後追考原始。罪必有所歸。

53
楊 愼 (1488-1559)

인물 해설	明의 문학가로, 字는 用修, 號는 升菴, 四川 新都 사람이다. 양신은 성격이 강직하고 어려서 예민하고 민첩하여 11살에 시를 지었고, 12살에 「古戰場文」·「過秦論」을 모작하여 주변을 놀라게 했다고 한다. 正德 6년(1511) 과거에 장원급제, 翰林院修撰으로 제수되었다. 1524년 桂萼 등이 등용될 때 동지 36명과 함께 반대의견을 嘉靖帝에게 직간하다가, 황제 앞에서 곤장을 맞고 雲南省 永昌으로 유배되었다. 장기간의 유배생활 동안 오로지 독서와 저술로 시간을 보내며 학자로서의 명성을 쌓았다. 經學과 시문에 탁월하였으며 박학하기로 이름이 높았다. 특히 雲南에 관한 견문과 연구는 귀중한 자료로 전한다. 저작이 백여 종에 달하며 후인들이 그 요체만을 모아 『升菴集』 81권, 『升菴遺集』 26권으로 엮었다.
인물 자료	○ 『明史』, 列傳 80 　　楊愼, 字用修, 新都人, 少師廷和子也. 年二十四, 擧正德六年殿試第一, 授翰林修撰. 丁繼母憂, 服闋起故官. 十二年八月, 武宗微行, 始出居庸關, 愼抗疏切諫. 尋移疾歸. 世宗嗣位, 起充經筵講官. 常講舜典, 言: "聖人設贖刑, 乃施於小過, 俾民自新. 若元惡大奸, 無可贖之理." 時大檣張銳·於經論死, 或言進金銀獲宥, 故及之. … 愼幼警敏, 十一歲能詩. 十二擬作古戰場文·過秦論, 長老驚異. 入京, 賦黃葉詩, 李東陽見而嗟賞, 令受業門下. 在翰林時, 武宗問欽天監及翰林: "星有注張, 又作汪張, 是何星也?" 衆不能對. 愼曰: "柳星也." 歷擧周禮·史記·漢書以復. 預修武宗實錄, 事必直書. 總裁蔣冕·費宏盡付稿草, 俾刪定. 嘗奉使過鎭江, 謁楊一淸, 閱所藏書. 叩以疑義, 一淸皆成誦. 愼驚異, 益肆力古學. 旣投荒多暇, 書無所不覽. 嘗語人曰: "資性不足恃. 日新德業, 當自學問中來." 故好學窮理, 老而彌篤. 世宗以議禮故, 惡其父子特甚. 每問愼作何狀, 閣臣以老病對, 乃稍解. 愼聞之, 益縱酒自放. 明世記誦之博, 著作之富, 推愼爲第一. 詩文外, 雜著至一百餘種, 並行於世. 隆慶初, 贈光祿少卿. 天啓中, 追諡

文憲。

○ 錢謙益, 『列朝詩集小傳』 丙集 卷15, 「楊修撰愼」

慎, 字用修, 新都人. 少師文忠公廷和之子也. 七歲作擬古戰場文, 有曰"青樓斷紅粉之魂, 白日照青苔之骨." 時人傳誦, 以爲淵雲再出. 正德辛未, 擧會試第二, 廷試第一. 授翰林修撰. 武廟閱天文書, 星名注張, 又作汪張, 下問欽天監及史館, 皆莫知. 用修曰: "注張, 柳星也." 歷引周禮‧史‧漢書以復. 湖廣土官水盡源通塔平長官司入貢, 同官疑爲三地名, 用修曰: "此六字, 地名也." 取大明官制證之. 嘉靖癸未, 修武廟實錄, 總裁二閣老, 盡取藁草屬刊定焉. 甲申七月, 兩上議大禮疏, 率群臣撼奉天門大哭, 廷杖者再, 斃而復甦, 謫戍雲南永昌衛, 投荒三十餘年, 卒於戍, 年七十有二. 用修在滇, 世廟意不能忘, 每問楊愼云何. 閣臣以老病對, 乃稍解. 用修聞之, 益自放, 嘗醉, 胡粉傅面, 作雙丫髻插花, 諸伎擁之游行城市, 諸夷酋以精白綾作褌, 遺諸伎服之. 酒間乞書, 醉墨淋漓, 諸酋輒購歸, 裝潢成卷. 嘗語人曰: "老顚欲裂風景, 聊以耗壯心‧遣餘年耳!" 著述最富, 詩文集之外, 凡百餘種, 皆盛行於世. 用修垂髫賦黃葉詩, 爲茶陵文正公所知, 登第又出門下, 詩文衣鉢, 實出指授. 及北地哆言復古, 力排茶陵, 海內爲之風靡. 用修乃沈酣六朝, 攬采晚唐, 創爲淵博靡麗之詞, 其意欲壓倒李‧何, 爲茶陵別張壁壘, 不與角勝口舌間也. 援據博則舛錯良多, 摹倣慣則瑕疵互見. 竄改古人, 假託往籍, 英雄欺人, 亦時有之, 要其鈎索淵深, 藻彩繁會, 自足以牢籠當世, 鼓吹前哲. 膚淺末學, 趨風仰止, 固未敢抵隙蹈瑕, 橫加訾謷也. 王元美曰: "用修工于證經, 而疏于解經; 詳于稗史, 而忽于正史; 詳于詩事, 而不得詩旨; 求之宇宙之外, 而失之耳目之前." 斯言也, 庶哉楊氏之諍友乎!

○ 王畿, 「陶情續集跋」

吾師升庵先生在滇廿餘年, 寄情於豔曲, 忘懷於謫居, 吟餘賞末, 時一爲之, 所謂托焉而逃者乎.

저술 소개

＊『升庵詩話』

(明)嘉靖年間 刻本 4卷 / (淸) 李調元編 (淸)嘉慶 14年 刻本 『函海』163種 內 楊愼撰 『升庵詩話』12卷 『補遺』2卷 / (淸)光緒 8年 刻本 『總纂升庵合集』本 內 楊愼撰 『升庵詩話』15卷 / 民國 5年 無錫 丁氏 鉛印本 『歷代詩話續編』

內 楊慎撰 『升庵詩話』 14卷

★『楊升菴詩』

  (明)嘉靖 24年 譚少嵋刻本 5卷 / (明)萬曆年間 刻本 5卷

★『太史升菴文集』

  (明)萬曆 10年 蔡汝賢刻本 81卷 / (明)萬曆 29年 王藩臣·蕭如松刻本 81卷 目錄 4卷 / (明)陳大科刻本 / (明)陳大科刻本 宮偉鏐重修本 / (明)萬曆 24年 莊誠刻本 / (明)崇禎 12年 陳宗器刻本

★『楊子卮言』

  (明)嘉靖 43年 劉大昌刻本 6卷

★『丹鉛總錄』

  (明)嘉靖 33年 梁佐刻本 27卷 / (明)隆慶年間 凌雲翼·黃思近刻本 27卷 / (明)萬曆年間 刻本 27卷

★『丹鉛餘錄』

  (明)刻本 17卷 / (明)嘉靖 16年 藍田 李氏山房刻本 13卷 / (明)隆慶 6年 凌雲翼刻本 13卷 / (明)萬曆 43年 郟鄏刻本 13卷

★『丹鉛續錄』

  (明)嘉靖年間 刻本 12卷

★『升菴文集』

  (明)嘉靖 36年 刻本 12卷

★『古詩選』

  (明)曼山館刻本 9種 33卷 焦竑評點

★『升庵長短句』

  (明)刻本 4卷

★『陶情樂府』

  (明)嘉靖 30年 簡紹芳刻本 4卷

★『楊升菴雜著』

  (明)刻本 14種 43卷 / (明)刻本 12二種 39卷

★『升菴外集』

  (明)萬曆 44年 顧起元刻本 100卷 焦竑輯

		★『皇明詩抄』 (明)嘉靖 37年 陳仕賢刻本 10卷 目錄 2卷 ★『楊升菴先生批點文心雕龍』 (明)萬曆 37年 梅慶生刻本 10卷 (梁)劉勰撰 (明)楊愼批點 梅慶生音注 ★『説郛續』 (明)陶珽編 (淸)順治 3年 李際期 宛委山堂刻本 46卷 內 楊愼撰『古今諺』/ 『玉名詁』 ★『盛明百家詩』 (明)兪憲編 (明)嘉靖－隆慶年間 刻本 324卷 內 楊愼撰『楊升菴集』1卷 ★『八代文鈔』 (明)李賓編 明末 刻本 106種 106卷 內 楊愼撰『楊用修文抄』1卷 ★『名家尺牘選』 (淸)馬睿卿編 淸代 刻本 20卷 內 楊愼撰『楊用修尺牘』1卷	

비 평 자 료			
金邁淳	臺山集 卷16 闕餘散筆	楊愼이 鄭玄의 『周禮注』 두 조항을 논박하였는데, 하나는 옳고 하나는 그르 다고 평하다.	楊升庵斥鄭康成周禮注二條。其一羣 妃御見之法。… 其一秋官屋誅。… 盖亦微有不信之意也。升庵斥之。誠 是矣。秋官屋誅。則司烜氏注也。… 升庵考之不詳。以爲康成說。而遂有 得罪名敎之斥。此可爲草率看書。輕 議先儒者之戒。
金邁淳	臺山集 卷17 闕餘散筆	楊愼은 朱子의 문장을 극 찬하였으니, 특히 文章을 멸시하는 우리나라 朱子 學者들에게 頂門一鍼이 될 만하다.	楊升庵曰。剖析性理之精微。則日精 月明。窮詰邪說之隱遯。則神搜霆 擊。感激忠義。發明離騷。則苦雨凄 風之變態。泛應人事。遊戲翰墨。則 行雲流水之自然。其紫陽之文乎。或 謂文與道爲二。學道不屑文。專守一 藝而不復旁通他書。掇拾腐說而不能 自遣一辭。反使記誦者嗤其陋。詞華 者笑其拙。此則嘉定以後朱門末學之

			弊。升庵之學。雖於道未純。而文章一路。眼目亦自超詣。故看得眞的。辨得痛快如此。東土之爲朱學者。宜寫置坐側。以當頂門一鍼。
金邁淳	臺山集 卷19 闕餘散筆	楊愼은 문장이 아름답고 학식이 해박하여 한 시대의 藝文을 대표할 만하다.	楊升庵藻麗博洽。一代藝文之雄。所評經史諸說。雖多曲說鑿解。警拔可採。亦自不少。而往往於古人文字。看得鹵莽。不覺其自露破綻。余於周禮屋誅注。嘗論之矣。
金邁淳	臺山集 卷19 闕餘散筆	楊愼은 간혹 옛 사람의 글을 성급하게 읽고 실수를 범하곤 하는데, 周禮 屋誅注에 대해서는 일찍이 그 잘못을 논한 바 있다. *『臺山集』卷16,『闕餘散筆 · 尙書第二』참조.	上同
金邁淳	臺山集 卷19 闕餘散筆	楊愼이 晁叔用의 시 "不擬伊優陪殿下, 相隨于蔿過樓前"을 논한 것을 비평하다.	以詩文言之。則論晁叔用詩不擬伊優陪殿下。相隨于蔿過樓前曰。伊優事。見東方朔傳。人皆知之。于蔿博學者。或不知引元魯山事以釋之。…今按晁詩伊優。用趙壹伊優北堂上。骯髒倚門邊之語。而以字面偶同。認作東方朔。伊優謂人皆知之。何其疎也。
金邁淳	臺山集 卷19 闕餘散筆	楊愼이 『詩經』에 나오는 愛字의 의미를 논한 것을 비평하다.	論愛字義曰。詩愛而不見。毛萇云。愛蔽也。說文从人作僾。蔽而不見之意。… 愛而不見詩。靜女章文。毛傳愛字無解。鄭箋心旣愛之而不得見。寫之作僾。訓之爲蔽。自是許叔重說也。愛蔽也三字之爲毛萇云。不亦杜撰乎。

金邁淳	臺山集 卷19 闕餘散筆	高棅의『唐詩品彙』의 詩體 분류에 대한 楊愼의 비판을 반박하다.	又詆高棅唐詩品彙曰。陳子昂故人江北去。(江北見衍本作洞庭) 楊柳春風生。李白去國登玆樓。懷人傷暮秋。劉眘虛滄溟千萬里。日夜一孤舟。崔曙空色不暎水。秋聲多在山。皆律也。而誤選爲古詩。至有盲妁屛婿之斥。今按晁詩伊優。… 唐詩古律。未知據何辨別。而陳李二詩。篇皆八句。用字平仄。又同律法。以爲近體者。似或無怪。而劉詩何處歸且遠。送君東悠悠。滄溟千萬里。日夜一孤舟。曠望絶國所。微茫天際愁。有時近仙境。不定若夢遊。或見靑色古。孤山百里秋。前心方杳渺。後路勞夷猶。崔詩靈谿氛霧歇。皎鏡淸心顏。空色不暎水。秋聲多在山。世人久疎曠。萬物皆自閒。白鷗寒更浴。孤雲晴未還。昔時讓王者。此地閟玄關。無以躡高步。凄凉岑壑間。句法字法。皆未見其爲律。而斷以爲非古者何也。
金邁淳	臺山集 卷19 闕餘散筆	楊愼은 자신감이 지나쳐 실수가 많고 남에게 각박하여 毛奇齡의 원조라 할 만하다.	盖此公爲人。明銳有餘。沉實不足。故忽於考古而果於自信。苟於詆人而疎於自檢如此。此明士弊風。而近日毛奇齡輩之濫觴也。
金邁淳	臺山集 卷19 闕餘散筆	우리나라 선비들이 楊愼의 박학하고 신기한 것에 빠져서 정밀하게 취사할 줄 아는 사람이 거의 없다.	爲東士者。徒悅其閎肆新奇。不知裁擇。一意傾信。則厭茶飯而慕丹朶。不求延反促也者鮮矣。
金錫冑	息庵遺稿 卷9 「書梧亭遺稿卷首」	朴蘭의『梧亭遺稿』가 온전히 전해지지 않은 것을 한탄하며, 세상에 楊愼 같은 사람이 없음을 안타까와 하다.	曩余官司馬。方校藝西郊。有一人儒服襤褸。持狀而訴。自言爲古文官朴公蘭之裔孫…余爲從其言免其役。仍令取其遺稿而來閱之。格律溫雅。且饒於藻彩。深有中晚唐餘韻。在我

			朝。亦可與李安分·蘇陽谷諸人相上下。惜乎。屢經兵亂。尋又遭患。故子姓零替。其收拾零金疏羽。只此二編而已…噫。世無楊用修。靑塚黑山之詠。雖甚偉麗。其誰將續而傳之耶。
金錫冑	息庵遺稿卷18「陣圖賦」	『武侯全書』 편말에 있는 중국 역대 문사들의 글 중 楊愼의 記만이 佳作이다.	甲午春。余病寒數日。偶借諸葛武侯全書於李擇之許。其書末編。載唐宋以後至明朝諸文士所詠八陣圖詩若文若賦幾數十篇。詩無論。文唯新都用修太史之記爲佳。賦則自楊廉夫以下。皆瑣瑣無可當人意者。
南九萬	藥泉集卷30「答西溪九月二日」	「滇南土官詩」에 대한 楊愼의 주석을 참고하여 地理를 말하다.	下送地圖及示敎多少。滇南土官詩升菴注釋並依覽。而以賤意揆之。猶似隔鞾搔癢。禹貢諸州所表地界山川。皆是近地入於五服疆理之中者也。何獨於黑水舍近境之山川。乃以遙遙萬里外星宿海靑海之外。穿過天竺諸國入海者。爲雍·梁之界表耶。…此詩何足憑信乎。
南龍翼	壺谷漫筆卷3「明詩」	李夢陽은 詩風을 개척한 공이 있고, 그의 뒤를 이어 楊愼 등 많은 문인이 나왔으며, 李攀龍과 王世貞에 와서 크게 떨쳤다.	李空同(夢陽)有大闢草萊之功。後來詩人皆以此爲宗。… 其後王浚川(廷相)·邊華泉(貢)·徐迪功(禎卿)·王陽明(守仁)·唐荊州(順之)·楊升菴(愼)諸公相繼而起。至李滄溟(攀龍)·王弇州(世貞)而大振焉。
朴齊家	貞蕤閣集卷3「寄李雨邨」	李調元을 그리워하며 지은 시에서 李調元이 王士禎이 역임했던 벼슬을맡고 있으며, 문장이 楊愼과 짝할 만하다고 추켜세우다.	生來不見看雲樓。万里人歸磊落州。蜀道靑天嗟遠別。秦風白露又深秋。纔聞宦跡追貽上。還把文章配用脩。留得十年香一瓣。樂浪西畔夢悠悠。

朴齊家	貞蕤閣集 卷4 「燕京雜絶, 別任 恩曳姊兄, 憶信 筆, 凡得一百四 十首」	李調元은 자신의 저서 『函 海』를 판각하였는데 楊愼 의 저술 50종과 자신의 저 술 41여종이 실려 있다.	成都雨村叟。放浪今何如。万里畋舟 重。千秋函海書。(李通政調元成都 風流自豪人。比之楊升菴。刻其自著 函海。有升菴五十種。自著四十餘 種。罷官載板入川中)
徐瀅修	明皐全集 卷14 「紀曉嵐傳」	徐瀅修는 고증학이 楊愼 에서 시작하여 顧炎武에 이른다고 평하다.	評曰。考證之學。盛於明末。其源盖 出於楊升庵。而及至顧亭林朱竹垞。 雖謂之鄭服之靑藍。不是過也。
成海應	研經齋全集 冊16 「神禹碑跋」	神禹碑 탑본의 진위여부 에 대해서 楊愼의 말을 인 용하여 고증하다.	楊用修云。古今名士稱述衡山禹碑者 不一。然劉禹錫・韓昌黎皆未見。晦 翁・南軒遊南嶽。尋訪不獲。王象之 輿地紀勝云。碑在岣嶁峯。又傳在雲 密峯。昔樵人見之。宋嘉定中。蜀士 引樵夫。至其所。以紙打碑七十餘 字。刻于夔門觀中。後俱亡。近張季 文僉憲。自長沙得之云。是宋嘉定 中。何致子一撫刻于嶽麓書院者
成海應	研經齋全集續集 冊12 「題奎章全韻後」	楊愼의 『轉注古音略』은 鄭庠본에 의거하여 『毛 詩』, 『楚辭』, 『漢魏古樂 府』를 두루 참조하였다.	明楊升菴之轉注古音略。…　咸四部 之通。依鄭庠本。博引毛詩・楚辭・ 漢・魏古樂府。及韓・杜兩家詩。以 證佐之。
成海應	研經齋全集外集 卷61 蘭室譚叢 「楊厥碑」	楊愼은 漢司隷楊厥碑의 글자를 고증하였다.	楊用脩云漢司隷楊厥碑。遰通石門。 洪适亦不知遰爲何字。按遰卽鑿字 也。
成海應	研經齋全集外集 卷67 燕中雜錄筆 「書籍」	楊愼의 『丹鉛總錄』에 의 하면 책을 꾸며서 만드는 것을 裝潢이라 한다고 하 였다.	粧冊謂之裝褙。見元陶宗儀輟耕錄・ 明曹昭格古要論。而楊愼丹鉛總錄則 稱爲裝潢。潢者染紙也。又卷首貼綾 爲玉池爲贉。

申緯	警修堂全藁 冊4 戊寅錄 「題陳未齋(浩) 臨擔當師書橫看, 有劉石菴(墉)·翁 覃溪(方綱)二跋 (九首)」	陳鼎의 『滇黔紀游』에 의 거하여, 擔當이 머물렀던 咸通寺의 寫韻樓에는 그 이전에 楊愼이 寓居하였 기에 그의 墨蹟이 많이 남 아 있었다고 말하다.	其六: 曾聞寫韻樓中。四壁升菴墨 妙。老師九十繙經。一樹白茶花照。 (感通寺在點蒼山之麓。楊升菴寓寺小 閣。題曰寫韻樓。四壁皆升菴墨妙。 明末滇詩人唐大來薙染。號擔當和 尙。亦寓此樓。壽九十餘。樓前白茶 花。高數十丈。大數十圍。花如玉 蘭。心殷紅。滇南只此一樹。見陳鼎 滇黔紀游)。
申緯	警修堂全藁 冊7 碧蘆舫藁(三) 「次韻篠齋夏日 山居雜詠(二十 首)」	徐淇修에 대해 楊愼처럼 博學하다고 칭찬하다.	其三: 從初患難付閑談。一第累人猿 鶴憨。老去詩豪劉夢得。謫來博學楊 升庵。
申欽	象村稿 卷21 「鐵網餘枝序」	楊愼의 저작 중에서 옛 사 람들의 시를 해석하거나 그 전편을 기록한 것을 뽑 아서 『鐵網餘枝』를 만들 고 그 서문을 짓다.	楊升庵詮古人詩。或記其全篇皆集外 遺什。選外餘律。人罕知者。而音響 瀏瀏。譬如牛渚犀然。幽怪畢露。周 廚珍設。貝柱麤漏。余竊嗜其新糜。 輯爲秩。命曰鐵網餘枝。瀘淀於滇底 者詎不爲金谷之上寶。而然非識寶之 西賈。亦何以別其品耶。
申欽	象村稿 卷21 「鐵網餘枝序」	楊愼의 일생을 간략히 기 록하다.	升庵名愼。字用脩。蜀人也。太師廷 和胄子。生弘治戊申。正德丁卯狀 元。爲翰林修撰。當嘉靖帝追崇私 親。毀禮自用。張桂媒孽。霍方附 麗。大師及升庵屹然砥柱其間。父子 俱得罪去。而升庵言最直。禍尤最 烈。編戍滇中。滇距京師萬三千里。 謫三十五年不得還。年七十三卒。一 代偉人也。

申欽	象村稿 卷21 「鐵網餘枝序」	楊愼은 문장력이 풍부하여 秦漢의 글을 쓰고자 하면 秦漢의 글을 쓰고, 唐宋의 글을 쓰고자 하면 唐宋의 글을 쓰고 더러는 建安六朝의 글을 쓰기도 했으니, 일대의 奇才이다.	文章博贍。地負海涵。無可不可。欲秦漢則秦漢。欲唐宋則唐宋。間作建安六朝語。生色燁然。一代奇才也。以一代偉人。抱一代奇才。而竟爲盛明之屈賈。噫。冤矣哉。
申欽	象村稿 卷21 「鐵網餘枝序」	王世貞이 『藝苑巵言』을 저술하면서 楊愼의 글을 참조하였는데, 도리어 楊愼의 단점을 헐뜯은 것이 과반이니, 이는 楊愼을 필생의 강적으로 여겨서이다.	王司寇世貞著藝苑巵言。其所考據。多祖升庵而模之。言升庵者什之五。而訕其短者又過半。余恒怪其祖而模而更訕之也。蓋常勝之國。欲無敵。苟其敵也。必不相忘。不相忘則訕隨之。
申欽	象村稿 卷21 「鐵網餘枝序」	王世貞은 楊愼의 詩가 벼락부자가 돈이 아무리 많아도 제대로 옷 입고 밥 먹을 줄을 모르는 것과 같다고 헐뜯었다.	其訕詩則曰。暴富兒郎。銅山金埒。不曉着衣喫飯。其訕文則曰。繒綵作花。無種種生色。其論議則曰。工於證經而疏於解經。博於稗史而忽於正史。詳於詩事而不得詩旨。精於字學而拙於字法。求之宇宙之外而失之耳目之前。墨守有餘。輸攻未盡云。
申欽	象村稿 卷21 「鐵網餘枝序」	王世貞은 楊愼의 文이 오색 비단으로 꽃을 만들어도 만든 꽃은 하나같이 생기가 없는 것과 같다고 헐뜯었다.	上同
申欽	象村稿 卷21 「鐵網餘枝序」	王世貞은 楊愼의 論議에 대해 고증은 잘했으면서도 경서 해석에는 서툴렀고, 稗史는 널리 알고 있으면서 正史에는 소홀하다는 등의 평을 내리다.	上同

申欽	象村稿 卷21 「鐵網餘枝序」	王世貞의 여러 언급 중 楊愼에 대한 칭찬과 헐뜯음이 어긋나는데, 楊愼의 훌륭한 점을 덮지는 못한다.	旣博旣工旣詳旣精。而求之遠大矣。贊之已侈。則復奚疏乎忽乎不得乎拙乎失乎云爾哉。其有意於詆之者晳矣。然不得終掩其眞。則曰。明興博學饒著述。無如用脩。曰。楊用脩之南中稿穠麗婉。至曰。楊狀元愼才情蓋世。其不敢掩者且如此。
申欽	象村稿 卷21 「鐵網餘枝序」	李攀龍이 順德知府로 있을 때 胡提學에게 楊愼의 조행에 대해 물었는데, 胡提學이 楊愼의 錦心繡腸한 생활은 陳獻章의 鳶飛魚躍한 생활만 못하다고 하자 괴이하게 여겼다.	李滄溟攀龍守順德時。有胡提學者過之。胡蜀士也。滄溟問升庵起居。胡云升庵錦心繡腸。不如陳白沙。鳶飛魚躍。滄溟拂衣徑去。口咄咄不絕。
申欽	象村稿 卷21 「鐵網餘枝序」	楊愼의 經史와 詩文을 논한 글 중 자신이 논한 것과 부합한 것을 아울러 기록했음을 밝히다.	升庵平生著述甚富棟充牛汗。而余顧局於褊邦。莫能盡覽其籍。而間闕流傳小簡者。則其論經史若詩文。有與余常日所證評者。大略符契。
安錫儆	霅橋集 下 「霅橋藝學錄」	楊愼의 『升菴集』에 실린 문장은 六朝의 體가 섞여 있어 韓歐正脈이 아니지만, 「貴州鄉試錄序」 등은 괜찮은 작품이다.	嘗見楊用修升菴集而曰。此乃雜以六朝之體。而非韓歐之正脉也。然有可愛者。如貴州鄉試錄序等。是也。
柳得恭	灤陽錄 「李墨莊·鳧塘二太史」	李調元의 『涵海』와 같은 총서류의 저작에 楊愼의 저술과 李德懋의 『淸脾錄』과 유득공의 시 구절을 취하여 편입시켰다.	余蓄疑者久。今問於墨莊。答云。雨村兄撰刻涵海一部。凡一百八十五種中。有楊升菴四十種。雨村亦有四十種。其詩話三卷。李君淸脾錄及柳公佳句。別來幾日非吳下。和者無人又郢中之類。皆收入。

李德懋	靑莊館全書 卷33 淸脾錄(二) 「鴛鴦秮」	楊愼의 「丹鉛錄」에서 '牛繼馬後'와 관련된 기사를 소개하다.	楊升菴丹銘錄曰。晉書云。初玄石圖有牛繼馬後。故宣帝深忌牛氏。遂爲二橪共一口以貯酒。帝先飮其佳者。而以毒酒。鴆其將牛金。而恭妃夏矦氏。竟通小吏牛氏而生元帝。今通鑑省其文。竟云通小吏牛金而生元帝。又案唐元行冲。元魏之後。著魏典三十卷。引魏明帝時。西柳谷瑞石。有牛繼馬之像。舊時謂元帝本出牛氏。誣辭也。魏道武帝名犍。繼晉受命。此其應也。
李德懋	靑莊館全書 卷33 淸脾錄(二) 「李芝峯」	李晬光의 박식함을 楊愼에 비유하다.	李芝峯晬光字潤卿。官判書。人物無疵。詩學唐中晚而淹博。東吺之升菴。
李德懋	靑莊館全書 卷34 淸脾錄(三) 「饊」	饊과 관련된 楊愼의 기록을 인용하다.	楊愼曰。𪌘𪌔周禮註。祭用𪌘𪌔。晉呼爲環餅。又曰寒具。今曰饊子。
李德懋	靑莊館全書 卷35 淸脾錄(四) 「李雨村」	錢陳群이 李調元의『看雲樓集』에 쓴 서문에서 李調元의 시를 李白·杜甫·蘇軾·虞集·楊愼의 계보를 잇는 것으로 평가하고, 특히 李調元의 歌行은 蘇軾을 직접 이었다고 평가하다.	後又序看雲樓集。歷說蜀之詩人。如唐之太白拾遺。宋之眉山。元之道園。明之升菴。以接于羹堂。仍推奬以爲奇氣蓬勃。駸駸乎泝漢魏而上。而古歌行。在其鄉先哲中。亦幾直接大蘇云。
李德懋	靑莊館全書 卷48 「耳目口心書(六)」	「陳情表」變改에 대한 孫霱匡와 楊愼의 견해를 소개하다.	陳情表。忠孝藹然。固是吉人善士。陽節潘氏刺其少事僞朝。孫霜厓有詩曰。僞朝料得非公筆。不得當時墨本看。楊用脩曰。佛書引此文。僞朝作

			荒朝。密之初文也。晉改之以入史耳。霜厓亦見佛書所引否。
李晩秀	屐園遺稿 卷2 「送族叔尙書公 (名肇源)赴燕序」	경학은 楊愼과 王守仁의 학설로 어두워지고, 문학은 鍾惺과 譚元春의 小品文으로 문체가 변화했다고 평하다.	徒見俗尙梔蠟。民爭錐刀。衣冠歸於倡優。簪笏化爲駔儈。王楊餘派。經旨日晦。鍾譚小品。文體大變。朝有熹平之陋政。野無義熙之逸士。
李書九	惕齋集 卷7 「對策(文字)」	楊愼은 문자를 만드는 데 있어서 四象은 제한이 많고, 假借와 轉注는 무궁하다고 말하였다.	自許愼・班固・衛恒・賈公彦以下論文字者數十百家。而六者之序次雖或不同。分類立名。莫之改易。然天下之事形聲意生生不息。而文字有數。又不可隨所遘而刱造。則轉注假借者。聖人制作之活法也妙用也。故楊愼曰。四象爲經。假借轉注爲緯。四象有限。假借轉注無窮。盖其有限也。故可以爲經。無窮也。故可以爲緯。惟是諸家之論二書。最爲疑亂。程端禮則謂假借借聲。轉注轉聲。
李睟光	芝峰類說 卷8 「文章部(一)」	「西都賦」의 내용에 대해 楊愼이 고증한 사실을 소개하다.	西都賦。招白間下雙鵠。揄文竿出比目。楊愼云風俗通。白間古弓名。猶黃間也。文選以間爲鵰非也。又選賦皎皎白間註。窓以白塗之。杜詩白間剝畫蟲是也。又子美聽蘇渙誦詩曰。余髮喜却變。白間生黑絲。此言因喜而髮變黑也。
李睟光	芝峰類說 卷8 「文章部(一)」	揚雄의 「甘泉賦」에 나오는 '玉樹'에 대한 楊愼의 고증을 인용하다.	揚雄甘泉賦玉樹靑葱。楊愼曰。玉樹者武帝所作。集衆寶爲之以娛神。左思三都賦序。譏其不當言誤矣。按漢武故事。上起神臺。庭前植玉樹。珊瑚爲枝。碧玉爲葉云。楊說蓋是。

李睟光	芝峰類說 卷9 「文章部(二)」	杜甫의 "桃花細逐楊花落, 黃鳥時兼白鳥飛."는 전아하지 못한데도, 후대 시인들이 본받은 것을 개탄한 楊愼의 말을 소개하다.	杜詩。桃花細逐楊花落。黃鳥時兼白鳥飛。楊愼以爲此句法不雅。而後人多效之。
李睟光	芝峰類說 卷9 「文章部(二)」	張子容·李嘉祐·喩鳧의 시는 서로 비슷한 부분이 있지만 각각 盛唐, 中唐, 晩唐의 특징을 가지고 있다고 한 楊愼의 평을 소개하다.	楊愼曰。張子容詩。海氣朝成雨。江天晚作霞。李嘉祐詩。朝霞晴作雨。濕氣晚生寒。二詩語極相似。然盛唐中唐分焉。喩鳧詩。鴈天霞脚雨。漁夜葦條風。上句絶妙。下句大不稱。所以爲晚唐也。此言是。
李睟光	芝峰類說 卷9 「文章部(二)」	李商隱과 杜牧이 두보의 시를 배웠다고 말한 楊愼의 평을 소개하다.	楊愼曰。唐詩人中。李義山·杜牧之。學杜甫。
李宜顯	陶谷集 卷28 陶峽叢說	楊愼은 歸有光·錢謙益·茅坤·唐順之와 한 유파이며, 李夢陽과 何景明의 유파가 될 수 없다고 말하다.	明文集行世者。幾乎充棟汗牛。不可殫論。而大約有四派。姑就余家藏而言之…鹿門·荊川·升菴·震川·牧齋。學古而語頗馴。不爲已甚者也。就中升菴之麗縟。牧齋之蕩溢。稍離本色。而故當屬之於此。不可爲王·李之派。
李瀷	星湖僿說 卷4 「萬物門」	糫子에 대한 楊愼의 고증을 비판하고, 董越의 『朝鮮賦』에 나오는 삼사(糝食)를 가지고 糫子를 고증하다.	楊升菴却謂糫子者。寒具也。所粘之餠。雖如寒具。而與糫意何干。楊之博亦不及此矣。或染糫子。又作餠如釵股。用餳粘著者曰蓼花餠。以其形似而命之也。董越朝鮮賦。間看羞以糝食。自注。亦能爲華之米餻蓼花之類。然則蓼花之稱。起自中國矣。
李瀷	星湖僿說 卷28 「詩文門」	楊愼의 『升庵集』에 실린 王世貞의 集句詩가 평측과 대구가 맞지 않다고 평하다.	王世貞有集。杜句一篇而只有。念我能書數字至。知君已是十年流。一句。其他平仄不諧。配偶多乖。不得爲完篇。

李瀷	星湖僿說 卷28 「詩文門」	楊愼의『升庵集』에서「筆陣圖」의 저자를 잘못 말한 것을 바로잡다.	及見升庵集云。筆陣圖。乃羊欣作。李後主續之。今陝西刻石李後主書也。以爲羲之誤矣。其說亦必有所考。今當定作李後主書。
李夏坤	頭陀草 冊15 「題李松老所藏 三藏聖敎序後」	李松老가 소장한 三藏聖敎에 글을 쓰면서, 李松老가 이 本을 '宋搨'이라 믿고 있기에 宋搨은 楊愼과 王世貞도 보기 힘들 정도로 드물었다는 사실을 인용해 이 本을 '宋搨'으로 확신할 수 없음을 말하다.	噫。宋搨揚用修・王元美輩已歎其不得多見。矧今百載之後。滄桑互易。刦火洞然。天府珍藏。卿家舊物。零落殆盡。其眞否又安可必耶。
李學逵	洛下生集 冊1 春星堂集 「春日, 讀錢受之 詩(絶句)」	安磐이 楊愼과 함께 시를 논하면서 杜甫의 시를 배우는 사람은 造花에 불과하며 그 폐단의 원인은 李夢陽과 何景明에 있다고 평한 것을 소개하다.	矯枉無如學直難。錦帆瀟碧句無完。似聞公石名言在。苦棟何如紙牡丹。(牧翁嘗論公安詩體。有矯枉過直之病。又曰。安磐字公石。皇明弘治人。嘗與楊用修論詩曰。論詩如品花木。牡丹・芍藥下。逮苦棟刺桐。皆有天然一種風味。今之學杜者。紙牡丹・芍藥耳。用修以爲至言。則似指空同・大復諸人而發耳)
田愚	艮齋集後編 卷3 「答田相武」	楊愼과 같은 淸의 고증학자들이 北宋은 程子에 의해 망하였고, 南宋은 朱子에 의해 망했다고 한 말을 인용하다.	近聞湖士以人物性同。爲亡國之罪。何其罪洛論者之多也。淸之考證家如楊愼紀昀輩。謂北宋亡於程子。南宋亡於朱子。又謂程朱亡天下。今此嶺湖云云。無或近之歟。
田愚	艮齋集後編 卷3 「與黃鳳立」	楊愼같은 고증학자들은 朱子를 헐뜯는 것을 평생의 일로 삼았다고 하다.	今見苟菴集說證篇。言考證之言曰。宋尙道理。天下豈有舍道理而可以爲人者乎。此厭惡道學之言。而不自知其身之不可以爲人。則不知孰甚焉。

			愚讀此以爲。此古今人之遙遙相對。而貽禍於性道者也。(考證。指楊愼·閻若璩·朱彝尊·周密·毛奇齡·紀昀也。此輩。專以詆毁朱子爲平生事功也。勻視朱子爲血讎。不欲與之俱生。啓口握筆。無非詬罵汙辱之辭。故苟翁以爲天下之亡。由於考證)
田愚	艮齋集後編 卷6 「答成璣運」	楊愼은 주자를 비방하였는데 우리나라에서는 떠받드는 사람이 있다.	愚謂只多聞博識。而不知道者。其心術不明。故認曲爲直。恃博陵賢。陷爲世界之妖。聖門之賊。眞可哀而不足惡也。如楊愼·紀昀·毛奇齡·袁枚之屬。皆與朱子爲血讎。到處譏斥。必欲使天地間無朱子矣。其書往往東來。一種無行之流。掇拾此輩緒餘。以爲此程·朱所未曉之理。而我獨透悟。至於侮弄四書註說。而著爲悖妄之書。以欺後進之士而極矣。
田愚	艮齋集後編 卷7 「與趙瀚奎」	王守仁 이후에 주자를 폄하하는 무리들이 많아져 楊愼과 紀昀의 무리에 이르러 극심해졌다.	陽明以後。貶議朱子者衆。故士風不一。民俗澆漓。而至於淸楊愼·紀昀輩而極矣。
田愚	艮齋集後編 卷11 「與諸君」	楊愼의 무리들은 聖人을 업신여기고, 賢人들을 욕하였다.	曹操·劉裕。受得理之弑君簒國者。武叔·臧倉·楊愼·紀昀·閻若璩·毛奇齡輩。又皆受得理之侮聖罵賢者。
田愚	艮齋集後編 卷12 「示兒輩」	程子와 朱子를 헐뜯고 욕했던 楊愼에 대해 논한다.	臣子爲君父致死。人多聞之。後學于聖賢。亦有此義。而知者或寡矣。矧今毛奇齡·楊愼·紀昀諸賊。詬辱程朱之餘。我邦有有才能文者。染其惡習。

田愚	艮齋集後編 卷13 「稟受氣質性說」	楊愼의 무리는 朱子를 극도로 비난하였다고 비판하다.	楊愼紀昀輩。話詈朱子。靡極不至。則前輩謂之性生。性生如言天性也。然其意非謂當初稟受得理。亦有不齊也。使所謂理者。果有異稟。則異稟之後。雖萬番單指。畢竟是不齊之物。安得先有異理而後卻有同理之理乎。吾故曰萬人物萬氣質無一同者。萬氣質萬性理無一異者。此欲俟後賢而質之也。
田愚	艮齋集後編 卷15 「海上散筆(二)」	고증학자인 楊愼의 무리들은 입만 열면 朱子를 헐뜯었고, 『四書改錯』에서 가장 극심했다.	夜讀湛翁天地二人之詩。感歎者久之。晦菴夫子。用一生體驗之功。釋四書精奧之旨。故其言皆的確不可易。明·淸閒。乃有考證輩。如楊愼·紀昀之屬。矢口貶斥。至著四書改錯之書而極矣。
田愚	艮齋集後編 卷16 「海上散筆(三)」	『苟菴集』에서 楊愼에 대해 평한 것을 인용하다.	苟菴集。楊愼忘蜀。則不害爲名義博學能文章之人矣。閻若璩忘地。則不害爲文苑中一家矣。吾謂濟卿忘言於心性。則不害爲今世之佳士矣。
田愚	艮齋集後編 卷16 「海上散筆(三)」	紀昀이 편찬한 『四庫全部』는 楊愼의 학설에 많이 의지하였다.	苟菴集說證曰。紀昀之所引之爲强輔者。楊愼·閻若璩·毛奇齡也。故四庫全部所斥者。
田愚	艮齋集後編 卷17 「華島漫錄」	楊愼의 학문 성향과 행적에 대해 논하고 비평하다.	楊愼紀昀之賊道悖理。惟有楊春(從木)之說。皆執其眞臟實犯。而談笑以處之。雖巧爲簧舌。工於掉脫者。只當引頸自伏。甘心受誅。亦一大快案也。此輩於朱子。有若積冤深讎之必報。以大賢言行之昭揭天經。煇爀萬代。而指無爲有。變易是非。要快其心欲。並欺後世者。其心所在。未可知也。紀昀之謂南宋亡於諸儒。至

			於明社再屋。而不可專委韓侂冑。楊愼之僞作語錄。思逞其毒。尤其不可言者也。然不過爲胡紘・沈繼祖之後殿。而其罪反有甚焉者也。於朱子之盛德大業。豈有損其毫髮哉。此苟菴雜記也。余少時見楊愼論論語集註。魯安得獨用天子禮樂之說。而廣據博證。以爲世之號爲大儒者。方且釋經而有此誤。又見紀昀論名臣錄。不載劉元城。而妄加詬詈之說。以爲此人稟得戾性。以自亡其天。誠可哀也。近得苟菴集。見其崑餘說證諸篇。痛斥此輩誣賢毒正之罪。使人讀之。不覺痛快。今見雜記此段。亦其一也。但楊春所論不得見。甚可恨也。(名臣錄。見載劉元城。而勾也橫肆惡言。故昔人以無目斥之)。
田愚	艮齋集後編 卷17 「華島漫錄」	楊愼이 함부로 「太極圖」를 논한 것에 대해 비평하다.	汲冢周書有云。正人莫如有極。道天莫如無極。楊愼謂無極非周子始言。出自汲冢周書。又曰。太極圖繫風捕影。無極二字。乃駢拇歧指。因以爲攻朱子右象山之資。苟菴謂愼之於朱子。若積怨深讎之有必報。實非人心之所可出者。且周書所謂有極。本非夫子易有太極之義。而所謂無極。與周子無極。本不相近。而愼也瞥見無極有極字。因以發其無明業火耳。
田愚	艮齋集後編續 卷1 「答朴█(奎顯)」	楊愼・陳耀文・焦竑・方以智・閻若璩・朱彝尊 등은 모두 고증학자라고 언급하다.	奇齡之毒害程朱。紀昀最所推服。其一隊如楊愼・陳耀文・焦竑・方以智・閻若璩・朱彝尊輩。皆號考證之學。而紀昀之攻朱子及門人也。或兩字或四字。至于多字。皆有標目曰云

			云者。有二百七十四字。詳見申苟菴集說證篇。其放恣凶惡。已無可言。
田愚	艮齋集後編續 卷6 「勿戒」	楊愼은 절개와 문장으로 이름이 있었고, 聰明, 博洽이 그 시대에 독보적이 었으나 心氣가 乖僻하고 朱子를 비난하여 聖門의 죄를 얻었다고 평하다.	楊愼有名節文章。其聰明博洽。獨步一代。以心氣乖僻。以攻斥朱子爲能事。而得罪於聖門矣。如記匀毛奇齡輩。皆與楊愼幷案。
正祖	弘齋全書 卷9 「詩觀序」	『詩觀』에 明나라 楊愼의 시를 수록하였음을 언급하다.	明取十三人。…　楊愼一千一百七十五首。
正祖	弘齋全書 卷180 群書標記 「詩觀」	楊愼의 시풍은 朗爽하며 穠婉함이 넘쳐흐른다고 평하다.	明詩取十三人。…　楊愼朗爽可喜。穠婉有餘。
正祖	弘齋全書 卷165 日得錄 「文學」	『奎章全韻』은 吳棫의 『韻補』, 楊愼의 『古音略例』, 邵長衡의 『古今韻略』을 가져다 若干의 叶音을 유별로 조사해 초록하여 첨부한 것이다.	予嘗留意是正。頃命故檢書官李德懋取諸家韻書。博據廣證。詮次成書。卽今新刊之奎章全韻。而以平上去入。比類諧音。增爲四格。編字次第。一遵子母相生之法。其文較增於增補。其解特詳於諸家。又取吳氏韻補楊氏古韻·邵氏韻略。若干叶音。按類鈔附。寧略無濫。蓋謹之也。
趙秀三	秋齋集 卷5 「石鼓歌」	楊愼이 스승에게서 얻은 石鼓 탁본을 蘇軾의 것이라 하였는데, 朱彝尊이 그 것이 위본임을 판별하다.	下距皇明上距宋。五百年來文在玆。紙覆墨打聞剥啄。烏金搨本邀重貲。時皇崇文兼好古。博士肯許閒人窺。又有新鼓屹相向。南彭篆學淘瑕疵。乾隆時禁其偸搨。又命彭元瑞摹作新皷。與舊皷對峙。舊皷如讀行雨卷。雲霧蔽虧鱗之而。新皷如寫美人影。瓠犀之齒青蛾眉。定國妄引眞可笑。

			升菴譌僞無難知。(楊愼謂得拓本於其師。盖東坡舊物。而爲六百五十七言。遂爲十詩。朱彝尊辨其譌僞。馬定國以石皷爲宇文周時所刻。眞可笑也)
許筠	惺所覆瓿稿 卷13 「題古文參同契後」	楊愼은 산속에서 발견된 『參同契』를 기이하게 여겨 僞書가 아니라 단정하였다.	參同契古文。出於永樂年間。有耕者於瑞州山中。斸地得石函。有三卷。書絹而硃字。楊用修氏奇之。斷以爲是焉。其書合四言爲伯陽所述經文。合五言爲徐景休所注。又以三相類。爲淳于叔通所著。井井甚明。其果是也耶。
許筠	惺所覆瓿稿 卷13 「明尺牘跋」	楊愼은 『尺牘淸裁』를 저술했고, 王世貞은 그것을 증광하였다. 越의 張潤이 두 책을 합쳐서 그 중 가장 우수한 것을 뽑아 『古尺牘』이라 하였는데, 뽑은 것이 간략하면서도 곡진하다.	楊用修作赤牘淸裁。王元美廣之。越張汝霖氏合二書。而最其秀者爲古尺牘。所取簡而盡。犂然當天下之目。固已家傳戶誦之矣。
許薰	舫山集 卷12 「與沈雲稼」	명나라 학문의 잘못된 점을 비판하면서 楊愼의 학문도 함께 거론하다.	自有明以來。創爲勦詭之文。北地濫觴。滄弇鼓浪。而公安虞山者。流別出機鋒。妄據壇坫。又有一種攷据之習。徒勞檢索。反致汨亂。而楊用修·王士禛諸人。式啓其端。近日中州之士。莫不墮此窠套
洪奭周	鶴岡散筆 卷1	楊愼은 스스로 박학하다고 자부하였지만, 朱子의 저서는 조금도 살펴보지 않고 다른 사람의 견해를 주자의 것으로 여겨 비난만을 일삼았다.	楊用修以博學自負。然於朱子之書。未嘗窺一斑。而唯以詆斥爲事。

洪翰周	智水拈筆 卷1	楊愼은 본래 해박한 학자로 유배된 이후로는 더욱 저술에 힘써 『升菴集』과 『丹鉛摠集』을 합쳐서 28책이나 된다.	明之楊用修。淹博絕倫。而謫戍滇僰三十年。無所用心。日事著述。所著至四百餘種之多…余嘗見升菴本集。並丹鉛摠集合付。至二十八冊之多矣。
洪翰周	智水拈筆 卷1	楊愼의 저술 중에는 『函海叢書』에 실린 것이 많다. * 『函海叢書』는 淸나라 李調元이 편집한 것으로 모두 40函이다. 漢에서 明代에 이르기까지 드물게 전하는 책들 중에서 백여 종을 選輯하였고 아울러 자기가 저술한 10여 종을 합쳤다. 楊愼의 『升菴經說』·『世說舊注』·『山海經補注』 등이 실려 있다.	且今其所著諸書。多散載函海叢書等編者。皆在謫中無書。記誦而成者也。不亦壯乎。
洪翰周	智水拈筆 卷1	楊愼이 유배지에서 지은 저술 중에는 서적이 부족하여 고증의 정확성이 떨어지는 경우가 있어 王世貞은 "楊愼은 경전을 증명함에는 공교롭지만 경전을 풀이함에는 거칠며, 稗史에는 상세하지만 正史에는 소홀하니, 우주 밖의 것을 구하면서 눈앞의 것은 놓쳤다"고 하고 그 실수들을 지적한 바 있으나 모두 사소한 것들이다.	然窮荒無書。所攷證。間多舛繆。故王元美謂。用修工於證經。而疎於解經。詳於稗史。而忽於正史。求之宇宙之外。而失之眉目之前。亦多摘疵。然不過捃拾其畸零耳。

洪翰周	智水拈筆 卷1	명나라 때 楊愼은 편저서 가 많고 자신의 시문집이 있다.	有明一代。如升菴·弇州·荊川。及 王圻·陳仲醇·陳仁錫輩。著書尤 多。而亦各有詩文一集。
洪翰周	智水拈筆 卷1	문체는 세상에 따라 격조 가 떨어지기 마련이어서 楊愼은『晋書』,『南北史』 는 패관소설이고,『宋史』 는 토막난 朝報라고까지 하였다.	然文從世降。故楊用修謂。晋書·南 北史。稗官小說也。宋史。爛朝報 也。
洪翰周	智水拈筆 卷1	楊愼이 100명이 나온다 하더라도 朱子의 위상은 변함없다.	彼雖有楊升菴。毛西河百輩。何異蚍 蜉之撼。
洪翰周	智水拈筆 卷2	楊愼은 朱子를 배척한 것 이 많다.	明之楊用修著書。多掎斥朱子。
洪翰周	智水拈筆 卷3	楊愼은 朱子의 문장을 극 찬하였다.	明楊用修曰。剖析義理之精微。日晶 而月明。窮詰邪說之隱遁。神搜而霆 擊。其感激忠義。發明離騷。如凄風 苦雨之驟至。其遊戲翰墨。泛應人 事。如行雲流水之自然。其紫陽之文 乎。眞名言也.
洪翰周	智水拈筆 卷5	楊愼은 한 번 보면 곧장 외워 평생 잊지 않았다.	如杜佑·鄭樵·馬端臨·魏了翁·王 應麟·楊用修·鄭端簡·王世貞·朱 彛尊·毛奇齡諸人。亦皆當過目成 誦。平生不忘矣。
黃德吉	下廬集 卷4 「答鄭希仁(元善)」	鄭元善의 학문이 楊愼보 다 뛰어나다고 평하다.	聞兄平居劬於看書。記以事述以文詠 以詩。仡仡然匪懈于老。滿于架盈于 篋。富哉好古也。賢於劉道原·楊用 修遠矣。

인물 해설	字는 又陵, 號는 幾道·癒樲老人이며, 福建省 侯官 사람이다. 洋務運動의 일환으로 세워진 福州船定學堂에서 공부하고 영국에 유학하였다. 그는 유학 당초의 목적인 해군관계의 학술보다는 오히려 서유럽 학술과 사상에 더 관심을 가졌다. 귀국 후 北洋水師學堂의 總敎習으로 있으면서 桐城派의 문인 吳汝倫에게 문장을 공부하였다. 청일전쟁 이후 서유럽의 학술과 사상을 번역 소개하면서 중국의 위기를 호소하였고, 變法運動 및 淸末의 개혁운동에 많은 영향을 미쳤다. 번역한 작품 가운데에는 T.H. 헉슬리의 『진화와 윤리』, C. 몽테스키외의 『법의 정신』, A. 스미스의 『국부론』 등이 있으며, 특히 진화론은 열강침략하의 중국의 위기를 이해시키는 이론적 매개가 되었다. 진화론은 동시에 새로운 역사인식을 가져왔지만, 역사에서의 '진화'의 주체가 명확하지 않고 일종의 발전단계설에 빠져들어 혁명론과 대립되는 결과를 낳았다. 민국 초에는 袁世凱를 지지하여 젊은 지식층으로부터 심한 반감을 샀다.
인물 자료	

저술
소개
	★『赫胥黎天演論』
	  (淸)淸末 刻本 2卷 / (淸)光緒年間 商務印書館 鉛印本 2卷 / (淸)光緒年間 沔陽 盧靖 愼始基齋刻本 2卷 / (淸)光緒年間 通學齋 鉛印本 2卷
	
	★『群學肄言』
	  (淸)光緒年間 樂群社 木活字印本
	
	★『嚴氏學』
	  (淸)光緒年間 石印本 12卷 卷首 1卷

		비 평 자 료	
金澤榮	韶濩堂詩集 卷4 「贈嚴幾道 (復)(三首)」	嚴復에게 시를 지어 보내다. * 附和詩(幾道) 避地金通政。能詩舊有聲。 濕灰悲故國。泛梗薄餘生。 筆削精靈聚。文章性命輕。 江南春水長。魂斷庾蘭成。 萍水論交地。艱難遇此才。 異同空李杜。(用君詩語) 詞 賦逼鄒枚。歸國梅花笑。 傾山瀑布來。(五字卽君詩) 中原自神聖。回首有餘哀。	其一： 誰將漢宋作經師。學術如今又轉 移。黃浦夜來江鬼哭。一編天演譯成時。 其二： 陽春高調獨徘徊。樵笛山歌哂俗 才。太息汝綸歸宿草。如今誰復序君 來。(君自言。吳摯父死後。無請序處) 其三： 杜陵律髓寸心知。跋浪鯨魚變態 奇。可笑驪黃時輩眼。欲將文筆掩歌詩。
金澤榮	韶濩堂詩集 卷4 「贈嚴幾道 (復)(三首)」	嚴復이 『天演論』을 번역했음을 언급하다.	上同
金澤榮	韶濩堂詩集 卷4 「贈嚴幾道 (復)(三首)」	吳汝綸이 죽은 뒤에 번역서의 서문을 부탁할 곳이 없어졌다는 嚴復의 말을 언급하다.	上同
金澤榮	韶濩堂詩集 卷4 「寄嚴幾道」	嚴復에게 시를 지어 보내그의 학문을 찬양하다. * 嚴復의 和詩 壘塊都消酒盞中。存亡凡楚 付玄同。難求繫日繩千尺。 且覓埋憂地一弓。世事了如 春夢過。夜潮還與故鄉通。 新年歸鴈煩相語。淇水波寒 莫更東。 要眇朱絃寂寞觀。得詩何異 錦千端。古原落木作秋雨。 大海回颷生紫瀾。猶有風流	其一： 憶昨長康冷舘中。高人何幸晤言 同。洋洋魚躍濠梁水。霍霍蛇逃樂令弓。 一代眞才惟汝在。古來知己與神通。春雲 萬里滄溟路。怊悵那堪向東。 其二： 青蓮華眼忿冥觀。紆曲圓方豈一 端。絶學直隨時變化。文章斷說氣波 瀾。著書幾下千行淚。醫世空藏九轉丹。 歲色不知人已老。又催霜露敗崇蘭。 其三： 此身胡又在通州。玉露黃花倍作 愁。屈子懷邦無補楚。左生收籍早辭 周。五年辛苦鯨千里。萬古興亡貉一丘。 惟是向君如意舞。汾河朝暮可同舟。

		追正始。本來窈窕惡華丹。三閭澤畔眞顚頷。未害能滋九畹蘭。 浮雲西北望神州。海水羣飛迥作愁。他日南公能說楚。當年箕子未臣周。應憐巢燕看新主。忽見江梅憶故邱。何用是非論指馬。從今不繫是虛舟。	
金澤榮	韶濩堂文集 定本 卷8 「雜言(三)」	조선의 文은 奇氣가 있다는 嚴復의 말을 인용하다.	嚴幾道見余所選麗韓九家文曰。貴國之文。甚有奇氣。有時往往出敝國今人上。余曰譬之於物。多用者敝。少用者完。中國文字。開闢久遠而用多。故自厚而入於薄。敝邦文字。開闢較晚而用少。故尙或有厚者耶。幾道輒詡爲精闢。
金澤榮	韶濩堂集 借樹亭雜收 卷4 「書周晉琦詩集後」	周曾錦의 시집에 跋文을 써주면서 자신이 교유한 중국 문인으로 兪樾·張謇, 嚴復·鄭孝胥·屠寄·沙元炳·梁啓超·周曾錦을 들며, 周曾錦이 명성은 다른 사람들보다 못하지만, 그 재능만은 손색이 없다고 말하다.	自余操觚以來。所與爲文字知己者。於本邦有朴天游·李寧齋·李修堂·朴壺山·黃梅泉·徐順之·河叔亨若干人而已。於中州有兪曲園·張嗇菴·嚴幾道·鄭蘇堪·屠敬山·沙健菴·梁任公及晉琦君若干人而已。是豈賣余交道之狹之故哉。實才之難者。使之然爾。嗟乎。晉琦君名不過乎一優貢。而年又止於四十。故名聲樹立。比曲園以下諸公。相去甚遠。何其惜也。然細論其才。則乃有不讓乎諸公者。

55

嚴 誠 (1733-1767)

●●●

인물 해설	字는 立庵·力暗, 號는 鐵橋이며 仁和(지금의 杭州) 사람이다. 그림과 詩에 능했고, 乾隆 30년(1765)에 천거되었다. 黃公望의 산수도를 계승하였으며 특히 인물을 잘 그렸다. 子弟軍官의 신분으로 조선 연행사신을 수행했던 洪大容과 우정이 돈독하여 '性命之交'를 맺었다. 그가 죽은 후 약 10년 후(1778), 홍대용은 그의 유고 초서본을 손에 넣었는데 현재 한국에 소장되어 있다. 저서로는 『小淸涼室遺稿』가 있다.
인물 자료	『淸畫家詩史』·『廣印人傳』·『墨香居畫識』 등에 기록이 있다.
저술 소개	★ 『鐵橋全集』 (한국)국사편찬위원회 소장본 抄本 / (미국)하버드대 옌칭도서관 소장본 抄本 不分卷

비 평 자 료

金正喜	阮堂全集 卷3 「與權彝齋(十五)」	永忠과 永憲와 書誠과 永瑢은 詩·畵가 모두 뛰어나 陸飛와 嚴誠과도 깊이 사귀었다.	四人者詩畵俱絶勝。不減大江南北諸人。與陸飛·嚴誠爲至交。陸嚴皆江南高士。不曾妄交一人。而至於此四人。與之結契。則四人皆可知也。
金正喜	阮堂全集 卷3 「與權彝齋(十五)」	洪大容은 永忠과 永憲와 書誠과 永瑢이 한창 명성을 떨칠 때 燕京에 가서 그들과 절친한 嚴誠·陸飛와 교유하였음에도 그들을 알지 못하는 등 소루한 점이 있었고, 朴齊家와 같	四人輩翰墨之盛。在洪湛軒入燕時。而湛丈與陸嚴爛曼。而皆不知有此輩人。爲之咄咄。東人入燕交遊之盛。每先稱湛軒。而其於翰墨小事。如是疎甚。又何論大於此者耶。非徒湛軒。雖如朴楚亭。到處錯過。令人嗟惜嗟惜。

		은 사람도 잘 모르는 것이 많았다.	
金澤榮	韶濩堂詩集定本 卷6 「寄浙江蔣孟潔(瑞藻)」	蔣瑞藻에게 시를 지어 보내며, 嚴誠과 洪大容의 우정을 언급하다.	其三 錢塘烈士鉄橋翁。 殉墨奇談滿海東。 (嚴誠與朝鮮洪湛軒爲至交。 其歿。 以洪所贈墨殉葬) 天恐交情渾斷絶。 送君又入我詩中。
南公轍	金陵集 卷23 「潘‧嚴二名士詩牘紙本」	嚴誠의 시 9수와 書牘 7道는 조선 사신과 문답한 것으로, 시는 모두 淸古하다.	嚴誠力闇各體詩九首。 書牘七道。 與朝鮮使臣相問答者也。 幅上稱正使李大人。 李不知何人也。 詩皆淸古。
南公轍	金陵集 卷23 「潘‧嚴二名士詩牘紙本」	嚴誠이 潘庭筠의 「鸚鵡」 시에 화답하여 지어준 시는 매우 신묘하다.	與香祖和鸚鵡詩。 尤玅。
洪大容	湛軒書外集 卷1 「會友錄序」	洪大容이 中國에서 사귄 陸飛‧嚴誠‧潘庭筠이 우리나라의 시를 보기를 원하여 몇 권의 선집을 편집하여 보내주었다. * 이 글은 朴趾源이 지은 것이다.	吾友洪君大容德保。 有志好古者也。 前歲隨其家仲父赴燕。 訪問中國高士。 得陸子飛‧嚴子誠‧潘子庭筠而與之語甚歡。 三子江左文章士也。 願得見東國詩。 德保諾而歸以告余。 余曰。 三子以中國高文。 不夷沫我音而願見之。 是昔人之義也。 遂相與裒聚國中諸家詩各體。 編而爲數卷以歸之。 顧急於踐言。 未遑博搜。 尤略於世代遠者而我東詩道之始終正變。 亦槩具焉。
洪大容	湛軒書外集 卷1 「會友錄序」	洪大容은 中國에 가 杭州의 선비 嚴誠‧潘庭筠‧陸飛를 만났다. * 이 글은 朴趾源이 지은 것이다.	上同

洪大容	湛軒書外集 卷1 「會友錄序」	洪大容은 嚴誠·潘庭筠·陸飛가 中華의 유민이므로 벗으로 사귈 수 있다고 생각하다. * 이 글은 朴趾源이 지은 것이다.	洪君愀然爲間曰。吾非敢謂域中之無其人而不可與相友也。誠局於地而拘於俗。不能無鬱然於心矣。吾豈不知中國之非古之諸夏也。其人之非先王之法服也。雖然。其人所處之地。豈非堯舜禹湯文武周公孔子所履之土乎。其人所交之士。豈非齊魯燕趙吳楚閩蜀博見遠遊之士乎。其人所讀之書。豈非三代以來四海萬國極博之載籍乎。制度雖變而道義不殊。則所謂非古之諸夏者。亦豈無爲之民而不爲之臣者乎。然則彼三人者之視吾。亦豈無華夷之別而形跡等威之嫌乎。然而破去繁文。滌除苛節。披情露眞。吐瀝肝膽。其規模之廣大。夫豈規規齷齪於聲名勢利之道者乎。
洪大容	湛軒書外集 卷1 「會友錄序」	洪大容은 嚴誠·潘庭筠·陸飛와 필담한 것을 3권의 책으로 엮어 朴趾源에게 그 序文을 부탁하였다. * 이 글은 朴趾源이 지은 것이다.	迺出其所與三士譚者。彙爲三卷以示余曰。子其序之。余旣讀畢而歎曰。達矣哉。洪君之爲友也。吾乃今得友之道矣。觀其所友。觀其所爲友。亦觀其所不友。吾之所以友也。燕巖朴趾源序。

인물 해설	淸代의 考證學者이자 經學家로, 字는 百時, 號는 潛邱이며, 山西省 太原 사람이다. 어렸을 때에는 우둔하고 말더듬이였으나, 15세 때 발분하여 공부에 전념하고 깊이 생각하여 사고가 트이게 되었다고 한다. 20세 무렵『尙書』를 공부하면서 그때까지 전해져오던『古文尙書』에 의구심을 품고 30년 동안 연구한 끝에『尙書古文疏證』8권을 저술하여, 고문 25편 및『尙書孔傳』이 東晉 사람의 위작임을 실증적인 방법으로 논증하였는데, 黃宗羲・顧炎武 등도 그 가치를 인정하였다. 康熙 29년(1690) 徐乾學이 칙명을 받들어『淸一統志』를 편찬할 때에 참여하였으며, 그뒤 萬斯同과 함께 徐乾學을 도와『資治通鑑後編』180권을 편찬하였다. 일과 말에는 반드시 근거가 있어야 하며 거짓이 없어야 한다는 엄격하고 신중한 태도는 乾嘉學派의 형성에 큰 영향을 미쳤다. 저서로는『四書釋地』・『潛邱劄記』・『困學記聞注』・『孟子生逐年月考』・『眷西堂集』등이 있다.
인물 자료	**○『淸史稿』, 列傳 268** 　　閻若璩, 字百詩, 太原人. 世業鹽筴, 僑寓淮安. 父修齡, 以詩名家. 若璩幼多病, 讀書闇記不出聲, 年十五, 以商籍補山陽縣學生員. 研究經史, 深造自得. 嘗集陶弘景・皇甫謐語語題其柱雲：“一物不知, 以爲深恥；遭人而問, 少有暇日.” 其立志如此. 海內名流過淮, 必主其家. 年二十, 讀尙書至古文二十五篇, 即疑其僞. 沉潛三十餘年, 乃盡得其症結所在, 作尙書古文疏證八卷. 引經據古, 一一陳其矛盾之故, 古文之僞大明. 所列一百二十八條, 毛奇齡古文尙書冤詞百計相軋, 終不能以強辭奪正理, 則有據之言先立於不可敗也. 康熙元年, 遊京師, 旋改歸太原故籍, 補廩膳生. 十八年, 應博學鴻儒科試, 報罷. 昆山顧炎武以所撰『日知錄』相質, 即爲改定數條, 炎武虛心從之. 編修汪琬著五服考異, 若璩糾其謬, 尙書徐乾學歎服. 及乾學奉敕修一統志, 開局洞庭山, 若璩與其事. 若璩於地理尤精審, 山川形勢, 州郡沿革, 了如指掌, 撰四書釋地五卷, 及於人名物類訓詁典制,

事必求其根柢, 言必求其依據, 旁參互證, 多所貫通. 又據孟子七篇, 參以史記諸書, 作孟子生卒年月考一卷. 又著潛丘劄記六卷, 毛碟詩說一卷, 手校困學紀聞二十卷, 因浚儀之舊而駁正箋說推廣之. 又有日知錄補正, 喪服翼注, 宋劉敞·李燾·馬端臨·王應麟四家逸事, 博湖掌錄諸書. 世宗在潛邸聞其名, 延人邸中, 索觀所著書, 每進一篇必稱善. 疾革, 請移就城外, 以大床爲輿, 上施青紗帳, 二十人昇之出, 安穩如床簧. 康熙四十三年, 卒, 年六十九. 世宗遣使經紀其喪, 親制詩四章, 復爲文祭之. 有雲："讀書等身, 一字無假, 孔思周情, 旨深言大." 歛謂非若璩不能當也.

○ 『四庫全書提要』卷119, 『潛邱劄記』

若璩學問淹通, 而負氣求勝, 與人辨論, 往往雜以毒詬惡謔, 與汪琬遂成讎釁, 頗乖著書之體. 然記誦之博, 考核之精, 國初實罕其倫匹.

＊『尙書古文疏證』

(淸)抄本 8卷 杭世駿·謝寶樹校並跋 / (淸)乾隆年間 平陰 朱氏 眷西堂刻本 8卷 附 2卷 / (淸)嘉慶 元年 吳驤刻本 8卷 附 1卷 / (淸)同治 6年 錢塘 汪氏 振綺堂刻本 8卷 附 2卷

＊『四書釋地』

(淸)刻本 1卷 續 1卷 又續 1卷 三續 1卷 / (淸)康熙 38年 刻本 1卷 續 1卷 附『孟子生卒年月考』/ (淸)乾隆 52年 南城 吳氏刻本 1卷 續 1卷 / (淸)乾隆 52年 大興 朱珪刻本 1卷 續 1卷 又續 1卷 三續 1卷

＊『四書釋地三續補』

(淸)嘉慶 21年 梅陽 海涵堂刻本 閻若璩原撰 樊廷枚校補

＊『困學紀聞』

(宋)王應麟撰 (淸)何焯評 閻若璩箋 (淸)汪垕 桐陰書塾刻本 20卷 / (宋)王應麟撰 (淸)閻若璩注 (淸)乾隆 3年 祁門 馬曰璐 叢書樓刻本 20卷 / (宋)王應麟撰 (淸)閻潛邱等輯注 (淸)屠繼序校補 (淸)萬希槐集證 『校訂困學紀聞集證』(淸)山淵堂重刻本 20卷

＊『潛邱劄記』

(淸)乾隆年間 刻本 6卷 / (淸)乾隆 10年 刻本 6卷

	★『昭代叢書』 　(淸)楊復吉編　稿本　內　閻若璩撰 『四書釋地』 1卷 / 『孔廟從祀末議』 1卷 / 『喪服翼注』 1卷 / 『毛朱詩說』 1卷 ★『檀几叢書』 　(淸)王晫・張潮輯 (淸)康熙年間　武林　王晫・天都　張潮刻本 157種　內　閻若 璩撰 『孟子考』 1卷		
비 평 자 료			
金邁淳	臺山集 卷16 闕餘散筆	閻若璩는 文字의 難易에 근거하여 『古文尚書』를 비 평하는 데 힘을 쏟았다.	朱子以後。中州儒者論古文者。疑信相半。聚訟紛然。而斷以爲可疑者。吳澄也。斷以爲不可疑者。毛奇齡也。吳氏之言曰。四代之書。分爲二手。不可信也。此只從文字難易起見。不出朱子所疑之外。而近世主此說者甚衆。詬毀不遺餘力。閻若璩・宋鑑其尤也。毛氏則謂古文之冤。始自朱氏。作冤詞八卷。極口嘲罵。此則假託衛經。而其意專在於攻朱子也。
金邁淳	臺山集 卷17 闕餘散筆	阮葵生의 『茶餘客話』에 실 린 閻若璩의 말을 인용하 여 汪琬・李因篤・毛奇齡 을 비평하다.	又記閻百詩話。曰汪堯峰(琬私)造典禮。李天生(因篤)杜撰故實。毛大可(奇齡)割裂經文。貽誤後學匪淺。汪李毛三人。皆淸初鉅儒。近日東士所津津艷慕。以爲地負海涵者也。而中州則相去未遠。已有覷破伎倆。而不爲其所瞞者。此東人之不及中州處也。
金正喜	阮堂全集 卷1 「尚書今古文辨 (上)」	閻若璩는 梅賾의 『古文尚 書』가 위작임을 밝혔다.	自朱子始疑梅古文之僞。厥後有若梅鷟曁又閻百詩惠定宇諸人。一一辨明。梅僞盡露無餘。惟以立之學官通行千有餘年之故。不得遽黜之耳。

金正喜	阮堂全集 卷3 「與權彝齋(十一)」	黃元御의 醫術을 閻若璩와 戴震의 經學에 비유하여 극찬하다.	黃是專治張仲景孫眞人舊訣。能抉千載不傳之秘奧。自河間・丹溪以下。並一切抹倒之。譬如近日治經之家閻潛邱・戴東原。大非俗醫掇拾入門回春。以人試病者比也。
金正喜	阮堂全集 卷5 「代權彝齋(敦仁) 與汪孟慈(喜孫) 序」	『皇淸經解』는 『通志堂經解』보다 取捨가 정밀하기 때문에 비록 학술사적 위치가 탁월한 閻若璩의 『古文尙書疏證』과 胡渭의 『易圖明辨』 같은 저작도 수록하지 않고, 精核함이 인정된 『四書釋地』 등만을 수록하여 良工의 苦心을 엿볼 수 있다고 말하다.	廣州經解。略觀其大意。存錄取舍。實有良工苦心處。不如通志堂經解之隨見隨有而蒐刻者。如閻之古文尙書疏證。是尙書家之篳路藍縷。後來爲尙書學者。未嘗不以此爲開山第一。然定有商量處。究不如四書釋地等書之更加精核。如胡朏明之易圖明辨亦然。其不錄此兩書。恐不必爲全璧之大瑕。
成海應	研經齋全集 卷9 「答洪淵泉斥考 證書」	閻若璩의 학문은 무용한 것으로 마땅히 군자는 버려야 한다.	夫考證者。博學中一事也。… 降至宋末。王應麟・洪适之徒始倡之。至于明而大盛。其岐遂分。蒐討異聞。援引奇跡。欲補前賢之闕遺。思續古經之訛缺者。顧炎武之徒也。貪多而務博。眩奇而夸衆。考校專於苛摘。辯論精於吹覓者。閻若璩・胡渭之徒也。胡叫亂嚷。不擇高低。肆其口氣。妄詆先哲。掇拾遺瀋而謂傳未發之旨。談說芻狗而詡以獨得之見者。毛奇齡之徒是也。顧氏之學。雖是不急之務。間爲君子之所採。閻胡之學。卽無用之物。當爲君子之所遺。如奇齡之學。卽醜正之類。君子之斥之也宜力。

申緯	警修堂全藁 冊7 碧蘆舫藁(三) 「次韻篠齋夏日 山居雜詠(二十 首)」	淸初의 여러 인물들 중에서 王士禛은 시를 잘 짓지만 文을 못하고, 汪琬은 文을 잘 짓지만 시를 못하며, 閻若璩와 毛奇齡은 考證을 잘하지만 詩文은 下乘이며, 오직 朱彝尊만은 개별적인 분야의 성취에는 손색이 있지만 考證과 詩文에 모두 능하다는 紀昀의 평을 소개한 뒤, 翁方綱 역시 朱彝尊처럼 考證과 詩文에 모두 능하며, 특히 金石學이 매우 정밀하다고 극찬하다.	其十三: 閻毛王汪擅場殊。惟有兼工竹垞朱。近日覃溪比秀水。更添金石別工夫。(王士禛工詩而踈於文。汪琬工文而踈於詩。閻若璩·毛奇齡。工於考證而詩文皆下乘。獨朱彝尊事事皆工。雖未必凌跨諸人。而兼有諸人之勝。此紀曉嵐之說也。近日翁方綱考證詩文。兼擅其長。世稱竹垞之後勁而其金石精覈。又非竹垞可及也)
李尙迪	恩誦堂續集 卷1 「日本畫生南畊, 倛人索書扁聯, 因掇拾伊國舊事 佚聞之雜出於記 載者, 戲作七絶 廿首, 以備竹枝 一體」	우리나라에서는 잘못된 사실을 증명할 때 朱彝尊·閻若璩·顧炎武의 학설을 인용한다고 말하다.	果有尙書百編否。歐陽七字惹人疑。證訛我證諸家說。竹垞·潛邱又日知。
田愚	艮齋集後編 卷16 「海上散筆(三)」	『苟菴集』에서 閻若璩에 대해 평한 것을 인용하다.	苟菴集。楊愼忘蜀。則不害爲名義博學能文章之人矣。閻若璩忘地。則不害爲文苑中一家矣。吾謂濟卿忘言於心性。則不害爲今世之佳士矣。
田愚	艮齋集後編 卷3 「與黃鳳立」	閻若璩와 같은 고증학자들은 朱子를 헐뜯는 것을 평생의 일로 삼았다.	愚嘗病異說之尊心蹠於尊性。而與人言。必曰心當自卑而尊性。嶺南一老儒。語田璣鎭曰。子之師尊性。蓋

			譏之也。吾儒豈有不尊性。而可以希聖者乎。爲此語者。恐其心失其尊。而不覺其陷於褻天命。則惑亦大矣。今見苟菴集說證篇。言考證之言曰。宋尚道理。天下豈有舍道理而可以爲人者乎。此厭惡道學之言。而不自知其身之不可以爲人。則不知孰甚焉。愚讀此以爲。此古今人之遙遙相對。而貽禍於性道者也。(考證。指楊愼・閻若璩・朱彝尊・周密・毛奇齡・紀昀也。此輩。專以詆毀朱子爲平生事功也。勾視朱子爲血讎。不欲與之俱生。啓口握筆。無非詬罵汙辱之辭。故苟翁以爲天下之亡。由於考證。近日一番人。往往侮罵栗谷先生。至謂之氣學。而指辱栗翁者。爲暴揚其過失於天下後世。噫。自心自尊之弊。一至此哉)。
田愚	艮齋集後編卷6「答成璣運」	閻若璩는 朱子를 비방하였는데 우리나라에서는 떠받드는 사람이 있다.	閻若璩答人書云。謂我欲示博。遂加朱子以罪。竊以不直則道不見。吾以明道也。今人信孔孟。不如信程朱。弟則信孔子過篤耳。又曰。素鄙薄道學先生不博學。閻書止此。愚謂只多聞博識。而不知道者。其心術不明。故認曲爲直。恃博陵賢。陷爲世界之妖。聖門之賊。眞可哀而不足惡也。如楊愼・紀昀・毛奇齡・袁枚之屬。皆與朱子爲血讎。到處譏斥。必欲使天地閒無朱子矣。其書往往東來。一種無行之流。掇拾此輩緒餘。以爲此程・朱所未曉之理。而我獨透悟。至於侮弄四書註說。而著爲悖妄之書。以欺後進之士而極矣。

田愚	艮齋集後編 卷11 「與諸君」	閻若璩의 무리들은 聖人을 업신여기고, 賢人들을 욕하였다.	武叔・臧倉・楊愼・紀昀・閻若璩・毛奇齡輩。又皆受得理之侮聖罵賢者。如此而后。某某之說。方通。是果有此理乎。且如其說。則此天地始生之時。稟受得太極流行不齊之用之理。而與前萬萬天地。後萬萬天地之性。已各不同矣。是果有此理乎。
田愚	艮齋集後編 卷16 「海上散筆(三)」	紀昀이 편찬한 『四庫全部』는 閻若璩의 학설에 많이 의지하였다.	苟菴集說證曰。紀昀之所引之爲强輔者。楊愼・閻若璩・毛奇齡也。故四庫全部所斥者。孔・曾・顔・孟・周・程・張・朱也。所倚之爲重者。陸象山王陽明也。
田愚	艮齋集後編續 卷1 「答朴■■(奎顯)」	毛奇齡・紀昀・陳耀文・焦竑・方以智・閻若璩・朱彝尊은 모두 고증학자로서 程子와 朱子를 헐뜯었다.	奇齡之毒害程朱。紀昀最所推服。其一隊如楊愼・陳耀文・焦竑・方以智・閻若璩・朱彝尊輩。皆號考證之學。而紀昀之攻朱子及門人也。或兩字或四字。至于多字。皆有標目曰云云者。有二百七十四字。詳見申苟菴集說證篇。其放恣凶惡。已無可言。而匀也淪溺於異術。盡汲頭尾。而無出期。渠皆已首實矣。然則考證之流。豈不爲異術所惑亂耶。
田愚	艮齋集後編 卷8 「與權純命」	'吾將罪朱子'라는 5글자는 閻若璩의 凶言이다.	吾將罪朱子此五字。淸康熙所擧博學鴻詞閻若璩凶言也。
丁若鏞	與猶堂全書 詩文集 卷20 「答金德叟」	宋鑑의 『尙書考辨』을 고평하면서 閻若璩와 朱彝尊의 論을 더욱 넓혔다고 언급하다.	淸儒宋鑑。乾隆間人。著尙書考辨六卷。刻於嘉慶五年。所論與鄙說若合符契。特規模不同。辭氣縝密。不如荒外之人矗險不脫洒者。可愧可愧。所採諸家之說。益廣閻若璩朱彝尊之論。尤詳著可考。但段落不明。蒙士難知。爲可欠耳。

許薫	舫山集 卷14 「與沈雲稼」	閻若璩의 문학 및 학문풍토가 본질에서 벗어나 있음을 비판하다.	宋儒之文。已自不同。濂溪簡俊。二程明當。橫渠沈深。而不害爲道同。今時則不然。作文引用朱子書。作詩衣被朱子語。謂之學問中人。斯果善學朱子者耶。彼好新厭常者。自有明以來。創爲勦詭之文。北地濫觴。滄弇鼓浪。而公安虞山者流。別出機鋒。妄據壇坫。又有一種攷据之習。徒勞檢索。反致汩亂。而楊用修・王士禛諸人。式啓其端。近日中州之士。莫不墮此窠套。如閻若璩・毛奇齡・阮元之輩。弩目鼓吻。壞經侮聖。無復憚忌。
洪奭周	鶴岡散筆 卷5	楚辭九歌의 "慾長劍兮 擁幼艾"란 구절에서 "艾"의 의미를 변증하기 위해서 閻若璩의 말을 인용하다.	楚辭九歌曰。慾長劍兮擁幼艾。說者謂。禮五十曰艾。艾者。衰老之稱。幼艾猶言老弱也。說文云。艾。老也長也。古人未有以艾爲美好之稱者。唯趙岐孟子注云。艾。美好也。而疏以爲不知何據。閻若璩曰。艾者。衰也。人少則慕父母。知好色。則慕少。艾言知好色。則慕父母之心少衰也。其說亦似有理。
洪翰周	智水拈筆 卷8	金正喜의 호를 설명하기 위해 閻若璩가 黃宗羲를 애도하여 쓴 제문에서 黃宗羲와 顧炎武와 錢謙益을 비견한 말을 인용하다.	秋史平生。自號亦多。少時。嘗扁其居室曰。上下三千年縱橫十萬里之室。余常奇其語。後見一書。元趙文敏公。已有此語。又淸閻潛丘若璩。祭黃南雷宗羲文。有曰上下五百年。縱橫一萬里。博而精者。得三人。一則顧亭林處士也。一則錢虞山宗伯也。一則先生也。盖秋史所扁。取則於此也。

인물 해설	明代 중기의 문인이자 書法家로, 字는 原博, 號는 匏菴, 시호는 文定이며, 長州(지금의 江蘇省 蘇州) 사람이다. 成化 8년(1472)에 진사가 되고 禮部尙書를 지냈다. 沈周·文徵明 등과 친교가 있고, 시문을 잘하였으며, 書는 蘇軾을 따라 일가를 이루었다. 문집에 『匏翁家藏集』 77권이 있다.
인물 자료	○『明史』, 列傳 72 吳寬, 字原博, 長洲人. 以文行有聲諸生間. 成化八年, 會試·廷試皆第一, 授修撰. 侍孝宗東宮, 秩滿進右諭德. 孝宗即位, 以舊學遷左庶子, 預修憲宗實錄, 進少詹事兼侍讀學士. 弘治八年擢吏部右侍郎. 丁繼母憂, 吏部員缺, 命虛位待之. 服滿還任, 轉左, 改掌詹事府, 入東閣, 專典誥敕, 仍侍武宗東宮. 宦豎多不欲太子近儒臣, 數移事間講讀. 寬率其僚上疏曰:"東宮講學, 寒暑風雨則止, 朔望令節則止, 一年不過數月, 一月不過數日, 一日不過數刻. 是進講之時少, 輟講之日多, 豈容復以他事妨誦讀. 古人八歲就傳, 即居宿於外, 欲離近習, 親正人耳. 庶民且然, 矧太子天下本哉?" 帝嘉納之. 十六年進禮部尙書, 餘如故. 先是, 孝莊錢太后崩, 廷議孝肅周太後萬歲後, 並葬裕陵, 祔睿廟, 禮皆如適. 至是, 孝肅崩, 將祔廟, 帝終以並祔爲疑, 下禮官集議. 寬言魯頌閟宮·春秋考仲子之宮皆別廟, 漢·唐亦然. 會大臣亦多主別廟, 帝乃從之. 時詞臣望重者, 寬爲最, 謝遷次之. 遷既入閣, 嘗爲劉健言, 欲引寬共政, 健固不從. 他日又曰:"吳公科第·年齒·聞望皆先於遷, 遷實自愧, 豈有私於吳公耶." 及遷引退, 舉寬自代, 亦不果用. 中外皆爲之惜, 而寬甚安之, 曰:"吾初望不及此也." 年七十, 數引疾, 輒慰留, 竟卒於官. 贈太子太保, 諡文定. 授長子奭中書舍人, 補次子奐國子生, 異數也. 寬行履高潔, 不爲激矯, 而自守以正. 於書無不讀, 詩文有典則, 兼工書法. 有田數頃, 嘗以周親故之貧者. 友人賀恩疾, 遷至邸, 旦夕視之. 恩死, 爲衣素一月.

○ 錢謙益,『列朝詩集小傳』丙集 卷6,「吳尙書寬」

寬, 字原博, 長洲人. 爲諸生, 蔚有聞望, 徧讀左氏·班·馬·唐·宋大家之文, 欲盡棄制擧業, 從事古學. 部使者迫促, 乃就鎖院試. 成化八年, 會試·廷試俱第一, 入翰林, 累遷至掌詹禮部尙書, 司內閣誥勅. 弘治十七年, 卒於位, 贈太子少保, 謚文定. 先生經明行脩, 頎然長德, 學有根柢, 言無枝葉. 最好蘇學, 字亦酷似長公. 而其詩深厚醲郁, 自成一家. 少壯好學, 老而彌篤. 所藏書多手鈔, 有自署吏部東廂書者, 蓋六十以後筆也. 服官禁近三十餘年, 前後奉諱家居, 不滿六載. 風流弘長, 沾丐閭里, 迄於今未艾. 吳人屈指先哲名賢, 搢紳首稱匏翁; 布衣首推白石翁, 其他或少次矣. 匏庵集七十卷, 手自編輯. 匏庵者, 先生之自號, 亦以老居台閣, 不得大用, 蓋用以自寓云.

○ 蔣一葵,『堯山堂外紀』卷88,「吳寬」

【應試南畿時, 同寓有施煥伯者中榜, 逮鹿鳴宴罷, 煥伯出曰: "吾意兄策擧搞之騎, 遵崇化之途矣." 寬曰: "同行無疏伴." 其有養如此.】

吳原博寬未第時, 已有能詩名. 成化壬辰春, 李西涯省墓湖南, 時未始識也. 蕭海釣文明爲致一詩曰: "京華旅食變風霜, 天上空瞻白玉堂. 短刺未曾通姓字, 大篇時復見文章. 神遊汗漫瀛洲遠, 春夢依稀玉樹長. 忽報先生有行色, 詩成獨立到斜陽." 西涯陛辭日, 見考官彭敷五爲誦此詩, 戲謂之曰: "場屋中有此人不可不收." 敷五問其名, 曰: "予亦聞之矣." 已而果得原博爲第一.

○ 焦竑,『玉堂叢話』卷1

吳公爲人靜重醇實, 自少至老, 人不見其過擧, 不爲慷慨激烈之行, 而能以正自持. 遇有不可, 卒未嘗碌碌苟隨. 言詞雅淳, 文翰淸妙, 無愧士人. 成·弘間, 以文章德行負天下之望者三十年. 然位雖通顯, 而迄不得柄用, 天下惜之.

저술 소개	*『匏翁家藏集』 (明)正德年間 刻本 77卷 補遺 1卷 *『說集』 (明)抄本 60種 102卷 內 (明)吳寬撰『皇明平吳錄』3卷 *『澤古齋重鈔』 (淸)陳瓛編 (淸)道光 4年 嘉慶年間 張海鵬 借月山房匯鈔版重編補刻本 12

		集 110種 241卷 內 (明)吳寬撰 『平蜀記』 1卷 / 『平吳錄』 1卷 **★『國朝典故』** (明)朱當㴐編 (明)抄本 62種 116卷 (淸)李文田校 內 明吳寬撰 『國初禮賢錄』 2卷 / 『皇朝平吳錄』 3卷	

비 평 자 료			
南公轍	金陵集 卷23 「馬遠畫水卷橫軸絹本」	吳寬은 馬遠의 「畫水卷」을 극찬하였다.	右諸幅狀態不同。而其寫江水尤奇。復出筆墨蹊徑之外。眞活水也。李東陽·吳寬諸人極稱遠畫水以爲多能者。而弇州則至比之吳道子。卽此已覺其淸曠浩渺。使人有吳楚之思。
申緯	警修堂全藁 冊3 蘇齋二筆 「題曹氏世藏劉松年畫卷, 澤堂跋云觀蓮圖」	曹氏 집안에서 대대로 간직한 劉松年의 畫卷에 吳寬·陸五湖의 題詩가 있음을 언급하다.	誰家園景藉豪矜。繡檻波平畫舫升。微雨淡雲心折久。(卷有淸陰先生題句) 竹深荷淨夢遊曾。(似是取老杜竹深留客處。荷淨納涼時二句。命題爲畫者也) 澤風著錄龍灣自。(澤堂跋云壬午携至灣上。從西碙證定。淸陰一號西碙) 晦谷傳家蠱能。且置松年有眞跡。一時文獻向來徵。(卷中原有吳匏菴·陸五湖二詩。繼以淸陰公。而下十六賢詩。俱極一代之選也)
申緯	警修堂全藁 冊14 詩夢室小草(一) 「劉眉士(枚)書盟歌(眉士錢塘人)」	劉枚의 書盟이 吳寬과 沈周에게 있고, 吳寬과 沈周의 연원은 蘇軾과 黃庭堅에게 있음을 말하다.	眉士書盟在吳沈。沈黃文節吳文忠。(匏巷·石田) 二公精靈聚不散。翩然披髮下海東。對几商量撥鐙法。誰其證者雲客熊。蘇黃秘妙同迦葉。保安寺閣撞洪鍾。(翁覃溪石墨書樓。在保安寺街) 宋白粉箋嗅古馥。天際烏雲含日紅。施注又出宋槧本。集帖欸跋懃愚憒。至今碧蘆吟舫畔。石鏡溪字掃晴虹。風流廿載今頓盡。太息斯人又一翁。雲客撝法自不乏。代捉

		刀者眞英雄。蘇黃睥睨不相下。試問二法同不同。用墨太豊意微貶。涪翁敢爾於長公。竟以天下第一許。自視懊豈言之衷。(黃山谷與謝景道書蘇子瞻書法娟秀。雖用墨太豊而韻有餘。於今爲天下第一。余書不足學。學者輒筆。懊無勁氣。今乃舍子瞻而學余。未爲能擇術也) 二公書品在肥瘦。鍊歸眉士毫端融。匏菴石田恨區別。亦自異曲能同工。此心印證借紙筆。安得聚首交磨礱。錢塘江上喚津筏。靑眼萬里揩靑嵩。熊雲客鎦眉士印。須我友碧蘆篷。
申緯	警修堂全藁 冊28 覆瓿集(七) 「有人携示趙大年著色山水橫卷, 後有倪雲林·吳匏菴題跋, 書與畫皆贗本也, 聞是昔日富貴家珍藏, 歎題一詩」	위조된 그림에 역시 위조된 吳寬의 題跋이 붙어 있는 것을 보고 탄식하는 시를 짓다.	贗畫贗書日難眞。不妨收作篋中珍。此間奚暇論眞贗。我亦名塲贗本人。
李學逵	洛下生集 冊11 匏花屋集 「感事集句(十章)」	明나라 張紅橋의 '一點殘燈照藥叢'과 明나라 吳寬의 '窮冬相伴勝房空'이라는 구절을 인용하여 感事集句詩를 짓다.	一點殘燈照藥叢。(明 張紅橋) 窮冬相伴勝房空。(明 吳寬) 猧兒撼起鍾聲動。(唐 元稹) 已覺恩情逐曉風。(唐 崔涯)

吳國倫 (1524-1593)

인물 해설	字는 明卿, 號는 川樓子·惟楚山人·南嶽山人으로, 武昌府 興國(지금의 湖北省 陽新縣) 사람이다. 嘉靖 29년(1550)에 진사가 되고 兵部給事中을 지냈다. 李攀龍·王世貞·謝榛·宗臣·梁有譽·徐中行 등과 함께 '後七子'로 불렸으며, 왕세정 사후 文壇의 盟主로 떠받들렸다. 시는 비교적 평이하고 직설적이며 참신한 뜻이 없어서 높이 평가받지 못했다. 저서에 『藏甲岩稿』·『甀甄洞稿』·『陳張事略』·『吳川樓集』·『續吳川樓集』 등이 있으며 근래에 『川樓雜記』가 발견되었다.
인물 자료	○ 『明史』, 列傳 175 吳國倫, 字明卿, 興國人. 由中書舍人擢兵科給事中. 楊繼盛死, 倡衆賻送, 忤嚴嵩, 假他事謫江西按察司知事. 量移南康推官, 調歸德, 居二歲棄去. 嵩敗, 起建寧同知, 累遷河南左參政, 大計罷歸. 國倫才氣橫放, 好客輕財. 歸田後, 聲名籍甚, 求名之士, 不東走太倉, 則西走興國. 萬曆時, 世貞既沒, 國倫猶無恙, 在七子中最爲老壽. ○ 王世貞, 『藝苑卮言』 卷7 吾友宗子相, 天姿奇秀, 其詩以氣爲主, 務於勝人, 間有小瑕及遠本色者, 弗恤也. 吳明卿纔不勝宗, 而能求詣實境, 務使首尾勻稱, 宮商諧律, 情實相配. 子相自謂勝吳, 黙已不戰屈矣. … ○ 錢謙益, 『列朝詩集小傳』 丁集 卷5, 「吳參政國倫」 國倫, 字明卿, 興國人. 嘉靖庚戌進士, 授中書舍人, 遷兵科給事中, 左遷南康府推官, 調歸德, 卽家起知建寧·邵武二府, 又調高州三載, 擢貴州提學副使, 河南參政. 大計, 以台參罷官. 明卿才氣橫放, 跅弛自負, 好客輕財, 歸田之後, 聲名籍甚. 海內嗜名之士, 不東走弇山, 則西走下雉. 晚年入吳訪王元美, 入苕弔

		徐子與, 及元美卒, 而明卿尤健飯, 在七子·五子之中最爲老壽. 有甔甄洞稿, 前後數百卷.	
저술 소개		★『甔甄洞稿』 　(明)萬曆 初年 刻本 文集 20卷 詩集 6卷 / (淸)道光 10年 桂芬齋木活字印本 54卷 目錄 2卷 / (明)萬曆 12年 興國 吳氏刻本 54卷 / (明_萬曆 12年·31年 興國 吳氏遞刊本 54卷 續編 27卷 / (明)萬曆 16年 楊新泉 淸白堂刻本 / (明)萬曆 31年 吳士良·馬攀龍刻本 詩集 12卷 文部 15卷 目錄 2卷 / (淸)淸初 吳棟元刻本	

비 평 자 료				
姜世晃	豹菴遺稿 卷4 「答人寬兒書問-時兒在山」	姜世晃의 아들 姜寬이 명대 후칠자 및 그 유파의 인물에 대해 묻자, 吳國倫의 성명과 자호를 나열한 뒤 九才子로 유명한 인물을 모르고 있는 것에 대해 못마땅해 하다.	…吳國允。字明卿。號川樓。梁有譽。字公實。號蘭亭。明時。盖有九才子之稱。曾於朝夕談話。提說此等人。不啻如雷慣耳。今有此問。何也。可想汝之聰明。不及汝仲遠矣。適客擾未暇檢書。不記爲何地人。如弇州之太倉。兪仲蔚之崑山。宗子相之興化。想不待書示。
南龍翼	壺谷漫筆 卷3 「明詩」	李夢陽은 새로운 문풍을 개척한 공이 있고, 李攀龍과 王世貞에 와서 진작되었으며 함께 교유한 사람으로 吳國倫과 같은 사람이 있다.	李空同(夢陽)有大闢草萊之功。後來詩人皆以此爲宗 … 至李滄溟(攀龍)·王弇州(世貞)而大振焉。泛而遊者。如吳川樓(國綸)·宗方城(臣)·王麟州(世懋)·徐龍灣(中行)·梁蘭汀(有譽)等。亦皆高踏。
南龍翼	壺谷漫筆 卷3 「明詩」	명나라 시인들의 시구를 예로 들며 吳國倫의 시를 언급하면서 명나라 시는 송나라를 타고 넘어와 당나라 시를 섭렵했지만 명나라만의 격조가 있다고 논평하다.	明詩如郭子章家。在淮南靑桂老。門臨湖水白蘋深。… 吳川樓。春色漸隨行旅盡。夕陽偏向逐臣多。宗方城。樽前明月。雙鴻暮江上梅花一騎寒等句。足以跨宋涉唐而然亦自有明調.

正祖	弘齋全書 卷180 群書標記 「詩觀」	吳國倫은 雅錬하고 流逸하 며 情景이 서로 잘 상응하 고 있다고 평하다.	明詩取十三人。…　　吳國倫雅錬流 逸。情景相副。
正祖	弘齋全書 卷9 「詩觀序」	詩觀에 明나라 劉基・高 啓・宋濂・陳獻章・李東 陽・王守仁・李夢陽・何景 明・楊愼・李攀龍・王世 貞・吳國倫・張居正의 詩 를 수록하였음을 언급하다.	明取十三人。… 吳國倫四千八百八 十八首。爲三十一卷。張居正三百十 七首。爲二卷。共爲明詩一百八十六 卷。錄詩二萬五千七百十七首。凡詩 觀之錄詩。七萬七千二百十八首。而 爲五百六十卷。
許筠	惺所覆瓿稿 卷2 「讀謝山人集」	謝榛의 『謝山人集』을 읽고 謝榛과 宗臣과 吳國倫을 칭 찬하다.	齊名二子藝通神。亦數宗臣與國倫。 誰識中原馳上駟。屬鞭還有眇山人。
許筠	惺所覆瓿稿 卷2 「讀徐天目・吳 甌甀二集」	徐中行의 『天目集』과 吳國 倫의 『甌甀集』을 읽고서, 徐中行과 吳國倫으로 王世 貞과 李攀龍에 대항하는 것 은 高適과 岑參으로 杜甫와 李白에 대항하는 것과 같다 고 평하다.	川樓興趣本清深。天目元稱正始音。 看取徐吳敵王李。還同甫白許高岑。
許筠	惺所覆瓿稿 卷4 「明四家詩選 序」	徐楨卿・邊貢・吳國倫・徐 中行의 작품은 四家詩에 빠 졌는데 이는 후일을 기약한 다고 말하다.	其昌穀徐楨卿・庭實邊貢・明卿吳國 倫・子與徐中行諸人之作。亦可備藥 籠之收。卒卒無暇。請俟異日。
許筠	「鶴山樵談」	李攀龍과 王世貞은 二大家 라 일컬어지며, 吳國倫・徐 中行・張佳胤・王世懋・李 世芳・謝榛・黎民表・張九 一 등이 모두 나란히 달려 앞을 다투었다.	明人以詩鳴者。何大復景明・李崆峒 夢陽。人比之李杜。一時稱能 者。…而吳國倫・徐中行・張佳胤・ 王世懋・李世芳・謝榛・黎民表・張 九一等。皆并驅爭先。

許筠	惺所覆瓿稿「鶴山樵談」	우리나라의 金宗直·朴誾 등의 작품이 비록 何景明·李夢陽·王世貞·李攀龍에게는 못 미친다 하더라도 吳國倫·徐中行 이하 사람에게는 뒤지지 않는다고 평하다.	我國金季昷·金悅卿·朴仲說·李擇之·金元冲·鄭雲卿·盧寡悔等製作。雖不及何·李·王·李。而豈有媿於吳徐以下人耶。
洪翰周	智水拈筆卷6	명나라의 雪樓七子는 모두 한 시대에 이름이 나란하였다. * 雪樓七子는 後七子인 李攀龍·王世貞·謝榛·宗臣·梁有譽·徐中行·吳國倫-를 가리킨다.	明之弘正十子。雪樓七子八子九子。皆聯名一世。
洪翰周	智水拈筆卷8	金履喬는 洪翰周의 시를 雪樓七子 吳國倫에 비견하였다.	純祖丙子秋。余陪先君子。往留牙山縣任所。時余年纔十九。縣有白蓮菴。寺殘僧少。而頗幽敞。故一往遊賞。詠二律書小紙。先君子覽而置桉上。其一詩曰。步上巖阿最高頂。蒼苔赤葉滿禪居。上方客至雲歸後。古殿鍾鳴日落初。溪樹雨零秋已暮。藥爐香歇境俱虛。浮生偶得塵緣淨。且就山僧乞梵書。適竹里金公履喬。因省墓行。歷縣入政堂。偶見桉上詩驚問。知爲余詩。卽招余問齒。亟稱歎。仍求近日諸詩。故並以亂草。示呈金公。行忙袖去。在道盡閱之。仍歷新昌訪玄樓李公羲玄。出示余諸篇曰。吾今行。得見當世之雪樓七子。時玄樓在謫。聞而奇之。至以詩見遣。成蘿山晚鎭。老於詩。有盛名。家居新昌。亦聞竹里言。以詩寄之。余今皆忘之。但記玄樓一聯曰。判不染跡靑雲路。訝許齊名白雪樓。余今濩落無成立。竟儜廢。豈玄樓詩爲讖耶。

59

吳嵩梁 (1766-1834)

인물 해설	淸代의 문학가이자 서화가로, 字는 子山, 號는 蘭雪 · 澂翁 · 蓮花博士 · 石溪 老漁이며, 江西 東鄕新田 사람이다. 이 지역 출신 중 가장 걸출한 시인으로 꼽히며, '詩佛'로 일컬어졌다. 袁枚 · 趙翼과 더불어 '江右三大家'로 칭송받던 鉛山의 蔣士銓에게 시 짓는 법을 배웠는데, 그 재능이 뛰어나서 黃景仁과 병 칭되었으며, 王昶을 비롯해서 北平의 翁方綱, 無錫의 秦瀛, 蒙古의 法式善, 錢 塘의 吳錫麒 등 당대의 대가들로부터 칭송을 받았다. 그러나 姚瑩의 「後序」 에 따르면, 황경인의 詩風은 그 정서와 기개의 측면에서 李白과 비슷한 데에 비해, 오숭량은 웅장한 기개와 넓고 깊은 학식을 바탕으로 풍경과 정서를 막 힘없이 풀어냈다고 한다.
인물 자료	○ 『淸史稿』, 列傳 272 　　嵩梁, 字蘭雪. 以擧人官中書, 選知黔西州. 著香蘇山館集. 聲播外夷, 朝鮮吏 曹判書金魯敬以梅花一龕供奉之, 稱爲詩佛. 日本賈人斥四金購其詩扇. 其名重 如此. ○ 梁紹壬, 『兩般秋雨盦隨筆』, 「梅龕詩佛」 　　西江吳蘭雪中翰嵩梁, 工詩, 高麗使臣得其所著詩, 稱爲詩佛, 而築一龕以供 之, 種萬梅樹雲
저술 소개	*『香蘇山館詩鈔』 　(淸)嘉慶 23年 刊本 30卷 / (淸)咸豊 7年 邵淵耀家抄本 2卷 (淸)邵淵耀批幷跋 *『香蘇山館全集』 　(淸)道光 23年 吳氏 石溪舫刻本 52卷 *『香蘇山館古體詩鈔今體詩鈔』 　(淸)嘉慶 23年 刻本 『古體詩鈔』 17卷 『今體詩鈔』 19卷

	★ 『聽香館叢錄』 (淸)道光年間 刻本 6卷		
비 평 자 료			
金邁淳	紅藥樓續懷人詩錄 卷上 「趙秋齋(秀三)司馬」	趙秀三이 중국에서 翁方綱・吳嵩梁과 시문을 수창하며 高名을 떨쳤음을 말하다.	八十成進士。風骨望如仙。酬唱交覃雪(覃溪・蘭雪)。高名日下傳。著述等身富。泯滅無人鐫。
金正喜	阮堂全集 卷6 「題呂星田畫梅蘭菊竹幀」	呂星田이 그린 墨梅는 吳嵩梁이 소장하고 翁方綱등의 題跋이 붙어 있는 王冕이 그린 墨梅를 본뜬 것이다.	吳蘭雪藏王元章墨梅一幀。蘇齋而下諸名碩題證甚多。星田所畫。全仿其意。
金正喜	阮堂全集 卷9 「次韻, 答吳蘭雪藁」	金正喜가 吳嵩梁의 詩稿를 보고 그 시에 차운하다.	迦葉拈花詩髓求。舊從放翁夢境遊。眞影五色梅花樹。(六人合作五色梅花圖。爲蘭雪所藏) 石溪烟隴知何處。(石溪烟隴。皆蘭雪探梅處。卽新田十憶之二) 料量羅朱澹濃中 (蘭雪於孤山訪梅。倩兩峰野雲作澹墨濃墨二本) 蒼茫畫理參茶農。袖裏東海接一氣。鼻觀天涯情所鐘。東海人家一花坯。遙溯三十萬樹白。香蘇寶蘇卽此義。百千燈影收息息。問否九里洲與山。那由此身置其間。徑欲投筆劒峯去。(蘭雪黃巖觀瀑詩云投筆仍爲雙劒峰) 擬追盟栢岱雲還。(岱雲會合圖。覃溪老人詩云蒼然七株栢。質我盟日星) 擧似石帆舊偈子。攝到笠影圓鏡裏。(東書堂硯潑奇光。東書堂硯。爲周潘蘭雪軒舊物。爲覃

			溪所藏。蘭雪作詩乞之) 元氣淋漓而已矣。宛見紅衫日拜花。(紅衫拜花。爲蘭雪詩話) 匼君之展桐君家。靑眼同岑詩境月。紫瀾問津淨業槎。爲補十六年前失。却於萬里墨緣覓。蓬萊佇見文字祥。天際烏雲樓前日。金石蘭盟詎可更。蓮燈梅卷仍合併。病鶴如今復何似。石銚乳滴松風生。
金正喜	阮堂全集 卷9 「次韻, 答吳蘭雪藁」	吳嵩梁이 孤山의 매화를 찾아보고 羅聘과 朱鶴年에게 부탁해 墨梅 2本을 그리게 했는데, 그 그림은 張深의 畫理를 참조한 것이다.	上同
金正喜	阮堂全集 卷9 「次韻, 答吳蘭雪藁」	吳嵩梁의 「黃巖觀瀑」 詩와 翁方綱의 "蒼然七株栢, 質我盟日星"이라는 詩句를 원용하다.	上同
金正喜	阮堂全集 卷9 「次韻, 答吳蘭雪藁」	翁方綱이 소장하던 東書堂硯을 吳嵩梁이 시를 지어 청한 일화를 이야기하다.	上同
金正喜	阮堂全集 卷9 「次寄吳蘭雪(代家尊作)」	金正喜가 金魯敬을 대신하여 吳嵩梁에게 시를 지어 부치다.	紅衫懷舊雨。白髮愧雌辰。雙展匡廬偈。千壺淨業春。金門梅大隱。鐵簫鶴前身。知有天涯夢。東峰一角巾。
金正喜	阮堂全集 卷9 「題吳蘭雪(嵩梁)紀遊十六圖並序」	吳嵩梁의 「紀遊十六圖」에 題詩를 짓다.	序文 乙酉三月二十又五日。爲吳蘭雪六十初度。以其平生筇展山水。屬友人作紀遊十六圖。並係小

			序。要作詩以壽其傳。第十六圖 序云秋史山泉爲繪此圖。自以一 龕供養吾詩。龕外皆種梅花。寄 詩云云。盖紀實也。余於十六圖 詩。亦及此意。萬里墨緣也。
金正喜	阮堂全集 卷9 「題吳蘭雪(嵩梁)紀 遊十六圖並序」	吳嵩梁과 翁方綱의 만남에 대해서 언급하다.	岱岳觀雲 秦松漢栢間。初謁覃溪老。紅日 與烏雲。知君瓣香早。(原序云。 癸丑五月謁翁覃溪先生於泰安使 院。同遊東岳。登封禪臺俯視雲 影。絶頂夜半見初日)。
金正喜	阮堂全集 卷9 「題吳蘭雪(嵩梁)紀 遊十六圖並序」	金正喜가 李林松의 璧蜻齋 에서『邗上題襟集』을 처음 본 것을 이야기하고,『邗上 題襟集』이 지어진 유래에 대해 설명한 吳嵩梁의 서 문을 인용하다.	康山秋醼 曾於璧蜻齋。一讀題襟集。(余於 李心齋璧蜻齋。始見邗上題襟集) 朱碧銀槎杯。萬里餘香浥。(原序 云。曾賓谷爲余張醼。以銀槎杯 行酒。名流踵至。唱和日多。遂 以所作。爲邗上題襟集)。
金正喜	阮堂全集 卷9 「題吳蘭雪(嵩梁)紀 遊十六圖並序」	王文治가 일찍이 琉球에 간 적이 있음을 언급하고, 王文治가 쓴 吳嵩梁의「京 口三山詩碑」에 대해서 이 야기하다.	瓜廬尋碑 夢樓掣鯨手。詩筆遍久米。(久 米。琉球山名。王夢樓嘗見琉球) 豈料焦山墨。亦能過鴨水。(原序 云。夢樓書余京口三山詩碑。巨 公擩睨。且邀看)。
金正喜	阮堂全集 卷9 「題吳蘭雪(嵩梁)紀 遊十六圖並序」	吳嵩梁이 시를 잘 지었던 馬履泰와 교유한 사실을 이야기하고, 金正喜가 阮 元을 통해 馬履泰의 시를 본 사실을 말하다.	韜光望海 夙想弢光庵。圖中暫寓目。(缺二 字)秋葯詩。亦從芸臺讀。(原序 云余與馬秋葯翁徧遊。秋葯詩爲 一代碩匠。余之入燕。從阮芸 臺。得見秋葯詩)。

金正喜	阮堂全集 卷9 「題吳蘭雪(嵩梁)紀遊十六圖並序」	吳嵩梁이 秦瀛·洪亮吉과 惠山泉의 물로 차를 다려 마신 일화를 이야기하다.	惠山啜茗 天下第二泉。又重之秦洪。飮泉猶可得。二妙眞難同。(原序云。惠山泉爲第二。輒與秦公小峴洪君稚存。携佳茗。煮泉細啜)。
金正喜	阮堂全集 卷9 「題吳蘭雪(嵩梁)紀遊十六圖並序」	吳嵩梁과 法式善의 만남에 대해서 이야기하다.	淨業蓮因 吟詩何處好。詩境夢無邊。天上眞腴宦。稅詩兼稅蓮。(原序云。余與法時帆定交。乙丑。下榻詩龕。淨業湖花事尤盛。遂用放翁語。以蓮花博士自署)。
金正喜	阮堂全集 卷9 「題吳蘭雪(嵩梁)紀遊十六圖並序」	吳嵩梁과 金正喜·金命喜 형제의 인연에 대해서 말하다.	富春梅隱 圖之第十六。萬里傳藥那。桐水君之因。梅龕我卽果。(原序云。九里洲在富春山水佳處。計畝種梅。可得三十萬樹。欲投老於此。因刻梅隱中書弘印。朝鮮金秋史。與其弟山泉。屬繪此圖。自以一龕供養吾詩。龕外皆種梅花。寄詩乞和)。
金正喜	阮堂全集 卷10 「贈饍趙君秀三赴燕」	燕行을 떠나는 趙秀三을 송별하는 시에서 富春山 부근에 사는 吳嵩梁을 언급하다.	老氣橫空碬石風。飛楊跋扈舊時雄。富春一夢隨君去。十萬梅花樹下通。
申緯	警修堂全藁 冊3 蘇齋二筆 「題吳蘭雪(嵩梁)姬人岳綠春蕙蘭掛圖」 (此圖舊爲翁星原物,今歸貞碧舘綠春, 有	翁樹崑 舊藏이었던 吳嵩梁의 姬妾인 岳綠春이 그린 「蕙蘭掛圖」에 題詩를 쓰다.	紅豆飄零似隔晨。幽吟迸淚篋中珍。苔岑契淺吳蘭雪。翰墨緣深岳綠春。轉蕙風淸紈袂擧。滋蘭露冷玉肌淪。空憑裊裊盈盈筆。想見端端正正人。

	二小印, 白文曰岳氏 筠姬, 朱文曰蓮花博 士)		
申緯	警修堂全藁 冊12 碧蘆舫藁(三) 「彬卿扇頭, 有吳蘭雪 二絶, 戲次韻贈彬卿」 (蘭雪詩曰, 聞道紫霞 高弟子, 平生受作擘 窠書, 揮毫果有凌雲 氣, 虹月今宵貫草廬, 吾友金陵張老槎, 臨 岐爲子寫梅花, 相思 異日能酬我, 妙墨還 應乞小霞)	鄭雲始의 부채에 적힌 吳 嵩梁 시에 次韻하다.	其一: 飮博千場鬢也老。不成學 釖不成書。抽毫大膽燕南去。浣 却蓮花博士廬。 其二: 眞見君乘貫月槎。探來倔 伯筆頭花。何妨畫作吾家事。已 被人呼大小霞。
申緯	警修堂全藁 冊12 紅蠶集(二) 「題吳架閣表忠錄(四 首)」(爲吳蘭雪嵩梁 題)	吳嵩梁을 위하여 『表忠錄』 에 題詩를 짓다.	其一: 後七百年表忠錄。賢孫闡 發賴賢師。倣書有似唐臨帖。存 稿何消束補詩。(北平翁方綱文信 國手札跋曰。文信國斗札三通。 與金谿吳架閣者。吳氏今居東 鄕。世爲墨寶垂三百年矣。架閣 裔孫嵩梁。篤念先澤之遺。不忍 失墜。因請余爲想像信國筆意 重。書成卷。敬識其後。)
申緯	警修堂全藁 冊12 紅蠶集(二) 「題吳架閣表忠錄(四 首)」(爲吳蘭雪嵩梁 題)	吳嵩梁을 위하여 『表忠錄』 에 題詩를 지으며, 翁方綱 의 「文信國手札跋」을 인용 하다.	上同

申緯	警修堂全藁 冊12 紅蠶集(二) 「題吳架閣表忠錄(四首)」(爲吳蘭雪嵩梁題)	吳嵩梁을 위하여 『表忠錄』에 題詩를 지으며, 吳嵩梁이 지은 「家狀」에서 吳名揚의 임종하는 장면을 인용하다. * 吳嵩梁의 조상인 吳名揚은 南宋末의 인물로 文天祥을 적극 도와 軍需를 조달하는 데 큰 공을 세웠던 인물이다. 그 후손들이 대대로 文天祥이 吳名揚에게 보낸 친필 편지 3통을 간직해 오다가 중간에 분실하고 말았다. 그 내용만은 족보에 실려 전할 수 있었는데, 역시 주로 軍需 조달에 관한 것이었다. 吳嵩梁에 이르러 자신의 스승인 翁方綱에게 文天祥의 筆意를 상상하여 이 편지를 써 달라고 부탁하고, 아울러 吳名揚을 기리는 벗들의 詩文을 모아서 간행한 것이 바로 『表忠錄』이다.	其二: 宋不足徵脫脫筆。文山附傳確垂編。(宋盧陵鄧光薦續宋書文丞相附博。吳名揚。字叔瞻。金谿人。丞相起兵。踴躍赴義。率巨室積錢粟。備軍需。意甚感激。傾動一時。辟禮兵部架閣文字。空坑之敗。浮沉鄉里。計今尚存) 廢家棄市同成就。燄盡孤燈月在天。(吳嵩梁家狀曰。公歿之日。酌酒別家人。危坐大書曰。我不侫佛。亦不事仙。死生晝夜。此理自然。其過化者燭中之燄。其存神者明月在天。擲筆而遂暝)。
申緯	警修堂全藁 冊12 紅蠶集(二) 「題吳架閣表忠錄(四首)」(爲吳蘭雪嵩梁題)	吳嵩梁을 위하여 『表忠錄』에 題詩를 지으며, 吳嵩梁이 지은 「家狀」에서 吳名揚의 말년 행적을 인용하다.	其三: 義理空談無補於。尚論南宋欲何如。凜然文字垂千古。正氣歌兼却聘書。(家狀曰。空坑既販。公遂不復出。元初。詔求遺逸。御史程鉅夫薦公。公以書辭。其書今載集中)。
申緯	警修堂全藁 冊12 紅蠶集(三) 「南雨村進士, 從溪院判入燕, 話別之次, 雜	吳嵩梁이 翁方綱의 高弟이며 『再生小艸』라는 문집이 간행되었음을 말하다.	其四: 迦葉拈花一笑新。由蘇入杜是知津。外無浮響中充實。大有延陵樸學人。(吳蘭雪。覃谿先生及門高弟。刻集有再生小艸)。

	題絕句, 多至十三首, 太半是懷人感舊之語, 雨村此次, 與諸名士遊, 到酣暢, 共出而讀之, 方領我此時心事」	
申緯	警修堂全藁 冊13 紅蠶集(五) 「寄謝吳蘭雪」	吳嵩梁이 白玉蟾像을 보고 자신이 그 化身임을 깨달은 일과, 그의 부인과 첩이 모두 그림을 잘 그려 해외에까지 명성이 퍼졌음을 언급하다.	其一: 神交邈邈締鴻鱗。東海東鄉引領頻。宿望蘇齋詩弟子。清門架閣宋遺民。分身鶴影追前夢。(蘭雪舊遊武夷。至白雲洞。見白玉蟾像。自悟化身) 竝蒂蘭盟結淨因。(蘭雪夫人如夫人。皆有翰繪。名播海外) 不比世間官職賤。蓮花仍是補衙人。
申緯	警修堂全藁 冊13 紅蠶集(五) 「寄謝吳蘭雪」	吳嵩梁이 자신에 대해 翁方綱에게 가르침을 받은 海東의 뛰어난 시인이라고 칭찬하는 시를 보내온 것을 언급하고 謙辭로 답하다.	其二: 北平執業遜才俊。首及延陵季子賢。石墨樓中緣淺矣。鴨江過後意茫然。詩成莫問無雙價。論定何須待百年。慙愧遺材搜海外。齒牙遙借汝南筵。(蘭雪寄詩云。纖濃掃淨出清新。曾向蘇齋一問津。收斂才華歸樸學。海東眞見有傳人絕句云)。
申緯	警修堂全藁 冊13 紅蠶集(五) 「寄謝吳蘭雪」	吳嵩梁이 「富春梅隱圖」를 그릴 정도로 은거할 뜻이 강하지만 아직 실행하지 못한 사실을 언급하다.	其三: 年深草徑紫霞莊。漁弟樵兄笑我忙。遯卦筮逢初六象。秦風人在第三章。經聲樹影環鄰寺。嵐翠谿光鎖石房。恰似先生梅有約。畫中書屋夢中香。(蘭雪有富春梅隱圖。而尚有嘅乎買山之未就也故云)。
申緯	警修堂全藁 冊13 紅蠶集(五) 「寄謝吳蘭雪」	吳嵩梁이 자신에게 그림을 청해 紫霞山莊을 그려 보내 준 일을 언급하다. * 시에서 묘사하는 내용으	其四: 吾廬瀟洒隱王城。廡下南山紫翠橫。伴石墨池含雨氣。當窓蘆葉助秋聲。客來茶屋孤烟起。公退苔庭二鶴迎。莫笑軟紅

		로 보아 여기에서 申緯가 말하는 紫霞山莊은 冠岳山에 있는 別墅가 아니라 南山의 자택인 碧蘆舫을 가리키는 것으로 보인다.	塵送老。冷卿居止似諸生。(蘭雪求拙畫。故寫寄紫霞山莊·碧蘆吟舫二圖。各題以詩)。
申緯	警修堂全藁 冊13 倉鼠存藁(一) 「吳蘭雪信回, 得琴香閣山水立軸, 題此爲謝」	吳嵩梁의 답장을 받고 아울러 그 부인인 蔣徽의 그림을 얻어 사례하는 시를 짓다.	九里梅花天下稀。漁翁漁婦儋忘歸。(蘭雪有石溪漁隱印。琴香閣又有石溪漁隱印) 唾絨窓裏丹靑濕。結網燈前暖翠飛。過海罡風吹素壁。令人終日在淸暉。好携管仲姬偕隱。千頃鷗波一板扉。
申緯	警修堂全藁 冊13 倉鼠存藁(一) 「吳蘭雪信回, 得琴香閣山水立軸, 題此爲謝」	吳嵩梁과 蔣徽(琴香閣)가 '石溪漁隱'印을 가지고 있음을 밝히다.	上同
申緯	警修堂全藁 冊13 倉鼠存藁(一) 「蘭雪又寄故姬岳綠春畫蘭有詩, 故卽用原韻」	吳嵩梁이 故姬인 岳綠春의 畫蘭에 시를 지어 보내오자, 次韻하는 시를 짓다.	綠梅花謝影沉沉。潘鬢憑誰話舊襟。(蘭雪來詩。有綠梅催謝之句) 月上銷魂餘栗主。篋中霣臆見蘭心。(厲樊榭故姬月上栗主事。見王述菴蒲褐山房語話) 國香澹泊無多在。禪榻風情一往深。賸墨發函今視昔。淚彈紅豆更難禁。(岳氏畫蘭。前從紅豆得一本。今又得此幅)。
申緯	警修堂全藁 冊13 倉鼠存藁(一) 「蘭雪又寄故姬岳綠春畫蘭有詩, 故卽用原韻」	岳綠春의 畫蘭을 翁樹崑으로부터 얻었는데, 이번에 다시 吳嵩梁으로부터 또 얻었음을 말한다.	上同

申緯	警修堂全藁 冊14 倉鼠存藁(二) 「次韻和吳蘭雪 (四詩)」	吳嵩梁의 시 네 수에 次韻 하다.	秋蟬 小雨動凉思。夕陽凝遠愁。響來 高柳迸。曳過別枝休。熱咽如添 暑。淸含乍助秋。飮餐無外慕。 風露足淹留。 秋蝶 濃露草頭解。初陽粉翅開。秋光 弄顔色。舞態爲遲徊。細瘦縢王 筆。繁華漢劫灰。荒畦斷壠句。 體物費詩才。(荒畦斷壠霜後瘦。 蝶寒螿晚景前元。遺山句也)。 秋花 補此羣芳暮。何妨得氣遲。英華 終莫閟。早晏不關時。秀色騷人 採。幽香瘦蝶知。風霜日搖落。 雅操爲堅持。 秋草 秋草萋萋綠。平蕪獵獵風。傷心 江浦畔。極目塞垣中。櫟葉鳴幽 屐。蓀窠咽小蛩。高人相伴住。 不信有飄蓬。
申緯	警修堂全藁 冊14 詩夢室小草(一) 「自題墨竹, 寄燕中四 家」	墨竹을 그려 吳嵩梁에게 보내며 시를 짓다.	吳蘭雪 曾見琴香閣裏梅。璚枝拗鐵點氷 苔。不堪萬玉翛翛影。送與紗窓 印月來。(五代。李夫人橫窓上月 影。始有墨竹)。
申緯	警修堂全藁 冊14 詩夢室小草(一) 「寄集蘭雪屬和」	吳嵩梁의 부탁대로 자신의 시집을 보내며 화답시를 보내 줄 것을 청하는 시를 짓다.	四海蓮洋屬望新。量才玉尺是君 身。慇叮遠業期千載。笑指名山 證夙因。(蘭雪書來云。大集已有 全編。亟鈔一副本見寄。僕願卒 論定之。爲附名山)　竟就澂翁詩 弟列。不虛蘇室瓣香人。(僕與蘭 雪書云。遙下一拜。願就弟子之

			列。蘭雪又號澂翁。如何知己天涯感。偏向中宵涕淚頻)。
申緯	警修堂全藁 冊15 江都錄(一) 「輓錢金粟學士」	吳嵩梁이 錢林의 訃音을 전하는 편지를 보낸 일과 蔣詩가 錢林을 애도하는 輓詩를 지은 일을 언급하다.	其一: 詞塲慟惜認同情。蘭雪秋吟遠寄聲。來去了然徵慧業。雲山北向是蓉城。(蘭雪札云。錢金粟學士。已歸道山。去來殊自了了。足徵慧業。秋吟輓詩。要由三晉去。蓉城自注。歿云赴山西)。
申緯	警修堂全藁 冊15 江都錄(一) 「吳蘭雪屬哲配琴香閣, 於扇面畫山水寄余, 以詩答謝」	吳嵩梁의 아내인 蔣徽가 부채에 그린 山水畫를 보내와서 이를 사례하는 시를 짓다.	螺靑一角遠山開。知自琴香畫閣來。新婦磯頭漁火認。夫人城下棹歌回。(琴香閣有印曰石磯漁婦) 良朋自有閨房秀。麗句眞驚異代才。領取君家偕隱處。梅花九里子陵臺。(蘭雪山莊在嚴灘。有印曰九里梅花村舍)。
申緯	警修堂全藁 冊15 江都錄(一) 「吳蘭雪屬哲配琴香閣, 於扇面畫山水寄余, 以詩答謝」	蔣徽에게 '石磯漁婦'라는 印章이 있고, 吳嵩梁에게 '九里梅花村舍'라는 印章이 있음을 언급하다.	上同
申緯	警修堂全藁 冊16 九十九菴吟藁(二) 「哭蔣秋吟御史(五首)」	자신이 교유한 중국 문사들 가운데 翁方綱·翁樹崑·錢林·蔣詩가 차례로 세상을 떠난 것을 탄식하고 오직 吳嵩梁만 남아 있음을 말하다.	其五: 靑棠紅豆久零落。(靑棠覃溪書屋名。紅豆星原別字) 金粟秋吟又岱遊。(金粟。錢學士林) 四海頓傷風雅盡。凡今誰見典刑留。交情每失頻年淚。未死爭禁後日愁。可是玉人蘭雪在。斷無消息隔溪舟。(余所與上國名彦結交者。今凋喪畧盡。唯有吳蘭雪一人在耳)。

申緯	警修堂全藁 冊18 北禪院續藁(四) 「經山閣學充賀至使入燕, 索詩, 故賦此爲別」	자신과 교유했던 중국 문사들 중에서 翁方綱 · 翁樹崑 · 錢林 · 蔣詩는 모두 세상을 떠났고, 吳嵩梁 · 周達은 지금 燕京에 없으나, 陳用光 · 曹江은 墨緣을 나눈 바 있으니 鄭元容에게 한번 방문해 보라고 권하다.	其一： 四方宣力詠虺隤。辭令謨猷歷試來。大雪埋輪踰玉塞。(經山昨臘。自北塞還朝) 長河憑軾向金臺。鏗然子有三唐韻。去矣誰當一代才。遊到酣時應自覺。人生海外亦何哉。(借用楓皐公贈余舊句)。 其二： 當時我亦氣如虹。縞紵結交翰墨中。小石帆亭茶淡白。保安寺閣日沉紅。頻年擧目河山感。往事傷心劍筑空。(僕所締交上國名彦。如翁文達 · 橋梓 · 金蘭畦尙書 · 錢金粟 · 蔣秋吟諸公。次第淪謝。吳蘭雪 · 周菊人。皆官遊四方。今略無餘者)。賴有陳琳與曹植。雄詞不替建安風。(蓺林名家。有陳石士 · 曹玉水兩人。僕雖未及謀面。曾與有一段墨緣。試往問之)。
申緯	警修堂全藁 冊18 北禪院續藁(四) 「經山閣學, 今夏爲館伴 ,翁鶴田(樹棠)文士也, 相識於館中, 鶴田言覃溪之孫, 亦夭而不壽, 故宅文藻, 遂無人可傳云云, 經山誦其言如此, 愴念疇昔之好, 歷日爲之短氣, 嗟乎, 覃溪一生, 五福脩身, 身後兒孫脩短, 亦何預人事, 況文字延壽, 可敝天壤, 從古文章鉅公如覃溪	翁方綱의 후손이 단절되었고, 제자 중에 이제 吳嵩梁이 살아 있음을 말하다.	其二： 嘔心文字亦傳血。差慰蓮洋有替人。(覃溪詩弟子之列。吳蘭雪尙無恙) 佛告八還須認汝。箕陳五福但論身。那知去後薪窮火。只好生前種結因。錯寫弄璋當日慶。室中三世一團春。

	者，未必皆以子孫傳耳，又何憾也，因用星原舊韻，爲二詩云」		
申緯	警修堂全藁 冊18 北禪院續藁(四) 「和吳蘭雪記夢詩(幷序)」	吳嵩梁의「記夢詩」에 和詩를 짓다.	蘭雪嘗夢循溪而行。化爲蜻蜓。坐落花瓣上。飄然若舟。仙乎仙乎。覺來有詩記之。詩人之夢。夢亦奇矣。蘭雪之言曰。人生一切幻境。皆由心造。業海浮沉。脩諸苦惱。自達者觀之。險夷同致。物我俱忘。則任天而動。亦安往而不自得耶。其爲言也。有感於心者。遂和此詩。將以寄示蘭雪。未知蘭雪衰年遠宦。經歷更多。悟道益有進否。 人生如夢枉勞形。業海浮沉苦未醒。齊物莊周元蛺蝶。悟緣蘭雪卽蜻蜓。黃粱纔熟公侯樂。白骨終歸螻蟻腥。到底澂心無覓處。是身天地一長亭。
申緯	警修堂全藁 冊19 養硯山房藁(三) 「苔岑雅契圖(三首)」	吳嵩梁이 黔南任所에 있을 때 李尙迪이 시와 편지를 보낸 적이 있음을 언급하다.	其三： 誰喚苔岑舊夢醒。故人去後海冥冥。斷腸香草名山句。爭唱如花償酒伶。(吳蘭雪時在黔南任所。藕船於墨農酒席。寄信蘭雪。有一聯云。美人香草能消福。循吏名山更著書。余不聞蘭雪信。今已五年)。
申緯	警修堂全藁 冊19 養硯山房藁(四) 「送徐卯翁尙書奉使入燕(二首)」	燕行하는 徐耕輔를 전송하며 翁方綱·丹巴多爾濟·錢林·吳嵩梁을 추억하고, 자신이 써 준 蔣詩 시집의 서문이 잘 도착했는지 葉志詵에게 확인해 달라고 부탁하다.	其一： 樞綑專對進階新。令望蘇家是潁濱。去日唐花燕市雪。來時烟柳薊門春。題襟共訝三生石。惜別爭禁四角輪。縞紵投心詩滿篋。歸舟泊汴首迴頻。(此首用問菴韻)。 其二： 金鰲玉蝀切雲霄。二十年

			前絳節朝。得髓蓮洋詩夢渺。(蘇齋以下。雜記苔岑舊契) 論心花海酒痕銷。(丹貝勒海淀別業。有鏡天花海) 三淸鶴去丹砂頂。(錢金粟壯年鍊丹。已歸道山) 萬里鱗沉白馬潮。(吳蘭雪時在黔南任所) 近有浙西消息否。憑君傳語厓坊橋。(前余所撰蔣秋吟詩集序。因案葉東卿津致者。果有浙摺妄便否。東卿寓在厓坊橋云)。
申緯	警修堂全藁 冊19 養硯山房藁(四) 「題蒲船黃葉懷人圖」	李尙迪의 「黃葉懷人圖」에 자신과 중국 名士들인 翁方綱·戈寶樹·葉志詵·汪汝瀚·丹巴多爾濟·松筠·金光悌·金宗邵·金震·朱鶴年·法式善·劉元吉·和寧(和瑛)·李克勤·榮自馨·吳嵩梁·蔣詩·錢林·丁泰·鄧守之·熊昂碧·劉枚·周達·張深과의 교유를 추억하는 시를 쓰다.	蒲船手持黃葉圖。問我亦有懷人無。我亦懷人懷更苦。廿載黃葉秋糢糊。… 蘭雪一麾隔萬里。萼綠梅慰琴音摸。(蘭雪黔南行時。寄余其哲配綠梅圖)。
申緯	警修堂全藁 冊20 梣軒集(二) 「蘭雪集中，有詩酬海月菴之句，若與余相酬和於此地者，卽用原韻，識詩夢而慰寶蘇也(二首)」	吳嵩梁의 시집에 실린 시에 次韻하고, 翁方綱을 추억하다.	其一： 不有江潭跡。誰知海月菴。各天禪夢喚。佳句妙香參。鱗翼沈書信。苔岑補筆談。鯨濤三萬里。何處是黔南。 其二： 揩靑此蹭蹬。持節尙遷延。香瓣心同苦。蓮洋髓獨傳。斯文將有感。憂道耿無眠。縱也參商隔。蘭盟付硯田。

申緯	警修堂全藁 冊23 祝聖二藁 「余選復初齋詩之役, 已過十年, 迄未告竣, 竹垞進士贈是集原刊合續刻重裝本, 而前闕陸序, 後缺儸笙續刻甲戌至丁丑之作, 此亦未可謂完本也, 但題余小照之什, 宛在續刻中, 差幸掛名其間, 所可恨者, 題拙畫墨竹詩則竟逸而不見耳, 書此以示竹垞(五首)」	올해 吳嵩梁이 세상을 떠났음을 말하다. * 신위의 시는 乙未(1835)년에 지은 것으로 되었는데, 吳嵩梁의 졸년은 1834년이다.	其二: 鉛墨丹黃日抹卷。吾衰甚矣幾時完。獲心印語入之選。正法眼藏期不刊。柳集陶詩二友在。玉堂赤壁十年間。書成但恐無人證。蘭雪傳聞返道山。(今年。吳蘭雪亦逝矣)。
申緯	警修堂全藁 冊26 覆瓿集(一) 「次韻吳蘭雪賦別翠微太史」	吳嵩梁이 申在植과 작별하며 지어준 시에 次韻하고, 原韻을 덧붙이다.	入杜聞精義。蘇齋一派東。周旋詩境內。造次筆談中。瀛海遙相憶。門墻早與同。嗟今遊岱久。誰更叩霞翁。 附 原韻(吳嵩梁) 萬里一帆風。扶桑大海東。波濤收卷裏。雲日覲天中。絳節留難久。靑樽暫許同。因君參句法。還念紫霞翁。
申緯	警修堂全藁 冊26 覆瓿集(三) 「閱吳蘭雪舊所贈琴香閣畫梅畫山水, 岳綠春畫蘭諸幅, 感題四絕句」	吳嵩梁이 보내 준 蔣徽와 岳綠春의 그림에 題詩를 짓다.	其一: 一家女史丹靑手。雙絕琴香與綠春。從古有如蘭雪福。不曾磨折幾多人。 其二: 山水梅蘭甲乙難。執心蕙質想毫端。漁夫去矣留漁婦。九里梅花淚眼看。(琴香閣有石溪漁婦四字印。蘭雪有九里梅花村舍六字印)。

			其三： 殊邦有此通家好。情贈偏多畫幅傳。可是澈翁遊岱後。斷無消息至今年。(蘭雪一號澈翁)。 其四： 紅蘭綠萼異香噴。滿篋烟雲墨未昏。擬古欲題三婦艷。石溪萬里慰詩魂。
申緯	警修堂全藁 冊27 覆瓿集(四) 「送李明五學士(繪九)赴燕二絶句」	燕行을 떠나는 李繪九를 전송하는 시에서 자신과 교유를 맺은 翁方綱・翁樹崑・丹親王・金光悌・金宗邵・吳嵩梁・蔣詩・錢林 등이 모두 세상을 떠났음을 애통해하다.	其一： 行人來去好珍重。雨雪霏霏楊柳黃。料得停車憑吊古。金臺蕭瑟玉田荒。 其二： 我昔充行謬承乏。君今膺命抄掄才。傷心莫問題襟盛。三十年間賦八哀。(翁文達公父子。丹親王・金蘭畦尚書父子。吳蘭雪・蔣秋吟・錢金粟。皆已次第遊岱)。
沈象奎	斗室存稿 卷1 「次韻南元平(公轍)送示兩帖」	吳嵩梁이 張問陶의 그림에 적은 시를 읽고 차운하다.	山牕晝日靜烘紗。菊影蘭馨錦子斜。書畫俱堪名韻士。性情兼喜比秋花。匏庵老傅雖殊代。勾曲山人亦大家。知有老來消遣法。卷中眞可托生涯。(吳詩性情吾輩近秋花。右次韻吳蘭雪題張船山畫叢蘭野菊)
李尙迪	恩誦堂集 卷1 「訪吳蘭雪(嵩梁)中翰小酌, 書贈扇頭(時蘭雪將之任黔州)」	吳嵩梁을 방문하여 함께 술을 마시다 부채에 글을 써서 주었는데, 당시 吳嵩梁은 장차 黔州로 부임하려던 차이다.	見把陽春下里傳。廬山蒼翠武溪煙。七分顏髮圖中佛。四字頭衘夢裡仙。古屋生香梅樹合。空盤對酒荔枝圓。(見饋閩貢浸酒荔支) 怠怠鳧鳥天涯去。小別那堪五百年。
李尙迪	恩誦堂集 卷1 「送蘭雪出宰黔州, 次見贈韻」	黔州로 떠나는 吳嵩梁을 전송하며 시를 짓다.	頭如皓雪氣如霞。萬里之官歎日斜。天遣詞人饒韻事。訟庭香滿海棠花。(蘭雪言黔中海棠有香)。醉解金龜燕市頭。鑑湖風月

			願初酬。(蘭雪昔有鑑湖欲向君王乞之句) 離亭寒色添蕭瑟。畫裡人行古陝州。(聞舊有離亭寒色圖)。
李尙迪	恩誦堂集 卷1 「送蘭雪出宰黔州, 次見贈韻」	吳嵩梁의 '鑑湖欲向君王乞'이란 시구를 추억하다.	上同
李尙迪	恩誦堂集 卷1 「送蘭雪出宰黔州, 次見贈韻」	吳嵩梁이 예전에 「離亭寒色圖」를 소장하고 있었다는 사실을 듣다.	上同
李尙迪	恩誦堂集 卷2 「雪後懷吳蘭雪刺史, 賦長句寄呈斗室相國」	눈 온 뒤 吳嵩梁을 그리워하며 그에 관해 시를 지어 沈象奎에게 주다.	東風十日春沮洳。輕陰上柳禽鳥語。霏霏暮雪驟生寒。匝地漫空紛鹽絮。燕山忽憶去年游。大雪如席愁徒御。此時言尋雪翁家。雪翁臥雪掇瑤華。生平愛梅爲下拜。(蘭雪有拜梅圖) 雪天消受香世界。解橐慇懃梅下移。沽酒爲我換金龜。聽詩三歎書卷氣。魯無君子焉取斯。斗室先生無恙否。覃谿學士推名久。風流直逼蘇長公。苦吟欲過何水部。愛而不見三十年。翰墨神交同皓首。擘窠舊索荂頭字。綺語聊憑扇面寄。(蘭雪贈詩扇。有若見沈公憑寄語。苦吟吾亦愛揚州之句。自注斗翁嘗屬余書何苦心菴額。蓋取杜詩頗學陰何苦用心之意。知其瓣香當在水部云)。滄海遺珠象罔求。采風珍重蓄巾笥。隻手大雅看扶輪。一麾窮途行結馴。蘆溝春水遠將君。靑眼何日重論文。姚(雪逸)丁(卯橋)久要程門

			雪。瓣香詞林許共爇。嗟余才力薄且疎。天涯媿殺黔州驢。陳迹蒼茫留鴻爪。臨風延佇空中書。一世知己多歧路。安得爲龍爲雲朝暮遇。
李尙迪	恩誦堂集 卷2 「雪後懷吳蘭雪刺史, 賦長句寄呈斗室相國」	吳嵩梁과 관련하여 翁方綱·姚衡·丁泰 등을 아울러 언급하다.	上同
李尙迪	恩誦堂集 卷2 「聞蘭雪刺史近耗」	吳嵩梁이 黔州로 부임하다가 章門에서 행장을 도둑맞은 일을 듣고 이에 관한 시를 짓다.	澈翁消息近何如。瘴雨蠻煙萬里餘。燕市重尋傾蓋地。潞河忽憶買船初。美人香草能銷福。循吏名山更著書。可道宦游遭肶篋。各天同夢亟愁予。(蘭雪赴黔。舟泊章門。遇盜失行李。余於前年亦遭此阨)。
李尙迪	恩誦堂集 卷3 「菊秋旣望夜, 雅集紫霞侍郎碧蘆吟舫, 次香蘇館集」(是夜會者朴雨蕉侍郎·洪海君駙馬·李石見復鉉明府·李東樊晩用·洪春山祐吉·洪葯農成謨·丁酉山學淵·李石顝海遠·李谿堂之衡·雨蕉二哲嗣琴坨齊喆·靑棠齊兢·紫霞二哲嗣小霞命準·藹春命衍·柳問菴本學·樹軒本藝昆季·徐竹坨眉淳·韓藕人在洛)	9월 16일 밤 申緯의 碧蘆吟舫에 모여서 『香蘇山館集』을 차운하여 시를 짓다.	忽然悱惻忽軒渠。痛飮離騷獨閉廬。暇日餠花徵史逸。中年絲竹衍詩餘。山如人瘦當秋後。雁與霜飛欲曙初。風雨不禁懷舊侶。羅浮樵又石谿漁。(謂墨農·蘭雪) 記曾腰笛乞詩還。游戲多生不蹔閒。一笑蘆花吟滿地。似聞鸛鶴答空山。(先是吳蘭雪寄題碧蘆吟舫圖。有每聞夜雨菰蒲響。遙答空山鸛鶴聲之句) 酒人消息秋聲裡。林榭周旋畫意間。誰向綠波著書也。窮愁綺習未全刪。(韓藕人游湨上。歸作綠波雜記)

李尙迪	上同	申緯의 碧蘆吟舫에서 시를 지으며 儀克中과 吳嵩梁을 추억하다.	上同
李尙迪	上同	吳嵩梁이 「碧蘆吟舫圖」에 붙인 題詩를 인용하다.	上同
李尙迪	恩誦堂集 卷4 「方蘭生爲余作蓮花一幀, 題曰藕船墨緣, 卽賦長句志懷」	方羲鑷이 「藕船墨緣」이란 제목의 蓮花一幀을 그려 준 것에 느낀 바가 있어 읊은 시에서 吳嵩梁과 儀克中 등을 언급하다.	君作蓮花畫。我作蓮花詩。詩禪畫禪參妙法。蓮華身世兩忘之。天然初日照空綠。此詩此畫堪誰讀。今之蓮洋蓮博士。(蘭雪) 詩骨玲瓏得眞髓。論文沽酒換金龜。鈍根錯比靑蓮子。羅浮山客卽飛仙。(墨農) 直簁紅雲太華巓。一笑拍肩叫奇絶。十丈花裏締墨緣。風葉露珠何圓轉。聚散紛紛頃刻變。但恨人生不如魚。一生游戱花四面。秋風咫尺衆香國。夢中荷蓋空相逐。惆悵塵寰五百年。此花無恙如銅狄。欲采芙蓉何處所。一種芳心苦復苦。
李尙迪	恩誦堂續集 卷1 「題春明話舊圖, 寄仲遠大令」(湯雨生將軍, 仲遠母舅也, 余嘗從仲遠得讀其外祖與竹公棄薧及湯節母斷釵唫, 欽誦久矣, 頃於甲辰冬, 雨生自金陵作此圖見遺, 蓋爲余與仲遠有重逢之喜, 而自誌其聞聲相求繾綣不忘之意, 尤可感也)	吳嵩梁이 題詩를 남긴 사실에 관해 언급하다.	將軍忠孝之子孫。歸老龍山琴隱園。虛懷愛客揚風雅。況復丹靑逼宋元。幾時罷釣秋江曲。澂翁(吳蘭雪)留題詩一幅。瓊花斷釵有和篇。蓼莪從古不堪讀。君家賢甥張仲遠。與我忘形矢不諼。春明話舊樂何如。笑指西山靑似眼。十年離合各天涯。萍水襟期知者誰。蒹葭玉樹儼相對。我見此圖感淚垂。花前薄暮談詩處。竹裡輕寒煮酒時。盥手出示與竹薧。自言舅氏傳家寶。一門大節何煌煌。拍案三歎盡人道。吁嗟

		乎摹寫眞境如合契。就中亦可論其世。英雄晚計六橋驢。(畫尾鈐六橋驢背故將軍印) 循吏宦味武昌魚。欲往從之隔山海。雙鯉難憑尺素書。後會茫茫頭已白。令人卻憶結交初。
李尙迪	恩誦堂續集卷7「圭齋南尙書梅花書屋」	吳嵩梁이 일찍이 말하길 桐廬九里洲의 백성들은 매화 심는 것으로 업을 삼는데, 땅을 대략 계산해보면 삼십만여 그루나 된다고 한다.	羅浮一夜春信迴。山南山北梅花開。天涯不隔尋花夢。夢隨翠羽同徘徊。歸塗繞出孤山麓。水邊籬落云誰屋。起看殘月墮渺茫。無聊索笑巡簷角。南公喬木世其家。文章着手發天葩。甘棠宣化躋槐棘。慈竹承歡詠棣華。(公與令弟侍郎。迭司藩臬。輒奉板輿而行) 餘閒築室貯經史。百盎分供萬梅蕊。上仙才福幾生修。花氣書香入骨髓。勝事曾聞吳澂翁。九里洲民梅爲農。(吳蘭雪嘗言。桐廬九里洲居民。以種梅爲業。計畝略得三十萬樹) 我今觀止香雪海。朶頤何必更談龍。歸恩上相徵詩日。龕裏拈花如獻佛。(往在辛卯冬。公從高祖文獻公有詠梅詩。命尙迪和之) 詩境依依三十年。花開花謝餘白髮。公將繩武用調羹。望而止渴慰蒼生。廣平詞賦特餘事。千載不刊名臣名。
李尙迪	恩誦堂續集卷7「觀齋相國寄惠縵龕集, 奉題其尾」	吳嵩梁과 儀克中을 추억하다.	華胄黃羊晉大夫。耳孫名德此同符。身難請老心憂國。百世貽謀不可誣。吟成春草趨庭日。待漏名推八泮年。天與文章華國手。更兼親炙

			父師前。 蜀吳楚粤又遼東。幾處掄才幾采風。宦轍縱橫三萬里。江山詩句角清雄。 南來軍報哭鴒原。碧血留藏白下門。慷慨淋漓詩史筆。一時不獨爲招魂。 鏝紃舊約草堂靈。夢裏鄉山只麼青。好把書名同考古。夫于亭與鮚埼亭。 風騷一代唱酬多。人海茫茫閱逝波。我向卷中懷舊雨。蓮花博士墨頭陀。(謂吳蘭雪‧儀墨農) 萬首洋洋獨冠時。鯫生今日瓣香遲。千秋未信雞林相。具眼能知白傅詩。
李尙迪	恩誦堂集 卷3 「懷人詩‧吳蘭雪嵩梁」	吳嵩梁에 대한 회인시를 짓다.	三吳江西派。巨擘推蘭雪。妙得蓮洋髓。蘇齋爲心折。萬里瓣香人。魂銷梅下別。
李尙迪	恩誦堂續集 卷4 「亦梅回自燕京, 傳示吳子珍(懷珍)朝鮮李君歌。題程穉蘅爲余作舺山樓圖者, 詞致淸雋, 獎詡逾分, 賦此以謝之」	吳嵩梁‧吳嘉洤‧吳國儁‧吳贊‧吳式芬‧吳俊‧吳煒‧吳蘭修 등을 거론하며 그리워하다.	延陵世冑多吾友。蘭雪(吳嵩梁)曾主騷壇盟。淸如(吳嘉洤)伯鋏(吳國儁)與偉卿(吳贊)。佩玉瓊琚相和鳴。子苾(吳式芬)金石冠英(吳俊)畫。又得賓岑(吳煒)書擅名。石華(吳蘭修)消息五羊城。名山著述叶幽貞。白首懷人天萬里。舊游落落如晨星。亦梅昨日自燕返。傳到新詩眼忽靑。餘杭詩客子珍子。恨未當時一識荊。墨緣已與君家重。況是神交慰暮齡。君寧知我何爲者。乃有饒舌程穉蘅。穉蘅爲寫山樓卷。徵題

			大作一揮成。澹似梅花論氣味。淨於氷雪見聰明。縞紵遺風千載下。獨慙推挹太過情。雙擎高揭山樓壁。山樓百尺增崢嶸。新詩舊扁同輝映。借問安否老滇生。(樓扁爲許滇生總憲隷書也) 樓頭唱斷陽春曲。伐木聲中黃鳥嚶。
李學逵	洛下生集 冊19 卻是齋集 「夏日, 申紫霞侍郎寄示吳蘭雪再生小艸, 作此寄意, 使蘭雪見之, 當不以鄙俚委擲之也」	申緯가 보여준 吳嵩梁의『再生小艸』에 대하여 차운하여 吳嵩梁에게 보내다.	溢江五月雨廉纖。蘭雪篇來手謾拈。已識風騷生涕唖。卻憐湖海老髭髯。綠郞去後詩情減。紅藥開時酒病淹。想到斜街明月夜。一樽相對定無嫌。
趙秀三	秋齋集 卷4 「吳蘭雪(嵩梁)當今詩家領袖也, 與余訂交於燕舘, 今春以香蘇山舘自題詩寄余, 余讀而有感, 遂用丙寅酬唱舊韵以識之」	당대 시인들 중 영수인 吳嵩梁과 燕舘에서 친분을 맺다. * 吳嵩梁은 자신의 서실을 香蘇山舘이라 일컬었다.	博士詩名天下聞。蘭雪齋中我見君。蔥河玉磬琉球紙。四夷八蠻來同文。來時有求歸時得。門前日出客如雲。自愧巴人抱土鼓。豈意郢匠揮風斤。城南古聯變新令。陳陶亦足張吾軍。靑眼相看已白髮。長歌痛飮淹旬月。紹興千里酒車來。燕山一夜梅花發。判袂東還二十年。今日尺書悲契濶。夢裡逢君亦懽忻。書中念我如飢渴。我輩情鍾自古然。開緘有淚先沾褐。香蘇山舘自題詩。太史自序人誰知。斯道淵源有期托。諸公月朝無阿私。萬首潦倒百僚底。叢鈴碎珮喧群兒。欲驅奔逸入周道。天使此翁操鞭笞。我亦攻詩嗟窮老。苦吟矻矻忘飢疲。

634 | 조선후기 명청문학 관련 자료집 Ⅰ

趙秀三	上同	吳嵩梁이 「香蘇山舘自題」 란 시를 부쳐준 일을 시로 읊다.	上同
趙秀三	秋齋集 卷4 「寄吳蘭雪」	吳嵩梁이 부쳐준 自題詩를 보고, 吳嵩梁의 문장이 나이가 들수록 뛰어남을 시로 읊다. * 吳嵩梁이 趙秀三에게 부쳐준 自題詩는 「香蘇山舘自題」이다.	蘭雪文章老更奇。今春寄我自題詩。黃鍾大呂中和律。碧樹珊瑚錯落枝。小別桑田如昨日。重逢飯顆定何時。故人衰謝年年甚。面皺雞皮鬢鷺絲。
趙秀三	秋齋集 卷4 「將遊藥山出城作」	연경에서 돌아온 사행원들이 吳嵩梁 등의 중국 문인들이 趙秀三의 안부를 물은 사실을 떠올리다.	幾年萍跡誤儒冠。身與吾詩兩瘦寒。營妓每嘲眞率飮。華人遙賀假銜官。(今春燕槎之回。聞吳蘭雪諸人問余何官。答以爲細柳營從事官。問者多喜賀云) 蕭條不合歌彈鋏。蹇驤非關示據鞍。草映靑袍花嬲髮。出城春事已闌珊。
趙秀三	秋齋集 卷5 「和吳蘭雪(二首)」	黔州로 떠나는 吳嵩梁에게 시 2수를 지어 화답하다.	燕南舊雨散如雲。皓首驪歌不可聞。三十年間秋夢我。八千里外遠將君。(蘭雪時拜黔州知州。已倣裝涓日) 他生願結同窓伴。此日難爲隔世分。攀柳錯驚飛絮白。玉河春雪政紛紛。 明府明晨擬上車。木瓜何暇報瓊琚。早知此別忽忽極。底事吾行汲汲如。南望有山遮五馬。東歸無路適雙魚。年來拙技休相問。應笑黔州一吼驢。

趙秀三	秋齋集 卷5 「萬荷庵」	吳嵩梁이 萬荷庵에서 열흘 동안 머문 일을 시로 읊다.	愛蓮吳博士。十日宿庵中。花發 多於地。香凝時有風。頭頭參佛 座。葉葉一龍宮。殘粉猶翻墜。 今來雪滿空。
洪吉周	縹礱乙㦧 卷7	洪吉周가 吳嵩梁이 15대조 吳名揚을 위해 편찬한『表 忠錄』에 贊을 지었다.	金鷄吳君嵩梁。輯其十五世祖有 宋禮兵部架閣諱名揚逸事。徧求 文當世名士。爲表忠錄一卷。朝 鮮洪吉周讀而爲之贊曰。
洪吉周	縹礱乙㦧 卷7	翁方綱이 吳嵩梁의 15대조 인 吳名揚의 『表忠錄』에 대해 찬하는 글을 썼다.	番番覃老。墨汛緗繭。信公有 靈。朌蠻蠻蟺。

吳偉業 (1609-1670)

인물 해설	字는 駿公, 號는 梅村으로, 江蘇省 太倉 사람이다. 어린 시절 張溥를 스승으로 삼고 復社의 일원이 되었다. 崇禎 4년(1631) 진사가 되고 南京에서 國子監司業을 지냈으며, 南明의 福王 때에는 小詹事로 활동하기도 했으나 명이 망하고 나서는 벼슬에 나아가지 않았다. 詩와 詞에 뛰어났는데, 멋과 운치가 있었다. 초기 시는 화려하나 후기 시는 처량하면서도 격렬한 색채가 짙다. 칠언율시와 七言歌行이 특히 유명하다. 唐詩를 숭상하여 淸代 초기 시파 가운데 하나인 宗唐派를 주도했다. 詞 역시 호방하면서도 비장미가 있다. 또한 傳奇「秣陵春」, 잡극「通天臺」·「臨春閣」등은 모두 역사적 사실을 빌려 변해버린 세상에 대한 감회를 표현하고 있으며, 明에 대한 그리움을 담고 있다. 저작으로 『梅村集』·『梅村家藏稿』 등이 있다.
인물 자료	○ 『淸史稿』, 列傳 271 吳偉業, 字駿公, 太倉人. 明崇禎四年進士, 授編修. 充東宮講讀官, 再遷左庶子. 弘光時, 授少詹事, 乞假歸. 順治九年, 用兩江總督馬國柱薦, 詔至京. 侍郎孫承澤·大學士馮銓相繼論薦, 授秘書院侍講, 充修太祖·太宗聖訓纂修官. 十三年, 遷祭酒. 丁母憂歸. 康熙十年, 卒. 偉業學問博贍, 或從質經史疑義及朝章國故, 無不洞悉原委. 詩文工麗, 蔚爲一時之冠, 不自標榜. 性至孝, 生際鼎革, 有親在, 不能不依違顧戀, 俯仰身世, 每自傷也. 臨歿, 顧言: "吾一生遭際, 萬事憂危, 無一時一境不曆艱苦. 死後斂以僧裝, 葬我鄧尉·靈岩之側. 墳前立一圓石, 題曰詩人吳梅村之墓. 勿起祠堂, 勿乞銘." 聞其言者皆悲之. 著有春秋地理志·氏族志, 綏寇紀略及梅村集. ○ 『四庫全書總目』 卷173, 梅村集 條 偉業有『綏寇紀略』, 已著錄. 此集凡詩十八卷·詩餘二卷·文二十卷. 其少作大抵才華豔發, 吐納風流, 有藻思綺合·淸麗芊眠之致. 及乎遭逢喪亂, 閱歷興亡, 激楚蒼涼, 風骨彌爲遒上. 暮年蕭瑟, 論者以庾信方之.

○ 方浚師, 『蕉軒隨錄』

第梅村受知於莊烈帝, 南宮首策, 蓮燭賜婚, 不十年累遷至宮詹學士, 負海內重名久矣. 當都城失守, 帝殉社稷時, 不能與陳臥子, 黃蘊生諸賢致命遂志, 又不能與顧亭林, 紀伯紫諸子自放山林之間, 委蛇伏遊, 逢事二朝, 則不若尙書之峻整, 隨園之淸高遠矣. 向使梅村能取義成仁, 或隱身岩穴間, 其節槪文章, 皆足以爲後學標准, 而天下所推爲一代冠冕者, 亦將不在阮亭而在梅村, 豈不尤可惜哉?

○ 趙翼, 『甌北詩話』 卷9

… 以唐人格調, 寫目前近事, 宗派旣正, 詞藻又豐, 不得不爲近代中之大家. …

○ 錢謙益, 「致梅村書」

捧持大集, 坐臥吟嘯, 如渡大海, 久而得其津涉. 詞麗句淸, 層見疊出, 鴻章縟繡, 富有日新. 有事采掇者, 或能望洋而歎. 若其攢簇化工, 陶冶今古, 陽施陰設, 移步換形, 或歌或哭, 欲死欲生, 或半夜而啼, 或當餐而歎, 則非精求於韓 · 杜二家, 吸取其神髓, 而飮助之以眉山 · 劍南, 斷斷乎不能窺其離落, 識其阡陌也. 諷誦久之, 不禁技癢, 遂放筆爲敍引.

○ 尤侗, 『西堂雜俎』(二集), 卷8, 「祭吳祭酒文」

(梅村)七古律諸體, 流連光景, 哀樂纏綿, 使人一唱三歎. … 先生之文, 如江如海; 先生之詩, 如雲如霞; 先生之詞與曲, 爛兮如錦, 灼兮如花. 其華而壯者, 如龍樓鳳閣; 其淸而逸者, 如冰柱雪車其美而豔者, 如寶釵翠鈿; 其哀而婉者, 如玉笛金.

○ 沈德潛, 『淸詩別裁』 卷1

梅村七言古專仿元 · 白, 世傳誦之, 然時有嫩句 · 累句. 五七言近體聲華格律, 不減唐人, 一時無與爲儷, 故特表而出之. 梅村故國之思, 時時流露. …

저술소개	＊『梅村集』 (淸)刻本 20卷 / (淸)淸初 刻本 40卷 目錄 2卷 / (淸)康熙年間 刻本 20卷 ＊『吳梅村詩集』 (淸)稿本 12卷 (淸)程穆衡箋 (淸)楊學沆補注

* 『梅村詩集箋注』

(淸)滄浪吟榭刻本 翻刻本 18卷 (淸)吳翌鳳箋注

* 『百名家詞鈔』

(淸)聶先·曾王孫編 (淸)康熙年間 綠蔭堂刻本 100卷 內 吳偉業『梅村詞』1卷

* 『雜劇三集』

(淸)鄒式金編 (淸)順治 18年 鄒式金刻本 26種 26卷 內 吳偉業撰『通天臺』1卷 / 『臨春閣』1卷

* 『江左三大家詩鈔』

(淸)顧有孝·趙澐編 (淸)康熙 7年 綠蔭堂刻本 9卷 內『梅村詩鈔』3卷

* 『昭代叢書』

(淸)楊復吉編 稿本 內 吳偉業撰『復杜紀事』1卷

* 『澤古齋重鈔』

(淸)陳璜編 (淸)道光 4年 嘉慶年間 張海鵬 借月山房匯鈔版重編補刻本 12集 110種 241卷 內『復社紀事』1卷

* 『學津討原』

(淸)張海鵬編 (淸)嘉慶 10年 張氏 照曠閣刻本 20集 173種 1053卷 內『綏寇紀略』12卷『補遺』3卷

* 『花近樓叢書』

(淸)管庭芬編 稿本 77종 97권 內『吳梅村歌詩』1卷

비 평 자 료

徐淇修	篠齋集 卷3 「送冬至上行 人吾宗恩卯翁 赴燕序」	淸代 시단을 평가하면서 王士禎과 吳偉業이 선도하고, 陸圻·丁澎·柴紹炳·毛先舒·孫治·張丹·吳百朋·沈謙·虞黃昊·陳子龍(江西之十子)과 吳中之四傑이 뒤를 이어 각각 일가를 이루었다고 말하다.	今之中州。卽古之人材圖書之府庫也。淸初蓋多名世之大家數。如李光地之治易。徐乾學之治禮。方袍之治春秋。毛大可之該治。候朝宗之文詞。最其踔厲特出者也。詩則王阮亭吳梅村倡之。江西之十子。吳中之四傑繼之。亦皆遒逸峭蕉。各具一體也。近見詩文之並世者。皆纖崷輕俏。不中乎繩墨。無乃風氣之升降。使之然歟。吾則曰其弊

			也。俗儒考證之學爲之兆耳。竊稽考證之家。莫尙乎顧寧人朱竹垞數子。而此皆根據經義。淵博精粹。天人性命之分頭。草木鳥獸之名目。以至山川郡國沿革異同。元元本本毫釐不錯。
成海應	硏經齋全集續集 册11 「題吳偉業詩後」	吳偉業은 吳三桂에게 "임금과 어버이를 위하여는 고국에 달려오지 않더니, 다만 여자로 인하여 웅관을 갖고 항복하였네[不爲君親來故國, 只因女子下雄關]"라는 시와 「圓圓曲」을 지어주어 그를 비난하였다.	吳偉業嘗爲吳三桂賦詩云。不爲君親來故國。只因女子下雄關。三桂厚遺而求改。偉業換不只二字而已。餘無所改。其落句云。天敎紅顏定燕山。又作圓圓曲。有曰衝冠一怒爲紅顏。淸人惡三桂後來叛亂。著其事。常備極醜悖。可謂衆惡同歸者也。然三桂之降睿王。竊意陳沅之故也。計三桂爲人。未必以父母妻孥。盡付李賊而任其屠戮。爲崇禎皇帝。復雪讐怨者也。苟欲赴國難。則何爲在山海關。不卽馳發。決死生於燕城之下哉。旣破李賊。何不窮追。纔至定州。而止也哉。其怒也。特以陳沅之陷賊。而旣得沅。則又驩喜其能保其生。因遂怠於討賊者。不亦明乎
成海應	硏經齋全集外集 卷61 蘭室譚叢 「瘞鶴銘」	吳偉業은『梅村集』의「程崑崙康莊詩集序」에서 程康莊이「瘞鶴銘」을 수장하게 된 경위에 대해 언급하다.	吳偉業梅村集程崑崙康莊詩集序。程公常登焦山。披艸搜瘞鶴銘。缺蝕不完。別購善本。磨懸崖而刻之。拉貽上(王士禛字也)同游。相視叫絶。各賦一詩。紀其事。江干之人艷稱之
柳得恭	燕臺再遊錄	陳鱣이 청나라 시인 중에 吳偉業을 추앙하느냐고 묻자, "시라는 것은 각기 門戶가 있어서, 吳偉業은 元稹·白居易로부터 왔고, 錢謙	仲魚曰。本朝詩當推梅邨否。余曰。詩各有門戶。梅邨從元·白來。惟牧翁却從韓·杜·蘇·黃來。

		益은 韓愈·杜甫·蘇軾·黃庭堅으로부터 나왔다고 대답한 사실을 기록하다.	
兪晚柱	欽英 卷5 1784년 3월 12일조	吳偉業의 『吳梅村詩集』을 읽다.	十二日。丁酉。閱吳梅村詩集二十卷。今編□冊。
兪晚柱	欽英 卷5 1784년 3월 20일조	吳偉業의 『吳梅村文集』을 읽다.	二十日。己巳。朝天陰欲雨。及晏或晴。雨點旋墜有風。夜閱吳梅村文集。四十冊卷徧五。
李德懋	靑莊館全書 卷33 淸脾錄(二) 「陳髯詞」	李德懋가 吳偉業과 尤侗의 시가 繁麗駘宕한 것이 陳髯의 「望江南詞」와 비슷하다 평가하고 시를 소개하다.	徐釚雷發曰。陽羨陳髯望江南。數闋風景情事如畫 余嘗愛吳駿公·尤展成詩。繁麗駘宕。亦同此詞。駿公楊州詩。撥盡琵琶馬上絃。玉鉤斜畔立嬋妍。紫駝人去瓊花院。靑塚魂敀錦纏肛。荳蔲梢頭春十二。茱萸灣口路三千。隋隄璧月珠簾夢。小杜曾遊記昔年。展成夢詩。日來行坐夜來眠。鼓吹羊車總偶然。萬戶邯鄲金玉相。六宮巫峽雨雲緣。黃沙秋草熊羆地。紫禁春風蛺蜨天。一宿願同菩薩覺。楊州杜牧已三年。
趙斗淳	心庵遺稿 卷7 「十三日南至,蚤起讀兩侍郎和示更賦」	吳偉業의 문집과 李東陽의 『西涯樂府』를 갖고 다니면서 읽었다고 밝히다.	聯璧朝天曙色蒼。千門萬戶迓初陽。懸知去與雷俱復。將奈留仍夜共長。冷屋八風元壯快。荒齋四宿好偁伴。梅村舊史西涯曲。百世猶聞卷裏香(時携吳梅村集。李西涯樂府來讀)。
洪翰周	智水拈筆 卷3	청나라 초에는 갑자기 興旺하는 기상으로 문장이 바뀌었는데, 이를 대표하는 사람들은 명나라 출신	及至順治·康熙之世。忽變爲興旺之象。其人。皆勝國之敗材。如吳梅村之詩·汪堯峰之文。無非閱歷興亡者。何至遽爲興邦之隆幹乎。

		의 吳偉業 등이었다.	
洪翰周	智水拈筆 卷4	天啓 이전에 태어나 청나라 초까지 활동한 인물로 錢謙益・顧炎武・吳偉業 등이 있다.	如錢牧齋・顧亭林・吳梅村。生於天啓以前。故不錄。
洪翰周	智水拈筆 卷4	顧炎武와 魏禧를 칭찬하고, 錢謙益과 吳偉業을 비판하다.	惟顧寧人・魏永叔。卓然自立。不啻若鸞鳳之運於寥廓者。二人而已。錢受之・吳駿公輩。能不泚顙乎。

61
翁方綱 (1733~1818)

●●●

인물 해설	淸代의 書法家이자 文學家, 金石學者로, 字는 正三 또는 忠叙, 號는 覃溪·蘇齋이며, 直隷 大興(지금의 北京) 사람이다. 乾隆 17년(1752)에 진사가 되어 廣東·江西·山東의 學政을 거쳐 內閣學士를 지냈다. 金石·譜錄·書畵·詞章學에 정통하였고 書法은 당시 劉墉·梁同書·王文治와 더불어 유명했다. 시론에 있어서는 '肌理說'을 주장하여 義理와 文詞의 결합을 주장했으며, 고증·훈고와 사장을 같은 것으로 인식하여 실제 창작에 있어 經史의 고증과 금석의 교감을 시에 반영하였다. 금석학 관련 저서로 『兩漢金石記』 22권, 『蘇米齋蘭亭考』 8권, 『粤東金石略』 12권, 『漢石經殘字考』 및 『焦山鼎銘考』 등이 있고, 문집으로는 『復初齋文集』 35권, 『復初齋集外文』 4권, 『復初齋詩集』 70권, 『石洲詩話』 8권, 『小石帆亭著錄』 6권이 있다.
인물 자료	○ 『淸史稿』, 列傳 272 翁方綱, 號覃溪, 大興人. 乾隆壬申進士, 選庶吉士, 授編修. … 方綱精硏經術, 嘗謂考訂之學, 以衷於義理爲主, 論語曰多聞·曰闕疑·曰愼言, 三者備而考訂之道盡. 時錢載斥戴震爲破碎大道, 方綱謂: 詁訓名物, 豈可目爲破碎. 考訂訓詁, 然後能講義理也; 然震謂聖人之道, 必由典制名物得之, 則不盡然. 方綱讀群經, 有書·禮·論語·孟子附記, 並爲經義考補正. 尤精金石之學, 所著兩漢金石記, 剖析毫芒, 參以說文·正義, 考證至精. 所爲詩, 自諸經注疏, 以及史傳之考訂, 金石文字之爬梳, 皆貫徹洋溢其中. 論者謂能以學爲詩. 他著有復初齋全集及禮經目次·蘇詩補注等. ○ 洪亮吉, 『北江詩話』 卷1 嘉慶十年正月, 紀尙書昀奉命以原官協辦大學士, 乃未半月遽卒, 年八十一矣. 乾隆中四庫館開, 其編目提要皆公一手所成, 最爲贍博. 生平尤喜爲說部書, 多至六七種, 故余哭公詩云:"最憐干寶搜神記, 亦附劉歆輯略編."先是, 又誤傳翁閣學

	方綱卒, 余亦有輓詩云: "最喜客談金石例, 略嫌公少性情詩." 蓋金石學爲公專門, 詩則時時欲入考證也. 後乃知誤傳, 而詩已播於人口, 或公聞之, 亦不以爲怪耳.
저술 소개	★ 『復初齋詩集』 　(清)乾隆年間 刻本 (清)柯逢時跋 10卷 / (清)稿本 (清)何紹基批注 葉啓勛跋 12卷 / (清)道光 25年 葉志詵刻本 (清)李鴻裔批 褚德彝跋 70卷 / (清)嘉慶年間 淸儀閣抄本 70卷 / 『蘇齋存稿五種』 稿本 內 『復初齋詩集』 存卷66-67 / 『蘇齋 遺稿十一種』 稿本 內 『復初齋詩集』 殘稿 3卷 ★ 『復初齋詩稿』 　(清)稿本 不分卷 ★ 『翁覃溪詩』 　(清)稿本 不分卷 錢載評 ★ 『翁蘇齋手刪詩稿』 　(清)稿本 不分卷 ★ 『復初齋自鈔詩』 　(清)稿本 不分卷 ★ 『翁覃溪先生芸窗改筆』 　(清)稿本 不分卷 ★ 『復初齋文集』 　(清)抄本 35卷 / (清)道光 16年 李彥章刻本 (清)翁同龢批注 ★ 『復初齋集外文』 　(清)魏氏 績語堂抄本 4卷 ★ 『蘇齋存稿五種』 　(清)稿本 ★ 『石洲詩話』 　(清)抄本 5卷 / 『蘇齋存稿五種』 稿本 內 『石洲詩話』 存卷十 (清)沈樹鏞跋 ★ 『兩漢金石記』 　(清)乾隆 54年 大興 翁方綱 南昌使院刻本

* 『粤東金石略目』
  (清)陸增祥抄本 1卷

* 『石經殘字考』
  (清)刻本 1卷 (清)馮登府跋

* 『石鼓考』
  (清)稿本 八卷(卷4缺)

* 『蘇米齋蘭亭考』
  (清)嘉慶 8年 刻本 8卷 (清)翁樹昆跋 / (清)稿本 王樹枬跋

* 『小石帆亭着錄』
  (清)乾隆 57年 刻本 6卷

* 『漁洋山人精華錄』
  (清)王士禎撰 (清)康熙 39年 林佶寫刻本 10卷 (清)翁方綱批

* 『敬業堂詩集』
  (清)查慎行撰 (清)康熙 58年 刻本 雍正年間 增修本 50卷 (清)翁方綱評點

* 『阮亭選古詩』
  (清)王士禎輯 (清)康熙年間 天藜閣刻本 32卷 (清)翁方綱批并跋

* 　『蘇齋叢書』
  (民國)13年 上海博古齋 影印本 十九種 內 翁方綱撰『兩漢金石記』22卷 / 『石經殘字考』1卷 / 王文簡輯 翁方綱重訂『五言詩』17卷『七言詩歌行』15卷 / 翁方綱輯『七言律詩鈔』18卷 凡例 1卷 目錄 1卷 / 『經義考補正』12卷 / 『粤東金石略』9卷 卷首 1卷『九曜石考』二卷 / 『蘇米齋蘭亭考』8卷 / 『石洲詩話』8卷 / 『蘇詩補注』8卷 附 1卷 / 『小石帆亭著錄』6卷 / 翁方綱編『元遺山先生年譜』1卷 附錄 1卷 / 『瘞鶴銘考』1卷 / 『通志堂經解目錄』1卷

* 『詩學叢書』
  (清)抄本 34種 41卷 內 翁方綱撰『古詩平仄舉隅』1卷 / 『七言詩三昧舉隅』1卷

* 『花近樓叢書』
  (清)管庭芬編 稿本 77種 97卷 內 翁方綱撰『通志堂經解目錄考』1卷

* 『一瓶筆存』
  (清)管庭芬編 稿本 13種 內 翁方綱撰『通志臺經解目錄』1卷

	★『涉聞梓舊』 (淸)蔣光煦編 道光−咸豊年間 蔣氏 宜年堂刻本 25種 119卷 內 翁方綱撰『蘇齋題跋』2卷 ★『藝苑叢鈔』 (淸)王耤編 稿本 163種 326卷 內 翁方綱輯『焦山鼎銘考』1卷		

비 평 자 료			
姜世晃	豹菴遺稿 「先考正獻大夫漢城府判尹兼義禁府事五衛都摠府都摠管府君行狀」	姜世晃이 1784년 북경에 사행갔을 때, 日講官 翁方綱과 劉墉이 그의 글씨를 보고 "타고난 재능을 펼친 것이다"라 감탄했음을 밝히다. * 이 글은 姜世晃의 아들 姜儐이 쓴 것이다.	日講官翁方綱·劉墉輩。實詞苑翹楚。見書法。大敬服曰。天骨開張。
姜瑋	古歡堂收艸 詩稿 卷12 北遊草 「出都有感 用吳春海給諫(鴻恩)韻 兼寄張叔平員外」	중국에서 阮元과 翁方綱과 같은 인물을 만나지 못하고 돌아감을 아쉬워하다.	不見中州阮與翁。今朝怊悵我車東。皮膚盡撤情才見。言語難酬趣豈同。賴有張衡同作賦。更逢吳札妙觀風。鍥痕爪跡祇如許。萬里交期寸卷中。
金奭準	紅藥樓懷人詩錄 卷上 「金秋史侍郞(正喜)」	金正喜가 入燕하여 阮元과 翁方綱을 만난 일이 있음을 말하다.	芸覃心證瓣香錄。(公嘗配其大人酉堂尙書入燕。拜阮芸臺·翁覃溪)海內聲名萬口傳。經籍之山金石府。蒐羅無復一千年。
金奭準	紅藥樓懷人詩錄 卷下 「張松坪員外(德容)」	張德容이 금석문을 많이 수집하였는데 그가 翁方綱에게 심복하였음을 말하다.	家藏金石溯周秦。心折覃溪得替人。多謝鄭公碑本帖。平生愛搨博希珍。(余嘗得張大令曜孫四姑婉紃夫人所臨滎陽鄭文公碑。辛酉遊燕時。得原本於君)

金奭準	紅藥樓續懷人詩錄 卷上 「趙秋齋(秀三)司馬」	趙秀三이 중국에서 翁方綱・吳嵩梁과 시문을 수창하며 高名을 떨쳤음을 말하다.	八十成進士。風骨望如仙。酬唱交覃雪。(覃溪・蘭雪) 高名日下傳。著述等身富。泯滅無人鐫。
金正喜	阮堂全集 卷2 「與申威堂(二)」	乾隆帝 이후 시인들 중에는 錢載와 翁方綱만한 이가 없는데, 蔣士銓이 이들에 견줄만 하며, 袁枚는 전혀 미치지 못한다.	以鄙見聞。乾隆以來諸名家項背相連。未有如錢籜石與覃溪者。蔣鉛山可得相將。而如袁隨園輩不足比擬矣。況其下此者乎。
金正喜	阮堂全集 卷2 「與申威堂(二)」	金正喜에게는 翁方綱의 시를 뽑은 「摘句圖」가 있다.	不佞曾從覃詩之人人易解者。仿摘句圖例。拈錄近百句。當一爲之奉覽也。
金正喜	阮堂全集 卷2 「與申威堂(三)」	翁方綱의 금석문에 대한 저작은 精核하다.	金石源流彙集。果有成書。… 又如王蘭泉・錢辛楣諸書・覃溪所輯尤精核。
金正喜	阮堂全集 卷3 「與權彝齋(二十四)」	「東坡笠屐圖」에 쓴 權敦仁의 글씨가 翁方綱의 神髓를 얻었다고 칭찬하다.	「笠屐圖」。 神采光焰。又顴痣硯背之外。別傳一副眞相。水月分影。百億變現。廬山八萬揭。有此無盡藏。況上面勻定題品。宛是蘇齋神髓。此紙妙天下者。 非獨一龍眠盤石藤枝也。
金正喜	阮堂全集 卷3 「與權彝齋(二十六)」	翁方綱이 썼다는 족자의 眞贋을 논하다.	覃幀上段不誤。卽其中年六十以前筆。下段非也。作贋者不料海外亦有具一隻老眼耳。伏呵伏呵。此段全不近似。卽使刪去。無使魚目混眞更妙。
金正喜	阮堂全集 卷3 「與權彝齋(二十六)」	文徵明이 그린 「西苑軸」이, 翁方綱이 선배로 존경했던 沈廷芳의 舊藏品임을 밝히며 진품임을 논하다.	文衡山「西苑軸」。如此亦多。而筆法稍欠刻。然非凡筆所作贋。其軸紙窮處。有沈椒園廷芳小印。其爲沈之舊藏無疑矣。沈是覃翁之前輩。風流文采照映一時。覃之所甚

			重。必無收藏贋本之理耳。
金正喜	阮堂全集 卷4 「與金東籬(敬淵)」	『詩經』에 나오는 "抑此皇父"는 翁方綱이 시에서 인용한 바 있다.	詩所云抑此皇父。則覃詩已引之。
金正喜	阮堂全集 卷4 「與吳生(慶錫)(二)」	原州 興法寺碑 拓本은 唐太宗의 글씨를 集字한 것으로 翁方綱과 紀昀도 매우 重視하였다.	古碑只有此原州興法寺半折殘字一本。是集唐太宗書。中國之所傳者皆在此。如覃溪·曉嵐諸人。無不保重者耳。
金正喜	阮堂全集 卷4 「與吳閣監(圭一)(二)」	金正喜는 「郙君碑」에 대해 燕京에서 翁方綱에게 가르침을 받은 적이 있다.	郙君碑向於拈貢書進時。亦以無東來之意。并爲陳達矣。此刻非徒無東出而已。中國亦罕有收藏。入燕時亦僅得一見。而拓本絶大。東人壁上無以掛搭。且字樣大小不一。互相錯雜鉤連。又非裁剪可及。字畫雖細如金繩。石暈苔繡與之漫漶。雖明眼人猝難尋行辨畫。幸蒙蘇齋一一指授。始得略見其大體。
金正喜	阮堂全集 卷5 「與李月汀(璋煜)」	李璋煜이 金命喜에게 보낸 편지에서 段玉裁와 劉台拱의 經學이 翁方綱보다 낫다고 말하다.	向見尊書之與家仲者。有云段茂堂·劉端臨之經術在覃溪之上。
金正喜	阮堂全集 卷5 「與李月汀(璋煜)」	段玉裁의 『說文解字注』와 「儀禮漢讀考」 및 劉台拱의 이미 출판된 몇 편의 글은 金正喜 역시 읽어 보았고 존중하는 바이지만, 翁方綱보다 낫다고 단정할 수 없다고 주장하다.	段氏之說文注·漢讀考等書·劉氏之寥寥數篇之旣刻者。不佞亦嘗一讀過矣。不佞於兩先生之書。亦所欽誦也。 … 今日急務。只是存古爲上。覃翁亦存古之學也。段·劉亦存古之學也。覃翁存古而不泥於古。段·劉存古而泥於古。覃翁之不泥於古者。亦有可疑處。段·劉之泥於古。亦有可疑處。後輩之折衷亦在於是。恐不必衡量之以鐵

			論。 今如人蔘爲上品。 丹砂爲下品。 恐不必也。 願更裁擇焉。
金正喜	阮堂全集 卷5 「與李月汀(璋煜)」	段玉裁의 『說文解字注』에서 은연중에 翁方綱을 비판한 부분을 지적하고 翁方綱을 위해 변론하다.	段氏說文注苟字注云﹕ "或欲易禮經之苟敬爲苟則繆矣。" 以苟敬之苟爲苟者。 抑或指覃溪說耶? 覃溪此說。 亦非確爲古意如此也。 苟且之敬。 恐不可通。 而苟字當之。 其義尙可据。 較之苟且之苟。 猶爲近之。 且敬字是從苟字而生其義。 較苟且之苟。 尤爲有据。 其云繆矣者。 恐未必然。
金正喜	阮堂全集 卷5 「與李月汀(璋煜)」	劉台拱의 『論語』 해석에서 "告朔之餼羊"과 "哀而不傷" 등의 학설은 翁方綱이 바로잡은 바 있다.	劉氏論語告朔之餼羊·哀而不傷等說。 爲覃溪所辨正。
金正喜	阮堂全集 卷5 「與李月汀(璋煜)」	翁方綱의 『群經附記』는 門路가 바르고 기술이 신중하며 평생의 정력을 바쳐 완성한 저작으로, 이 책을 보지 않고 翁方綱의 경학을 평가할 수 없다.	大抵覃溪老人所著群經附記門路甚正。 持說甚平。 無嗜異炫博支離穿鑿之。 無半解一知東西顚倒之習。 至於撤瑟之辰。 猶筆削不休。 一字必致愼。 一言必求是。 積之七十四卷。 八十年精篤。 盡在於是。 其書尙未行矣。 未敢知先生已有所融貫於是書。 第次其甲乙耶。
金正喜	阮堂全集 卷5 「與李月汀(璋煜)」	金正喜는 翁方綱의 「群經附記」 중에서 5~6종을 얻어 보았는데, 段玉裁·劉台拱과는 門路가 약간 다르고, 惠棟·戴震에 대해서는 반박한 것이 많다고 한다.	如不佞所見覃記。 只五六種而已。 槩見之。 與段·劉諸公門路稍異。 於段·劉諸公無甚許。 如惠·戴諸公之說。 則駁正尤多。 若從段·劉諸公見聞習熟者言之。 宜其有瞠乎爾也。

金正喜	阮堂全集 卷5 「與李月汀(璋煜)」	金正喜는 翁方綱의 지도를 받았지만, 관점을 달리하는 곳도 적지 않아서, 翁方綱이 인정하지 않았던 凌廷堪의 『禮經釋例』를 좋아하고, 惠棟과 戴震의 책도 좋아하였다.	不佞於覃溪習熟者也。寔不敢盡爲曲順影從。頗有異同。其大異而不敢苟同者。爲書之今古文。且與凌仲子之禮釋例。覃翁之所不許。不佞寔喜讀之。惠·戴之書。亦頗好看。
金正喜	阮堂全集 卷5 「與李月汀(璋煜)」	翁方綱의 학설을 위주로 하는 사람들은 翁方綱의 經術을 惠棟과 戴震보다 낫다고 할 것이지만, 金正喜 자신은 그 우열을 경솔히 평가하지 않겠다고 하다.	今日若使主覃說者論之。必以覃翁經術。第置於惠·戴諸公之上。不佞寔不敢妄爲輕評。亦不敢私於覃翁也。
金正喜	阮堂全集 卷5 「與李月汀(璋煜)」	翁方綱은 金正喜에게 『魯禮禘祫志』와 『儀禮今古文考』를 지을 것을 부탁한 바 있는데, 그 중 『儀禮今古文考』는 어느 정도 정리 단계에 있다.	覃翁嘗屬不佞以魯禮禘祫志·儀禮今古文考二書。閒頗蒐集。儀禮今古文考已成面目。姑未完藁。此可以自附於存古之一段耶。
金正喜	阮堂全集 卷5 「與李月汀(璋煜)」	金正喜는 王引之를 翁方綱과 阮元과 같은 반열로 존경하고 있다고 말하다.	王伯申父於今日古之學。最爲鴻博。不佞之所推服與覃溪·芸臺等。
金正喜	阮堂全集 卷5 「代權彝齋(敦仁)與汪孟慈(喜孫)序」	翁方綱과 凌廷堪의 文論을 소개하며, 『文選』을 古文의 正宗으로 본 것은 凌廷堪의 견해임을 밝히다.	翁先生與凌仲子論文。斷至六朝者。是凌說。非翁先生之義也。翁先生不主騈儷。凌說之以文選爲古文正宗。似大駭於俗見。亦不爲無據。
金正喜	阮堂全集 卷5 「與人」	족자에서 翁方綱의 글씨와 僞作을 구분하다.	覃幀上段不誤。卽其中年六十以前筆。下段非也。作贋者不料海外亦有具一隻老眼耳。伏呵伏呵。此段

			全不近似。卽使刪去。無使魚目混眞。更妙。
金正喜	阮堂全集 卷6 「題淸愛堂帖後」	劉墉의 글씨가 晉韻을 얻었기 때문에 당시 何焯, 姜宸英, 趙大鯨, 陳奕禧, 汪士鋐, 翁方綱, 成親王, 梁同書, 王文治, 張照, 孔繼涑와 같은 대가들이 있었지만 마땅히 劉墉을 巨擘으로 삼아야 한다.	石菴書。頗得晉韻。當時書家。有首推何義門‧姜西溟‧趙大鯨者。有推王擬山‧陳香泉‧汪退谷者。又如覃溪‧成邸‧梁山舟‧王夢樓。互相甲乙。又如張得天‧孔葓谷諸人。炳朗一代。不得不以石菴爲巨擘。
金正喜	阮堂全集 卷6 「題呂星田畵梅蘭菊竹幀」	呂星田이 그린 墨梅는 吳嵩梁이 소장하고 翁方綱 등의 題跋이 붙어 있는 王冕이 그린 墨梅를 본뜬 것이다.	吳蘭雪藏王元章墨梅一幀。蘇齋而下諸名碩題證甚多。星田所畵。全仿其意。
金正喜	阮堂全集 卷7 「書古東尙書所藏覃溪正書簇」	李翊會가 소장한 翁方綱이 쓴 족자에 대해 평하다.	覃溪老人正書。於率更得其圓處。於河南得其隸意。而八萬卷金石之氣。注於腕下。蔚然爲書家龍象。由唐入晉之徑路。舍是無二。石庵差可比擬。成親王以下。　皆遜一籌。
金正喜	阮堂全集 卷7 「書古東尙書所藏覃溪正書簇」	翁方綱의 글씨는 劉墉만 견줄 수 있을 뿐 成親王 이하는 모두 그보다 못하다고 평하다.	覃溪老人正書。於率更得其圓處。於河南得其隸意。而八萬卷金石之氣。注於腕下。蔚然爲書家龍象。由唐入晉之徑路。舍是無二。石庵差可比擬。成親王以下。皆遜一籌。
金正喜	阮堂全集 卷8 「雜識」	桂馥의 문집은 너무 소략하며, 聲韻을 專治했을 뿐 古文은 그의 장기가 아닌데, 翁方綱과 阮元은 그의 인품을 매우 칭찬하였다.	桂集太零星。亦有一二可觀。專治聲韻。至於古文軌則非長也。其人品甚高。爲覃溪‧芸臺屢稱道之。不在於零星文字間矣。

金正喜	阮堂全集 卷8 「雜識」	翁方綱의 서법에 대한 몇 가지 일화를 이야기하다.	蘇齋元朝。 於胡麻上。書天下太平四字。時蘇齋年七十八矣。字如蠅頭。亦不罷鏡。甚可異也。又自元朝寫金經。日課一紙。晦日乃畢。施之法源寺。 又於余所供大士小幀。題字甚細。皆同時事也。
金正喜	阮堂全集 卷8 「雜識」	成親王이 法源寺에 쓴 '刹那門' 편액을 극찬하고, 劉墉과 翁方綱이 썼더라면 더 근사했을 것이라 말하다.	嘗於法源寺。見成邸所書刹那門三大字。有金翅劈海‧香象渡河之勢。在東國十石峰不可當。若復石庵‧覃溪之雄强又作。何觀。不覺憫然。
金正喜	阮堂全集 卷8 「雜識」	趙孟堅의 墨蘭을 翁方綱이 매번 칭찬하였다.	趙子固寫蘭。筆筆向左。蘇齋老人屢稱之。
金正喜	阮堂全集 卷9 「題梁左田(鉽)書法時帆西涯詩卷後, 左田是翁覃溪先生壻也, 書法大有覃溪風致」	翁方綱의 사위인 梁鉽이 法式善 시권 뒤에 쓴 題詞를 평하는 시를 쓰다.	左田西涯卷。優入覃溪室。爲其甥舘故。頗能學法律。濃麗則具足。但少蒼而遒。覃翁眞天人。坡公生今日。平生所爲事。一與坡公匹。運會反復過。 瘦銅辭匪溢。(用張瘦銅覃溪像贊語) 以至相鬚末。盖瘦衣領闊。(坡公詩。 闊領新裁盖瘦衣。覃溪左項。亦有瘦。)筆硯發瑞光。千燈影集一。時帆外國人。(蒙古) 敬爲瓣香爇。蘇門稱弟子。知伊是後佛。潭上茶陵宅。文彩尙不沫。(西涯舊宅。爲今積水潭。時帆詩龕今在此。)風荷一萬柄。靑林映翠樾。(靑林翠樾。姚孟長語。)十友圖中像。笥脯詩龕設。攷辨甚宏博。溪橋剖舊失。(橋名。爲李廣定。時帆定爲李公橋。考訂甚

			博。) 　選日招勝流。儼然竹溪逸。(時帆・兩峰・稚存・立之・定軒・雲野。作爲西涯圖。翁公主文筆。昔登文殊會。妙旨參織悉。惆悵半畝園。雪窓憐臥疾。(余入燕時。值時帆有疾未見。半畝園。時帆號。又有雪窓課讀圖。)　萬里照靑眼。夢想長交醳。異苔今同岑。緣業知有結。
金正喜	上同	梁鉽은　翁方綱의 사위로 글씨가 翁方綱을 닮았는데, 조금 부족한 점이 있다.	左田西涯卷。優入覃溪室。爲其甥舘故。頗能學法律。濃麗則具足。但少蒼而遒。
金正喜	阮堂全集 卷9 「題梁左田(鉽)書法時帆西涯詩卷後, 左田是翁覃溪先生甥也, 書法大有覃溪風致」	翁方綱은 蘇軾과 부합하는 것이 많은 점을 말하며, 張塤의 「覃溪像贊」을 인용하다.	覃翁眞天人。　坡公生今日。平生所爲事。一與坡公匹。運會反復過。瘦銅辭匪溢。(用張瘦銅覃溪像贊語。) 以至相頮末。盖瘦衣領闊。(坡公詩。闊領新裁盖瘦衣。覃溪左項。亦有瘦。) 筆硯發瑞光。千燈影集一。
金正喜	上同	法式善은　蒙古人으로 翁方綱의 제자이다.	時帆外國人。(蒙古) 敬爲瓣香爇。蘇門稱弟子。知伊是後佛。
金正喜	阮堂全集 卷9 「題梁左田(鉽)書法時帆西涯詩卷後, 左田是翁覃溪先生甥也, 書法大有覃溪風致」	法式善, 羅聘, 洪亮吉, 立之, 曹錫齡, 朱鶴年이 모임을 갖고 「西涯圖」를 그렸는데, 翁方綱이 이에 대해 글을 써 주다. * 여기서 언급된 翁方綱의 글은 『復初齋文集』 卷6에 실린 「西涯圖記」이	選日招勝流。儼然竹溪逸。(時帆・兩峰・稚存・立之・定軒・雲野。作爲西涯圖。翁公主文筆。

		다. 法式善의 『存素堂文集』卷1에「西涯考」, 卷3에「西涯圖跋」이 실려 있고, 『存素堂詩初集錄存』卷6에「西涯詩」가 실려 있다. 원문의 "雲野"는 野雲(朱鶴年의 字)의 잘못으로 보인다.	
金正喜	阮堂全集 卷9 「題翁星原小影」	翁方綱의 아들인 翁樹崑의 초상화를 보고 시를 읊다.	端莊雜流麗。剛健含阿娜。坡公論書句。以之評君可。此圖十之七。莊健則未果。弗妨百千光。都攝牟珠顆。惟是致君來。共我一堂中。烏雲萬里夢。海濤廻天風。覃室儼侍歡。蘇筵執役同。文字聚精靈。神理合圓通。愧我慚雌甲。生辰又特別。以君家墨緣。宜君生臘雪。如何我生日。而復在六月。依然蘇與黃。君我各分一。颶輪轉大世。前夢吾夙因。笠屐存息壤。石帆叩梁津。秋虹結丹篆。吐氣蟠嶙峋。回首石幢影。(與君相別於法源寺舍利石幢之下。) 息息與塵塵。舉似匡廬偈。坡像涪翁拜。金石申舊約。鉥縷窮海外。石銚鳴松風。琅琴答天籟。一念逾新羅。 竟有何人解。
金正喜	阮堂全集 卷9 「歸畫於紫霞, 仍題」	翁方綱이 감정하여 申緯에게 준 그림을 읊다.	我雖不知畫。亦知此畫好。蘇齋精鑑賞。烏雲帖同寶。持贈霞翁歸。其意諒密勿。歎息老鐵畫。東來初第一。星原筆鎔鐵。似若壽無量。如何須臾間。曇花儵現亡。萬里邃千古。撫畫涕忽泫。匪傷星原死。吾輩墨緣淺。

金正喜	阮堂全集 卷9 「仿懷人詩體, 歷敍舊聞, 轉寄和舶, 大板良華間諸名勝, 當有知之者十首」	金正喜는 翁方綱에게 奝然의 글씨에 대해 질문한 적이 있다.	其十:　人見和泉字。賴以金索傳。（余嘗以和製鏡。分贈中國諸名士。馮晏海並收刻於金索・古刻中。）蘇米齋中老。斤斤說奝然。（余謁蘇米齋。以奝然書爲問。）海天理舊夢。廻首三十年。
金正喜	阮堂全集 卷9 「永保亭歌」	永保亭에 와서 翁方綱의 서재에서 본 東坡像을 떠올리다.	去年在此海西。今年在此海東。澄波樓永保亭。海雲一縷遙相通。不信海大而無外。兩事如今吾盡窮。忽憶蘇齋拜蘇像。千秋精氣想像於海濤天風。袖中之海卽是處。新羅一念頃刻中。今臨坡公所觀海。七百年來遊跡與公同不同。此亭擬與蓬萊閣。海市不見海雲空。孤嶼若萍沒銀屋。遠帆如豆磨靑銅。絶愛海上無海意。盡放（缺）闊包妍濃。道是山水似姑蘇。樓名寺扁都相蒙。芳草晴川三山綠。啼鳥落月漁火紅。西邊一支連若木。欲挽墜日升蒼穹。夕潮直從弱水廻。龍腥蜃氣霏簾櫳。那得呪虹並驅石。作使水伯與海童。橋成橫跨水中央。靑鞋布襪隨意遊瀛蓬。
金正喜	阮堂全集 卷9 「次韻, 答吳蘭雪藁」	吳嵩梁의 「黃巖觀瀑」詩와 翁方綱의 "蒼然七株栢, 質我盟日星."이라는 詩句를 원용하다.	徑欲投筆劒峯去。（蘭雪黃巖觀瀑詩云。投筆仍爲雙劒峰。）擬追盟栢岱雲還。（岱雲會合圖。覃溪老人詩云。蒼然七株栢。質我盟日星。）
金正喜	阮堂全集 卷9 「次韻, 答吳蘭雪藁」	翁方綱이 소장하던 東書堂硯을 吳嵩梁이 시를 지어 청한 일화를 이야기하다.	東書堂硯潑奇光。（東書堂硯。爲周潘蘭雪軒舊物。爲覃溪所藏。蘭雪作詩乞之。）元氣淋漓而已矣。

金正喜	阮堂全集 卷9 「覃溪書藏之北移, 扁其齋曰寶覃, 仍次覃溪寶蘇齋韻」	金正喜가 翁方綱의 글을 보관한 곳을 "寶覃齋"라 명명하고, 翁方綱의 「寶蘇齋」 시에 차운하여 시를 짓다.	寶覃何如稱寶蘇。嗜棗與芰同饞夫。世事因因百堪笑。杜十姨配伍髭鬚。我欲祭覃能無似。流派海外思沾濡。一世勝它七百年。明月萬里鑑區區。復有異事曠前輩。先甲後甲巧相俱。詩龕他日擬共拜。一席筍脯追歡娛。晝思耿耿夜仍夢。想入鬚眉幾作圖。凡係公蹟輒收拾。並珍周盤兼商盂。一洗胷中五斗棘。心眼恍然當通衢。龜顧鶴視神暗湊。地角天涯知也無。楂梨橘柚各酸醶。當時群論驚爲迂。回頭自顧亦足怪。頓覺行事與世殊。縱然吾身譬黃鳥。遷于喬木止邱隅。懶鳩痴燕終何識。嘔啞嗢啾盡庸奴。
金正喜	阮堂全集 卷9 「我入京, 與諸公相交, 未曾以詩訂契, 臨歸, 不禁悵觸, 漫筆口號」	金正喜가 燕京에서 만난 翁方綱, 阮元, 李林松, 朱鶴年, 劉喜海, 徐松, 曹江, 洪占銓을 그리워하는 시를 짓다.	我生九夷眞可鄙。多媿結交中原士。樓前紅日夢裏明。蘇齋門下瓣香呈。後五百年唯是日。閱千萬人見先生。(用聯語) 芸臺宛是畵中覿。(余曾藏芸臺小照) 經籍之海金石府。土華不蝕貞觀銅。腰間小碑千年古。(芸臺佩銅鑄貞觀碑) 化度始自墮蟬齋(心葊號)。 攀覃緣阮並作梯。君是碧海掣鯨手。我有靈心通點犀。墊雲墨妙天下聞。句竹圖曾海外見。況復古人如明月。却從先生指端現。(野雲善摹古人眞像。多贈我。) 翁家兄弟聯雙璧。一生難遣愛錢癖。(蓄古錢屢巨萬) 靈芝有本體有源。爾雅迏宕高一格。 最憐劉伶作酒頌。(三山) 徐邈聊復時一中。(夢竹) 名家子弟曹玉水。秋

			水爲神玉爲髓。覃門高足劇淸眞。落筆長歌句有神。(介亭) 却憶當初相逢日。但知有逢不有別。我今旋踵卽萬里。地角天涯在一室。生憎化兒弄狡獪。人每喜圓輒示缺。烟雲過眼雪留爪。中有一段不磨滅。龍腦須引孔雀尾。琵琶相應葵賓鐵。黯然銷魂別而已。鴨綠江水盃中渴。
金正喜	阮堂全集 卷9 「我入京, 與諸公相交, 未曾以詩訂契, 臨歸, 不禁悵觸, 漫筆口號」	金正喜가 對聯의 말을 인용하여 翁方綱을 만난 일을 기록하다.	樓前紅日夢裏明。蘇齋門下瓣香呈。後五百年唯是日。閱千萬人見先生。(用聯語)
金正喜	上同	「化度寺碑」 탁본을 李林松의 서재에서 본 것을 이야기하고 아울러 翁方綱과 阮元을 만나는 데 그의 도움을 받았음을 밝히다.	化度始自鹽蜯齋(心菴號)。攀覃緣阮並作梯。
金正喜	上同	翁方綱의 제자인 洪占銓이 시를 잘 짓는 것을 언급하다.	覃門高足劇淸眞。落筆長歌句有神。(介亭)
金正喜	阮堂全集 卷9 「秋夜, 與蓮生共賦」	시를 지어 翁方綱을 그리워하다.	十年覃老想。忽若現鬚眉。定結三生業。翻從萬里知。詩龕香瓣古。書帕石帆遲。佛墨參禪罷。幽情更湊時。

金正喜	阮堂全集 卷9 「題吳蘭雪(嵩梁)紀遊 十六圖(並序)」	吳嵩梁과 翁方綱의 만남에 대해서 시를 짓고, 吳嵩梁의 글을 인용하여 주를 달다.	「岱岳觀雲」: 秦松漢栢間。初謁覃溪老。紅日與烏雲。知君瓣香早。(原序云。癸丑五月謁翁覃溪先生於泰安使院。同遊東岳。登封禪臺俯視雲影。絶頂夜半見初日。)
金正喜	阮堂全集 卷9 「念以仲論詩卷, 又要一轉語, 近日末流之弊極矣, 率題如此, 只可收之巾箱而已六首」	王士禛의 神韻說과 翁方綱의 시론에 대해서 말하다. * 蘇米는 蘇軾과 米芾이 아니라 蘇米齋란 堂號를 썼던 翁方綱을 말한다.	其三: 阮亭說神韻。蘇米亦擧似。東訛太猖披。咄咄彼哉彼。
金正喜	阮堂全集 卷10 「題山谷詩選後, 是携入燕中者也」	黃庭堅의 詩選集을 보면서 翁方綱을 추억하며 그의 저작인 黃詩校述등을 언급하다.	夾袊春風萬里遲。蘇齋參聞舊論詩。一生口吸西江水。壽日如今又並時。(山谷生辰在六月。翁覃溪有黃詩校述等作。)
金正喜	阮堂全集 卷10 「題羅兩峯梅花幀」	羅聘의 매화 그림에 시를 쓰며 翁方綱과의 추억을 떠올리다.	朱草林中綠玉枝。三生舊夢證花之。應知霧夕相思甚。惆悵蘇齋畫扇時。
金正喜	阮堂全集 卷10 「走題覃翁石鍾山記帖面」	翁方綱의 「石鍾山記帖」에 시를 쓰다. * 蘇軾이 지은 「石鍾山記」 사후 705년 후에 翁方綱이 王羲之「蘭亭序」의 필체로 쓴 書帖을 두고 지은 題詩이다.	重拓七百五年苔。得自蘭亭篆勢來。誰識淋漓元氣處。千山明月篆烟廻。

金正喜	阮堂全集 卷10 「寄野雲居士」	朱鶴年이 가진 宋代 蘭亭硯 뒤쪽에는 翁方綱이 玉枕蘭亭小字를 본받아 쓴 것이 새겨져 있는데, 陳奕禧의 本보다 더 아름답다고 평하다.	古木寒鴉客到時。詩情借與畫情移。烟雲供養知無盡。笏外秋光滿硯池。(先生舊藏古牙笏。又有宋蘭亭硯。硯背刻蘇齋仿玉枕小字。較陳香泉本。更佳。)
金正喜	阮堂全集 卷10 「送紫霞入燕十首 (並序)」	翁方綱의 「題天際烏雲帖」絶句韻을 따라 翁方綱의 實事를 읊어 燕行을 떠나는 申緯에게 주며 翁方綱을 꼭 만나 볼 것을 권하다.	紫霞前輩。涉萬里入中國。瑰景偉觀。吾不如其千萬億。而不如見一蘇齋老人也。古有說偈者曰。世界所有我盡見。一切無有如佛者。余於此行亦云。遂次蘇齋題天際烏雲帖絶句韻。以奉贐了。無一語相涉。惟是蘇齋寔事。(缺)一詩可徵一事。而成筆話一段。對榻風雨之辰。飛觴劈箋之際。以此作知道老馬觀可耳。 其一： 墨雲一縷東溟外。秋月輪連臘雪明。(用洪介亭太史詩語) 聞證蘇齋詩夢偈。苔岑風味本同情。 其二： 漢學商量兼宋學。(先生經學。以不背朱子爲正軌。)崇深元不露峰尖。已分儀禮徵今古。(有儀禮今古文考) 更證春秋杜歷添。(有春秋注補‧杜氏長歷。) 其三： 混侖元氣唐沿晉。篆勢蒼茫到筆尖。(蘭亭是篆勢。而先生筆法。專用篆勢。) 邑塔嵩陽拈一義。都從稧帖瓣香添。(先生云。見化度寺碑。益覺蘭亭眞意。嵩陽帖君字。是蘭亭群字上頭。此皆蘇齋秘諦也。) 其四： 詩境軒中風雨驚。南窓垝破鳳凰翎。(有南窓補竹圖。是兩峰

| | | | 筆。紫霞工寫竹。爲拈此語。) 江秋史去留完璧。(紫霞甞摹示聽松堂所藏松雪眞迹大字。及入蘇齋。亦有一本。先生剔損其殘字。名曰完璧帖。江秋史所留贈。黃小松來搨石經。黃小松易。是同證石經云。)
其五：　樓前山日澹餘紅。快雪粉箋說異同。(嵩陽帖眞迹。是宋粉箋。快雪帖所刻。非蘇齋本。快雪帖原本非粉箋。與題跋沕然一紙。皆有考證詳切。)　萬里許君靑眼在。曾於扇底覓春風。(余甞摹畫嵩陽帖詩意於扇頭。鋪置頗難。爲紫霞所點定。)
其六：　百摹雨雪摠塵塵。(坡像雨雪詩本舊摹供蘇齋。)　又一九霞洞裏春。(坡像策杖一本。先生甞題云。九霞洞開策杖聲來。顧右誌傳松下供。陸謙庭有顧右誌本。先生定爲眞影。) 何如子固硏圖人。
其七：　東坡石銚今猶在。圖壓蘇齋書畫船。(坡公石銚。尙在尤水村家。圖爲水村摹寄蘇齋。) 淮泗道中明月影。松風夢罷尙涓涓。
其八：　三百年來無此翁。石帆亭上聞宗風。團成八月生辰日。祝嘏碧雲紅樹中。(漁洋秋林讀書圖。爲文點所畫。爲漁洋生辰祝嘏而作。今藏蘇齋首句爲漁洋像贊語。石帆亭是漁洋舊迹。先生有小石帆亭著錄。)
其九：　自從實際戲精魂。底事滄浪禪理論。一世異才收勿嘙。十年浮氣掃無痕。(先生詩論如此。當時猶 |

			未及詳聞。今因紫霞之行。又有以發明耳。) 其十：唐碑(虞書廟堂碑。是唐時拓本。)宋槧(施注蘇詩及山谷·后山諸集。爲宋本。)萃英華。漢畫(武梁祠像)尤堪對客誇。拱璧河圖曾過眼。雪鴻恰悵篆留沙。
金正喜	阮堂全集 卷10 「送紫霞入燕十首(並序)」	翁方綱을 읊은 시에서 洪占銓의 詩句를 그대로 사용하다.	其一： 墨雲一縷東溟外。秋月輪連臘雪明。(用洪介亭太史詩語。) 聞證蘇齋詩夢偈。苔岑風味本同情。
金正喜	阮堂全集 卷10 「送紫霞入燕十首(並序)」	翁方綱의 학문이 朱子를 배반하지 않는 것으로 正軌를 삼고, 『儀禮今古文考』, 『春秋注補』, 『杜氏長歷』 등의 저작이 있음을 말하다.	其二： 漢學商量兼宋學。(先生經學。以不背朱子爲正軌。)崇深元不露峰尖。已分儀禮徵今古。(有儀禮今古文考) 更證春秋杜歷添。(有春秋注補·杜氏長歷。)
金正喜	阮堂全集 卷10 「送紫霞入燕十首(並序)」	翁方綱 書法의 秘諦에 대해서 말하다.	其三：混侖元氣唐沿晉。 篆勢蒼茫到筆尖。(蘭亭是篆勢。而先生筆法。專用篆勢。)邑塔嵩陽拈一義。都從禊帖瓣香添。(先生云。見化度寺碑。益覺蘭亭眞意。嵩陽帖君字。是蘭亭群字上頭。此皆蘇齋秘諦也。)
金正喜	阮堂全集 卷10 「送紫霞入燕十首(並序)」	翁方綱이 소장한 蘇軾 親筆 「天際烏雲帖」에 대해서 이야기하다.	其五： 樓前山日澹餘紅。快雪粉箋說異同。(嵩陽帖眞迹。是宋粉箋。快雪帖所刻。非蘇齋本。快雪帖原本非粉箋。與題跋泑然一紙。皆有考證詳切。)萬里許君靑眼在。曾於扇底覓春風。(余嘗摹畫嵩陽帖詩意於扇頭。鋪置頗難。爲紫霞所點定。)

金正喜	阮堂全集 卷10 「送紫霞入燕十首 (並序)」	翁方綱이 소장한 여러 종류의 東坡像에 대해서 이야기하다.	其六: 百摹雨雪搵塵塵。(坡像雨雪詩本舊摹供蘇齋。) 又一九霞洞裏春。(坡像策杖一本。先生嘗題云。九霞洞開策杖聲來。顴右誌傳松下供。陸謙庭有顴右誌本。先生定爲眞影。) 何如子固硏圖人。
金正喜	阮堂全集 卷10 「送紫霞入燕十首 (並序)」	尤陰이 翁方綱에게 그려 보내 준 蘇軾의 石銚에 대해서 언급하다.	其七: 東坡石銚今猶在。圖壓蘇齋書畫船。(坡公石銚。尙在尤水村家。圖爲水村摹寄蘇齋。) 淮泗道中明月影。松風夢罷尙涓涓。
金正喜	阮堂全集 卷10 「送紫霞入燕十首 (並序)」	王士禎의 생일을 축하하기 위해 文點이 그린「漁洋秋林讀書圖」가 翁方綱의 소장이 되었음을 말하고, 翁方綱의 저서에『小石帆亭著錄』이 있음을 언급하다.	其八: 三百年來無此翁。石帆亭上聞宗風。團成八月生辰日。祝嘏碧雲紅樹中。(漁洋秋林讀書圖。爲文點所畫。爲漁洋生辰祝嘏而作。今藏蘇齋。首句爲漁洋像贊語。石帆亭是漁洋舊迹。先生有小石帆亭著錄。)
金正喜	阮堂全集 卷10 「送紫霞入燕十首 (並序)」	翁方綱의 詩論에 대해서 더 자세히 물어 자신에게도 알려 달라고 申緯에게 부탁하다.	其九: 自從實際覷精魂。底事滄浪禪理論。一世異才收勿騁。十年浮氣掃無痕。(先生詩論如此。當時猶未及詳聞。今因紫霞之行。又有以發明耳。)
金正喜	阮堂全集 卷10 「送紫霞入燕十首 (並序)」	翁方綱이 소장한 여러 귀한 拓本과 서적과 그림 등에 대해서 말하다. * 여기서 말하는 翁方綱 소장의『施注蘇詩』는 施閏章이 주석을 단 것이 아니라, 南宋의 施元之와 顧禧가 주석을 단『注東坡先生詩』를 말한다.	其十: 唐碑(原註:"虞書廟堂碑。是唐時拓本。")宋槧(原註:"施注蘇詩及山谷·后山諸集。爲宋本。")萃英華。漢畫(原註:"武梁祠像。")尤堪對客誇。拱璧河圖曾過眼。雪鴻怊悵篆留沙。

金正喜	阮堂全集 卷10 「送曺雲卿入燕」	燕行을 떠나는 曺雲卿에게 翁方綱을 만나 볼 것을 권하다. * 曺雲卿은 書狀官으로 燕行에 참여한 曺龍振을 가리키는 것으로 보인다.	松風石銚墨緣眞。一縷香烟念念塵。萬里相看靑眼在。蘇齋又是問津人。
金澤榮	韶濩堂詩集定本 卷6 庚申稿 「寄蘇堪爲文壽峰·崔寄園乞字」	벗들을 위해 鄭孝胥에게 글씨를 청하는 시를 지어 보내며, 劉墉과 翁方綱을 언급하다.	其一: 渾脫行書風韵優。公孫劍器與橫秋。石覃(石菴·覃溪)諸老如相値。怊悵應須讓一頭。 其二: 楚弓楚得未爲奇。好向鷄林俊彩馳。從古鷄林人痼癖。弓衣貪繡白家詩。
朴齊家	貞蕤閣三集「瀋陽襍絶」	翁方綱과 祝德麟이 文溯閣『四庫全書』의 교정을 위해 瀋陽에 왔던 일을 말하다.	其三: 四庫新書撮聚珍。閣成文溯應文津。祝公恰共翁公住。不識行人是故人。(翁侍郎方綱爲校正文溯閣四庫書。今夏來瀋陽。芷塘祝公德麟同來。計其日子。正度瀋時也。)
朴齊家	貞蕤閣四集 「燕京雜絶, 別任恩叟姊兄, 憶信筆, 得一百四十首」	翁方綱은 금석문에 조예가 깊고, 羅聘은 그림에 뛰어남을 말하다.	金石正三翁。丹靑羅兩峰。淸修比部衍。鉅麗北江洪。(翁侍郎方綱字正三。羅兩峰。名聘。孫比部。名星衍。字淵如。洪翰林亮吉。博學工駢儷之文。)
徐淇修	篠齋集 卷1 「次申漢叟寄示東坡生朝韻」	申緯가 入燕했을 적에 翁方綱의 아들 翁樹崑에게 「東坡笠屐圖」를 받은 사실에 대해 말하다.	… 不愛家鷄愛鶩無。星原才子繼翁蘇。倘然笠屐田園興。對此秋山著色圖。(漢叟赴燕時。星原翁樹崑贈東坡笠屐圖。) …
徐淇修	篠齋集 卷1 「送李進士河錫隨上价赴燕」	李河錫이 정사를 따라 燕京에 가는 것을 전송하면서 翁方綱의 詩와 글씨, 紀昀의 문장에 대해 高評	歷數中州士出群。覃溪詩筆曉嵐文。而今對壘誰勁敵。鞭弭周旋付與君。

		하다.	
徐有榘	楓石全集 金華知非集 卷13 「擬上經界策(上)」	翁方綱의 『兩漢金石記』에 「漢建初銅尺圖」가 실려 있음을 언급하다.	近世人翁方綱所著兩漢金石記。有漢建初銅尺圖。臣嘗得貨泉一枚。據漢書食貨志貨泉徑一寸之文。以貨泉一枚之徑爲寸。十寸爲尺。仍以考校于律呂精義所載古錢諸圖。而若合符契。又以考校于兩漢金石記所載建初銅尺圖而不爽毫髮。
徐瀅修	明皐全集 卷14 「劉松嵐(大觀)傳」	劉大觀은 翁方綱이 경학과 문장으로 으뜸가는 학자라고 평하다.	余曰。卽勿論朝廷艸野。經學文章之爲世眉目者。是誰。松嵐曰。今禮部尙書紀公昀‧鴻臚少卿翁公方綱也。
成海應	研經齋全集續集 冊11 「一字石經辨」	翁方綱이 지은 『兩漢金石紀』와 熹平石經殘字를 보니, 洪适의 『隷釋』에 실려 있지 않은 것이 있다.	一字石經。漢熹平四年。蔡邕所書。立於洛陽之太學講堂東者也。… 金石之學。盛于宋時。歐陽永叔，趙明誠。皆收其零字。爲金石錄。洪适隷釋。黃長睿東觀餘論。婁機漢隷字原。論之亦詳。然近觀翁方綱所著兩漢金石紀。熹平石經殘字。頗有洪氏隷釋之所未載者。盖收之者。互有詳略而後來加顯爾。
成海應	研經齋全集續集 冊11 「一字石經辨」	翁方綱은 洪适의 시대로부터 오백여년이 지나지 않았는데, 蔡邕이 쓴 글씨를 얻은 것이 더욱 적어 다만 615자일 뿐이다.	蔡邕所書者。乃四十六版。魏徵所收者已十不存一。然其相承傳拓之本。乃爲一卷。想亦不下數千百字。洪氏距魏徵時。不過五百餘年。所得只一千九百餘字。刻爲八石。翁氏距洪氏時。不過五百餘年。所得又加小。只六百一十五字。又半字五十九字。尙書一百一

成海應			
			十八字。又半字十九。詩一百三字。又半字十一。儀禮六十六字。又半字五。春秋公羊傳十八字。又半字二。論語三百二十字。又半字二十四。
成海應	研經齋全集續集 册12 「書經解目錄後」	『通志堂經解』 1783권은 徐乾學이 수집하고, 何焯이 직접 그 목록을 교감하고, 翁方綱이 濟南에서 판각하였다	經解一千七百八十三卷。清大學士徐乾學所蒐輯。而義門何焯手勘其目。北平翁方綱。鋟之濟南。竊考乾學所蒐。皆世所稀有之本。而至若易之李鼎祚集解。詩之歐陽修蘇轍說。書之蘇軾傳。皆不載。豈以彼皆鋟行。故不取歟。又如春秋名號歸一圖。春秋類對賦之屬。皆淺近無足採。而反載之者。何也。盖其學徒務博之故。粹駁互見。精粗並蒐。而於宗學無得也。唐宋以前。經生皆恪守前說。縱或立論。皆有所援据傅會。而若其蒐羅前說。使編纂富盛者。不過鼎祚及房審權數人而已。若是者。雖於宗學無得。苟有所考徵者。誠亦不可闕者。及南宋以後。注解漸盛。而前人述作之跡。反致蒙蔽隱晦。亦無補於考徵。經解中所載諸書。大抵皆此類也。
成海應	研經齋全集 「研經齋府君行狀」	周尺으로 만사의 근본을 삼았기 때문에 연행하는 사신을 통하여 翁方綱이 소장한 建初尺을 구하였다. * 이 글은 成海應의 조카 成祐曾이 지었다.	箕聖以後。文獻無徵。羅麗國史。不成體裁。以東儒之譾陋故也。凡可以補十志列傳者。俱收並蓄。作史料。…曰古文尺度攷。嘗以周尺爲萬事之本。故因燕使。求翁方綱所藏建初尺。其苦心如此。

申緯	警修堂全藁 奏請行卷 「次韻翁覃溪(方綱) 題余小照(汪載靑畫)」	汪汝瀚이 그린 申緯의 초상화에 써 준 翁方綱의 시에 차운하다. * 翁方綱의 原韻 : 淨慈禪偈答周邠, 未得周邠自寫眞. 袖裏靑蒼雲海氣, 篆香特爲補斯人.(原註 : "君取坡公答周長官詩淸風五百間, 以顔其齋故云.") 이 초상화는 현재 澗松美術館에 소장되어 있다.	其一 : 老坡禪偈答周邠。取作齋名寫作眞。問五百間幾第楊。淸風淨掃置斯人。 其二 : 我應是子瞻之邠。公與子瞻孰幻眞。是幻是眞方未定。淸風無迹本無人。
申緯	警修堂全藁 奏請行卷 「再題小照, 呈覃溪老人」	자신의 초상화에 써 준 翁方綱의 시에 차운하다.	秋史寶覃何所寶。苦心吾亦寶覃人。烏雲紅日當時夢。戴笠携筇再世身。淨界三千無半偈。淸風五百訂前因。此圖便是蘇齋畫。無盡先生杖屨春。
申緯	警修堂全藁 奏請行卷 「覃溪老人出示蘇集宋槧本·天際烏雲帖眞迹, 余旣兩跋之, 喜而有述」	翁方綱이『注東坡先生詩』와『天際烏雲帖』을 보여주자 跋과시를 짓고 翁方綱의『蘇詩補註』에 대해서도 언급하다.	我生單鉤偃筆書。人謂天遣蘇仙派。端明眞墨見未曾。夢想岷峨翠決眥。稽首問津蘇米齋。拈花大迦葉一喝。嵩陽靑眼萬里人。天際烏雲紅日晒。法乳子敬到僧虔。偃筆提筆誰分界。(余見眞帖跡。筆筆皆提筆。)偏隅踢促東海東。眼福秖憑快雪快。宋白粉箋忽當前。似夢得醒如結解。公言是莫執一論。定香橋店守居廨。金籠雪衣確有指。杭人放鴿自狡獪。王十朋注濫觴來。誤一尖字虛舟隘。公集又與公帖偕。石墨樓夜晴虹掛。施氏殘本歐體書。(宋槧本。卽傅稗書。)曠百世了覃溪債。傅會禽經快洗之。蘇詩補註人爭賣。是日跋帖又跋集。廣收庥枲懃菅蒯。歸來自慶翰墨

			緣。賤照又出蘇門畫。徑欲携去周長官。淨慈禪寺聞梵唄。
申緯	警修堂全藁 奏請行卷 「題董文敏眞蹟帖, 覃溪審定題跋後」	董其昌의 眞蹟帖에 翁方綱의 題跋을 받고 이를 기념하여 시를 짓다.	我有董眞蹟。戲鴻堂臨古。腕間一種氣。淡古出媚嫵。患世學董人。浮恍毁前矩。此帖眞董手。墨邊珠黍聚。無人信吾言。深藏十寒暑。質對蘇齋老。一見眞蹟許。卷卷肯留跋。遂成珍藏弄。警出韓蘇作。始成周石鼓。第杜評不公。撫古則無取。奬其自運妙。直接山陰乳。以余論樂律。宮羽自殊譜。華亭與北平。南北抗門戶。後出救前敝。質厚以爲主。唯恐後學誤。不惜言覼縷。觀於此題跋。彌覺用心苦。撫古貴虛和。神來卽飛舞。雖或髮無憾。神去徒陳腐。畫在脫文沈。詩豈貌李杜? 不妨香光室。取意遺象數。我言非袒董。平心互參伍。後之學古者。勿謂余搘拄。題詩敲硯氷。玉河寒蟾吐。
申緯	警修堂全藁 奏請行卷 「題董文敏眞蹟帖, 覃溪審定題跋後」	翁方綱이 董其昌의 폐단을 고치기 위해 質厚를 강조한 점을 말하고, 그러나 臨摹할 때는 虛和가 중요하다는 자신의 견해를 밝히다.	…　華亭與北平。南北抗門戶。後出救前敝。質厚以爲主。唯恐後學誤。不惜言覼縷。觀於此題跋。彌覺用心苦。撫古貴虛和。神來卽飛舞。雖或髮無憾。神去徒陳腐。…
申緯	警修堂全藁 奏請行卷 「覃溪又跋余所携安平大君絹本眞蹟曰, 此能以松雪手腕, 運聖敎序筆意者, 眞確論也, 系以二絶句」	安平大君의 글씨에 대해 趙孟頫의 手腕으로「大唐三藏聖敎序」의 筆意를 운용하여 쓴 글씨라고 평한 翁方綱의 말을 確論이라 말하고 시를 짓다. *「大唐三藏聖敎序」는　懷	其一:　宮女凝脂落墨勻。豪華公子自無塵。鷗波腕運懷仁集。曠四百年無此人。(世傳匪懈堂喜弄翰于美人肌膚。故氣韻流麗過人。) 其二:　石峯撑肉聽松筋。臨戰安閑匪懈軍。百鍊剛來柔繞指。畫家又一石陽君。

61. 翁方綱　|　667

			仁이 王羲之의 行書를 集字하여 만들었다.

申緯	警修堂全藁 淸水芙蓉閣集 「題翁星原小照」	翁樹崑의 小照에 題詩를 쓰면서 翁樹崑 및 翁方綱과 얽힌 여러 일화를 이야기하다.	其一：坡翁轉世得覃老。(海內稱覃溪爲東坡後身。) 後五百年無此人。絶學承家眞見汝。揮金結客不謀身。山河限地長相憶。縞紵酬心夙有因。萬里傳神如面晤。江東渭北暮雲春。 其二：半生多病緣癡絶。(星原有半生癡處是多情小印。) 早識星原是恨人。(星原寄余書有僕本恨人之語。) 四海詩名馳左海。一身絹面現多身。烏雲篋裏心傳法。(覃溪嘗得天際烏雲帖眞迹。顏其室曰蘇齋。又有蘇齋墨緣印。) 紅豆窗前種結因。(星原自號紅豆主人。前贈余紅豆一粒。) 氣味秋冬之際勝。芳草不信在靑春。 其三： 名家屈指江南北。肯作人間第二人。宗事每能求宗是。憐才也復可憐身。佛仙儒老何常道。霞碧星秋捴勝因。(星原自榜其居曰星秋霞碧之齋。行住坐臥。用表不忘。欲兼三友之益於一身。又刻印章。) 記得城南談讌日。高樓酒重煖如春。(星原家住前門外保安寺街。有石墨書樓。)

申緯	警修堂全藁 蘇齋拾草 「蘇齋拾草」의序	자신의 서재 이름을 蘇齋로 지은 까닭을 翁方綱 및 蘇軾과 관련하여 자세히 설명하다.	蘇米齋·寶蘇室·蘇齋。 皆覃溪老人之居也。曷余又曰蘇齋？ 盖余昔造老人之廬。得見「天際烏雲眞跡帖」·施註蘇詩宋槧殘本。此本卽宋西坡所謂"得於江南藏書家。第闕

| | | | 十二卷首也。"帖集均有余題識。不
啻爲曾經我眼也。前余取坡公答周
邠語。名齋曰清風五百間。覃溪爲
之欣然命筆。汪載靑寫余小照。則
覃溪又取名齋之義而贊之。有人寄
拙畫墨竹於覃溪。則又舉前說而題
之。此余結緣於蘇之始也。後在象
山。取冷金箋。展臨快雪堂所刻天
際烏雲帖。裝爲一屛。冷金箋。雖
非粉箋之比。亦取其膚理緻滑。亞
於粉箋也。(原註:"眞迹帖。卽宋
時粉箋。") 又記十五年前購得永嘉
王氏注蘇詩三十二卷。邵子湘補注
之闕。据此爲藍本者也。今年又得
施注蘇詩足本。卽宋西坡屬邵子
湘‧顧俠君訂正。而續補遺詩。別
爲二卷。以屬馮景山爲之注者也。
王‧施二家外。又有查氏愼行補注
東坡編年詩。紀曉嵐亟稱其精密過
於西坡。又有覃溪補注成於癸卯春
者。此二本。方購求於燕。計不久
爲吾有也。則注公之集者。舉無闕
漏也。紅豆主人曾寄來坡像硏背
本。余舊有松雪本。又傳摹元人笠
屐本, 上官周晚笑堂本。凡爲公像
者四。幷揭于清風五百間。乃以汪
載靑本小照傍掛。 卽用宋牧仲故事
也。置一淨几。庋公集于上。張冷
金屛于後。凡入余齋中者。怳與公
接席。而萬里靑眼。宛一蘇室。此
余結緣於蘇之終也。余又曰蘇齋。
不亦宜乎。然圖像公之膚廓也。帖
集公之筌蹄也。茍究余名齋之義
者。盍問諸覃溪老人。 |

申緯	警修堂全藁 蘇齋拾草 「序」	翁方綱의 서재에서 『天際烏雲帖』과 『注東坡先生詩』 宋槧本을 직접 보고 題跋을 지은 일을 언급하며 아울러 『注東坡先生詩』 宋槧本이 본래 宋犖의 所藏이었다는 점을 언급하다.	蘇米齋·寶蘇室·蘇齋。皆覃溪老人之居也。曷余又曰蘇齋。盖余昔造老人之廬。得見天際烏雲眞跡帖·施註蘇詩宋槧殘本。此本卽宋西坡所謂得於江南藏書家。第闕十二卷首也。帖集均有余題識。不啻爲曾經我眼也。
申緯	警修堂全藁 蘇齋拾草 「序」	翁方綱이 자신을 위해 '淸風五百間'이라는 글씨를 써 준 일과 汪汝瀚이 자신의 초상화를 그리고 여기에 翁方綱이 글을 지어 준 일을 언급하다.	前余取坡公答周邠語。名齋曰淸風五百間。覃溪爲之欣然命筆。汪載靑寫余小照。則覃溪又取名齋之義而贊之。有人寄拙畵墨竹於覃溪。則又擧前說而題之。此余結緣於蘇之始也。
申緯	警修堂全藁 蘇齋拾草 「序」	紀昀이 정밀함을 극찬한 査愼行의 『補注東坡編年詩』 및 翁方綱의 『蘇詩補注』를 곧 구해 올 예정임을 말하다.	又有査氏愼行補注東坡編年詩。紀曉嵐亟稱其精密過於西坡。又有覃溪補注成於癸卯春者。此二本。方購求於燕。計不久爲吾有也。則注公之集者。擧無闕漏也。
申緯	警修堂全藁 蘇齋拾草 「追和覃溪題紫霞學士墨竹」	자신의 墨竹에 쓴 翁方綱의 題詩에 화답하며 翁方綱과 翁樹崑에 대해서 언급하다. * 翁方綱의 原韻 : 碧玉林深水一灣, 烟橫月出海東山. 却憑淡墨靑鸞尾, 淨埽淸風五百間.	其一 : 誰携墨竹過龍灣。忽見題詩到象山。料得星原臨本日。萊衣無恙鯉庭間。(覃溪原詩題在畵幀。星原手臨一本。) 其二 : 豈止相思限一灣。黃壚回首歎河山。無緣萬里觀嬴博。雙淚汪汪墮篋間。 其三 : 仙遊無處問諸灣。非主蓉城定海山。紅豆平生書畵舫。可堪拈賣落人間。

			其四： 黃河天上滾來灣。四海覃公共仰山。千里不能無一曲。星原奈汝當其間。
申緯	警修堂全藁 蘇齋二筆 「題趙文敏眞迹影摹本, 贈金秋史進士(正喜)(幷序)」	각각 趙孟頫의 墨迹을 모사한 본을 소장한 조선의 金正喜와 翁方綱의 『復初齋詩集』에 나오는 淸人 江德量과의 기이한 인연에 대해서 이야기하다.	余舊藏姜豹菴尙書影撱趙文敏墨迹。云。靑衫白髮老參軍。旋糶黃粱買酒尊。但得有錢留客醉。也勝騎馬傍人門。子昂三十字。摹自聽松先生鑒藏本者也。庚午夏。余贈金秋史進士。丁丑上元。偶閱翁覃溪復初齋集。有曰江秋史得趙文敏墨迹云。靑衫白髮老參軍。旋糶黃粱買酒尊。但得有錢留客醉。也勝騎馬傍人門。余最愛此詩。頻頻書之。以自適意耳。子昂。凡四十四字。半爲人描壞。不復成字。余爲審擇存廿五字。題曰完璧帖而歸之。因題其後。完璧歸于趙。生花夢自江。千秋吟買酒。幾夕剔寒缸。曲折圖移繡。橫斜搨就窗。似聞苕雪上。搖膝韻吳艭。云云。据此知趙文敏頻書此詩。人間不止數本。覃溪本比聽松本。但多余最愛此詩頻頻書之以自適意耳十四字耳。不知孰爲眞迹也。完璧帖存只廿五字。則又不及聽松本之完矣。此書之一歸江秋史。一歸金秋史。洵一段奇事也。遂次覃溪原韻。以賀秋史之墨緣。 翰墨徵秋史。如今不姓江。雙鉤三十字。一炷百千缸。松壑聲傳耳。鷗波影落窗。覃翁完不得。眞璧壓東艭。

申緯	警修堂全藁 蘇齋二筆 「題黃文節七佛偈 (七首)」	黃庭堅이 쓴 「七佛偈」에 題詩를 지으며 翁方綱의 詩 한 句를 그대로 가져다 쓰다.	其三 : 冥薦血書癡凍蠅。方持母服慟塡膺。名言不易蘇齋老。石恠松寒有髮僧。(第四句錄蘇齋全句。)
申緯	警修堂全藁 蘇齋二筆 「題黃文節七佛偈 (七首)」	黃庭堅이 쓴 「七佛偈」에 題詩를 지으며 翁方綱의 문집에서 관련 내용을 찾아 고증하다.	其四 : 讀書臺側苔花古。七佛樓前石字靑。畢竟公書敵天壤。南唐傅會梁昭明。(蘇齋集。南唐李中主讀書臺。俗傳昭明者訛也。其右卽山谷書七佛偈。)
申緯	警修堂全藁蘇齋二筆 「題黃文節七佛偈 (七首)」	黃庭堅이 쓴 「七佛偈」에 題詩를 지으며 翁方綱을 방문했을 때 본 黃庭堅의 '石鏡溪' 필적 탁본에 대해 언급하다.	其七 : 公書七佛偈尤殊。並石鏡溪藏寶蘇。(余室亦名蘇齋。) 要識盧山眞面目。滿堂蒼翠潤書厨。(山谷書石鏡溪三字。在瞻雲寺後。余入燕時。得拓本於覃溪處。瞻雲寺讀書臺。在盧山中也。)
申緯	警修堂全藁 蘇齋續筆 「題葉東卿撫勒熹平石經論語殘字」(次覃溪原韻)	葉志詵이 撫勒한 "熹平石經論語殘字"를 翁方綱 시에 차운하여 읊다.	其一 : 伯喈殘字東卿拓。橫集天涯淚數行。嗜古蘇齋餘一老。戈甥(寶樹。覃溪女壻)菓子付鉛黃。 其二 : 他時合傳悵翁申。(念星原語) 後死滄茫不可論。惟是百年生倂幸。蘇齋翰墨結緣人。
申緯	警修堂全藁 蘇齋續筆 「題葉東卿撫勒熹平石經論語殘字」(次覃溪原韻)	翁樹崑을 애석해 하며, 翁方綱과의 墨緣을 추억하다.	其二 : 他時合傳悵翁申。(念星原語) 後死滄茫不可論。惟是百年生倂幸。蘇齋翰墨結緣人。
申緯	警修堂全藁 蘇齋續筆 「題酸棗令劉熊碑雙鉤本, 東卿校梓, 次覃溪原韻」	江德量 소장본을 바탕으로 葉志詵이 교정하여 간행한 "酸棗令劉熊碑雙鉤本"을 翁方綱 시에 次韻하여 읊다.	其一 : 公於金石悟禪乘。生面中郞翠墨凝。洪釋江摹歸一貫。心心燈影印千層。(此碑据江秋史篋中本。凡二百四十三字多。出洪釋者凡九字。)

			其二: 今人鹵莽以爲學。蕪沒佳碑蘚蝕靑。八十四翁求宗事。(此碑與石經殘字。皆丙子刻。) 苦心一是本於經。
申緯	警修堂全藁 蘇齋續筆 「送韓粤山尙書(致應)賀至之行」	燕行을 떠나는 韓致應을 전송하는 시에서 翁方綱을 만나거든 翁樹崑의 벗인 자신의 소식을 전해 달라고 부탁하다.	其六: 傷心大耋哭西河。師弟依憐有葉戈。傳語起居蘇室老。星原舊雨海東霞。(今距粤山己未之役。恰爲十九年。)
申緯	警修堂全藁 蘇齋續筆 「送韓粤山尙書(致應)賀至之行」	燕行을 떠나는 韓致應을 전송하는 시에서 翁方綱과의 墨緣과 그에 대한 자신의 景仰을 말하다.	其七: 小照題詩步韻成。並原本揭證齋名。磁靑紙上金泥字。翔舞淸風五百楹。(覃溪老人前爲不佞題小照詩云。淨慈禪偈答周邪。未得周邪自寫眞。袖裏靑蒼雲海氣。篆香特爲補斯人。盖取不佞名齋之意而慰藉之也。不佞攀和云。老坡禪偈答周邪。取作齋名寫作眞。問五百間第幾楣。淸風淨埽置斯人。又云。我應是子瞻之邪。公與子瞻孰幻眞。是幻是眞方未定。淸風無迹本無人。又得星原寄到老人題拙畫墨竹詩云。碧玉林深水一灣。烟橫月出海東山。却憑淡墨靑鸞尾。淨埽淸風五百間。此又擧余名齋之意也。仍取老人前後二詩並拙作。揭之所居室中。煩公此次。以磁靑紙泥金。致此區區諄請於覃溪老人。先用二幅。寫老人二詩。再用二幅。繼寫拙詩二首歸。作淸風五百間故事。不勝企竚。)

申緯	警修堂全藁 蘇齋續筆 「寄呈覃溪老人」	翁樹崑이 海東碑目을 보내 조선의 금석문을 찾아보라 권하여 자신이 「高麗國圓應師碑」 탁본을 뜬 일을 추억하고, 翁方綱의 蘭亭攷에서 崇字의 三點은 「新羅鍪藏寺碑」의 탁본에 의거한 것임을 말하다.	其一:　舊有星原金石諾。車過腹痛口含碑。鍪藏一樣崇三點。送備蘭亭續攷詩。(星原前以海東碑目一卷。屬余訪碑。追憶此事。以高麗國圓應師碑踐言。覃溪所著蘭亭攷崇字三點。引新羅鍪藏寺碑爲證。)
申緯	警修堂全藁 蘇齋續筆 「寄呈覃溪老人」	翁方綱에게　滿月臺에서 출토된 고려자기를 보내다.	其二:　粉靑花朶辨高麗。並拾金釵薙草時。非謂蘇齋彝器乏。海邦風物要知之。(高麗甆一口。宮墟滿月臺所得也。粉靑花朶出格古。)
申緯	警修堂全藁 蘇齋續筆 「寄呈覃溪老人」	翁方綱의　『蘇詩補注』가 勞作임을 일컫고, 그의 시문집을 보내 줄 것을 부탁하다.	其三:　復初寶笈原兼續。補注蘇詩更苦心。倘得郪籤隨鴈使。爭如白集到鷄林。
申緯	警修堂全藁 戊寅錄 「題陳未齋(浩)臨擔當師書橫看,　有劉石菴(墉)·翁覃溪(方綱)二跋九首」	陳浩가 擔當의 筆迹을 臨摹한 橫看에 劉墉과 翁方綱의　跋이 붙어 있는데, 여기 題詩를 짓다.	其一:　大錯錯擔底物。(擔當又號大錯和尙。)　要從白處擔來。(擔當詩。老衲筆尖無墨水。要從白處想鴻濛。)　滇南長老高足。(無住禪師)天啓明經秀才。(俗姓唐氏。名泰。天啓中。以明經對庭。) 其二:　麝煤惜後無墨。雞足棲來斷層。(結茅雞足山)秋氣味冬心事。(太牛秋冬識我心。擔當句也。)　脩園儒撇菴僧。(儒生時有脩園集。出家後有撇菴岬。) 其三:　吟望春山負杖。分明翠靄橫披。幾番大錯回首。身在烟中不知。 其四:　四邊皆是春水。家業曾無一

			坯。倘問屋簷寬窄。但驅鵝鴨三迴。(以上二詩。隱括擔當詩意。) 其五： 白頭矻矻撫古。海岳香光一斑。後賢石老蘇室。前輩點蒼紫瀾。(擔當居點蒼之三塔寺。未齋字曰紫瀾。) 其六： 曾聞寫韻樓中。四壁升菴墨妙。老師九十繙經。一樹白茶花照。(感通寺在點蒼山之麓。楊升菴寓寺小閣。題曰寫韻樓。四壁皆升菴墨妙。明末滇詩人。唐大來薙染。號擔當和尚。亦寓此樓。壽九十餘。樓前白茶花。高數十丈。大數十圍。花如玉蘭。心殷紅。滇南只此一樹。見陳鼎滇黔紀游。) 其七： 自優跋尾精妙。何苦扇頭影摹。野家雞得失。煩君示我迷塗。(此卷係扇頭書聚臨者。未齋跋尾自運。勝於撫古。) 其八： 書家代降時變。唐宋禪來晉祧。石老覃翁勝處。到頭分路揚鑣。(兩公同師異法) 其九： 患余數數遷業。秘鑰如無定家。(余先學米‧趙。人謂之董法。再仿蘇‧米。人謂之翁體。其宗兩無是處。)會到百花成蜜。不知甜是何花。
申緯	警修堂全藁 戊寅錄 「題陳未齋(浩)臨擔當師書橫看，有劉石菴(墉)‧翁覃溪(方綱)二跋九首」	董其昌, 劉墉, 翁方綱, 擔當, 陳浩가 평생 臨摹를 통해 서법을 연마했다고 말하다.	其五： 白頭矻矻撫古。海岳香光一斑。後賢石老蘇室。前輩點蒼紫瀾。(擔當居點蒼之三塔寺。未齋字曰紫瀾。)

申緯	警修堂全藁 戊寅錄 「題陳未齋(浩)臨擔當師書橫看, 有劉石菴(墉)·翁覃溪(方綱)二跋九首」	劉墉과 翁方綱의 서법이 "同師異法"이라 평하다.	其八： 書家代降時變。唐宋禪來晉祧。石老覃翁勝處。到頭分路揚鑣。(兩公同師異法)
申緯	警修堂全藁 戊寅錄 「題陳未齋(浩)臨擔當師書橫看, 有劉石菴(墉)·翁覃溪(方綱)二跋九首」	申緯 스스로 蘇軾과 米芾을 배웠을 때 사람들은 翁方綱의 글씨체라고 오인했다고 말하다.	其九： 患余數數遷業。秘鑰如無定家。(余先學米·趙。人謂之董法。再仿蘇·米。人謂之翁體。其宗兩無是處。)會到百花成蜜。不知甜是何花。
申緯	警修堂全藁 戊寅錄 「覃溪以今年正月廿七日亡, 訃至,以詩悼之」	翁方綱의 訃音을 듣고 輓詩를 짓다.	其一： 遽聞騎箕析木邊。(天文志。燕爲析木津次。)傍人怪我涕潸然。忽諸古北平鄕祀(翁氏系出北平) 已失小蓬萊閣仙。(覃溪以惠州元妙觀白玉蟾。書蓬萊字。鐫屋後石筍。又有匏樽所贈小蓬萊學人五字印。)佛滅三千大法界。蘇亡七百有餘年。(世以覃溪爲東坡後身。) 問津從此漁郎遠。奈汝秦碑又漢箋。 其二： 不以外交修褉邊。北平父子卽犂然。客兒天上先成佛。(星原先公四年逝) 元禮舟中尙有仙。萬里無端傳訃日。千秋在後自今年。清風五百閒楹字。許否金泥洒碧箋。(去年節行。紹介粤山。乞覃溪金泥楹聯。粤山復路尙遠。成否未可知。) 其三： 小繫浮槎碧漢邊。先生顧笑夢依然。東京世遠難徵古。南極星漂已葬仙。翰墨緣深庚午後。(始豹翁丙午使行。獲見覃溪文墨。再於秋史庚午之行。益知其所未知。) 儒

			林運厄戊寅年。谷園秘妙傳蘇脉。詩旨微茫刺刷箋。(覃溪視學江西。取夙昔瓣香山谷‧道園二公之義。遂以谷園名齋。宗闖蘇學也。覃溪所著有蘇詩補註。) 其四： 光嶽英靈起北邊。詞宗四海一辭然。古今流派偕之道。門戶平除別是仙。地脉堪徵姬氏邑。(覃溪翁山詩註。山在翁源縣。姬周以翁山封庶子。子孫因山爲氏云。) 天心不偶永和年。(覃溪癸丑生) 枕中八字傳鴻寶。談草披看淚漬箋。(覃溪以外似放縱。內宗嚴密'八字授余。) 其五： 津筏遙遙到岸邊。蘇門稱弟隔晨然。(余贈覃溪詩。稱蘇齋弟子。) 誰知內翰元非夢。(內翰昔日富貴一場春夢。出侯鯖錄) 難道毗陵不是仙。(宣和間。禁蘇氏文字。學者私記其書。曰毗陵先生。) 系跋顧禧施宿本。捫香嘉泰紹興年。(覃溪出示蘇詩施註宋槧殘本。屬題卷面。按施註。宗施‧合註也。詳在吳郡志‧隱逸傳。此書始於紹興。藏於嘉泰。歷高‧孝‧光‧寧四朝而成耳。) 幽吟淚洒東風便。天際烏雲潑粉箋。(覃溪又出天際烏雲帖。審定眞跡。)
申緯	警修堂全藁 戊寅錄 「覃溪以今年正月廿七日亡, 訃至, 以詩悼之」	翁方綱이 '蓬萊'라는 글자를 써서 집 뒤에 새기고 '小蓬萊學人'이라는 印章이 있었던 것과 사람들이 蘇軾의 후신이라고 일컬었던 일화를 소개하다.	其一： 遽聞騎箕析木邊。(天文志。燕爲析木津次。) 傍人恠我涕潸然。忽諸古北平鄉祀(翁氏系出北平) 已失小蓬萊閣仙。(覃溪以惠州元妙觀白玉蟾。書蓬萊字。鎸屋後石筍。又有匏樽所贈小蓬萊學人五字印。) 佛滅三千大法界。蘇亡七百有餘

61. 翁方綱 | 677

			年。(世以覃溪爲東坡後身。)　問津從此漁郎遠。奈汝秦碑又漢篆。
申緯	警修堂全藁 戊寅錄 「覃溪以今年正月廿七日亡, 訃至, 以詩悼之」	翁樹崑이 먼저 세상을 떠난 일을 말하고, 燕行을 떠난 韓致應을 통하여 翁方綱에게 金泥楹聯을 써 달라고 부탁한 일을 언급하다.	其二: 不以外交修襪邊。北平父子卽犖然。客兒天上先成佛。(星原先公四年逝) 元禮舟中尙有仙。萬里無端傳訃日。千秋在後自今年。清風五百閒楹字。許否金泥洒碧箋。(去年節行。紹介粵山。乞覃溪金泥楹聯。粵山復路尙遠。成否未可知。)
申緯	警修堂全藁 戊寅錄 「覃溪以今年正月廿七日亡, 訃至, 以詩悼之」	翁方綱에 대해서 알게 된 것은 姜世晃의 燕行에서 비롯되었고, 金正喜의 燕行 이후 더욱 상세히 알게 되었다는 것을 말하다. * 원문 '覃溪視學'에서 '視'는 '詩'의 오자로 보인다.	其三: 小繫浮槎碧漢邊。先生顧笑夢依然。東京世遠難徵古。南極星漂已葬仙。翰墨緣深庚午後。(始豹翁丙午使行。獲見覃溪文墨。再於秋史庚午之行。益知其所未知。) 儒林運厄戊寅年。谷園秘妙傳蘇脉。詩旨微茫刺刷箋。(覃溪視學江西。取夙昔瓣香山谷·道園二公之義。遂以谷園名齋。宗闡蘇學也。覃溪所著有蘇詩補註。)
申緯	警修堂全藁 戊寅錄 「覃溪以今年正月廿七日亡, 訃至, 以詩悼之」	翁方綱이 黃庭堅과 虞集의 詩學을 중시하여 스스로 '谷園'이라 호를 삼았는데, 이는 실제로는 蘇軾을 배우려는 것이며, 翁方綱의 저작으로 『蘇詩補注』가 있음을 언급하다.	上同
申緯	警修堂全藁 戊寅錄 「覃溪以今年正月廿七日亡, 訃至, 以詩悼之」	翁方綱의 「翁山詩」註를 언급하여 翁氏의 유래를 밝히고, 翁方綱이 자신에게 써 준 "外似放縱, 內宗嚴密"에 대해서 말하다.	其四: 光嶽英靈起北邊。詞宗四海一辭然。古今流派偕之道。門戶平除別是仙。地脈堪徵姬氏邑。(覃溪翁山詩註。山在翁源縣。姬周以翁山封庶子。子孫因山爲氏云。) 天心不偶永和年。(覃溪癸丑生) 枕中八

			字傳鴻寶。談草披看淚漬箋。(覃溪以外似放縱。內宗嚴密八字授余。)
申緯	警修堂全藁 戊寅錄 「覃溪以今年正月廿七日亡, 計至, 以詩悼之」	翁方綱이 자신에게 施顧注蘇詩와 『天際烏雲帖』을 보여 준 일을 회상하다.	其五: 津筬遙遙到岸邊。蘇門稱弟隔晨然。(余贈覃溪詩。稱蘇齋弟子。) 誰知內翰元非夢。(內翰昔日富貴一場春夢。出侯鯖錄) 難道毗陵不是仙。(宣和間。禁蘇氏文字。學者私記其書。曰毗陵先生。)系跋顧禧施宿本。抪香嘉泰紹興年。(覃溪出示蘇詩施註宋槧殘本。屬題卷面。按施註。宗施·顧合註也。詳在吳郡志·隱逸傳。此書始於紹興。藏於嘉泰。歷高·孝·光·寧四朝而成耳。) 幽吟淚洒東風便。天際烏雲潑粉箋。(覃溪又出天際烏雲帖。審定眞跡。)
申緯	警修堂全藁 貊錄(一) 「自余來壽春, 谷雲雪嶽之間, 淵翁舊躅, 疑有宿因, 曾聞秋史言, 石室書院, 淵翁畫幀, 神情氣味, 都欲似公, 公像藍本在此, 追思此言, 仍成四篇, 以爲他日一笑」	翁方綱이 주선하여 汪汝瀚이 그려준 자신의 초상화가 자신과 닮지 않았음을 말하다.	其一: 載靑失筆行看子。二李檀園貌不同。(御容畫師李命基·金弘道·淇人李八龍寫賤照。皆患不似。頃年覃翁溪囑汪載靑。寫照行看子。亦署彷彿東國衣冠而已。) 曠百年間藍本在。神情氣味宛斯翁。
申緯	警修堂全藁 貊錄(二) 「十一月十五日, 猶子命浩生男, 卽用寶蘇室老人十一月十四日樹崐生男二詩韻志喜」	조카가 아들을 낳자 翁方綱이 翁樹崐이 아들을 낳았을 때의 기쁨을 노래한 시의 韻을 사용하여 시를 짓다.	其一: 偏深雨露世覃恩。朱紫蟬聯滿一門。慶祿無量其在汝。宗祧有托又生孫。滋培詩禮先君子。抱送狻猊佛世尊。太歲在寅符舊甲。依然冥隲此中存。(先兄戊寅生) 其二: 敢詡揚名誕報恩。恐敎淸白

			墜家門。遠游只悔離親戚。爲吏曾驚長子孫。(余自丙寅居外九年) 喜聞得雉新婦健。賀生英物小宗尊。天心此日陽初復。珍重書香一脉存。
申緯	警修堂全藁 貊錄(二) 「臘月廿四日, 用天際烏雲帖韻, 追補坡公生日, 書示命準」	翁方綱의 印式을 따른 '蘇齋墨緣'印을 가지고 있음을 말하다.	其四: 又一蘇齋小篆紅。(余蘇齋墨緣印。卽覃溪印式也。) 女兒膚滑冷金同。乞來倚柱僧虔筆。添寫官奴燭影風。(煥閣又寫墨竹二幀)
申緯	警修堂全藁 貊錄(二) 「康熙御命松花石硯, 銘曰壽古而質潤, 色綠而聲淸, 起墨盆毫, 故其寶也十八字楷書, 小璽文曰康熙宸翰」	康熙帝가 소장했던 松花石硯을 읊으면서 翁方綱의 시를 인용하다.	其三: 以能起墨盆毫珍。色綠聲淸潤欲津。準備蘇齊名此硯。松花石理玉精神。(蘇齋題松雪天冠山帖。始信山陰眞繭紙。松花石理玉精神。)
申緯	警修堂全藁 崧緣錄 「再題松緣錄」	邵長蘅, 李必恒, 馮景, 翁方綱, 查愼行이 蘇軾 시에 주를 단 것과 王龜齡 주석본의 가치에 대해 말하다.	其七: 邵(子湘)李(百藥)馮(山公)查(初白)最後翁(正三)。江河不廢寶蘇風。商邱(宋牧仲)且莫祖施 (元之)顧(景繁)。藍本梅溪(王龜齡)初注中。
申緯	警修堂全藁 崧緣錄 「再題松緣錄」	翁方綱의 蘇齋에서 蘇軾의 친필을 본 감격을 말하다.	其八: 蘇齋生面雪堂魂。婢與夫人位置論。北宋粉箋滑如許。女兒膚記鐍舟痕。
申緯	警修堂全藁 崧緣錄 「再題松緣錄」	翁方綱이 설파한 由蘇入杜論에 대해 말하다.	其九: 由蘇入杜證詩髓。足以名齋後世誇。解穢梨園催羯鼓。論書刻本有長沙。

申緯	警修堂全藁 碧蘆舫藁(一) 「題東坡逸詩後 (并序)」	翁方綱의 『復初齋集』과 『蘇詩補注』 및 査愼行의 『補注東坡編年詩』를 참조하여 蘇軾의 逸詩를 찾아낸 기쁨을 노래하다.	天際烏雲帖云。僕在錢塘。一日謁陳述古。邀余飮堂前小閣中。壁上小書一絶。君謨陳跡也。約綽新嬌生眼底。侵尋舊事上眉尖。問君別後愁多少。得似春潮夜夜添。又有人和云。長垂玉筯殘粧臉。肯與金釵露指尖。萬斛閒愁何日盡。一分眞態更難添。二詩皆可觀。後詩不知誰作也。查初白蘇詩補注。則以爲過濰州驛。見蔡君謨(一本無此四字。)題詩壁上云。綽約新嬌生眼底。逡巡(一本作優柔)舊事上眉尖。春來試問愁多少。得似春潮夜夜添。不知爲誰而作也。和一首。長垂玉筯殘粧臉。肯爲金釵露指尖。萬斛新愁何日盡。一分眞態更難添。又有贈靑濰將謝承制七律一首。初白有按說曰。以上二首。諸刻本皆不載。據外集第五卷。自密州移徐州時作。今采錄。云云。余喜得公逸詩。遂爲詩而記之。 其一： 殘粧玉筯情嫌麗。放鴿金籠語諱尖。嬉笑文章皆是道。好敎采錄集中添。(復初齋集題天際烏雲帖墨跡詩註云。蘇詩去年柳絮飛時節。記得金籠放雪衣。自注。杭人以放鴿爲太守壽。盖托詞也。王注引天寶中雪花鸚鵡。近日查注引倦游錄放雀鴿。皆未見此墨跡耳。据此則可知後詩不知誰作也之爲同一托辭也。) 其二： 常怪周韶同輩語。儻然詞采不纖尖。而今代促刀堪證。初白菴書恨失添。(以余觀之。周韶‧胡

			楚・龍靚三詩。如出公一手。) 其三： 想見熙寧第九臘。粉箋凝滑刷毫尖。和詩且置誰人作。二字灘州一證添。(天際烏雲帖。公滯雪灘州時所寫者。宗熙寧九年丙辰除夕也。) 其四： 偶尋一事浮暉閣。襲謬商丘失筆尖。五百篇中公自註。揭爲題目一詩添。(公集與客游道塲何山。得鳥字詩二十韻。五古也。其曰更將掀舞勢。把燭畫風篠。美人爲破顏。正似腰支嫋。四句下。公自注。歸自道塲何山。遇大風。因憩耘老溪亭。命官奴秉燭奉硯。寫風竹一枝。云云。查氏有按說曰。更將掀舞勢四句。諸刻本。另作五言絶句一首。明屬重出。今移原題。作四句註脚。以正向來之訛。余謂商邱施註本。自謂一洗王注之陋。而又不免襲謬如此。宜乎後人之譏以潦草也。浮暉閣・耘老溪亭。出吳興掌故集。)
申緯	警修堂全藁 碧蘆舫藁(一) 「臘十九,用邵庵韻」	虞集 詩의 韻을 사용하여 시를 지으면서 宋犖과 翁方綱을 언급하다.	其八： 三生石上舊精魂。佛氏輪回且莫論。(謂宋牧仲・翁正三輩。)萬古長新詩境闢。烏雲不散夢中痕。
申緯	警修堂全藁 碧蘆舫藁(一) 「臘十九,用邵庵韻」	翁方綱과의 墨緣을 자랑스럽게 생각하다.	其九： 嗟我生平無一遇。墨緣蘇室只堪誇。詩書畵髓津梁願。可數恒河沙復沙。

申緯	警修堂全藁 碧蘆舫藁(三) 「次韻篠齋夏日山居 雜詠二十首」	清初의 여러 인물들 중에서 王士禎은 시를 잘 짓지만 文을 못하고, 汪琬은 文을 잘 짓지만 시를 못하며, 閻若璩와 毛奇齡은 考證을 잘하지만 詩文은 下乘이며, 오직 朱彝尊만은 개별적인 분야의 성취에는 손색이 있지만 考證과 詩文에 모두 능하다는 紀昀의 평을 소개한 뒤, 翁方綱 역시 朱彝尊처럼 考證과 詩文에 모두 능하며, 특히 金石學이 매우 정밀하다고 극찬하다.	其十三: 閻毛王汪擅場殊。惟有兼工竹垞朱。近日覃溪比秀水。更添金石別工夫。(士禎工詩而疎於文。汪琬工文而疎於詩。閻若璩·毛奇齡工於考證。而詩文皆下乘。獨朱彝尊事事皆工。雖未必凌跨諸人。而兼有諸人之勝。此紀曉嵐之說也。近日翁方綱考證詩文。兼擅其長。世稱竹垞之後勁。而其金石精覈。又非竹垞可及也。)
申緯	警修堂全藁 碧蘆舫藁(四) 「余所藏東坡文字，舊有全集·王註·施註·查註四種，又得覃溪補注及海外集二種，兹集之聚，殆無遺憾，喜而有述，凡四百四十字」	查愼行의 『補注東坡編年詩』, 翁方綱의 『蘇詩補注』, 樊潛庵의 『蘇文忠公海外集』 등을 비롯한 자신이 소장한 蘇軾 관련 저작에 대해 말하다.	我有蘇集癖。大小種三四。大固味全鼎。小大廢歠茇。梅溪始注詩。猶有蹞駁議。分門最其失。恐非王氏志。舊分五十門。省爲三十二。因襲或爲咎。細究豈無自。(趙夔舊序。此書分五十門。金華呂氏省爲三十二門。王氏因之。) 八注與十注。恨望空予跋。堯卿及子西。重複沈黃曁。皆今所未傳。義例嗟永闋。(查愼行云。舊有八注十注。稍後者有唐庚·趙夔等注。乾道末。御製序刊行。紹興中。有吳興沈氏注。見吳興備志·經籍中。漳州黃學皐補注。見王懋宣闓大記·藝文類中。今皆不傳。) 兹集注最難。放翁言之亟。(說見渭南集「施司諫注蘇詩序」。) 施注徒編年。善本稱無媿。後出者雖巧。踵前或多利。蘇氏之功臣。王施爭座位。商

邱補施闕。兩家太軒輊。我當跋宋槧。面目今頗異。複出固可刪。冗厖豈輕棄?(邵子湘施注例言云。複出則刪。有語未複出而文義冗厖者。亦從刪。)查注錄其刪。用意頗密緻。箋疏不肯同。無乃各立幟。可恨子湘輩。潦草於藏事。竟使初白庵。補綴得自庇。附見同時作。注家之獨至。坡門酬唱集。邵浩已發秘。(坡門酬唱集二十三卷。宋邵浩編。所錄皆黃・秦・晁・張・陳・季與坡公兄弟唱和之詩。同題共韻。可以互考其用意。比較其工拙。)和陶例編年。足爲全書累。年月雖確指。分編意不類。翁注最後出。補查所未備。古書勤攟拾。援證資一字。雪衣證墨跡。精覈無與比。(覃溪補注第二卷附錄東坡天際烏雲合帖眞跡。按說云。熙寧甲寅。坡公往來常潤道中。有懷錢塘寄述古之作。其次章云。去年柳絮飛時節。記得金籠放雪衣。公自注。杭人以放鴿爲太守壽。此不欲明言所指。而托之放鴿。文字之狡獪也。鴿無雪衣之號。故王注必援天寶中白鸚鵡事。以明其爲借用。且鴿非僅白色。亦非雪衣字所能該得也。注家但知其借用雪衣鸚鵡。而不知其實指此雪衣女也。陳述古和韻云。縹笙一笛人何在。遼嶋重來事已非。猶憶去年題別處。烏啼花落客沾衣。語意更明。)諸書聚次第。並蓄方快意。得失互考鏡。一一皆心醉。近得海外集。發凡有別致。首尾居儋書。再以瓊海廁。海

			外字包得。集名始完粹。樊庶也奇士。玆刻非俗吏。(海外集。樊潛庵瓊臨時刻。自云。意之所到。輒有品題。諸公以俗吏貫之。) 老杜入蜀餘。長公海外次。筆墨一翻跌。洞天闢深翠。拈出全集內。後學表以示。於一峯一島。提絜山海邃。文章得滋味。一喵勝戀藏。猶讀佛藏者。阿含小品始。(邱西軒象隨讀佛藏。先讀阿含小品。徐及于五千四十八卷。) 公靈散諸集。譬如水在地。酌之無大小。吾所皆拾墜。層疊新舊籤。紅白間嫵媚。擁此足以豪。何物可希覬。慶我文字緣。入杜聞精義。
申緯	警修堂全藁 碧蘆舫藁(五) 「覃溪書淸風五百間·警修堂二扁, 雙鉤摹成, 喜題四首」	翁方綱이 써서 보낸 '淸風五百間'과 '警修堂'의 두 편액을 雙鉤로 臨摹하고 시를 짓다.	其一: 書到香光抹敝難。故須力斡一重關。靑藍忠惠邕師際。圭臬僧虔子敬間。古法收歸珠黍妙。今人揣作篇槃看。雙鉤未可輕憑眼。明月神來湧指端。 其二: 坡句應須坡體書。讀書堂拓幷論諸。(時幷摹坡公讀書堂字拓本。) 曾題殘照編詩續。(公取坡句名齋義。題賤照有詩。編入復初齋集續刻。) 是證知津得蕆初。小石帆亭苔思黯。碧蘆坊子篆香餘。無煩往鈔勤懷餅。秋史傾囊補注儲。(近借閱秋史所藏覃溪蘇詩補注。) 其三: 後五百年論始定。俗人質厚不無疑。文歧七字四家後。書敝三眞六草時。證史援紅融會極。搜金剔石貫修辭。得藏點墨皆神髓。寶氣熊熊來護之。 其四: 警修特筆度金針。堂記丁寧

			尙鏤心。(堂記星原作) 可是幽明負知己。教回鋒鏑視良箴。重摹鐵線銀鉤得。玆寓朝乾夕惕深。戶響九霞來髣髴。愧遲椽屋共憑臨。(堂尙未就也)
申緯	警修堂全藁 花徑賸墨(二) 「次韻秋史內翰見贈 (幷序)」	申緯는 金正喜와 함께 翁方綱이 서문을 쓴 劉大觀의 『玉磬山房詩集』을 읽고 由蘇入杜의 방법에 대해 토의하였다.	余入銀臺。自視黃面老子。不堪作顧影少年態。猶幸與秋史內翰興會日繁。…又從秋史見近刻劉松嵐詩集。卷首有覃序者。仍與商畧詩求杜法之旨。間携致敝藏快雪堂帖·覃書對子一聯，孤雲處士王振鵬茗溪高隱圖一軸。右三種書畫。對搨審定。以證金門墨椽。… 其一： 有此交歡一往深。不虛鍾漏送光陰。蘆寒隸古神情合。茶熟詩成氣味參。傘雨同聽八甎步。書香獨愴卅年心。翰林承旨容踈放。佳話蠻坡續筆添。 其二：吾輩寶覃書外深。篆香奚止例山陰。詩求杜法金針度。妙在禪宗玉版參。重訂馮劉雪堂刻。同盟松柏石琴心。何人勸我茗嶸隱。能否先生泛宅添。(覃聯。石琴之音。玉體之嗜。葱蘭其氣。松柏其心十六字。)
申緯	警修堂全藁 花徑賸墨(二) 「次韻秋史內翰見贈 (幷序)」	翁方綱이 쓴 對聯 "石琴之音，玉體之嗜；葱蘭其氣，松柏其心"에 대해 언급하다.	上同
申緯	警修堂全藁 碧蘆舫藁(三) 「送歲幣尹書狀 (秉烈)入燕」	蘇軾 시를 註解하는 데 宋犖과 查愼行이 중요한 공헌을 했음을 말하고, 翁方綱이 세상을 떠난 지금 누가 寶蘇人인가를 묻다.	其二： 西陵初白兩功臣。詩註然猶隔一塵。君去覃公不相待。今誰是寶蘇人。(行篋。借携余所藏日下舊聞·西陂集二種。)

申緯	警修堂全藁 花徑膡墨(九) 「於荳谿判院扇面, 兒子(命準)畫倪黃合 法, 宮允陳石士(用 光)爲題二絶, 卽用原 韻」	자신의 아들인 申命準의 그림에 題詩를 쓴 陳用光 詩의 韻을 사용하여 시를 지으며, 原詩에 翁方綱의 문집을 인용한 부분이 있 음을 말하다.	其一: 暎翠浮嵐絳葉陰。參黃子久 倪雲林。論詩秘鑰拈論畫。默契由 蘇入杜心。(原詩自註引覃溪集故 云。) 其二: 西蜀海堂傾國艶。無心子美 發揚之。塗鴉墨汁邀題賞。何幸偏 邦乳臭兒。
申緯	警修堂全藁 紅豆集(二) 「題吳架閣表忠錄四 首」	吳嵩梁을 위하여 『表忠 錄』에 題詩를 지으며, 翁 方綱의 「文信國手札跋」 을 인용하다.	其一: 後七百年表忠錄。賢孫闡發 賴賢師。倣書有似唐臨帖。存稿何 消束補詩。(北平翁方綱文信國手札 跋曰。文信國斗札三通。與金谿吳 架閣者。吳氏今居東鄕。世爲墨 寶。垂三百年矣。架閣裔孫嵩梁。 篤念先澤之遺。不忍失墜。因請余 爲想像信國筆意。重書成卷。敬識 其後。)
申緯	警修堂全藁 紅豆集(三) 「南雨村進士, 從溪院 判入燕, 話別之次, 雜 題絶句, 多至十三首, 太半是懷人感舊之 語, 雨村此次, 與諸名 士遊, 到酣暢, 共出而 讀之, 方領我此時心 事」	吳嵩梁이 翁方綱의 高弟 이며 『再生小艸』라는 문 집이 간행되었음을 말하 다.	其四: 迦葉拈花一笑新。由蘇入杜 是知津。外無浮響中充實。大有延 陵樸學人。(吳蘭雪。覃谿先生及門 高弟。刻集有再生小艸。)
申緯	警修堂全藁 紅豆集(五) 「寄謝吳蘭雪」	吳嵩梁이 자신에 대해 翁 方綱에게 가르침을 받은 海東의 뛰어난 시인이라 고 칭찬하는 시를 보내온 것을 말하고 謙辭로 답하 다.	其二: 北平執業遜才俊。首及延陵 季子賢。石墨樓中緣淺矣。鴨江過 後意茫然。詩成莫問無雙價。論定 何須待百年。慙愧遺材搜海外。齒 牙遙借汝南筵。(蘭雪寄詩云。纖濃 掃淨出淸新。曾向蘇齋一問津。收

			斂才華歸樸學。海東眞見有傳人。絶句云。)
申緯	警修堂全藁 脚氣集 「呂晩村」	謝啓昆에 대해 고증하여 저작으로 『樹經堂詩集』이 있음을 말하고, 아울러 『蒲褐山房詩話』에 의거하여 그가 翁方綱의 제자이며, 그가 지은 『粤西金石志』는 翁方綱의 『粤東金石志』와 나란하다고 밝히다.	一代興亡歸氣數。千秋廟貌傍江山。欲將慷慨灰盤句。補入南都史傳看。 楊州謝啓昆太守扶乩灰盤。書「正氣歌」數句。太守疑爲文山先生。整冠肅拜。問神姓名。曰。亡國庸臣史可法。時太守正修葺史公祠墓。環植梅松。因問。爲公修祠墓。公知之乎。曰。知之。此守土者之責也。然亦非俗吏所能爲。問自己官階。批曰。不患無位。患所以立。謝無子。問。將來得有子否? 批曰。與其有子而名滅。不如無子而名存。太守勉旃。書畢。索長紙一幅。問何用。曰。吾欲自題對聯。與之紙。題曰。一代興亡歸氣數。千秋廟貌傍江山。筆力蒼勁。謝公爲雙鉤之。懸于廟中。○按。謝啓昆。字蘊山。號蘇潭。南康人。官廣西巡撫。有樹經堂詩集。蒲褐山房詩話。蘊山爲翁覃谿入室弟子。篤信師說。故官轍所至。留心著撰。至桂林。作粤西金石志。與覃谿粤東金石志竝行。爲詩不名一家。而詳于咏史。
申緯	警修堂全藁 詩夢室小草(一) 「劉眉士(枚)書盟歌」	翁方綱의 石墨書樓에서 蘇軾의 眞迹을 본 경험을 추억하다.	蘇黃秘妙同迦葉。保安寺閣撞洪鍾。(翁覃溪石墨書樓在保安寺街。) 宋白粉箋嗅古馥。天際烏雲含日紅。施注又出宋槧本。集帖欥跋懃愚憒。

申緯	警修堂全藁 九十九菴吟藁(二) 「哭蔣秋吟御史五首」	자신이 교유한 중국 문사들 가운데 翁方綱, 翁樹崐, 錢林, 蔣詩가 차례로 세상을 떠난 것을 탄식하고 오직 吳嵩梁만 남아 있음을 말하다.	其五 : 靑棠紅豆久零落。(靑棠。覃溪書屋名。紅豆。星原別字。) 金粟秋吟又岱遊。(金粟。錢學士林。) 四海頓傷風雅盡。凡今誰見典刑留。交情每失頻年淚。未死爭禁後日愁。可是玉人蘭雪在。斷無消息隔溪舟。(余所與上國名彦結交者。今凋喪畧盡。唯有吳蘭雪一人在耳。)
申緯	警修堂全藁 北禪院續藁(四) 「經山閣學充賀至使入燕, 索詩, 故賦此爲別」	자신과 교유했던 중국 문사들 중에서 翁方綱, 翁樹崐, 錢林·蔣詩는 모두 세상을 떠났고, 吳嵩梁, 周達은 지금 燕京에 없으나, 陳用光, 曹江은 墨緣을 나눈 바 있으니 鄭元容에게 한번 방문해 보라고 권하다.	其一 : 四方宣力詠虺隤。辭令謨猷歷試來。大雪埋輪踰玉塞。(經山昨臘自北塞還朝。) 長河憑軾向金臺。鏗然子有三唐韻。去矣誰當一代才。遊到酣時應自覺。人生海外亦何哉。(借用楓臯公贈余舊句。) 其二 : 當時我亦氣如虹。縞紵結交翰墨中。小石帆亭茶淡白。保安寺閣日沉紅。頻年擧目河山感。往事傷心劍筑空。(僕所締交上國名彦。如翁文達橋梓·金蘭畦尙書·錢金粟·蔣秋吟諸公。次第淪謝。吳蘭雪·周菊人皆官遊四方。今略無餘者。) 賴有陳琳與曹植。雄詞不替建安風。(藝林名家。有陳石士·曹玉水兩人。僕雖未及謀面。曾與有一段墨緣。試往問之。)
申緯	警修堂全藁 北禪院續藁(四) 「經山閣學, 今夏爲館伴,翁鶴田(樹棠), 文士也,相識於館中,鶴田言覃溪之孫, 亦天	燕行에서 돌아온 鄭元容이 翁樹棠이라는 사람에게 翁方綱의 후손이 모두 일찍 죽었다는 말을 듣고, 이를 안타까워하여 시를 짓다.	其一 : 報施善人天欲問。同情四海寶覃人。若敖之鬼能無餒。優鉢曇花暫現身。雅集靑棠懷舊館。相思紅豆悵前因。儷笙彌月詩酬韻。猶記馳書乙亥春。(覃溪門人曺儷笙中堂。有引達彌月賀詩。覃溪和韻。

	而不壽, 故宅文藻, 遂無人可傳云云, 經山誦其言如此, 愴念疇昔之好, 歷日爲之短氣, 嗟乎, 覃溪一生, 五福脩身, 身後兒孫脩短, 亦何預人事, 況文字延壽, 可敵天壤, 從古文章鉅公如覃溪者, 未必皆以子孫傳耳, 又何憾也, 因用星原舊韻, 爲二詩云」		幷入書遞。故余亦依韻賀之。此事在乙亥春。) 其二： 嘔心文字亦傳血。差慰蓮洋有替人。(覃溪詩弟子之列。吳蘭雪尙無恙。) 佛告八還須認汝。箕陳五福但論身。那知去後薪窮火。只好生前種結因。錯寫弄璋當日慶。室中三世一團春。
申緯	上同	翁方綱의 門人인 曹儷笙이 翁方綱의 손자인 翁引達의 彌月을 축하하며 지은 시가 있고, 申緯도 여기 차운하여 축하한 시를 지었음을 말하다.	其一： 報施善人天欲問。同情四海寶覃人。若敖之鬼能無餒。優鉢曇花暫現身。雅集靑棠懷舊館。相思紅豆悵前因。儷笙彌月詩酬韻。猶記馳書乙亥春。("覃溪門人曹儷笙中堂。有引達彌月賀詩。覃溪和韻。幷入書遞。故余亦依韻賀之。此事在乙亥春。")
申緯	上同	翁方綱의 제자 중에 吳嵩梁이 살아 있음을 말하다.	其二： 嘔心文字亦傳血。差慰蓮洋有替人。(覃溪詩弟子之列。吳蘭雪尙無恙。) 佛告八還須認汝。箕陳五福但論身。那知去後薪窮火。只好生前種結因。錯寫弄璋當日慶。室中三世一團春。
申緯	警修堂全藁 北禪院續藁(四) 「題復初齋集選本二首」	翁方綱의 『復初齋詩集』에서 시를 뽑아 選集을 만들다.	其一： 十三絃隔響泉塵。詩夢依然叩筏津。執一不堪門戶立。虛衷要見性情眞。雖聞蘇杜精微義。甘作漁洋著錄人。流露諸經金石學。前無古昔後無鄰。

			其二: 詩有別才是何說。罔聞實事詎眞傳。孤高必自鉤深始。神韻徐迴蓄力全。學杜幾人由宋入。寶蘇如此例唐賢。豈曾拖帶誠齋味。再合商量蒲褐禪。(王述菴蒲褐山房詩話謂覃溪出誠齋派。)
申緯	警修堂全藁 北禪院續藁(四) 「題復初齋集選本二首」	翁方綱과 王士禛에 대해서 언급하다.	其一: 十三絃隔響泉塵。詩夢依然叩筏津。執一不堪門戶立。虛衷要見性情眞。雖聞蘇杜精微義。甘作漁洋著錄人。流露諸經金石學。前無古昔後無鄰。
申緯	警修堂全藁 北禪院續藁(四) 「題復初齋集選本二首」	王昶의 『蒲褐山房詩話』에서 翁方綱이 楊萬里의 유파라고 주장한 것을 비판하다.	其二: 詩有別才是何說。罔聞實事詎眞傳。孤高必自鉤深始。神韻徐迴蓄力全。學杜幾人由宋入。寶蘇如此例唐賢。豈曾拖帶誠齋味。再合商量蒲褐禪。(王述菴蒲褐山房詩話謂覃溪出誠齋派。)
申緯	警修堂全藁 養硯山房藁(四) 「送徐卯翁尙書奉使入燕二首」	燕行하는 徐耕輔를 전송하며 翁方綱, 丹巴多爾濟, 錢林, 吳嵩梁을 추억하고, 자신이 써 준 蔣詩 시집의 서문이 잘 도착했는지 葉志詵에게 확인해 달라고 부탁하다.	其一: 樞咽專對進階新。令望蘇家是潁濱。去日唐花燕市雪。來時烟柳薊門春。題襟共訝三生石。惜別爭禁四角輪。縞紵投心詩滿篋。歸舟泊汋首迴頻。(此首用問菴韻) 其二: 金鰲玉蝀切雲霄。二十年前絳節朝。得髓蓮洋詩夢渺。(蘇齋。以下雜記苔岑舊契。) 論心花海酒痕銷。(丹貝勒海淀別業。有鏡天花海。) 三淸鶴去丹砂頂。(錢金粟壯年鍊丹。已歸道山。) 萬里鱗沉白馬潮。(吳蘭雪時在黔南任所) 近有浙西消息否。憑君傳語厗坊橋。(前余所撰蔣秋吟詩集序。因案葉東卿津

			致者。果有淅摺妄便否。東卿寓在 冊坊橋云。)
申緯	警修堂全藁 養硯山房藁(四) 「題藕船黃葉懷人圖」	李尙迪의 「黃葉懷人圖」 에 자신과 중국 名士들인 翁方綱, 戈寶樹, 葉志詵, 汪汝瀚, 丹巴多爾濟, 松 筠, 金光悌, 金宗邵, 金震, 朱鶴年, 法式善, 劉元吉, 和寧(和瑛), 李克勤, 榮自 馨, 吳嵩梁, 蔣詩, 錢林, 丁 泰, 鄧守之, 熊昂碧, 劉枚, 周達, 張深과의 교유를 추 억하는 시를 쓰다.	藕船手持黃葉圖。問我亦有懷人 無。我亦懷人懷更苦。廿載黃葉秋 糢糊。風雅及見隆嘉際。時則皇都 盛文儒。蘇齋蘇室叩詩髓。蘇集蘇 帖參寶蘇。書家秘鑰啓用筆。內蜜 外縱傳楷模。紅豆歌筑日狂飲。戈 生(寶樹)葉生(東卿)汪君(載靑)俱。 汪君馳譽傳神筆。乘輿肯畫山澤 癯。篆香特爲斯人補。周邠長官有 此乎。(語在覃溪題余小照詩中)蘭 兄蕙嫂具鷄黍。拭桌未暇丫鬟呼。 (以上記蘇齋雅集也。) 賢王折節敬 愛客。鏡天花海紅毹。那知墨緣證 屛障。隅然落筆田盤衢。中年哀樂 感絲竹。況是開筵唱驪駒。(余於盤 山酒樓。有書贈主人者。丹貝勒朝 陵歸路見之。豪奪而來。已入屛 幛。是日海甸相邀。亦以此墨緣。) 一代偉人松湘浦。東關西苑奉歡 娛。且置藥物念行李。虎字相贈入 山符。(湘浦手書草虎字。字過方 丈。贈余曰。此足以除不祥。)蘭畦 尙書(金光悌)何好我。班行遙見愛 眉鬚。自慚我豈眞名士。折簡招邀 誠不虞。中書(蘭畦哲嗣載園。)內齋 留談藝。木瓜佛手香盤盂。孝子(箎 伯)刲股中書病。尙書忠孝詒厥謨。 野雲三朱之一也。(法梧門。有三朱 山人詩。謂素人‧津里及野雲也。) 畫名任俠傾燕都。訪我何晚玉河 館。相逢是別立斯須。夕陽黃昏西

			崑句。字字淚落談草濡。海上歸老劉芝圃(元吉)。英雄種菜娛桑楡。班荊贈我恩遇記。戰伐勳名三楚區。瀋陽將軍(和太菴寧)亦愛士。衙齋雅集圍茶罏。請我題句西藏賦。佛國仙都載馳驅。鄂君船送回泊�氷。遼東二生提玉壺。(李克勤·榮自馨。)邊塞得有此佳士。莫是當年幼安徒。自哭蘇齋名父子。誰爲惺迷誰砭愚。蘇齋替人有蘭雪。金粟秋吟並操觚。詩品謬以蘇黃詡。墨竹兼之愛屋烏。名山付託恐相負。金粟自破金丹殂。秋吟最與論詩契。弇卷屬之東海隅。蘭雪一麾隔萬里。蕚綠梅慰琴音摸。(蘭雪黔南行時。寄余其哲配綠梅圖) 丁中翰(卯橋)屢求詩稿。鄧孝廉(守之)曾乞畫厨。熊(雲客)劉(眉士)周(菊人)張(茶農)尙無恙。星散天涯斷雁奴。舊雨零落一彈指。獨立蒼茫餘老夫。可懷何止於黃葉。感在鄰笛河山壚。縱有雲伯寄詩至。渺渺澹粧西子湖。聞我苦懷滿船泣。■人多淚少歡歔。黃葉可聽不可數。一牛響交蘆舫蘆。
申緯	警修堂全藁 椒軒集(二) 「蘭雪集中, 有詩酬海月菴之句, 若與余相酬和於此地者, 卽用原韻, 識詩夢而慰寶蘇也二首」	吳嵩梁의 시집에 실린 시에 次韻하고, 翁方綱을 추억하다.	其一: 不有江潭跡。誰知海月菴。各天禪夢喚。佳句妙香參。鱗翼沈書信。苔岑補筆談。鯨濤三萬里。何處是黔南。 其二: 揩靑此蹭蹬。持節尙遷延。香瓣心同苦。蓮洋髓獨傳。斯文將有感。憂道耿無眠。縱也參商隔。蘭盟付硯田。

申緯	警修堂全藁 栁軒集(三) 「記昔蘇齋老人題余小照, 有袖裏靑蒼雲海氣之句, 豈余雲海之緣, 先有詩家之讖歟, 續題詩後二首」	翁方綱이 申緯의 초상화에 써 준 題詩가 詩讖이 되었다고 말하고, 다시 題詩 2수를 짓다.	其一: 人事豈無前定在。此行兆見廿年曾。傳神汪子蛟綃剪。稽首蘇齋燕几憑。雲海瀾飜千佛偈。冷廳夢破一虯燈。蕭琛少壯空三好。惆悵平生酒不能。(南史。蕭琛常言少壯三好。音律・書・酒。汪蛟門有少壯三好圖小照。余於此三者。所不能者酒耳。此圖繪手。又出汪載靑。故戲云。) 其二: 偶識江珍豈在多。墨緣今古一東坡。亢金是亦蓬萊閣。紋石重拈彈子渦。明月身同前後際。響泉箏奈十三何。袖中有海眞吾見。忽憶蘇齋問字過。
申緯	警修堂全藁 北轅集(二) 「翁文達石墨書樓印歌」	石墨書樓印에 대해 시를 지으면서 翁方綱의 石墨書樓의 유래를 설명하다.	昔覃溪老人。有歐陽率更化度寺邕禪師塔銘。卽洛陽范氏書樓中石本。此爲歐書之天下第一烜爀跡也。因以石墨爲書樓之名。而繪范氏書樓圖。圖成又五年。始得保安寺街小樓三楹而居之。又刻一印。此爲右墨書樓印之本末也。 石墨之名因有邕師碑。書樓之圖爲是范家石。圖後五年一樓始卜居。覃溪此樓足以垂名蹟。我昔瓣香覃老登玆樓。是時保安寺街鍾梵夕。四壁隱隱金石琳瑯氣。西山一抹簾額靑嵐滴。歐書化度第一醴泉二。唐臨晉帖秘秘從玆獲。公篋又有石墨書樓印。紅泥瑟瑟鐵筆光相射。贈我醴泉銘帖鈐此印。每一展卷如接樓中席。自公騎箕寂寞書樓掩。一十八年回環心不釋。客有竹垞陪使入燕回。蘇孫證交蘭盟同石癖。

694 | 조선후기 명청문학 관련 자료집 Ⅰ

			(覃溪孫引達。別字蘇孫。) 贈以平生一片心不渝。書樓舊印珍重留先澤。謂我曾是書樓及門生。錦包解向舫齋蘆花白。庚庚翠琬一室放晶光。釘形區式宛對究點畫。一笑心印拈取新偈子。由蘇入杜傳法要詩脉。中有古人言語不傳處。詩書畫髓有形皆糟粕。天其厚我蘇齋翰墨緣。不有存歿印顆如歸璧。吾齋又一石墨書樓也。好事傳語江湖殊不惡。是用作歌願附公不朽。珠光釖氣字字衍波碧。
申緯	警修堂全藁 北轅集(二) 「翁文達石墨書樓印歌」	翁方綱의 손자인 翁引達의 別字가 蘇孫임을 말하다.	客有竹坨陪使入燕回。蘇孫證交蘭盟同石癖。(覃溪孫引達。別字蘇孫。)
申緯	警修堂全藁 北轅集(二) 「因竹坨回, 始知翁蘇孫無恙, 喜而有述」	徐眉淳을 통해 翁引達이 건재함을 확인하고, 지난번 鄭元容이 翁樹棠에게 들었던 소식이 잘못되었음을 알고 이를 기뻐하며 시를 짓다.	翁樹棠言一何妄。寶蘇萬里枉傷神。(經山閣學所聞翁樹棠之言。誤也。) 眞傳石墨書樓印。無恙覃溪主鬯人。木覓山名徵舊聞。寺街門第尙前因。(蘇孫贈竹坨詩自注。紫霞先生宅在木覓山下。蘇孫尙在寺街舊第。卽石墨書樓之所在也。) 儷笙彌月酬詩在。又爲兒生滌筆新。(蘇孫亦已有子云。覃溪蕃衍之慶。又不止蘇孫之無恙耳。)
申緯	警修堂全藁 山房紀恩集(二) 「余有復初集選本之役, 已在十年前, 始則選止於七律, 而近漸並及古今諸體, 檢齋所蓄此集, 只十二冊,	翁方綱의 시선집을 만들기 위해 金正喜에게 『復初齋集』을 빌려달라고 청하다.	覃集從今完入選。憑君珍襲過江船。後乎奉使之三載。前此題名又一編。(此卷始自甲戌。而余奉使在壬申。則屬余篇什。當在此卷之前一編矣。) 藏事溘先紅豆逝。闕文恰待儷笙銓。同拈寶室名蘇義。度繡金針篆裊烟。

	編年止乎己巳, 自後 續刻則無有也, 秋史 隔江, 甁借續刻一冊, 助余選役, 而考其編 年, 乃在甲戌, 則庚午 至癸酉, 又必有前一 卷矣, 題此詩, 要秋史 之並借也」		
申緯	警修堂全藁 山房紀恩集(二) 「竹垞入燕, 雖不及覃 老在世之日, 而猶及保 安街舊宅, 得與蘇孫證 交而歸, 其於緬仰欽想 之頃, 如有乞靈於公 者, 詩筆大進, 近以一 詩贈余, 亦語及於公, 故卽用原韻爲答, 盍勉 其進業」	徐眉淳이 翁方綱은 이미 세상을 떠나 만나보지 못 했지만, 그 손자인 翁引達 과 사귀게 된 것을 축하하 다.	公靈如在借詩髓。添得寶蘇吾道 東。竹垞學人心印處。保安街宅話 茶中。君乎益勉千秋業。我亦無成 一禿翁。世代區分終陋見。唐聲宋 理本同風。
申緯	警修堂全藁 北轅集(二) 「余選復初齋詩之役, 已過十年, 迄未告竣, 竹垞進士謂是集原刊 合續刻重裝本, 而前 闕陸序, 後缺儱笙續 刻甲戌至丁丑之作, 此亦未可謂完本也, 但題余小照之什, 宛 在續刻中, 差幸掛名 其間, 所可恨者, 題拙 畫墨竹詩則竟逸而不	申緯 자신이 중국 역대의 七言律詩를 뽑아 만든 선 집인『七律藪』에 淸代 시 인으로는 錢謙益, 王士禎, 朱彝尊, 翁方綱을 선정할 것이라고 말하다.	其五: 復初一集十年畢。餘十三家 未易完。六代詞宗眉目選。七言律 藪腑心刊。傳燈解脫循環際。摹畫 經營慘憺間。他日詩人奉圭臬。黃 河於水泰於山。(余擬選七律藪。王 右丞‧杜文貞‧白文公‧杜樊川‧ 李義山‧蘇文忠‧黃文節‧陸劍南 ‧元遺山‧虞文靖‧錢牧齋‧王文 簡‧朱竹垞‧翁文達。)

	見耳, 書此以示竹垞 五首」		
申緯	警修堂全藁 覆瓿集(四) 「送李明五學士(繪九) 赴燕二絶句」	燕行을 떠나는 李繪九를 전송하는 시에서 자신과 교유를 맺은 翁方綱, 翁樹 崑, 丹親王, 金光悌, 金宗 邵, 吳嵩梁, 蔣詩, 錢林 등 이 모두 세상을 떠났음을 애통해하다.	其一: 行人來去好珍重。雨雪霏霏 楊柳黃。料得停車憑吊古。金臺蕭 瑟玉田荒。 其二: 我昔充行謬承乏。君今鷹命 抄掄才。傷心莫問題襟盛。三十年 間賦八哀。(翁文達公父子·丹親 王·金蘭畦尙書父子·吳蘭雪·蔣 秋吟·錢金粟。皆已次第遊岱。)
申緯	警修堂全藁 覆瓿集(十一) 「燕行別詩(五首)」	燕行을 떠나는 尹積을 송 별하는 시에서 翁方綱과 의 옛 추억을 회상하다.	奏請書狀官尹學士(積): 奉請三行 人。因今感昔頻。(余亦以壬申 奉請書狀官入燕。)偶然入蘇室。(覃 溪尙書齋名蘇室。)偏與證蘭因。 淡對琉璃境。略知禪悟津。逢君誰 結契。魂夢逐車塵。
申緯	警修堂全藁 覆瓿集(十一) 「石墨書樓扁, 應命寫 進, 臣所有覃溪石墨 書樓印, 不敢私用, 並 卽獻上」	憲宗의 명으로 石墨書樓 라는 편액을 써서 올리고, 아울러 翁方綱의 石墨書 樓印을 바치다.	命書石墨書樓字。偶與臣家印篆 同。不敢樓名私自有。並將印石獻 宮中。
申緯	警修堂全藁 覆瓿集(十一) 「覃溪臨東坡天際烏 雲帖, 奉聖旨, 恭跋有 詩」	憲宗의 명으로 翁方綱이 臨摹한 「天際烏雲帖」에 跋을 짓고 시를 쓰다.	偶然天際烏雲句。得遇坡翁品賞 饒。竟是初從何處見。守居閣子定 香橋。
沈象奎	斗室存稿 卷1 「和韻申紫霞自題小 照, 書星原帖」	申緯의 自題小照 시에 차 운하여 翁樹崑의 서첩에 쓰다.	喜夢如聞呼起起。覺來覬面是何 人。籠燈影下惟雙頰。笠屐圖中又 一身。天際烏雲(覃溪有東坡親蹟天 際烏雲帖)凝不散。海南紅荳(星原

			扁紅荳室)種生因。我今幸亦同君遇。恭壽蘇齋八百春。
柳得恭	灤陽錄「吳白菴」	吳照는 江西 南城人으로 시에 능하여 이름을 날렸는데, 王鳴盛과 袁枚에게 인정을 받았고, 翁方綱이 그를 발탁하였다.	吳白菴。名照。字照南。江西南城人。以能詩知名。爲嘉定王西莊・錢塘袁簡齋所許。學士翁覃谿方綱奬拔之。海內稱爲得士云。
柳得恭	灤陽錄「吳白菴」	吳照는 羅聘 부자에게 부탁하여 「石湖漁隱圖」를 그리게 하고 朴齊家에게 제목을 써달라고 부탁했는데, 翁方綱이 성인의 치세에 은거하는 이가 없음을 이유로 그 제목을 책망하자, 「石湖課耕圖」라고 고쳤으니, 중국의 사대부들이 문자를 기휘함이 이와 같다.	照南。托兩峰父子。爲「石湖漁隱圖」。請次修攀窠題軸。翁覃谿見而大驚。即抵書曰。儒生不識事體。聖世安得有隱。照南惶忙。改裝題云石湖課耕圖。中州士大夫之忌諱文字。類如此。
柳得恭	灤陽錄「羅兩峰」	羅聘의 「鬼趣圖」는 매우 珍奇하고 怪異하여, 袁枚, 蔣士銓, 程晉芳, 紀昀, 翁方綱, 錢大昕 등이 모두 題詩를 썼다.	兩峰爲鬼趣圖。窮極譎怪。海內名士。如袁子才・蔣心餘・程魚門・紀曉嵐・翁覃溪・錢辛楣諸人。莫不題詩。
柳得恭	燕臺再遊錄	紀昀에게 翁方綱의 근황을 묻자, 鴻臚로서 東陵에 奉祠하고 있다고 알려주다.	問翁覃溪在京師。答翁公已以鴻臚。奉祠東陵。
柳得恭	燕臺再遊錄	李鼎元에게 "登岱"・"過海" 두 그림이 있는데, 袁枚, 紀昀, 翁方綱, 錢大昕	墨莊有登岱, 過海二圖。袁子才・紀曉嵐・翁覃溪・錢辛楣諸名士。莫不題詩。亦請余詩。

		등 여러 명사가 모두 題詩를 썼으며, 유득공에게도 시를 청하였다	
柳得恭	燕臺再遊錄	劉大觀을 방문하니, 翁方綱이 서문을 지은 黃景仁의 『悔存齋詩抄』 2권을 보여 주었다	還到寧遠城外。松嵐來訪寓所。一見如舊。甚歡也。… 松嵐以其所作朱素人畫百合花二絶書贈。筆意古雅。又以悔存齋詩抄二卷示之。武進黃景仁所著。翁覃溪方綱作序。景仁爲文節裔孫。而洪編修亮吉密友云。
柳得恭	泠齋集권6,「叔父幾何先生墓誌銘」	李德懋와 그 동지들은 柳璉을 이어 燕京에 들어가 李調元의 아우인 中書舍人 李鼎元을 통하여 紀昀, 祝德麟, 翁方綱, 潘庭筠, 鐵保 등과 교유하였다.	… 公游燕中。與綿州李調元深相交而歸。遇其生朝。掛其像而酹之酒。聞之者或笑之。調元乾隆進士。翰林轉吏部員外郎。以文章鳴世。尋棄官歸成都。聲伎自娛。天下高之。友人李德懋及同志數輩踵入燕。因吏部之弟中書舍人鼎元。以游乎吏部之友。當世鴻儒紀昀, 祝德麟, 翁方綱, 潘庭筠, 鐵保諸人之間。…
李建昌	明美堂集卷12「紫霞詩鈔跋」	申緯가 翁方綱을 섬기고 나서 '由蘇入杜'를 學詩의 모범으로 삼았다고 평하다.	… 紫霞之詩。其始盖出於吾家參奉君。其後入中國。服事翁覃溪。始自命由蘇入杜。然去杜益遠矣。善乎。西林李處士之祭參奉君文曰。不屑爲鉅。斷以爲好。此語於古詩人中。惟五柳先生。足以當之。雖子美。未必能然。而以之施參奉君。則不見其有慙色。是則以人言耳。非但以詩也。余於紫霞。特以詩論。盖亦未離乎爲好。而優乎爲鉅者也。書余所見。將以示于霖。質其何如云。

李尙迪	恩誦堂集 卷2 「雪後懷吳蘭雪刺史, 賦長句寄呈斗室相國」	吳嵩梁과 관련하여 翁方綱, 姚衡, 丁泰 등을 아울러 언급하다.	東風十日春沮洳。輕陰上柳禽鳥語。霏霏暮雪驟生寒。匝地漫空紛鹽絮。燕山忽憶去年游。大雪如席愁徒御。此時言尋雪翁家。雪翁臥雪掇瑤華。生平愛梅爲下拜。(蘭雪有拜梅圖) 雪天消受香世界。解榻慇懃梅下移。沽酒爲我換金龜。聽詩三歎書卷氣。魯無君子焉取斯。斗室先生無恙否。覃谿學士推名久。風流直逼蘇長公。苦吟欲過何水部。愛而不見三十年。翰墨神交同皓首。擘窠舊索茾頭字。綺語聊憑扇面寄。(蘭雪贈詩扇。有若見沈公憑寄語。苦吟吾亦愛揚州之句。自注斗翁嘗屬余書何苦心菴額。蓋取杜詩頗學陰何苦用心之意。知其瓣香當在水部云。) 滄海遺珠象罔求。采風珍重蓄巾笥。隻手大雅看扶輪。一麾窮途行結駟。蘆溝春水遠將君。靑眼何日重論文。姚(雪逸)丁(卯橋)久要程門雪。瓣香詞林許共蒸。嗟余才力薄且疎。天涯媿殺黔州驢。陳迹蒼茫留鴻爪。臨風延佇空中書。一世知己多歧路。安得爲龍爲雲朝暮遇。
李尙迪	恩誦堂集 卷3 「題申紫霞侍郎戴笠小照, 圖爲汪載靑作, 有翁覃溪題句」	申緯의 「戴笠小照」에 題詩를 지으면서 그림은 汪載靑이 그린 것이고, 翁方綱의 題句가 붙어있다는 사실을 언급하다.	笠屐圖中見替人。蘇齋題句補前因。文章一代開生面。邱壑千秋借置身。詩佛曾參聞綺語。畵師更妙得天眞。及門亦有苦岺卷。肯許風流與結鄰。

李尙迪	恩誦堂集續集文 卷2 「題蘇文忠公笠屐圖」	程序伯이 보내준「蘇文忠公笠屐圖」의 작자를 고증하면서 法式善과 翁方綱 등을 거론하다.	咸豐壬子冬。程君序伯自嘉定手橅坡公象見寄。且識其尾云蘇文忠公象。藏於內府南薰殿者。自元遞傳至今。最爲逼肖。嘉慶壬戌。法梧門祭酒始摹得之。轉貽翁覃溪學士。此海內眞象也。余所見仁和王見大蘇集前所橅及畾江李榕園齋中祝坡公生日。出示李伯時眞蹟。皆戌削不多鬚。絶不類世所傳寫。其豐碩而多鬚者。松雪本如是。今夫序伯之筆。亦倣伯時本。而余嘗見覃溪舊藏王春波摹笠屐圖。乃豐碩而多鬚。則其倣松雪本無疑。所謂梧門之貽覃溪者。卽安知非出於松雪本。而春波又從而橅之也歟。序伯似未審內府本之爲誰作。而泛稱自元遞傳者耳。爰屬劉惠山橅春波本與序伯所贈本幷藏之。大抵各家傳寫。如廬山峯嶺。雖有不同。而百東坡之眞面自在矣。覽者亦當作如是觀。
李尙迪	恩誦堂集續集詩 卷3 「奉輓秋史金侍郞」	金正喜가 翁方綱, 阮元과 교유가 깊었음을 말하다.	海國通儒舊見推。北翁(覃溪)南阮(雲臺)幸同時。仲翔豈但專治易。匡鼎原來善說詩。袖裏星經兼地志。案頭姬碣與秦碑。千秋江漢英靈在。墜緒茫茫繼者誰。
李尙迪	恩誦堂集續集詩 卷7 「題朴淸珊韓齋贈別詩冊」	朴善性이 1813년 사행에서 翁方綱, 劉嗣綰, 宋湘 등과 교유한 사실을 언급하다.	其一： 去年今日日遲遲。苦憶春明話雨時。久要幾人勞遠訊。繡山書與魯川詩。 其二： 海上孤吟老矣吾。琴尊難補第三圖。何郞舊句增惆悵。酒醒空亭月一觚。(何子貞太史曾題海客琴尊第二圖。結句云無端離合傷懷

			抱。酒醒空亭月一舷。頃晤淸珊。詢余近狀甚悉。) 其三: 多慚呼我謫仙人。賀監風流出世塵。何日金龜同換酒。長安市上話前因。(馮展雲學士譽驥廣東人。贈淸珊詩。有近者謫仙人。錦袍映華髮之句。自注云羲爲張仲遠題海客琴尊圖。見李藕船樞府小像。近又從繡山借讀恩誦堂集。益深傾慕。) 其四: 吟鞭剛趁歲除還。風雪關河鬢未斑。玉敦珠盤聯唱日。才華誰識繼茮山。(淸珊族兄茮山先生。於嘉慶癸酉入燕。與翁覃溪·劉芙初,宋芷灣諸名輩交游。)
李裕元	嘉梧藁略 冊14 「玉磬觚賸記」	고인이 金石文字를 일러 '吉金貞石'이라고 하였으니, '貞珉'이란 글자가 翁方綱의 문집 중에 보인다.	古人謂金石文字曰吉金貞石。貞珉字見翁覃溪集中。湘山野錄。江南徐騎省善小篆。映日視之。畫之中心有一縷。葉志詵見余隷曰。一筆揮洒。無半點塗鴉者。此固勝人處。
李定稷	燕石山房詩藁 卷5 「題書訣詳論五古八首」	劉墉과 翁方剛은 각각 일가를 이루었지만 用墨이 조금 풍부할 뿐이다.	翁劉出近代。名聲四海空。今肥非古瘦。用墨竟誰宗。矻矻成親王。淸勁師前賢。時人疑未化。吾愛有眞源。(石庵·覃溪。各成一家。而用墨稍豊。成親王則未脫古人陳迹。然淸勁謹嚴。却有不可磨滅者。)
李祖黙	六橋稿略 卷2 「澹道館詩略序」	翁方綱이 李祖黙의 詩文을 보고 칭탄한 말을 인용하다.	… 翁覃谿先生見余詩文曰。初學有緒。故立脚雅潔。微斯人幾爲塵俗汚矣。宋潛溪云。習之者多如牛毛。而專之者少如麟角。先生旣悟

			三昧。皷自銀潢。不剪淞江片水。將爲牛毛耶。將爲麟角耶。
李祖黙	六橋稿略 卷2 「澹道館詩略序」	宋濂의 말을 引用하여 翁方綱을 高評하다.	上同
李祖黙	六橋稿略 卷2 「羅麗琳瑯攷」	李祖黙이 翁方綱에게 金石學을 전수받았음을 말하다.	… 余同缺口鑷子。惟好學書。禿盡千管。專精金石。性命是依。其後執贄於翁覃溪先生。猥荷傳燈。益受妙義。天下之至樂。豈有過於此學哉。…
李祖黙	六橋稿略 卷2 「生墓表」	李祖黙이 金石考證을 매우 좋아하여 翁方綱으로부터 衣鉢을 전수받았음을 翁方綱의 편지를 引用하여 말하다.	酷好金石考證。執贄于翁覃谿先生。覃翁書曰。足下有此三絶。他日蘇齋傳燈衣鉢。實在於六橋一人而已。
李學逵	洛下生集 冊18 洛下生藁(上) 舥不舥詩集 「感事三十四章」	翁方綱은 嘉慶연간에 詩와 書畵에 能한 문인이다.	書畵覃谿在。(翁方綱號覃谿。嘉慶歲人。能詩善書畵。近時主持文雅者。學翁然宗師之。) 于時趨向齊。…
丁若鏞	與猶堂全書 詩文集 卷7 「菜花亭新成, 權左衡適至，次韻東坡聊試老筆(四疊)」	金石文은 모두 翁方綱을 일컫는다고 언급하다.	昔延州來觀國風。吾子游燕事相同。榕村漁洋頗煜霅。非關額上貂鑲紅。秩宗翰墨先數紀。寶蘇金石皆稱翁。筆洞經說誰傳習。格致都在首章中。我生茫茫九州外。鱐魚水豹辰弁海。聞四庫名望洋若。駕二酉者纔淵佩。苞銀走鋪尙可憐。況我賣書當酒錢。莫辭沽酒遲今日。西風打頭船不發。

丁若鏞	與猶堂全書 詩文集 卷21 「示二兒」	翁方綱의 經說 한 두 가지를 보았는데 꽤 疏闊한 듯하다고 평하다.	… 翁覃溪經說。略見一二。頗似疏闊。
丁若鏞	與猶堂全書 詩文集 卷21 「示二兒」	翁方綱의 제자 葉志詵도 고증학을 주장하였는데 毛奇齡보다 정밀하게 연구하였다고 평하다.	… 翁覃溪經說。略見一二。頗似疏闊。其徒葉東卿。爲學亦主考據。如太極圖·易九圖·皇極經世書·五行說。皆剖析明白。蓋其淹博不在毛西河之下。而精硏則過之矣。
洪吉周	縹礱乙懺 卷7 「吳架閣贊」	翁方綱이 吳嵩梁의 15대 조인 吳名揚의 『表忠錄』에 대해 찬하는 글을 썼다.	番番覃老。墨汛絪繭。信公有靈。肹蠁蜜蟺。
洪奭周	鶴岡散筆 卷1	翁方綱의 시집은 金石書畫에 관한 것이 대부분을 차지한다.	曾見翁覃溪方綱詩集。一袠之中。率皆爲金石書畫作。求其抒寫性情可以興觀群怨者。不可得一二焉。其弊之滋蔓蓋如此。
洪翰周	智水拈筆 卷3	근세 청나라 사람의 문집은 그 본디 호를 버리고 따로 문집의 호를 쓴 경우가 있는데, 翁方綱의 『復初齋集』이 그러하다. * 施閏章의 시집으로 거론한 『安雅堂集』은 시를 잘 지어 施閏章과 함께 "南施北宋"으로 일컬어지던 宋琬의 시문집이다. 施閏章의 문집은 『學餘堂文集』이다.	近世淸人文集。或有捨其本號。別有文集之號。王漁洋之帶經堂集·施愚山之安雅堂集·徐健菴之儋園集·汪鈍翁之堯峯集·翁覃溪之復初齋集·我朝金乖厓之拭疣集·近日淵泉公之學海內外編·載載錄之類。是也。
洪翰周	智水拈筆 卷8	沈象奎의 嘉聲閣 편액은 翁方綱이 써 준 것이다.	斗室沈文肅公。置第京城松巷之北。自外舍曲折迤爲斗室。過此則

			欄楯繚繞。爲正堂。扁之曰嘉聲閣。翁覃溪方綱八十書也。
洪翰周	智水拈筆 卷8	金正喜는 젊었을 때 翁方綱과 교유하여 중국에서도 유명해졌다.	[金正喜]又於年少布衣時。隨其大人入燕。與交翁覃溪方綱。翁愛其才甚許之。亦多與燕士往復談討。由是秋史之名。殆遍於西蜀江南。
洪翰周	智水拈筆 卷8	金正喜의 글씨는 翁方綱을 배운 점이 많다.	盖秋史之書。軌則於覃溪者。多矣。

翁樹崐 (1786-1815)

인물 해설	字는 星原·學承, 號가 紅豆山人이며, 翁方綱의 아들이다. 金石學의 대가인 부친의 영향으로 어려서부터 자연스럽게 金石文에 관심을 가졌으며, 嘉慶 15년(1810) 秋史 김정희와의 만남을 계기로 조선의 金石文을 수집하기 시작했다. 추사와는 서찰과 탁본을 주고받으며 깊은 우정을 나누었으며, 沈象奎·洪顯周 등 조선 학자들과 교유하며 조선 금석문에 대한 지식을 쌓았는데, 그 수집 과정과 내용 등을 정리하여 『海東文獻』을 펴냈다.
인물 자료	
저술 소개	＊『海東文獻』 　(淸)稿本 不分卷 ＊『東庵筆記』 　(淸)稿本 ＊『朝鮮史略』 　(淸)嘉道年間 抄本 6卷 ＊『東國史略』 　(淸)抄本 6卷 (淸)翁樹崐校 羅振玉跋

비 평 자 료

| 金正喜 | 阮堂全集
卷9
「題翁星原小影」 | 翁方綱의 아들인 翁樹崐의 초상화를 보고 시를 읊다. | 端莊雜流麗。剛健含阿娜。坡公論書句。以之評君可。此圖十之七。莊健則未果。弗妨百千光。都攝牟珠顆。惟是致君來。共我一堂中。烏雲萬里夢。海濤廻天風。覃室儼侍歡。蘇筵執役同。文字聚精靈。神理合圓通。愧我慚雌甲。生辰又 |

			特別。以君家墨緣。宜君生臘雪。如何我生日。而復在六月。依然蘇與黃。君我各分一。颺輪轉大世。前夢吾夙因。笠屐存息壤。石帆叩梁津。秋虹結丹篆。吐氣蟠嶙峋。回首石幢影。(與君相別於法源寺舍利石幢之下) 息息與塵塵。舉似匡廬偈。坡像涪翁拜。金石申舊約。鈇縷窮海外。石銚鳴松風。琅琴答天籟。一念逾新羅。竟有何人解.
金正喜	阮堂全集 卷9 「歸畫於紫霞, 仍題」	翁樹崑이 요절한 것을 슬퍼하다.	星原筆鎔鐵。似若壽無量。如何須臾間。曇花儵現亡。萬里遂千古。撫畫涕忽泫。匪傷星原死。吾輩墨緣淺。
徐淇修	篠齋集 卷1 「次申漢叟寄示東坡生朝韻」	申緯가 入燕했을 적에 翁方綱의 아들 翁樹崑에게 「東坡笠屐圖」를 받은 사실에 대해 말하다.	… 不愛家雞愛鶩無。星原才子繼翁蘇。儵然笠屐田園興。對此秋山著色圖。漢叟赴燕時。星原翁樹崑贈東坡笠屐圖。…
申緯	警修堂全藁 奏請行卷 「翁星原(樹崑)·葉東卿(志詵)·汪載靑(汝瀚)招集石墨書樓, 星原賞余所携楓公詩扇, 仍用原韻, 卽席共賦」	翁樹崑, 葉志詵, 汪汝瀚과 함께 金祖淳의 시에 차운하다.	逢迎秋士望鄕臺。鴻鴈南來我北來。萬里各天冥契合。九門如海劇談回。汶篁未必非燕植。楚橘仍須化晉材。莫漫樓頭憑眺久。黃金落照氣悲哉。
申緯	警修堂全藁 奏請行卷 「次韻星原題贈畫蘭二絶句」	翁樹崑이 墨蘭에 써 준 절구에 차운하다.	其一: 同心欲寫寫幽蘭。捉筆臨時點筆難。要識天涯相見憶。他年沾臆篋中看。 其二: 蘭秋色被秋蘭。秋日悲秋客路難。秋士相逢贈秋佩。不堪秋意對秋看。

申緯	警修堂全藁 奏請行卷 「回到通州, 寄星原」	通州에서 翁樹崑에게 시를 지어 부치다.	正陽門外錐沙語。千步廊前忍涙 迴。此日河梁無限恨。市人驚怪僕 夫猜。
申緯	警修堂全藁 奏請行卷 「星原舊有古井, 淘得宋 窯酒杯, 貞碧(柳生最寬) 得於星原, 余又得於貞 碧, 愛之, 時刻不離手, 携至瀋陽, 失手見破, 以 詩紀之二首」	翁樹崑이 발견한 宋窯 酒杯가 申緯에게 입수 되어 애호되다가 깨 져 버린 일을 시를 지 어 기록하다.	其一: 何年出井玉無瑕。翠滴猶疑 濕井花。休向君平問機石。宋窯珍 重壓仙楂。 其二: 蛾眉宛轉一聲嗟。千古凄凉 是馬坡。竹葉於吾眞不分。救君不 得奈君何。
申緯	警修堂全藁 奏請行卷 「龍灣舘, 戲題「謝芳姿 紈扇秋風圖」, 寄星原四 兄要和四首」	「謝芳姿紈扇秋風圖」 에 題詩를 지어 翁樹 崑에게 부쳐 화답하 기를 요구하다.	「代謝女怨紅豆」(星原自號紅豆主 人。): 喚下眞眞繡榻邊。彈琴髣影 奉周旋。西風一夜恩情薄。紈扇隨 身過別船。 「代紅豆答謝女」: 不似春隨樊素去。 能敎處仲放來豪。蠅頭細字題名 紙。猶是殷勤代促刀。(此圖來時。 星原擬作謝女名紙。云。請紫霞先 生吟安。) 「紫霞贈謝女」: 桃花流水本無塵。 在地縱橫自勝因。善女未宜分別 性。紫霞紅豆一身人。 「代謝女答紫霞」: 相思紅豆合歡囊。 不斷纏綿萬壽香。及我嬋姸和涙 面。星原所事事霞郎。(紅豆合歡 囊‧萬壽宮香。皆星原所贈。)
申緯	警修堂全藁 淸水芙蓉閣集 「題翁星原小照」	翁樹崑의 小照에 題詩 를 쓰면서 翁樹崑 및 翁方綱과 얽힌 여러 일화를 이야기하다.	其一: 坡翁轉世得覃老。(海內稱覃 溪爲東坡後身。) 後五百年無此人。 絶學承家眞見汝。揮金結客不謀 身。山河限地長相憶。縞紵酬心夙 有因。萬里傳神如面晤。江東渭北 暮雲春。

			其二：半生多病緣癡絶。（星原有半生癡處是多情小印。）早識星原是恨人。（星原寄余書有僕本恨人之語。）四海詩名馳左海。一身絹面現多身。烏雲篋裏心傳法。（覃溪嘗得天際烏雲帖眞迹。顔其室曰蘇齋。又有蘇齋墨緣印。）紅豆窓前種結因。（星原自號紅豆主人。前贈余紅豆一粒。）氣味秋冬之際勝。芳草不信在靑春。 其三： 名家屈指江南北。肯作人間第二人。宗事每能求宗是。憐才也復可憐身。佛仙儒老何常道。霞碧星秋捴勝因。（星原自榜其居曰星秋霞碧之齋。行住坐卧。用表不忘。欲兼三友之益於一身。又刻印章。）記得城南談讌日。高樓酒重煖如春。（星原家住前門外保安寺街。有石墨書樓。）
申緯	警修堂全藁 淸水芙蓉閣集 「次韻答星原詠朝霞見憶」	翁樹崑이 자신을 그리워하며 지은 시에 次韻하다	朝霞何似暮霞好。朝暮流輝萬里迴。我本無身安有觸。隨風起滅莫相猜。
申緯	警修堂全藁 淸水芙蓉閣集 「次韻寄答星原感舊之作」	翁樹崑의 시에 次韻하다.	苔岑氣味久忘形。萬里遙通一點靈。來去今生人是佛。幽燕薊路客爲星。憐才此日誰懷白。合傳他年共殺靑。（星原前書有他日吾與兄合傳之語。）不獨蘇齋緣結墨。象山吾亦以名亭。（以星秋霞碧之齋。扁揭于池亭。）
申緯	警修堂全藁 鳴琴采藥之軒存藁 「戲題男彭石畫東坡像」	申緯가 아들인 命準과 함께 翁樹崑이 보내준 雪浪盆銘硏背拓本을 臨摹하다.	其四： 少小前生枉斷魂。明河欲挽洗眸昏。外人那得知工拙。縮本同摹雪浪盆。（余與兒子同臨雪浪盆銘硏背拓本。星原所寄也。）

申緯	警修堂全藁 蘇齋拾草 「追和覃溪題紫霞學士 墨竹」	자신의 墨竹에 쓴 翁方綱의 題詩에 화답하며 翁方綱과 翁樹崑에 대해서 언급하다.	其一: 誰携墨竹過龍灣。忽見題詩到象山。料得星原臨本日。萊衣無恙鯉庭間。(覃溪原詩題在畵幀。星原手臨一本。) 其二: 豈止相思限一灣。黃墟回首歎河山。無緣萬里觀嬴博。雙淚汪汪墮篋間。 其三: 仙遊無處問諸灣。非主蓉城定海山。紅豆平生書畫舫。可堪拈賣落人間。 其四: 黃河天上滾來灣。四海覃公共仰山。千里不能無一曲。星原奈汝當其間。
申緯	警修堂全藁 蘇齋二筆 「題吳蘭雪(嵩梁)姬人岳綠春蕙蘭掛圖, 此圖舊爲翁星原物, 今歸貞碧館綠春, 有二小印, 白文曰岳氏筠姬, 朱文曰蓮花博士」	翁樹崑 舊藏이었던 吳嵩梁의 姬妾인 岳綠春이 그린「蕙蘭掛圖」에 題詩를 쓰다.	紅豆飄零似隔晨。幽吟迸淚篋中珍。苔岑契淺吳蘭雪。翰墨緣深岳綠春。轉蕙風淸紈袂擧。滋蘭露冷玉肌淪。空憑裊裊盈盈筆。想見端端正正人
申緯	警修堂全藁 蘇齋二筆 「雨蕉見和岳綠春蘭蕙題句, 再用原韻奉酬」	岳綠春이 보낸「春蘭蕙題句」에 朴蓍壽가 화답시를 지었는데, 翁樹崑이 요절한 것을 안타까워한 부분이 있었다.	蘭蕙賡酬雨麥晨。(蕉書云。已得驚蟄雨。可期有秋。) 驚看咳唾捻成珍。參差靜女柔荑手。點綴高堂素壁春。楚畹同心含霧露。江皐並蒂映漣淪。隔生哀逝何多感。爲是苔岑臭味人。(蕉詩兼歎紅豆之夭。)
申緯	警修堂全藁 蘇齋續筆 「題葉東卿撫勒熹平石經論語殘字」(次覃溪原韻)	翁樹崑을 애석해하며, 翁方綱과의 墨緣을 추억하다.	其二: 他時合傳悵翁申。(念星原語) 後死滄茫不可論。惟是百年生倂幸。蘇齋翰墨結緣人。

申緯	警修堂全藁 蘇齋續筆 「送韓舅山尙書(致應) 賀至之行」	燕行을 떠나는 韓致應을 전송하는 시에서 金光悌와 翁樹崑을 추억하다.	其三: 消息無心寄日邊。蘭畦紅豆兩茫然。(金尙書光悌·翁四樹崑。均有苔岑之契。近年次第遊岱。) 一彈指頃悲陳跡。況又差池十九年。(今距舅山己未之役。恰爲十九年。)
申緯	警修堂全藁 蘇齋續筆 「送韓舅山尙書(致應) 賀至之行」	燕行을 떠나는 韓致應을 전송하는 시에서 翁方綱을 만나거든 翁樹崑의 벗인 자신의 소식을 전해 달라고 부탁하다.	其六: 傷心大耋哭西河。師弟依憐有葉戈。傳語起居蘇室老。星原舊雨海東霞。(今距舅山己未之役。恰爲十九年。)
申緯	警修堂全藁 蘇齋續筆 「寄呈覃溪老人」	翁樹崑이 海東碑目을 보내 조선의 금석문을 찾아보라 권하여 자신이 「高麗國圓應師碑」 탁본을 뜬 일을 추억하고, 翁方綱의 蘭亭攷에서 崇字의 三點은 「新羅鍪藏寺碑」의 탁본에 의거한 것임을 말하다.	其一: 舊有星原金石諾。車過腹痛口含碑。鍪藏一樣崇三點。送備蘭亭續攷詩。(星原前以海東碑目一卷。屬余訪碑。追憶此事。以高麗國圓應師碑踐言。覃溪所著蘭亭攷崇字三點。引新羅鍪藏寺碑爲證。)
申緯	警修堂全藁 戊寅錄 「覃溪以今年正月廿七 日亡,訃至,以詩悼之」	翁樹崑이 翁方綱보다 먼저 세상을 떠난 일을 말하고, 燕行을 떠난 韓致應을 통하여 翁方綱에게 金泥楹聯을 써 달라고 부탁한 일을 언급하다.	其二: 不以外交修襏邊。北平父子卽犂然。客兒天上先成佛。(星原先公四年逝) 元禮舟中尙有仙。萬里無端傳訃日。千秋在後自今年。淸風五百閟楣字。許否金泥灑碧箋。(去年節行。紹介舅山。乞覃溪金泥楹聯。舅山復路尙遠。成否未可知。)

申緯	警修堂全藁 貊錄(二) 「十一月十五日, 猶子命 浩生男, 卽用寶蘇室老 人十一月十四日樹崐生 男二詩韻志喜」	조카가 아들을 낳자 翁方綱이 翁樹崐이 아 들을 낳았을 때의 기 쁨을 노래한 시의 韻 을 사용하여 시를 짓 다.	其一: 偏深雨露世覃恩。朱紫蟬聯 滿一門。慶祿無量其在汝。宗祧有 托又生孫。滋培詩禮先君子。抱送 猇猻佛世尊。太歲在寅符舊甲。依 然冥隲此中存。(先兄戊寅生) 其二: 敢詡揚名誕報恩。恐敎淸白 墜家門。遠游只悔離親戚。爲吏曾 驚長子孫。(余自丙寅居外九年) 喜 聞得雄新婦健。賀生英物小宗尊。 天心此日陽初復。珍重書香一脉 存。
申緯	警修堂全藁 貊錄(二) 「臘月廿四日, 用天際烏 雲帖韻, 追補坡公生日, 書示命準」	蘇軾의 초상화를 그 려 걸고 翁樹崐이 보 내 준 蜀江子石과 함 께 蘇軾의 생일을 기 념한 일을 추억하다.	其一: 曉鼓鼕鼕又暮鼓。窓光不記 幾昏明。茫然供石薰香日。淸水芙 蓉閣裏情。(甲戌。余在象山。手 臨松雪本坡公像。命準又摹一本。 取紅豆所贈蜀江子石供二像。以爲 公生日。)
申緯	警修堂全藁 碧蘆舫藁(三) 「蘭墅尙書自燕返命有 月, 而初伏日茗隱宅, 始 與相見, 盖余病久不出 也, 輒以詩記之, 兼懷岳 州守」	燕行을 추억하며 翁樹 崐을 애도하다.	藥鑪生活偃林扃。文社追游返使 星。邂逅髩掀新點雪。留連眼對舊 揩靑。十年信息松湘浦。(閣老松筠 外補瀋陽將軍。與蘭墅相見。問壬 申奏請一行安否云。) 三姓歸來鐵 冶亭。(梅菴在吉林三姓時。有臨撫 閣帖上石者。贈蘭墅一本。) 莫向金 臺憑夕照。淚彈紅豆任飄零。(哀星 原也)
申緯	警修堂全藁 碧蘆舫藁(五) 「覃溪書淸風五百間·警 修堂二扁, 雙鉤摹成, 喜 題四首」	翁樹崐이 자신을 위 해 「警修堂記」를 지 어 준 사실을 말하다.	其四: 警修特筆度金針。堂記丁寧 尙鏤心。(堂記星原作) 可是幽明負 知己。敎回鋒鏑視良箴。重摹鐵線 銀鉤得。玆寅朝乾夕惕深。戶響九 霞來霧霏。愧遲椽屋共憑臨。(堂尙 未就也)

申緯	警修堂全藁 碧蘆舫藁(五) 「岧山尙書, 充進香正使 入燕, 賦此爲別」	燕行을 떠나는 韓致應 에게 翁樹崑의 아들인 翁引達의 안부를 물어 달라고 부탁하다.	其二： 朝廷不少賢卿相。君獨胡爲 數數爲。記室每携名士去。車箱兼 有異書隨。(尙書昔年與大淵行。 前年與米山行。今又與大淵之子鎭 圖行。皆一時之佳士也。海東繹 史。聞入行篋中。此乃必傳之書。 深喜其渡鴨也。) 棲遲或偃都休問。 專對其難此一時。戈葉諸生如可 見。爲言紅豆最相思。(星原稚子引 達今又八歲。當入小學也。幸爲之 訪問。)
申緯	警修堂全藁 紅蠶集(一) 「新得顏魯公多寶塔感 應碑全拓本, 從秋吟來 者, 喜述四首」	翁樹崑이 虞世南의 「孔子廟堂碑」 탁본을 보내온 것을 추억하 다.	其二： 過海絶無全拓本。往年驚見 廟堂碑。顏筋出力虞戈外。難道淸 臣讓伯施。(紅豆曾寄余虞永興廟堂 碑全拓本。)
申緯	警修堂全藁 紅蠶集(一) 「新得顏魯公多寶塔感 應碑全拓本, 從秋吟來 者, 喜述四首」	翁樹崑과 蔣詩가 탁본 을 보내 준 일을 이야 기하다.	其四： 二家所詣皆山陰。嚴密恬虛 各造深。石墨先須來歷驗。翁紅豆 又蔣秋吟。
申緯	警修堂全藁 紅蠶集(三) 「南雨村進士, 從溪院 判入燕, 話別之次, 雜題 絶句, 多至十三首, 太半 是懷人感舊之語, 雨村 此次, 與諸名士遊, 到醋 暢, 共出而讀之, 方領我 此時心事」	翁樹崑의 別字가 紅豆 임을 언급하다.	其十一： 右丞詩句腸能斷。紅豆嫣 然南國枝。萬里不知人事變。秋來 此物寂相思。(翁星原。別字紅豆。)

申緯	警修堂全藁 倉鼠存藁(一) 「蘭雪又寄故姬岳綠春 畫蘭有詩，故卽用原韻」	岳綠春의 畫蘭을 翁樹 崐으로부터 얻었는데, 이번에 다시 吳嵩梁 으로부터 또 얻었음 을 말하다.	綠梅花謝影沉沉。潘鬢憑誰話舊 襟。(蘭雪來詩。有綠梅催謝之句。) 月上銷魂餘栗主。匳中霑臆見蘭 心。(厲樊榭故姬月上栗主事。見王 述菴蒲褐山房詩話。)國香澹泊無多 在。禪榻風情一往深。賸墨發函今 視昔。淚彈紅豆更難禁。(岳氏畫 蘭。前從紅豆得一本。今又得此 幅。)
申緯	警修堂全藁 倉鼠存藁(二) 「爲柳肯修侍郎，書翁紅 豆法藏寺題塔詩冊後三 絶句」	翁樹崐이 題跋을 남긴 法藏寺題塔詩冊을 보 고 시를 짓다.	其一： 塔影鍾聲何處寺。星原詩冊 墨糢糊。存亡十五年間事。情到燕 南未忍無。 其二： 再訪幽燕翰墨塲。詩人誰似 學承狂。(肯修前以冬至書狀官。後 以進賀副使入燕。星原一字學承。) 憑君唾玉勤收拾。苔蝕拈花佛舍 傍。(星原詩後自題曰。前韻題壁。 已錄於拈花禪寺。因復書此冊云 云。) 其三： 題塔當時竚來者。無如秋史 紫霞詩。(卷有秋史絶句)帖中喚起 星原夢。文字精靈一聚之。(星原又 題云。他年重登此塔者。惠題於 後。亦藝林佳語也。)
申緯	警修堂全藁 九十九菴吟藁(二) 「哭蔣秋吟御史五首」	자신이 교유한 중국 문사들 가운데 翁方 綱, 翁樹崐, 錢林, 蔣 詩가 차례로 세상을 떠난 것을 탄식하고 오직 吳嵩梁만 남아 있음을 말하다.	其五： 靑棠紅豆久零落。(靑棠。覃 溪書屋名。紅豆。星原別字。)金粟 秋吟又岱遊。(金粟。錢學士林。) 四海頓傷風雅盡。凡今誰見典刑 留。交情每失頻年淚。未死爭禁後 日愁。可是玉人蘭雪在。斷無消息 隔溪舟。(余所與上國名彥結交者。 今凋喪畧盡。唯有吳蘭雪一人在 耳。)

申緯	警修堂全藁 北禪院續藁(四) 「偶檢舊篋, 得星原甲戌八月十一日, 焚香薦茗, 遙祝紫霞生辰, 因題紫霞小照詩立軸, 感次原韻, 題其後」	예전에 翁樹崑이 申緯의 생일날 지은 시에 次韻하다.	悵然省識生綃面。二十年前奉使人。我自爲兄圖是弟。(宋西陵自題小照詩曰:'圖中是弟我爲兄。')原來與蝶夢分身。浮生豈有無量佛。偈子長留未了因。何暇爲君存歿感。衰容非復舊時春。
申緯	警修堂全藁 北禪院續藁(四) 「經山閣學充賀至使入燕,索詩,故賦此爲別」	자신과 교유했던 중국 문사들 중에서 翁方綱, 翁樹崑, 錢林·蔣詩는 모두 세상을 떠났고, 吳嵩梁, 周達은 지금 燕京에 없으나, 陳用光, 曹江은 墨緣을 나눈 바 있으니 鄭元容에게 한번 방문해 보라고 권하다.	其一: 四方宣力詠虺隤。辭令謨猷歷試來。大雪埋輪蹴玉塞。(經山昨臘自北塞還朝。)長河憑軾向金臺。鏗然子有三唐韻。去矣誰當一代才。遊到酣時應自覺。人生海外亦何哉。(借用楓皐公贈余舊句。) 其二: 當時我亦氣如虹。縞紵結交翰墨中。小石帆亭茶淡白。保安寺閣日沉紅。頻年擧目河山感。往事傷心劍筑空。(僕所締交上國名彦。如翁文達橋梓·金蘭畦尙書·錢金粟·蔣秋吟諸公。次第淪謝。吳蘭雪·周菊人皆官遊四方。今略無餘者。)賴有陳琳與曹植。雄詞不替建安風。(藝林名家。有陳石士·曹玉水兩人。僕雖未及謀面。曾與有一段墨緣。試往問之。)
申緯	警修堂全藁 栁軒集(一) 「余書畫所鈐窠印, 皆昔星原手鐫情贈也, 余押在來霞閣扁尾者, 不可付之刻工, 故令準兒捉刀, 以存星原之妙製, 爲詩以記其事」	申緯 자신의 印章은 모두 翁樹崑이 새겨준 것이라는 사실을 말하다.	紫霞方寸印。紅荳片心鐫。玉臬丹文凸。珠鎣鐵筆旋。隨身行萬里。押尾日千牋。妙手分燈影。因之愴墨緣。

62. 翁樹崐 | 715

申緯	警修堂全藁 北轅集(一) 「七月二十五日, 錦舲以青棠一葉·紅豆四粒, 充信有書云靑棠取合歡, 紅豆寄相思, 答以一詩」	朴永輔가 보내준 紅豆를 보고 翁樹崑을 그리워하다.	風詩寄托本緣情。芍藥將離有愛名。好合靑棠交到老。相思紅豆種多生。秋來覽物人何在。別後開函意不輕。忽憶蘇齋香辦日。非因塢笛一沾纓。
申緯	警修堂全藁 覆瓿集(四) 「送李明五學士(繪九)赴燕二絶句」	燕行을 떠나는 李繪九를 전송하는 시에서 자신과 교유를 맺은 翁方綱, 翁樹崑, 丹親王, 金光悌, 金宗邵, 吳嵩梁, 蔣詩, 錢林 등이 모두 세상을 떠났음을 애통해하다.	其一 : 行人來去好珍重。雨雪霏霏楊柳黃。料得停車憑吊古。金臺蕭瑟玉田荒。 其二 : 我昔充行謬承乏。君今膺命抄掄才。傷心莫問題襟盛。三十年間賦八哀。(翁文達公父子·丹親王·金蘭畦尙書父子·吳蘭雪·蔣秋吟·錢金粟。皆已次第遊岱。)
沈象奎	斗室存稿 卷1 「次韻星原翁樹崐見寄」	翁樹崐이 준 시에 차운하다.	此事無關與二形。片心相照現英蓂。終歎歡笑留鴻雪。爭快文章覷鳳星。欲改舊詩題水碧。擬編新曲譜冬靑。請君商略殊佳未。翁沈從今兩匾亭。(星原來詩有星秋霞碧久忘形之句。自註。僕與金秋史·申紫霞·柳貞碧爲忘形之友。去秋新搆小屋數椽。顏其匾曰星秋霞碧之齋。行住坐臥。念念不忘。欲兼三友之益于一身。亦可知僕之苦心深契。尤非偶然也。
李祖默	六橋稿略 卷1 「六橋稿略序」	李祖默이 翁樹崐과 교유한 사실에 대해 말하다. * 이 글은 葉志詵이 쓴 것이다.	六橋先生。曩歲以書交翁星原。余適還故里。不能縞紵。其後星原示余紅豆詩。極稱六橋醇雅篤友誼。心竊慕之。丙子冬。許瀞盦復以六橋稿略畀余。瀏覽一過。紅豆詩猶存。而星原已墓。有宿草矣。欷戲累日。六橋以峻上之才。淸剛之

			氣。攬筆所就。模軌三唐。案轡文雅之場。環絡藻繪之府。所蘊者厚。所抒者宏。沈存中云：句鍛月鍊。彦若詩話云。字字鍛鍊。用事婉約。鍾嶸詩品云：體裁綺密。情喩淵深。六橋之詩。實有深契。他年疑轡來游。剪燭西窗。重披新什。何快如之。丁丑春分前一日。葉志詵識于京寓平安館。
李祖黙	六橋稿略卷1「翁星原餉眞品大紅豆一枚賦謝」	翁樹崑이 眞品大紅豆한 가지를 보내옴에 시를 지어 사례하다.	… 紅豆絳茶豈二義。情緣萬里氣氤氳。洋金篋裏難忘意。半是吳儂半是君。星原洋金入駿行篋貯紅豆絳茶來到蘇齋。…
李祖黙	六橋稿略卷1「翁星原餉眞品大紅豆一枚賦謝」	翁樹崑이 상자 속에 紅豆絳茶를 넣어 金正喜에게 보낸 사실을 언급하다.	其三： 紅豆絳茶豈二義。情緣萬里氣氤氳。洋金篋裏難忘意。半是吳儂半是君。(星原洋金入駿行篋貯紅豆·絳茶來到蘇齋。)
李祖黙	六橋稿略卷1「病中憶翁星原」	병중에 翁樹崑을 생각하며 시를 짓다.	秋來棲息似郊坰。淺絳詩林斷白丁。有所思時燈耿耿。不能忘處雨冥冥。叩頭殘夜驚蟲悚。搨翅空庭悵鶴形。尺素情通誰敢覬。同岑翰墨自生馨。
李祖黙	六橋稿略卷2「羅麗琳瑯攷」	翁樹崑에게 金生의 『首楞嚴經』과 최치원의 『般若經』,「眞鑑禪師碑」 탑본을 보내주었던 사실에 대해 언급하다.	… 金生金書首楞。孤雲金書般若經·眞鑑禪師碑拓。曩贈翁星原。其札謝石墨。而不屑眞迹。亦示輕眞不眞而重不眞眞耶。… 余同缺口鑷子。惟好學書。禿盡千管。專精金石。性命是依。其後執贄於翁覃溪先生。猥荷傳燈。益受妙義。天下之至樂。豈有過於此學哉。…

阮 元 (1764-1849)

인물 해설	淸代의 문학가이자 서예가로, 字는 伯元, 號는 芸臺, 諡號는 文達이며, 江蘇省 儀徵 사람이다. 乾隆 54년(1789) 진사가 된 뒤 조정의 요직을 역임하였으며, 學政·巡撫·總督으로서 지방행정에 치적을 올렸고, 會試總裁를 지내기도 하였다. 벼슬길에 있을 때 학자를 육성하고 학술 진흥에 힘썼다. 廣東에 學海堂, 杭州에 詁經精舍를 설립하고, 학자를 모아 『經籍纂詁』와 『十三經註疏校勘記』를 편집하였다. 또 청대 학자들의 경학에 관한 저술을 집대성하여 『皇淸經解』 1,408권을 편찬하였다. 漢代의 학문을 理想으로 하여 訓詁를 주로 한 고대의 제도·사상의 탐구를 목표로, 독특한 史的 방법론을 전개한 『國史儒林傳』을 지었다. 또 금석문 연구서로 『積古齋鐘鼎彝器款識』를 짓는 등, 청나라 考證學에 크게 공헌하였다. 시문집인 『揅經室集』에는 청나라 書風에 큰 영향을 끼친 『北碑南帖論』과 『南北書派論』, 宋學의 해석을 비판한 『性命古訓』 등이 수록되어 있다. 그밖의 저서로 『疇人傳』·『淮海英靈集』·『兩浙輶軒錄』·『廣陵詩集』·『曾子註』 등이 있다.
인물 자료	○ 『淸史稿』, 列傳 151 阮元, 字伯元, 江蘇儀徵人. 祖玉堂, 官湖南參將, 從征苗, 活降苗數千人, 有陰德. 元, 乾隆五十四年進士, 選庶吉士, 散館第一, 授編修. 逾年大考, 高宗親擢第一, 超擢少詹事. 召對, 上喜曰 : "不意朕八旬外復得一人!" 直南書房·懋勤殿, 遷詹事. 五十八年, 督山東學政, 任滿, 調浙江. 歷兵部·禮部·戶部侍郎. 嘉慶四年, 署浙江巡撫, 尋實授. 海寇擾浙歷數年, 安南夷艇最強, 鳳尾·水澳·箬黃諸幫附之, 沿海土匪勾結爲患. 元徵集群議爲弭盜之策, 造船炮, 練陸師, 杜接濟. 五年春, 令黃岩鎭總兵嶽璽擊箬黃幫, 滅之. 夏, 寇大至, 元赴台州督剿, 請以定海鎭總兵李長庚總統三鎭水師, 並調粵·閩兵會剿. 六月, 夷艇糾鳳尾·水澳等賊共百餘艘, 屯松門山下. 遣諜間水澳賊先退, 會颶風大作, 盜艇覆溺無算, 余衆登山, 檄陸師搜捕, 擒八百餘人. 安南四總兵溺斃者三, 黃岩知縣孫鳳鳴獲其一, 曰倫貴利, 磔之. 九月, 總兵嶽璽·胡振聲會擊水澳幫, 擒殲殆盡. 土匪亦次第殲

撫. 浙洋漸淸, 而餘盜爲蔡牽所並, 閩師不能制, 勢益熾, 復時犯浙. 李長庚巳擢提督, 元集貲與造霆船成, 配巨炮, 數破牽於海上. 八年, 奏建昭忠祠, 以歷年捕海盜傷亡將士從祀. 盜首黃葵集舟數十, 號新興幇, 令總兵嶽璽・張成等追剿, 逾年乃平之. 偕總督玉德奏請以李長庚總督兩省水師, 數逐蔡牽幾獲, 而玉德遇事仍掣肘. 十年, 元丁父憂去職, 長庚益無助, 復與總督阿林保不協, 久無成功, 遂戰歿. … 元博學淹通, 早被知遇. 敕編石渠寶笈, 校勘石經. 再入翰林, 創編國史儒林・文苑傳, 至爲浙江巡撫, 始手成之. 集四庫未收書一百七十二種, 撰提要進禦, 補中秘之闕. 嘉慶四年, 偕大學士朱珪典會試, 一時樸學高才搜羅殆盡. 道光十三年, 由雲南入覲, 特命典試, 時稱異數. 與大學士曹振鏞共事意不合, 元歉然. 以前次得人之盛不可復繼, 歷官所至, 振興文教. 在浙江立詁經精舍, 祀許愼・鄭康成, 選高才肄業; 在粤立學海堂亦如之, 並延攬通儒: 造士有家法, 人才蔚起. 撰十三經校勘記・經籍纂詁・皇淸經解百八十餘種, 專宗漢學, 治經者奉爲科律. 集淸代天文・律算諸家作疇人傳, 以章絶學. 重修浙江通志・廣東通志, 編輯山左金石志・兩浙金石志・積古齋鍾鼎款識・兩浙輶軒錄・淮海英靈集, 刊當代名宿著述數十家爲文選樓叢書. 自著曰擘經室集. 他紀事・談藝諸編, 並爲世重. 身歷乾・嘉文物鼎盛之時, 主持風會數十年, 海內學者奉爲山門焉.

저술소개

＊『兩浙輶軒錄』
　(淸)嘉慶年間 仁和 朱氏 碧溪草堂・錢塘 陳氏 種楡仙館刻本 40卷

＊『琅嬛仙館詩略』
　(淸)嘉慶年間 刻本 8卷

＊『擘經室集』
　(淸) 儀徵 阮氏 珠湖草堂刻本 一集 14卷 二集 8卷 三集 5卷 四集 11卷 外集 5卷 續集 11卷 再續集 6卷

＊『經籍纂詁』
　(淸)刻本 106卷 / (淸)嘉慶 17年 揚州 阮元 琅嬛仙館刻本 106卷 卷首 1卷 / (淸)光緒 14年 鴻文書局 石印本 106卷 卷首 1卷

＊『詩書古訓』
　(淸)光緒 14年 南菁書院刻本 10卷

* 『文選樓詩存』

  (淸)嘉慶 24年 琅環山館刻本 5卷

* 『昭代叢書』

  (淸)楊復吉編 稿本 內 阮元撰 『定香亭筆談』 1卷

* 『仲軒群書雜著』

  (淸)焦廷琥編 稿本 91種 190卷 內 阮元撰 『阮氏孚經室文集』 1卷

* 『文選樓叢書』

  (淸)阮亨輯 (淸)道光 22年 儀徵 阮亨 珠湖草堂刻本 32種 內 阮元撰 『疇人傳』52卷 / 『積古齋鐘鼎彝器款識』10卷 / 『石渠隨筆』8卷 / 『孚經室集』/ 『石經校勘記』4卷 / 『廣陵詩事』10卷 / 『小滄浪筆談』4卷 / 『定香亭筆談』4卷, 阮元等輯 『詁經精舍文集』8集 / 『淮海英靈集』甲集 4卷 乙集 4卷 丙集 4卷 丁集 4卷 戊集 4卷

		비 평 자 료	
姜瑋	古歡堂收艸詩稿 卷12 「出都有感, 用吳春海給諫(鴻恩)韻, 兼寄張叔平員外」	중국에서 阮元과 翁方綱과 같은 인물을 만나지 못하고 돌아감을 아쉬워하다.	不見中州阮與翁。今朝怊悵我車東。皮膚盡撤情才見。言語難酬趣豈同。賴有張衡同作賦。更逢吳札妙觀風。鍥痕爪跡祇如許。萬里交期寸卷中。
金邁淳	臺山集 卷17 闕餘散筆	阮元의 「論孟論仁論」의 그릇됨을 비판하다.	近見淸學士阮元所著論孟論仁論。專據相人偶三字。以蔽許多言仁。其言曰。許叔重說文解字。仁親也。从人二。卽人偶之意。聖賢之仁。必偶於人而始可見。孔子之仁待老少。始見安懷。若心無所着。便可言仁。是老僧面壁多年。但有一片慈悲。便可畢仁之事。又曰。孟子雖以惻隱爲仁。乃仁之端。非仁之實。必擴而充之。著於事實。始可稱仁。舍事實而專言心。非孟子本指。其意專在於詆毁集註。而名以論學。言之無理。乃至此乎。千言萬語。從他擾

			擾。有一句話可以解惑者。凡言始可見者。據人目所及而言耳。非物之本無忽有之謂也。譬如人在室中不可見。待出戶而始可見。若室中本無此人。則出戶可見者。竟是何物。若謂出戶可見者。方可稱人。則在室不可見者。不得稱人乎。一矛一盾。卽地破綻。自然之理。終非辯說所能文也。且夫所惡於釋氏慈悲者。以其背親畔看。滅絕人類。名雖慈悲。實則相戾也。若單說慈悲。則慈悲何罪。聖人之全此本心。滿腔惻隱。雖謂之一片慈悲。固無不可。而親親仁民。恩及四海。老僧面壁。何嘗有此。不察其實之絕不同。而欲諱其形之畧相似。是何異於惡紫而廢朱。懲莠而去苗乎。若曰恩及四海。初無待於滿腔惻隱。則是食穀而忘其種。生子而秘其胎也。惡乎可也。至若仁端非仁云云。卽上所謂根源非水木之說也。玆不復辨。
金邁淳	臺山集 卷17 闕餘散筆	阮元의 仁에 대한 해석을 비평하다.	中庸天命之謂性。鄭註。天命謂天所命生人者也。是謂性命。木神則仁。金神則義。火神則禮。水神則信。土神則知。朱子與呂東萊書。中庸古註。極有好處。如說篇首一句。便以五行五常言之。後來雜佛老而言者。豈能如是愨實耶。其尊尚也至矣。鄭氏所謂木神則仁者。指性而言耳。使阮氏釋此仁字。將以爲仁之端耶。將以爲仁之事耶。以爲事也。則性中未有事物。相人偶三字。恐着不得。以爲端也。則端非仁之實。何得直稱爲仁耶。(端者發見之稱。而阮說。具心者仁之端也。亦是錯解。而姑依其說辨之。) 近日學者。動稱漢儒。所積憾於朱子者。以其不純用古註,而開卷

			第一義。朱子之所尊尙者。却又掉頭不講。畢竟其學非宋非漢。只是自己之私見。實事求是者。果如是乎。
金邁淳	臺山集卷17闕餘散筆	阮元이「性命古訓」에서 晉唐人을 빌려 程子와 朱子를 비평한 것을 비평하다.	阮集。有性命古訓一篇。盖爲斥李翺復性書而作也。採集詩‧書‧禮‧孝經‧春秋‧論‧孟言性命之說。而逐段以己意附論。總斷之。商周人言性命多在事。故實而易於率循。晉唐人言性命多在心。故虛而易於傅會。儒釋之分。在於此。又。孔子敎顏淵。惟聞復禮。未聞復性。
金邁淳	臺山集卷17闕餘散筆	阮元이「性命古訓」에서 "欲"에 대해 논한 것을 조목조목 비판하고, 이러한 견해가 확대된다면 顏鈞과 같은 사람이 나올 수밖에 없다고 공격하다.	又力主孟子口之於味。目之於色。耳之於聲。鼻之於臭。四肢之於安佚。命也一段及禮記性之欲一句。以爲欲在性之內。不可絶。絶欲者佛敎也。按李翺之書曰。人之所以感其性者情也。喜怒哀懼愛惡欲。皆情之爲也。情者。妄也。邪也。情之動靜不息。則不能復其性。而燭天地爲不極之明。聖人者。人之先覺者也。寂然不動。邪思自息。本性淸明。周流六虛。所以謂之能復其性也。翺之以明言性。以覺言復。固雜佛老而言者也。前人之辨闢已備矣。(朱子。李翺復性則是。云滅情以復性則非。情如何可滅。此乃釋氏之說。陷於其中而不自知。) 而復性二字。亦自無病。何者。仁義。人之本性。而不仁不義。則失其本性。及夫行仁而仁。行義而義。則本性得矣。謂之復性。有何不可。是以朱子雖不取翺說以解性。而大學序。以復其性。則不嫌於承用其文。盖不以全篇之誤。幷廢其二字之無病也。今阮氏就前人已辨闢之說。斸斸吃吃。張皇杳

			拖。有若人皆不知而己所獨覺者然。固已可異。而觀其深惡隱痛。如眼釘背芒。抵死欲除者。卽復性二字。以此推之。所謂晉唐人者。卽宋儒之借稱也。所謂李習之者。卽程朱之假面也。若非見處太拘。則心之孔艱。良亦怪矣。至於孟子一段。禮記一句之拈出把玩。看作發前未發者。尤不滿一笑。情生於性。而七情有欲。則性中無欲。孰爲此言程朱無是也。簠簋籩豆。棟宇筦簟。欲之本於天者。此固性之所有也。酒池肉林。峻宇雕墙。欲之徇乎人者。此亦性之所有乎。聖賢之使人寡欲遏欲者。欲其審察於天人之分。性之所有則循之。性之所無則禁之。如是說欲。已自平正。今乃憑藉斥翶。專爲一欲字。建立宗旨。不問其當有當無。一則曰性。二則曰性。以佛氏絕欲爲鉗制嚇喝之資。吾未知其意欲發揮性字。恐人之謂性無欲。而性之德有不備歟。欲尊崇欲字。恐人之謂欲非性。而欲之用有未盡歟。 吾恐此學之行。一轉而不爲顏山農也者幾希矣。
金邁淳	臺山集 卷17 闕餘散筆	日本人 太宰純이『論語訓傳』에서 "欲"을 논한 것은 阮元과 暗合하는 점이 있다. ＊『臺山集』卷8,「題日本人論語訓傳」참조.	嘗見日本人太宰純所著論語訓傳。 凡言仁。必以安民釋之。凡言禮。必以儀制釋之。力斥集註本心・天理等訓。以爲釋氏空虛之學。又私欲淨盡。乃禪家修菩提之敎。心之有私欲。亦理也。若果淨盡則非人也。其說與阮氏不謀而同.
金邁淳	臺山集 卷17 闕餘散筆	日本人 太宰純은『論語訓傳』에서 孟子까지도 비판하였으나, 阮元은 孟子를 존숭하였다.	但純則罵詈程朱。不遺餘力。又上及孟子。以性善爲謬說。而阮氏則雖於程朱。內懷訕誹。而不欲顯肆口氣。孟子得與論語幷擧。不失聖賢之尊者.

		*『臺山集』卷8,「題日本人論語訓傳」참조.	
金奭準	紅藥樓懷人詩錄卷上「金秋史侍郎(正喜)」	金正喜가 入燕하여 阮元과 翁方綱을 만난 일이 있음을 말하다.	芸覃心證瓣香錄(公嘗配其大人酉堂尙書入燕。拜阮芸臺・翁覃溪)。海內聲名萬口傳。經籍之山金石府。蒐羅無復一千年。
金正喜	阮堂全集卷5「與李月汀(璋煜)」	金正喜는 王引之를 翁方綱과 阮元과 같은 반열로 존경하고 있다고 말하다.	王伯申父於今日古之學。最爲鴻博。不佞之所推服與覃溪・芸臺等。
金正喜	阮堂全集卷5「代權彝齋(敦仁)與汪孟慈(喜孫)序」	凌廷堪이 『文選』을 古文의 正宗으로 보는 근거를 阮元의 글에서 찾아 논하다.	芸臺先生所云昌黎是矯文選之遺弊者。是堂堂卓見正論。與凌說有表裏相合者。又其考證文筆等說。無非修明古學之一段奧義妙旨。此凌說之不爲無據也.
金正喜	阮堂全集卷5「代權彝齋(敦仁)與汪孟慈(喜孫)序」	汪喜孫의 주선으로 阮元이 『揅經室集』과 經說을 보내 준 것에 사례하다.	「揅經堂集」曁經說一則。奉以爲金科玉條。得此一語。又是讀經之津筏。非賢兄苦心。何以賤名達之文選樓中。有是隆貺。頂戴頂戴。不知攸謝。
金正喜	阮堂全集卷8「雜識」	桂馥의 문집은 너무 소략하며, 聲韻을 專治했을 뿐 古文은 그의 장기가 아닌데, 翁方綱과 阮元은 그의 인품을 매우 칭찬하였다.	桂集太零星。亦有一二可觀。專治聲韻。至於古文軌則非長也。其人品甚高。爲覃溪・芸臺屢稱道之。不在於零星文字間矣.
金正喜	阮堂全集卷9「仿懷人詩體, 歷敍舊聞, 轉寄和舶, 大板浪華間	山井鼎의 『七經孟子考文』은 阮元이 극찬하였으며, 揚州에서 간행되었다.	其七：七經與孟子。考文析縷細。昔見阮夫子。嘖嘖歎精詣。隨月樓中本。翻雕行之世。(余入中國。謁阮芸臺先生。盛稱七經孟子考文。以揚州隨月讀書樓本。板刻通行。)

	諸名勝, 當有知之者十首」		
金正喜	阮堂全集 卷9 「我入京, 與諸公相交, 未曾以詩訂契, 臨歸, 不禁悵觸, 漫筆口號」	金正喜가 燕京에서 만난 翁方綱, 阮元, 李林松, 朱鶴年, 劉喜海, 徐松, 曹江, 洪占銓을 그리워하는 시를 짓다.	我生九夷眞可鄙。多媿結交中原士。樓前紅日夢裏明。蘇齋門下瓣香呈。後五百年唯是日。閱千萬人見先生。(用聯語) 芸臺宛是畵中覯。(余曾藏芸臺小照) 經籍之海金石府。土華不蝕貞觀銅。腰間小碑千年古。(芸臺佩銅鑄貞觀碑) 化度始自鹽蝀齋(心荈號)。攀覃緣阮並作梯。君是碧海掣鯨手。我有靈心通點犀。埜雲墨妙天下聞。句竹圖曾海外見。況復古人如明月。却從先生指端現。(野雲善摹古人眞像。多贈我。) 翁家兄弟聯雙璧。一生難遣愛錢癖。(蓄古錢屢巨萬) 靈芝有本醴有源。爾雅迭宕高一格。最憐劉伶作酒頌。(三山) 徐邈聊復時一中。(夢竹) 名家子弟曹玉水。秋水爲神玉爲髓。覃門高足劇淸眞。落筆長歌句有神。(介亭) 却憶當初相逢日。但知有逢不有別。我今旋踵卽萬里。地角天涯在一室。生憎化兒弄狡獪。人每喜圓輒示缺。烟雲過眼雪留爪。中有一段不磨滅。龍腦須引孔雀尾。琵琶相應蕤賓鐵。黯然銷魂別而已。鴨綠江水盃中渴。
金正喜	阮堂全集 卷9 「我入京, 與諸公相交, 未曾以詩訂契, 臨歸, 不禁悵觸, 漫筆口號」	阮元이 經籍과 金石에 해박하고 허리에 구리로 만든 貞觀碑를 차고 다닌 일화를 읊다.	芸臺宛是畵中覯。(余曾藏芸臺小照) 經籍之海金石府。土華不蝕貞觀銅。腰間小碑千年古.(芸臺佩銅鑄貞觀碑)

金正喜	阮堂全集 卷9 「我入京, 與諸公相交, 未曾以詩訂契, 臨歸, 不禁悵觸, 漫筆口號」	「化度寺碑」 탁본을 李林松의 서재에서 본 것을 이야기하고 아울러 翁方綱과 阮元을 만나는 데 그의 도움을 받았음을 밝히다.	化度始自鹽蜳齋(心葊號.)。攀覃緣阮並作梯.
金正喜	阮堂全集 卷9 「題吳蘭雪(嵩梁)紀遊十六圖(並序)」	吳嵩梁이 시를 잘 지었던 馬履泰와 교유한 사실을 이야기하고, 金正喜가 阮元을 통해 馬履泰의 시를 본 사실을 말하다.	「韜光望海」: 夙想弢光庵。圖中暫寓目。(缺二字)秋葯詩。亦從芸臺讀。(原序云。余與馬秋葯翁徧遊。秋葯詩爲一代碩匠。余之入燕。從阮芸臺。得見秋葯詩。)
朴珪壽	瓛齋先生集 卷8 「與溫卿」	董文煥의 아우 董文燦이 편찬한 「鍾鼎文字」가 阮元의「積古齋鍾鼎欵識」와 薛尙功의「薛氏鍾鼎欵識」에서 뽑은 것임을 밝히며, 阮元의「積古齋鍾鼎欵識」는 고증이 상세하나 오자가 있고 薛尙功의「薛氏鍾鼎欵識」은 필획에 잘못된 부분이 있다는 말을 인용하다.	九秋已深。果還坐家裏。渾眷平善。所祝者是公私寧吉。所報者是一行安好。餘無庸刺刺也。此便乃的探詔勅順付先爲報。雇脚走致灣上也。上院閣書。卽刻送呈。而有贐送一紙。爲君與諸社友同覽地也。見此紙則凡事及歸期。可料得也。硏樵弟雲龕名文燦。年三十四。官內閣中書。力學六書。以翼徵示之。片時披覽。已悉其凡例。且言此書採阮氏積古欵識薛氏欵識。阮則攷據詳而頗有誤字。薛則筆畫多誤云云。其敏妙如此。遂以付之。求評隲以還耳。顧齋不在京可恨。且百物翔騰。不能謀付之梨棗。又可恨也。大婚典禮。衆皆無暇。今行遊譖。大不如所料。又可恨耳。今日當會雲龕。可有新知諸君也。不宣。壬申九月廿四日。

徐淇修	篠齋集 卷1 「送李進士河錫 隨上价赴燕」	李河錫이 정사를 따라 燕京에 가는 것을 전송하면서 翁方綱의 詩와 글씨, 紀昀의 문장에 대해 고평하다.	歷數中州士出群。覃溪詩筆曉嵐文。而今對壘誰勁敵。鞭弭周旋付與君.
柳得恭	灤陽錄「劉·阮二太史」	阮元·劉鐶之 두 太史와 대화를 나누었고, 阮元의 저서로 『車制考紀』가 있는데 고증이 정밀하다고 말하다.	阮元。字伯元。江蘇儀徵人。翰林編修。劉鐶之。字佩循。號信芳。山東諸城縣人。翰林檢討。余在館中。二人同車而來。徘徊庭除。無人酬接。怊悵欲返。余請至炕與語。皆名士也。云。去歲。俱以庶吉士。在間壁。與使臣相識。去歲人胡無一人來者乎。余未必再來。阮伯元。著有車制考紀。大宗伯亟稱其考據精詳。余擧而言之。則伯元色喜。請見余詩集。余謝以熊翰林處有一本。惜無見在者。伯元。往彼當索玩。
柳得恭	燕臺再遊錄	阮元의 『車制考紀』를 본 적이 있는데, 지난해 해적을 격파하기까지 했으니 참으로 문무를 겸비한 인재이다	余曰。阮公庚戌年中一晤。亦見其車制考。乃能辦賊。可謂文武全才。仲魚曰。此吾座師。有石刻小像。吾作贊。當奉示。余曰。海寇是何等寇。仲魚曰。皆漁戶也。仲魚又曰。蒙古郡王拉旺多爾濟上書請討楚匪。朝廷不許。此事如何。余曰。此事不許。似得體。仲魚默然久之曰。吾可作管幼安。有容我者乎。余曰。今討賊剿撫二局。果何居。仲魚曰。非剿非撫。彼此支吾而已。余曰。大學士慶桂何如。答何足道。問劉墉何如。答墉者庸也。問孰爲用事者。答宗又府衙門第三親王也。

李尙迪	恩誦堂集 卷1 「隸源津逮序」	方羲鏞의 『隸源津逮』에 서문을 쓰면서 阮元의 『積古齋鍾鼎彛器款識』, 劉喜海의 『寶宇金石苑』을 비롯하여 儀克中, 吳式芬 등을 언급하다.	昔予游燕。所交皆東南宏博之士。而多以三代秦漢金石文字相見贈。居然有古人縞紵之風矣。若揚州阮氏積古齋鍾鼎彛器款識。東武劉氏寶宇金石苑諸書。洵是地負海涵。獨出冠時。軼過趙明。誠薛尙功一流人。而儀孝廉墨農，吳編修子苾。亦一時邃古之家。
李尙迪	恩誦堂集續集文 卷2 「吳亦梅古甎拓文後序」	百甎硯齋의 벽에는 阮元이 써 준 "字林本是君家物, 甎錄豈非洪氏書"라는 對聯이 걸려 있다.	道光丁酉夏。余訪呂堯仙太史於宣南之百甎硯齋。齋頭纍纍然屆尾委積者。皆瓴甋之屬。而古色斑駁。究非近代物也。壁揭芸臺阮相國撰贈字林。本是君家物甎錄。豈非洪氏書楹聯。…已而堯仙出示古甎拓文四冊而曰。曩者省親于四明郡署。購獲漢吳晉宋以來殘甎百數十匭。攜至京邸。彙拓成裘。以嘗就正於芸臺相國者。芸臺跋卷末。有云右甎自洪文惠始著錄。張芑堂亦摹刻于金石契中。今呂氏四冊。奚翅倍蓰。且許其證引精博詳審。夫何其盛也。…
李尙迪	恩誦堂集續集文 卷2 「吳亦梅古甎拓文後序」	呂佺孫이 四明郡에서 구입한 古甎들을 모아서 탁본한 후 이를 책으로 엮은 『古甎拓文』이란 4冊을 보여주었는데, 阮元이 발문을 지으면서 이를 洪适의 저작과 張燕昌의 『金石契』보다 양이나 질적인 면에서 뛰어나다고 평한 말을 언급하다.	道光丁酉夏。余訪呂堯仙太史於宣南之百甎硯齋。齋頭纍纍然屆尾委積者。皆瓴甋之屬。而古色斑駁。究非近代物也。壁揭芸臺阮相國撰贈字林本是君家物。甎錄豈非洪氏書楹聯。坐甫定。取筆硯而談。硯亦甎也。審視之。側鑴永和年月字。隸體甚奇。已而堯仙出示古甎拓文四冊而曰。曩者省親于四明郡署。購獲漢吳晉宋以來殘甎百數十匭。攜至京邸。彙拓成裘。以嘗就正於芸臺相國者。芸臺跋卷末。有云右甎自洪文惠始著錄。張芑堂亦摹刻于金石契中。今呂氏四冊。奚翅倍蓰。且許其證引精博詳審。夫何其盛也。今亦梅所藏拓

			本。亦不下百餘種。而紙幅間遍鈐堯仙印章。俯仰欣賞。無一非舊日之觀。但欠建興咸康永和等數品。殊可惜。然未知亦梅何從而得之。而葢海東所未曾有者矣。亦梅素嗜古。得此以還。益復致意於歷代金石文字。蒐羅日富。自成一家。往往作分隷書。饒有石墨氣。善哉。稽古之力。烏可誣也。莊子曰道在瓦甓。釋氏曰磨甎成鏡。吾爲亦梅誦之。
李尙迪	恩誦堂集續集文卷2 「題雷塘盦主弟子記」	阮福과 24년간 만나보질 못하다가 근래에 소식과 함께 「雷塘盦主弟子記」 2편과 學海堂刻本인 阮元의 六十五歲象을 받아 기뻐하다.	余與阮賜卿別。垂廿有四年。音問兩阻。近得其訊。幷貽此書二編及其先尊甫文達公六十五歲象學海堂刻本一幀。何其託意之深且遠也。嗟乎。文達之騎箕。距今六年之頃。大江南北。海水羣飛。所謂雷塘之盦文選之樓。已不可問矣。而文達之遺書。余前後所收藏者頗備。今又幸獲此書與象於海內厭兵之日。安享一龕。永保胏蠟。公神不昧。必曰吾道東矣。甲寅初夏。洌水李尙迪題。
李尙迪	恩誦堂集續集文卷2 「讀薦錄」	山井鼎의 『七經孟子考文』과 『物觀補遺』는 阮元에 의해 간행되었다.	… 山井鼎七經孟子考文及物觀補遺。已爲揚州阮文達所鏤板。此彼書而流入中國者。…
李尙迪	恩誦堂集續集文卷2 「阮文達公畫象贊」	阮福이 보내준 廣州學海堂拓本 阮元의 畫象에 贊을 짓다.	阮文達公畫象。刻于廣州學海堂拓本。甲寅春。公次子賜卿明府自日下寄贈。近者命霖兒重橅之。以今二十日。祝公生辰于竹牖下。煎茶享之。葢取公嘗於是日。每避客作竹林茶隱之意也。贊曰。雲臺山高。萬里仰止。其神如水。斯道東矣。玉琢金相。含章懷寶。二百

			年來。經師人表。展也大成。著書萬卷。聲氣之感。遐邇無間。月正念日。嶽降舊辰。溪館晴雪。竹翠生春。避客茶隱。彷彿遺型。眼光雙注。視我則青。
李尙迪	恩誦堂集續集詩卷2「韓齋雅集圖, 題寄繡山舍人」	阮元이 衍聖公府에서 우거할 적에 '泰華雙碑'란 館의 편액을 붙였었는데, 그것이 지금까지도 남아 있다.	其二: 雙碑曾我讀。積古愴前塵。(阮文達嘗寓此衍聖公府。有泰華雙碑之館扁。至今猶存。) 闕里傳遺訓。(君輯闕里孔氏詩抄) 昌黎得替人。乍聞涼雨作。相屬酒盃頻。衰暮休傷別。天涯若比鄰。
李尙迪	恩誦堂集續集詩卷3「奉輓秋史金侍郎」	金正喜가 翁方綱, 阮元과 교유가 깊었음을 말하다.	海國通儒舊見推。北翁(覃溪)南阮(雲臺)幸同時。仲翔豈但專治易。匡鼎原來善說詩。袖裏星經兼地志。案頭姬碣與秦碑。千秋江漢英靈在。墜緒茫茫繼者誰。
李尙迪	恩誦堂集續集詩卷5「新正廿日,題阮文達公學海堂遺照, 是日爲公生辰也」	阮元의 초상화인 「學海堂遺照圖」에 題詩를 짓다.	其一: 林泉怡志荷恩綸。射鴨珠湖白髮新。靑史千秋三不朽。儒林文苑又名臣。其二: 二分明月照荒墟。隋選樓空刦火餘。中外同文無限恨。焦山書藏更何如。其三: 太傅生辰白傅同。幾回茶隱竹林中。騎箕萬里神游遍。學海遺型見海東。
李尙迪	恩誦堂集續集詩卷5「廣濟川副使爲裕芸臺相國令姪, 賦此以講世好, 兼誌別懷」	阮元의 조카인 廣爲裕와 교분을 맺기 위해 시를 짓다.	昔與裕公別。依依廿九年。竹林敦舊誼。萍水續芳緣。花發黏蟬路。人歸栃木邊。重逢知有日。分袂莫悽然。

田愚	艮齋集前編 卷9 「答林炳志」	沈祖燕의 『四書大成』을 비평하여 毛奇齡과 阮元보다 더 죄가 무겁다고 비판하다.	… 近年沈祖燕所纂四書大成。又盡取清人譏貶宋賢之說。就上海用石印打出。思以易天下。眞可痛也。余謂沈罪有浮於毛奇齡阮元輩。有王者作。此書當投諸水火。
田愚	艮齋集前編 卷15 「識感」	阮元도 주자를 비난하는 것으로 宗旨를 삼았다.	… 近來有所謂阮元者。亦以訾毀朱子爲宗旨。其所著述。造妖捏怪。靡極不至。至以爲君臣夫婦朋友。非天屬之親。不當入五倫。則其謂天地本乎北極。心字取其尖刺者。猶是小小差誤。靡足取辨。而最是以新奇爲主。而一墋經傳成訓。此爲患害之大者。…
田愚	艮齋集後編 卷3 「與梁在日」	청나라에서 阮元을 높이 평가하고, 우리나라 사람들이 康有爲를 正儒로 알지만, 모두 견식이 없고 천하에 소란을 일으키는 자들이다.	綱常。天地之元氣。從古聖賢。無不以綱常爲主。而亂臣賊子異端邪說。無不欲壞綱常。近世阮元。號爲大儒者。乃以君臣夫婦爲非天屬。而不可入於五倫。又有康有爲。自謂尊孔子。而爲父子君臣夫婦一切平等之說。而清國以阮入聖廟。東人以康爲正儒。是皆無見識之所爲致而召天下之亂者也。故程朱論人。皆以識爲先而行誼次之。今學者。要須以惟精爲惟一之本。格致爲誠正之首。然後庶不失聖門相傳之正矣。
趙斗淳	心庵遺稿 卷4 「先來軍官之去, 用灣上見贈韻, 寄黃山」	漢學을 숭상한 阮元과 宋學을 숭상한 湯敦甫가 대치하였는데 阮元이 우세하였음을 말하다.	其二： 二百年來俗漸微。都人猶惜我冠衣。風泉舊感寧全昧。歌筑餘悲奈漸非。重賈輕農時所使。訕朱戴董勢攸歸。(士夫漢宋之戰。方成大是非。右漢而推尊董廣川。阮芸臺元主之。祖宋而宗信紫陽者。湯金釗敦甫主之。阮今閣老。湯今吏部尚書。兩家門戶。各有標榜。亦不無喜事怃鬼輩來往慫間推波助

			瀾者。其勢甚難和同。阮與湯。俱有時望。而特阮强而湯弱。故一時趨附阮門。爲尤多。) 全冬無雪春無雨。塵土塗人未可揮。
趙斗淳	心庵遺稿 卷8 「外舅寧野公文科回榜日, 上賜法樂, 錄其孫, 引見宣饌」	唐이래 回榜文字가 없었는데, 근래에 阮元 문하의 鹿鳴重讌詩若序는 조선의 回榜讚頌之語와 흡사하다고 말하다.	貞元朝士在今誰。魯國靈光久始知法。樂再頒鴻漸歲。(謁聖。例賜梨園舞伶。) 上罇重誦鹿鳴詩。(唐家以來。無回榜文字。惟近年阮芸臺門弟子有鹿鳴重讌詩若序。此似我東回榜讚頌之語。) 平陂過眼青春永。佔畢怡神白日遲。燈下隱囊花底杖。聖恩優逸許相隨。
許薰	舫山集 卷7 「與沈雲稼」	阮元의 학문이 성현과 경전을 모독한 것을 비판하다.	… 宋儒之文。已自不同。濂溪簡俊。二程明當。橫渠沈深。而不害爲道同。今時則不然。作文引用朱子書。作詩衣被朱子語。謂之學問中人。斯果善學朱子者耶。彼好新厭常者。自有明以來。創爲勦詭之文。北地濫觴。滄弇鼓浪。而公安·虞山者流。別出機鋒。妄據壇坫。又有一種攷据之習。徒勞檢索。反致汩亂。而楊用修·王士禛諸人。式啓其端。近日中州之士。莫不墮此窠套。如閻若璩, 毛奇齡·阮元之輩。弩目鼓吻。壞經侮聖。無復憚忌。蟾蜍蝕月。蟫蛛干陽。陰沴之氣。充塞宇宙。安得不夷狄益熾。人紀永斁耶。
洪吉周	縹礱乙幟 卷9 「酉山以詩見寄, 追步」	丁學淵이 보낸 시에 차운하여 지으면서 洪爽周가 燕行에서 阮元의 문집을 얻고 李璋煜과 사귄 것을 언급하다.	其二: 人生離別變容髭。漠北征車歸太遲。縞帶重携芸老帙。角弓那忘荔翁詩。(阮芸臺元·李荔汀章煜皆中州人。白氏燕行。得阮集。又與李論交。)書留蓟樹烟沉席。夢繞關山月落時。異域論交腸易弱。江鄉尙憶莫須悲。

洪奭周	鶴岡散筆 卷1	阮常生에게 阮元이 얻은 端溪硯 하나를 증정받다.	余以壬辰春。叨典文衡。得傳心硯。前歲辛卯入中國。浙人韓雲海贈余歙硯一方。永平知府阮常生又贈余端硯曰。此家大人總督廣東時所得也。其上有端溪紫玉四字。家大人手筆也。阮之大人名元。號芸臺。今爲輔臣。中國之士推之爲宗師。
洪奭周	鶴岡散筆 卷3	연경에서 어느 서생으로부터 阮元, 王引之가 당대의 석학이란 말을 들었고, 阮元의 아들 阮常生을 통해 『揅經室集』과 『十三經校勘記』를 증정받다.	往年赴燕時。遇一書生與語。問今世偉人爲誰。卽書阮芸臺總督王伯申尙書二人以對。阮名元王名引之。時阮爲雲貴總督。在西南萬里外。王則爲禮部尙書。方在京師。余欲一見而不可得。阮子常生爲永平知府。余再以書求見。辭曰。外交有禁。不敢犯也。以其父所著揅經室集及十三經校勘記爲贈。閱其書。大抵皆考證家言也。…
洪奭周	鶴岡散筆 卷3	阮元이 『揅經室集』에서 西漢의 금석문을 고증한 것 중에는 잘못된 것이 있는데, 이는 고증학자들이 史書를 註疏하는 데만 치력할 뿐 깊이 생각을 하지 않은 탓이다.	見揅經室集。有攷證西漢金石之文。言鄭崇爲漢丞相。鄭崇以尙書。下獄而死。西漢尙書。品秩甚卑。安得爲三公也。班史列傳言崇爲丞相大車令。大車令。相府掾屬之微者耳。攷證之學。專精注疏。其於史書。不甚留意。阮以博學名世。而尙不免誤看漢書。而況於其它乎。然阮實有文武全材。… 但惜其學術太偏耳。
洪翰周	智水拈筆 卷1	중국 사대부들의 藏書樓 중에는 소장도서가 10만여 권에 이르는 곳도 있으니, 阮元 등의 장서루가 모두 그러하다.	士大夫私藏。亦往往至七八萬。或十餘萬卷之多。王元美之弇山堂・徐乾學之傳是樓・錢受之之拂水莊・汪苕文・阮雲臺・葉東卿輩。無不皆然。

洪翰周	智水拈筆 卷1	阮元이 편찬한 책 중에 는 『阮氏叢書』, 『十三 經校勘記』 등이 있다.	近世阮雲臺元。有阮氏叢書。又有十三 經校勘記七十卷。此則又出一文士私 纂。
洪翰周	智水拈筆 卷1	阮元의 문하에는 二十 五史와 『十三經註疏』 를 마치 자기가 지은 듯 외울 수 있는 사람이 70 여명이었다 한다.	而[阮]元之門徒。全史註疏。能如誦己言 者。爲七十餘人云。
洪翰周	智水拈筆 卷8	丁若鏞은 재주와 학문 이 뛰어나 중국에 놓아 두더라도 紀昀과 阮元 아래 있기에는 남음이 있다.	丁洌水若鏞。午人也。英宗壬午生。正 廟時文科。歷翰林。官至承旨。年七十 餘卒。卒之日。余見沆瀣公。公歎曰。 洌水死。數萬卷書庫頹矣。盖洌水才學 絕人。經史百子外。天文地理。醫藥禆 方之書。靡不淹該。十三經皆有發明。 凡所著。其書滿家。如欽欽新書·牧民 心書。又皆爲按獄治民者。有用之文字 也。此比之秋史高才實學。不啻過之。 不但我國近世一人。雖置之中國。當在 紀曉嵐·阮雲臺脚下。有餘矣。

인물 해설	字는 懷租, 號는 石臞이며, 江蘇省 高郵 사람이다. 아버지는 吏部尙書 王安國이고, 그의 아들은 王引之이다. 乾隆 20년(1755) 진사에 합격하여 翰林院庶吉士가 되었지만 관직에서 물러나 고향으로 내려가 학문에 정진하다가 다시 부름을 받고 工部都水司主事가 되어 치수에 노력하였다. 嘉慶 15년(1810) 永定河가 범람한 책임을 지고 사직한 후로는 연구와 저술에 전념하였다. 段玉裁·孔廣森 등과 함께 戴震에게 사사하여 訓詁·音韻學의 기초학을 배웠다. 그 방법론은 古音에 의해 古義를 구하는 것으로 널리 여러 서적을 치밀하게 비교·검토하는 것으로, 實事求是의 학문적 태도 때문에 戴震·段玉裁·王引之와 함께 '戴段二王'의 학문으로 일컬어진다. 또한 錢大昕·盧文弨·邵晉涵·劉台拱과 함께 '五君子'로도 일컬어졌다. 주요 저서로는 『廣雅疏證』·『博雅音』·『讀書雜志』 등이 있고, 유고로 『韻譜合韻譜』가 있다.
인물 자료	○ 『淸史稿』, 列傳 268 　　王念孫, 字懷租, 高郵州人. 父安國, 官吏部尙書, 諡文肅, 自有傳. 八歲讀十三經畢, 旁涉史鑑. 高宗南巡, 以大臣子迎鑾, 獻文冊, 賜擧人. 乾隆四十年進士, 選翰林院庶吉士, 散館, 改工部主事. 升郞中, 擢陝西道御史, 轉吏科給事中. 嘉慶四年, 仁宗親政, 時川·楚敎匪猖獗, 念孫 陳剿賊六事, 首劾大學士和珅, 疏語援據經義, 大契聖心. 是年授直隸永定河道. 六年, 以河隄漫口罷, 特旨留督辦河工. 工竣, 賞主事銜. 河南衡家樓河決, 命往查勘, 又命馳赴臺莊治河務. 尋授山東運河道, 在任六年, 調永定河道. 會東河總督與山東巡撫以引黃利運異議, 召入都決其是非. 念孫奏引黃入湖, 不能不少淤, 然暫行無害, 詔許之. 已而永定河水復異漲, 如六年之隘, 念孫 自引罪, 得旨休致. 道光五年, 重宴鹿鳴, 卒, 年八十有九. 念孫 故精熟水利書, 官工部, 著導河議上下篇. 及奉旨纂河源紀略, 議者或誤指河源所出, 念孫 力辨其訛, 議乃定, 紀略中辨譌一門, 念孫 所撰也. 旣罷官, 日以著述自娛, 著讀書雜志, 分逸周書·戰國策·管子·荀子·晏子春秋·墨子·淮南子·史記·漢書·漢隸拾遺, 都八十二卷. 於古義之晦, 於鈔之

<table>
<tr>
<td></td>
<td>

誤寫, 校之妄改, 皆一一正之. 一字之證, 博及萬卷, 其精於校讎如此. 初從休寧 戴震受聲音文字訓詁, 其於經, 熟於漢學之門戶, 手編詩三百篇・九經・楚辭之 韻, 分古音爲二十一部. 於支・脂・之三部之分, 段玉裁六書音均表亦見及此, 其分至・祭・盍・緝爲四部, 則段書所未及也. 念孫 以段書先出, 遂輟作. 又以 邵晉涵先爲爾雅正義, 乃撰廣雅疏證. 日三字爲程, 閱十年而書成, 凡三十二卷. 其書就古音以求古義, 引伸觸類, 擴充於爾雅・說文, 無所不達. 然聲音文字部 分之嚴, 一絲不亂. 蓋藉張揖之書以納諸說, 而實多揖所未知, 及同時惠棟・戴 震所未及. 嘗語子引之曰: "詁訓之旨, 存乎聲音, 字之聲同・聲近者, 經傳往往 假借. 學者以聲求義, 破其假借之字而讀本字, 則渙然冰釋. 如因假借之字強爲 之解, 則結不通矣. 毛公詩傳多易假借之字而訓以本字, 已開改讀之先. 至康成 箋詩注禮, 屢云某讀爲某, 假借之例大明. 後人或病康成破字者, 不知古字之多 假借也." 又曰: "說經者, 期得經意而已, 不必墨守一家." 引之因推廣庭訓, 成 經義述聞十五卷, 經傳釋辭十卷, 周秦古字解詁, 字典考證. 論者謂有淸經術獨 絕千古, 高郵王氏一家之學, 三世相承, 與長洲惠氏相埒云.

</td>
</tr>
<tr>
<td>

저술
소개

</td>
<td>

* 『廣雅疏證』
   (淸)抄本 / (淸)刻本 10卷 / (淸)嘉慶年間 刻本 10卷 / (淸)光緒 14年 鴻文 書局 石印本 10卷

* 『博雅音』
   (隋)曹憲撰 (淸) 王念孫校 (淸)嘉慶年間 刻本 10卷 / (淸)光緒 14年 鴻文書 局 石印本 10卷

* 『讀書雜志』
   (淸)刻本 10種 餘編 2卷 / (淸)光緒 17年 鴻寶齋 石印本 1卷

* 『王石臞先生文稿』
   (淸)稿本 不分卷

* 『皇淸經解』
   (淸)阮元輯 (淸)道光 9年 廣東學海堂刻本 178種 1408卷 卷首 1卷 內 王念 孫撰 『讀書雜志』 2卷 / 『廣雅疏證』 10卷

* 『王氏四種』
   (淸)王念孫・王引之撰 (淸)嘉慶－道光年間 高郵 王氏刻本 4種 內 王念孫

</td>
</tr>
</table>

撰 『讀書雜誌』 74卷 餘編 2卷			
비 평 자 료			
金正喜	阮堂全集 卷5 「與李月汀(璋 煜)」	王念孫의 전집을 아직 보지 못해 유감으로 생각하는데, 지난번에 汪喜孫이 보내준 저작은 經說이 아니니, 전집 중에서 經說이라도 부쳐 줄 것을 요청하다.	以石臞全書尙未盡見爲憾。向者孟慈所寄。非經說也。十四種全書。雖未盡得。若先從其經說一讀。應酬宿願也。
金正喜	阮堂全集 卷5 「代權彝齋(敦 仁)與汪孟慈 (喜孫)序」	段玉裁와 江永과 王念孫의 音韻說에 대해서 질문하다.	始以段氏十七部爲論定。更無遺蘊。今見王懷祖先生書。又見江氏書。段氏之十七部。尙有未定。而王先生之卅一部。又與江氏之卅一部大異。段・王之於江書。皆所深許。今當以江氏書爲歸歟。
金正喜	阮堂全集 卷5 「代權彝齋(敦 仁)與汪孟慈 (喜孫)序」	王念孫의 저작 중에 顧炎武의 「音學五書」와 江永의 「古韻標準」과 같은 저서가 있는지, 江永의 저작 전집이 간행되었는지 물어보다.	且如王先生書。祇見其擧例一篇。但於入聲。攷正段說而已。無另有著爲一部全書。如顧之五書・江之標準歟。段書不存去聲。而王先生又存去聲。不止於入聲攷正而已。如有全書。可以卒業歟? 江氏全書。亦皆刊行歟。
金正喜	阮堂全集 卷5 「代權彝齋(敦 仁)與汪孟慈 (喜孫)序」	盧文弨와 王念孫의 저작이 조선에 전해진 것을 말하고, 「十三經校勘記」의 중요성에 대해 언급하다.	盧學士・王高郵之書。亦有東來。至於十三經校勘記。是又集大成也。今欲讀經。舍此何以哉。
洪奭周	鶴岡散筆 卷3	王念孫・王引之 부자와 阮元과의 인연을 언급하다.	… 聞金參判元春。嘗與人言。洪台於中國人。亦應無可畏者。唯見王引之。則必不能不竪降幡。余歸始聞其言。殊恨不能固請以相見。後得其所

| | | | 爲書見之。亦與元大同。蓋其學主於爾雅說文。專以是談經。近日中國風氣。大抵如此。引之以去歲卒。元入內閣爲大學士輔政。近被人彈劾。求去不能得。然其朋徒多失勢斥逐。阮亦杜門不敢交賓客。亦不復著述。引之爲阮門生。引之父念孫又爲阮座主。兩世俱相得甚懽。引之之歿。其家以墓銘屬阮。阮亦不敢作云。 |

65

汪道昆 (1525~1593)

∙∙∙

인물 해설	字는 玉卿 또는 伯玉이고 號는 南明이며, 徽州府 歙縣(지금의 安徽省 休寧縣 서북쪽) 사람이다. 明 嘉靖 26년(1547)에 진사가 되어 義烏知縣에 임명되었다. 知縣으로 있으며 백성들에게 무술을 가르쳐 義烏兵으로 양성하였고, 후에 戚繼光과 더불어 이 義烏兵으로 왜구를 격파하였다. 隆慶 연간에 兵部侍郎이 되어 변방을 순행하면서 군비를 크게 절약하기도 했다. 평소 李攀龍·王世貞과 종유했는데, 왕세정과 南北司馬로 병칭되기도 하였다. 시에 깊이가 없고, 산문 역시 거칠다는 비판도 받았지만 간략하면서도 법도가 있다는 평가도 받았다. 애정을 주제로 한 서정적인 雜劇으로도 명성을 떨쳤다. 저서로는 『太函集』 120권, 『大雅堂雜劇』 4권, 『漸江先生江公傳行狀墓誌銘』 1권 등이 있으며, 明 吳昭明이 撰한 『五車罪玉』 34권을 增訂하기도 하였다. 또한 選集으로 『汪南溟集』이 전해지고 있다.
인물 자료	○ 『明史』, 列175 　汪道昆, 字伯玉, 世貞同年進士. 大學士張居正亦其同年生也, 父七十壽, 道昆文當其意, 居正亟稱之. 世貞筆之藝苑卮曰: "文繁而有法者于鱗, 簡而有法者伯玉." 道昆由是名大起. 晚年官兵部左侍郎, 世貞亦嘗貳兵部, 天下稱兩司馬. 世貞頗不樂, 嘗自悔獎道昆爲違心之論云. ○ **錢謙益, 『列朝詩集小傳』 丁集 卷6, 「汪侍郎道昆」** 　道昆, 字伯玉, 歙縣人. 嘉靖丁未進士, 仕至兵部左侍郎. 嘉靖末, 曆下·琅琊, 掉鞅詞苑, 伯玉慕好之, 亦刻鏤爲古文辭, 而海內未有聞也. 萬曆初, 江陵爲權相, 其太公七十稱壽, 朝士爭爲頌美之詞, 元美·伯玉皆江陵同年進士, 咸有文稱壽, 而伯玉之文獨深當江陵意, 以此得幸於江陵, 元美乃遷就其辭, 著于藝苑卮言 曰: "文煩而有法者, 于鱗; 文簡而有法者, 伯玉." 伯玉之名從此起矣. 厥後名位相當, 聲名相軋, 海內之山人詞客, 望走啖名者, 不東之婁東, 則西之歙中, 又或以其官稱之, 曰兩司馬. 昔之兩司馬以姓也, 今以官, 元美亦心厭之, 而無以

	禁也. 元美晚年, 嘗私語所親: "吾心知績溪之功, 爲華亭所壓, 而不能白." 其枉心薄新安之文, 爲江陵所脅, 而不能正其訛, 此生平兩違心事也. 伯玉爲古文, 初剽襲空同・槐野二家, 稍加琢磨, 名成之後, 肆意縱筆, 杳拖潦倒, 而循聲者猶目之曰大家. 於詩本無所解, 沿襲七子末流, 妄爲大言欺世. 謁白嶽詩落句云 "聖主若論封禪事, 老臣才力勝相如." 幾于病風狂, 易使人嘔噦矣. 廣陵陸弼記一事云: "嘉靖間, 伯玉以襄陽守遷臬副, 丹陽姜寶以翰林出提學四川, 道經楚省三省, 會飲於黃鶴樓. 伯玉擧盃大言曰: '蜀人如蘇軾者, 文章一字不通, 此等秀才, 當以劣等處之.' 衆皆睯眙, 姜亦唯唯而已. 後數日, 會餞, 伯玉又大言如初, 姜笑而應之曰; '訪問蜀中胥吏秀才中, 并無此人, 想是臨考畏避耳.' 衆爲鬨堂大笑, 伯玉初不以爲愧." 此事殊可入笑林也.
저술 소개	＊『太函集』 (明)萬曆 19年 刻本 120卷 目錄 6卷 / (明)萬曆年間 刻本 120卷 目錄 4卷 ＊『說郛續』 (明)陶珽編 (淸)順治 3年 李際期 宛委山堂刻本 46卷 內 汪道昆撰 『數錢葉譜』 1卷 / 『楚騷品』 1卷 ＊『廣百川學海』 (明)馮可賓編 明末 刻本 130種 156卷 內 汪道昆撰 『北虜紀略』 1卷 ＊『盛明雜劇』 (明)沈泰編 (明)崇禎年間 刻本 30種 30卷 內 汪道昆撰 『高唐夢』 1卷 / 『五湖游』 1卷 / 『遠山戲』 1卷 / 『洛水悲』 1卷 ＊『八代文鈔』 (明)李賓編 明末 刻本 106種 106卷 內 汪道昆撰 『汪伯玉文抄』 1卷 ＊『皇明十大家文選』 (明)陸弘祚編 (明)刻本 25卷 內 汪道昆撰 『南明文選』 2卷 ＊『皇明五先生文雋』 (明)蘇文韓編 (明)天啓 4年 蘇氏刻本 204卷 目錄 5卷 內 汪道昆撰 『汪伯玉集』 32卷 ＊『五家合集』 (明)吳國倫等撰 明末 卜士昌刻本 18卷 內 汪道昆撰 『伯玉文選』 4卷

金萬重	西浦漫筆 卷下	汪道昆이 蘇軾을 비난한 것은 그야말로 하루살이가 나무를 흔든 격이다. * 周亮工의 『書影』에 汪道昆이 蘇軾을 비방하여 "蜀人如蘇軾者, 文章一字不通, 此等秀才當以劣等處之"라 비방했다는 기록이 실려 있는데, 정말 이런 일이 있었는지는 논란의 여지가 있다고 한다.	明文固不如宋。而詩則似當別論。今且以東坡弇州。比並而觀之。則坡工於意。弇工於辭。盖各有所長也。… 弇之或過於坡者。乃所以能代興也。弇之短坡。亦禪者所謂呵佛罵祖。而如汪伯玉輩。直是蚍蜉撼樹耳。
柳夢寅	於于集 卷4 「題汪道昆遊城陽山記後」	汪道昆의 「遊城陽山記」를 읽고 논평하는 글을 쓰다.	渾厚雄偉之氣。聚於中州。而汪子輩得之。肆於文章。其文遒健傑特。不如我國文章庸賤卑薄。近於科轂常態。雖牧隱。佔冠弁東方。蹈襲韓, 柳, 歐, 蘇。自以爲斥澤之鯢。其氣度體節。何曾倣像於斯。如晏嬰跂足。不得捫防風氏之膝。可歎也已。雖然。東方亦有人所讀三代先秦兩漢書。以爲之喬基。而略取韓, 柳裝束之。而不趨宋以下而澆之漓之。純乎正宗。無穿鑿傅會之病者之觀乎此也。瞥眼一過。便仰天猶然而笑。不須再看。余觀大明文章之士。有懲宋儒專尙韓文。而不能得其奇簡處。徒學弛緩支離之末。資之以助箋註文字。使人易曉也。故或主左氏史記。餘力先秦諸氏。寸寸尺尺。剽掠句讀。王弇州爲上。李空同次之。空同之文。益古於弇州。又能先倡秦漢古文。而但語辭追蠡。近於小家。故當讓弇州之浩大。至於汪氏。徒逐逐句語。竊若干文字於先秦兩漢。重用疊出。如曰目攝。曰附

			循。曰推轂。曰恂恂。曰蒸蒸。曰求多。曰在事。曰謂何。曰纚纚。曰猶然。曰紀綱之。曰籍弟令。曰彊域之事等語。如掣環繫柱之猿。終日回旋。踏其舊跡。而宗旨不立。一篇三四大指而終之無歸趣。臟腑之內。肝膽楚越。頭面之中。耳目異官。不如唐太宗庭中胡越一家。況望周武王六軍同心同德乎。以余觀之。不解文字鄉方。惜哉。不得碩師而欲效王·李之餘響。反失邯鄲之本步也。曾聞全集六七十卷。此特其自選而自序者猶若是。其他何足論乎。雖然。世之爲文。以一二千百爲偶。有同筭計之吏。以靑黃白赤爲配。有同圖畫之史。以風雲星月爲對。有同曆象之家。以山林草木江河淮海爲辭。有同地部虞師之言。方乎此則豈不綽綽乎有餘地哉。
柳夢寅	於于集 卷4 「題汪道昆遊城陽山記後」	汪道昆 등의 遒健傑特한 문장은 조선 문인들의 庸賤卑薄한 문장과는 다르다고 평하다.	渾厚雄偉之氣。聚於中州。而汪子輩得之。肆於渾厚雄偉之氣。聚於中州。而汪子輩得之。肆於文章。其文遒健傑特。不如我國文章庸賤卑薄。
柳夢寅	於于集 卷4 「題汪道昆遊城陽山記後」	汪道昆의 문장에 대해 先秦兩漢의 문장에서 표절한 몇 구절을 반복적으로 사용하였다고 비판하면서도, 세상의 천편일률적인 문장보다는 낫다고 평하다.	至於汪氏。徒逐逐句語。竊若干文字於先秦兩漢。重用疊出。如曰目攝。曰附循。曰推轂。曰恂恂。曰蒸蒸。曰求多。曰在事。曰謂何。曰纚纚。曰猶然。曰紀綱之。曰籍弟令。曰彊域之事等語。如掣環繫柱之猿。終日回旋。踏其舊跡。而宗旨不立。一篇三四大指而終之無歸趣。臟腑之內。肝膽楚越。頭面之中。耳目異官。不如唐太宗庭中胡越一家。況望周武王六軍同心同德乎。以余觀之。不解文字鄉方。惜哉。不得

			碩師而欲效王·李之餘孽。反失邯鄲之本步也。曾聞全集六七十卷。此特其自選而自序者猶若是。其他何足論乎。雖然。世之爲文。以一二千百爲偶。有同籌計之吏。以靑黃白赤爲配。有同圖畫之史。以風雲星月爲對。有同曆象之家。以山林草木江河淮海爲辭。有同地部虞師之言。方乎此則豈不綽綽乎有餘地哉。
柳夢寅	於于集卷6「題汪道昆副墨」	汪道昆의『副墨』을 읽고 논평하는 글을 쓰다.	此文雖未免明人之習。長駕別馳。不躡常途。殊非唐宋之促促。蓋明儒卑宋儒學退之。文氣委靡不能振。遂奮發乎三代兩漢。其所貯於心出於口注於手。皆在先秦揚馬之間。不循關鎖紀緖節端之例。恣意更端。多反文章常格。後之守正宗遵古錄者。或疑其不識趨向。固也。然文章亦非一規。譬之水。萬川同流歸海。而會涇渭江河。淸濁闊狹雖殊。同歸於海則一也。空同弇州諸傑先倡此道立旗鼓。發號於文壇。天下之士靡然從風。諦視其文字。出入經傳左國莊馬者多。至於班史以下。略不及焉。其着意於古。能自樹立。儘高大矣。其間或重用語。意材貨不饒。而原所讀不出若干書。於唐以上。宜乎不如後世之博采古今。撮其華也。近觀爲詩者。號稱學唐。其措諸句語。不越山水花鳥雲煙仙僧梅竹風月若而字。以爲唐調。如經史子集恒言常說及幽辭艱語。皆棄而不取。故世之淺學寡識者。以一部唐音。輕老杜老韓。是亦一病。而言詩之簡潔古淡者歸焉。今汪之文。蓋摸擬王李。而以雄豪遒健之氣。充之以高古。前後百許篇。無一語或累於唐宋。明儒

			之立意高尙。實可法也。余則生此偏邦。不遇高士碩友。自得於蠹簡塵編中。自幼抵老。義不以歐蘇等文溺眼。每見近世明朝大家守節甚抗。頗自視缺然。深恨少年時誤讀韓柳兩書也。繼自今欲勸後學兒曺先秦而溯唐虞。下漢而止於兩馬。以試其成就如何。杜子曰。乃知五岳外。別有他山尊。安知中國之外。有高古之文章。不下於左馬者乎。後生勉乎哉。
柳夢寅	於于集 卷6 「題汪道昆副墨」	汪道昆의『副墨』에 실린 글은 명나라 문인의 습기에서 벗어나지는 못했지만 唐宋의 促促한 글과는 그 풍격이 다르다고 평하다.	此文雖未免明人之習。長騖別馳。不躡常途。殊非唐宋之促促。
柳夢寅	於于集 卷6 「題汪道昆副墨」	汪道昆의 문장은 李夢陽과 王世貞을 모의하였지만 雄豪遒健한 기운으로 高古함을 채웠다고 평하다	… 蓋明儒卑宋儒學退之。文氣委靡不能振。遂奮發乎三代兩漢。其所貯於心出口注於手。皆在先秦揚馬之間。不循關鎖紀緒節端之例。恣意更端。多反文章常格。… 空同‧弇州諸傑先倡此道立旗鼓。發號於文壇。天下之士靡然從風。…今汪之文。蓋摸擬王‧李。而以雄豪遒健之氣。充之以高古。前後百許篇。無一語或累於唐宋。明儒之立意高尙。實可法也。…
李德懋	靑莊館全書 卷32 淸脾錄 「尹月汀」	尹根壽가 燕京에 갔을 때 汪道昆을 먼발치에서 본 일이 있었는데, 그때 汪道昆이 문장의 대가였음을 알지 못하여 가까이서 대면하지 못하였음을 후회하였다.	尹月汀根壽。性喜中原。倡爲古文辭。朝鮮士大夫文章。能具體裁者。月汀之力也。其所纂雜錄中原事頗評記。一條曰。癸酉以宗系奏請使。赴京。到瀋陽。值操練兵部侍郞汪道昆。其後見南冥所著而弇州四部藁。盛稱汪伯玉。始知汪侍郞。卽近日文章大家。若知其天

			下文章士。則便當出往路旁。仰望眉宇而未及知也。至今爲恨。
李宜顯	陶谷集 卷27 雲陽漫錄	汪道昆은 문장을 지을 적에 '學古'를 표방하여 문장이 험굴하고 볼만한 것이 없는데, 王世貞만은 그나마 재주가 뛰어나 볼 만한 문장이 있다.	及夫王弇州 · 李滄溟 · 汪太函輩起於隆萬間。一以學古自命。滄溟尤以槎牙險崛爲主。讀之絶無意味。太函亦然。弇州所見雖同。其才具實大。比諸子爲最。故其文亦稱。頗有一二可喜處。…
許筠	鶴山樵談	명나라 사람 중 문장으로 이름을 날린 十大家는 李夢陽, 王守仁, 唐順之, 王允寧, 王愼中, 董玢, 茅坤, 李攀龍, 王世貞, 汪道昆이다.	明人以文鳴者十大家。李崆峒獻吉 · 王陽明伯安 · 唐荆川應德 · 王祭酒允寧 · 王按察愼中 · 董潯陽玢 · 茅鹿門坤 · 李滄溟攀龍 · 王鳳洲世貞 · 汪南溟道昆。
洪翰周	智水拈筆 卷6	金昌協도 錢謙益을 대가로 인정하였으며, 王世貞과 汪道昆의 난해한 문장과 다르다고 평하였다.	明淸之際。世推一宗匠大家。故我朝農巖先生。亦以爲近觀牧齋有學集。亦明季一大家也。其信手寫去。不窘邊幅。風神生色。絶似乎蘇長公。不類弇州大函輩。一味鉤棘。

조선후기 명청문학 관련 자료집 Ⅰ

초판 1쇄 인쇄 2012년 6월 20일
초판 1쇄 발행 2012년 6월 29일

편 자 : 안대회·이철희·이현일 외
편집인 : 신승운
      대동문화연구원 Tel. 02) 760-1275~6

펴낸이 : 김준영
펴낸곳 : 성균관대학교 출판부
등 록 : 1975년 5월 21일 제1975-9호
주 소 : 110-745 서울특별시 종로구 성균관로 25-2
전 화 : 760-1252~4
팩 스 : 762-7452
홈페이지 : press.skku.edu

ⓒ 2012, 대동문화연구원

ISBN 978-89-7986-965-1 93810

* 잘못된 책은 구입한 곳에서 교환해 드립니다.
* 값은 뒤표지에 있습니다.